BASTEI
LÜBBE

Klassiker des historischen Romans
Herausgegeben von Edgar Bracht

Charles Dickens

Barnaby Rudge

Ins Deutsche übertragen von Paul Heichen

Neu durchgesehen, bearbeitet und
mit Anmerkungen versehen von Anke Schäfer / Edgar Bracht.
Mit einem Nachwort von Stefan Bauer

BASTEI LÜBBE

BASTEI-LÜBBE-TASCHENBUCH
Band 13 841

Erste Auflage: Januar 1997

Lektorat: Dr. Edgar Bracht / Anke Schäfer
Titelbild: Sanjulian, Norma Agency, Barcelona
Umschlaggestaltung: Karl Kochlowski
Satz: KCS GmbH, Buchholz / Hamburg
Druck und Verarbeitung: Elsner-Druck, Berlin
Printed in Germany
ISBN 3-404-13841-4

Der Preis dieses Bandes versteht sich einschließlich der
gesetzlichen Mehrwertsteuer.

1. Kapitel

Am Rand des Epping-Forstes – von London etwa zwölf Meilen entfernt, wenn man von dem Wasserstandsanzeiger in Cornhill oder vielmehr von dem Fleck aus mißt, wo sich dieser früher befand[1] – lag im Jahre 1775 ein Wirts- und Einkehrhaus, das The Maypole hieß: Reisende, die der Schrift nicht mächtig waren (und vor sechsundsechzig Jahren war dies bei einer ungeheuren Anzahl der Fall), konnten diesen Namen anhand des am Wegrand dem Haus gegenüber aufgepflanzten Sinnbildes entschlüsseln, das zwar nicht so treffliche Größenmaße auswies wie Maibäume in alten Zeiten, doch immerhin eine stattliche junge Esche von dreißig Fuß Höhe und so kerzengerade war wie nur irgendein Pfeil, den je ein englischer Freisasse vom Bogen schoß.

The Maypole war ein altes Gebäude mit so vielen Giebelspitzen, daß an einem sonnigen Tage ein träger Mensch sie nicht gern alle gezählt hätte; mit riesigen Zickzack-Schornsteinen, aus denen der Rauch nur in übernatürlich-phantastischen Gebilden aufsteigen konnte, weil er sich durch zahlreiche Krümmungen hindurchwinden mußte; mit geräumigen Stallungen, düster, verfallen und leer. Das Gebäude sollte in den Tagen König Heinrichs des Achten gebaut worden sein; und es ging eine Sage, daß Königin Elisabeth während eines Jagdausfluges dort eine Nacht geschlafen habe, in einem mit Eichenholz getäfelten Raum mit einem tiefen Bogenfenster. Am nächsten Morgen soll die jungfräuliche Königin draußen beim Aufsteigen, während sie mit einem Fuß auf dem Tritt, mit dem andern im Steigbügel stand, einen unglücklichen Pagen wegen eines Versehens im Dienst geboxt und gepufft haben. Kenner und Zweifler, von denen sich auch unter den Maypole-Gästen, wie unglücklicherweise in jeglicher kleinen Gemeinde, etliche fanden, waren geneigt, diese Überlieferung als ziemlich apokryph zu betrachten; aber sobald der Wirt sich selbst als Zeugen berief und triumphierend hervorhob, daß er dort gestanden hätte, an demselben Fleck und an eben jenem Tage, blieb es nie aus, daß die Zweifler von großer Stimmenmehrheit überwältigt wurden und alle wahrhaft Gläubigen frohlockten wie über einen Sieg.

Ob nun diese oder viele andere Erzählungen ähnlicher Art wahr oder falsch waren, soviel stand fest, The Maypole war ein altes Haus, ein sehr altes Haus, vielleicht so alt, wie es alt zu sein behauptete, und vielleicht älter, was ja manchmal bei Häusern von einem ungewissen, wie auch bei Damen von einem gewissen, Alter der Fall zu sein pflegt. Seine Fenster waren alte, vergitterte Glasvierecke; seine Dielen eingesunken und ungleich; seine Decken von der Hand der Zeit geschwärzt und mit mächtigen Balken beschwert. Über dem Torweg stand ein altes Portal, wunderlich geschnitzt, und hier saßen an Sommerabenden die Stammgäste und rauchten und tranken. Manchmal sangen sie auch ein gutes altes Lied dazu, während sie auf zwei hochlehnigen Bänken von häßlichem Aussehen saßen, welche, wie die Drachenzwillinge in den alten Zaubermärchen, den Eintritt zum Haus hüteten.

In den Schornsteinen der unbenutzten Zimmer hatten seit geraumer Zeit Schwalben ihre Nesterchen gebaut, und vom frühesten Frühling bis zum spätesten Herbst zirpten und zwitscherten ganze Kolonien von Spatzen in den Dachrinnen. In dem traurigen Stallhof und um die Außengebäude herum flogen so viele Tauben, daß niemand außer dem Wirt sie hätte zusammenzählen können. Der wirbelnde kreisende Flug von spanischen Fächer-, Tummler- und anderen Tauben paßte vielleicht nicht so recht zum ernsten nüchternen Charakter des Gebäudes; wohl aber das eintönige Sirren, das dieses Gebäude einzulullen schien. Mit seinen überhängenden Stockwerken, seinen schläfrigen Glasfensterchen, seiner ausgebauchten, über den Weg ragenden Vorderfront sah das alte Haus aus, als ob es im Schlafe nickte. Ja, es bedurfte keiner großen Phantasie, an ihm noch andere Ähnlichkeiten mit menschlichen Wesen zu entdecken. Die Ziegel, aus denen es gebaut war, waren ursprünglich tief dunkelrot gewesen; doch jetzt hatten sie eine gelbe, häßliche Färbung angenommen, wie die Haut eines alten Mannes; die starken Balken waren brüchig geworden wie Zähne; und hier und dort hüllte der Efeu die verwitterten Mauern des Wirtshauses ein wie ein Gewand einen alten Mann.

Es war doch immerhin ein gesunder kräftiger Alter. An den Sommer- und Herbstabenden, wenn die Glut der sinkenden Sonne auf die Eichen und Nußbäume des angrenzenden Forstes fiel, schien das alte Haus, das von ihrem Glanz auch einen Teil bekam, ein ebenbürtiger Gefährte der Bäume zu sein und noch eine beträchtliche Zeitspanne vor sich zu haben.

An diesem Abend, es war die Dämmerstunde eines Märztages, heulte der Wind unheimlich zwischen den kahlen Zweigen der Bäume, fauchte in den weiten Schornsteinen und trieb den Regen prasselnd gegen die Fenster der Maypole-Schenke. Die Gäste hatten also allen Grund, noch länger zu bleiben, und der Wirt sah sich zu der Prophezeiung veranlaßt, die Nacht würde sich sicherlich Punkt elf Uhr aufklären – zufällig war dies gerade die Stunde, zu der er regelmäßig sein Haus schloß.

Der Wirt, der so reich mit prophetischen Gaben gesegnet war, hieß John Willet. Er war ein beleibter, dickköpfiger Mann mit fettem Gesicht, das von tiefer Starrsinnigkeit, großer Begriffsstutzigkeit und sehr hoher Zuversicht bezüglich seiner eigenen Verdienste zeugte. Wenn er bei besserer Laune war, pflegte John Willet sich damit zu brüsten, daß es bei ihm zwar langsam, dafür aber auch sicher zugehe, und gegen diese Behauptung ließ sich wenigstens insofern nichts einwenden, als er in allem ohne Frage der Widerpart von raschem Handeln war und obendrein einer der dickköpfigsten und rechthaberischsten Gesellen, die es geben konnte. Immer steif und fest davon überzeugt, daß alles, was er dachte, sagte oder tat, das Rechte sei, hielt er es für eine durch die Gesetze der Natur und der Vorsehung ein für allemal festgesetzte und angeordnete Tatsache, daß, wer anders sagte, tat oder dachte, unweigerlich und notwendigerweise im Irrtum sein müsse.

Herr Willet trat langsam ans Fenster, drückte seine Nase gegen die kalten Scheiben, beschattete seine Augen, damit die Glut des Feuers seine Wahrnehmung nicht trübte, und sah hinaus. Nach einer Weile kehrte er zu seinem alten Sitz in der Ofenecke zurück, setzte sich zurecht, ließ den Blick über seine Gäste schweifen und sagte:

»Es wird sich um elf Uhr aufklären. Nicht früher und nicht später. Nicht vorher und nicht nachher.«

»Wie kommt Ihr darauf?« fragte ein kleiner Mann im gegenüberliegenden Winkel. »Der Mond ist schon durch das letzte Viertel und geht um neun auf.«

John blickte gelassen und feierlich auf den Mann, der seine Behauptung in Frage stellte, bis er die Bemerkung voll und ganz begriffen hatte, und dann antwortete er in einem Ton, der sagen zu wollen schien, daß der Mond eigens und allein ihn etwas angehe und keinen Menschen sonst:

»Ihr habt euch um den Mond gar nicht zu kümmern. Laßt *Ihr* Euch seinetwegen keine grauen Haare wachsen. Ihr laßt den Mond seiner Wege gehen, und ich will Euch Eurer Wege gehen lassen.«

»Nichts für ungut, hoffe ich?« sagte der Kleine.

Wieder wartete John Willet gemächlich, bis die Bemerkung in sein Hirn gedrungen war, und dann steckte er mit der Antwort »Bis jetzt noch nicht« seine Pfeife in Brand und schmauchte in behaglicher Stille. Gelegentlich warf er einen Seitenblick auf einen Mann, der abgesondert von den Stammgästen des Hauses saß. Er war gehüllt in einen losen Reitermantel mit mächtigen Aufschlägen, die mit schmutziger Silberborte und großen Messingknöpfen verziert waren, und da er sich den Hut tief ins Gesicht gedrückt hatte und sein Gesicht obendrein noch tief beschattet wurde von der Hand, auf die sich die Stirn stützte, machte er keinen sonderlich vertrauenerweckenden Eindruck.

Es war noch ein Gast zugegen, der, gestiefelt und gespornt, ebenfalls in einiger Entfernung vom Feuer saß und dessen Gedanken – nach seinen verschränkten Armen und gerunzelten Brauen und dem noch unberührten Schnaps vor ihm zu urteilen – mit andern Dingen beschäftigt waren als den Gegenständen, die zur Zeit erörtert wurden, oder den Personen, die sie erörterten. Dieser Gast war ein junger Mann von etwa achtundzwanzig Jahren, etwas über Mittelgröße und von etwas Figur. Er hatte dunkles Haar und war mit einem Reitanzug bekleidet, der ebenso wie die großen Stiefel Spuren von der schlechten Beschaffenheit der Wege aufwies. Soviel Schmutz ihm aber von der Reise auch anhaftete, trug er doch eine gute und sogar teure Kleidung und sah, ohne überfein angezogen zu sein, wie ein stattlicher Gentleman aus.

Auf dem Tische neben ihm lagen, nachlässig wie er sie hingeworfen hatte, eine wuchtige Reitpeitsche und ein Hut mit schlapper Krempe; der letztere wurde ohne Zweifel deshalb getragen, weil er bei der Ungunst des Wetters die zweckmäßigste Kopfbedeckung war. Dort lagen auch ein paar Pistolen in einem Halfter und ein kurzer Reitmantel. Von seinem Gesicht war wenig zu sehen außer den langen schwarzen Wimpern, die seine niedergeschlagenen Augen verdeckten; aber ein Ausdruck sorgloser Ruhe und natürliche Anmut in Wesen und Benehmen durchdrangen die Gestalt und schienen sogar diesem nebensächlichen Zubehör anzuhaften, denn all die genannten Gegenstände waren in gutem Zustand.

Nach diesem jungen Herrn hin gingen die Augen des Herrn Willet nur einmal – und zwar, als ob sie die stumme Frage an ihn richten wollten, ob er seinen schweigsamen Nachbar bemerkt hätte. Es war klar, daß John und der junge Herr sich schon oft begegnet waren. Als John begriff, daß sein Blick nicht erwidert wurde oder in der Tat gar nicht bemerkt wurde, konzentrierte er nach und nach die ganze Kraft seiner Augen auf einen einzigen Brennpunkt und richtete sie auf den Mann, der die Hutkrempe über das Gesicht geklappt hatte. Er stierte ihn so unverwandt und so auffällig an, daß auch seine Kumpane am Ofen davon betroffen wurden und sie nun sämtlich, wie auf Verabredung, die Pfeifen von den Lippen wegzogen und mit offenen Mäulern den Fremden anstarrten.

Der stämmige Gastwirt hatte ein Paar großer Augen, die glanzlos waren wie Fischaugen, und der kleinwüchsige Mann, der die Bemerkung über den Mond riskiert hatte (und Küster und Türmer von Chigwell, einem nahegelegenen Dorfe, war), hatte kleine runde schwarze Augen, die wie Perlen glänzten; außerdem trug dieser kleine Mann an den Knien seiner rostfarbenen Hose und an seiner rostfarbenen Jacke und an seiner langschößigen Weste kleine schnurrige Knöpfe, die mit nichts anderem als seinen Augen Ähnlichkeit besaßen. Während sie so blitzten und glitzerten im Schein des Feuers, das sich auch auf seinen hellen Schuhschnallen spiegelte, schien der kleine Mann von oben bis unten aus lauter Augen zu bestehen und mit einem jeden von ihnen auf den unbekannten Gast zu glotzen. Kein Wunder, daß ein Mann seine Ruhe verlor unter solcher Inspektion, gar nicht zu reden von den Augen, die dem kurzen Tom Cobb, dem Krämer für alles und Posthalter, und dem langen Phil Parkes, dem Waldhüter, angehörten, und welche beide, von dem Beispiel ihrer Genossen angesteckt, den mit dem Schlapphut nicht weniger gespannt betrachteten.

Der Fremde verlor seine Ruhe; vielleicht, weil er sich einem solchen Augensprühfeuer ausgesetzt sah, vielleicht infolge der Natur seiner Gedanken – höchstwahrscheinlich aus dem letzteren Grunde; denn als er seine Stellung änderte und hastig umherblickte, stutzte er und warf einen bösen, argwöhnischen Blick auf die Gruppe am Ofen. Dies hatte die Wirkung, daß aller Augen sich mit einem Schlage zum Kamin zurückwandten, nur die John Willets nicht. Als dieser sich sozusagen auf frischer Tat ertappt fand – und eine sehr flinke Natur (wie bereits bemerkt worden) war er ja –, fuhr er nach wie vor fort, seinen Gast auf seltsam ungeschickte, verblüffte Weise anzustarren.

»Nun?« fragte der Fremde.

Dieses ›Nun?‹ besagte nicht viel. Eine lange Rede war's nicht.

»Ich dachte, Sie hätten etwas bestellt«, sagte der Wirt, nachdem er zwei bis drei Minuten gebraucht hatte, sich zu bedenken.

Der Fremde nahm den Hut ab und enthüllte die harten Züge eines Mannes von etwa sechzig Jahren, arg verwittert und von der Zeit mitgenommen; und sein von Natur herber Ausdruck wurde durch ein dunkles Taschentuch nicht gehoben, das eng um seinen Kopf geschlungen war und nicht nur den Zweck einer Perücke erfüllte, sondern auch seine Stirn beschattete und fast seine Augenbrauen verbarg. Wenn es beabsichtigt war, die Aufmerksamkeit von einer tiefen Wunde abzulenken oder die Wunde zu verbergen, die jetzt zu einer häßlichen Narbe verheilt war und zuerst, als sie geschlagen war, seinen Backenknochen bloßgelegt haben mußte, so wurde der Zweck nur unvollständig erreicht, denn es konnte schwerlich ausbleiben, daß sie auf den ersten Blick bemerkt wurde. Sein Gesicht war von einer leichenartigen Blässe, und er trug einen graumelierten borstigen Bart, der etwa drei Wochen stehen mochte. So beschaffen war die sehr ärmlich gekleidete Gestalt, die sich jetzt vom Sitz erhob, durch das Zimmer schritt und sichan einer Ecke des Ofens niedersetzte, die ihm der kleinwüchsige Küster aus Höflichkeit oder Furchtsamkeit willig einräumte.

»Ein Wegelagerer!« flüsterte Tom Cobb dem Waldhüter Parkes zu.

»Meint Ihr, Wegelagerer ziehen sich nicht besser an als der da?« antwortete Parkes. »Es ist ein besseres Geschäft, als Ihr Euch denkt, Tom, und Wegelagerer sind es nicht gewöhnt, schäbig auszusehn; ich geb' Euch mein Wort darauf.«

Inzwischen hatte der Gegenstand ihrer Spekulationen dem Hause die gebührende Ehre erwiesen, indem er einen Trunk verlangte, der ihm unverzüglich gebracht wurde von Joe, dem Sohne des Wirtes, einem breitschultrigen kräftigen Burschen von zwanzig Jahren, den sein Vater immer noch als kleinen Jungen betrachtete und dementsprechend behandelte. Während er die

Hände ausstreckte, um sie an dem leuchtenden Feuer zu erwärmen, wandte der Fremde den Kopf zur Gesellschaft, ließ sein Auge scharf über sie schweifen und fragte mit einer Stimme, die wohl zu seiner Erscheinung paßte:

»Was für ein Haus steht etwa eine Meile von hier entfernt?«

»Wirtshaus?« fragte der Wirt mit seiner gewöhnlichen Bedächtigkeit.

»Wirtshaus, Vater!« rief Joe. »Wo soll ein Wirtshaus innerhalb einer Meile von The Maypole stehn? Er meint das große Haus – The Warren[2] – natürlich und selbstverständlich. Das alte Haus aus roten Ziegeln, das auf seinem eignen Grund und Boden steht?«

»Ja«, sagte der Fremde.

»Und das vor fünfzehn bis zwanzig Jahren in einem noch fünfmal so breiten Park stand, der stückweise in andere Hände kam und so zusammengeschmolzen ist – wirklich ein Jammer!« setzte der junge Mann hinzu.

»Möglich«, war die Erwiderung. »Aber ich habe nach dem Besitzer gefragt. Was es gewesen, mag ich gar nicht wissen, und was es ist, kann ich ja selbst sehen.«

Der unstreitige Erbe des Maypole-Gasthofes drückte die Finger an die Lippen, und mit einem Blick auf den bereits erwähnten jungen Herrn, der seine Stellung verändert hatte, als das Haus zuerst erwähnt wurde, erwiderte er in einem leiseren Tone:

»Der Besitzer heißt Haredale, Mr. Geoffrey Haredale« – und wieder blickte er in dieselbe Richtung wie vorhin – »und ist ein würdiger Gentleman – hem!«

Auf dieses Husten, das ihn warnen sollte, ebensowenig achtend wie auf den vorangegangen vielsagenden Blick, setzte der Fremde seine Fragen fort:

»Ich bog von der Straße ab, als ich hierherkam, und schlug den Fußpfad ein, der seinen Grundbesitz durchkreuzt. Wer war die junge Dame, die ich dort in einen Wagen steigen sah? Seine Tochter?«

»Woher sollte ich das wissen, ehrbarer Herr?« gab Joe zurück, der, während er sich mit einigen Dingen am Herde zu schaffen machte, dem Fragesteller nahezurücken und ihn am Ärmel zu zupfen versuchte. »Ich habe die junge Dame nicht gesehen, wie Ihr wißt. Hui! Da haben wir den Wind wieder und den Regen! Puh, das ist wieder eine Nacht!«

»In der Tat, rauhes Wetter!« bemerkte der Fremde.

»Ihr seid's gewöhnt?« sagte Joe, der nach allem haschte, was eine Wendung des Gesprächsgegenstandes zu versprechen schien.

»Es geht so«, erwiderte der andere. »Was die junge Dame betrifft – hat Mr. Haredale eine Tochter?«

»Nein, nein!« sagte der junge Bursche verdrießlich. »Er ist ledig – er ist – könnt Ihr denn nicht ruhig sein, Mensch? Seht Ihr nicht, daß dort drüben dieses Gespräch nicht recht gefallen will?«

Ohne auf den Verweis zu achten, fuhr der Plagegeist, indem er sich so stellte, als ob er gar nichts gehört hätte, herausfordernd fort:

»Ledige Männer haben auch schon Töchter gehabt. Vielleicht ist sie seine Tochter, obwohl er nicht verheiratet ist.«

»Was wollt Ihr damit sagen?« fragte Joe und setzte, als er ihm wieder näher trat, in gedämpften Tone hinzu: »Der wird Euch dafür gleich den Marsch blasen, das kann ich Euch sagen.«

»Ich will damit nichts Böses sagen« – erwiderte der Reisende kühn – »und habe, soviel ich weiß, auch nichts Böses gesagt. Ich habe einige Fragen gestellt, wie es jedem Fremden gestattet ist, und keineswegs in auffälliger Weise, habe mich erkundigt über die Einwohner eines gewissen Hauses in einer Gegend, die mir neu ist, und Ihr seid voller Bestürzung und außer aller Fassung, als ob ich Verrat spräche gegen König Georg[3]. Vielleicht könnt Ihr mir sagen, warum, mein Herr? Denn ich bin wie gesagt ein Fremder, und mir sind das böhmische Dörfer.«

Die letztere Bemerkung war an den Mann gerichtet, über dessen Reaktion sich Joe Willet Sorgen gemacht hatte und der einem jeden sofort als auffällige Persönlichkeit ins Auge fallen mußte, zumal er jetzt aufgestanden war und seinen Reitermantel in Ordnung brachte, um aufzubrechen. Mit der kurzen Erwiderung an den Fremden, er könne ihm keine Auskunft geben, winkte der Mann Joe herbei, reichte ihm ein Geldstück zur Bezahlung seiner Zeche und stürzte hinaus, von Willet junior begleitet, der eine Kerze ergriffen hatte.

Während Joe dem Gast den Weg zur Tür leuchtete, schmauchten der alte Willet und seine Kumpane am Ofen mit feierlicher Würde in tiefem Stillschweigen weiter; dabei hielten sie alle die Augen auf einen riesigen Kupferkessel geheftet, der über dem Feuer hing. Nach einer Weile schüttelte John Willet langsam den

Kopf, und daraufhin schüttelten seine Freunde langsam die ihrigen; aber niemand wandte den Blick von dem Kessel ab oder veränderte den feierlichen Gesichtsausdruck.

Endlich kehrte Joe zurück – sehr zum Schwatzen und zur Versöhnlichkeit aufgelegt, wenn auch mit einem ziemlich starken Vorgefühl, daß es ihm schlimm ausgelegt werden würde.

»Was für ein Ding doch die Liebe ist!« sagte er, zog einen Stuhl an den Ofen und sah sich, Teilnahme suchend, um. »Er ist fort und will nach London gehen – den ganzen Weg nach London. Sein Klepper hat sich lahm gelaufen, als er hier an diesem vertrackten Nachmittag ausritt, und hat sich's jetzt in unserem Stall bequem gemacht. Ein warmes Abendbrot läßt er fahren und schlägt unser bestes Bett aus, nur weil Miss Haredale zu einem Maskenball in die Stadt gegangen ist und er sie unbedingt sehen will! Ich glaube, ich könnt' mich in so etwas nicht reinsteigern, so hübsch sie auch sein mag – aber ich bin ja auch nicht verliebt, bilde ich mir ein, und das ist der ganze Unterschied.«

»Also verliebt ist er?« fragte der Fremde.

»Und ob!« antwortete Joe, »in seinem ganzen Leben wird er nicht verliebter sein und könnte doch so leicht weit weniger verliebt sein.«

»Ruhe, verdammt!« rief sein Vater.

»Bist mir ein netter Kunde, Joe!« sagte der lange Parkes.

»Solch ein unbedachtsamer Bursche«, murmelte Tom Cobb.

»Der sich hier aufspielt«, rief der Küster, »und« – fügte er in bildlicher Rede hinzu – »seinem Vater geradezu die Nase aus dem Gesicht dreht!«

»Was hab' ich denn verbrochen?« verwahrte sich der arme Joe.

»Ruhe, Joe!« gab sein Vater zurück. »Was fällt dir ein zu schwatzen, wenn du Leute still und stumm hier sitzen siehst, die dreimal so alt sind wie du und sich nicht träumen lassen, ein Wort zu sprechen?«

»Na, dann ist es doch für mich gerade die rechte Zeit zu sprechen, sollt' ich meinen!« sagte Joe rebellisch.

»Die rechte Zeit!« gab sein Vater zurück. »Recht ist keine Zeit!«

»Das meine ich auch!« murmelte Parkes und nickte gewichtig den beiden andern zu, die gleich ihm nickten und in gedämpftem Tone bemerkten, daß dies der Punkt sei, auf den es ankomme.

»Recht ist gar keine Zeit, Joe!« wiederholte John Willet. »Als ich so alt war wie du, hab' ich nie ein Wort gesagt, hab' nie Verlangen gehabt, ein Wort zu sagen, hab' immer hübsch zugehört und mich danach gerichtet. So hab' ich's gemacht.«

»Du würdest bald merken, daß dein Vater ein zäher Patron ist im Argumentieren, Joe, wenn ihm jemand auf den Zahn fühlen oder die Spitze bieten will«, sagte Parkes.

»Was das anbetrifft, Phil«, bemerkte Mr. Willet und blies eine lange, dünne, spiralförmige Rauchwolke aus seinem Mundwinkel, nach der er unverdrossen starrte, bis sie verflogen war; »was das anbetrifft, Phil, so ist Argumentieren 'ne Gabe der Natur. Wenn die Natur einem Menschen die Fähigkeit zu argumentieren mit auf den Weg gegeben hat, dann hat ein Mensch auch ein Recht, davon den besten Gebrauch zu machen, hat aber nicht das Recht, es in Abrede zu stellen, daß er die Fähigkeit hat; denn das hieße soviel, wie der Natur den Rücken zukehren, sie verspotten, ihre kostbaren Geschenke geringschätzen und sich selbst als 'ne Sau hinstellen, nicht wert, daß man ihr Perlen vorschmeißt.«

Da der Wirt hier eine sehr lange Weile innehielt, glaubte Phil Parkes natürlich, daß er seine Rede zu Ende gebracht hätte, und wandte sich deshalb nicht ohne Strenge wieder zu dem jungen Menschen:

»Du hörst doch auch, was dein Vater sagt, Joe? Du würdest dich wohl nicht dazu versteigen, gegen ihn zu argumentieren.«

»*Wenn*«, sagte John Willet, indem er seine Augen von der Decke zum Gesicht desjenigen Gastes wandte, der ihn unziemlich unterbrochen hatte: »*Wenn* mir die Natur, mein Lieber, die Gabe zum Argumentieren mit auf den Weg gegeben hat, weshalb sollte ich nicht an ihr, als meinem Eigentum, festhalten? Mich ihrer nicht vielmehr rühmen? Ja, mein Lieber, ich bin ein zäher Patron auf diesem Gebiete. Da habt Ihr recht, mein Lieber! Meine Zähigkeit hat sich in diesem Zimmer bewiesen, mein Lieber, so manches Mal, wie Ihr es – denk' ich – auch wißt; und wenn Ihr es nicht wißt«, fügte John Willet hinzu, indem er seine Pfeife wieder in den Mund steckte, »dann um so besser, denn ich bin nicht von mir selbst so eingenommen, daß ich Euch ein großes Lied auf meine Vorzüge vorsinge.«

Ein allgemeines Murmeln aus dem Munde seiner drei Stammgäste und ein allgemeines Schütteln ihrer Köpfe nach dem kupfernen Kessel hin gab John Willet die beruhigende Versicherung, daß sie um seine Fähigkeiten wußten und keines weiteren Beweises seiner Überlegenheit bedurften. John rauchte daher mit größerer Würde und hielt seine Kumpane schweigend in Obacht.

»Ihr habt alle gut reden«, brummte Joe, der in seinem Stuhl mit mißmutigen Gebärden unruhig hin- und hergerückt war. »Aber wenn Ihr mir sagen wollt, daß ich nie die Lippen aufzumachen habe –«

»Ruhe, Joe!« brüllte sein Vater. »Nein, du hast deine Lippen nie aufzutun! Wenn einer deine Meinung wissen will, dann erst sagst du deine Meinung. Wenn einer mit dir spricht, dann erst sprichst du. Wenn niemand deine Meinung wissen will und niemand mit dir spricht, dann hast du deine Meinung nicht zu sagen und hast nicht zu sprechen. Die Welt hat sich seit meiner Jugend sehr geändert. Meiner Meinung nach darf von Jungen hier überhaupt nicht mehr geredet werden – so etwas wie 'nen Jungen gibt's gar nicht mehr. Zwischen einem männlichen Individuum, das noch in den Windeln liegt, und einem ausgewachsenen Manne gibt's keinen Unterschied mehr, und alles Jungenhafte ist mit Seiner gesegneten Majestät König Georg dem Zweiten[4] ausgestorben.«

»Das ist eine sehr richtige Bemerkung, die jungen Prinzen natürlich immer ausgenommen«, sagte der Küster, der sich als Repräsentant von Kirche und Staat in dieser Gesellschaft zu strengster Loyalität verpflichtet glaubte. »Wenn es für Jungen, solange sie im Jungensalter stehen, von Gottes- und Rechtswegen am Platze ist, sich als Jungen zu benehmen, dann müssen die jungen Prinzen natürlich Jungen und können nicht leicht was anderes sein.«

»Habt Ihr schon mal von Meerjungfern reden hören, mein Lieber?« fragte Mr. Willet.

»Natürlich«, erwiderte der Küster.

»Sehr gut«, sagte Mr. Willet. »Wie's bei der Beschaffenheit von Meerjungfern nicht anders sein kann, so muß eben von einer Meerjungfrau alles, was nicht Frauenzimmer ist, Fisch sein. Und wie's bei der Beschaffenheit von jungen Prinzen nicht anders der Fall sein kann, muß eben bei 'nem jungen Prinzen, wenn man überhaupt hier davon reden kann, alles, was nicht wirklich und tatsächlich ein Engel ist, von Gottes- und Rechtswegen Prinz sein. Darum, wenn's schicklich und von Gottes- und Rechtswegen ist bei den jungen Prinzen (wie's ja bei ihrem Alter stimmt), daß sie Jungen sein sollten, dann sind sie eben Jungen und müssen Jungen sein und können durch Möglichkeit und Gelegenheit zu nichts anderem werden.«

Diese Beleuchtung des verwickelten Sachverhalts wurde mit so viel Beifallsbezeugungen aufgenommen, daß Mr. Willet in sehr gute Stimmung versetzt wurde. Er begnügte sich jetzt damit, seinen Sohne von neuem zur Stille zu mahnen, und wandte sich dann an den Fremden:

»Wenn Ihr Eure Fragen an eine erwachsene Person gestellt hättet – an mich oder einen von diesen Herren –, so hättet Ihr eine befriedigende Antwort erhalten und hättet Atem sparen können. Miss Haredale ist Mr. Geoffrey Haredales Nichte.«

»Lebt ihr Vater?« fragte der Mann gleichgültig.

»Nein«, erwiderte der Wirt; »er lebt nicht und ist auch nicht gestorben –«

»Nicht gestorben?« rief der andere.

»Nicht auf gewöhnliche Art und Weise«, sagte der Wirt.

Die Stammgäste nickten einander zu, und Mr. Parkes bemerkte in gedämpftem Tone, – wobei er den Kopf schüttelte, als wenn er sagen wollte: ›Rede mir nur niemand dagegen, ich glaub' ihm doch nicht‹ – daß John Willet heute abend bei erstaunlicher Stärke sei und das Zeug habe, selbst einem Oberrichter im Argumentieren Paroli zu bieten.

Der Fremde ließ eine kurze Pause verstreichen und fragte dann plötzlich: »Was wolltet Ihr damit sagen?«

»Mehr als Ihr Euch denkt, Freund«, erwiderte John Willet. »Vielleicht wollten diese Worte mehr sagen, als Ihr vermutet.«

»Vielleicht«, sagte der Fremde frech, »aber warum, zum Teufel!, sprecht Ihr so in Geheimnissen? Ihr sagt mir zuerst, daß ein Mann weder lebt noch gestorben ist – dann, daß er nicht auf gewöhnliche Art und Weise gestorben ist – dann, daß Ihr vielmehr sagen wollt, als ich mir denke. Um Euch die Wahrheit zu sagen, *das* wird Euch nicht schwerfallen, denn so weit ich sehen kann, wollt Ihr nichts damit sagen. Was wollt Ihr denn eigentlich damit sagen, frag' ich Euch nochmals?«

»Hm«, gab der Wirt zurück, den die Grobheit des Fremden ein wenig von der Höhe seiner Würde herabgedrückt hatte, »das ist eine Maypole-Geschichte und ist eine Maypole-Geschichte gewesen die ganzen vierundzwanzig Jahre lang. Wir kennen sie als Salomo Daisys Geschichte. Sie gehört zu dem Haus; und niemand als Salomo Daisy hat sie jemals unter diesem Dache erzählt oder wird sie jemals erzählen – das ist's, was ich mit dem *mehr* sagen will.«

Der Mann sah den Küster an, dessen selbstbewußte, gewichtige Miene ihn klar als die Person zu erkennen gab, auf die sich der Wirt bezogen hatte; und da er bemerkte, daß der Küster nach einem langen Zuge, um Feuer zu behalten, seine Pfeife aus dem Mund genommen hatte und sich augenscheinlich anschickte, seine Geschichte ohne weitere Aufforderung zu erzählen, wickelte er sich noch dichter in seinen weiten Rock und verlor sich fast, indem er noch weiter nach hinten rückte, in der Dunkelheit des geräumigen Kaminwinkels. Nur wenn die Flamme sich unter einem großen Reisigbündel, dessen Last das Feuer eine Zeitlang fast niederdrückte, emporrang und aufwärts schoß, war seine Gestalt einen Augenblick lang deutlich zu sehen, um kurz darauf wieder in tieferes Dunkel gehüllt zu werden.

Bei diesem flackernden Licht, welches das alte Zimmer mit seinem wuchtigen Gebälk und den getäfelten Wänden wie aus poliertem Ebenholz gebaut erscheinen ließ – während der Sturmwind draußen brüllte und heulte, bald an der Türklinke rasselte, bald die Angeln der starken, eichenen Tür knarren machte, bald gegen die Fenster schlug, als wenn er sie einbrechen wollte – begann Salomo Daisy seine Erzählung:

»Mr. Geoffrey Haredale hatte einen älteren Bruder, der hieß Reuben; Mr. Reuben Haredale war –«

Hier hielt er völlig unerwartet inne und legte eine so lange Pause ein, daß selbst John Willet ungeduldig wurde und fragte, weshalb er nicht fortfahre.

»Cobb«, sagte Salomo Daisy, seine Stimme dämpfend, zu dem Posthalter gewandt, »welchen Tag im Monat haben wir heute?«

»Den neunzehnten.«

»Im März«, sagte der Küster, sich vorbeugend, »der neunzehnte März; das ist sehr sonderbar.«

Alle stimmten leise zu, und Salomo fuhr fort:

»Mr. Reuben Haredale, Mr. Geoffrey Haredales älterer Bruder, war vor zweiundzwanzig Jahren der Besitzer von The Warren, das, wie Joe gesagt hat – ich will nicht sagen, daß du es weißt, Joe, denn ein Knabe wie du kann noch nichts wissen, sondern ich meine, weil du das oft aus meinem Mund gehört hast – von The Warren also, das damals ein viel größerer, besserer Platz und ein viel wertvolleres Eigentum war als jetzt! Die Frau war ihm kurz vorher gestorben und hatte ihn mit einem einzigen Kind zurückgelassen – Miss Haredale, nach der Ihr gefragt habt – die damals knapp ein Jahr alt war.«

Obgleich sich der Sprecher an den Mann wandte, der soviel Neugierde hinsichtlich dieser Familie an den Tag gelegt hatte und hier eine Pause machte, als ob er auf einen Ausruf der Überraschung oder Aufmunterung warte, machte der Fremde doch keine Bemerkung, die verraten hätte, daß er interessiert zuhörte. Salomo wandte sich daher an seine alten Kumpane, deren Nasen hell erleuchtet waren von der Glut aus den Köpfen ihrer Pfeifen; ihrer Aufmerksamkeit, das wußte Salomo durch lange Erfahrung, konnte er sicher sein.

»Mr. Haredale«, sagte Salomo, dem Fremden den Rücken zudrehend, »verließ den Ort, als seine Frau starb, da er sich wie verlassen vorkam, und ging hinauf nach London, wo er einige Monate blieb. Er fand aber den einen Ort so einsam wie den andern – so denk' ich mir und hab' auch immer so erzählen hören – und ist mit einemmal wieder mit seinem kleinen Mädchen auf The Warren zurückgekehrt und hat noch zwei weibliche Bedienstete mitgebracht und einen Haushofmeister und einen Gärtner.«

Mr. Daisy hielt inne, um an seiner Pfeife zu ziehen, die schon auszugehen drohte, und fuhr dann fort – zuerst in näselndem Tonfall, der durch den starken Genuß, den ihm der Tabak bereitete, hervorgerufen wurde, dann mit wachsender Deutlichkeit:

»– und brachte zwei weibliche Bedienstete mit und einen Haushofmeister und einen Gärtner. Die übrigen blieben in London und sollten am nächsten Tage folgen. Es ereignete sich, daß in jener Nacht ein alter Herr, der in der Chigwellgasse wohnte und schon lange gekränkelt hatte, verschied und daß ich gegen halb ein Uhr nachts den Auftrag erhielt, die Sterbeglocke zu läuten.«

Unter der kleinen Gruppe seiner Zuhörer entstand eine Bewegung, um die starke Abneigung auszudrücken, die ein jeder von ihnen empfunden hätte, wenn er zu solcher Stunde zu solchem Dienst hätte gehen müssen. Der Küster hatte Verständnis für diese Reaktion und fuhr also fort:

»Es *war* auch wirklich ein trauriges Geschäft, zumal der Totengräber das Bett hüten mußte, weil er lange in feuchter Erde gearbeitet hatte und immer auf kalten Steinen gesessen hatte; ich war also daher verpflichtet, allein zu gehen, denn es war zu spät, um noch nach einem Helfer zu suchen. Allerdings war ich nicht unvorbereitet, da ja der alte Herr oft darum angehalten hatte, daß die Glocke sobald als möglich, wenn er den letzten Atemzug getan hätte, geläutet werde, und man hatte seinen Tod schon einige Tage lang erwartet. Ich schnitt ein Gesicht, so freundlich wie möglich, wickelte mich in meinen Mantel (denn es herrschte eine Bärenkälte) und schritt hinaus mit einer angezündeten Laterne in der einen und dem Schlüssel zur Kirche in der anderen Hand.«

Als er mit seiner Erzählung an diesen Punkt gelangt war, machte der Rock des Fremden ein Geräusch, das sich anhörte, als ob sich der Fremde, um besser hören zu können, umgedreht hätte. Salomo gab über die Schulter Joe ein Zeichen und nickte ihm eine stumme Frage zu, ob er recht vermutet habe. Joe legte die Hand über die Augen und lugte zum Kamin hinüber, konnte aber nichts entdecken und schüttelte deshalb den Kopf.

»Es war grad' so eine Nacht wie die heutige; es blies ein Sturm, es regnete schwer, und es war rabenfinster – ich denke jetzt oft finsterer als je vorher oder nachher; das mag so in meiner Einbildung liegen, aber die Häuser waren alle fest verschlossen, und die Leute hockten alle in den Stuben, und vielleicht gibt's keinen einzigen andern Menschen mehr, der heute noch weiß, wie finster es damals wirklich war. Ich ging in die Kirche, machte die Tür am Riegel fest, so daß sie halb offen bleiben mußte – denn wenn ich die Wahrheit sagen soll, mir war gar nicht wohl dabei, mich so mutterseelenallein einzuschließen. Ich stellte meine Laterne auf den steinernen Sitz in dem kleinen Winkel, wo der Glockenstrick hängt, und setzte mich daneben nieder, um das Licht zu putzen …[5]

Ich setzte mich also nieder, um das Licht zu putzen, und als ich das erledigt hatte, konnte ich es nicht über mich bringen, wieder aufzustehen und meine Arbeit zu verrichten. Ich weiß nicht, wie es zuging, aber es schossen mir alle Geister- und Gespenstergeschichten durch den Kopf, die ich jemals gehört hatte, sogar solche, die mir noch als Schuljunge zu Ohren gekommen und mir eigentlich längst entfallen waren. Und nicht einzeln, eine nach der andern, kamen sie mir in den Sinn, sondern alle auf einmal. Ich besann mich auf eine Geschichte, die im Dorfe in aller Leute Munde war, wie eines Nachts alle Toten aus der Erde herauskamen und sich bis zum frühen Morgen ans Kopfende ihrer Gräber setzten. Das rief mir in Erinnerung, daß so mancher, den ich gekannt, zwischen der Kirchentür und dem Kirchhoftor begraben lag und wie gruselig es sein müßte, unter ihnen zu wandeln und sie wiederzuerkennen in ihrer Erdhülle, obwohl sie jede Ähnlichkeit mit ihrer früheren Gestalt verloren hätten. Ich hatte von Kind auf alle Nischen und Bogen in der Kirche gekannt, und doch konnt' ich mir nicht einreden, daß es der von ihnen geworfene Schatten sei, was ich auf dem Pflaster sah, sondern mir war völlig klar, daß allerhand gräßliche Gestalten sich hinter ihnen versteckt hielten und hervorlugten. Während ich nun meine Gedanken so weiterspann, begann ich mich mit dem alten Herrn zu beschäftigen, der eben gestorben war, und ich hätte drauf schwören mögen, daß ich ihn, wie ich jetzt zu der finsteren Kanzel emporsah, auf seinem gewöhnlichen Fleck erkannte, wo er sich in sein Grabtuch wickelte mit schlotternden Knien, als ob ihm kalt wäre. Die ganze Zeit über saß ich und lauschte und wagte kaum Atem zu schöpfen. Endlich raffte ich mich auf und nahm den Glockenstrick in die Hände. In dieser selben Minute erklang nicht diese Glocke – denn ich hatte den Strick kaum angerühr, sondern eine andere …

Ich hörte das Läuten einer anderen Glocke, und noch dazu einer, die ganz tief klang, ich hörte es ganz deutlich und klar. Es dauerte bloß einen Augenblick, und obendrein trug der Wind den Klang hinweg, aber ich hörte ihn doch. Ich lauschte sehr lange; aber es läutete nicht mehr. Ich hatte von Totenlichtern[6] gehört und gewann endlich die Überzeugung, daß die Glocke, die ich eben gehört, die um Mitternacht selbst für die Leichen läutete, eine Leichenglocke sein müsse. Ich läutete nun meine Glocke – wie, oder wie lange, weiß ich nicht – und lief nach Hause, so schnell ich laufen konnte, und verkroch mich in mein Bett.

Ich stand am andern Morgen früh auf, obwohl ich eine ruhelose Nacht verbracht hatte, und erzählte die Geschichte meinen Nachbarn. Manche machten ein ernstes Gesicht dazu, manche nahmen's auf die leichte Schulter: Ich glaube nicht, daß mir irgend jemand wirklich glaubte; aber an jenem Morgen wurde Mr. Reuben Haredale in seiner Schlafstube ermordet gefunden, und in seiner Hand lag ein Stück von dem Strick, der zu einer Lärmglocke auf dem Dach draußen gehörte, in sein Zimmer hineinreichte und entzwei geschnitten war; ohne Zweifel von dem Mörder, als der Gemordete nach dem Strick gegriffen hatte …

Das ist die Glocke gewesen, die ich gehört habe!

Es wurde ein Schreibtisch aufgebrochen gefunden, und eine Geldkiste, die Mr. Haredale an diesem Tage herbeigeschafft und die, wie es hieß, eine große Summe Geldes enthalten hatte, war verschwunden. Der Hausverwalter und der Gärtner wurden beide vermißt und standen lange unter Verdacht der Täterschaft. Aber sie sind niemals gefunden worden, obgleich man sie weit und breit verfolgte. Und weit genug konnten sie wohl nach dem armen Mr. Rudge, dem Hausverwalter, spähen, dessen Körper – kaum noch zu erkennen, außer an seinen Kleidern und dem Ring und der Uhr, die er trug – in einem Teich auf den Feldern gefunden wurde, in der Brust eine tiefe Wunde, die ihm mit einem Messer zugefügt worden war und ihm den Tod gebracht hatte. Er war nur halb bekleidet; und alle Leute waren einstimmig der Meinung, daß er in seinem Zimmer gesessen und gelesen habe, denn dort fanden sich viele Blutspuren, und daß auch er überfallen und noch vor seinem Herrn erschlagen worden sei.

Daß der Gärtner der Mörder gewesen sein müsse, weiß jedermann, und obgleich seit jener Zeit bis auf den heutigen Tag nichts von ihm zu hören gewesen ist, so wird man doch noch von ihm hören; paßt auf, was ich sage! Das Verbrechen wurde begangen – heute sind's zweiundzwanzig Jahre her – am neunzehnten März siebzehnhundertdreiundfünfzig. Am neunzehnten März, dieses oder jenes Jahres – einerlei wann –, ich weiß es gewiß, denn wir sind stets auf die eine oder andere seltsame Weise jedesmal an jenem Tage auf den Gegenstand zurückgelenkt worden – am neunzehnten März in irgendeinem Jahr, früher oder später, wird auch der Mörder entdeckt werden.«

2. Kapitel

»Eine seltsame Geschichte!« meinte der Fremde, der mit seinen Fragen diesen Vortrag verursacht hatte. »Seltsamer noch, wenn es so kommen sollte, wie Ihr vorhersagt. Ist das nun alles?«

Eine so unerwartete Frage wurmte Salomo Daisy nicht wenig. Dadurch, daß er die Geschichte sehr oft erzählte und sie (wie man im Dorf sagte) mit jenen Schnörkeln ausschmückte, nach denen manche Zuhörer förmlich lechzten, war er nach und nach soweit gekommen, sie mit großer Wirkung vorzutragen; und eine Frage wie ›Ist das nun alles?‹ nach dem Schlußtrumpf seines Vortrags zu hören, war er nicht gewöhnt.

»Ob das alles ist?« wiederholte er. »Jawohl, Sir, das ist alles! Und auch genug, mein' ich.«

»Das mein' ich auch. Mein Pferd, junger Mann! Es ist nur ein Mietsgaul aus einem Posthaus, an dem mich der Weg vorbeiführte; aber es muß mich heute abend noch nach London bringen.«

»Heute abend noch!« rief Joe.

»Heute abend noch«, erwiderte der andere. »Was gafft Ihr so? Es scheint fast, als ob diese Gastwirtschaft Sammelpunkt für alle gaffenden Faulenzer aus der Nachbarschaft sei.«

Durch diese Bemerkung, die sich offenbar auf die eingehende Musterung bezog, die er, wie schon erwähnt, überstanden hatte, wurden John Willets Augen und die seiner Freunde mit wunderbarer Schnelligkeit wieder zu dem kupfernen Kessel hingelenkt. Nicht so bei Joe, der mutig genug war, den scheelen Blick des Fremden mit festem Auge zu erwidern und zu antworten.

»Es ist doch ganz natürlich, wenn man sich über Eure nächtliche Weiterreise wundert. Bestimmt hat man Euch eine solche Frage auch schon bei besserem Wetter und in ganz anderen Wirtshäusern gestellt. Außerdem dachte ich, Ihr kennt als Fremder gar nicht den Weg.«

»Den Weg –«, wiederholte der andere ärgerlich.

»Ja. Kennt Ihr ihn denn?«

»Ich denke – nun –, ich werd' ihn schon finden«, erwiderte der Mann und drehte sich dann auf dem Absatz herum. »Gastwirt! Hier meine Zeche!«

John Willet steckte das Geld ein; denn in dieser Hinsicht war er selten langsam, ausgenommen in dem besonderen Fall, daß er Wechselgeld herauszugeben hatte, oder in dem anderen Fall, daß er die Güte jeder Geldmünze, mit der man ihn bezahlte, prüfend an die Zähne oder die Zunge führte oder in besonderen Zweifelsfällen eine lange Reihe von Manövern ausführte, die schließlich damit endeten, daß er die Annahme des Geldstücks verweigerte.

Der Gast zog seinen Mantel, der ihn gegen das rauhe Wetter schützen sollte, fest zu und begab sich ohne jeden Abschiedsgruß zum Stallhof hinaus. Hier suchte Joe (der nach dem Schluß ihres kurzen Zwiegesprächs das Zimmer verlassen hatte) unter dem Dach eines alten Wetterverschlages für sich und das Pferd Schutz vor dem Regen.

»Es ist ganz meiner Meinung«, sagte Joe, dem Pferd den Nacken klopfend; »ich möchte wetten, daß ihm sogar noch mehr als mir daran liegt, daß Ihr heute nacht hier bleibt.«

»Der Gaul und ich sind verschiedener Meinung, wie schon mehr als einmal auf unserem Wege hierher«, war die kurze Antwort.

»Das dachte ich mir beinahe schon, denn es hat Eure Sporen zu kosten bekommen, das arme Tier.«

Der Fremde rückte sich den Mantelkragen um das Gesicht zurecht und schwieg.

»Ich merke schon, Ihr werdet mich nicht vergessen, was?« meinte er, als er den ernsten Blick des jungen Burschen bemerkte, den dieser auf ihn richtete, nachdem er sich in den Sattel geschwungen hatte.

»Einen Mann, der auf einem abgehetzten Gaul eine Straße entlangzieht, die er nicht kennt, und in einer Nacht wie dieser auf ein gutes Quartier verzichtet, muß man sich wohl merken.«

»Ihr habt scharfe Augen und eine scharfe Zunge, finde ich.«

»Beides, hoff' ich, von Mutter Natur; die Zunge wird aber manchmal aus Mangel an Gebrauch rostig.«

»Braucht nur die Augen weniger, und hebt Euch den scharfen Blick für hübsche Mädchen auf, Junge!« sagte der Mann und schob die Hand des Burschen vom Zügel weg. Er versetzte Joe mit dem Peitschenstiel einen tüchtigen Schlag auf den Kopf und galoppierte mit ungestümer Eile durch den Schmutz und die Finsternis davon. Ein weniger guter Reiter hätte das Tempo selbst dann nicht riskiert, wenn er mit der Gegend vertraut wäre.

In jener Zeit waren die Wege selbst im Umkreise der nächsten zwölf Meilen von London schlecht gepflastert, wurden nur selten ausgebessert und sehr schlecht instand gehalten. Die Straße, die dieser Reiter benutzte, war von den Rädern schwerer Wagen aufgewühlt und vom Frost und Tau vergangener Winter ungangbar gemacht worden. Die zahlreichen Löcher und Spalten im Boden waren von den jüngsten Regengüssen tief mit Wasser gefüllt und selbst bei Tag nicht leicht zu erkennen; ein Sturz in eines dieser Löcher oder Spalten hätte auch einem besser beschlagenen Roß als dem armen Gaul, der jetzt zur Verausgabung seiner letzten Kräfte angespornt wurde, das Ende gebracht. Scharfe Kiesel und Steine rollten beständig unter seinen Hufen hervor; ob nach vorne oder zu den Seiten, der Reiter konnte nur bis auf Armeslänge etwas in der Dunkelheit sehen. Überdies waren in der damaligen Zeit alle Straßen in der Nachbarschaft der Hauptstadt durch Räuber und Wegelagerer gefährdet; und dies war eine Nacht, die solche Gesellen einlud, ihrem gesetzwidrigem Gewerbe nachzugehen, da sie kaum Angst vor Entdeckung haben müßten.

Noch immer sprengte der Reisende in hohem Tempo voran, ohne auf den Schmutz und Schlamm zu achten, der ihm um den Kopf spritzte, ohne sich um die tiefe nächtliche Finsternis und die Wahrscheinlichkeit eines Überfalls zu sorgen. Bei jeder Biegung und in jedem Winkel führte er den Zügel mit unbeirrter Hand und hielt die Wegmitte inne. Er hatte sich in den Steigbügeln aufgerichtet, den Körper vornüber gebeugt, bis er fast den Nacken des Pferdes berührte und die schwere Peitsche mit dem Eifer eines Wahnsinnigen über seinem Kopfe schwang.

Wenn die Naturgewalten in ungewöhnlicher Aufregung toben, fühlen gewisse Leute, die zu waghalsigen Unternehmungen geneigt sind oder von großen Ideen, ob gut oder böse, bewegt werden, eine Art geheimnisvoller Sympathie mit der aufrührerischen Natur. Solche Leute lassen sich dann zu besonderen Exzessen hinreißen. Inmitten von Donner, Blitz und Sturm sind schon viele furchtbare Taten begangen worden; und Menschen, die vorher nie die Herrschaft über sich verloren haben, entwickeln dann Leidenschaften, die sie nicht im Zaume halten können. Die Dämonen der Wut und Verzweiflung tun es dann jenen Dämonen gleich, welche den Wirbelwind jagen und dem Sturm die Bahnen weisen;[7] und mancher, der mit den brüllenden Winden und siedenden Wassern in Wahnsinn gepeitscht wurde, ist dann so wild und mitleidslos geworden wie die Elemente selbst.

Ob der Reisende von Gedanken besessen war, welche die Wut der Nacht erhitzt hatte, oder ob er bloß durch kräftige Beweggründe, sein Tagesziel zu erreichen, getrieben wurde – er jagte mehr wie ein gehetztes Gespenst als wie ein Mensch voran und hemmte auch sein Tempo nicht eher, als bis er an einer Stelle anlangte, wo sich ein längerer Weg nach dem Ort, von dem er zuletzt aufgebrochen war, mit dem von ihm eingeschlagenen kürzeren kreuzte. Hier stieß er so plötzlich auf ein ihm entgegenkommendes Gefährt, daß er bei seinem jähen Ausweichversuch um ein Haar gestürzt wäre.

»He!« rief eine Mannsstimme. »Was ist denn das? Wer kommt denn hier entlang?«

»Ein Freund!« versetzte der Reisende.

»Ein Freund!?« wiederholte die Stimme. »Wer nennt sich Freund und reitet auf solche Art, daß er Mißbrauch treibt mit den Gaben, die der Himmel in Gestalt von Pferdefleisch gespendet hat, und nicht bloß seinen eigenen Nacken, was nicht viel zu sagen hätte, sondern die Nacken anderer Leute in Gefahr setzt?«

»Ihr habt eine Laterne bei Euch, wie ich sehe«, sagte der Reisende, indem er aus dem Sattel stieg; »leiht sie mir für einen Augenblick! Ich glaube, Ihr habt mein Pferd mit Eurer Deichsel oder Eurem Rad verwundet.«

»Ich habe es verwundet?« rief der andere. »Na, Eure Schuld ist's nicht, wenn ich's nicht dem Krepieren nah gebracht habe. Was fällt Euch ein, auf solche Art die königliche Heerstraße entlang zu rasen? He?«

»Gebt mir das Licht her!« versetzte der Fremde, indem er dem andern die Laterne aus der Hand riß. »Und stellt keine überflüssigen Fragen an einen Menschen, der nicht in der Laune ist zu schwatzen.«

»Hättet Ihr vorher gesagt, daß Ihr nicht in der Laune seid zum Schwatzen, wär' ich vielleicht nicht in der Laune gewesen zum Leuchten«, sagte die Stimme. »Da 's nun aber das arme Pferd ist, das die Verletzung abgekriegt hat, und nicht Ihr, ist unsereins auf alle Fälle willens, einem wir Ihr seid, zu leuchten – aber Grund zum Schimpfen habt Ihr nicht!«

Der Reiter erwiderte darauf nichts, sondern hielt das Licht an sein keuchendes und dampfendes Tier und untersuchte es an Leib und Gliedern. Der andere Mann hingegen saß ruhig in seinem Gefährt, einer Art Kalesche[8], mit viel Platz für einen mächtigen Sack voll Handwerksgerät, und verfolgte aufmerksam das Treiben des Fremden.

Der Zuschauer war ein runder, stämmiger Landpächter mit rotem Gesicht und Doppelkinn und mit einer Stimme, die heiser war von gutem Leben und gutem Schlafen, von guter Laune und guter Gesundheit. Er war über die Blütezeit des Lebens hinaus; aber die Zeit ist ja nicht immer eine rauhe Mutter, und wenn sie auch keins ihrer Kinder verschont, so legt sie doch auf die, welche weisen Gebrauch von ihr gemacht haben, ihre Hand nur leicht und läßt ihnen Herz und Geist jung und in voller Frische. Bei solchen Leuten ist das graue Haupt nichts als der Abdruck der Hand, welche die alte Matrone segnend ihnen auflegt, und jede Runzel ist nur ein Mal in dem ruhigen Kalendarium eines sinnvoll genutzten Lebens.

Dieser derbe, gesunde, frische, wenngleich schon betagte Mann schien mit sich und der Welt in Frieden zu leben. Obgleich er in allerhand Röcke und Tücher eingemummt war – eines davon war in Falten um sein Doppelkinn und um sein Haupt gelegt, so daß es den dreieckigen Hut zusammen mit der Stutzperücke davor bewahrte, vom Winde weggeweht zu werden –, war seine behäbige und gemütliche Gestalt auf den ersten Blick kenntlich; ebenso bewirkten gewisse schmutzige Fingerspuren auf seinem Gesicht keinerlei anderen als einen seltsamen und komischen Ausdruck, durch welchen die natürliche gute Laune, die auf dem Gesichte lag, mit ungemindertem Glanz hervorschimmerte.

»Es ist nicht verletzt«, stellte endlich der Reiter fest, indem er den Kopf hob.

»Das habt Ihr endlich herausgefunden? He?« erwiderte der alte Mann. »Meine Augen haben mehr Licht gesehen als die Eurigen; aber tauschen mit Euch möcht' ich doch nicht.«

»Was meint Ihr damit?«

»Was ich meine? Ich hätt' Euch vor fünf Minuten sagen können, daß es nicht verletzt worden ist. Gebt mir das Licht her, Freund; reitet in langsamerem Tempo weiter, und gute Nacht!«

Als er die Laterne heraufreichte, konnte der Reiter notwendigerweise nicht anders, als ihre Lichtstrahlen voll auf das Gesicht des Sprechenden zu lenken. Im selben Augenblicke trafen sich beider Blicke. Und plötzlich ließ der Reiter die Laterne fallen und trat sie mit dem Fuß aus.

»Habt Ihr nie in Eurem Leben einen Schlosser gesehen, daß Ihr zusammenfahrt, als wäret Ihr einem Gespenst begegnet?« rief der alte Mann in der Kalesche. »Oder ist das etwa«, setzte er hastig hinzu, während er die Hand in den Sack mit dem Handwerkszeug schob und einen Hammer hervorholte, »ein Plan, mich auszurauben? Ich kenne die Wege hier, mein Freund. Wenn ich sie befahre, dann führe ich nichts bei mir als ein paar Schillinge, nicht soviel als einer Krone Wert entspricht. Ich sage es Euch offen und ehrlich, um uns beiden Angelegenheiten zu sparen, daß bei mir nichts zu holen ist als ein in Anbetracht meiner Jahre noch recht kräftiger Arm und das Werkzeug hier, das ich infolge meiner langen Bekanntschaft mit ihm wohl ziemlich flink zu führen verstehe. Ihr sollt's nicht ganz bequem haben, das sag' ich Euch, wenn Ihr Euch zu einem Überfall erdreisten solltet.« Mit diesen Worten stand er zur Verteidigung bereit.

»Ich bin nicht das, wofür Ihr mich haltet, Gabriel Varden«, versetzte der andere.

»Was seid Ihr denn, und wer seid Ihr?« erwiderte der Schlosser. »Ihr wißt ja offenbar meinen Namen. Dann sagt mir auch Euren.«

»Ihr habt mir den Namen nicht verraten!« erwiderte der Fremde. »Ich hab' ihn auf dem Schild an Eurem Wagen gelesen, das ja kaum zu übersehen ist.«

»Dann habt Ihr dafür bessere Augen gehabt, als Ihr eben noch für Euer Pferd hattet«, sagte Varden und stieg behend aus seiner Kalesche. »Wer seid Ihr? Laßt mich Euer Gesicht sehen!«

»Platz da!«

»Keine Tricks und Maskeraden!« rief der Schlosser. »Daß es womöglich morgen im Klub herumgeht, wie sich Gabriel Varden durch eine mürrische Stimme und finstere Nacht habe einschüchtern lassen. Bleibt stehen und laßt mich Euch ins Gesicht sehen!«

Da er merkte, daß ihn weiterer Widerstand nur immer tiefer in eine Auseinandersetzung verwickeln würde, schlug der Reiter seinen Rock zurück und beugte sich nieder, dem Schlosser fest und ruhig ins Auge zu sehen.

Vielleicht haben sich niemals zwei schärfer kontrastierende Männer von Angesicht zu Angesicht gegenüber gestanden. Das rote Gesicht des Schlossers ließ die außergewöhnliche Blässe des Mannes im Sattel so deutlich hervortreten, daß er aussah wie ein Gespenst ohne Fleisch und Blut, dem dicke schwere Tropfen wie Todestau am Gesicht hingen. Das Gesicht des alten Schlossers war von einem Lächeln aufgehellt, als würde er an diesem wenig vertrauenerweckenden Fremden eine versteckte Schelmerei in den Gesichtszügen entdecken, die ihm hinter solcher schalkhafter Vermummung eine bekannte Person enthüllen und den ganzen Jux vereiteln sollte. Das Gesicht des andern, tückisch und wild, aber auch schüchtern, war das Gesicht eines Menschen, der auf alles gefaßt und zu jeglichem Widerstand gerüstet ist; seine fest geschlossenen Kinnladen, sein in Runzeln gefalteter Mund, und vor allem eine gewisse verstohlene Bewegung der Hand zu seiner Brust schienen eine verzweifelte Absicht anzuzeigen und keineswegs komödiantische Absichten.

So standen sich die beiden Männer eine Zeitlang Auge in Auge gegenüber und schwiegen.

»Hm!« brummte der Schlosser, als er die Gesichtszüge des anderen gemustert hatte, »ich kenn' Euch nicht.«

»Fühlt auch kein Verlangen danach?« versetzte der andere, sich wieder wie vorher einmummend.

»Nein, keines«, antwortete Gabriel; »um offen mit Euch zu sein, Freund, ein Empfehlungsschreiben tragt Ihr gerade nicht auf Eurem Gesicht.«

»Ist auch nicht mein Wunsch«, sagte der Reisende. »Mir ist es recht, wenn man mir aus dem Wege geht.«

»Na«, meinte der Schlosser, »ich denk, Eurem Wunsch wird jeder gern entsprechen.«

»Das verlange ich auch um jeden Preis!« versetzte der Reisende; »und zum Beweis dafür laßt Euch das folgende gesagt sein: daß Ihr nämlich noch nie zuvor in solcher Lebensgefahr geschwebt habt wie in den letzten wenigen Augenblicken! Wenn Euch noch fünf Minuten von Eurem letzten Stündlein trennen, so werdet Ihr dem Tod nicht näher sein, als Ihr's heut nacht gewesen seid.«

»Soso!« rief der Schlosser.

»Jawohl, soso!« antwortete der Fremde; »und zwar seid Ihr einem gewaltsamen Tod verflucht nahe gewesen.«

»Von wessen Hand?«

»Von meiner«, antwortete der Fremde. Und mit diesen Worten gab er dem Pferd die Sporen und ritt davon; zuerst plantschte es schwerfällig in kurzem Trab durch den Kot, nach und nach aber beschleunigte es die Gangart, bis das Hufgetrappel verklungen war. Der Reiter galoppierte nun wieder genauso rasend schnell dahin wie vor dem Zusammenstoß mit der Kutsche.

Die zerbrochene Laterne in der Hand, stand Gabriel Varden da, verblüfft und aufmerksam lauschend, bis nur noch das Grollen des Windes und der dicht niederklatschende Regen zu hören waren. Dann schlug er sich ein paarmal kräftig vor die Brust, wie um sich wachzurütteln, und brach in einen Ruf des Staunens aus.

»Was in aller Welt kann das für ein Kerl sein! Ein Verrückter? Ein Räuber? Ein Mörder? Wär' er nicht so schnell davongelaufen, dann würden wir schon gesehen haben, wer in größerer Gefahr geschwebt hat, er oder ich. Ich wär' dem Tod niemals näher gewesen, als heute nacht? Hoffentlich rück' ich dem Tod in den nächsten Jahren nicht näher, und sollte es der Fall sein, dann will ich auch nicht jammern.«

Gabriel setzte sich wieder in seine Kalesche und schaute aufmerksam die Straße entlang, auf welcher der Reiter ihm entgegengestürmt war, während er halblaut vor sich her murmelte:

»The Maypole – zwei Meilen bis zum Maibaum-Wirtshaus! Ich bin, nachdem ich den ganzen langen Tag an Schlössern und Klingeln herumhantiert, die andere Straße von The Warren her gekommen, einzig und allein in der Absicht, nicht an der Schenke vorbeizukommen und das Martha gegebene Versprechen zu halten, nicht hineinzuschauen – so ist das nun mit Entschlüssen! Ohne Laterne nach London hinaufzufahren, könnte riskant sein, und bis zum Wirtshaus auf der Halbscheid des Wegs sind es über vier Meilen; und zwischen hier und dort ist gerade der Platz, wo man ein Licht am meisten braucht. Zwei Meilen bis zum Maibaum! Ich habe Martha versprochen, daß ich's nicht tun würde; und ich hab's nicht getan – so ist's nun mit Entschlüssen!«

Er wiederholte die letzten Worte sehr oft, wie um sich für den kleinen Entschluß, den er fassen wollte, dadurch zu entschädigen, daß er sich auf den großen Entschluß, den er zuvor gefaßt hatte, recht viel einbildete. Also machte Gabriel Varden ruhig kehrt mit der Absicht, im Maypole ein Licht – und eben nichts anderes als bloß ein Licht – zu verlangen.

Als er aber am Wirtshaus angelangt war und Joe sich, dem wohlbekannten Rufe folgend, eilends vor das Haus begeben hatte und zu dem Pferde getreten war – und als durch die von Joe offen gelassene Tür eine köstliche Aussicht auf Wärme und Helligkeit sich eröffnete – als nun die rötliche Glut des Feuers, das durch die alten roten Vorhänge der Gaststube strömte, ein lockendes Stimmengewirr und einen würzigen Geruch von dampfendem Grog und von Tabak (einem damals noch seltenen Genusse) mit sich zu tragen schien – als die an den Vorhängen entlang gleitenden Schatten ihn sehen ließen, daß die in dem Raume befindlichen Leute von ihren wohligen Sitzen aufgestanden waren und in dem wohligsten Winkel – (O! wie gut kannte er diesen Winkel!) – Platz für den ehrsamen Schlosser gemacht hatten, und als nun ein breiter, jäh auflodernder Glutstreifen von der Güte der prasselnden Holzscheite Kunde gab, von denen in diesem Augenblick, zweifellos zur Ehre seiner Ankunft, ein brillanter Funkenregen aufstob – als sich, in weiterer Erwägung dieser Lockungen, aus der abgelegenen Küche ein liebliches Geknister von bratendem Fleisch in Verbindung mit einem musikalischen Geklapper von Tellern und Schüsseln und einem wohltätigen Duft wahrnehmen ließ, der sogar den tosenden Wind erträglich machte – da fühlte Gabriel, wie seine Entschlossenheit rasch schwand. Er machte den Versuch, mit stoischem Gleichmut auf das Wirtshaus zu schauen; aber seine Züge schmolzen dahin zu einem schmachtenden und sehnenden Blick. Er wendete den Kopf zur andern Seite herum, und die kalte, finstere Gegend schien ihn geradewegs ins Innere des Wirtshauses zu treiben, damit er Zuflucht in gastlichen Armen suche.

»Der Gerechte, Joe, erbarmt sich seines Viehes«, sagte der Schlosser; »ich will hier aussteigen und eine kurze Rast einlegen.«

Und wie natürlich war es, auszusteigen und eine Pause zu machen! Und wie unnatürlich erschien es einem nüchternen Mann, sich mühsam durch schmutzige Straßen entlangzuschleppen, sich den rauhen Windstößen und dem klatschenden Regen auszusetzen, während hier eine saubere, mit knirschendem weißen Sande bestreute Diele winkte mit einem wohlgesäuberten Herd, einem lodernden Feuer, einem mit weißen Linnen gedeckten Tisch, blanken Zinnkrügen und allerlei verführerischen Zurüstungen zu einem gutgekochten Essen. Alles war bereit, ihn mit Freuden zu empfangen.

3. Kapitel

Mit diesen Gedanken trat der Schlosser in die behagliche Stätte, wo sich seine Augen langsam von den Schmerzen erholten, die durch starken Wind verursacht worden waren – so war es für ihn gleichsam zu einer gesundheitspolizeilichen Pflicht geworden,

Schutz vor dem Wetter zu suchen. Er geriet in Versuchung, den leichten Husten sehr schlimm zu machen und die Erklärung abzugeben, daß er sich ganz abscheulich elend fühle. Diese Gedanken zogen auch eine ganze Stunde später noch durch seinen Kopf, als das Abendessen vorbei war und er mit freudestrahlendem Gesicht in demselben warmen Winkel saß und auf das Zirpen des kleinwüchsigen Salomo Daisy lauschte und auf das gesellige Geschwätz, das sich um das Kaminfeuer entspann. Natürlich hatte der Neuankömmling auch von seiner sonderbaren Begegnung im Wald erzählt.

»Ich wünschte, daß er ein ehrlicher Mann sei, weiter nichts«, sagte Salomo, indem er allerhand Betrachtungen bezüglich des Fremden anstellte und so Anlaß zu einer ernsten Diskussion gab; »ich wünsche, daß er ein ehrlicher Mann sei.«

»Den Wunsch haben wir alle, meine ich; nicht wahr?« bemerkte der Schlosser.

»Ich nicht«, sagte Joe.

»Nicht?« rief Gabriel Varden.

»Nein. Er hat mich mit der Peitsche geschlagen, der Feigling, als er zu Pferd saß und ich dastand, und mir wär' es lieber, wenn er das herauskehrte, wofür ich ihn halte.«

»Und was mag das sein, Joe?«

»Nichts Gutes, Mr. Varden. Schüttele nur ruhig den Kopf, Vater, aber ich sage, nichts Gutes, und würde hundertmal hintereinander sagen, nichts Gutes, wenn es ihn zurückbringen würde, damit er die Prügel bekäme, die er verdient.«

»Halt's Maul, Joe!« rief John Willet.

»Das Maul halten will ich nicht, Vater. Bloß deinetwegen hat er zu tun gewagt, was er getan. Weil er nämlich sah, daß ich wie ein Kind behandelt und wie ein Narr heruntergeputzt wurde, darum faßte er sich ein Herz und wischte einem Kerl eins aus, der seiner Meinung nach – und was hinderte ihn an solcher Meinung? – kein Körnchen Grütze im Schädel hat. Aber damit irrt er sich gewaltig, das will ich ihm zeigen, und das will ich Euch allen zeigen, eh' noch viel Zeit darüber vergehen wird.«

»Weiß der Junge wohl, was er für Zeug redet!« rief John Willet erstaunt.

»Vater«, erwiderte Joe, »ich weiß sehr genau, was ich sage und was ich sagen will – auch wenn du es nie verstehen willst. Das kann ich ja noch ertragen, aber die Verachtung kann ich nicht ertragen, die du mit deiner Behandlungsweise jeden Tag aufs neue über mich ausschüttest. Sieh doch andere junge Leute in meinem Alter an! Haben sie nicht die Freiheit, nicht das Recht, ihre Meinung zu äußern? Müssen sie denn mucksmäuschenstill dasitzen und sich zurechtweisen lassen, bis sie bei jung und alt zum Gelächter geworden sind? Ganz Chigwell spottet schon über mich, und ich sage dir – und es ist besser, daß ich dir das jetzt sage, als daß ich warte, bis du tot bist und ich dein Geld bekommen habe – ich sage, daß ich über kurz oder lang einmal dazu gezwungen sein werde, diese Familienbande zu zerreißen, und daß dann nicht mich die Schuld daran trifft, sondern bloß dich und niemand anders.«

John Willet wurde durch die Erbitterung und die Kühnheit seines hoffnungsvollen Sohnes derartig in Erstaunen gesetzt, daß er wie behext dasaß und in lächerlicher Weise den Kessel anstarrte, immer, aber völlig erfolglos bemüht, seine langsamen Gedanken zu sammeln und eine Antwort ausfindig zu machen. Die Gäste, die kaum weniger verwirrt waren als er, kannten sich gleicherweise nicht vor Verlegenheit und erhoben sich endlich unter mancherlei Beileidserklärungen, die sie leise murmelten oder nur leise andeuteten. Und so verließen sie das Maypole-Wirtshaus, zumal sie um diese Zeit schon leicht berauscht vom Schnaps waren.

Nur der ehrsame Schlosser richtete einige vernünftige Worte an beide Parteien. Zuerst bat er John Willet dringend, sich doch zu vergegenwärtigen, daß Joe schon beinah ein Mann sei und nicht mehr am Gängelband geführt werden dürfe; sodann ermahnte er Joe, die Launen seines Vaters in Kauf zu nehmen und sich lieber zu bemühen, ihnen durch ruhige Vorstellungen zu begegnen, statt durch Unbotmäßigkeit. Dieser Rat wurde so aufgenommen, wie es solchen Ratschlägen gewöhnlich beschert ist. Auf John Willet machte er fast genau soviel Eindruck wie auf das Schild draußen vor der Tür, während Joe ihn von der besten Seite auffaßte, seine Sohnespflicht gern anerkannte, aber bestimmt, wenn auch höflich seine Absicht zu verstehen gab, seinen eigenen Weg zu gehen und sich von niemandem beeinflussen lassen zu wollen.

»Ihr seid mir immer ein sehr guter Freund gewesen, Mr. Varden«, sagte er, als sie draußen vor der Tür standen und der Schlosser sich zur Heimfahrt anschickte; »ich weiß Eure Worte sehr zu schätzen; aber die Zeit ist nun nahe gerückt, wo das Maypole und ich scheiden müssen.«

»Rollende Steine, Joe, setzen kein Moos an«, sagte Gabriel.

»Meilensteine auch nicht viel«, versetzte Joe. »Ich bin hier wenig besser als so ein Ding und seh' keinen Zipfel mehr von der Welt.«

»Was hast du denn vor, Joe?« fragte der Schlosser und strich sich bedächtig das Kinn; »was willst du denn werden? Wohin könntest du deinen Fuß setzen? Sag mir das mal!«

»Das muß ich dem Zufall überlassen, Mr. Varden.«

»Auf Zufälle zu hoffen, das wäre mir zu riskant. Ich sage immer meinem Mädchen, wenn wir über einen Mann für sie sprechen, sie soll es nie dem Zufall überlassen, sondern sich vorher vergewissern ob sie einen guten und treuen Mann bekommt, dann wird der Zufall ihr Glück weder mehren noch zerstören. Was hantierst du denn da herum? Es fehlt doch, hoffe ich, nichts am Geschirr?«

»Nein, nein«, sagte Joe – der aber ein besonderes Vergnügen daran fand, so zu tun, als ob er sich mit Anziehen und Festschnallen einiger Riemen beschäftigte – »Miss Dolly geht's gut?«

»Danke, Junge! Sie sieht so hübsch aus, daß es so sein kann, hübsch und gut!«

»Sie ist immer beides, Mr. Varden!«

»Das stimmt, Gott sei Dank!«

»Ihr werdet hoffentlich«, sagte Joe nach einigem Zögern, »diese Geschichte nicht zu meinem Schaden erzählen – daß ich nämlich geschlagen worden bin wie der Knabe, zu dem sie mich gern machen möchten – erzählt das bitte nicht eher, als bis ich diesem Menschen wiederbegegnet bin und mit ihm abgerechnet habe. Die Geschichte wird sich dann besser anhören.«

»Und wem sollt' ich sie denn erzählen?« fragte Gabriel. »Die Sache ist doch nicht bekannt hier, und ich laufe vermutlich auch keinem in den Weg, der sich darum bekümmern würde.«

»Mehr denn wahr«, sagte der Junge seufzend. »Das hab' ich ganz vergessen. Ja, das stimmt allerdings.«

Mit diesen Worten richtete er sein Gesicht in die Höhe, das puterrot war – zweifelsohne von der Anstrengung beim Anziehen und Festschnallen der Riemen, wie oben bemerkt – und gab dem alten Mann die Zügel, der sich inzwischen in der Kalesche zurechtgesetzt hatte, seufzte wieder und wünschte ihm gute Nacht.

»Gute Nacht!« rief Gabriel. »Nun überdenk' dir das, worüber wir eben geredet haben, noch einmal und besser, und handle nicht übereilt, dein Vater ist und bleibt doch ein guter Kerl. Du bist mir nicht gleichgültig, daher möchte ich nicht, daß du dich ins Unglück bringst. Gute Nacht!«

Joe Willet erwiderte den freundlichen Abschiedsgruß mit herzlicher Gutmütigkeit und blieb so lange unschlüssig stehen, bis das Rattern und Scheppern der Kutsche nicht mehr zu hören war. Dann trat er wieder, den Kopf betrübt schüttelnd, in das Haus ein.

Gabriel Varden schlug die Richtung nach London ein, seine Gedanken kreisten vor allem um die Frage, wie er seiner Frau erklären konnte, warum er trotz gewisser feierlicher Übereinkünfte zwischen ihm und ihr dem Maypole-Wirtshaus einen Besuch abgestattet hätte. Denken bringt nicht bloß Gedanken hervor, sondern manchmal auch Schläfrigkeit, und je angestrengter der Schlosser nachdachte, desto schläfriger wurde er.

Ein Mann kann sehr nüchtern sein – oder zum wenigsten auf jenem neutralen Boden fest auf den Beinen stehen, der zwischen den Grenzen vollkommener Nüchternheit und eines leichten Rausches liegt – und doch eine starke Neigung fühlen, Umstände miteinander zu verknüpfen, die eigentlich keinerlei inneren Zusammenhang aufweisen; alle Rücksicht auf Personen, Dinge, Zeiten und Örtlichkeiten zu verdrehen und seine Gedanken in eine Art Kaleidoskop zusammenzuschweißen, das Kombinationen zuwege bringt, die ebenso unerwartet wie willkürlich sind. Dies war der Zustand Gabriel Vardens, während er, in seinem unruhigen und oft gestörten Schlafe nickend, sein Pferd einen Weg laufen ließ, mit dem es wohlvertraut war. So kam er, ohne es recht zu merken, seiner Heimatstadt näher und näher. Er hatte sich ein einziges Mal emporgerafft, als das Pferd so lange stehen blieb, bis der Schlagbaum geöffnet wurde, und hatte dem Wegegeld-Einnehmer ein lustiges »Gute Nacht« zugerufen, war aber im demselben Augenblick aus einem Traum auferweckt, der ihm vorgaukelte, er habe ein Schloß im Magen des Großmoguls aufzubrechen, selbst noch im Augenblick des Erwachens verwechselte er den Hüter des Schlagbaumes mit seiner Frau Schwiegermutter, die schon seit zwanzig Jahren tot war. Es ist also nicht eben verwunderlich, daß er bald wieder in Schlaf sank.

Und nun näherte er sich der großen Stadt, die vor ihm ausgestreckt lag wie ein finsterer Schatten auf dem Boden. Trübe, träge schimmerte Licht aus den Labyrinthen der Straßen, Gassen und Läden. Als er näher kam, wurden Töne laut – Schläge von Turmuhren, Gebell von Hunden, das Schwirren und Summen des Straßenverkehrs; dann ließen sich Umrisse erkennen – hoch in die Lüfte aufragende Türme und Schichten ungleichmäßiger, von Schornsteinen beschwerter Dächer. Der Lärm schwoll an, die Gestalten gewannen größere Deutlichkeit und wurden immer stärker an Zahl, und London – in der Finsternis sichtbar durch sein eigenes schwaches Licht, und nicht durch das des Himmels – war erreicht.

Der Schlosser, der gar nicht gemerkt hatte, wie nah er der Stadt schon war, rasselte halb im Schlaf, halb im wachen Zustand weiter – als ihn ein lauter Schrei in nicht zu großer Ferne vor ihm mit einem Ruck munter machte.

Eine kurze Weile sah er sich um wie jemand, der im Schlaf in ein fremdes Land verschleppt worden ist; bald erkannte er aber bekannte Dinge, rieb sich verschlafen die Augen, wäre jedoch erneut eingenickt, wenn der Schrei nicht abermals ertönt wäre – nicht ein- bis zwei- oder dreimal, sondern viele Male, und jedesmal, obwohl es kaum möglich schien, heftiger. Völlig ernüchtert lenkte Gabriel, der nicht leicht zu erschrecken war, zu der entsprechenden Stelle hin, indem er sein stämmiges kleines Pferd antrieb, als gelte es Tod oder Leben.

Die Sache sah wirklich ernst genug aus, denn als er an den Ort kam, woher die Schreie erklungen waren, erkannte er die Gestalt eines Mannes, der augenscheinlich leblos auf dem Fußwege lag, während über ihm eine andere Person mit einer Fackel in der Hand herumhantierte, die er mit grimmiger Ungeduld und jenem verstärkten Geschrei um Hilfe, das den Schlosser aufgeweckt hatte, in der Luft schwenkte.

»Was gibt's hier?« sagte der alte Varden, als er aus der Kutsche stieg. »Was ist hier los, Barnaby?«

Der Mann, der die Fackel schwenkte, schüttelte sich das lange lose Haar aus der Stirn und blickte den Schlosser durchdringend an.

»Ihr kennt mich doch, Barnaby?« sagte Varden.

Er nickte – nicht ein- oder zweimal, sondern andauernd und mit einer phantastischen Übertreibung, die seinen Kopf stundenlang in Bewegung gehalten hätte, wenn nicht der Schlosser den

Finger gehoben und, das Auge starr auf ihn heftend, ihn veranlaßt hätte, inne zu halten; dann wies er mit fragendem Blicke auf den am Boden liegenden Körper.

»Es klebt Blut an ihm«, sagte Barnaby mit einem Schauder. »Blut macht mich krank.«

»Wie ist das hergekommen?« fragte Varden.

»Eine Waffe aus Stahl!« versetzte er wild und indem er mit der Hand die Bewegung eines Degenfechters nachmachte.

»Hat man ihn ausgeraubt?« fragte der Schlosser.

Barnaby packte ihn am Arm und nickte: »Ja.« Dann zeigte er zur Stadt.

»Oh!« sagte der alte Mann, bückte sich über den Körper und blickte, während er sprach, in Barnabys bleiches Gesicht, das seltsam von etwas erhellt wurde, das *nicht* Verstand war. »Der Räuber hat sich in dieser Richtung davon gemacht – wie? Gut, gut! Darum wollen wir uns aber jetzt nicht kümmern. Haltet Eure Fackel hierher – ein bißchen weiter weg –, so! Und nun bleibt ruhig stehen, während ich nachsehen will, was für ein Schaden hier angerichtet ist.«

Mit diesen Worten unterzog er die am Boden hingestreckt liegende Gestalt einer genaueren Untersuchung, während Barnaby, der, wie ihm aufgetragen, die Fackel hielt, stillschweigend zusah, fasziniert und voller Neugierde, und doch zurückgescheucht durch ein starkes geheimes Grausen, das ihn bis ins Mark erschütterte. Als er sich nach vorn beugte, traten sein Gesicht und seine Gestalt voll in den Lichtschein der Fackel und wurden so deutlich sichtbar wie am hellen Tag: Er war etwa dreiundzwanzig Jahre alt und, wenn auch ziemlich hager, doch von stattlicher Größe und kräftigem Bau. Sein Haar, von dem er einen überreichen Vorrat hatte, war rot und hing ihm wirr über das Gesicht und über die Schultern; es gab seinen ruhelosen Blicken einen seltsamen, allem Irdischen fernliegenden Ausdruck, der durch die Blässe seiner Gesichtsfarbe und durch den glasigen Glanz seiner großen hervortretenden Augen erhöht wurde. So abschreckend aber sein Aussehen war, so war doch der Ausdruck seiner Gesichtszüge gutmütig, und in seinem bleichen verstörten Aussehen lag sogar etwas wie Klage. Die Abwesenheit der Seele ist jedoch bei einem lebendigen Menschen weit schrecklicher als bei einem toten; und bei diesem unglücklichen Geschöpf hier fehlten die edleren Seelenkräfte.

Sein Anzug war aus grünem Stoff, an manchen Stellen – augenscheinlich von seinen eigenen Händen – plump mit auffällig glänzender Litze besetzt; am glänzendsten dort, wo das Zeug am meisten abgetragen und beschmutzt war, und am kümmerlichsten dort, wo es am besten erhalten war. An seinen Handgelenken baumelten ein paar lotterige Manschetten, während seine Kehle beinahe bloß war. Den Hut hatte er mit einem Büschel Pfauenfedern geschmückt, die aber schlapp und eingeknickt waren.

Um seine Hüfte hatte er das Stahlheft eines alten Degens ohne Klinge oder Scheide gegürtet, und einige teilweise farbige Enden von Bändern vervollständigten mit ein paar ärmlichen Glasperlen seine Kleidung. Die flatterige, wirre Art, mit der er die scheckigen Lumpen um den Leib geschlungen hatte, legte in einem kaum schwächeren Grad als sein hastiges, unstetes Wesen Zeugnis ab für die geistige Störung, an der er litt, und hob und verstärkte durch einen wunderlichen Kontrast die noch eindrucksvollere Wildheit seines Gesichts.

»Barnaby«, sagte der Schlosser nach einer eiligen Untersuchung, »der Mann ist nicht tot; aber er hat eine Wunde in der Seite und ist in Ohnmacht gefallen.«

»Ich kenne ihn! Ich kenn' ihn!« rief Barnaby und schlug die Hände zusammen.

»Kennen? Barnaby, Ihr kennt ihn?« wiederholte der Schlosser.

»Pst!« machte Barnaby und drückte den Finger gegen die Lippen. »Er ist heut ausgezogen, um zu freien. Nicht um 'ne leichte Guinee[9] möcht' ich, daß er je wieder freien ginge; denn wenn er's täte, würden Augen trübe werden, die jetzt hell und klar sind wie – seht, wenn ich von Augen spreche, dann kommen immer die Sterne hervor. Wessen Augen sind sie? Sind es die Augen der Engel, warum schauen sie dann hier herab und sehen zu, wie gute Menschen geschlagen werden, und blinzeln und funkeln bloß die ganze Nacht über?«

»Der Himmel helfe dem einfältigen Burschen!« murmelte der verdutzte Schlosser. »Kann er den Herrn wohl kennen? Das Haus seiner Mutter ist nicht weit weg von hier; ich sehe wohl besser zu, ob sie mir sagen kann, wer es ist. Barnaby, mein Sohn, helft mir, ihn in den Wagen legen, und dann wollen wir zusammen heimfahren.«

»Ich kann ihn nicht anfassen!« rief der Idiot, der jetzt wie von einem starken Krampfanfall geschüttelt wurde. »Er ist ja voller Blut.«

»Ich weiß, es ist nun mal deine Natur«, murmelte der Schlosser; »es ist grausam, dich darum zu bitten, aber ich muß Hilfe haben. Barnaby – guter Barnaby – lieber Barnaby – wenn Ihr diesen Herrn hier kennt, um seines Lebens willen und um jedermanns Leben willen, der ihn liebt, helft mir, ihn aufzuheben und in den Wagen zu legen.«

»Dann deckt ihn zu, wickelt ihn dicht ein – laßt mich nichts sehen – nichts riechen. Sagt das Wort nicht! – Sagt's nicht!«

»Nein, nein, ich werde's nicht sagen. Da, Ihr seht's! Er ist jetzt zugedeckt. Behutsam! So ist es recht!«

Sie legten ihn mit großer Leichtigkeit in den Wagen, denn Barnaby war kräftig und flink; aber die ganze Zeit über zitterte und bebte er vom Kopf bis zu den Füßen und litt solche Qualen, daß der Schlosser kaum ertragen konnte, Zeuge von Barnabys Verwirrung zu werden.

Als die Arbeit getan war und Varden den Verwundeten mit seinem eigenen Überrock zugedeckt hatte, fuhren sie in munterem Trab vorwärts: Barnaby, indem er vergnügt die Sterne an den Fingern herzählte, und Gabriel, indem er sich im Herzen Glück dazu wünschte, daß ihm jetzt ein Abenteuer zugestoßen war, das Frau Varden in betreff des Maibaums für diese Nacht den Mund schließen mußte, oder es hätte kein Glaube in der Frau stecken müssen.

4. Kapitel

In der ehrwürdigen Vorstadt – heute ist sie ein Stadtteil Londons – Clerkenwell, unweit von Charter House und in einer jener kühlen schattigen Straßen, von denen heute noch einige, weit verzettelt und verstreut, vorhanden sind, liegt der Schauplatz der Ereignisse, die in diesem Kapitel beschrieben werden. Auch wenn es erst sechsundsechzig Jahre her ist,[10] hatte ein sehr großer Teil von dem, was London heute ist, damals keine Existenz. Selbst in dem Gehirn der tollsten Spekulanten gab es noch nicht die Straßenfluchten, die Highgate mit Whitechapel verbinden, auch die vielen Paläste auf sumpfigen Niederungen waren noch unvorstellbar. Zwar war Clerkenwell damals auch schon in viele Straßen parzelliert und dicht bevölkert, trug aber ein durchaus anderes Gepräge als heute. Die meisten Häuser hatten große Gärten, und Bäume säumten die Seiten der Straßen; und ein frisches Lüftchen wehte auf und nieder, das man in unsern Tagen dort vergebens suchen würde. Felder waren nahe zur Hand, durch die der New River[11] seinen gewundenen Lauf nahm und wo im Sommer die Heuernte gefeiert wurde. Die Natur war nicht so weit hinausgerückt oder schwer zu erreichen wie in der Gegenwart, und obgleich in Clerkenwell viele Geschäftszweige florierten, vor allem die Goldschmiedekunst, war es doch ein sauberer Ort mit Bauernhäusern in größerer Nähe, als viele Londoner neuerer Zeit glauben möchten; und mit verschwiegenen Wegen für Verliebte.

In einer dieser Straßen, der saubersten von allen, und auf der Schattenseite des Weges – denn gute Hausfrauen wissen, daß Sonnenlicht das Mobiliar verdirbt – stand das Haus, mit dem wir uns zu beschäftigen haben. Es war ein bescheidenes Gebäude, nicht allzusehr nach der neuen Mode, nicht sehr gerade, nicht groß, nicht hoch gebaut; mit keiner anmaßenden Außenfront und keinen großen blendenden Fensterscheiben. Vielmehr war es ein schüchternes Haus mit einem kegelförmigen Dach, das über einem aus vier kleinen Glasscheiben gebildeten Bogenfenster in einem spitzigen Giebel auslief, etwa wie ein Dreispitz auf dem Kopfe eines älteren einäugigen Herrn. Es war nicht aus Ziegeln oder Mauersteinen gebaut, sondern aus Holz und Mörtel; es war nicht mit langweiliger und ermüdender Rücksicht auf Regelmäßigkeit entworfen und angelegt, denn kein Fenster paßte zu dem anderen oder schien den leisesten Bezug auf etwas anders als sich selbst zu haben.

Der Laden befand sich – wie gewöhnlich – im Erdgeschoß. In diesem äußerlichen Umstand aber erschöpfte sich auch schon die Ähnlichkeit dieses Ladens mit anderen Verkaufsstätten. Die Leute, die hier ein- und ausgingen, gelangten nicht auf eine Treppe oder Stufe in den Raum oder schritten von der Straße aus auf gleicher Höhe hinein, nein, sie hatten drei steile Stufen wie in einen Keller hinabzutauchen. Sein Boden war mit Steinen und Ziegeln gepflastert, und an Stelle eines eingerahmten Glasfensters hatte es – etwa auf Brusthöhe – einen großen, schwarzen Klapp- oder Schiebeladen aus Holz, der tagsüber zurückgeschoben wurde, so daß kalte Luft, Licht und anderes mehr ungehemmt hineinströmen konnten. Hinter diesem Laden befand sich ein getäfeltes Wohnzimmer, das zunächst auf einen gepflasterten Hofraum und über diesen hinaus auf einen kleinen Terrassen-Garten sah, der um ein paar Fuß höher als der Hof gelegen war. Jeder Fremde hätte vermutet, daß diese getäfelte Wohnstube mit Ausnahme der Verbindungstür, durch die er eingetreten war, von aller Welt abgeschnitten und abgeschieden wäre; und wirklich konnte man auch bei den meisten Fremden, wenn sie zum erstenmal hier eintraten, feststellen, daß sie äußerst nachdenklich wurden, als würden sie überdenken, ob sich die oberen Zimmer und Räume nur von außen her und auf Leitern erreichen ließen; sie ahnten nicht, daß zwei der Türen, die sie für bloße Türen von Wandschränken hielten, in Wahrheit aus dem Wohnraum hinausführten: auf zwei finstere Wendeltreppen, die eine auf-, die andere abwärts, beide Verbindungsglieder zwischen Wohnstube und den anderen Teilen des Hauses.

Von dieser Eigenwilligkeit einmal abgesehen, war das Haus das ordentlichste und sauberste in Clerkenwell, ja vielleicht in London oder ganz England. Nirgendwo gab es hellere Fenster, weißere Dielen, besser gepflegte Kamine oder Mahagoni-Möbel von tieferer, glänzenderer Politur; es wurde in der ganzen Straße, in allen Haushaltungen zusammengenommen, nicht mehr gerieben, gescheuert, geputzt und poliert als hier. Diese Auszeichnung wurde auch nicht erworben ohne mancherlei Kosten und Mühen und großen Stimmenaufwand, wie es den Nachbarn des öftern bewußt wurde, wenn die gute Frau dieses Hauses an Scheuertagen nach dem Rechten sah und bei der Arbeit selbst mit Hand anlegte; und solche Tage waren gewöhnlich die Tage vom Montag an bis zum Sonnabend, und zwar einschließlich dieser beiden Tage.

An den Türpfosten seines Hauses gelehnt, stand der Schlosser am Morgen, nachdem er dem verwundeten Mann geholfen hatte, und blickte traurig auf einen großen hölzernen Schlüssel, der hellgelb, damit es wie Gold aussähe, angemalt war und vor der Haustür hing, wo er mit kläglich knarrendem Geräusch hin und her baumelte, als jammere er darüber, daß nichts aufzuschließen dasei. Manchmal warf er über die Schulter einen Blick in den

Laden hinein, der von zahlreichen Merkmalen des Gewerbes dem er diente, so düster und schmutzig und von dem Rauch einer kleinen Schmiede, in deren Nähe sein Lehrjunge bei der Arbeit war, so geschwärzt war, daß es für einen mit diesem Gewerbe nicht bekannten Menschen schwierig gewesen wäre etwas anderes als Gerätschaft von ungestalter Form, große Bündel rostiger Schlüssel, Eisenstücke, halbfertige Schlösser zu erkennen, welche die Wände bedeckten und in Klumpen von der Decke herabhingen.

Nach einer langen geduldigen Betrachtung des goldenen Schlüssels trat Gabriel Varden auf die Straße hinaus und blickte verstohlen zu den oberen Fenstern hinauf. Eines derselben wurde zufällig in diesem Augenblick geöffnet, und ein schelmisches Gesicht begegnete dem seinigen; ein Gesicht, das von dem lieblichsten Paar blitzender Augen, auf die jemals ein Schlosser gesehen hat, erhellt wurde: das Gesicht eines hübschen, lachenden Mädchens; frisch, gesund, ein Grübchen am Kinn – sie war die echte Verkörperung von Frohsinn und blühender Schönheit.

»Pst!« flüsterte sie, indem sie sich vorneigte und listig auf das untere Fenster zeigte. »Mutter schläft noch immer.«

»Noch immer, mein Schatz?« versetzte der Schlosser im gleichen Tone. »Du sprichst, als ob sie, statt wenig mehr als eine halbe Stunde, die ganze Nacht geschlafen hätte. Aber ich bin sehr dankbar dafür, sehr dankbar. Schlaf ist eine Wohltat, ein Segen – da gibt's keinen Zweifel!« Die letzten Worte murmelte er mehr zu sich selbst.

»Wie grausam von Euch, uns bis heute morgen wach zu halten und nicht einmal zu sagen, wo Ihr wart, oder uns Bescheid zu schicken!« sagte das Mädchen.

»Ach, Dolly! Dolly!« erwiderte der Schlosser kopfschüttelnd und lächelnd, »wie grausam von dir, die Treppe hinauf und zu Bett zu laufen! Komm zum Frühstück hinunter, Wildfang, und zwar leise, daß du deine Mutter nicht aufweckst. Sie muß müde sein, ganz sicher – ich … ich bin's nämlich auch!«

Indem er diese letzten Worte für sich behielt und das Nicken seiner Tochter erwiderte, trat er, noch mit dem strahlenden Lächeln, das von ihr geweckt worden war, auf die Werkstatt zu, wo er zuerst der braunen Papiermütze seines Lehrjungen ansichtig wurde, der sich, um nicht gesehen zu werden, niederduckte und vom Fenster zu seinem angestammten Platz zurückschlich, den er noch kaum erreicht hatte, als er schon lustig zu hämmern anfing.

»Schon wieder am Horchen, Simon!« sagte Gabriel bei sich selbst. »Das ist schlimm! Was um alles in der Welt hofft er denn, von meiner Tochter zu hören, daß ich ihn ständig beim Lauschen ertappe, sobald *sie* spricht, und niemals sonst diese Heimlichtuerei. Eine böse Gewohnheit, Sim! Ja, du magst hämmern, soviel du willst; mein Mißtrauen wirst du mir doch nicht heraushämmern!«

Mit diesen Worten, und indem er ernst den Kopf schüttelte, trat er wieder in die Werkstatt und vor den Gegenstand dieser Bemerkung hin.

»Das reicht vorläufig«, sagte der Schlosser. »Hör' erst mal auf mit diesem abscheulichen Gehämmer! Das Frühstück ist fertig.«

»Meister«, sagte Sim, indem er mit erstaunlicher Höflichkeit und einer merkwürdigen kurzen Verbeugung, die kurz unterm Nacken ihr Ende fand, zu dem Schlosser aufsah, »ich stehe Euch im Augenblick zu Dienst.«

»Ganz sicher«, murmelte Gabriel, »Früchte aus dem ›Lehrlings Blumenkranz‹ oder des ›Lehrlings Kurzweil‹, dem ›Lehrlings Liederschatz‹ oder ›Lehrlings Führer zum Galgen«, oder sonst einem veredelnden Schriftchen. Nun geht er, sich schön zu machen – ein netter Schlosser, wahrhaftig!«

Ohne im geringsten zu ahnen, daß ihm sein Meister aus dem Winkel an der Wohnstubentür zusah, nahm Simon die Papiermütze vom Kopf, fuhr von seinem Sitz empor und sprang in zwei außergewöhnlichen Schritten, die zwischen Schlittschuh-Lauf und Menuett-Tanz die Mitte hielten, zu einem am anderen Ladenende befindlichen Waschraum hin, wo er sich Gesicht und Hände von allen Spuren der Arbeit reinigte und dabei die ganze Zeit über mit höchster Gravität den nämlichen Schritt ausführte, dessen zwiefache Anzahl ihn hierher getragen hatte. Nachdem er die Säuberung vollendet, zog er aus einem Versteck ein Stückchen Spiegel hervor, brachte mit dessen Beistand sein Haar in Ordnung und vergewisserte sich, daß ein Blutgeschwür den Standort auf seiner Nase noch immer nicht gewechselt hatte. Hierauf vervollständigte er seinen Anzug, stellte das Spiegelbruchstück auf eine niedrige Bank und blickte nun, über die Schulter hinweg, mit der denkbar größten Selbstgefälligkeit und Selbstzufriedenheit auf seine Beine, um soviel von ihnen in Augenschein zu nehmen, als in diesem kleinen Reflektor möglich.

Sim, wie er in der Familie des Schlossers hieß, oder Mr. Simon Tappertit, wie er sich selbst nannte und von jedermann außerhalb dieses Hauses an Sonn- und an Festtagen gerufen zu werden verlangte – war ein altmodisches, schmalwangiges, glatthaariges, scharfnäsiges, schmaläugiges Bürschchen, das kaum mehr als einen Meter fünfzig maß und sich doch für mindestens mittelgroß hielt; von seiner Figur, die ziemlich wohlgestaltet, wenn auch sehr dünn war, hatte er die denkbar günstigste Meinung, und über seine Beine, die in ihren Kniehosen richtige Kuriositäten von Kleinheit waren, geriet er in einen Grad des Entzückens, von dem es bis zur Verzücktheit nicht mehr weit war. Er hatte auch einige erhabene, dunkle Begriffe, die auch von seinen intimsten Freunden niemals völlig ergründet worden waren, über die Macht seiner Augen. Tatsächlich war von ihm bekannt geworden, daß er sich bis zur prahlerischen Rede verstiegen hatte: Er könnte die stolzeste Schönheit durch ein sehr einfaches Verfahren, das er als ›die Damen überäugen‹[12] bezeichnete, vollständig kirre und sich zu Willen machen; aber es muß hinzugefügt werden, daß er weder von dieser Fähigkeit noch von der andern Macht, die er zu besitzen behauptete, nämlich jedes störrische Tier mit einem Blick zu bändigen und ›unterzukriegen‹, jemals einen Beweis beigebracht hatte.

Aus diesen Prämissen mag die Folgerung gezogen werden, daß in Mr. Tappertits kleinem Körper eine ehrgeizige, hochfliegende Seele gefangen saß. Ebenso wie gewisse Flüssigkeiten, wenn sie in Gefäßen mit allzu geringer Ausdehnung eingeschlossen sind, gären und brausen, so bäumte sich bisweilen auch Tappertits geistiges Wesen in seinem Körper auf, bis es sich mit gewaltigem Schäumen und Sprudeln einen Ausgang erzwang. Und in diesen Rauschzuständen überkamen ihn mancherlei Ein- und Unfälle, die er nur schwer vor seinem würdigen Lehrmeister verborgen halten konnte. Der Junge sagte dann von sich selbst, die Seele sei ihm zu Kopf gestiegen.

Zu den vielen Schrullen, an denen er sich gütlich tat und labte – (und diese Schrullen wuchsen beständig nach, da sie aufgefüttert wurden, wie die Leber des Prometheus[13]) – gehörte auch die Neigung, die eigene gesellschaftliche Stellung zu überschätzen. Das Dienstmädchen hatte aus seinem Mund oft den Ausdruck des Bedauerns vernommen darüber, daß die Lehrlinge nicht mehr Schlagringe führen dürften, um die Philister damit zu Paaren zu treiben. Auch wurde ihm die Äußerung nachgesagt, daß in früheren Zeiten der ganzen Lehrjungenschaft durch die Hinrichtung Georg Barnwells[14] ein Brandmal aufgedrückt worden sei. Man hätte damals nicht so feige stillhalten, sondern vor Gericht die Freigabe besagten Georgs fordern sollen – erst maßvoll, dann, wenn nötig, durch einen Aufruf zu den Waffen – um mit dem Jungen zu verfahren, wie die Gemeinschaft es in ihrer Weisheit für angemessen erachtet haben würde. Diese Gedanken führten ihn jedesmal zu der Erwägung, welch ruhmvolles Werkzeug die Lehrjungenschaft noch immer werden könnte, wenn sie nur einen führenden Geist an ihrer Spitze hätte; und dann machte er, seinen Zuhörern zum Entsetzen und Schrecken, dunkle Andeutungen auf gewisse furcht- und rücksichtslose Burschen, die zu seiner Bekanntschaft gehörten, und auf einen gewissen Löwenherz, der sich bereit erklärt habe, ihr Hauptmann zu werden, und der den Lord Mayor[15] auf seinem Thron noch das Fürchten lehren werde.

Was Kleidung und persönliche Ausstattung betraf, war Sim Tappertit nicht minder abenteuerlich und einfallsreich. Er war, darüber herrschte Einigkeit, gesehen worden, wie er sich Manschetten der feinsten Sorte an Sonntagabenden an der Straßenecke von den Armen streifte und, bevor er nach Hause zurückkehrte, sorgfältig in die Tasche schob; und an hohen Festtagen pflegte er sogar seine schlichten Knieschnallen aus Stahl unter dem Schutz eines freundlichen Türpfostens gegen ein stark glitzerndes Paar zu vertauschen.

Bliebe noch hinzuzufügen, daß er an Jahren genau zwanzig zählte, um ein erhebliches älter aussah und in Gedanken wenigstens zweihundert zählte; daß er es ohne Widerrede hinnahm, wenn er damit geneckt wurde, für die Tochter seines Lehrmeisters eine schwärmerische Bewunderung zu unterhalten, und daß er sogar, als er einmal in einer gewissen obskuren Kneipe animiert wurde, auf diejenige Dame zu trinken, welche er mit seiner Liebe beehre, seinen Spruch unter mancherlei Zwinkern und Schielen auf ein ›herrliches Geschöpf‹ ausgebracht hatte, dessen christlicher Taufname mit einem D anfange; – so weiß jedermann genug von Simon Tappertit, der inzwischen dem Schlosser zum Frühstück gefolgt war.

Es war ein kräftiges Mahl; der Tisch knarrte unter der Last eines saftigen Rinderbratens, eines Schinkens von erster Größe und etlicher Türme Jorkshirer Butterkuchens, die, Scheibe auf Scheibe, in appetitlicher Ordnung übereinander geschichtet lagen. Es stand auch ein stattlicher Krug aus sauber gebräuntem Ton dort, der, in der Gestalt eines alten Herrn geformt, dem Schlosser durchaus nicht unähnlich sah, und auf dessen kahlem Schädel ein sauberer weißer Schaum stand, welcher der Perücke des Meisters entsprach und auf das selbstgebrannte perlende Ale hinwies. Viel eindrucksvoller aber als köstliches Hausbräu oder Jorkshirer Kuchen oder Schinken oder Rindfleisch oder sonst etwas, was Erde, Luft oder Wasser zu Speise oder Trank darbieten können, saß dort, als Haupt über all diese Dinge, die rosige Tochter Vardens, vor deren dunklen Augen sogar Rinderbraten zum bedeutungslosen Gegenstande und Malz zu einem Nichts wurde.

Väter sollten ihre Töchter niemals küssen, wenn junge Männer dabei sind. Das geht einfach zu weit – der menschlichen Geduld sind Grenzen gezogen. So dachte Sim Tappertit, als Gabriel diese rosigen Lippen an die seinigen zog – diese Lippen, die Sim jeden Tag aus der Nähe sah und die ihm doch so so ferne waren. Er hatte Respekt vor seinem Meister, wünschte aber in diesem Augenblicke, daß diesem der Yorkshirer Butterkuchen im Halse stecken bleiben möge.

»Vater«, sagte die Tochter des Schlossers, nachdem die Begrüßungszeremonien beendigt waren und jeder seinen Sitz bei Tische eingenommen hatte. »Was sind denn das für Sachen, die ich über die gestrige Nacht gehört habe?«

»Alles wahr, meine Liebe; so wahr wie das Evangelium, Doll.«

»Der junge Mr. Chester hat ausgeraubt und verwundet auf dem Straßendamm gelegen, als Ihr in die Stadt gefahren seid?«

»Ja – Edward Chester. Und neben ihm Barnaby, der aus Leibeskräften um Hilfe schrie. Ein Glück, daß ich zufällig vorbeigekommen bin; denn die Straße ist sehr einsam, und spät war es auch, und da's kalt in der Nacht war und der arme Barnaby vor Schreck und Bestürzung noch knapper bei Verstande war als sonst, hätte der junge Chester in allerkürzester Zeit tot sein können.«

»Mich schaudert's, wenn ich daran denke«, rief die Tochter und schüttelte sich; »wie habt Ihr ihn denn erkannt?«

»Ich ihn erkennen?« versetzte Gabriel Varden. »Ich kannte ihn doch nicht – woher denn? Ich habe ihn niemals zu Gesicht bekommen, so oft ich auch von ihm gehört und gesprochen habe.

Ich schaffte ihn zu Mrs. Rudge, und kaum hatte sie ihn gesehen, so kam auch die Wahrheit zu Tage.«

»Wenn Miss Emma die Nachricht erfährt – und zwar verschlimmert, wie es doch sicher der Fall ist – wird sie ganz außer sich sein.«

»Ja, da sieht man mal wieder, wie's einem Menschen ergehen kann, wenn er zu gutmütig ist!« sagte der Schlosser. »Miss Emma war mit ihrem Onkel auf dem Maskenball in Carlisle House[16], wohin sie, wie mir die Leute im Hag gesagt hatten, ziemlich unwillig gegangen ist. Was tut nun dein Dummkopf von Vater, als er und Frau Rudge die Köpfe zusammengesteckt hatten? Statt sich zu Bett zu begeben, geht er auch dort hin, lockt seinen Freund mit, den Pförtner des Hauses, zieht Maske und Domino[17] über und mischt sich unter die Feiernden.«

»Das sieht ihm ähnlich!« rief das Mädchen, während sie ihren schönen Arm um seinen Hals legte und ihm einen überaus enthusiastischen Kuß gab.

»Sieht ihm ähnlich!« wiederholte Gabriel, der sich stellte, als ärgere er sich, während er in Wahrheit froh war, daß er darin verstrickt worden war und sich nun seiner Hilfeleistung rühmen konnte. »Sogar sehr ähnlich – hat wenigstens deine Mutter gesagt. Wie dem auch sei, er hat sich hierauf unter das Gewühl gemischt und – das kannst du mir glauben – ist tüchtig gequetscht und gestoßen worden von Leuten, die ihm: ›Kennst du mich nicht?‹ und ›Aha! jetzt hab' ich Euch gefunden!‹ und allerhand solchen Unsinn in die Ohren gequiekt haben. Er hätte schließlich bis zu dieser Minute dort herumlaufen können, wenn er nicht in einem kleinen Zimmer eine junge Dame getroffen hätte, die sich, weil es heiß war und sie allein hier saß, die Maske vom Gesicht genommen hatte.«

»Und das war sie?« fragte seine Tochter voller Ungeduld.

»Und das war sie«, gab der Schlosser zur Antwort; »und kaum hatte ich ihr zugeflüstert, was vorgefallen war – so behutsam und sanft, Doll, wie du es selbst nicht anders gekonnt hättest – da stößt sie eine Art von Angstgeschrei aus und bricht ohnmächtig zusammen.«

»Und was habt Ihr nun angefangen – was ist dann geschehen?« fragte Dolly.

»Nun, die Masken kamen in Scharen herbeigeflogen, mit einem Spektakel und einem Geschrei, daß ich froh war, mit heiler Haut hinauszukommen; weiter war's nichts!« versetzte der Schlosser. »Was dann geschehen ist, wie ich heimkam, das kannst du dir denken, wenn du's nicht schon gehört hast. Ach! Na ja, wer niemals eine Freude hat, der ist kein reicher Mann – lang' mir mal den Tobias herüber!«

Dieser ›Tobias‹ war der schon erwähnte braune Krug. Die Lippen an die wohlwollende Stirn des würdigen alten Herrn setzend, dirigierte der Schlosser das Gefäß langsam in die Luft empor, bis ihm schließlich ›Tobias‹ mit dem Kopf auf der Nase zu stehen kam, worauf er mit den Lippen schnalzte und dann den ›Tobias‹ wieder mit verliebtem Sträuben auf den Tisch stellte.

Obgleich Simon Tappertit an dieser Unterhaltung nicht beteiligt gewesen war, hatte er es doch nicht an stummen Offenbarungen des Staunens fehlen lassen. Die nun einsetzende Gesprächspause betrachtete Simon als eine ganz besonders vorteilhafte Gelegenheit, mit seinen magischen Augen die – ihn doch zweifelsohne bewundernde – Tochter des Schlossers in den Bann zu ziehen. Er fing an, so außergewöhnliche, abscheuliche und so ganz ohne allen Vergleich dastehende Grimassen zu reißen, daß Gabriel, der einmal zufällig zu ihm hinsah, vor Erstaunen ganz außer sich geriet.

»Nanu! Was zum Teufel ist denn mit dem Jungen los?« rief der Schlosser. »Ist er etwa am Ersticken?«

»Wer?« fragte Simon mit einiger Geringschätzung.

»Wer? Na, du!« antwortete sein Meister. »Was bezweckst du damit, daß du zum Frühstück solche schauerlichen Gesichter schneidest?«

»Gesichter sind Geschmackssache, Herr«, erwiderte der Lehrling einigermaßen verwirrt; nicht am wenigsten dadurch, daß er auf Dollys Gesicht ein Lächeln bemerkte.

»Sim«, meinte Gabriel und lachte herzlich, »sei kein Narr, denn mir ist's schon lieber, ich seh' dich bei Verstande. Diese jungen Kerle«, setzte er hinzu, sich zu seiner jungen Tochter wendend, »begehen immer irgendeine Albernheit. So hat's auch gestern abend zwischen Joe Willet und dem alten John Streit gegeben – wenn ich auch nicht eben sagen kann, daß Joe daran die Hauptschuld zu tragen hätte. Eines Morgens wird er wohl verschwunden sein und sich auf der Suche nach seinem Glück auf eine abenteuerliche Reise begeben haben – Mann! Was ist denn mit dir los, Doll? Jetzt schneidest du ja Gesichter! Die jungen Frauen sind heutzutage genauso schlimm wie die Männer!«

»Das macht der Tee«, sagte Dolly, die abwechselnd blutrot und leichenblaß wurde, was ja zweifelsohne der Fall ist, wenn man sich ein bißchen verbrannt hat – »er ist so heiß.«

Simon Tappertit stierte auf den Viertellaib Brot, der auf dem Tisch lag, und schöpfte tief Atem.

»Ist das alles?« meinte der Schlosser. »Dann schütte doch Milch in den Tee! Ja! Es tut mir leid um Joe, weil er ein netter junger Bursche ist und weil man ihn jedesmal liebergewinnt, wenn man ihn sieht. Aber er wird auf und davon gehen, du wirst's sehen. Wirklich! Er hat's mir doch selbst gesagt!«

»Wirklich?« rief Dolly mit schwacher Stimme. »W-w-wirklich?«

»Brennt dir der Tee immer noch im Halse, Liebste?« fragte der Schlosser.

Bevor seine Tochter ihm jedoch eine Antwort geben konnte, erlitt sie einen heftigen Hustenanfall, der ihr die Tränen in die hellen Augen trieb. Der gutherzige Schlosser war noch dabei, ihr auf den Rücken zu klopfen und sie aufzumuntern, als eine Botschaft von Miss Varden anlangte, die allen, die es anging, kund und zu wissen tat, daß sie sich, nach ihrer großen Aufregung und Angst in der letzten Nacht, allzusehr unwohl fühlte, um das Bett zu verlassen, und daß sie deshalb wünsche, man möge ihr augenblicklich den kleinen schwarzen Teetopf mit starker Teemischung, dazu ein paar Scheiben gerösteten Brots mit Butter gestrichen, einen mittelgroßen Teller voll Rinderbraten und Schinken, klein geschnitten, und das protestantische Hausbuch des Glaubens in zwei Bänden[18] ans Bett bringen. Wie manche andere Damen, die in verflossenen Zeitaltern auf diesem Erdkreis geblüht haben, so war auch Miss Varden dann am frömmsten, wenn sie am schlimmsten bei Laune war. Immer wenn sie mit ihrem Mann in Streit lag, stand das Evangelien-Hausbuch in hohen Ehren.

Da das Triumvirat aus Erfahrung wußte, welche Tragweite diese Forderungen besaßen, brach es seine Sitzung ab: Dolly, um zuzusehen, daß die Befehle mit angemessener Eile zur Ausführung gelangten; Gabriel, um an seiner kleinen Kalesche eine Arbeit eher unscheinbarer Natur zu verrichten; und Simon, um seinem Tagewerk im Laden nachzugehen, auch wenn es ihm schwerfiel, die Augen von dem große Sättigung versprechenden Brotlaib abzuwenden.

In der Tat wuchsen die großen Augen ins Ungeheure und waren, als er sich sein Schurzfell umgelegt hatte, riesenhaft geworden. Erst nachdem er mehrere Male mit verschränkten Armen auf und ab geschritten war, wobei er die längsten Schritte machte, die er machen konnte, und nachdem er ferner eine große Menge von kleinen Dingen aus dem Weg gestoßen hatte, fing sich seine Lippe an zu kräuseln. Endlich trat ein finsterer Spott auf seine Züge, und er lächelte, während er mit der erhabensten Verachtung das einsilbige Wort »Joe!« ausstieß.

»Ich hab' sie ›überäugt‹, während er über den Kerl redete«, sagte er zu sich selbst, »und das hat sie natürlich verwirrt, Joe!«

Er ging wieder auf und nieder, viel rascher und, soweit dies möglich war, mit noch längeren Schritten als vorher; manchmal blieb er stehen, um einen Blick auf seine Beine zu werfen, manchmal führte er einen Stoß mit ihnen, und dann entfuhr ihm ein abermaliges: »Joe!« Nach etwa einer Viertelstunde stülpte er wieder die Papiermütze auf den Kopf und versuchte zu arbeiten. Nein. Es wollte nicht gehen.

»Ich will heute nichts machen«, sagte Simon Tappertit und warf die Mütze wieder zu Boden, »als schleifen. Ich will alle Werkzeuge schleifen. Schleifen paßt gut zu meiner jetzigen Laune. Joe!«

R-r-r-r-r-r-r. Der Schleifstein war bald in Bewegung, und die Funken stoben. Schleifen war die richtige Beschäftigung für seinen erhitzten Geist.

R-r-r-r-r-r-r.

»Das wird noch was geben!« sagte der Lehrling, indem er gleichsam im Siegesflug innehielt und sein erhitztes Gesicht an seinem Ärmel abwischte. »Das wird noch was geben! Ich will nur hoffen, daß es kein Menschenblut ist.«

R-r-r-r-r-r-r-r-r-r.

5.
Kapitel

Sobald das Tageswerk vorüber war, begab sich der Schlosser allein auf den Weg, um nach dem verwundeten Herrn zu sehen und sich über den Fortschritt seiner Genesung zu vergewissern. Das Haus, wo er ihn zurückgelassen hatte, lag in einer Seitengasse in Southwark[19], nicht weit von London Bridge, und dorthin lief er in aller Eile, da er so rasch wie möglich wieder zurücksein wollte, um sich beizeiten schlafen zu legen.

Es war ein stürmischer Abend – ähnlich wie die Nacht zuvor. Es war nicht leicht für einen stämmigen Mann wie Gabriel, sich an den Straßenecken aufrecht zu halten oder gegen den kräftigen Wind vorzudringen, der ihm so oft die Spitze bot und ihn einige Schritte zurückwarf oder, aller seiner Energie zum Trotz, zwang, unter einem Bogen oder Torweg solange Zuflucht zu suchen, bis die Wut des Stoßes vorbei war. Hier und da kamen ein Hut oder eine Perücke, oder auch beides, kreisend und schwirrend, wie ein wahnsinniges Wesen, hinter ihm hergesaust, während das ernstere Schauspiel fallender Ziegel und Dachschiefer, oder von Mauer- und Mörtelmassen oder Trümmern von Mauerkappen und Giebeln, die in Handweite von ihm prasselnd auf das Steinpflaster niederschlugen und berstend auseinanderstoben, das Vergnügen der Wanderung nicht vermehrten oder die Trübseligkeit des Weges verringerten.

»Eine schreckliche Nacht zum Laufen für einen Mann wie mich!« rief der Schlosser, während er leise an die Tür der Witwe klopfte. »Da möcht' ich doch lieber im Maypole in der Ofenecke sitzen!«

»Wer ist da?« fragte eine Frauenstimme von innen. Als er antwortete, setzte die Stimme ein hastiges Wort des Willkommens hinzu, und die Tür wurde geöffnet.

Die Frau war etwa vierzig Jahre alt – vielleicht zwei bis drei Jahre älter, von gefälligem Äußeren und mit einem Gesicht, das einst schön gewesen war. Es trug Spuren von Kummer und Sorge, aber es waren Spuren alten Datums, und die Zeit hatte sie verwischt und geglättet. Ein jeder, der Barnaby, und wenn auch nur mit einem flüchtigen Blick, gesehen hatte, mußte wahrnehmen, daß diese Frau seine Mutter war, denn die Ähnlichkeit zwischen ihnen war außerordentlich; wo aber in seinem Gesicht Wüste und Leere waren, lag in dem ihren die geduldige Sammlung langen Ringens und ruhiger Ergebung.

Etwas auf diesem Gesicht war höchst seltsam und beängstigend. Man konnte es, selbst wenn es seinen fröhlichen Ausdruck zeigte, nicht ansehen ohne die Empfindung, daß ihm eine ganz außergewöhnliche Fähigkeit innewohne, Furcht und Schrecken zum Ausdruck zu bringen. Sie lag nicht außen auf dem Gesicht, diese Fähigkeit. Sie spielte in keinem einzigen seiner Züge. Man konnte nicht die Augen, oder den Mund, oder die Linien auf der Wange nehmen und sagen, wäre dieses oder jenes anders, dann würde es nicht so sein. Und doch lauerte dieses Etwas immer dort – ein Etwas, das immer und ewig trübe und matt war und niemals, nicht für einen Augenblick, wich. Es war der schwächste, blässeste Schatten von einem Blick, welchen einzig und allein ein Augenblick des stärksten und unsagbarsten Entsetzens geboren haben konnte; aber so undeutlich und schwach er war, so deutete er doch an, was für ein Anblick es gewesen sein mußte, und festigte sich im Geiste, als ob er in einem Traum schon Dasein gehabt hätte.

In schwächerer Darstellung – eine Folge des verdunkelten Geistes – lag eben dieser Ausdruck auch auf dem Gesicht des Sohnes. Die Leute, denen die Maypole-Geschichte bekannt war und die wußten, was die Witwe vor der Ermordung ihres Mannes und seines Brotherrn gewesen war, verstanden den Ausdruck auf den beiden Gesichtern recht gut. Sie erinnerten sich, wie sich die Änderung vollzogen hatte, und konnten sich noch vergegenwärtigen, daß, als ihr Sohn geboren wurde, an dem gleichen Tag, an welchem das Verbrechen ruchbar wurde, auf seinem Handgelenke sich ein Muttermal kennzeichnete, das wie ein halb ausgewaschener Blutfleck aussah.

»Gott segne Sie, Nachbarin«, sagte der Schlosser, während er ihr wie ein alter Freund in die kleine Stube folgte, wo ein lustiges Feuer brannte.

»Und Euch!« antwortete sie lächelnd. »Euer gutes Herz hat Euch wieder hierhergeführt. Wenn Freunde außerhalb einen Dienst oder Trost bedürfen, dann hält Euch nichts zu Hause. Das weiß ich schon lange.«

»Pst! Pst!« machte der Schlosser, indem er sich die Hände rieb und am Ofen wärmte. »Ihr Frauen seid nun mal ziemlich klatschsüchtig. Was macht der Patient, Nachbarin?«

»Er schläft jetzt. Gegen Morgen ist er sehr unruhig gewesen und hat sich ein paar Stunden lang kläglich herumgewälzt und herumgeworfen. Aber das Fieber hat sich gegeben und der Arzt meint, sein Zustand werde sich bald bessern. Vor morgen soll er nicht weggeschafft werden.«

»Es ist Besuch dagewesen – hm?« meinte Gabriel pfiffig.

»Ja. Der alte Herr Chester ist fortwährend hier gewesen, seit wir zu ihm geschickt haben, und ist erst wenige Minuten gegangen, bevor Ihr hier angeklopft habt.«

»Keine Damen?« fragte Gabriel, indem er die Brauen in die Höhe zog und eine enttäuschte Miene zeigte.

»Ein Brief ist hergeschickt worden«, erwiderte die Witwe.

»Na; ist doch besser als gar nichts!« rief der Schlosser. »Wer hat ihn gebracht?«

»Barnaby natürlich.«

»Barnaby ist ein Juwel!« meinte Varden. »Wo wir, die wir uns viel gescheiter dünken, nur eine armselige Rolle spielen würden, kommt und geht er mit Leichtigkeit. Er ist doch hoffentlich nicht wieder unterwegs?«

»Dem Himmel sei Dank! Er liegt zu Bett. Wie Ihr wißt, ist er die ganze Nacht auf den Beinen gewesen. Er war wie gerädert. Ach, Nachbar! könnt' ich ihn doch öfter so sehen – könnt' ich doch diese schreckliche Ruhelosigkeit zähmen –«

»Kommt Zeit, kommt Rat«, sagte der Schlosser freundlich, »laßt nur den Mut nicht sinken! Ich habe den Eindruck, als ob er mit jedem Tage gescheiter würde.«

Die Witwe schüttelte den Kopf. Und dennoch war sie, wenn sie auch wußte, daß der Schlosser sie aufzuheitern suchte und diese Worte nicht aus Überzeugung sprach, erfreut über dieses Lob ihres armen Sohnes.

»Er wird noch ein ganz schneidiger Mann werden!« ergriff der Schlosser wieder das Wort. »Paßt nur auf, daß er, wenn wir alt und närrisch werden, uns nicht noch die Schamröte ins Gesicht treiben wird. Aber unser anderer Freund«, setzte er hinzu, indem er unter den Tisch guckte und sich auf den Dielen umsah – »der pfiffigste und klügste unter allen Klugen und Pfiffigen – wo steckt er denn?«

»In Barnabys Stube«, erwiderte die Witwe mit mattem Lächeln.

»Ach! Er ist ein durchtriebener Kauz!« meinte Varden und

schüttelte den Kopf. »Vor ihm Geheimnisse auszuplaudern, würde mir später leid tun. Oh! Er ist ein schlimmer Kunde! Ich zweifle nicht, daß er lesen, schreiben und rechnen kann, wenn er Lust dazu bekommt. Was war das – pocht er etwa an die Tür?«

»Nein«, versetzte die Witwe. »Ich glaube, es war auf der Straße. Horcht! Ja. Da! Schon wieder! Es pocht jemand leise an die Fensterläden. Wer kann das sein?«

Sie hatten ihre Unterhaltung in leisem Ton geführt, denn der Kranke lag über ihnen, und da die Wände und Decken dünn und von schwachem Bau waren, hätte sonst der Klang ihrer Stimmen seinen Schlaf leicht stören können. Wer auch immer da draußen stand, er hätte kaum etwas hören können, und hätte vielleicht die Überzeugung geschöpft, daß nur eine einzige Person in der Stube anwesend sei.

»Vielleicht irgendein Dieb oder Strolch«, meinte der Schlosser. »Gebt nur das Licht her!«

»Nein, nein«, entgegnete sie hastig. »Dergleichen Besucher haben den Weg zu dieser armen Behausung niemals gefunden. Verweilt hier! Schlimmstenfalls seid Ihr in Rufweite. Ich möchte lieber selbst gehen – allein.«

»Warum?« fragte der Schlosser, der ungern das Licht, das er schon von dem Tisch genommen, aus der Hand gab.

»Weil – ich weiß nicht, warum – weil ich ein starkes Verlangen danach fühle«, antwortete sie. »Da! Schon wieder! – haltet mich nicht fest – ich bitte Euch!«

Gabriel war verwirrt, diese Frau, die gewöhnlich so sanft und ruhig war, wegen eines so geringfügigen Anlasses in solcher Aufregung zu sehen. Sie ging aus der Stube und schloß die Tür hinter sich. Einen Augenblick stand sie zaudernd, mit der Hand auf der Klinke. In diesem kurzen Zwischenraum ertönte das Klopfen abermals, und eine Stimme – eine Stimme, an die der Schlosser unangenehme Erinnerung hatte – flüsterte: »Beeil dich!«

Diese Worte wurden leise, aber so bestimmt ausgestoßen, daß sogar der Schlosser erschrak und unwillkürlich vom Fenster zurückfuhr und lauschte.

Der im Schornstein rumorende Wind machte es schwer, genau zu hören, was vorging; aber soviel konnte er sagen, daß die Tür aufgemacht, daß dann Schritte eines Mannes über die knarrenden Dielen laut wurden, bevor für einen Augenblick Stille eintrat – eine Stille, die von einem Geräusch unterbrochen wurde, das kein Aufschrei, kein Stöhnen, kein Hilferuf war und doch alles zusammen hätte sein können. Dann wurden die Worte »Mein Gott!« in einem Ton ausgestoßen, daß es ihn schauderte.

Einen Augenblick später stand er draußen. Dort stand sie, an den Boden gewurzelt, mit aschfahlem, angespanntem Gesicht und die Augen auf jenen Mann gerichtet, dem er in der letzten finsteren Nacht begegnet war. Seine Augen trafen die Augen des Schlossers. Es war nur ein Blitz, ein Hauch auf eine blanke Scheibe – und er war verschwunden.

Der Schlosser wollte sich an seine Verfolgung machen, als seine Arme fest umspannt wurden und die Witwe sich vor ihm auf die Erde warf.

»Dorthin – dorthin!« kreischte sie. »Dorthin ist er gelaufen!«

»Ich seh' ihn doch«, versetzte der Schlosser, mit dem Finger zeigend – »dort drüben – da – da ist sein Schatten .... Was – wer ist das? Laßt mich fort – hinweg!«

»Kommt zurück!« rief die Frau aus, indem sie mit ihm rang und sich an ihn klammerte – »rührt ihn nicht an! Bei Eurem Leben! Ich befehl' Euch – zurück. Er hat noch andere Leben außer dem eigenen zu tragen! Zurück! Kommt zurück!«

»Was hat das zu bedeuten?« rief der Schlosser.

»Bedeut' es, was es wolle, fragt nicht danach, sprecht nicht davon, denkt nicht daran! Er ist nicht einer, dem man folgen, den man hindern oder aufhalten kann. Kommt zurück!«

Der alte Mann blickte voll Bewunderung und Staunen auf sie, während sie sich wand und krümmte und an ihm festhielt; und von ihrer Leidenschaftlichkeit erschüttert, duldete er, daß sie ihn ins Haus hineinschleifte. Als sie die Tür festgehakt und verschlossen hatte, jeden Riegel und jeden Balken mit der Wut einer Besessenen vorgeschoben und Gabriel Varden in die Stube hinein geschleift hatte, richtete sie noch einmal den steinernen Blick des Grauens auf ihn – und auf einen Stuhl zusammensinkend bedeckte sie ihr Angesicht und schauderte, als ob die Hand des Todes auf ihr läge.

6. Kapitel

Völlig verwirrt durch die befremdlichen Ereignisse, starrte der Schlosser wie betäubt auf die von Schauder geschüttelte Gestalt im Stuhl und würde noch viel länger gestaunt und gestiert haben, wäre ihm nicht durch Mitleid und Menschenliebe die Zunge gelöst worden.

»Es geht Euch schlecht«, sagte Gabriel. »Ich werde eine Frau aus der Nachbarschaft holen.«

»Nein, auf keinen Fall«, erwiderte sie, indem sie ihm mit zitternder Hand winkte und ihr Gesicht noch immer abgewendet hielt. »Es ist genug, daß Ihr dagewesen seid, dies hier mit anzusehen.«

»Nein! Mehr als genug – oder weniger«, sagte Gabriel.

»Egal, was Ihr denkt – stellt mir jetzt keine Fragen! Ich bitte Euch darum.«

»Nachbarin«, sagte der Schlosser nach einer Pause, »findet Ihr das in Ordnung? Ist das gerecht oder klug, wo Ihr mich schon so lange kennt und meinen Rat in allen Dingen gesucht habt – für Euch, die Ihr seit Eurer Mädchenzeit ein starkes Herz und einen kräftigen Geist besessen habt?«

»Ich habe auch beides bitter nötig«, versetzte sie. »Ich werde alt an Jahren wie an Sorgen. Vielleicht haben mich die Jahre mit ihren vielen Schicksalsschlägen weichgemacht. Reden wir nicht weiter davon.«

»Wie kann ich sehen, was ich gesehen habe, und den Mund halten!« versetzte der Schlosser. »Wer war dieser Mensch, und warum hat Euch sein Erscheinen hier so verwirrt?«

Schweigend klammerte sie sich an den Stuhl, als wolle sie sich davor bewahren, auf die Dielen zu stürzen.

»Ich nehme mir die Freiheit, Marie, die einem alten Bekannten zukommt«, sagte der Schlosser, »der immer eine warme Hochachtung für Euch im Herzen getragen hat und das wohl auch zu beweisen versucht hat, sobald sich Gelegenheit dazu fand. Wer ist dieser unheimliche Mensch, und was hat er bei Euch zu schaffen? Wer ist dieser Geist, der sich nur in den schwarzen Nächten und bei schlimmem Wetter zeigt? Wie kennt er dieses Haus? Und warum umschleicht er es und umspukt es und flüstert durch Ritzen und Fugen hinein, als wäre etwas zwischen Euch und ihm, wovon niemand auch nur laut reden dürfte? Wer ist der Mensch?«

»Ihr habt recht, wenn Ihr sagt, daß er dies Haus umspukt«, antwortete die Witwe schwach. »Sein Schatten hat auf ihm und mir geruht in Licht und Finsternis, mittags und mitternachts. Und jetzt ist er endlich leibhaftig gekommen!«

»Aber er würde nicht leibhaftig hinweggekommen sein«, erwiderte der Schlosser mit einiger Erregung, »hättet Ihr mir Arme und Beine frei gelassen. Was ist das für ein Rätsel?«

»Ein Rätsel«, antwortete sie, und während sie sprach, stand sie auf, »das für ewig so bleiben muß, wie es ist. Mehr als dies darf ich nicht sagen.«

»Dürft Ihr nicht?« wiederholte der Schlosser verwundert.

»Dringt nicht in mich!« versetzte sie. »Ich bin krank und schwach, und jede Lebensfähigkeit scheint tot in mir. – Nein! – Rührt mich auch nicht an! Rührt mich nicht an!«

Gabriel, der einen Schritt vorwärts getan hatte, um ihr Beistand zu leisten, fuhr zurück, als sie diese hastige Ausrufung tat, und blickte sie in stummer Verwunderung an.

»Laßt mich meinen Weg allein gehen«, sagte sie mit tiefer Stimme, »und paßt auf, daß heut abend die Hände keines ehrlichen Menschen die meinigen berühren!« Als sie zur Tür gewankt war, drehte sie sich um und setzte mit stärkerem Nachdruck hinzu: »Es ist das ein Geheimnis, welches ich Euch, durch die Not getrieben, anvertraue. Ihr seid ein rechtschaffener Mann. Ihr seid immer gut und freundlich zu mir gewesen, also hütet auch dieses Geheimnis! Wenn etwas oben davon gehört worden ist, so macht eine Ausflucht – irgend etwas, bloß das nicht, was Ihr wirklich gesehen habt, und laßt uns niemals weder durch ein Wort noch einen Blick auf diesen Vorfall zurückkommen. Ich vertraue Euch. Merkt Euch das, bitte! Ihr könnt Euch gar nicht vorstellen, wie sehr ich Euch vertraue.«

Noch einen Augenblick lang hielt sie den Blick auf ihn geheftet, dann entfernte sie sich und ließ ihn allein in der Stube.

Gabriel stand hilflos da und starrte voller Erstaunen und Bestürzung zur Tür hin. Je mehr er über den Vorfall grübelte, desto sonderbarer und unheimlicher schien er ihm. Es verwirrte und ärgerte ihn, diese Witwe, deren Leben, wie alle glaubten, so viele Jahre hindurch in Einsamkeit und Zurückgezogenheit verflossen war, und die bei ihrem ruhigen, duldenden Charakter sich die gute Meinung und die Achtung aller, die sie kannten, erworben hatte, jetzt in geheimnisvollem Umgang zu finden mit einem Übles verheißenden Manne, sie bei seinem Erscheinen in große Unruhe versetzt zu sehen, und wahrzunehmen, wie sie seine Flucht begünstigte. Ihr Vertrauen auf seine Verschwiegenheit vermehrte seine Verwirrung. Wenn er kühn gewesen wäre und sie noch länger befragt hätte, wenn er sie aufgehalten hätte, als sie sich erhob, um das Zimmer zu verlassen, wenn er Einspruch erhoben hätte, anstatt sich so leicht zufriedenzugeben, so wäre er jetzt nicht so niedergeschlagen gewesen.

»Wie konnte ich es nur durchgehen lassen, als sie sagte, es sei ein Geheimnis, und sie habe dies Geheimnis mir anvertraut!« sagte Gabriel, schob seine Perücke mehr zu einer Seite hinüber, um sich den Kopf bequemer kratzen zu können, und blickte verzweifelt zum Feuer. »Ich bin ja schon fast so begriffsstutzig wie der alte Willet. Weshalb habe ich nicht erklärt: ›Ihr habt kein Recht zu solchen Geheimnissen, und ich verlange von Euch, daß Ihr mir sagt, was das heißen soll‹, anstatt sie anzugaffen wie ein altes Mondkalb, das ich offenbar auch bin! Aber da liegt nun meine Schwäche! Ich kann wohl Männern gegenüber fest und entschieden sein, manchmal mehr als nötig; aber Frauen können mich um den Finger wickeln, ganz nach ihrem Gefallen.«

Während er diese Betrachtung anstellte, nahm er seine Perücke ab, wärmte sein Taschentuch am Feuer und begann auf seinem Kopf herumzureiben und zu polieren, bis er glänzte.

»Und dann – wie kommt *dieser* Mann dazu, einen solchen Einfluß über sie zu besitzen? Wie kam sie dazu, seine Flucht zu begünstigen? Ach, es ist eine böse Sache, wenn man plötzlich gegenüber jemandem mißtrauisch werden muß, den man schon so lange kennt. – Ist das Barnaby dort draußen?«

»Ja!« rief er, sah herein und nickte. »Allerdings ist das Barnaby – woran habt Ihr das gemerkt?«

»An Eurem Schatten«, antwortete der Schlosser.

»Oho!« rief Barnaby und sah über die Schulter, »es ist ein lustiger Gesell, dieser Schatten, er bleibt immer dicht bei mir, obgleich ich einfältig bin. Wir machen allerhand Streiche, Spaziergänge, Wettläufe, Purzelbäume auf dem Gras. Manchmal ist er halb so groß wie ein Kirchturm und manchmal nicht größer als ein Zwerg. Jetzt geht er vor mir her, jetzt kommt er hinter mir her, gleich schleicht er langsam weiter auf dieser Seite oder auf jener Seite, bleibt stehen, wenn ich stehen bleibe, und denkt, ich könnt' ihn nicht sehen, obwohl ich ihn immer scharf ansehe. Oh! Er ist ein komischer Bursche. Sagt mir – ist er auch dumm? Ich glaube, ja!«

»Warum?« fragte Gabriel.

»Weil er nie müde wird, mir nachzuäffen, sondern es den ganzen lieben Tag lang tut. – Warum kommt Ihr nicht?«

»Wohin?«

»Hinauf! Er will Euch oben sehen. Halt! – Wo ist sein Schatten? Kommt! Ihr seid ein kluger Mann, sagt es mir!«

»Neben ihm, Barnaby; neben ihm, denk ich«, erwiderte der Schlosser.

»Nein!« antwortete er und schüttelte mit dem Kopf. »Ratet noch einmal!«

»Spazieren gegangen vielleicht?«

»Er hat mit einem Frauenzimmer die Schatten vertauscht«, flüsterte der Idiot ihm ins Ohr und fuhr dann mit triumphierendem Blick zurück. »Ihr Schatten ist immer bei ihm, und sein Schatten immer bei ihr. Das ist ein Spaß, denk ich, he?«

»Barnaby«, sagte der Schlosser mit ernstem Blick; »kommt hierher, Bursche!«

»Ich weiß, was Ihr wissen wollt. Ich weiß!« erwiderte er, indem er sich fern von ihm hielt. »Aber ich bin schlau und pfiffig; ich bin still und stumm. Ich sage Euch bloß soviel – seid Ihr bereit?« Er griff nach der Laterne und schwenkte sie mit wildem Lachen über seinem Kopf.

»Sachte, sachte.« Der Schlosser bot seinen ganzen Einfluß auf, ihn ruhig zu halten. »Ich dachte, Ihr wärt am Schlafen.«

»So habe ich wohl auch geschlafen«, versetzte er mit weitgeöffneten Augen. »Es sind große Gesichter gekommen und gegangen – ganz dicht vor meinen Augen, und dann sind sie eine Weile weit weg gewesen – und niedrige Flecke sind dagewesen, durch die ich hab' kriechen müssen, ob ich wollte oder nicht – und hohe Kirchen sind dagewesen zum Herunterstürzen – und sonderbare Wesen – übereinander gehäuft, mit dem Halse zwischen den Hacken hockend, die auf dem Bett saßen – das ist ein Schlaf, he?«

»Träume sind das, Barnaby! Träume!« sagte der Schlosser.

»Träume?« wiederholte er wie leises Echo und rückte näher an den Schlosser heran. »Träume sind das nicht!«

»Was denn sonst?« erwiderte der Schlosser.

»Ich träumte«, sagte Barnaby, indem er seinen Arm unter Vardens Arm schob und ihm dicht ins Gesicht sah, während er flüsternd antwortete, »ich träumte gerade jetzt, daß etwas – es war gestaltet wie ein Mann – mir vorsichtig folgte – mich nicht weglassen wollte – aber sich immer versteckte und duckte, wie eine Katze in finsteren Winkeln – und wartete, bis ich vorbei käme – und dann – dann kroch es heraus und kam mir nach – habt Ihr mich je rennen sehen?«

»Schon öfter, das wißt Ihr doch.«

»So habt Ihr mich niemals rennen sehen, wie ich in diesem Traume gerannt bin. Und doch kam es noch herangeschlichen, um mich zu erwürgen. Näher, näher, näher – ich rannte schneller, ich sprang – ich stürzte aus dem Bett und zum Fenster hin, und – dort, dort auf der Straße unten – aber er wartet auf uns. Kommt Ihr mit?«

»Was war in der Straße, dort auf der Straße unten, lieber Barnaby?« fragte Gabriel Varden, in der Meinung, daß der Idiot zwischen dieser Vision und dem wirklichen Vorgang einen Zusammenhang herstellen würde.

Barnaby blickte ihm ins Gesicht, stotterte unzusammenhängend, schwenkte wieder mit dem Licht über seinem Kopf, lachte, griff nach dem Arm des Schlossers und führte ihn schweigend die Stiege hinauf.

Sie traten in eine einfache Schlafstube, die mit morschen Stühlen und anderem billigen Hausrat sehr dürftig ausgestattet, aber sauber und ordentlich gehalten war. Vor dem Kamin in einem Armstuhl, blaß und schwach vom Blutverlust, lehnte hier Edward Chester, der junge Herr, der in der letzten Nacht zuerst aus dem Maypole fortgeritten war und jetzt dem Schlosser als seinem Lebensretter und Freund die Hand zum Willkommen entgegenstreckte.

»Redet nur nichts, mein Herr, redet nur nichts!« sagte Gabriel; »ich hätte hoffentlich für jeden andern Menschen in solcher Lage das gleiche getan, für Euch dann also erst recht, mein Herr. Eine gewisse junge Dame«, setzte er mit einigem Zögern hinzu, »hat uns manchen freundlichen Dienst erwiesen, und wir fühlen natürlich – ich trete Ihnen hoffentlich mit solcher Rede nicht zu nahe, mein Herr?«

Der junge Mann lächelte und schüttelte den Kopf; während er

gleichzeitig, offenbar unter Schmerzen, auf dem Stuhl herumrückte.

»Es ist nichts Schlimmes«, sagte er als Antwort auf den mitfühlenden Blick des Schlossers, »nur eine kleine Unpäßlichkeit, die wohl auch daher rührt, daß ich hier oben eingesperrt sitze. Ich habe nur eine leichte Wunde abbekommen, allerdings auch Blut verloren. Nehmt Platz, Mr. Varden.«

»Wenn Ihr erlaubt, Mr. Chester«, erwiderte der Schlosser und lehnte sich auf einen Stuhl, »so will ich hier stehen bleiben, damit wir uns leise unterhalten können. Barnaby ist heut abend nicht in seiner friedlichsten Stimmung, und dann verträgt er Gespräche nicht gut.«

Sie schauten beide zu dem Gegenstand dieser Bemerkung hinüber, der auf der andern Kaminseite einen Sitz gesucht hatte und unter verrücktem Lachen mit einer Strähne Zwirn zwischen den Fingern spielte.

»Bitte, sagt mir genau, mein Herr«, begann Varden, indem er die Stimme noch tiefer senkte, »was in der letzten Nacht sich zugetragen hat. Ich habe Grund danach zu fragen. Ihr seid allein aus dem Maypole fortgegangen?«

»Ja, und allein heimwärts gegangen, bis ich etwa die Stelle erreicht hatte, wo Ihr mich fandet. Da vernahm ich den Galopp eines Pferdes.«

»Hinter Euch?« fragte der Schlosser.

»Allerdings, ja! Hinter mir. Es war ein einzelner Reiter, der mich einholte und, während er sein Pferd zum Stehen brachte, nach dem Wege nach London fragte.«

»Ihr wart doch auf der Hut, Herr! Denn es ist Euch doch bekannt, wieviel Wegelagerer sich hier herumtreiben und Straßen und Wege in allen Richtungen unsicher machen?« fragte Varden.

»Das wohl, aber ich besaß nur einen Stock, da ich unvorsichtigerweise meine Pistolen beim Sohne des Wirtes in der Halftertasche hatte stecken lassen. Ich gab ihm die Auskunft, die er begehrte. Bevor ich noch richtig zu Ende gesprochen hatte, ritt er wütend auf mich ein, als ob er mich mit den Hufen seines Pferds zu Brei treten wollte. Ich sprang zur Seite, glitt aus und stürzte. Dann habt Ihr mich mit diesem Stiche hier im Leibe und mit ein paar Beulen gefunden. In der Börse, die der Reiter mir abgenommen hat, war glücklicherweise wenig Geld. Und nun, Mr. Varden«, setzte er hinzu und schüttelte dem Schlosser die Hand. »wißt Ihr, bis auf die Stärke meines Dankgefühls für Euch – genausoviel wie ich.«

»Ausgenommen«, sagte Gabriel, der sich noch tiefer niederbeugte und behutsam zu seinem schweigsamen Nachbarn hinübersah, »ausgenommen, was den Räuber selbst betrifft. Wie sah er aus, mein Herr? Sprecht leise, wenn ich bitten darf. Barnaby hat nichts Schlimmes im Sinne, aber ich habe ihn öfter beobachtet als Ihr, und weiß, so wenig Ihr es ahnen mögt, daß er jetzt lauscht.«

»Es war so finstere Nacht«, sagte Edward, »der Überfall geschah so plötzlich, und der Mann war so eingepackt und eingemummt, daß ich es kaum zu sagen vermag. Es scheint, als ob –«

»Sagt seinen Namen nicht, mein Herr«, erwiderte der Schlosser, indem er dem Blick des jungen Mannes in Richtung Barnaby folgte; »ich weiß, daß er ihn gesehen hat. Ich will wissen, was Ihr gesehen habt.«

»Alles, was mir noch erinnerlich ist«, sagte Edward, »ist, daß ihm vom Sturm der Hut vom Kopfe gerissen wurde, als er sein Pferd zum Halten brachte. Er fing den Hut auf und stülpte ihn wieder auf den Kopf, der, wie ich wahrnahm, mit einem dunklen Taschentuch umwickelt war. Es war ein Fremder im Maypole eingekehrt, während ich dort war, den ich nicht gesehen hatte; denn ich saß aus Gründen, die mich allein angingen, abseits, und als ich aufstand, um aus dem Zimmer zu gehen, und mich umsah, saß dieser Fremde im Schatten des Ofens, meinem Blicke verborgen. Aber wenn er und der Räuber zweierlei Personen gewesen sein sollten, so glichen doch ihre Stimmen in höchst auffälliger Weise einander; denn sobald mich der Mann auf der Straße anredete, erkannte ich seine Sprache auf der Stelle wieder.«

Es ist, wie ich befürchtete. Derselbe Mensch war heute nacht hier, dachte der Schlosser und wechselte die Farbe. »Eine düstere Geschichte ist das!«

Eine heisere Stimme krächzte ihm ins Ohr. »He, was ist denn los?«

Das sprechende Wesen – das den Schlosser so stutzig machte, daß er zurückfuhr, als stünde ihm irgendeine übernatürliche Mittelsperson gegenüber – war ein großer Rabe, der, ungesehen von ihm und von Edward, oberhalb des Armstuhls gehockt und mit ausgesuchter Aufmerksamkeit die Unterhaltung der beiden Männer bis zu diesem Punkte belauscht hatte, gerade so, als verstünde er jedes Wort. Deutlicher kam seine Aufmerksamkeit noch dadurch zum Ausdruck, daß er den Kopf von einem zum andern drehte, als sei es seines Amtes, zwischen beiden zu richten, und ein Umstand von höchster Wichtigkeit, sich kein Wörtchen entgehen zu lassen.

»Seht ihn, den Wicht!« rief Varden, halb voller Bewunderung für den Vogel, halb unter dem Eindruck einer Art Scheu vor ihm. »Hat's wohl jemals einen Zwerg gegeben, so gescheit wie ihn! O, dieser Rabe ist ein schrecklicher Geselle!«

Der Rabe hielt den Kopf stark auf die eine Seite geneigt, sein helles Auge blitzte wie ein Diamant, ein paar Sekunden lang saß er in nachdenklichem Schweigen da, dann erwiderte er in einer so heiseren, wie aus solcher Ferne herüber schallenden Stimme, daß sie mehr durch sein dickes Gefieder hindurch als aus seinem Halse herauf zu kommen schien:

»He, was ist denn los? Will vom Tod nichts hören! He. Bin ein Teufel, bin ein Teufel, bin ein Teufel. Hurra!« – Und dann begann er so zu pfeifen, als juble er über seinen höllischen Charakter.

»Ich glaube, daß er die Wahrheit redet. Auf mein Wort, das glaube ich«, sagte Varden. »Habt Ihr gesehen, wie er mich anguckt, als ob er wüßte, was ich sagen wollte?«

Hierauf gab der Vogel, sich auf den Krallen schaukelnd und den Leib in einer Art ernsten Tanzes auf und nieder bewegend, wieder die Antwort: »Bin der Teufel, bin ein Teufel.« Er schlug mit den Flügeln gegen seine Flanken, als ob er vor Lachen berste, und Barnaby klatschte in die Hände und wälzte sich im Übermaß des Entzückens auf der Erde.

»Seltsame Kameraden, Herr«, meinte der Schlosser, den Kopf schüttelnd, und ließ den Blick vom einen auf den andern schweifen. »Den Verstand hat von beiden der Vogel!«

»In der Tat seltsam!« sagte Edward und streckte den Zeigefinger gegen den Raben aus, der für diese Aufmerksamkeit sofort dadurch dankte, daß er mit seinem Eisenschnabel nach dem Finger schlug. »Ist er alt?«

»Ein ganzer Kerl, mein Herr«, erwiderte der Schlosser. »Hundertundzwanzig Jahre oder so etwa! Ruft ihn doch herunter, Barnaby!«

»Ruft ihn!« wiederholte Barnaby, setzte sich auf dem Boden in die Höhe und starrte leer und irre auf Gabriel, während er sich das Haar aus dem Gesicht zurückstrich. »Aber er kann's machen, daß er kommt! Er ruft mich und schafft es, daß ich hingehe, wohin er will. Er geht voran, und ich folge. Er ist der Meister, und ich bin der Mann. Stimmt's, Greifer?«

Der Rabe ließ eine kurze, selbstzufriedene, vertrauliche Art von Gekrächz hören – ein höchst ausdrucksvolles Gekrächz, das zu sagen schien: Ihr braucht die Kerle hier nicht in unsere Geheimnisse einzuweihen. Wir verstehen einander. Es ist alles in Ordnung.

»Ich soll machen, daß er kommt?« rief Barnaby, indem er auf den Vogel deutete. »Legt er sich doch niemals schlafen! Nickt er doch niemals auch nur ein! Ihr könnte ihn zu jeder Stunde in der Nacht sehen, denn in meiner finsteren Stube glühen seine Augen wie zwei Funken. Und die ganze Nacht ist er blitzmunter, spricht mit sich selber und denkt sich aus, was er am andern Morgen anfangen wird, wohin wir zusammen gehen werden, und was er stehlen, und wo er's verstecken und begraben wird. Ich soll dafür sorgen, daß er kommt? Ha!«

Nach reiferer Überlegung schien der Vogel geneigt, von selbst herunterzukommen. Nach einer kurzen Musterung des Bodens und einigen Blicken seitwärts zur Decke hinauf und reihum auf jeden in der Stube Anwesenden flatterte er auf den Boden und schritt auf Barnaby zu – nicht in hüpfender oder laufender oder rennender Gangart, sondern in einem Schritte, ähnlich dem eines recht eigenen Herrn in übermäßig engen Stiefeln, der eilig über lose Kieselsteine zu laufen versucht. Er setzte die Krallen auf Barnabys ausgestreckte Hand, stieß einige Töne aus, die so klangen, als würden acht bis zehn Dutzend langer Stöpsel gleichzeitig gezogen.

Der Schlosser schüttelte den Kopf – vielleicht, weil ihm Zweifel kamen, ob das Geschöpf wirklich nichts anderes als ein Vogel war, vielleicht aus Mitleid für Barnaby, der jetzt das Tier auf den Armen hielt und sich mit ihm auf den Dielen herumwälzte. Als er den Blick von dem armen Kerl abwandte, entdeckte er dessen Mutter: Mrs. Rudge war eingetreten und starrte schweigend auf ihren Sohn.

Ihr Gesicht und auch der Mund waren kalkweiß. Sie beherrschte ihre Gefühle, kämpfte sie soweit nieder, daß ihr Gesichtsausdruck ruhig wie immer war. Varden jedoch kam es vor, als ob sie vor seinem Blick zusammenschreckte, als ob sie sich um den verwundeten Mann bemühte, um ihm um so besser auszuweichen.

Es sei Zeit, sagte sie, daß der Kranke zu Bett gehe. Edward Chester soll morgen zu seiner eigenen Behausung geschafft werden und sei schon um eine ganze Stunde länger aufgeblieben, als er hätte aufbleiben sollen.

Der Schlosser verstand den Wink und war im Begriff, sich zu verabschieden.

»Nebenher«, sagte Edward, während er ihm die Hand schüttelte und von ihm zu Mrs. Rudge und wieder zurück blickte, »was war das unten für ein Geräusch? Ich habe Eure Stimme zwischendurch gehört und hätte eigentlich schon vorhin fragen sollen, aber unsere Unterhaltung hat mir den Vorfall aus der Erinnerung gebracht. Was hat es denn unten gegeben?«

Der Schlosser sah Mrs. Rudge an und biß sich auf die Lippen. Sie lehnte sich an den Stuhl und hielt ihre Augen auf den Boden gerichtet. Barnaby auch – er lauschte.

»Irgend so ein betrunkener oder verrückter Kerl, Sir!« gab Varden endlich zur Antwort, den Blick fest auf die Witwe geheftet. »Er hat sich wohl im Haus versehen und versucht, sich Eintritt zu verschaffen.«

Sie atmete auf, stand aber starr da, ohne ein Glied zu rühren. Als der Schlosser ›gute Nacht‹ sagte und Barnaby nach der Laterne griff, um ihm die Treppe hinunter zu leuchten, nahm sie ihm diese aus der Hand und befahl ihm – mit größerer Hast und tieferem Ernst, als nötig schien – sich nicht vom Flecke zu rühren. Der Rabe folgte ihnen, um sich zu vergewissern, daß unten alles in Ordnung sei, und stand, während sie nach der Haustür schritten, auf der untersten Stiege, wo er wieder sonderbare Töne von sich gab.

Mit zitternder Hand machte sie die Kette los, schob die Riegel zurück und drehte den Schlüssel im Schloß. Als sie ihre Hand auf der Klinke hielt, sagte Gabriel mit leiser Stimme: »Ich hab' heut abend um Euretwillen, Marie, und um vergangener Zeiten und alter Bekanntschaften willen eine Lüge gesagt, was ich sonst nie getan hätte. Ich habe hoffentlich damit nichts Schlimmes angestiftet oder gar Schlimmes verübt. Ich kann mich der argwöhnischen Befürchtungen nicht entschlagen, die Ihr mir aufgedrungen habt, und tue's nur mit schwerem Herzen, das sage ich

Euch ganz offen – daß ich Herrn Edward hier zurücklasse. Tragt Sorge, daß ihm kein Leid geschieht. Mir ist die Sicherheit dieses Daches zweifelhaft, und ich bin sehr froh, daß er's bald verläßt. Jetzt laßt mich gehen!«

Einen Augenblick lang verbarg sie ihr Gesicht in den Händen und weinte; aber sie wehrte dem kräftigen Drang, der sie sichtlich zu einer Antwort bestimmte, machte die Tür auf – nicht weiter als ausreichte, um seinen Körper hindurchzulassen – und winkte ihm zu gehen. Während der Schlosser noch auf der Schwelle stand, wurde die Tür hinter ihm auf- und zugeschlossen, und der Rabe machte zur Verstärkung dieser Sicherheitsmaßregeln Geräusche wie ein wachsamer Haushund.

»Sie im Bunde mit dieser schlimm aussehenden Gestalt, die vom Galgen gefallen zu sein scheint – vielleicht horcht der Kerl und steckt irgendwo hier! – und daß auch gestern abend Barnaby zuerst auf dem Flecke war! – kann denn sie, die immer einen so reinen und ehrlichen Namen getragen, im geheimen solcher Verbrechen schuldig sein?« fragte sich der Schlosser. »Verzeih' mir der Himmel, wenn ich mich irre, und sende mir gerechte Gedanken; aber sie ist arm, die Versuchung mag stark sein, und wir hören tagtäglich von mehr als merkwürdigen Dingen. – Ach, krächze nur weiter, mein Freund! Wenn irgendeine Schändlichkeit im Werke ist, dann möcht' ich schwören, daß der Rabe dabei im Spiel ist!«

7. Kapitel

Mrs. Varden war eine Dame von einem Temperament, das man gemeinhin als wetterwendisch zu bezeichnen pflegt – eine Redensart, die meistens ein Temperament anzeigt, das die Mitmenschen auf harte Proben stellt. Es traf sich auch in diesem Fall so, daß, wenn andere Leute heiter und guter Dinge waren, Mrs. Varden mürrisch und verdrießlich war; und daß, wenn andere Leute mürrisch und verdrießlich waren, Mrs. Varden zur Fröhlichkeit aufgelegt war. Was die Fähigkeit betraf, verständig und verdreht, gesetzt und aus dem Häuschen, unparteiisch und parteiisch in einem Atem zu sein, konnte diese würdige Hausfrau es mit Macbeth[20] aufnehmen, verstand sie es doch, diese Wandlungen rückwärts und vorwärts in der kurzen Zeitspanne einer Viertelstunde durchzumachen; wobei sie mit den diversen Instrumenten ihres weiblichen Glockenspiels[21] sehr geschickt und wirkungsvoll zu spielen verstand.

Es war an dieser guten Dame (der es an persönlichen Reizen nicht mangelte, da sie rund und niedlich anzuschauen war, wenn sie auch, wie ihre hübsche Tochter, ein wenig kurz geraten war) bemerkt worden, daß ihre wetterwendische Veranlagung mit ihrem irdischen Wohlstande wuchs und stärker wurde; und mancherlei kluge Männer und Matronen, die mit dem Schlosser und seinem Anhange auf freundschaftlichem Fuß verkehrten, verstiegen sich sogar zu der Behauptung, daß ein Absturz um ein halb Dutzend Sprossen auf der Weltleiter – so etwas wie der Zusammenbruch der Bank, bei welcher ihr Gatte sein Geld hinterlegt hatte – sie in das richtige Fahrwasser leiten und zu einem der angenehmsten und umgänglichsten Eheweiber auf Erden machen würde. Ob nun die Leute mit dieser Mutmaßung recht oder unrecht hatten, soviel steht fest, daß Gemüter ebenso wie Körper aus bloßem Übermaß an Wohlergehen in einen übel beschaffenen Zustand verfallen können, während umgekehrt ekelhaft schmeckende Heilmittel oft eine Gesundung herbeiführen.

Die hauptsächliche Stütze und Anstifterin von Frau Varden, zu gleicher Zeit auch ihr wesentliches Opfer und dasjenige Objekt, das ihren Grimm am ehesten und meisten zu fühlen bekam, war ihr einziger Dienstbote, eine gewisse Miss Miggs, oder – wie sie im Einklange mit jenen gesellschaftlichen Vorurteilen genannt wurde, die bei armen Dienstpersonen alle derartigen auszeichnenden Anhängsel zu beschneiden und zu kürzen lieben – ›die Miggs‹. Besagte Miss Miggs war ein großes junges Frauenzimmer, das im Privatleben gern Stelzschuhe[22] benutzte; sie war schmächtig und zänkisch[23], von ziemlich unvorteilhafter Figur und, wenn auch nicht gerade unbedingt häßlich, doch von Angesicht ziemlich schroff und herb. Aus Grundsatz im allgemeinen und als Ansicht an und für sich hielt die Miggs dafür, daß das männliche Geschlecht im höchsten Grade niederträchtig und jeder Beachtung unwürdig sei; daß es wankelmütig, falsch, gemein, albern, zu falschen Schwüren geneigt und ganz und gar ohne Verdienst sei. Jedesmal, wenn sie recht erbost auf die Männer war – was, wie die Lästerzungen meinten, immer dann der Fall war, wenn Simon Tappertit sie von oben herab behandelte – pflegte sie mit großem Nachdruck den Wunsch zu verlautbaren, daß die ganze Weibersippe aussterben solle, damit die Männer dahin gebracht würden, den wirklichen Wert der Segnungen und Wohltaten zu erkennen, von denen sie so wenig herzumachen liebten; in ihrer Wertschätzung des eigenen Geschlechts verstieg sie sich so weit, daß sie bisweilen erklärte, sie würde sich, wenn sie nur die volle Bürgschaft für eine stattliche runde Zahl – beispielsweise zehntausend – jungfräulicher Wesen besäße, die sich ihrem Beispiele anschlössen, mit einer Freude, die über jeglichen Ausdruck erhaben sei, der ganzen Männersippe zum Trotz erhängen, ersäufen, erdolchen oder vergiften.

Die Stimme der Miggs war es, die den Schlosser, als er an seinem eigenen Haus klopfte, mit dem schrillen Schrei begrüßte: »Wer ist da?«

»Ich bin's, Mädchen, ich!« erwiderte Gabriel.

»Was? Schon, mein Herr?« sagte die Miggs und öffnete mit einem Blick der Verwunderung die Tür. »Wir waren eben schon dabei, die Nachtmützen aufzusetzen – ich und die Frau des Hauses. O! Es ist heute schlimm mit ihr gewesen!«

Die Miggs sagte das mit einer Miene ungewöhnlicher Aufrichtigkeit und in einem Tone, der den Nagel auf den Kopf zu treffen schien. Aber die Wohnstubentür stand offen, und da Gabriel recht gut wußte, für wessen Ohren die Worte bestimmt waren, sah er sie, während er einging, mit einem Blick an, der alles andere als Billigung und Gutheißung ausdrückte.

»Der Meister ist heimgekommen, junge Frau!« rief die Miggs, vor ihm her ins Zimmer laufend. »Sie haben Unrecht gehabt, Meisterin, und ich hab' recht behalten. Ich dachte mir doch, daß er uns nicht nötigen würde, zwei Nächte hintereinander so spät aufzubleiben. Der Meister ist ja immer so fürsorglich. Es freut mich außerordentlich, Meisterin, um Ihretwillen. Ich bin ein bißchen« – hier zwinkerte die Miggs – »ein bißchen verschlafen; ich darf's ja jetzt sagen, Meisterin, wenn ich auch gesagt habe, ich wär's nicht, als Ihr vorhin fragtet. Es hat natürlich nichts auf sich, Frau Meisterin.«

»Da wär's gescheiter gewesen«, sagte der Schlosser, der in seinem Herzen den Wunsch reifen fühlte, Barnabys Rabe möchte der Miggs auf den Hacken sitzen – »Ihr wärt gleich zu Bette gegangen!«

»Freundlichen Dank, gnädiger Herr«, erwiderte die Miggs, »ich könnte heut nacht meine Ruh' nicht in Frieden finden, auch meine Gedanken nicht auf meine Gebete richten, wenn ich nicht die Frau Meisterin behaglich in ihrem Bett wüßte. Eigentlich müßte sie schon seit ein paar Stunden schlafen.«

»Ihr seid recht redselig, Migg«, sagte Varden, der sich den Umhang auszog.

»Ich werde's mir gesagt sein lassen, Herr Meister«, rief die Miggs mit flammendem Gesichte, »und bedanke mich auch freundschaftlich dafür, erdreiste mich aber die Bemerkung zu machen, daß ich *Euch* nicht um Verzeihung bitte, wenn ich durch meine Sorge für meine gnädige Herrin mich zu ungebührlicher Rede habe hinreißen lassen, und daß ich es hinnehme, mir durch meine Fürsorglichkeit Ärger einzuhandeln.«

Jetzt sah sich Mrs. Varden um. Ihr Gesicht war in eine Nachtmütze gehüllt, die so groß wie ein Leichentuch schien. Die ganze Zeit über hatte sie eifrig auf das Evangelien-Hausbuch geblickt, und nun belohnte sie die Miggs für ihre Parteinahme, indem sie ihr befahl, den Mund zu halten.

Jedes Äderchen am Hals der Miggs trat mit alarmierender Boshaftigkeit vor, als sie erwiderte: »Jawohl, Frau Meisterin, das werd' ich.«

»Wie ist's dir denn jetzt, meine Liebe?« fragte der Schlosser, der sich neben seiner Frau (die ihr Buch wieder vor die Nase genommen hatte) auf einen Stuhl setzte und sich heftig die Knie rieb.

»Das ist dir wohl sehr wichtig zu wissen? Hm?« erwiderte Mrs. Varden, die Augen auf die Buchseiten gerichtet; »nachdem du den ganzen Tag nicht bei mir gewesen bist, und auch nicht gewesen wärst, selbst wenn ich im Sterben gelegen hätte.«

»Meine liebe Martha« – sagte Gabriel.

Mrs. Varden schlug die nächste Seite auf; dann sah sie noch einmal auf die Schlußzeile zurück, um sich der letzten Worte zu vergewissern; dann fuhr sie mit einem Anschein von tiefstem Interesse und Nachdenken fort zu lesen.

»Meine liebe Martha«, sagte der Schlosser, »wie kannst du dergleichen sagen, da du doch weißt, daß du dergleichen nicht meinst? Wenn du im Sterben lägst! Nun, Martha! Wenn dir etwas

Ernstliches fehlte, würde ich dann nicht beständig bei dir sein?«

»Ja!« rief Mrs. Varden und brach in Tränen aus. »Ja! Das würdest du! Daran zweifle ich nicht, Varden. Bestimmt würdest du das! Das heißt gerade soviel, als wenn du mir sagtest, daß du mich wie ein Geier umschweben würdest, der drauf wartet, bis der Atem aus meinem Leibe gewichen ist, um dann hinzugehen und eine andere zu heiraten.«

Die Miggs knurrte beifällig – es war ein kurzes, im Entstehen aufgehaltenes und in ein Husten verwandeltes Knurren, das sagen zu wollen schien: ›Ich kann's nicht ändern. Es ist mir durch die schreckliche Grobheit dieses Ungetüms von einem Meister abgezwungen worden.‹

»Aber du wirst mir nächster Tage mal das Herz brechen!« setzte Mrs. Varden mit größerer Ergebung hinzu, »und dann wird's uns beiden ja wohler sein. Mein einziger Wunsch ist, Dolly schicklich versorgt zu sehen, und ist das der Fall, dann magst du mich beiseite schaffen, sobald es dir beliebt.«

»Ah!« schrie die Miggs – und hustete wieder.

Der arme Gabriel zupfte eine Weile schweigend an seiner Perücke und sagte dann sanft: »Ist Dolly zu Bett gegangen?«

»Dein Herr spricht mit dir«, sagte Mrs. Varden und blickte über ihre Schulter hinweg streng zur Miggs hinüber.

»Nein, meine Liebe! Ich habe mit dir gesprochen«, erklärte der Schlosser.

»Hast du gehört, was ich dir sage, Miggs?« rief die eigensinnige Dame und stampfte mit dem Fuß auf den Boden. »Fängst wohl auch schon an, mir zu trotzen? Aber sie sieht's ja nicht anders!«

Bei diesem grausamen Vorwurf erhob die Miggs, der auf den kleinsten Wink und zu den unpassendsten Gelegenheiten Tränen in großen oder kleinen Mengen zur Verfügung standen, ein gewaltiges Geschrei; sie preßte beide Hände krampfhaft gegen das Herz, wie um zu verhindern, daß es in kleine Stücke zerberste. Mrs. Varden, die mit dem gleichen Talent gesegnet war, weinte mit, und dies so heftig, daß die Miggs nach einiger Zeit still beigab und ihrer Herrin das Feld überließ – mit Ausnahme eines gelegentlichen Schluchzers, der einen abermaligen Heulanfall anzukündigen drohte. Nachdem sie ihre Überlegenheit hinlänglich dargestellt hatte, hörte auch Mrs. Varden mit dem Heulen auf und sank in eine stille Schwermut.

Die Erleichterung war so groß, und die Müdigkeit nach den Mühen der letzten Nacht überwältigte den Schlosser so sehr, daß er in seinem Stuhl einnickte und zweifellos die ganze Nacht dort geschlafen hätte, wenn nicht Mrs. Vardens Stimme nach einigen fünf Minuten wieder laut geworden wäre und ihn aufgeschreckt hätte.

»Bin ich einmal«, sagte Mrs. Varden – nicht schmähend, sondern in einer Art eintönigen Widerspruchs – »bin ich einmal bei froher Laune, bin ich einmal aufgeräumt, bin ich einmal mehr als sonst aufgelegt zu schwatzen und mich ein bißchen gehen zu lassen, dann werde ich jedesmal so behandelt.«

»Na, so 'ne gute Laune, wie Ihr vor einer halben Stunde noch hattet, Frau Meisterin«, rief die Miggs, »werde ich wohl so schnell nicht wieder erleben.«

»Weil«, sagte Mrs. Varden, »weil ich mich niemals in etwas einmische; weil ich nie frage, woher jemand kommt, oder wohin er geht; weil mein ganzes Sehnen und Trachten darauf gerichtet ist zu sparen, wo ich sparen kann, und in dem Haus zu arbeiten; deshalb behandelt man mich so!«

»Martha«, sagte der Schlosser eindringlich, indem er sich Zwang antat, trotz seiner Müdigkeit munter dreinzuschauen, »worüber beklagst du dich? Ich bin wahrhaftig mit dem Wunsch nach Haus gekommen, ein paar glückliche Minuten zu verleben. Wirklich! Das ist meine Absicht gewesen!«

»Worüber ich mich beklage?« versetzte seine Frau. »Ist es nicht eine schreckliche Sache, einen Menschen zum Mann zu haben, der schielt und zankt und schläfrig herumhockt, sobald er den Fuß ins Haus setzt – einen Menschen um sich zu haben, der einem Eisbeutel aufs warme Herz legt und kaltes Wasser über den Herd gießt? Wenn ich weiß, daß er wegen einer Sache aus dem Haus gegangen ist, an der ich das größte Interesse habe, ist es dann nicht natürlich, daß ich auch alles zu wissen wünsche, was vorgegangen ist, oder daß er's einfach sage, ohne daß ich erst darum bitten muß? Ist das natürlich oder nicht?«

»Es tut mir ehrlich leid, Martha«, sagte der gutmütige Schlosser, »aber ich habe wirklich gedacht, du seiest jetzt nicht aufgelegt, ein Weilchen gemütlich zu plaudern; ich will dir ganz gern alles erzählen – worüber sollte ich mich denn mehr freuen, meine Liebe?«

»Nein, Varden«, erwiderte seine Frau und erhob sich mit

Würde, »jetzt danke ich schönstens. Ich bin kein kleines Kind, das man in der einen Minute abkanzelt und in der anderen hätschelt – dazu bin doch ein bißchen zu alt, Varden. Miggs, nimm das Licht! Du kannst doch wenigstens vergnügt sein, Miggs!«

Miss Miggs, die bis zu diesem Augenblick in den tiefsten Tiefen des barmherzigen Mitgefühls geschwebt hatte, wurde sogleich sehr lebhaft und führte ihre Herrn mit dem Licht zusammen hinweg, während sie mit heftigem Kopfschütteln zum Schlosser hinübersah.

Na, wer möchte das wohl glauben, dachte Varden, während er die Schultern in die Höhe reckte und den Stuhl näher zum Ofen hin schob – daß diese Fau jemals nett und angenehm sein könnte? Und doch kann sie's sein. Na ja doch, ja doch; ein jeder von uns hat seine Fehler. Ich geh' nicht hart ins Gericht mit den ihrigen. Dazu sind wir nun schon zu lange als Mann und Frau zusammen gewesen.

Er nickte wieder ein – nicht minder vergnügt und vielleicht auch dankbar, daß der Allmächtige ihm ein so heiteres Temperament mit auf die Welt gegeben hatte. Während er mit geschlossenen Augen dasaß, wurde die zu dem Oberstock führende Tür halb geöffnet, und ein Kopf schob sich herein, der hastig wieder zurückfuhr, als er Vardens ansichtig wurde.

»Ich wünschte«, murmelte Gabriel Varden, der bei dem Geräusch munter wurde und sich in dem Zimmer umsah, »ich wünschte, daß sich jemand fände, der die Miggs heiratete. Aber das ist wohl unmöglich! Würde zu gern wissen, ob's einen solchen Narren auf der Welt gibt, der die Miggs zum Altare führen wollte!«

Es war das eine Erwägung so tiefer Natur für ihn, daß er aufs neue in den Schlaf sank. Erst als das Feuer heruntergebrannt war, stand er auf, und nachdem er die Haustür seiner Gewohnheit gemäß verschlossen und den Schlüssel in die Tasche geschoben hatte, ging er aus der Stube und begab sich zu Bett.

Er hatte das Zimmer erst einige Minuten in Dunkelheit gelassen, als der Kopf wieder sichtbar wurde und Simon Tappertit hereinschlich, mit einem Lämpchen in der Hand.

»Was zum Geier hat er denn vor, daß er so spät aufbleibt?« flüsterte der Lehrling, während er zur Werkstatt ging und das Licht auf den Schmiedeofen stellte. »Die halbe Nacht ist beinahe damit draufgegangen. Nur ein Gutes hab' ich diesem vermaledeiten alten, rostigen, mechanischen Handwerk zu verdanken, und das ist dies Stückchen Eisenwaren hier, bei meiner Seele!«

Während er diese Worte sagte, zog er aus der rechten Hand oder vielmehr rechten Knietasche seiner Hose einen ungestalten Hausschlüssel von ziemlicher Größe, schob ihn behutsam in das Schloß, das sein Lehrmeister eben erst verwahrt hatte, und öffnete leise die Tür. Nachdem er dies getan, schob er sein Beweisstück heimlicher Werktätigkeit wieder in die Tasche und schlüpfte, während er die Lampe brennen ließ und die Tür sorgsam und geräuschlos wieder schloß, verstohlen auf die Straße hinaus – so wenig beargwohnt von dem Schlosser in seinem tiefen Schlafe wie von Barnaby in seinen von Gespenstern durchjagten Träumen.

8. Kapitel

Kaum hatte Tappertit das Haus des Schlossers hinter sich, als er seine Vorsicht aufgab und sich wie ein polternder, rauflustiger Strolch benahm, der sich kein Gewissen aus irgendeinem Verbrechen macht. So schnell ihn seine Beine tragen wollten, lief er die finsteren Straßen entlang.

Hin und wieder blieb er einen Augenblick stehen, um sich an die Tasche zu klopfen und sich Gewißheit zu verschaffen, daß sein Hauptschlüssel dort noch war. Er rannte in der Richtung Barbican[24] – und verlangsamte seinen Schritt erst, als er in eine der von diesem Mittelpunkte ausstrahlenden engen Straßen einbog. Er wischte sich den Schweiß von der erhitzten Stirn, als sei nun das Ende seines Weges erreicht.

Es war kein Ort, der für mitternächtliche Ausflüge wie geschaffen schien. Er war von mehr als fragwürdigem Charakter und sah folglich auch nicht sehr einladend aus. Von der Hauptstraße, die Simon eingeschlagen hatte und die an sich kaum viel breiter war als ein Gäßchen, führte ein niedriger Torweg zu einem Hof, der in pechschwarzer Finsternis dalag, ungepflastert und von bitteren Dünsten eingehüllt. In diese übelbeschaffene Höhle hinein suchte sich der unstete Schlosserlehrling tastend einen Weg und blieb endlich vor einem Hause stehen, von dessen verwitterter, schon halbverfallener Vorderseite die rohe Abbildung einer Flasche wie ein an den Galgen geknüpfter Übeltäter hin und her baumelte. Tappertit schlug mit dem Fuße dreimal auf ein eisernes Gitter. Nachdem er vergeblich auf eine Antwort auf sein Signal gewartet hatte, wurde der Lehrling ungeduldig und stieß aufs neue dreimal gegen das Gitter.

Eine abermalige Pause, aber nicht von langer Dauer, trat ein. Der Boden schien sich vor seinen Füßen aufzutun, und ein wilder Haarschopf wurde sichtbar.

»Ist das der Hauptmann?« fragte eine Stimme, die durchaus zu der zottigen Haarmähne paßte.

»Jawohl«, erwiderte Tappertit stolz und von oben herab; mit den Worten: »Wer sollte es denn sonst sein?«, stieg er in die Tiefe.

»Es ist so spät schon, und wir haben nicht geglaubt, daß du noch kommen würdest«, antwortete der Mann und blieb stehen, um das Gitter zu schließen.

»Geh voran!« sagte Mr. Tappertit mit unheimlicher Majestät, »und mach Bemerkungen erst, wenn ich dich frage. Vorwärts!«

Dieses Kommando hörte sich einigermaßen theatralisch an und war überflüssig.

Der Abstieg auf der schmalen, steilen und schlüpfrigen Treppenflucht war so schwierig, daß jede Übereiltheit oder Ablenkung zum Absturz geführt hätte. Mr. Tappertit aber, der wie viele große Befehlshaber starken Gesten und persönlicher Kraftentfaltung sehr zugetan war, rief mit rauher Stimme noch einmal: »Vorwärts!« Mit gekreuzten Armen und gerunzelten Brauen schritt er voran, zum Keller hinunter, wo in einer Ecke ein kleiner Kessel befestigt war. Hier standen ein paar Stühle, eine Bank, ein Tisch und ein mit einer zerlumpten und geflickten Decke bedecktes Feldbett, von einem Feuer erleuchtet.

»Willkommen, edler Hauptmann!›« rief ein hoch aufgeschossener Mann, der sich erhob, als wäre er soeben aufgewacht.

Der Hauptmann nickte, warf seine Überjacke ab und stand selbstbewußt da in seiner vollen Würde und ›überäugte‹ seinen Jünger.

»Was gibt's neues heut' nacht?« fragte er, nachdem er seinem Gegenüber bis ins innerste Herz geschaut hatte.

»Nichts von Bedeutung«, erwiderte der andere und reckte sich – er war von solcher Körperlänge, daß es wirklich fast beängstgend war, ihm dabei zuzusehen. »Wie kommt's, daß du so spät kommst?«

»Macht doch nichts«, war alles, was der Hauptmann als Antwort zu sagen geruhte. »Ist das Zimmer in Ordnung?«

»Jawohl«, antwortete sein Jünger.

»Der Kamerad – ist er hier?«

»Ja. Und auch ein Trupp von den andern – du hörst sie ja.«

»Schieben Kegel!« sagte der Hauptmann verdrießlich. »Leichtsinnige Patrone, denen's nur ums Vergnügen geht!«

In der Tat gab es keinen Zweifel, daß ihre leichtsinnigen Kameraden sich beim Kegeln amüsierten, denn selbst in der abgeschlossenen und erstickenden Atmosphäre dieses Gewölbes klang der Lärm wie ferner Donner. Es schien auf den ersten Blick, als sei die Wahl des Ortes recht sonderbar getroffen für diese oder andere Erholungs- oder Zerstreuungszwecke, wenn man annehmen durfte, daß die andern Keller diesem hier ähnlich waren; denn den Fußboden bildete gestampfte Erde; Wände und Dach zeigten als Tapete feuchte kahle Ziegelsteine, an denen sich Spuren von Wanzen und Schnecken fanden; die Luft war verdorben und ungesund. Aus einem starken Duft, der sich gegen die verschiedenen Gerüche an diesem Ort durchsetzte, konnte man vielleicht schließen, daß dieser Ort in nicht zu ferner Zeit als Lagerraum für Käse gedient hatte: ein Umstand, der nicht nur die aus Wänden und Winkeln triefende schmierige Nässe erklärte, sondern diesen Ort auch für Ratten zu einer Art von Paradies machte. Da es in dem Keller außerdem dumpf und feucht war, sprossen Schwamm- und Schimmelbäumchen aus jeder modrigen Spalte und Ecke.

Der schon erwähnte Mann mit der zottigen Haartracht war zugleich der Eigentümer dieser Stätte. Er trug eine alte Perücke, die so struppig war wie ein abgekehrter Ofenbesen. Diese Persönlichkeit war inzwischen zu den beiden getreten und stand, indem sie sich die Hände rieb und mit ihrem schimmligen, borstigen Kinn hin- und herwackelte, ein wenig abseits und lächelte still vor sich hin. Seine Augen waren geschlossen. Es wäre aber, auch wenn sie weit offen gewesen wären, leicht gewesen, aus dem aufmerksamen Ausdruck seines Gesichtes, das bleich und krankhaft aussah, wie es sich bei einem Menschen seines unterirdischen Daseins kaum anders erwarten ließ, und aus einem gewissen unruhigen Heben und Senken der Lider die Meinung zu gewinnen, daß der Mann blind war.

»Sogar Stagg war eingeschlafen«, sagte der lange Kamerad, nach dieser Person hinnickend.

»Heil, Hauptmann, heil!« rief der Blinde. »Was trinkt mein edler Hauptmann? – ist es Branntwein, Rum oder Whisky, eingeweichtes Pulver oder siedendes Öl? Gib ihm einen Namen, Eichenherz, und wir wollen's dir holen, wär's auch Wein aus dem Keller des Bischofs oder geschmolzenes Gold aus König Georgs Münze.«

»Sieh zu«, sagte Tappertit hochmütig, »daß es was Starkes ist und daß es schnell da ist; hol's meinetwegen aus des Teufels Keller, wenn's dir paßt.«

»Kühn gesprochen, edler Hauptmann!« erwiderte der Blinde. »Gesprochen wie in der ›Lehrlingsglorie‹. Ha! Ha! Ha! Aus des Teufels Keller! Ein prächtiger Spaß! Der Hauptmann macht Spaß! Ha! Ha!«

»Ich will dir was sagen, alter Junge«, sagte Mr. Tappertit, den Wirt überäugend, während er zu einem Spind ging und eine Flasche und ein Glas mit solcher Ruhe und Gemütlichkeit herausnahm, als sei er im Besitze seiner vollen Sehkraft, »wenn du hier so herumkrakeelen willst, so sollst du bald seh'n, daß der Hauptmann keine Lust hat, Spaß zu machen; das laß dir gesagt sein.«

»Er hält seine Augen auf mich gerichtet!« rief Stagg, der eine Weile auf seinem Rückweg innehielt und so tat, als schütze er sein Gesicht mit seiner Flasche. »Ich fühle sie, wenn ich sie auch nicht sehe. Nimm sie weg, edler Hauptmann. Wende sie ab, denn sie stechen wie Bohrer.«

Tappertit lächelte seinem Kameraden grimmig zu; und indem er noch einen Blick herausdrehte – eine Art Okularschraube – unter dessen Einfluß der Blinde so tat, als stände er große Qual und Pein aus, befahl er ihm, näherzukommen und den Mund zu halten.

»Ich gehorche dir, Hauptmann«, rief Stagg, dicht an ihn herantretend und einen Humpen füllend, ohne einen Tropfen zu verschütten. Dann hielt er den Finger gegen den Rand des Glases und hielt im Augenblick inne, als der Branntwein ihn berührte. »Trink, edler Gouverneur! Tod allen Meistern! Alle Lehrlinge sollen leben! Und alle schönen Mädchen lieben! Trinkt, tapferer General, und erwärme dir dein ritterliches Herz!«

Tappertit ließ sich dazu herab, das Glas aus Staggs ausgestreckter Hand in Empfang zu nehmen. Dann sank Staggs auf die

Knie nieder und streichelte ihm mit einer Miene unterwürfiger Bewunderung sanft die Waden.

»O, hätt' ich nur Augen!« rief er, »meines Hauptmanns ebenmäßigen Körperbau zu bewundern! Hätt' ich doch Augen, auf diese Zwillingsstörer häuslicher Ruhe zu sehen!«

»Mach, daß du 'rauskommst!« rief Herr Tappertit und sah auf seine Lieblingsglieder herab. »Geh weg! Stagg!«

»Wenn ich dann meine eignen Beine anfaß«, rief der Wirt, indem er sich schmähend auf die Schenkel schlug, »so hasse ich sie; denn sie sind Stelzfüße, verglichen mit diesen Musterexemplaren meines edlen Hauptmanns!«

»Deine Beine!« rief Tappertit. »Nein. Sprich bloß von diesen putzigen alten Zahnstochern nicht in demselben Atem wie von meinen Beinen; denn das würde zu weit gehen! Hier, nimm's Glas, Benjamin! Dann weiter! Ans Geschäft!«

Mit diesen Worten schlug er wieder die Arme übereinander, runzelte in düsterer Majestät die Stirn, schritt mit seinem Gefährten durch eine kleine Tür zum oberen Ende des Kellers und verschwand, Stagg seinen persönlichen Betrachtungen überlassend.

Das Gewölbe, in das sie traten, war mit Sägespänen bestreut und trübe erhellt; es lag zwischen dem äußern Gewölbe, aus dem sie kamen, und jenem, wo die Kegelschieber ihrem Vergnügen nachgingen. Wenigstens kam es einem so vor infolge des verstärkten Geräusches und Stimmengewirrs, das aber auf einen Wink des langen Kameraden plötzlich aussetzte und von Todesstille gefolgt wurde. Hierauf kehrte dieser jugendliche Herr von einem Schränkchen, an das er getreten war, mit einem Hüftknochen zurück, der in früheren Zeiten Teil und Glied eines Individuums von mindestens der gleichen Länge, wie er sie besaß, gewesen sein mußte, und legte denselben in Tappertits Hände, der ihn als Zepter und Stab seiner Würde und seines Amtes in Empfang nahm, dazu stolz seinen Dreispitz auf den First seines Schädels stülpte und einen großen Tisch bestieg, worauf ein mit einem Schädelpaar vergnüglich dekorierter Prunksessel zu seiner Aufnahme bereit gestellt war.

Er hatte kaum seinen Sitz eingenommen, als ein anderer jugendlicher Herr sichtbar wurde, der ein zusammengeklapptes Buch von riesigem Umfange unter dem Arme trug, vor Mr. Tappertit eine tiefe Verbeugung machte, hierauf das Buch dem langen Kameraden einhändigte, an den Tisch herantrat und dort mit dem Rücken angelehnt wie der Europa tragende Atlas stehen blieb. Auch der lange Kamerad stieg nun den Tisch hinauf, wo er sich feierlich auf einen Sessel niederließ, der etwas niedriger war als der Sitz Tappertits, das große Buch auf die Schultern ihres stummen Gefährten mit ebensolchem Bedacht, als wäre es kein Mensch, sondern ein Holzpult, niederlegte und sich anschickte, Eintragungen in das Buch mit einer Feder von entsprechender Größe vorzunehmen.

Als der lange Geselle mit diesen Zurüstungen fertig war, blickte er Herrn Tappertit an; und Herr Tappertit schwang den Hüftknochen und klopfte neunmal damit auf einen der Schädel. Beim neunten Schlage tauchte ein dritter jugendlicher Herr aus der Tür herauf, die zum Kegelraum führte, und harrte mit tiefer Verbeugung der ihm bestimmten Weisungen.

»Lehrjunge!« sagte der mächtige Hauptmann; »wer wartet draußen?«

Der Lehrjunge antwortete, ein Fremder stehe draußen, der Aufnahme in diese geheime Gesellschaft von Lehrjungen-Rittern begehre und um freie Teilnahme nachsuche an ihren Rechten, Vorrechten und Gemeinrechten. Hierauf schwenkte Tappertit abermals den Hüftknochen, gab dem anderen Schädel einen wunderbaren Stüber auf die Nase und tat den Ausruf: »Führt ihn herein!« Zufolge dieser furchtbaren Worte verneigte sich der Lehrjunge abermals tief und verzog sich dorthin, woher er gekommen.

Alsbald erschienen nun an der nämlichen Tür zwei andere Lehrjungen mit einem dritten in der Mitte, dem die Augen verbunden waren, der angetan war mit einer Beutelperücke und einem breitschößigen, mit abgegriffener Borte besetzten Umhang. Um die Hüften trug er ein Schwert, in Übereinstimmung mit den Gesetzen des Ordens, welche das Tragen dieser Hoftracht erheischten, die aus Rücksicht übrigens, des Duftes wegen, beständig in Lavendelwasser zu liegen hatte. Einer der Führer dieses Novizen hielt einen verrosteten Schießprügel auf sein Ohr gerichtet und der andere einen höchst altertümlichen Säbel, womit er, während er wie ein Kriegsheld eintrat, Eidbrüchige niedermähte, die ihm seine Phantasie vor Augen führte.

Mr. Tappertit drückte, während diese schweigsame Gruppe vortrat, den Hut fest auf den Schädel. Der Neuling legte hierauf seine Hand auf seine Brust und verneigte sich vor Tappertits Majestät. Als er sich in hinreichendem Maße gedemütigt hatte, geruhte der Hauptmann zu befehlen, daß ihm die Binde abgenommen werde, und schritt nunmehr dazu, ihn von seinem Sessel herab zu ›überäugen‹.

»Ha!« sagte der Hauptmann gedankenreich, nachdem er diese Feuerprobe beendet hatte. »Weiter!«

Der lange Kamerad las laut vor – »Mark Gilbert. Alter: neunzehn Jahre. In der Lehre bei Thomas Curzon, Strumpfwirker, goldenes Vließ, Aldgate.[25] Liebt Curzons Tochter. Kann nicht sagen, ob sie ihn liebt. Möchte es für wahrscheinlich halten. Curzon hat ihn letzte Woche am Dienstag an den Ohren gezaust.«

»Wie!« rief der Hauptmann auffahrend.

»Weil er nach der Tochter geschielt hat, mit Verlaub«, sagte der Neuling.

»Schreib' Curzon auf als denunziert«, sagte der Hauptmann. »Mach ein schwarzes Kreuz vor den Namen Curzon.«

»Jedoch, mit Verlaub«, sagte der Neuling, »das ist nicht das schlimmste – er nennt seinen Lehrjungen einen faulen Hund und verweigert ihm das Bier so lange, bis er nach seinem Gefallen schuftet. Er gibt ihm auch Holländerkäse zu essen, und ißt doch selbst Cheshire von bester Sorte; sonntags ausgehn gibt's auch nur einmal im Monat.«

»Das ist ein flagranter Fall«, sagte Mr. Tappertit gewichtig. »Mach zwei schwarze Kreuze hinter den Namen Curzon.«

»Wenn die Gesellschaft«, sagte der Neuling, ein schiefer, schlottriger Bursche von schlimmem Aussehen mit tief und dicht beieinanderliegenden Augen – »wenn die Gesellschaft sein Haus niederbrennen würde – denn er ist nicht versichert – oder ihn verprügeln würde, wenn er des Nachts aus dem Klub nach Hause kommt, oder mir behilflich sein würde, seine Tochter aus dem Bau zu führen und sie am Fleet[26] zu heiraten, ob mit, ob ohne ihren Willen –«

Tappertit schwenkte sein greuliches Zepter, um dem Neuling zu zeigen, daß er nicht unterbrochen werden wollte, und befahl, drei schwarze Kreuze hinter den Namen Curzon zu machen. »Das bedeutet«, setzte er huldvoll hinzu, »Rache! umfassende, schreckliche Rache! Lehrjunge, liebst Du die Verfassung?«

Hierauf erwiderte der Neuling, der von seinen Einführungspaten schon unterwiesen worden war: »Ich liebe sie!«

»Die Kirche, den Staat und alles, was von Rechtswegen eingesetzt ist – mit Ausnahme der Meister?« fragte der Hauptmann.

Wieder sagte der Neuling: »Ich liebe sie!«

Nach diesen Worten hörte er demütig dem Hauptmann zu, der ihm in einer für solche Gelegenheiten zurecht gemachten Ansprache erzählte, daß unter besagter Verfassung (die in einer Eisenkiste aufbewahrt würde; wo, könne er nicht ausfindig machen, sonst würde er sich bemüht haben, eine Abschrift davon herzustellen) die Lehrjungen in alten Zeiten von Rechtswegen häufig Feiertage gehabt hätten, haufenweise den Leuten die Schädel zerbrochen, ihre Meister verhöhnt und sogar einige ruhmreiche Mordtaten begangen hätten; alle diese Vorrechte seien ihnen nach und nach entrissen worden, in all diesem edlen Streben würden ihnen jetzt Schranken gesetzt; daß die entehrenden Züchtigungen, die sie zu leiden hätten, ohne Frage dem nach Neuerungen strebenden Geiste der Zeit zuzuschreiben seien, und daß sie sich deshalb zusammentäten, um allen Änderungen Widerstand entgegenzusetzen, außer solchen, die jene guten altenglischen Sitten wieder einführten, an denen sie festhalten oder zu Grunde gehen wollten. Nachdem er die Weisheit rückschrittlicher Kulturbewegung durch Bezugnahme auf jenes scharfsinnige Wassertier, den Krebs, und die nicht eben seltene Praxis des Esels und Maultiers beleuchtet hatte, ging er zur Beschreibung ihrer gemeinsamen Ziele und Zwecke über, die in Kürze folgende waren: Rache an ihren tyrannischen Meistern (über deren gemeine und unerträgliche Bedrückung kein Lehrling auch nur einen Augenblick Zweifel hegen könnte) und, wie schon im vorhergehenden bemerkt, Wiederherstellung ihrer alten Rechte und der früher bestandenen Feiertage; indessen wären sie zur Zeit noch zur Ausführung keines dieser Ziele reif, da ihre Anzahl und Stärke sich kaum erst auf zwanzig Köpfe beliefe; immerhin seien sie aber schon jetzt bereit, jedes ihrer Ziele im Falle der Not mit Feuer und Schwert durchzusetzen. Hierauf erläuterte er den Eid, den ein jedes Mitglied dieses kleinen Bestandteils einer edlen Körperschaft ablege, und dessen Fassung von schrecklicher und nachdrücklicher Beschaffenheit wäre, da solcher Eid ihm die Verpflichtung auferlegte, auf den Befehl seines Hauptmanns dem Lord-Mayor, Schwertträger und Kaplan Widerstand entgegenzusetzen und jegliches Hindernis zu bereiten; der Machtfülle der Sheriffe zu trotzen und das Stadtgericht[27] für nichts zu halten; um keinen Preis aber, auch nicht, wenn ein allgemeiner Lehrjungen-Aufstand zustandekommen sollte, den Temple Bar[28] zu beschädigen oder zu verunstalten; denn der Temple Bar wäre streng verfassungsmäßig, also sei ihm zu jeder Zeit mit Achtung und Ehrfurcht zu begegnen. Nachdem er diese Forderungen eindringlich erläutert und den Neuling belehrt hatte, daß diese Gesellschaft ihren Ursprung in dem fruchtbaren, durch einen überquellenden Sinn für Unrecht und Schmach überreizten Gehirn des Hauptmanns selbst habe, fragte Tappertit den Neuling, ob er diesen mächtigen Verpflichtungen sich fügen wolle, oder ob er es vorziehe, zurückzutreten, solange ein Rücktritt noch in seiner Macht liege.

Hierauf gab der Neuling die Erwiderung, daß er das Gelübde zu leisten willens sei, und wenn er an ihm ersticken müßte; demgemäß wurde ihm dasselbe nun mit allerhand Hokuspokus von eindringlicher Wirkung abgenommen. Was dabei vor allem auffiel, war das Aufleuchten der beiden Totenschädel, in die ein Lichtstumpf gesteckt wurde, dann das viele Hantieren und Schwenken mit dem Hüftknochen, auch eine Anzahl ernster Exerzitien mit Schießprügel und Säbel, um des grauenhaften Grunzens und Rumorens, das unsichtbare Lehrjungen draußen erhoben, nicht zu gedenken. Als diese finsteren und unheimlichen Zeremonien erledigt waren, wurde der Tisch beiseite geschoben, der Prunksessel heruntergehoben und das Zepter in seinen gewöhnlichen Schrankbehälter eingeschlossen; dann wurden die Verbindungstüren zwischen den drei Kellern freigegeben, indem sie weit aufgerissen wurden, und die Lehrjungen-Ordensritter überließen sich lustiger Kurzweil.

Mr. Tappertit aber, dessen Seele über den gemeinen Haufen erhaben war und der aus Rücksicht auf seine Größe und Würde nur dann und wann sich dazu verstehen durfte, lustig und fröhlich zu sein, warf sich mit der Miene und dem Gebaren eines Menschen, der unter der Last seiner Würde zusammenknickt, auf eine Bank und blickte teilnahmslos auf Kegel, Karten und Würfel. Seine Gedanken weilten einzig und allein bei der Tochter seines Meisters und bei den gemeinen entarteten Zeiten, in die das Schicksal ihn geworfen hatte.

»Mein edler Hauptmann spielt weder, noch singt oder tanzt er«, sagte sein Wirt und setzte sich an seine Seite. »Trinkt doch ein wenig!«

Mr. Tappertit leerte den dargereichten Becher bis auf die Hefe; dann schob er die Hände in die Taschen und schritt mit düsterer

Miene zwischen den Kegeln umher, während seine Jünger – (soweit reicht der Einfluß eines überlegenen Genies!) – die flinke Kugel in ihrem Lauf hemmten, aus stummem Respekt vor seinen Schienbeinchen.

Wäre ich als Korsar, als Räuber oder Wegelagerer oder als Patriot geboren – und eins davon ist soviel wert wie das andere, dachte Tappertit, so würde ich am rechten Platze gewesen sein. Aber ein schmähliches, unedles, der Menschheit im großen und ganzen unbekanntes Dasein dahin zu schleppen – Geduld! Geduld! Ich werde noch bekannt, berühmt werden! Eine Stimme in meinem Innern, die mir ›Größe! Ruhm!‹ zuflüstert, hält mich aufrecht. An einem der nächsten Tage werde ich losbrechen! Und wenn ich's tue, welche Macht kann mich niederhalten? Ich fühle, wie mir die Seele bei dem Gedanken zum Hirne steigt. »Mehr zu trinken her!«

»Der Novize«, fuhr Mr. Tappertit fort, nicht eigentlich mit einer Donnerstimme, denn seine Stimme war, wenn wir die Wahrheit sagen wollen, weit mehr gebrochen und kreischend, aber trotz alledem immerhin sehr eindrucksfähig – »wo ist der Novize?«

»Hier, edler Hauptmann«, rief Stagg. »Ein Mensch steht neben mir, von dem mir mein Gefühl sagt, daß er ein Fremder ist.«

»Hast du«, sagte Tappertit, seinen Blick nach der angezeigten Stelle hinlenkend, wo wirklich der neue, jetzt wieder in seinen eigenen Kleidern steckende Ritter stand, – »hast du den Abdruck Eurer Haustür in Wachs?«

Der lange Kamerad kam der Antwort zuvor, indem er den verlangten Gegenstand von dem Schrank wegnahm, wohin er gelegt worden war.

»Gut«, sagte Tappertit und untersuchte ihn aufmerksam, während ringsum atemloses Schweigen herrschte; denn er hatte geheime Hausschlüssel für die ganze Gesellschaft angefertigt und verdankte vielleicht einen Teil seines Einflusses diesem gemeinen und unwürdigen Umstande – (von derlei geringfügigen Zufällen hängen sogar auch Männer von Geist ab!) – »das Ding ist leicht. Komm hierher, Freund!«

Bei diesen Worten winkte er den neuen Ordensritter auf die Seite und veranlaßte ihn, während er den Schlüsselabdruck in die Tasche schob, an ihn heranzutreten.

»Also«, begann er, nachdem sie ein paar Schritte auf und nieder getan hatten, »du – du liebst deines Meisters Tochter?«

»Stimmt«, sagte der Lehrjunge. »In Ehren aber. Kein Geflunker, versteht Ihr?«

»Hast du«, fragte Mr. Tappertit wieder, ihn am Handgelenk fassend und ihm einen Blick vergönnend, der tödlichen Groll ausgedrückt haben würde, wäre ihm nicht ein zufälliger Schluckauf in die Quere gekommen; »hast du einen – einen Nebenbuhler?«

»Nicht, daß ich wüßte«, antwortete der Lehrjunge.

»Wenn du nun einen Nebenbuhler hättest –« sagte Mr. Tappertit – »was dann – he?«

Der Lehrjunge sah grimmig drein und ballte die Fäuste.

»Genug«, rief Mr. Tappertit hastig, »wir verstehen einander. Wir werden beobachtet. Ich danke dir.«

Mit diesen Worten wies er ihn wieder von sich. Dann lief er einige Male hastig auf und ab. Schließlich rief er den langen Gesellen beiseite und befahl ihm, auf der Stelle eine Bekanntmachung zu schreiben und anzukleben, die einen gewissen Joseph Willet (gemeinhin als Joe bekannt) aus Chigwell für vogelfrei erklären sollte, allen Lehrjungen-Rittern untersagte, ihn zu unterstützen, zu trösten oder im Verkehr mit ihm zu bleiben oder zu treten und ihnen bei Strafe der Ausstoßung ans Herz legte, besagten Joseph zu belästigen, zu quälen, beleidigen, plagen und Streit und Händel mit ihm anzuzetteln, wann nur und wo nur sie oder einer von ihnen ihm in den Weg laufen würden.

Nachdem er sein Gemüt durch dieses kraftvolle Verfahren gehoben hatte, ließ er sich herab, an die Festtafel zu treten. Hier taute er nach und nach auf, geruhte endlich, den Vorsitz zu führen, und entzückte die Gesellschaft sogar durch ein Lied. Dann hob sich seine Heiterkeit dermaßen, daß er einwilligte, den Orden mit einem Dudelsack zu erquicken, den er zu dem Klange einer Geige, die von einem ebenfalls genial beanlagten Mitglied gespielt wurde, mit so ausgezeichneter Geschicklichkeit und solcher Kraft in der Darstellung blies, daß die Zuhörer ihrer Bewunderung nicht genug Ausdruck verleihen konnten; worauf ihr Wirt mit Tränen in den Augen erklärte, daß er seine Blindheit noch nie so tief empfunden hätte wie in diesem Augenblick.

Der Wirt entfernte sich – wahrscheinlich, um im geheimen zu weinen – kehrte aber bald wieder zurück mit Nachricht, daß es in einer Stunde Tag werde und daß alle Hähne in Barbican schon zu krähen angefangen hätten, als hinge ihr Leben davon ab. Auf diese Kunde hin brachen die Lehrjungen-Ritter in Eile auf, stellten sich in einer Reihe auf, und zerstreuten sich ein jeder nach seiner Heimstätte, worauf ihr Führer als letzter das Gitter durchschritt.

»Gute Nacht, edler Hauptmann«, flüsterte der Blinde, das Gitter offen haltend, um ihn herauszulassen. »Lebe wohl, tapferer General! Mit Gott! Mit Gott, erhabener Kommandant! Möge Glück und Wohlsein stets mit dir sein – du eingebildeter, prahlerischer, hohlköpfiger, entenbeiniger Idiot!«

Nach diesen Abschiedsworten, die er kühl hinzugesetzt hatte, während er den sich entfernenden Tritten lauschte und das Gitter verriegelte, stieg er die Treppen hinunter und rüstete sich, indem er ohne jeden Beistand das Feuer unter dem kleinen Kessel anzündete, zu seiner täglichen Beschäftigung, die darin bestand, vor den Häusern pfennigweise Fleischbrühe und Suppe und schmackhafte Puddings feilzuhalten, die er aus Abfällen, wie sie zur Abendzeit für die denkbar kleinste Münze auf dem Fleet-Market käuflich waren, zusammenbraute und für deren Verkauf er hauptsächlich von seiner Privatbekanntschaft abhängig war, denn der Hof hatte keine Durchfahrt und war keiner von jenen Plätzen, wo viele Leute hätten Lust haben können, frische Luft zu schöpfen oder einen angenehmen Spaziergang zu machen.

9. Kapitel

Geschichtenschreiber haben das Vorrecht einzutreten, wohin es sie gelüstet, durch Schlüssellöcher zu kommen und zu gehen, auf dem Winde zu reiten, alle Hindernisse, welche Entfernung, Zeit und Schauplatz bieten könnten, in ihrem Fluge auf und ab zu überwinden. Dreimal gepriesen sei dieser letzte Umstand, setzt er uns doch instand, der männerfeindlichen Miggs sogar in die Heiligkeit ihres Stübchens zu folgen und ihr süße Gesellschaft zu halten die traurigen Stunden der Nacht hindurch.

Nachdem Miss Miggs ihre Herrin ›ausgetan‹ – mit dieser Redensart wollte sie sagen, daß sie ihr beim Auskleiden behilflich gewesen – und in dem Hinterzimmer des ersten Stockes ins behagliche Bett gebracht hatte, zog sie sich in ihre eigene Stube im Dachgeschoß zurück. Ungeachtet ihrer Erklärung in Gegenwart des Schmiedes war sie durchaus nicht zum Schlafen aufgelegt, sondern stellte die Kerze auf den Tisch, zog den kleinen Fenstervorhang zurück und blickte gedankenvoll auf den milden Nachthimmel hinaus.

Vielleicht hing sie der Betrachtung nach, was für ein Stern ihr wohl als Wohnung bestimmt sein möchte, wenn sie ihre kleine Laufbahn hienieden durchmessen hätte; vielleicht grübelte sie, welche von diesen schimmernden Sphären der Geburtskreis Simon Tappertits gewesen sein könnte; vielleicht wunderte sie sich darüber, wie sie niederblicken konnten auf dieses treulose Geschöpf des Namens Mann, ohne zu verbleichen und grün zu werden wie die Lampen eines Chemikers; vielleicht dachte sie an nichts im besonderen. Wie auch immer, sie saß ruhig da, bis ihre Aufmerksamkeit, die bei allem äußerst lebendig wurde, was mit dem herzgewinnenden Lehrling verbunden war, durch einen Lärm in der an ihr Zimmer angrenzenden Stube – seiner Stube – angezogen wurde; in dem Zimmer, wo er schlief und träumte – manchmal vielleicht von ihr träumte.

Daß er jetzt nicht träumte, falls er nicht im Schlafe einen Spaziergang machte, war klar, denn es drang ein schubberndes Geräusch herüber, als wäre er damit beschäftigt, die weißgetünchte Wand zu putzen; dann ließ sich ein leises Knarren hören; verstohlene Fußtritte draußen auf dem Korridor ließen die Miggs erbleichen und erzittern. Mehr als einmal rief sie mit gedämpfter Stimme:

»O! Wie gut, daß ich mich eingeriegelt habe.«

Diese Bemerkung, die ohne Zweifel ihrer Erregung zuzuschreiben war, war die Folge einer Begriffsverwechselung zwischen einem Riegel und seinem Gebrauche; denn obgleich sich ein Riegel an der Tür befand, so war er doch nicht vorgeschoben.

Das Gehör der Jungfer indessen, das nicht minder scharf war als ihre Denk- und Empfindungsweise und ebenso schnippisch war wie ihr Mund und ebenso mißtrauisch wie ihr Sinn, gab ihr bald Kenntnis davon, daß die Fußtritte an ihrer Tür vorbeigingen und einem Ziele zustrebten, das mit ihrer Person durchaus nichts zu tun hatte. Diese Entdeckung brachte sie in noch größere Erregung, so daß sie im Begriff stand, Rufe wie ›Diebe!‹ und ›Mörder!‹ zu schreien, wovor sie sich bis dahin gehütet hatte; endlich kam ihr der bessere Gedanke, leise hinauszublicken und nachzusehen, ob ihre Befürchtungen auch eine vernünftige, faßbare Begründung hätten.

Sie blickte also hinaus, reckte den Hals über das Geländer und erblickte zu ihrem großen Erstaunen Mr. Tappertit, der sich in seinem vollständigen Anzuge die Treppen hinunterstahl, Stufe für Stufe, in der einen Hand die Schuhe, in der andern eine Lampe haltend. Sie folgte ihm mit den Augen, ging selbst ein kleines Stück hinunter, um ihn um eine vorspringende Ecke herum besser beobachten zu können, und sah, wie er den Kopf zum Wohnzimmer hineinsteckte, ihn sogleich mit großer Schnelligkeit wieder zurückzog.

»Hier geht's nicht mit rechten Dingen zu!« sagte Jungfer Miggs, als sie wieder heil in ihrem eigenen Zimmer saß, ganz außer Atem. »Herr Gott! Hier geht's nicht mit rechten Dingen zu!«

Die Aussicht, jemanden über einer unrechten Tat zu ertappen, würde Jungfer Miggs noch wachgehalten haben, wenn sie Bilsenkraut genascht hatte. Jetzt hörte sie wieder jemanden auf Zehenspitzen hinuntergehen. Als die Miggs hinausschlüpfte, erblickte sie wieder die schleichende Gestalt des Lehrjungen: Wieder sah er vorsichtig zur Wohnstubentür hinein; jedoch diesmal, statt sich zurückzuziehen, ging er hinein und verschwand.

Die Miggs flog in ihr Zimmer zurück und steckte den Kopf zum Fenster hinaus. Da kam Tappertit auch schon zur Haustür heraus, schloß sie sorgfältig hinter sich zu, probierte sie mit dem Knie und stolzierte davon, während er im Weitergehen etwas in die Tasche steckte. Bei diesem Anblick rief die Miggs wieder: »Herr Gott!« und dann »Herr, *Du* mein Gott!« und dann »Herr, *Du* meiner lieber Gott!« und dann ging sie, die Kerze in der Hand, die Treppe hinunter, ganz so, wie er gegangen war. Als sie zur Werkstatt kam, sah sie die Lampe brennend auf dem Schmiedeofen stehen und alles so, wie Simon es verlassen hatte.

»Na, sie mögen mich zu Fuß zu Grabe tragen, und im ganzen Leben will ich auf Trauerkutsche und Federschmuck und vornehmes Begräbnis verzichten, wenn der Junge sich nicht einen Schlüssel für seinen eignen Bedarf gemacht hat!« rief die Miggs. »Nein, ein solcher kleiner Halunke!«

Zu diesem Schluß war sie nicht ohne viel Bedenken und Hin-

und Herspähen gelangt; auch kam die Erinnerung hinzu, daß sie dem Lehrjungen schon wiederholt unverhofft in den Weg gelaufen war und ihn jedesmal bei Heimlichkeiten ertappt hatte. Damit nicht die Tatsache, daß die Miggs ihn ›einen Jungen‹ nannte, trotzdem sie ein Auge auf ihn zu werfen geruhte, Überraschung erwecken möge, soll hier bemerkt werden, daß sie sich beharrlich und ohne Ausnahme stellte, als betrachte sie alle männlichen Zweifüßler unter dreißig Jahren als Kinder und Knaben; eine Erscheinung, die nicht so ganz ungewöhnlich ist bei Frauenzimmern ihrer Gemütsart und sich gewöhnlich im Bunde mit solcher unzähmbaren und wilden Tugend vorfindet.

Die Miggs überlegte eine Weile, wandte den Blick aber nicht von der Tür der Werkstatt ab; sie nahm ein Stück Papier aus einer Schublade und drehte es zu einer langen, dünnen, spiralenförmigen Röhre. Dieses Instrument füllte sie mit Kohlenstaub vom Schmiedeherd, trat an die Tür, ließ sich auf ein Knie nieder und blies gewandt von der feinen Asche soviel in das Schlüsselloch, wie das Schloß halten wollte. Als sie es bis an den Rand gefüllt hatte mit einem solchen Maße von Geschicklichkeit, daß es aussah, als sei dies ihr Handwerk, schlich sie wieder, in einem fort kichernd, die Treppen hinauf. »So!« rief die Miggs und rieb sich die Hände, »nun wollen wir mal sehen, ob du nicht froh sein wirst, von mir Notiz zu nehmen, Simon! Ha! Bald wirst du wohl für jemand anders Augen haben als bloß für Dolly, glaub' ich. Die hat doch, wie alle sagen, ein pausbackiges Gesicht.«

Während sie diesen kritischen Ausspruch tat, betrachtete sie sich wohlgefällig in ihrem kleinen Spiegel, wie jemand, der sagen wollte: Ich danke meinen Sternen, daß so etwas nicht von mir gesagt werden kann! – Was allerdings auch unmöglich war, denn Jungfer Miggs besaß jene Art von Schönheit, die von Tappertit insgeheim nicht unzutreffend als ›knochig‹ bezeichnet wurde.

Ich gehe heute nacht nicht eher zu Bett, bevor du kommst, sagte sich die Miggs und hüllte sich in ihr Umschlagetuch; dann schob sie ein paar Stühle ans Fenster, setzte sich in den einen und streckte auf den andern die Beine. Bürschchen!

Mit diesen Worten, und einem Ausdruck im Gesicht, der eine große Zahl von widersprechenden Bestandteilen aufwies, wie Schadenfreude, Bosheit, Verschmitztheit, Siegesbewußtsein und geduldige Erwartung, alle zusammen zu einer Art physiognomischen Punsches zusammengemengt, nahm Miss Miggs ihre

Kräfte zusammen, um zu warten und zu lauschen, etwa wie eine Werwölfin, die eine Falle aufgestellt hat und nun lauernd dasitzt.

Die ganze Nacht hindurch saß sie hier in vollkommener Sammlung und Ruhe. Als es endlich Tag zu werden anfing, wurde ein Schritt auf der Straße laut. Sie glaubte zu hören, wie Tappertit an der Tür stehen blieb. Dann konnte sie unterscheiden, daß er den Schlüssel probierte – daß er in den Schlüssel hineinblies – daß er mit ihm an den nächsten Türpfeiler schlug, um den Staub aus ihm herauszuklopfen – daß er ihn unter eine Lampe hielt, um hineinzusehen – daß er mit einem Holzspan in das Schloß hineinfuhr, um es zu reinigen – daß er erst mit dem einen, dann mit dem andern Auge in das Schloß hineinlugte – daß er den Schlüssel neuerdings versuchte – daß er ihn nicht herumdrehen und, was noch schlimmer war, nicht mehr herausziehen konnte – daß er ihn bog – daß der Schlüssel erst recht nicht wieder herausgehen wollte – daß er's mit einem gewaltigen Kraftaufwand doch versuchte und dann einen mächtigen Ruck tat, und daß der Schlüssel dann mit einemmal so jäh herausfuhr, daß Simon nach hinten taumelte – daß er gegen die Tür stieß – daß er an ihr rüttelte – endlich, daß er sich vor die Stirn schlug und in Verzweiflung auf die Türschwelle niedersetzte.

Als die Situation auf den Höhepunkt gelangt war, schob die Miggs, indem sie sich stellte, als sei sie vor Schreck außer sich und müsse sich am Fensterkreuz Halt und Stütze suchen, ihre Nachtmütze in die Morgenluft hinaus und fragte mit schwacher Stimme, wer da sei.

»Eins sagt mir!« sagte die Miggs. »Sind Spitzbuben da?«

»Nein – nein – nein!« rief Herr Tappertit.

»Dann ist wohl Feuer ausgebrochen?« fragte die Miggs, noch matter als zuvor, »wo brennt's denn, Herr? Ach, gewiß ganz nahe von hier! Ich hab' ein gutes Gewissen, Herr, und möchte lieber sterben, als eine Leiter hinunter steigen. Mir geht's ja einzig und allein um meine verheiratete Schwester, Golden Lion Court, Nummer siebenundzwanzig, zweite Klingel rechter Hand von der Tür.«

»Miggs«, rief Herr Tappertit, »erkennt Ihr mich nicht? Simon – Ihr wißt doch – Sim –«

»O! Was ist denn mit Sim los?« rief die Miggs und klatschte in die Hände. »Ist er etwa in Gefahr? Steht er etwa in Flammen und Rauch? Du meine Güte! Du meine Güte!«

»Na! Ich bin doch hier – oder bin ich's etwa nicht?« erwiderte Mr. Tappertit und schlug sich an die Brust. »Erkennt Ihr mich denn nicht? Ihr seid aber eine Närrin, Miggs!«

»So, so!« rief die Miggs, die auf dieses Kompliment nicht sonderlich acht gab. »Na – was meint Ihr! – Du meine Güte! Was meint Ihr denn? – Wenn Ihr die Frau Meisterin zu sehen wünscht, die ist im Augenblick da.«

»Nein, nein!« rief Mr. Tappertit, sich auf die Zehen stellend, als wäre er dadurch besser in der Lage, von der Straße aus der Miggs in der Dachstube oben den Mund zu stopfen. – »Laßt das hübsch bleiben! Ich habe mich ohne Wissen des Meisters heut nacht aus dem Hause entfernt, und mit dem Schloß ist irgend etwas nicht in Ordnung. Kommt herunter und macht das Ladenfenster auf, daß ich auf diesem Wege ins Haus hinein gelange.«

»Simon, Simon!« rief die Miggs, – »das wage ich nicht! Wirklich! Das traue ich mich nicht! Ihr wißt so gut wie ich, wie ängstlich ich bin. Und nun soll ich in stockfinsterer Nacht hinunterkommen, wo doch das Haus in Dunkelheit und Finsternis gehüllt ist!« Bei diesen Worten hielt sie inne und schauderte, denn ihr schlichtes Herz überlief es schon bei dem bloßen Gedanken kalt wie Eis.

»Aber, Miggs!« rief Tappertit, und trat unter die Lampe, so daß sie ihm in die Augen sehen konnte. – »Ihr, liebe süße Miggs!«

Die Miggs schrie leise auf.

»Ich habe Euch doch so über alles lieb und muß doch immer, immer an Euch denken«, – (es ist wirklich unmöglich, die Art und Weise zu beschreiben, wie er bei diesen Worten die Augen spielen ließ) – »tut Ihr's, tut es aus Liebe und Neigung zu mir – um meinetwillen!«

»O, Simon! Simon!« rief die Miggs, »das ist das schlimmste, was mir passieren konnte! – Ich weiß, wenn ich hinunterkomme, dann werdet Ihr hingehen und –«

»Und was, mein Schatz? Mein Herzblatt?« sagte Mr. Tappertit.

»Und werdet«, sagte die Miggs in hysterischer Verzückung, »versuchen wollen, mir einen Kuß auf die Lippen zu drücken, oder sonst eine Schändlichkeit solcher Art auszuüben. Ich weiß recht gut, daß Ihr so etwas vorhabt.«

»Ich schwöre Euch, daß ich an solche Dinge nicht denke«, sagte Tappertit; »bei meiner Seele! ich habe dergleichen nicht im Sinne. Es ist nicht mehr weit vom hellen Tage, der Wächter wird bald die Morgenstunde verkünden. Miggs, Ihr Engel, Ihr Juwel Wenn Ihr bloß herunterkommen und mich einlassen wollt, so verspreche ich Euch ehrlich und feierlich, daß ich nichts dergleichen tun will.«

Die Miggs, deren zartes Herz gerührt war, wartete nicht auf die eidliche Beteuerung (denn sie wußte recht gut, wie stark die Versuchung war, und fürchtete am Ende einen Meineid), sondern trippelte leichten Fußes die Stufen hinunter und zog mit ihren eigenen schönen Händen die rohen Riegel von dem Werkstubenfenster hinweg. Kaum hatte sie dem wunderlichen Lehrling in das Haus verholfen, so stieß sie mit schwacher Stimme die Worte: »Simon ist gerettet!« hervor und verfiel, ihrer weiblichen Natur gemäß, auf der Stelle in Ohnmacht.

»Ich wußte ja, daß ich sie mürbe machen würde«, sagte Simon, durch diesen Ohnmachtsanfall einigermaßen in Verlegenheit gesetzt – »ich war mir sicher, daß es hierzu kommen würde, aber es ließ sich eben nicht anders machen – hätt' ich sie nicht ›überäugt‹, so wär' sie nicht heruntergekommen. Hier! Haltet Euch nur eine Minute lang auf den Beinen, Miggs! Was für ein glibberiges Ding sie doch ist! Es ist gar nicht möglich, sie irgendwo ordentlich festzuhalten. Haltet Euch doch bloß eine Minute lang auf den Beinen, Miggs! He? Will's denn gar nicht gehen?«

Da die Miggs aber gegen alle Zusprache taub blieb, lehnte Mr. Tappertit sie an die Mauer, so etwa wie man es mit einem Spazierstock oder Regenschirm macht. Dann schloß er das Fenster; nahm sie wieder in die Arme und trug sie in kurzen Etappen und mit großen Schwierigkeiten – hauptsächlich infolge ihrer langen und seiner kurzen Körperverhältnisse, vielleicht auch in gewissem Grade zufolge jener eigentümlichen physischen Beschaffenheit, auf die er bereits hingedeutet hatte – die Treppe hinauf, pflanzte sie dort in einer für einen Regenschirm oder Spazierstock passenden Weise gerade mitten in die Tür des ihr zum Aufenthalt dienenden Dachkämmerchens und überließ sie dort ihrer Ruhe.

»Mag er noch so kalt sein«, sagte Jungfer Miggs, die flugs wieder zur Besinnung kam und ihre Kraft wiederfand, als sie allein war; »aber ich besitze jetzt sein Vertrauen, und er kann nun nicht mehr anders – sollten auch zwanzig Simons in ihm stecken.«

10.
Kapitel

Es war an einem jener im zeitigen Frühjahre häufigen Morgen, wenn das in seiner Jugend, wie alle andern Dinge der Schöpfung, wankelmütige und veränderungslustige Jahr nicht recht weiß, ob es den Schritt zurück in den Winter oder vorwärts in den Sommer lenken soll und in der Unklarheit seiner Entschlüsse sich bald zu dem einen, bald zu dem andern hin, bald wieder zu allen beiden auf einmal hinneigt, wenn es im Sonnenschein um den Sommer wirbt und noch immer mit dem Winter im Schatten verweilt – kurz und gut, also es war an einem jener Morgen, wenn es heiß und kalt zugleich und naß und trocken zugleich, wenn das Wetter hell und düster ist, wenn die Stimmung traurig und lustig ist, wenn die Natur noch welk liegt und alles in der Natur doch in einer einzigen kurzen Stunde aufblüht. An einem jener Morgen also wurde der alte John Willet, der über dem kupfernen Kessel eingenickt war, durch das Stampfen eines Rosses aufgeschreckt. Als er zum Fenster hinaussah, entdeckte er an der Tür des Maypole einen Fremden, dessen Aussehen auf eine gute Einnahme schließen ließ.

Dieser Mann, der sein Pferd schon zum Stehen gebracht hatte, war keiner jener windigen jungen Burschen, die nichts weiter als einen Krug Warmbier fordern und dabei tun, als wenn sie zu Haus wären, keiner von den kecken jungen Prahlhänsen, die selbst bis zum Schenktisch – jenem Sanktuarium – vordringen und, während sie dem alten John auf den Buckel klopfen, sich danach erkundigen, ob es denn im Hause niemals ein hübsches Mädchen gebe und wo er denn eigentlich seine kleinen Kammer- und Dienstmädchen verborgen halte, nebst hunderterlei weiteren Unverschämtheiten anderer Art; keiner von den lustigen Kneipenkumpanen, die ihre Stiefel in der Gaststube am Kaminrost abkratzten und es im Punkte der Spucknäpfe nicht sehr genau nehmen; keiner von den gewissenlosen Flegeln, die an die Größe von Hammelrippchen unmögliche Anforderungen stellen und Eingemachtes als Zugabe betrachten, für das nichts extra bezahlt zu werden braucht.

Es war vielmehr ein gesetzter, ernster Mann von friedlichem, gemütlichem Aussehen, einigermaßen über die Blüte des Lebens hinaus, der aber noch kerzengerade und schlank wie eine Tanne in der selbstgefälligen Weise eines gewandten Reiters auf einem stämmigen, kastanienbraunen Hengste saß. Sein Sattelzeug war ohne den damals modischen Flitterstaat zu zeigen, vornehm und zeugte von gutem Geschmack. Er trug einen Reitrock von ziemlich hellgrüner Färbung, heller als man es von dem Geschmack eines Herrn in seinen Jahren erwarten durfte, auch einen kurzen Mantelkragen aus schwarzem Samt, gestickte Taschenpadden und Manschetten. Alles nach der jüngsten Mode; auch seine Wäsche war von der feinsten Beschaffenheit, mit reicher Spitzenarbeit an den Ärmeln und am Halse und von peinlichstem Weiß in der Farbe. Obgleich er, nach dem Schmutz zu schließen, den er unterwegs aufgelesen, von London hergekommen zu sein schien, war sein Pferd doch so glatt und frei von Schweiß und Hitze, wie die Perücke und der Zopf von eisengrauer Farbe auf seinem Kopfe. Weder an dem Mann noch an dem Tiere war auch nur ein einziges Härchen gekrümmt, und abgesehen von seinen bespritzten Rockschößen und Gamaschen sah der feine Herr mit seinem blühenden Gesichte, seinen weißen Zähnen, seiner in peinlicher Ordnung befindlichen Kleidung und seiner vollständigen Ruhe ganz so aus, als hätte er eben erst mit Muße seine Toilette beendigt, um hier vor des alten John Willets Hoftor für ein Reiterbrustbild Modell zu sitzen.

Es dürfte klar sein, daß John alle diese verschiedenen Merkmale nur sehr langsam bemerkt hat. Ja, wäre er im ersten Augenblick durch Fragen abgelenkt worden, so hätte er wohl wenigstens vierzehn Tage gebraucht, um das, was hier auseinandergesetzt wurde, wahrzunehmen. Aber der feine Herr, dessen Aufmerksamkeit von dem alten Haus oder von den fetten Tauben, die um dasselbe herflogen, oder von dem Haus in Anspruch genommen wurde, auf dessen Spitze ein seit fünfzehn Jahren außer Dienst gewesener Wetterhahn einen ununterbrochenen Rundmarsch nach der Musik seines eigenen Gerassels aufführte – also dieser feine Herr sah sich auf kurze Zeit stillschweigend um. John hielt die Zügel des Pferdes in der Hand und die großen Augen auf den Reiter geheftet und stand da und hatte sich, da nichts vorging, was seine Gedanken ablenkte, für einzelne dieser kleinen Umstände Verständnis in seinem Gehirn geschaffen.

»Ein recht wunderlicher Platz hier«, meinte der feine Herr mit einer Stimme, die so vornehm klang wie seine Kleidung aussah, »seid Ihr der Wirt?«

»Zu Befehl, Sir«, erwiderte John Willet.

»Ihr könnt doch meinem Tier gute Stallung geben, he? Und mir recht bald ein Mittagbrot? Es kommt mir nicht drauf an, was Ihr habt, wenn es nur ordentlich zubereitet wird – an einem anständigen Zimmer scheint ja in dem großen Haus kein Mangel zu sein«, sagte der Fremde, indem er die Augen wieder über das Maypole gleiten ließ.

»Ihr könnt alles haben, Sir, was in Eurem Belieben steht«, erwiderte John mit erstaunlicher Geschwindigkeit.

»Gut, schon gut; ich bin leicht zufriedenzustellen«, antwortete der andere mit einem Lächeln, »sonst dürft es Euch doch wohl Mühe machen, mein Freund, Eurem Versprechen gerecht zu werden.« Während er dies sagte, stieg er mit Hilfe des vor der Tür befindlichen Blocks vom Pferd.

»Ich bitte Euch recht sehr um Verzeihung, Sir, daß ich Euch im Türwege stehen lasse«, brüllte John. »Aber mein Sohn ist in Geschäftssachen in die Stadt gefahren, und da mir der Bursche, wie ich wohl sagen darf, in gewissem Sinn nützlich ist, bin ich immer so ziemlich aufs Trockne gesetzt, wenn er nicht da ist. Hugh! – Ein schrecklich fauler, tagdiebischer Schlingel, mein Herr – ein halber Zigeuner, wie mir immer vorkommt, der den ganzen Sommer über in der Sonne schläft und schnarcht – und den Winter über, Sir, nicht aus dem Strohe herauskriecht. – Hugh! Himmelsakrament! Muß ich um seinetwillen einen vornehmen Herrn hier stehen und warten lassen! – Hugh! – Wenn der Kerl doch krepierte und tot wäre! Wahrhaftig, ich grämte mich keine Minute drum.«

»Am Ende ist er's schon«, versetzte der andere. »Ich sollte doch meinen, wenn er noch am Leben wäre, dann hätt' er Euch inzwischen gehört.«

»Wenn er seinen Faulheitsdusel kriegt, dann schläft er so verzweifelt fest«, sagte der außer Rand und Band geratene Wirt, »daß er's nicht hören würde, wenn sie ihm Kanonenkugeln in die Ohren pfefferten.«

Der Gast machte über diese neue Kur gegen Schlafmützigkeit und zu diesem Rezept, den Leuten Leben in die Glieder zu bringen, keinerlei Bemerkung, sondern verharrte mit den Händen auf dem Rücken im Torweg. Er fand offenbar außerordentliches

Vergnügen daran, mit dem Zügel in der Hand dazustehen, schwankend, ob er einem kräftigen Trieb, das Tier seinem Schicksal zu überlassen, oder dem Wunsch, es ins Haus hineinzuführen und in die gute Stube zu sperren, Folge leisten solle.

»An den Pranger mit dem Lümmel! Jetzt ist er endlich da!« rief John, inzwischen auf den Höhepunkt seiner Fassungslosigkeit gelangt. »Hast du mich rufen hören, Tagedieb?«

Die so angeredete Person gab keine Antwort, sondern legte die Hand auf den Sattel, sprang mit einem Satz hinein, wies dem Pferd mit einem Klaps die Richtung zum Stalle und war sofort wieder verschwunden.

»Flink genug ist er, wenn er wach ist«, meinte der Gast.

»Flink genug, Sir?« versetzte John, der auf den Fleck hinsah, wo das Tier gestanden hatte, als ob er noch immer nicht ganz begreife, was aus demselben geworden sei. »Er taut auf, scheint's mir. Er zerfließt wie ein Tropfen Reif. Ihr saht auf ihn, und er ist da – Ihr saht wieder auf ihn, und er – ist weg.«

Mit diesen Worten, die er für eine Erklärung des ganzen Lebens und Charakters seines Sohnes hielt, führte der weise Willet den feinen Herrn die breite, verfallene Treppe in das beste Gästezimmer hinauf, das das Maypole anzubieten hatte.

Dieses Zimmer ließ an Geräumigkeit nichts zu wünschen übrig, denn es nahm die ganze Tiefe des Hauses ein und hatte zu beiden Enden ein großes Erkerfenster, so breit wie manches in neueren Wohnzimmern; einige Scheiben in den Fenstern waren aus buntem Glas und mit Überresten von Wappenzierrat durchsetzt, und wenn sie auch zerbrochen und geflickt und in Stücke zerfallen waren, so waren sie eben doch immer noch, wie gesagt, vorhanden und bezeugten durch ihre Gegenwart, daß der frühere Besitzer seiner Prunkliebe auch das Licht dienstbar gemacht und sogar die Sonne auf die Liste seiner Schmeichler gesetzt hatte, denn sobald sie bei ihm ins Zimmer schien, nötigte er sie auch, die Abzeichen seiner alten Familie widerzuspiegeln und aus dem Stolz derselben neue Formen und Farben zu schöpfen.

Das war aber lange, lange her, und jetzt konnte jeder winzige Strahl kommen und gehen, wann es ihm beliebte, und jeder Sonnenstrahl erzählte die nackte, kahle, forschende Wahrheit. Obgleich es die beste Stube der Herberge war, hatte sie doch das melancholische Aussehen verfallener Größe und war viel zu groß und geräumig, um behaglich zu sein. Reiche, knisternde, rauschende Tapeten an den Wänden und, was noch besser war, knisternde, rauschende Gewänder für Jugend und Schönheit; das Leuchten von Frauenaugen, das alles Kerzenlicht und den Schimmer ihrer eigenen Juwelen überstrahlte; das Klingen süßer Zungen und Musik, und der Tritt von Mädchenfüßen. Das alles war einst hier gewesen und hatte den Raum mit Entzücken und Wonne gefüllt. Aber es war alles verschwunden und mit ihm auch alle Heiterkeit und Fröhlichkeit. Es war nicht länger mehr ein Heim; es wurden niemals Kinder hier geboren und erzogen; der häusliche Herd war zur Sache geworden, die zum Verkauf stand – war so recht zur Buhlerin geworden: ob einer starb oder bei ihm saß, oder ihn im Stiche ließ, es blieb sich alles gleich, er vermißte niemanden, er kümmerte sich um niemanden, er bot allen die gleiche Wärme, das gleiche Lächeln. Sei Gott dem Manne gnädig, dessen Herz sich mit der Welt jemals so wandelt wie ein altes Haus, wenn es zur Herberge wird!

Man hatte sich keinerlei Mühe genommen, diesen frostigen, öden Raum mit Wohngerät auszustatten; aber vor dem breiten Herd war eine Kolonie von Stühlen und Tischen auf einem viereckigen Teppiche aufgepflanzt worden, die auf der einen Seite von einem gespenstischen Wandschirm, der reich mit grinsenden und wunderlichen Gestalten bemalt war, beschützt wurde.

Nachdem der alte John höchsteigenhändig die auf dem Herd aufgehäuften Reisigbündel angezündet hatte, entfernte er sich wieder, um mit seiner Köchin eine ernstliche Beratung über das dem Fremden vorzusetzende Essen und die ihm sonst zu gewährende Unterhaltung zu pflegen, dieweil der Gast selbst, da er an dem noch nicht in Brand geratenen Feuer wenig Behagen fand, einen Laden des fernen Fensters öffnete und sich an einem matten Strahle kalter Märzsonne labte.

Hin und wieder schritt er von dem Fenster hinweg, um die knisternden Scheite zusammenzuschieben oder den hallenden Raum von einem Ende zum andern zu durchmessen, schloß auch, als das Feuer ganz ausgebrannt war, das Fenster wieder und rief, nachdem er den bequemsten Stuhl in den wärmsten Winkel gerollt hatte, John Willet zu sich.

»Sir«, sagte John.

Der Gast verlangte Feder, Tinte und Papier. Es stand ein mit Staub bedecktes altes Schreibzeug auf dem Kaminmantel, das für alle diese drei Dinge den begehrten Rat schaffte. Dieses Ding setzte der Wirt vor ihn und zog sich zurück, wurde aber durch einen Wink veranlaßt, stehenzubleiben.

»Es steht ein Haus – nicht weit von hier«, sagte der Gast, als er einige Zeilen geschrieben hatte, »das Ihr das Gehege, The Warren, nennt, glaub' ich.«

Da dies in dem Ton eines Mannes gesprochen wurde, dem die Tatsache bekannt war, begnügte sich John damit, bejahend zu nicken. Gleichzeitig nahm er eine Hand aus seiner Tasche, um hinter ihr zu husten, und steckte sie dann wieder hinein.

»Ich wünsche, daß dieses Billet«, sagte der Gast, blickte auf das Geschriebene und faltete es zusammen, »ohne Zeitverlust dorthin gebracht und Antwort hierher zurückgebracht wird. Habt Ihr einen Boten zur Hand?«

John bedachte sich eine Minute oder vielleicht länger und sagte dann: »Ja.«

»Zeigt ihn mir.«

Das war eine fatale Forderung, denn Joe war fort, und Hugh war damit beschäftigt, den Fuchs im Stall zu striegeln. Darum entschloß sich John, Barnaby mit der Botschaft fortzuschicken, der, auf einem seiner Streifzüge begriffen, eben hergekommen war und, wenn er sich mit einem wichtigen, ernsthaften Geschäft betraut glaubte, überall hingehen würde.

»Nun, um die Wahrheit zu sagen«, meinte John nach langer Pause, »die Persönlichkeit, die am schnellsten gehen wird, ist eine Art Naturmensch, wie man ihn nennen darf, mein Herr. Und wenn er auch schnell ist wie die Post selbst, so will's doch mit dem Sprechen nicht recht gehen, denn er ist ein bißchen geisteskrank und verstört, Sir.«

»Ihr meint doch nicht«, sagte der Gast, die Augen zu Johns fettem Gesichte emporhebend, »Ihr meint doch nicht – wie heißt der Bursche – Ihr meint doch nicht Barnaby?«

»Ja, eben den«, erwiderte der Wirt, dessen Züge jetzt große Überraschung ausdrückten.

»Wie kommt's, daß er hier ist?« forschte der Gast, indem er sich in seinem Stuhl zurücklehnte und in dem milden glatten Tone sprach, von dem er nie abging, immer noch ein sanftes, höfliches Lächeln auf dem Gesicht. »Gestern abend habe ich ihn in London gesehen.«

»So macht er's immer. In der einen Stunde ist er hier, in der nächsten dort«, erwiderte der alte John nach der gewöhnlichen

Pause, die er dazu brauchte, um sich die Frage im Kopfe zurechtzulegen. »Manchmal geht er, manchmal läuft er. Jedermann kennt ihn hier in der Gegend. Manchmal kommt er in einem Wagen her, manchmal in einer Kutsche, manchmal in einem Zweispänner. Er kommt und geht durch Wind, Regen, Schnee und Hagel und in den dunkelsten Nächten. Ihm schadet nichts.«

»Er geht oft zu jenem Gehege, nicht?« fragte der Gast nachlässig. »Ich glaube mich zu erinnern, daß seine Mutter mir gestern so etwas auch gesagt hat. Aber ich habe nicht viel auf die gute Frau gehört.«

»Ihr habt recht getan, Sir«, gab John zur Antwort, »so treibt er's. Sein Vater, Sir, ist in diesem Hause ermordet worden.«

»So hab' ich gehört«, gab der Gast zurück, während er mit demselben süßen Lächeln einen goldenen Zahnstocher aus der Tasche nahm. »Ein sehr unangenehmer Umstand für die Familie.«

»Sehr unangenehm«, bestätigte John mit einem verblüfften Blicke, als ob ihm aus weiter Ferne der Gedanke käme, daß dies möglicherweise eine recht kühle Art und Weise sei, über einen solchen Schicksalsschlag zu sprechen.

»Alle Zustände nach einem Morde«, sagte der Gast vor sich hin, »müssen schrecklich unangenehm sein – so viel Getöse und Verwirrung – keine Ruhe – immer und immer Erörterungen über ein- und dieselbe Sache – und das Gerenne aus und ein und treppauf und treppab – unerträglich! Ich möchte nicht, daß einem Menschen so etwas passiert, zu dem ich in nahen Beziehungen stehe, auf keinen Fall. Es würde ausreichen, einem selbst den Tod zu bringen! Was wolltet Ihr vorhin sagen, Freund?« setzte er hinzu, indem er sich wieder an John wandte.

»Nur daß Mrs. Rudge von einer kleinen Pension lebt, die ihr die Familie auszahlt, und daß Barnaby dort gerade so frei aus- und eingeht, wie die Katzen oder Hunde, die sich dort umhertreiben«, antwortete John. »Soll er Euch den Dienst tun?«

»O ja«, erwiderte der Gast. »O gewiß! Bitte, bringt ihn her! Ich will ihm sagen, daß er schnell machen soll. Falls er sich widersetzt, dann sagt ihm, er sollte was für Mr. Chester besorgen. Ich denke, er erinnert sich an meinen Namen.«

John war so erstaunt darüber, wer sein Besuch war, daß er gar kein Erstaunen zum Ausdruck bringen konnte, weder durch Blicke noch auf andere Weise. Statt dessen ging er hinaus, als ob er sich in der allergemütlichsten und unerschütterlichsten Stimmung befände. Er soll, wie es heißt, beständig nach dem Kessel geguckt haben, als er die Treppen hinaufstieg – zehn Minuten dauerte es – und soll die ganze Zeit kein einziges Mal innegehalten haben, um den Kopf zu schütteln; eine Behauptung, die insofern glaubwürdig ist, als dieser Zeitraum sicherlich verstrich, ehe er mit Barnaby in das Zimmer seines Gastes zurückkehrte.

»Kommt hierher, Bursche«, sagte Mr. Chester. »Ihr kennt doch Mr. Geoffrey Haredale?«

Barnaby lachte und sah den Wirt an, als wenn er sagen wollte: »Hört doch den!« John, gewaltig entsetzt über solchen Verstoß gegen den Anstand, legte den Finger an die Nase und schüttelte in stummem Tadel den Kopf.

»Er kennt ihn, Sir«, sagte er, finster nach Barnaby hinüberschielend, »so gut wie Ihr ihn kennt oder ich!«

»Ich habe nicht das Vergnügen, den Herrn besonders gut zu kennen«, erwiderte der Gast. »Ihr mögt ja das Vergnügen haben. Beschränkt also die Vergleichung auf Euch, mein Freund!«

Obgleich dies mit der gleichen Leutseligkeit und dem gleichen Lächeln gesprochen wurde, so fühlte John sich doch gehofmeistert. In der Absicht, an Barnaby seinen Zorn auszulassen, nahm er sich vor, bei der nächsten Gelegenheit dem Raben desselben einen Fußtritt zu geben.

»Übergebt das«, sagte der Gast, der inzwischen sein Billet versiegelt und den Boten herangewinkt hatte, »Mr. Geoffrey Haredale selbst! Wartet auf Antwort und bringt sie mir her – hierher! Falls Mr. Haredale gerade beschäftigt ist, sagt ihm – wird er einen Auftrag behalten, Wirt?«

»Wenn er will, ja, Sir«, antwortete John. »Euren Auftrag wird er kaum vergessen.«

»Wie wollt Ihr das wissen?«

John deutete auf Barnaby, der mit vorgeneigtem Kopfe dastand und den Blick ernst und starr auf den Fragesteller geheftet hielt; dann nickte er verständig.

»Also, Barnaby, richtet ihm aus, falls er beschäftigt sein sollte«, sagte Mr. Chester, »es würde mich freuen, ihn hier zu sprechen, falls er kommen wolle, zu jeder Zeit heute abend. Schlimmstenfalls kann ich doch hier ein Bett bekommen; nicht, Willet?«

John senior, der sich geschmeichelt fühlte durch diese Steigerung seines persönlichen Ansehens, die in solcher familiären

Anredeform lag, antwortete mit einem Blicke, der schlau sein sollte: »Das wollt' ich meinen, Sir.« In seinem Geiste arbeitete er verschiedene Formen einer Lobrede durch, als sein Gedankengang wieder dadurch verrückt wurde, daß Mr. Chester jetzt Barnaby das Billet gab und ihm gebot, es in größter Eile dem Adressaten zu bringen.

»Eile!« sagte Barnaby, faltete das kleine Briefchen zusammen und steckte es in seine Brusttasche, »Eile! Wenn Ihr Hast und Heimlichkeit sehen wollt, so kommt hierher. Hierher!«

Mit diesen Worten legte er, zu John Willets größtem Entsetzen, die Hand auf den feintuchenen Ärmel des Gastes und zog ihn verstohlen zum Hinterfenster. »Seht dort hinunter«, sagte er leise, »bemerkt Ihr wie sie einander in die Ohren flüstern? Wie sie tanzen und umherhüpfen, um den Glauben zu erwecken, sie trieben Kurzweil? Seht Ihr, wie sie eine Weile innehalten, wenn sie denken, daß keiner ihrem Treiben zuschaut, und wieder untereinander flüstern und wispern? Und wie sie sich dann umherrollen und sich im Sprunge umdrehen, erfreut über die Ränke, die sie gesponnen haben? Seht jetzt hin! Seht, wie sie sich wirbelnd heben und wie sie sich senken. Und jetzt halten sie wieder ein und flüstern behutsam untereinander – und denken wenig daran, wißt Ihr, wie oft ich im Gras gelegen und sie beobachtet habe? Hört mal – was hecken sie denn eigentlich aus? Und wozu verbünden sie sich insgeheim? Wißt Ihr das?«

»Das sind ja nur Kleider«, erwiderte der Gast, »wie wir sie tragen, was dort auf der Leine zum Trocknen hängt und im Winde flattert.«

»Kleider!« wiederholte Barnaby, sah dem Gaste scharf ins Gesicht und fuhr schnell zurück. »Ha! Ha! Wie viel besser ist's doch, blöde zu sein, als weise wie Ihr. Ihr seht es ja nicht, das wesenlose Volk dort, wesenlos wie die, die im Schlafe leben – Ihr nicht! Seht auch die Augen nicht in den Knoten der Glasscheiben, seht auch die flüchtigen Geister nicht, wenn der Wind scharf geht, hört auch die Stimmen nicht in der Luft, seht auch die Menschen nicht am Himmel hinschleichen – Ihr nicht! Da führe ich doch ein fröhlicheres Leben als Ihr mit all Eurer Klugheit, Ihr seid die Stumpfsinnigen! Und wir die Erleuchteten, ha, ha! Ich mag nicht tauschen mit Euch, so klug Ihr auch seid – ich nicht!«

Mit diesen Worten schwenkte er seinen Hut über seinem Kopf und flog davon.

»Ein seltsames Wesen!« sagte der Gast, zog eine hübsche Dose heraus und nahm eine Prise Schnupftabak.

»Es fehlt ihm an Einbildungskraft«, sagte Mr. Willet, sehr langsam und nach langem Stillschweigen, »ja, daran fehlt's ihm. Ich habe sie ihm eintrichtern wollen, manches Mal; aber« – John setzte das in vertraulichem Tone hinzu – »für so was ist er nicht geschaffen; das ist nun einmal nicht anders!«

Es wäre unverantwortlich zu behaupten, Mr. Chester habe über John Willets Bemerkung gelacht, denn er behielt immer seinen gleichen, herzgewinnenden und gefälligen Gesichtsausdruck bei. Er rückte nur seinen Stuhl näher an das Feuer, als wenn er damit sagen wollte, es wäre ihm lieber, allein zu bleiben, und John, der keinen Grund zum Bleiben hatte, überließ ihn auch sich selbst.

Sehr viele Gedanken durchkreuzten den Kopf des alten John Willet, während das Essen bereitet wurde. Daß Mr. Chester – der, wie in der ganzen Nachbarschaft bekannt, in tiefer, bitterer Feindschaft zu Mr. Haredale stand – hier herkommt, nur um Mr. Haredale zu sehen, war unbegreiflich. Er wußte sich daher nicht anders zu helfen, als den kupfernen Kessel zu Rate zu ziehen und ungeduldig auf Barnabys Rückkehr zu warten.

Aber Barnaby blieb heute so lange wie noch nie zuvor. Dem Gaste war das Essen aufgetragen worden, das Essen war abgeräumt worden, der Wein war eingeschenkt, das Feuer erneuert, der Herd gefegt worden. Das Tageslicht begann sich draußen zu verdüstern, die Dämmerung kam, die Nacht kam, und noch erschien kein Barnaby. John Willet war voller Verwunderung und Ärger und schlimmer Ahnungen, und trotz alledem saß sein Gast mit übereinander geschlagenen Beinen im Lehnstuhl, und allem Anschein nach war sein Gemüt in keiner größeren Verwirrung als seine Kleidung – er war und blieb derselbe ruhige, kühle, gewandte Herr, der an nichts anderes zu denken und um nicht anderes sich zu kümmern schien, als um seinen goldnen Zahnstocher.

»Barnaby bleibt lange«, wagte John zu bemerken, als er ein paar beschmutzte Leuchter, die einige drei Fuß hoch waren, auf den Tisch setzte und die Kerzen putzte.

»Stimmt«, sagte der Gast, seinen Wein schlürfend. »Viel länger wird er wohl aber nicht mehr bleiben.«

John hustete und scharrte die Asche zusammen. »Da Eure

Wege hier in keinem guten Stande sind, wie ich aus dem Unfall schließen darf, der meinem Sohne zugestoßen ist«, sagte Mr. Chester, »und da ich außerdem nicht die geringste Neigung habe, eins auf den Kopf zu bekommen, so will ich hier übernachten. Ich glaube aus Eurem Munde gehört zu haben, daß ein Bett hier für mich frei sei?«

»Ein Bett, Sir«, sagte John Willet, »jawohl, ein Bett, wie's wenige gibt, selbst bei vornehmen Leuten. Ein sehr solides Möbelstück, Sir. Die Bettstelle soll an die zweihundert Jahre alt sein, wie ich gehört habe. Ihr hochwerter Sohn – ein feiner junger Herr – hat zuletzt darin geschlafen, Sir, von einem halben Jahre.«

»Welch eine Empfehlung«, sagte der Gast achselzuckend und rollte seinen Stuhl näher ans Feuer. »Sorgt dafür, daß Bett und Zimmer gut gelüftet werden, Mr. Willet, laßt auch ein hübsches Feuer anzünden! Mir kommt das Haus ein bißchen feucht und kühl vor.«

John schürte das Reisig von neuem, mehr aus Gewohnheit als aus Geistesgegenwart, und stand schon im Begriff, sich zurückzuziehen, als ein schneller Schritt auf der Treppe hörbar wurde. Keuchend trat Barnaby herein.

»Er wird in einer Stunde den Fuß in den Steigbügel setzen«, rief er. »Er ist den ganzen Tag lang scharf geritten und eben nach Hause gekommen, aber er wird wieder im Sattel sein, sobald er nur gegessen und getrunken hat, um mit seinem lieben Freunde zusammenzutreffen.«

»Lautete so seine Botschaft?« fragte Mr. Chester und sah auf, doch ohne jedes Anzeichen von Unruhe.

»Alles bis auf die letzten Worte«, sagte Barnaby. »Das meinte er. Ich sah es seinem Gesicht an.«

»Dies für Eure Mühe«, sagte der andere, drückte ein paar Münzen in die Hand und sah ihn fest an. »Für Eure Mühe, scharfsinniger Barnaby.«

»Für Greifer, mich und Hugh; wir wollen es untereinander teilen«, sagte Barnaby, indem er das Geld zählte. »Greifer, eins, ich zwei, Hugh drei; der Hund, die Ziege, die Katzen – hm , wir wollen's bald genug klein machen, das sag' ich Euch. Halt. – Seht doch! Seht Ihr weisen Männer jetzt nichts dort?«

Er beugte sich auf die Knie nieder und starrte gespannt nach dem Rauch hin, der in einer dicken, schwarzen Wolke vom Kamin emporstieg. John Willet, der sich offenbar mit der Bezeichnung ›weiser Mann‹ angesprochen fühlte, sah mit ernstem Ausdruck hin.

»Nun, wo geht Ihr hin, wenn sie so schnell aufspringen?« fragte Barnaby; »He? Weshalb sind sie einander so dicht auf den Fersen? Weshalb haben sie's immer so eilig? Und weshalb tadelt Ihr mich immer, daß ich mir an diesem geschäftigen Völkchen ein Beispiel nehme? Und mehr noch! Sie fassen sich an den Kleidern; und so schnell sie gehen, es kommen immer andere! Was für ein lustiger Tanz! Ach, wenn doch Greifer und ich springen könnten wie die da.«

»Was hat er in dem Korb auf dem Rücken?« fragte der Gast nach einer Weile, während Barnaby sich noch tiefer bückte, um höher zum Kamin hinaufsehen zu können.

»In dem Korbe?« antwortete er aufspringend, ehe John Willet eine Erwiderung geben konnte – und schüttelte den Korb und senkte den Kopf, um zu lauschen. »In dem Korb? Was drinnen ist? Sag's ihm!«

»Ein Teufel! Ein Teufel! Ein Teufel!« rief eine heisere Stimme

»Hier ist Geld!« sagte Barnaby, in der Hand klimpernd, »Geld für einen Schmaus, Greifer.«

»Hurrah! Hurrah! Hurrah!« rief der Rabe. »Immer frisch und munter! Bloß nicht vom Tode reden!«

Mr. Willet, der starke Zweifel zu hegen schien, ob sich von einem Gaste, der einen mit Borte besetzten Rock und feines Linnen auf dem Leibe trug, annehmen lasse, Bekanntschaft mit solch unmanierlicher Gesellschaft zu haben wie der vom Vogel erwähnten, schob Barnaby in der Absicht, anderen unpassenden Erklärungen vorzubeugen, zur Stube hinaus und verließ mit dem elegantesten Bückling, dessen er fähig war, seinen Gast.

11. Kapitel

Große Neuigkeiten gab es an diesem Abend für die Stammgäste im Maypole. Jedem, der hereingestiefelt kam, um am Kamin Platz zu nehmen, gab John in einem auf mögliche zum Schlaganfall neigende Veranlagung Rücksicht nehmenden Geflüster die

Tatsache bekannt, daß Mr. Chester sich in dem großen Gemach über der Treppe befinde und auf Geoffrey Haredales Ankunft warte, an den er einen Brief (zweifellos bedrohlichen Inhalts) durch Vermittlung des hin und wieder hier anwesenden Barnaby gesendet habe.

Für die kleine Schar von Rauchern und Schwätzern, die selten einmal über ein neues Ereignis zu sprechen Gelegenheit fand, war diese Neuigkeit ein Geschenk vom Himmel. Unter diesem Dach entwickelte sich ein finsteres Geheimnis – an dem man sich ohne die geringsten Mühen und Störungen weiden konnte. Es ist eine sehr merkwürdige Sache, welchen Reiz und Hochgenuß dies dem Getränk verlieh und wie sehr es den Duft des Tabaks stärkte. Jedermann schmauchte mit ernstem und feierlichem Entzücken seine Pfeife und sah mit einer Miene zu seinem Nachbarn hinüber, als wenn er ihm stumm gratulieren wolle. Ja, es gewann die Empfindung Oberhand, daß der Abend, den man heute verlebe, ein aparter Festabend sei, so daß auf Salomon Daisys Anregung ein jeglicher (John eingeschlossen) seinen Sixpence für einen Krug Flip[29] niederlegte. Dies angenehme Getränk wurde in aller Eile gebraut und in ihrer Mitte auf den Ziegelboden niedergesetzt. Es bestimmte die Gäste eine doppelte Absicht zu dieser Gabe: daß das Getränk vor dem Feuer zische und brodele und daß sein lieblicher Duft, wenn er zwischen ihnen aufsteige und sich mit den Dampfwolken aus ihren Pfeifen vermische, sie in eine köstliche Atmosphäre einhüllen und von aller Welt abschließen möchte. Sogar das Mobiliar des Wirtshauses schien weichere und tiefere Farben anzunehmen, die Decke und die Wände nahmen ein schwärzeres und heller glänzendes Aussehen an, die Vorhänge schimmerten in grellerem Rot, das Feuer brannte heller und höher, und die Heimchen im Herde zirpten mit ungewöhnlicher Wonne.

Es waren indessen zwei Menschen zugegen, die an der allgemeinen Zufriedenheit, die hier herrschte, geringen Anteil nahmen. Der eine war Barnaby, der am Kamin schlief und sich wenigstens so stellte, um den Fragen, mit denen man ihn sonst gequält hätte, aus dem Wege zu gehen; der andere war Hugh, der ebenfalls im festen Schlaf auf der Bank an der gegenüberliegenden Seite ausgestreckt lag.

Das Licht, das auf den schlafenden Hugh fiel, zeigte seine Gestalt in all ihren muskulösen, stattlichen Verhältnissen. Es war die Gestalt eines jungen Menschen von gesundem, athletischen Körperbau mit erstaunlichen Kräften; sein sonnenverbranntes Gesicht und die braune, mit schwarzem Haar bewachsene Kehle wären ein schönes Modell für einen Maler gewesen. Er trug einen Umhang aus grobem Stoff; Stroh und Heu, seine gewöhnliche Lagerstätte, hing an ihm herunter und verhedderten sich mit seinen ungekämmten Locken. Die Nachlässigkeit und Unordnung dieses Menschen, dessen Züge ein wildes, finsteres Gepräge trugen, verliehen ihm ein malerisches Aussehen, das die Blicke der Stammgäste auf sich zog, die ihn alle gut kannten. Der lange Parkes sah sich zu der Bemerkung veranlaßt, Hugh sehe heute abend wie ein Wilderer aus.

»Er wartet wohl«, sagte Salomo, »auf Mr. Haredales Pferd.«

»Stimmt, Freund«, antwortet John Willet. »Er ist nicht oft drinnen, wißt Ihr, denn er fühlt sich unter Gäulen behaglicher als unter Menschen. Mir kommt er immer vor wie ein Tier.«

Er schloß diese Bemerkung mit einem Achselzucken, das zu sagen schien: ›Wir können doch auch nicht erwarten, daß uns jemand gleich kommt.‹ Dann steckte er seine Pfeife in den Mund und rauchte wie einer, der sich seiner Überlegenheit über die durchschnittlichen Exemplare der menschlichen Gattung bewußt ist.

»Der Lümmel, lieber Freund«, sagte John nach einer Weile, indem er seine Pfeife wieder herausnahm und mit dem Pfeifenstengel auf Hugh wies, »hat zwar alle Fähigkeiten mit auf den Weg bekommen – abgezogen und gestöpselt, wenn ich mich so ausdrücken darf ...«

»Sehr gut!« bemerkte Parkes und nickte, »ein sehr guter Ausdruck, John! Heute könntet Ihr jedem Bescheid geben! Ihr seid brillant, wie ich sehe.«

»Nehmt Euch in acht«, sagte Mr. Willet, ohne jeden Dank für das ihm erwiesene Kompliment, »daß ich nicht Euch den Bescheid gebe, der Euch gebührt, alter Freund, und falls Ihr mich unterbrecht, wenn ich Bemerkungen mache, werde ich mich ganz sicher nicht lange besinnen, merkt's Euch! – Dieser Lümmel also, sagte ich, hat zwar alle Fähigkeiten mit auf den Weg bekommen, abgezogen oder gestöpselt, wenn ich so sagen darf, aber er hat keinen Deut Einbildungskraft mehr als Barnaby. Und warum hat er nicht mehr?«

Die drei Freunde nickten einander zu und brachten so stumm

die Bewunderung für den weisen Wirtshausphilosophen zum Ausdruck.

»Warum hat er keinen Deut Einbildungskraft mehr?« sagte John noch einmal und schlug mit der offenen Hand auf den Tisch. »Weil man von ihm, solange er Knabe war, nie Einbildungskraft verlangt hat. Deshalb besitzt er keine! Was würde aus uns geworden sein, wenn unsere Väter uns nicht Gelegenheit zur Ausbildung unserer Fähigkeiten gegeben hätten? Was würde aus meinem Jungen geworden sein, wenn ich nicht drauf bestanden hätte, daß er für Entwicklung seiner Fähigkeiten sorge? – Merkt Ihr, wovon ich reden will, Ihr Herren?«

»Ah! wir merken's schon«, rief Parkes. »Fahrt nur fort, Johnny.«

»Also«, sagte Mr. Willet, »dieser Lümmel, dessen Mutter gehenkt wurde, als er noch ein Junge war, in Reih und Glied mit sechs anderen, weil sie zusammen falsche Scheine ausgegeben hatten – und wieviel Gelichter wird wegen solcher oder anderer ähnlicher Verbrechen alle sechs Wochen gehenkt! – Der Lümmel, sage ich, der nun frei und ledig und sich selbst überlassen war und Rinder zu hüten und Vögel zu scheuchen und sonst was zu tun hatte für seinen Lebensunterhalt und der so nach und nach dahinter kam, Pferde zu hüten, und mit der Zeit auf den Boden und auf Strohsäcken schlafen konnte, statt unter Heuschobern und Hecken, bis er zuletzt Stallknecht im Maypole wurde gegen Kost und Logis und ein wenig Geld – dieser Lümmel, sage ich, der weder lesen noch schreiben kann und meist mit Vieh verkehrt hat und nie anders gelebt hat als die Tiere, dieser Lümmel, sage ich, ist auch selbst ein Tier. Und«, folgerte Mr. Willet mit bezwingender Folgerichtigkeit, »muß also auch so behandelt werden.«

»Willet«, sagte Salomon Daisy in Ungeduld darüber, daß ein so unwürdiger Gegenstand ihr weit interessanteres Thema verdrängte, »als Mr. Chester heute morgen kam, hat er das große Zimmer verlangt?«

»Er deutete mir an, lieber Freund«, antwortete John, »daß er ein großes Zimmer haben wollte. Ja. Sicherlich.«

»Na, dann will ich Euch was sagen«, sagte Salomon leise und mit ernstem Blicke, »er und Mr. Haredale wollen dort ein Duell ausfechten.«

Jedermann sah bei dieser beunruhigenden Bemerkung auf Mr. Willet. Dieser sah zum Feuer hin und erwog die Folgen, die solch ein Ereignis in seinem Wirtshaus nach sich ziehen könnte.

»Hm, ja«, sagte John, »ich weiß nicht – aber das weiß ich, weiß ich genau – daß er, wie ich das letzte Mal hinaufkam, die Lichter auf den Kaminmantel gesetzt hat. Ja, ja.«

»Es ist so deutlich zu erkennen«, gab Salomon zurück, »wie bei unserm Parkes die Nase«, – Mr. Parkes hatte nämlich eine sehr große Nase, die er sich jetzt eifrig rieb, wobei er aussah, als fasse er diese Worte als eine persönliche Anspielung auf – »daß sie sich in dem Zimmer duellieren wollen. Ihr wißt aus den Zeitungen, wie oft Gentlemen in Kaffeehäusern ohne Sekundanten fechten. Einer von beiden wird in diesem Hause verwundet oder getötet werden.«

»Eine Forderung wär's also gewesen, was Barnaby überbrachte, he?« fragte John.

»– die noch ein Stück Papier enthielt mit dem Degenmaße, da wett' ich um 'ne Guinee«, antwortete der kleine Mann. »Wir wissen, was für 'ne Art von Gentleman Haredale ist. Ihr habt uns doch erzählt, was Barnaby, als er zurückkam, von seinen Blicken gesagt hat. Verlaßt Euch drauf, ich hab' recht!«

Erst jetzt begann der Punsch so recht zu schmecken, erst jetzt entfaltete der Tabak sein ganzes Aroma.

»Auf Degen oder auf Pistolen?« fragte John.

»Weiß der Himmel. Vielleicht beides«, erwiderte Salomon. »Die Gentlemen tragen Degen an der Seite und haben wohl auch Pistolen in den Taschen – höchst wahrscheinlich sogar. Haben sie erfolglos aufeinander gefeuert, dann ziehen sie blank und gehen ernstlich ans Werk.«

Ein Schatten glitt über Willets Gesicht bei dem Gedanken an zerbrochene Fenster und beschädigte Möbel; bei dem weiteren Gedanken aber, daß einer von beiden wahrscheinlich übrig bleiben werde, um den Schaden zu ersetzen, hellte sein Gesicht sich wieder auf.

»Und dann«, sagte Salomon, einen nach dem andern ansehend, »dann werden wir einen jener Flecken auf dem Fußboden haben, die nie wieder weggehn. Wenn Haredale gewinnt, wird's ein tiefer Fleck werden; wenn er verliert, wird's ein noch viel tieferer werden, denn er wird sich nicht eher zufriedengeben, als bis er zu Boden geschlagen ist. Wir kennen ihn schließlich, oder?«

»Allerdings!« flüsterten alle zusammen.

»Ob er sich überhaupt je entfernen lassen wird, der Fleck, meine ich«, sagte Salomon, »würde ich bezweifeln. Na, Ihr wißt doch, daß man es versucht hat in einem gewissen Hause, das wir alle kennen?«

»Im Warren?« rief John. »Nein, sicher nicht!«

»Ja, sicher – ja! Nur wenige wissen es. Man hat den Holzboden gehobelt; aber der Fleck blieb. Man ging tiefer; aber der Fleck ging auch tiefer. Man legte neue Bohlen hin, aber es war und blieb ein großer Fleck, der durch die Bohlen drang und wieder am alten Platze erschien. Und – horcht mal – setzt Euch näher – Mr. Goeffrey hat sich dieses Zimmer zum Studierzimmer erwählt und sitzt dort, immer mit dem Fuß auf dem Flecken (so hab ich wenigstens gehört). Und er glaubt, daß der Fleck nicht verbleichen werde, bevor er den Täter gefunden hat.«

Als dieser Bericht zu Ende war und sie alle näher beieinander um das Feuer gerückt waren, wurde der Hufschlag eines Pferdes laut.

»Da ist er schon!« rief John und sprang auf. »Hugh! Hugh!«

Der Schläfer sprang taumelnd auf die Beine und eilte hinter ihm her. John kehrte schnell zurück und führte mit großer Ehrerbietung (denn Mr. Haredale war sein Grundherr) den lange erwarteten Gast herein, der mit schweren Stiefeln, die auf dem Fußboden klirrten, ins Zimmer trat, die ihn durch Bücklinge begrüßende Gruppe mit scharfen Blicken maß und dann als Anerkennung der ihm gezollten Achtung den Hut lüftete.

»Ihr habt einen Fremden hier, Willet, der nach mir geschickt hat«, sagte er mit rauher und tiefer Stimme.

»Im großen Zimmer oben, Sir«, antwortete John.

»Zeigt mir den Weg. Die Treppe ist bei Euch finster, wie ich weiß. Gute Nacht, Ihr Herren!«

Er gab dem Wirt einen Wink, voranzugehen, und schritt mit festem Schritte die Treppen hinauf. Der alte John, der in seiner Aufregung mit seiner Laterne alles erhellte, bloß nicht den Weg, stolperte hingegen bei jeder Stufe.

»Halt!« sagte Mr. Haredale, als sie den Korridor erreicht hatten. »Ich kann mich ganz allein anmelden. Ihr braucht nicht zu warten!«

Er legte die Hand auf die Tür, trat ein und schloß sie mit heftigem Rucke. John Willet hatte nicht die Absicht, stehenzubleiben und zuzuhören, sondern stieg viel schneller hinunter, als er hinaufgestiegen war. Unten gesellte er sich wieder zu seinen Freunden.

12.
Kapitel

Im Prunkzimmer des Maypole-Wirtshauses trat eine kurze Pause ein. Mr. Haredale probierte das Schloß, um sich zu vergewissern, daß die Tür fest zu war. Er schritt durch das finstere Zimmer zu jener Stelle, wo der Ofenschirm ein kleines Fleckchen Licht und Wärme umschloß, und trat schweigend vor den lächelnden Gast hin.

Wenn die beiden Männer in ihren Absichten keine größere Übereinstimmung fanden, als in ihrer äußeren Haltung und Erscheinung zum Ausdruck kam, so versprach ihr Zusammentreffen erhebliche Unruhe. Obwohl sie etwa gleichaltrig waren, standen sie doch einander so fern wie zwischen zwei Männern nur denkbar. Der eine war von schwächlicher Figur, ordnungsliebend und vornehm im Wesen, sanft und bedächtig in der Rede. Der andere war ein dicker, vierschrötiger Mann, dessen Kleidung den Stempel der Nachlässigkeit trug, dessen Wesen grob und schroff war, dessen Blick und Sprache Strenge und dessen Stimmung einen abstoßenden, rücksichtslosen Charakter verrieten. Der eine behielt sein ruhiges, gelassenes Lächeln bei; auf der Stirn des andern lagen mißtrauische, finstere Runzeln. Der zuletzt gekommene Mann schien wild entschlossen, durch seinen Ton und durch jede Gebärde seine entschiedene Feindseligkeit gegen den Mann, mit dem er zusammengetroffen war, an den Tag zu legen. Der Gast, der ihn hier erwartet hatte, schien dagegen zu fühlen, daß der Gegensatz, der zwischen ihnen bestand, für ihn durchaus günstig war, ja, er schien die ganze Situation zu genießen.

»Haredale«, sagte dieser vornehme Herr, ohne den geringsten Anschein von Verlegenheit oder Zurückhaltung, »es freut mich sehr, Euch zu sehen.«

»Verschonen wir uns gegenseitig mit höflichen Reden! Die sind völlig unangebracht zwischen uns«, erwiderte der andere, indem er die Hand hob, »sagen wir vielmehr unumwunden, was gesagt werden muß. Ihr habt um eine Zusammenkunft an diesem Ort gebeten. Ich bin hier. Warum stehen wir uns jetzt wieder gegenüber?«

»Noch immer derselbe freimütige, trotzige Charakter, wie ich sehe.«

»Gut oder schlimm, Sir – ich bin«, erwiderte Geoffrey Haredale, indem er sich mit dem Arm auf den Kaminsims lehnte und einen stolzen Blick auf den Sitzenden heftete, »der Mann, der ich zu sein pflegte. Ich habe immer noch meine alten Neigungen oder Abneigungen, und meine Erinnerung arbeitet äußerst zuverlässig. Ihr habt von mir verlangt, daß ich Euch hier treffe. Ich sage Euch, daß ich hier bin.«

»Unser Zusammentreffen, Haredale«, sagte Mr. Chester, indem er auf seine Tabaksdose klopfte und lächelnd die ungeduldige Bewegung registrierte, die der andere – vielleicht unbewußt – zu seinem Degen gemacht hatte, »gestaltet sich hoffentlich so friedfertig, daß wir uns aussprechen können?«

»Ich bin auf Euren Wunsch hierhergekommen«, antwortete der andere, »aber nicht, um glatte Phrasen oder hohle Erklärungen auszutauschen. Ihr seid ein geschmeidiger Weltmann, Sir, und bei solchen Spielereien bin ich Euch gegenüber im Nachteil. Der allerletzte Mann auf dieser Erde, mit dem ich einen Kampf mit Höflichkeitsbezeigungen und maskierten Gesichtern führen möchte, ist Mr. Chester; diese Versicherung gebe ich Euch. Ich bin Euch in solchen Waffen nicht gewachsen und habe Ursache zu glauben, daß dies nur wenige Menschen sein werden.«

»Ihr erweist mir recht große Ehre, Haredale«, erwiderte der andere gelassen, »und ich danke Euch. Ich werde offen sein –«

»Ich bitte um Verzeihung – wie sagtet Ihr?«

»Frei – offen – aufrichtig.«

»Hah!« rief Mr. Haredale, sich mit sarkastischem Lächeln in die Brust werfend. »Aber laßt Euch durch mich nicht stören!«

»So fest entschlossen bin ich, auf diesem Wege zu bleiben«, versetzte der andere, indem er mit großem Bedacht seinen Wein kostete, »daß ich mir vorgenommen habe, mich nicht mit Euch zu überwerfen und mich durch ein rasches Wort nicht irreführen zu lassen.«

»Ihr werdet«, sagte Mr. Haredale, »mir auch darin einen großen Vorteil voraus haben. Eure Selbstbeherrschung –«

»Ist nicht zu verwirren, wenn ich sie für meine Ziele nützlich halte«, erwiderte der andere, indem er ihn unterbrach. »Das gebe ich gern zu. Und ich habe jetzt einen Zweck im Auge. Das ist auch bei Euch der Fall. Ich bin überzeugt, Euer Ziel ist das gleiche. Laßt uns darauf zusteuern wie vernünftige Männer. Stoßt mir mit an.«

»Nur mit meinen Freunden«, entgegnete der andere.

»Wenigstens«, sagte Mr. Chester, »werdet Ihr Euch doch setzen?«

»Ich will stehenbleiben«, antwortete Mr. Haredale ungeduldig, »neben diesem abgetakelten Herd, und mag ihn, zerfallen wie er ist, nicht durch dumme Witze beflecken. Macht Ihr den Anfang!«

»Ihr seid im Unrecht, Haredale«, sagte Mr. Chester und schlug die Beine übereinander, während er lächelnd sein Glas gegen die helle Flamme hielt. »Ihr seid wirklich sehr im Unrecht. Die Welt ist eine lebendige, fröhliche Stätte, und wir müssen uns auf ihr den Umständen anpassen, müssen mit dem Strom schwimmen, müssen uns damit abfinden, Wesen für Stoff, die Oberfläche für die Tiefe, die falsche Münze für die echte zu halten. Ich wundere mich, daß noch kein Philosoph den Satz aufgestellt hat: unsere Erde an sich sei hohl. Sie sollte es sein, sofern die Natur in ihren Werken beständig ist.«

»Ihr denkt vielleicht, es sei so?«

»Ich möchte sagen«, versetzte Mr. Chester, während er an seinem Weine nippte, »daß es hierüber keinen Zweifel gebe. Nun, wir haben jedenfalls beim Spielen mit dem hübschen Blendwerk das Unglück gehabt, zusammenzustoßen und zu zerfallen. Wir sind nicht das, was die Welt Freunde nennt; aber wir sind trotz allem so gut und aufrichtig zueinander, wie nicht alle es sind, die sich Freunde nennen. Ihr habt eine Nichte, und ich habe einen Sohn – einen netten Burschen, Haredale, aber nicht recht bei Verstand. Die beiden verlieben sich ineinander und gehen ein, was dieselbe Welt ein Verhältnis nennt; was, wie alles übrige, etwas Verschrobenes und Trügerisches ist, das, wenn man ihm die Zeit dafür lassen könnte, wie jede andere Blase zerplatzen würde. Aber es kann die Zeit, die es braucht, nicht bekommen – und die Frage ist: Sollen wir beide, weil uns die Gesellschaft Feinde nennt, von fern zusehen und gewähren lassen, wie sie sich einander in die Arme stürzen, was wir doch, wenn wir uns, wie jetzt, verständig näher treten, zu verhindern vermögen?«

»Ich liebe meine Nichte«, sagte Mr. Haredale nach kurzem Stillschweigen, »es mag das in Euren Ohren seltsam klingen, – aber ich liebe sie.«

»Seltsam?« rief Mr. Chester, indem er sein Glas wieder füllte und seinen Zahnstocher aus dem Mund nahm, »durchaus nicht! Ich habe Ned auch gern – oder, wie Ihr sagt, ich liebe ihn – so heißt ja das Wort dafür unter nahen Verwandten. Ich habe Ned sehr gern. Er ist ein erstaunlich wackerer und hübscher Bursche, – etwas albern und weich noch, das ist alles. Aber, Haredale, die Sache steht so, – denn ich will offen sein, wie ich bereits erwähnte – unabhängig von jeder Abneigung, die Ihr oder ich vielleicht empfinden könnten, miteinander in verwandtschaftliche Beziehungen zu treten, und unabhängig von den religiösen Verschiedenheiten zwischen uns – hol's der Teufel, es ist eine wichtige Sache: Ich könnte einer solchen Liaison nicht zustimmen. Ned und ich könnten es nicht. Es ist unmöglich.«

»Legt Eurer Zunge Zwang an, bei Gott! Wenn diese Unterhaltung zum Schluß kommen soll«, warf Mr. Haredale grimmig ein. »Ich habe Euch schon gesagt, daß ich meine Nichte liebe. Glaubt Ihr allen Ernstes, daß ich, wenn ich sie liebe, ihr Herz an irgend einen Mann verschleudern möchte, in dessen Adern Euer Blut fließt?«

»Ihr seht«, sagte der andere, ohne sich im geringsten stören zu lassen, »daß es seine Vorzüge hat, so freimütig und offen zu sein. Ehrlich, das wollte ich nämlich auch sagen. Ich hänge mit erstaunlicher Liebe an Ned – bin wirklich ganz vernarrt in ihn – aber der von Euch erwähnte Einwand stellt natürlich ein ganz unüberwindliches Hindernis dar. Ich möchte Euch aber doch bitten, daß Ihr einen Schluck mit mir trinkt.«

»Merkt Ihr, Sir!« sagte Mr. Haredale, indem er zu dem Tische schritt und sich schwer aufstützte. »Wenn irgend jemand glaubt, daß ich, in Wort oder Tat, oder im wirrsten Traume, jemals entfernt den Gedanken genährt habe, daß Emma Haredale die Werbung eines Mannes begünstigt, der mit Euch verwandt ist – irgendwie – ich frage nicht danach – dann lügt er. Er lügt und tut mir, schon mit dem bloßen Gedanken, schweres Unrecht.«

»Haredale«, entgegnete Mr. Chester, indem er wie zustimmend hin und her schaukelte und zum Feuer hin nickte, »es ist außerordentlich männlich und in der Tat sehr großmütig von Euch, daß Ihr mir in dieser rückhaltlosen und manierlichen Weise gegenübertretet. Auf mein Wort! Das sind genau meine Empfindungen, bloß kraftvoller zum Ausdruck gebracht, als ich es könnte – Ihr kennt ja meine träge Natur und werdet mir, wie ich überzeugt bin, vergeben.«

»Während ich Emma jeden schriftlichen Verkehr mit Eurem Sohn abschneiden und ihr jedes Treffen mit ihm unmöglich machen möchte, selbst auf die Gefahr hin, daß es ihr Tod sein könnte«, sagte Mr. Haredale, der jetzt auf- und abschritt, »möchte ich es doch, sofern ich kann, in einer freundlichen und zarten Weise tun. Ich habe eine Pflicht zu erfüllen, die mir wohl von Natur aus nicht liegt, und aus diesem Grunde kommt mir die Tatsache, daß irgendwelche Neigung zwischen den beiden besteht beinahe völlig neu vor.«

»Ich freue mich mehr, als ich Euch vielleicht sagen kann«, erwiderte Mr. Chester mit äußerster Geschmeidigkeit, »meinen eignen Eindruck in solcher Weise bestätigt zu finden. Ihr seht, wie vorteilhaft es war, daß wir uns hier treffen. Wir verstehen einander. Wir stimmen vollständig überein. Wir haben eine durchaus vollständige und klare Erklärung und wissen, welchen Weg wir einzuschlagen haben. – Warum kostet Ihr denn nicht vom Weine Eures Pächters? Es ist wirklich ein sehr guter Tropfen.«

»Bitte, wer ist Emma behilflich gewesen, oder Eurem Sohne?« fragte Mr. Haredale. »Wer sind ihre Zwischenträger und Beauftragten – kennt Ihr sie?«

»All die Leute hier in der Nähe – die Nachbarschaft so im allgemeinen, denk ich mir«, antwortete der andere mit dem gewinnendsten Lächeln, dessen er fähig war – »vor allem wohl der Bote, den ich heute zur Euch sandte.«

»Der Idiot Barnaby?«

»Wundert Euch das? Das freut mich; denn mir ist es ähnlich gegangen. Ja, ich habe das aus seiner Mutter – einer höchst anständigen Frau – herausbekommen. Von ihr habe ich auch erfahren, wie ernst sich die Dinge gestaltet haben; und so habe ich mich entschlossen, heute hierherzureiten und mit Euch auf diesem neutralen Boden eine Unterredung zu pflegen. – Ihr seid dicker geworden als früher, Haredale, seht aber außerordentlich gesund und munter aus.«

»Unsere Unterredung neigt sich dem Ende zu«, stellte Mr. Haredale mit einem Anflug von Ungeduld fest. »Verlaßt Euch auf mich, Mr. Chester: Meine Nichte wird sich von jetzt ab ändern. Ich werde«, setzte er in tieferem Tone hinzu, »an ihr Frauenherz, an ihre Frauenwürde, an ihren Frauenstolz, an ihre Frauenpflicht appellieren.«

»Das nämliche werde ich bei Ned tun«, versicherte Chester, indem er mit der Fußspitze ein paar beiseite gefallene Reiser an ihren Platz auf dem Kaminroste zurückschob. »Wenn es in der

Welt noch etwas Reales gibt, so sind es jene edlen Empfindungen und jene natürlichen Verpflichtungen, die zwischen Vater und Sohn bestehen müssen. Ich werde es ihm auf dem Boden sittlicher und religiöser Empfindung erklären. Ich werde ihm sagen, daß es für uns ganz unmöglich ist, einer solchen Verbindung zuzustimmen – daß ich immer danach getrachtet habe, ihn gut zu verheiraten, damit auch für mich im Herbste des Lebens eine anständige Versorgung abfällt. Immerhin muß ich einer großen Menge kläffender Hunde, deren Forderungen durchaus gerecht und in Ordnung sind, das Maul stopfen, und dazu muß auch das Vermögen seiner Frau herhalten. Kurz und gut, daß die höchsten und ehrenhaftesten Empfindungen unserer Natur, mit aller Rücksicht auf Kindesliebe und all dergleichen mehr, gebieterisch fordern, daß er eine reiche Erbin zu entführen sucht.«

»Und ihr das Herz so geschwind wie möglich bricht«, sagte Haredale, indem er sich die Handschuhe anzog.

»In diesem Punkte wird Ned genau so handeln, wie es ihm belieben wird«, erwiderte Chester und schlürfte von seinem Wein – »das ist ganz und gar seine Sache. Ich möchte mich auf keinen Fall, Haredale, zu sehr in die Angelegenheiten meines Sohnes mischen. Das verwandtschaftliche Verhältnis zwischen Vater und Sohn, das wißt Ihr, ist ein heiliges Band. – Wollt Ihr euch denn wirklich nicht von mir bereden lassen, ein Glas Wein anzunehmen? Nun, wie Ihr wünscht«, setzte er hinzu, indem er sich selbst mit einem frischen Glas versorgte.

»Chester«, sagte Mr. Haredale nach kurzem Schweigen, während er von Zeit zu Zeit das lächelnde Gesicht des Mannes aufmerksam betrachtete. »Wenn es um Betrug und Hinterlist geht, zeigt Ihr Euch nicht abgeneigt!«

»Auf Euer Wohl!« sagte der andere und nickte. »Aber ich habe Euch unterbrochen –«

»Sollten wir nun«, fuhr Haredale fort, »auf Schwierigkeiten stoßen, die jungen Leute auseinanderzubringen – sollten sich dabei beispielsweise für Euch Schwierigkeiten ergeben, welchen Weg werdet Ihr dann einschlagen?«

»Nichts klarer, nicht leichter«, antwortete Chester, der die Schultern reckte und sich behaglich vor dem Feuer streckte, »ich werde sodann jene Kräfte ausüben, mit denen Ihr mir in so hohem Grade schmeichelt – wenn ich auch, auf mein Wort, Ihre Komplimente nicht im vollen Maße verdiene – und zu einigen kleinen, alltäglichen Notbehelfen meine Zuflucht nehmen, um Eifersucht und Groll wachzurufen – Ihr versteht?«

»Kurz und gut, indem wir die Mittel durch den Zweck rechtfertigen, werden wir als letztes Mittel, sie auseinanderzureißen – unsere Zuflucht zu Verrat und Trug – und Lüge nehmen«, sagte Haredale.

»O du meine Güte, nicht doch! Pfui! Pfui!« rief der andere und ließ sich eine Prise Schnupftabak besonders gut schmecken. »Keine Lüge! Bloß ein bißchen Dazwischengreifen – ein bißchen diplomatisches Vorgehen – ein bißchen – intrigieren – ja, intrigieren: das ist das richtige Wort.«

»Ich wünschte«, sagte Mr. Haredale, indem er auf- und niederschritt, dann einhielt, dann wieder weiterging, wie jemand, dem es unbehaglich zu Mute ist, »daß dies hätte vorhergesehen und verhindert werden können. Aber es ist nun so weit gediehen, und wir müssen handeln. Zurückzuschrecken oder zu bedauern und zu klagen hat keinen Zweck. Nun denn, gut! Ich werde Ihre Bestrebungen mit dem höchsten Maße meiner Gewalt unterstützen. Es ist das doch wenigstens ein Punkt in der ganzen, weiten Ordnung menschlicher Gedanken, in welchem wir beide übereinstimmen. Wir werden im Einvernehmen, aber jeder für sich handeln. Es wird hoffentlich für uns nicht nötig sein, daß wir uns noch einmal begegnen.«

»Geht Ihr jetzt?« fragte Chester, indem er mit gutgespielter Gleichgültigkeit aufstand. »Gestattet mir, daß ich Euch hinunter leuchte.«

»Bitte, bleibt sitzen«, erwiderte der andere trocken, »ich kenne den Weg.« Indem er so nachlässig mit der Hand winkte und sich den Hut aufsetzte, schloß er die Tür hinter sich zu und stampfte die hallenden Treppen hinunter.

»Pah! Ein gewaltig grober Klotz!« sagte Mr. Chester und setzte sich wieder im Lehnstuhl zurecht. »Ein rohes Vieh! Ein reiner Dachs von Mensch!«

John Willet und seine Freunde, die aufmerksam darauf gelauert hatten, daß mit Degen geklirrt oder mit Pistolen geschossen würde und wahrhaftig schon die Reihenfolge festgesetzt hatten, in der sie hereinstürmen wollten, wenn nach ihnen gerufen würde – wobei der alte John es wohlweislich so eingerichtet hatte, daß er den Nachtrab bildete – waren höchst erstaunt, als sie Mr. Haredale ohne irgendwelche Schramme herunterkommen, sein Pferd besteigen und nachdenklich im Schritt davonreiten sahen. Dann aber wurde den Gästen im Maypole klar, daß er den Herrn oben tot zurückgelassen und diese List angewandt hatte, um Verdacht oder Verfolgung abzuwenden.

Da dieser Schluß sie in die Notwendigkeit versetzte, sogleich hinaufzugehen, waren sie alle bereits im Begriff, dies zu tun, als ein scharfes Klingeln der dem Anschein nach heftig gezogenen Gastglocke alle ihre Berechnungen über den Haufen warf und sie in große Ungewißheit und Zweifel stürzte. Endlich ließ sich Mr. Willet bestimmen, selbst die Treppen hinaufzugehen, in Begleitung von Hugh und Barnaby, den stärksten Burschen aus der Gegend, die hereintreten sollten unter dem Vorwande, die Gläser wegzuräumen.

Unter dieser Bedeckung trat der mutige, breitgesichtige John kühn ins Zimmer, trat einen Schritt vor und nahm ohne Zittern den Befehl entgegen, einen Stiefelknecht herbeizuschaffen. Als er ihn aber herbeigeholt hatte und Mr. Chester seine stämmige Schulter lieh, hat man beobachtet, daß er sehr gespannt in die Stiefel hineingesehen, als jener sie auszog, und mit viel weiter aufgerissenen Augen kein geringes Maß von Überraschung und Enttäuschung darüber an den Tag gelegt hat, daß sie nicht voll Blut waren. Er nahm auch die Gelegenheit wahr, den Gentleman so aufmerksam wie möglich zu beobachten, in der Erwartung, mehrere Löcher in der Person zu entdecken. Als er nun aber keines fand und auch mit der Zeit die Bemerkung machte, daß sein Gast, in Kleidung sowohl wie in Gemütsverfassung, ebenso kühl und glatt war wie den ganzen Tag über, da rang John senior einen tiefen Seufzer aus seiner Brust herauf und kam allmählich auf den Gedanken, in dieser Nacht sei am Ende doch kein Zweikampf ausgefochten worden.

»Und jetzt, Willet«, sagte Mr. Chester, »will ich, sobald das Zimmer gut gelüftet ist, die Vorzüge dieses berühmten Bettes erproben.«

»Das Zimmer, Sir«, erwiderte John senior, indem er ein Licht nahm und Hugh und Barnaby winkte, ihm zu folgen, um sofort bei der Hand zu sein, falls der Herr unerwartet ohnmächtig oder infolge einer inneren Verletzung tot niedersinken sollte, »das Zimmer ist so warm wie ein Backofen. Barnaby, nimm das andere Licht und geh' voran! Hugh! Du kommst hinterher, verstehst du? Mit dem Lehnstuhl!«

In dieser Reihenfolge – und noch immer mit der Miene eines ernsten Beobachters seine Kerze dicht an den Gast heranhaltend, so daß er ihm bald eine außerordentlich warme Empfindung um die Beine verursachte, bald ihm sein Perücke in Brand zu stecken drohte und in einem fort mit großem Ungeschick und in noch größerer Verlegenheit um Entschuldigung bat – führte John die Gesellschaft in die beste Schlafstube, die nahezu ebenso groß war wie das Zimmer, aus dem sie eben kamen, und eine große, alte gespenstische Bettstelle enthielt, die nahe beim Kamin stand, mit vergilbtem Brokat behangen und an jedem der geschnitzten Bettpfosten mit einem Federbusch verziert, der einst weiß gewesen, jetzt aber von Staub und Alter zum Trauer- und Leichenbusch geworden war.

»Gute Nacht, Freunde«, sagte Mr. Chester mit süßem Lächeln und setzte sich, kaum daß er die Stube von einem Ende zum andern überblickt hatte, in den Lehnstuhl, den seine Begleiter vor das Feuer gerollt hatten. »Gute Nacht! Barnaby, Ihr sprecht doch hoffentlich ein Gebet, bevor Ihr zu Bett geht?«

Barnaby nickte. »Was er so ›seine Gebete‹ nennt«, sprach der alte John dienstbeflissen. »Viel Gutes steckt, fürchte ich, nicht darin!«

»Und Hugh?« fragte Chester, sich an diesen wendend.

»Ich nicht«, antwortet Hugh, »ich kenne seinen Kram –« dabei zeigte er auf Barnaby – »der ist vollauf genug. Er singt das Zeug manchmal im Stroh, dann hör ich zu.«

»Er ist wie ein Tier, Sir«, flüsterte der Wirt jetzt Mr. Chester würdevoll ins Ohr, »Ihr werdet es ihm gewiß entschuldigen. Wenn er überhaupt eine Seele hat, gnädiger Herr, dann muß es ein so kleines Ding sein, daß es nicht recht zählt, was er tut oder läßt.«

Mit einer Wärme, die wirklich rührend war, erwiderte der Gast: »Gottes Segen über Euch!« John, der seiner Dienst- und Bedeckungsmannschaft bedeutete voranzugehen, komplimentierte sich aus der Stube hinaus und überließ Mr. Chester in dem altertümlichen Bett des Maypole der Ruhe.

13. Kapitel

Hätte es der Zufall gefügt, daß Joseph Willet zu Hause gewesen wäre, als der höfliche Gast seines Vaters sich vor dem Maypole-Torweg einfand, so hätte Joe wohl alle Hebel in Bewegung gesetzt, dem Geheimnis des Mr. Chester, ob nun auf gerade oder krumme Weise, auf den Grund zu kommen. In diesem glücklichen Falle hätte er das Liebespaar rasch vor dem sie bedrohenden Unheil gewarnt; denn Joe war bereit, notfalls seine ganze Schlagfertigkeit im Denken und Tun, all seine Sympathie zu Gunsten der jungen Leute einzusetzen, und stand ihrer Sache mit nachdrücklicher Hingabe zu Gebote. Ob diese Neigung bei ihm aus den alten freundschaftlichen Empfindungen für die junge Dame herrührte, deren Lebenslauf ihn seit jeher fasziniert hatte, oder ob sie aus seiner Vorliebe für den jungen Herrn entsprang, in dessen Vertrauen er sich durch seine Pfiffigkeit und durch die Besorgung verschiedener Dienstleistungen als Spion eingeschlichen hatte, das zu untersuchen ist hier nutzlos – da Joe eben weit vom Schuß war.

Es war tatsächlich der fünfundzwanzigste März, der, wie die meisten Leute zu ihrem eigenen Schaden erfahren haben, seit Menschengedenken einer jener unangenehmen Zeitabschnitte ist, die unter der Bezeichnung von Quartalstagen bekannt sind.

An diesem fünfundzwanzigsten März war es John Willets Stolz, jährlich in harter Münze mit einem gewissen Weinhändler und Destillateur in der Stadt abzurechnen. In die Hände besagten Mannes einen Sack aus Segeltuch zu legen, der den genau abgezählten Betrag der schuldigen Abrechnungssumme enthielt, war der Zweck von Joes alljährlicher Reise.

Er trat sie auf einem alten Grauschimmel an, über den er verworrene Gedanken hatte. Er glaubte, daß dieses Pferd ihm leicht eine Schale oder Tasse beim Rennen gewinnen könnte, sobald es das bloß einmal versuchen würde; das Pferd hatte es aber nie versucht und würde es jetzt wahrscheinlich auch nicht mehr versuchen, war es doch vierzehn bis fünfzehn Jahre alt, kurzatmig und langbeinig, und in bezug auf Mähne und Schwanz ziemlich unansehnlich. Ungeachtet dieser geringfügigen Mängel war John sehr begeistert von dem Tier, und sobald es von Hugh vor die Haustür geführt wurde, nahm er jedesmal seine Zuflucht hinter den Schenktisch, und dort, in einem heimlichen Zitronenhain, lachte er vor Stolz in sich hinein.

»Das ist vielleicht ein Pferd«, sagte John, als er die nötige Selbstbeherrschung gewonnen hatte, um wieder an der Tür zu erscheinen, »ein Geschöpf, wie man es stattlicher sich gar nicht wünschen kann – da liegt Musik drin – das ist ein Knochenschatz erster Sorte!«

Knochen waren freilich genug da, das stand außer Frage. Diesen Gedanken schien auch Hugh zu haben, solange er seitlich im Sattel saß und zusammengekrümmt, daß Kinn und Knie einander beinahe berührten, und, ohne auf die herunterbaumelnden Steigbügel und lose hängenden Zügel zu achten, auf dem kleinen Rasenfleck vor der Tür auf- und abstampfte.

»Gib ja gut auf das Pferd acht, Joe«, sagte John, indem er sich vor dieser unempfindlichen Person an seinen Sohn und Erben wandte, der jetzt in voller Ausrüstung und Bereitschaft erschien. »Reite nicht zu scharf!«

»Es möcht' einem wohl schwer ankommen, das zu tun, denk ich mir, Vater«, erwiderte Joe mit einem untröstlichen Blick auf das Pferd.

»Keine von deinen Unverschämtheiten, Joe, wenn ich bitten darf«, versetzte der alte John. »Worauf möchtest du denn reiten, Joe? Ein wilder Esel oder ein Zebra wär wohl noch zu zahm für dich, he? Möchstest wohl am liebsten einen brüllenden Löwen reiten, was? He? Möchtest du nicht, Joe? Halt dein Maul!«

Wenn Mr. Willet bei seinen Streitigkeiten mit seinem Sohne alle Fragen erschöpft hatte und dieser in Schweigen versunken war, schloß er in der Regel damit, daß er ihm den Mund verbot.

»Und was der Junge wohl damit will«, setzte Mr. Willet hinzu, nachdem er ihn eine Zeitlang in einer gewissen Verblüfftheit angeglotzt hatte, »daß er seinen Hut bis zu so 'ner Höhe aufgekrempelt hat? Willst wohl den Weinhändler totschlagen, was?«

»Nein«, sagte Joe trocken, »das will ich nicht. Falls das Euer Gemüt beruhigt, Vater.«

»Mit so 'ner martialischen Soldatenmiene noch dazu!« sagte Mr. Willet, indem er seinen Sohn vom Kopf bis zu den Füßen maß. »Du siehst wie ein Angeber aus, als wenn du Feuer fressen und siedendheißes Wasser saufen wolltest. Und was soll es heißen, daß du diese Krokusse und Schneeglöckchen ausgerissen hast, Junge?«

»Es ist ja bloß ein kleiner Strauß«, meinte Joe und wurde rot bis hinter die Ohren. »Ist doch hoffentlich nichts Unrechtes dabei?«

»Du bist mir vielleicht ein Geschäftsmann!« sagte der Wirt voller Geringschätzung. »Du glaubst wohl, daß Weinhändler sich nach Blumensträußen sehnen?«

»Das ist nun nicht gerade meine Meinung«, erwiderte Joe, »die lieben Weinhändler können ja ihre roten Nasen nach Flaschen und Krügen recken! Die Blumen hier wandern in Mr. Vardens Haus!«

»Und glaubst du, der schert sich um solche Dinge wie Krokus?« fragte John.

»Das weiß ich nicht, und wenn ich die Wahrheit sagen soll: Es ist mir auch gleichgültig«, meinte Joe. »Seid so gut, Vater, und gebt mir das Geld und laßt mich in Gottes Namen ziehen!«

»Hier ist es!« erwiderte John, »Und paß darauf gut auf! Und reite auch nicht zu schnell zurück, sondern laß die Stute ordentlich ausruhen. Verstehst du?«

»Jawohl, ich verstehe«, versetzte Joe. »Das arme Tier wird's brauchen, weiß der Himmel!«

»Und laß nicht zuviel im Schwarzen Löwen ankreiden!« meinte John. »Vergiß das nicht!«

»Warum gebt Ihr mir dann nicht etwas Geld mit?« versetzte Joe betrübt. »Warum tut Ihr das nicht, Vater? Was schickt Ihr mich nach London hinauf und räumt mir bloß das Recht ein, im Schwarzen Löwen mein Mittagbrot zu bestellen, das Ihr dann, wenn Ihr nächstesmal vorsprecht, mitbezahlt, als wäre ich ein Mensch, dem man nicht ein paar lumpige Schillinge anvertrauen dürfte? Warum geht Ihr so mit mir um? Das ist nicht recht von Euch! Ihr könnt doch nicht erwarten, daß ich mich damit abfinde.«

»Ihm Geld lassen!« rief John in schläfrigem Dusel. »Was versteht er unter Geld – Guineen? Hat er denn nicht Geld bekommen? Hat er nicht, außer Zoll und Wegegeld, anderthalb Schilling?«

»Anderthalb Schilling!« wiederholte der Sohn geringschätzig.

»Ja, Joe!« erwiderte John, »anderthalb Schilling! Als ich in deinem Alter war, hab' ich kein einziges Mal soviel Geld auf einem Haufen zu sehen bekommen. Ein Schilling davon ist für den Fall berechnet, daß dir etwas zustößt – daß dem Tier ein Hufeisen flöten geht, oder so etwas dergleichen. Die andern sechs Pence reichen für Zerstreuungen in London aus; und was ich dir in dieser Hinsicht besonders rate, das ist ein Aufstieg auf die Spitze des Monuments.[30] Dort kannst du's dir bequem machen; dort tritt keine Versuchung an dich heran – dort brauchst du nichts zu trinken – junge Frauen sind auch nicht dort – da bist du ganz mit deiner Einbildungskraft allein. Auf solche Weise hab ich mir die Zeit vertrieben, als ich so alt war wie du.«

Darauf gab Joe keine Antwort, sondern schwang sich, Hugh winkend, in den Sattel und ritt davon. Er war ein beeindruckender Reiter, der schneidig auf seinem Pferde saß und ein besseres Roß verdient hätte, als ihm das Schicksal zugewiesen hatte. John blieb stehen und sah ihm, oder vielmehr der grauen Mähre nach (denn er hatte kein Auge für den Reiter), etwa zwanzig Minuten blieb er noch so stehen, nachdem Mann und Tier längst aus seinem Gesichtsfeld entflohen waren.

Dann kam ihm der Gedanke, daß sie London erreicht haben könnten, und langsam kehrte er wieder ins Haus zurück, und versank in einen angenehmen Halbschlummer.

Die unglückselige graue Mähre, die Joe das Leben schwer machte, trottete nach eigenem Willen und Gefallen weiter, bis der Maypole nicht mehr zu sehen war, und besserte dann, ebenfalls wieder aus eigenem Antriebe, ihre Gangart dadurch auf, daß sie die Beine zu einer Stellung zusammennahm, die in einem Puppenspiel als plumpe, tölpelhafte Nachahmung eines Galopps angesehen worden wäre. Der Umstand, daß sie mit der gewöhnlichen Art und Weise ihres Reiters, sich vorwärts zu bewegen, vertraut war, hatte den Anstoß zu dieser Aufbesserung ihres Trottes gegeben und bewog sie nun gleicherweise, auf einen Seitenweg abzuschwenken, der – nicht nach London – sondern zu einem umzäunten, großen alten Haus führte, das wir bereits als ›The Warren‹ erwähnt haben. In einem kleinen Gebüsche machte das Pferd plötzlich halt, ließ den Reiter absteigen und sich von ihm an einen Baumstamm binden.

»Bleib hier stehen, altes Mädchen«, sagte Joe, »und laß uns zusehn, ob's hier vielleicht für mich heute einen kleinen Auftrag zu besorgen gibt.« Mit diesen Worten ließ er die Mähre das verkümmerte Gras und das Unkraut abweiden, das zufällig im Bereich der Länge ihres Strickes wuchs, und betrat, durch eine kleine Pforte schreitend, das Grundstück.

Der Pfad führte ihn in nur wenigen Minuten dicht an das

Haus, und er warf verstohlene Blicke hinauf, besonders auf ein bestimmtes Fenster. Es war ein trauriges, schweigsames Gebäude mit hallenden Hofräumen, verödeten Erkerzimmern und ganzen Reihen von Gelassen, die unter Verschluß und Riegel gehalten wurden und dem Verfall entgegenmoderten.

Der vom Schatten überhängender Bäume verfinsterte Terrassengarten hatte einen Anstrich von Melancholie, der das Gemüt bedrückte. Große, seit vielen Jahren nicht mehr gebrauchte und vom Rost rotgefärbte Eisentore, die auf ihre Angeln drückten und mit langem Gras überwachsen waren, schienen gleichsam in den Boden hineinzusinken und ihren hinfälligen Zustand unter dem freundlichen Unkraut zu verstecken. Die phantastischen Ungetüme auf den Mauern, die von Alter und Feuchtigkeit grünlich gefärbt und hin und wieder mit Moos bewachsen waren, schauten grimmig und verstört darein. Es lag sogar ein düsterer Ausdruck auf jenem Teile des Gebäudes, welcher bewohnt und in gutem Stande erhalten war. Es fiel schwer, sich ein helles, flammendes Feuer oder fröhliches und ausgelassenes Geplauder in den schläfrigen, finsteren Räumen vorzustellen. ›The Warren‹ sah aus wie eine Stätte, wo es solche Dinge früher gegeben hatte, die jetzt aber nicht mehr möglich waren – wie das richtige Gespenst eines Hauses, das den alten Fleck in seiner alten äußeren Gestalt umspukt.

Die finstere Atmosphäre des Verfalls war größtenteils dem Tode seines früheren und der Gemütsart seines jetzigen Besitzers zuzuschreiben; aber wenn man sich der Erzählung erinnert, die mit diesem Haus in Beziehung steht, so schien es die richtige Stätte für eine solche Tat zu sein, die ideale Bühne für ein solches Drama. Mit Bezug auf diese Legende ins Auge gefaßt, schien die Wasserlache, wo der Leichnam des Hausverwalters gefunden worden war, einen schwarzen, unheimlichen Charakter wie kein anderer Teich zu haben. Die Glocke auf dem Dach, die dem mitternächtlichen Sturm die Mär von dem Mord erzählt hatte, wurde zum richtigen Phantom, dessen Stimme dem Hörer die Haare zu Berge trieb; und jeder vom Laube entblätterte Zweig, der dem anderen zunickte, flüsterte verstohlen in seiner besonderen Weise von dem hier verübten Verbrechen.

Joe schritt auf dem Pfad auf und nieder; zuweilen blieb er stehen und tat so, als ob er das Gebäude oder die Aussicht betrachtete, manchmal lehnte er sich mit gespielter Gleichgültigkeit gegen einen Baum; aber immer hielt er das Auge auf das Fenster gerichtet. Nach etwa einer Viertelstunde winkte eine kleine weiße Hand aus diesem Fenster in seine Richtung, und der junge Mann verließ mit achtungsvoller Verbeugung den Platz, wo er bisher gewartet hatte, und sprach, während er zu seinem Pferde hinüberschritt, leise die Worte vor sich hin: »Heute gibt's nichts für mich zu besorgen.«

Aber sein ganzes Auftreten, die hochgeschlagene Hutkrempe etwa, über die John Willet sich aufgehalten hatte, und der Frühlingsstrauß, alles zeugte von einer Mission persönlicher Art, die für ihn viel wichtiger sein mußte als der Besuch eines Weinhändlers oder eines Schlossers.

So verhielt es sich in der Tat, denn als er mit dem Weinhändler, dessen Geschäftslager sich in einigen tiefen Kellern nahe der Themse Street befand, abgerechnet und die Quittung in Empfang genommen und es abgelehnt hatte, mehr als drei Gläser alten Sherry zu trinken – als er ein kärgliches Mahl im ›Schwarzen Löwen‹ in Whitechapel zu sich genommen hatte, lenkte er seine Schritte, das Monument und den Rat seines Vaters in den Wind schlagend, zum Haus des Schmiedes, angezogen von den Augen der blühenden Dolly Varden.

Joe war keineswegs schüchtern, und doch konnte er, als er den Winkel erreicht hatte, wo der Schlosser wohnte, sich gar nicht recht entschließen, stracks in das Haus hineinzugehen. Zuerst beschloß er, eine andere Straße fünf Minuten hinunterzuschlendern, dann noch fünf weitere Minuten in einer anderen Straße zu schlendern, und so weiter, bis er eine volle halbe Stunde vertan hatte. Da erst nahm er einen kühnen Anlauf und stand endlich mit rotem Gesicht und klopfendem Herzen in der rauchigen Werkstätte.

»Joe Willet oder sein Geist!« sagte Varden, indem er vom Pult aufstand, an dem er mit seinen Büchern beschäftigt gewesen, und ihn unter der Brille weg betrachtete. »Wer von beiden ist es? Joe in Fleisch und Blut, he? Das ist hübsch von dir. Und wie geht's der ganzen Chigwell-Gesellschaft, Joe?«

»Wie immer, Mr. Varden – wir vertragen uns immer noch so wie sonst.«

»Schön! Schön!« sagte der Schmied. »Wir müssen Geduld haben, Joe, und uns in die Mucken alter Leute schicken. Wie geht's dem Gaul, Joe? Macht er die vier Meilen in der Stunde noch so leicht wie sonst? – Was haben wir da, Joe – wohl einen Blumenstrauß.«

»Ein ärmliches Ding, Sir – ich glaubte, Miss Dolly –«

»Nein, nein«, sagte Gabriel, senkte die Stimme und schüttelte den Kopf, »nicht Dolly! Gib ihn der Mutter, Joe! Weit besser, du gibst ihn der Mutter. Hast du etwas dagegen, wenn wir ihn Mrs. Varden geben, Joe?«

»O nein, Sir«, erwiderte Joe, dem es jedoch nicht gelingen wollte, sein Mißfallen zu verbergen. »Es wird mir gewiß große Freude machen!«

»Recht so«, sagte der Schmied und klopfte ihm auf die Schultern. »Es ist ja ganz gleich, wer ihn kriegt, Joe.«

»Ganz gleich, Mr. Varden!«

Armer Joe! Die Worte blieben ihm förmlich in der Kehle stecken!

»Komm mit hinein«, sagte Gabriel. »Man hat eben zum Tee gerufen. Sie ist in der Wohnstube.«

Sie? dachte Joe, wenn ich nur wüßte, wer von beiden – die Frau oder das Fräulein? Der Schlosser legte den Zweifel so prompt bei, als sei er laut gesprochen worden, indem er Joe mit den Worten zur Tür führte: »Martha, meine Liebe! Hier ist der junge Mr. Willet.«

Mrs. Varden, die das Maypole als eine Art menschenfreundlicher Männerfalle oder als einen Köder für Eheleute betrachtete und seine Eigentümer und alle, die ihm Beistand leisteten, für Wilddiebe unter Christen hielt, und außerdem noch der Ansicht war, daß die mit den Sündern in einen Topf geworfenen Zöllner der heiligen Schrift nichts anders gewesen wären als konzessionierte Schenkwirte – Mrs. Varden war weit davon entfernt, ihrem Besucher eine günstige Stimmung entgegenzubringen. Deshalb wurde ihr auch sofort übel, als ihr die Krokusse und Schneeglöckchen angeboten worden waren. Schließlich kam ihr die Idee, daß die Blumen die Lähmung verschuldeten, die ihr Gemüt ergriffen hatte.

»Ich fürchte, ich halte es keine Minute mehr in der Stube aus«, sagte die gute Frau, »wenn ich sie hier stehen ließe. Ihr habt wohl nichts dagegen, wenn ich sie draußen ans Fenster setze?«

Joe bat, sie möchte von der Sache doch nicht soviel Aufhebens machen. Ein mattes Lächeln trat auf seine Züge, als er die Blümchen draußen auf dem Fensterbrett stehen sah. Hätte doch jemand gewußt, wieviel Fleiß und Mühe er es sich hatte kosten lassen, dieses geschmähte, seinem eigentliche Zweck entzogene Blumensträußchen zu pflücken!

»Es ist mir wie eine wahre Erlösung, seit ich sie draußen weiß«, sagte Mrs. Varden. »Jetzt ist mir schon wieder besser.« Und wirklich schienen ihre Lebensgeister sich aufgerafft zu haben.

Joe sprach der Vorsehung seinen Dank aus für diese glückliche Fügung und versuchte dreinzuschauen, als ob er sich gar keine Gedanken darüber machte, wo denn eigentlich Dolly sei.

»Ihr seid ein trauriges Volk dort draußen in Chigwell, Joseph«, sagte Mrs. Varden.

»Will ich doch nicht hoffen, Mrs. Varden«, erwiderte Joe.

»Ihr seid die grausamsten, unbesonnensten Leute auf der ganzen Welt«, sagte Mrs. Varden. »Es wundert mich nur vom alten Willet, der doch selbst verheiratet gewesen ist, daß er sich nicht besser zu benehmen weiß. Daß er sich seines Vorteils wegen so benimmt, ist keine Entschuldigung. Ich wollte das Geld ja gerne zwanzigmal bezahlen, wenn Varden nur, wie es sich für einen ehrbaren, tüchtigen Gewerbsmann gehört, nach Hause kommen würde. Wenn es einen Charakter gibt, der mich mehr ärgert und mich mehr anwidert als jeder andere«, sagte Mrs. Varden mit großem Nachdruck, »dann ist es der Trunkenbold.«

»Komm, liebe Martha, komm«, sagte der Schlosser heiter, »wir wollen Tee trinken und nicht von Trinkern sprechen. Hier gibt's ja keine, und Joe hat gewiß auch keine Lust, von solchem Gelichter zu hören, wenigstens ist das meine Ansicht!«

In diesem kritischen Augenblick erschien die Miggs mit dem Teegebäck.

»Meine Ansicht ist, er hat keine Lust« sagte Mrs. Varden, »und du auch nicht, Varden. Es ist ein sehr häßliches Gesprächsthema, obgleich ich nicht sagen will, daß es irgendwen hier angeht«, – die Miggs hustete – »was auch jemals meine Ansicht sein mag« – die Miggs nieste ausdrucksvoll – »du wirst's nie wissen, Varden, und auch von keinem Menschen im Alter des jungen Mr. Willet – bitte um Entschuldigung, mein Herr – kann man erwarten, daß er versteht, wieviel Ärger und Kummer eine Frau leidet, die unter solchen Umständen zu Hause wartet. Wenn du mir nicht glauben willst, und daß du mir nicht glaubst, weiß ich ja – dann steht hier die Miggs, die es nur allzu oft mitangesehen hat – also frage sie nur.«

»O! Die Frau Meisterin hat neulich eine sehr schlimme Nacht gehabt, Sir, wirklich! Eine sehr schlimme Nacht«, sagte die Miggs. »Wenn Ihr nicht die Sanftmut eines Engels hättet, Frau Meisterin, dann hättet Ihr's, glaube ich, nicht aushalten können. Ihr hättet's wahrlich nicht aushalten können!«

»Miggs«, sagte Mrs. Varden, »du frevelst.«

»Bitte um Verzeihung, Herrin«, erwiderte die Miggs schrill und hastig, »das war nicht meine Absicht, und so etwas liegt hoffentlich nicht in meinem Charakter, wenn ich auch nur ein Dienstmädchen bin.«

»Wenn du ungefragt antwortest, wirst du bald für dich selbst sorgen müssen«, erwiderte ihre Herrin, indem sie sich mit Würde umsah. »Wie kannst du dich erdreisten, von Engeln zu sprechen in Verbindung mit deinen sündhaften Mitmenschen – zumal da wir ja« – sagte Mrs. Varden, besah sich in einem gegenüber befindlichen Spiegel und legte das Band ihrer Mütze in eine gefälligere Form – »zumal da wir ja bloße Würmer und kriechende Wesen sind.«

»Mit Verlaub, Frau Meisterin, ich hatte nicht die Absicht, beleidigend zu werden«, sagte die Miggs, im Vertrauen auf die Stärke ihres Kompliments und indem sie ihren Kehlkopf wie gewöhnlich gewaltig arbeiten ließ; »ich habe auch nicht erwartet, daß es so aufgefaßt würde. Hoffentlich kommt mir die Erkenntnis meiner Nichtigkeit und daß ich all' meine Mitmenschen hasse und verachte, wie jeder rechte Christ tun soll.«

»Du wirst die Güte haben und hinaufgehn, wenn's gefällig ist«, sagte Mrs. Varden in gehobenem Tone, »wirst nachsehen, ob Dolly mit dem Anziehen fertig ist, und wirst ihr sagen, daß der auf ihren Wunsch bestellte Tragstuhl in einer Minute hier sein wird und daß ich ihn auf der Stelle wieder wegschicke, wenn's dem Mädchen belieben sollte, noch länger auf sich warten zu lassen. – Es tut mir sehr leid, sehen zu müssen, daß du deinen Tee nicht trinkst, Varden, und auch Ihr nicht, Joseph. Es mag aber auch recht albern von mir sein, zu hoffen, daß Euch – Euch Männern etwas behagen könnte, daß Ihr zu Haus und bei Frauen haben könnt!«

Das Fürwort ›Euch‹ wurde hier in der Mehrzahl verstanden und schloß demnach beide Herren ein; es traf auch beide ziemlich hart und unverdient, denn Gabriel hatte sich mit heißem Appetit an das Essen gemacht, bis es ihm durch Mrs. Varden verdorben wurde, und Joe hatte an der weiblichen Gesellschaft im Hause des Schlossers – jedenfalls an einem bestimmten Teile derselben – so große Freude, wie sie einem Mann nur beschert sein kann.

Der junge Mann erhielt aber keine Gelegenheit, etwas zu seiner persönlichen Verteidigung zu sagen, denn in demselben Augenblick erschien Dolly leibhaftig und fesselte ihn durch ihre Schönheit so sehr, daß er kein Wort mehr herausbrachte. Nie hatte Dolly so hübsch ausgesehen wie in diesem Augenblick, in all der Glut und all der Anmut der Jugend, mit allem Liebreiz, der durch einen außerordentlich kleidsamen Anzug, durch tausenderlei kleine, gefallsüchtige Mittel und Weisen, die niemand mit größerer Anmut zur Geltung hätte bringen können, und durch die freudestrahlende Erwartung, mit der sie dieser verhaßten Abendunterhaltung entgegensah, hundertfach gehoben wurde. Wie verhaßt Joe diese Unterhaltung war, gleichviel wo sie stattfand, und wie verhaßt ihm alle die anderen Leute waren, die mit dorthin gingen, gleichviel wer es war, ließe sich unmöglich sagen.

Ach, sie sah ihn kaum an, nein! Und als nun der Tragstuhl durch die offene Tür in die Werkstatt gerumpelt kam, wahrhaftig, da klatschte sie in die Hände und schien ganz außer sich vor Freude, daß sie aus dem Hause hinaus konnte. Aber Joe reichte ihr den Arm – ein gewisser Trost lag in diesem Umstande doch – und war ihr beim Einsteigen behilflich. Als er sah, wie sie sich hineinsetzte, wie ihre Augen heller glänzten als Diamanten und wie ihre Hand – sie hatte ganz entschieden die hübscheste Hand in der ganzen Welt – auf der Leiste des offenen Fensters ruhte, und wie ihr kleiner Finger sich herausfordernd und keck erhob, als ob er sich wundere, warum Joe ihn nicht drücke und küsse; als er nun bedachte, wie hübsch eins oder zwei von den bescheidenen Schneeglöckchen an ihrem Kleid ausgesehen hätten, und wie sie nun vernachlässigt draußen vorm Wohnstuben-Fenster lagen; und als er nun wahrnahm, wie die Miggs zusah, mit einem Gesicht, als wisse sie recht gut, wie all diese Lieblichkeit entstanden sei, als könne sie selber ebenso hübsch und munter und gesund und lieb aussehen wie Dolly, sobald sie sich nur die Mühe dazu geben wolle – und als er nun endlich jenen allerliebsten, kurzen Schrei vernahm, den Dolly ausstieß, als die Sänfte auf die Tragstangen gehoben wurde, und als ihm nun gar noch jener am

Auge vorbeihuschende, aber nie aus dem Gedächtnis verschwindende Anblick des überglücklichen Gesichts im Innern der Sänfte beschert war: Was für Pein und Qual und andererseits welche Freude und welche Wonne lagen für ihn doch darin! Sogar die Träger der Sänfte kamen ihm wie begünstigte Nebenbuhler vor, als sie seine Dolly die Straße hinuntertrugen.

Es ist wohl nie in einem so kleinen Raume in so kurzer Zeit eine so große Veränderung vor sich gegangen, wie sie in dieser Wohnstube vor sich ging, als Joe und die anderen wieder hereintraten, um ihr Mahl zu beendigen. Es war alles so düster, so öde, so entzaubert. Es schien so abwegig zu sein, hier zahm dazusitzen, während Dolly auf dem Ball feierte, wo mehr Liebhaber sie umschwirrten, als ein Mensch hätte zusammenzählen können – wo die ganze Abendgesellschaft in sie vernarrt war und sie anbetete und heiraten wollte.

Die Miggs spukte auch herum; und die Tatsache ihres Vorhandenseins war, nach Dollys Auftritt, ein schlechter Witz. Zu plaudern war ganz unmöglich. Es ging nicht. Nichts weiter wußte der arme Joe zu beginnen, als mit dem Löffel in seinem Tee zu rühren, rund und rund und rund herum in der Tasse, und zu sinnen und zu grübeln über alle die berückenden Reize des lieblichen Schlosserkindes.

Gabriel saß in dumpfer Teilnahmslosigkeit da. Es gehörte mit zu der gewissen Ungewißheit des eigentümlichen Charakters der Hausherrin, daß, wenn die Männer in solcher Verfassung waren, sie selbst lustig und aufgeräumt wurde.

»So viel steht fest, ich müßte in ganz außerordentlich vergnügter Stimmung sein«, sagte sie lächelnd, »wenn ich hier meine Munterkeit behalten sollte. Wie ich es mache, daß nicht alles drunter und drüber geht, das zu sagen wär ich kaum imstande.«

»Ach, Frau Meisterin«, seufzte die Miggs. »Ich bitte um Verzeihung, daß ich mich in das Gespräch mische, aber es gibt nicht viele Frauen von Eurem Schlag.«

»Räum ab, Miggs!« befahl Mrs. Varden und stand auf. »Räume ab! Ich weiß, ich bin hier im Hause ein Hemmschuh, und da ich es jedem gönne, sich hier nach besten Kräften wohl zu fühlen, werde ich lieber das Feld räumen.«

»Nicht doch, nicht doch, Martha«, rief der Schlosser. »Bleib nur da! Du kannst dich drauf verlassen, daß wir dich schmerzlich vermissen würden – he, Joe?«

Joe schreckte zusammen und sagte: »Gewiß, gewiß!«

»Dank dir schön, lieber Varden«, versetzte seine Frau. »Aber ich kenne deine Wünsche besser. Tabak und Bier oder auch Schnaps üben weit größere Anziehung aus auf dich als ich. Ich werde mich nach oben begeben, mich hinsetzen und zum Fenster hinaussehen. Gute Nacht, Mr. Joseph! Es hat mich gefreut, daß ich Euch gesehen habe, und ich hätte nur gewünscht, Euch etwas vorsetzen zu können, das Euch geschmeckt hätte. Bestellt, wenn's euch recht ist, einen recht freundlichen Gruß an den alten Mr. Willet und sagt ihm, daß ich noch ein Hühnchen mit ihm zu rupfen habe. Gute Nacht!«

Nachdem die gute Frau diese Worte mit großer Anmut im Wesen ausgesprochen hatte, vollführte sie einen äußerst gönnerhaft wirkenden Knicks und entfernte sich mit heiterer Miene.

Dafür also hatte Joe wochenlang diesem 25. März entgegengefiebert. Dafür also hatte er Blumen gepflückt und zum Strauße gebunden und sich selbst so schneidig herausgeputzt? Dies also war das Ende von seinem kühnen, hundertmal neu gefaßten Entschluß, Dolly seine Liebe zu bekennen. Eine einzige kurze Minute hatte er sie gesehen – als sie auf dem Sprung war, sich fröhlich in eine Abendunterhaltung zu stürzen – war von ihr angeschaut worden wie ein gemeiner Tabakraucher, Biersöffel, Schnapsbruder und Kneipenkumpan! Er sagte seinem Freund, dem Schlosser, Lebewohl und ging zum Schwarzen Löwen, wo er sein Pferd hatte stehen lassen, und auf dem Heimritt da dachte er, wie manch anderer Verliebte vor und nach ihm, daß es nun aus und zu Ende sei mit allen seinen Hoffnungen – daß sich kein Mädchen um ihn nicht schere – daß er für immer unglücklich sein werde – und daß er jetzt nur noch hoffen könne, vom Militär oder der Kriegsflotte angeworben zu werden, damit ihm der Feind bei der ersten Gelegenheit die Lebenslichter ausblase.

14. Kapitel

In gedrückter Stimmung trabte Joe Willet die Straße entlang und malte sich im Geiste aus, wie die Tochter des Schlossers mit kühnen Fremden lange Kontertänze[31] und *poussettes*[32] aufführte, was beinahe zuviel für ihn war, um es ertragen zu können. Plötzlich vernahm er hinter sich den Hufschlag eines Pferdes und erblickte einen wohlberittenen Herrn, der in scharfem Galopp herankam. Als der Reiter vorbeisprengte, gab Joe seinem Grauschimmel die Sporen und war augenblicklich an der Seite des Reiters, den er aus dem Maypole kannte.

»Ich dachte mir gleich, daß Ihr es wärt, Sir«, sagte er und faßte an seinen Hut. »Ein prächtiger Abend, Sir! Freut mich, daß ich Euch wieder draußen sehe!«

Der Gentleman lächelte und nickte. »Was habt Ihr heute Lustiges erlebt, Joe? Ist sie noch so hübsch wie sonst? Na, werdet nur nicht gleich rot!«

»Wenn ich überhaupt rot geworden bin, Sir Edward«, antwortete Joe, »was ich bezweifle, dann geschah es über den Gedanken, daß ich ein solcher Narr habe sein können, Hoffnung auf sie zu setzen. Sie ist ebensoweit außerhalb meines Bereiches wie – wie der Himmel.«

»Na, ich will nicht hoffen, daß der allzuweit drüber hinaus liegt, Joe«, sagte Edward gut gelaunt.

»Ach!« seufzte Joe. »Ihr könnt gut reden! Sprichwörter kommen einem gut über die Lippen, wenn man bei kaltem Blut ist. Aber daran läßt sich nichts ändern. Wollt Ihr ins Maypole, Sir?«

»Jawohl. Da ich noch nicht ganz wieder bei Kräften bin, will ich dort übernachten und am Morgen gemütlich heimreiten.«

»Wenn Ihr es nicht besonders eilig habt«, sagte Joe nach kurzem Schweigen, »und Euch in den Trab dieses armseligen Gauls schicken wollt, so würde es mich freuen, mit Euch zum ›Warren‹ zu reiten, Sir, und Euer Pferd zu halten, während Ihr absteigt. Es wird Euch den Weg vom Maypole zum Warren und wieder zurück ersparen. Und ich brauche mit der Zeit nicht allzu sparsam umzugehen, denn ich komme sowieso noch zu früh.«

»Ich gleichfalls«, entgegnete Edward, »obwohl ich gerade eben noch so schnell geritten bin, aus höflicher Rücksicht auf den

Schritt meiner Gedanken, die im Posttrabe kutschieren. Leisten wir uns also ruhig Gesellschaft, Joe, und haltet den Kopf hoch, bewahrt Euch den Stolz, wenn Ihr an die Schlossertochter denkt, und Ihr werdet sie am Ende noch erobern.«

Joe schüttelte den Kopf; aber diese ermutigenden Worte verliehen ihm doch neue Zuversicht und gaben offenbar sogar dem Grauschimmel neues Leben, der jetzt aus seinem nüchternen Schritt in einen leisen Trab überging und mit Chesters Pferd Schritt hielt.

Es war eine schöne, trockene Nacht, und das Licht einer Mondsichel, die soeben aufging, goß jenen Frieden und jene Ruhe aus, die der Abendzeit ihren lieblichsten Reiz verleiht. Die langgezogenen Schatten der Bäume waren von so weichem Dunkel, als würden sie von einem ruhigen Wasserspiegel zurückgeworfen, und schütteten ihren Teppich auf den Pfad, den die Reiter verfolgten. Der sanfte Wind schien die Natur in ihrem Schlaf zu liebkosen. Nach und nach stockte ihr Gespräch, und sie ritten weiter in behaglichem Schweigen.

»Die Maypole-Lichter sind heut abend recht hell«, sagte Edward, als sie den Weg entlangritten und durch die am Rande stehenden entlaubten Bäume das Wirtshaus sahen.

»Recht hell, allerdings, Herr«, entgegnete Joe und richtete sich in den Bügeln auf, um besser sehen zu können. »Lichter im großen Zimmer und ein glänzendes Feuer im besten Schlafzimmer? Na, für wen ist denn das? Da werd' ich doch neugierig!«

»Ein von der Nacht überraschter Reiter, glaub' ich, der nach London will und durch die wunderbaren Spukgeschichten über meinen Freund, den Straßenräuber, davon abgeschreckt worden ist, bei Nacht weiterzureiten«, sagte Edward.

»Es muß ein Reiter von Ansehen sein, daß man's ihm so bequem macht. Und noch dazu Euer Bett Herr –!«

»Schadet nichts, Joe! Ich werd' auch mit jedem anderen Zimmer zufrieden sein. Aber kommt – da schlägt's neun. Wir wollen uns beeilen.«

Sie ritten weiter in so schnellem Schritt, wie ihn Joes Tier mithalten konnte, und machten jetzt in dem kleinen Unterholz Halt, wo Joe am Morgen seine Stute zurückgelassen hatte. Edward stieg ab, gab den Zügel seinem Begleiter und schritt auf das Haus zu.

Ein weiblicher Dienstbote wartete an einer Seitentür der Gartenmauer und ließ ihn unverzüglich ein. Er eilte die Terrasse entlang, eine breite Treppenflucht empor, die in eine alte düstere Halle führte, deren Wände mit Geweihen und rostigen Jagdwaffen verziert waren. Hier hielt er an, aber nicht lange; denn als er sich umsah, wohl in der Erwartung, das Dienstmädchen sei ihm gefolgt, was zu seiner Verwunderung nicht geschehen war, erschien ein hübsches Mädchen, dessen dunkles Haar im Augenblick darauf an seiner Brust ruhte. Fast gleichzeitig legte sich eine schwere Hand auf ihren Arm, Edward wurde zurückgestoßen, und Mr. Haredale stand zwischen ihnen.

Ohne seinen Hut abzunehmen, betrachtete er den jungen Mann mit strengem Blick; mit der einen Hand hielt er seine Nichte umfaßt und mit der anderen, in der er eine Reitpeitsche hielt, wies er ihm die Tür. Der junge Mann richtete sich in die Höhe.

»Das ist ja recht nett von Euch, Herr! Meinen Bedienten zu bestechen und mein Haus wie ein Dieb heimlich zu betreten«, sagte Haredale. »Verlaßt es auf der Stelle, Sir! Und laßt Euch nicht wieder blicken!«

»Miss Haredales Anwesenheit«, erwiderte der junge Mann, »und Eure Verwandtschaft mit ihr geben Euch eine Freiheit, mit der Ihr keinen Mißbrauch treiben werdet, sofern Ihr ein ehrbarer Mann seid. Ihr habt mich zu solchem Verkehr getrieben, und der Fehler ist der Eure – nicht der meine.«

»Es zeugt weder von Edelmut noch von Ehrbarkeit, noch ist es die Handlungsweise eines wahren Mannes, Herr,«, entgegnete der andere, »sich die Liebe eines schwachen Mädchens zu erringen, die sich von ihrem Hüter und Beschützer in die Heimlichkeit zurückzieht. Mehr will ich nicht sagen, außer daß ich Euch dieses Haus verbiete und Euch auffordere, zu gehen.«

»Es zeugt weder von Edelmut noch von Ehrbarkeit, noch ist es die Handlungsweise eines ehrbaren Mannes, im eigenen Haus zu spionieren«, sagte Edward. »Eure Rede enthält herbe Schmach, und ich weise sie mit gebührender Verachtung zurück.«

»Ihr werdet Euren Boten«, sagte Mr. Haredale ruhig, »an der Tür finden, durch die Ihr hereinkamt. Ich habe niemandem nachspioniert. Zufällig sah ich Euch durch das Tor gehen und bin Euch gefolgt. Ihr hättet hören können, wie ich um Einlaß anklopfte, wärt Ihr nur weniger in Eile gewesen. Bitte, geht jetzt! Eure Gegenwart ist eine Beleidigung für mich und eine Belästigung für meine Nichte.« Mit diesen Worten schob er seinen Arm um die Taille des erschreckten und weinenden Mädchens und zog sie dichter an sich heran; aber obgleich die gewöhnliche Strenge in seinem Wesen sich kaum geändert hatte, so schimmerte durch seine Gesten doch ein Zug von Mitleid mit seiner verängstigten Nichte durch.

»Mr. Haredale«, sagte Edward, »Euer Arm hält die Frau umschlungen, nach der all meine Hoffnung, all mein Denken und Sinnen geht, für die ich freudig mein Leben lassen würde, könnte ich ihr auch nur das Glück einer Minute erkaufen. Dieses Haus ist der Schmuckkasten, in dem dieser kostbare Juwel liegt. Eure Nichte hat mir Treue gelobt, und ich habe ihr Treue gelobt. Was habe ich getan, daß Ihr mich so schmählich behandelt und so verächtlich mit mir redet?«

»Ihr habt etwas getan, Sir«, antwortete Haredale, »was ab sofort unterbleiben muß! Ihr habt einen Liebesknoten geknüpft, der zerschnitten werden muß. Merkt Euch beide, was ich jetzt sage. Zerschnitten werden muß! Ich löse das Band zwischen Euch. Ich stoße Euch von mir und mit Euch jeden aus Eurer Verwandtschaft und Bekanntschaft – das ganze falsche, hohle, herzlose Geschlecht.«

»Hochmütig gesprochen, Herr«, erwiderte Edward voller Verachtung.

»Worte, die ihren Zweck und ihre Bedeutung haben, wie Ihr wohl noch sehen werdet«, entgegnete der Hausherr. »Nehmt sie Euch zu Herzen!«

»Und Ihr merkt Euch das folgende«, rief Edward, »Eure kalte, finstere Gemütsart, die jede Brust, die in Eurer Nähe atmet, erstarren läßt, Neigung in Furcht kehrt, Pflicht in Schrecken verwandelt, hat uns zu dieser Heimlichkeit gezwungen, die unserer Natur und unseren Absichten zuwider ist und uns, Sir, weit fremder ist als Euch. Ich bin kein falscher, hohler oder gar herzloser Mensch; das sind Eure Eigenschaften! Ihr werdet das Band zwischen uns nicht lösen! Ich will und werde nicht davon ablassen, meine Sache zu verfolgen. Ich baue auf die Treue und Ehre Eurer Nichte und halte Euren Einfluß für nichts. Ich verlasse Eure Nichte, indem ich fest vertraue auf ihre reine Liebe, die Ihr, Mr. Haredale, niemals trüben werdet. Allerdings bin ich traurig, daß ich mein Mädchen in keiner besseren, liebenswerteren Obhut zurücklassen kann.«

Hiermit drückte er ihre kalte Hand an seine Lippen, erwiderte nochmals Haredales durchdringenden Blick und schritt hinaus.

Während er sein Pferd bestieg, erklärte Edward seinem Begleiter Joe den Vorfall mit knappen Worten, die diesen jungen Mann noch um ein Vielfaches kleinmütiger stimmten. Beide ritten nun zurück, ohne noch ein Wort zu wechseln, und langten mit schwerem Herzen vor dem Maypole-Gasthaus an.

Der alte John, der hinter dem roten Vorhang hervorgeguckt hatte, als sie hereinritten und nach Hugh riefen, trat sofort nach draußen und sagte mit großer Wichtigkeit, während er dem jungen Herrn den Steigbügel hielt:

»Er liegt schon in aller Behaglichkeit im Bett – im allerbesten Bett. Durch und durch ein Gentleman, der freundlichste, leutseligste, den ich je getroffen habe.«

»Wer ist es denn, Willet?« sagte Edward, während er abstieg.

»Euer werter Herr Vater, Sir«, erwiderte John. »Euer ehrenwerter, ehrwürdiger Herr Vater.«

»Was sagt er?« rief Edward mit einem Gesicht, das Bestürzung und Zweifel zugleich ausdrückte, und musterte Joe.

»Wie meinst du das, Vater?« fragte Joe. »Siehst du nicht, daß Sir Edward dich nicht versteht, Vater?«

»Wie! Wußtet Ihr denn nichts, mein Herr?« fragte John, die Augen weit aufreißend. »Seltsam! Du meine Güte, er ist doch seit Mittag immerfort hier gewesen, und Mr. Haredale hat eine lange Unterredung mit ihm gehabt und ist noch keine Stunde fort.«

»Mein Vater, Willet!«

»Jawohl, Sir, er sagte es mir – ein hübscher, schlanker, kerzengerader Gentleman in grünem Anzug mit Goldbesatz – in dem Zimmer oben, wo Ihr sonst wohnt. Ihr könnt gewiß hineingehen, Herr«, sagte John, trat auf den Weg zurück und sah zum Fenster hinauf. »Er hat die Kerzen noch nicht ausgelöscht, wie ich sehe.«

Auch Edward sah zum Fenster hinauf, und während er hastig murmelte, er habe sich anders besonnen – hätte etwas vergessen – und müsse nach London zurück, stieg er wieder auf sein Pferd und ritt davon, die beiden Willets, Vater und Sohn, allein zurücklassend, die einander stumm und verwundert angafften.

15. Kapitel

Am anderen Tag um die Mittagszeit saß John Willets Gast in seinem eigenen Haus beim Frühstück, umgeben von einem Komfort, der die im Maypole gebotene Bequemlichkeit weit hinter sich ließ.

Mr. Chester hatte es sich auf dem breiten altmodischen Stuhl am Fenster bequem gemacht, der so groß und üppig gepolstert war wie manche modernen Sofas. Der Frühstückstisch an seiner Seite war reich bestückt. Er hatte seinen Reitmantel gegen einen hübschen Morgenrock vertauscht und statt der Stiefel Pantoffeln angezogen. Er hatte es sich große Mühe kosten lassen, den Umstand auszugleichen, daß er beim Aufstehen gezwungen gewesen war, seine Toilette ohne den Beistand eines Frisierkastens oder sonstigen Ankleidegeräts zu machen. Nachdem er sich allmählich die Unbehaglichkeiten der vergangenen Nacht und des frühen Rittes aus der Erinnerung gebracht hatte, befand er sich in einem Zustand vollständiger Gleichgültigkeit und Zufriedenheit.

Die Situation, in der er sich befand, war in der Tat dem Wachstum dieser Empfindungen besonders günstig. Denn ganz abgesehen von dem erschlaffenden Einfluß eines späten und ohne Gesellschaft eingenommenen Frühstücks und der beruhigenden Wirkung ausführlicher Zeitungslektüre, hatte sich über seinen Wohnsitz eine Ruhe gebreitet, wie man sie damals wie heute nur noch selten antrifft.

Es gibt auch heute kaum schönere Plätze als den Temple[33] für Leute, die sich an einem schwülen Tag in der Sonne wärmen oder träge im Schatten ruhen wollen. Über seinen Höfen liegt Verschlafenheit, in seinen Bäumen und Gärten eine träumerische Mattigkeit; die Leute, die in diesen Gassen und Plätzen umherschreiten, mögen noch immer das Echo hören, das ihre Schritte auf den hallenden Steinen erwecken, und über seinen Toren, wenn sie aus dem Getöse des Strand[34] oder der Fleet-Street herüberkommen, die Worte lesen: ›Wer hier eintritt, läßt allen Lärm hinter sich.‹ Noch immer plätschert fallendes Wasser im schönen Fontänenhof; noch immer gibt es Winkelchen und Eckchen, wo von aufdringlichen Gläubigern gehetzte Studenten aus ihren staubigen Wohnstuben unterm Dach auf einen irrenden Sonnenstrahl schauen, der den von hohen Häusern geworfenen Schatten durchdringt, aber nur selten vorbeilaufende Fremde aus dem Dunkel hebt. Im Temple herrscht noch immer etwas von einer pfäffisch-mönchischen Atmosphäre, die durch öffentliche Rechtskanzleien nicht verscheucht worden ist. Im Sommer laben sich durstige Müßiggänger an Quellen, die kühler und tiefer sind als andere Brunnen; und während die Brunnen mit dem überschießenden Naß aus vollen Becken den erhitzten Boden nässen, atmen die Müßiggänger die frische Luft ein und werfen wehmütige Blicke zur Themse.

Es war in einem Zimmer der *Paper Buildings* – der Name einer Reihe von stattlichen Wohnungen, die auf der Vorderseite von alten Bäumen beschattet wurden und mit der Hinterfront auf die Temple-Gärten sahen – wo jener Müßiggänger, mit dem wir uns hier beschäftigen, herumsaß und sich die Zeit vertrieb, indem er immer mal wieder die Zeitung in die Hände nahm, die er schon an die hundertmal beiseite gelegt hatte. Mal stocherte er in den Überbleibseln seiner Mahlzeit herum, mal holte er seinen goldenen Zahnstocher aus der Tasche und überschaute behaglich das Zimmer. Dann starrte er zum Fenster hinaus auf die hübschen Gartenwege, wo schon etliche Frühaufsteher auf und ab wandelten. Hier traf sich ein Liebespärchen, um sich zu zanken und bald wieder Frieden zu schließen; dort hatte ein dunkeläugiges Kindermädchen für ›Temple-Herren‹ bessere Augen als für das ihm anvertraute Pfand der Liebe anderer; hier auf dieser Seite schielte eine Jungfrau aus dem ältesten Register, die ihr Schoßhündchen an der Leine vor sich her trippeln ließ, mit verächtlichen Seitenblicken nach jenen beiden Ungeheuerlichkeiten des gesellschaftlichen Lebens der Neuzeit herüber; dort auf jener Seite guckte ein dürrer alter Herr, der zu dem Kindermädchen äugelte, mit dem gleichen Grimm zu der alten Jungfer hinüber und fragte sich verwundert, ob sie denn am Ende noch gar nicht wisse, daß sie schon lange nicht mehr zur Jugend gehöre. Abgesondert von all diesen Erscheinungen gingen am Flußufer langsamen Schrittes zwei bis drei Paare von Kaufleuten in ernstem Gespräch auf und ab, und ein junger Mann saß in Gedanken versunken allein auf einer Bank.

»Ned besitzt eine Geduld, die in der Tat höchst erstaunlich ist!« sagte Mr. Chester zu sich, indem er den Blick auf diese letztgenannte Person lenkte, um dann seine Teetasse vor sich abzustellen und den goldenen Zahnstocher zusammenzuknicken – »wirklich eine unendliche Geduld! Er saß schon dort drüben, als ich mich anzuziehen begann, und hat sich seitdem auf seinem Sitz kaum gerückt! Er ist schon ein exzentrischer Kerl!«

Während er diese Worte vor sich hinsprach, erhob sich die Gestalt und kam raschen Schrittes auf ihn zu.

»Wirklich, gerade als ob er mich gehört hätte«, sagte der Vater und nahm gähnend sein Zeitungsblatt wieder zur Hand. »Na, lieber Ned?«

Jetzt öffnete sich die Tür, und der junge Mann trat ein. Sein Vater winkte ihm vornehm mit der Hand und lächelte.

»Habt Ihr Zeit für eine kurze Unterredung mit mir, Herr Vater?« fragte Edward.

»Gewiß, Ned, gewiß! Ich habe immer Zeit. Du kennst ja meinen Lebenswandel. – Hast du schon gefrühstückt?«

»Vor drei Stunden.«

»Alle Achtung, bist du früh auf den Beinen!« rief der Vater, während er seinen Sohn hinter dem Zahnstocher hervor mit mattem Lächeln betrachtete.

»Wenn ich die Wahrheit sagen soll«, sagte Edward, rückte einen Stuhl heran und setzte sich näher an den Tisch, »so habe ich in der letzten Nacht sehr schlecht geschlafen und war froh, aufstehen zu können. Die Ursache meiner Unruhe dürfte Euch nicht unbekannt sein, Herr Vater, und deswegen möchte ich mich mit Euch aussprechen.«

»Mein lieber Junge«, erwiderte sein Vater, »hab Vertrauen zu mir, darum bitte ich dich. Aber du kennst mich – halte dich nicht zu lange bei der Vorrede auf, Ned!«

»Ich will offen und kurz sein«, versicherte Edward.

»Sage nicht, du willst«, erwiderte sein Vater und schlug die Beine übereinander, »sondern sage es einfach ...«

»Rundheraus also das«, sagte der Sohn mit bekümmerter Miene, »daß ich weiß, wo Ihr in der letzten Nacht geweilt habt – und zwar daher, weil ich selbst mich dort befunden habe – wirklich! – und daß ich weiß, mit wem Ihr Euch dort getroffen habt und zu welchem Zweck!«

»Das ist doch nicht dein Ernst!« rief der Vater. »Nun! Immerhin freue ich mich, es zu hören. Es erspart uns das beschwerliche, schreckliche Hin und Her einer langen Auseinandersetzung und ist für beide eine große Erleichterung. In demselben Hause!

Warum bist du denn nicht hinaufgekommen? Ich wäre außer mir vor Freude gewesen, dich dort zu treffen!«

»Ich wußte, daß das, was ich zu sagen hatte, besser nach einer Nacht der reiflichen Überlegung gesprochen würde, wenn wir beide bei kühlem Verstand sein würden«, erwiderte der Sohn.

»Beim Himmel, Ned«, sagte der Vater, »ich war kaltblütig genug gestern abend! Dieser abscheuliche Maypole. Infolge irgendeines Satanskniffes, den der Kerl verstanden hat, der die Kneipe gebaut hat, verfängt sich der Wind in den Mauern und hält das Haus frisch und kalt. Du erinnerst dich doch an den scharfen Ostwind, der vor fünf Wochen so energisch pfiff? Ich gebe dir mein Ehrenwort, in diesem alten Gemäuer hat er gestern abend noch gehaust, obwohl es draußen völlig windstill war. Aber du wolltest mir sagen –«

»Daß Ihr mich unglücklich gemacht habt, Herr Vater. Wollt Ihr mir für einen Augenblick mal ernsthaft zuhören?«

»Mein lieber Ned«, sagte sein Vater, »ich werde dich mit der Geduld eines Einsiedlers anhören. Sei so freundlich und reiche mir die Milch her!«

»Ich habe gestern abend Miss Haredale besucht«, ergriff Edward wieder das Wort, nachdem er seinem Vater die Milch gebracht hatte; »ihr Onkel hat mir in ihrer Gegenwart, sogleich nach der Unterredung, die Ihr mit ihm geführt habt, und – natürlich weiß ich das – infolge dieser Unterredung, Hausverbot erteilt. Unter den empörendsten Umständen, die, wie ich keinen Augenblick bezweifle, durch Euch geschaffen wurden, hat er mir befohlen, sein Haus auf der Stelle zu verlassen.«

»Für dieses Vorgehen, Ned – darauf gebe ich dir mein Ehrenwort – bin ich nicht verantwortlich«, sagte sein Vater. »In dieser Hinsicht mußt du mich entschuldigen. Er ist eben bloß ein Bauer, ein Klotz, ein Vieh – ein Kerl, der von gehobenen Manieren keine Ahnung hat.«

Edward stand auf und schritt durch das Zimmer, während sein Vater an seinem Tee nippte.

»Vater«, sagte der junge Mann, indem er endlich vor ihm stehenblieb – »wir dürfen in dieser Sache nicht kindisch handeln. Wir dürfen einander nicht täuschen, dürfen nicht uns selbst täuschen. Gestattet mir, die männliche, offene Rolle weiterzuführen, die ich zu spielen wünsche, und stoßt mich nicht durch diese unfreundliche Gleichgültigkeit zurück!«

»Ob ich gleichgültig bin oder nicht«, erwiderte der andere, »überlasse ich dir zu beurteilen, mein Junge. Ein Ritt von fünfundzwanzig bis dreißig Meilen auf schmutzigen Wegen und Straßen – ein Mittagessen im Maypole – eine Zusammenkunft unter vier Augen mit Haredale, die, allen Dünkel beiseite gesetzt, einem tête-à-tête à la Valentine und Orson[35] gar ähnlich war – ein Maypole-Bett, ein Maypole-Wirt und eine Maypole-Kneipgesellschaft von Dummköpfen und Zentauren – das alles freiwillig zu ertragen, zeugt wohl nicht von Teilnahmslosigkeit, lieber Ned.«

»Ich wünschte, Ihr würdet Euch klarmachen, Herr Vater«, sagte Edward, »in welch grausame Situation ich versetzt worden bin. So, wie ich Miss Haredale liebe –«

»Mein lieber Bursche«, unterbrach ihn der Vater mit mitleidigem Lächeln, »so etwas liegt ja gar nicht vor! Du weißt ja von diesen Empfindungen gar nichts! So etwas gibt es ja gar nicht, diese Versicherung gebe ich dir! Nun, laß dir mein Wort drauf geben! Du hast gesunden Verstand, Ned – einen sehr gesunden Verstand. Ich kann nicht verstehen, wie du dir dergleichen erstaunliche Abgeschmacktheiten zuschulden kommen lassen magst. Du setzt mich in der Tat in Erstaunen!«

»Ich wiederhole«, sagte sein Sohn entschieden, »daß ich das Mädchen liebe. Ihr habt es Euch angelegen sein lassen, uns zu trennen, und habt bis zu dem eben erzählten Grad damit auch Erfolg gehabt. Darf ich Euch, Herr Vater, noch rechtzeitig ersuchen, von unserer Zuneigung zueinander in günstigerer Weise zu denken – oder ist es Eure Absicht, Euer fest gefaßter Entschluß, uns auseinander zu halten, sofern solches in Eurer Macht liegt?«

»Mein lieber Ned«, erwiderte sein Vater, indem er eine Prise Schnupftabak nahm und ihm seine Dose zuschob – »das ist allerdings meine Absicht, mein Wille, und zwar ohne allen Zweifel.«

»Die Zeit, die verstrichen ist«, begann sein Sohn wieder, »seit ich den Wert des Mädchens zu kennen anfing, ist in einem solchen Traum dahingeflogen, daß ich bislang kaum einmal Zeit gewonnen habe, über meine wahre Lage nachzudenken. Welcher Art ist sie? Von Kindesbeinen an bin ich an Luxus und Müßiggang gewöhnt und bin erzogen worden, als ob Vergnügen mein erstes wäre, als ob meinen Aussichten so gut wie keine Grenze gezogen wäre. Der Gedanke an Reichtum und Luxus ist mir von der Wiege an in Fleisch und Blut geimpft worden. Man hat mich gelehrt, auf solche Mittel und Wege, durch welche sich Menschen Reichtum und Auszeichnung schaffen können, herabzusehen, als seien sie unter meiner Würde und kämen für mich nicht in Betracht. Ich bin, wie die Redensart lautet, im liberalen Sinne erzogen worden, und bin auf diese Weise tauglich geworden zu nichts. Ich befinde mich dadurch in völliger Abhängigkeit von Euch, ohne jede andere Hilfsquelle als Eure Gunst und Euer Wohlwollen. In dieser augenblicklichen Lebensfrage stimmen wir nicht überein und dürften auch, wie es den Anschein hat, niemals zu einer Übereinstimmung gelangen können. Ich bin sozusagen instinktiv zurückgescheut vor jenen Leuten, denen ich Eurem Wunsch gemäß den Hof machen sollte; ich habe nichts wissen mögen von den Beweggründen, Interessen und Gewinnsucht, die solche Personen in Euren Augen als für mich passende Partien erscheinen ließen. Wenn zuvor, Herr Vater, zwischen uns niemals eine solche offene Auseinandersetzung stattgefunden hat, so liegt die Schuld wahrscheinlich nicht bei mir. Wenn es jetzt so wirkt, als würde ich zu deutlich sprechen, so liegt das, glaubt mir, lieber Vater, in der Hoffnung begründet, daß in einer künftigen Zeit vielleicht doch ein freierer Geist, ein würdigeres Vertrauen und ein freundlicherer Anschluß zwischen uns Platz greifen möchten.«

»Mein braver Junge«, sagte nach wie vor lächelnd sein Vater, »du rührst mich tief. Fahre fort, mein lieber Edward! Ich bitte dich darum. Aber denk an dein Versprechen! Es liegt ein großer Ernst, eine außerordentliche Herzensreinheit und Ernsthaftigkeit in allem, was du redest; aber ich fürchte, an dir, wenn auch zunächst nur sehr schwache, Anzeichen einer Neigung zu spüren, die dich in Langeweile stürzen wird.«

»Ich bedaure lebhaft, Herr Vater.«

»Ich auch, Ned, ich auch; aber du weißt, daß ich nicht imstande bin, meinen Geist längere Zeit an ein und denselben Gegenstand zu heften. Wenn du ohne Verzug zur Sache kommen willst, so werde ich mir alles ausdenken, was vorhergehen könnte, und werde mir dann meinen Schluß auf das Ganze machen. Bitte, reiche mir die Milch nochmals her! Wenn ich zuhöre, so packt mich jedesmal das Fieber.«

»Was ich also sagen wollte, zielt darauf hin«, sagte Edward, »daß ich diese bedingungslose Abhängigkeit nicht ertragen kann, Herr Vater, auch nicht von Euch. Zeit ist verloren und Gelegenheit ist vergeudet worden, aber ich bin noch ein junger Mann und dürfte den Verlust wohl wieder hereinbringen können. Wollt Ihr mir die Mittel geben, solche Fähigkeiten und Kräfte, wie ich sie besitze, einem würdigen Ziel zu widmen? Wollt Ihr mir den Versuch gestatten, mir auf eigene Rechnung und Gefahr einen ehrenhaften Weg im Leben zu bahnen? Auf irgendwelche Frist, deren Dauer Ihr zu nennen belieben wollt – sagen wir, fünf Jahre, wenn es Euch recht ist – will ich versuchen, in der Angelegenheit, die zu einem Zwiespalt zwischen uns geführt hat, ohne Eure Zustimmung keinen Schritt weiter zu tun. Während dieses Zeitraums will ich mit Ernst und Geduld danach streben, mir irgendwelche Aussicht für die Zukunft zu eröffnen und Euch von der Last zu befreien, die ich, wie Ihr befürchtet, auf mich laden würde, wenn ich ein Mädchen heiraten sollte, deren Mitgift hauptsächlich in ihrer Würde und Schönheit ruht. Seid Ihr damit einverstanden, Herr Vater? Nach Ablauf dieser Frist wollen wir – in diesem Sinne bitte ich Euch, sich mit mir zu einigen – diesen Gegenstand wieder in Erörterung ziehen. Bis dahin soll er, sofern Ihr es nicht ausdrücklich wünscht – zwischen uns nicht zur Sprache gebracht werden.«

»Mein lieber Ned«, erwiderte der Vater, die Zeitung beiseitelegend, auf die er ohne Interesse geblickt hatte, und sich wieder auf den Fenstersitz lehnend, »ich glaube, es ist dir bekannt, wie sehr ich diese sogenannten Familien-Angelegenheiten verabscheue, die bloß für plebejische Weihnachtsfeste zugeschnitten sind und zu Leuten von unserer Stellung in keinerlei Beziehung stehen. Da du aber auf einem Mißverständnis beharrst, Ned – auf einem großen Mißverständnis – will ich meinen Abscheu vor solchen Dingen überwinden und dir eine erschöpfende, deutliche und aufrichtige Antwort geben, sofern du mir den Gefallen erweisen willst, die Tür abzuschließen.«

Nachdem Edward ihm Gehorsam geleistet hatte, nahm Mr. Chester ein elegantes Messerchen aus seiner Tasche, schnitt sich damit die Nägel und fuhr fort:

»Du hast mir dafür zu danken, Ned, daß du aus guter Familie stammst; denn deine Mutter, eine so anmutige Person sie auch war und obwohl sie fast mit gebrochenem Herzen und so weiter mich verlassen hat, indem sie frühzeitig gezwungen war, unsterblich zu werden – hatte sich in dieser Hinsicht nicht im geringsten zu rühmen.«

»Der Vater meiner Mutter war doch wenigstens ein bedeutender Rechtsgelehrter, Herr Vater«, meinte Edward.

»Ganz recht, Ned; stimmt vollkommen. Er hatte in der Anwaltskammer eine sehr hohe Stellung, besaß einen großen Namen und großen Reichtum, war aber aus dem Nichts hervorgestiegen – ich habe vor diesem Umstande meine Augen immer verschlossen und mich gegen die Beschäftigung damit beharrlich gewehrt, aber sein Vater hat, wie ich fürchte, mit Schweinen gehandelt, so daß in seinem Geschäft wohl auch ehedem Kuhfersen und Würste eine Rolle gespielt haben mögen – aber er hegte den Wunsch, seine Tochter in eine gute Familie zu verheiraten. Sein Herzenswunsch wurde ihm erfüllt, Ned. Ich war der jüngere Sohn eines jüngeren Sohnes und habe seine Tochter geheiratet. Wir hatten beide unser Ziel im Auge und erreichten es. Sie trat sogleich in die feinsten und besten Kreise ein, und ich bekam ein Vermögen in die Hände, das, sei versichert, für mein behagliches Leben sehr notwendig, ja ganz und gar nicht zu entbehren war! Nun, mein guter Junge, dieses Vermögen ist unter die Dinge geraten, die einmal gewesen sind. Es ist verschwunden, Ned, und war schon verschwunden – wie alt bist du? Ich vergesse es immer.«

»Siebenundzwanzig Jahre, Herr Vater!«

»Bist du wirklich schon so alt?« rief der Vater aus, die Augenlider in schläfrigem Erstaunen aufschlagend. »So alt schon! Dann muß ich dir doch wohl sagen, Ned, daß, soweit ich mich zu erinnern vermag, die Trümmer dieses Vermögens vor achtzehn, neunzehn Jahren aus dem Bereiche menschlicher Kenntnis verschwunden sind. Um diese Zeit war es, als es geschah, daß ich mein Leben in diese Zimmer hier überführte – (die einst deinem Großvater gehörten und von dieser im höchsten Maße achtbaren Persönlichkeit im Erbwege auf mich übergingen) – und daß ich mein Leben von einem unerheblichen Jahreseinkommen und meinem früheren Ansehen zu fristen begann.«

»Ihr treibt Euren Scherz mit mir, Herr Vater!« bemerkte Edward.

»Nicht im mindesten, versichere ich dir, mein Sohn!« erwiderte sein Vater mit großer Seelenruhe. »Dergleichen Familiensachen sind so über alle Maßen trocken, daß es mir leid tut, sagen zu müssen, daß sie zu solcher Aufheiterung keinerlei Anlaß bieten. Aus diesem Grunde eben, und weil ihnen ein Anstrich von Geschäftsmanier anhaftet, verabscheue ich sie so tief. Nun! Das übrige ist dir bekannt. Ein Sohn, Ned, wenn er nicht alt genug ist, um als Genosse zu gelten – das heißt, wenn er nicht zweiundzwanzig oder dreiundzwanzig Jahre alt ist – gehört nicht zu den Dingen, die man um sich haben mag. Er ist seinem Vater ein Hemmschuh, sein Vater ist ihm ein Hemmschuh, und sie machen einander das Leben schwer. Deshalb, mein Sohn, hast du, bis etwa auf die letzten vier Jahre – ich habe ein sehr schlechtes Gedächtnis für Daten, und wenn ich im Irrtum bin, so wirst du einen solchen schon bei dir im Geiste berichtigen – deine Studien in entsprechender Entfernung betrieben und eine große Mannigfaltigkeit von Kenntnissen erlangt. Gelegentlich haben wir wohl acht bis vierzehn Tage zusammen hier verlebt und sind einander so sehr im Wege gewesen, wie das bei so nahen Verwandten eben nur der Fall sein kann. Schließlich bist du nach Hause gekommen. Ich sage dir ganz offen, mein lieber Junge, daß ich dich in einen fernen Teil der Welt hätte schaffen lassen, wenn du dich tölpelhaft und naseweis benommen hättest.«

»Ich wünschte aus vollem Herzen, Herr Vater, Ihr hättet das getan«, sagte Edward.

»Nein, das wünschest du nicht, Ned«, erwiderte sein Vater kalt; »ich versichere dir, du befindest dich in einem Irrtum. Ich habe dich als hübschen, einnehmenden, stattlichen Burschen kennengelernt und dich in Gesellschaftskreise geführt, wo ich noch immer den Ton angebe. Im Anschluß hieran, mein lieber Sohn, bin ich der Meinung, für dein Fortkommen im Leben Fürsorge getroffen zu haben, und verlasse mich nunmehr darauf, daß auch du, in Anerkennung und Ausgleichung dieser Tatsache, das Deinige für mich zu tun nicht unterlassen werdest.«

»Ich verstehe den Sinn Eurer Rede nicht, Herr Vater«, sagte Edward.

»Was ich sagen will, Ned, ist deutlich und klar – sieh doch! Da sehe ich eine zweite Fliege in dem Sahnetopf, aber sei so freundlich und nimm sie nicht wieder heraus wie das erste Mal denn eine Fliege mit Beinen voll Milch laufen zu sehen, ist ein höchst unschöner und unangenehmer Anblick – was ich sagen will, Ned, ist klar ausgesprochen: Ich meine, daß du gleiches zu tun verpflichtet bist, was ich getan habe, daß du dich gut verheiraten und soviel aus dir herausschlagen mußt, wie sich eben aus dir herausschlagen läßt.«

»Also ein bloßer Glücksritter – und nichts weiter?« rief der Sohn voll Unwillen.

»Wozu hättest du sonst Lust, Ned, zum Teufel?« erwiderte der Vater. »Alle Menschen sind Glücksritter – oder etwa nicht? Die Advokatur, die Kirche, der Hof, das Kriegslager – sieh doch, wie sie alle von Glücksrittern wimmeln, die einer dem andern das Brot abjagen. Die Börse, die Kanzel, das Kontor, das Vor- und Empfangszimmer zu den Königsgemächern im Schloß, der Staatssenat – mit was anderem als mit Glücksrittern sind sie vollgepfropft? Ein Glücksritter! ja! Du *bist* einer, und du würdest nichts anderes sein wollen, mein lieber Ned, wenn du der größte Hofmann, Advokat, Gesetzgeber, Prälat oder Kaufmann wärst, den es in der Welt gäbe! Bist du empfindlich und hältst du viel auf Moral, Ned, dann tröste dich mit dem Gedanken, daß dein Glücksrittertum schlimmstenfalls bloß eine einzige Person elend oder unglücklich machen kann. Wieviele Menschen, meinst du wohl, zermalmen diese andern Sorten von Jägervolk, indem sie ihrem Sport nachgehen? – Hundert mit jedem Schritt? Oder tausend?«

Der junge Mann stützte den Kopf in die Hand und schwieg.

»Ich bin ganz entzückt darüber«, sagte der Vater, indem er aufstand und langsam hin- und herschritt – bald einmal stehen blieb, um sich im Spiegel zu betrachten, oder ein Bild durch sein Glas mit der Miene eines Kenners in Augenschein zu nehmen, »daß wir diese Unterhaltung geführt haben, Ned, so unersprießlich sie auch gewesen ist. Sie stellt ein vertrauliches Verhältnis zwischen uns her, das höchst erfreulich ist und viele Reize bietet und das auch sicherlich notwendig war, wenn ich auch gestehen muß, daß ich kein Verständnis dafür gewinnen kann, wie du unsere Lage und unsere Absichten jemals hast mißverstehen können. Ich war, bis ich deine Grille für dieses Mädchen ausfindig gemacht habe, der Ansicht, daß alle diese Punkte stillschweigend zwischen uns abgemacht wären.«

»Ich wußte wohl, Herr Vater, daß Ihr Euch in schwierigen Verhältnissen befindet«, erwiderte der Sohn, auf einen Augenblick den Kopf erhebend, um alsbald in seine frühere Haltung zurückzusinken – »aber davon, daß wir bettelarme Lumpen seien, wie Ihr es mir beschreibt, davon hatte ich keine Ahnung. Wie konnte ich auch so etwas voraussehen, bei der Erziehung, die ich genossen habe? In Anbetracht des Lebens, daß Ihr immer geführt habt?«

»Mein liebes Kind«, sagte der Vater – »denn du sprichst wirklich wie ein Kind, so daß ich dich so nennen muß – du bist erzogen worden nach einem sorgfältig erwogenen Grundsatz; gerade die Art und Weise aber von deiner Erziehung hat meinen Kredit, wie ich dir versichern kann, in erstaunlicher Weise über Wasser gehalten. Was die Lebensweise anbetrifft, Ned, die ich führe, so *muß* ich ein solches Leben führen. Ich muß diese kleinen Vorteile eines verfeinerten Lebens um mich wissen. Ich habe mich ihrer zu allen Zeiten bedient, und kann ohne sie nicht existieren; sie müssen in meiner Nähe sein, müssen meine Umgebung bilden, und deshalb sind sie hier. Hinsichtlich unserer Verhältnisse, Ned, darfst du dich sicherlich durchaus beruhigt halten: sie sind verzweifelter Art! Deine persönliche Erscheinung ist durchaus nicht unsympathisch! Und unser gemeinsames Taschengeld frißt allein unser Einkommen auf. Das ist die Wahrheit!«

»Weshalb habe ich diese Wahrheit niemals früher erfahren? Warum habt Ihr mich, Herr Vater, zu einem Aufwand und einer Lebensweise ermutigt, auf die wir kein Recht, keinen Anspruch haben?«

»Mein guter Junge«, erwiderte der Vater mit einer mitleidigeren Stimme denn je zuvor, »wenn du nicht repräsentieren willst, wie kannst du dann denken, in der Laufbahn, für die ich dich bestimmt habe, Erfolg zu haben? Was unsere Lebensweise anbetrifft, so hat jeder Mensch ein Anrecht darauf, auf die bestmögliche Weise zu leben und sich selbst so viel Behaglichkeit zu schaffen wie möglich, oder er ist ein unnatürlicher Schuft. Unsere Schulden, das räume ich ein, sind beträchtlich, und deshalb ziemt es sich für dich als einen jungen Mann von Grundsätzen und Ehre um so mehr, sie so rasch wie nur möglich zu bezahlen!«

»Diese Schurkenrolle!« stieß Edward hervor, »die ich ohne mein Wissen gespielt habe! Ich, und Emma Haredales Herz zu gewinnen! Um ihretwillen wünschte ich, ich wäre zuerst gestorben!«

»Ich freue mich wahrzunehmen, Ned«, versetzte der Vater, »wie durchaus selbstverständlich es auch für dich ist, daß in dieser Sache nichts geschehen kann! Aber abgesehen hiervon und von der Notwendigkeit, dich rasch anderweitig zu binden (was ja, wie du weißt, morgen der Fall sein könnte, wenn du nur wolltest), so wünsche ich doch, daß du die Sache mit freundlicheren Augen betrachten würdest. Allein schon vom religiösen Standpunkt aus: Wie konntest du je daran denken, dich mit einer

Katholikin zu verbinden, außer sie wäre erstaunlich reich? Da du doch ein strenger Protestant sein solltest, als Abkömmling einer so streng protestantischen Familie wie der deinigen? Laß uns die gute Sitte nicht vergessen, Ned, oder mit unserer Bedeutung ist es vorüber! Selbst wenn man diesen Einwurf beiseite lassen könnte, was nicht recht möglich ist, so kommen wir zu einem anderen zwingenden Grund. Welch ein Gedanke, ein Mädchen zu heiraten, dessen Vater wie ein Ochse abgeschlachtet wurde! Herr du mein Gott, Ned! Wie unangenehm! Bedenke doch die Unmöglichkeit, für deinen Schwiegervater unter so unliebsamen Umständen auch nur einen Funken von Achtung zu besitzen – bedenke doch, daß er von Geschworenen besichtigt und von Leichenbeschauern festgestellt worden ist – und was seiner ganzen zweifelhaften Stellung in der Familie nachher mehr noch ist! Es scheint mir eine so undelikate Sache, daß ich wirklich der Meinung bin, das Mädchen hätte von Staats wegen dem Tode überantwortet werden müssen, um jede Möglichkeit eines solchen Vorkommnisses zu verhindern. Aber ich ermüde dich wohl. Du möchtest vielleicht lieber allein sein? Mein lieber Ned, von Herzen gern! Gott sei mit dir! Ich will jetzt gehen, aber wir werden uns heut abend – oder wenn nicht heute abend, dann doch sicher morgen früh wieder treffen. Sieh dich inzwischen vor – aus Rücksicht auf uns beide. Du bist für mich eine Person von großer Tragweite, Ned – wirklich! Von sehr großer Tragweite! Gott schütze dich!«

Mit diesen Worten ging der Vater, der, während er diese Worte in nachlässiger Weise und ohne Zusammenhang hinwarf, seine Halsbinde vor dem Spiegel in Ordnung gebracht hatte, hinaus und summte im Gehen vor sich hin. Der Sohn, der so tief in Gedanken zu sein schien, daß er die Worte weder hörte noch verstand, versank in brütendem Schweigen. Nach einer halben Stunde ging der ältere Chester, prächtig gekleidet, aus dem Haus. Der jüngere saß noch immer, den Kopf in die Hände gestützt, wie betäubt da.

16. Kapitel

Eine Reihe von Bildern, welche die nächtlichen Straßen Londons darstellen, wie sie zur Zeit dieser Erzählung aussahen, würde den gegenwärtigen Betrachter verwirren, der diese Straßen auf seinen Spaziergängen wohl ganz anders wahrnimmt.

Früher nämlich waren diese Straßen, ob breit oder schmal, alle sehr finster. Die Öl- und Dochtlampen brannten, wenn sie auch regelmäßig zwei- bis dreimal in den langen Winternächten abgeputzt wurden, nur schwach und matt; und zu später Stunde wenn sie von den Lampen und Kerzen in den Läden nicht mehr unterstützt wurden, warfen sie nur einen schmalen Lichtstreifen auf den Fußweg, der die hervorspringenden Türen und Häuserfronten im tiefsten Schatten ließ. Viele von den Höfen und Gassen lagen in völliger Finsternis da, und oft mußte für eine Reihe von etwa zwanzig Häusern eine einzige schwache Laterne ausreichen. Oft hatten die Bewohner guten Grund, ihre Lampe sogleich wieder auszulöschen, wenn sie angezündet worden war; und da die Wachmannschaft völlig machtlos war, sie daran zu hindern, trieben die Leute alles, wie es ihnen beliebte. So gab es in allen hellen Straßen und Gassen irgendeinen dunklen, gefährlichen Fleck, wohin sich ein Dieb flüchten konnte und wohin ihm niemand zu folgen wagte; und da die Stadt ringsherum von Feldern, grünen Hecken, Ödland und einsamen Wegen eingeschlossen war, die die Stadt damals von den Vororten schieden, die seitdem engeren Anschluß gefunden haben, so war ein Entkommen für Missetäter leicht möglich.

So ist es kein Wunder, daß Fälle von Straßenraub, die oft von grausamer Verwundung oder nicht selten von Lebenseinbuße begleitet waren, sich im innersten Herzen von London häufig ereigneten. Friedliche Bürger hatten oft große Furcht davor, nach Ladenschluß über die Straßen zu gehen. Leute, die um Mitternacht allein nach Hause gingen, hielten sich in der Mitte der Straße, um besser vor Überraschungen durch lauernde Strolche geschützt zu sein. Wenige würden es gewagt haben, zu später Nachtstunde unbewaffnet und unbegleitet nach Kentish Town oder Hampstead zu gehen, oder auch nur nach Kensington oder Chelsea. Während mancher, der am abendlichen Eßtisch oder im

Gasthaus am lautesten und tapfersten war und nur ein Stündchen weit etwa zu gehen hatte, sich glücklich pries, wenn er einen Fackeljungen dingen konnte, der ihm das Geleit nach Hause gab.

Es gab noch viele andere Eigenarten – nicht ganz so unangenehmer Natur – in den Straßen und Gassen des London der damaligen Zeit. Manche Läden, vornehmlich diejenigen auf der Ostseite von Temple Bar[36], klebten noch an dem alten Brauch, ein Aushängeschild an ihrer Ladentür anzubringen, und das Krachen und Schwingen dieser Schilder auf ihren eisernen Stangen war in windigen Nächten für diejenigen, die wach im Bett lagen oder durch die Straßen eilten, ein seltsames und unheimliches Konzert. Lange Schlangen von Sänften und ihren Trägern, mit denen verglichen die Kutscher unserer Zeit artige und höfliche Leute sind, verstopften die Straßen und erfüllten die Luft mit Geschrei; Nachtkeller, deren Dasein durch einen kleinen, quer über das Pflaster laufenden Lichtstreifen und durch das gedämpfte, von unten heraufschallende Stimmengebrüll angezeigt wurde, gähnten der Aufnahme der gottvergessenen Subjekte beiderlei Geschlechts entgegen; unter jedem Verschlag und jedem Mauervorsprung verspielten kleine Gruppen der jugendlichen Fackelträger ihren Arbeitslohn, oder einer, der müder war als die übrigen, überließ sich dem Schlaf und ließ den Stumpf von seiner Fackel auf den aufgewühlten Boden fallen, wo sie zischend verlöschte.

Dann war da der Nachtwächter mit Stab und Laterne, der die Stunden abrief und gleichzeitig das Wetter verkündete – und diejenigen Leute, die von seinem Ruf erwachten und sich im Bett auf die andere Seite herumdrehten, waren vergnügt, daß sie hörten, es regne oder schneie oder stürme oder friere draußen, während sie im Warmen lagen. Der einsame Nachtwandler wurde durch den Ruf der Sänftenträger: »Platz da, mit Verlaub!« erschreckt, wenn sie zu zweit hinter ihm herkamen mit ihrem leeren Traggerät – das sie verkehrt trugen, um zu zeigen, daß es ohne Insassen war. Auch manche private Sänfte, die in ihrem Innern eine feine Dame im ungeheuerlichen Reifrock mit ungeheuerlichem Falbelbesatz barg und der Läufer mit Fackeln vorauseilten – für welche letzteren noch jetzt vor den Türen mancher wohlhabenden Häuser Löschvorrichtungen angebracht sind – manche solcher privaten Sänften also machten den Weg für kurze Zeit hell und bequem und ließen ihn um so finsterer und unheimlicher zurück, wenn sie vorübergeschaukelt war. Die laufenden Lakaien, die die Nase gewaltig hoch trugen, fingen nicht selten noch im Dienstbotenraum, während sie auf ihre Herren oder Herrinnen warteten, Streit und Händel an, und wenn es dann auf der Straße zur Rauferei kam, wurde das Schlachtfeld mit Haarpuder, Bruchstücken von Perücken und Haarbeuteln und verstreuten Blumensträußen bedeckt. Würfel- und Kartenspiel, das Laster, das unter allen Klassen so heimisch war (und was natürlich von den oberen Klassen vorgemacht wurde), war die häufigste Ursache für derartigen Streit und Hader, in den unteren Wohnlöchern des gemeinen Volks ebenso wie in den oberen Gemächern der vornehmen Welt. Während solche Zwischenfälle oft bei Abendgesellschaften, bei Maskeradenspielen und Quadrille[37]-Nächten im westlichen Ende der Stadt ihren Anfang nahmen, ratterten schwere Landkutschen und Frachtwagen langsam der Altstadt zu. Die Kutscher, das Geleit und die Passagiere mochten bis an die Zähne bewaffnet sein, und die Kutsche – die vielleicht mit einem Tage oder mehr Verspätung hereingefahren kam, was aber damals nichts auf sich hatte – wurde dennoch ausgeplündert von Wegelagerern, die sich kein Gewissen daraus machten, allein und auf eigene Faust eine ganze Karawane von Kutschen zu überfallen. Manchmal schossen sie einen oder zwei Passagiere nieder oder fielen selbst im Kugelhagel. Am andern Morgen lieferte das Gerücht von einem solchen Gewaltakt auf offener Heerstraße den Stoff zu einer mehrstündigen Unterhaltung für die Stadt. Und wenn dann irgendein Gentleman am Galgen von Tyburn aufgeknüpft wurde, nicht ohne zuvor den Geistlichen mit Flüchen und Schimpfreden zu überhäufen, verschaffte das dem gemeinen Volk vergnügliche Aufregung und ein heilsames und nachhaltiges Exempel.

Unter all den gefährlichen Typen, die in der Hauptstadt nächtlicherweise umherschlichen und lauerten, war ein einziger Mensch, vor welchem viele, die nicht minder ungeschlacht und grimmig waren als er, mit unwillkürlichem Schreck zurückfuhren. Wer er war oder woher er kam, war eine des öfteren erörterte Frage, auf die aber niemand Antwort wußte. Keiner kannte seinen Namen, für die alte Spitzbuben- und Gaunerschaft, in deren Höhlen er sich furchtlos wagte, wie für die jung heranwachsende Generation dieses Schlages war er gleichermaßen ein Fremder. Ein Spion konnte er nicht sein, denn er nahm niemals seinen breitkrempigen Hut vom Kopf, um sich umzusehen, ließ sich mit keinem Menschen in ein Gespräch ein, paßte auf nichts auf, was vorging, lauschte auf keine Unterhaltung, sah niemanden an, gleichviel ob er kam oder ging. Aber ebenso sicher wie die rabenschwarze Nacht herniederkam, so sicher saß auch dieser Mann mitten zwischen dem losen Gesindel, das sich nachts in dem Keller versammelte, das sich aus Ausgestoßenen aller Klassen zusammenfand; und dort saß er dann bis zum frühen Morgen.

Er war nicht nur bei ihren zügellosen Festen ein Gespenst, ein Wesen, das ihnen inmitten ihrer Schlemmerei und Sauferei die Haut gruseln machte; sondern er verwirrte sie auch draußen im Freien. Sobald es dunkel zu werden anfing, war er draußen – niemals in Gesellschaft, sondern immer allein; niemals zögerte er oder trödelte er, sondern war immer in rascher Gangart, und blickte (so sagten die Leute, die ihn gesehen hatten), von Zeit zu Zeit über die Schulter weg, und wenn er das tat, dann beschleunigte er seine Schritte noch mehr. In den Feldern, den Gassen, den Straßen, in allen Vierteln der Stadt – im Osten und Westen, im Norden und Süden – war dieser Mann gesehen worden, dahingleitend wie ein Schatten. Er war immer im Fluge. Wenn ihm Leute begegneten, sahen sie ihn vorbeihuschen, erhaschten noch einen seiner hinter sich geworfenen Blicke, und dann hatten sie ihn im Dunkel aus dem Gesicht verloren.

Diese beständige Ruhelosigkeit und dieses stetige Hierhin- und Dorthinjagen hatte zu seltsamen Geschichten Stoff gegeben. Er war in so weit voneinander ab gelegenen Orten und an so versteckten Plätzen und zu so nahe aneinander gelegenen Zeiten gesehen worden, daß manche meinten, ob es nicht ihrer zwei oder mehr Personen wären – manche wieder, ob ihm nicht überirdische Mittel und Wege zu Gebote ständen, von Ort zu Ort zu gelangen. Der in einem Graben versteckte Wegelagerer hatte ihn am Rand des Grabens wie ein Gespenst entlanggleiten sehen; der Strolch war ihm nachts auf der finsteren Heerstraße begegnet; der Bettler hatte ihn auf der Brücke gesehen, wie er einen Augenblick innegehalten und zum Wasser hinuntergeblickt hatte, um dann wieder weiterzuschweifen; diejenigen, welche bei den Ärzten mit Leichen Geschäfte machten, konnten darauf schwören, daß er auf Kirchhöfen nächtigte, und daß sie ihn, wenn sie näherkamen, zwischen den Gräbern hatten kriechen sehen. Und während sie einander solcherlei Geschichten erzählten, zupfte vielleicht einer, der sich umgesehen hatte, seinen Nachbarn am Ärmel, und der, von dem sie redeten, stand auf einmal dort mitten unter ihnen.

Endlich faßte ein einziger Mann – er gehörte zu jenem Gewerbe, das zwischen den Gräbern ausgeübt wurde – den Entschluß, diesen seltsamen Gesellen auszufragen. Die Nacht darauf, als er sein kärgliches Mahl gefräßig verschlungen hatte (es war seine Gewohnheit so, wie die Leute beobachtet hatten – als ob er tagsüber nichts zu sich nehme) – setzte sich dieser Geselle ihm dicht an die Seite.

»Eine finstere Nacht, Meister!«

»Es ist finster heut nacht.«

»Finsterer als in der letzten Nacht, so pechschwarz sie war. Bin ich nicht an Euch auf der Oxford Road, unweit vom Schlagbaum, vorübergegangen?«

»Mag sein, wie Ihr sagt. Ich weiß es nicht.«

»Nun, nun, Meister!« rief der Geselle, angestachelt von den Blicken seiner Kameraden, und gab ihm einen Klaps auf die Schulter – »seid ein bißchen geselliger und mitteilsamer! Seid mehr der vornehme Herr in dieser anständigen Gesellschaft! Es laufen Geschichten über Euch herum, daß Ihr Euch dem Teufel verkauft habt – ich weiß nicht, was alles sonst noch!«

»Das ist beim einen so wie beim andern – oder nicht?« erwiderte der Fremde aufblickend. »Wären wir ihrer weniger, dann gäbe er am Ende bessern Lohn.«

»Freilich! Es geht Euch ziemlich hart«, sagte der Gesell, als der Fremde sein abgemagertes und ungewaschenes Gesicht und seine zerlumpten Kleider zeigte. »Was hilfts? Seid guter Dinge, Meister! Jetzt mal ein lärmend Lied –«

»Singt doch, wenn Ihr eins zu hören verlangt«, erwiderte der andere und schüttelte ihn mit einem kräftigen Ruck von sich, »aber rührt mich nicht an, sofern Ihr ein kluger Mann seid; ich trage Waffen bei mir, die schnell losgehen – sie haben mich noch nie im Stich gelassen und machen's für Fremde, die den Trick nicht raus haben, gefährlich, die Hand an mich zu legen.«

»Droht Ihr?« fragte der Geselle.

»Ja!« versetzte der andere, stand auf, drehte sich zu ihm herum und ließ seinen grimmigen Blick rings um sich her schweifen, wie in Erwartung eines allgemeinen Angriffs.

Seine Stimme und sein Blick und sein Benehmen – in allem lag der Ausdruck wildester Rücksichtslosigkeit und Verzweiflung – schreckten die umstehenden Männer und jagten sie zurück. Wenn auch der Schauplatz der Handlung jetzt ein anderer war, so übten sie im wesentlichen doch die gleiche Wirkung aus, die sie in der Maypole-Herberge erzielt hatten.

»Ich bin, was Ihr alle seid, und lebe, wie Ihr alle lebt«, sagte der Mann in grimmigem Ton nach kurzem Schweigen. »Ich verberge mich hier, wie Ihr andern auch, und würde, wenn wir überrascht werden sollten, mein Bestes tun. Es ist nun mal meine Eigenart, für mich allein zu bleiben – laßt sie mir! Andernfalls« – und hier stieß er einen fürchterlichen Schwur aus – »gibt's ein Unglück hier an dem Ort, und wenn auch Dutzende gegen mich aufständen!«

Ein leises Gemurmel, das seinen Ursprung vielleicht in einer Angst vor dem Mann und in dem Geheimnis, das ihn umwob, haben mochte, vielleicht auch in einer aufrichtigen Meinung auf seiten einiger des hier anwesenden Gesindels, daß es ein unschickliches Vorgehen sei, sich allzu neugierig um die Privatangelegenheiten eines vornehmen Herrn zu bekümmern, der Grund und Ursache hätte, sie für sich und vor anderen geheim zu halten – gaben dem Gesellen, der diesen Wortwechsel herbeigeführt hatte, zu verstehen, daß er die Sache am besten nicht weiter betreibe. Nach kurzer Weile legte sich der fremde Mann auf eine Bank zum Schlafen nieder, und als man sich später seiner wieder erinnerte, merkte man, daß er wieder auf und davon war.

Am nächsten Abend war er mit Anbruch der Dunkelheit wieder auf den Beinen und durcheilte die Straßen; vor dem Haus des Schlossers war er mehr als einmal, aber die Familie war aus, und es war fest verschlossen. In dieser Nacht ging er über die London Bridge und schritt nach Southwark. Als er eine Nebenstraße entlangging, bog eine Frau mit einem Körbchen am Arm vom anderen Ende in dieselbe ein. Kaum hatte er sie bemerkt, trat er unter den Schutz eines Bogenganges und wartete, bis sie vorbei war. Dann tauchte er vorsichtig aus seinem Versteck hervor und folgte ihr.

Sie ging in mehrere Läden, um Haushaltssachen zu kaufen. Jede Stelle, wo sie stehenblieb, umkreiste er wie ein böser Geist, und folgte ihr wieder, wenn sie wieder erschien. Es war schon fast elf Uhr, und die Straßen wurden schnell stiller und leerer, als sie umkehrte, ohne Zweifel, um nach Hause zu gehen. Das Gespenst folgte ihr noch immer.

Sie bog in dieselbe Nebenstraße, in der er sie zuerst gesehen hatte, und die, da sie eng war und keine Läden hatte, außerordentlich finster war. Sie beflügelte ihre Schritte, als ob sie Angst habe, angehalten und ihrer armseligen Besitztümer beraubt zu werden. Er schlich auf der anderen Seite der Straße voran. Und wenn sie so schnell wie der Wind gewesen wäre, der schreckliche Schatten hätte ihre Spur doch niemals verloren.

Endlich erreichte die Witwe – denn sie war es – ihre eigene Haustür und hielt, nach Atem ringend, an, um ihren Schlüssel aus dem Korb herauszuholen. Sie war rot im Gesicht, von der Anstrengung des Laufens und von der Freude, nun heil und glücklich daheim zu sein. Sie bückte sich, um den Schlüssel herauszunehmen; und als sie ihren Kopf wieder erhob, da sah sie *ihn* schweigend an ihrer Seite stehen, das Gesicht eines Traumes.

Seine Hand lag auf ihrem Mund, aber das war überflüssig, denn die Zunge klebte ihr im Munde fest, und sie war nicht imstande, einen Laut hervorzubringen.

»Ich habe viele Nächte nach dir gesucht. Ist das Haus leer? Antworte mir! Ist jemand drin?«

Nur mit einem Röcheln vermochte sie zu antworten.

»Gib mir ein Zeichen!«

Sie schien ihm anzudeuten, daß niemand dort sei. Er nahm den Schlüssel, schloß die Tür auf und schloß sie hinter sich sorgsam und sicher wieder zu.

17. Kapitel

Es war eine kalte Nacht, und das Feuer im Wohnzimmer der Witwe war fast niedergebrannt. Ihr seltsamer Gefährte setzte sich in einen Stuhl, bückte sich vor dem halberloschenen Feuer und fachte es mit seinem Hut an. Von Zeit zu Zeit sah er über die Schulter zur Witwe, als wollte er sich versichern, daß sie ruhig dableibe und keinen Versuch unternahm, sich zu entfernen; und wenn er das getan hatte, beschäftigte er sich wieder mit dem Feuer.

Nicht ohne Grund machte er sich diese Mühe; denn seine Kleider waren vom Regenwetter naß und durchtränkt; seine Kinnladen klapperten vor Kälte, und er zitterte vom Kopf bis zu den Füßen. Es hatte die vorige Nacht stark geregnet und auch noch einige Stunden am Morgen hindurch, doch seit Mittag war es schönes Wetter gewesen. Wo er auch die Stunden der Finsternis verbracht haben mochte, sein Aussehen deutete darauf hin, daß er sie größtenteils unter freiem Himmel verlebt hatte. Beschmiert mit Schmutz, die von Nässe triefenden Kleider in feuchter Umarmung, der Bart ungeschoren, das Gesicht ungewaschen, die mageren Wangen in tiefe Höhlen zusammengesunken – wahrlich, ein elenderes Geschöpf konnte es kaum geben als den Mann, der jetzt niederkauerte und mit blutunterlaufenen Augen auf den Herd der Witwe und in die prasselnden Flammen starrte.

Sie hatte ihr Gesicht mit der Hand bedeckt, aus Furcht, wie es schien, den Mann anzuschauen. So verharrten sie eine kurze Zeit in Schweigen. Endlich sah er sich um und fragte:

»Ist dies dein Haus?«

»Jawohl. Warum, im Namen Gottes, besudelst du es?«

»Gib mir zu essen und zu trinken«, antwortete er finster, »oder ich wage noch ganz andere Sachen. Ich bin kalt und klamm und hungrig bis ins Knochenmark. Ich brauche Wärme, was zu essen und das will ich hier bekommen.«

»Du warst der Räuber auf der Chigwell Road?«

»Ja, ich war es!«

»Und fast ein Mörder also.«

»Der Wille war da. Aber es kam jemand dazwischen und erhob ein solches Zetermordio, daß ich ihm den Mund hätte stopfen müssen; leider war er zu flink. Ich habe nach ihm gestoßen.«

»Du hast mit dem Dolch nach ihm gestochen!« rief die Witwe und sprang in die Höhe. »Und das, obwohl du ihn gesehen und gehört hast.«

Er sah sie an, während sie, den Kopf zurückgeworfen und die Hände fest ineinander verkettet, diese Worte krampfartig hervorstieß. Er sprang auf die Füße, wie sie es getan hatte, und näherte sich ihr.

»Hüte dich!« rief sie mit einer wie gepreßt klingenden Stimme, die ihn auf halbem Weg zum Stehen brachte. »Wage es nicht, mich auch nur mit einem Finger zu berühren, oder du bist verloren; an Leib und Seele bist du verloren!«

»Höre mir zu!« erwiderte er und drohte ihr mit der Hand. »In

Gestalt eines Menschen führe ich das Leben eines gehetzten Tieres; im Leibe ein Geist, bin ich ein Gespenst auf der Erde, ein Ding, vor dem alle Geschöpfe zurückschrecken, außer jenen verfluchten Wesen einer anderen Welt, die mir stetig folgen; in meiner Verzweiflung kenne ich keine Angst mehr außer der vor der Hölle, in der ich tagtäglich lebe. Schlage Lärm, rufe es aus, weigere dich, mir Obdach zu geben! Ich will dir kein Leid tun. Aber ich will nicht lebendig ergriffen werden; und so sicher, wie du mich durch starke Worte bedrohst, so sicher sinke ich tot auf diesen Flur hin. Das Blut, womit ich ihn bespritze, komme auf dich und die Deinen, im Namen des bösen Geistes, der die Menschen in ihr Verderben lockt!«

Während er sprach, holte er eine Pistole aus seiner Brust und umspannte sie fest mit der Hand.

»Nimm diesen Mann fort von mir, barmherziger Himmel!« rief die Witwe. »In Deiner Gnade und Güte, Allmächtiger! Gib ihm eine einzige Minute Buße und dann den Tod!«

»Der denkt nicht dran«, sagte er und trat ihr gegenüber; »denn er ist taub. Gib mir zu essen und zu trinken, sonst tu' ich, was ich nicht lassen kann.«

»Wirst du dann endlich verschwinden, wenn ich dir diesen Gefallen erweise – verschwinden und niemals wiederkommen?«

»Ich verspreche nichts«, entgegnete er, sich wieder setzend, »außer, daß ich meine Drohung wahrmachen werde, sobald du mich verrätst!«

Sie stand auf, trat an den Eßschrank, der in der Stube stand, und brachte einige Stücke kaltes Fleisch und etwas Brot herbei, die sie vor ihm auf den Tisch stellte. Er rief nach Branntwein und Wasser, auch das brachte sie herbei, und er aß und trank mit der Gier eines halbverhungerten Hundes.

Während er sich den Magen vollschlug, blieb sie schaudernd am äußersten Ende des Zimmers sitzen, die Augen ständig auf ihn gerichtet. Sie drehte ihm nicht ein einziges Mal den Rücken zu; und obwohl sie, wenn sie an ihm vorbeiging, wenn sie etwas aus dem Schrank holte, den Saum ihrer Kleider an sich zog, als ob ihr der Gedanke widerlich sei, durch Zufall den Mann zu streifen, so beobachtete sie doch trotz ihres Entsetzens jede seiner Bewegungen.

Als er seine Mahlzeit beendigt hatte – es war eigentlich bloß eine gefräßige Befriedigung der Forderungen des Magens –, rückte er seinen Stuhl wieder ans Feuer, wärmte sich an der jetzt hell auflodernden Flamme und redete die Witwe nochmals an.

»Ich bin ein Verstoßener, für den ein Dach über dem Kopf ein Luxus, und die Nahrung, die ein Bettler verschmähen würde, ein Leckerbissen ist. Du lebst hier in voller Behaglichkeit. Lebst du allein?«

»Nein!« Sie brachte mit Mühe die Antwort hervor.

»Wer wohnt noch hier?«

»Jemand, egal, wer. Besser, du gehst jetzt, sonst könnte er dich hier finden. Worauf wartest du?«

»Ich brauche Wärme«, antwortete er und hielt die Hände vors Feuer. »Wärme muß ich haben! Du bist wohl reich?«

»Sehr reich«, sagte sie schwach. »Sehr reich. Ohne Zweifel sehr reich.«

»Wenigstens hast du ein paar Pennies. Du hast Geld! Hast doch heut abend Einkäufe gemacht!«

»Ich hab' kaum noch was übrig – nur ein paar Schillinge noch!«

»Gib mir deinen Geldbeutel. An der Tür hattest du ihn in der Hand. Gib ihn mir!«

Sie trat an den Tisch und legte das Geldsäcklein darauf. Er langte danach und zählte sich den Inhalt in die Hand. Sie hörte zu, wie er laut rechnete, und sprang dann auf ihn zu.

»Nimm, was drin ist, nimm alles, nimm mehr, wenn mehr drin ist, aber hau ab, bevor es zu spät ist. Ich habe sonderbare Schritte draußen gehört. Die kenne ich wohl. Er wird gleich hier sein. Mach, daß du fortkommst!«

»Was meinst du damit?«

»Hör endlich auf mit deiner Fragerei. Ich gebe dir doch keine Antwort. So sehr es mich auch davor ekelt, dich anzurühren, würde ich dich hinausschleppen, wenn ich nur die Kraft hätte! Elender Kerl, hau ab!«

»Wenn Spione draußen sind, so bin ich hier sicherer«, sagte der Mann. »Ich werde hierbleiben, bis die Gefahr vorbei ist!«

»Es ist zu spät!« rief die Witwe, die auf die Schritte und nicht auf ihn gehört hatte. »Hör nur die Schritte! Hast du gar keine Angst? Es ist mein Sohn, mein verrückter Sohn!«

Während sie dies in wildem Ton sagte, pochte es schwer gegen die Tür. Die Witwe und der Mann sahen einander an.

»Laß ihn herein«, sagte der Mann rauh. »Ich fürchte ihn weniger als die finstere Nacht unter freiem Himmel. Da klopft er wieder. Laß ihn herein!«

»Vor dieser Begegnung«, erwiderte die Witwe, »hab' ich mein ganzes Leben lang Angst gehabt. Nein, ich werde es nicht tun. Unheil wird ihm zustoßen, wenn er dir gegenübersteht, Auge in Auge. Mein armer Junge! Oh, all ihr guten Engel, die ihr die Wahrheit wißt – hört das Flehen einer armen Mutter und bewahrt meinen Jungen vor der Bekanntschaft mit diesem Menschen!«

»Er rüttelt an den Fensterläden!« rief der Mann. »Er ruft dich! Diese Stimme, dieser Schrei! Er war's, der mir neulich nachts auf der Straße in die Quere kam. Nicht wahr? Er war's?«

Die Witwe war auf die Knie gesunken und bewegte die Lippen, ohne eine Silbe herauszubringen. Während er sie hilflos anstarrte, nicht wußte, was er tun sollte, flogen die Fensterläden auf. Er hatte kaum Zeit, ein Messer vom Tisch zu greifen, es in den losen Ärmel seines Rockes zu stecken und sich im Schrank zu verbergen, als Barnaby an die Fensterscheibe klopfte und das Rollfenster hochschob.

»Ei, wie kannst du Greifer und mich draußen stehen lassen!« rief er, steckte den Kopf herein und sah sich im Zimmer um. »Bist du da, Mutter? Läßt du uns so lange nicht an Feuer und Licht!«

Sie stotterte etwas zur Entschuldigung und bot ihm die Hand. Aber Barnaby sprang leichtfüßig ohne jede Hilfe herein, legte seinen Arm um ihren Hals und küßte sie wohl hundertmal.

»Wir waren auf den Feldern draußen, Mutter – sind über Gräben gesprungen, über Hecken geklettert, steile Hänge hinuntergelaufen, auf und davon und weiter gestürzt. Der Wind pfiff, und die Buchen und jungen Pflanzen neigten und beugten sich nach ihm, damit er ihnen kein Leid tun möchte, die Memmen! – und Greifer – ha! ha! ha! – der tapfere Rabe, der sich um nichts kümmert und, wenn der Wind ihn umbläst, sich männlich herumdreht, um ihn zu beißen – Greifer hat sich mit jeder kleinen Rute, die sich vorm Winde beugte, gezankt, weil er glaubte, daß der Wind sich über ihn lustig machte, und hat ihn zerzaust wie 'ne Bulldogge. Ha! Ha! Ha!«

Als der Rabe in dem kleinen Korb auf dem Rücken seines Herrn hörte, daß sein Name so häufig im Ton freudiger Erregung erwähnt wurde, drückte er seine Teilnahme an der Unterhaltung dadurch aus, daß er krähte wie ein Hahn und danach seine verschiedenen Redebrocken mit großer Geschwindigkeit herunterrasselte. Seine Stimme klang mal rauh, mal heiser, so daß es klang wie das Gemurmel einer größeren Menschenansammlung.

»Nebenbei sorgt er sich so sehr um mich!« sagte Barnaby. »Wirklich, Mutter! Er wacht die ganze Zeit, wenn ich schlafe, und wenn ich die Augen zumache und ihn glauben mache, ich schlafe, dann übt er sich leise in dem, was er gelernt hat; dabei hält er aber jeden Augenblick seine Augen auf mich geheftet, und wenn er mich lachen sieht, und ist's auch noch so wenig, dann hält er gleich ein. Er will mich erst damit überraschen, wenn er's vollständig kann.«

Der Rabe krähte nochmals in ganz entzückender Weise – wie um zu sagen: »Das sind gewiß einige meiner Charaktereigenschaften, und ich bilde mir was ein darauf.« Inzwischen schloß Barnaby das Fenster und riegelte es zu. Er trat an den Kamin und wollte sich mit dem Gesicht zum Schrank setzen. Aber die Mutter verhinderte das, indem sie sich hastig selbst auf diese Seite stellte und ihn zur anderen Seite wies.

»Du bist heute nacht so blaß!« sagte Barnaby und stützte sich auf seinen Stock. »Wir sind grausam gewesen, Greifer, wir haben ihr angst gemacht.«

Angst hatte sie, allerdings! Und das Herz schwer vor Kummer! Der Lauscher hielt die Tür seines Versteckes mit der Hand offen und beobachtete gespannt ihren Sohn. Greifer – der für alles scharfe Augen hatte, wovon sein Herr nichts wußte, nichts ahnte – hatte seinen Kopf aus dem Korb herausgesteckt und erwiderte mit seinen glänzenden Augen die Blicke des Fremden.

»Er flattert mit den Flügeln«, sagte Barnaby, der sich beinahe schnell genug umwandte, um noch wahrzunehmen, wie die Gestalt zurückhuschte und die Tür sich schloß, »als ob Fremde hier wären; oh! Greifer ist klüger, als man sich vorstellen kann. Na, dann spring nur heraus!«

Der Vogel nahm diese Einladung mit der ihm eigenen Würde an, sprang auf seines Herrn Schulter, von dort auf die ausgestreckte Hand und dann auf den Boden. Barnaby knüpfte den Korb los und stellte ihn in eine Ecke, so, daß der Deckel offen blieb. Greifers erste Sorge war, ihn mit möglichster Eile zu schließen, um sich dann darauf zu stellen. Offenbar war das Tier sich sicher, daß kein Sterblicher ihn jetzt noch einsperren konnte und zog im Triumph ›eine Menge Stöpsel‹ – so jedenfalls klangen seine Hurrarufe.

»Mutter!« sagte Barnaby, indem er Hut und Rock beiseitelegte und wieder zu dem Stuhl zurückkehrte, aus dem er aufgestanden war. »Ich will dir sagen, wo wir heute gewesen sind und was wir getrieben haben, – soll ich?«

Sie nahm seine Hand in ihre Hände und nickte stumm.

»Du darfst es nicht weitersagen«, sagte Barnaby und hielt den Finger hoch, »denn es ist ein Geheimnis; paß auf! Nur ich, Greifer und Hugh wissen es. Wir hatten den Hund mitgenommen, aber er ist nicht so klug wie der Rabe und errät es immer noch nicht, darauf wett' ich. Warum guckst du so hinter mich?«

»Hab' ich das gemacht?« antwortete sie schwach. »Wüßte ich nicht! Komm näher zu mir.«

»Du bist so ängstlich!« sagte Barnaby, die Farbe wechselnd, »Mutter – du siehst doch nicht –«

»Was denn?«

»Es ist doch – es ist doch nicht so etwas, wie das hier? – Oder ja?« antwortete er flüsternd, rückte näher an sie heran und umspannte das Mal an seinem Handgelenk. »Ich fürchte, so etwas ist hier. Du machst ja, daß mir das Haar zu Berge steht und daß mich eine Gänsehaut überläuft. Weshalb guckst du so? Ist so was hier im Zimmer, wie ich es in meinen Träumen gesehen habe, da es Decke und Wände mit Rot bespritzte? Sag's mir. Ist so was hier?«

Es überkam ihn ein Zittern, als er diese Frage stellte, und während er das Licht mit den Händen absperrte, saß er da und bebte am ganzen Körper. Nach einer Weile hob er den Kopf und sah umher.

»Ist es weg?«

»Es war nichts hier«, entgegnete die Witwe und beruhigte ihn. »Wirklich nichts, lieber Barnaby! Schau! Du siehst doch, daß hier nur wir beide sind.«

Er starrte sie mit ausdruckslosen Blicken an, und wie er nach und nach wieder seine Fassung und Sicherheit erlangte, brach er in ein wildes Lachen aus.

»Aber laß mal sehen«, sagte er nachdenklich. »Haben wir beide nicht geredet? Wo waren wir stehengeblieben?«

»Nirgends, hier.«

»Ach ja, nur Hugh und ich«, sagte Barnaby, – »stimmt, stimmt! Maypole-Hugh und ich, weißt du, und Greifer – wir lagen im Wald und zwischen den Bäumen am Wegrand, nachdem die

Nacht hereingebrochen war, mit einer Blendlaterne, und der Hund an der Leine war bereit, auf ihn loszuspringen, wenn der Mann vorbeikommen sollte.«

»Welcher Mann?«

»Der Räuber; ihn, dem die Sterne winkten. Wir haben auf ihn gelauert nach Anbruch der Dunkelheit, all die vielen Nächte, und wir werden ihn schon kriegen. Unter Tausenden würde ich ihn wiedererkennen. Mutter, sieh her! So sieht er aus, der Mann. Sieh her, Mutter! *Das* ist er!«

Er schlang ein Taschentuch um seinen Kopf, drückte den Hut über die Augenbrauen herab, hüllte sich tief in seinen Rock und richtete sich auf vor ihr: so täuschend ähnlich dem Original, das er nachbildete, daß die düstere Gestalt, die hinter ihm hervorlugte, sein Schatten hätte sein können.

»Ha! Ha! Ha! Wir werden ihn schon kriegen«, schrie er, indem er sich der Ähnlichkeit ebenso rasch, wie er sie angenommen, wieder entkleidete. »Du sollst ihn schon sehen, Mutter, wenn ihm Hände und Füße gebunden sind und er auf einem Sattelgurt nach London gebracht wird; du sollst von ihm hören, wenn er am Galgen baumelt in Tyburn – wir brauchen nur etwas Glück. Sagt Hugh. Du bist schon wieder so blaß und zitterst. Und weshalb guckst du hinter mich?«

»Laß gut sein«, antwortete sie. »Mir ist nicht recht wohl. Geh zu Bett, lieber Junge, und laß mich hier allein.«

»Ins Bett!« antwortete er. »Im Bett fühl' ich mich nicht wohl. Ich liege am liebsten vorm Feuer und beobachte, was sich meinen Augen in den glühenden Kohlen zeigt – die Flüsse, Hügel und Täler im blutigroten Sonnenuntergang, und die wilden Gesichter. Ich bin auch hungrig, und Greifer hat noch keinen Bissen gegessen seit Mittag. Gib uns Abendbrot. Greifer, Abendbrot!«

Der Rabe flatterte mit den Flügeln, gab seiner Befriedigung durch Krähen Ausdruck, hüpfte auf den Fuß seines Herrn und hielt dort den Schnabel offen, bereit, die Bissen aufzuschnappen, die sein Meister ihm jetzt zuwarf.

»Das ist alles«, sagte Barnaby nach einem Dutzend Würfen.

»Mehr!« schrie das Tier, »mehr!«

Da es aber ausgemacht zu sein schien, daß nichts weiter zu bekommen war, zog der Rabe sich mit seinem Vorrat zurück, versteckte die Bissen, die er nacheinander aus dem Beutel an seinem Schnabel herauflotste und verbarg sie in allerhand Ecken, wobei er es sich aber besonders angelegen sein ließ, den Wandschrank zu umgehen, als ob er sich nicht klar wäre, was der versteckte Mann vorhabe. Als er diese Anordnungen beendet hatte, stolzierte er ein paarmal quer durchs Zimmer, machte dabei eine Miene, als beschwere nichts weiter mehr seinen Geist (wobei er aber immer ein scharfes Auge auf seinen Schatz hatte) und begann dann, ihn hervorzuziehen, Stück für Stück, und mit äußerstem Vergnügen zu verzehren.

Barnaby ließ sich, nachdem er seine Mutter vergebens gebeten hatte, auch ein wenig zu essen, das Abendbrot ebenfalls vorzüglich schmecken. Einmal verlangte er nach weiterem Brot aus dem Schrank und stand auf, es zu holen. Die Mutter trat ihm schnell in den Weg, um ihn daran zu hindern, und holte das Brot selbst heraus.

»Mutter«, sagte Barnaby und blickte ihr fest und scharf ins Auge, als sie sich neben ihn setzte, »ist heute mein Geburtstag?«

»Heute?« rief sie zur Antwort. »Erinnerst du dich nicht, daß du gerade erst vor acht Tagen Geburtstag hattest, und daß Sommer, Herbst und Winter vergehen, ehe er wiederkehrt?«

»Ich erinnere mich, daß es bisher immer so war«, meinte Barnaby. »Aber ich denke, heute müßte trotzdem auch Geburtstag sein.«

Sie fragte ihn, warum.

»Ich will dir sagen, Mutter, warum«, antwortete er. »Ich habe immer bemerkt, wenn ich's dich auch nicht wissen lassen mochte, aber bemerkt habe ich es – daß du an diesem Tag abends immer sehr betrübt warst. Ich habe dich weinen sehen, während Greifer und ich äußerst froh und vergnügt waren, ich hab' gesehen, wie du ohne jeden Grund zusammengeschreckt bist, und wenn ich dann deine Hand angerührt habe, da hab' ich gefühlt, daß sie kalt war – so wie jetzt. Einmal, Mutter, (das war auch an einem Geburtstag) hab' ich mit Greifer über die Sache nachgedacht, nachdem wir hinauf und zu Bett gegangen waren, und als es Mitternacht schlug, da sind wir an deine Tür hinuntergekommen, um nachzusehen, ob du auch wohl und munter seist. Da hast du auf deinen Knien gelegen. Was du gesagt hast, das hab' ich vergessen. Greifer! Was hat die Mutter in jener Nacht gesagt?«

»Ich bin ein Teufel«, erwiderte der Rabe sofort.

»Nein, nein«, sagte Barnaby. »Aber du hast etwas im Gebet gesprochen, und als du dann aufgestanden und herausgegangen bist, da hast du gerade so ausgesehen wie jetzt, ganz genauso. Ich habe das herausgefunden, siehst du, obwohl ich dumm bin. Drum sage ich, du irrst dich, heute muß eben mein Geburtstag sein – mein Geburtstag, Greifer!«

Der Vogel nahm die Nachricht mit einem Krähen von so langer Dauer auf, wie es etwa ein seinen Rassegenossen an Intelligenz überlegener Hahn am längsten Tage ausstoßen mag; und dann schrie er mehrere Male hintereinander: »Bloß nicht vom Tod reden!« und schlug mit Nachdruck und Begeisterung seine Flügel.

Die Witwe versuchte Barnabys Bemerkung leichtzunehmen und bemühte sich, seine Aufmerksamkeit auf einen neuen Gegenstand zu lenken; eine, wie sie wußte, nur allzu leichte Aufgabe. Sobald er mit dem Essen fertig war, streckte sich Barnaby, ohne auf ihr Widerreden zu achten, auf die Strohmatte vor dem Feuer hin; Greifer machte sich's auf seinem Beine bequem und teilte sich die Zeit zwischen zweierlei Verrichtungen, die vielfach ineinander übergingen: Er nickte ein in der wohltätigen Wärme, die der Ofen verbreitete, und bemühte sich dann wieder, sich ein neues Kunststück ins Gedächtnis zurückzurufen.

Ein langes tiefes Stillschweigen trat nun ein, einzig und allein unterbrochen durch jene Veränderungen in der Lage, die Barnaby vornahm, dessen Augen noch immer groß und starr auf das Feuer gerichtet waren, oder durch eine besondere Anstrengung Greifers, der von Zeit zu Zeit mit leiser Stimme rief: »Polly, setz den Kess–«, hierbei kurz abbrach, da er den Rest vergessen hatte, und wieder in sein behagliches Nicken und Duseln verfiel.

Nach einer langen Pause wurde Barnabys Atem tiefer und regelmäßiger, und seine Augen schlossen sich. Aber auch dann noch störte der unruhige Geist des Raben die Stille. »Polly, setz den Kess–« schrie Greifer, und sein Herr und Meister wachte wieder auf.

Endlich schlief Barnaby fest, und der Vogel ließ seinen Schnabel auf die Brust sinken, die Brust selbst blähte sich auf wie bei einem stolzen Ratsherrn, und sein helles Auge fing an, kleiner und kleiner zu werden. Er schien allmählich zur Ruhe zu kommen. Hin und wieder stieß er wie mit Grabesstimme die Worte hervor: »Polly, setz den Kess–«, aber sehr verschlafen und mehr in der Art eines betrunkenen Mannes als in der eines überlegenden Raben.

Die Witwe, die kaum zu atmen wagte, erhob sich von ihrem Stuhl. Der Mann schlüpfte aus dem Wandschrank und löschte das Licht aus.

»Kessel auf!« schrie Greifer, der plötzlich von einem Gedanken befallen wurde und in heftige Erregung geriet. »Kessel auf! Hurra! Polly, setz den Kess–ssel auf; wir wollen alle Tee haben Polly, setz den Kess– ssel auf; wir wollen alle Tee haben. Hurra, hurra, hurra! Ich bin ein Teufel, bin ein Teufel – ich setz' den Kess–ssel auf – immer fein lustig sein – bloß nicht vom Tode reden – bau! Wau! Wau! Ich bin ein Teufel – bin ein Kess–ssel – ich bin ein – Polly, setz den Kess– ssel auf! wir wollen alle Tee haben!«

Sie standen an den Boden gewurzelt, als ob diese Stimme wirklich aus einem Grab heraufklänge.

Aber selbst dies vermochte den Schläfer nicht zu wecken, der sich zum Feuer herumdrehte, wobei ihm der Arm auf den Boden herabsank, und der Kopf schwer auf den Arm niederfiel. Die Witwe und ihr unwillkommener Gast starrten einen Augenblick lang auf ihn und starrten dann einander an. Endlich winkte sie ihn zur Tür.

»Du lehrst deinen Sohn vortrefflich!« flüsterte er.

»Was du heut abend gehört hast, weiß er nicht von mir. Geh auf der Stelle, oder ich wecke ihn.«

»Das steht dir frei. Soll ich ihn etwa wecken?«

»Das wirst du nicht wagen!«

»Ich wage alles – ich habe dir das schon gesagt. Er kennt mich, wie es scheint, recht gut. Wenigstens will auch ich ihn kennenlernen.«

»Willst du ihn im Schlaf erschlagen?« schrie die Witwe auf und warf sich zwischen den Mann und den Jüngling.

»Weib!« entgegnete er, durch die Zähne murmelnd, während er sie auf die Seite winkte, »ich möcht' ihn aus größerer Nähe sehen – und werd' ihn mir ansehen! Willst du, daß einer von uns den andern erschlägt, dann weck ihn auf!«

Mit diesen Worten trat er vor, bückte sich über die hingestreckte Gestalt, bog sanft den Kopf derselben nach hinten und schaute ihm ins Gesicht. Der Feuerschein erhellte die Gesichtszüge des Schlafenden. Er betrachtete das Gesicht eine kurze Zeit und fuhr dann jäh in die Höhe.

»Gib wohl acht!« flüsterte er der Witwe ins Ohr – »bis heut abend wußte ich nichts von seinem Dasein, aber durch ihn hab' ich dich in meiner Gewalt. Paß bloß auf, wie du mich behandelst! Ich bin arm, ich hungere und friere – bin ein Wanderer hier unten. Ich kann mich rächen, langsam und sicher!«

»Deine Worte klingen schrecklich, aber ich verstehe sie nicht.«

»Es liegt eine Bedeutung darin, und du hast sie geahnt seit Jahren; soviel hast du mir ja gesagt! Ich überlasse es dir, die Bedeutung der Worte zu ergründen. Vergiß meine Warnung nicht!«

Er wies auf die schlummernde Gestalt, schlich sich verstohlen an den Wänden entlang und schritt auf die Straße hinaus.

Die Witwe sank neben dem Schläfer auf die Knie nieder und blieb dort liegen, wie zu Stein verwandelt, bis die Tränen, welche Furcht solange zu Eis erstarrt hatte, langsam kamen und ihr sanfte Erleichterung brachten.

»O Du dort oben!« schrie sie auf, »der Du mich so tiefe Liebe gelehrt hast für diesen einzigen Überrest der Verheißung eines glücklichen Lebens! Aus dessen Leid vielleicht der Segen quillt, daß er mir allezeit ein zutrauliches, liebendes Kind sein wird, das niemals alt oder kalt wird im Herzen, weil es auch als Erwachsener meiner Pflege genauso bedarf wie als Baby – o Du dort oben! Steh ihm bei auf seinem verdüsterten Wege durch diese trübe Welt! Oder er fällt der Verderbnis anheim, und mein armes Herz bricht!«

18. Kapitel

Die schweigsamen Straßen entlang, immer die Richtung einhaltend, wo sie am finstersten und unheimlichsten waren, huschte der Mann, der das Haus der Witwe verlassen hatte, über die London Bridge und gelangte bis in die Altstadt. Er jagte weiter über die finsteren Wege und Gassen und Höfe zwischen Cornhill und Smithfield, ohne ein anderes Ziel im Auge, als mögliche Verfolger irrezuführen.

Es war eine rabenfinstere Nacht, und alles war ruhig und still. Von Zeit zu Zeit hallten die Schritte eines verschlafenen Wächters auf dem Straßenpflaster, oder Lampenanzünder schossen auf ihrer Runde blitzartig vorüber und ließen einen kleinen Rauchstreifen hinter sich, der mit glühenden Bruchstücken von ihren heißen roten Fackeln vermischt war. Selbst vor diesen Leuten versteckte sich der unheimliche Mann und schlüpfte, wenn sie vorbeikamen, unter einen Bogen oder Torweg, aus dem er erst, wenn sie außer Sehweite waren, wieder hervortauchte, um seinen einsamen Weg fortzusetzen.

Obdachlos und allein auf offenem Feld zu sein, wenn man den Wind heulen hört und dem Tagesanbruch entgegenharrt; den Regen niederklatschen zu hören und unter eine alte Scheuer oder in einen Heuschober oder in die Höhlung eines Baumes zu kriechen, um auf der vor dem Wind geschützten Seite ein wenig Wärme zu finden: das sind Dinge schauerlicher Art – aber doch nicht so schauerlich, wie solches Auf- und Niederwandern an Stätten, wo Obdach winkt und Betten mit Schläfern zu Tausenden stehen. Stundenlang über die hallenden Steine zu schreiten, während man die trägen Schläge der Glocken zählt – die Lichter zu beobachten, die in den Fenstern der Schlafzimmer blinken – sich auszumalen, wieviel glückliches Vergessensein ein jegliches Haus in sich einschließt: daß es hier Kinder gibt, die in ihre Bettchen gekauert liegen, daß hier Jugend, hier Alter, hier Armut, hier Reichtum, eins dem andern gleich ist in seinem Schlaf, eins wie das andere sich der Ruhe erfreut – nichts gemeinsam zu haben mit der schlummernden Welt um einen her, nicht einmal den Schlaf, diese himmlische Gabe, an der doch jegliches Geschöpf auf Erden seinen Anteil hat; und mit nichts Verwandtschaft zu haben als mit Verzweiflung – durch den elenden, jämmerlichen Gegensatz zu all und jedem um sich her sich hier einsamer und verlassener zu fühlen als in einer pfadlosen Ödnis, – das ist eine Art Qual, worüber sich die Flüsse großer Städte schließen, und die einzig und allein die Einsamkeit unter Massen zu erwecken vermag.

Der erbärmliche, elende Mann schritt die Straßen auf und nieder – die Straßen, die so lang, so ermüdend waren, und einander so ähnlich – und warf oft einen sehnsüchtigen Blick nach Osten, von der Hoffnung erfüllt, die ersten schwachen Streifen des heranbrechenden Tageslichtes zu sehen. Aber sein verstörter und ruheloser Weg fand keine Erlösung, denn der Himmel blieb schwarz.

Ein einziges Haus in einer Hintergasse war hell erleuchtet; dort drinnen erklangen auch der Schall von Musik und die

Schritte von Tänzern, dort drinnen waren lustige, liebliche Stimmen zu hören, und manch ein Lachen mischte sich dazwischen. Zu diesem Platz hin – um *einer* Sache nahe zu sein, die wach und fröhlich war – kehrte er wieder und wieder zurück, und mehr als einer von jenen Leuten, die die Stätte verließen, als die Lust und Freude auf ihren Höhepunkt gelangt waren, empfand es wie einen Dämpfer auf ihre fröhliche Laune, ihn unstet, wie einen unruhigen Geist, hin- und herhuschen zu sehen. Endlich hatten sich alle Gäste entfernt, und nachdem die Tür abgeschlossen waren, wurde das Haus ebenso schweigsam und tot wie alles übrige in dieser Nacht.

Seine Wanderungen führten ihn auch einmal zum Stadtgefängnis. Anstatt von ihm hinweg zu eilen wie von einer Stätte schlimmer Vorbedeutung, einer Stätte, die er zu meiden Ursache hatte, setzte er sich auf ein paar Stufen in dichter Nähe des Hauses, stützte das Kinn in die Hand und stierte auf seine rauhen und grollenden Mauern, als ob sogar sie in seinen abgehetzten Augen als eine Zuflucht erschienen! Er schritt rund um das Gebäude herum, einmal, zweimal, kam wieder zurück auf den nämlichen Fleck und setzte sich abermals nieder. Er wiederholte dies mehrmals, und einmal schritt er sogar mit hastiger Bewegung zu jener Stelle, wo mehrere Männer in der Gefängnishalle die Wache hielten, und setzte seinen Fuß auf die Stufen, als wenn er entschlossen gewesen sei, sie anzusprechen. Als er sich aber umsah, merkte er, daß es zu dämmern begann, und er wandte sich um und floh.

Er war bald wieder in dem Stadtteil, den er vorher durchwandert hatte. Er eilte eine häßliche Straße hinunter, als aus einem nahen Gäßchen Lärm und Geschrei von späten Zechbrüdern laut wurde und ein Dutzend solcher Burschen taumelnd herankamen. Sie schrien einander an, johlten, verabschiedeten sich geräuschvoll voneinander, schlugen verschiedene Wege ein und entfernten sich in kleineren Trupps.

In der Hoffnung, ein einfaches Wirtshaus zu finden, das ihm einen sicheren Zufluchtsort bieten könnte, bog er in diesen Hof ein, wo sich die jungen Leute sämtlich verlaufen hatten, und sah sich nach einer halboffenen Tür oder einem erhellten Fenster um. Aber es war rabenfinster, und er sah nichts, was wie eine Kneipe aussah, so daß er zu dem Schluß gelangte, die Zechbrüder hätten wahrscheinlich nur den Weg verfehlt und sich hierher verlaufen.

Er stand eben im Begriff, umzukehren, als er aus einem Eisengitter in unmittelbarer Nähe seiner Füße plötzlich einen Lichtstrom dringen sah und der Schall von Stimmen zu seinen Ohren drang. Er flüchtete unter einen Torweg, um zu belauschen, was diese Menschen hier miteinander besprachen.

Dann sah er ein Licht. Ein Mann stieg mit einer Fackel in der Hand an die Oberfläche. Er schob den Riegel von dem Gitter weg und hielt das Gitter offen, um einen andern hindurchzulassen – es war ein junger Mann von kleinem Wuchs und offenbar großem Selbstbewußtsein, das sich in einer einerseits altmodischen, andererseits grellfarbigen Kleidung manifestierte.

»Gute Nacht, edler Hauptmann«, sagte der Mann mit der Fackel. »Lebt wohl, Kommandant! Viel Glück, erlauchter General!«

Der sogenannte General befahl dem Fackelträger, den Mund zu halten und bedachte ihn mit zahlreichen ähnlichen Aufforderungen, wobei er eine außerordentliche Zungenfertigkeit bewies und eine sehr strenge Miene zur Schau trug.

»Empfehlt mich, Hauptmann, der verliebten Miggs!« erwiderte der Fackelträger mit leiserer Stimme. »Mein Hauptmann fahndet auf edleres Wild als dergleichen Miggsen. Ha! Ha! Ha! Mein Hauptmann ist ein Adler, hinsichtlich seines Auges sowohl als seiner emporstrebenden Schwingen. Mein Hauptmann bricht Herzen, wie andere Junggesellen Eier beim Frühstück brechen.«

»Was Ihr doch für ein Tropf seid, Stagg!« sagte Mr. Tappertit, während er über das Steinpflaster des Hofes schritt und sich den Staub von den Schuhen strich.

»Nein, diese köstlichen Gliedmaßen!« rief Stagg, indem er einen von Mr. Tappertits Knöcheln umfaßte. »Soll eine Miggs sich für solche Ebenmaße begeistern dürfen? Nein, nein, mein Hauptmann! Wir werden schöne und vornehme Damen ködern und in unserer geheimen Höhle verkuppeln. Wir werden uns selbst, Hauptmann, mit blühenden Schönheiten vermählen!«

»Ich will Euch etwas sagen, mein Kamel«, sagte Mr. Tappertit, während er sein Bein aus Staggs Händen befreite, »nehmt Euch nicht zuviele Freiheiten heraus. Redet über gewisse Dinge erst dann, wenn Ihr befragt worden seid, und sonst nicht! Haltet die Fackel hoch, bis ich das Ende vom Hof erreicht habe, und dann kriecht wieder in Eure Höhle; versteht Ihr?«

»Ich vernehme deutlich Eure Worte, Hauptmann!«

»Dann gehorcht!« rief Tappertit. »Ihr Herren, vorwärts marsch!« Mit diesen Befehlsworten schlug er die Arme übereinander und schritt mit gemessener Würde den Hof hinunter.

Sein gehorsamer Anhänger blieb stehen mit der hoch über sein Haupt gehaltenen Fackel, und nun sah der unstete Wanderer, der ihn vom Torbogen aus beobachtete, zum erstenmal, daß der Mann blind war. Eine unwillkürliche Bewegung, die der Mann in seinem Versteck machte, nahm der Blinde mit den Ohren wahr. Er drehte sich plötzlich um und schrie: »Wer da?«

»Ein Mann«, sagte der andere und trat vor. »Ein Freund.«

»Ein Fremder!« versetzte der Blinde. »Fremde sind nicht meine Freunde. Was treibt Ihr da?«

»Ich sah Eure Genossen herauskommen und habe hier gewartet, bis sie fort waren. Ich suche eine Unterkunft.«

»Um diese Zeit!« erwiderte Stagg und wies in Richtung Osten, als ob er die Dämmerung sehe. »Wißt Ihr, daß der Tag anbricht?«

»Ich weiß es«, entgegnete der andere, »nur zu gut. Ich bin die ganze Nacht durch diese eisenherzige Stadt gelaufen.«

»Ihr solltet besser weiterziehen«, sagte der Blinde und schickte sich an hinunterzusteigen, »bis Ihr eine Unterkunft findet, die Eurem Geschmack angemessen ist. Ich gestatte hier niemandem Zutritt.«

»Bleibt stehen!« rief der andere und packte Stagg am Arm.

»Ich schlag' dies Licht hier in Euer Diebsgesicht (denn an den Galgen gehört es, wenn's zu Eurer Stimme paßt) und schreie die Nachbarschaft aus dem Schlaf, wenn Ihr mich aufhaltet«, sagte der Blinde. »Laßt mich gehen! Versteht Ihr?«

»Versteht *Ihr*? He? Versteht *Ihr*?« erwiderte der andere und ließ ein paar Schillinge klimpern, um sie dann dem Blinden rasch in die Hand zu drücken. »Ich erbettele nichts von Euch. Ich will Euch für das Obdach, das Ihr mir gebt, bezahlen. Tod und Teufel! Das ist wohl nicht zu viel von *Euch* verlangt! Ich bin vom Lande hergekommen und suche nichts als Ruhe an einem Ort, wo mich niemand mit Fragen stört. Ich bin matt und schwach, erschöpft, abgehetzt, beinahe tot. Laßt mich wie einen Hund vor Eurem Feuer kauern! Mehr will ich nicht. Wollt Ihr mich los sein, dann brech' ich morgen wieder auf.«

»Wenn ein feiner Herr auf der Heerstraße unglücklich gewesen ist«, stotterte Stagg, indem er sich dem andern fügte, der schon einen Fuß auf der Stiege hatte – »und für die Bequemlichkeit, die er fordert, zahlen kann –«

»Ich will Euch zahlen, soviel ich besitze. Ich habe gerade erst mein Bedürfnis nach Nahrung befriedigt und wünsche nichts weiter, als Unterkunft für mein Geld zu bekommen. Was für Gesellschaft habt Ihr unten?«

»Keine!«

»Dann macht Euer Gitter fest und führt mich runter. Schnell!«

Nachdem er sich einen Augenblick besonnen hatte, gehorchte der Blinde, und sie stiegen beide hinunter. Sie hatten sehr schnell gesprochen, und bevor noch der Heimatlose Zeit gefunden hatte, sich von seinem ersten Erstaunen zu erholen, standen sie schon in dem erbärmlichen Wohnloch des Blinden.

»Darf ich sehen, wohin diese Tür führt und was dahinter steckt?« sagte der Mann, indem er scharfe Umschau hielt. »Ihr habt doch nichts dagegen?«

»Ich werde Euch selbst führen. Folgt mir, oder geht voraus. Wie Ihr wollt!«

Er hieß ihn vorausgehen, und beim Schein der Fackel, die von seinem Führer hochgehalten wurde, besichtigte er eingehend alle drei Kellerräume. Als er die Gewißheit erlangt hatte, daß der Blinde die Wahrheit gesagt habe und allein hier wohne, kehrte der Gast mit dem Wirt in den Vorderraum zurück, wo ein Feuer brannte, und warf sich mit tiefem Stöhnen auf den Steinboden vor dem Herd nieder.

Sein Wirt ging seiner gewöhnlichen Beschäftigung nach, ohne sich scheinbar weiter um ihn zu bekümmern. Aber in dem Augenblick, da der Fremde eingeschlafen war, kniete er neben ihm nieder und fuhr ihm mit der Hand leicht, aber sorgfältig über Gesicht und Körper.

Sein Schlaf wurde durch häufiges Zusammenschrecken und durch vieles Stöhnen gehemmt, und manchmal stieß er auch einzelne Worte hervor. Die Hände hielt er zusammengeballt, seine Brauen waren zusammengezogen und sein Mund fest geschlossen. Alles dies bemerkte der Blinde genau, und als ob seine Neugierde heftig erweckt worden sei und er bereits einen Blick in das Geheimnis des Mannes geworfen hätte, saß er neben ihm und belauerte ihn, wenn sich solcher Ausdruck gebrauchen läßt, und lauschte und horchte, bis der helle Tag hereingebrochen war.

19.
Kapitel

In Dolly Vardens hübschem Köpfchen rumorten Erinnerungen an die fröhliche Feier. Vor ihren hellen Augen tanzten wie Staubkörner in Sonnenstrahlen noch Bilder, besonders das Bild eines jugendlichen Kutschenbauers, eines zünftigen Meisters in seinem Handwerk. Beim Abschied half er Dolly, in die Sänfte zu steigen, und gab ihr zu verstehen, daß er den festen Entschluß gefaßt hätte, von Stund an sein Geschäft stehen und liegen zu lassen und den langsamen Liebestod für sie zu sterben. So war Dolly noch jetzt erregt und verwirrt, wofür einzig und allein diese Abendunterhaltung verantwortlich zu machen war, obgleich sie nun schon seit drei Tagen vorbei war.

Während sie leicht mißmutig beim Frühstück saß und auf dem Boden ihrer Teetasse alle möglichen Arten von Glück – im Ehestande und in blühenden Vermögensverhältnissen – zu lesen vermeinte, hörte sie einen Schritt durch die Werkstatt kommen. Kurz darauf wurde durch die Scheiben der Glastür Mr. Edward Chester sichtbar. Er stand zwischen den rostigen Schlössern und Schlüsseln wie ein Liebesgott unter Rosen – auf diesen passenden Vergleich darf sich der Geschichtsschreiber nichts einbilden, da er eine Erfindung der keuschen und züchtigen Miggs ist, die sie machte, als sie von der Treppe aus, die sie reinigte, in einer Anwandlung von sentimentaler Stimmung Chester erblickte.

Der Schlosser, der die Augen gerade hoch nach oben und den Kopf weit nach hinten gerichtet hielt, weil er sich in einer sehr angeregten Unterhaltung mit seinem Krug ›Tobias‹ befand, bemerkte seinen Besucher erst, als Mrs. Varden, die schärfer Obacht gab als alle andern, an Simon Tappertit die Aufforderung richtete, die Glastür zu öffnen und dem draußenstehenden Herrn Einlaß zu gewähren. Aus diesem Umstand folgerte die gute Dame – denn sie konnte aus dem geringfügigsten Vorfall eine weitreichende Lehre herleiten – daß es als eine verderbliche, glaubenswidrige und heidnischer Sitte anzusehen sei, am frühen Morgen schon einen Trunk Dünnbiers zu nehmen. Eine Sitte, die jeder rechtgläubige Protestant als ein Werk der Sünde und des Bösen vermeiden und den Papisten überlassen müsse. Sie würde ihre Betrachtung ohne Zweifel weiter gesponnen und an derselben eine lange Reihe erhebender Lehren von unschätzbarem Werte ausfindig gemacht haben, wenn nicht der junge vornehme Herr, der einigermaßen fassungslos dastand, während sie ihrem Gemahl diese Vorlesung hielt, Ursache geworden wäre, sie zu einem frühzeitigen Abschluß derselben zu veranlassen.

»Sie werden mir sicher Entschuldigung angedeihen lassen mein Herr«, meinte Mrs. Varden, indem sie aufstand und einen Knicks machte. »Varden ist ein gedankenloser Mensch, und ein Denkzettel täte ihm sehr not – Simon! Bring einen Stuhl her!«

Tappertit gehorchte mit einer schwungvollen Gebärde, wenn auch innerlich protestierend, der Weisung.

»Und nun kannst du gehen, Sim!« rief der Schlosser.

Tappertit gehorchte abermals, noch immer unter Protest; und während er sich zur Werkstatt begab, fing er in allem Ernst an, sich Sorgen zu machen. Es könnte sein, daß es bald unvermeidlich sein würde, seinen Lehrherrn durch Gift aus der Welt zu bringen, noch ehe seine Lehrzeit vorbei wäre.

In der Zwischenzeit diente Edward, der aus Dollys Händen eine Tasse Tee entgegennahm, der Mrs. Varden auf ihre höflichen Worte mit schicklichen Antworten. Das heiterte die Dame so sehr auf, daß sie eine durchaus angenehme und feine Person wurde.

»Seid versichert, wenn wir irgend etwas zu tun imstande sind – Varden oder ich, oder auch Dolly – das Euch dienen kann, mein Herr, so soll es gewiß geschehen, zu jeder Zeit und Stunde – Ihr braucht es nur zu sagen.«

»Ich bin Euch zu großem Dank verpflichtet«, versetzte Edward. »Ihr ermutigt mich zu dem Geständnis, daß ich eben zu dem Zwecke hergekommen bin, Euch um einen recht großen Dienst zu bitten.«

Mrs. Varden war über alle Maßen erfreut.

»Es fiel mir ein, daß Euer schönes Töchterchen sich wahrscheinlich heute oder morgen zum Warren begeben wird«, begann Edward mit einem Blick auf Dolly. »Falls Ihr die Erlaubnis dazu geben möchtet, liebe Frau Meisterin, diesen Brief mit dorthin zu nehmen, so würdet Ihr mich zu größerem Dienst verpflichten, als ich Euch sagen kann. Wenn ich die Wahrheit sagen soll, so habe ich, weil mir sehr viel daran gelegen ist, daß er richtig in die Hände der Person gelangt, für die er bestimmt ist, ganz besondere Gründe, ihn keiner anderen Vermittlungsperson anzuvertrauen, und bin also, wenn Ihr mir Eure Hilfe verweigern solltet, sozusagen vollständig aufs Trockene gesetzt.«

»Dolly hatte nun eigentlich nicht die Absicht gehabt, mein Herr, solchen Gang zu tun, weder heute noch morgen«, versetzte die Dame höflich. »Aber wir werden uns mit Freuden in Eurem Interesse auf diesen Weg machen, und sofern es Euer Wunsch ist, dürft Ihr Euch darauf verlassen, daß der Gang heute noch besorgt wird. Ihr denkt vielleicht«, meinte Mrs. Varden, indem sie einen finsteren Blick zu ihrem Mann hinlenkte, »weil Varden so verschlossen und bärbeißig dasitzt, er habe etwas gegen diese Abmachung einzuwenden? Ihr müßt Euch aber, wenn Ihr gestattet, hieran nicht stören, mein Herr. Das ist so seine Art, wenn er daheim in seinen vier Pfählen sitzt. Draußen kann er vergnügt und schwatzhaft sein.«

In Wahrheit war es aber so, daß der Schlossermeister seine Sterne pries dafür, daß sie sein Ehegemahl mit so fröhlicher Laune gesegnet hatten, er hatte mit strahlendem Gesicht dagesessen und dieser Unterhaltung mit einer über allen Ausdruck erhabenen Freude zugehört. Deshalb erfüllte ihn dieser plötzliche Angriff mit großem Erstaunen.

»Meine liebe Martha« – begann er.

»O ja, das darf ich wohl sagen«, fiel ihm Mrs. Varden mit einem Lächeln, welches halb Verdruß, halb Scherz zum Ausdruck brachte, ins Wort. »Sehr, sehr lieb! Das wissen wir ja alle!«

»Nein! Aber meine liebe gute Seele«, meinte Gabriel, »du irrst dich hier völlig! Ich war froh darüber, dich so freundlich und dienstwillig zu finden. Ich versichere dir, meine Liebe, ich habe mit Unruhe darauf gewartet, was du wohl sagen würdest.«

»Mit Unruhe gewartet?« wiederholte Mrs. Varden. »Ich dank dir schön, Varden. Du hast gewartet wie immer: darauf nämlich, daß *ich* die Blamage ernten möchte, wenn sich einer von uns dabei zu blamieren hätte. Aber ich bin ja an solche Dinge gewöhnt«, sagte die Dame mit einer Art feierlichem Gekicher, »und das ist mein Trost dabei.«

»Ich gebe dir mein Wort, Martha«, – setzt Gabriel erneut an.

»Laß dir von *mir* gesagt sein, mein Lieber«, fiel ihm seine Frau wiederum ins Wort mit einem freundlichen Christenlächeln, »daß dergleichen Auseinandersetzungen wie die jetzigen zwischen verheirateten Leuten besser dann stattfinden, wenn sie allein sind. Darum wollen wir mit deinem Einverständnis, Varden, den Gegenstand fallenlassen. Ich fühle kein Verlangen, denselben weiter zu verfolgen, wenn ich auch mit Fug und Recht sagen darf, daß ich es könnte! Aber – ich verzichte lieber darauf. Bitte also: kein Wort weiter!«

»Ich sehne mich nicht nach einer Fortsetzung«, versetzte der Schlosser in leichtem Ärger.

»Nun gut«, sagte Mrs. Varden dann, »dann sei doch still!«

»Nur das eine muß ich doch noch feststellen«, setzte der Schlosser in einem neuerlichen Anflug von guter Laune hinzu, »daß ich nicht diese Art der Unterhaltung angefangen habe.«

»Du nicht angefangen, Varden!?« rief die Frau aus. Sie riß die Augen weit auf und sah sich in der Gesellschaft um, als wollte sie sagen: Welch ungeheuerliche Lüge!

»Gut, gut«, sagte der Schlosser; »die Sache ist damit erledigt.«

»Jawohl, jawohl«, erwiderte die Frau, »allerdings! Wenn dir lieber ist, daß wir sagen, Dolly habe angefangen, so will ich dir auch nicht widersprechen, mein Lieber! Ich weiß ja, was meine Pflicht und Schuldigkeit ist, muß es ja wissen, natürlich! Ich werde ja oft dazu gezwungen, mir das ins Gedächtnis zu rufen, sobald mich einmal die Lust anwandelt, es für einen Augenblick zu vergessen. Schönen Dank dafür, Varden!« Und mit einem mächtigen Aufwand von Demut und Vergebungsfreudigkeit schlug sie die Hände ineinander und sah sich in der Gesellschaft um mit einem Lächeln, das deutlich sagte: Wollt Ihr die erste und mühseligst beladene aller Märtyrerfrauen sehen, dann hebt den Blick: hier steht sie!

So sehr dieser Zwischenfall auch geeignet war, die außerordentliche Sanftmut und Leutseligkeit der Meistersfrau ins rechte Licht zu setzen, so neigte er doch noch weit mehr dahin, die Unterhaltung ins Stocken zu bringen und alle Teilnehmer derselben, mit einziger Ausnahme der fürtrefflichen Frau selbst, aus der Fassung zu bringen, so daß nur ein paar einsilbige Worte noch gewechselt wurden. Edward schickte sich zum Gehen an, natürlich nicht, ohne der Hausherrin noch für ihre Güte zu danken und Dolly ins Ohr zu flüstern, er werde morgen wieder vorsprechen, falls eine Antwort auf das Briefchen da sein sollte – was sie allerdings schon wußte, auch wenn er es ihr nicht gesagt hätte, da Barnaby und sein Rabe schon in der vergangenen Nacht vorgesprochen hatten, um sie auf diesen Besuch vorzubereiten.

Gabriel begleitete Edward zur Tür und kam mit den Händen

in den Taschen zurück; nachdem er in lebhafter Unruhe durch das Zimmer gerannt war und allerhand Seitenblicke auf Mrs. Varden geworfen hatte (die mit der ruhigsten Haltung in der Welt an fünf Faden tief in das protestantische Hausbuch versunken war), fragte er Dolly, wie sie den Weg zum Warren-Haus zurückzulegen gedenke. Dolly meinte, mit der Postkutsche, und sah auf die Mutter, die sich auf diese stillschweigende Anrufung hin mindestens noch einige weitere Klafter tief in die Erbauungsschrift versenkte und für alle irdischen Dinge das Bewußtsein verloren hatte.

»Martha« – sagte der Schlosser.

»Ich höre, Varden«, antwortete seine Frau, ohne an die Oberfläche zu tauchen.

»Es tut mir recht leid, meine Liebe, daß du eine solche Abneigung gegen den Maypole und gegen den alten John hast, denn sonst hätten wir ja, da wir heut einen sehr schönen Morgen haben und am Samstag für uns auch im Geschäft nicht viel los ist, alle drei im Wagen nach Chigwell hinausfahren und uns einen vergnügten Tag machen können.«

Mrs. Varden klappte auf der Stelle das Hausbuch zu, brach in Tränen aus und verlangte, in ihre Stube hinaufgeführt zu werden.

»Was ist denn nun schon wieder, Martha?« fragte der Schlosser.

Hierauf Martha: »Oh! Rede mit mir nicht!« Wenn ihr jemand anderes so etwas erzählt hätte, dann würde sie es nie und nimmer geglaubt haben, versicherte sie.

»Aber, Martha«, sagte Gabriel und stellte sich ihr in den Weg, als sie, gestützt auf Dollys Schulter, die Stube verlassen wollte, »*was* hättest du nicht geglaubt? Sage mir, was *jetzt* unrecht ist! Sag's mir! Bei meiner Seele, ich weiß es nicht. Weißt *du* es, Kind? Hol' mich der –!« rief der Schlosser, indem er in einer Art von Wahnsinnsanfall an seiner Perücke zupfte – »niemand weiß es, glaube ich wirklich und wahrhaftig, als die Miggs!«

»Die Miggs«, sagte Mrs. Varden matt und mit Merkmalen einer im Anzuge befindlichen Ohnmacht – »die Miggs ist mir treu ergeben, und das ist wohl schon Grund, um in diesem Hause allen Haß auf ihr Haupt zu lenken. Sie ist für mich ein Trost, mag sie andern sonst etwas sein!«

»Für mich ist sie kein Trost«, rief Gabriel, durch die Verzweiflung kühn geworden. »Für mich ist sie der Jammer, das Elend meines Lebens. Sie vereint für mich die sämtlichen Plagen Ägyptens in ihrer Person.«

»Daß sie in solchem Licht betrachtet wird, weiß ich nur zu gut!« sagte Mrs. Varden. »Auf solche Dinge war ich vorbereitet! Wenn du mich auf solche Art und Weise ins Gesicht schmähst: wie kann ich mich dann wundern, daß du *sie* hinter ihrem Rücken schmähst!« Und da die Unzurechnungsfähigkeit hier besonders stark wurde, weinte und lachte und schluchzte Mrs. Varden und zitterte und verschluckte und sich würgte, und sagte, sie wüßte, es sei sehr närrisch, aber sie könne nichts dazu tun, und wenn sie erst gestorben und von der Welt sei, dann würde es ihnen vielleicht leid darum sein – mit einem Worte: sie bewegte sich mit großem Anstand durch alle die bei solchen Anlässen möglichen Mätzchen, und nachdem sie in ihr Zimmer hinaufgetragen worden war, legte man sie in einem in hohem Grade an Krampfzustände erinnernden Zustand auf ihr Bett. Die Miggs warf sich sogleich verzweifelt über den Körper ihrer Herrin.

Die Weltweisheit von all diesen Dingen war, daß Mrs. Varden den Wunsch hegte, nach Chigwell zu fahren; daß sie keinerlei Zugeständnis machen wollte; daß sie einzig und allein darauf ausging, sich durch Bitten und Aufforderungen dazu bestimmen zu lassen, und daß sie sich auf andere Bedingungen nicht einlassen mochte. Demgemäß geschah es denn auch, daß nach einem ausgiebigen Aufwand von Schluchzen und Weinen in der Oberstube, nach vielerlei feuchten Umschlägen um ihre Stirn und vielerlei Weingeist-Einreibungen ihrer Schläfen, desgleichen Hirschhorngeist-Darreichungen für Nasen und dergleichen Hilfsmitteln mehr zur Wiederherstellung der Zurechnungsfähigkeit eines weiblichen Wesens, nicht minder nach höchst schwungvollen Zusprachen und Beschwörungen seitens der Jungfer Miggs, denen durch warmen Schnaps mit Wasser in nicht übermäßig schwacher Mischung und durch verschiedenerlei andere Herzstärkungen von ebenso stimulierender Eigenschaft, erst teelöffelweise dann in zunehmenden Dosen, nachgeholfen wurde (von denen übrigens die Miggs, da Ohnmachten ansteckend wirkten, für sich eine entsprechende Menge als Vorbeugungsmittel verbrauchte) – nach Anwendung all dieser Mittel und Mittelchen und vieler anderen mehr (die zu zahlreich sind, um aufgezählt, aber nicht um eingenommen zu werden), geschah es denn auch, daß der Schlosser sich reuig zeigte.

»Es ist ja bloß um der Ruhe und um des lieben Friedens willen, Vater«, sagte Dolly und drängte den Schlosser hinaufzugehen.

»O Dolly, Dolly!« sagte ihr gutherziger Vater; »wenn du jemals einen Ehemann hast …«

Dolly schaute zum Spiegel.

»Na – wie gesagt, *wenn's* mal so weit ist«, sagte der Schlosser wieder, »dann falle niemals in Ohnmacht, mein Liebling! Mehr häuslicher Unsegen ist aus dergleichen leichten Ohnmachten – (ich meine solche, die jeder leicht bekommen kann) – hervorgegangen, Dolly, als durch alle stärkeren Leidenschaften zusammengenommen. Vergiß das nie, mein Liebling! Wenn dir daran gelegen ist, wirklich glücklich zu werden – denn du kannst nicht glücklich werden, wenn's dein Mann nicht auch ist. Und noch ein Wort ins Ohr für dich, mein Kleinod! Laß nie in deinem Leben eine Miggs ins Haus!«

Zu diesem Ratschlag gesellte sich ein Kuß, den er seiner blühenden Tochter auf die Wange gab, und dann schlich er langsam in Mrs. Vardens Stube. Leichenblaß und schmachtend lag die Dame auf ihrem Sofa und suchte Erfrischung und Stärkung in dem Anblick ihres neuesten Hutes, den die Miggs als Mittel zur Besänftigung der verstreuten Lebensgeister neben ihrem Bett in der vorteilhaftesten Weise zur Auslage gebracht hatte.

»Da kommt der Hausherr, Frau Meisterin«, sagte die Miggs. »O, welch ein Glück ist es doch, wenn Mann und Weib sich wieder vertragen! O Du gütiger Gott! Wer möchte wohl mutmaßen, daß zwischen ihm und ihr je ein böses Wort gefallen wäre!« In der Kraftfülle dieser Empfindungen, die als ein Anruf zum Himmel im allgemeinen zum Ausdruck gebracht wurden, setzte die Miggs sich selbst den Hut auf den Kopf, schlug die Hände ineinander und ließ ihren Tränen freien Lauf.

»Ich kann's nicht ändern«, schrie die Miggs, »ich könnt's nicht ändern, und wenn ich ertrinken sollte! Sie verzeiht nun einmal so leicht! Sie wird alles vergessen, was vorgefallen ist, Herr Meister, und mitfahren – o, mit Euch mitfahren, und wenn's bis an Ende der Welt wäre!«

Mrs. Varden machte ihrer Helferin für diese Anwandlung von Begeisterung durch ein schwaches Lächeln einen leisen Vorwurf und erinnerte sie gleichzeitig daran, daß sie ja viel zu unwohl sei, um sich heute hinauszuwagen.

»O nein, Frau Meisterin, das seid Ihr nicht! Das seid Ihr ganz gewiß nicht!« sagte die Miggs; »ich berufe mich auf den Meister. Der Meister weiß, daß Ihr's nicht seid, Frau Meisterin! Die frische Luft und die Fahrt im Wagen werden Euch guttun, Frau Meisterin – und Ihr dürft Euch nicht so gehenlassen, dürft Euch nicht aufgeben. Sie muß sich zusammennehmen; nicht wahr Herr Meister? Unser aller Wohl und Segen halber! Ich hab' ihr das noch eben erst gesagt. Ihr wißt ja, daß Dolly auch mitgeht, und der Meister auch, und Ihr auch, und dann ist doch alles so glücklich und so fidel beisammen. O!« rief die Miggs und ließ wieder ihre Tränen schießen, gewissermaßen die Vorbereitung dafür, in großer Erregung die Stube zu verlassen, was auch sogleich unter den weiteren Ausrufen geschah: »Meine Augen sehen keine zweite Frau wie diese, die mit so versöhnlichem Geist gesegnet ist wie sie! Auch der Meister hat keine zweite solche Frau gesehen; nein! – Nicht eine einzige – nein! Niemals! Niemals!«

Fünf Minuten etwa sträubte sich Mrs. Varden sanft gegen alle Bitten ihres Gemahls, ihm den Gefallen zu tun und den für heute geplanten Ausflug mitzumachen; dann endlich ließ sie sich überzeugen, und unter der Versicherung, ihm aus freien Stücken Verzeihung gewähren zu wollen (wofür, wie sie frömmelnd bemerkte, das Verdienst dem protestantischen Hausbuch und nicht ihr zuzumessen sei), verlieh sie dem Wunsch Ausdruck, die Miggs möge kommen und ihr beim Ankleiden behilflich sein. Der dienstbare Geist war alsbald zur Stelle, und ihren gemeinsamen Bemühungen müssen wir – dies erheischt die Gerechtigkeit – den Umstand zuschreiben, daß die wackere Dame, als sie nach einer entsprechenden Frist in vollständiger Ausrüstung die Treppe hinunterstieg, wirklich ganz so aussah, als sei nichts vorgefallen. Sie schien sich bester Gesundheit zu erfreuen.

Und Dolly – nun, Dolly stand wieder da, Muster und Abbild eines gesunden und liebenswerten Mädchens. Sie trug ein schneidiges, kurzes, kirschfarbenes Mäntelchen mit einer Kapuze aus gleichem Stoff und von gleicher Farbe. Auf der Spitze dieser Kapuze saß ein Strohhütchen, das mit roten Bändern besetzt und ein wenig schief auf die Seite gerückt war – kurz gesagt, gerade schief genug, um es zum schalkhaftesten und herausforderndsten Kopfputz zu machen, den eine gottlose Putzmacherin jemals ersonnen hat. Und wenn auch gar nicht von der Art und Weise geredet werden soll, wie diese kirschfarbigen Zierate ihre Augen aufhellten oder ihren Lippen es gleichzutun versuchten oder eine neue Glut über ihr Antlitz ergossen – so war doch der kleine Muff, den sie trug, ein so grausames Ding, und auch das Paar Schuhe, in dem ihre Füßchen steckten, waren ein Paar so grausame Dinger, und die Schmacht- und Ringellöckchen mancherlei Art, von denen ihr Gesichtchen umrahmt und eingezwängt war, waren so grausame Dingerchen, daß, als Herr Tappertit, der den Kopf des Pferdes hielt, sie jetzt allein aus dem Haus heraustreten sah, einen solchen Drang, sie in den Wagen hineinzubugsieren und wie wahnsinnig mit ihr davonzukutschieren, über sich kommen fühlte, daß er es ganz ohne Frage getan haben würde, wenn in ihm nicht gewisse unbehagliche Zweifel darüber aufgestiegen wären, welches wohl der kürzeste Weg nach Gretna Green[38] sein möchte: ob er sich nämlich die Straße aufwärts oder abwärts, oder nach rechts hin oder links hin zu wenden habe; und ob schließlich, angenommen, daß er alle Hindernisse wirklich im Sturm nehmen würde, der Schmied dort sie schließlich auf Treu und Glauben hin würde trauen wollen; was sogar Simons aufgeregter Einbildungskraft so unwahrscheinlich vorkam, daß er zögernd innehielt. Und während er zögerte und seine Augen sechsspännig auf Dolly hinschossen, traten sein Meister und seine Meisterin und die ausdauernde Miggs aus dem Haus heraus, und die Gelegenheit war für alle Zeiten dahin. Denn jetzt krachte die Kutsche in ihren Fugen, und Mrs. Varden nahm in ihrem Innern Platz; und dann krachte sie abermals stärker als vorher, und der Schlosser nahm in ihr Platz; und dann hüpfte sie noch einmal leicht empor, als wenn ihr das Herz schlüge, und Dolly saß drinnen; und nun war sie auf und davon, und der Platz, wo sie gestanden hatte, war leer, und er und diese traurige Miggs standen nebeneinander auf der Straße.

Der brave Schlosser war in so guter Laune, als ob ihm während der letzten zwölf Monate alles gelungen wäre, und Dolly strahlte vor Freude und Anmut, und Mrs. Varden war so nett und freundlich wie nie zuvor. Während sie, von dem und jenem plaudernd, durch die Straßen ratterten, wer mußte ihnen da auf dem Straßenpflaster entgegenkommen? Nun! Kein anderer als jener junge Kutschenbauer, der so fein und so vornehm aussah, daß niemand auf Erden hätte glauben mögen, er hätte je im Leben irgendwie anderes mit einer Kutsche zu tun gehabt, als daß er in ihr gefahren wäre. Er verbeugte sich wie ein echter Edelmann.

Natürlich war Dolly verlegen, als sie sich auch verneigte, und ganz sicher zitterten die kirschfarbenen Bänder ein bißchen, als sie seinem traurigen Blick begegnete, der zu sagen schien: ›Ich habe mein Wort gehalten; ich habe angefangen, das Geschäft Geschäft sein zu lassen – mein Geschäft geht zum Teufel, und Ihr Ihr seid schuld daran!‹ Dort stand er, an den Erdboden gewurzelt, ›wie eine Statue‹, wie Dolly sagte, und ›wie ein Pumpenschwengel‹, wie Mrs. Varden sagte – bis sie um die Straßenecke herumbogen. Und als ihr Vater dachte, es wäre doch gewissermaßen eine Frechheit von ihm, und ihre Mutter sich verwundert fragte, was wohl damit gemeint gewesen sei, wurde Dolly wieder so rot, daß schließlich ihre Kapuze ganz blaß dagegen aussah.

Aber sie fuhren weiter und waren deshalb nicht minder heiter und lustig. In der überschießenden, freilich unklugen Fülle seines Herzens kehrte der Schlosser an allerhand Plätzen ein und offenbarte auf höchst eindringliche Weise seine Bekanntschaft mit allen Wirtshäusern und Kneipen am Wege, desgleichen mit allen Gastwirten und Gastwirtsfrauen, mit denen übrigens das kleine Pferd auf gleich vertraulichem Verkehrsfluß stand, denn es machte fast schon auf eigene Verantwortung hin Halt. Niemals waren Leute so vergnügt und guter Dinge darüber, daß sie andere Leute zu Gesicht bekamen, als diese Gastwirte und Gastwirtsfrauen darüber vergnügt und guter Dinge waren, Mr. Varden und Mrs. Varden und Miss Varden bei sich zu sehen; ob sie denn nicht aussteigen wollten, sagte der eine, und sie müßten doch wirklich in die gute Stube hinaufgehen, sagte ein anderer; und sie würde es sehr übelnehmen und sich ganz fest überzeugt halten, daß sie zu stolz wären, wenn sie es verschmähen würden, einen kleinen Imbiß anzunehmen, sagte eine dritte, so daß es in der Tat weit eher ein richtiger ›Kundengang‹ war als eine bloße Spazierfahrt, eine ununterbrochene Bewirtungsszene mit maß- und grenzenloser Gastfreundschaft von A bis Z. Es war gar sehr angenehm, in so großer Achtung bei den Leuten zu stehen, die vielen dargebotenen Erfrischungen gar nicht zu erwähnen; so daß denn auch Mrs. Varden kein Wort verlor und die Liebenswürdigkeit in Person war und ihrer Lustigkeit keinerlei Zwang antat – aber eine solche Masse von Beweismaterial, wie sie gegen den unglücklichen Schlossermeister an diesem einen Tage sammelte, war zum Zweck ehelicher Absichten niemals zusammengebracht worden.

Im Verlauf der Zeit – und zwar einer recht stattlichen Zeit, denn diese angenehmen Unterbrechungen hielten sie nicht wenig auf – kamen sie am Waldesrand an und gelangten schließlich, indem sie heiter und vergnügt zwischen den Bäumen hinfuhren, zum Maypole, wo des Schlossers fröhliches »Hallo-ho!« flugs den alten John und nach ihm den jungen Joe vor das Tor herauslockte. Beim Anblick der Damen waren sie so verblüfft, daß sie für einen Augenblick völlig außerstande waren, ihnen Willkommensgrüße zu entbieten. Sie standen nur stumm da und staunten.

Es dauerte nur einen Augenblick, und Joe gewann wieder Fassung und Leben, schob seinen duseligen Vater beiseite – zu dessen unaussprechlichem Ärger –, schoß vorwärts und stand im nächsten Augenblick schon in Bereitschaft, den Damen beim Aussteigen zu helfen. Dolly mußte notwendigerweise zuerst aus dem Wagen, und Joe hielt sie in seinen Armen – ja, wenn auch nur für eine Zeitspanne, nicht länger, als daß man eins zählen konnte, aber – er, Joe, hielt sie in seinen Armen: ein Fünkchen von Glückseligkeit!

Es ließe sich wirklich sehr schwer eine Beschreibung davon geben, was für eine langweilige und alltägliche Sache es war, Mrs. Varden aus dem Wagen zu helfen; aber Joe tat es auf die denkbar schicklichste Weise. Dann raffte John senior – der eine dumpfe Ahnung hatte, daß Mrs. Varden nicht sonderlich gut auf ihn zu sprechen sei, all seinen Mut und seine Kräfte zusammen, gab der Hoffnung Ausdruck, daß sie sich wohl und munter befinde, und erbot sich, sie ins Haus zu geleiten. Nachdem dieser Freundschaftsdienst freundliche Annahme gefunden hatte, schritten sie zusammen ins Maypole; Joe und Dolly folgten, Arm in Arm – (abermals Veranlassung zur Glückseligkeit!) – und Meister Varden bildete den Nachtrab.

John senior sprach den Wunsch aus, man möge sich im Gastzimmer niedersetzen. Da niemand Einspruch erhob, begaben sich sämtliche Personen dorthin. Alle Gaststuben sind wohlige Stätten, aber die Gaststube im Maypole war die wohligste, behaglichste und besteingerichtete, die eines Menschen Scharfsinn je hat ausklügeln können. Was für wundersame Flaschen hier in alten Eichenholz-Fächern standen! Blinkende Kannen hingen von Rechen herunter, in derselben geneigten Lage etwa, wie durstige Männer sie halten, wenn sie das Gefäß an die Lippen führen! Derbe, kräftige Holzfässer standen da in Reih und Glied in den Regalen! Wieviel Zitronen da in abgesonderten Netzen hingen und den in dieser Chronik schon erwähnten duftigen Hain bildeten, der im Verein mit den dicht daneben aufgestauten, schneeweißen Zuckerhüten einen Punsch ahnen ließen, der alle menschliche Vorstellung vom Ideal eines solchen Getränkes weit hinter sich lassen mußte! Wieviel Kännchen, wieviel Keltern, wieviel dicht vollgepfropfte Pfeifenständer, wieviel Plätze und Fleckchen zum Weglegen von Dingen in hohlen Fensternischen und Fenstersitzen, alles bis zum Rande vollgestopft mit Eßwaren und Trinkwaren und würzigen Zutaten! Endlich, und das war die Krone von allem: welch riesiger Laib Käse! – ein Käse, der so recht typisch war für die unerschöpflichen Vorräte dieses Wirtshauses, eine Herausforderung an alle Besucher und Gäste, ihn anzuschneiden und wieder herzukommen.

Nur ein armes Herz findet niemals eine Freude! Und es hätte das ärmste, schwächste und blutärmste Herz sein müssen, das jemals geschlagen hat, das in dieser Gaststube nicht warm geworden wäre! Das Herz der Mrs. Varden tat dies im Nu. Sie hätte zwischen solchen häuslichen Schutzgöttern, wie es die Tönnchen, Fäßchen und Flaschen, die Zitronen, Pfeifen und Käselaibe waren, John Willet ganz ebensowenig einen Vorwurf machen können, als sie es über sich hätte bringen können, ihn mit seinem eigenen blanken Vorlegemesser zu erstechen. Nun kam auch gar noch die Bestellung für die Mittagsmahlzeit – die sicher einen Wilden zahm zu machen vermocht hätte! »Ein Stück Fisch«, befahl John der Köchin – »und ein paar geröstete Lammrippchen« (in Brot gewälzt und mit recht viel Brühe), ferner »einen guten Salat und ein auf dem Rost gebratenes junges Huhn aus diesem Frühjahr mit einer Platte Brühwürstchen mit Quetschkartoffeln oder etwas von dieser Art.« Etwas von dieser Art! Welche Vorräte in solchen Wirtshäusern doch lagen. So ohne alles Bedenken und Säumen über Schüsseln und Platten von Speisen zu verfügen, die eine jede für sich schon ein Festtagsessen ersten Ranges gewesen wäre, wie man es sich selbst für eine Hochzeitstafel oder etwas dergleichen nicht besser hätte wünschen können! – »Etwas von dieser Art!« Was ja etwa hieß, wie: Nun, wenn du kein junges Huhn aus diesem Frühjahr auftreiben kannst, dann tut's auch irgend so'n anderes Lumpending aus dem Geflügelstall – so was wie ein Pfauhahn am Ende gar! Und nun gar noch die Küche mit ihrem großen, breiten, weitausgehöhlten Kamin! Diese Küche, wo nichts unmöglich zu sein schien, was in das Gebiet der Kochkunst gehört! Mrs. Varden kehrte, nachdem sie diese Wunder und Herrlichkeiten in Augenschein genommen hatte, wieder ins Gastzimmer zurück – mit einem Schwindel und einem Staunen, daß sie sich kaum auf den Beinen zu halten vermochte. Um dergleichen Küchenreichtum zu begreifen, dazu reichte ihre hausmütterliche Befähigung nicht aus. Sie war genötigt, ein Schläfchen zu halten; denn im Bereiche von einer solchen Unermeßlichkeit zu wachen, das wäre zu viel der Pein gewesen!

Indessen trippelte Dolly, der das Herz vor Freude und Aufregung schwoll und deren Augen bald hierhin, bald dorthin schauten, auf einem Fußweg, der ihr recht wohl bekannt war, über die Felder hin, um ihren Auftrag im Warren zu erledigen. Und der Mann, der diese Erzählung hier berichtet, ist dahin unterrichtet worden und glaubt es steif und fest, daß man weit weniger anmutiger Dinge hätte ansichtig werden können als des kirschroten Mäntelchens mit den kirschroten Bändern, die wie Flatterdinge – was anderes waren sie ja im Grunde nicht! – über die grünen Wiesen in dem hellen, heiteren Tageslicht dahineilten.

20. Kapitel

Das stolze Bewußtsein des ihr bewiesenen Vertrauens und die große Wichtigkeit, die sie hieraus für die Sache herleitete, würde sich dem ganzen Haus auf der Stelle von selbst verkündet haben, wenn sie durch seine Bewohner hätte Spießruten laufen müssen; aber da Dolly, als sie noch Kind war, gar viele Male in jedem der traurigen Räume und Gänge gespielt hatte und seitdem immer die ergebene Freundin von Miss Haredale geblieben war, war sie mit dem ganzen Haus bestens vertraut. Darum begab sie sich, ohne jede andere bessere Vorsicht, als daß sie den Atem anhielt und auf den Zehen ging, durch das Bücherzimmer hindurch in Emmas Stube.

Es war der freundlichste, hellste Raum in dem Gebäude. Das

Zimmer war ja, wie alle anderen hier auch, düster, aber die Gegenwart von Jugend und Schönheit würde ein Gefängnis zur heiteren Stätte machen. Vögel, Blumen, Bücher, Malerei, Musik und Hunderte solcher anmutigen Beispiele weiblicher Pflege und Fürsorge erfüllten es mit mehr Leben und menschlicher Anteilnahme, als das ganze Gebäude in sich zu bergen schien. Es lagen Herz und Liebe in diesem Zimmer; und wer ein Herz hat, der kann auch die schweigsame Gegenwart eines andern erkennen.

Dolly besaß ganz ohne Zweifel ein großes Herz, wenn es auch in einem schwachen Nebel von Gefallsucht steckte (so etwa, wie ja auch die Lebenssonne in ihrer Morgenzeit bisweilen umnebelt ist), und dadurch etwas von seinem Glanz verlor. Als nun Emma aufstand, um ihr guten Tag zu wünschen, und ihr mit einem zärtlichen Kuß auf die Wange in ihrer gesetzten, ruhigen Weise erzählte, daß sie recht, recht unglücklich gewesen sei, da schossen Tränen in Dollys Augen, und sie fühlte sich unsagbar traurig. Im nächsten Augenblick aber streifte ihr Blick zufällig den Spiegel, und dort fand sie jetzt wirklich etwas so außerordentlich Angenehmes, daß sie lächeln mußte und sich getröstet fühlte.

»Ich habe davon gehört, Miss Haredale«, sagte Dolly, »und es ist ja wirklich auch sehr traurig; aber immer dann, wenn sich die Dinge zum Schlimmsten wenden, kommt mit Sicherheit eine bessere Fügung.«

»Aber weißt du auch, daß es sich schon bis zum Schlimmsten gestaltet hat?« fragte Emma.

»Nun, ich verstehe nicht recht, wie sich die Dinge dann noch unerfreulicher gestalten könnten; wirklich, das sehe ich nicht!« sagte Dolly. »Und ich bringe auch etwas, womit sich ein Anfang machen läßt.«

»Doch nicht von Edward?«

Dolly nickte und lächelte, und da sie nun in den Taschen – (damals wurden noch Taschen an den Kleidern getragen!) – mit einer Geziertheit herumtastete, als könne sie gar nicht finden, was sie suchte (ein Umstand, der die Wichtigkeit der Sache natürlich erheblich steigerte) – dauerte es seine Zeit, bis sie endlich den Brief zum Vorschein brachte.

Während Emma hastig das Siegel löste und sich in den Inhalt des Briefes vertiefte, wanderten Dollys Augen, infolge einer jener seltsamen Zufälle, für die sich kein Grund nennen läßt, wieder zum Spiegel. Sie konnte sich des Gedankens nicht erwehren, ob der Kutschenbauer auch recht viel Leid im Herzen trüge, und es tat auch ihr recht leid um den armen Mann.

Es war ein langer Brief – ein sehr langer Brief, eng auf allen vier Seiten des Bogens und auch an den Rändern noch voll beschrieben; aber es war kein tröstlicher Brief, denn während Emma ihn las, hielt sie zu wiederholten Malen inne, um sich mit dem Taschentuch über die Augen zu fahren. Dolly war verwundert, Emma in so heftiger Bekümmernis zu sehen; denn für sie war ein Liebeshandel nichts anderes, als einer der besten Scherze und lustigsten Begebenheiten im Leben. Sie gelangte bald zu der Überzeugung, daß Miss Haredale so traurig war, weil sie zu treu war. Wenn sie sich nur einmal dazu entschließen könnte, es mit einem andern jungen Herrn zu versuchen – natürlich in der denkbar unschuldigsten und harmlosesten Weise, um den ersten Liebhaber nicht kopfscheu zu machen – würde sich ihre Stimmung sofort aufheitern.

Wenigstens weiß ich, daß ich es so machen würde, dachte Dolly. Seinen Verehrer elend und unglücklich zu machen, das mag angehen; aber sich dabei selbst elend und unglücklich zu machen, das ist denn doch zu viel!

Es schien ihr unangebracht, dieser Anschauung Ausdruck zu geben, und deshalb blieb sie still und ruhig sitzen. Sie bedurfte hierzu freilich eines sehr starken Geduldsfadens, denn als der lange Brief einmal von Anfang an bis zu Ende durchgelesen war, wurde er abermals von Anfang bis zu Ende gelesen, und nach diesem zweiten Male sogar ein drittes Mal. Während dieses langwierigen Vorganges schlug Dolly die Zeit tot, indem sie sich das Haar mit Hilfe des vorerwähnten Spiegels in Locken um die Finger drehte.

Jedes Ding hat ein Ende. Sogar verliebte junge Damen können nicht immer und ewig Briefe lesen. Der Brief wurde zusammengefaltet, dann galt es, über eine passende Antwort nachzudenken.

Aber da dieser Versuch ebenfalls Zeit beanspruchte, wollte Emma ihn bis nach dem Essen verschieben, damit Dolly bei ihr zu Tisch bliebe. Da Dolly genau das erhofft hatte, bedurfte es nur wenig Bittens und Zusprechens; nachdem die beiden Mädchen sich über diesen Punkt geeinigt hatten, begaben sie sich in den Garten, um dort ein wenig spazierenzugehen.

Sie schritten gemächlich die Terrassengänge auf und ab, unter fortwährendem Schwatzen – wenigstens Dolly ließ ihr Mäulchen nicht ein einziges Mal still stehen – und hüllten hierdurch diesen Bereich des düsteren und traurigen Hauses in ein recht lustiges Gewand. Sie sprachen ja nicht gerade laut oder lachten etwa übermäßig – aber sie waren beide so nett und hübsch, und es war ein so lustiger, heiterer Tag, und ihre leichten Gewänder und dunklen Locken schienen so frei und so ungezwungen und vergnügt in ihrer Vereinsamung zu sein, und Emma war so reizend und Dolly so rosig, und Emma so zart gebaut und Dolly so rund, und – kurz gesagt, für keinen Garten gibt's Blumen wie diese, mögen die Gartenkünstler auch noch soviel sagen; und beide, Haus wie Garten, schienen das zu wissen und sich merklich aufzuheitern und zu erhellen.

Hierauf kam das Essen und das Briefschreiben und noch einiges weitere Schwatzen und Plaudern, wobei Miss Haredale die gefallsüchtigen und unbeständigen Neigungen ihrer Freundin sanft kritisierte, was Dolly aber mehr als Kompliment auffaßte. Als Emma erkannte, daß Dolly in dieser Hinsicht unverbesserlich sei, willigte sie in die Trennung ein, aber nicht eher, als bis sie Dolly die sorgsamst zu verwahrende Antwort und dazu ein hübsches Armgebinde als Geschenk überreicht hatte. Nachdem sie es Dolly um den Arm gelegt und ihr nochmals, halb im Scherz, halb im Ernst geraten hatte, ihr schelmisches Benehmen der jungen Herrenwelt gegenüber zu ändern, da sie ja wisse, daß sie Joe von Herzen zugetan sei – (was Dolly mit einer großen Menge hochmütiger Verwahrungen, und der Äußerung, da fände sich doch hoffentlich noch etwas weit besseres für sie und so weiter) – sagte sie ihr Lebewohl. Nach dem Abschied rief sie Dolly sogleich noch einmal zurück, um ihr für Edward, zur Ergänzung der schriftlichen, eine mündliche Botschaft aufzutragen, die aber auch für das Gedächtnis einer weit reiferen Persönlichkeit als Dolly nur schwer zu behalten gewesen wäre.

Dolly sagte Emma herzlich Lebewohl und trippelte die Stufen hinab. Sie war eben im Begriff, auf Zehenspitzen durch die gefürchtete Tür der Bibliothek zu schleichen, als sich die Tür öffnete und, siehe da, Mr. Haredale auf die Schwelle trat.

Nun hatte Dolly von Kindesbeinen an nie anders an diesen Gentleman denken können als mit einer Vorstellung von etwas Grimmigem und Gespenstischem. Da sie außerdem kein reines

Gewissen hatte, jagte ihr sein Anblick einen solchen Schrecken ein, daß sie weder einen Knicks machte noch das Weite suchte. Statt dessen blieb sie mit niedergeschlagenen Augen stehen und zitterte am ganzen Leib.

»Kommt herein, Mädchen«, sagte Mr. Haredale und nahm sie bei der Hand. – »Ich möchte ein paar Worte mit Euch sprechen.«

»Erlaubt, Sir, aber ich habe es sehr eilig«, stotterte Dolly, »und – und Ihr habt mich so erschreckt, weil Ihr so plötzlich auf mich zugetreten seid, Sir – ich möchte lieber gehen, Sir, wenn Ihr mich gütigst vorbeilassen wollt!«

»Auf der Stelle«, antwortete Haredale, der sie inzwischen in die Stube geführt und die Tür hinter sich geschlossen hatte. »Ihr sollt sofort gehen! Ihr seid eben bei Emma gewesen?«

»Ja, Sir, in dieser Minute. Der Vater wartet auf mich, gnädiger Herr; wenn Ihr also die Güte haben möchtet –«

»Ich weiß, ich weiß!« sagte Mr. Haredale –, »antwortet mir nur auf eine Frage! Was habt Ihr hergebracht?«

»Was ich hergebracht habe, Sir?« stotterte Dolly.

»Ihr werdet mir doch die Wahrheit sagen. Wie?«

Dolly zögerte eine Weile und sagte schließlich: »Nun ja, Sir, einen Brief.«

»Von Mr. Edward Chester natürlich. Und die Antwort bringt Ihr ihm auch?«

Dolly zögerte wiederum, und da sie sich nicht mehr zu helfen wußte, brach sie in Tränen aus.

»Ihr seid ganz ohne Grund so ängstlich«, antwortete Mr. Haredale. »Warum seid Ihr so verwirrt? Antwortet mir doch! Ihr wißt doch, daß ich bloß Emma zu fragen brauche und von ihr die Wahrheit erfahre. Habt Ihr die Antwort bei Euch?« Dolly konnte sehr wohl, wie man im Volksmund so sagt, dickköpfig sein, und da sie sich jetzt in der Klemme sah, versuchte sie, von dieser Eigenschaft Gebrauch zu machen.

»Jawohl, Sir«, versetzte sie, zitternd und erschreckt, wie sie ja war –, »jawohl, gnädiger Herr! Ich habe einen Brief. Ihr mögt mich umbringen, wenn's Euch Spaß macht, Sir; aber herausgeben werde ich ihn nicht. Es tut mir leid, in der Seele leid – aber das kann ich nicht! Nein – und nun wissen Sie's, gnädiger Herr!«

»Eure Standhaftigkeit, Eure Offenheit verdienen Lob«, sagte Mr. Haredale. »Seid versichert, daß ich weder nach Eurem Brief noch nach Eurem Leben trachte. Ihr seid eine sehr redliche, verschwiegene Botin und ein tapferes Mädchen!«

Da sie, wie sie später bekannte, nicht sicher war, ob er sie nicht mit diesen höflichen Redensarten »herumkriegen« wollte, hielt Dolly sich so weit entfernt von ihm wie möglich, fing abermals an zu weinen und zeigte den festen Entschluß, ihre Tasche (denn dort steckte der Brief) zu verteidigen.

»Ich erwäge«, meinte Mr. Haredale nach einem kurzen Schweigen, während er sie ansah, wobei sich ein Lächeln durch die tiefe Trauer auf seinem Gesicht kämpfte – »ich erwäge für meine Nichte eine Genossin, eine Gesellschafterin anzuwerben; sie führt hier doch ein gar zu einsames Leben! Würdet Ihr das vielleicht wollen? Ihr seid ihre älteste Freundin und steht am besten bei ihr angeschrieben.«

»Ich weiß nicht, Sir«, antwortete Dolly, die nicht wußte, ob er nicht etwa bloß Scherz mit ihr triebe. »Ich kann's nicht sagen – ich weiß nicht, was meine Eltern dazu sagen werden. Ich für meine Person kann gar nichts sagen, Sir.«

»Wenn nun Eure Angehörigen nichts dagegen hätten, würdet Ihr anderer Meinung als diese sein oder nicht?« fragte Mr. Haredale. »Es ist ja eine ganz offene, ehrliche Frage, und die Antwort darauf doch leicht!«

»Keineswegs anderer Meinung als meine Angehörigen, soweit ich im Augenblick sagen kann, Sir«, erwiderte Dolly. »Ich würde mich vielmehr außerordentlich freuen, in Emmas Nähe zu sein, und freue mich ja immer, hierherzukommen.«

»Nun, das ist doch ein Wort!« meinte Haredale. »So laß ich's mir gefallen. Das ist alles, was ich zu sagen hatte. Ihr habt es eilig, fortzukommen. Laßt Euch durch mich nicht aufhalten!«

Dolly ließ sich nicht aufhalten, sie wartete auch nicht ab, ob er etwa doch versuchen würde, sie aufzuhalten, sondern war vielmehr, kaum daß die Worte über seine Lippen waren, auch schon aus dem Zimmer und aus dem Hause verschwunden. Schon stand sie wieder draußen im Freien auf den Feldern.

Das erste natürlich, was sie tun mußte, als sie zur Besinnung kam und erwog, welche Ängste sie ausgestanden hatte, war, von neuem zu weinen; als sie darüber nachsann, wie gut sie sich aus der Affäre gezogen hatte, mußte sie aber aus vollem Herzen lachen. Waren die Tränen erst einmal verbannt, so machten sie der Freude Platz, und Dolly lachte zuletzt so sehr, daß sie sich an einen Baum lehnte und dem Jubel in ihrem Herzen Luft machte. Als sie nicht mehr lachen konnte und ganz matt und müde war, schob sie ihren Kopfputz in die rechte Lage, trocknete die Augen, sah vergnügt und mit triumphierender Miene auf die Schornsteine des Warren-Hauses und nahm ihren Weg wieder auf.

Die Dämmerung war schon hereingebrochen, und es fing rasch an, finster zu werden; aber sie kannte den Weg von ihren früheren Besuchen her so genau, daß es ihr nicht im mindesten unbehaglich wurde. Außerdem war ja auch das Armband da, das Bewunderung erheischte, und als sie es recht tüchtig gerieben hatte und in Armeslänge von sich hielt, da funkelte und glitzerte es so schön an ihrem Handgelenk, daß es wirklich ein aufreibendes Stück Arbeit war, es von allen Seiten und in allen möglichen Armbiegungen zu betrachten. Dann hatte sie ja auch den Brief, und er sah so geheimnisvoll und so vielversprechend aus, als sie ihn aus der Tasche nahm, und es stand, wie sie wußte, soviel darin, daß es wiederum recht viel unverwandter Aufmerksamkeit erheischte, ihn um- und umzudrehen und über ihn nachzudenken und sich die Frage zu stellen, was wohl sein Anfang und was sein Schluß sein möchte, und was alles durch ihn mitgeteilt und zum Ausdruck gebracht würde. Vom Armband zum Briefe und vom Briefe zum Armband war gerade Arbeit genug und ließ kaum Zeit, noch an andere Dinge zu denken. So schritt Dolly lustig und vergnügt einher.

Als sie dort, wo der Pfad schmal wurde und zwischen zwei hin und wieder mit Bäumen umstandenen Hecken entlang führte, durch eine Art von Tor oder Pforte schritt, hörte sie dicht in der Nähe ein Geraschel, das sie veranlaßte, plötzlich stehen zu bleiben. Sie lauschte. Es war alles ruhig und still; und sie schritt wieder weiter – nicht gerade erschreckt, aber doch ein bißchen flinker, und möglicherweise auch nicht ganz so behaglich wie zuvor.

Sie hatte sich kaum wieder in Gang gesetzt, als sie das gleiche Geräusch zu hören meinte; es klang, als ob jemand zwischen Gebüsch und Gesträuch entlangkriechen würde. Als sie zu dem Fleck sah, woher das Geräusch zu kommen schien, bildete sie sich beinahe ein, eine kriechende Gestalt wahrzunehmen. Sie blieb wieder stehen. Alles war wieder so still und ruhig wie zuvor. Noch einmal schritt sie weiter – diesmal ganz bestimmt schneller – und versuchte, leise vor sich hin zu trällern. Es mußte der Wind sein …

Aber wie kam der Wind dazu, nur dann zu blasen, wenn sie ging, und einzuhalten, wenn sie still stand? Sie blieb unwillkürlich stehen, als sie diese Überlegung machte, und das raschelnde Geräusch setzte gleicherweise aus. Sie war jetzt wirklich erschrocken und stand unschlüssig da, was sie tun solle – als das Gebüsch knackte und sich teilte. Ein Mann rannte durch die Zweige auf sie zu.

21. Kapitel

Für Dolly war es zuerst einmal eine unaussprechliche Erleichterung, in der Person, die sich ihr so unvermutet in den Weg stellte, den Maypole-Hugh zu erkennen. Sie stieß seinen Namen im Tone freudiger Verwunderung aus, der ihr wirklich aus dem Herzen kam.

»Wart Ihr es?« sagte sie. »Wie froh bin ich, Euch zu sehen! Aber warum habt Ihr mich so erschreckt?«

Er gab keine Antwort, sondern stand still und ruhig da und blickte sie an.

»Seid Ihr mir entgegengekommen?« fragte Dolly.

Hugh nickte und stotterte, er hätte auf sie gewartet und hätte gedacht, sie würde eher kommen.

»Ich dachte mir schon, daß man nach mir schicken würde«, meinte Dolly.

»Mich hat niemand geschickt«, war seine barsche Antwort. »Ich bin von allein gekommen.«

Das rohe Benehmen dieses Gesellen und sein wildes, ungeschlachtes Äußeres hatten das Mädchen auch schon im Beisein anderer mit unklarer Furcht erfüllt, die einen instinktiv zurückweichen läßt. Ihn jetzt an einem so einsamen Platz als ungebetenen Gesellschafter neben sich zu haben, während die Dunkelheit sich tiefer und tiefer niedersenkte, erneuerte diese Angst.

Hinzu kam, daß er ihr anders schien als sonst, nicht nur wild und leidenschaftlich. Da lag noch etwas von roher Bewunderung in seinem Blicke, was ihr angst machte. Sie sah schüchtern zu ihm hinüber. Sollte sie voran- oder hinterhergehen? Er stand da und stierte sie an wie ein hübscher Satyr ... und so verharrten sie eine kurze Zeit, ohne sich zu rühren oder das Schweigen zu brechen. Endlich faßte Dolly Mut, eilte an ihm vorbei und lief davon.

»Warum strengt Ihr Euch so sehr an, mir aus dem Weg zu gehen?« fragte Hugh, der sie sofort eingeholt hatte und dicht an ihrer Seite blieb. »Ich will, so schnell ich kann, zurück, und Ihr lauft zu dicht neben mir«, antwortete Dolly.

»Zu dicht!« meinte Hugh und beugte sich so tief über sie, daß sie seine Brust an ihrer Stirn schlagen hörte – »warum zu dicht? Mir gegenüber seid Ihr ja immer stolz, junge Frau!«

»Ich bin gegen niemand stolz. Ihr schätzt mich falsch ein«, antwortete Dolly. »Bleibt hinten, wenn's Euch recht ist, oder geht voran!«

»Nein, junge Frau!« versetzte er, indem er versuchte, ihren Arm durch den seinen zu schieben – »ich will mit Euch zusammen gehen.«

Sie machte sich frei, ballte ihre kleine Hand zu einer Faust, schlug ihn mit voller Kraft. Drauf brach Maypole-Hugh in ein schallendes Gelächter aus, legte seinen Arm um ihren Leib und hielt sie mit seinem starken Arm so leicht, als ob sie ein Vögelchen wäre.

»Ha ha ha! Gut gemacht. Schlagt noch einmal! Ihr dürft mich schon ins Gesicht schlagen, dürft mir das Haar, dürft mir den Bart mit den Wurzeln ausreißen – mir ist alles recht um Eurer hellen Augen willen. Schlagt doch noch einmal, junge Frau. Nur zu! Ha! Ich hab's gern – wirklich!«

»Laßt mich gehen«, rief sie und versuchte ihn mit beiden Händen von sich zu drängen. »Laßt mich sofort gehen!«

»Seid lieber, Süßlippchen, ein wenig freundlicher zu mir«, sagte Hugh. »So gut! Kommt! Sagt's mir nun! Warum seid Ihr immer so stolz? Ich bin Euch deswegen nicht böse. Ich liebe es an Euch, wenn Ihr stolz seid. Ha! Eure Schönheit könnt Ihr auch vor einem armen Kerle nicht verstecken: das ist mein Trost!«

Sie gab ihm keine Antwort, sondern versuchte auszureißen. Schließlich ging ihr die Kraft aus und sie konnte nicht weitergehen.

»Hugh«, schrie das keusche Mädchen, »guter Hugh! Wenn Ihr mich gehen laßt, will ich alles geben – alles, alles, was ich habe – und niemals einem lebenden Wesen ein Wort davon erzählen.«

»Ihr tätet am besten, wenn Ihr das lassen würdet«, antwortete er. »Hört Ihr? Mich kennt hier jeder und jeder weiß, was ich zu tun wage, wenn ich's mir in den Kopf setze. Kommt Ihr jemals in Versuchung zu plaudern, dann haltet die Worte auf Euren Lippen zurück und denkt an das Unheil, das Ihr, sobald Ihr redet, auf manch unschuldiges Haupt bringen werdet, dem Ihr nicht ein Härchen zu krümmen wagt. Bringt mich in Schwierigkeiten, und ich bringe dafür andere in Schwierigkeiten – und sonst noch wohin! Ich scher mich nicht mehr um sie als um ebensoviel Hunde; nicht einmal so viel! – Warum sollt ich auch? Ich würde alle Tage lieber einen Menschen als einen Hund erschlagen. Den Tod eines Menschen habe ich in meinem ganzen Leben noch nicht bedauert, den eines Hundes schon oft.«

Es lag etwas so schrecklich Wildes in der Art und Weise, wie diese Äußerungen fielen, und in den Blicken und Gebärden, die sie begleiteten, daß die große Furcht vor ihm Dolly Varden neue Kraft verlieh. Mit einer plötzlichen Bewegung riß sie sich von ihm frei und rannte leichtfüßig davon. Aber Hugh war so behend und kräftig und flink auf den Beinen wie irgendwer im weiten England, und so war es ihrerseits nur vergebliche Mühe, denn er hielt sie wieder in seinem umschlingenden Arm, noch ehe sie hundert Schritte weit gelaufen war.

»Sachte, mein Lieb – und hübsch artig – was wollt Ihr denn vor dem rauhen Hugh fliehen, der Euch doch gerade so gut liebt wie einer von den galanten Herrchen in der guten Stube?«

»Ja! Ich will fliehen«, gab sie zur Antwort und wehrte sich wieder, um von ihm loszukommen. »Ich will weg! Hilfe!«

»Für diese Schreierei schuldet Ihr mir was«, rief Hugh. »Ha! Eine Buße und zwar eine hübsche, eine von Euren Lippen. Ich werde mich selbst belohnen.«

»Hilfe! Hilfe! Hilfe!« Während sie kreischend um Hilfe schrie, wurde eine Antwort laut, ein ferner Ruf wurde mehrmals wiederholt.

»Dem Himmel sei Dank!« rief das Mädchen erleichtert. »Joe! Lieber guter Joe! Hierher! Hilfe!«

Ihr Angreifer stand einen Augenblick unschlüssig. Aber die jetzt rasch näherdringenden Zurufe zwangen ihn zu einer raschen Entscheidung. Er gab Dolly frei und flüsterte mit drohenden Blicken: »Sagt's ihm! Sagt's nur, und Ihr werdet sehen, was folgt!« Mit einem Satz war er in der Hecke verschwunden. Dolly rannte davon und flog Joe Willet direkt in die offenen Arme.

»Was ist denn los? Seid Ihr verletzt? Was war denn? Wer war's denn? Wo steckt er? Wie sah er aus?« Das waren neben einigen Beteuerungen, daß sie nun in Sicherheit sei, Joes erste Worte. Aber die arme kleine Dolly war so außer Atem und noch so verängstigt, daß sie außerstande war, ihm zu antworten. Schluchzend und weinend hing sie ihm an seiner Schulter.

Joe hatte nicht das mindeste dagegen einzuwenden, daß sie sich an seine Schulter hing, obwohl die kirschfarbenen Bänder an seiner Schulter kläglich zerdrückt wurden und das kleine schmucke Hütchen dabei aus der Form geriet. Aber er konnte es nicht ertragen, sie weinen zu sehen; es schnitt ihm tief ins Herz. Er versuchte, sie zu trösten, bückte sich über sie, flüsterte ihr ins Ohr – manche sagen sogar, er habe sie geküßt; aber das ist nur eitel Gerede. Jedenfalls sagte er ihr alle freundlichen und zärtlichen Dinge, auf die er sich besann, und Dolly ließ ihn gewähren und unterbrach ihn nicht ein einziges Mal, und es dauerte wohl an zehn Minuten, wenn nicht länger, ehe sie imstande war, ihm Dank zu sagen.

»Was hat Euch denn so erschreckt?« fragte Joe.

Ein Mann, dessen Person ihr unbekannt gewesen, sei ihr gefolgt, gab sie zur Antwort; er hätte mit Betteln angefangen und sei dann zu Drohungen übergegangen und hätte sie bestimmt verschleppt, wenn Joe ihr nicht rechtzeitig geholfen hätte. Sie sprach immer noch verwirrt, was Joe der Furcht zuschrieb, die sie überstanden hatte, und keinen Augenblick kam es ihm in den Sinn, an der Wahrheit ihrer Worte zu zweifeln. »Sagt's ihm nur und Ihr werdet sehen was folgt.« An die hundert Mal an diesem Abend und später noch sehr oft, wenn sie die Enthüllung schon auf der Zunge hatte, dachte Dolly an Hughs Worte und schwieg. Eine tief eingewurzelte Furcht vor diesem Menschen, die Überzeugung, daß seine wilde, reißende Natur, einmal wachgerufen, vor nichts zurückschrecken würde, und die kräftige Beteuerung, daß er, wenn sie ihn verriet, sich an Joe rächen würde – an ihrem Retter also – das alles hinderte sie, ihr Wissen preiszugeben.

Joe seinerseits war viel zu glücklich, um diesem Zwischenfall hartnäckiger nachzuforschen; da Dolly noch immer zu sehr bebte und zitterte, um sich allein auf den Beinen zu halten, schritten sie sehr langsam und, wie er fand, in sehr vergnügter Stimmung vorwärts, bis ihnen die Maypole-Lichter entgegenblickten. Auf einmal blieb Dolly stehen und rief mit leisem Aufschrei: »Der Brief!«

»Was denn für ein Brief?« fragte Joe.

»Den ich bei mir trug – ich hielt ihn ja in der Hand. Auch mein Armband«, sagte sie und griff nach ihrem Handgelenk. »Ich habe beide Sachen verloren.«

»Meint Ihr, jetzt erst?« fragte Joe.

»Entweder habe ich sie fallenlassen, als mich dieser Mann anfiel, oder sie sind mir weggenommen worden«, antwortete Dolly. Vergeblich durchsuchte sie ihre Tasche und tastete an ihrem Kleide herum. »Sie sind weg, beide weg. Ach! Was bin ich doch für ein unglückliches Mädchen!« Mit diesen Worten fing die arme Dolly, der wir Gerechtigkeit widerfahren lassen müssen, daß sie den Verlust des Briefes nicht minder beklagte als den des Armbands, wieder bitterlich zu weinen an.

Joe versuchte sie mit der Versicherung zu trösten, daß er, sobald er sie sicher im Maypole untergebracht hätte, mit einer Laterne (denn es war schon ganz finster) zu der Stelle zurückkehren und nach den fehlenden Gegenständen suchen würde, die sich ja, da wohl niemand seitdem des Weges gekommen sein dürfte, finden müßten. Dolly dankte ihm herzlich für dieses Angebot, wenn auch ihre Hoffnung, daß sein Gang von Erfolg gekrönt sein würde, nicht eben groß war. So erreichten sie mit mancherlei Wehklagen auf beiden Seiten, und mancherlei hoffnungsvollen Worten auf seiner, und viel Weichherzigkeit und Schwachheit auf Dollys, und viel zärtlichem Beistande auf Joes Seite, endlich das Maypole-Lokal und betraten die Gaststube, wo der Schlosser und seine Frau und der alte John noch immer an der vornehmen Festtafel saßen und schmausten.

Der alte Mr. Willet nahm die Neuigkeit von Dollys schrecklichem Erlebnis mit jener überraschenden Geistesgegenwart und Redegewandtheit auf, durch die er sich vor allen anderen Menschen in so hervorragendem Maße auszeichnete. Mrs. Varden verlieh ihrem Mitgefühl für das ihrer Tochter widerfahrene Mißgeschick durch tüchtige Scheltworte darüber Ausdruck, daß sie solange draußen geblieben sei. Der ehrsame Schlossermeister aber herzte und tröstete und küßte Dolly, dann schüttelte er Joe, dem er gar nicht genug Lob und für seine Rettungsaktion spenden konnte, dankbar die Hände.

Der alte John dachte da anders. Abgesehen davon, daß er ein

entschiedener Feind aller Waghalsigkeit und Unternehmenslust war, fiel ihm auch ein, daß, wenn sein Sohn und Erbe in einer Rauferei ernstlich zu Schaden käme, die Folgen ganz gewiß sehr kostspielig und unangenehm werden würden. Am Ende könnte sogar noch das Geschäft im Maypole darunter leiden. Darum, und weil er überhaupt voller Mißtrauen gegenüber jungen Frauen war, die er insgeheim mitsamt dem ganzen weiblichen Geschlecht für eine Art Mißgriff der Natur hielt, nahm er die Gelegenheit wahr, sich zurückzuziehen und privatissime den Kopf nach dem Kessel hin zu schütteln. Durch dieses schweigsame Orakel inspiriert, fühlte er sich getrieben, Joe verschiedene heimliche Knuffe mit dem Ellbogen zu verabreichen, als väterlichen Tadel einerseits und als zärtliche Ermahnung, nur seine eigenen Sachen im Kopf zu haben und sich nicht zum Narren zu machen.

Joe nahm inzwischen die Laterne herunter und zündete das Licht an. Er bewaffnete sich mit einem dicken Stock und fragte, ob Hugh im Stall sei.

»Er liegt vor dem Herdfeuer und schläft«, sagte Mr. Willet. »Was willst du von ihm?«

»Er soll mitkommen und nach dem Armband und dem Brief suchen«, erwiderte Joe. »Heda! Hugh!«

Dolly wurde leichenblaß; es war ihr, als müsse sie augenblicklich in Ohnmacht sinken. Nach ein paar Augenblicken kam Hugh hereingestolpert. Er reckte sich und gähnte, wie es seine Gewohnheit war, und sah ganz so aus, als sei er eben aus einem tiefen Mittagsschläfchen aufgewacht.

»Hierher, du Schlafmütze!« rief Joe und reichte ihm die Laterne. »Trag das und bring den Hund her und nimm auch deine Keule mit. Dem Kerl soll's hundsjämmerlich ergehen, wenn wir ihn erwischen.«

»Was für einem Kerl denn?« grunzte Hugh, indem er sich die Augen rieb und sich schüttelte.

»Was für ein Kerl!« erwiderte Joe, der sich wie ein halber Ritter vorkam, so beseelt fühlte er sich von Tapferkeit und Tatenlust, »was für ein Kerl? Einem Kerl, den du kennen müßtest und hinter dem du ordentlich her sein solltest. Für deinesgleichen, für solch faules Gelichter ist es natürlich angenehmer, die Zeit in Ofenwinkeln zu verschnarchen, während ehrsamer Leute Töchter sogar unsere stillen Wiesen nicht mehr betreten können, ohne von Strolchen und Wegelagerern überfallen und bedroht zu werden.«

»Mich werden sie niemals ausrauben!« rief Hugh lachend. »Ich habe eben nichts zu verlieren. Aber ich würde den Räubern auch eins über den Schädel geben, wie irgendwem anders. Wieviel sind's denn?«

»Bloß einer war's«, sagte Dolly schwach, denn alle blickten sie zu ihr hinüber.

»Und wie hat er ausgesehen, gnädige Frau?« fragte Hugh mit einem Seitenblick auf den jungen Willet, so leicht und flink, daß der finstere Haß in seinen Augen allen entging, nur ihr nicht. »Von meiner Größe etwa?«

»Nicht – nicht ganz so groß«, erwiderte Dolly, die kaum wußte, was sie redete.

»War er«, fragte Hugh mit scharfem Blick auf sie – »war er angezogen wie – wie einer von uns? Ich kenne alle Menschen in dieser Gegend und bekomme vielleicht heraus, wer's gewesen ist, wenn ich ein paar Anhaltspunkte habe.«

Dolly stotterte und wurde immer blasser. Dann antwortete sie, er habe einen weiten Umhang getragen, und sein Gesicht sei von einem Taschentuch verhüllt gewesen, und eine weitere Beschreibung von ihm könne sie nicht geben.

»Ihr würdet ihn also nicht wiedererkennen, wenn Ihr ihn zu Gesicht bekämet?« fragte Hugh wieder mit boshaftem Grinsen.

»Nein«, antwortete Dolly und brach von neuem in Tränen aus. »Ich will ihn auch nicht wiedersehen. Der bloße Gedanke an ihn ist mir unausstehlich. Ich mag nicht einmal mehr von ihm reden. Geht nicht fort, Mr. Joe, um nach den Sachen zu suchen; bitte, tut es nicht! Ich bitte Euch, geht nicht mit diesem Menschen!«

»Nicht mit mir gehen!« rief Hugh. »Ja doch! Ich bin zu rauh, zu grob für alle! Vor mir fürchten sich alle. Aber werte Dame! So wahr ich lebe und Sie leben, ich hab' das sanfteste Herz unter der Sonne. Ich liebe die Weiber durch die Bank, Frau Meisterin!« sagte Hugh, indem er sich zu der Schlossersfrau wendete.

Mrs. Varden meinte, er sollte sich schämen, wenn er das täte; dergleichen Empfindungen (so erörterte sie) seien schicklicher für einen umnachteten Muselmanen oder wilden Insulaner als für einen rechtgläubigen Protestanten. Aus diesem unvollkommenen Stande seiner sittlichen Grundsätze folgerte Mrs. Varden das weitere, daß er sicher noch nie einen Blick ins evangelische

Hausbuch geworfen habe. Da Hugh eingestand, dieses Buch niemals gesehen zu haben und außerdem auch, gar nicht lesen zu können, erklärte Mrs. Varden mit Strenge, er müsse sich nun noch mehr vor sich selbst schämen als vorher, und legte ihm nachdrücklich ans Herz, sein Taschengeld zum käuflichen Erwerb eines solchen Buches zu sparen und sich seinen Inhalt mit allem schicklichen Eifer zu eigen zu machen. Sie predigte noch immer in diesem Tone weiter, als Hugh, und zwar in ziemlich unzeremoniöser und unehrerbietiger Weise, seinem jugendlichen Herrn und Gebieter ins Freie hinaus gefolgt war und es ihr überlassen hatte, die zurückbleibende Gesellschaft durch geistige und sittliche Erbauung zu stärken. Dies tat sie auch weiter, und als sie merkte, daß Mr. Willets Augen mit einem Anschein tiefer Aufmerksamkeit auf sie gelenkt waren, richtete sie nach und nach den ganzen Strom ihrer Rede auf ihn und versorgte ihn mit einer moralischen und theologischen Vorlesung von erheblicher Länge in der festen Meinung, daß sich in seinem Geiste große Werke vollzögen. Die schlichte Wahrheit indessen war, daß Mr. Willet, wenn auch seine Augen offenstanden und er ein Weib vor sich sah, dessen Kopf dadurch, daß es mit seinen Augen lange und starr auf denselben Punkt, nämlich ihn, hinstarrte, größer und größer zu werden schien, bis er die ganze Gaststube ausfüllte – daß, wie gesagt, Mr. Willet mit offenen Augen eingeschlafen war. In den Sessel zurückgelehnt, mit den Händen in den Hosentaschen, saß er unbeweglich da, bis die Rückkehr seines Sohnes ihn dazu nötigte, mit einem tiefen Seufzer aufzuwachen. Zu dem Seufzer gesellte sich ein schwacher Eindruck, von Pökelschweinefleisch und grünen Bohnen geträumt zu haben – eine Vision seines Schlummers, die zweifellos damit im Zusammenhang stand, daß Mrs. Varden zu wiederholten Malen mit sehr viel Nachdruck das Wort »Gebet« ausgesprochen hatte – ein Wort, das in die Pforten von Mr. Willets Gehirn, als sie noch sperrangelweit offenstanden, Eingang gefunden und sich dort, da das Essen gerade vom Tische abgeräumt wurde, mit den Worten »Vorm Essen« zusammengetan hatte, woraus dann naturgemäß wieder folgte, daß er von dem Begriff »Essen« zu seiner Lieblings-Fleischspeise gelangte und mit ihr das in der Regel damit verbundene Gemüse in Beziehung brachte.

Die Nachforschung Joes war ohne allen Erfolg geblieben. Er hatte den Pfad an ein dutzendmal abgesucht, auch in dem trockenen Graben und in der Hecke gesucht, aber alles umsonst. Dolly, die über ihren Verlust ganz untröstlich war, schrieb an Mrs. Haredale ein Zettelchen, worin sie ihr die gleiche Schilderung von dem Vorfalle gab, wie sie ihn im Maypole erzählt hatte, und Joe erbot sich, das Zettelchen sogleich zu überbringen.

Nachdem dies besorgt und erledigt war, setzte man sich zum Tee in der Gaststube nieder, wo Röstschnitten, mit Butter bestrichen, einige leckerhafte und würzige Lappalien in Gestalt von großen Scheiben gerösteten Schinkens, die, vorzüglich im Pökel, auf beiden Seiten knusprig gebraten und noch so heiß, daß sie dampften, einen höchst einladenden und lieblichen Wohlgeruch verbreiteten.

Mrs. Varden entwickelte beim Essen selten einen sonderlich protestantischen Eifer, außer wenn die Speisen zu schwach oder scharf gekocht oder gebraten waren, oder sonst eine Sache sich zutrug, die ihr die Laune verdarb. Ihr Lebensmut stieg erheblich über dem Anblick dieser gediegenen Zurüstungen, und mit großem Behagen und in der fröhlichsten Stimmung ging sie von der Notwendigkeit frommer Werke zu der Bekömmlichkeit von Schinken und Röstschnitten über. Ja, unter dem Einfluß dieser gesundheitsförderlichen Belebungsstoffe verwies sie sogar ihrem Töchterchen mit scharfen Worten ihre Niedergeschlagenheit und Betrübnis (die sie als eine Gemütsverfassung bezeichnete, um die man sich nicht zu reißen brauche) und ließ, während sie sich eine frische Portion auf ihren Teller legen ließ, die Bemerkung fallen, es möchte sich für Dolly besser schicken, statt sich über den Verlust eines Spielzeugs und eines Bogens Papier zu härmen, die Gedanken auf die freiwilligen Aufopferungen der Glaubensboten in fremden Ländern zu richten, die dort in der Hauptsache nur von Salat und Grünfutter lebten.

Die Vorgänge eines solchen Tags verursachen mancherlei Schwankungen in dem menschlichen Thermometer und vorzugsweise in Instrumenten von so empfindsamer und zarter Bauart wie denjenigen der Mrs. Varden. So stand denn Mrs. Varden beim Mittagessen auf Sommerhitze; großartig in ihrer Munterkeit, strahlend vor Lächeln und hübsch anzuschauen. Nach dem Abendessen stieg sie, im Sonnenglanze des Weines, um mindestens ein halbes Dutzend Grade und wurde ganz und gar entzückend. Als dieser Einfluß nachließ, fiel sie rapide um ebenso viele Grade, stand, als sie sich zum Schläfchen niederlegte, auf gemäßigt, und wachte auf ungefähr etwa unter dem Gefrierpunkt. Jetzt stand sie wiederum auf Sommerhitze, im Schatten; und als der Tee genossen war und der alte John, der eine Flasche herzstärkenden Likörs aus einem der eichenen Fächer hervorlangte, darauf beharrte, sie ein paar Schlucke davon in langsamer Folge nippen zu lassen, da stand sie ganz sicher etwa fünfviertel Stunden lang beharrlich auf neunzig Grad über null. Der Schlosser nützte seine Erfahrung aus und nahm den Witterungsstand wahr, um seine Pfeife in der Vorhalle zu schmauchen, und in logischer Folge dieses klugen Benehmens befand er sich in völliger Bereitschaft, ohne Säumen heimwärts zu kutschieren, als das Glas wieder niedrige Grade zeigte.

Das Pferd wurde also eingespannt und die Kutsche vor die Tür gefahren. Joe, der sich's in keiner Weise ausreden ließ, die Herrschaften so weit zu begleiten, bis sie den traurigsten und einsamsten Teil der Straße hinter sich hätten, führte zur selben Zeit die graue Stute aus dem Stall und sprang, nachdem er Dolly – (natürlich wieder eine Glückseligkeit mehr!) – in den Wagen geholfen, lustig und guter Dinge in den Sattel. Es folgte nun eine große Menge von Gute-Nacht-Wünschen und allerhand Ermahnungen, sich gut einzupacken, und die Laternen wurden in Augenschein genommen und Mäntel und Schals zugereicht und beim Anziehen wurde wohl auch eifrig geholfen – und dann rollte die Kutsche davon, und Joe trabte neben ihr her – an Dollys Seite zweifelsohne und hübsch dicht am Rade natürlich auch.

22. Kapitel

Es war eine milde, sternenklare Nacht und Dolly blickte, obwohl ihr Lebensmut recht tief gesunken war, in einer so bezaubernden Weise – (und sie, oh! Sie verstand das und wußte das gar wohl!) – zu dem Sternenhimmel empor, daß Joe seine sieben Sinne verlor. Wenn je ein männliches Individuum – es soll nicht gesagt werden, bis über die Ohren, sondern bis über die Kuppel der Sankt-Pauls-Kathedrale hinaus verliebt gewesen ist, dann ist es Joe.

Die Straße war in sehr gutem Zustand, keine von den holprigen und unebenen Straßen, wie man sie damals überall im Land vorfand; dennoch hielt Dolly sich während des ganzen Wegs mit ihrem hübschen Händchen an der einen Kutschseite fest. Hätte ein Henker mit hochgehobenem Beil hinter Joe gestanden, in Bereitschaft, ihm den Kopf abzuschlagen, sobald er diese Hand berührte, so wäre Joe doch nicht imstande gewesen, es zu lassen. Erst legte er seine Hand wie zufällig auf Dollys, zog sie nach einer Minute etwas zurück. Schließlich ging er dazu über, seine Hand ununterbrochen auf die ihrige zu legen, als ob dies einen wichtigen Bestandteil seiner Pflicht ausmache, oder als ob er lediglich zu diesem Zwecke mit ausgeritten sei. Der merkwürdigste Umstand dieser Geringfügigkeit war, daß Dolly nichts davon zu wissen schien. Sie blickte so unschuldig und harmlos drein, wenn sie die Augen nach Joe hinwendete, daß es schier herausfordernd zu nennen war.

Währenddessen schwatzte sie ununterbrochen von dem Schreck, den sie gehabt und wie Joe gekommen sei, um sie zu retten, und von ihrer Dankbarkeit und ihrer Furcht, daß sie ihm nicht genug gedankt haben möchte, und wie sie nun für alle künftige Zeit gute Freunde sein wollten – und allerhand solche Dinge mehr. Und als Joe meinte, auf Freundschaft hätte er seine Hoffnung nicht gesetzt, da wurde Dolly ganz erstaunt und sagte, sie wolle doch nicht hoffen, daß er auf Feindschaft sinne; und als Joe daraufhin wieder meinte, ob denn nicht etwas weit Besseres als eins von den beiden aus ihnen werden könnte, da machte Dolly auf einmal die Entdeckung, daß ein Stern am Himmel weit heller glänzte als alle anderen Sterne und bat Joe, seine Aufmerksamkeit auf denselben Stern zu lenken. Sie war jetzt noch zehntausendmal unschuldiger und harmloser als jemals vorher.

In dieser Weise setzten sie ihren Weg fort; bald schwatzten sie mit einer Stimme, die sich kaum über Geflüster erhob, und bald wieder wünschten sie, der Weg könnte sich ein paar Dutzend Male über seine natürliche Länge hinausdehnen – zumindest war dies Joes Wunsch. Im dem Augenblick, da sie aus dem Wald hinausfuhren und auf die befahrenere Straße gelangten, hörten sie hinter sich den Hufschlag eines im raschen Trabe laufenden Pferdes, der rasch lauter wurde, je näher er kam, was Mrs. Varden einen Aufschrei entlockte. Der Reiter aber, der jetzt herangekeucht kam und sein Pferd neben ihnen zum Stehen brachte, rief: »Gut Freund!«.

»Wieder dieser Mensch!« rief Dolly und erschauerte.

»Hugh!« sagte Joe. »Was treibst du dich hier herum?«

»Ich komme, um mit Euch zurückzureiten«, antwortete er und schielte zur Tochter des Schlossers hinüber. »Er – Ihr wißt doch – hat mich geschickt.«

»Mein Vater!« sagte der arme Joe, und mit einer sehr unkindlichen Form der Anrede setzte er leise hinzu: »Wird er mich denn niemals für Manns genug halten, mein eigener Hüter zu sein?«

»Ja nun!« erwiderte Hugh auf den ersten Teil der von Joe angestellten Betrachtung, »die Straßen seien eben heutzutage nicht sicher, meint er, und es wäre besser für Euch, einen Begleiter zu haben.«

»So reite voraus«, meinte Joe, »ich habe noch keine Lust umzudrehen.«

Hugh tat wie ihm geheißen, und sie setzten ihren Weg wieder fort. Dabei ritt Hugh direkt vor der Kutsche, und von diesem Platz aus wandte er beständig den Kopf herum und blickte zurück. Dolly fühlte, daß er auf sie blickte, aber sie blickte zur Seite und fürchtete sich, die Augen auch nur einmal auf ihn zu richten, so groß war die Furcht, mit der Hugh sie erfüllt hatte.

Bis zu diesem Zeitpunkt hatte Mrs. Varden geschlummert und genickt – mit Ausnahme weniger Minuten, wo sie aufgefahren war, um den Schlosser auszuschimpfen, weil er sie, um sie während ihres Nickens vor einem Sturz aus der Kutsche zu bewahren, mit einem kühnen Griff um den Leib gefaßt hatte. Die durch Hugh herbeigeführte Störung und der aus ihr folgende wache Zustand Mrs. Vardens setzten nun der im Flüsterton geführten Unterhaltung einen Dämpfer auf und machten es schwierig, sie wieder einzufädeln. So kam es, daß Gabriel, noch ehe sie eine weitere Stunde weitergefahren waren, auf den Wunsch seiner Frau anhielt, und daß die wackere Dame Verwahrung dagegen einlegte, daß Joe noch einen Schritt weiter mit ihnen reite. Es half Joe nichts, sich seinerseits dagegen zu verwahren, daß er nicht im geringsten müde sei und daß er doch nicht früher umkehren könne, auch nicht wolle, als bis er sie heil und gesund über den und den Ort hinaus begleitet hätte, und so weiter. Mrs. Varden war halsstarrig, und wenn sie sich einmal etwas in den Kopf gesetzt hatte, dann war keine Erdenmacht imstande, sie davon abzubringen.

»Gute Nacht – wenn ich's nun doch einmal sagen muß«, rief Joe voll Trauer.

»Gute Nacht«, sagte Dolly. Sie würde hinzugefügt haben: »Seht Euch vor diesem Menschen vor und traut ihm, bitte, nicht über den Weg!« Aber Hugh hatte den Kopf seines Pferdes bereits gewandt und stand zu dicht bei ihnen. Sie konnte daher nichts weiter tun als zu gestatten, daß Joe ihr die Hand noch einmal recht artig quetschte, und als die Kutsche ein Stück weit fortgefahren war, schaute sie noch einmal zurück und schwenkte die Hand zum Gruße, während er noch immer, mit der hohen finsteren Gestalt Hugh's neben sich, auf dem Flecke hielt, wo sie geschieden waren.

Was sie dachte und was sie sann, als sie nach Hause fuhr, und ob der Kutschenbauer in ihrem Sinne ein ebenso günstiges Plätzchen innehatte, wie es ihm am Morgen gehörte, das ist nicht bekannt. Sie erreichten endlich ihre Behausung – endlich, denn es war ein langer Weg, der durch Mrs. Vardens Murren um keinen Yard kürzer wurde. Als die Miggs das Rasseln von Rädern vernahm, war sie auf der Stelle am Haustor.

»Simon! Sie sind da! Sie sind da!« schrie die Miggs und klatschte in die Hände, während sie herausstürzte, ihrer Herrin beim Aussteigen zu helfen.

»Bringt doch einen Stuhl her, Simon! Na, liebe Frau Meisterin, geht's Euch denn nun besser, als wenn Ihr daheim geblieben wäret? O du meine Güte! Frau Meisterin, wie kalt Ihr aber seid! Herr du mein Gott, lieber Herr Meister! Sie ist ja ein richtiger Eisklumpen!«

»Daran kann ich nichts ändern, wertes Frauenzimmer. Es wäre besser, Ihr trüget sie zum Feuer hin«, meinte der Schlosser.

»Der Meister redet, als ob er kein Herz hätte, Frau Meisterin«, meinte die Miggs in einem Tone, der an die Klagelieder von Jeremias erinnern konnte – »aber seine Absicht ist das nicht, das weiß ich. Nach all dem, was er heute von Euch gesehen, werde ich in meinem Leben nichts anderes glauben, als daß er weit mehr Liebe in seinem Herzen trägt, als so unfreundliche Worte ahnen lassen. Kommt herein und setzt Euch ans Feuer! Es brennt ganz prächtig – kommt!«

Mrs. Varden willfahrte. Der Schlosser folgte mit den Händen

in den Taschen und der Lehrling Tappertit stolperte mit der Kutsche zu einem Stall in der Nähe.

»Martha! Liebe gute Martha!« sagte der Schlosser, als sie die Wohnstube betreten hatten, »wenn du mal selbst nach Dolly sähest, möchte's am Ende nur freundlich und vernünftig sein. Du weißt, sie hat einen heftigen Schrecken erlitten und ihr ist immer noch nicht wohl.«

In der Tat hatte Dolly sich auf das Sofa geworfen, hielt das Gesicht in die Hände vergraben und weinte bitterlich.

Beim ersten Blick auf dieses seltene Bild (denn Dolly hatte aus den Heulanfällen ihrer Mutter eigentlich gelernt, solche Szenen so gut wie möglich zu vermeiden) äußerte Mrs. Varden, soweit ihr bekannt sei, sei nie auf Erden eine Frau bekümmerter gewesen als sie; denn ihr Leben sei eine fortgesetzte Trübsalskette und jedesmal, wenn sie sich fröhlich und bei gutem Mute fühle, könnte sie mit Sicherheit darauf rechnen, daß ihr von den Leuten aus ihrer Umgebung, so oder so, ein Dämpfer aufgesetzt werde, und weil sie sich heute einmal gefreut hätte – und wie selten bei ihr Freude sei, wisse der Himmel! – hätte sie jetzt auch schon die Strafe dafür zu zahlen.

Allen dergleichen Reden und Meinungen zollte die Miggs den größten Beifall. Arme Dolly! Ihr Zustand verschlechterte sich durch solche Belebungsmittel. Und als Mrs. Varden und die Miggs sahen, daß ihr wirklich elend war, da wurden beide, Mrs. Varden und die Miggs, bis in ihr Innerstes gerührt und pflegten sie ernstlich und fürsorglich.

Aber selbst jetzt gestaltete sich ihre Herzensgüte nach ihrer gewöhnlichen Politik. Wenn auch Dolly in einem Anfall von Ohnmacht dalag, so wurde doch klar, daß Mrs. Varden die eigentlich leidende Person war. Als sich nun Dolly etwas besser zu fühlen begann und in jenen Zustand überging, in welchem alte Damen der Meinung sind, daß Verweise und Gründe mit Erfolg zur Anwendung gelangen dürfen, machte ihr die Mutter Vorstellungen, mit Tränen in den Augen, daß, wenn sie nun auch heute geängstigt und geplagt worden sei, sie doch daran denken müßte, daß dies das tagtägliche Los der Menschheit und besonders des Frauentums sei, das durch ihr ganzes Dasein hindurch nichts Geringeres erwarten dürfe. Mrs. Varden drang ferner in sie, nicht zu vergessen, daß sie aller Wahrscheinlichkeit nach in nicht zu ferner Zeit ihren Empfindungen dadurch werde Zwang auferlegen müssen, daß sie sich zu verheiraten habe, und daß das Eheleben, wie sie ja doch an jedem Tage ihres eigenen Lebens sehen könnte – (und wahrlich, *das* sah sie!) – ein Zustand sei, der einen hohen Grad von Seelenstärke und Ausdauer und Duldung erheische. Sie schilderte ihr in lebendigen Farben, daß, wenn sie – Mrs. Varden – nicht auf ihrer Schiffahrt durch dies Tränenmeer von einem starken Pflichtgefühl getragen worden wäre, das sie allein aufrechterhalten und vorm Versinken behütet habe, sie seit vielen Jahren schon in ihrem Grabe liegen würde; daß sie in solchem Fall gern wissen möchte, was aus diesem unsteten Geist (womit sie den Schlossermeister meinte) geworden wäre, dessen Augapfel im eigentlichen Sinn des Wortes sie gewesen sei, wenn sie ihm nicht auf seinem Lebensweg ein leitender Stern gewesen wäre.

Die Miggs äußerte sich im gleichen Sinn. Sie meinte, Miss Dolly solle sich ihre verehrungswürdige Mutter zum Vorbild nehmen, die, wie sie, die Miggs, immer gesagt habe und sagen werde – und sollte sie auch dafür in der nächsten Minute gevierteilt werden – das gütigste, weichherzigste, vergebungsvollste und leidensstärkste weibliche Wesen sei, das sie jemals auf Erden gesehen habe. Die bloße Schilderung dieser ausgezeichneten Vorzüge hätte, erzählte sie weiter, eine so heilsame Wandlung im Gemüt und Geist ihrer eigenen Schwägerin bewirkt, daß, während dieselbe früher mit ihrem Manne wie Katze und Hund gelebt habe, dieselbe jetzt ein Eheleben führe, das man als das glücklichste und zärtlichste unter der Sonne bezeichnen müßte; hiervon könne sich all und jeder an all und jedem Tage im Golden Lion Court, Nummer siebenundzwanzig, zweiter Glockenzug rechter Hand, mit eigenen Augen überzeugen. Nachdem sie auf sich selbst noch als ein vergleichsweise wertloses, aber doch immerhin noch einigermaßen verdienstliches Gefäß einen Blick geworfen, bat sie Dolly, sich zu Herzen zu führen, daß ihre vorgenannte liebwerte Frau Mutter von schwächlichem Körperbau und reizbarem Temperament sei, in einem fort in ihrem häuslichen Leben Kümmernis und Betrübnis zu leiden habe, womit Diebe und Räuber verglichen als Spielzeug erscheinen müßten, und dennoch nicht untergegangen sei oder Verzweiflung oder Grimm Raum gegeben habe, sondern, in der Redeweise der Preisboxer gesprochen, immer mit froher Miene im Takte geblieben und ›losgegangen‹ sei, als ob nichts vorgefallen wäre. Als die

Miggs ihren Solovortrag geendigt hatte, setzte ihre Frau Dienstherrin wieder ein, und die beiden Frauen führten zusammen zum gleichen Zweck ein Duett auf, dessen Kehrreim beständig so lautete, daß Mrs. Varden die verfolgte Tugend und Mr. Varden als der Vertreter des männlichen Geschlechts in diesem Wohnraum eine Kreatur mit lasterhaften und tierisch-rohen Bräuchen sei, die für die Segnungen, deren sie sich erfreue, ganz und gar unempfindlich sei. Von so durchtriebener Art in der Tat war ihr beiderseitiges Talent, unter der Maske des Mitgefühls anzugreifen, daß, als Dolly in dem Augenblick, da sie die Besinnung wieder fand, ihren Vater zärtlich umarmte und küßte, gleichsam um seiner Herzensgüte zu ihrem Recht und Ansehen zu verhelfen, Mrs. Varden der Hoffnung feierlichen Ausdruck verlieh, daß ihm dies für den Rest seines Lebens eine Lehre sei, und daß er hinterfort einer Frauennatur ein bißchen mehr Gerechtigkeit vergönnen möge – ein Ansinnen, zu dem Jungfer Miggs durch mancherlei Geschnüffel und Hüsteln, das viel bezeichnender wirkt als die längste mündliche Darlegung, ihre Zustimmung aussprach.

Die Miggs war hocherfreut, daß sie nicht nur einen vollständigen Bericht von allem erhielt, was sich im Laufe des Tages ereignet hatte, sondern auch der ausgesuchten Wonne teilhaftig wurde, das Gehörte Mr. Tappertit zu seiner Pein und Eifersucht wiederzuerzählen. Denn dieser ›Monsieur‹ war in Rücksicht auf Dollys Unwohlsein darum angegangen worden, sein Abendessen in der Werkstatt einzunehmen, und dort war es ihm von den schönen Händen der Jungfer Miggs zurechtgemacht worden.

»O Simon!« sagte die junge Dame, »solche Geschichten heute! O du meine Güte, Simon!«

Mr. Tappertit, der nicht in der besten Laune war und Jungfer Miggs noch weniger als sonst leiden mochte, wenn sie die Hand aufs Herz legte und nach Atem rang, weil dann ihr Mangel an Busen unter solchen Umständen am deutlichsten sichtbar wurde, ›überäugte‹ sie in seinem gehobensten Stile und brachte keinerlei Neugierde zum Ausdruck.

»Ich habe so was noch nie im Leben gehört, und auch sonst niemand außer mir hat's gehört«, fuhr die Miggs fort. »So'n Gedanke, mit *ihr* ein Techtelmechtel anzufangen! Was doch die Leut an *ihr* sehen können, das sich der Mühe, die Augen aufzumachen, verlohnte! Es ist ein Mordsspaß – ha, ha, ha!«

Als Mr. Tappertit merkte, daß sich die Rede um eine Dame

drehte, stellte er in hoher Tonart das Verlangen an seine schöne Freundin, sich deutlicher zu erklären. Er fragte also, um welche Dame es sich denn handle.

»Nun! Die Dolly!« antwortete die Miggs, indem sie auf diesen Namen einen außerordentlich scharfen Nachdruck legte. »Aber – oh! Auf mein Wort und meine Ehre! Der junge Joseph Willet ist ein braver Junge, und verdient sie – ganz gewiß! Das tut er!«

»Weib!« rief Mr. Tappertit und sprang mit einem Satz von dem Ladentische herunter, wo er gesessen hatte, »Nehmt Euch in acht!«

»Ja, du mein Sternenhimmel, Simon!« kreischte die Miggs in geheucheltem Erstaunen. »Ihr erschreckt mich ja zu Tode! Was ist denn los?«

»Es gibt Saiten«, sagte Mr. Tappertit, während er mit seinem Brot- und Käsemesser in der Luft herumfuchtelte – »Saiten im menschlichen Herzen, die besser nicht zum Klingen gebracht werden. Das ist los! Hört Ihr?«

»O sehr, sehr gut – wenn Ihr Euch aufspielen wollt«, schrie die Miggs und wandte sich zur Seite.

»Auf- oder nicht aufspielen!« rief Tappertit und packte sie am Handgelenk. »Was soll das heißen, Jesabel? Was hat Euch auf den Lippen geschwebt? Gebt mir Antwort!«

Trotz der unhöflichen Form kam die Miggs nur zu gern der Aufforderung nach und erzählte ihm, wie ihre junge Herrin nach Einbruch der Dunkelheit allein auf der Wiese gewesen und dort von drei bis vier langen Kerlen angefallen worden sei, die sie sicher hinweggeschleppt und vielleicht ermordet hätten, wenn nicht rechtzeitig Joseph Willet herbeigekommen sei, der sie allein in die Flucht geschlagen und Dolly gerettet habe – was ihm für ewige Zeiten die Bewunderung seiner Mitmenschen im allgemeinen und Dolly Vardens Liebe im besonderen eingetragen habe.

»Sehr gut!« sagte Mr. Tappertit, als die Erzählung zu Ende war. Er atmete tief durch und rieb sich das Haar, bis es ihm auf dem ganzen Kopf steif und straff zu Berge stand. »Seine Tage sind gezählt!«

»Oh! Simon!«

»Ich sage Euch«, rief der Lehrjunge, »seine Tage sind gezählt! Laßt mich jetzt allein. Verschwindet!«

Die Miggs zog sich zurück, allerdings weniger auf diesen Befehl hin, als weil sie den Wunsch hegte, sich im stillen auszukichern. Als sie ihrer Befriedigung Ausdruck verschafft hatte, kehrte sie in die Wohnstube zurück, wo der Schlosser, angeregt durch die Ruhe und den Frieden einerseits und seinen ›Tobias‹ andererseits, gesprächig geworden war und die Neigung bekundete, die Erlebnisse des Tages nochmals einer freundlichen Musterung zu unterziehen. Aber Mrs. Varden, deren praktische Religion sich (eine nicht ungewöhnliche Sache!) für gewöhnlich durchaus zur Retrospektive eignete, schnitt ihm kurzweg die Rede ab dadurch, daß sie über die Sündhaftigkeit solcher Genüsse einen Vortrag hielt und die Behauptung aufstellte, es wäre nunmehr hohe Zeit, sich ins Bett zu begeben. Mit finsterer Miene verfügte sie sich ins obere Stockwerk, und kurz darauf legte sich auch die übrige Bewohnerschaft des Hauses schlafen.

23. Kapitel

Seit einigen Stunden war Nacht auf Dämmerung gefolgt, und in jenen Stadtteilen, wo ›die Welt‹ zu wohnen sich herabließ – eine Welt, die damals wie heute sehr geringe Ausdehnung und sehr bequeme Wohnungen hatte – war es spät nachmittags, als Mr. Chester in seinem Ankleidezimmer im ›Temple‹ auf einem Sofa ruhte und in einem Buche Zerstreuung suchte.

Er pflegte sich mit Muße anzukleiden, und da er sein Tagewerk zur Hälfte vollendet hatte, vergönnte er sich eine lange Ruhe. Was seine Füße und Beine betraf, so war er ganz nach der neuesten Mode des Tages herausstaffiert; er hatte nur den Überrest seiner Toilette noch zu vollenden. Der Rock war wie eine Vogelscheuche verfeinerter Art auf seinem besonderen Ständer ausgebreitet, die Weste lag in der einladendsten Weise da, die ornamentalen Kleinigkeiten seines Anzugs waren in eine höchst anlockende Ordnung ausgebreitet worden, und doch lag Mr. Chester da und ließ seine Beine zwischen dem Sofa und Boden baumeln, so vertieft in sein Buch, als ob es heute nichts weiter für ihn gebe als das Bett.

»Fürwahr«, sagte er und hob den Blick zur Decke empor mit

der Miene eines Mannes, der ernstlich Überlegungen an die Lektüre knüpft, »fürwahr, das größte Meisterwerk, die köstlichsten Gedanken, der sauberste Kodex der Sittlichkeitslehre, die edelsten Empfindungen im Weltall! O Ned, Ned, wolltest du nur dein Gemüt bilden nach solchen Lehren – wir würden dann nur ein gemeinsames Fühlen und Denken haben über jede Sache, die etwa zwischen uns zur Erörterung gelangen könnte.«

Diese Anrede war, wie der übrige Teil seiner Bemerkungen, an die leere Luft gerichtet, denn Edward war nicht anwesend, der Vater vielmehr allein.

»Lord Chesterfield«, [39] sagte er, seine Hand sanft auf das Buch drückend, während er es hinlegte, »hätte ich nur meinen Sohn nach dem Muster heranzubilden, das du allen weisen Vätern hinterließest, wir beide, er und ich, wären dann reich. Shakespeare war zweifellos in seiner Weise vorzüglich; Milton gut, wenn auch langweilig; Lord Bacon tief und ganz entschieden ein gelehrtes Haus; aber der Schriftsteller, der seines Landes Stolz sein sollte, ist mein Lord Chesterfield.«

Er wurde wieder nachdenklich, und der Zahnstocher wurde hervorgesucht.

»Ich glaubte, ich hätte mich als Weltmann leidlich vervollkommnet«, fuhr er fort. »Ich schmeichelte mir, recht hübsch in jenen kleinen Künsten und Nettigkeiten bewandert zu sein, welche Weltmänner von Tölpeln und Bauern unterscheiden und ihren Charakter von jenen bodenlos alltäglichen Empfindungen scheiden, die als Nationalcharakter bezeichnet werden. Und dennoch, auf jeder Seite dieses erleuchteten Schriftstellers finde ich bestrickende Scheinheiligkeit, Blendwerk, das mir bisher nie in den Sinn gekommen ist, oder ein ausgezeichnetes Stück Selbstsucht, das mir bis jetzt gänzlich fremd war. Ich würde über und über erröten vor mir selbst, vor diesem erstaunlichen Geschöpf, sofern man bei dem Gedanken an seine Lehren überhaupt noch über etwas erröten kann. Ein bewundernswerter Mann! Ein Edelmann in der Tat! König und Königin können einen Lord schaffen, aber nur der Teufel in eigener Person – und die Grazien – einen Chesterfield!«

Menschen, die falsch und hohl sind, haben selten das Bestreben, diese Fehler vor sich zu verbergen, und doch machen sie, gerade wenn sie sie laut bekennen, Anspruch auf die Tugenden, die sie dem Anschein nach im höchsten Maß verachten. »Denn«, sagen sie, »dies ist Ehrenhaftigkeit, dies ist Wahrheit. Alle Menschen sind so; aber die meisten haben nicht die Offenheit, es zu gestehen.« Je mehr sie jedes Vorhandensein von Aufrichtigkeit in der Welt ableugnen, desto mehr wünschen sie, die Welt möchte die Aufrichtigkeit bei ihnen in ihrer entwickeltsten Gestalt vermuten.

Nachdem Mr. Chester, wie berichtet, seinen Lieblingsautor mit Lobeserhebungen bedacht hatte, nahm er das Buch wieder bewundernd zur Hand und schickte sich an, seine ausgezeichnete, hervorragende Sittlichkeitslehre weiter durchzulesen, als ihn ein Lärm draußen an der Tür störte. Anscheinend versuchte der Diener, den Eintritt eines unwillkommenen Besuchers zu verhindern.

»Eine späte Stunde für einen ungestümen Gläubiger«, sagte er und zog die Augenbrauen in die Höhe mit einer Miene, die ebensowenig Staunen oder Verwunderung ausdrückte, als wenn der Lärm von der Straße käme und als wenn er persönlich nichts damit zu hätte. »Weit hinter ihrer sonstigen Zeit. Die gewöhnliche Anmaßung, natürlich. Zweifellos eine nette Summe zu bezahlen, morgen. Armer Kerl, er verliert Zeit, und Zeit ist Geld, wie das gute Sprichwort sagt – ich hab's zwar noch nicht gemerkt. Na. Was ist denn nun los? Du weißt doch, daß ich nicht zu sprechen bin.«

»Ein Mann, Sir«, antwortete der Diener, der auf seine Art ähnlich kühl und nachlässig war wie sein Herr, »hat die Reitpeitsche heimgebracht, die Sie neulich verloren haben. Ich sagte ihm, Sie wären aus; aber er sagte, er wolle warten, während ich sie 'reinbrächte.«

»Er hat vollkommen recht«, erwiderte sein Herr, »und du bist ein Ochse, der kein bißchen Grips im Kopf hat. Sag ihm, er soll 'reinkommen, und sieh zu, daß er sich die Schuhe fünf Minuten lang auf dem Abtreter abreibt.«

Der Mann legte die Peitsche auf einen Stuhl und ging hinaus. Mr. Chester, der nur den Tritt seiner Füße auf dem Boden gehört und sich nicht die Mühe gegeben hatte, sich nach ihm umzusehen, schloß sein Buch und verfolgte die Gedankenkette, in der er gestört worden war.

»Wenn Zeit Geld wäre«, sagte er, indem er seine Schnupftabakdose öffnete, »würde ich mich mit meinen Gläubigern abfinden – und ihnen – na – wieviel täglich geben? – Rechnen wir mein

Mittagsschläfchen – eine Stunde – da sind sie mir höchst willkommen und dürfen die Stunde auch nach ihrem größten Vorteil ausnützen. Am Morgen, zwischen Frühstück und Zeitung, könnt ich ihnen noch eine Stunde vergönnen, und am Abend vorm Essen – sagen wir – noch eine. Drei Stunden täglich. Sie können sich selbst mit Besuchen bezahlen, das wär gar nicht so übel, zwölf Monate lang. Ich denke, ich mache ihnen den Vorschlag. Ach, mein Centaure, seid Ihr da?«

»Hier bin ich«, antwortete Hugh, indem er hereinschritt, gefolgt von einem Hunde, der ebenso rauh und finster aussah wie er selbst. »Es war mühsam genug, hierherzukommen. Warum ruft Ihr mich erst hierher, wenn Ihr mich dann draußen stehen laßt?«

»Lieber Junge«, erwiderte der andere, hob seinen Kopf ein wenig von dem Kissen und überblickte ihn nachlässig vom Kopf bis zu den Füßen, »ich bin erfreut, Euch zu sehen, und Eure Anwesenheit ist der allerbeste Beweis, daß man Euch nicht draußen stehen ließ. Wie geht's?«

»Gut genug«, sagte Hugh ungeduldig.

»Ihr seht ja aus wie ein reines Wunderding von Gesundheit. Setzt Euch doch!«

»Ich bleibe lieber stehen«, sagte Hugh.

»Macht's Euch recht bequem, mein lieber Junge«, erwiderte Chester und stand auf, streifte langsam die lose Jacke ab, die er trug, und setzte sich vor einem Ankleidespiegel nieder. »Macht's Euch auf alle Weise bequem.«

Als er diese Worte in dem höflichsten und geschmeidigsten Ton, über den er gebot, gesagt hatte, fuhr er fort, sich anzukleiden, und nahm weiter keine Notiz von seinem Gast, der noch auf demselben Fleck stand, als sei er sich nicht klar darüber, was er tun solle.

»Habt Ihr mir etwas zu sagen, Herr?« fragte Hugh nach langem Schweigen.

»Mein braves Kerlchen!« erwiderte Chester. »Ihr seid ein bißchen verwirrt, ich warte lieber noch, bis Ihr Euch wieder gefaßt habt. Ich selbst habe keine Eile.«

Dieses Benehmen hatte den beabsichtigten Erfolg. Es beschämte und drückte den Mann nieder und machte ihn noch unentschlossener. Harte Worte hätte er erwidern, Heftigkeit mit Zinsen zurückzahlen können, jedoch dieser kühle, aalglatte, verächtliche und scharf gemessene Empfang ließ ihn nachdrücklich fühlen, wie tief er unter dieser Person stand. Alles trug zu dieser Wirkung bei. Seine rauhe Sprache, die im scharfen Gegensatze zu der weichen, eindringlichen Betonung Chesters stand; sein grobes Gebaren und Chesters verfeinertes Wesen; die Unordnung und Nachlässigkeit in seinem zerlumpten Anzuge und das vornehme Gewand, das er vor sich sah; hierzu der ganze, ungewohnte Luxus des Gemaches, worin er weilte, und das Schweigen, das ihm die Muße schaffte, diese Dinge zu beobachten und das Unbehagen zu fühlen, das sie ihm verursachten; alle diese Einflüsse, die zu häufig auf bevormundete Geister einen gewissen Eindruck nicht verfehlen, brachten Hugh völlig aus der Fassung. Er rückte näher und näher an Chesters Stuhl, und während er über die Schulter weg zum Abbild seines Gesichtes in dem Spiegel schielte, als suche er im Ausdruck desselben eine Ermutigung, sagte er endlich mit einem groben Versuch, einen Ausgleich zu finden:

»Seid Ihr gewillt, mit mir zu reden, Herr, oder soll ich mich entfernen?«

»Redet«, sagte Chester, »redet doch, braver Gesell! Ich hab doch geredet – nicht? Ich warte ja auf Euch.«

»Nun, dann seht, gnädiger Herr«, entgegnete Hugh verlegen, »ich bin der Mann, dem Ihr heimlich, eh Ihr aus dem Maypole wegrittet, Eure Peitsche gegeben und gesagt hattet, er solle sie, sobald er Euch in einer gewissen Sache zu sprechen wünsche, zurückbringen.«

»Zweifelsohne derselbe, oder Ihr habt einen Zwillingsbruder«, sagte Chester, der das Abbild von Hughs ängstlichem Gesicht im Spiegel erblickte – »was, wie ich sagen möchte, unwahrscheinlich ist.«

»Nun, dann bin ich hergekommen, gnädiger Herr«, meinte Hugh, »und hab das mit hergebracht, Sir, und noch etwas anderes dazu. Einen Brief, ich habe ihn der Person abgenommen, die den Auftrag hatte, ihn zu übermitteln.« Er legte Dollys verlorenen Brief auf den Ankleidetisch.

»Habt Ihr das Ding gewaltsam in euren Besitz gebracht, mein guter Gesell?« fragte Chester, indem er sein Auge, ohne sich die leiseste Bewunderung oder Freude merken zu lassen, auf den Brief lenkte.

»Nicht ganz«, meinte Hugh. »Zum Teil.«

»Wer war der Bote, dem du ihn abgenommen hast?«

»Ein Frauenzimmer. Die Tochter eines gewissen Varden.«

»O, wirklich?« fragte Chester lustig. »Was hast du ihr weiter noch genommen?«

»Was noch weiter?«

»Ja doch«, meinte der andere, indem er den Ton langzog, denn er war eben dabei, ein sehr kleines Stückchen Heftpflaster auf eine sehr kleine Finne in unmittelbarer Nähe seines Mundwinkels zu kleben. »Was denn weiter noch?«

»Na – einen Kuß«, versetzte Hugh nach einigem Zögern.

»Und was dann noch?«

»Nichts.«

»Ich denke«, meinte Chester in dem gleichen ungezwungenen Ton, und indem er zwei-, dreimal den Mund zu einem Lächeln verzog, um zu probieren, ob das Pflästerchen auch halte – »ich denke, es ist noch etwas anderes dabei gewesen. Ich hörte doch von einer Lappalie von Goldsache oder so etwas reden – einem Dinge, das eben nur eine Lappalie ist – das wirklich so wenig Wert haben dürfte, daß Ihr's vergessen haben mögt. Erinnert Ihr Euch etwa einer solchen Sache – vielleicht eines Armbandes zum Beispiel?«

Hugh brummte einen Fluch zwischen den Lippen, schob die Hand in die Brust, zog das in ein Büschelchen Heu gewickelte Armband hervor und schickte sich an, es gleich dem Briefe auf den Tisch zu legen, als sein Gönner ihm in die Hand fiel und ihn aufforderte, es wieder zu sich zu stecken.

»Das habt Ihr für Euch selbst genommen, mein wackrer Freund«, sagte er, »und sollt es auch behalten. Ich bin weder ein Dieb noch ein Hehler. Zeigt es mir nicht! Am besten versteckt Ihr es augenblicklich wieder. Laßt mich gar nicht erst sehen, wo Ihr's hinsteckt!« Und mit diesen Worten drehte er den Kopf zur Seite.

»Ihr seid kein Hehler!« rief Hugh schroff heraus. »Wie nennt Ihr dann das, mein Herr?« und schlug mit seiner schweren Hand auf den Brief.

»Das nenne ich eine ganz andere Sache«, versetzte Chester kaltblütig. »Wenn Ihr aufpassen wollt, so will ich Euch das jetzt beweisen. Ihr seid durstig, denke ich mir?«

Hugh wischte sich die Lippen mit dem Ärmel und brummte als Antwort ein mürrisches »Ja.«

»So geht an den Schrank dort und bringt mir eine Flasche her, die Ihr dort stehen seht, und ein Glas.«

Er gehorchte. Sein Gönner folgte ihm mit den Augen, und als ihm Hugh den Rücken zukehrte, lächelte er wie noch nie, seit er vor dem Spiegel stand. Nach Hughs Rückkehr goß er das Glas voll und forderte ihn auf zu trinken. Als er den Inhalt geleert hatte, goß er ihm ein zweites Glas ein und dann ein drittes.

»Wieviel könnt Ihr vertragen?« fragte er und füllte das Glas abermals.

»Soviel als es Euch beliebt, mir zu geben. Gießt nur ein! Füllt es bis zum Rande! Einen tüchtigen Humpen mit Schaumperlen in der Mitte! Gebt mir von dem Zeug genug«, setzte er hinzu, während er es seine Kehle hinuntergoß, »und ich schlage mich selbst tot, sofern Ihr es begehrt.«

»Da ich nicht im Sinn habe, Euch um etwas dergleichen anzugehen, und da Ihr's am Ende tun könntet, ohne aufgefordert zu werden, wenn Ihr noch mehr trinkt«, meinte Chester mit großer Gemütsruhe, »wollen wir doch lieber, wenn's Euch recht ist, mein guter Freund, beim nächsten Glase einhalten. – Ihr habt schon getrunken, bevor Ihr hierhergekommen seid?«

»Ich trinke immer, wenn ich was finden kann, was sich trinken läßt«, rief Hugh mit Ungestüm, und bei diesen Worten schwang er das leere Glas über seinem Kopf und warf sich selbst in eine unflätige Tänzerstellung. »Ich trinke immer. Warum denn nicht? Ha, ha, ha! Was hat mir je so gutgetan? Was anders hat mir die Kälte in bitteren Nächten ferngehalten und in knappen Zeiten den Hunger gestillt? Was anders hat mir die Kraft und den Mut eines Mannes gegeben, da doch die Menschen mich schon als schwächliches Kind am liebsten hätten verenden lassen. Ohne so etwas zum Trinken wäre ich nie ein richtiger Mann geworden. Ich wäre in einem Graben am Wege verreckt wie ein Hund. Also, ich trink aufs Trinken, mein Herr und Gönner! Hoch lebe der Alkohol! Ha, ha, ha!«

»Ihr seid ein ungemein lustiger junger Mann!« sagte Mr. Chester, legte mit großem Bedacht seine Halsbinde um und bewegte den Kopf leicht von einer Seite zur andern, um das Kinn in die richtige Lage zu bringen. »Ein ganz fideles Huhn!«

»Seht Ihr diese Hand, hier, mein Herr und Gönner?« rief Hugh, »und diesen Arm hier?« Bei diesen Worten entblößte er das braune Gliedmaß bis zum Ellbogen. »Es gab eine Zeit, da war ich bloß Haut und Knochen; ich wäre längst auf einem Armenkirchhof zu Staub vermodert, wenn ich nichts zum Trinken gehabt hätte!«

»Ich dürft den Arm wieder bedecken«, sagte Mr. Chester, »er ist respektierlich genug auch unter eurem Jackenärmel.«

»Ich würde mich auch niemals dazu verstiegen haben, der stolzen kleinen Schönheit einen Kuß zu stehlen, mein Herr und Gönner, wenn der Trunk nicht wäre!« rief Hugh. »Ha! Es war 'ne schöne Sache! Süß wie Traubenhonig hat er geschmeckt – das versichere ich Euch! Ich dank dem Trunk dafür! Gießen Sie mir das Ding noch einmal voll! Bitte, zögern Sie nicht! Noch einen Humpen!«

»Ihr seid ein so vielversprechender Bursche«, sagte sein Patron, der sich mit großer Peinlichkeit seine Weste anzog und Hughs Begehr keine Beachtung schenkte, »daß ich Euch warnen muß, zuviel Anregungen aus dem Alkohol zu holen; es könnte Euch sonst geschehen, daß Ihr vor der Zeit aufgehängt werdet Wie alt seid Ihr?«

»Das weiß ich nicht.«

»Jedenfalls«, meinte Chester, »seid Ihr jung genug, um für die nächsten Jahre noch dem zu entrinnen, was ich einen natürlichen Tod nennen möchte. Wie könnt Ihr Euch, auf solch eine kurze Bekanntschaft hin, mir in die Hände liefern mit einem fertig gedrehten Strick um den Hals. Ich müßte ja eine sehr vertrauensselige Natur sein!«

Hugh fuhr um einen Schritt oder um ein paar Schritte zurück und sah ihn an mit einem Blicke, in welchem sich Schreck Grimm und Staunen mischten. Sein Patron fuhr, während er sich mit dem gleichen Behagen wie zuvor im Spiel betrachtete, mit einer Stimme, so gleichgültig, als spräche er über irgendeinen neuen Stadtklatsch, fort zu sprechen:

»Raub auf königlicher Heerstraße, mein junger Freund, ist eine sehr heikle und gefährliche Beschäftigung – es ist ganz nett, daran zweifle ich nicht, solange es dauert; aber, wie manche anderen Freuden in dieser vergänglichen Welt dauert's selten lange. Und wahrhaftig! Wenn Ihr in der jugendlichen Unbefangenheit und Harmlosigkeit Eures Herzens den Vorfall so flink zum besten gebt, dann wird, fürchte ich, Eure Laufbahn von außerordentlicher Kürze sein!«

»Wie bitte?« fragte Hugh. »Wovon redet Ihr da, Sir? Wer hat mich dazu angestiftet?«

»Wer?« wiederholte Mr. Chester, indem er sich rasch umdrehte und ihm zum ersten Male voll ins Gesicht sah – »Ich habe Euch nicht deutlich gehört. Wer ist es gewesen?«

Hugh stockte und brummte dann etwas Unverständliches vor sich hin.

»Wer ist es gewesen? Ich bin sehr neugierig, es zu vernehmen«, meinte Chester mit ausnehmender Leutseligkeit . . . »eine ländliche Schönheit etwa? Aber nehmt Euch in acht, lieber Freund! Man darf ihnen nicht bedenkenlos trauen! Laßt Euch von mir raten und seht Euch vor!« Mit diesen Worten wandte er sich zum Spiegel herum und fuhr mit seiner Toilette fort.

Hugh hätte ihm gern geantwortet, daß er, der Frager selbst, ihn dazu angestiftet habe; aber die Worte blieben ihm in der Kehle stecken. Die vollendete Kunst, mit der sein Patron das ganze Gespräch leitete, hatten ihn zu sehr verblüfft. Es war ganz außer Zweifel, daß, wenn er die Erwiderung gegeben hätte, die ihm auf den Lippen schwebte, als Chester sich umdrehte und ihm die scharfe Frage stellte, dieser ihn schnurstracks, mit dem gestohlenen Eigentum in der Tasche, in Arrest hätte abführen und vor ein Schöffengericht schleppen lassen – in welchem Fall ihm der Tod am Galgen sicher war. Die Überlegenheit, die sich der Weltmann über dieses wilde Werkzeug zu schaffen strebte, war von dieser Stunde ab gewonnen. Hughs Unterwerfung war vollständig. Er fürchtete den Herrn, vor dem er stand, über alle Beschreibung, und sein Gefühl sagte ihm, daß Zufall und Arglist ein Gewebe um ihn gesponnen hatten, das sich beim leisesten Drucke von einer Meisterhand, wie derjenigen des Mr. Chester, für ihn zum Galgenstricke drehen mußte.

Während ihm solche Gedanken im Schädel rumorten und er sich andererseits im selben Augenblick mit Verwunderung fragte, wie er nur eigentlich so rasch und so vollständig unter das Joch geduckt worden war, stand er in geduckter Haltung vor Chester und heftete von Zeit zu Zeit einen unbehaglichen Blick auf ihn, der noch immer ruhig dastand und sich mit der Vollendung seiner Toilette beschäftigte. Erst als er hiermit zu Ende war, griff er nach dem Briefe, brach das Siegel und las ihn, sich in den Stuhl zurückbeugend, von Anfang bis zum Ende durch.

»Sehr zierlich gesagt! Allerliebste Worte, bei meinem Leben! Ganz und gar ein Brief, wie ihn Frauenzimmer schreiben! Voll mit all dem Zeuge, das die Leute mit Worten wie Zärtlichkeit und Uneigennützigkeit und Herz umschreiben!«

Während er das sagte, rollte er das Papier, auf dem der Brief geschrieben, zusammen, wendete ungezwungen den Blick auf Hugh, gleichsam als hätte er fragen wollen: »Seht Ihr das?« und hielt ihn an die Kerze. Als das Papier in heller Flamme loderte schleuderte er es auf den Feuerrost, und dort zerfiel es in Asche

»Es war an meinen Sohn gerichtet«, sagte er, sich an Hugh wendend, »und Ihr tatet ganz recht daran, es hierzubringen. Ich habe es auf meine Verantwortung hin geöffnet, und Ihr seht, was ich damit gemacht habe. Nehmt hier das für Eure Mühe!«

Hugh trat einen Schritt vor, um das Geldstück in Empfang zu nehmen, das ihm gereicht wurde. Als Chester es Hugh in die Hand legte, setzte er noch hinzu:

»Sollte sich's treffen, daß Ihr etwas weiteres von dieser Art findet, eine Nachricht oder Unterweisung auffangt, von der Ihr meint, daß ich sie gern vernehmen möchte, dann bringt sie wieder her. Wollt Ihr das tun, mein wackerer Gesell?«

Diese Worte wurden von einem Lächeln begleitet, das die weiteren Worte ersetzte – oder Hugh meinte wenigstens, daß es sie ersetzte – »Tust Du's nicht, ist's dein eigener Schaden!« Und darum antwortete er mit einem deutlichen »Ja.«

»Und seid auch nicht«, sagte sein Patron mit gönnerhafter Miene, »seid auch durchaus nicht niedergedrückt oder beklommen hinsichtlich der kleinen Übereilung, von der wir gesprochen haben! Euer Nacken ist so gut aufgehoben in meinen Händen, mein wackerer Gesell, als ob ihn eines kleinen Kindes Finger umklammert hielten. – Da! Nehmt noch ein Glas mit auf den Weg. Ihr seid ja jetzt ruhiger!«

Hugh nahm es ihm aus der Hand, und während er verstohlen auf das lächelnde Antlitz seines Herrn und Gönners sah, trank er schweigend den Inhalt aus.

»Ihr trinkt nicht mehr – ha! ha! – nicht mehr auf den Trunk?« sagte Chester in seiner gewinnendsten Weise.

»Auf Eurer Wohl, gnädiger Herr«, lautete die verdrießliche Antwort, die von einer Bewegung, die einem Bückling glich, begleitet wurde. »Ich trinke auf Euer Wohl!«

»Ich danke Euch. Möge Gott Euch schützen! So nebenbei gesagt, wie heißt Ihr denn eigentlich, wackeres Herz? Man nennt Euch Hugh, das weiß ich ja – aber Eurer anderer Name?«

»Ich hab keinen Namen weiter.«

»Ein höchst seltsamer Gesell! Wollt Ihr damit sagen, daß Ihr nie einen andern gekannt habt? Oder – daß Ihr keine Lust habt, ihn zu nennen? Welches von beidem ist richtig?«

»Wenn ich's könnte, so würde ich ihn sagen«, erwiderte Hugh geschwind. »Ich kann's nicht. Ich bin immer Hugh gerufen worden; nicht anders und nicht weiter. Ich hab' nie was gewußt oder gesehen oder gedacht von einem Vater, und bin ein Junge gewesen von sechs Jahren – das ist eben nicht gerade alt – als sie, zur Augenweide von ein paar tausend Menschen, die dastanden und gafften, meine Mutter in Tyburn an den Galgen knüpften. Na! Sie hätten sie leben lassen können; arm genug war sie!«

»Wie traurig! Wie traurig!« rief sein Patron mit gnädigem Lächeln aus. »Ohne Zweifel war sie ein recht hübsches Frauenzimmer?«

»Sehen Sie meinen Hund dort, Herr?« fragte Hugh kurz und unvermittelt.

»Ein treues Vieh, nicht wahr?« versetzte sein Patron, indem er durch sein Glas nach dem Hund sah; »und riesig gescheit? Tugendsame, begabte Wesen, mögen sie Menschen sein oder Tiere, sind immer recht häßlich!«

»So'n Hund wie der, und einer von derselben Zucht, war das einzige lebendige Wesen außer mir, das an diesem Tage geheult hat«, sagte Hugh. »Von den ganzen zweitausend und etlichen Leuten – weil's ein Weib war, deshalb war die Menge größer als sonst – empfanden allein der Hund und ich ein klein bißchen Mitleid mit der Ärmsten. Wär er 'n Mensch gewesen, dann würd er froh gewesen sein, sie los zu werden, denn sie war immer gezwungen, ihn knapp zu halten, so daß er immer halb am Verhungern war. Da's aber 'n Hund war, der keinen Menschenverstand hat, da hat's ihm leid getan.«

»Es war stumpfsinnig von dem Tiere, ganz sicher«, sagte Mr. Chester, »und riecht auch ganz genau nach Tier!«

Hugh gab keine Antwort. Nachdem er seinem Hunde gepfiffen hatte, der auf den Ruf sogleich in die Höhe sprang, herbeigelaufen kam und um ihn herumtanzte, sagte er seinem teilnahmsvollen Freund gute Nacht.

»Gute Nacht«, erwiderte Chester. »Und denkt daran: Ihr seid bei mir wohl aufgehoben – ganz wohl aufgehoben. Solange Ihr's verdient, mein wackerer Gesell – und ich hoffe, daß das immer der Fall sein werde – habt Ihr an mir einen Freund, auf dessen Stillschweigen Ihr Euch verlassen dürft. Nun seht Euch, bitte, vor und erwägt, in welcher Gefahr Ihr hättet stecken können. Gute Nacht! Gott mit Euch!«

Hugh duckte sich vor dem versteckten Sinn dieser Worte so tief, wie sich ein solches Wesen ducken kann, und kroch so demütig und unterwürfig aus der Tür heraus – mit einer Miene, so verschieden von derjenigen, mit der er eingetreten war – daß sein »Herr und Gönner«, sobald er allein war, breiter lächelte als je zuvor.

»Nun, und doch«, sagte er, indem er eine Prise Schnupftabak nahm, »ist's mir gar nicht recht, daß seine Mutter gehängt worden ist. Der Bursche hat ein schönes Auge, und sie ist ganz gewiß hübsch gewesen. Aber sehr wahrscheinlich war sie grob und ungeschlacht – vielleicht hatte sie eine rote Nase, vielleicht auch plumpe Füße. Ei, ei! Es war schließlich doch am besten so, ohne Zweifel.«

Mit dieser tröstlichen Erwägung zog er den Rock an, warf einen Abschiedsblick auf den Spiegel und rief seinen Diener herbei, der sofort zur Stelle war und dem zwei Träger mit einer Sänfte folgten.

»Pfui«, sagte Chester. »Sogar die Atmosphäre, die dieser Centaur geatmet hat, scheint von Mistkarren angesteckt. Da, Peak Bring etwas Riechwasser her und besprenge den Boden damit Nimm auch den Stuhl weg, auf dem er gesessen und lüfte ihn Spritz auch ein bißchen von dem Wasser auf mich! Ich bin dem Ersticken nahe.«

Der Diener gehorchte, und nachdem das Zimmer sowohl wie sein Besitzer gereinigt worden waren, blieb Chester nur noch übrig, nach seinem Hute zu verlangen, ihn manierlich unter den Arm zu schieben, sich in der Sänfte zurechtzusetzen und sich forttragen zu lassen – zwischendurch summte er ein damals in der vornehmen Welt beliebtes Lied vor sich hin.

24.
Kapitel

Wie der perfekte feine Mann den Abend in der Mitte eines bezaubernden, strahlendes Kreises verlebte; wie er jedermann, der mit ihm zusammenkam, durch die Anmut seines Benehmens, durch die Feinheit seines Wesens, durch die Lebendigkeit seiner Unterhaltung und die Milde seiner Stimme entzückte; wie es in jeder Ecke, jedem Winkel bemerkt wurde, daß Chester ein Mann sei von so glücklichem Temperament, daß nichts ihn aus der Fassung und um seine gute Laune bringe, daß er zu jenen Leuten gehöre, denen die irdischen Sorgen und Irrungen so leicht sitzen wie ein Anzug, und daß sich in seinem lächelnden Antlitz allezeit ein ruhiger, friedlicher Geist widerspiegelte; wie sich ehrenhafte Männer, die von ihm instinktiv eine bessere Kenntnis hatten, nichtsdestoweniger vor ihm beugten, jedes Wort von ihm beifällig aufnahmen und um seine Zustimmung buhlten; wie Leute, die wirklich einen guten Kern in sich hatten, mit dem Strom schwammen und krochen und schmeichelten und ihm nach dem Munde redeten, wenn sie sich auch ihrer Handlungen wegen selbst verachteten, wie er, kurz gesagt, einer von jenen Leuten war, die ›in der Gesellschaft‹ (wie die Redensart lautet) Aufnahme finden und von Dutzenden von Leuten gehätschelt werden, die als einzelne Personen vor dem Gegenstande ihrer feilen Hochachtung sofort zurückgeschreckt wären, sich von ihm angewidert gefühlt hätten – das sind Dinge, die sich leicht erklären.

Die Verächter des Menschentums – abgesehen von den bloßen Toren und Possenreißern dieses Bekenntnisses – bestehen aus zweierlei Sorten. Diejenigen, welche glauben, daß ihr Verdienst vernachlässigt oder überhaupt nicht gewürdigt werde, bilden die eine Klasse; diejenigen, welche Huldigung und Schmeichelei empfangen, während sie ihren eigenen Unwert kennen, bilden die andere Klasse. Sicherlich gehören die kaltherzigsten Menschenhasser allemal zu dieser letzteren Klasse.

Mr. Chester saß am Morgen darauf im Bett, während er seinen Kaffee schlürfte und mit einer Art geringschätziger Genugtuung sich in Erinnerung führte, wie er gestern abend geglänzt hatte und wie er umschmeichelt und umworben worden war. Sein Diener brachte ein sehr kleines Stück schmutzigen Papiers herein, das an zwei Stellen dick versiegelt war und dessen Innenseite in ziemlich großer Schrift die Worte zeigte: »Ein Freund bittet um Unterredung. Sogleich. Privatim. Nach Kenntnisnahme verbrennen.«

»Wo hast du, beim Andenken an die Pulver-Verschwörung, dieses Ding hier aufgelesen?« fragte sein Herr.

Es sei ihm von einer Person gegeben worden, erwiderte der Mann, die noch an der Tür warte.

»Mit Mantel und Degen?« fragte John Chester.

»Nein, nur mit einem Lederschurz und einem schmutzigem Gesicht.

»Laß ihn herein!« Und ins Zimmer herein trat – Mr. Tappertit ... Mr. Tappertit, dem noch immer das Haar zu Berge stand und der in der Hand ein großes Schloß trug, das er mitten im Zimmer auf die Dielen niederlegte.

»Sir«, sagte Mr. Tappertit mit tiefer Verbeugung, »ich danke Euch für diese Huld und bin froh, Euch zu genießen. Verzeiht den gemeinen Beruf, an den ich gebunden bin, Sir, und erstreckt Eure gute Meinung auf jemanden, der, so gering sein Aussehen ist, einen Beruf in seinem Inneren fühlt, der weit über seine gesellschaftliche Stellung hinaus greift.«

Mr. Chester hielt die Bettgardine zurück und sah Tappertit an mit einem unklaren Ausdruck im Gesicht, als habe er einen Tollhäusler vor sich, der nicht bloß die Tür seiner Zelle erbrochen, sondern auch das Schloß von der Tür mitgenommen hätte. Tappertit verneigte sich wieder und spreizte seine Beine, so daß sie in der besten Beleuchtung erschienen.

»Ihr habt, Sir«, sagte Mr. Tappertit, indem er die Hand auf die Brust legte, »von Mr. Varden gehört? Schlosser und Klingelzug-Verfertiger, macht auch alle Ausbesserungsarbeiten in der Stadt und auf dem Lande, wohnt Clerkenwell, London?«

»Was noch?« fragte Chester.

»Ich bin sein Lehrjunge, Sir.«

»Was weiter noch?«

»Hm!« sagte Tappertit. »Würdet Ihr mir gestatten, Sir, die Tür zu schließen, und wollt Ihr mir fernerhin, Sir, Euer Ehrenwort geben, daß das, was zwischen uns sich zuträgt, geheim bleibt?«

Mr. Chester legte sich ruhig wieder in sein Bett zurück und wandte der seltsamen Erscheinung, die inzwischen die Tür abgeschlossen hatte, ein Gesicht zu, das kaum noch eine Spur von

Unruhe zeigte. Dann forderte er Tappertit auf, sich auszusprechen und dabei so vernünftig zu verfahren, wie seine Kräfte es ihm irgend gestatteten.

»Zuerst einmal, Sir«, sagte Tappertit, zog ein kleines Taschentuch hervor und schüttelte die Falten heraus, in die es zusammengekniffen war, »gestattet mir wohl, da ich keine Karte bei mir habe – (denn der Neid der Lehrmeister drückt uns unter dieses gesellschaftliche Niveau) – das beste Ersatzmittel, das mir die Umstände gestatten, darzubieten. Wenn Ihr das in Eure Hand zu nehmen geruhen wollet, Sir, und dann Euer Auge auf den Zipfel zur Rechten werfet«, sagte Tappertit, indem er mit huldvoller Miene das Tuch hinüber reichte, »so werdet Ihr mein Beglaubigungsschreiben finden.«

»Danke sehr«, antwortete Chester, nahm das Tuch höflich in die Hand und richtete den Blick auf einige blutrote Schriftzüge, die sich an dem einen Zipfel befanden. »›Nummer vier. Simon Tappertit. Eins.‹ Ist das der –«

»Mit Ausnahme der Nummern, Sir, ist das mein Name«, versetzte der Lehrjunge. »Die Zahlen stehen bloß hier als Merkzeichen für die Waschfrau und stehen in keinem Zusammenhang mit mir oder meiner Familie. Euer Name, Sir«, sagte Tappertit, indem er sehr scharf zur Schlafmütze des andern hinsah, »Euer Name ist Chester, nehme ich an? Ihr braucht die Schlafmütze nicht abzunehmen, Sir, ich danke Euch! Ich bemerke das E.C. [40] von hier aus. Wir wollen das übrige als in der Ordnung annehmen.«

»Bitte, Mr. Tappertit«, meinte Chester, »hat dies komplizierte Stück Eisenware, das Ihr mir die Gnade erwiesen habt, mit hierherzubringen, irgendwelche unmittelbare Beziehung zu dem Geschäft, über das wir zu sprechen haben?«

»In keiner Weise, Sir!« versetzte der Lehrjunge. »Es soll in der Themse-Street an der Tür eines Warenhauses angemacht werden.«

»Da dies der Fall ist«, meinte Chester, »und da es einen stärkeren Ölgeruch verbreitet, als ich für gewöhnlich in meinem Schlafzimmer als Erfrischung dulde, erweist Ihr mir vielleicht die Gefälligkeit, es draußen vor die Tür zu legen?«

»Natürlich, Sir«, sagte Mr. Tappertit und ließ den Worten sogleich die Tat folgen.

»Ihr verzeiht mir hoffentlich, daß ich diesen Umstand zur Sprache brachte?«

»Bitte, unterlaßt alle Entschuldigungen, Sir. Und nun, sofern Ihr bereit seid, zum Geschäft!«

Während dieser Unterhaltung hatte Chester in einem fort heiter und höflich gelächelt. Sim Tappertit, der eine viel zu gute Meinung von sich hatte, als daß ihm der Gedanke hätte kommen können, jemand führe ihn an der Nase herum, dachte sich, Chester bekunde den ihm gebührenden Respekt, und zog einen Vergleich aus diesem höflichen Benehmen, der für den würdigen Schlosser durchaus nicht günstig ausfiel.

»Aus den Vorgängen in unserm Haus«, sagte Tappertit, »weiß ich, Sir, daß Euer Sohn im Widerspruch zu Euren eigenen Neigungen mit einer jungen Dame Verkehr unterhält. Sir, Euer Herr Sohn hat mich ungebührlich behandelt.«

»Mr. Tappertit«, erwiderte der andere, »es spottet wirklich aller Beschreibung, welchen Schmerz Ihr mir bereitet.«

»Danke, Sir«, antwortete der Lehrjunge. »Es freut mich, das aus Eurem Mund zu hören. Euer Herr Sohn, Sir, ist sehr stolz und vielleicht hochmütig.«

»Ich fürchte, hochmütig«, sagte John Chester. »Diese Besorgnis, wißt Ihr, habe ich schon früher gehegt, und Ihr bestärkt mich darin.«

»Wollte ich die niedrigen Dienste aufzählen, die ich für Euren Herrn Sohn zu verrichten hatte, Sir«, sagte Tappertit, »die Stühle, die ich ihm hinsetzen, die Kutschen, die ich für ihn holen mußte, die vielen entwürdigenden Dienstleistungen, von denen in meinem Kontrakt keine Rede ist, die ich für ihn verrichten mußte, dann könnte ich eine ganze Familienbibel damit anfüllen. Nebenbei, Sir, ist er auch bloß ein junger Mann, und da sich's so verhält, bin ich der Meinung, daß für ihn ›Schönen Dank, Simon‹ keine passende Anredeform ist.«

»Mr. Tappertit, Eure Weisheit überragt Eure Jahre. Bitte, fahrt fort.«

»Ich danke für die Aufmunterung, Sir«, sagte Simon äußerst befriedigt, »und will mich bemühen, fortzufahren. Nun, Sir, eben deswegen (und vielleicht auch aus noch anderen Gründen, auf die ich nicht einzugehen brauche) stehe ich auf Eurer Seite. Und was ich Euch sage, ist kurz folgendes: Solange jemand von uns rückwärts und vorwärts, hin und her, auf und nieder in jenes alte gemütliche Maypole-Lokal geht, mit Briefen und Botschaften, und Briefe holt und Briefe bringt, solange werdet Ihr auch nicht verhindern können, daß Euer Sohn durch Boten mit jener jungen Dame verkehrt – nicht einmal, wenn der Weg Tag und Nacht durch die ganze berittene Leibwache besetzt wäre und jeder einzelne Reiter in vollster Uniform erschiene.«

Tappertit hielt inne, um Atem zu holen, dann hob er wieder aufs neue an:

»Jetzt, Sir, will ich auf den Hauptpunkt zu sprechen kommen. Ihr werdet mich fragen: Welche Maßregeln kann man dagegen treffen? Ich will's Euch sagen. Wenn ein ehrbarer, feiner, höflicher Herr wie Ihr –«

»Mr. Tappertit – wahrhaftig –«

»Nein, nein, es ist mein Ernst«, entgegnete der Lehrjunge, »bei meiner Seele, mein Ernst. Wenn ein ehrbarer, feiner, höflicher Herr wie Ihr nur zehn Minuten mit unserer alten Frau Meisterin – das heißt mit Mrs. Varden – sprechen und ihr einige Schmeicheleien sagen wollte, so würdet Ihr dieselbe für alle Zeiten gewinnen. Dann würde man sich bestimmt einigen, daß ihrer Tochter Dolly« – hier glitt eine Röte über Tappertits Gesicht – »von dieser Zeit an nicht mehr gestattet werden würde, die Vermittlerin zu spielen; bevor man das aber nicht klargestellt hat, wird nichts imstande sein, sie je zu hindern.«

»Mr. Tappertit, Eure Kenntnis der menschlichen Natur –«

»Bitte, noch eine Minute«, sagte Sim und legte mit schrecklicher Ruhe die Arme übereinander. »Jetzt komme ich zum Hauptpunkt. In jenem Maypole, gnädiger Herr, lebt ein Schurke, ein Ungeheuer in menschlicher Gestalt, ein Landstreicher schlimmster Sorte, der, wenn Ihr ihn nicht beiseite schafft, wenn Ihr ihn nicht wegholt und wegschleppt, Euren Sohn gerade so sicher an jenes junge Weibsbild verkuppeln wird, als wenn er der Erzbischof von Canterbury in höchsteigener Person wäre. Er wird's tun, Herr, aus Haß gegen Euch und aus Bosheit. Ganz abgesehen von dem Vergnügen, das ihm die Verrichtung eines bösen Werkes bereiten wird, was ihm an und für sich schon Belohnung genug wäre. Wenn Ihr wüßtet, wie dieser elende Geselle, dieser Joseph Willet – so heißt er – in unserm Hause ein- und ausgeht und Euch schmäht und richtet und Euch bedroht, und wie es mich immer schaudert beim bloßen Anhören, dann würdet Ihr ihn schlimmer hassen als ich, Sir«, sagte Tappertit wild, indem er sein Haar noch straffer in die Höhe trieb und ein knirschendes Geräusch mit den Zähnen verursachte. »Sofern das überhaupt möglich wäre.«

»Also ist wohl eine kleine Privatsache im Spiel, Mr. Tappertit?«

»Privatsache, Sir, oder öffentliche Meinung, oder beides zusammen – vernichtet ihn!« rief Tappertit. »Die Miggs sagt das auch. Die Miggs und ich, wir sagen das beide. Wir können's nicht ertragen, diese Ränkespinnerei, die dort stattfindet. Unser Herz lehnt sich dagegen auf. Barnaby Rudge und Mrs. Rudge sind gleichfalls dabei beteiligt; aber der Schuft, Joseph Willet, ist der Haupträdelsführer; dessen Ränke und Pläne sind mir und der Miggs bekannt. Wenn Ihr näheres wissen wollt, so wendet Euch an uns. Werft Joseph Willet nieder, Sir! Vernichtet ihn! Und Ihr werdet glücklich!«

Mit diesen Worten legte Tappertit, der keine Antwort zu erwarten und es für eine notwendige Folge seiner Zungenfertigkeit zu halten schien, daß sein Zuhörer gänzlich verdutzt, verwirrt und überwältigt war, seine Arme so übereinander, daß die Fläche einer jeden Hand auf der entgegengesetzten Schulter ruhte, und verschwand nach Art jener geheimnisvollen Warner, von denen er in billigen Abenteuerbüchern gelesen hatte.

»Der Bursche«, sagte Chester, der sein Gesicht, sobald sein Gast sich entfernt hatte, in ruhigere Falten legte, »ist zu brauchen. Ich weiß doch meine Züge einigermaßen zu beherrschen, ohne allen Zweifel. Er hat gerade das bestätigt, was ich argwöhnte; und stumpfe Werkzeuge erweisen sich oftmals brauchbar, wo schärfere Instrumente versagen würden. Ich fürchte, ich sehe mich gezwungen, unter diesem würdigen Völkchen ein bißchen aufzuräumen. Ein unangenehmer Zwang! Sie tun mir ordentlich leid.«

Mit diesen Worten verfiel er in einen ruhigen Schlummer – überließ sich einem Schlafe, der fast so sanft und angenehm war wie der eines Kindes.

25. Kapitel

Indem wir den vom Geschick begünstigten, von der Welt wohl aufgenommenen und umschmeichelten Mann – der sich niemals bloßstellte durch eine Handlung, die sich mit den Ansichten und Bräuchen der damaligen vornehmen Welt nicht vertrug – indem wir diesen Edelmann dem Schlummer überlassen, in den er lächelnd versank – denn selbst Schlaf wurde bei ihm, da er nur wenig in seinem zu aller Verstellung fähigen Gesicht änderte – zu einem Vorgang kalter Heuchelei – folgen wir den Schritten eines Paares, das sich auf langsamer Fußwanderung in Richtung Chigwell befand.

Barnaby und seine Mutter. Rabe Greifer natürlich in ihrer Gesellschaft.

Die Witwe, der jede schmerzvolle Meile unendlich lang vorkam, schleppte sich mühselig voran, während Barnaby, der jeder flüchtigen Regung nachgab, hierhin und dorthin schweifte, bald seine Mutter hinter sich zurücklassend, bald wieder selbst weit hinter ihr zurückbleibend, bald in einen Nebenpfad oder einen Seitenweg hineinstürmend, um sie so lange allein ihren Weg gehen zu lassen, bis er heimlich wieder auftauchte und mit wildem Juchzen auf sie zugerannt kam, ganz wie es seine unstete und launische Natur ihm eingab. Bald rief er sie an vom höchsten Ast eines hohen Baumes herab, der am Wege stand; bald sprang er, indem er sich seines langen Stabes als Sprungstecken bediente, über eine Hecke, einen Graben oder ein fünffach verriegeltes Tor; bald lief er wieder eine halbe Stunde oder weiter voraus und verweilte dann so lange beim Spiel mit Greifer auf einem Wiesenfleck, bis die Mutter herangekommen war. Dies waren seine Freuden; und wenn seine langmütige Mutter seine lustige Stimme hörte oder in sein gerötetes und von Gesundheit strotzendes Angesicht sah, da hätte sie ihm durch kein einziges betrübtes Wort oder Murren eine einzige von diesen Freuden verderben mögen.

Es bedeutet etwas, Frohsinn vor Augen zu haben, und sei es auch der Frohsinn eines Idioten. Es hat etwas für sich zu wissen, daß der Himmel die Fähigkeit, sich zu vergnügen, in die Brust auch eines solchen Wesens gesenkt hat; es hat etwas auf sich, die Gewißheit zu haben, daß wenn auch Menschen diese Fähigkeit in ihren Mitmenschen leicht zertrümmern mögen, der große Schöpfer des Menschentums sie selbst seinem verachtetsten und geringstgeschätzten Werke mitteilt. Wer möchte nicht lieber einen armen Idioten glücklich im Sonnenlicht sehen, als einen weisen, im finsteren Kerker schmachtenden Menschen!

Die Brust der Witwe war sorgenschwer von geheimer Furcht und heimlichem Kummer; aber die Fröhlichkeit ihres Sohnes heiterte sie auf und verkürzte die lange Wanderung. Manchmal bat er sie, sich auf seinen Arm zu stützen, und hielt sich auf eine kurze Strecke gleichmäßig und wacker an ihrer Seite; aber es entsprach seiner Natur mehr, umherzustreifen, und es tat ihr wohler, ihn frei und glücklich zu sehen, sogar wohler, als ihn neben sich zu haben, weil sie ihn mehr liebte als sich selbst.

Sie hatte den Ort verlassen, wohin sie jetzt wanderten, unmittelbar nach dem verhängnisvollen Ereignis, das ihrem ganzen Dasein eine andere Gestalt gegeben hatte, und zweiundzwanzig Jahre lang hatte sie niemals den Mut besessen, ihn wieder aufzusuchen. Es war ihr Geburtsdörfchen. Wieviel Erinnerungen drängten sich in ihren Geist, als ihr die Ortschaft in Sehweite trat! Zweiundzwanzig Jahre. Das ganze Leben ihres Sohnes! Als sie zum letzten Male zurück auf diese Dächer zwischen den Bäumen geschaut hatte, da trug sie ihn auf ihren Armen als Säugling! Wie oft seit dieser Zeit hatte sie bei Tag und Nacht neben ihm gesessen, der Geistesdämmerung entgegenschauend, die niemals kam; wie oft hatte sie gefürchtet und gezweifelt und noch immer gehofft, lange, lange nachdem sich die Überzeugung selbst ihr aufgedrungen hatte! Die kleinen Kriegslisten, die sie ersonnen, ihn auf die Probe zu stellen, die kleinen Merkmale, die er in seiner kindischen Weise von sich gegeben – nicht von geistiger Schlaffheit, sondern von etwas unendlich Schlimmerem, so Gespensterhaftem und allem Kindlichen so durchaus Abholdem – dies alles kam so lebendig in ihren Geist zurück, als ob es gestern erst vorgefallen wäre. Die Stube, wo sie zu hausen pflegten; der Ort, wo seine Wiege gestanden; von wo aus er, alt und koboldhaft im Gesicht, aber doch immerfort ihr lieb und teuer, sie mit wildem, leerem Auge anstarrte und irgendeine wunderliche Weise mit rauher Stimme lallte, während sie bei ihm saß und ihn in seiner Wiege schaukelte – jeder Umstand aus seiner Kinderzeit drängte sich ihr in die Erinnerung zurück, und der gemeinste, tagtäglichste vielleicht am schärfsten, am deutlichsten.

Auch seine spätere Kindheit, die seltsamen Einbildungen, die er hatte, seine Angst vor gewissen, fühllosen Dingen – bekannten Dingen, die er mit Leben ausstattete – der langsame und allmähliche Ausbruch jenes Grausens, in welchem sein verdunkelter Geist sich zu regen begann; wie sie inmitten von all diesem einige Hoffnung und einigen Trost darin gefunden hatte, daß er so ganz anders war, als andere Kinder sind, und wie sie einigermaßen dabei Glauben faßte an die langsame Entwicklung seines Geistes, wie sie die Hoffnung schöpfte, daß er Verstand haben würde, wenn er ein Mann geworden, und wie dann sein Kindertum so vollständig war und so lange währte – all diese Gedanken stiegen sprungweise in ihr auf, einer nach dem anderen, in kräftiger Gestalt, nachdem sie so lange geschlummert hatten.

Sie nahm seinen Arm, und beide liefen eilig die Dorfstraße entlang. Sie war dieselbe noch wie in den alten Zeiten, und doch auch anders und von anderem Aussehen. Die Veränderung lag in ihr, nicht in der Straße; aber hieran dachte sie niemals und wunderte sich über die Veränderung, die mit der Straße vorgegangen und mit dem Dorfe.

Die Leute kannten Barnaby, und die Kinder aus dem Orte scharten sich rings um ihn – als sie sich darauf besann, daß sie mit den Vätern und Müttern derselben, wie sie selbst noch Kind war, dem ersten besten Kranken oder wunderlichen Bettler in ganz derselben Weise nachgelaufen war. Keiner von ihnen kannte sie; sie wanderten vorbei an den Häusern, und auf jedes einzelne von ihnen besann sie sich, und auf jeden Garten und jede Heimstätte nicht minder; und als sie sich dann in die Felder hineinschlugen, waren sie bald wieder allein.

Der Warren war das Ziel ihres Weges. Mr. Haredale spazierte im Garten, und als er sie durch das Eisengitter gehen sah, schloß er die Gartentür auf und hieß sie eintreten.

»Endlich habt Ihr's über Euch gebracht, den alten Flecken wieder zu besuchen«, sagte er zu der bejahrten Witwe. »Das freut mich.«

»Das erste und letzte Mal, Sir«, erwiderte sie.

»Das erste seit vielen Jahren, aber doch nicht das letzte?«

»Das allerletzte.«

»Ihr wollt also«, sagte Mr. Haredale und betrachtete sie nicht ohne Erstaunen, »nach dieser ersten Anstrengung, die Euch Euer Entschluß gekostet, nicht den nächsten Schritt wagen, sondern wieder in Euren alten Zustand zurückkehren? Das ist Eurer unwürdig. Ich hab' Euch oft gesagt, Ihr solltet hierher zurückkehren. Ich weiß, Ihr würdet hier glücklicher sein als anderswo. Was Barnaby betrifft, so ist er hier doch zu Hause.«

»Und Greifer auch«, sagte Barnaby und deutete auf den Korb.

Der Rabe hüpfte mit Würde heraus, setzte sich auf Barnabys Schulter und schrie, Mr. Haredale zugewandt – als wollte er ihm begreiflich machen, daß eine kleine Erfrischung ganz am Platze sei: »Polly, setzt den Kes-sel auf, wir wollen alle Tee haben!«

»Hört mich an, Mary«, sagte Mr. Haredale freundlich, während er sie veranlaßte, mit ins Haus zu gehen. »Euer Leben ist ein Muster gewesen von Geduld und Ausdauer – ausgenommen in diesem einen besonderen Fall, der mir oft großen Schmerz bereitet hat. Wir wissen doch, in welch grauenvoller Weise Ihr in das Unglück hineingezogen wurdet, das mir den einzigen Bruder und Emma den Vater nahm. Aber ich hoffe doch, daß Ihr uns nicht mit dem Urheber unseres gemeinsamen Unglücks in Beziehung setzt.«

»Ihn mit Euch in Beziehung setzen, Sir!« rief sie.

»Allerdings«, sagte Mr. Haredale, »solche Gedanken kommen mir. Ich glaube fast, daß Ihr, weil Euer Mann durch so manche Bande an unsere Verwandtschaft geknüpft war und in seinem Dienst ums Leben kam, in gewissem Grade uns mit seinem Mord in Verbindung bringt!«

»Ach!« antwortete sie. »Sie kennen mein Herz schlecht, Sir. Ihr wißt von der Wahrheit wenig.«

»Eine solche Meinung wäre bei Euch doch natürlich; sehr wahrscheinlich hegt Ihr sie auch, ohne es zu wissen«, meinte Mr. Haredale, mehr zu sich selbst als zu ihr sprechend. »Wir sind ein gefallenes Haus. Geld, mit der freigebigsten Hand ausgeteilt, wäre eine armselige Vergütung für Leiden und Qualen wie die Eurigen; und Geld, von so knauserigen Händen, die selbst gebunden sind, in spärlichen und verzettelten Teilchen karg zugemessen, wird zum erbärmlichen Spott. Daß dem so ist, weiß ich sehr wohl.«

»Ihr tut mir wirklich unrecht, Sir!« erwiderte die Witwe mit großer Ernsthaftigkeit. »Wenn Ihr dennoch hören wollt, was ich Euch, mit Eurer Erlaubnis, zu sagen wünsche –«

»Werde ich dann meine Zweifel bestätigt finden?« fragte er, als er bemerkte, daß sie stockte und verlegen wurde. »Recht so!«

Er beschleunigte seinen Schritt, eilte ein paar Stufen voran, kehrte aber schnell wieder an ihre Seite zurück und sagte: »Und Ihr habt diesen weiten Weg nur gemacht, um mit mir zu reden?«

»Ja.«

»Ein Fluch liegt über dem elenden Stand von uns stolzen Bettlern«, murmelte er, »ein Fluch, der Arm und Reich gleichmäßig von uns scheucht; denn die einen sind gezwungen, uns mit einem äußern Aufwande kalter Achtung zu behandeln, die andern lassen sich bei jeder Gelegenheit gnädig zu uns herab und geben sich um so erhabener, je näher sie uns treten. – Nun, wenn's Euch mühsam, beschwerlich war (wie's ja nicht anders hat sein können!), dieses geringfügigen Zwecks halber die Kette einer durch zweiundzwanzig Jahre getragenen Gewohnheit zu brechen, konntet Ihr mich dann nicht von Eurem Wunsch in Kenntnis setzen? Konntet Ihr mich nicht bitten, zu Euch zu kommen?«

»Dazu blieb leider keine Zeit, Sir!« versetzte sie. »Ich habe erst gestern abend meinen Entschluß gefaßt, und da fühlte ich auch schon, daß ich nicht einen Tag verlieren dürfe – einen Tag!? Nicht eine Stunde –, um mit Euch zu sprechen!«

Inzwischen hatten sie das Haus erreicht. Mr. Haredale blieb einen Augenblick stehen und sah Mary Rudge an, als ob er überrascht sei von ihrer Energie. Als er aber wahrnahm, daß sie ihm keinerlei Beachtung schenkte, sondern mit Schaudern zu den alten Wänden hinaufblickte, an denen eine für sie so grausige Erinnerung haftete, da führte er sie auf einer geheimen Treppe in sein Bücherzimmer hinauf, wo Emma lesend am Fenster saß.

Die junge Dame stand, sobald sie sah, wer ihr näher trat, hastig auf und legte ihr Buch beiseite, um der Witwe mit vielen freundlichen Worten und nicht ohne Tränen ein warmes und ernstes Willkommen zu bieten. Aber die Witwe fuhr jäh zurück vrn ihrer Umarmung, als wenn sie sich davor fürchtete, Emma zu berühren. Zitternd sank sie auf den Stuhl nieder.

»Es ist die Rückkehr an diesen Ort nach so langer Abwesenheit, die sie so sehr angreift«, sagte Emma sanft. »Bitte, läutet, Onkel – oder wartet – Barnaby wird selbst laufen und Wein holen –«

»Auf keinen Fall Wein«, rief Mary Rudge. »Er könnte nach etwas anderem schmecken – ich würde ihn nicht anrühren. Ich brauche nur eine Minute Ruhe. Nichts weiter!«

Miss Haredale stand neben ihrem Stuhl, mit stummem Mitleid den Blick auf sie heftend. Nach einer Weile erhob sich die Witwe und wandte sich an Haredale, der in seinem Armstuhl Platz genommen hatte und sie mit gespannter Aufmerksamkeit betrachtete.

Die Stube, wo diese Gruppe jetzt vereint war, stieß dicht an die Kammer an, wo einst der Mord verübt worden war. Sie war dumpf, finster und unheimlich; sie strotzte von wurmstichigen

Büchern; sie wurde von verschossenen Vorhängen, die jedes Geräusch, jeden Ton dämpften, eingehüllt und abgeschlossen, von Bäumen, deren raschelnde Zweige immer wieder ein gespenstisches Pochen an den Fensterscheiben verursachten, in wehmütiger Weise in Schatten gehüllt; diese Stube wirkte mehr noch als die übrigen Räumlichkeiten im Hause geisterhaft düster. Und die in ihr versammelte Gesellschaft schien sich dieser Stätte anzupassen. Die Witwe mit ihrem scharf geschnittenen, Schrecken verursachenden Gesicht und den niedergeschlagenen Augen; der immer strenge, starre und kleinmütige Mr. Haredale, neben ihm seine Nichte, dem Bild ihres Vaters, das von der geschwärzten Wand herb unheimlich auf sie blickte, so ähnlich und doch wieder so ganz und gar unähnlich; Barnaby mit seinem ruhelosen, aber leeren Blick – sie alle, alle paßten zu diesem Ort und waren handelnde Personen in dem Drama. Ja, selbst der Rabe, der auf den Tisch gehüpft war und mit der Miene eines alten Geisterbeschwörers im tiefen Studium eines auf einem Tische aufgeschlagenen großen Folio-Bandes begriffen zu sein schien, wirkte wie die Verkörperung eines bösen Geistes, der seine Zeit abwartet, um Unheil zu stiften.

»Ich weiß kaum«, sagte die Witwe, das Schweigen brechend, »wie ich den Anfang machen soll. Ihr werdet sicher meinen, mein Geist sei irre.«

»Die ganze Art Eures ruhigen, vorwurfsfreien Lebens, wie es verlaufen ist, seitdem Ihr zuletzt hier wart«, erwiderte Haredale weich und sanft, »widerspricht einem solchen Verdacht. Ihr sprecht ja nicht zu fremden Leuten, habt mehr Vertrauen! Jeder Rat oder Beistand, den ich geben kann, steht Euch zu, das wißt Ihr.«

»Und wie, Sir!« versetzte sie. »Wie! Wenn ich käme – ich, die ich bloß einen Freund noch auf Erden besitze – wenn ich käme, Eure Hilfe von diesem Augenblick an zurückzuweisen, wenn ich käme, Euch zu sagen, daß ich von jetzt ab mich allein in das Getriebe der Welt stürzen will?«

»Seid Ihr zu diesem Zwecke hierhergekommen«, meinte Haredale ruhig, »so habt Ihr doch wohl auch für ein so außergewöhnliches Verhalten einigen Grund, der – wenn man die Möglichkeit einer so jähen und befremdlichen Handlungsweise nicht abweisen soll – natürlicherweise sein Gewicht haben muß.«

»Das, Sir«, antwortete sie, »ist das Elend meines Jammers! Ich vermag keinen Grund allgemeiner Art anzugeben. Mein eigenes nacktes Wort ist alles, was ich Euch anzubieten vermag. Es ist meine Pflicht, eine Pflicht, die gebieterisch und unabweislich ist. Würde ich sie nicht erfüllen, dann müßte ich eine gemeine, schuldbeladene Kreatur sein!«

Als ob sie sich erleichtert fühlte dadurch, daß sie so viel gesagt hatte, sprach sie von nun ab mit festerer Stimme:

»Der Himmel ist mein Zeuge, daß ich seit jener Zeit, an die wir uns alle nur mit Bitterkeit erinnern können, in unveränderter Ergebenheit und Dankbarkeit für diese Familie gelebt habe. Der Himmel ist mein Zeuge, daß ich, wohin auch mein Weg mich führen mag, diese Empfindungen unverändert in meinem Herzen bewahren werde. Er ist auch mein Zeuge, daß sie allein mich zu dem Schritte bestimmen, den ich tun muß und von dem mich, sofern ich auf die Gnade des Himmels hoffe, nichts – nichts abwendig machen soll.«

»Das sind wunderliche Rätsel«, sagte Mr. Haredale.

»In dieser Welt, mein Herr«, erwiderte sie, »werdet Ihr vielleicht niemals Aufklärung finden. In einer andern Welt wird die Wahrheit zur rechten und schicklichen Zeit aufgedeckt werden. Und möge diese Zeit«, setzte sie mit dumpfer Stimme hinzu, »nicht allzu ferne mehr sein.«

»Bestätigt mir«, sagte Mr. Haredale, »daß ich Euch recht verstehe, denn ich zweifle an meinen eigenen Sinnen. Wollt Ihr sagen, Ihr habt freiwillig den Entschluß gefaßt, Euch jener Unterstützungen selbst zu berauben, die Ihr von uns so lange genossen – wollt Ihr sagen, daß Ihr auf die Jahresrente Verzicht leisten wolltet, die wir Euch vor zwanzig Jahren aussetzten – daß Ihr Haus und Heim und allen Besitz im Stich lassen und ein neues Leben beginnen wolltet – und das alles aus einem geheimen Grunde oder einer ungeheuerlichen Einbildung, für die sich keine Erklärung geben läßt, die bloß jetzt vorhanden ist und all diese Zeit über geschlummert hat? Im Namen Gottes, des allmächtigen Gottes! Welches Hirngespinst bestimmt Euer Tun und Lassen?«

»Wie ich tiefen, tiefen Dank fühle«, gab sie zur Antwort, »für die Freundschaft und Güte derjenigen, die zu diesem Hause in verwandtschaftlichem Verhältnisse stehen, mögen sie noch am Leben sein oder schon tot, und wie ich es nicht erleben möchte, daß sein Dach zusammenstürzte und mich zermalme, oder daß seine Wände und Mauern vom Blute triefen, wenn mein Name in ihrem Hörbereiche gesprochen wird – so werde ich nimmer, nimmer wieder von Eurer Güte Nutzen ziehen oder meinen Unterhalt irgendwie von ihr abhängig machen. Ihr wißt nicht«, setzte sie plötzlich hinzu, »wozu Eure Habe dienen, in welche Hände sie gelangen kann! Ich weiß es, und deshalb verzichte ich darauf.«

»Die Verwendung des Geldes«, meinte Mr. Haredale, »bleibt sicher doch in Euern Händen!«

»Das war so! Ist aber nicht länger mehr so! Eure Gabe kann zu Zwecken dienen – Eure Gabe dient zu Zwecken – die die Toten in ihren Gräbern verhöhnen. Sie kann in meinen Händen nimmermehr Gedeihen finden. Sie wird ein weiteres schweres Gericht auf meines lieben Sohnes Haupt heraufbeschwören, und seine Unschuld wird leiden um der Schuld seiner Mutter willen.«

»Was sind das für Reden?« rief Mr. Haredale, der die Witwe mit Verwunderung betrachtete. »Unter was für Gesellschaft seid Ihr geraten? An welcher Schuld habt Ihr jemals Anteil gehabt?«

»Ich bin schuldig und doch unschuldig; ich bin im Unrecht und doch im Recht, ich habe Gutes im Sinne und bin doch gezwungen, dem Bösen zu helfen. Stellt nicht weitere Fragen an mich, guter Herr! Aber glaubet, daß ich eher zu bejammern als zu verdammen bin. Ich muß mein Haus morgen verlassen; denn solange ich dort weile, spukt es darin. Mein künftiger Aufenthalt muß, wenn ich in Frieden dort leben soll, ein Geheimnis bleiben. Sollte mein armer Junge sich jemals hierher verirren, dann versucht nicht, durch ihn meinen Aufenthalt zu ermitteln, oder geht ihm nicht nach, wenn er sich auf den Rückweg begibt; denn werden wir verfolgt, dann müssen wir wiederum fliehen. Und nun, da die Bürde von meinem Gemüt genommen ist, ersuche ich Euch – und auch Euch, liebe Miss Haredale – mir, sofern Ihr es könnt, Glauben und Vertrauen zu schenken, und weiterhin an mich in Freundschaft zu denken. Sollte ich sterben und mein Geheimnis auch dann nicht offenbaren können (denn das kann ja geschehen!), so wird es um dieses Tages Tat willen minder schwer auf meiner Brust lasten; und bis zu diesem Tage will ich für Euch beide beten und will Euch nicht weiter beschwerlich fallen!«

Mit diesen Worten wollte sie aufstehen und fortgehen, aber die Hausbewohner hielten sie zurück und sprachen ihr besänftigend und freundlich zu, ihnen zu verraten, was so schwer auf ihrem

Gemüt laste. Als Mr. Haredale merkte, daß sie sich gegen alle ihre Überredungen taub stellte, machte er als einen letzten Ausweg die Andeutung, daß sie sich Emma anvertrauen solle, der sie vielleicht unbefangener gegenüberstehe als ihm selber. Vor diesem Vorschlage wich sie aber ängstlich zurück. Das Äußerste, was aus ihr herausgebracht werden konnte, war ein Versprechen, am nächsten Abend Mr. Haredale in ihrem Häuschen zu erwarten und bis dahin ihren Entschluß und die Einwände nochmals zu überdenken. Nachdem sie ihnen diese Bedingung zugestanden, willigten sie mit Widerstreben darein, sie zu verabschieden, da sie nicht zu bewegen war, im Hause zu trinken oder zu essen. Mit Barnaby und Greifer ging sie aus dem Hause, die geheime Stiege hinunter und durch das Gartentor, so daß sie von niemandem unterwegs gesehen wurde.

Es war merkwürdig an dem Raben, daß er während der ganzen Unterredung das Auge nicht von dem Buch wandte, sondern fortwährend hineingeblickt hatte mit der Miene eines überschlauen, menschlichen Halunken, der unter der Maske eines eifrigen Lesers auf jedes Wort scharf die Ohren gespitzt hatte. Er schien das Gespräch zwischen den beiden Personen auch noch sehr scharf in der Erinnerung zu haben. Denn wenn er auch, sobald sie wieder allein waren, für die sofortige Instandsetzung zahlloser Kessel zum Zwecke der Bereitung von Tee Befehle erteilte, war er doch in Gedanken versunken.

Die Rudges wollten mit dem Postwagen zurückfahren. Da es noch ganze zwei Stunden dauerte, bis er abfuhr, und da ihnen ein wenig Ruhe und eine kleine Stärkung not taten, drängte Barnaby seine Mutter zu einem kurzen Aufenthalt im Maypole. Die Frau aber, die von keinem jener Leute, die sie vor langen Jahren zu ihren Bekannten gezählt, wiedergesehen und erkannt werden mochte, bestand darauf, auf dem Kirchhofe bis zur Abfahrt der Postkutsche zu warten. Da es Barnaby keine Mühe machte, die bescheidenen Speisen, die sie zu sich nahmen, einzukaufen und dorthin zu schaffen, willigte er mit Vergnügen ein, und sie nahmen auf dem Kirchhofe Platz, um ihr kärgliches Mittagsmahl einzunehmen.

Hier nahm der Rabe wieder eine Stellung tiefsten Nachdenkens an; und nachdem er gegessen und getrunken hatte mit einer altklugen und selbstgefälligen Miene, wie etwa ein eingebildeter Geck, fing er an, auf und ab zu schreiten, und schien die Grabsteine mit sehr kritischer Anteilnahme zu lesen. Manchmal sperrte er, nach langer Besichtigung einer Inschrift, den Schnabel weit auf nach dem Grab, zu dem die Inschrift gehörte, und schrie in heiseren Tönen: »Ich bin ein Teufel! Bin ein Teufel! Bin ein Teufel!« Aber ob er seine Bemerkungen an irgendeine vermutete Person unten richtete oder sie bloß als allgemeine Bemerkung hinwarf, bleibt ungewiß.

Es war ein stiller, für Barnabys Mutter aber auch ein trauriger Ort; denn Mr. Ruben Haredale ruhte hier, und nahe der Gruft, wo seine Asche bestattet worden war, stand ein Stein zur Erinnerung an Marys eigenen Gatten, mit einer kurzen Inschrift darauf, wie und wann er sein Leben eingebüßt hatte. In Gedanken versunken und abseits saß sie dort, bis die Zeit herum war und das Horn in der Ferne die Kutsche ankündigte.

Barnaby, der auf dem Grab geschlummert hatte, sprang bei dem Klange rasch auf die Füße; und Greifer wanderte schnurstracks in seinen Korb, während er an die Gesellschaft im allgemeinen (als ob er sie mit einer Satire über Kirchhöfe verwirren wollte) die Aufforderung stellte, »ja nicht vom Tode zu reden, auf keinen Fall«. Bald saßen sie nun auf dem Verdeck der Postkutsche und fuhren die Straße entlang.

Es ging um den Maypole herum, an dessen Tür gehalten wurde. Joe war abwesend, und so kam Hugh duckmäuserisch herausgeschlichen, dem Kutscher das Bündel hinaufzureichen, das für ihn abgegeben worden war. Daß der alte John herauskommen würde, stand nicht zu befürchten; sie konnten ihn vom Kutschendach aus in seiner lauschigen Schankstube schlafen sehen. Es gehörte zu Johns Charakter, daß er Wert darauf legte, zur Postkutschen-Zeit zu schlafen. In seinen Augen gehörten Kutschen auf den Index gesetzt. Sie störten die öffentliche Ruhe, waren eine lärmende, hornbläserische Erfindung, die unter der Würde eines Mannes stände und nur schicklich sei für flatterhafte Weibsbilder, die nichts weiter täten als herumschwatzen und in den Kaufläden herumschnüffeln. »Uns ist von Postkutschen hier nichts bekannt, mein Herr«, sagte John, wenn es irgendeinem unglücklichen Fremden einfiel, eine Frage über diese anstößigen Verkehrsmittel zu stellen. »Wir führen auch nicht Buch darüber, haben auch keine Lust dazu; sie bringen mehr Unruhe als Nutzen mit ihrem Gerumpel und ihrem Geblase. Beliebt's Euch zu warten, bis sie kommt, so könnt Ihr das tun; wir aber können Euch keinen Bescheid über Postkutschen geben; mögen sie vorfahren oder nicht – es ist ein Fuhrmann zur Stelle, der wurde für uns schon in Ordnung und am Platze gehalten, als ich noch ein Junge war.«

Als Hugh hinaufkletterte und, hinten am Wagen in der Schwebe hängend, flüsternd sich mit Barnaby unterhielt, zog sie den Schleier über das Gesicht. Weder er noch jemand anderes redete sie an und nahm von ihr Notiz, und so kam und ging sie aus dem Orte, wo sie das Licht der Welt erblickt, wo sie als lustiges Kind, als stattliches Mädchen, als glückliche junge Frau gelebt hatte, wo sie alle Freude, alle Wonne ihres Lebens genossen, und wo ihre schwersten Kümmernisse ihren Anfang genommen hatten – als Fremde, als Heimatlose.

26. Kapitel

»Und Ihr wundert Euch nicht, Varden, solche Worte zu hören«, fragte Mr. Haredale. »Nun! Ihr seid doch mit ihr immer am besten Freund gewesen, und wenn jemand ihr Wesen und ihre Art versteht, so seid Ihr es doch.«

»Bitte um Verzeihung, Sir«, erwiderte der Schlosser, »ich habe nicht gesagt, daß ich Verständnis für ihre Art und ihr Wesen hätte. Ich möchte mich nicht vermessen, so etwas von irgendeiner Frau zu sagen. Das ist keine so leichte Sache. Aber ich bin nicht so sehr überrascht, wie Ihr scheinbar von mir erwartet hattet.«

»Darf ich fragen, warum nicht, lieber Freund?«

»Ich habe, Sir«, antwortete der Schlosser mit sichtlichem Widerstreben, »zusammen mit ihr etwas erlebt – einen Fall, der mich mit Mißtrauen und Unbehagen erfüllt hat. Sie hat schlimme Freundschaft geschlossen; wie oder wann, weiß ich nicht; aber daß ihr Haus für einen Kerl, der zum mindesten ein Räuber und Halsabschneider ist, eine Zufluchtsstätte bildet, das weiß ich mit Bestimmtheit. So, Herr! Nun wißt Ihr's, nun ist's heraus!«

»Varden!«

»Ich hab's mit eigenen Augen gesehen, und um Mary Rudge willen würde ich gern auf einem meiner Augen blind sein. Ich habe das Geheimnis bis jetzt bewahrt, und es wird ja weiter nicht dringen als bis zu Euch. Aber ich sage Euch, daß ich mit meinen eigenen, weit offenen Augen – auf ihrem Hausflur, eines Abends, als es schon dunkel geworden, den Wegelagerer gesehen habe, der Sir Edward Chester beraubt und verwundet und der in derselben Nacht auch mich bedroht hat.«

»Und Ihr habt keinen Versuch gemacht, ihn festzuhalten?« fragte Mr. Haredale.

»Nein, Sir«, antwortete der Schlosser. »Mary Rudge hat mich selbst daran gehindert – hat mich festgehalten mit aller Stärke, die sie besitzt, und hat sich an mich gehängt, bis er auf und davon war!« Und da er jetzt einen Anfang gemacht hatte, erzählte er umständlich alles, was sich in jener fraglichen Nacht zugetragen hatte.

Dieses Zwiegespräch wurde in leisem Ton in der kleinen Wohnstube des Schlossers geführt, wohin der rechtschaffene Gabriel seinen Gast gleich nach seinem Eintritt geführt hatte. Mr. Haredale hatte in der Absicht vorgesprochen, ihn zur Begleitung auf seinem Besuch bei der Witwe aufzufordern.

»Ich habe es unterlassen«, sagte Gabriel, »irgend jemandem ein Wort davon zu verraten, da es ihr nur großen Kummer bereiten würde. Wenn ich die Wahrheit sagen soll, so habe ich gehofft, daß Mary bei mir vorsprechen und über den Fall mit mir reden, daß sie mir erzählen würde, wie die Sache zusammenhängt; aber wenn ich ihr auch mehr als einmal oder zweimal absichtlich in den Weg getreten bin, so hat die Witwe den Gegenstand doch niemals berührt – außer mit einem Blicke! Und wirklich«, sagte der gutherzige Schlosser, »es lag viel, sehr viel in diesem Blicke, mehr als sich mit Worten sagen ließe. Dieser Blick sagte unter anderem ›Fragt mich nichts!‹ und zwar mit einem so flehentlichen Ausdruck, daß ich sie wirklich nach nichts gefragt habe. Ihr werdet, weiß ich, denken, ich sei ein alter Narr, mein Herr. Wenn's Euch dadurch leichter ums Herz wird, dann bitte, denkt so!«

»Ich bin durch Eure Worte sehr beunruhigt«, sagte Haredale, nachdem er eine Zeitlang still dagesessen – »was für einen Sinn meßt Ihr dem ganzen Benehmen bei?«

Der Schlosser schüttelte den Kopf und blickte voller Zweifel zum Fenster hinaus auf das verblassende Licht.

»Wieder verheiratet kann sie sich doch nicht haben«, meinte Haredale.

»Sicherlich nicht, ohne daß wir es wüßten, Sir!«

»Sie hat vielleicht so gehandelt aus Furcht, es möchte, sobald es bekannt würde, zu einem Einwande oder einer Entfremdung kommen. Angenommen, sie wäre mit einem Manne unvorsichtigerweise in ein Ehebündnis getreten – und unwahrscheinlich ist das nicht, denn ihr Leben ist viele Jahre hindurch schrecklich einsam und eintönig gewesen – und der Mann hätte sich als Schurke erwiesen, so mußte sie ihn doch decken, auch wenn sie ihn verabscheut. So könnte es sein! Es würde ganz zu dem ganzen Inhalt ihrer gestrigen Rede passen und würde ihr sonderbares Benehmen erklären. Meint Ihr, daß Barnaby in solche Dinge eingeweiht ist?«

»Ganz unmöglich zu sagen, Sir!« versetzte abermals kopfschüttelnd der Schlosser – »und von ihm Aufschluß zu erhalten, ist nicht minder unmöglich. – Wenn Ihr mit Eurer Vermutung recht habt, dann zittere ich für den Burschen – der eine Person ist, Herr, die alles Zeug in sich hat, sich schlechten Absichten dienstbar zu machen.«

»Ist es denn möglich, Varden«, sagte Haredale mit leiserer Stimme, als er bislang gesprochen hatte – »ist es denn möglich, daß wir von dieser Frau seit Anbeginn getäuscht worden sind? Daß wir uns Sand von ihr hätten in die Augen streuen lassen? Es ist doch gar nicht möglich, gar nicht denkbar, Varden, daß sie ein solches Verhältnis etwa schon zu Lebzeiten ihres Mannes eingegangen, daß es etwa dazu geführt haben sollte, daß das Leben ihres Mannes und meines Bruders ...«

»Gerechter Gott, Sir«, unterbrach ihn Gabriel, »Gebt solchen finsteren Gedanken nicht einen Augenblick lang Raum! Wo gab es vor fünfundzwanzig Jahren eine Frau wie sie? So lustig, witzig und niedlich? Denkt doch nur, wie und was sie war, Sir! Es tut mir noch jetzt im Herzen weh, obgleich ich ein alter Mann bin, der selbst eine Tochter hat, die schon Frau sein könnte – es tut mir heute noch weh, wenn ich daran denke, was sie war, und was sie jetzt ist! Wir werden ja alle anders und keiner von uns bleibt jung, aber sie ... aber Gram und Sorgen – (und das ist's, was die Rudge verändert hat) – sind Teufel, die heimlich und verstohlen arbeiten und die lieblichsten Blumen im Paradiese zertreten. Haltet's Euch nur eine Minute vor Augen, was Marie war, bevor sie mit ihrem frischen Herzen und Gesicht von diesen Teufeln in die Schere genommen wurde – tut ihr diese Gerechtigkeit an! Und dann sagt mir, ob etwas dergleichen möglich ist!«

»Ihr seid ein guter Mensch, Varden!« sagte Mr. Haredale, »und habt auch sicher recht. Ich habe über dieses Thema so lange gedacht und gesonnen, daß mich der schwächste Hauch von Argwohn wieder dahin zurückführt. Ihr habt sicher recht.«

»Nicht darum, Sir«, rief der Schlosser mit hellen schimmernden Augen und kräftiger, redlicher Stimme – »nicht darum, weil ich ihr früher den Hof gemacht habe, als Rudge abgewiesen wurde, sage ich, daß sie zu gut für ihn war. Sie würde auch für mich zu gut gewesen sein. Und sie war wirklich und wahrhaftig zu gut für ihn; er war für sie nicht frei und offen genug. Ich will ihm damit nicht noch im Grabe einen Vorwurf machen, dem armen Kerl! Ich will Euch das Mädchen ja nur vor Augen führen, wie sie wirklich war. Was mich angeht, so will ich ihr altes Bild in meinem Herzen bewahren; und im Gedanken hieran und an das, was sie verändert hat, will ich ihr Freund bleiben nach wie vor, und will versuchen, sie der Ruhe und dem Frieden zurückzugewinnen. Und hol mich der Henker, Sir!« rief Gabriel, »mit Verlaub für das garstige Wort! Ich würde das auch tun, wenn sie fünfzig Strauchdiebe innerhalb eines Dutzends von Monaten geheiratet hätte, und auch darauf beharren, daß sich das mit dem Protestantischen Hausbuch vertrage, möchte Martha auch noch so oft sagen, daß dem nicht so sei, ich würde fest hieran halten, Nägel und Hammerstiel! Bis zum jüngsten Tage!«

Wenn die Stube mit dickem Nebel gefüllt gewesen wäre, der sich plötzlich verzogen und Helle und Strahlenglanz gewichen wäre, so hätte die Wirkung nicht fröhlicher sein können als die durch diesen Ausbruch seitens des wackeren Schlossermeisters hervorgebrachte. Mit einer Stimme, die jetzt so rund und voll klang wie Vardens Stimme, rief Haredale: »Recht gesprochen!« und forderte ihn auf, ohne weiteres Gerede mit ihm zu der Witwe zu fahren. Der Schlosser schlug mit Freuden ein, und so fuhren beide Männer in einer Mietkutsche, die vor der Tür hielt, zum Haus der Witwe. An der Ecke der entsprechenden Straße stiegen sie aus, verabschiedeten den Kutscher und gingen zu Fuß zum Haus.

Auf ihr erstes Pochen an der Tür erfolgte keine Antwort. Ein zweites Pochen war nicht erfolgreicher. Beim dritten Mal wurde endlich der Laden in der Wohnstube behutsam aufgezogen, und eine Stimme, die wie Musik klang, rief heraus:

»Haredale! Mein lieber Gesell! Ich bin über alle Maßen erfreut, Euch zu sehen! Wie hat sich Eure Erscheinung doch seit unserm letzten Zusammensein zu Eurem Vorteil verändert! Ich habe Euch niemals wohler gesehen! Wie geht's Euch denn jetzt?«

Mr. Haredale richtete den Blick auf das Fenster, aus dem die Stimme herklang, und Chester winkte mit der Hand und grüßte ihn mit höflichem Lächeln.

»Die Tür wird sogleich geöffnet werden«, sagte er. »Es ist niemand da als eine sehr wackelige Weibsperson, um dergleichen Handleistungen zu verrichten. Ihr werdet ihr die Gebrechen doch nicht übelnehmen? Gehörte sie einer höheren gesellschaftlichen Klasse an, so würde man sagen, sie neige zur Gicht. Da sie aber bloß vom Grasmähen und Wassertragen lebt, hat sie Rheuma. Mein lieber Haredale; es sind ganz natürliche Klassenunterschiede; verlaßt Euch darauf!«

Haredale, dessen Gesicht in dem Augenblick, als er die Stimme hörte, einen finsteren und mißtrauischen Ausdruck annahm, nickte steif mit dem Kopf und wendete dem Sprecher den Rücken zu.

»Noch immer nicht geöffnet!« sagte Chester. »Du meine Güte! Ich hoffe doch, die alte Seele wird sich nicht unterwegs in einer unglückseligen Spinnwebe mit den Beinen verheddert haben? Na, endlich kommt sie! Bitte tretet ein!«

Haredale setzte den Fuß in die Stube, der Schlosser folgte ihm. Sich mit einem Blicke lebhafter Verwunderung zu der alten Frau wendend, welche die Tür geöffnet hatte, fragte Haredale nach Mrs. Rudge – und nach Barnaby. Die Antwort, die mit lebhaftem Kopfwackeln gegeben ward, lautete: Sie wären beide verschwunden. In der Stube drin wäre ein vornehmer Herr, der ihnen vielleicht mehr zu sagen vermöchte.

»Bitte, mein Herr«, sagte Haredale, indem er sich vor diesem neuen Hausbewohner aufstellte – »wo ist die Person, der ich meinen Besuch hier zugedacht habe?«

»Davon, mein lieber Freund«, versetzte der Gefragte, »habe ich nicht die leiseste Ahnung.«

»Witze sind jetzt nicht angebracht«, gab der andere in verhaltenem Tone und mit merklicher Mäßigung der Stimme zurück – »und der Stoff dazu ist auch schlecht gewählt. Hebt sie für solche

Leute auf, die sich als Eure Freunde betrachten, und verschwendet sie nicht an mich!«

»Sehr geehrter Herr«, meinte Chester. »Ihr seid vom Laufen erhitzt. Nehmt doch, bitte recht sehr, Platz! Unser Freund hier ist –«

»Bloß ein schlichter, rechtschaffener Mann«, versetzte Haredale, »und Eurer Beachtung durchaus unwürdig.«

»Gabriel Varden heiße ich, Sir«, sagte der Schlosser.

»Ein würdiger, englischer Freisasse!« meinte John Chester, »ein würdiger Freisasse, von dem ich meinen Sohn Ned – den lieben Jungen – sehr oft habe sprechen hören und den ich schon häufig kennenzulernen gewünscht habe. Varden, mein lieber Freund! Ich bin erfreut, Eure Bekanntschaft zu machen. Ihr seid nun jedenfalls erstaunt«, sagte er, indem er sich gemächlich an Mr. Haredale wendete, »mich hier zu sehen? Ja, ja, ich bin fast überzeugt, daß Ihr darüber staunt!«

Haredale widmete ihm einen kühlen Blick, lächelte und schwieg.

»Das Geheimnis ist im Augenblick gelöst«, sagte Chester, »im Augenblick. Wollt Ihr auf ein paar Sekunden mit mir beiseite gehen? Ihr entsinnt euch doch unseres kleinen Abkommens in bezug auf Ned und Ihre teure Nichte, Haredale? Ihr habt doch die Liste der Helfershelfer nicht vergessen, die in ihre harmlose Intrige verwickelt sind? Mein lieber Kamerad! Wünscht Euch Glück und auch mir! Ich hab sie losgekauft.«

»Ihr habt – was habt Ihr?« rief Haredale.

»Sie losgekauft«, erwiderte sein lächelnder Freund. »Ich habe es für notwendig erachtet, einigermaßen aktiv vorzugehen, um diese Liebelei zwischen dem Jungen und dem Mädchen vollständig kaltzustellen, und habe mit der Entfernung dieser beiden Mittelspersonen den Anfang gemacht. Das wundert Sie? Nun, wer kann denn dem Einfluß, den ein bißchen Geld ausübt, widerstehen? Die Leutchen hier brauchten Geld – und sind losgekauft worden, los von ihrer Scholle – von ihnen haben wir nun nichts mehr zu befürchten. Sie sind fort!«

»Fort!« hallte es aus Haredales Mund – »Wohin? – Wo?«

»Mein lieber Kamerad – aber Ihr müßtet mir schon erlauben, nochmals zu wiederholen, daß Ihr noch niemals so jugendfrisch aussaht wie heute; daß Ihr vielmehr wirklich ganz so ausseht, als ob Ihr noch in Euren Jünglingskleidern stecktet – mein Lieber!

Weiß der Himmel, wo! Ich glaube, selbst Kolumbus würde die Verschollenen nicht aufstöbern! Unter uns gesagt, die Leutchen haben dazu ihre versteckten Gründe, darüber aber habe ich mich anheischig gemacht, Stillschweigen zu wahren. Ich weiß, sie sprach davon, daß Ihr heute abend herkommen wolltet; es ist ihr wohl aber nicht recht schicklich erschienen, und sie hat wohl auch nicht warten können. Hier ist der Hausschlüssel. Ich fürchte, er wird Euch über Gebühr groß vorkommen – aber da das Haus Euch gehört, Haredale, so werdet Ihr bei Eurer Gutmütigkeit für diesen Umstand schon Entschuldigung finden. Ich bin überzeugt davon!«

27. Kapitel

Haredale stand, mit dem Schlüssel in der Hand, in der Stube der Witwe und blickte abwechselnd auf John Chester und auf Gabriel Varden, manchmal auch auf den Schlüssel, wie von der Hoffnung erfüllt, daß dieses unscheinbare Werkzeug allein das Geheimnis lösen werde – bis Chester sich den Hut aufsetzte, die Handschuhe anzog und in süßem Ton fragte, ob sie in der gleichen Richtung wie er sich zu entfernen gedächten.

»Nein«, sagte er, »unsere Wege gehen auseinander – weit auseinander, wie Ihr wißt. Vorläufig werde ich hier bleiben.«

»Ihr werdet krank und einsilbig werden, Haredale, und vollständig auf den Hund kommen!« erwiderte der andere. »Für einen Mann von Eurem Temperament spottet ein solcher Ort jeder Beschreibung. Glaubt mir: Er wird Euch ganz auf den Hund bringen!«

»Mag sein!« Mr. Haredale setzte sich. »Ihr könnt das ja glauben und es Euch gutgehen lassen. Angenehme Nacht!«

Indem er so tat, als habe er die grobe Handbewegung gar nicht bemerkt, welche Haredales Art des Abschieds einem Rauswurf sehr nahe rückte, antwortete Chester mit einem milden und innigen Segenswunsche und fragte Gabriel, in welcher Richtung er sich zu entfernen gedächte.

»Eure Begleitung, Sir, würde für meinesgleichen zuviel der Ehre sein!« versetzte der Schlosser.

»Ich hätte es gern, Ihr würdet noch kurz hierbleiben, Varden«, sagte Haredale, ohne nach ihnen hinzublicken. »Ich habe mit Euch noch einiges zu reden.«

»Ich will mich keinen weiteren Augenblick in Ihre Verhandlungen drängen«, sagte Chester mit unbegreiflicher Höflichkeit – »mögen sie für beide Herren recht segensvoll sein! Gott schütze Euch!« Mit diesen Worten und indem er den Schlossermeister mit einem huldvollen Lächeln beglückte, verließ er die beiden Männer.

»Eine erbärmlich beschaffene Kreatur, diese rüpelhafte Person!« sprach er bei sich, während er die Straße entlangschritt, »die verkörperte Räudigkeit, die ihre eigene Strafe mit sich herumträgt – ein Bär, der sich selber anfrißt. Wir haben hier wieder einen Beweis für die unschätzbaren Vorteile, wenn jemand vollkommen Herr seiner Neigungen ist. Ich habe bei diesen beiden kurzen Unterredungen an die fünfzigmal die Versuchung gefühlt, mit dem Degen auf den Kerl loszugehen. Fünf von sechs anderen Männern würden diesem Bedürfnis nachgegeben haben. Dadurch, daß ich diesen Drang in mir unterdrückte, habe ich Haredale tiefer und empfindlicher verwundet, als wenn ich in ganz Europa der beste und er der schlechteste Haudegen wäre. Du bist die allerletzte Zuflucht der Weisen«, sagte er und schlug mit der Hand an den Knopf seines Degens. »Wir können an dich erst appellieren, wenn alles andere versucht worden ist. Vorher zu dir zu greifen und solcher Weise unsere Gegner zu schonen, ist eine barbarische Art der Kriegsführung und eines Mannes durchaus unwürdig, der auf verfeinerte Sitten auch nur im entferntesten Anspruch erhebt.«

Er lächelte während dieses Selbstgesprächs so vergnügt, daß ein Bettler den Mut faßte, ihm wegen eines Almosens hinterher zu laufen. Chester fühlte sich hierdurch geschmeichelt, denn er meinte hierin für die Gewalt, mit der er seine Züge zu beherrschen vermochte, ein Kompliment zu erblicken und duldete als Belohnung hierfür, daß der Mann so lange hinter ihm herlief, bis er nach einer Sänfte rief, und dann entließ er den armen Kerl gnädiglich mit einem inbrünstigen Segensspruche.

»So was ist ebenso leicht wie Fluchen«, setzte er weise hinzu, während er sich in der Sänfte zurechtsetzte, »und steht dem

Gesichte weit schöner. – Nach Clerkenwell, Ihr guten Leute, wenn's Euch beliebt.«

Die Träger wurden durch eine so höfliche Last, die sie zu tragen bekamen, in die lebhafteste Bewegung gesetzt und liefen in einem recht flinken Galopp nach Clerkenwell. An einer gewissen Stelle, die er ihnen unterwegs bezeichnet hatte, stieg er aus, bezahlte sie mit einem wesentlich geringeren Betrage, als sie von einer so höflichen Zunge als Lohn in Aussicht genommen hatten, bog in die Straße hinein, wo der Schlosser wohnte, und stand kurz darauf im Bereich des Schattens, welchen der goldene Schlüssel warf.

Tappertit, der im Licht einer Öllampe in einer Ecke der Werkstatt fleißig hantierte, merkte seine Anwesenheit erst, als er durch den Druck einer Hand auf seiner Schulter zusammenfuhr und den Kopf wandte.

»Fleiß ist die Seele der Arbeit«, sagte Chester, »und der Grundstein zum Wohlergehen. Mr. Tappertit, ich darf wohl hoffen, daß Ihr mich, wenn Ihr unser Lord Mayor von London seid, zu Eurem Festessen einladen werdet.«

»Sir«, erwiderte der Lehrjunge, legte den Hammer nieder und rieb sich die Nase am Rücken einer sehr rußigen Hand, »ich schere mich nicht um den Lord Mayor und um nichts, was an ihm drum und dran hängt. Wir müssen einen anderen gesellschaftlichen Status haben, Sir, bevor Ihr mich dazu bringen könnt, Lord Mayor zu werden. Wie steht das Befinden?«

»Besser, Mr. Tappertit, besser, weil ich ja wieder einmal in Euer geniales Antlitz schauen kann. Hoffentlich befindet auch Ihr Euch recht wohl –«

»Mir geht's gut, Sir«, sagte Simon, während er aufstand, um sich Chester zu nähern, »so gut, wie's irgendwem unter den Beschwernissen, denen ich ausgesetzt bin, ergehen kann. Mein Leben ist mir eine Last. Wär's nicht um der Rache willen, so spielt' ich heute damit Vabanque.«

»Ist Mrs. Varden zu Haus?« fragte Chester.

»Sir«, versetzte Simon und ›überäugte‹ ihn mit einem Blicke, wie er sich konzentrierter kaum hätte denken lassen, »sie ist zu Haus. Wünscht Ihr, ihr Eure Aufwartung zu machen?«

Chester nickte.

»Dann bitte, hier hindurch, Sir«, sagte Simon und wischte sich das Gesicht mit der Schürze ab. »Bitte mir zu folgen – würdet Ihr mir gestatten, Euch etwas ins Ohr zu flüstern? Nur eine halbe Sekunde?«

»Selbstverständlich! Selbstverständlich!«

Tappertit stellte sich auf die Zehen, legte die Lippen an Mr Chesters Ohr, zog den Kopf zurück, ohne etwas zu sagen, blickte ihn scharf an, legte die Lippen abermals an sein Ohr, zog sie abermals zurück und flüsterte endlich: »Der Name ist Joseph Willet Pst! Mehr sage ich nicht!«

Nachdem er soviel verraten hatte, winkte er dem Gast mit geheimnisvoller Miene, ihm zur Wohnstubentür zu folgen, wo er ihn mit der Stimme eines vornehmen Türstehers anmeldete: »Mr Chester!« – um nach einer kurzen Weile hinzuzusetzen: »Und nicht Edward, wohlgemerkt« – und dabei schaute er zur Tür herein und setzte diese letzteren Worte gewissermaßen als Postscriptum hinzu – »sondern sein Vater.«

»Möge aber sein Vater«, sagte Chester, indem er mit dem Hut in der Hand vortrat, »hier in keiner Weise stören, Miss Varden, oder gar etwa Ursache werden, Ihrem häuslichen Walten irgendwie Zwang anzutun!«

»O! Nun ja doch! So ist's doch! Ist das nicht immer meine Rede?« rief die Miggs aus und klatschte sich in die Hände. »Ist es denn nicht schon wieder passiert, daß er die gnädige Frau Meisterin für ihre Tochter ansieht? Na, sie sieht aber wirklich noch so aus, daß sie's sein kann! Denken Sie doch nur, denken Sie doch nur, Frau Meisterin!«

»Ist es möglich«, sagte Chester in seinen mildesten Tönen – »daß dies hier Miss Varden ist? Ich bin wirklich erstaunt! Das ist doch nicht Eure Tochter, Mrs. Varden? Nein, nein doch! Eure Schwester!«

»Meine Tochter, gewiß, gnädiger Herr!« antwortete Mrs. Varden und errötete mit echt jugendlichen Empfindungen.

»Ach, ach, liebe Mrs. Varden!« rief der Besucher aus. »Ach, Madame! – Das menschliche Leben ist doch wirklich ein glückliches Los, wenn wir uns selbst in andern Wesen neu schaffen und dabei noch immer so jung bleiben können wie Ihr. Ihr müßt mir nun schon erlauben – es ist ja nun einmal Brauch so in unserm Lande, meine liebe, gute Frau – neben Euch auch Eurer Tochter meinen Gruß zu entbieten.«

Dolly zeigte einigen Unwillen, diese Zeremonie mitzumachen, wurde aber von Mrs. Varden scharf zurechtgewiesen. Denn

Stolz, sprach sie mit großer Strenge, sei eine der sieben Todsünden, und Demut und Schlichtheit des Herzens unersetzbare Tugenden. Dabei verlangte sie, daß Dolly sich unverzüglich küssen zu lassen habe, und gab ihr dabei auch zu verstehen, daß sie alles, was sie ihre Mutter tun sehe, auch selbst tun dürfe, ohne sich groß Gedanken darüber zu machen – was übrigens auch anstößig und pflichtwidrig sei und im direkten Gegensatz zum kirchlichen Katechismus stehe.

Solcher Mahnung fügte sich Dolly, wenngleich durchaus nicht frommen Herzens; denn auf Chesters Gesicht stand ein unverblümter, kecker Ausdruck von Bewunderung, der sie, so verfeinert und lackiert er auch erscheinen sollte, in tiefste Betrübnis setzte. Als sie so mit niedergeschlagenen Augen dastand, denn sie mochte nicht aufsehen und ihm in die Augen blicken, ließ er den Blick mit wohlgefälliger Miene auf ihr ruhen und wandte sich an die Mutter.

»Mein Freund Gabriel – dessen Bekanntschaft ich gerade erst heute abend gemacht habe – muß doch ein glücklicher Mann sein, Mrs. Varden!«

»Ach!« seufzte Frau Varden, den Kopf schüttelnd.

»Ach!« hallte es wider aus dem Munde der Miggs.

»Sieht es so aus?« sagte Chester mit tiefem Mitgefühl. »Ach, du liebe Zeit!«

»Der Herr Meister will nichts anderes, Sir«, flüsterte die Miggs, während sie sich an ihn drückte – »als für alles das, was er sein eigen nennt, sich so dankbar zu erweisen, wie es seine Natur ihm gestattet. Aber wir, Sir«, sagte die Miggs, während sie zu Mrs. Varden schielte und ihre Rede mit einem Seufzer durchflocht, »wir wissen ja niemals den vollen Wert gewisser Weinstöcke und Feigenbäume eher richtig zu schätzen, als bis wir sie verlieren. Um so schlimmer, gnädiger Herr, für solche, auf deren Gewissen die Verringerung solcher Gaben lastet, wenn sie dahin gegangen sind, um anderswo in volle Blüte zu treten.« Und Jungfer Miggs schlug ihre Augen empor, um hierdurch anzudeuten, wo dies der Fall sein möchte.

Da Mrs. Varden alles, was die Miggs sagte, deutlich hörte und auch hören sollte, und da diese Worte in bildlicher Rede eine Ahnung zu enthalten schienen, daß sie zu mehr oder weniger früher Zeit ihren Prüfungen erliegen und einen bequemen Ausflug zu den Sternen nehmen würde, versank Mrs. Varden bald in

Schmachten und Sehnen, langte von einem benachbarten Tisch einen Band des Evangelien-Hausbuchs und stützte sich mit dem Arm darauf, als ob sie die Hoffnung und das Buch der Anker wäre. John Chester nahm ihr als er auf dem Buchrücken den Titel erkannte, mit artiger Gebärde das Buch aus der Hand und schlug die losen Blätter darin um.

»Mein Lieblingsbuch, liebe Frau! Wie oft, wie gar oft in seinen ersten Lebensjahren – früher, als er sich entsinnen kann« – (dieser Vorbehalt war unbedingt wahr) – »habe ich aus diesen Seiten für meinen lieben Sohn Ned Lehren und Mahnungen gezogen. Ihr kennt Ned?«

Mrs. Varden besaß diese Ehre. Und ein gar feiner, redegewandter junger Edelmann sei Ned!

»Ihr seid Mutter, Mrs. Varden«, sagte Mr. Chester und nahm eine Prise Schnupftabak – »und wißt, was ich als Vater empfinde, wenn er gelobt wird. Er bereitet mir mancherlei Unbequemlichkeit – er ist von unstetem Naturell, liebe Frau – flattert von Blume zu Blume – nascht von dieser und jener Süßigkeit. Aber er steht nun einmal in der Schmetterlingszeit des Lebens, und wir dürfen über solche Bagatellen nicht zu hart mit ihm ins Gericht gehen.«

Bei diesen Worten blickte er auf Dolly. Sie wartete augenscheinlich auf solche Rede. Genau so, wie er es wünschte!

»Das einzige, was ich Ned vorwerfe«, meinte Chester – »und die Erwähnung seines Namens erinnert mich, nebenbei gesagt, daran, daß ich Euch bitten muß, mir auf eine Minute eine Unterredung unter vier Augen zu gestatten – das einzige, was ich ihm dabei vorwerfe, ist der Umstand, daß er sich einer gewissen Unlauterkeit schuldig macht – jawohl! Schuldig macht! Das ist das richtige Wort. Nun, wenn ich auch versuchen möchte, die Tatsache vor mir selbst in meiner Zuneigung zu ihm zu verbergen, so komme ich doch immer und immer darauf zurück – daß wir, wenn wir nicht lauter und aufrichtig sind, doch eben ein Nichts sind ... ein Nichts hienieden. Laßt uns drum aufrichtig sprechen, meine liebe gute Frau –«

»– und protestantisch«, murmelte Mrs. Varden.

»– und protestantisch vor allem«, wiederholte Mr. Chester, »seien wir also aufrichtig und protestantisch und streng moralisch, üben wir strenge Gerechtigkeit (wobei wir ja immer zur Milde neigen können), pflegen wir einen streng rechtlichen und ehrlichen Wandel, reden wir streng die Wahrheit, und wir gewinnen – es ist ein schwacher Punkt, gewiß, aber doch immer eine Sache, die sich erreichen, die sich fassen läßt – wir fassen Boden, wenn wir so sagen dürfen, in der Tugend, graben den Grund, auf welchem wir nochmals manch würdigen Bau aufzuführen vermögen.«

Nun gewann Mrs. Varden zwangsläufig die Meinung, daß ihr in diesem Mann ein vollkommener, gediegener Charakter gegenüberstände; ein demütiger, ehrlicher und rechtschaffener Christ, ein Christ vom Scheitel bis zur Sohle.

Er war sich des Eindrucks, den er machte, wohl bewußt, und er vergrößerte den erlangten Vorteil, indem er gewisse moralische Lehrsätze auskramte, die ohne Zweifel wirr und in ihrer Art alltäglich waren, aber mit einer so berückenden Stimme und mit solch ungewöhnlicher Gemütsruhe und Herzensfröhlichkeit zum Vortrag gebracht wurden, daß sie ihrem Zweck aufs beste entsprachen. Das ist auch weiter nicht verwunderlich; denn genauso wie hohle Gefäße einen weit musikalischeren Ton beim Fallen erzeugen als solche, die voll und gediegen sind, so wird man auch manchmal finden, daß Empfindungen, die durchaus keinen Gehalt oder Wert haben, das lauteste Geräusch in der Welt hervorbringen und die meiste Beliebtheit ernten.

Chester, in der einen Hand das Buch haltend, die andere Hand ungezwungen an die Brust führend, sprach in der denkbar anmutigsten Weise und entzückte alle seine Zuhörer trotz ihrer kollidierenden Interessen und Gedanken im höchsten Maße. Sogar Dolly, die zwischen seinen kühnen Blicken und Mr. Tappertits scharfer ›Überäugung‹ gänzlich aus der Fassung gebracht worden war, konnte nicht anders, als bei sich sagen, daß er der geistreichste Redner unter allen vornehmen Herren sei, die ihr jemals vor die Augen gekommen. Ja, sogar die Miggs, zwischen Bewunderung für Herrn Chester und tödlicher Eifersucht auf ihre jugendliche Herrin zerrissen, fand hinreichende Muße, sich versöhnlicher zu stimmen. Und auch Mr. Tappertit, obgleich er vollbeschäftigt damit war, seines Herzens Schwarm anzustarren, konnte seine Gedanken nicht gänzlich von der Stimme des anderen Zauberers hinweglenken. Mrs. Varden war, ihrer eigenen Privatmeinung nach, ihr ganzes Leben lang kein einziges Mal so innig erbaut gewesen wie jetzt. Als Mr. Chester jetzt aufstand und um Erlaubnis bat, ein paar Minuten allein mit ihr sprechen zu dürfen, sie bei der Hand faßte und, auf Armeslänge sich entfernt haltend, die Stiege hinauf nach dem besten Wohnzimmer des Hauses geleitete, da hielt sie ihn für ein höheres Wesen.

»Liebe, gute Frau«, sagte er, indem er ihre Hand zärtlich an seine Lippen führte, »nehmt, bitte, Platz!«

Mrs. Varden verneigte sich mit einem höflichen Knicks und setzte sich.

»Ihr erratet wohl, was mich zu Euch führt?« fragte Mr. Chester, indem er einen Stuhl heranrückte. »Ihr ahnt, was ich im Schilde führe? Ich bin ein zärtlicher Vater, liebe Mrs. Varden.«

»Davon bin ich überzeugt«, sagte Mrs. Varden.

»Danke sehr! Danke sehr!« versetzte Chester und klopfte bei diesen Worten auf den Deckel seiner Dose. »Die sittliche Verantwortlichkeit ruht sehr schwer auf den Eltern, Mrs. Varden.«

Mrs. Varden hob leicht die Hände empor, schüttelte den Kopf und sah auf den Boden, als ob sie gerade durch den Erdball hindurch sehen wollte bis an sein anderes Ende und darüber hinaus bis in die Unermeßlichkeit des leeren Raumes.

»Ich darf mich Euch«, sagte Mr. Chester, »ohne Rückhalt anvertrauen. Ich liebe meinen Sohn zärtlich, gute Frau! Und da ich ihn eben liebe, wie ich ihn liebe, möchte ich ihn davor bewahren, sich in sicheres Elend zu stürzen. Ihr kennt seine Anhänglichkeit an Miss Haredale. Ihr habt ihm dabei Vorschub geleistet, und es war sehr gütig von Euch, so zu handeln. Ich bin Euch tief zu Dank verpflichtet – für die Teilnahme, welche Ihr ihm erweist; aber, meine liebe Mrs. Varden, es ist eine Teilnahme, die einer falschen Auffassung entsprungen ist – Ihr dürft mir glauben!«

Mrs. Varden stotterte, daß es ihr sehr leid tue – daß sie von Herzen bedauere –

»Leid tun? Bedauern? Liebe, gute Frau!« fiel er ihr ins Wort, »eine Handlung, die so äußerst liebenswürdig, so durchaus gut in ihrer Absicht, so ganz Ihres Wesens und Ihrer Person würdig ist, eine solche Handlung braucht man niemals zu bedauern! Aber es liegen ernste und gewichtige Gründe vor, dringende Familienrücksichten, und abgesehen von diesen religiösen Meinungsverschiedenheiten, die sich dazwischenstellen und die Vereinigung der beiden jungen Leute unmöglich machen, ganz und gar unmöglich! Ich würde diese Umstände Eurem Mann klargelegt haben, aber er besitzt – Ihr wollt entschuldigen, daß ich mich so frei und offen ausspreche – er besitzt nicht Eure rasche Auffassungsgabe, auch nicht Euren tiefen sittlichen Sinn. Was dies doch für ein außerordentlich helles und luftiges Haus ist, und in welcher schönen Ordnung Ihr es haltet! Für jemanden wie mich – der seit so langen Jahren Witwer ist – haben diese Kennzeichen weiblicher Pflege und Fürsorge und häuslichen Waltens ganz unaussprechliche Reize!«

Mrs. Varden fing an zu meinen – (warum, das wußte sie freilich kaum) – daß der junge Chester im Unrecht und der alte Chester im Recht sein müsse.

»Mein Sohn Ned«, begann ihr Versucher wieder mit seinem gewinnendsten Wesen, »hat, wie ich vernehme, den Beistand Eures liebenswürdigen Töchterleins und Eures offenen und ehrlichen Mannes genossen.«

» – Weit mehr, Sir, als den meinigen«, sagte Mrs. Varden, »ein Großteil mehr! Ich habe oft meine Zweifel gehabt und geltend gemacht. Hier ist ein –«

»Ein böses Beispiel«, bemerkte Chester. »Ja, das ist es! Ohne Zweifel, das ist es. Eure Tochter steht in jenem Alter, wo es ganz besonders unrecht gehandelt ist, ihr durch zwei junge Personen ein ermutigendes Beispiel zu geben, sich in diesem so äußerst wichtigen Fall gegen die Eltern aufzulehnen. Sie sind in Ihrem vollen Recht. Ich hätte selbst hieran denken sollen, aber ich muß gestehen, mir ist diese Seite des Falles entgangen – so sehr, meine liebe gute Frau, ist Euer Geschlecht dem unsrigen an Einsicht und Scharfblick überlegen.«

Mrs. Varden setzte eine Miene auf, als ob sie wirklich etwas gesagt hätte, was dieses Kompliment verdiente – kurz, sie glaubte fest, daß sie etwas dergleichen gesagt hätte!

»Meine liebe, gute Frau«, sagte Mr. Chester, »Ihr macht mir Mut, mich frei und offen auszusprechen. Mein Sohn und ich sind in diesem Punkt verschiedener Ansicht. Die junge Dame und ihr natürlicher Beschützer ebenfalls. Und der springende Punkt bei der Sache ist, daß mein Sohn durch seine Pflichten mir gegenüber und durch seine Ehre gehalten ist, irgendwen anderes zu heiraten.«

»Schon einer anderen Dame versprochen?« rief Mrs. Varden aus und schlug die Hände zusammen.

»Ja, meine liebe, gute Frau, ausdrücklich. Miss Haredale ist, wie mir erzählt worden ist, eine äußerst liebliche Person – ein bezauberndes Wesen.«

»Ich bin ihre Amme und Ziehmutter gewesen – muß es also

wissen: Sie ist die beste junge Dame auf der Welt«, sagte Mrs. Varden.

»Ich habe daran nicht den geringsten Zweifel«, antwortete Chester. »Ich bin überzeugt, daß dies zutrifft. Und nachdem Ihr sie großgezogen habt, seid Ihr natürlich verpflichtet, ihr Glück im Auge zu halten. Kann denn nun ich – wie ich zu Haredale gesagt habe, der mir völlig beipflichtet – kann ich etwa zusehen und dulden, daß sie sich, wenn sie auch einer katholischen Familie angehört, an einen jungen Menschen wegwirft, der bislang noch durchaus nicht weiß, was es mit dem menschlichen Herzen auf sich hat? Ich will ihm daraus keinen Vorwurf machen, weil junge Leute, die sich tief in die frivolen und konventionellen Gepflogenheiten unseres gesellschaftlichen Lebens eingelassen haben, sehr selten über ein Herz verfügen. Bei ihnen ist ja von einem Herzen, liebe Frau, niemals früher die Rede, als wenn sie dreißig Jahre alt sind. Ich glaube nicht – nein, bestimmt nicht –, daß ich selbst schon ein Herz hatte, als ich so alt war wie Ned.«

»O Sir!« meinte Mrs. Varden, »ich meine doch, Ihr müßt ein Herz besessen haben. Es ist ja ganz unmöglich, daß Ihr jemals ohne ein solches gewesen sein könnt, nachdem Ihr doch jetzt in so hohem Maße darüber verfügt!«

»Ich habe hoffentlich ein bißchen davon«, antwortete er, leicht mit den Achseln zuckend, »ein sehr kleines bißchen – weiß der Himmel! Aber um wieder auf Ned zurückzukommen, so bezweifle ich nicht, daß Ihr Euch deswegen so für ihn erwärmt habt, weil Ihr der Meinung wart, ich sei gegen Miss Haredale eingenommen. Wie natürlich! Ich habe gegen ihn – gegen ihn – schwere, sehr schwere Bedenken!«

Mrs. Varden war über die Mitteilung ganz entsetzt.

»Er hat, wenn er diese feierliche Verpflichtung, von der ich Euch erzählt habe, in Ehren erfüllt – und ehrenhaft muß er sein, liebe Mrs. Varden, oder er ist nicht länger mein Sohn mehr – ein großes Vermögen in Aussicht. Er hat Liebhabereien, die viel Geld verlangen, die ihn zum Ruin führen müssen – und wenn es ihm in einem Augenblick der Laune und des Eigensinns einfallen sollte, sich mit dieser jungen Dame zu verehelichen und sich dadurch der Mittel und Wege zu berauben, den Neigungen nachzuhängen, an die er sich solange gewöhnt hat, so würde er – meine liebe gute Frau! – so würde er dem zarten Wesen das Herz brechen. Mrs. Varden, meine gute Dame, ich frage Euch: Darf man mit dem weiblichen Herzen so ein Spiel treiben – ist ein solches Opfer zu ertragen? Fragt – ich forderte Euch dazu auf! – Euer eigenes Herz!«

»Wahrlich!« dachte Mrs. Varden, »dieser Edelmann ist ein Heiliger!« »Aber«, setzte sie laut und nicht eben unnatürlich hinzu – »wenn Ihr nun den Liebhaber von Emma wegnehmt, Sir, was wird dann aus ihrem Herzen?«

»Das ist es eben«, sagte Chester, durchaus nicht verlegen, »worauf ich Euch aufmerksam machen will. Eine Heirat mit meinem Sohn, den ich in diesem Falle enterben müßte, würde Jahre des Elends zur Folge haben; in einem Dutzend von Monaten würden sie wieder auseinander sein, meine liebe Frau! Diese Zuneigung zu überwinden, die mehr in der Einbildung beruht als wirklich vorhanden ist, wie wir beide wissen, wird das liebe Mädchen ein paar Tränen kosten, und dann wird sie ihr Glück wieder haben! Nehmt den Fall, es handelte sich um Eure eigene Tochter – um das liebe junge Ding unten, das ja Euer leibhaftiges Ebenbild ist« – Mrs. Varden hustete und lächelte geziert – »um die ist, glaube ich, auch ein junger Mann herum (ein zerfahrener Bursche, wie ich zu meinem Leidwesen sagen muß, von sehr fragwürdigem Charakter) – von dem mir Ned erzählt hat – Bullet hieß er wohl – oder Pullet, Mullet –«

»Einen jungen Mann namens Willet gibt's – Joseph Willet«, meinte Frau Varden und faltete in erhabener Stimmung die Hände.

»Der ist es!« rief Mr. Chester. »Angenommen nun, dieser Joseph Willet setzte sich in den Kopf, sich die Zuneigung Eurer liebreizenden Tochter zu erwerben, mit ihr ein Verhältnis anzuknüpfen.«

»Es wäre seiner Frechheit schon angemessen«, warf Mrs. Varden ein, »sich mit solchen Gedanken zu tragen!«

»Meine liebe, gute Frau! Hier haben wir genau den gleichen Fall! Ich weiß, daß es seiner Frechheit angemessen wäre. Es entspricht auch Neds Frechheit, so zu handeln, wie er gehandelt hat; aber Ihr würdet in dieser Hinsicht oder um einiger Tränen willen, die Eure schöne Tochter vergösse, wohl nicht unterlassen, die beiderseits aufkeimenden Neigungen im Keine zu ersticken. Ich hatte es im Sinne, mit Eurem Manne in diesem Sinne zu sprechen, als ich ihn heute abend bei Mrs. Rudge traf –«

»Mein Mann«, rief Mrs. Varden, ihm erregt in die Rede fallend,

»hätte besser daran getan, zu Hause zu bleiben, als so oft zur Mrs. Rudge hin zu laufen. Ich weiß nicht, was er dort zu suchen hat. Ich verstehe nicht, welche Veranlassung er hat, sich überhaupt in Angelegenheiten dieser Frau zu mischen, mein Herr!«

»Wenn ich meiner Zustimmung zu Euren letzten Empfindungen keinen so kräftigen Ausdruck zu geben scheine«, erwiderte Chester, »so kommt dies daher, weil Euer Mann sich dort befand, liebe Frau, und sich als recht ungemütlich erwies, wenigstens keine Lust zu einer Unterhaltung bezeigte. Daher habe ich mich hierherbegeben, das Glück dieser Unterhaltung mit einer Dame zu genießen, auf die sich, wie ich deutlich fühle, die ganze Leitung, Führung und das Gedeihen ihrer Familie konzentrieren.«

Bei diesen Worten nahm er Mrs. Varden neuerdings bei der Hand, führte mit der gezierten Galanterie jener Tage diese Hand an seine Lippen, setzte dann schmeichelnd seine Bitten fort, dafür zu sorgen, daß ihr Mann und ihre Tochter von jeder weiteren Unterstützung von Edwards Bewerbung um Miss Haredale Abstand nahmen. Mrs. Varden war auch nur eine sterbliche Frau und besaß eine stattliche Portion Eitelkeit, Eigensinn und Herrschsucht. Sie schloß mit ihrem berückenden Gast ein geheimes Schutz- und Trutzbündnis und war fest überzeugt, hierdurch nur die Ziele der Wahrheit, Gerechtigkeit und Sittlichkeit zu fördern.

Durch den Erfolg seiner Reden gleichermaßen erfreut wie belustigt, geleitete Mr. Chester die Dame wieder die Stiege hinunter und verabschiedete sich, nachdem er die frühere Begrüßungsszene wiederholt hatte, in die natürlich auch Dolly wieder eingeschlossen wurde. Aber diesmal vervollständigte er noch seine Eroberung, indem er auch das Herz der Miggs gewann, indem er »diese junge Dame« verbindlichst ersuchte, ihm bis zur Tür zu leuchten.

»O, liebe junge Frau!« sagte die Miggs, als sie mit dem Licht zurückkam. »O! Du meine Güte! Frau Meisterin! Ist das ein vornehmer Herr! Hat es wohl jemals einen Mann gegeben mit solcher Engelszunge wie ihn! Wohl jemals einen, der so lieb und süß aussah! So kerzengerade und vornehm, daß er den Boden selbst, auf dem er wandelt, zu verabscheuen scheint; und dabei so mild und herablassend. Nein! Und wenn man denkt, daß er Euch, Frau Meisterin, für Jungfer Dolly, und Jungfer Dolly für Eure Schwester angesehen hat – o du meine, meine Güte! Wär' ich der Meister, wie wollt ich da nicht eifersüchtig auf ihn sein!«

Mrs. Varden verwies ihrer Zofe dieses eitle Geschwätz, aber in einer sehr freundlichen, zarten Weise – mit lächelnder Miene sogar – und ließ die Bemerkung fallen, sie sei eine närrische, verschrobene, leichtsinnige Person, deren Einfälle keine Grenzen mehr zu kennen schienen und die nicht die Hälfte von dem im Sinne hätte, was sie redete, sonst würde sie ernstlich böse auf sie werden.

»Ich für meinen Teil«, sagte Dolly nachdenklich, »bin der Meinung, daß Mr. Chester in dieser Hinsicht einige Ähnlichkeit hat mit der Miggs. Trotz aller Höflichkeit und freundlichen Rede weiß ich ganz bestimmt, daß er uns mehr als einmal zum besten gehabt hat.«

»Wenn du dich erdreistest, so etwas noch einmal zu sagen, und in meiner Gegenwart von den Leuten hinter ihrem Rücken Schlechtes zu reden«, sagte Mrs. Varden, »dann werd' ich darauf beharren, daß du im Augenblick die Kerze nimmst und dich zu Bett scherst. Wie kannst du so frech sein, Dolly? Ich kann mich gar nicht genug über dich wundern. Die Ungezogenheit deines ganzen Benehmens heute abend ist sehr anstößig gewesen. Hat man je gehört«, rief die alte Dame entrüstet und brach in Tränen aus, »daß eine Tochter ihrer leiblichen Mutter gesagt habe, es hätte sich jemand über sie lustig gemacht!«

Was für eine wetterwendische Person war doch Mrs. Varden!

28.
Kapitel

In einem bekannten Kaffeehause in Covent-Garden [41], wohin er sich begeben hatte, als er aus dem Hause des Schlossers ging, saß Herr Chester lange bei einem späten Mahl, er klopfte sich innerlich (ununterbrochen selbst) auf die Schulter, weil er die Varden so umgarnt hatte. Sein Gesicht trug einen so gütigen, ruhigen Ausdruck, daß der Kellner sofort zu seiner Aufwartung herbeisprang in dem Glauben, ein solcher apostolischer Gast sei zum mindesten sein halbes Dutzend der gewöhnlichen Kundenschar wert, bis ein sehr bescheidenes Trinkgeld für sehr viel Mühe ihn von dieser Vorstellung kurierte.

Ein Gang zum Spieltisch – den er nicht als heißblütiger, unruhiger Wagehals machte, sondern wie jemand, dem es Spaß macht zuzusehen, wie seine und zwei bis drei Goldstücke den Wahrbegriffen der Gesellschaft zuliebe den Weg alles Irdischen nehmen, und der mit gleicher Huld und Güte Gewinnern und Verlierern zulächelt – ein Gang zum Spieltisch verzögerte seine Heimkehr bis zu einer ziemlich späten Stunde. Es war bei ihm Brauch, daß sein Diener sich, solange Mr. Chester nicht gegenteilige Weisung gab, zur gewohnten Stunde schlafen legte und auf die Haustreppe eine Kerze stellte. Im Treppenflur brannte eine Öllampe, an der er, wenn er spät nach Hause kam, die Kerze anzünden konnte, und da er einen Hausschlüssel für seine Person besaß und immer bei sich führte, konnte er nach Belieben nach Hause kommen und zu Bett gehen.

Er klappte das Glasfensterchen der düster brennenden Lampe hoch. Der abgebrannte und wie eine Säufernase geschwollene Docht stob, als die Kerze ihn berührte, in kleinen Lichtfünkchen auseinander und machte es einigermaßen schwierig, das hin und her wackelnde Dochtende der Kerze an ihm anzuzünden. Plötzlich vernahm er ein Geräusch, als ob ein paar Stufen weiter oben ein Mann tief schnarchte. Chester hielt inne, um zu lauschen. Es war der schwere Atemzug eines ganz in der Nähe liegenden Schläfers. Jemand mußte sich auf der offenen Haustreppe niedergelegt haben und fest eingeschlafen sein. Als es ihm endlich gelungen war, die Kerze zum Brennen zu bringen und die Tür zu seinem Zimmer zu öffnen, stieg er behutsam hinauf, hielt die Kerze hoch über den Kopf und schaute sich um; er war neugierig zu sehen, was für ein Kerl sich wohl eine so unbehagliche Stelle zur Wohnung auserkoren hatte.

Mit dem Kopf auf der obersten Stufe, während die langen Beine über ein halbes Dutzend Stufen herabhingen, so gefühl- und regungslos, als ob er tot wäre, lag Hugh da, das Gesicht aufwärts gerichtet, das lange Haar wie wildes Unkraut abstehend. Sein breiter Brustkasten hob und senkte sich bei den Schnarchtönen.

Chester war schon im Begriff, den Schläfer durch einen kräftigen Fußtritt zu wecken, als sein Blick auf das Gesicht fiel. Er senkte die Kerze und überschattete sie mit der Hand, um die Züge des Schlafenden aus der Nähe zu beobachten, dann fuhr er mit dem Licht über das Gesicht hinüber und beobachtete es nochmals mit forschenden Blicken.

Der Schläfer wachte auf, ohne zusammenzuschrecken oder sich umzudrehen. Es lag in diesem starren Blick, dem er so plötzlich begegnete, eine Art Zauber, der dem anderen die Geistesgegenwart raubte, die Augen abzuwenden, und ihn zwang, ohne Rücksicht auf die Umstände dem Blicke zu begegnen. So verweilten sie eine Zeitlang im gegenseitigen Anstieren, bis endlich Chester das Schweigen brach und mit gedämpfter Stimme fragte, was er hier zu suchen habe.

»Ich war der Meinung«, sagte Hugh, indem er sich in eine sitzende Stellung aufrichtete, »Ihr wärt ein Teil von meinem Traum! Es war ein merkwürdiges Zeug, was ich geträumt habe. Hoffentlich trifft's niemals ein, Herr Nachbar!«

»Was schüttelt Ihr Euch so?«

»Die Kälte – denk ich«, brummte er und stand auf. »Ich weiß ja kaum, wo ich stecke.«

»Erkennt Ihr mich?« frage Chester.

»Ja! Ja! Ich kenne Euch«, gab er zur Antwort. »Ich habe von Euch geträumt – wir sind nicht dort, wo ich dachte. Das ist ein Trost.«

Hugh sah sich um, während er sprach, und sah besonders über den Kopf hinweg, als erwarte er halb und halb, unter irgendeiner Sache zu stehen, die in seinem Traume vorhanden gewesen. Dann rieb er sich die Augen und schüttelte sich wieder und folgte seinem Führer in dessen Gemächer.

Mr. Chester zündete die Kerzen an, die auf seinem Toilettentisch standen, rückte einen Lehnstuhl an das Feuer, das noch nicht ausgebrannt war, setzte sich davor nieder, rief seinem ungeschlachten Gast zu: »Hierher! Zieht mir die Stiefel aus!«

»Ihr habt wieder getrunken«, sagte er, als Hugh vor ihm kniete und der Aufforderung nachkam.

»So wahr ich lebe, Herr und Meister, ich bin an die zwölf Stunden auf den Beinen gewesen, habe zwölf lange Wegstunden herumgetrampelt und hier gewartet – wie lange, weiß ich nicht – und seit dem Mittagessen keinen Tropfen über die Lippen gebracht!«

»Und könnt Ihr nichts Besseres tun, mein netter Freund, als einzuschlafen und das ganze Haus mit Eurem Schnarchen zu erschüttern?« fragte Herr Chester. »Könnt Ihr nicht zu Haus in Eurem Stroh träumen, Ihr denkfauler Hund – denn was anders seid Ihr nicht! Müßt Ihr das unbedingt hier tun? – Reicht mir die Pantoffeln dort her und tretet behutsam auf!«

Hugh gehorchte schweigend.

»Und noch etwas, Bursche!« sagte Mr. Chester weiter, als er sie angezogen hatte – »das nächste Mal, wenn Ihr träumt, träumt nicht von mir, sondern von irgendeinem Hund oder Gaul, mit dem Ihr besser bekannt seid! Schenkt Euch das Glas einmal voll – Ihr werdet es mit der Flasche dort finden – und trinkt es aus, um Euch wachzuhalten.«

Hugh gehorchte wieder – diesmal noch eifriger sogar, als vorher – und stellte sich, als er fertig war, vor seinem Gönner auf.

»Nun redet!« sagte Herr Chester. »Was wollt Ihr von mir?«

»Es ist was Neues passiert«, versetzte Hugh. »Euer Sohn war bei uns im Hause – kam zu Pferde geritten – und hat versucht, das junge Frauenzimmer zu sehen – hat aber nichts von ihr zu sehen bekommen können. Er hat was Geschriebenes oder was Mündliches hinterlassen, das unser Joe übermitteln sollte – aber nachher, als Euer Sohn fort war, ist er mit dem Alten zusammengeraten, und der Alte hat es nicht leiden mögen, daß der Auftrag bestellt würde. Der Alte meint, daß keiner von seinen Leuten sich in anderer Leute Sachen mischen und ihm Ärger und Verdruß machen solle. Er sei ein Gastwirt, sagt er, und lebe von aller Leute Kundschaft.«

»Der Mann ist ein Kleinod«, sagte Chester lächelnd, »und ein umso besseres Kleinod, je dümmer er ist. – Nun? Und weiter?«

»Vardens Tochter – das heißt das Mädchen, das ich geküßt hab' –«

»– und dem Ihr auf offener Heerstraße das Armband gestohlen habt«, sagte Chester mit größter Ruhe – »Ja! Was ist mit ihr?«

»Sie hat in unserem Haus einen Brief an das junge Frauenzimmer geschrieben, worin es heißt, sie hätte den Brief, den ich Euch gebracht hab und den Ihr verbrannt habt, verloren. Unser Joe wollt ihn herüberschaffen, aber der Alte hat ihn den ganzen anderen Tag zu Hause festgehalten. Am anderen Morgen hat Joe mir den Brief gegeben; hier ist er!«

»Ihr habt ihn also nicht übermittelt, mein guter Freund?« fragte Chester, während er Dollys Zettel zwischen Zeigefinger und Daumen drehte und so tat, als sei er ganz verwundert.

»Ich dachte, Ihr würdet ihn vielleicht gern sehen«, sagte Hugh. »Ich hab auch gedacht: Brennt mal eins, dann kann auch alles brennen.«

»Mein lieber Satansbalg!« sagte Herr Chester – »wahrlich! wenn Ihr nicht besser zwischen mein und dein unterscheiden lernt, wird Eure Laufbahn mit erstaunlicher Schnelligkeit ein kurzes Ende finden. Wißt Ihr nicht, daß der Brief, den Ihr mir gebracht habt, an meinen Sohn gerichtet war, der an diesem selben Platze seine Wohnung hat? Und seid Ihr nicht imstande, zwischen seinen Briefen und solchen, die an andere Leute gerichtet sind, einen Unterschied zu machen?«

»Wenn Ihr ihn nicht braucht«, sagte Hugh, durch diesen Vorwurf außer Fassung gebracht, denn er hatte sich auf hohes Lob gefaßt gemacht, »so gebt ihn mir wieder; ich will ihn dann abgeben. Ich weiß nicht, wie ich's Euch recht machen soll, mein Herr!«

»Ich werde ihn selbst abgeben«, versetzte sein Gönner und legte nach kurzem Besinnen den Brief beiseite – »ja, selbst! Geht die junge Dame bei schönem Wetter morgens spazieren?«

»Meistens – in der Regel allerdings nach Tische.«

»Geht sie allein?«

»Ja, allein.«

»Wo?«

»Auf dem Grund und Boden vorm Hause – da, wo der Fußweg hinüberführt.«

»Wenn wir morgen schönes Wetter haben, trete ich ihr vielleicht selbst in den Weg«, sagte Herr Chester so kühl, als ob sie zu seinen gewöhnlichen Bekannten gehörte. »Bester Hugh! Sollte ich vorm Maypole halten, so werdet Ihr mir die Liebe erweisen, so zu tun, als hättet Ihr mich erst ein einziges Mal im Leben gesehen. Ihr müßt Euer Dankbarkeitsgefühl unterdrücken und Euch bemühen, meine Nachsicht in der Armband-Sache zu vergessen. Es ist ja natürlich, daß eine solche Empfindung zum Durchbruch kommt, und macht Euch alle Ehre. Aber wenn andere Leute dabei sind, dann müßt Ihr, um Eurer eigenen Sicherheit und Eures eigenen Wohles willen, so tun, als ob Ihr gegen mich durchaus keine Verbindlichkeiten hättet und niemals innerhalb dieser Wände eine Minute geweilt hättet. Versteht Ihr mich?«

Hugh verstand ihn vollkommen. Nach einer Pause stotterte er, daß er die Hoffnung habe, sein Gönner und Beschützer werde ihm wegen dieses letzten Briefes keinerlei Verlegenheit bereiten; denn er habe ihn einzig und allein deshalb zurückbehalten, weil er ihm damit gefällig zu sein gemeint hätte. Er redete in dieser

Weise fort, bis ihm Herr Chester mit höchst gnädiger, huldvoller Miene das Wort abschnitt:

»Mein wackerer Gesell, Ihr habt mein Versprechen, mein Wort, mein gesiegeltes Unterpfand – (denn eine mündliche Zusage gilt bei mir ganz ebensoviel) – daß ich Euch immer beschützen will, solange wie Ihr es verdient. Beruhigt Euch also! Schenkt Euch dieses Glas noch einmal voll, um Euch für den Heimweg zu stärken – ich bin tatsächlich ganz beschämt, wenn ich denke, wie weit Ihr noch zu gehen habt – und dann in dieser Nacht!«

»Zu Hause meinen sie«, sagte Hugh, als er die Flüssigkeit hinuntergegossen hatte, »ich schliefe fest im Stalle. Ha! Ha! Ha! Die Stalltür ist zu, aber das Roß ist futsch, Herr Nachbar!«

»Ihr seid ein ganz gemütlicher Kauz«, erwiderte Chester, »und Euer Witz gefällt mir. Gute Nacht also! Und seid vorsichtig!«

Während der ganzen Unterredung hatte jeder von beiden versucht, einen verstohlenen Blick auf das Gesicht des andern zu werfen. Sie hatten sich nicht ein einziges Mal voll in die Augen geblickt. Auch beim Abschied nicht. Hugh drückte die doppelte Tür sorgfältig und ohne Geräusch hinter sich ins Schloß, und Chester blieb in seinem Sessel sitzen und hielt die Augen nachdenklich auf das Feuer gerichtet.

»Gut!« sagte er, nachdem er eine Zeitlang überlegt hatte – mit einem tiefen Seufzer, und indem er unruhig hin- und herrückte, als ob er etwas aus seinen Gedanken schöbe. Dann kehrte er zu jenen Dingen zurück, die seine Gedanken den ganzen Tag über in Anspruch genommen hatten: »Der Knoten verdichtet sich; ich habe die Bombe geworfen; in achtundvierzig Stunden, denk ich, wird sie platzen und die guten Leute auseinanderpfeffern, daß ihnen die Augen vor Schreck und Staunen übergehen sollen! Wir werden ja sehen!«

Er begab sich zu Bett und sank in den Schlaf; er hatte noch nicht lange geschlafen, als er zusammenfuhr und vermeinte, Hugh stände an der Außentür und riefe in einer seltsamen Stimme, man möge ihn hereinlassen.

Der Wahn überkam ihn mit Macht und war so voll jenes unbestimmten nächtlichen Schreckens, der solchen Wahngebilden eigentümlich zu sein pflegt, daß Chester aufstand und nach dem in der Scheide befindlichen Degen griff. Er riß die Tür auf und blickte auf die Treppe hinaus, auch auf jenen Flecken, wo Hugh gelegen und geschlafen hatte. Ja, er rief Hugh sogar beim Namen.

Aber alles war finster und ruhig, und er kroch wieder zu Bett, um nach einem einstündigen, unruhigen Herumwälzen von neuem in Schlummer zu versinken und nicht eher aufzuwachen, als bis es früher Morgen war.

29. Kapitel

Die Gedanken weltlich gesinnter Leute werden immer durch ein Gesetz der moralischen Schwerkraft geregelt, das sie, ähnlich wie die physische Schwerkraft, am Erdboden festhält. Der helle Glanz des Tages und die stummen Wunder einer sternenklaren Nacht sprechen vergeblich zu ihren Herzen. Es gibt keine Zeichen weder in der Sonne, noch im Monde, geschweige denn in den Sternen, die sie verstünden. Während sie jeden Planeten bei seinem lateinischen Namen kennen, haben sie die kleinen himmlischen Sternenbilder wie: Milde, Barmherzigkeit, Duldung und Menschenliebe vergessen, obwohl sie Tag und Nacht so hell und klar schimmern, daß der Blinde sie sehen kann; und, wenn sie hinauf zu dem flimmernden Firmamente sehen, entdecken diese Leute nichts als den Abglanz ihrer eigenen angelesenen Gelehrsamkeit.

Der Mensch, der nur bei Fürsten lebt, hat nichts im Auge als Sterne eines Höflings. Der neidische Mensch erblickt die Ehren, die seinen Nachbarn erwiesen werden, sogar am Himmelsfirmament; dem Habgierigen flimmert das ganze große Universum von gediegenem Golde – das, frisch aus der Münze, mit dem Haupte des Herrschers geprägt, immer und ewig, wohin sie auch gehen, zwischen ihnen und dem Himmel wandelt. So stehen die Schatten unseres eignen Wünschens zwischen uns und unseren besseren Engeln, und so wird ihre Helligkeit für uns verfinstert.

Alles war frisch und froh, als wäre die Welt erst an diesem Morgen geschaffen worden, da Chester im ruhigen Trab die Waldstraße entlangritt. Für die Jahreszeit war es sehr warm. Die Bäume trieben Knospen; die Hecken und das Gras waren grün, die Luft war erfüllt von Vogelgesang, aus dem sich das helle Lied der Lerche erhob. An schattigen Stellen funkelte der Morgentau auf jedem jungen Blatt und Halm; und wo die Sonne mit ihren

Strahlen hintraf, glitzerten noch hell und klar einige diamantene Tropfen, als seien sie unwillig, eine so schöne Welt zu verlassen und ein so kurzes Dasein zu fristen.

Der einsame Reiter trabte, während er die Blicke zwischen den Bäumen schweifen ließ, auf seinem kastanienbraunen Gaul weiter. Im Laufe der Zeit stiegen die massiven Kamine des Maypole vor seinen Blicken auf; aber er beschleunigte die Gangart seines Pferdes um keinen Deut und ritt mit der nämlichen kalten Gemessenheit zum Portale des Gasthauses. John Willet, der sein rotes Gesicht vor einem hellen Feuer im Schenkstübchen schmorte, kam herausgestürzt, um den Steigbügel zu halten, und rief dann aus Leibeskräften nach Hugh.

»O! Bist schon da? He?« sagte John, einigermaßen verwirrt über die Schnelligkeit, mit der er zum Vorschein kam. »Führe dieses kostbare Tier in den Stall und gib mehr als sonst drauf acht! Ein entsetzlich fauler Lümmel, gnädiger Herr! Bei ihm tut Aufpassen not!«

»Aber Ihr habt doch einen Sohn«, erwiderte Herr Chester, gab Hugh, als er abgesessen war, den Zügel und erwiderte dessen Gruß mit einem achtlosen Griff an den Hut. »Warum nehmt Ihr denn *ihn* nicht zu Hilfe?«

»Hm! Die Wahrheit, gnädiger Herr, ist«, versetzte John mit großer Wichtigkeit, »daß mein Sohn – he! Du lauschst ja – nicht wahr? Du, Halunke?«

»Wer belauscht uns denn?« antwortete Hugh verdrießlich. »Ein dankbares Geschäft freilich, *Euch* zuzuhören! Soll ich den Gaul hineinführen, ehe er kalt geworden?«

»Führ ihn vorher zehnmal auf und ab!« rief der alte John – »und wenn du mich und einen vornehmen Herrn im Gespräch zusammen siehst, dann halt dich gefälligst fern! Und wenn du nicht weißt, Hugh, in welcher Entfernung du dich zu halten hast, dann werden wir schon Mittel und Wege finden, es dir beizubringen; und zwar bald – sehr bald!«

Hugh zuckte grimmig die Achseln und schritt in seiner rücksichtslos dummdreisten Weise auf die andere Seite des grünen Fleckchens hinüber. Dort ließ er, während er den Zügel lose über die Schulter warf, das Pferd auf- und niederschreiten, und schielte von Zeit zu Zeit unter den buschigen Brauen hervor mit einem Blick, so unheimlich, daß es einem angst machen konnte, zu seinem Herrn hinüber.

Mr. Chester, der ihn, ohne sich solchen Anschein zu geben, während dieses kurzen Wortwechsels aufmerksam im Auge gehalten, schritt ins Wirtshaus hinein und sagte, sich plötzlich an John Willet wendend:

»Ihr haltet Euch seltsame Diener, John!«

»Seltsam im Aussehen, gnädiger Herr, gewiß!« antwortete der Wirt. »Aber für Pferde, Hunde und dergleichen, da gibt's keinen bessern Kerl in ganz England als den Maypole-Hugh. Für die Arbeit im Haus taugt er nichts«, setzte Mr. Willet hinzu mit der zutraulichen Miene eines Menschen, der die Überlegenheit der eigenen Natur fühlt – »die Arbeit verrichte ich – ich selbst; aber wenn der Bursche bloß ein Körnchen von Einbildungskraft hätte, gnädiger Herr –«

»Er ist ein gewandter Bursche – darauf möchte ich schwören«, sagte Chester in einem sinnenden Tone.

»Gewandt, Herr!?« versetzte John – diesmal mit einem wirklichen Ausdruck im Gesichte – »dieser Kerl? Hallo, da! Du da, Hugh! Bring das Pferd hierher, und lauf und häng meine Perücke an den Wetterhahn, um dem Herrn hier zu zeigen, ob du einer bist von der Sorte, die Leben in den Gliedern haben!«

Hugh gab keine Antwort, sondern warf seinem Herrn und Gebieter den Zügel zu, riß ihm die Perücke vom Kopfe in einer so ungebührlichen, geschwinden Weise, daß Willet fassungslos dastand. Hierauf kletterte Hugh behend auf die höchste Spitze des vor dem Hause stehenden Maibaums hinauf, hing die Perücke auf den Wetterhahn und ließ sie vorn wie einen Bratspieß sich drehen. Nachdem er dies Kunststück vollbracht hatte, warf er sie auf den Boden, glitt mit unfaßbarer Geschwindigkeit den Baum wieder hinunter und langte fast ebenso schnell wie die Perücke, wieder unten an.

»Da, Herr!« sagte John, wieder in sein gewöhnliches stumpfsinniges Wesen verfallend, »solch günstige Umstände für Menschen und Vieh werdet Ihr so leicht nicht wieder zu sehen bekommen wie im Maypole.«

Diese letzte Bemerkung bezog sich auf Hughs Voltigieren im Sattel, wie er es bei Chesters erstem Besuch schon vorgeführt hatte und auf sein rasches Verschwinden durch die Stalltür.

»Das ist gar nichts bei ihm«, wiederholte Willet, während er sich die Perücke mit seinem Ärmel glattstrich und sich vornahm, für die Verunreinigung und Beschädigung dieses Gegenstandes auf sämtliche Einzelposten der Rechnung seines Gastes einen kleinen Aufschlag zu machen. – »Der Kerl springt fast zu jedem Fenster im Hause heraus. Einen Lümmel, der solche Sätze machen kann und sich niemals seine Knochen dabei bricht, hat es wohl noch nie auf der Welt gegeben. Meine Meinung, Sir, ist, daß das im Grunde bloß daher kommt, weil der Kerl absolut keine Einbildungskraft hat; und könnte man (was man aber nicht kann) in ihn Einbildungskraft hineinbläuen, dann würde er gewiß kein einziges Mal mehr imstande sein, so etwas auszuführen. Aber, gnädiger Herr! Wir waren wohl eben dabei, von meinem Sohne zu sprechen?«

»Richtig, Willet, richtig!« sagte der Gast, indem er sich mit gewohnt leutseligem Gesichtsausdruck wieder an den Wirt wandte – »mein lieber Freund! Was ist mit ihm?«

Es ist erzählt worden, daß Mr. Willet, bevor er Antwort gegeben habe, geblinzelt habe. Da indes niemals von ihm bekannt geworden ist, daß er sich eines derartigen Betragens weder vorher noch nachher schuldig gemacht hat, mag dies als eine böswillige Erfindung seiner Feinde betrachtet werden – die vielleicht auf dem unbestrittenen Umstand fußt, daß er seinen Gast an dem dritten Brustknopfe seines Rockes, vom Kinn abwärts gerechnet, gefaßt und ihm die Antwort ins Ohr geflüstert hat:

»Gnädiger Herr«, hat John mit Würde gelispelt, »ich kenne meine Pflicht. Wir brauchen hier keine Liebeshändel, gnädiger Herr, von denen Eltern nichts wissen. Allen Respekt vor einem jungen Herrn, wenn ich ihn im Lichte eines jungen Herrn betrachte; allen Respekt vor einer jungen Dame, wenn ich sie im Licht einer jungen Dame betrachte; aber für zwei solche Leute als Paar betrachtet, da habe ich kein Verständnis, gnädiger Herr, ganz und gar nicht. Mein Sohn, gnädiger Herr, ist auf seiner Patrouille.«

»Ich dachte, ich hätte ihn in eben diesem Augenblick noch zum Eckfenster hinausschauen sehen«, meinte Mr. Chester, der natürlich unter ›auf Patrouille sein‹ soviel wie ›irgendwo umherschweifen‹ verstand.

»Ganz ohne Zweifel, gnädiger Herr«, erwiderte John. »Er ist auf seiner Ehrenpatrouille, Herr: das heißt, er hat sich verpflichtet, den Bereich des Hauses nicht zu verlassen. Ich habe nämlich zusammen mit einigen guten Freunden von mir, die abends im Maypole verkehren, überlegt und beraten, was sich am besten mit ihm anfangen lasse, um ihn an einer unschicklichen Tat zu verhindern, die im Widerspruch mit Euren Wünschen und Absichten steht. Und was ferner noch zu sagen ist, Sir, er soll mir von seiner Patrouille auf eine hübsch lange Zeit nicht loskommen: das kann ich Euch versichern!«

Als er diese brillante Idee – die daher stammte, daß ein paar Dorfbewohner einmal ein Zeitungsblatt vor die Nase bekommen hatten, worin unter anderm ein Bericht darüber zu lesen stand, wie ein Offizier, gegen den ein kriegsgerichtliches Verfahren geschwebt hatte, »auf Ehrenwort« festgehalten worden war – als er diese brillante Idee seinem Gast mitgeteilt hatte, zog Willet sich zurück und kicherte, ohne sichtbare Veränderung in seinen Zügen, dreimal sehr vernehmlich. Diese nächste Annäherung zu einem Lachen, der er sich hingab – und zwar nur selten und nur bei ganz außerordentlichen Anlässen – kräuselte niemals auch nur seine Lippe oder bewirkte etwa gar die geringste Veränderung in seinem großen fetten Doppelkinn! – Mr. Chester dankte ihm huldvoll und gnädig – und verabschiedete ihn, unter vielen höflichen Redensarten über seinen trefflichen Geschmack und sein gutes Urteil, mit dem Auftrag, für die Herrichtung einer Mittagsmahlzeit Sorge zu tragen. Dann lenkte er seine Schritte dem ›Warren‹-Haus zu.

Mr. Chester war heute noch eleganter als sonst gekleidet; steckte ein huldvolles, gnädiges Wesen heraus, das, wenn es auch das Ergebnis langen Studiums war, doch nicht gezwungen erschien, sondern ihm gar leicht und recht wohl anstand; sammelte seine Züge zu einem Ausdruck, wie er sich heiterer und einnehmender gar nicht denken ließ; gab, kurz gesagt, in allem und jedem Punkte acht auf sich – und setzte sodann den Fuß auf das Stück Land, wo Miss Haredale gewöhnlich einen Spaziergang zu machen pflegte. Er war nicht weit gegangen, als er einer auf ihn zuschreitenden weiblichen Gestalt ansichtig wurde. Ein Blick auf Körper und Kleidung, als sie über eine kleine, zwischen ihnen liegende hölzerne Brücke schritt, bestätigte ihm zu seiner Genugtuung, daß er die Person, die er zu sehen wünschte, gefunden hatte. Er schlug denselben Weg ein, den sie entlangschritt, und einige wenige Schritte brachten sie einander nahe.

Er zog den Hut vom Kopf und ließ sie, indem er den Weg freimachte, an sich vorbeigehen. Dann drehte er sich hastig um, als sei ihm der Gedanke hierzu in diesem Augenblicke erst gekommen, und sagte mit erregter Stimme:

»Ich bitte um Verzeihung – spreche ich mit Miss Haredale?«

Sie blieb betroffen stehen, überrascht, angesprochen zu werden, und antwortete: »Ja.«

»Irgend etwas verriet mir«, fuhr er fort, indem er ihrer Schönheit durch Blicke ein Kompliment machte, »daß es niemand anders sein konnte. Miss Haredale, ich führe einen Namen, der Euch nicht unbekannt ist, der, was zu wissen ein Stolz und doch auch ein Kummer für mich ist, einen freundlichen Klang in Euren Ohren hat. Ich bin, wie Ihr seht, ein Mann in vorgerücktem Lebensalter. Ich bin der Vater des Mannes, den Ihr vor allen andern ehrt und auszeichnet. Darf ich Euch, um gewichtiger Gründe willen, die mich mit Schmerz und Kummer erfüllen, bitten, mich auf nur eine Minute an diesem Orte einer Unterhaltung zu würdigen?«

Wie konnte jemand, der in Lug und Trug unerfahren war und ein freies, offenes, jugendliches Herz hatte, Zweifel an der Wahrheit des Sprechenden schöpfen – Zweifel schöpfen, da doch die Stimme, welche redete, das schwache Echo einer andern Stimme war, die sie so gut kannte, so gern vernahm? Sie beugte das Haupt und blieb stehen, den Blick zu Boden gerichtet.

»Ein wenig mehr abseits – hier unter diese Bäume! Es ist eines alten Mannes Hand, Miss Haredale, und – glauben Sie mir! – eines ehrlichen Mannes Hand!«

Sie legte ihre Hand in die seinige, als er diese Worte sprach, und ließ sich von ihm zu einem Sitze in der Nachbarschaft führen.

»Ihr beunruhigt mich, mein Herr«, sagte sie mit leiser Stimme; »Ihr bringt doch, will ich hoffen, keine schlimmen Nachrichten?«

»Keine solchen, wie Ihr erwarten mögt«, antwortete er und setzte sich neben sie. »Edward ist munter – ganz munter. Gewiß wünsche ich über ihn zu reden, aber es ist kein Unglück, das ich zu melden habe.«

Sie neigte wiederum das Haupt und tat, als ob sie ihn gebeten hätte fortzufahren, sagte aber nichts.

»Ich fühle recht gut, daß ich in der Unterhaltung mit Euch im Nachteil stehe, liebe Miss Haredale. Glaubt mir, daß ich die Empfindungen jüngerer Tage nicht so ganz aus der Erinnerung vertilgt habe, daß ich nicht wüßte, wie wenig Ihr geneigt seid, mich mit Wohlwollen anzusehen. Ihr habt sicher von mir als einem kaltherzigen, berechnenden, selbstsüchtigen Menschen reden hören –«

»Ich habe niemals, mein Herr«, sagte sie mit fester Stimme – »ich habe niemals über Euch in harten oder achtungswidrigen Worten sprechen hören. Ihr tut Edward großes Unrecht, wenn Ihr ihn solcher Schäbigkeiten für fähig haltet.«

»Verzeiht gütigst, meine liebe junge Dame, aber Euer Onkel –«

»Auch meines Onkels Art und Weise ist das nicht«, erwiderte sie mit lebhaft geröteten Wangen. »Es ist nicht seine Art, Stiche im Dunkeln zu führen, und ich schätze so etwas nicht.«

Sie stand auf, während sie diese Worte sagte, und wollte sich entfernen. Aber er hielt sie mit sanfter Hand zurück und ersuchte sie in so überzeugendem Tone, ihn noch eine weitere Minute anzuhören, daß sie sich nochmals setzte.

»Und dieses freimütige, edelsinnige, vornehme Wesen ist es, das du so leichten Herzens verwunden kannst, Ned?! Schande über dich, Knabe!«

Sie drehte sich rasch zu ihm herum, mit zornigem Blick und blitzenden Augen. In Chesters Augen standen Tränen, aber er wischte sie eilends weg, als ob er die Schwäche, die ihn beschlichen hatte, verbergen wollte, und sah sie bewundernd, halb an.

»Ich habe bislang niemals geglaubt«, sagte er, »daß mich die leichtsinnigen Handlungen eines jungen Mannes so aufregen könnten wie die meines eignen Sohnes. Ich habe bisher niemals den Wert eines Frauenherzens gekannt, welches Jungen so leicht gewinnen und so leicht von sich werfen. Glaubt mir, liebe junge Dame, daß ich diesen Wert niemals gekannt habe, ehe ich Euch traf; und wenn mich auch ein Abscheu vor Hinterlist und falschem Wesen dazu getrieben hat, Euch aufzusuchen, so würde ich doch der Stärke und des Mutes ermangelt haben, diese Unterredung zu führen, wenn ich mir im Geiste Eure Person hätte so ausmalen können, wie sie wirklich ist.«

Hätte doch Miss Varden den tugendhaften Herrn sehen können, als er diese Worte sprach, mit einer Entrüstung sprach, die hell aus seinen Augen sprühte – hätte sie seine gebrochene, vor Erschütterung zitternde Stimme hören können – Hätte sie sehen können, wie er dastand, barhäuptig im Sonnenscheine! Hätte sie hören können, wie er mit ungewohnter Energie seiner Beredsamkeit die Zügel schießen ließ!

Mit stolzem Ausdruck im Antlitz, aber bleich und zitternd wie er betrachtete Emma ihn schweigend. Sie sagte kein Wort, machte auch keine Bewegung, aber sie sah ihn an, fest und sicher und unverwandt, als ob sie ihm bis ins Herz blicken wollte.

»Ich unterdrücke den Zwang, den natürliche Zuneigung manchen Menschen auferlegen würde«, sagte Mr. Chester, »und entledige mich aller Fesseln, außer denen, die Wahrheit und Pflichtgefühl mir auferlegen: Miss Haredale, Ihr werdet hintergangen, betrogen; werdet betrogen von Eurem Liebhaber, der Eurer unwürdig ist – von meinem Sohne, der meiner unwürdig ist.«

Noch immer sah sie ihn unverwandt an, und noch immer sprach sie kein Wort.

»Ich habe seinen Beteuerungen, daß er Euch liebe, immer kritisch gegenübergestanden. Ihr werdet mir die Gerechtigkeit erweisen, teure Miss Haredale, sich dieses Umstandes zu entsinnen. Ihr Onkel und ich, wir sind frühzeitig im Leben Feinde geworden, und wenn ich Vergeltung und Rache gesucht hätte, hier hätte ich sie wohl finden können. Aber als wir älter wurden, sind wir klüger geworden – ich darf vielleicht sogar hoffen, besser – und ich habe mich Ned in diesem Bemühen vom ersten Augenblick an feindlich entgegengestellt. Ich habe den Ausgang vorausgesehen und hätte Euch, wenn das in meiner Macht gelegen, gern davor bewahrt.«

»Sprecht bitte deutlicher aus, was Ihr meint«, stammelte sie. »Ihr täuscht mich, oder seid selbst getäuscht worden. Ich glaube Euch nicht – kann Euch nicht glauben – ich – ich – darf Euch nicht glauben.«

»Vorerst«, sagte Herr Chester beschwichtigend – »denn in Eurem Herzen wohnt vielleicht ein geheimer Ärger oder Groll, dem ich nicht Nahrung geben möchte – darum nehmt vorerst diesen Brief! Er ist mir durch Zufall und aus Versehen in die Hände geraten und sollte, wie mir gesagt wird, Euch Auskunft geben, warum mein Sohn Euch nicht geantwortet hat. Möge Gott verhüten, Miss Haredale«, sagte der Mann in großer Erregung, »daß in Eurer zarten Brust ein grundloser Anlaß zum Grolle gegen ihn vorliegen sollte. Ihr müßt doch wissen und werdet auch sehen, daß er hieran keine Schuld trug.«

Es lag etwas so durchaus Lauteres, Offenherziges, eine so peinliche Ehrenhaftigkeit, Wahrheit und Gerechtigkeit in diesem Vorgehen – etwas, das die Person, die so kerzengerade vor ihr stand, so glaubwürdig machte –, daß Emma zum erstenmale der Mut sank. Sie wandte sich ab und brach in Tränen aus.

»Ich wünschte«, sagte Mr. Chester, indem er sich über sie neigte und in sanfter, durchaus ehrwürdiger Rede zu ihr sprach – »ich wünschte, liebes Mädchen, es wäre meine Aufgabe, Euer Leid zu bannen, und nicht, es zu vergrößern. Mein Sohn, mein in Irrungen befangener Sohn – ich will ihn im vorliegenden Falle nicht als Menschen hinstellen, der sich mit Überlegung einer verbrecherischen Handlung schuldig gemacht hat – denn Männer in so jugendlichem Alter, die vorher schon sich zweimal, dreimal unbeständig bewiesen haben, handeln nun einmal ohne Überlegung, fast ohne sich des Unrechts, das sie begehen, bewußt zu sein – immerhin aber wird mein Sohn, mein in Irrungen befangener Sohn Ihnen die gelobte Treue brechen; ja, er hat sie jetzt schon gebrochen! Soll ich hier Einhalt tun und, nachdem ich Euch diese Warnung erteilt, die Dinge sich vollziehen lassen – oder soll ich fortfahren?«

»Ihr sollt fortfahren, mein Herr«, gab sie zur Antwort, »und noch offener, deutlicher reden, zu seinem und zu meinem Wohl.«

»Mein liebes Mädchen«, sagte Herr Chester, während er sich noch liebevoller weiter über sie beugte – »mein liebes Mädchen! Das ich so gern meine Tochter nennen möchte, wenn das Geschick es nicht wehrte – Edward will unter einem falschen und höchst unverantwortlichen Vorwand mit Euch brechen. Ich weiß es von ihm selbst, denn er hat es mir selbst gezeigt, von seiner eigenen Hand gezeigt. Verzeiht mir, wenn ich über seinem Betragen gewacht habe: ich bin sein Vater; ich habe Achtung gefühlt für Euren Frieden und für seine Ehre, und es ist mir keine bessere Zuflucht übrig geblieben. Es liegt in diesem Augenblicke auf seinem Pulte ein Brief für Euch, fix und fertig zur Abgabe, in welchem er Euch sagt, daß unsere Armut – unsere: seine und meine Armut, Miss Haredale – ihm untersagt, seinen Anspruch auf Eure Hand weiter zu verfolgen. In diesem Briefe macht er das Anerbieten, das durchaus freiwillige Anerbieten, Euch des Gelübdes zu entbinden, und erzählt in großartiger Weise (die Männer machen das in solchen Fällen sehr häufig so), daß er mit der Zeit Eurer Achtung und Wertschätzung würdiger zu werden hoffe – und so weiter. Ein Brief, wenn wir offen sprechen wollen, worin er Euch nicht bloß – verzeiht das Wort – zum Narren hält sondern worin er sich auch noch den

Anschein gibt, als erwüchse ihm aus dieser Handlung noch ein Verdienst.«

Sie sah ihn nochmals stolz an, wie von einem unwillkürlichen Drange getrieben, und erwiderte mit schwellender Brust: »Wenn, was Ihr sagt, wahr ist, mein Herr, dann macht er sich viel unnütze Mühe, mein Herr, seine Absicht auszuführen. Er ist also sehr bedacht auf meinen Seelenfrieden. Ich danke ihm recht sehr.«

»Die Wahrheit der Euch mitgeteilten Worte, liebe junge Dame«, erwiderte er, »werdet Ihr durch den Empfang des Briefes, von dem ich rede, bestätigt oder nicht bestätigt finden. – Haredale, mein lieber Kamerad! Ich bin entzückt, Euch zu sehen, wenn wir uns auch unter seltsamen Umständen und bei einem traurigen Anlaß treffen. Ich hoffe, Ihr Befinden läßt nicht zu wünschen?«

Bei diesen Worten schlug die junge Dame die Augen auf, die mit Tränen gefüllt waren; und als sie sah, daß ihr Onkel wirklich vor ihnen stand, da war es ihr nicht möglich, ein Wort weiter zu hören oder zu sprechen. Wie ein Reh lief sie davon und ließ die beiden Männer stehen. Sie standen da und schauten einander an und blickten der fliehenden Gestalt nach – eine lange Zeit sprach keiner von ihnen ein Wort.

»Was hat das zu bedeuten?« fragte Mr. Haredale endlich »Warum seid Ihr hier, und warum in Gesellschaft von Emma?«

»Mein lieber Freund«, erwiderte der andere, indem er mit beispielloser Gewandtheit sein gewöhnliches Wesen aufnahm und sich mit müdem Ausdruck auf die Bank hinwarf, »sagtet Ihr mir vor nicht sehr langer Zeit in jener alten Schenke, deren geachteter Eigentümer Ihr seid – und für Leute von ländlichen Gewohnheiten mit robuster Gesundheit, die nicht für Erkrankungen anfällig sind, ist es auch wirklich ein ganz reizendes Fleckchen – Ihr sagtet mir also, daß ich den Kopf und das Herz eines bösen Geistes besäße. Ich meinte damals – ich versichere Euch, es waren wirklich meine Gedanken – daß Ihr mir damit geschmeichelt habt. Ich fange aber jetzt an, vor Eurem Scharfsinn Achtung zu bekommen, und glaube, Eitelkeit beiseite, daß Ihr die Wahrheit gesprochen habt. Habt Ihr jemals versucht, Aufrichtigkeit und gerechten Unwillen zu heucheln? Mein lieber Freud, Ihr habt keine Vorstellung davon, wenn Ihr es niemals versucht habt, wie matt und marode einen das macht.«

Mr. Haredale maß ihn mit einem Blick kalter Verachtung. »Ihr möchtet einer Auseinandersetzung gern ausweichen, das weiß ich«, sagte er und schlug die Arme übereinander. »Aber ich muß auf ihr bestehen – und – ich kann warten.«

»Nicht im mindesten. Nicht im mindesten, mein guter Freund! Ihr sollt nicht einen Augenblick warten«, versetzte sein Freund, während er nachlässig die Beine übereinander schlug. »Das einfachste Ding auf der Welt! In einer Nußschale hat das Platz. Ned hat ihr einen Brief geschrieben – einen knabenhaften, rechtschaffenen, empfindsamen Aufsatz, der bis zur Stunde noch in seinem Schreibpulte liegt, weil er noch nicht das Herz dazu gehabt hat, ihn abzuschicken. Ich habe mir die Freiheit herausgenommen, für die meine väterliche Zuneigung und Fürsorge ein hinreichender Entschuldigungsgrund sind, und mir Kenntnis von dem Inhalt seines Schreibens verschafft. Ich habe Eurer Nichte – die eine höchst bezaubernde Person ist, Haredale; wirklich und wahrhaftig ein himmlisches Geschöpf, ein Engel – in Umrissen, mit ein bißchen Färbung und Umschreibung, wie es sich für unsern Zweck schickt, ein ungefähres Bild von diesem Inhalt gegeben. Die Sache ist abgemacht. Ihr dürft Euch durchaus beruhigen. Es ist alles aus und vorbei. Er und sie ihrer Anhänger und Zuträger beraubt; sie in ihrem Stolz und ihrer Eifersucht im höchsten Maße aufgerüttelt, und niemand an der Hand, der sie über die Täuschung aufklären könnte, dagegen Euch zur Hand, meinen Worten Bestätigung zu geben; kurz und gut: wenn Ihr nun noch mit ihr sprecht, so werdet Ihr merken, daß sie Euch eine Antwort geben wird, die den ganzen Kram ein für allemal aus der Welt schafft. Wenn Ihr morgen nachmittag Neds Brief erhaltet, dann dürft Ihr von morgen abend ab ihre Scheidung erwarten. Ich verlange keinen Dank von Euch, nicht im geringsten! Denn Ihr seid mir keinen Dank schuldig! Ich habe es für mich selbst getan; und wenn ich unsern Pakt mit allem Eifer, den Ihr Euch nur wünschen könnt, gefördert und durchgeführt habe, so habe ich wirklich in selbstsüchtiger Weise gehandelt.«

»Ich verfluche den Pakt, wie Ihr das Ding nennt, aus ganzem Herzen und ganzer Seele«, versetzte der andere. »Er wurde in einer bösen Stunde geschlossen. Ich habe mich an eine Lüge gebunden; ich habe mich mit Euch verbündet; und wenn ich auch aus rechtschaffenem Beweggrund so gehandelt habe, und wenn es mich auch eine so schwere Anstrengung kostet, wie vielleicht nur wenige Menschen wissen und verstehen, so hasse ich mich und verachte ich mich doch dafür!«

»Ihr werdet sehr warm«, sagte Chester mit mattem Lächeln.

»Mir *wird* nicht warm; mir *ist* warm! – Mensch, Eure Kälte bringt mich um den Verstand. Tod und Teufel, Chester! Wenn Euch das Blut wärmer in den Adern flösse und keinerlei Zwang mich behinderte, von der Art eben, wie er mir die Hände bindet und mich zurückhält – nun denn, ja; es ist vorbei: Ihr sagt es mir, und in solchem Punkte darf ich Euch glauben. Wenn mich das Gewissen um dieser Verräterei willen quält und peinigt, dann will ich an Euch denken und an Eure Heirat, und in solchen Erinnerungen will ich versuchen, mich vor mir selbst zu rechtfertigen der Hilfe wegen, die ich dazu geleistet habe, Emma und Euren Sohn um jeden Preis auseinander zu reißen. Hiermit ist unser Bündnis nun gelöst, und wir dürfen uns trennen.«

Chester warf ihm gnädigst einen Handkuß zu, mit demselben ruhigen Angesicht, das er die ganze Zeit über bewahrt hatte – selbst dann, als er sein Gegenüber erschüttert sah. Er schaute Haredale nach, der sich gemessenen Schrittes entfernte.

»Mein Sündenbock und Packesel in der Schule«, sagte er und erhob den Kopf, ihm nachzublicken – »mein Freund aus späteren Tagen, der seine Liebste nicht festhalten konnte, nachdem er sie gewonnen, und mich ihr in den Weg stieß, um den Preis davonzu tragen. Ich triumphiere in der Gegenwart und in der Vergangenheit. Bell ruhig weiter, du armseliger Köter! Das Glück ist immer bei mir gewesen – ich höre es gern, wenn du bellst.«

Der Ort, wo sie einander getroffen hatten, lag in einer Allee von Bäumen. Haredale bog weder nach rechts noch nach links ab, schritt die Allee weiter. Zufällig drehte er sich um, als er sich schon in beträchtlicher Entfernung befand, und als er sah, daß Chester inzwischen aufgestanden war und ihm nachblickte, blieb er stehen, wie in Erwartung, daß er ihm nachkommen werde.

»Es *wird* schon eines Tages dahin kommen, aber jetzt noch nicht«, meinte Chester, winkte ihm mit der Hand, als seien sie die besten Freunde, und entfernte sich in die andere Richtung. »Nur jetzt noch nicht, Haredale! Das Leben ist für mich heute noch angenehmer als nötig – und für dich schon lange öde und schwer im Übermaß. Nein! Mit einem solchen Manne den Degen zu kreuzen – sich seinen Launen zu fügen, obwohl es nicht nötig ist – wäre in der Tat Schwachheit.«

Dennoch zog er, während er weiter schritt, den Degen, und einen Augenblick lang, während sein Geist anderswo verweilte, glitt sein Auge wohl an die zwanzig Mal vom Heft bis an die Spitze hernieder. Aber nachdenkliches Sinnen schafft Runzeln; und dieser Wahrheit eingedenk, schob er den Degen bald wieder in die Scheide, glättete seine in Falten gezogene Stirn, summte ein lustiges Lied und war bald wieder der alte aalglatte Herr.

30. Kapitel

Ein bekanntes Sprichwort gibt das Vorhandensein einer unbequemen Klasse von Personen zu, die, wenn man ihnen einen kleinen Finger reicht, nach der ganzen Hand greifen. Ohne hier berühmte Beispiele jener Plage zu nennen – wollen wir hier doch auf den alten John Willet verweisen.

Der alte John, der lange schon einen gut gemessenen Zoll englisch von Joes Freiheit abgezwackt und in der Patrouillesache eine üppig flämische Elle[42] mehr von ihr weggeschnippst hatte, wurde so despotisch und majestätisch, daß sein Eroberungsdurst keine Grenzen kannte. Je untertäniger und fügsamer der Joe sich erwies, desto befehlshaberischer und allgewaltiger wurde der alte John. Die Elle verschwand bald im Nichts. Viertel, halbe, ganze Stunden, ja Meilen erstanden, und weiter und weiter ging der alte John in der denkbar gemütlichsten Weise, indem er an dieser Stelle einen Auswuchs entfernte, an jener einige Rede- und Handelsfreiheiten hinweg säbelte und sich in seinem kleinen Kreise mit so großem Hochmut aufführte wie ein glorreicher Tyrann.

Ähnlich wie große Männer durch ihre Schmeichler und Günstlinge zum Mißbrauch ihrer Macht gedrängt werden, so wurde auch der alte John zu solchen Ausübungen seiner Autorität durch den Beifall und die Bewunderung seiner Maypole-Stammgäste angespornt, die in den Pausen, die ihnen über dem Genuß der nächtlichen Tabakspfeifen und Bierkrüge blieben, die Köpfe schüttelten und meinten, daß Mr. Willet ein Vater vom guten alten englischen Schlage wäre; daß bei ihm von neumodischen

Begriffen oder von Abweichungen von den guten alten Bräuchen und Sitten keine Spur zu finden sei; daß er ihnen scharf in die Erinnerung führe, was ihre Väter gewesen, als sie noch die Knabenhosen getragen hätten; daß es eine Wohltat für das Land wäre, wenn es mehr solcher Männer geben möchte wie ihn, wozu sich noch mancherlei urwüchsige Bemerkungen ähnlicher Art gesellten. Dann gaben sie Joe gnädig zu verstehen, daß dies alles zu seinem Besten geschehe, und daß er eines Tages hierfür dankbar sein würde; und ganz besonders machte Mr. Cobb ihm klar, daß sein Vater, als er sich in dem Alter befunden hätte wie Joe, kaum an etwas anderes gedacht hätte, als ihm einen väterlichen Puff, oder eine Dachtel, oder eine Kopfnuß, oder sonst einen kleinen Denkzettel zu verabreichen. Wozu er dann noch mit Blicken von großer Bedeutsamkeit bemerkte, daß er, wenn er nicht dieser vernünftigen Erziehung teilhaftig geworden wäre, im ganzen Leben nicht der Mann hätte werden können, der er jetzt sei und als welcher er jetzt reden dürfe; was freilich Wahrscheinlichkeit genug für sich hatte, da er ohne alle Frage der dämlichste Kerl im ganzen Maypole war. Kurz und gut: Zwischen dem alten John und den Kumpanen und Freunden des alten John hat sich zu keiner Zeit ein so unglücklicher junger Mensch, ein derartig gequälter, drangsalierter, geschundener und geduckter Mensch, kein so unablässig bestürmter und seines Lebens planmäßig überdrüssig gemachter Mensch befunden, als wie es der arme Joe Willet war.

Solches war der durch den Brauch gefestigte Stand der Dinge, da aber John eifrigst darauf bedacht war, seine väterliche Überlegenheit vor Mr. Chesters Augen zu entfalten, übertraf er sich an diesem Tag selbst und quälte und hetzte seinen Sohn und Erben dermaßen, daß, wenn nicht Joe einen feierlichen Eid geleistet hätte, die Hände in den Taschen zu behalten, sobald sie nicht anderweitig in Anspruch genommen waren, es sich unmöglich hätte sagen lassen, was er mit ihnen angestellt haben würde. Aber der längste Tag hat ein Ende, und endlich kam auch Chester die Treppe herunter, sein Roß zu besteigen, das gesattelt an der Tür bereitstand.

Da der alte John im Augenblick nicht bei der Hand war, lief Joe, der in der Schenkstube saß und über sein unheilvolles Geschick und über die mannigfachen Vorzüge Dolly Vardens sann und grübelte, vor das Haus hinaus, um dem Gast den Steigbügel zu halten und ihm beim Aufsteigen behilflich zu sein. Chester saß kaum im Sattel, und Joe war eben dabei, ihm einen recht höflichen Bückling zu machen, als der alte John aus dem Portal stürzte und ihn am Kragen packte.

»Kommt nicht in Frage!« rief John dabei; »keinen Patrouille-Bruch! Wie kannst Du's wagen, ohne Erlaubnis den Fuß vor die Tür zu setzen? Willst wohl versuchen, Joe, auszureißen – he?«

»Laßt mich gehn, Vater«, flehte Joe, als er das Lächeln sah, das auf das Gesicht ihres Gastes trat, und die Schadenfreude bemerkte, die dort winkte. »Das ist doch gar zu arg. Wer will denn ausreißen?«

»Wer ausreißen will?« rief John, indem er ihn schüttelte. »Ei! Dich verlangt es danach, Joe!« John hielt seinen Sohn mit einer Hand am Kragen fest, während er mit der anderen die Wirkung des Bücklings zu erhöhen suchte, durch den er sich von dem Gast verabschiedete. »Du bist der Schlingel, den's in fremde Häuser zu schleichen verlangt, den's verlangt, Zwiespalt zwischen vornehme Herren und ihre Söhne zu säen – he! Bist du's – oder bist du's nicht?«

Joe gab sich keine Mühe zu antworten. Das war der Gipfelpunkt seiner Herabwürdigung. Er machte sich von der Faust seines Vaters frei, schoß dem davonreitenden Gast einen grimmigen Blick nach und kehrte ins Haus zurück.

»Bloß um ihretwillen«, dachte Joe, während er die Arme auf einen Tisch in der Gaststube stützte und den Kopf hineinlegte – »bloß um Dollys willen ertrag ich's – ich könnte es nicht ertragen, wenn *sie* mich für den Halunken hielte, den sie aus mir machen würden, wenn ich auf und davon liefe – wär' Dolly nicht, dann würde ich noch heute abend dieses Haus hier verlassen!«

Da sich dieser Vorgang zur Abendzeit abspielte, befanden sich Salomon Daisy, Tom Cobb und Parkes, der Lange, ebenfalls in der Gaststube und hatten vom Fenster aus den Zwist verfolgt. Als Mr. Willet kurz nachher sich zu ihnen gesellte, nahm er die Glückwünsche der Gesellschaft mit großer Ruhe entgegen, steckte sich die Pfeife an und setzte sich mitten unter seine Bewunderer.

»Wir wollen sehen, meine Herren«, sagte John nach einer langen Pause, »wer Herr in diesem Haus ist, und wer nicht. Wir wollen sehen, ob es den Jungen zukommt, Männer zu lenken, oder ob es Männersache ist, Jungen zu Männern zu ziehen.«

»Und recht habt Ihr, ganz recht!« stimmte Salomon Daisy bei

unter mancherlei zustimmendem Nicken, »ganz recht habt Ihr, Johnny! Sehr gut gesprochen habt Ihr, Johnny! Bravo, Mr. Willet!«

John erhob langsam die Augen, um seinen Lobredner zu sehen, blickte ihn eine lange Zeit an und antwortete schließlich zur unaussprechlichen Verblüffung seiner Zuhörer: »Wenn ich von Euch ermutigenden Zuspruch brauche, mein Herr, dann werde ich darum schon bitten. Laßt mich hübsch ungeschoren, mein Herr! Ich kann hoffentlich ohne Euch zurechtkommen. Seid also so gut und legt Euch nicht mit mir an, mein Herr!«

»Nehmt's mir nicht übel, Johnny! Ich habe es ja nicht böse gemeint«, rechtfertigte sich der kleine Mann.

»Ganz gut, mein Herr! Ganz gut!« sagte John, der sich nach seinem jüngsten Erfolg hartnäckiger und eigensinniger als sonst zeigte. »Lassen wir die Nörgelei, mein Herr! Ich kann, glaube ich, auch ohne Eure Unterstützung ganz fest noch auf den Beinen stehn, mein Herr.« Und nachdem er sich durch diese Erwiderung Luft gemacht, heftete Mr. Willet die Augen auf den Kessel und versenkte sich in eine Art von Tabaksrausch.

Da die Fröhlichkeit der Gesellschaft durch dieses verletzende Benehmen ihres Wirts und Gastgebers einigermaßen gedämpft worden war, wurde eine Zeitlang kein Wort mehr gesprochen. Endlich raffte sich Mr. Cob, während er im Stehen die Asche aus seiner Pfeife klopfte, zu der Bemerkung auf, daß er noch immer die Hoffnung hege, Joe werde bald lernen, seinem Vater zu gehorchen. Auch müsse Joe heute erkannt haben, daß er, Cobb keiner von jenen Leuten sei, die sich von oben herab behandeln ließen, und daß er, Cobb, ihm deshalb anempfehlen wolle, nach der Weise der Dichter gesprochen, des Vaterauges fürderhin gedenk zu sein.

»Und Euch möcht ich dagegen anempfehlen«, sagte Joe, indem er mit puterrotem Gesicht aufblickte, »nicht mit *mir* zu reden.«

»Hüte deine Zunge, Joe!« rief Mr. Willet, fuhr plötzlich in die Höhe und drehte sich um.

»Nun, Vater«, schrie Joe und schlug mit der Faust auf den Tisch, daß die Krüge und Gläser aneinanderstießen, »dergleichen Dinge sind mir schwer genug von Euch zu ertragen; von anderen Leuten, gleichviel wem, laß ich mir durchaus nichts mehr bieten. Daher sage ich Euch, Mr. Cobb: redet mit mir nicht mehr!«

»Wer seid Ihr denn«, sagte Cobb höhnisch, »daß Ihr nicht angeredet sein wollt? – He, Joe?«

Der junge Mann antwortete nicht, schüttelte nur den Kopf und nahm seine alte Positur wieder ein, die er friedfertig beibehalten hätte, wenn sich nicht Mr. Cobb, aufgehetzt durch das Erstaunen seiner Zechkumpane über die Anmaßung des jungen Mannes, zu weiteren Spottreden verleiten hätte lassen. Die allerdings waren zu polemisch, um von jemandem aus Fleisch und Blut ruhig hingenommen zu werden. All den Ärger und Ingrimm von Jahren in einen einzigen Augenblick zusammenhäufend, sprang Joe in die Höhe, stieß den Tisch über den Haufen, fiel über seinen langen Feind her, hieb mit aller Kraft und mit beiden Fäusten auf ihn ein und drängte ihn schließlich mit überraschender Geschwindigkeit gegen einen Haufen von Spucknäpfen in einen Winkel hinein, in die der Mr. Cobb mit schrecklichem Getöse kopfüber stürzte. Dort lag er nun in seiner vollen Körperlänge zwischen den Trümmern, vor Schreck und Staunen betäubt und außerstande, sich zu rühren. Ohne darauf zu warten, welche Komplimente ihm die Maypole-Gäste für diesen Sieg aussprechen würden, zog sich Joe in sein Schlafzimmer zurück. Da er sich in einer Art Belagerungszustand wähnte, verbarrikadierte er die Tür mit allerhand tragbarem Gerät.

»Endlich hab ich es hinter mir«, sagte Joe, indem er sich auf seine Bettlade setzte und das erhitzte Gesicht abwischte. »Ich wußte ja, daß es einmal kommen mußte. Das Maypole-Lokal und ich – wir müssen scheiden. Ich bin ein Landstreicher, ein Tunichtgut – Dolly wird mich ewig hassen – alles ist vorbei!«

31. Kapitel

Joe Willet saß da und dachte über das unglückliche Lebenslos nach, das er gezogen hatte. Er lauschte angestrengt, denn er erwartete jeden Augenblick die knarrenden Schritte der Männer auf der Stiege zu hören oder von seinem ehrenwerten Herrn Vater mit einer Aufforderung zur sofortigen Waffenstreckung begrüßt zu werden. Aber weder Stimmen noch Schritte kamen näher; nur ferne Echos von zufallenden Türen und hin- und herrennenden Leuten hallten bis in Joes einsame Zelle. Offenbar herrschte in den unteren Räumen eine ungewöhnliche Erregung.

Es wurde dunkler und dunkler. Stühle und Tische, die bei Tage wie Krüppel aussahen, gewannen einen zweifelhaften und geheimnisvollen Charakter, und ein alter, mit Aussatz behafteter Wandschirm aus verblaßtem Leder mit goldener Verbrämung stand hoch aufgerichtet im Winkel und sah aus wie ein hagerer Geist, der darauf wartete, befragt zu werden. Ein Porträt gegenüber dem Fenster – ein wunderlicher alter, grauäugiger General in einem ovalen Rahmen – schien, als es zu dämmern anfing, zu blinzeln und müde zu werden, und endlich, als auch das letzte flimmernde Tageslicht verschwunden war, seine Augen in völligem Ernst zu schließen und in tiefen Schlaf zu sinken. Über allem lag Grabesschweigen so geheimnisvoll düster, daß Joe dem Beispiel des Generals folgte und auf ähnliche Weise in einen Schlummer sank. Er träumte von Dolly, bis die Glocke der Chigwell-Kirche zwei schlug.

Der Lärm im Hause war verklungen, und auch draußen war alles ruhig; dann und wann kläffte ein Kettenhund, und der Nachtwind schüttelte die Bäume. Joe Willet sah traurig zum Fenster hinaus und kroch wieder zurück auf seinen früheren Platz. Er dachte nach über das Geschehen vor wenigen Stunden, bis es ihm bei der langen Gedankenarbeit vorkam, als wäre seitdem bereits ein Monat verflossen. Während er bald einnickte, bald über etwas nachdachte, bald zum Fenster ging und hinaussah, schleppte sich die Nacht dahin; der grimmige alte Ofenschirm und die Stühle und Tische von gleichem Aussehen fingen langsam an, sich in ihren gewöhnlichen Formen zu zeigen; der grauäugige General schien zu gähnen und sich aufzurütteln; und zuletzt war er wieder vollständig wach. Kalt und hager sah er aus in dem trüben grauen Morgenlicht.

Die Sonne hatte über die Bäume des Waldes zu lugen begonnen und schon über den wogenden Nebel blitzende Spangen Goldes geworfen, als Joe vom Fenster ein kleines Bündel und seinen Stock auf den Boden hinabließ und sich fertig machte, selbst hinunterzusteigen.

Es war kein sehr gefährliches Unternehmen; denn es waren auf dem Wege hinunter so viel Vorsprünge und Giebel, daß sie eine Art plumper Treppe bildeten; er mußte keine waghalsigen Sprünge riskieren. Schon stand Joe, mit Stock und Bündel über der Schulter, auf festem Boden und sah hinauf an dem alten Gasthof – vielleicht zum letzten Mal.

Er widmete ihm kaum Abschiedsworte, denn er hatte in der Schule wenig gelernt. Er verfluchte das Maypole auch nicht, denn er grollte kaum irgendwem auf Erden. Er fühlte eine innigere Zuneigung und größere Liebe zu ihm als je vorher in seinem Leben. Mit einem frommen Abschiedsgruß wandte er sich ab.

Er schritt in schnellem Tempo davon, ganz erfüllt von dem großen Gedanken, zu den Soldaten zu gehen und in ein fremdes Land zu dringen, wo es sehr heiß und sandig wäre, und Gott weiß welche unerhörte Menge Preisgelder für Dolly zurückzulegen, die sehr gerührt sein würde, wenn sie gelegentlich Kunde davon erhielt. Erfüllt von solchen jugendlichen Visionen, die manchmal heroisch-stürmisch, manchmal wehmütig waren, aber stets um Dolly kreisten, stapfte er weiter, bis der Lärm von London an seine Ohren schlug und der Black Lion vor seinen Blicken auftauchte.

Es war erst acht Uhr, und ›der schwarze Löwe‹ war sehr erstaunt, ihn hereinkommen zu sehen mit staubbedeckten Schuhen und ohne eine graue Mähre, die ihm Gesellschaft leistete. Als er jedoch Frühstück bestellte und befahl, es in größter Eile fertig zu machen, und als er, sobald es ihm vorgesetzt worden, sehr deutliche Anzeichen eines tüchtigen Appetits zeigte, empfing ihn der Löwe, wie sonst, mit einem gastfreundlichen Willkommen und behandelte ihn mit jenen Merkmalen von Auszeichnung, auf die er, als regelmäßiger und zur Freimaurerschaft des Gewerbes gehöriger Gast Anspruch machen durfte.

Dieser Löwe oder Wirt – denn man nannte ihn sowohl Mensch als auch Tier, weil er dem Künstler, der sein Zeichen malte, die Weisung gegeben hatte, zwischen den Zügen der königlichen Bestie und seinem eignen Gesicht eine so große Ähnlichkeit herzustellen, wie es seiner Kunst irgend möglich war – war ein Herr von fast ebenso schneller Fassungsgabe und fast ebenso erhabenem Verstande wie der Geistesriese John Willet persönlich. Der Unterschied bestand aber hierin: Während Mr. Willets außerordentliche Klugheit und Scharfsinnigkeit einzig und allein Schöpfungen der Natur waren, verdankte sie der Löwe, und zwar in nicht geringem Maße, dem Bier, denn von diesem Getränke wanderte eine so große Menge durch dieses Mannes Kehle, daß der größte Teil seiner Fähigkeiten völlig ertränkt und hinweggespült wurde, außer der einzigen großen Fähigkeit zu schlafen, die ihm allerdings in erstaunlicher Vollkommenheit geblieben war. Der knarrende Löwe über der Haustür war also in Wahrheit ein recht verschlafenes, zahmes und schwaches Raubtier.

»Wer macht denn da nebenan solchen Lärm?« fragte Joe, als er sein Frühstück verzehrt und sich gewaschen und gebürstet hatte.

»Ein Sergeant, der Rekruten wirbt«, erwiderte der Löwe.

Unwillkürlich stutzte Joe. Da fand er ja gerade das, was ihm auf dem ganzen Wege nicht aus dem Sinn gekommen war.

»Aber ich wünschte«, sagte der Löwe, »der Kerl wäre, wo der Pfeffer wächst. Solche Halunken machen viel Lärm, aber bestellen nicht viel. Viel Geschrei und wenig Wolle,[43] Mr. Willet. Euer Vater würde sich auch nichts aus dem Kunden machen, das weiß ich.«

Wenn er hätte wissen können, was in diesem Augenblicke in Joes Kopfe vorging, hätte er sich vielleicht gar nichts draus gemacht!

»Wirbt er für ein – für ein feines Regiment?« fragte Joe und sah in einen kleinen, runden Spiegel, der in der Schenkstube hing.

»Ich glaube ja«, erwiderte der Wirt. »Es ist ganz einerlei, für welches Regiment! Ich hab' mir sagen lassen, zwischen einem feinen Soldaten und einem andern gibt's überhaupt keinen Unterschied – sie werden ja doch erschossen.«

»Nicht alle«, sagte Joe.

»Nein«, antwortete der Löwe, »nicht alle. Aber die, die erschossen werden – natürlich vorausgesetzt, daß sie gleich gut getroffen werden – sind meiner Meinung nach am besten aufgehoben.«

»Ach!« rief Joe. »Ihr strebt ja auch nicht nach Ruhm.«

»Wonach?« fragte der Löwe.

»Nach Ruhm.«

»Nein«, entgegnete der Löwe mit beispielloser Gleichgültigkeit. »Das nicht. Da habt Ihr Recht, Mr. Willet. Wenn der Ruhm hierherkommt und was zu trinken bestellt und eine Guinea wechselt, um zu bezahlen, so will ich es ihm umsonst lassen. So ist meine Meinung, Herr, denn mit Ruhm ist nicht viel auszurichten.«

Diese Bemerkungen waren für Joe alles andere als tröstlich. Joe ging hinaus, blieb an der Tür des nächsten Zimmers stehen und lauschte. Der Sergeant war eben dabei, ein Soldatenleben zu beschreiben. Es bestehe darin, daß man von früh bis spät saufe, sagte er, ausgenommen die häufigen Pausen, die man einhalten müßte, damit man essen und die Liebe pflegen könne. Eine Schlacht wäre die brillanteste Sache auf der Welt – sofern man sich bei dem siegreichen Heer befinde, und den Sieg hätten die Engländer ja immer auf ihrer Seite. »Aber wenn man totgeschossen wird, Sergeant?« meinte eine schüchterne Stimme in einem Winkel. – »Nun, angenommen, Euch passierte das – was dann? Euer Land liebt Euch; Seine Majestät König Georg III. ebenfalls; Euer Andenken steht in Achtung und Ehren; jedermann ist Euch zugetan und zu Danke verpflichtet; Euer Name wird in seiner ganzen Länge auf dem Kriegsministerium in ein Buch verzeichnet – Tod und Teufel, Ihr Herren! Sterben müssen wir alle einmal, heut oder morgen! Hab ich recht?«

Der Fragesteller hüstelte und sagte kein Wort mehr.

Joe trat in die Stube. Ungefähr ein halbes Dutzend Kerle hatte sich in der Schenke zusammengefunden und lauschte begierig. Einer davon, ein Karrenschieber in einer Leinenbluse, schien nicht übel Lust zu haben, sich anwerben zu lassen. Die andern, die keine Neigung dazu zeigten, setzten ihm energisch zu, wie es ja bei Menschen so Gewohnheit ist, hoben die Gründe des Sergeants bis in den Himmel und grinsten dabei. »Ich sage nichts mehr, ihr Jungens«, sagte der Sergeant, der etwas abseits saß und seinen Schnaps trank; »für gescheite Burschen« – hier warf er einen Blick auf Joe – »ist jetzt der richtige Zeitpunkt da. Es fällt mir nicht ein, Euch zu beschwatzen. Soweit ist es hoffentlich mit unserem König noch nicht gekommen. Flinkes, frisches Blut ist es, was wir brauchen, nicht Milch und Wasser. Wir nehmen von sechsen keine fünf. Wir brauchen Leute, die sich aufs Kopfabschneiden verstehen – keine andern. Es fällt mir nicht ein, aus der Schule zu schwatzen; aber, Tod und Teufel! – wenn jeder Edelmannssohn, der in unserem Korps die Waffen trägt, weil sich sein Horizont ein bißchen bewölkt hat und weil er mit seiner Verwandtschaft in kleine Differenzen geraten ist, hier aufgezählt werden sollte ...« Jetzt fiel sein Blick wieder auf Joe und zwar so gemütlich und freundschaftlich, daß Joe ihn heranwinkte. Er kam sofort.

»Ihr seid ein Edelmann, dafür laß ich mich hängen«, war seine erste Bemerkung, als er ihm auf den Rücken klopfte. »Ihr seid ein Edelmann in Verkleidung. Mit mir steht es ebenso. Laßt uns Freundschaft schließen!«

Joe ging hierauf nicht ein, tauschte aber einen Händedruck mit dem Sergeanten und dankte ihm für seine freundliche Meinung

»Ihr wollt Kriegsdienst nehmen«, sagte sein neuer Freund »Das müßt Ihr! Seid ja wie geschaffen dafür. Seid einer der unsrigen von Haus aus! Was wollt Ihr trinken?«

»Im Augenblick nichts«, versetzte Joe mit mattem Lächeln »Ich bin noch nicht fest entschlossen.«

»Ein schneidiger Kerl wie Ihr, und nicht fest entschlossen!« rief der Sergeant. »Hier – laßt mich mal die Klingel ziehen, und in einer halben Minute – das weiß ich gewiß, werdet Ihr wissen, was Ihr zu tun und zu lassen habt.«

»Da irrt Ihr«, antwortete Joe, »denn wenn Ihr hier die Klingel zieht, wo ich von jedermann gekannt bin, dann wird es sofort mit meinen Soldatengelüsten zu Ende sein. Schaut mir in die Augen Ihr seht mich doch, he?«

»Ich seh' Euch«, antwortete der Sergeant mit einem Fluch, »und ein prächtigerer junger Kerl oder einer, der besser das Zeug dazu gehabt hätte, seinem König und Vaterland zu dienen, hat niemals vor meinen« – hier schalt er ein sehr kräftiges Eigenschaftswort ein – »Augen gestanden.«

»Danke schön«, sagte Joe, »ich frage nicht, weil ich ein Kompliment hören will, aber trotzdem dank ich Euch! Seh ich aus wie ein Schleicher oder wie ein Lügner?«

Der Sergeant versicherte mit mancherlei auserlesenen Beteuerungen, daß er einen solchen Eindruck nicht von Joe gewonnen habe, und sollte sein (des Sergeanten) eigener Vater dies behaupten wollen, so würde er sich keine Minute besinnen, dem alten Herrn den Degen durch den Leib zu jagen.

Joe gab seiner Dankbarkeit Ausdruck und fuhr fort: »Ihr könnt mir also Glauben schenken. Ich glaube, daß ich mich heut abend in Euer Regiment eintragen lasse. Der Grund, warum ich es jetzt nicht tue, ist: weil ich vorm Abend nichts tun mag, was ich nicht wieder rückgängig machen kann. Wo treffe ich Euch heut abend?«

Sein Freund antwortete unwillig, und nach dem erfolglosen Bemühen, die Angelegenheit sofort zum Abschluß zu bringen gab er ihm den Bescheid, daß sich sein Quartier im Crooked Billet in der Tower-Street befinde, wo er bis Mitternacht unten zu finden sei und morgens bis zur Frühstückszeit zu schlafen pflege

»Und wenn ich komme – und daß ich komme, steht wie eine

Million gegen eins – wann führt Ihr mich dann aus London weg?« fragte Joe.

»Morgen früh um halb neun«, versetzte der Sergeant; »Ihr marschiert in die Fremde – in ein Land, wo das ganze Jahr hindurch die Sonne scheint, und wo es fortwährend zu plündern und zu rauben gibt – wo das herrlichste Klima von der ganzen Welt herrscht.«

»Weit weg, in die Fremde«, rief Joe und schüttelte dem Soldaten die Hand, »genau das will ich! Auf heute abend also! Erwartet mich!«

»Ihr seid ein Bursche, wie wir ihn brauchen«, rief der Sergeant und hielt im Übermaß seiner Bewunderung Joes Hand fest. »Ihr habt das Zeug dazu, Euer Glück zu machen. Ich sage das nicht, weil ich neidisch auf Euch wäre oder Euer Ansehn schmälern möchte, das Ihr Euch verschaffen werdet; aber wäre ich erzogen und geschult worden wie Ihr, dann wäre ich schon lange Obrist.«

»Mal langsam, Mann!« sagte Joe, »ich bin nicht so jung, daß ich auf so etwas hereinfalle. Wenn der Teufel einem auf den Hacken sitzt, dann hilft kein Maulspitzen; und mein Teufel ist eine leere Tasche und eine unglückliche Heimat. Also, auf Wiedersehen!«

»Für König und Vaterland!« rief der Sergeant und schwenkte die Mütze.

»Um Brot und Fleisch!« rief Joe und schnippte mit den Fingern. Und so schieden sie.

Er hatte so wenig Geld in der Tasche, daß ihm nur ein einziger Penny übrigblieb, als er sein Frühstück bezahlt hatte (denn seine Ehrlichkeit und vielleicht auch sein Stolz ließen es nicht zu, diese Ausgabe seinem Vater auf die Rechnung zu setzen) – trotzdem besaß er den Mut, allen schönen Worten und allem Drängen des Sergeanten zu widerstehen, der ihn unter einigen Beteuerungen ewiger Freundschaft bis zur Tür geleitete und sich wenigstens die eine Gunst ausbat, ihm als zeitweilige Aushilfe einen lumpigen Schilling anbieten zu dürfen. Beide Anerbietungen, Geld sowohl wie Freundschaft, von sich weisend, schritt Joe mit Stecken und Bündel, wie er gekommen war, wieder davon, fest entschlossen, den Tag, so gut es ging, hinter sich zu bringen und abends, sobald es zu dämmern anfing, sich auf den Weg zum Haus des Schlossers zu machen; denn das wollte er sich nicht nehmen lassen, mit der reizenden Dolly Varden ein Abschiedswort zu sprechen.

Er ging nach Islington[44] und dann weiter nach Highgate und setzte sich auf manchen Stein und vor manchem Tore nieder; aber kein Klang einer Hausglocke lud ihn zum Eintritt. Seit den Lebzeiten des edlen Whittington,[45] der herrlichen Blüte englischer Kaufmannschaft, haben Glocken es gelernt, für Menschenkinder wenig Mitgefühl zu hegen. Sie läuten bloß noch für Geld und bei Staatsanlässen. Es gibt mehr Wanderer denn je; Schiffe verlassen die Themse, um in ferne Meere zu segeln, und sind vom Bug bis zum Stern schwer beladen, – die Glocken schweigen; sie läuten keine Freude mehr und keine Klage mehr, sie sind gewöhnt an ihr Tun und sind weltlichen Sinnes geworden.

Joe kaufte sich ein Brötchen. Sein Geldsäcklein glich nun (mit einem einzigen Unterschiede) dem des Fortunatus[46], der, ohne Rücksicht auf die Bedürfnisse seines Eigentümers, einen einzigen Betrag enthielt, der sich immer gleich blieb. In unserer nüchternen Zeit, wo alle Feen tot und begraben sind, sind noch immer Geldsäcklein in Menge vorhanden, die diese Eigenschaft besitzen. Die Summe ihres Inhalts wird arithmetisch durch einen Kreis zum Ausdruck gebracht, und ob man sie nun mit sich selbst addiert oder multipliziert, das Resultat läßt sich immer leichter feststellen als bei andern Zahlen.

Endlich wurde es Abend. Mit der trostlosen, öden Empfindung eines Menschen, der keine Heimat oder Zuflucht hat oder zum erstenmal mutterseelenallein in der Welt dasteht, lenkte er die Schritte zum Haus des Schlossermeisters. Er hatte bis zu diesem Augenblick gewartet, weil er wußte, daß Mrs. Varden manchmal allein oder nur in Begleitung der Miggs abends in eine Betstunde ging. Er hoffte inbrünstig, daß sie auch diesen Abend der seelischen Erbauung widmete.

Er war auf der entgegengesetzten Straßenseite zwei- bis dreimal vor dem Hause auf- und abgeschritten, als er einen flatternden Rock an der Tür seh. Es war Dollys Rock – wem sonst sollte er gehören? Nur ihr Rock hatte solch einen Schwung. Joe Willet raffte seinen ganzen Mut zusammen und folgte dem Rock nach in den Werkladen des goldenen Schlüssels.

Sobald seine Gestalt den Türeingang verdunkelte, blickte sie sich um. O, dieses Gesicht! Wäre es nicht um dieses Gesichts willen gewesen, dachte Joe bei sich, dann wär ich dem armen Tom Cobb niemals auf den Leib gerückt. Sie ist zwanzig Mal hübscher als je. Selbst einem Lord würde sie als Gattin Ehre machen!

Er sprach diese Gedanken aber nicht aus, sondern dachte nur so – vielleicht las man es ihm von den Augen ab. Dolly war erfreut über seinen Besuch, und es tat ihr leid – ach, so leid! – daß ihre Eltern weggegangen waren, gerade heute ausgegangen waren. Joe bat, sie möchte davon nicht weiter sprechen.

Dolly zögerte, den Gast in die Wohnstube zu führen, denn es war schon ziemlich dunkel, anderseits wollte sie ihn aber auch nicht in der Werkstatt stehenlassen. Hier mit ihm zu reden, ging auch nicht an, weil es noch immer ein wenig hell war und die Werkstatt zur Straße hin offen war. Ohne zu wissen wie, waren die beiden am kleinen Schmiedeofen angelangt. Da Joe ihre Hand festhielt – wozu er gar kein Recht hatte, denn Dolly hatte sie ihm bloß zum kurzen Gruße gereicht –, war es gerade, als ständen sie vor einem Hausaltar, um getraut zu werden; eine verfänglichere Situation läßt sich kaum vorstellen.

»Ich bin hergekommen«, sagte Joe, »um Lebewohl zu sagen – Lebewohl – für wie viele Jahre, weiß ich nicht – vielleicht für immer! – Ich ziehe in fremde Länder.«

Das hätte er nun gerade nicht sagen sollen! Hier stand er vor Dolly und redete wie ein feiner Herr, frank und frei heraus, als ob ihm nichts im Wege stehe, zu kommen und zu gehen und in der Welt herumzustreifen nach Herzenslust. Der ritterliche Kutschenbauer hingegen hatte erst noch am Abend zuvor gelobt, daß Miss Varden ihn in diamantenen Ketten geschmiedet halte, hatte mit vielen Worten festgestellt, daß sie ihn schrittweise morde und daß er in spätestens vierzehn Tagen ein manierliches Ende zu machen und seiner Mutter das Geschäft zu überlassen hoffe.

Dolly machte ihre Hand los und sagte: »Wirklich?« Sie bemerkte im selben Atemzug, daß heut ein sehr schöner Abend sei, und verriet, kurz und gut, keinen Funken von Erregung mehr als die Schmiedeesse selbst.

»Ich konnte nicht fortgehn«, sagte Joe, »ohne Euch noch einmal zu sehen: Ich hätte nicht das Herz gehabt, anders in die Welt hinauszugehen.«

Dolly war betrübter, als sie es sagen konnte, daß er sich soviel Mühe und Ungelegenheiten gemacht hatte. Es sei ein so langer Weg, und er müsse doch noch so viel anders zu tun haben. Und wie es dem Mr. Willet gehe – dem guten alten Herrn? fragte sie.

»Ist das alles, was Ihr mir zu sagen habt?« rief Joe.

Lieber Gott, womit rechnete der junge Mann denn sonst noch?

Sie mußte die Schürze in die Hand nehmen und die Augen am Saume entlang vom einen Zipfel zum andern laufen lassen, um ihm nicht ins Gesicht zu lachen.

Joe besaß kaum Erfahrung in Liebessachen und hatte keine Ahnung, wie verschieden junge Frauenzimmer zu verschiedener Zeit sind; er hatte sich ganz darauf eingerichtet, Dolly in der gleichen Gemütsverfassung wieder anzutreffen, wie er sie an jenem köstlichen Abend verlassen hatte, als er neben ihr hergeritten war – und war auf solche Änderung nicht besser vorbereitet, als hätte er Sonne und Mond die Plätze vertauschen sehen. Er hatte sich den ganzen Tag mit der unbestimmten Vorstellung auf den Beinen gehalten, daß sie bestimmt zu ihm sagen würde: »Geh nicht von uns!« oder »Laß uns nicht allein!« oder »Weshalb geht Ihr denn in die Welt hinaus?« Er hatte sogar die Möglichkeit erwogen, sie könnte in Tränen ausbrechen oder sich ihm in die Arme werfen oder, ohne vorher ein Wort zu sagen oder ein Zeichen zu geben, in einem Anfall von Ohnmacht zusammenknicken; aber ein Benehmen, wie sie es jetzt zeigte, war seinen Gedanken so fern gewesen, daß er Dolly nur in stummer Verwunderung anschauen konnte.

Dolly drehte inzwischen die Zipfel ihrer Schürze auf und maß die beiden Enden, strich die Falten glatt und saß so still und stumm da wie er. Endlich sagte Joe, nach langer Pause: »Lebt wohl.«

»Adieu!« sagte Dolly mit einem so lustigen Lächeln, als wenn er bis zur nächsten Straße ginge und zum Abendbrot wieder zurückkäme, »Adieu!«

»Aber, Dolly!« Joe streckte ihr beide Hände entgegen, »Liebste Dolly! Laßt uns nicht so auseinandergehen! Ich liebe Euch herzlich, mit meiner ganzen Seele, mit soviel Wahrheit und Ernsthaftigkeit, wie, glaub ich, kaum je in dieser Welt ein Mann ein Weib geliebt hat. Ich bin ein armer Kerl, wie Ihr wohl wißt – ärmer jetzt als je, denn ich bin von Haus und Hof geflohen, weil ich es dort nicht länger ertragen kann, und muß mich jetzt allein und ohne Beistand und Hilfe durch die Welt schlagen. Ihr seid schön, alle Welt bewundert und liebt Euch – Ihr seid gut dran, und glücklich – mögt Ihr es immer bleiben! Verhüte der Himmel, daß ich je Ursache würde, daß sich das ändere! Aber – gebt mir ein Trosteswort mit auf den Weg! Sagt mir etwas Freundliches! Ich weiß, ich habe kein Recht, es von Euch zu erwarten, aber ich bitte Euch darum, weil ich Euch liebe. Das kleinste Wort von Euch werde ich als einen Schatz durch mein ganzes Leben hüten. Dolly, liebste Dolly! Habt Ihr mir gar nichts zu sagen?«

Eigentlich nicht. Dolly war von Natur gefallsüchtig und obendrein ein verhätscheltes Kind. Ihr fiel es nicht ein, sich auf solche Weise im Sturme nehmen zu lassen. Der Kutschenbauer wäre in Tränen zerflossen, wäre niedergekniet und hätte sich die Hände vor die Brust geschlagen, sich wild an der Halsbinde gerauft und allerhand poetische Dinge von sich gegeben. Joe hatte doch gar keine Ursache, in die weite Welt zu laufen, konnte eher alles mögliche andere tun! Wäre er in diamantene Ketten geschmiedet gewesen, dann hätte er sich gar nicht davonmachen können!

»Ich hab Euch ja schon zweimal Adieu gesagt«, meinte Dolly – »zweimal. Nehmt auf der Stelle Euren Arm weg, Joseph, oder ich rufe die Miggs.«

»Ich will Euch nichts vorwerfen«, antwortete Joe, »es ist zweifelsohne meine Schuld! Ich habe manchmal gedacht, daß Ihr mich nicht gänzlich verachtet; aber ich bin ein Narr gewesen, mich solchen Gedanken hinzugeben! Jeder, der es mit angesehen, was für ein Leben ich geführt habe, muß das einsehen – Ihr vor allem! Schütze Euch Gott!«

Er war hinaus, wirklich und wahrhaftig aus der Werkstatt hinaus. Dolly wartete ein Weilchen, weil sie dachte, er würde wiederkommen, guckte zur Tür hinaus und blickte auf die Straße, hinauf und hinunter, so scharf, wie es in der zunehmenden Dunkelheit möglich war, kam wieder herein, wartete noch ein Weilchen, ging, ein Liedchen summend, die Treppe hinauf, riegelte sich ein, legte ihr Köpfchen auf das Bett und weinte – weinte, als ob ihr das Herz brechen müßte. Und doch sind solche Naturen aus so vielen Widersprüchen zusammengesetzt, daß, wenn Joe Willet heut abend noch oder am nächsten Tage, in der nächsten Woche, im nächsten Monat wiedergekommen wäre, man hundert gegen eins wetten könnte, daß sie ihn in ganz derselben Weise behandelt und dann mit derselben Trauer nachher Tränen über Tränen vergossen hätte.

Dolly Varden hatte kaum den Werkladen verlassen, als dort behutsam ein Gesicht hinter dem Schlote der Schmiedeesse hervorlugte, das aus demselben Versteck schon zwei- bis dreimal ungesehen emporgetaucht war. Dem Gesicht folgte erst ein Bein, dann eine Schulter, und so stufenweise weiter, bis die Gestalt des

Herrn Tappertit unleugbar dastand, mit der nachlässig auf die eine Seite gerückten Mütze aus braunem Löschpapier auf dem Kopf und den in starker Schräghaltung in die Seiten gestemmten Armen.

»Haben mich meine Ohren getäuscht«, sagte der Lehrjunge, »oder träume ich? Bin ich dir, Schicksal, zu Dank verpflichtet, oder muß ich dir fluchen? – Was?«

Er stieg gravitätisch von seinem hohen Standpunkte hernieder, nahm sein Stückchen Spiegel von der Wand, stellte es auf die übliche Bank auf den üblichen Fleck, gegen die Wand gelehnt, wendete den Kopf nach allen Seiten und widmete seinen Beinen eine eingehende Betrachtung.

»Sind sie ein Traum«, sprach Simon zu sich, »laßt Bildhauer solche Visionen haben und sie ausmeißeln, sobald sie aus dem Schlafe aufwachen. Zittere, Willet, und verzweifle! Sie ist mein! Sie ist mein!«

Mit diesen triumphierenden Ausdrücken packte er einen Hammer und führte einen wuchtigen Schlag nach einem Schraubstock, der seinem geistigen Auge den Rumpf oder das Haupt Joseph Willets darstellte. Nachdem er diese Heldentat vollbracht, brach er in ein schallendes Gelächter aus, das sogar die Jungfer Miggs in ihrer fernen Küche ereilte und erschreckte; dann tauchte er seinen Kopf in eine Schüssel voll Wasser und bemächtigte sich eines Handtuchs, das im Wandschrank hing und dem zweifachen Zwecke diente, seine Empfindungen zu dämpfen und sein Gesicht abzutrocknen.

Joe Willet hingegen hatte das Haus des Schlossers untröstlich und verzagt verlassen. So rasch ihn die Beine trugen, begab er sich zum Crooked Billet, fragte dort nach seinem Freund, dem Sergeanten, der ihn mit offenen Armen empfing, weil er die Hoffnung, ihn noch einmal zu sehen, schon aufgegeben hatte. Fünf Minuten nach seiner Ankunft in diesem Gasthaus stand der Name Willet auf der Liste der ritterlichen Verteidiger seines Vaterlandes. Binnen einer weiteren halben Stunde wurde er mit einem dampfenden Abendessen traktiert, das in der Hauptsache aus geschmorten Kutteln mit Zwiebeln bestand und, wie sein Freund mehr als einmal versicherte, auf den ausdrücklichen Befehl Seiner geheiligten Majestät des Königs zubereitet worden sei. Dieser Mahlzeit, die ihm nach seinem langen Fasten vorzüglich mundete, ließ er volle Gerechtigkeit widerfahren. Es fehlte dabei auch nicht an mancherlei Trinksprüchen, loyalen und patriotischen Inhalts, in die er kräftig einstimmte. Dann wurde er in eine Bodenkammer über dem Stall zu einer Matratze geführt und dort die Nacht über eingesperrt.

Am anderen Morgen bemerkte der junge Willet, daß ihm sein kriegerischer Freund mit dankenswerter Fürsorge den Hut mit bunten Bändern verziert hatte. In Begleitung dieses Sergeants und drei anderer »Militärpersonen«, die gleich ihm neu angeworben und in der Rolle verzeichnet worden waren, aber unter eine so dichte Wetterwolke geraten sein mochten, daß ihnen nur drei Schuhe und ein Stiefel übrig geblieben waren und nur anderthalb Röcke noch zu sehen waren, marschierte er zum Themse-Ufer. Hier wurden sie zu einem Corporal und vier anderen Helden gesteckt, von denen zwei betrunken und verwegen, die andern zwei nüchtern und eingeschüchtert waren und zu bereuen schienen, worauf sie sich eingelassen hatten – ein jeder von ihnen aber hatte, wie Joe, seinen staubigen Stecken in der Hand und sein Bündel auf dem Rücken. Die ganze Kameradschaft wurde auf einer Fähre eingeschifft und nach Gravesend übergefahren, von wo sie nach Chatham weitermarschieren sollten. Der Wind war ihnen günstig, und bald hatten sie London im Rücken. Von der Stadt sahen sie kaum noch mehr als finsteren Nebel – ein riesenhaftes Gespenstergebilde in der Luft.

32.
Kapitel

Unglück und trübe Tage, sagt das Sprichwort, kommen niemals allein. Unruhen und Wirrnisse treten meistens herdenweise auf. Sie häufen sich vorzugsweise auf den Häuptern einiger armer Wichte, bis kein Zöllchen Raum mehr auf ihren unglückseligen Schädeln leer bleibt, und nehmen von andern, die den Sohlen ihrer Füße zum mindesten ebenso gute Ruheplätzchen bieten, gar keine Notiz. Der Zufall mag es gefügt haben, daß ein Flug von Kümmernissen, die über London in der Brut standen und Ausschau nach Joseph Willet hielten, den sie nicht zu finden vermochten, blindlings auf den ersten jungen Mann herniederschossen und sich, statt auf Joes, auf seinem Haupte festnisteten. Soviel ist gewiß: Am Tag, da Joe sich außer Sehweite begeben hatte, schwärmten die Sorgen Edward Chester um die Ohren, brummten und summten und schlugen so mit ihren Flügeln um ihn herum, daß er sich namenlos elend und unglücklich fühlte.

Es war gegen Abend – und hatte eben acht Uhr geschlagen –, als er und sein Vater zum erstenmal an diesem Tage allein beieinander saßen. Wein und Nachtisch standen vor ihnen. Sie hatten zusammen ihre Tagesmahlzeit eingenommen; es war aber die ganze Zeit über eine dritte Person anwesend gewesen, und bis zur Essensstunde hatten sie sich seit dem verwichenen Abend mit keinem Auge gesehen.

Edward war zurückhaltend und schweigsam, Herr Chester heiterer und aufgeräumter als sonst. Anscheinend hatte er aber keine Lust, eine Unterhaltung mit jemandem zu führen, dessen Stimmung so verschieden von der seinen war. Statt dessen betonte er seine Unbekümmertheit mit lächelnden Blicken und unternahm rein gar nichts, die Aufmerksamkeit seines Sohnes zu wecken. So blieben sie eine Zeitlang sitzen: Der Vater nach seiner gewohnten Art in anmutiger Nonchalance halb auf das Sofa gestreckt; während der Sohn mit niedergeschlagenen Augen, offenbar von Schmerz und Verstimmung erfüllt, ihm gegenüber saß.

»Mein lieber Edward«, ergriff schließlich Mr. Chester mit höchst gewinnendem Lachen das Wort, »dehne doch den Einfluß deiner Verschlafenheit nicht auf die Flasche aus! Laß sie doch kreisen! Wie kannst du deinen Lebensmut so verkümmern lassen?«

Edward bat um Entschuldigung, reichte die Flasche herüber und versank wieder in Apathie.

»Es ist unrecht von dir, daß du dein Glas nicht füllst!« meinte Chester, der sein Trinkgefäß vors Licht hielt. »Wein mit Maß genossen – nicht im Übermaß, denn das macht den Menschen zum Scheusal – hellt den Blick auf, kräftigt die Stimme und flößt Gedanken und Rede neues Leben ein. Du solltest es doch mal versuchen, Ned!«

»Ach, Vater!« rief der Sohn – »wenn –«

»Mein guter Junge!« fiel ihm der Vater hastig ins Wort, während er sein Glas absetzte und mit verdutztem Ausdruck, augenscheinlich höchst unangenehm berührt, die Brauen in die Höhe zog, »nenn mich ums Himmels willen nicht wieder mit diesem abgedroschenen, in unsere Urahnenzeit passenden Namen! Übe doch ein wenig Rücksicht auf mein Zartgefühl! Bin ich denn alt und grau, oder runzelig? Gehe ich etwa auf Krücken? Oder hab' ich die Zähne verloren, daß du dich zu einer solchen Anredeform versteigst? Lieber Gott, wie groß, wie ungeschlacht ist das!«

»Ich wollte aus meinem Herzen zu Euch sprechen, Sir!« versetzte Edward, »aus einem Vertrauen heraus, das zwischen uns bestehen sollte, bestehen müßte – und Ihr – Ihr weist mich zurück, beim ersten Worte!«

»Nicht so, Ned! So nicht, Ned!« rief John Chester, mit flehentlichem Bitten die Hand ausstreckend, »sprich nicht in dieser ungeheuerlichen Weise! Von seinem Herzen reden wollen! Weißt du denn nicht, daß das Herz ein sinnreicher Bestandteil unsers Organismus ist – das Zentrum der Blutgefäße und all dieser und ähnlicher Dinge – ein Ding, das mit der Sache, von der du sprichst oder an die du denkst, nicht mehr zu tun haben sollte wie etwa deine Knie? Wie kannst du so albern sein? Dergleichen anatomische Anspielungen sollte man den Ärzten und Quacksalbern überlassen. Du überraschst mich wirklich, Ned!«

»Gut! Also gibt's nichts, gar nichts von solchen Dingen, die zu verwunden, zu heilen oder zu hüten sind?! Ich kenne nun Euer Glaubensbekenntnis, Herr, und mag nichts weiter sagen«, erwiderte der Sohn.

»Schon wieder«, sagte Mr. Chester, während er von seinem Weine nippte – »schon wieder bist du im Unrecht! Ich sage dir ja klar und bestimmt, *daß* es solche Dinge gibt. Wir wissen doch, daß dem so ist. Die Herzen von Tieren – von Ochsen, Schafen und so weiter – werden gekocht und verzehrt von den niederen Volksklassen, und zwar mit großem Behagen: so wenigstens ist mir erzählt worden. Wir Menschen bekommen manchmal einen Stich oder auch einen Schuß ins Herz; aber aus dem Herzen oder zum Herzen sprechen, oder sagen, man sei warmherzig, oder kaltherzig, oder das Herz sei einem gebrochen, oder man sei ganz Herz und Flamme, oder besitze kein Herz: Pah! Solche Dinge sind Unsinn, reiner Unsinn, mein Ned!«

»Zweifelsohne, Sir!« erwiderte der Sohn, als er merkte, daß der Vater inne hielt und auf Antwort wartete. »Zweifelsohne!«

»Nimm zum Beispiel Haredales Nichte, Ned! Deine letzte Flamme«, meinte Herr Chester, als herzlose Beleuchtung seiner

Behauptung – »deiner Meinung nach war sie einstmals Herz vom Scheitel bis zur Sohle! Und nun? – Nun ist von Herz mit keinem Atom die Rede! Und doch ist sie ganz genau noch ein und dieselbe Person!«

»Sie ist eine andere Person geworden, Herr!« rief Edward errötend aus – »und anders geworden, glaube *ich*, durch gemeine Mittel und Wege!«

»Du hast einen kalten Abschied erhalten? Wie?« sagte sein Vater. »Armer Ned! Ich hab dir ja letzthin abends gesagt, wie alles kommen würde. – Darf ich dich bitten, mir den Nußknacker herüberzureichen?«

»Sie ist durch Ränke irregeführt, durch die hinterlistigsten Schliche getäuscht und betrogen worden«, rief Edward und sprang von seinem Sitz auf. »Ich werde nun und nimmer glauben, daß die Kenntnis meiner wirklichen Lage, wie ich selbst sie ihr gegeben, diese Veränderung bewirkt hat. Ich weiß, sie wird umstrickt, gequält, gepeinigt. Aber wenn auch unser Verkehr aus ist, gelöst, gebrochen auf ewige Zeiten, wenn ich ihr auch Mangel an Festigkeit, Mangel an Glauben an sich selbst und an mich vorwerfen muß, so glaube ich doch nie und nimmer, daß ein schmutziger Beweggrund oder ihr eigener, unbeeinflußter Wille sie auf diesen Weg geführt habe – nie und nimmer!«

»Deine törichten Gedanken, mein Sohn, treiben mir die Schamröte auf die Wangen«, erwiderte der Vater, lustig und guter Dinge – »ich hoffe in aller Demut, daß sich in deiner Art kein Fünkchen von meinem Charakter wiederfindet. Was die junge Dame anbetrifft, so hat sie getan, was sehr natürlich und angemessen ist, was du, wie ich aus Haredales Munde vernommen, selbst vernommen, selbst vorgeschlagen hast – und was ich ohne meinen Scharfsinn dabei sonderlich anzustrengen, auch von ihr erwartet habe. Sie hat gemeint, du seist ein reicher Junge, oder wenigstens einer, der sein gutes Auskommen hätte – und hat nun erfahren, daß du ein armer Schlucker bist. Die Ehe ist ein bürgerlicher Vertrag; die Leute verheiraten sich, um ihre Stellung in der Welt zu verbessern und um vornehmer aufzutreten. Es handelt sich dabei um Haus und Hof und Mobiliar, um Speise und Trank und um Dienerschaft, um Pferd und Wagen und so weiter. Da das Fräulein arm ist, und du auch arm bist, ist die Sache eben aus. Du kannst dich auf solche Aussichten hin nicht einlassen und hast Dich mit Zeremonien da nicht zu befassen. Ich trinke dieses Glas auf das Wohl der jungen Dame und achte und ehre sie um ihres gesunden Menschenverstandes willen. Für dich, Ned, ist es eine Lehre! Schenk dir dein Glas voll!«

»Es ist eine Lehre«, erwiderte der Sohn, »durch die ich hoffentlich niemals Nutzen zu ziehen Lust und Neigung fühlen werde, und wenn der Einfluß der Jahre und die aus ihnen gewonnene Erfahrung auf das ...«

»Sage nur nicht etwa: auf das Herz«, fiel ihm der Vater ins Wort.

» ... auf das Menschentum wirken, das die Welt und ihre Heuchelei verdorben hat«, sagte Edward mit Wärme, »dann – dann behüte mich der Himmel vor solchem Wissen!«

»Ich will dir was sagen, mein lieber Herr Sohn,« sagte nunmehr der Vater, indem er sich ein wenig von dem Sofa aufrichtete und dem jungen Mann in die Augen sah, »über dieses Thema haben wir genügsam geredet. Erinnere dich nun, wenn ich dich bitten darf, an dein persönliches Interesse, an deine Pflicht, an deine moralischen Verbindlichkeiten, an deine Rücksichten als Sohn deinem Vater gegenüber und an alle andern dergleichen Dinge, über welche nachzudenken Freude bereitet – oder du wirst es bereuen!«

»Daß ich mir die Achtung vor mir selbst bewahrt habe, mein Herr, das werde ich nie bereuen!« sagte Edward. »Verzeiht mir, wenn ich es jetzt ausspreche, daß ich die Achtung, die ich mir selbst schuldig bin, niemals auf Euren Befehl hin zum Opfer bringen werde, und daß der Weg, den ich Euch zuliebe gehen soll, niemals *mein* Weg sein wird.«

Sein Vater richtete sich noch ein wenig höher empor und ließ sich dann wieder vorsichtig zurücksinken. Er sah ihn an, als wolle er ergründen, ob Ned auch wirklich fest entschlossen sei. Er knabberte seine Nüsse auf und sagte schließlich:

»Edward! Mein Vater besaß einen Sohn, der ein Narr war wie du, und niedrige und ungehorsame Neigungen unterhielt wie du. Mein Vater enterbte diesen Sohn und verfluchte ihn eines Morgens, als er vom Frühstückstisch aufstand. Dieser Vorfall tritt mir heute abend mit auffallender Klarheit in die Erinnerung. Ich erinnere mich noch gut, wie ich da gerade ein Brötchen aß. Dieser Sohn hat ein jämmerliches Leben geführt und ist früh gestorben; es war ein Glück, daß er starb; denn er machte der Familie wirklich sehr viel Unehre. Es ist betrüblich,

Edward, wenn ein Vater zu solchen radikalen Maßnahmen greifen muß.«

»Das ist es«, erwiderte der Sohn. »Und es ist traurig, wenn sich ein Sohn, der dem Vater Liebe und Pflichtgefühl im besten Sinne entgegenbringt, abgestoßen und zum Ungehorsam gezwungen sieht. Lieber Vater«, setzte er in einem eindringlicheren, wenn auch sanfteren Tone hinzu, »ich habe viel darüber nachgedacht, was sich zwischen uns beiden zugetragen hat, seit wir zum erstenmal über diese Sache gesprochen haben. Laßt uns doch Vertrauen zueinander fassen! Vertrauen nicht in Worten, sondern in Wahrheit. Hört an, was ich Euch zu sagen habe!«

»Da ich im voraus weiß, was es ist, Edward, und eine Täuschung in dieser Hinsicht für mich ganz ausgeschlossen ist«, versetzte der Vater kalt, »lehne ich es ab, darauf einzugehen. Ich könnte vielleicht nicht für mich einstehen; ja ich weiß bestimmt, daß es mich um meine gute Laune bringen würde, und einen solchen Gemütszustand bin ich nicht in der Lage zu ertragen. Wenn du im Sinn hast, meine Pläne für deine zukünftige Lebensstellung und für die Bewährung jenes Adels und gefährlichen Stolzes, durch welchen unser Geschlecht so lange aufrecht erhalten worden ist, zunichte zu machen – wenn du, kurz gesagt, entschlossen bist, deinen eigenen Weg einzuschlagen, dann sollst du das tun und – meinen Fluch mit auf den Weg nehmen. Es tut mir leid, sehr leid; aber ich weiß keinen andern Ausweg.«

»So mag der Fluch dann über Eure Lippen treten!« sagte Edward. »Aber er wird nur leerer Schall sein! Ein Mensch kann auf einen Mitmenschen ebensowenig einen Fluch herabschwören, als er einen Regentropfen oder eine Schneeflocke aus den Wolken über uns zum Fallen bringen kann. Hütet Euch davor, Sir, zu freveln!«

»Du bist so bodenlos unreligiös, verletzt so sehr deine Pflicht und bist so entsetzlich profan«, erwiderte der Vater, indem er sein Gesicht faul zu ihm wendete und eine andere Nuß knackte, »daß ich dich definitiv unterbrechen muß. Es ist unmöglich, daß wir auf solche Bedingungen hin weiter fortfahren können. Wenn du mir den Gefallen erweisen kannst, die Klingel zu ziehen, so wird dir der Lakai die Tür weisen. Kehre nie mehr unter dieses Dach zurück; darum bitte ich dich. Geh, mein Herr Sohn, da doch keine sittliche Empfindung mehr in dir zurückgeblieben ist – und fahr zum Teufel! Auf meinen ganz besonderen und ausdrücklichen Wunsch. Auf Wiedersehen!«

Edward verließ das Zimmer ohne ein weiteres Wort, ohne nur einen Blick, und wandte dem Hause für immer den Rücken.

Das Gesicht des Vaters war leicht gerötet und ein wenig erhitzt, der Ausdruck aber ganz unverändert, als er jetzt wieder die Glocke rührte und dem eintretenden Diener die Worte zurief:

»Peak! Sollte der Herr, der eben jetzt aus der Tür schritt –«

»Ich bitt' um Verzeihung, gnädiger Herr – Herr Edward?«

»War jemand anders hier, du Tölpel, daß du die Frage stellst? – Wenn dieser Herr also nach seinen Kleidern verlangen sollte, dann gibst du ihm diese – verstehst du? Wenn er sich sonst irgendwann zum Besuch melden sollte, so bin ich nicht zu Hause. Du sagst ihm das, nichts weiter! Und schließt die Tür zu!«

Bald verbreitete sich das Gerücht, daß Mr. Chester sehr viel Pech mit seinem Sohne habe, der ihm großen Schmerz bereitet hätte. Und die braven Leute, die diese Rede hörten und weitererzählten, bewunderten John Chesters Gleichmut und meinten, das müsse doch ein ganz besonders leutseliger Mensch sein, der auch im Unglück so mild und so gelassen bleibe. Und wenn Edwards Name genannt wurde, dann schüttelte die gute Gesellschaft den Kopf und legte die Finger an die Lippen und seufzte und blickte sehr ernst drein; und diejenigen, welche Söhne in Neds Alter hatten, gerieten in Zorn und Entrüstung, daß ihre Gesichter gelb wurden wie Wachs. Um der Tugend und der Kindespflicht wegen äußerten sie die Hoffnung, daß er das Zeitliche gesegnet haben möchte. Und die Welt drehte sich in ihren Angeln um fünf Jahre weiter wie sonst, und diese Zeit übergeht unsere Erzählung mit Schweigen.

33. Kapitel

An einem Winterabend, früh im Jahre unseres Herrn 1780, erhob sich ein scharfer Nordwind, und die Nacht brach schwarz und unheimlich herein. Ein scharfer Sturm fegte eiskalt und in jähen Stößen durch die schneefeuchten Straßen und rasselte an den

Fenstern. Geschäfts- und Wirtshaus-Schilde, die in ihren knarrenden Rahmen stärker geschüttelt wurden als ihre Kräfte es aushalten konnten, fielen krachend aufs Pflaster; alte, wacklige Schornsteine schwankten unter den Böen, und gar mancher Kirchturm wurde in dieser Nacht in seinen Grundmauern erschüttert, als ob die Erde in ihrem Schoße erbebte.

Es war keine gute Zeit für Leute, die sich nur mit Not und Mühe Licht und Wärme schaffen konnten. In Kaffeehäusern der besseren Sorte drängten sich Gäste rings um das Feuer, vergaßen Politik und Klatsch und erzählten einander im Flüsterton mit geheimem Wohlbehagen, daß der Sturm von Minute zu Minute grimmiger würde. In der niedrigen Herberge am Flußufer saß um den Herd herum eine Gruppe von ungeschlachten Figuren, die sich über Schiffe unterhielt, die auf hoher See mit dem Sturm kämpften und mit Mann und Maus untergehen würden. In Familien-Wohnhäusern hockten Kinder neben dem Kamine, die mit scheuem Behagen auf Märchen lauschten von Geistern und Kobolden, von hohen, in weißen Gewändern neben Bettstellen stehenden Gestalten, von Leuten, die sich in alte Kirchen geflüchtet hätten, um dort zu schlafen, den Augen des Küsters entgangen wären und sich dann in der mitternächtlichen Geisterstunde mutterseelenallein in der Kirche befunden hätten. Und die Kinder horchten so lange zu, bis sie bei dem bloßen Gedanken an die finsteren Räume oben im Haus von Schauder geschüttelt wurden; und doch hörten sie es gern, wenn der Wind so recht stöhnte und heulte, und hegten die Hoffnung, daß er noch recht lange Zeit so dabei bleiben möge. Von Zeit zu Zeit hielten jene glücklichen Menschen, die ein eigenes Haus hatten, den Atem an, um zu lauschen, oder es hob einer den Finger auf und rief: »Horcht! Horcht!« Dann wurde das Gepolter in dem Schornstein und das heftige Klatschen gegen die Scheiben von einem Rauschen übertönt, das die Mauern erdröhnen ließ, als ob eine Riesenhand nach ihnen griffe. Es brauste und brüllte heiser und rauh daher, als ob die See sich auftürmte – dann wirbelte, tobte, wütete es in einer Weise, daß es schien, als sei die Luft rasend geworden – und schließlich fegten mit langgezogenem Geheul die Wogen des Sturmes einher und ließen auf Augenblicke eine Pause der Ruhe folgen.

Lustig und vergnügt, wenn auch niemand draußen war, es zu sehen, blinkte an diesem Abend die Maypole-Laterne. Gottes

Segen über den roten – tief-, purpur-, glutroten – alten Fenstervorhang, der Feuer und Kerzen, Speise, Trank und Gesellschaft zu einem einzigen Strom von Glanz und Helligkeit verschmolz und wie ein joviales Auge auf die bleiche, frostige Öde draußen vor den Türen leuchtete! Und drinnen – welcher Teppich kam wohl seinem knirschenden Sand gleich! Welche Musik war wohl so lustig wie die seiner knisternden Holzscheite! Welcher Geruch war wohl so lieblich wie der leckere Dunst seiner Küche! Gottes Segen über das alte Haus! Wie stramm und fest es stand! Wie der grimme Wind um sein knorriges Dach keifte und brüllte! Wie er ächzte und mit den weiten Schornsteinen rang, die noch immer aus ihren gastlichen Schlünden große Rauchwolken empor sandten und dem Dache trotzig ins Gesicht pafften; wie er an den Fensterrahmen und Simsen tobte und rasselte, mit Eifer bedacht, die lustige Flamme auszulöschen, die sich nicht dämpfen ließ und um so heller zu werden schien, je mehr gegen sie angekämpft wurde.

Dazu der Überfluß, der reiche, üppige Vorrat in diesem stattlichen Gast- und Einkehrhaus! Nicht genug, daß ein einziges Feuer auf seinem geräumigen Herd prasselte und sprühte; auf den Ziegelsteinen, aus denen er gebaut war und die seinen Kranz bildeten, brannten an fünfhundert Flackerfeuer mit gleicher Helligkeit. Nicht genug, daß ein einziger roter Vorhang die wilde Nacht von dem Hausinnern abschloß und seine behagliche Wirkung auf die Stube übte. Auf jeder Stürze, an jedem Leuchter und dem an der Wand hängenden Kupfer-, Messing- oder Zinngeschirr blitzten und funkelten bei jeder Bewegung der Flamme zahllose rote Gardinen. Das alte Eichen-Getäfel, die Balken, Stühle, Sitze spiegelten alles in tiefem, düsterem Glanz wider. Das flackernde Feuer und die roten Gardinen schimmerten sogar in den Augen der Trinker wider, auf ihren Knöpfen, aus ihrem Branntwein, aus den Pfeifen, die sie rauchten.

Mr. Willet saß auf jenem Fleck, der schon seit fünf Jahren sein Lieblingsplatz war, und seine Augen ruhten wieder einmal auf dem kupfernen Kessel. Schon seit dem achten Glockenschlage saß er hier, ohne ein anderes Lebenszeichen als lautes, anhaltendes Schnarchen von sich zu geben, obwohl er noch völlig wach war und die Augen weit offen hielt; manchmal führte er freilich auch sein Glas an die Lippen oder klopfte die Asche aus seiner Pfeife und stopfte sie von neuem. Es war inzwischen elf Uhr geworden. Mr. Cobb und der lange Phil Parkes leisteten ihm Gesellschaft wie vor Jahren, und seit etwa drei tödlichen Stunden hatte keiner von den drei Männern ein einziges Wort gesprochen.

Ob nun Menschen dadurch, daß sie auf demselben Fleck und in denselben Positionen zusammensitzen und viele Jahre hindurch genau dasselbe tun, einen sechsten Sinn oder ein anderes Vermögen der wechselseitigen Beeinflussung erreichen, ist eine Frage, deren Lösung philosophischen Geistern vorbehalten bleiben sollte. Sicher aber ist, daß der alte John Willet, Mr. Parkes und Mr. Cobb der einen festen Meinung waren, fidele Zechbrüder zu sein – und auserlesene Geister obendrein; sicher ist auch, daß sie einander immer anschauten, als ob zwischen ihnen ein ununterbrochener Austausch von Gedanken und Vorstellungen stattfände; daß keiner von ihnen sich oder seinen Nachbarn für schweigsam hielt, und daß jeder von ihnen, sobald er einmal dem Blick des andern begegnete, mit dem Kopfe nickte, als wenn er sagen wollte: »Ihr habt Euch in Beziehung auf diese Empfindung mit ganz besonderm Geschick ausgedrückt, mein Herr, und ich stimme mit Euch vollkommen überein.«

Die Gaststube war so warm, der Tabak so gut und das Feuer so sehr behaglich, daß Mr. Willet schläfrig wurde. Da er aber durch lange Gewohnheit die Kunst, im Schlaf zu rauchen, erlangt hatte, und da sein Atem im Wachzustand genauso arbeitete wie im Schlaf, merkte keiner von seinen Gefährten, daß er schlief. Erst als Willet Schnarchgeräusche von sich gab, die so klangen wie das Sägen eines Zimmermannes, fiel es ihnen auf.

»Johnchen ist hinüber!« flüsterte Mr. Parkes.

»Er schläft wie ein Murmeltier«, meinte Mr. Cobb.

Keiner von ihnen sagte ein weiteres Wort, bis Mr. Willets Atem so stockte, daß er fast in Krämpfe verfiel, die er aber schließlich doch, ohne aufzuwachen, durch eine ganz übermenschliche Anstrengung überwand.

»Er schläft ganz ungewöhnlich fest«, meinte Mr. Cobb wieder.

Mr. Parkes, der vielleicht selbst einen sehr festen Schlaf hatte, erwiderte mit einiger Geringschätzung: »Keine Spur davon!« Er wandte die Augen auf einen über dem Kamin angebrachten Zettel, dessen oberer Teil mit einem Holzschnitt geschmückt war, der einen jungen Mann darstellte, der mit einem Bündel, das über der Schulter an einem Stecken hing, Reißaus nahm und – um den Gedanken völlig klar zu machen – zu beiden Seiten neben ihm einen Wegweiser und einen Meilenstein zur Darstellung brachte. Mr. Cobb wandte die Augen ebenfalls in diese Richtung und nahm den Zettel so eingehend in Augenschein, als ob er ihn heute zum ersten Mal erblickte. Dieser Zettel nun war ein Zeugnis, das Mr. Willet über das Verschwinden seines Sohnes Joseph ausgestellt hatte, und wodurch er einen hohen Stadt- und Landadel und die Öffentlichkeit im allgemeinen mit den Umständen bekannt machte, unter denen sein einziger Sohn und Erbe seiner Heimat den Rücken gewendet hatte. Der Zettel enthielt eine Beschreibung von der Kleidung, die Joe getragen, von seinem Aussehen, und versprach der Person eine Belohnung von fünf Pfund, der es gelingen sollte, ihn aufzugreifen, oder durch deren Hilfe Joe Willet heil und gesund nach Chigwell zurückgebracht oder in irgendeinem Kerker und Gefängnis so lange untergebracht würde, bis sein Vater dorthin käme, um ihn abzuholen. In dieser Bekanntmachung hatte Mr. Willet hartnäckig darauf bestanden, allem Rat und allen Vorstellungen seiner Freunde zum Trotz, seinen Sohn als einen »jungen Jungen« zu beschreiben und des weiteren noch um knapp zwei Fuß kleiner zu machen als er in Wirklichkeit war: zweierlei Umstände, die vielleicht verantwortlich dafür sind, daß über fünfundvierzig Ausreißer im Alter zwischen sechs und zwölf Jahren nach Chigwell transportiert wurden – aber von Joe Willet war bisher keine Spur zu sehen.

Mr. Cobb und Herr Parkes blickten geheimnisvoll auf dieses Werk der malenden Kunst; dann sahen sie sich und dann den alten John an. Seit der Stunde, in welcher er es eigenhändig an die Wand geklebt hatte, hatte Mr. Willet niemals weder durch ein Wort, noch durch ein Zeichen auf die Sache angespielt. Keiner hatte die geringste Ahnung, welcher Art seine Gedanken oder Meinungen über diesen Fall seien; ob er noch an den Fall dächte oder ihn vergessen hätte; ob er noch einen Begriff davon hätte, daß ein solcher Fall jemals stattgefunden. Daher wagte sogar während seines Schlafes niemand, in seiner Gegenwart irgendwelche Anspielung darauf zu machen, und aus solcherlei ausreichenden Gründen waren auch diese seine auserlesenen Freunde jetzt stumm wie Fische.

Mr. Willet war mittlerweile zu einem so wirren Durcheinander von Atemkrämpfen gelangt, daß es nur noch zwei Möglichkeiten gab. Entweder wachte er auf, oder er starb. Er wählte die erstere der beiden Möglichkeiten und schlug die Augen auf.

»Ist er in fünf Minuten nicht zur Stelle«, sagte John, »so werde ich mein Abendbrot ohne ihn essen.«

Der Vordersatz zu diesem Ausspruch war zum letzten Male um acht Uhr gesprochen worden. Die Herren Parkes und Cobb, an diese Art und Weise von Unterhaltung gewöhnt, erwiderten ohne irgend welche Schwierigkeit, daß Salomo allerdings sehr spät ausbliebe und daß sie gar nicht verstehen könnten, was ihn eigentlich abhielte.

»Es wird ihn doch nicht weggeblasen haben«, meinte Parkes. »Stark genug pfeift es ja draußen, daß es einen Mann von seiner Figur und seiner Schwere hinwegfegen könnte. Hört Ihr, wie es draußen heult? Wahrlich! Schweres Geschütz! Im Walde mag es heute nacht manchen Krach setzen, denk ich mir, und morgen wird es an zerbrochenen Ästen auf dem Boden sicher nicht fehlen!«

»Im Maypole wird er nichts zerbrechen, dafür stehe ich ein, Mann!« versetzte der alte John. »Laßt ihn nur mal versuchen! Meine Erlaubnis hat er – was ist denn das?«

»Der Wind ist es!« rief Parkes. »Er heult wie eine Christenseele in Not – und so hat er den ganzen Abend schon geheult.«

»Habt Ihr den Wind jemals ›Maypole‹ rufen hören?« fragte John, nachdem er eine Minute nachgedacht und gegrübelt hatte.

»Ei! Welcher Mensch hätte das je gehört, oder hören können?« fragte Parkes.

»Oder vielleicht ›hallo!‹?« setzte John hinzu.

»Nein. Das auch nicht!«

»Sehr gut, Mann«, meinte John Willet, in seiner Ruhe durchaus nicht gestört. »Wenn das nun der Wind gewesen, so verhaltet Euch mal 'n paar Minuten ruhig, und Ihr werdet ihn die beiden Worte ganz deutlich sagen hören.«

John Willet hatte recht. Nachdem sie ein paar Augenblicke gelauscht hatten, konnten sie deutlich hören, wie dieser Ruf über alles Gebrüll und Getöse hinweg vernehmbar wurde, und zwar mit einer schrillen Schärfe und Kraft, daß man deutlich merkte, es rühre von einer Person her, die sich in großer Not oder Angst befände. Die drei Männer blickten einander an, wurden weiß wie der Kalk an der Wand und hielten den Atem an. Nicht einer von ihnen rührte sich.

Bei diesem Zwischen- oder Notfall brachte John Willet jene Charakterstärke und Fülle von geistigen Hilfsquellen, die ihm die Bewunderung seiner sämtlichen Freunde und Nachbarn eintrugen, einigermaßen zur Entfaltung. Nachdem er die Herren Parkes und Cobb eine Zeitlang stillschweigend angesehen, legte er beide Hände wie zwei Klappen an seine Backen und entsandte ein Gebrüll aus ihnen hervor, daß die Gläser tanzten und die Balken dröhnten – ein lang hingezogenes, klangwidriges Bellen, das mit dem Wind weiter rollte, jedes Echo im Keime erstickte – ein tiefes, lautes, unheimliches Eselsgeschrei, das dem Klang einer chinesischen Handtrommel nicht unähnlich war. Und während ihm nun jede Ader in seinem Kopf und seinem Gesicht zum Bersten anschwoll und seine Haut die Farbe tiefen Purpurs zeigte, sagte er mit Würde:

»Wenn das jemandem Trost bringt, soll's mir recht sein. Wenn nicht, dann tut's mir leid um ihn. Will einer von Euch beiden Herren hinausgehn und zusehn, was los ist, dann mag er's tun. Ich bin nicht neugierig.«

Während er also redete, kam der Ruf näher und näher heran – Tritte hallten am Fenster entlang, dann wurde die Türklinke gerissen, die Tür auf- und heftig wieder zugeschlagen – und Salomo Daisy, mit einer brennenden Laterne in der Hand, während der Regen von seiner zerzausten Kleidung herniederströmte, stürzte in die Stube.

Ein vollständigeres Gemälde des Entsetzens, als es der kleine Mann darbot, würde sich schwer ausdenken lassen. Der Schweiß stand ihm in Perlen auf dem Gesicht; seine Knie schlotterten; er zitterte an allen Gliedern; die Fähigkeit, einen Laut von sich zu geben, war ihm gänzlich geschwunden. So stand er da, keuchend, nach Atem ringend, die drei Männer mit so bleichem, aschgleichem Gesicht anstierend, daß sie, trotzdem sie die Ursache seines Schrecks nicht kannten, von seiner Furcht angesteckt wurden, und ohne daß sie ihn zu fragen wagten, wieder nach hinten stierten, während auf ihrem Gesichte seine von Angst entstellten, von Entsetzen versteinerten Züge sich wiederspiegelten, so lange, bis endlich Mr. Willet in einem Anfall zeitweiliger Geistesgestörtheit nach der Halsbinde des Mannes griff, ihn an Teilen seiner Kleidung packte und ihn hin und her schüttelte, bis dem Neuankömmling zuletzt tatsächlich die Zähne im Schädel zu klappern begannen.

»Sagt uns, was los ist, Mann«, rief John, »oder ich bringe Euch um! Sagt uns, was los ist, Mann, oder ich habe Euren Schädel im nächsten Augenblick unter dem Kessel. Wie könnte Ihr Euch erdreisten, solch eine Fratze zu schneiden? Ist jemand hinter Euch her? Was bedeutet diese Komödie? Redet ein Wort – oder ich blase Euch den Hobel aus – verlaßt Euch drauf!«

In seinem Zorn war Mr. Willet nahe daran, sein Wort zu halten – denn Salomo Daisys Augen fingen an, in beängstigender Weise zu rollen, und gewisse Kehl- und Gurgel-Laute, wie sie sich aus dem Munde eines dem Ersticken nahen Menschen heraufringen, nahmen schon durch seine Kehle ihren Weg – da hielten die beiden Beisitzer, die in gewissem Grade zum Bewußtsein ihrer selbst kamen, es denn doch für geraten, ihn mit starker Hand von seinem Opfer loszureißen, und stellten, als ihnen dies gelungen war, den kleinen Küster von Chigwell auf einen Stuhl. Mit einem Blick des Entsetzens, den er rings durch die Stube schweifen ließ, flehte er die Männer in gebrochener Stimme an, ihm etwas zu trinken zu geben – sodann das Haustor fest zu verriegeln und die Läden vor den Fenstern der Stube sicher zu verschließen, ohne auch nur eine Sekunde Zeit zu verlieren. Die letztere Bitte war nicht dazu angetan, seinen Zuhörern die Ruhe wieder zu geben oder sie mit den behaglichsten Empfindungen zu erfüllen. Sie wurden seinem Wunsch rasch gerecht, und nachdem sie ihm einen Humpen voll Grog, der beinahe noch siedendheiß war, reichten, warteten sie gespannten Ohres, was er ihnen wohl zu berichten haben möchte.

»O, John!« begann Salomo, indem er dem Wirt die Hand schüttelte – »O, Parkes! O, Tomchen Cobb! Warum hab ich heut abend dieses Haus verlassen! Am neunzehnten Tage des Märzmonats – von allen Abenden im Jahre an diesem neunzehnten Tage des März!«

Alle rückten sie dichter ans Feuer heran. Parkes, der am nächsten an der Tür saß, schreckte zusammen und guckte über die Schulter hinter sich. Mr. Willet fragte mit großem Verdruß, was zum Teufel er mit solchen Reden meine – und sagte dann: »Gott verzeih mir meine Sünden!« sah auch über die Schulter hinter sich und rückte auch ein bißchen näher.

»Als ich heute abend von hier wegging«, sagte Salomo Daisy, »da habe ich kaum daran gedacht, was für ein Tag im Monat heute sei. Ich bin niemals an diesem Tage nach Dunkelwerden allein in die Kirche gegangen seit siebenundzwanzig Jahren. Mir ist gesagt worden, wie wir Lebendigen unseren Geburtstag im

Jahre feiern, so begehen die Geister der Gestorbenen, die keine Ruhe in ihren Gräbern finden, den Tag, an dem sie aus dem Leben geschieden. Herrgott, wie es draußen heult!«

Niemand sprach ein Wort. Aller Augen waren fest auf Salomo gerichtet.

»Ich hätte's an dem schlimmen Wetter merken sollen«, fuhr er fort, »was für einen Abend wir haben! Keine Nacht im ganzen Jahr ist so schrecklich wie gerade immer diese. Ich habe noch kein einziges Mal an diesem neunzehnten Tage des März ruhig in meinem Bette geschlafen.«

»Erzählt nur weiter«, sagte Tom Cobb mit gedämpfter Stimme. »Ich auch nicht.«

Salomo Daisy erhob sein Glas zu den Lippen, setzte es mit zitternder Hand, daß der Löffel drin wie ein Glöckchen bimmelte, auf den Boden ab und fuhr wie folgt zu reden fort:

»Habe ich's nicht allemal gesagt, daß wir jahraus, jahrein auf irgendeine seltsame Weise zu dieser Sache zurückgeführt würden, wenn der neunzehnte dieses Monats herankommt? Meint Ihr etwa, es sei aus Zufall geschehen, daß ich die Kirchentür abzuschließen vergessen hätte? Habe ich's doch niemals vergessen, wenn es auch keine leichte Sache ist, sie Tag für Tag aufzuwinden! Warum sollte's nun meinem Gedächtnisse gerade an diesem Tage von allen andern Tagen im Jahr entfallen?

Ich habe mich, als ich von hier wegging, beeilt, soviel ich konnte; aber ich mußte erst wegen der Schlüssel nach Hause, und da mir der Wind und der Regen auf dem ganzen Wege höllisch entgegenpfiffen, war's wirklich schwer, sich auf den Beinen zu halten. Ich bin endlich an die Kirche gekommen, hab die Tür aufgemacht und bin hineingegangen. Ich hab' keine Menschenseele auf dem ganzen Wege getroffen – und danach mögt Ihr Euch selber sagen, ob es eine Annehmlichkeit war oder nicht. Keiner von Euch hatte mir Gesellschaft leisten wollen. Hättet Ihr wissen können, was kommen würde, hätt' man's Euch auch nicht verdenken können, denn Ihr wäret voll im Rechte gewesen.

Der Wind war so stark, so heftig, daß ich mit Mühe und Not die Kirchentür schließen konnte, indem ich mich mit meinem ganzen Körpergewicht gegen sie stemmte; und selbst als sie offen war, da schlug sie noch zweimal mit solcher Gewalt zurück, daß ein jeder von Euch einen Eid darauf geleistet hätte, daß auf der andern Seite jemand stände und schöbe. Ich kam indes soweit, daß ich den Schlüssel herumdrehte – ging auf den Turm hinauf in den Glockenboden und zog die Uhr auf, die schon ziemlich bis unten abgelaufen war und in einer halben Stunde muckstill gestanden hätte.

Als ich wieder nach meiner Laterne griff und aus der Kirche gehen wollte, da schoß es mir mit einemmale durch den Sinn, daß wir heute den neunzehnten März hätten. Mich traf der Gedanke wie eine Art Schlag, als ob ihn mir eine Hand gegen die Stirn gegeben hätte – und in demselben Augenblick vernahm ich draußen vor dem Turm eine Stimme – eine Stimme, die aus den Gräbern heraufstieg.«

Hier fiel der alte John dem Erzähler jäh ins Wort und richtete an den ihm gegenübersitzenden Mr. Parkes, der gerade über seinen Kopf hinweg stierte, die Aufforderung, sobald er etwas sähe es gefälligst verlautbaren zu lassen. Mr. Parkes entschuldigte sich und bemerkte, er beschränke sich einzig und allein auf das Zuhören, worauf Mr. Willet die verdrießliche Entgegnung gab, es sei gerade kein angenehmer Anblick, jemanden mit solchem Ausdruck im Gesichte vor sich zu haben; wenn er nicht reden und aussehen könnte wie andere Leute, täte er besser, sich mit dem Schnupftuch das Gesicht zu bedecken. Mr. Parkes erklärte sich mit großer Untertänigkeit hierzu bereit, wenn es verlangt würde, und John wandte sich nun wieder an Salomo und ersuchte ihn fortzufahren. Nachdem man gewartet, bis ein heftiger Windstoß mit starkem Regenguß, der das stämmige Gebäude bis in die Grundfesten zu erschüttern schien, ausgetobt hatte, geruhte das kleine Männchen, dem an ihn gerichteten Wunsche zu entsprechen, indem es also wieder begann:

»Es soll mir niemand sagen, daß es Einbildung von mir oder ein anderer Klang gewesen sei, den ich fälschlich für den gehört hätte, von dem ich jetzt reden will. Ich habe den Wind durch die Schwibbogen der Kirche pfeifen hören. Ich habe gehört, wie sich der Kirchturm dehnte, wie er krachte. Ich habe gehört, wie der Regen gegen die Mauern schlug. Ich habe gefühlt, wie die Glocken bebten und zitterten. Ich habe gesehen, wie die Seile sich hin und her geschwungen haben. Und die Stimme – die Stimme – die hab' ich auch gehört!«

»Was hat sie denn gesagt?« fragte Tom Cobb.

»Ich weiß nicht, was sie gesprochen; ich weiß auch nicht, daß sie gesprochen. Sie hat einen Schrei ausgestoßen, wie es jeder von uns machen möchte, wenn uns was Furchtbares in einem Traum verfolgte und unversehens über uns käme. Und dann ist sie verklungen, die Stimme oder der Schrei – es hat sich so angehört, als ob es rings durch die ganze Kirche hallte!«

»Darin sehe ich nicht viel!« meinte John mit einem langen Atemzug und sah sich wie ein Mann um, der sich von einem Alptraum erlöst fühlt.

»Vielleicht nicht«, erwiderte sein Freund, »aber ich bin noch nicht zu Ende.«

»Was wißt Ihr noch, Mann? Was kommt noch?« fragte John, indem er plötzlich damit innehielt, um sich das Gesicht mit der Schürze abzuwischen. »Was wollt Ihr nun noch erzählen?«

»Was ich gesehen habe!«

»Gesehen?« wiederholten alle drei wie aus einem Munde und beugten sich vorwärts.

»Als ich die Kirchtür aufgemacht habe, um hinauszugelangen«, sagte das Männchen mit einem Ausdruck im Gesicht, der die Echtheit seiner Überzeugung belegte, »als ich die Kirchtür aufgemacht habe, um hinauszugelangen, da – da ist was an mir vorbeigegangen – so dicht, so nahebei, das ich es hätte berühren können, wenn ich den Zeigefinger ausgestreckt hätte – etwas, das ausgesehen hat, wie ein Mensch – wie ein Mann. Es war barhäuptig, trotz des Sturms. Es hat sich mit dem Gesicht nach mir umgedreht, ohne stehenzubleiben, und hat seine Augen auf meine Augen geheftet. Es war ein Gespenst – ein Geist.«

»Ein Geist? Wessen Geist?« schrien alle drei durcheinander.

In dem Übermaß seiner Aufregung – denn er brach zitternd in seinem Stuhl nieder und winkte mit der Hand, als wolle er sie bitten, ihn nicht weiter zu fragen – konnte niemand bis auf den alten John Willet, der zufälligerweise dicht neben ihm saß, seine Antwort verstehen.

»Wer?« riefen Parkes und Tom Cobb, indem sie abwechselnd bald auf Salomo Daisy, bald auf Mr. Willet sahen. »Wer war's, wer war's?«

»Ihr Leute!« sprach Mr. Willet nach einer langen Pause. »Ihr braucht doch wahrlich danach nicht zu fragen. Es hat ausgesehen wie ein ermordeter Mann. Wir haben ja heute den neunzehnten März!«

Ein tiefes Schweigen folgte nun.

»Wenn Ihr meinen Rat hören wollt«, sagte John, »so täten wir besser, wir samt und sonders, über die Sache reinen Mund zu halten; denn solche Erzählungen könnten auf dem Warren-Gut leicht mißverstanden werden. Laßt es also für die nächste Zeit auf alle Fälle unter uns bleiben, sonst könnten wir leicht in Ungelegenheiten geraten und Salomo möchte um seine Stelle kommen. Ob es wirklich gewesen, wie er sagt, oder ob's nicht so gewesen, ist nicht von Belang. Ob Salomo recht oder unrecht hat, glauben würde ihm doch niemand! Wenn wir mit den Wahrscheinlichkeiten rechnen wollen, so kann ich mir nicht denken«, meinte Mr. Willet, indem er sich in einer Weise, aus der ersichtlich wurde, daß er sich, wie andere Philosophen auch, in seiner Theorie nicht ganz behaglich fühle, in allen Stubenecken umguckte. »So kann ich mir nicht denken, daß ein Geist, da er doch bei Lebzeiten ein Mensch gewesen, der seine fünf Sinne beisammen gehabt, bei solchem Wetter zum Ausgehen Lust haben sollte – ich wenigstens weiß bloß, daß ich es nicht tun würde, wenn ich ein Geist wäre.«

Diesem ketzerischen Lehrsatz wurde aber von den drei anderen Männern stark widersprochen. Sie führten zahlreiche Beispiele aus der Vergangenheit an, um zu beweisen, daß schlechtes Wetter gerade die richtige Zeit für solche Geistererscheinungen sei; und Mr. Parkes (in dessen Familie von mütterlicher Seite her ein Geist gespukt hatte) erörterte die Sache mit so großem Scharfsinn und durch so viel illustrierende Beispiele, daß John einzig und allein durch das im richtigen Augenblick erscheinende Abendessen, dem sie alle mit fürchterlichem Appetit zusprachen, davon verschont blieb, seine Meinung zurückziehen zu müssen. Sogar Salomo Daisy selbst erholte sich mittels der belebenden Einflüsse von Feuer, Kerzenlicht, Schnaps und guter Gesellschaft wieder so weit, daß er Messer und Gabel in höchst reputierlicher Weise hantieren konnte und eine solche Leistungsfähigkeit im Essen und Trinken entwickelte, daß jede Befürchtung, es möchte ihm von dem ausgestandenen Schrecken irgend etwas Nachteiliges übrig bleiben, weit hinwegzuweisen war.

Nachdem man das Abendessen eingenommen, drängten sich alle wieder rings um das Feuer und erörterten, wie es bei solchen Anlässen gemeinhin der Fall zu sein pflegt, alle sich irgendwie darbietenden Punkte, um die Geschichte mit neuem Grausen auszuschmücken und ihr neue, überraschende Seiten abzugewinnen. Aber Salomo Daisy blieb, aller dieser Versuchungen ungeachtet, mit solcher Festigkeit bei seinem ursprünglichen Bericht und wiederholte ihn so oft, und mit so geringfügigen Abschweifungen und Wandlungen, und mit solch feierlichen Wahrheitsbeteuerungen, daß seine Zuhörer (mit gutem Grunde) weit mehr erstaunt und verwundert waren als zuerst. Da er John Willets Ansicht, daß es schicklich und geraten sei, die Erzählung, sofern ihm der Geist nicht noch einmal erscheine, nicht unter die Leute zu bringen, zur seinigen machte und nur eins noch hinzufügte, daß es im letzten Fall unumgänglich notwendig sei, sich sofort Rat bei dem Ortspfarrer zu holen, wurde der feierliche Beschluß gefaßt, die Sache zu vertuschen und ruhig für sich zu behalten.

Da es mittlerweile spät geworden und die übliche Trennungsstunde längst vorüber war, sagten sich die Maypole-Brüder für heute gute Nacht. Salomo Daisy trollte sich, mit einem neuen Licht in seiner Laterne, unter dem Schutze von Mr. Parkes und Mr. Cobb, die beide besser bei Kräften waren als er, nach seiner Behausung. Mr. Willet kehrte, nachdem er ihnen das Geleit bis zur Tür gegeben, zurück, um mit dem Beistand des kupfernen Kessels seine Gedanken zu sammeln und dem Regenguß zu lauschen, die beide in ihrem Grimme noch immer nicht nachgelassen hatten.

34. Kapitel

Der alte John hatte noch keine zwanzig Minuten zum Kessel hinübergestarrt, als er seine Gedanken in einen Brennpunkt vereinigte und bei Salomo Daisys Geschichte verweilen ließ. Je länger er über sie nachdachte, desto tiefer war er beeindruckt von seiner eigenen Weisheit, und er fühlte den Wunsch in sich aufsteigen, daß es Mr. Haredale nicht anders ergehen möge. Um nun in der Angelegenheit eine wichtige, bedeutende Rolle zu spielen und Salomo und seinen zwei Freunden zuvorzukommen, durch die, wie er wohl wußte, das Abenteuer mit mannigfacher Übertreibung an mindestens ein Dutzend Leute und höchstwahrscheinlich zur Frühstückszeit des morgigen Tages an Mr. Haredale selbst weiter geplaudert werden würde, gelangte er schließlich zu dem Entschluß, sich noch vorm Schlafengehen selbst zum Warren-Grundstück zu begeben.

»Haredale ist mein Grundherr«, dachte John bei sich, als er nach einer Kerze griff und sie in eine zugfreie Ecke setzte. Er öffnete ein auf den Hof hinausgehendes Fenster und sah zu den Ställen hinüber. »Wir haben uns in den letzten Jahren nicht so oft gesehen, wie sonst – es ändert sich eben mal was im Familienleben –, und es ist wünschenswert und auch dem guten Ton gemäß, daß ich mich so leidlich wie möglich zu den Leuten stelle. Es wird ihn ärgern, daß die Geschichte sich hier herumträgt – wie gesagt: Es ist gut, mit einem Herrn von seiner Natur einen freundschaftlichen Umgang zu unterhalten und zu sehen, wo man dabei bleibt. Hallo da! Hugh – Hugh! Hal-lo!«

Als er den Ruf ungefähr ein dutzend Mal wiederholt und alle Tauben durch denselben aus dem Schlummer gestört hatte, öffnete sich eine Tür in einem der baufälligen alten Ställe, und eine rauhe Stimme fragte, was denn wieder los sei, daß man ihm nicht einmal ruhigen Schlaf gönne.

»Was! Schläfst du nicht genug, du Brummbart, daß man dich kein einziges Mal herausklopfen darf?« fragte John.

»Nein«, erwiderte die Stimme, während der Mensch, der die Worte gesprochen hatte, gähnte und sich schüttelte. »Nicht halb genug.«

»Ich weiß nicht, wie du schlafen kannst, wenn der Wind draußen heult und brüllt und die Ziegel wie Kartenblätter von den Dächern fegt«, meinte John, »aber das soll mir jetzt gleichgültig sein. Zieh dich an, ganz wie du willst, und komm her, denn du mußt mit mir hinüber zum Warren. Sieh zu, daß du bald fertig bist!«

Hugh ging, leise vor sich her brummend, in seinen Verschlag zurück und kam bald darauf wieder mit einer Laterne in der Linken und einem Knüppel in der Rechten und vom Kopf bis zu den Beinen in eine alte, muffige, grobe Pferdedecke gehüllt. Mr. Willet nahm die Gestalt an der Hintertür in Empfang und schob sie in die Gaststube hinein, während er sich in verschiedene Oberröcke und Kappen hüllte und sein Gesicht so in Schals und Tücher verknotete, daß es wirklich zu verwundern war, wie er noch atmen konnte.

»Ihr laßt doch bei solchem Wetter, beinahe um Mitternacht,

keinen Menschen vor die Tür hinaus, ohne ihm eine Herzstärkung zu geben – he? Oder etwa doch, Meister?« fragte Hugh.

»Ja, die Herzstärkung, wie du 's nennst, geb ich dir«, erwiderte Mr. Willet, »und haben sollst du sie, wenn du mich gesund wieder heimgebracht hast. Dann hat's nicht mehr soviel auf sich, ob du noch gerade auf den Beinen stehen kannst, oder nicht. Jetzt halte die Laterne hübsch hoch, verstehst du! Und geh ein paar Schritte voraus, daß ich den Weg sehen kann.«

Hugh gehorchte mit sehr zweifelhafter Bereitwilligkeit und mit einem sehnsüchtigen Blick zur Flasche. Der alte John erteilte seiner Köchin noch strenge Weisungen, während seiner Abwesenheit die Türen verschlossen zu halten und niemandem außer ihm zu öffnen, wenn sie nicht auf der Stelle aus dem Dienste entlassen werden wollte; dann folgte er Hugh nach, hinaus in die wilde Dunkelheit.

Der Weg war feucht und schauerlich und die Nacht so finster, daß Mr. Willet, wäre er sein eigener Führer gewesen, in eine etwa fünfzig Meter von seinem Haus entfernte tiefe Pferdeschwemme gelaufen wäre und in dieser häßlichen Sphäre sicher seine Laufbahn beschlossen hätte. Aber Hugh, der Augen hatte so scharf wie ein Falke, lotste den alten John mit sich fort, stocktaub gegen seine Einwendungen, und ging seinen Weg, ohne im geringsten auf seinen Herrn zu achten oder Rücksicht auf ihn zu nehmen. So kämpften sie sich gegen den Wind voran; Hugh zerquetschte das nasse Gras unter seinem wuchtigen Tritt und stampfte in seiner gewöhnlichen wilden Art und Weise seinen Weg; John Willet folgte in Armeslänge, indem er behutsam ein Bein vor das andere setzte und bald um sich sah, ob ein Sumpf oder Graben in der Nähe sei, bald, ob er ein irres Gespenst wahrnehme, wie sie wohl umherschweifen mochten, mit Blicken, in denen so viel Entsetzen und Unbehagen zum Ausdruck kam, wie es bei der Unbeweglichkeit seines Gesichts nur eben sein konnte.

Endlich standen sie auf dem breiten Kieswege vor dem Warren genannten Haus. Es lag in tiefem Dunkel, und nichts rührte sich in seiner Nähe. Von einem einsamen Erkerkämmerchen her schimmerte aber noch ein Streifen Licht; und auf dieses Licht in der kalten, freudlosen, stillen Umgebung hieß Mr. Willet seinen Lotsen zusteuern.

»Das alte Zimmer«, fragte John, der scheu hinaufsah, »Mr.

Rubens eigenes Zimmer; Gott sei mit uns! Es wundert mich, daß sein Bruder dort so gern sitzt, und so spät in der Nacht!«

»Na, wo sollte er sonst sitzen?« fragte Hugh, der die Laterne vor seine Brust hielt, um das Licht vor dem Winde zu schützen. »Es ist doch mehr als behaglich, wie?«

»Behaglich!« sagte John unwillig. »Du hast seltsame Vorstellungen von Behaglichkeit! Weißt du überhaupt, was in diesem Zimmer passiert ist, du Tagedieb?«

»Na, was hat denn das geschadet!« rief Hugh und sah John ins feiste Gesicht. »Hält es darum weniger Regen und Schnee und Wind ab? Ist es darum weniger warm oder trocken, weil ein Mensch drin umgebracht wurde? Ha, ha, ha! Glaubt doch das nicht, Meister! Ein einziger Mensch ist nichts, worum man sich viel Gedanken machen muß.«

Mr. Willet heftete die glanzlosen Augen auf seinen Begleiter und fing an – infolge eines Vorganges in seinem Gehirn, der auf eine Eingebung deuten konnte – seine Gedanken auf die Frage zu richten, ob es möglich sei, daß Hugh ein gefährlicher Patron sei, und ob es am Ende ratsam sei, sich desselben in den nächsten Tagen zu entledigen. Er war zu klug, um etwas zu sagen, solange er noch den Heimweg vor sich hatte; darum trat er zu dem eisernen Tor, vor dem dieses Zwiegespräch stattgefunden hatte, und zog an dem daneben befindlichen Glockengriff. Der Erker, woher das Licht kam, bildete eine Ecke des Gebäudes und war von dem Pfad nur durch einen Gartengang getrennt, auf den das Tor mündete; dadurch erklärte es sich, daß Mr. Haredale sofort das Fenster aufriß und fragte, wer da sei.

»Bitte um Vergebung, Sir«, sagte John, »ich wußte, Ihr bleibt spät auf, so war ich so kühn, hierherzukommen, um ein Wort mit Euch zu sprechen.«

»Willet – nicht wahr?«

»Vom Maypole; zu Euren Diensten, Sir.«

Mr. Haredale schloß das Fenster und entfernte sich. Kurz darauf erschien er wieder an der Tür am Fuß des Erkers, kam über den Gartenweg herüber, schloß das Tor auf und ließ die beiden Männer herein.

»Ihr seid ein später Besuch, Willet. Was gibt es?«

»Nicht der Rede wert, Sir«, sagte John, »eine müßige Geschichte! Ich dachte, Ihr solltet davon wissen; weiter nichts.«

»Laßt Euren Mann mit der Laterne vorangehen und gebt mir

Eure Hand. Die Treppen sind krumm und schmal. – Geht vorsichtig mit Eurem Lichte um, Freund! Ihr schwenkt es ja herum wie ein Rauchfaß.«

Hugh, der schon am Erker angelangt war, hielt es fester und stieg voran, indem er sich von Zeit zu Zeit umwandte, um das Licht der Laterne auf die Treppe hinunterfallen zu lassen. Mr. Haredale, der ihm zunächst folgte, beobachtete sein lauerndes Gesicht mit geringem Gefallen, und Hugh gab ihm jeden Blick mit Zinsen zurück, während sie die Wendeltreppe hinaufkletterten.

Die Treppe führte in ein kleines Vorzimmer, das an die Stube stieß, deren Licht draußen zu sehen gewesen war. Mr. Haredale trat zuerst ein und führte die Gäste in diesen hintern Raum, wo er sich an einen Schreibtisch setzte. Dort hatte er gesessen, als die Glocke gezogen wurde.

»Kommt herein«, sagte er, dem alten John zunickend, der sich beständig verbeugte und an der Tür stehenblieb. »Euch meine ich nicht«, setzte er eilig hinzu, als Hugh ebenfalls hereintrat. »Willet, warum bringt Ihr den Kerl mit her?«

»Na, Sir«, entgegnete John, die Brauen in die Höhe ziehend und die Stimme dämpfend, »seht doch nur, er ist keine schlechte Wache.«

»Dessen seid Euch lieber nicht zu sicher«, sagte Mr. Haredale mit einem Blick in der Richtung, wo Hugh stand. »Ich habe meinen Zweifel. Er hat ein böses Auge.«

»In seinem Auge liegt gar kein Funke von Einbildungskraft«, sagte Mr. Willet, über seine Schulter nach dem in Frage stehenden Organe schielend, »soviel steht fest.«

»Gutes liegt nicht drin, das glaubt einmal«, sagte Mr. Haredale. »Wartet dort in dem kleinen Zimmer, Freund, und schließt die Tür zwischen uns.«

Hugh zuckte mit den Achseln, und mit einem verächtlichen Blicke, aus dem hervorging, daß er entweder alles gehört oder den Inhalt ihres Geflüsters erraten hatte, tat er, wie ihm geheißen war. Als er aus dem Zimmer hinaus war, wandte sich Mr. Haredale an den alten John und bat ihn, sein Anliegen vorzubringen, jedoch nicht allzu laut zu sprechen, da drüben scharfe Ohren wären.

Infolge dieser Warnung berichtete Mr. Willet in geschmeidigem Flüstertone alles, was er in der letzten Nacht gehört und gesagt hatte; hierbei legte er ganz besonderen Nachdruck auf seine Scharfsinnigkeit, seine große Rücksicht auf die Familie, um deren Glück und Ruhe er sich sorge. Die Geschichte erregte seinen Zuhörer weit mehr, als es sich hatte erwarten lassen. Mr. Haredale veränderte oft seine Haltung und Stellung, stand von seinem Sitz auf und schritt durch das Zimmer, kehrte wieder zurück, wünschte vom alten John, daß er möglichst genau die Worte sage, die Salomo gebraucht habe, und gab für seine Bestürzung und dafür, daß ihm der Vorfall sehr verdrießlich sei, noch so mancherlei andere Anzeichen, daß selbst Mr. Willet erstaunt und verwundert war.

»Ihr habt durchaus recht getan«, sagte er am Ende der langen Unterhaltung, »daß Ihr ihnen geraten habt, die Sache geheimzuhalten. Es ist ein albernes Hirngespinst des schwachköpfigen Menschen, das in seiner Furcht und seinem Aberglauben entstanden und Nahrung gefunden hat. Ms. Haredale aber würde sich, wenn sie auch keine andere Meinung darüber hätte als ich, doch beunruhigen, wenn das Gerede zu ihren Ohren dränge. Es steht in zu engem Zusammenhange mit einem für uns sehr schmerzlichen Gegenstande, als daß es von uns mit Gleichgültigkeit gehört werden könnte. Ihr habt Euch als außerordentlich klug und weise gezeigt. Ich danke Euch dafür von ganzem Herzen!«

Das war mehr, als John erwartet hatte, weit mehr; aber lieber wäre ihm doch gewesen, wenn ihn Mr. Haredale, statt auf- und abzuschreiten, statt ruck- und stoßweis zu reden, statt alle Sekunden die Augen auf den Boden zu heften und stehenzubleiben, um gleich darauf wieder wie ein Unsinniger umherzurennen, ohne scheinbar recht zu wissen, was er sagte oder was er machte – wie gesagt, es wäre John lieber gewesen, wenn ihm Mr. Haredale statt dessen bei den Dankesworten mit einem Blick bewiesen hätte, daß er diesen Dank auch wirklich ehrlich meinte.

So war aber nun einmal Mr. Haredale beschaffen, und auf John wirkte diese Art so verwirrend, daß er eine Zeitlang ganz passiv dasaß. Endlich erhob er sich. Mr. Haredale starrte ihn einen Augenblick lang an, als ob er seine Anwesenheit völlig vergessen hätte; dann schüttelte er ihm die Hand und öffnete wieder die Tür. Hugh, der auf den Dielen des Vorzimmers fest eingeschlafen war oder sich so stellte, sprang plötzlich auf die Füße, griff nach Stock und Laterne und schickte sich an, die Treppe hinunterzugehen.

»Halt!« sagte Mr. Haredale. »Ob der Mann was trinken mag?«

»Der? Und trinken? Die Themse würde er aussaufen, Sir, wenn das Themsewasser nur stark genug wäre«, versetzte John Willet. »Er wird was zu trinken bekommen, wenn er daheim ist. Jetzt bleibt er besser nüchtern, Sir.«

»I wo! Halb ist der Weg ja gemacht«, sagte Hugh. »Was Ihr doch für ein harter Herr seid! Ich werde viel besser nach Hause finden, wenn ich halbwegs ein Glas trinke.«

Da John keine Erwiderung auf diese Worte gab, brachte Mr. Haredale ein Glas Schnaps heraus und gab es Hugh, der, als er es aus Haredales Hand nahm, vom Inhalt einen Teil auf den Boden schüttete.

»Was fällt dir ein, im Hause eines vornehmen Herrn Schnaps zu verschütten?« sagte John.

»Ich trinke Euch eins zu«, versetzte Hugh, das Glas über den Kopf schwenkend und dabei die Augen auf Mr. Haredale heftend; »eins diesem Hause und eins seinem Herrn!« Hierbei brummte er etwas vor sich hin und trank den Rest aus. Dann setzte er das Glas ab und schritt den beiden Männern voraus, ohne weiter ein Wort zu sprechen.

John war darüber nicht wenig aufgebracht. Da er aber sah, daß Mrs. Haredale Hughs Reden und Tun keine Bedeutung beimaß, brachte er keine Entschuldigung hervor, sondern begab sich schweigend die Treppe hinunter und ging durch das Gartentor. Auf der andern Seite blieben sie stehen; Hugh leuchtete, während Mr. Haredale das Haus innen verschloß, und nun erst sah John zu seinem großen Erstaunen – wie er nachmals oft erzählte –, daß Mr. Haredale leichenblaß aussah und daß sich sein Gesicht seit ihrem Eintritt bei ihm so sehr verändert hatte und so hager geworden war, daß er fast ein anderer Mann geworden zu sein schien.

Sie befanden sich wieder auf offener Heerstraße, und Mr. Willet schritt hinter seiner Leibwache her, wie auf dem Hinweg; seine Gedanken kreisten noch um Haredales Aussehen, als Hugh ihn plötzlich beiseite riß. Im gleichen Augenblick sprengten drei Reiter an ihm vorbei, so nahe, daß der, welcher auf ihrer Seite ritt, ihm noch die Schulter streifte. – Jetzt brachten sie ihre Pferde zum Stehen und warteten auf die beiden Nachtwanderer.

35. Kapitel

Als John Willet sah, daß die Reiter die Pferde herumrissen und sich zu dritt in dem engen Wege nebeneinander aufstellten, um ihn und seinen Knecht zu empfangen, kam ihm mit ungewohnter Schnelligkeit der Gedanke, daß es Wegelagerer sein müßten. Wäre Hugh mit einer Donnerbüchse bewaffnet gewesen, statt bloß mit einem Knüttel, so würde er ihm ganz gewiß befohlen haben, auf gut Glück loszuschießen, während er sich durch sofortige Flucht in Sicherheit zu bringen versucht hätte. Aber angesichts der höchst nachteiligen Umstände erachtete er es für klug und weise, sich nach einem Feldherrnbrauch anderer Art zu richten: Er flüsterte deshalb seinem Diener zu, die Leute aufs friedfertigste und höflichste anzusprechen. Im Geiste und nach dem Buchstaben dieser Weisung handelnd, tat Hugh einen Schritt vorwärts, schwang seinen Knüppel dicht vor den Augen des ihm zunächst befindlichen Reiters und fragte grob, was ihm und seinen Gesellen einfiele, sie fast über den Haufen zu reiten und zu so später Nachtstunde sich auf der königlichen Heerstraße herumzutreiben.

Der Mann, an den diese Worte gerichtet wurden, schickte sich eben an, eine zornige Antwort zu erteilen, wurde aber von dem in der Mitte befindlichen Reiter unterbrochen, der mit einem Anstrich von Autorität laut, aber nicht barsch oder unhöflich fragte:

»Bitte, ist das die Straße nach London?«

»Wenn Ihr sie in der rechten Richtung verfolgt, dann seid Ihr auf der rechten Straße«, gab Hugh zur Antwort.

»Na, na, Bruder«, meinte die angesprochene Person, »Ihr seid als Engländer – was ich aber nach Eurer Zunge bezweifeln möchte – ein recht ungeschlachter Patron. Euer Gefährte wird mir sicher höflicher antworten. Was sagt Ihr dazu, Freund?«

»Daß es die Straße nach London ist, Sir«, gab John zur Antwort, »und ich wünschte«, setzte er in gedämpftem Tone, an Hugh gewandt, hinzu, »du ständest auf Gott weiß welcher anderen Straße, du Vagabund! Bist du deines Lebens so satt, Hugh, daß du dich unterfängst, drei großen Kerlen grob zu kommen, denen die Parole: Geld her, oder das Leben, aus allen Kleidern riecht, die uns über den Haufen rennen könnten von vorn und von hinten, bis wir tot daliegen, die unsere Leiber hinter sich aufschnallen könnten, um uns zehn Meilen weit von hier zu ersäufen?«

»Wie weit ist es nach London?« fragte der nämliche Mann, der bis jetzt das Wort geführt hatte.

»Hm, gnädiger Herr«, antwortete John im überzeugendsten Ton, »von hier wohl an dreizehn bequeme Meilen.«

Das Eigenschaftswort war als ein Ansporn für die Reisenden eingeschoben worden, sofort aufzubrechen. Anstatt aber den gewünschten Erfolg zu finden, entlockte die Rede derselben Person die Bemerkung: »Dreizehn Meilen! Eine weite Strecke noch!« und dann folgte eine kurze Pause der Unschlüssigkeit.

»Bitte«, sagte der vornehme Herr, »gibt es hier in der Nähe Wirtshäuser oder Herbergen?«

Bei dem Worte »Wirtshäuser« fand John seinen Mut in erstaunlicher Weise wieder. Seine Befürchtungen verflogen wie Rauch, der Gasthauswirt in ihm brach machtvoll hervor.

»Gasthäuser und Herbergen«, erwiderte Mr. Willet mit großem Nachdruck auf die die Mehrzahl anzeigenden Endungen der beiden Wörter, »gibt es hier nicht, aber *ein* Gasthaus gibt es hier – ein einziges – die Maypole-Schenke! Allerdings ein Gasthaus, wie es im Buche steht. So eins findet Ihr nicht häufig.«

»Wohl Euer Eigentum?« fragte der Reiter lächelnd.

»Stimmt«, erwiderte John, aufs höchste verwundert, daß der Mann dies herausbekommen hatte.

»Wie weit ist es von hier bis zum Maypole?«

»Etwa eine Meile« – John wollte eben noch hinzusetzen, »und zwar die bequemste Meile auf der ganzen Welt«, als der dritte Reiter, der bislang ein wenig im Hintergrunde geblieben war, sich plötzlich in die Unterhaltung mischte:

»Und habt Ihr in Eurem einzigen Gast- und Einkehrhaus auch ein einziges Bett, Wirt? Ein Bett, das Ihr empfehlen könnt – ein Bett, von dem Ihr auch wißt, das es gut gelüftet ist – ein Bett, in dem schon wirklich respektable, über allen gesellschaftlichen Zweifel erhabene Personen geschlafen haben?«

»Wir nehmen weder Pack noch Lumpen in unserem Haus auf, gnädiger Herr«, antwortete John, »Und was das Bett anbetrifft –«

»Sagen wir, was die drei Betten anbetrifft«, warf der Herr ein, der vorhin das Wort geführt hatte. »Denn wenn wir absteigen, werden wir schon drei haben müssen, obwohl mein Freund bloß von einem spricht.«

»Nein, nein, nein Lord! Ihr seid zu gütig, zu gnädig, aber Euer Leben ist von viel zu großer Wichtigkeit für die Nation in diesen schrecklichen Zeiten, um auf eine Stufe mit einem so nutzlosen und armseligen Leben wie dem meinigen gestellt zu werden. Eine große Sache, mein Lord, eine gewichtige Sache hängt ab von Euch – Ihr seid der Führer und Kämpfer, Ihr seid Vortrab und Nachtrab dieser Sache, der Sache unserer Altäre und heimischen Herde, unseres Vaterlandes und unseres Glaubens. Laßt mich auf einem Stuhle – auf dem Estrich – oder sonstwo schlafen. Ob ich mir einen Schnupfen oder ein Fieber hole, das schert niemanden. John Grueby mag die Nacht unter freiem Himmel zubringen – um ihn wird sich kein Wesen härmen. Aber vierzigtausend Menschen dieses unseres Inselreiches im Ozean – die Weiber und Kinder gar nicht gerechnet – heften ihre Augen und ihre Gedanken auf Lord George Gordon[47] und beten Tag für Tag, vom Sonnenaufgang bis zum Niedergang, für seine Gesundheit und sein Wohlergehen zum Himmel. Mein Herr Lord,« sagte der Sprecher weiter und richtete sich in seinen Steigbügeln auf, »es ist eine rühmliche Sache, die nicht in Verzug geraten darf! Mein Herr Lord!«

»Ja! Eine heilige Sache, fürwahr, eine heilige Sache!« rief Seine Lordschaft, mit großer Feierlichkeit den Hut lüftend – »Amen!«

»John Grueby«, sagte der hoch aufgeschossene Herr im Ton milden Tadels – »Seine Lordschaft sagt Amen.«

»Ich höre, was mein Lord sagt, Herr«, antwortete der Mann, der wie eine Bildsäule auf seinem Rosse saß.

»Und Ihr – Ihr sagt nicht gleichfalls Amen?«

Hierauf gab John Grueby nicht die geringste Erwiderung, sondern saß kerzengerade und blickte starr vor sich hin.

»Ihr setzt mich in Verwunderung, Grueby«, sagte der vornehme Herr. »In einer kritischen Zeit wie der gegenwärtigen, da Königin Elisabeth, die jungfräuliche Herrscherin, in ihrem Grabe weint und die blutige Maria mit finsterer, umwölkter Stirn sieghaft einherschreitet –«

»O mein Herr!« rief der Mann verdrießlich, »was hat es für Zweck, unter solchen Umständen, wenn Mylord durchnäßt und ermüdet vom schweren Ritte ist, von der blutigen Maria zu reden? Laßt uns entweder nach London aufbrechen, Sir, oder gleich absatteln – andernfalls bekommt diese unglückselige blutige Maria noch schwerere Verantwortung, als ihr schon auf dem Halse liegt – ich glaube, sie hat ohnehin in ihrem Grabe mehr Unheil gestiftet, als je bei Lebzeiten.«

Mr. Willet hatte noch nie in seinem ganzen Leben einen Menschen so schnell und viel auf einmal reden hören, wie jetzt von dem lang aufgeschossenen feinen Herrn, und da sein Gehirn gänzlich unfähig war, das festzuhalten oder gar zu verarbeiten, hatte er jeden Gedanken daran aufgegeben und mittlerweile soviel Sammlung gefunden, daß er die empfehlenden Bemerkungen machen konnte, im Maypole sei für die ganze Gesellschaft Platz genug zur Unterkunft vorhanden, es fehle dort weder an guten Betten noch an reinen Weinen, geschweige an separaten Zimmern für große und kleine Gesellschaften; es würden dort feine Mahlzeiten im Nu serviert, die Pferdeställe seien im saubersten Stande, auch ein verschließbarer Wagenschuppen sei da – kurz und gut: allerhand empfehlende Bemerkungen solcher Art, wie sie an verschiedenen Teilen des Gebäudes angemalt oder geschrieben standen und die er im Laufe der vierzig und einigen Jahren mit leidlicher Genauigkeit herzuleiern gelernt hatte. Er dachte aber gerade über den Einfall nach, ob es am Ende möglich sei, einige neue Sprüche zum gleichen Zwecke einzuschalten, als der Herr, der zuerst gesprochen, sich an den Langaufgeschossenen wendete mit dem Rufe: »Was meint Ihr, Gashford? Wollen wir's in dem Haus, von dem er spricht, versuchen oder wollen wir weiter galoppieren? Ihr mögt entscheiden!«

»Geht voran, Wirt, und zeigt den Weg«, entschied Lord George Gordon – »wir werden auf Schrittweite folgen.«

»Mit Verlaub, Mylord«, sagte John Grueby mit gedämpfter Stimme, »laßt mich den mir zustehenden Platz vertauschen und Euch vorausreiten. Der Freund des Gastwirtes sieht mir nicht eben ehrbar aus, und Vorsicht ihm gegenüber dürfte geraten sein.«

»John Grueby hat recht«, warf Mr. Gashford dazwischen und ritt hastig nach hinten. »Mylord! Ein so kostbares Leben wie das Ihrige darf nicht in Gefahr kommen. Reitet voran, John, komme, was wolle. Habt Ihr Grund, dem Kerl zu mißtrauen, so blast ihm das Gehirn aus!«

John gab keine Antwort, sondern befahl Hugh, sich zu sputen – wobei er in einem fort, seiner Gewohnheit nach, geradeaus vor sich hinsah, solange der Sekretär das Wort führte – und blieb ihm dicht auf der Ferse. Hinter ihm ritt Seine Lordschaft – Mr. Willet hielt ihm die Zügel –, und zuletzt folgte Seiner Lordschaft Geheimschreiber – denn dies war Gashfords amtliche Würde.

Hugh griff tüchtig aus, wobei er sich häufig nach dem Diener umschaute, dessen Pferd ihm dicht auf den Hacken blieb, und nach dem Pistolenfutteral an seinem Halfter schielte, worauf er große Stücke zu halten schien. Der Diener war ein vierschrötiger, kräftig gebauter Bursche mit einem Stiernacken, echt englischen Vollbluts, und als Hugh ihn mit dem Auge maß, maß er Hugh von oben bis unten und widmete ihm dabei einen Blick, der an Trotz und Geringschätzung nichts zu wünschen ließ. Er war weit älter als der Maypole-Knecht, ein Mann von etwa 45 Jahren, aber einer von jenen selbstbewußten, hartköpfigen, unverwüstlichen Gesellen, die immer, wenn sie in ein Handgemenge kommen, ohne Rücksicht und Scheu und mit kaltem Blute drauflos schlagen, bis sie gewonnen haben.

»Wenn ich Euch jetzt in die Irre führte«, meinte Hugh spöttisch, »dann würdet Ihr mir – ha ha ha! – gewiß eine Kugel durch den Kopf schießen!«

John Grueby ignorierte diese Bemerkung, als wenn er taub und Hugh stumm gewesen wäre, sondern ritt weiter, die Augen starr auf den Horizont gerichtet.

»Habt Ihr Euch mal, als Ihr jung wart, mit einem Mann geprügelt, Meister?« fragte Hugh. »Versteht Ihr Euch auf Stockmusik? Auf 'ne Solopartie?«

John Grueby sah ihn spöttisch von der Seite an, würdigte ihn aber keines Wortes.

»So etwa?« meinte Hugh weiter, seinen Prügel in eine von jenen geschickten Schwingungen versetzend, an denen der Landmann aus der damaligen Zeit seine besondere Freude hatte. »Wupp!«

»– Oder so!« antwortete John Grueby, parierte den Schlag mit der Peitsche und schlug Hugh mit dem Stiel auf den Schädel. »Ja, dann und wann habe ich 'mal mitgespielt. Ihr tragt Euer Haar zu lang; wärs ein bißchen kürzer gewesen, hätt ich Euch sicher die Hirnschale eingeschlagen.«

Es war ein gar schneidiger, laut schallender Schlag, der auf Hugh niedersauste und Hugh augenscheinlich verblüffte; denn einen Augenblick schien er Neigung zu fühlen, seinen neuen

Bekannten aus dem Sattel zu befördern. Da dessen Gesicht aber weder Bosheit noch Schadenfreude, noch Grimm oder sonstwelchen Ausdruck zeigte, der ihn hätte verdrießen können, die Augen des Mannes vielmehr noch starr in der alten Richtung blickten, und da er so gleichgültig dabei tat, als hätte er bloß eine Fliege weggeblasen, und sein Benehmen nicht um einen Deut geändert hatte, war Hugh so verdutzt und zeigte so geschwind seine Neigung, den Mann als Kujon von fast übernatürlicher Zähigkeit anzusehen, daß er sich darauf beschränkte, zu lachen und ein »Gut gemacht!« zu rufen. Dann lenkte er ein wenig beiseite und schritt schweigend voran.

Binnen weniger Minuten machte die Gesellschaft vor der Tür des Maypole Halt. Lord George und sein Geheimschreiber sprangen rasch von den Pferden und gaben ihrem Diener die Zügel, der sie unter Hughs Beistand in den Ställen unterbrachte. Höchst erfreut, den Unbilden der Nacht zu entrinnen, folgten die Herren dem Wirt in die Gaststube und stellten sich dort an das lustig prasselnde Feuer im Ofen. Sie wärmten sich und trockneten sich die Kleider, während Willet sich mit der Erteilung derjenigen Weisungen und Zurüstungen beschäftigte, welche der hohe Besuch verdient hatte.

Während er geschäftig auf und ab schritt, fand er Gelegenheit, die beiden Reisenden in Augenschein zu nehmen, von denen er bis jetzt nichts als die Stimme kannte. Der Lord, die große Persönlichkeit, welche dem Maypole soviel Ehre erwies, war von mittlerer Größe, von schmächtiger Gestalt und bleicher Gesichtsfarbe; er hatte eine Adlernase und langes, rötlich braunes Haar, das um die Ohren ganz straff und glatt gekämmt und leicht gepudert war, aber nicht die leiseste Spur von einer Locke aufwies. Er war unter seinem Überrock vollständig in Schwarz gekleidet; sein Anzug war frei von allem Schmuck und hatte einen sehr vornehmen, aber einfachen Schnitt. Die ernste Würde seines Anzugs im Verein mit einer gewissen Schmäle seines Gesichts und Steifheit seines Benehmens fügte seinem Alter nahezu zehn Jahre hinzu; seine Gestalt aber war die eines Mannes, der die dreißig noch nicht überschritten hat. Während er dastand und nachdenklich sinnend in die rote Glut schaute, war jedem, der ihn ansah, sein außerordentlich helles, großes Auge auffällig, das eine Ruhelosigkeit des Gedankens und Handelns vereinte, die sich zu der studierten Sammlung und Nüchternheit seiner Miene und zu der

Wunderlichkeit und Trübseligkeit seiner äußeren Erscheinung in seltsamem Abstand hielt. In seinem Gesichtsausdruck lag nichts Unwirsches oder Grausames; auch sein Gesicht, das schmal und wild war, zeigte nichts hiervon, sondern ließ auf eine Unzufriedenheit und Unbehaglichkeit schließen, die sich nicht recht beschreiben läßt, die aber ansteckend auf jeden wirkte, der ihn ansah und ein seltsames Mitgefühl für den Mann wachrief: Obgleich man einige Mühe hätte, wenn man den Grund hierfür hätte angeben sollen.

Gashford, der Geheimschreiber, war von größerer Figur, eckig gebaut, breitschultrig, knochig und entbehrte jeglicher Anmut. Sein Anzug war, im Einklange mit demjenigen seines Vorgesetzen, ernst und im höchsten Grade gemessen; sein Benehmen förmlich und gezwungen. Dieser Mann hatte eine vorstehende Stirn, große Hände, große Füße und große Ohren und ein Augenpaar, das sich auf unnatürliche Weise in den Kopf geflüchtet und eine Höhle ausgegraben zu haben schien, um sich darin zu verstecken. Sein Wesen war geschmeidig und demütig, aber sehr pfiffig und lauernd. Er hatte das Aussehen eines Menschen, der immer Geheimnisse hat. Aber er sah geduldig – sehr geduldig – drein und wedelte wie ein Wachtelhund. Auch in diesem Augenblick, wo er sich vor der Feuerglut wärmte und die Hände rieb, machte er den Eindruck eines Menschen, der sich bloß den Genuß anmaßte, der seinem Stande als gemeiner Mann zukam; obgleich er wußte, daß ihm sein Herr keine Beachtung widmete, blickte er ihm doch von Zeit zu Zeit ins Gesicht und lächelte, gleichsam um sich in der Übung zu halten, mit sanftem, unterwürfigem Wesen.

Das waren die Gäste, die der alte John Willet mit starrem, bleiernem Auge an die hundertmal musterte und zu denen er jetzt, mit einem Prunkleuchter in jeder Hand, mit der Bitte trat, ihm in eins ihrer würdigeren Zimmer zu folgen. »Denn, Mylord«, sagte John – (es ist gewiß recht merkwürdig, aber es ist so: gewisse Leute scheinen ein ebenso großes Vergnügen am Aussprechen von Titeln zu haben, als ihre Besitzer am Führen derselben) – »dieses Zimmer, Mylord, ist durchaus nicht von der Art, wie es sich für Eure Lordschaft schickt, und ich muß Eure Lordschaft um Verzeihung bitten, daß ich Euch, Mylord, auch nur eine einzige Minute darin habe verweilen lassen, Mylord!«

Mit dieser Ansprache beförderte John seine Gäste die Stiege hinauf ins Prunkgemach, das wie viele andere Prunksachen kalt und unbehaglich war. Die Fußschritte hallten durch das geräumige Zimmer wider und schlugen mit hohlem Klang an ihre Ohren; und seine feuchte, eisige Luft wurde durch den Gegensatz zu der behaglichen Wärme, die sie eben verlassen hatte, doppelt unerquicklich.

Es war jedoch nutzlos, eine Rückkehr an den Ort, wo sie bislang geweilt hatten vorzuschlagen, denn die Zurüstungen gingen so flink vonstatten, daß sich gar keine Zeit fand, Einhalt zu gebieten. John führte sie, die beiden hohen Kerzen noch immer in den Händen, unter Bücklingen zum Kamine; Hugh, der mit einer kleinen Fackel in der Faust und einem Holzstoß auf dem Arm hereintorkelte, warf den letzteren auf den Herd und setze ihn in Glut; John Grueby, der eine blaue Kokarde an seinem Hute trug, die er ganz gewaltig zu verachten schien, brachte den Mantelsack herein, den er vor sich auf dem Pferde getragen hatte, und legte ihn auf den Boden. Nun machten sich alle drei eifrig daran, die spanische Wand auseinanderzuziehen, das Tischtuch auf die Tafel zu breiten, die Betten zu besichtigen, im Schlafzimmer Feuer anzumachen, das Abendessen aufzutischen und alles möglichst flink behaglich zu machen. Innerhalb einer knappen Stunde war das Abendessen aufgetragen, verspeist und wieder abgeräumt; und Lord George und sein Sekretär saßen, in Pantoffeln und die Beine vor dem Feuer ausgestreckt, bei einem Glase heißen Glühweins einander gegenüber.

»So also, Mylord«, sagte Gashford und füllte sich mit großem Behagen das Glas, »so also endet das gesegnete Werk eines gesegneten Tages.«

»Und eines gesegneten gestrigen Tages«, setzte Seine Lordschaft hinzu und erhob das Haupt.

»Ah!« – und bei diesem Wort faltete der Sekretär die Hände – »ja, wirklich, eines gesegneten gestrigen Tages! Die Protestanten von Suffolk sind gottesfürchtige Männer. Wenn auch andere von unsern Landsleuten sich in die Finsternis verirrt haben, Mylord – wie es uns ja heut abend auch gegangen ist, – so ist doch ihr Weg das Licht und die Glorie.«

»Ob ich sie gerührt habe, Gashford?« fragte Lord George.

»Gerührt, Mylord! Gerührt!? Geschrien haben sie, daß man sie gegen die Papisten führe! Fürchterliche Rache haben sie auf deren Häupter herabgeschworen, gebrüllt haben sie wie Besessene, geschworen –«

»Aber nicht bei Teufeln«, meinte Seine Lordschaft.

»Bei Teufeln, Mylord? Bei Engeln!«

»Jawohl – oh! Sicher, sicher! – Bei Engeln, gar kein Zweifel!« sagte Lord George, steckte die Hände in die Taschen, zog sie wieder heraus, um an den Nägeln zu kauen, und sah voller Unbehagen nach dem Feuer. »Selbstverständlich bei Engeln – he, Gashford?«

»Ihr bezweifelt es doch nicht?« fragte der Sekretär.

»Nein – nein«, entgegnete Seine Lordschaft. »Nein, warum sollte ich zweifeln? Ich meine, das wäre entschieden unheilig – nicht wahr, Gashford? Wenn auch ohne Zweifel«, setzte er hinzu, ohne eine Antwort abzuwarten, »einige Kerle von verteufelt schlimmem Aussehen dabei sind.«

»Als Ihr Euch erwärmtet«, sagte der Sekretär, indem er scharf auf des andern niedergeschlagene Augen blickte, »als Ihr Euch zu jenem edlen Ausbruch erwärmtet, als Ihr ihnen sagtet, daß Ihr nie zu der lauen oder furchtsamen Menschenklasse zähltet und sie auffordertet zur Bereitschaft, einem zu folgen, der sie führen würde, und wäre es auch in den Tod; als Ihr von hundertundzwanzigtausend Mann spracht jenseits der schottischen Grenze,[48] die sich selbst Besserung schaffen würden, falls Besserung abgeschlagen würde; als Ihr rieft: ›Geh unter, Papst, mit all deinen niedrigen Anhängern; die Strafgesetze[49] gegen dich sollen nie abgeschafft werden, solange Engländer Herzen und Hände haben‹; als Ihr ans Schwert grifft und sie riefen: ›Nieder mit dem Papst!‹ und Ihr rieft: ›Hurrah! Und sollten wir im Blute waten! Nieder mit dem Papst! Lord George! Nieder mit den Papisten! Rache an ihren Köpfen!‹ Als all dieses gesagt und getan wurde und ein Wort von Euch, Mylord, den Tumult steigern oder stillen konnte – ach! da fühlte ich in der Tat, was Größe ist, und dachte bei mir: Wann gab es je eine Macht, die der des Lord George Gordon an Größe geglichen hätte!«

»Ja! Es ist eine große Macht. Ihr habt Recht. Eine große Macht!« rief er mit blitzenden Augen. »Aber – teurer Gashford – habe ich wahrhaftig dies alles gesagt?«

»Und wieviel mehr noch!« rief der Sekretär, nach oben blickend. »Ach, wieviel mehr noch!«

»Also auch das über die hundertundvierzigtausend Mann in Schottland? Ja!« fragte er mit sichtlichem Entzücken. »Das war kühn.«

»Kühnheit ist unsere Sache. Die Wahrheit ist immer kühn.«

»Gewiß. Die Religion auch. Sie ist immer kühn, Gashford.«

»Die wahre Religion ist kühn, Mylord.«

»Also auch die unsrige«, versetzte er, unruhig im Stuhl umherrückend und an seinen Nägeln kauend, als wollte er sie bis aufs Fleisch herunter abnagen. »Kein Zweifel, daß unsere Religion die wahre ist. Das wißt Ihr so genau wie ich, Gashford. Nicht wahr?«

»Fragt Mylord mich?« Gashford zog mit gespielt beleidigter Miene seinen Stuhl näher an den Lord und legte seine breite, flache Hand auf den Tisch; »Mich?« wiederholte er, indem er die düsteren Höhlen seiner Augen mit einem widerlichen Lächeln auf den Lord richtete, »obwohl ich gebannt bin von dem Zauber seiner Beredsamkeit, erst vor einem Jahre in Schottland allen Irrtümern der römischen Kirche abgeschworen und mich an ihn gehängt habe wie an einen Mann, dessen Hand mich zur rechten Zeit vom Abgrunde gerissen?«

»Wahr! Nein – nein. Ich – das meinte ich nicht,« entgegnete der andere, ihm die Hand schüttelnd, stand von seinem Stuhl auf und schritt ruhelos im Zimmer umher. »Es ist eine stolze Sache, Anführer eines Volks zu sein, Gashford«, setzte er hinzu und blieb plötzlich stehen.

»Zumal, wenn Vernunft es gebietet«, sagte der Sekretär.

»Ja, sicher. Mögen sie hüsteln und witzeln und seufzen im Parlament und mich einen Narren und Verrückten nennen, soviel sie wollen! Aber wer von ihnen kann diese menschliche Flut aufwühlen? Wer kann sie nach seinem Willen wogen und brüllen lassen? Kein einziger.«

»Kein einziger«, wiederholte Gashford.

»Wer von ihnen kann sich zur Ehre und zum Ruhme sagen, was ich zu meiner Ehre, zu meinem Ruhme aufführen kann? Wer von ihnen hat ein Ministergehalt[50] von eintausend Pfund im Jahr ausgeschlagen, um auf seinen Sitz zu Gunsten eines andern Verzicht zu leisten? Kein einziger.«

»Kein einziger«, wiederholte Gashford, der sich inzwischen den Löwenanteil von dem Glühwein sicherte.

»Und da wir ehrbar und treu sind, Gashford, und uns einer geheiligten Sache weihen«, sagte Lord George mit glühendem Gesicht und lauter Stimme, während er seine vom Fieber durchgeschüttelte Hand auf die Schulter des Sekretärs legte, »und wir die einzigen Männer sind, die die große Masse des Volkes außerhalb ihres Privatlebens achten und von ihm geachtet werden, so wollen wir sie bis zum letzten Blutstropfen unterstützen und ein Geschrei erheben gegen diese jedem Engländer feindlichen Papisten, das einen Widerhall finden soll durch das Land und gleich Donnergetöse dahinrollen soll. Ich will mich würdig zeigen des Spruches auf meinem Wappenschilde: ›Berufen, erkoren und getreu ergeben‹.«

»Vom Himmel berufen«, ergänzte der Sekretär.

»Das bin ich!«

»Vom Volk erkoren.«

»Ja.«

»Beiden treu ergeben.«

»Bis zum Richtblock!«

Es wäre schwierig, einen passenden Begriff von der Erregung zu gewinnen, womit Lord George seinem Sekretär diese Antworten gab; von der Schnelligkeit, mit der er sie hervorstieß, oder der Heftigkeit in Ton und Gebärde, worin etwas Wildes und Unzähmbares lag, das selbst durch sein puritanisches Benehmen sich hindurchkämpfte und jeden Zwang durchbrach. Einige Minuten schritt er auf und ab, dann blieb er plötzlich stehen und rief:

»Gashford – Ihr habt sie gestern auch erregt – o ja! – Ihr auch!«

»Mylords Glanz strahlte auf mich zurück«, entgegnete der demütige Sekretär, indem er die Hand auf die Brust legte. »Ich tat, was in meinen schwachen Kräften stand!«

»Die Tat war gut«, sagte sein Meister, »Ihr seid ein wichtiges und würdiges Werkzeug. Wenn Ihr John Grueby klingeln wollt, den Mantelsack in mein Zimmer zu bringen, und hier warten wollt, während ich mich umkleide, so werden wir wie gewöhnlich unsere Angelegenheiten ins reine bringen, falls Ihr nicht zu müde seid.«

»Zu müde, Mylord! – Solche Bedenken! Wahrlich, Christ von Kopf zu Fuß!« Mit diesem Selbstgespräch kippte der Sekretär den Krug auf die Seite und starrte sehr eifrig in den Glühwein, was noch davon übrig sei.

John Willet und John Grueby traten zusammen ein. Der eine trug die großen Leuchter, der andere den Mantelsack, und so führten sie Seine belämmerte Lordschaft in sein Zimmer und ließen den Sekretär allein zurück, der sich mit einem Gähnen schüttelte, um schließlich vor dem Feuer einzuschlafen.

»Nun, Mr. Gashford«, rief John Grueby, nachdem er einen Augenblick gewartet hatte. »Mylord ist zu Bett.«

»O! Sehr gut, John!« war seine milde Entgegnung. »Ich danke Euch, John! Es braucht niemand aufzubleiben. Ich weiß Bescheid in meinem Zimmer.«

»Ich hoffe, Ihr werdet Euch oder Mylord nicht weiter mit Geschichten von der blutigen Maria den Sinn verwirren«, sagte John. »Ich wünschte, die vermaledeite alte Hexe wäre niemals geboren worden.«

»Ich sagte Euch, John, Ihr müßt zu Bett gehen,« erwiderte der Sekretär. »Ihr habt wohl nicht gehört, was ich sage.«

»Zwischen blutigen Marien und blauen Kokarden, einer ruhmreichen Elisabeth-Königin und Redensarten wie ›Nieder mit dem Papst!‹, über Protestanten-Bünden und allerhand Ansprachen und Reden«, fuhr John Grueby fort, indem er wie gewöhnlich in die Ferne schaute und dem Wink des Sekretärs keinerlei Beachtung schenkte, »hat Mylord den Kopf schon halb verloren. Wenn wir aus der Tür treten, dann kommt ein solcher Schwarm von Strolchen mit dem Gebrüll: ›Gordon für immer!‹ hinter uns her, daß ich mich vor mir selbst schäme. Wenn wir drinnen im Hause sind, dann kommen sie brüllend und kreischend wie ebensoviele leibhaftige Teufel von allen Seiten her und belagern uns. Und Mylord, statt daß er uns befiehlt, sie zu Paaren zu treiben, tritt er auf den Balkon hinaus und wirft sich so weit weg, Ansprachen an sie zu halten und sie ›Männer Englands‹ und ›Genossen und Landsleute‹ zu titulieren, als wäre er bodenlos stolz auf sie und dankbar für ihren Besuch. Ich kann nicht verstehen, was der Kram bedeutet; aber all diese Dinge sind bald so mit dieser unglückseligen blutigen Maria verquickt, und sie schreien ihren Namen, bis sie heiser sind. Auch sind sie samt und sonders Protestanten – jeder Mann und jeder Junge unter ihnen: und Protestanten sind, scheint mir, arg nach silbernen Löffeln und nach Silbergeschirr im allgemeinen aus, sobald irgendwo eine Haustür offenstehen bleibt. Ich wünschte, daß nicht noch anderer Verdruß aus der Sache erwachsen möge. Aber wenn Ihr diesen häßlichen Wichten nicht beizeiten Einhalt gebt, Mr. Gashford – und ich weiß ja, daß Ihr der Mann seid, der das Feuer schürt –, dann werdet Ihr bald merken, daß sie Euch arg über den Kopf wachsen. An einem der nächsten Abende, wenn die Witterung wärmer wird und die Protestanten Durst bekommen, werden sie London vom Erdboden tilgen – und daß die blutige Maria die Dinge so weit getrieben hätte, davon ist mir noch nichts zu Ohren gekommen!«

Gashford hatte sich schon längst aus dem Staub gemacht, so daß diese Bemerkungen in die leere Luft gesprochen wurden. Durch diese Wahrnehmung nicht im mindesten aus der Fassung gebracht, setzte John Grueby den Hut auf, aber mit der verkehrten Seite nach oben, so daß er nicht einmal den Schatten von der ihm verhaßten Kokarde spürte. Er schüttelte in sehr düsterer und prophetischer Weise den Kopf, während er seine Schlafstube aufsuchte.

36. Kapitel

Gashford begab sich mit lächelndem Gesicht, aber noch immer mit dem Ausdruck tiefer Unterwürfigkeit und Demut in das Zimmer seines Herrn. Auf dem Gang dorthin strich er sich das Haar glatt und summte die Melodie eines Psalms. Als er sich der Tür näherte, die zu Lord Georges Zimmer führte, räusperte er sich und summte kräftiger.

Es lag ein auffälliger Gegensatz zwischen dem augenblicklichen Tun dieses Mannes und dem Ausdruck, den sein seltsam abstoßendes, boshaftes Gesicht zeigte. Seine hervorspringende Stirn verfinsterte fast die Augen. Seine Lippe war verächtlich gekräuselt, und seine Schultern schienen sogar mit den großen Schlappohren in verstohlenem Geflüster zu höhnen.

»Pst!« machte er leise, zur Zimmertür hineinlugend. »Er scheint zu schlummern. Gebe der Himmel, daß dem so sei! Zuviel des Wachens, zuviel des Sorgens, zuviel des Denkens – ach! Hebe ihn doch der Himmel zum Märtyrer auf! Hat irgendwann ein Heiliger auf dieser sündigen Erde geatmet, so ist er ein Heiliger!«

Als er das Licht auf einen Tisch gestellt, ging er auf den Zehen zum Feuer hin, setzte sich, mit dem Rücken zu dem Bett, mit dem Gesicht dem Feuer zugekehrt, auf einen Stuhl und fuhr in seinem Selbstgespräch fort wie jemand, der laut denkt:

»Der Erlöser seines Landes und des Glaubens seines Landes, der Freund seiner armen Landsleute, der Feind der Stolzen; geliebt von den Verstoßenen und Bedrückten, angebetet von vierzigtausend kühnen und königstreuen englischen Herzen – wie glücklich muß der Schlummer sein, der ihn umfängt!«

Hier seufzte er und wärmte sich die Hände, den Kopf schüttelnd, wie Leute es machen, wenn ihnen das Herz voll ist, und stieß einen weitern Seufzer aus, um sich wieder die Hände zu wärmen.

»Nun, Gashford?« sagte Lord George, der hellwach auf der Seite gelegen und Gashford angestiert hatte, seit dieser eingetreten war.

»My – My – Lord!« rief Gashford, indem er zusammenschreckte und sich, wie in heftigem Erstaunen, umsah. »Ich habe Euch gestört.«

»Ich war noch nicht eingeschlafen.«

»Noch nicht eingeschlafen!« wiederholte er mit geheuchelter Verwirrung. »Was kann ich zu unsrer Entschuldigung sagen, daß ich in Eurer Gegenwart Gedanken Ausdruck gegeben habe – aber sie waren echt und lauter – sie waren echt und lauter!« rief der Sekretär aus, indem er sich hastig mit dem Ärmel über die Augen fuhr – »und warum sollte ich es beklagen, daß sie zu Euren Ohren gekommen?«

»Gashford«, sagte der arme Lord, indem er mit offenbarer Ergriffenheit die Hand nach ihm ausstreckte. »Beklagt es nicht! Ihr liebt mich herzlich, ich weiß es – viel zu herzlich! Eine solche Hingabe und Verehrung verdiene ich nicht.«

Gashford erwiderte nichts, sondern ergriff die Hand des Lords und drückte sie an seine Lippen. Dann erhob er sich, nahm aus dem Mantelsack ein kleines Pult, das er auf einen Tisch in der Nähe des Feuers stellte, schloß es mittels eines Schlüssels auf, den er bei sich in der Tasche trug, setzte sich vor dem Pult nieder, nahm eine Feder heraus und lutschte an ihr, bevor er sie in das Tintenfaß tauchte – vielleicht, um seinen Mund, auf dem noch immer ein Lächeln spielte, in die richtige Form zu bringen.

»Wie steht es seit der letzten Nacht, da wir die Werbelisten ausgelegt, mit unsrer Stärke?« fragte Lord George. »Sind wir wirklich neunzigtausend Köpfe stark, oder ist das eine bloße Schätzung?«

»Unser Gesamtbestand überschreitet jetzt diese Ziffer um eine

Mandel und drei Stück«, erwiderte Gashford, die Augen auf seine Papiere gelenkt.

»Die Fonds?«

»Sind nicht erheblich verbessert; aber einiges Manna, Mylord, ist doch in der Wildnis gefallen. Am Freitag abend sind die Scherflein der Wittfrauen eingegangen. Vierzig Straßenfeger schossen drei Schillinge vier Pence ein. Ein bejahrter Kirchstandschließer aus der Sankt Martins-Pfarrei hat sechs Pence geschickt, eine Neugeburt von Protestanten anderthalb Penny; der Bund der Fackeljungen drei Schillinge – darunter einen falschen; die antipapistischen Gefangenen in Newgate haben fünf Schillinge vier Pence zusammengebracht. Ein Freund in Bedlam schickt eine halbe Krone; Dennis, der Henker, einen Schilling.«

»Besagter Dennis«, meinte Seine Lordschaft, »ist ein ernster und eifriger Mann. Ich habe ihn am letzten Freitag in einer Menschenmenge in Welbeck Street bemerkt.«

»Ein braver Mann«, bestätigte der Geheimschreiber; »stämmig, ehrlich und strebsam.«

»Er sollte weiter angespornt werden«, sagte Lord George. »Mach ein Kreuz bei dem Namen Dennis! Ich will mit ihm sprechen.«

Gashford gehorchte und las weiter aus seiner Liste vor:

»Die Vernunftfreunde eine halbe Guinee; die Freiheitsfreunde eine halbe Guinee; die Friedensfreunde eine halbe Guinee; die Mildtätigkeitsfreunde eine halbe Guinee; der Gedächtnisbund der blutigen Maria eine halbe Guinee; die verbündeten Bullenbeißer eine halbe Guinee.«

»Die verbündeten Bullenbeißer«, fragte Lord George, indem er sich heftig an den Nägeln herumbiß, »sind ein neuer Verein, nicht wahr?«

»Der sich früher ›Lehrlingsbund‹ nannte, Mylord. Als die Lehrbriefe der alten Mitglieder allmählich erloschen, haben sie, wie es scheint, den Namen gewechselt, wenngleich sie noch immer Lehrlingen und Handwerkern Aufnahme gewähren.«

»Wie lautet der Name ihres Vorsitzenden?« fragte Lord George.

»Präsident«, las Gashford vor: »Mr. Simon Tappertit.«

»Ich erinnere mich an ihn. Das kleine Männchen, das hin und wieder eine ältere Schwester mit in unsere Versammlungen bringt, manchmal auch eine ältere Frauensperson, die, wie ich nicht bezweifle, verläßlich ist, aber wohl körperlich nicht viel Vorzüge besitzt?«

»Die nämliche, Mylord!«

»Tappertit ist ein ernster und eifriger Mann«, sagte Lord George gedankenvoll. »Oder, Gashford?«

»Einer von den tüchtigsten Anhängern, die wir haben, Mylord. Er wittert die Schlacht von ferne, wie das Streitroß. Er schleudert den Hut in der Straße empor, als wäre er vom Geiste erleuchtet worden, und hält von den Schultern seiner Freunde herab die packendsten Reden!«

»Mach ein Sternchen bei dem Namen Tappertit«, sagte Lord George Gordon. »Wir dürfen ihn zu einem Vertrauensposten aufrücken lassen.«

»Dies«, antwortete der Geheimschreiber, indem er tat, wie ihm geheißen worden, »ist alles – ausgenommen die Sammelbüchse der Mrs. Varden, die nach vierzehnmaliger Öffnung sieben Schillinge und sechs Pence in Silber und Kupfer und eine halbe Guinee in Gold ergeben hat; wozu noch der Migg'sche Spargroschen von einem Vierteljahrslohne mit einem Schilling und drei Pence kommt.«

»Miggs«, sagte Lord George. »Ist das ein Mann?«

»Der Name ist auf der Liste als einer Frau gehörig bezeichnet«, erwiderte der Sekretär. »Ich denke mir, es ist die lange magere Person, von der Sie eben noch sprachen, Mylord, die Person, die körperlich nicht viel Vorzüge aufzuweisen hat, wie Sie sagten, die manchmal mit Tappertit und mit Mrs. Varden kommt, um einen Vortrag oder eine Rede anzuhören.«

»Mrs. Varden ist also eine ältere Dame, nicht?«

Der Sekretär nickte und rieb sich das Nasenbein mit der Fahne seiner Feder.

»Sie ist eine gläubige, eifrige Schwester«, stellte Lord George fest. »Ihre Sammlung gedeiht vortrefflich und wird mit Feuer betrieben. Ist ihr Mann gewonnen?«

»Ein schlimmer Bursche«, erwiderte der Sekretär und legte seine Papiere zusammen, »und solch eines Eheweibes total unwürdig. Er verharrt in der äußersten Finsternis und weigert sich hartnäckig.«

»So mögen die Folgen über sein Haupt kommen! – Gashford!«

»Mylord!«

»Ihr habt nicht die Befürchtung«, – während er sprach, rückte er ruhelos von einer Seite auf die andere – »daß mich die Leute verlassen werden, wenn die Stunde kommt? Ich habe kühn für sie gesprochen, habe viel gewagt und nichts unterdrückt. Nicht wahr? Abfallen werden sie doch nicht?«

»Keine Bange, Mylord«, sagte Gashford mit vielsagendem Blicke, der mehr der unfreiwillige Ausdruck seiner Gedanken war als eine Bestätigung seiner Worte; denn das Gesicht des andern war abgewandt. »Seid versichert, daß nichts zu befürchten steht.«

»Das Recht ist auf unserer Seite, wenn auch die Macht gegen uns sein mag. Ihr habt doch auch diese Empfindung – fühlt Euch ebenso sicher in dieser Hinsicht – sagt ehrlich und offen heraus, Gashford – seid Ihr meiner Meinung?«

Der Sekretär setzte eben an zu einem »Ihr habt doch nicht etwa Zweif« – als der andere ihm das Wort vom Munde nahm und mit Ungeduld erwiderte:

»Zweifel? Nein! Wer sagt, daß ich zweifle? Wenn ich zweifelte, so würde ich doch nicht Verwandte, Freunde, alles, alles um dieses unglücklichen Landes willen von mir weisen? Um dieses unglücklichen Landes willen«, rief er und sprang im Bett empor, nachdem er die Phrase »um dieses unglücklichen Landes willen« mindestens ein Dutzend Mal wiederholt hatte. – »Um dieses unglücklichen Landes willen, das von Gott und den Menschen verlassen, das einem gefährlichen Komplott papistischer Gewalten anheimgegeben, das die Beute von Verderbnis, von Götzendienerei und Selbstherrschertum geworden ist! Wer sagt, ich zweifle? Bin ich berufen und erkoren und treu ergeben? Sagt es mir! Ja, oder nein?«

»Treu Eurem Gott, Eurem Lande und Euch selbst!« rief Gashford.

»Das bin ich. Das werde ich sein. Ich sage es nochmals: das werde ich bleiben – Gott und dem Lande und mir selbst treu ergeben bis zum Henkersblock! Wer kann das von sich sagen? Ihr? Oder irgend welcher Zeitgenosse sonst?«

Der Geheimschreiber neigte das Haupt mit einem Ausdruck vollkommener Zustimmung, und Lord George, dessen Haupt allmählich auf das Kissen niedersank, versank in Schlaf.

Obgleich sein ungestümes Wesen, zusammen mit seinem hageren Aussehen und seinem aller Liebenswürdigkeit entbehrenden Verhalten betrachtet außerordentlich viel Lächerliches an sich hatte, so würde es doch kaum jemandem, der über ein gütiges Herz gebot, ein Lächeln entlockt haben; oder er würde es, sofern er es doch gewagt hätte, im nächsten Augenblick bedauert haben: Denn Lord George war in seiner Heftigkeit genauso aufrichtig wie in seiner Unschlüssigkeit. Ein zu falscher Schwärmerei neigender Charakter und der eitle Wahn, eine Führerrolle zu spielen, waren die schlimmsten Eigenschaften, die an ihm hervortraten. Alles übrige war Schwäche – Schwäche und Weichheit; und es ist das unselige Los aller gründlich schwachen Menschen, daß sogar ihre Sympathien und Neigungen und ihr Vertrauen – alle jene Eigenschaften, die bei besser beschaffenen Gemütern Tugenden sind – zu Gebrechen und Lastern ausarten.

Gashford warf manchen verschlagenen Blick zum Bett hinüber, während er, über die Torheit seines Herrn in sich hineinlachend, dasaß – bis es ihm der tiefe und schwere Atem desselben endlich geraten erscheinen ließ, sich zu entfernen. Er schloß sein kleines Pult ab, legte es wieder in den Mantelsack, allerdings erst, nachdem er aus einem geheimen Fache zwei gedruckte Zettel herausgelangt hatte; dann schlich er behutsam hinaus. Einen Blick noch warf er im Gehen auf das blasse Angesicht des Schlummernden, über dessen Haupt die staubigen Federn, welche die Spitze des Bettes der Maypole-Schenke schmückten, so traurig und so wehmütig nickten, als schmückten sie kein Bett, sondern einen Sarg.

Auf der Treppe blieb er stehen, um zu lauschen, ob alles ruhig sei, und um sich die Schuhe auszuziehen, damit nicht seine Tritte irgend einen leisen Schläfer in der Nähe erweckten; dann stieg er hinunter in den Hausflur und schob den einen seiner beiden Zettel unter die große Haustür. Nachdem er dies getan, kroch er leise in das ihm angewiesene Zimmer zurück und ließ den zweiten Zettel, den er sorgsam um einen Stein wickelte, damit ihn der Wind nicht entführe – nach dem Garten hinunter fallen.

Die beiden Zettel waren auf der Rückseite mit der Aufschrift versehen: »Jedwedem Protestanten, dem dieser Zettel in die Hände fallen sollte, folgendes!« Auf der Innenseite standen die weiteren Sätze:

»Männer und Brüder! Wer immer diesen Brief hier finde, nehme ihn auf als einen Wink, sich ohne Verzug den Freunden des Lords George Gordon zuzugesellen. Es bereiten sich große Dinge vor, und die Zeiten sind gefahrvoll und unruhig. Lest dies sorgfältig, haltet es sauber und lasset es an anderer Stelle wieder fallen. Für König und Vaterland! Der Bund.«

»Mehr Samen! Noch mehr Samen!« sagte Gashford, während er das Fenster schloß. »Wann wird die Ernte kommen?«

37. Kapitel

Umgibt man etwas, und sei es noch so ungeheuerlich oder lächerlich, mit dem Mantel des Geheimnisses, so heißt das ebensoviel, als wenn man es mit einem geheimen Reize, mit einer Anziehungskraft umgibt, welcher die Masse nicht widerstehen kann. Falsche Priester, falsche Propheten, Afterärzte, falsche Patrioten, Wundermacher aller Art, die ihr Wirken geheimnisvoll verschleiern, haben aus der Leichtgläubigkeit des Volkes immer einen ungeheuren Vorteil geschöpft. Die Neugierde ist seit der Erschaffung der Welt eine hauptsächliche Leidenschaft des menschlichen Geschlechts. Wenn man sie weckt, sie in kleinen Dosen befriedigt und doch immer etwas im Rückhalt läßt, so schafft man sich den sichersten Halt, den man bei dem denkfaulen Teil der Menschheit für schlechte Zwecke schaffen kann.

Wenn sich ein Mann auf die London Bridge gestellt und dort den Vorübergehenden, bis ihn die Heiserkeit daran verhinderte, zugeschrien hätte, es mit Lord George Gordon zu halten, und wäre es auch für eine Sache gewesen, die niemand begriffen und die bei solchem Falle gerade einen ganz besonderen Reiz für sich gehabt hätte – so würde ein solcher Mann aller Wahrscheinlichkeit nach ein paar Dutzend Menschen im Monat zum Beitritt zu der betreffenden Sache bestimmt haben. Wenn alle eifrigen Protestanten öffentlich dringend dazu aufgefordert worden wären, einem Bunde für den offen bekannten Zweck bei Gelegenheit eine Hymne oder ein paar Hymnen zu singen und ein paar belanglose Predigten sich anzuhören, und im letzten und äußersten Falle eine Bittschrift ans Parlament zu unterschreiben, kein Gesetz durchzulassen, das die Strafgesetze gegen römisch-katholische Priester aufhöbe oder die Strafe lebenslänglichen Gefängnisses für diejenigen, welche Kinder in diesem Bekenntnisse auerzogen haben, aufhöbe, desgleichen die Abschaffung der Nichteignung sämtlicher Angehörigen der römischen Kirche zum Erwerb von Grundbesitz in den vereinigten Königreichen durch Kauf oder Erbfolge zum Ziele hätte – sämtlich Sachen, die der Arbeits- und Tätigkeitssphäre und dem Herzen der großen Menge so weit abseits liegen – zu solchem Zwecke würden vielleicht an die hundert Leute zusammengetrommelt worden sein. Wenn aber unbestimmte Gerüchte kursieren, daß in diesem Protestanten-Bund eine geheime Macht gegen die Regierung zur Erreichung unbestimmter und mächtiger Ziele schüre – wenn die Luft angefüllt würde mit Geflüster über ein Komplott unter den päpstlichen Mächten, England seiner Macht zu entkleiden und in Sklavenketten zu schlagen, eine Inquisition in London zu errichten und die Ställe auf dem Smithfield-Markt[51] in Marterpfähle und Siedekessel zu wandeln; wenn Schrecken und Besorgnisse, die kein Mensch begriffe, unablässig in und außer dem Parlament durch einen Schwärmer, der sich selbst nicht verstünde, genährt und verbreitet würden, und längst abgetane Popanze, die jahrhundertelang ruhig in ihren Gräbern gelegen, wieder heraufbeschworen würden, die Dummen und Leichtgläubigen zu hetzen; wenn all dies, wie es auch geschah, im Finstern getan würde und heimliche Aufforderungen, dem großen Protestanten-Bunde zur Verteidigung von Religion, Leben und Freiheit beizutreten, auf die öffentlichen Straßen und Wege gelegt, unter die Haustüren gesteckt, zu Fenstern hinein praktiziert und nachts Leuten, die auf den Straßen gingen, in die Hände gedrückt würden; wenn sie von jeder Mauer herunterflammten und an jedem Pfosten und jedem Pfeiler leuchteten, so daß sogar Holz und Gestein schon von der gemeinsamen Furcht angesteckt zu sein schien, die die gesamte Menschheit zum blinden Aneinanderschluß drängte im Widerstande gegen eine Sache, die sie nicht kannten, – wenn diese Voraussetzungen alle erfüllt würden, dann griffe allerdings der Wahnsinn Platz, und die von Tag zu Tag noch immer anschwellende Körperschaft würde anwachsen bis zur Stärke von vierzigtausend Mann.

So wenigstens sprach in diesem Märzmonat des Jahres 1780 Lord George Gordon, der Vorsitzende des Bundes. Ob es sich tatsächlich so verhielt, oder nicht, das wußten wenige und verlangten nur wenige, gewiß zu erfahren.

Es hatte niemals irgendwelche öffentliche Kundgebung stattgefunden; kaum je, außer durch ihn, war von einem solchen Bunde etwas vernommen, niemals etwas gesehen worden, und von vielen wurde die ganze Sache als ein bloßes Geschöpf seines in Unordnung geratenen Gehirns angesehen. Er war gewöhnt daran, den Mund voll zu nehmen, wenn er Menschen- und Zahlenbegriffe in Verbindung setzte – fühlte sich angespornt, wie man folgerte, durch gewisse Unruhen, die im verwichenen Jahre in Schottland vorgefallen waren. Im übrigen wurde er als ein Unterhausmitglied angesehen, mit dessen ›Oberstübchen‹ es nicht mehr ganz richtig sei, das alle Parteien angriff, sich keiner Partei anschloß und deshalb nur eine sehr geringe Achtung genoß. Es war bekannt, daß die Unzufriedenheit weit im Lande verbreitet war – das ist so zu allen Zeiten; es war ihm zur Gewohnheit geworden, auf das Volk durch Anschlagzettel, öffentliche Reden und Flugschriften zu wirken, und er hatte das auch bei andern Fragen getan; es war in England aus seinen früheren Bemühungen nichts geworden, und es wurde auch von seinen jetzigen Anstrengungen nichts befürchtet. Gerade so, wie er jetzt vor den Leser getreten ist, so war er von Zeit zu Zeit vor das Publikum hingetreten und in einem Tag wieder der Vergessenheit anheimgefallen; ebenso plötzlich, wie er nach einem leeren Raume von fünf langen Jahren in diesen Blättern erscheint, so fing er auch an, um diese Zeit herum sich und sein Beginnen der Beachtung Tausender von Leuten aufzuzwingen, die während der ganzen Zeitspanne tätig im Leben gestanden und, ohne für die Ereignisse taub oder blind zu sein, seiner kaum je vorher gedacht hatten.

»Mylord!« sagte ihm Gashford ins Ohr, als er bei Zeiten am andern Morgen die Vorhänge vom Bett Seiner Lordschaft hinwegzog, »Mylord!«

»Ja – wer ist's? – Was gibt's?«

»Die Glocke hat neun geschlagen«, versetzte der Geheimschreiber mit andächtig gefalteten Händen. »Ihr habt doch heute geschlafen? Hoffentlich habt Ihr gut geschlafen? Wenn meine Gebete Erhörung finden, dann seid Ihr wirklich erfrischt und gestärkt!«

»Wenn ich die Wahrheit sagen soll, so habe ich so fest und tief geschlafen«, sagte Lord George, indem er sich die Augen rieb und sich im Zimmer umguckte – »daß ich mich gar nicht besinnen kann – was ist dies für ein Ort?«

»Mylord!« rief Gashford mit einem Lächeln.

»O!« entgegnete sein Herr – »ja! – Ihr seid also kein Jude?«

»Ein Jude!« rief der fromme Geheimschreiber aus und wich zurück.

»Ich träumte, wir wären Juden, Gashford – Ihr und ich – wir beide – Juden mit langen Bärten.«

»Das verhüte der Himmel, Mylord! Ebensogut könnten wir Papisten sein!«

»Ich meine, wir könnten«, erwiderte der andere sehr geschwind – »he? Meint Ihr wirklich so, Gashford?«

»Gewiß mein ich das«, rief der Sekretär mit Blicken großen Erstaunens.

»Hm!« murmelte der andere. »Ja, das scheint verständig.«

»Ich hoffe, Mylord –«, begann der Sekretär.

»Hoffen!« wiederholte er und unterbrach ihn. »Warum sagt Ihr, daß Ihr hofft? Es ist nichts Schlimmes dabei, an solche Dinge zu denken!«

»Nicht in Träumen«, erwiderte der Sekretär.

»In Träumen! Nein, auch im Wachen nicht.«

»Berufen, auserwählt und treu ergeben«, zitierte Gashford, während er Lord Georges Uhr nahm, die auf einem Stuhle lag, und zerstreut die Inschrift auf der Petschaft zu lesen schien.

Es war die leichteste Art, wie man auf ihn wirken konnte; sie drängte sich seiner Beachtung nicht auf und war offenbar das Ergebnis einer augenblicklichen Geistesversunkenheit, die des Aufhebens nicht wert war. Aber die Worte waren kaum ausgesprochen, so hielt Lord George, der eben heftig zu werden drohte, kurz inne, wurde puterrot und versank in Schweigen. Augenscheinlich ohne sich dieses Wechsels in seinem Verhalten bewußt zu sein, trat der schlaue Sekretär ein wenig abseits, unter dem Vorwand, den Fensterladen in die Höhe zu ziehen, und trat dann, nachdem der andere Zeit gefunden hatte, sich zu fassen, mit den Worten wieder zurück:

»Die heilige Sache schreitet tüchtig vorwärts, Mylord. Ich war nicht müßig, auch gestern nacht nicht. Ich habe, bevor ich zu Bett ging, zwei von den gedruckten Zetteln hinausgelegt, und beide sind heute morgen verschwunden. Es hat niemand im Haus etwas davon gesagt, daß sie gefunden worden seien, obgleich ich eine volle halbe Stunde unten war. Ein paar Rekruten werden die erste Frucht dieser beiden Zettel sein, das sage ich schon jetzt;

und wer kann wissen, wieviel noch weiter kommen werden, da der Himmel ja Eure frommen Bemühungen mit seinem Segen begleitet.«

»Es war eine prächtige Devise am Anfang«, erwiderte Lord George, »eine ganz vortreffliche Devise. Sie hat in Schottland gute Dienste getan. Sie war Eurer durchaus würdig. Ihr erinnert mich daran, kein Faulpelz zu sein, Gashford, da doch der Weinberg von Zerstörung bedroht ist und von Papistenbeinen zertrampelt werden soll. Gebt Auftrag, daß die Pferde in einer halben Stunde gesattelt sind. Wir müssen aufbrechen und handeln!«

Er sprach diese Worte mit röterem Gesicht und in einem Tone solcher Schwärmerei, daß der Geheimschreiber alles weitere Einflüstern für nutzlos hielt und sich hinausbegab.

»Geträumt hat er, ein Jude zu sein«, sagte er gedankenvoll, während er die Schlafzimmertür schloß. »Vielleicht bringt er es vor seinem Tode noch dahin! Ähnlich würde es ihm ja sehen! Nun, nach einiger Zeit – und vorausgesetzt, daß ich nichts dabei verliere – sehe ich nicht ein, warum mir diese Religion nicht ebensogut passen sollte wie jede andere. Es gibt reiche Leute unter den Juden. Rasieren ist eine sehr beschwerliche Sache – ja, es möcht sich ganz gut für mich schicken. Für jetzt indes müssen wir christlich sein bis aufs Mark. Unser prophetisches Motto wird wechselseitig für alle Glaubenssätze passen. Das ist ein Trost.« Über diese Quelle des Trostes sinnend, erreichte er das Wohnzimmer und läutete die Frühstücksglocke.

Lord George war hurtig angekleidet, denn seine ganze Toilette war leicht gemacht, und da er nicht minder einfach und mäßig in den Speisen war, die er zu sich nahm, so war die ganze Frühstücksmahlzeit rasch erledigt. Der Sekretär indessen, der dem, was gut in dieser Welt war, mehr huldigte, oder stärker darauf bedacht war, seine Kraft und seinen Lebensmut für das Wohl der protestantischen Sache zu erhalten, aß und trank bis zur letzten Minute und bedurfte wirklich einer drei- bis viermaligen Erinnerung durch John Grueby, ehe er sich entschließen konnte, sich von den überreichen Nähr- und Stärkungsmitteln des Herrn John Willet zu trennen.

Endlich kam er die Treppe hinunter, wischte sich den fettigen Mund ab und schwang sich, nachdem er die Rechnung beglichen, in den Sattel. Lord George, der vor dem Hause auf- und abschritt und unter ernsten Gebärden mit sich selbst gesprochen hatte, bestieg ebenfalls sein Roß. Dann erwiderte er den stattlichen Bückling des alten John, nicht minder auch den Abschiedsgruß eines Dutzends von Müßiggängern, die das Gerücht, daß ein vornehmer Lord vom Maypole hinwegreite vor die Wirtshaustür gelockt hatte, und dann ritten sie fort, mit dem stämmigen John Grueby als Hintermann.

Wenn Lord George Gordon in der Nacht schon den Augen Mr. Willets als ein Edelmann von recht merkwürdigem Äußeren erschienen war, so wurde der Eindruck an diesem Morgen noch verstärkt. Kerzengerade saß er mit seinem langen, glatten Haar, das ihm um das Gesicht klatschte und im Winde flatterte, auf seinem knochigen Gaul; mit seinen eckigen und steifen Gliedern und den häßlich zu beiden Seiten hervorspringenden Ellenbogen. Seine ganze Gestalt erschütterte bei jedem Hufschlag seines Gaules, so daß man sich kaum eine Gestalt vorstellen konnte, die sich wunderlicher ausnahm und weniger Gefallen erweckte. Anstatt einer Peitsche hielt er ein großes Rohr mit goldenem Knopf, wie es heutzutage die Türhüter haben, in der Hand und die verschiedene Manier, diese ungefüge Waffe zu halten – bald kerzengerade vor seinem Gesicht, wie ein Reiter seinen Säbel hält, bald über die Schulter gelegt wie einen Schießprügel, bald zwischen Zeigefinger und Daumen, aber immer auf ungeschlachte, linkische Weise – trugen nicht wenig zu der Absonderlichkeit seiner Erscheinung bei. Steif, schmächtig und feierlich trug er Eigenschaften, durch die er sich von anderen unterschied, ostentativ zur Schau, so daß auch der ernsteste Zuschauer nicht imstande gewesen war, sich eines Lächelns zu erwehren: Im Flüsterton gesprochene Witzeleien begleiteten daher seinen Aufbruch aus der Maypole-Schenke.

Ohne sich der Wirkung, die er hervorrief, bewußt zu sein, ritt er an der Seite seines Sekretärs weiter, indem er beinahe den ganzen Weg entlang mit sich selbst sprach, bis sie nur noch einige Meilen von London entfernt waren. Hier erkannten ihn einige Spaziergänger, blieben stehen, um nachzusehen oder aus Scherz oder im Ernst auszurufen: »Hurra, Jörge! Nieder mit dem Papst!« Hierbei zog er immer seinen Hut und verneigte sich. Als sie die Stadt erreichten und die Straßen entlangritten, wurden diese Aufmerksamkeitsbezeugungen häufiger; einige lachten, andere zischten, andere wandten sich lächelnd um, andere zerbrachen sich die Köpfe, wer das wohl sein möchte, andere liefen neben ihm her. Ging das in einem Gewirr von Karren und Sänften und Kutschen vor sich, so machte er plötzlich irgendwo Halt, zog den Hut und rief: »Edle Herren, nieder mit dem Papst!« und dieser Ruf fand dann in den Stentorstimmen der Herren ein neunfältiges Echo. Dann ging er wieder weiter, von einigen der lumpigen Wichte begleitet, die seinem Pferd auf den Fersen folgten und johlten, bis ihre Kehlen trocken waren.

Und auch die alten Damen – gar viele, Lastenträgerinnen meist, und sie alle kannten ihn! – waren auf der Straße, schlugen ihre runzligen Hände über den Köpfen zusammen und erhoben ein schrilles lautes Gekreisch: »Hurra, Mylord.« Andere winkten mit der Hand oder den Taschentüchern oder wedelten mit den Fächern oder Sonnenschirmen oder rissen die Fenster auf und riefen eilig ihre Verwandten herbei. Alle diese Anzeichen öffentlicher Hochachtung nahm er mit tiefer Würde und Achtung auf, indem er sich tief verbeugte, so häufig, daß er den Hut mehr in der Hand als auf dem Kopf hatte und beim Vorbeireiten nach den Häusern hinaufsah mit der Miene eines Mannes, der einen öffentlichen Einzug hielt und doch nicht aufgebauscht oder stolz war.

So ritten sie (zu John Gruebys tiefem, unaussprechlichen Widerwillen) durch Witechapel, Leadenhallstreet und Cheapside, bis sie den Kirchhof St. Paul's erreicht hatten. Dicht bei der Kathedrale hielt er, sprach mit Gashford, und während er zur Kuppel des stattlichen Doms heraufblickte, schüttelte er den Kopf, als wollte er sagen: »Die Kirche ist in Gefahr!« Unter gewaltigem Zurufen von seiten des Pöbels und noch tieferen Bücklingen, als er sie je gemacht hatte, ritt er weiter.

So ging's den Strand entlang, Swallow Street hinauf, in die Oxford Street hinein und zu seinem Hause in der Welbeck Street bei Cavendishsquare, wohin ihn einige Dutzend Müßiggänger begleiteten, von denen er sich mit kurzen Worten verabschiedete. »Edle Herren! Nieder mit dem Papst! Guten Tag! Schütz Euch Gott!« Das war freilich eine kürzere Anrede, als man erwartete, und darum wurde er mit Rufen wie: »Eine Rede! Eine Rede!« behelligt. Diesem Verlangen wäre er wohl nachgekommen, wenn nicht John Grueby, der schon auf dem Weg zum Stall einen wütenden Angriff auf sie mit den drei Pferden gemacht, sich veranlaßt gefühlt hätte, sie in die angrenzenden Felder zu zerstreuen, wo sie alsbald anfingen, ›Kopf oder Schrift‹ oder ›gerade oder ungerade‹ zu spielen oder sich anderen protestantischen Erholungen hinzugeben.

Am Nachmittag kam Lord George wieder zum Vorschein im schwarzen Sammetrock und in Beinkleidern und Jacke von Gordon-Plaidstoff, alles vom gleichen Quäkerschnitt; und in diesem Kostüm, das ihn noch doppelt so seltsam und sonderbar erscheinen ließ, ging er zu Fuß nach Westminster. Gashford machte sich mittlerweile mit Geschäftsangelegenheiten zu schaffen, deren sich noch immer viele für ihn fanden, und nach Einbruch der Dämmerung kam John Grueby herein und meldete einen Besuch.

»Laß ihn eintreten«, sagte Gashford.

»Hierher!« brummte John jemand zu, der draußen stand. »Ihr seid ein Protestant – oder nicht?«

»Ich denke, ja!« erwiderte eine tiefe rauhe Stimme.

»Ihr seht zumindest so aus«, meinte John Grueby. »Ich würde Euch überall als solchen erkannt haben, ganz gleich wo ich Euch gesehen hätte.«

Mit dieser Bemerkung ließ er den Besucher herein, trat zurück und verschloß die Tür.

Der Mann, der jetzt Gashford gegenübertrat, war eine stämmige, gedrungene Person mit einer niedrigen, zurücktretenden Stirn, einem groben, buschigen Haarschopf und mit so kleinen, eng zusammengerückten Augen, daß ihre Begegnung und Verschmelzung zu einem einzigen Auge von gewöhnlicher Größe allein durch seine zusammengequetschte Nase verhindert zu werden schien. Ein schmutziges Taschentuch, das er wie einen Strick um den Hals gedreht trug, ließ seine großen Adern zur Schau treten, die so dick angeschwollen waren und so stramm hervorstanden, als ob sie allerhand starke Leidenschaften, Bosheit und Niederträchtigkeit hinunterzuwürgen hätten. Sein Anzug aus Baumwollsamt war schon stark abgetragen, ursprünglich einmal schwarz gewesen und jetzt verblichen, rostfarbig, mit weißen Stellen, etwa wie die Asche eines Pfeifenkopfes oder Kohlenfeuers, die schon einen Tag lang geglimmt hat, und wies Schmutzflecken einer wüsten Schlemmerei auf; auch trug er den Bierhaus- und Destillenduft noch mit sich. An Stelle von Knieschnallen trug er Packschnur in ungleichen Wulsten um das Bein gewickelt; und in seinen schmutzigen Händen hielt er einen knorrigen Knüttel, dessen geschnitzter Griff eine grobe Ähnlichkeit mit seinem eignen gemeinen Gesichte aufwies. So beschaffen war der Besucher, der jetzt vor Gashford seinen Dreimaster lüftete und lauernd auf dessen Anrede wartete.

»Ach! Dennis!« rief der Geheimschreiber – »Setzt Euch doch!«

»Ich sah Mylord dort unten – drüben« – rief der Mann, wobei er mit dem Daumen in die Richtung wies, von der er sprach – und er sagte zu mir: ›Wenn Ihr nichts vorhabt, Dennis‹, spricht Mylord, ›so geht nach meinem Hause hinauf und redet mit Mr. Gashford.‹ Natürlich habe ich nichts vorgehabt, das wißt Ihr doch – das sind doch meine Werkelstunden nicht! – Haha! Ich schnappte gerade ein bißchen Luft, als ich Mylord sah, das war's was ich vorhatte – ich schnappte Nachtluft, wie es die Eulen machen, mein werter Herr Gashford!«

»Manchmal auch Tagluft, he?« meinte der Sekretär – »Ihr wißt doch, wenn Ihr im Staatskleide ausgeht!«

»Haha«, brüllte der Geselle und schlug sich dabei auf das Bein – »so'n Herrn gibt's nicht wieder wie den Mr. Gashford, in ganz London nicht und in Westminster auch nicht, der 'ne saubere Sache auf 'ne saubere Art zum Ausdruck bringen kann! Haha! Mylord ist auch nicht von Pappe auf diesem Gebiet, gegen Euch aber doch nur ein Waisenknabe! Ha, ha! Richtig, richtig gesagt, mein werter Herr Gashford, sehr richtig, – wenn ich im Staatskleide ausgehe!«

»Und in Eurer Staatskutsche fahrt«, meinte der Sekretär weiter; »in Gesellschaft von Eurem Kaplan! He? Und mit all dem andern Kram, der drum und dran hängt!«

»Ihr bringt mich noch um, macht mich noch tot!« schrie Dennis mit abermaligem Gebrüll – »das geschieht noch! Aber was liegt jetzt in der Luft, mein werter Mr. Gashford?« fragte er heiser, »he? dürfen wir mal unter Kommando treten und eine von ihren päpstlichen Kapellen 'runterreißen? – Oder sonstwas der Art?«

»Pst!« machte der Sekretär, indem er dem mattesten Lächeln ein kurzes Spiel auf seinem Antlitz gestattete – »pst! Gott stärke mich, Dennis! Wir verbünden uns doch, wie Ihr wißt, zu streng friedfertigen und gesetzmäßigen Zwecken.«

»Weiß ich – weiß ich, klar!« erwiderte der Mann, wobei er die Zunge zwischen die Backen schob. »Daß ich mit beigetreten bin, hat doch 'n Zweck gehabt – oder etwa nicht?«

»Das unterliegt keinem Zweifel«, meinte Gashford lächelnd.

Darüber brüllte Dennis wieder und schlug sich noch kräftiger aufs Bein, verfiel in Lachkrämpfe, wischte sich mit dem Zipfel seines Halstuches die Augen aus und schrie: »Der Herr Gashford wider ganz England – hurra!«

»Lord George sprach gestern abend mit mir über Euch!« sagte Gashford nach einer Pause – »er meint, Ihr seid ein sehr eifriger Genosse.«

»Das bin ich«, versetzte der Henker.

»Und trüget aufrichtigen Haß gegen die Papisten im Herzen!«

»Das tu' ich.« Er bekräftigte die Worte mit einem derben, unverblümten Fluch. »Schaut mal her, werter Mr. Gashford«, sagte der Kerl, indem er Hut und Knüttel auf den Boden legte und langsam mit den Fingern der einen Hand auf die Fläche der andern schlug – »paßt mal auf! Ich bin ein konstitutioneller Beamter, der für seinen Lebensunterhalt arbeitet, und verrichte meine Arbeit ehrlich und rechtschaffen. Stimmt's, oder nicht?«

»Ohne Frage.«

»Sehr gut! Noch eine Minute, bitte! Meine Arbeit ist echte, rechte, protestantische, englische Arbeit – Arbeit, die im Einklange steht mit den Staats- und Grundgesetzen – ist es so, oder nicht?«

»Kein lebendiger Mensch kann daran Zweifel haben.«

»Ein toter erst recht nicht. Das Parlament spricht wie folgt: ›Wenn irgend 'n Mann,‹ spricht das Parlament – ›oder 'n Weib oder 'n Kind etwas tut, das wider 'ne gewisse Zahl von unsern Gesetzen und Erlässen verstößt‹ – wie viele Strick- und Hänge-Paragraphen mag's wohl zur Zeit geben in unserm Gesetze, Herr Gashford? An die fünfzig?«

»Ich weiß nicht genau, wieviel«, versetzte Gashford, indem er sich gähnend in seinen Stuhl zurücklehnte, »aber wenig sind's nicht!«

»Nun, so schaut mal her!« fuhr der Henker fort – »wenn dieses Papistenvolk zur Macht gelangt und zu sieden und zu rösten anfängt, statt aufzuhängen: Was wird dann aus meinem Geschäft? Tun sie meinem Geschäft Abbruch, das einen Bestandteil so vieler Gesetze und Erlässe bildet, was wird dann aus den Gesetzen des Landes im großen und ganzen? Was wird aus der Religion? Was wird aus dem Lande? – Seid Ihr je einmal in der Kirche gewesen, Mr. Gashford?«

»Je einmal!« wiederholte der Sekretär mit einiger Entrüstung – »ganz natürlich!«

»Nun«, sagte der rohe Geselle, »ich bin einmal – zähle ich

meine Taufe mit, zweimal – in der Kirche gewesen – und als ich hörte, daß drin fürs Parlament gebetet werde, und bei mir dachte, wieviel neue Hängeparagraphen in jeder Sitzung von ihm erlassen würden, da hab ich mir gesagt, daß für mich auch mit gebetet würde. Nun paßt mal auf, mein werter Gashford«, meinte der Kerl, indem er nach seinem Knüttel griff und ihn mit bestienhafter Miene schüttelte – »ich dulde nicht, daß mein protestantisches Werk angerührt werde, auch nicht, daß dieser protestantische Zustand der Dinge hier irgendwie verändert werde, solange ich es hindern oder doch hindern helfen kann. Ich dulde nicht, daß sich Papisten in meine Dinge mischen, außer sie kommen zu mir zum Zwecke, daß sie im Wege des Gesetzes auf die Seite geschafft werden sollen. Ich mag nichts hören und sehen, weder vom Sieden, noch vom Braten oder Rösten – mag von nichts anderm hören als von Hängen. Mylord darf mich freilich einen eifrigen Parteigänger nennen! Im Verfolg des großen protestantischen Grundsatzes, der meinem Werke zur Blüte verhilft«, – und bei diesen Worten schlug er mit seinem Knüttel auf die Dielen – »will ich sengen, kämpfen, morden – alles tun, was Ihr mich heißt, und je kühner und teuflischer, desto besser – und wenn auch 's Ende davon wäre, daß ich selbst am Galgen baumeln müßte. – So, nun wißt Ihr's, sehr werter Herr Gashford!«

In entsprechender Weise setzte er diese fortwährende Prostitution eines edlen Wortes zu den gemeinsten Zwecken fort, indem er in einer Art von wahnsinniger Erregung zum mindesten ein Schock der entsetzlichsten Flüche und Beteuerungen ausstieß. Dann wischte er sich das erhitzte Gesicht an seinem Schnupftuch ab und schrie: »Nichts von Papsttum! Ich bin ein religiöser Mann, beim Teufel!«

Gashford hatte sich in seinen Sessel zurückgelehnt, von wo aus er ihn mit seinen tief eingesunkenen, von buschigen Brauen überschatteten Augen betrachtete, daß der Henker so wenig davon wahrnahm, als wenn er stockblind gewesen wäre. Er verweilte noch kurze Zeit stillschweigend und lächelnd; dann sagte er langsam und deutlich:

»Ihr seid wirklich ein eifriger Gesell, Dennis[52] – ein höchst wertvoller Kerl – der stämmigste Mann, den ich in unsern Reihen kenne. Aber Ihr müßt ruhiger werden; Ihr müßt friedfertig sein und, wie es den Gesetzen des Landes gemäß ist, mild wie ein Lamm. Ich glaube sicher, daß Ihr dazu imstande seid!«

»Ja doch, ja! Wir wollen zusehen, werter Herr Gashford! Wollen zusehen! Wir wollen zusehen, werter Herr Gashford, wollen zusehen! Ihr sollt keine Ursache haben, über mich Klage zu führen!« erwiderte der andere mit Kopfschütteln.

»Davon bin ich überzeugt«, sagte der Sekretär in dem mildesten Tone und mit der gleichen Emphase. »Wir werden, so denken wir, etwa im nächsten Monat oder im Mai, wenn die besagte Papisten-Emanzipations-Bill vor das Haus gelangen wird, unsere ganze Macht zum ersten Male zusammenziehen müssen. Mylord hat im Sinn, daß wir in einer Prozession durch die Straßen marschieren – gewissermaßen bloß als harmlose Entfaltung unserer Kräfte – und unserer Petition bis zur Tür des Unterhauses das Geleit geben sollen.«

»Je schneller, desto besser«, sagte Dennis mit einem weiteren Schwure.

»Wir werden in Divisionen aufmarschieren müssen, da unsere Anzahl so groß und gewaltig ist, und ich glaube sagen zu dürfen«, meinte Gashford weiter, indem er so tat, als ob er die Unterbrechung des andern nicht gehört hätte – »wenn ich auch bestimmte Weisungen in dieser Hinsicht nicht besitze, daß Lord George an Euch als trefflichen Anführer einer dieser Abteilungen gedacht hat. Ich meinesteils bezweifle nicht, daß Ihr Euch in solcher Rolle bewunderungswürdig ausnehmen würdet.«

»Versucht es mit mir!« sagte der Kerl mit häßlichem Zwinkern.

»Ich weiß, daß Ihr kalten Blutes sein würdet«, fuhr der Geheimschreiber fort, der noch immer lächelte und die Augen noch immer so lenkte und so in ihre Tiefen versenkte und so mit den Brauen überschattete, daß er den andern scharf beobachten, selbst aber von diesem nicht gesehen werden konnte – »und Maß halten würdet. Ihr würdet Eure Abteilung in keine Gefahr führen; das weiß ich bestimmt.«

»Ich würde sie führen, Herr Gashford« – schickte der Henker sich eben an, in zucht- und respektloser Weise zu erwidern, als Gashford sich jählings vornüberbeugte, die Finger an die Lippen legte und sich stellte, als sei er mit Schreiben beschäftigt – da, im selben Augenblick wurde von John Grueby die Tür aufgemacht.

»O!« sagte John und guckte hinein. »Es ist noch ein Protestant da!«

»In ein anderes Zimmer, John!« rief Gashford in seinem süßesten Ton – »ich bin jetzt gerade beschäftigt.«

John aber hatte den neuen Gast schon an die Tür geleitet, und während die Worte aus dem Munde des Sekretärs fielen, schritt derselbe ungeheißen herein und zeigte den Blicken, die sich auf ihn richteten, die Gestalt und die Züge, das rauhe Gewand und die freche Miene Hughs.

38. Kapitel

Der Sekretär legte die Hand vor die Augen, um sie vor dem Lichtschein der Lampe zu schützen, und betrachtete Hugh ein paar Augenblicke lang mit Stirnrunzeln, als ob er sich darauf besänne, den Menschen letztmals gesehen zu haben, aber nicht bestimmt sagen könne, wo oder bei welcher Gelegenheit. Seine Unsicherheit war von sehr kurzer Dauer, denn bevor Hugh ein Wort gesprochen hatte, sagte er, während sein Gesicht sich aufhellte:

»Ja doch, ja, ich besinne mich. Ganz richtig, John, Ihr braucht nicht zu warten. Geht noch nicht, Dennis.«

»Euer Diener, mein Herr!« sagte Hugh, während Grueby verschwand.

»Euer Freund!« versetzte der Sekretär in seiner geschmeidigsten Weise. »Was bringt Euch hierher? Wir haben doch hoffentlich nichts vergessen?«

Hugh ließ ein kurzes Lachen hören, dann schob er die Hand in die Brusttasche und brachte eines von den Zettelchen zum Vorschein, das, weil es die ganze Nacht über im Freien gelegen, über und über beschmutzt war. Er strich es auf seinem Knie glatt, schlug ein paarmal, um die Falten und Brüche aus dem Papier zu entfernen, mit der schweren Hand darauf und legte es dann auf das Schreibpult des Sekretärs.

»Nichts weiter als das, mein Herr! Ihr seht, es geriet in gute Hände.«

»Was ist das?« sagte Gashford, den Zettel in durchaus natürlichem Staunen um und um drehend. »Wo habt Ihr das Ding herbekommen, wackrer Bursche? Was bedeutet es? Ich kann es mir ganz und gar nicht erklären.«

Leicht außer Fassung gebracht durch diesen Empfang, sah Hugh von dem Sekretär auf Dennis, der aufgestanden war und sich gleichfalls an den Tisch gestellt hatte, den Fremden verstohlen ins Auge faßte und aus dem Gebaren und der äußeren Erscheinung desselben die höchste Befriedigung zu fassen schien. Mr. Dennis meinte, in dem Verhalten des Sekretärs eine stillschweigende Anrufung seiner werten Persönlichkeit herauslesen zu sollen, und schüttelte deshalb dreimal mit dem Kopfe, als hätte er damit Gashford sagen wollen: ›Nein, er weiß ganz und gar nichts davon. Ich weiß, daß es sich so mit ihm verhält. Ich nehme es auf meinen Eid, daß es so ist und nicht anders!‹ Während er hierauf sein Profil vor Hugh mit dem einen langen Ende seines muffigen Halstuches verborgen hielt, nickte und kicherte er hinter diesem Schirme dem Verhalten des Sekretärs den unbändigsten Beifall zu.

»Es steht drauf: Wer es findet, solle herkommen; oder steht das nicht drauf?« fragte Hugh. »Ich bin kein Schriftgelehrter, ich nicht; aber ich hab's einem Freund gezeigt, und der hat mir gesagt, das stünde drauf.«

»Gewiß steht das drauf«, sagte Gashford, die Augen so weit wie möglich aufreißend – »das ist wahrhaftig der merkwürdigste Umstand, den ich je erlebt habe. Wie seid Ihr zu diesem Papierstückchen gekommen, guter Freund?«

»Mr. Gashford!« brummte der Henker unter seinem Barte hervor, »ein Kerl wider ganz Newgate!«

Ob ihn Hugh hörte oder ob er aus seinem Benehmen ersah, daß man über ihn herzog, oder ob er die eigentliche Absicht des Sekretärs durchschaute – er ging jetzt in seiner derben, groben Weise gerade auf die Sache los.

»Na!« rief er, streckte die Hand aus und nahm den Zettel wieder an sich – »Scher' sich der Teufel um den Wisch oder um das, was drauf steht oder nicht drauf steht. Ihr wißt nichts drüber, Herr – ich noch weniger – und der (dabei zeigte er auf Dennis) noch weniger! Keiner von uns weiß, was der Wisch bedeutet, oder woher er rührt. Damit also wären wir fertig! Na, mein Wunsch ist, und deshalb komme ich her: ich möchte den Katholischen eins auswischen – ich bin einer von denen, die vom Papsttum nichts hören und sehen wollen; ›nieder mit dem Papst!‹ ist meine Losung und darauf bin ich jeden Augenblick bereit, mich durch Eid und Schwur zu verpflichten. Das ist der Grund, wie gesagt, weshalb ich hergekommen bin.«

»Schreibt ihn in die Liste ein, sehr werter Herr Gashford!« sagte Dennis mit beifälliger Miene. »Das ist die richtige Art, wie man der Sache auf den Leib rücken muß. Gerade los auf die Sache, und keinen Sermon drum!«

»Was nutzt es, weit vom Ziele weg zu schießen? He, alter Sohn?« rief Hugh.

»Ganz und gar so, wie ich denke und fühle!« versetzte der Henker. »Das ist so 'ne Art von Kumpan für mich, Herr Gashford. Drauf mit ihm, gnädiger Herr, drauf mit ihm auf die Liste! Ich steh Gevatter bei ihm, wenn er in einem Juxfeuer, das aus den Trümmern der Bank von England angesteckt wird, die Taufe bekommt.«

Unter solchen und andern Vertrauensausbrüchen der gleichen schmeichelhaften Art gab ihm Mr. Dennis einen kräftigen Hieb auf den Buckel, den Hugh nicht säumte zurückzugeben.

»Kein Papsttum, Bruderseele!« schrie der Henker.

»Kein Papsttum, Bruderseele!« antwortete Hugh.

»Papsttum, Papsttum«, sagte der Sekretär mit seiner üblichen Milde.

»Es ist alles eins!« schrie Dennis. »Es ist alles richtig und in Ordnung! Drauf mit ihm, Mr. Gashford! Drauf mit ihm in die Liste! Drauf mit jedermann! Drauf mit allem und jedem in die Liste! Hurra für die protestantische Religion! Das ist die Losung des Tages, Mr. Gashford!«

Der Sekretär betrachtete die beiden Männer mit höchst gnädigem Gesichtsausdruck, während sie diesen und anderen Bekundungen ihres patriotischen Zweckes die Zügel schießen ließen, und war eben willens, laut eine Bemerkung zu machen, als Dennis auf ihn zuschritt, die Hand über den Mund legte, ihm einen Knuff mit dem Ellbogen versetzte und in heiserem Flüstertone zu ihm sagte:

»Tut einem Staatsdiener keinen Abbruch in seinem Gewerbe Herr Gashford! Ihr wißt doch, es gibt Vorurteile im Volk, und er gibt vielleicht was drauf! Wartet, bis er vertrauter mit mir geworden. Er ist ein stattlich gebauter Kerl – nicht!«

»Ein gewaltiger Bursche, fürwahr!«

»Habt Ihr jemals, Mr. Gashford«, flüsterte Dennis mit einer schrecklichen Art von Bewunderung, so etwa wie ein Menschenfresser seinen Busenfreund betrachten würde, wenn er hungrig ist – »habt Ihr jemals« – und nun rückte er seinen Mund, den er mit beiden Händen wie mit einem Riegelzaun absperrte, dichter an das Ohr des andern – »habt Ihr jemals so 'ne Kehle gesehen, wie er sie hat? Seht Euch das Ding doch nur mal an! Das ist ein Hals zum Recken und Strecken, wie's keinen zweiten gibt, Herr Gashford!«

Der Sekretär zollte dieser Meinung Beifall – einen richtigen Professions-Geschmack zu heucheln, ist ein schwieriges Ding; denn er wird bisweilen exzentrisch –, und nachdem er an den Bewerber ein paar unwichtige Fragen gestellt hatte, übernahm er es, ihn als Mitglied des großen Protestanten-Bundes von England in die Liste einzuzeichnen. Wäre noch etwas imstande gewesen, die Freude, die das Herz des Mr. Dennis über den glücklichen Abschluß dieser feierlichen Handlung erfüllte, zu erhöhen, so dürfte es der Rausch des Entzückens gewesen sein, womit er die Meldung entgegennahm, daß das neue Bundesmitglied weder lesen noch schreiben konnte; denn diese beiden Künste wären (wie Mr. Dennis eidlich erhärtete) der denkbar größte Fluch, den eine zivilisierte Gemeinschaft an ihrem Leibe erfahren könnte, und sie kämpften und stritten mehr gegen die Gewerbseinkünfte und gegen die Nützlichkeit des großen konstitutionellen Amtes, das er die Ehre hatte zu bekleiden, als irgendwelche sonstigen widerwärtigen Umstände, die sich seiner Einbildungskraft von selbst darbieten mochten.

Als die Eintragung in die Liste bewirkt und die Werbung damit besiegelt war, Hugh des weitern durch Gashford in dessen eigentümlicher Weise über die friedfertigen, streng auf dem Boden des Gesetzes stehenden Ziele, die die Körperschaft, der er nunmehr angehörte, verfolgte, unterrichtet worden war, und Mr. Dennis unterdessen den Sekretär weidlich mit dem Ellbogen geknufft und ihm allerhand merkwürdige Gesichter geschnitten hatte, gab der Sekretär den beiden Kerlen zu verstehen, daß er allein zu sein wünschte. Deshalb beurlaubten sie sich ohne weitern Verzug und verließen selbander das Haus.

»Geht Ihr mit spazieren, Bruder?« fragte Dennis.

»Ja doch!« versetzte Hugh. »Wohin Ihr wollt.«

»Das läßt man sich gefallen!« sagte sein neuer Freund. »Ihr habt gesellschaftliche Lebensart! Wohin wollen wir gehn? Wollen wir uns 'mal die Türen anschaun, an denen wir über kurz und lang ein bißchen derb mit unsern Fingern rütteln werden? He? Bruderherz?«

Hugh gab eine zustimmende Antwort, und nun schritten sie langsam nach Westminster hinunter, wo beide Häuser des Parlaments Sitzung hielten. In das Gedränge von Wagen, Pferden, Dienern, Sänftenträgern, Fackeljungen und Müßiggänger aller Art mischten sie sich und schlenderten entlang. Hughs neuer Freund machte in sehr bezeichnender Weise auf die schwachen Teile des Gebäudes aufmerksam, schilderte, wie leicht es sei, in die Vorhalle und von dort aus nach der eigentlichen Tür zu dem Hause der Gemeinen zu gelangen, und wie deutlich ihr Schreien und Brüllen von den Mitgliedern drinnen gehört werden würde, wenn sie im großen Heerbann dort hinunter ziehen würden – und setzte noch allerhand mehr hinzu in der gleichen Absicht und zu dem gleichen Zwecke, was Hugh alles mit deutlich ersichtlichem Entzücken entgegen nahm.

Dennis sagte ihm auch, wie dieser und jener Lord und dieses und jenes Unterhausmitglied mit Namen hieß, wenn solche Herrschaften beim Aus- und Eingehen vorbeigingen; sagte ihm, ob sie den Katholischen freundlich gesinnt seien oder wem sonst, und hieß ihn auf ihre Livreen und Kutschen aufpassen, damit er ihrer im Falle der Not auch sicher sei. Manchmal riß er ihn dicht an die Fensterscheiben einer vorbeifahrenden Kutsche, damit er sich im Scheine des Lampenlichts das Gesicht ihres Eigentümers deutlich ansehe, und zeigte sich in beiden Hinsichten, sowohl über die Örtlichkeiten als über die Persönlichkeiten, so genau unterrichtet und so vielseitig bewandert, daß es ganz klar war, daß er hier schon oft eingehende Studien angestellt hatte – was er denn auch, als sie zu größerer Vertraulichkeit im beiderseitigen Verkehre gediehen waren, unumwunden eingestand.

Vielleicht war das auffälligste von all diesen Dingen die Anzahl der Leute, die niemals in größeren Gruppen als zu zweit oder dritt standen und aus gleicher Ursache und zum gleichen Zwecke durch das Gedränge zu huschen schienen. Dem größeren Teile war ein flüchtiges Nicken oder ein Blick von Hughs Gefährten eine ausreichende Begrüßung. Hin und wieder kam auch irgend ein Mann aus dem Gewühl heraus und trat ihm zur Seite, sagte ihm, ohne den Kopf zu wenden oder ohne daß er sich das Aussehen gab, als stände er mit ihm in Verkehr, mit leiser Stimme ein Wort oder ein paar Worte, auf die er dann in der gleichen vorsichtigen Weise Bescheid oder Antwort erhielt, worauf man dann wieder, wie ein paar Fremde, auseinanderging. Manche von diesen Männern tauchten dann oft unerwartet dicht an Hughs Seite in dem Haufen wieder hervor und drückten ihm im Vorbeigehen die Hand oder sahen ihm scharf in die Augen; niemals aber richteten sie ein Wort an ihn, auch er nicht an sie, nein, nicht ein einziges Wörtlein!

Es war nicht minder merkwürdig, daß jedesmal dort, wo sich die Leute recht drängten und stießen, Hugh immer, wenn sie zufällig stehenbleiben mußten, darauf rechnen konnte, unter seinem Arm oder quer vor ihm einen Arm ausgestreckt zu sehen, der in die Hand oder die Tasche eines Nebenstehenden einen Zettel schob und so plötzlich wieder weggezogen wurde, daß es sich ganz unmöglich sagen ließ, woher der Zettel kam; auch gelang es ihm nicht, wenn er sich noch so rasch umsah, auf irgend einem Gesichte die leiseste Verwirrung oder Verwunderung wahrzunehmen. Auch traten sie oft auf ein Zettelchen ähnlich dem, das er in seiner Brust trug; sein Gefährte flüsterte ihm aber dann zu, es ja nicht anzurühren oder aufzunehmen – auch nicht erst nach ihm hinzusehen – so daß sie es liegenließen oder vorüberschritten.

Als sie die Straße und sämtliche Ein- und Zugänge zu dem Parlamentsgebäude beinahe zwei Stunden lang durchschritten hatten, lenkten sie die Schritte weiter. Sein Freund fragte ihn, was er von dem Gesehenen dächte, ob er zu einem guten, heißen Stück Arbeit gerüstet sei, wenn's mal hierzu kommen sollte. »Je heißer, desto besser«, meinte Hugh – »ich bin zu allem gerüstet.« – »Ich auch«, meinte sein Freund, »und viele von uns nicht minder!« Darauf schüttelten sie sich mit einem mächtigen Schwur die Hände, ohne es deshalb an zahllosen Verwünschungen schrecklicher Art gegen die päpstlich Gesinnten fehlen zu lassen.

Da sie inzwischen durstig geworden waren, machte Dennis den Vorschlag, zusammen in ein Lokal namens ›Boots‹ zu gehen, wo sie gute Kameradschaft und einen kräftigen Schluck finden würden, und sich dort zu erfrischen. Da sich Hugh auf der Stelle einverstanden erklärte, begaben sie sich ohne Säumen nach dieser Stätte.

Diese ›Boots‹-Schenke war ein einzelnstehendes Gasthaus, das draußen auf den Feldern rückseitig vom Findelhause stand, an einem Orte, der damals als sehr einsam galt und wohin nach Dunkelwerden niemand gern den Fuß setzte. Die Herberge stand in einiger Entfernung von der Landstraße und war nur auf einem finsteren und schmalen Pfade zugänglich, so daß Hugh höchst verwundert war, dort verschiedene Leute beim Glase und in vergnügter Unterhaltung anzutreffen. Noch verwunderter war er darüber, unter den Gästen fast alle diejenigen Gesichter wiederzufinden, die seine Aufmerksamkeit in dem Menschengewühle gefesselt hatten. Da ihm sein Gefährte aber draußen vor der Tür zugeflüstert hatte, daß es im »Boots« nicht für schicklich angesehen würde, sich etwa neugierig zu zeigen, behielt Hugh seine Beobachtung für sich und verriet durch nichts, daß ihm die Leute bekannt vorkämen.

Ehe Mr. Dennis die Lippen an das Getränk setzte, das ihm und Hugh vorgesetzt wurde, brachte er mit lauter Stimme einen Trinkspruch aus auf das Wohlergehen Lord George Gordons, des Vorsitzenden des großen Protestantenbundes. Hugh erwiderte den Spruch auf gleiche Weise und mit dem entsprechenden Schwall von Begeisterung. Ein Fiedler, der gerade zur Stelle war und als der gedungene Barde der Kumpanei aufzuspielen schien, gab einen Schottisch zum besten, und zwar in so feurigen, lebensprühenden Klängen, daß Hugh und sein Freund (die beide vorher tüchtig getrunken hatten) von ihren Sitzen aufsprangen, ganz als hätten sie sich vorher hierüber verständigt, und zum großen Gaudium und unter der noch größeren Bewunderung der versammelten Kneipgäste aus dem Stegreif und nach dem Motto »Nieder mit dem Papst!« einen antipapistischen Kehraus zur Darstellung brachten.

39. Kapitel

Der Beifall, den diese ›choreographische Aufführung‹ Hughs und seines Freundes bei er im ›Boots‹ versammelten Gesellschaft fand, war noch nicht verklungen, und die beiden Tänzer keuchten noch infolge ihrer Anstrengungen, als die Gesellschaft durch die Ankunft weiterer Gäste Verstärkung erhielt, die als Abordnung der »Vereinigten Bullenbeißer« mit äußerst schmeichelhaften Kundgebungen der Achtung und Auszeichnung bewillkommnet wurden.

Der Führer dieser kleinen Schar – denn ihn selbst eingeschlossen, bestand ihre Zahl nur aus drei – war unser alter Bekannter Sam Tappertit, der, im physischen Sinne verstanden, mit den Jahren (namentlich hinsichtlich seiner erstaunlich winzigen Beine) kleiner geworden zu sein schien, im moralischen Sinne aber, was persönliche Würdigkeit und Selbstschätzung anbetrifft, zu einem Riesen angeschwollen war. Es bereitete auch der unachtsamsten Person durchaus keine Schwierigkeit, diesen Stand des Empfindens und Fühlens in dem Lehrjungen von ehemals zu entdecken; denn nicht bloß in seinem majestätischen Gang und seinem blitzenden Auge trat dieser Gefühls- und Empfindungsstand auf das eindrücklichste und erhaben über jedes Mißverständnis in die äußere Erscheinung, sondern erhielt ein packendes Mittel der Enthüllung und Offenbarung in der aufwärts gestülpten Nase des jungen Herrn, die alles Irdische mit tiefem Abscheu von sich wies und nach Gemeinschaft mit den ihr verwandten himmlischen Sphären trachtete.

Sim Tappertit als Führer oder Hauptmann der »Vereinigten Bullenbeißer« wurde von seinen zwei Leutnants geleitet. Der eine war der lange Genosse aus Sims jüngerer Zeit, der andere ein Lehrlingsritter aus verwichenen Tagen – Mark Gilbert –, der in alter Zeit an Thomas Curzon vom goldenen Vließe durch Spruch und Vertrag gekettet gewesen war. Diese Herren waren nunmehr, wie auch Simons selbst, aus ihrer Lehrjungen-Knechtschaft erlöst und leisteten Gesellendienste, waren aber, in demütiger Nacheiferung des von ihm gegebenen großen Beispiels, kühne und waghalsige Geister und strebten mit Eifer nach einer hervorragenden Stellung im großen politischen Leben des Tages. Daher ihre Angliederung an den großen Protestanten-Bund Englands, der auch durch den Namen des Lord George Gordon die Weihe erhalten hatte – und daher auch ihre augenblickliche Einkehr in dies Lokal.

»Gentlemen!« Also ergriff Mr. Tappertit das Wort, indem er den Hut lüftete, wie es etwa ein großer General machen mag, wenn er das Wort an seine Truppen richtet. »Gut und glücklich zusammengestoßen! Mylord erweist mir und Euch die Ehre, hochselbst Seine Komplimente zu senden.«

»Ihr habt Mylord auch gesehen? He? Wirklich?« rief Dennis. »Ich – ich habe ihn heute nachmittag gesehen.«

»Meine Pflicht rief mich, als unsere Werkstatt geschlossen, zur

Vorhalle des Parlaments, und dort habe ich ihn gesehen!« versetzte Tappertit, während er und seine beiden Leutnants ihre Plätze einnahmen. »Wie ist Euer Befinden?«

»Fidel, Meister, fidel!« rief der Geselle. »Hier ist ein neuer Bruder, in aller Form Rechtens vom werten Herrn Gashford schwarz auf weiß verbucht – eine Errungenschaft, die der Sache nützt und Ehre macht – einer vom Schlage derer, die mit durch dick und dünn gehen – einer so recht nach meinem Herzen. Seht Ihr ihn? Sieht er nicht aus wie ein Mann, der seinen Mann stehen wird? Meint Ihr?« schrie er, während er Hugh auf den Buckel schlug.

»Aussehen oder nicht aussehen!« rief Hugh mit einer verwegenen Schwenkung seines Arms – »ich bin der Mann, der Euch nottut. Ich hasse das papistische Pack – einen wie alle von diesem Pack! Mich hassen sie, und ich hasse sie! Was sie können, das schaden sie mir – und was ich kann, schade ich ihnen. Hurra!«

»Hat es jemals wohl«, rief Dennis, indem er sich in der Stube umsah, nachdem der Hall von Hughs gewaltig dröhnender Stimme verklungen war – »hat es jemals solch einen kühnen Kerl gegeben? Na, das darf ich sagen, wär' der werte Herr Gashford an die Hunderte von Meilen gelaufen und hätte an die fünfzig Kerle vom gewöhnlichen Schlage aufgegabelt, diesen einzigen Kerl hätten all die fünfzig nicht aufgewogen!«

Der größere Teil der Gesellschaft unterschrieb diese Meinung bedingungslos und bezeugte ihren Glauben an Hugh durch Nicken und Blicke von großer Bedeutsamkeit. Mr. Tappertit saß da und betrachtete ihn eine lange Zeit stillschweigend, während er mit seinem Urteil zurückhielt. Dann rückte er ein bißchen näher an Hugh heran und ›überäugte‹ ihn aufs sorgfältigste. Dann trat er dicht zu ihm hin und nahm ihn auf die Seite nach dem finsteren Winkel.

»Ich meine«, begann er mit nachdenklichem Stirnrunzeln – »ich meine, ich hätt' Euch schon früher 'mal gesehn?«

»Kann ja sein, wie Ihr meint«, antwortete Hugh in seiner gleichgültigen Weise – »ich weiß es nicht – wär' nicht zum Verwundern!«

»Nein, aber festgestellt ist es sehr leicht«, erwiderte Simon. »Seht mich mal an! Habt Ihr mich jemals vorher gesehn? Vergessen, das wißt Ihr, würdet Ihr es gewiß nicht, wenn es der Fall gewesen. Seht 'mal mich an! Habt keine Furcht! Ich tu' Euch nichts zuleide! Seht recht her – so! Recht fest jetzt und sicher!«

Die ermutigende Art, in der Mr. Tappertit seine Anforderung stellte und wie er sie mit der Versicherung verquickte, daß Hugh sich nicht etwa zu fürchten brauche, belustigte diesen ganz gewaltig – so stark tatsächlich, daß er von dem kleinen Männchen, das vor ihm stand, ganz und gar nichts sah, und zwar infolge eines neuen kräftigen Lachanfalls, der ihm die Augen schloß und die großen Breitseiten seines Körpers so lange schüttelte, bis sie ihn heftig schmerzten.

»Na, redet doch!« sagte Herr Tappertit, der unter dem Eindruck dieser respektwidrigen Behandlung allmählich die Geduld verlor – »kennt Ihr mich, Gesell?«

»Ich nicht!« schrie Hugh. »Ha! Ha! Ha! Ich nicht! Aber Lust hätte ich, Euch kennenzulernen!«

»Und doch hätte ich ein Sieben-Schilling-Stück[53] verwettet«, meinte Mr. Tappertit, indem er die Arme übereinander schlug und Hugh das weitgespreizte Paar seiner fest auf die Erde gestemmten Beine gegenüber setzte, »daß Ihr mal Stallknecht im Maypole gewesen seid!«

Hugh riß die Augen auf, als er dies hörte, und sah ihn mit großer Verwunderung an.

»– und das seid Ihr auch gewesen«, sagte Tappertit, indem er ihn beiseite schob. »Wann haben mich meine Augen je getäuscht – außer es hat sich um ein junges Frauenzimmer gehandelt! Er kennt mich nun?«

»Ach! Es ist doch etwa nicht –« stotterte Hugh.

»Es ist doch nicht«, sagte Herr Tappertit – »wißt Ihr das bestimmt? Ihr besinnt Euch wohl auf Gabriel Varden – oder nicht?«

Gewiß besann sich Hugh auf den – und er besann sich auch auf Dolly Varden. Aber davon sagte er nichts.

»Ihr erinnert Euch, daß Ihr, ehe ich noch aus der Lehre war, nach London gekommen seid ins Haus zu Gabriel Varden und nach einem Vagabunden gefragt habt, der davongelaufen war und seinen untröstlichen Vater als eine Beute der bittersten Aufregungen zurückgelassen hatte, und was sonst alles noch im Zusammenhange damit stand – he? Stimmts?« sagte Mr. Tappertit.

»Natürlich, erinnere ich mich daran!« rief Hugh – »und dort hab' ich Euch gesehen!«

»Ihr habt mich dort gesehen!« sagte Tappertit. »Erinnert Ihr

Euch nicht, daß ich sagte, Ihr würdet dem Vagabunden die Stange halten? Daß ich daraufhin mit Euch Streit anfangen wollte? Und nachher, als ich herausfand, daß Ihr ihn ärger verabscheutet als Gift, mit Euch in die Kneipe gegangen bin auf einen guten Schluck? Wißt Ihr das noch?«

»Na, gewiß doch!« rief Hugh.

»Schön! Und seid Ihr jetzt noch gleichen Sinnes?« fragte Mr. Tappertit.

»Ja!« brüllte Hugh.

»Ihr sprecht wie ein Mann«, stellte Mr. Tappertit fest. »Ich will Euch die Hand schütteln.«

Diesen versöhnlichen Redensarten ließ er die Tat auf dem Fuße folgen, und da Hugh ihm dabei entgegenkam, vollzogen sie die Freundschafts-Zeremonie mit großer Herzlichkeit.

»Ich finde«, meinte Simon Tappertit, einen Rundblick auf die versammelten Gäste werfend, »daß Bruderherz Dingsda und ich alte Bekannte sind. – Ihr habt von dem Tagediebe seitdem doch nie wieder gehört, he?«

»Keine Silbe«, versetzte Hugh. »Hab' auch nie danach Verlangen gefühlt. Glaub' auch nicht, daß ich je Verlangen danach fühlen würde. Der Kerl ist hoffentlich schon lange tot.«

»Zum Wohle der Menschheit im allgemeinen und im Interesse der Glückseligkeit der menschlichen Gesellschaft insbesondere wollen wir's hoffen!« versetzte Simon Tappertit, indem er sich die Handfläche auf seinen Knien rieb und von Zeit zu Zeit einen Blick darauf fallen ließ. »Ist Eure Linke etwa reiner? Ganz so, wie die andere? Na, den anderen Händedruck will ich Euch schuldig bleiben. Nehmen wir es als geschehen an, wenn Ihr nichts dagegen habt.«

Hugh lachte wieder und ließ seiner unsinnigen Frohlaune so ganz die Zügel schießen, daß seine Beine aus den Gelenken zu springen schienen und sein ganzer Körperbau aus dem Leime zu gehen drohte. Aber Tappertit war weit entfernt, an diesem Übermaß von Lustigkeit Anstoß zu nehmen. Ja, er rief sogar seine zweifache Leutnantschaft heran und stellte ihr Hugh mit nachdrücklicher Empfehlung vor als einen Mann, den man zu solchen Zeiten, wie den jetzigen, gar nicht hoch genug schätzen könnte. Im weiteren erwies er ihm die Ehre zu bemerken, daß dieser Mann als eine Erwerbung anzusehen sei, auf die sich sogar die »Vereinigten Bullenbeißer« etwas einbilden könnten – und als er ihm dann verschiedentlich auf den Zahn gefühlt hatte und zu der Erkenntnis gelangt war, Mr. Hugh sei bereit und willens, sogleich in den Bund einzutreten – denn er war durchaus nicht ›apart‹ oder ›gewählt‹ und würde sich an diesem Abende mit jedermann und zu jedem Zwecke verbunden haben – veranlaßte Tappertit die nötigen Maßnahmen, um die Aufnahme sofort zu bewirken. Dieser dem großen Verdienste des Mannes gezollte Tribut erfreute niemanden mehr als Mr. Dennis, wie er mit einigen seltenen Flüchen bekannt gab, und tatsächlich gewährte er auch der ganzen Versammlung ungemischte Befriedigung.

»Macht aus mir, was Ihr wollt!« schrie Hugh und schwenkte dabei die Kanne, die er mehr als einmal geleert hatte. »Braucht mich, wozu es Euch paßt! Ich bin Euer Mann. Ich mache alles, was verlangt wird. Hier ist mein Hauptmann – hier ist mein Anführer! Ha! Ha! Ha! Wenn er das Kommando zu geben hat, rücke ich dem ganzen Parlamentsgebäude allein ohne Hilfe auf den Pelz, oder lege an den Königsthron selbst eine brennende Fackel!« Bei diesen Worten schlug er Simon Tappertit mit solcher Gewalt auf den Rücken, daß dessen Körper zum bloßen Nichts zusammenzuschrumpfen schien – und brüllte dann wieder, daß sogar die Findelkinder nebenan in ihren Betten vor Schreck zusammenfuhren.

Allerdings schien ein Gefühl, daß hier in dieser Gemeinschaft mancher recht possierlich sei, von seinem ungeschlachten Hirn Besitz ergriffen zu haben. Das bloße Faktum, von einem großen Mann, den er mit halber Hand zerquetscht hätte, als Schützling behandelt zu werden, kam ihm so überspannt und drollig vor, daß ihn eine grimmig-wilde Lustigkeit befiel und sein tierisches Naturell bändigte. Er brüllte und brüllte wieder; trank an die hundert Mal auf Tappertits Gesundheit, erklärte sich für einen Bullenbeißer vom Wirbel bis zur Sohle und gelobte dem Bullenbeißer-Bunde Treue, bis der letzte Blutstropfen aus seinen Adern geflossen sei.

All diese Komplimente nahm Tappertit als sehr natürliche Dinge hin – die zwar durchweg, jedes auf seine Weise, recht schmeichelhaft wären, als Leistungen aber seiner gewaltigen Überlegenheit ganz und gar zukämen. Seine gedrechselte Dünkelhaftigkeit machte Hugh nur um so größeren Spaß – kurz und gut, Riese und Zwerg gingen einen Freundschaftsbund ein, der eine lange Dauer insofern verhieß, als es der eine für sein Recht erachtete und festhielt zu kommandieren, der andere darin, daß er gehorchen sollte, einen prächtigen Scherz erblickte. Auch war Hugh durchaus kein passiver Parteigänger, der sich bedenkt und alles auf die Goldwaage legt, wenn er nicht bestimmte Weisungen für sein Verhalten bekommen hat; denn als Tappertit bald darauf ein leeres Faß bestieg, das in der Stube gewissermaßen die Stelle einer Rednerbühne vertrat, und eine »Pauke« über die obwaltende Krisis vom Stapel ließ, pflanzte er sich neben dem Redner auf und gab denen, die die Nase rümpften und spöttelten, trotzdem er bei jedem Worte Herrn Tappertits selbst von einem Ohre bis zum andern grinste, durch seinen Knüttel so deutliche Winke, daß Leute, die Mr. Tappertit erst in die Rede fallen wollten, sehr bald sehr aufmerksam wurden und am lautesten Beifall klatschten.

Es war aber nicht alles Lärm und Ulk im »Boots«, und es gehörte auch nicht die ganze Gesellschaft zu den Anhörern jener »Pauke«. Am andern Ende der Stube (die ein langer Raum mit niedriger Decke war) saßen Männer die ganze Zeit über in ernster Unterhaltung begriffen, und wenn jemand aus dieser Gruppe fortging, kamen bald darauf ganz frische Kräfte und setzten sich an ihrer Stelle nieder, als hätten sie die andern von irgend einer Wache oder einem Dienste abgelöst. Es war übrigens auch ziemlich klar, daß es sich mit ihrem Tun so verhielt, denn dieser Platzwechsel regelte sich nach der Uhr, in Zwischenpausen von halben Stunden. Die Leute flüsterten angelegentlich zusammen und hielten sich auf dem laufenden und sahen sich oft in der Runde um, als wachten sie mit Eifersucht darüber, daß ihr Gespräch ja nicht belauscht werde. Manche, zwei bis drei etwa, verzeichneten in Büchern, was von den andern, wie es schien, als Meldung erstattet wurde. Waren sie nicht hiermit beschäftigt, so griff der eine zu Zeitungen, die auf dem Tische lagen, und las aus dem »Saint-James-Chronicle«, aus dem »Herald«, oder dem »Chronicle«[54] den andern leise irgend eine Stelle vor, die zu dem Gegenstande in Bezug stand, an dem sie alle ein tiefes Interesse hatten. Die eigentliche Anziehungskraft aber übte eine Flugschrift aus, die den Titel »The Thunderer«[55] trug, die eigenen Ansichten und Meinungen der hier Versammelten vertrat und damals in dem Rufe stand, unmittelbar von dem Bunde selbst auszugehen. Diese Flugschrift wurde überall begehrt und fand, mochte sie nun einer Gruppe vorgelesen oder von einem einzelnen allein gelesen werden, immer die größte Aufmerksamkeit, verursachte immer stürmische Unterhaltung und höchst erregte Mienen.

Inmitten dieses Lärms und von Bewunderung für seinen Hauptmann erfüllt, wurde Hugh durch mancherlei Anzeichen auf ein geheimnisvolles Treiben hingewiesen, das eine gewisse Ähnlichkeit mit demjenigen hatte, das ihm schon draußen auf der Straße aufgefallen war. Er konnte sich eines Gefühls nicht erwehren, daß ernste Dinge im Schilde seien und daß unter dem Lärm der Schankwirtschaft etwas anderes, unsichtbares und gefahrdrohendes, lauerte. Hierdurch aber nur wenig bekümmert, fühlte er sich mit seinem Quartiere durchaus zufrieden und würde dort bis zum andern Morgen geblieben sein, wäre nicht sein Führer und Begleiter bald nach Mitternacht aufgestanden, um nach Hause zu gehen. Da Mr. Tappertit diesem Beispiele folgte, blieb ihm kein Vorwand zum Bleiben, und so verließen sie zusammen das Haus, »Nieder mit dem Papst!« brüllend, bis die Felder von dem schrecklichen Getöse widerhallten.

»He, Hauptmann! Die Kehle geputzt!« schrie Hugh, als sie sich außer Atem geschrieen hatten – »ein ander Lied!«

Mr. Tappertit, durchaus nicht abgeneigt, fing von vorn an, und so stolperten die drei weiter, Arm in Arm, brüllend wie Wahnsinnige, und neckten und höhnten die Nachtwächter-Runden mit großer Ritterlichkeit. Allerdings gehörte dazu weder große Tapferkeit noch Kühnheit, da damals zu diesem Amte nur alte oder gebrechliche Leute gewählt wurden, die sich beim ersten Anzeichen einer Ruhestörung in ihren Wachthäusern einzuschließen und so lange dort zu bleiben pflegten, bis alle Gefahr wieder verschwunden war. Hierbei tat sich Mr. Dennis, der eine grobe Stimme und eine Lunge von großer Macht besaß, ganz besonders hervor und setzte sich bei seinen Genossen dadurch in hohes Ansehen.

»Was Ihr doch für ein wunderlicher Gesell seid!« sagte Mr. Tappertit. »Ihr seid so wunderbar verschlagen und verschlossen. Warum wollt Ihr nie mit der Sprache heraus, was Ihr für ein Gewerbe treibt?«

»Steht dem Hauptmann auf der Stelle Rede!« schrie Hugh, indem er ihm den Hut tief ins Genick schlug – »weshalb rückt Ihr nie mit der Sprache heraus, was Ihr für ein Gewerbe treibt?«

»Ich gehöre einem so manierlichen Berufe an, Bruderherz, wie sonst jemand in England – einem Beruf, dessen Betrieb so leicht ist, wie nur ein feiner Herr sich wünschen kann.«

»Habt Ihr richtig gelernt?« fragte Mr. Tappertit.

»Nein. Natürliches Genie!« versetzte Mr. Dennis. »Gelernt nichts. Das kommt so ganz allein. Mr. Gashford weiß, was ich für ein Handwerk treibe. Seht mal die Hand hier an – die hat schon manches Stückchen ausgeführt, sauber und flink wie nie vorher. Wenn ich auf diese Hand blicke«, sagte Mr. Dennis, sie in der Luft schwenkend, »und mir die vornehmen Arbeiten in Erinnerung rufe, die sie schon x-fach verrichtet, so wird's mir ganz trübselig bei dem Gedanken, daß sie auch mal alt und schwach werden soll. Aber so ist's nun mal im menschlichen Leben!«

Er seufzte tief, als er diese Betrachtungen anstellte. Dann legte er mit irrem Ausdruck im Gesicht die Finger an Hughs Kehle und vornehmlich unter sein linkes Ohr, als ob er die anatomische Entwicklung dieses Körperteils einem Studium unterzöge – dann schüttelte er verzweiflungsvoll den Kopf und weinte wirklich Tränen.

»Ihr seid wohl so was wie Artist – he?« meinte Simon Tappertit.

»Jawohl«, erwiderte Dennis, »jawohl – Artist darf ich mich nennen – Gewerbsmann aus Laune – Kunst hilft der Natur nach, so lautet mein Wahlspruch.«

»Und wie nennt Ihr das?« fragte Mr. Tappertit, ihm den Stock aus der Hand nehmend.

»Das auf dem Knopfe hier? Das ist mein Abbild«, erwiderte Dennis – »he? Meint Ihr, daß Ähnlichkeit vorhanden?«

»Hm – das Ding ist ein bißchen zu hübsch dazu«, meinte Simon Tappertit. »Wer hat's denn gemacht? Ihr etwa selbst?«

»Ich?!« wiederholte Dennis, zärtlich auf sein Ebenbild blickend – »ich wünschte, ich besäße solche Gabe! Das Ding hat ein Freund von mir geschnitzt, der nicht mehr am Leben ist. Am Tage vor seinem Tode noch hat er's mit einem Taschenmesser aus der Erinnerung geschnitzt. ›Ich werd' ins Gras beißen müssen,‹ hat mein Freund gesagt, ›und meine letzten Augenblicke sollen dem Bilde meines lieben Dennis gewidmet bleiben, das ich in Holz schneiden will.‹ So verhält sich's!«

»Das war ein wunderlicher Einfall – nicht?« fragte Mr. Tappertit.

»Ein wunderlicher Einfall wär's!« versetzte der andere, seine

Stocknase anhauchend und mit dem Rockärmel polierend – »aber es war auch ein wunderlicher Kerl – ein halber Zigeuner – einer der prächtigsten, kerzengeraden Kerle, den man je im Leben gesehen. Ha! An dem Morgen, als er starb, hat dieser Freund mir Geschichten erzählt – Geschichten, bei denen es Euch gruseln würde.«

»Ihr seid also bei ihm gewesen – wie?« fragte Mr. Tappertit.

»Ja«, antwortete er mit verschmitztem Blicke, »ich war bei ihm. O, gewiß war ich bei ihm. Er würde nicht halb so fidel und gemütlich abgedampft sein, wäre ich nicht dagewesen. Ich bin noch bei drei bis vier seiner Sippe unter ganz gleichen Umständen gewesen. Samt und sonders prächtige Kerle.«

»Die müssen aber ihren Narren an Euch gefressen haben«, meinte Tappertit, ihn von der Seite ansehend.

»Wüßt ich nun gerade nicht«, sagte Dennis nach kurzem Zögern, »aber in ihrer Nähe haben sie mich gehabt, als sie abdampften. Ich hab' auch die Sachen geerbt, die sie anhatten. Das Halstuch hier, das Ihr um meinen Hals geschlungen seht, gehörte dem, von dem ich eben erzählte – dem, der das Bild hier geschnitzt hat.«

Simon Tappertit sah sich das Bild wieder an und schien bei sich zu denken, daß dieser verstorbene Herr über die Art, sich zu kleiden, sehr merkwürdige Ansichten gehabt haben müßte und sich keine großen Ausgaben für seine Garderobe gemacht haben könnte. Er sagte indes nichts hierüber und ließ den geheimnisvollen Gefährten ohne Unterbrechung weiterreden.

»Diese Bixen hier«, erzählte Dennis weiter, sich die Knie reibend – »diese Bixen hier haben einem Freunde von mir gehört, der sich solcher Unbequemlichkeiten für alle Zeit entledigt hat. Der Rock hier stammt gleichfalls aus seiner Erbschaft; ich bin oft hinter diesem Rock in der Straße einhergelaufen und hab mich dann oft gefragt, ob er noch mal an mich kommen würde. Dieses Paar Schuhe hier hat wenigstens ein halbes Dutzend Mal nach dem Dudelsacke getanzt. Und was den Hut hier angeht«, sagte er und nahm ihn vom Kopfe, um ihn ein paarmal auf seiner Faust tanzen zu lassen – »Jesses, den hab ich – ach – manchen, manchen Tag oben auf dem Bock nach Holborn kutschieren sehen!«

»Ihr wollt doch nicht sagen, daß die alten Träger dieser alten Sachen samt und sonders tot seien – he?« meinte Mr. Tappertit und rückte, während er dies sagte, ein bißchen von ihm weg.

»Einer wie alle!« versetzte Dennis – »alle wie einer – tot, mausetot!«

Hierin lag etwas so schrecklich Unheimliches, etwas so Gespenstisches, und die verblichene Farbe seines Anzugs (die unter diesem neuen Gesichtspunkte von der Erde aus Gräbern herzurühren schien) schien so außerordentlich seltsam und grauenhaft hierzu zu passen – daß Mr. Tappertit es mit einem Male für angezeigt fand, in anderer Richtung zu gehen, und stehen blieb, um ihm eine herzliche gute Nacht zu wünschen. Da sie sich zufällig in der Nähe des Alten Baily befanden und es Herrn Dennis bekannt war, daß noch einige Schließer munter wären, in deren Stube er die Nacht verweilen und mit denen er Berufssachen von gemeinsamen Interesse vor einem hellen Kaminfeuer und bei einem gemütlichen Glase besprechen könnte, trennte er sich ohne großes Bedauern von seinen beiden Gesellschaftern und ließ sie, nachdem er mit Hugh noch einen warmen Händedruck ausgetauscht und mit ihm am nächsten Tage früh im ›Boots‹ eine Zusammenkunft verabredet hatte, ihres Weges ziehen.

»Eine merkwürdige Sorte von Mensch«, meinte Simon Tappertit, dem Mietskutschenhute nachsehend, der jetzt die Straße in anderer Richtung hinunterwackelte – »ich weiß nicht, was ich aus ihm machen soll. Warum kann er sich seine Hosen nicht auf Bestellung machen lassen? Oder überhaupt nicht Sachen tragen, die nicht schon auf andern Leibern gesessen haben?«

»Er ist ein glücklicher Mensch, Hauptmann«, schrie Hugh. »Solche Freunde möcht ich auch haben wie er.«

»Hoffentlich läßt er sie nicht ihr Testament machen und klopft ihnen dann auf den Schädel«, meinte Mr. Tappertit sinnend. »Aber kommt! Die Bullenbeißer-Brüderschaft erwartet mich. Marsch, vorwärts! – Na, was gibts denn?«

»Ich hab ganz und gar vergessen«, sagte Hugh, der beim Schlag einer benachbarten Uhr zusammengeschreckt war, »daß ich heut nacht noch jemand einen Besuch machen muß. Ich muß auf der Stelle umdrehen. Über dem Trinken und Singen ist's mir ganz aus dem Sinne gekommen. 's ist nur gut, daß es mir noch einfällt!«

Tappertit maß ihn mit einem Blicke, als ob ihn die Lust anwandle, einigen majestätischen Gefühlen über diese fahnenflüchtige Handlung Ausdruck zu geben; aber da Hughs hastige Weise deutlich verriet, daß es wirklich dringlich war, was er zu besorgen hatte, so ließ er gnädig Milde walten und erteilte Hugh die Erlaubnis, sich ohne Zögern zu entfernen, was dieser mit schallendem Gelächter dankbar entgegennahm.

»Gute Nacht, Hauptmann!« schrie er, »ich bin der Eurige bis in den Tod! Vergeßt das nicht!«

»Lebt wohl!« sagte Tappertit, mit der Hand schwenkend. »Seid kühn und wachet!«

»Nieder mit dem Papst, Hauptmann!« brüllte Hugh.

»Triefe England erst von Blut!« schrie sein verwegener Führer, worauf Hugh jubelte und lachte und davonlief wie ein Windhund.

»Dieser Mensch wird meiner Division zu Ansehen verhelfen!« sagte Simon, während er sich gedankenvoll auf den Hacken umdrehte. »Wollen mal zusehn! In einem veränderten Gesellschafts-Stande – der ja kommen muß, wenn wir losbrechen und den Sieg behalten – sobald die Schlosserstochter mein ist, muß die Miggs so oder so abgeschafft werden, wenn sie nicht eines Abends mal, wenn ich auswärts bin, Gift in die Teekanne schütten soll. Der Kerl würde am Ende, wenn er besoffen genug ist, die Miggs zur Frau nehmen. So wollen wir es machen. Ich will mir die Sache vormerken.«

40. Kapitel

Hugh hatte kaum einen Begriff von dem Plane für seine glückliche Lebensgestaltung, der sich dem brütenden Gehirn seines fürsorglichen Kommandanten darbot, als er, ohne innezuhalten, entlanglief, bis die Sankt-Dunstans-Riesen[56] über ihm mit dröhnendem Schlage die nächtliche Stunde verkündigten. Mit großer Kraftanstrengung setzte er den Schwengel eines in dichter Nähe befindlichen Ziehbrunnens in Bewegung, steckte den Kopf unter die Röhre und ließ das Wasser über sich hin schießen, bis aus jeder Strähne seines ungekämmten Haares ein kleiner Strom herniederrann und er naß war bis auf den Gürtel. Durch diese Waschung erfrischt an Geist sowohl wie an Körper und nahezu auch ernüchtert, trocknete er sich, so gut es sich machen ließ, ging auf die andere Seite des Weges hinüber und setzte den Klopfer am Tore des ›mittleren Tempels‹[57] in Tätigkeit.

Der Pförtner, der die Nachtwache hatte, guckte mit scheelem Blick durch ein kleines Gitter im Portal und rief: »Oh!« – Hugh erwiderte freundschaftlich diese Begrüßungsart und forderte den Mann auf, gleich zu öffnen.

»Wir schenken hier kein Bier aus«, schrie der Mann, »was anders begehrt Ihr?«

»Hinein will ich«, versetzte Hugh und stieß mit dem Fuße gegen die Tür.

»Wohin wollt Ihr?«

»Nach der Papiermühle.«

»In wessen Wohnung?«

»Zu Sir John Chester.« Jeder seiner Antworten gab er durch einen neuerlichen Fußstoß Nachdruck.

Nach mancherlei Gebrumm auf der anderen Seite wurde das Tor geöffnet, Hugh trat hinein und mußte sich durch den Pförtner einer scharfen Besichtigung unterziehen lassen.

»Ihr wollt zu Sir John? Zu dieser nächtlichen Stunde?« sagte der Mann.

»Ja doch!« rief Hugh. »Ich! Was soll die Frage?«

»Na! Da muß ich schon mitgehen und zusehn, daß es auch wirklich der Fall ist – denn ich glaube Euch nicht.«

»Kommt mit!«

Ihn mit argwöhnischen Blicken ins Auge fassend, schritt der Mann mit Schlüssel und Laterne neben ihm her und geleitete ihn bis zu Sir John Chesters Tür, an die Hugh klopfte – ein einziges Mal, mit einem Schlage aber, der durch den finsteren Treppenflur wie eine gespenstische Mahnung hallte und das matte Licht in der schläfrigen Lampe erzittern machte.

»Glaubt Ihr, daß er jetzt Verlangen nach mir hat?« sagte Hugh.

Ehe der Mann Zeit zu einer Antwort fand, ward innen ein Tritt hörbar und ein Licht sichtbar; dann machte Sir John in Schlafrock und Pantoffeln die Tür auf.

»Ich bitte um Verzeihung, Sir John«, sagte der Pförtner und zog den Hut. »Hier ist ein junger Mensch, der behauptet, mit Euch sprechen zu müssen. Für Fremde ist es eine späte Stunde. Ich hielt es für das beste, mich zu überzeugen, daß sich die Sache auch wirklich so verhalte.«

»Aha?« rief Sir John, die Brauen aufschlagend. »Ihr seid's.

mein Bote? Wirklich? Geht nur herein! Ganz recht, lieber Freund, ganz recht! Ich rechne Euch Eure Klugheit und Vorsicht hoch an. Ich danke euch. Gott schütze und segne Euch. Gute Nacht.«

Gelobt, bedankt, Gott empfohlen und mit einem Gute-Nacht-Wunsche beehrt zu werden von jemand, der das Wort ›Sir‹ vor seinem Namen führte, und sich noch obendrein M. P.[58] schrieb, war eine Sache, die einem Pförtner nicht alle Tage widerfuhr. Er zog sich darum auch mit tiefer Demut und hoher Ehrfurcht zurück. Sir John folgte seinem späten Gast in das Ankleidezimmer, wo er sich in seinen Lehnstuhl vor das Feuer setzte und so zurechtrückte, daß er Hugh sehen konnte, während dieser mit dem Hut in der Hand neben der Tür stand. Er musterte ihn scharf vom Kopf bis zu den Füßen.

Das alte Antlitz so ruhig und friedlich wie jemals; die Farbe echt jugendlich in ihrer Blüte und Reinheit; das nämliche Lächeln; die gewohnte Schneidigkeit und Peinlichkeit im Anzug; das weiße, wohlbesetzte Gebiß; die feinen, zarten Hände; die gesammelte, ruhige Weise im Benehmen; alles, alles wie es zu sein pflegte: keine Anzeichen von Alter oder Leidenschaft, Neid, Haß oder Mißgunst; alles unzerknittert und ungetrübt, alles heiter und rosig und fröhlich aufgelegt.

Er schrieb sich M. P. – aber wieso? Nun, darum: Es war eine stolze Familie – stolzer freilich als reich. Er hatte in Gefahr gestanden, Schuldhaft zu leiden, hatte Büttel und Kerker in Aussicht gehabt – einen gemeinen Kerker, wohin das gemeine Volk, das ein kärgliches Einkommen hat, eingesperrt wird! Vornehme Herren aus alten Häusern besitzen kein Vorrecht, das sie solchen grausamen Gesetzen entrückt – außer sie gehören einem bestimmten großen Haus an: dann allerdings haben sie dieses Vorrecht. Ein stolzer Mann aus seiner Verwandtschaft und von seiner Sippe besaß die Mittel und Wege, ihn dorthin zu senden. Er erbot sich – freilich nicht, seine Schulden zu bezahlen, aber ihm den Sitz im Parlament für einen kleinen Flecken zuzuschanzen für die Zeit, bis sein eigener Sohn das hierzu nötige Alter erreicht hätte – und bis dahin konnten, wenn er am Leben blieb, noch an zwanzig Jahre ins Land gehen. Es war für Sir John ganz dasselbe wie eine Insolvenzerklärung, und doch unendlich viel vornehmer und bequemer. Auf diese Weise war Sir John Chester zum Parlamentsmitglied geworden.

Wieso aber Sir John? Nichts so einfach oder so leicht wie das.

Eine einzige Berührung mit einem Staatsschwert, und die Umwandlung ist bewirkt. John Chester Esquire, M. P., bei Hofe eingeführt – hat sich mit einer Adresse – an der Spitze einer Deputation – der höchsten Stelle im Lande genaht. Eine solche Eleganz im Benehmen und Auftreten, ein so vielfacher Liebreiz, eine so außerordentliche Begabung für Unterhaltung: das waren Dinge, die nicht unbemerkt bleiben konnten.

Die Anrede ›Mr.‹ war zu gewöhnlich für dergleichen Verdienste und Vorzüge. Ein Mann, der so vom Wirbel bis zur Sohle ›Gentleman‹ war, hätte unbedingt – aber das Schicksal ist nun einmal launisch – als Herzog auf die Welt kommen müssen gerade so wie manche Herzöge als Tagelöhner hätten geboren werden müssen. Er erhaschte die Laune des Königs, kniete als Engerling nieder und erhob sich als Falter. John Chester Esquire erhielt den Ritterschlag und wurde Sir John.

»Ich dachte, als Ihr mich heute abend verließet, meine geschätzte Bekanntschaft«, sagte Sir John nach ziemlich langem Stillschweigen – »ich dachte, es würde in Eurer Absicht liegen, möglichst rasch zurückzukommen.«

»Das ist auch der Fall, Meister.«

»Wirklich?« gab er zurück, nach der Uhr sehend. »Wollt Ihr das sagen? – Wie?«

Statt einer Antwort wechselte Hugh das Bein, auf das er sich stützte, schob seine Kappe aus einer Hand in die andere, sah auf die Dielen nieder, an die Wand hinüber, zur Decke hinauf und schließlich auf Sir John selbst, vor dessen wohlgefälligem Antlitz er seine Augen wieder niederschlug, um sie neuerdings auf die Dielen zu heften.

»Und was habt Ihr in der Zwischenzeit getrieben?« fragte Sir John, die Beine lässig übereinander schlagend. »Wo habt Ihr gesteckt? Was für Unfug habt Ihr getrieben?«

»Unfug gar keinen, Meister«, brummte Hugh unterwürfig. »Ich habe ja bloß getan, was Ihr befohlen habt.«

»Was – ich – was?« erwiderte Sir John.

»Na dann«, meinte Hugh und rückte unbehaglich hin und her – »was Ihr mir zu tun geraten habt – oder gesagt habt, ich sollte's tun – oder gesagt habt, Ihr würdet es tun, wenn Ihr an meiner Stelle wäret. Geht doch nicht so hart mit mir um, Meister!«

Etwas wie ein Ausdruck von Triumph über die vollendete Gewalt, die er über dieses rauhe Werkzeug erlangt hatte, erschien für einen Augenblick auf dem Gesichte des Ritters – aber es verschwand sogleich wieder, als er jetzt sagte, indem er sich die Nägel verschnitt:

»Wenn Ihr sagt, ich hätte es Euch befohlen, mein wackerer Gesell, so heißt das so viel, als hätt ich Euch bestimmt, etwas für mich zu tun – etwas, das ich gewünscht hätte – etwas, das für meine eigenen Ziele und Zwecke von Wert wäre – versteht Ihr? Nun brauche ich mich doch gewiß nicht über die große Albernheit einer solchen Meinung zu äußern, so unabsichtlich sie auch gewesen sein mag. Deshalb habt Ihr wohl die Güte« – und bei diesen Worten lenkte er die Blicke auf Hugh – »Euch ein wenig mehr in acht zu nehmen. Versprecht Ihr mir das?«

»Es war nicht meine Absicht, Euch zu kränken«, sagte Hugh. »Ich weiß nicht, was ich sagen soll. Ihr fangt mich immer so kurz ab.«

»Ihr werdet an einem der nächsten Tage, mein guter Freund, viel kürzer noch – unendlich viel kürzer abgefangen werden! Verlaßt Euch drauf!« versetzte sein Patron mit Ruhe. »Nebenher möcht ich bemerken, daß ich mich, statt mich über Euer langes Ausbleiben zu wundern, weit mehr darüber wundern sollte, daß Ihr überhaupt gekommen seid. Warum seid Ihr eigentlich gekommen?«

»Ihr wißt doch, Meister«, sagte Hugh, »daß ich den Zettel nicht lesen konnte, den ich gefunden hatte, und daß ich deshalb hierher gekommen bin, weil ich der Meinung war, es hätt' eine besondere Bewandtnis damit, daß er so eigentümlich eingewickelt war.«

»Und jemand anders konntet Ihr wohl nicht bitten, Euch den Wisch vorzulesen, Ihr Brummochs?« sagte Sir John.

»Ich weiß keinen, dem ich Geheimnisse anvertrauen könnte, Meister. Seit mir Barnaby Rudge auf Nimmerwiederkehr aus den Augen verschwunden – und das ist nun an die fünf Jahre her – seitdem hab ich mit niemand ein Wort geredet als mit Euch.«

»Ihr habt mir gewiß Ehre damit erwiesen.«

»Ich bin die ganze Zeit über, Meister, ab- und zugegangen, wenn's was zu berichten gab, weil ich gewußt hab', daß Ihr böse auf mich sein würdet, wenn ich ganz wegbliebe«, sagte Hugh nach einem verlegenen Schweigen, die Worte hervorstotternd – »und weil ich den Wunsch hatte, Euch gefällig zu sein, sobald ich's könnte, und nicht mochte, daß Ihr Euch gegen mich stelltet.

So! Das ist der wahre Grund, weshalb ich heut abend gekommen bin. Ihr wißt das auch selbst, Meister, ich weiß es ja!«

»Ihr seid ein durchtriebener Kerl«, erwiderte Sir John, ihn ins Auge fassend, »und tragt zwei Gesichter unter Eurer Kappe, so gut sich so was eben machen läßt. Habt Ihr mir nicht heut abend in diesem Zimmer einen ganz andern Grund gesagt? Habt Ihr nicht von Haß gesprochen gegen jemand, der Euch jüngst bei jedem Anlaß verächtlich, gemein, mit Rohheit behandelt hat? Der gegen Euch gehandelt hat, nicht als ob Ihr ein Mensch, sondern ein Bastard von einem Hund wäret?«

»Gewiß, gewiß! Das hab ich gesagt!« schrie Hugh, dessen Leidenschaft, wie es im Sinne des andern lag, mit jedem Augenblicke wuchs – »und das sag ich aber- und abermals und so oft meinethalben, wie Ihr und andere es hören wollt! Alles, alles wollt, ich tun, um meine Rache an ihm zu kühlen – alles! Und als Ihr mir sagtet, daß er und alle Katholiken von denen, die sich auf diesen Zettel hin zusammengetan haben, es tüchtig heimgezahlt bekommen werden, da hab ich gesagt, daß ich mich ihnen anschließe, wenn auch der Teufel selbst ihr Anführer wäre. Ich bin jetzt einer von ihnen. Paßt auf, ob ich mein Wort halten und einen Platz unter den vordersten Reihen bekommen werde oder nicht. Ich mag ja nicht viel Kopf haben, aber soviel Kopf hab ich doch, um mich auf diejenigen zu besinnen, die mich geschunden haben. Ihr sollt es sehen, und er soll's auch sehen, und hundert andere sollen's sehen, wie mir der Kamm schwillt, wenn die richtige Zeit da ist. Mein Gebell ist nichts gegen mein Gebiß. So manche, die ich kenne, täten besser, sich einen wilden Löwen in ihrer Umgebung zu halten als mich, wenn ich mal erst die Zügel sprenge – ganz gewiß!«

Der Ritter schaute mit einem Lächeln von weit tieferer Bedeutung als gewöhnlich auf ihn; und nach dem alten Wandschranke zeigend, folgte er Hugh mit den Augen, der sich dort ein Glas Schnaps eingoß und es austrank. So lange Hugh ihm mit dem Rücken zugekehrt stand, folgte ihm sein Blick mit noch tieferer Bedeutung als vorhin.

»Ihr seid in einer Laune, mein Freund, die Euch große Worte in den Mund legt«, sagte er, als Hugh ihm wieder vor die Augen trat.

»Durchaus nicht, Meister!« schrie Hugh. »Ich sage nicht die Hälfte von dem, was ich im Sinne habe. Ich kann's nicht. Ich hab nicht die Gabe dazu. Schwätzer gibt's genug unter uns; ich werde einer sein, der handelt.«

»Oho! Ihr habt Euch also diesen Gesellen angeschlossen?« meinte Sir John mit einer Stimme tiefster Gleichgültigkeit.

»Ja. Ich bin nach dem Haus gegangen, wovon Ihr mir erzählt habt, und hab' mich in die Liste einzeichnen lassen. Es war noch ein anderer Mann dort anwesend, mit Namen Dennis –«

»Dennis? He! he!« rief Sir John mit Lachen. »Ja doch, ja doch! Ein sehr angenehmer Kerl, glaub ich?«

»Ein heulender Bulldog, Meister – einer so ganz nach meinem Herzen – auch verbrannt auf die Sache – verbrannt wie toll –«

»So hab ich gehört«, versetzte Sir John achtlos. »Ihr habt wohl keine Kunde von seinem Handwerk? He?«

»Er mochte 's nicht sagen«, rief Hugh. »Er hält's geheim.«

»Ha! Ha!« lachte Sir John. »Eine wunderliche Narretei – eine Schwäche bei manchen Personen – werdet es schon eines Tages erfahren – darauf möcht ich schwören –«

»Wir sind schon ganz intim«, meinte Hugh.

»Ganz natürlich! Ganz natürlich! Und habt auch mitsammen getrunken? He?« fuhr Sir John fort – »habt Ihr mir gesagt, an welchem Ort Ihr Euch zusammen begeben habt, als Ihr von Lord George fortginget?«

Hugh hatte es nicht gesagt, hatte auch nicht daran gedacht, es zu sagen, sagte es ihm aber; und da dieser Frage eine lange Reihe anderer Fragen folgte, erzählte er alles, was sowohl in der Schenke als auf der Straße vorgefallen war, schilderte die Leute, die er hier und dort gesehen, nannte ihre Anzahl, beschrieb ihre Gesinnung, ihre Redeweise, erzählte von den Erwartungen, die sie augenscheinlich hätten, und von den Zielen, die sie augenscheinlich verfolgten. Das Verhör, dem ihn Sir John unterzog, war so geschickt und so künstlich eingeleitet, daß es sogar Hugh selber vorkam, als gäbe er all diese Auskünfte weit mehr freiwillig, als daß sie ihm entwunden würden; und er geriet zu diesem seelischen Zustande auf eine so durchaus natürliche Weise, daß er, als Herr Chester endlich gähnte und die Äußerung tat, er sei gänzlich erschöpft, eine ungeschlachte Art von Entschuldigung sagte, daß er soviel geschwatzt hätte.

»Na! Nun schert Euch aber«, sagte Sir John, während er die offene Tür in der Hand hielt. »Ihr habt für heute abend ein hübsches Stück Arbeit verrichtet. Ich sagte Euch, Ihr solltet so etwas nicht machen, weil Ihr dadurch in Verdrießlichkeiten geraten könntet. Ihr werdet Gelegenheit erhalten, Euch an Eurem stolzen Freunde Haredale zu rächen, wenn Ihr auch darum alles wagen würdet, wie ich mir denke.«

»Das würde ich«, erwiderte Hugh, indem er draußen stehenblieb und zurückblickte. »Aber was wage ich dabei? Was steht für mich dabei zu verlieren, Meister? – Freunde? Heimat? Ich scher mich weder um das eine, noch um das andere, denn ich besitze keines von beiden; für mich bedeutet dergleichen nichts! Beschafft mir Gelegenheit zu einer tüchtigen Balgerei! Laßt mich im kecken Aufruhr, wo Männer mir zur Seite stehen, alte Scharten heimzahlen – und dann verbraucht mich, wie Ihr wollt – was das Ende davon ist, stört mich nicht viel!«

»Was habt Ihr mit dem Papier gemacht?« fragte Sir John.

»Ich habe es hier, Meister!«

»Laßt es wieder fallen, wenn Ihr weitergeht, 's ist genauso gut, wenn man solche Dinge nicht behält.«

Hugh nickte, griff mit einer so respektvollen Miene wie nur jemand aufzustecken vermochte, nach seiner Kappe und ging.

Sir John kehrte, die Tür hinter sich schließend, nach seinem Ankleidezimmer zurück und setzte sich noch einmal vor dem Feuer nieder, auf das er in ernster Betrachtung eine Zeitlang stierte.

»Das trifft sich glücklich«, sagte er, während ein Lächeln auf sein Gesicht trat – »und ist recht verheißend! Wollen doch mal zusehn! Mein werter Verwandter und ich, wir sind die verbissensten Protestanten, die's in der Welt gibt, und wünschen der römisch-katholischen Sache das schlimmste; gegen Saville, die ihre Bill einbringt, habe ich ohnehin eine persönliche Abneigung; aber da jeder von uns das eigene Ich als ersten Artikel in seinem Glaubensbekenntnis festhält, können wir uns nicht dadurch gefährden, daß wir mit einem verrückten Tollhäusler gemeinsame Sache machen, wie es doch Gordon ganz unzweifelhaft ist. Die von ihm geschaffenen Wirrnisse im geheimen durch das Mittel eines so äußerst fähigen Werkzeuges, wie es mein wilder Freund hier ist, mit Gärungsstoff zu versetzen, das kann nun aber unsere wirklichen Ziele tatsächlich fördern; und wenn wir, trotzdem wir grundsätzlich mit ihm übereinstimmen, bei allen schicklichen Gelegenheiten mit mäßigen und höflichen Worten eine Mißbilligung seines Vorgehens ausdrücken, so gewinnen wir zuverlässig den Charakter ehrlicher und zielbewußter Männer, was nicht ermangeln kann, uns unendliche Dienste zu leisten und uns zu einer wichtigen Person zu machen. Gut! Soweit kämen die öffentlichen, die Staatsinteressen in Betracht. Was nun private, persönliche Erwägungen angeht, so gestehe ich unumwunden, daß es meinen Empfindungen äußerst angenehm sein und mir unmäßigen Spaß machen würde, wenn diese Strolche die eine oder andere Demonstration machen sollten (was nicht so ganz unmöglich scheint) und an Haredale – als an einem Mann, der in seiner Sekte nicht zu den Untätigen gehört – die eine oder andere kleine Züchtigung verüben sollten. Das ist wiederum gut! Ja, vielleicht besser noch!«

Als er an diesen Punkt gelangt war, nahm er eine Prise Schnupftabak. Dann fing er langsam an, sich auszukleiden, und nahm, indem er lächelnd weiterredete, seine Betrachtungen wieder auf:

»Ich fürchte, fürchte wirklich über alle Maßen, daß mein Freund eifrig in den Fußstapfen seiner Mutter wandelt. Seine Freundschaft mit Mr. Dennis ist sehr ominös. Aber, daß es mit ihm so oder so zu solchem Ende kommen müsse, daran habe ich keinen Zweifel. Wenn ich ihm eine hilfreiche Hand leihe, so ist der einzige Unterschied, daß er im ganzen vielleicht ein paar Gallonen oder Tonnen oder Oxhofte weniger in diesem Leben trinken möchte, als sonst. Das ist keine Sache, die mich angeht. Für mich hat das so gut wie gar keine Bedeutung!«

Daraufhin nahm er eine weitere Prise Schnupftabak und begab sich zu Bett.

41. Kapitel

Aus der Werkstatt zum goldenen Schlüssel drang ein klingelnder Ton hervor – ein so lustiges, munteres Klingeln, daß es den Gedanken wachrief an jemanden, der munter bei der Arbeit war – ein Ton, der wirklich eine höchst reizende Musik darstellte. Niemand, der verdrießlich und verschlafen sein tägliches Arbeitspensum abhämmerte, hätte aus Stahl und Eisen so allerliebste

Töne hervorlocken können, kein anderer als ein heiterer, gesunder Bursche mit ehrlichem Gemüt, der alles im besten Licht ansah und ein freundliches Herz gegen jedermann hatte, wäre einen einzigen Augenblick lang imstande dazu gewesen. Er hätte ein Kupferschmied sein können und doch musikalisch sein müssen. Hätte er in einem stuckernden Wagen voll Eisenstangen gesessen, so hätte er, wie es schien, harmonische Musik daraus hervorlocken müssen.

Kling, kling, kling – klar wie eine silberne Glocke, und jedesmal, wenn der lautere Straßenlärm aussetzte, vernehmlich, als hätt' es sagen wollen: ›Mich scherts nicht; mich störts nicht in meiner Ruhe, ich hab' mir nun einmal vorgenommen, glücklich zu sein.‹ Weiber keiften, Kinder zankten sich, schwere Karren rumpelten vorbei, schreckliches Schreien und Toben kam aus den Lungen von Hökern herauf, und noch immer schallte es wieder dazwischen, nicht höher, nicht tiefer, nicht lauter, nicht leiser; und es drängte sich deshalb, weil es von lautern Klängen übertönt wurde, auch nicht um ein bißchen stärker der Beachtung der Menschen auf – kling, kling, kling, kling, kling.

Es war eine vollendete Verkörperung der leisen, schwachen, von aller Kälte, aller Heiserkeit, aller Rauhheit oder Ungesundheit irgend welcher Art freien Stimme; Fußgänger verlangsamten die Schritte und fühlten sich geneigt, in der Nähe der Stimme stehen zu bleiben; Nachbarsleute, die grillig an diesem Morgen aufgewacht waren, fühlten, wie ihnen frohe Laune ins Herz schlich, als sie die Stimme hörten, und wurden nach und nach lustig und guter Dinge; Mütter ließen ihre Kinderchen nach dem Takte der Stimme tanzen, und noch immer kam das gleiche zauberhafte ›kling kling, kling‹ lustig und wohlgemut aus der Werkstatt ›Zum goldenen Schlüssel‹.

Wer als der Schlosser hätte solche Musik machen können! Ein Sonnenstrahl, der durch das unverhüllte Fenster schien und die dunkle Werkstatt mit einem breiten Lichtschein teilte, senkte sich voll auf ihn nieder, als zöge sein sonnenhelles Herz ihn zu sich. Dort stand er und arbeitete an seinem Amboß mit dem von Arbeit und Fröhlichkeit strahlenden Angesicht, mit den aufgestreiften Ärmeln und der von der leuchtenden Stirn zurückgeschobenen Perücke – als der leichteste, freieste, glücklichste Mensch auf der ganzen Welt. Neben ihm saß eine junge Katze und schnurrte und putzte sich im hellen Licht und verfiel von

Zeit zu Zeit, gleichsam aus Übermaß an Behaglichkeit, in ein müßiges Schläfchen. Der Krug Tobias blickte von einer hohen Bank nahebei hernieder; ein einziges strahlendes Lächeln fiel von seinem breiten, nußbraunen Gesichte nieder bis zu den schwarzgebrannten Schnallen an seinen Schuhen. Sogar die Schlösser, die an der Wand hingen, hatten etwas Lustiges in ihrem Rost an sich und schienen, wie gichtige vornehme Herren von kräftigem Temperamente, zu Scherzen und Witzen über ihre Gebrechen geneigt. Es lag in der ganzen Szene absolut nichts von Verdrießlichkeit oder Strenge. Es schien ganz unmöglich, daß irgendeiner von den zahllosen Schlüsseln zu einem filzigen Geldkasten oder einer Gefängnistür passen könnte. Bier- und Weinkeller, Zimmer, wo Feuer brannte und Bücher standen und geplaudert und frisch und lustig gelacht wurde, schienen die Sphäre zu sein, die sich für ihre Tätigkeit schickte. Stätten des Mißtrauens, der Grausamkeit und des Zwanges würden sie für ewige Zeiten unter vielfältigen Verschluß gelegt haben.

Kling, kling, kling. Der Schlosser hielt endlich inne und wischte sich die Stirn ab. Die Stille weckte die Katze auf; leise sprang sie hinunter und kroch nach der Tür hin und bewachte mit Tigeraugen einen Vogelkäfig in einem entgegengesetzten Fenster. Gabriel hob den Tobias an den Mund und tat einen kräftigen Zug.

Als er dann kerzengerade dastand, den Kopf nach hinten gesenkt und den mächtigen Brustkasten vorgestreckt, da konnte man sehen, daß Gabriels untere Hälfte in soldatischer Uniform steckte. Blickte man auf die Wand drüben, hätte man an den mancherlei Pflöcken dort einen Helm und Federbusch, Schleppsäbel, Schärpe und scharlachen Waffenrock gesehen – Dinge, die bei jedem in solchen Dingen kundigen Manne die Uniform durch ihren Schnitt und die daran befindlichen Auszeichnungen als die eines Sergeanten der Königs-Freiwilligen vom östlichen London verraten hätten.

Als der Schlosser den Krug wieder leer auf die Bank setzte, von wo ihn derselbe zuvor angelächelt, blickte er mit lachendem Auge und mit leicht seitwärts geneigtem Kopfe auf diese Dinge und sagte, wie wenn er sie alle in einem einzigen Brennpunkt vereinigen möchte, auf seinen Hammer gestützt:

»Es gab mal 'ne Zeit – ich besinne mich noch gut drauf – als ich den Wunsch, einen Rock von dieser Farbe zu tragen, nicht aus dem Kopfe bekam. Hätte mich jemand (meinen Vater ausgenommen) einen Narren darum geheißen, daß ich mir solchen Kummer mache, wie hätte ich dann gefeuert und gefaucht! Aber was für ein Narr muß ich auch gewesen sein – gewiß, gewiß! Was für ein Narr!«

»Ach!« seufzte Mrs. Varden, die unbemerkt eingetreten war. »Freilich ein Narr! Ein Mann in deinem Alter, Varden, sollte doch mehr Verstand haben!«

»Ei, was du doch für ein albernes Frauenzimmer bist, Martha!« sagte der Schlosser und drehte sich lächelnd um.

»Gewiß«, versetzte Mrs. Varden mit großer Zimperlichkeit. »Freilich bin ich ein albernes Ding! Ich weiß es, Varden, ich weiß es! Und ich dank dir auch schön dafür!«

»Ich meine –« fing der Schlosser an.

»Jawohl, jawohl«, sagte seine Frau – »ich weiß, was du meinst. Du sprichst schon so deutlich, daß man dich versteht! Varden! Es ist recht nett von dir, daß du dich meiner Fassungskraft anpaßtest – ich erkenne das auch an.«

»Pst, pst, Martha«, erwiderte der Schlosser, »tu doch nicht gleich so empfindlich über eine Sache, die nichts auf sich hat. Ich meine, es sei doch recht sonderbar von dir, auf unser Freiwilligenkorps zu schelten, während die ganze Einrichtung doch nur darauf hinausgeht, im Falle der Not dir und allen andern Frauenzimmern und unserem eigenen wie jedermanns andern Haus und Hof Schutz und Verteidigung zu schaffen.«

»Das ist unchristlich!« rief Mrs. Varden, den Kopf schüttelnd.

»Unchristlich!« sagte der Schlosser. »Ha! Tod und Teufel –«

Mrs. Varden blickte zur Decke hinauf, als erwarte sie den unmittelbaren Herabsturz des ehelichen Doppelbetts aus dem zweiten Stock mitsamt der guten Stube in den ersten hinunter als Strafe für diese gottlose Äußerung. Da aber keinerlei sichtbares Gericht in Vollzug trat, stieß sie einen tiefen Seufzer aus und bat ihren Ehemann in resigniertem Tone, ruhig fortzufahren und, weil er doch wüßte, wie gern sie solche Worte höre, sich so gotteslästerlich wie möglich auszudrücken.

Der Schlosser tat im ersten Augenblick, als wolle er ihr den Gefallen tun; zwang aber die Worte, die ihm schon auf den Lippen standen, wieder in die Kehle hinunter und erwiderte sanft:

»Ich wollte nur fragen, wie du so etwas unchristlich nennen kannst? Was würde denn unchristlicher sein, Martha – ruhig dazusitzen und sich Haus und Hof durch eine fremde Armee plündern zu lassen – oder als Männer auszurücken und den Kerlen eins auf den Pelz zu brennen, daß ihnen Hören und Sehen vergeht? Ich müßt' mir doch als ein schöner Christ vorkommen, wenn ich mich in einen Winkel meines Herdes verkröche und zusähe, wie ein Rudel schnauzbärtiger Wilder Dolly hinwegschleppt – oder dich –«

Als er die Worte ›oder dich‹ sagte, mußte Frau Varden wider Willen lächeln. Es lag etwas Schmeichelhaftes in dem Gedanken. »Wenn die Dinge so stehen, wie du sagst, dann freilich –«, sagte sie verschmitzt.

»Wenn die Dinge so stehen!« wiederholte der Schlosser. »Na! So würden die Dinge gar bald stehen! Sogar die Miggs würde herhalten müssen. Irgend so'n schwarzer Tambourinschläger mit großem Turban um den Kopf würde sie mit wegschleppen – allerdings würde ja der Musje Tambourinschläger, wenn er nicht kratz- und hiebfest sein sollte, in diesem Falle, wenigstens ist das meine Ansicht, den schlimmsten Teil erwählen. Ha, ha, ha! Auf meine Verzeihung dürfte der Tambourinschläger nun freilich dabei rechnen! Ich hätt' ihm sicher nichts in den Weg gelegt – ganz gewiß nicht – dem armen Kerl!« Hier lachte der Schlosser wieder aus so vollem Herzen, daß ihm Tränen in die Augen traten – was natürlich Frau Varden tief empörte! Denn daß eine so eifrige Protestantin und eine ihres Charakters wegen so schätzbare Person wie die Miggs durch einen heidnischen Neger gefangengenommen werden könnte, erschien ihr als eine so schreckliche, anstößige Möglichkeit, daß sie sich gar nicht ins Auge fassen ließ.

Das Bild, das Gabriel entworfen, drohte wirklich mit recht ernsten Folgen und würde diese Folgen auch zweifellos gezeitigt haben, wenn nicht zum Glück in diesem Augenblick ein leichter Tritt über die Schwelle gehuscht wäre und Dolly hereingelaufen wäre, die Arme um den Nacken des alten Vaters geschlungen und ihn fest an sich gedrückt hätte.

»Da ist sie ja endlich!« rief Gabriel. »Ach, wie du nett aussiehst! Dolly – und wie spät du kommst, mein Herzblatt!«

Wie nett sie aussah! Nett! Ei, hätte er alle lobenden Beiwörter im Lexikon ausgekramt, so hätte er doch noch nicht Lob und Preis genug für sie finden können. Wann und wo gab es wohl noch ein so rundliches, schelmisches, niedliches, helläugiges, berückendes, fesselndes, sinnverwirrendes Pusselchen wie Dolly! Was war die Dolly von vor fünf Jahren gegen die Dolly von heute! Wie viele Kutschenbauer, Sattler, Kunsttischler und Gelehrte anderer nützlichen Kunst- und Erwerbszweige hatten ihre Väter, Mütter, Schwestern, Brüder und meistenteils auch ihre Muhmen oder Kusinen aus Liebe zu ihr im Stiche gelassen! Wieviel unbekannte vornehme Herren – die für gewaltig reich galten, wenn sie auch keine Titel führten – hatten nach Einbruch der Dunkelheit an der Ecke gelauert und die Miggs, die unbestechliche, mit goldenen Guineen in Versuchung gesetzt, Heiratsangebote in geknifften Liebesbriefen zu übergeben! Wieviel trostlose Väter und Professionisten, die ›auch was hinter sich gebracht hatten‹, hatten dem Schlosser zum gleichen Zweck ihren Besuch gemacht, hatten ihm allerhand schauerliches Zeug erzählt, wie ihre Söhne allen Appetit zum Essen und Trinken verloren hätten, sich in finstern Schlafzimmern einzusperren liebten und mit leichenblassen Gesichtern einsame Vorstädte durchirrten – und alles einzig und allein wegen Dolly Vardens Liebenswürdigkeit und Schönheit und wegen Dolly Vardens Grausamkeit und Sprödigkeit! Wieviel junge Männer, die zu aller früheren Zeit wahre Muster von Gesetztheit und ruhigem Wandel gewesen, waren aus der nämlichen Ursache plötzlich toll und sündig geworden und hatten in einer Ekstase von unerwiderter Liebe sich damit befaßt, Türklopfer loszureißen und Buden gichtiger Nachtwächter umzukippen? Wieviel kräftigen Ersatz hatte sie dem königlichen Heere dadurch zugeführt, daß sie Seiner Majestät getreue Untertanen zwischen dem achtzehnten und dem fünfundzwanzigsten Jahre in Verzweiflung stürzte! Wieviel junge Damen hatten öffentlich, mit Tränen in den Augen, bekannt, daß sie für ihren Geschmack zu kurz, zu lang, zu keck, zu kalt, zu dick, zu dünn, zu blond, zu schwarz – kurz, alles andere, nur nicht zu hübsch sei? Wieviel alte Damen hatten, wenn sie miteinander zu Rate saßen, dem Himmel und ihrem Schöpfer gedankt, daß ihre Töchter nicht wären ›wie jene‹, und der Hoffnung Ausdruck gegeben, daß Leid ihr erspart bleiben möge, und dem Gedanken Raum gegeben, daß es kein gutes Ende mit ihr nehmen könnte, und ihrer Verwunderung Ausdruck gegeben, was die Leute wohl eigentlich an ihr sähen, und zum Schlusse regelmäßig die Behauptung aufgestellt, daß sie in ihrem Aussehen ›verlöre‹, oder überhaupt niemals noch was angesehen hätte, und alles an ihr ›fauler Zauber‹ wäre, und daß sie eine ganze Bevölkerung bloß elend an der Nase geführt hätte!

Und doch stand hier diese selbe Dolly Varden, so grillig und launisch und so schwer zufriedenzustellen, daß sie noch immer Dolly Varden war, mit all ihrem Lächeln und mit ihren Grübchen im Kinn und in den Backen und mit all ihrem hübschen, anmutigen Äußern; und so wenig fragte sie nach den fünfzig bis sechzig jungen Männern, die sich im Augenblick die Hälse brechen wollten, um sie zu heiraten – so wenig fragte sie nach ihnen, als wenn ebensoviele Austern sich in Liebe begegnet wären und dann aufgeknackt worden wären!

Dolly schloß, wie bereits festgestellt worden, ihren Vater in die Arme, und nachdem sie ihrer Mutter die gleiche Liebkosung erwiesen, begleitete sie beide nach der kleinen Wohnstube, wo der Tisch bereits zum Essen gedeckt war, und wo Jungfer Miggs – die noch ein bißchen steifer und knochiger geworden war als in früheren Jahren – sie mit hysterischer Atemnot empfing, die für ein Lächeln gelten sollte. In die Hände dieser jugendlichen Jungfrau legte Dolly Hut und Mäntelchen – (alles von gar schrecklichem, hinterlistigem, ränkevollem Kaliber) – und sagte dann mit einem Lachen, das der Musik des Schlossers den Rang ablief:

»Wie froh ich doch immer bin, wieder zu Hause zu sein!«

»Und wie froh wir immer darüber sind, Dolly«, sagte ihr Vater, indem er ihr das dunkle Haar aus den blitzenden Augen strich – »daß wir dich wieder bei uns haben! Komm, gib mir einen Kuß!«

Wäre irgendein Zuschauer männlichen Geschlechts hierbei zugegen gewesen und hätte er gesehen, wie sie das machte, so hätte es ihm Jammer und Herzeleid verursacht. Aber es war keiner zur Stelle.

»Mir ist's gar nicht recht, daß du im Hag bist«, sagte der Schlosser; »ich kann's nicht ertragen, dich nicht vor Augen zu haben. Was gibt es denn Neues drüben, Doll?«

»Neues? Ich denk', Ihr wißt's schon«, erwiderte seine Tochter. Ihr wißt's doch sicher schon.«

»Nun!« rief der Schlosser. »Was denn?«

»Ach, geh doch, Vater!« sagte Dolly, »Du weißt es ja genau! Ich wollte von dir hören, warum Mr. Haredale – ach, ist der wieder mürrisch! – wollte von dir erfahren, warum Mr. Haredale seit ein paar Tagen wieder vom Warren-Haus weg ist und herumzieht –

(wir sehn's aus seinen Briefen, daß er herumzieht) – ohne seiner leiblichen Nichte zu sagen, weshalb und wozu?«

»Emma will es gar nicht wissen, darauf möchte ich schwören«, erwiderte der Schlosser.

»Das weiß ich nicht«, meinte Dolly, »aber ich möchte es wissen, auf jeden Fall. Sag es mir, Vater! Warum tut er so heimlich? Und was ist's mit dieser Gespenstergeschichte, die Emma niemandem erzählen soll und die doch mit seinem Herumziehen zusammenhängt? Nun, ich sehe, du weißt es, denn du wirst ja so rot!«

»Was die Geschichte zu bedeuten hat, oder was für eine Geschichte es ist, oder was sie mit seinem Herumziehen zu tun hat, weiß ich nicht besser als du, meine Liebe«, erwiderte der Schlosser – »außer höchstens, daß es eine alberne Furcht vom kleinen Salomo ist – was wohl, meine ich, kaum von Bedeutung sein mag. Was Mr. Haredales Reisen anbetrifft, so glaube ich –«

»Hm!« meinte Dolly.

»So hat er, glaube ich«, fuhr der Schlosser fort, sie in die Wange kneifend – »die Absicht, Geschäfte zu machen, Dolly! Was das nun für Geschäfte sind, ist freilich eine andere Sache. Lies den Blaubart und sei nicht zu neugierig, Püppchen! Verlaß dich drauf, Geschäfte, die dich oder mich angehen, sind's nicht! Dort steht das Essen, und das geht uns jetzt mehr an, als was Mr. Haredale im Sinne oder nicht im Sinne führt.«

Dolly hätte sich gegen solche summarische Abweisung ihrer Frage gern verwahrt, trotz des Essens, das jetzt auf den Tisch kam – aber als das Wort Blaubart fiel, legte sich Mrs. Varden ins Mittel und erklärte energisch, sie könne es nicht mit ihrem Gewissen vereinbaren, hier still dazusitzen und anzuhören, wie man ihr Kind auf die Lektüre der Abenteuer eines Türken oder Muselmanns bringen könne – weit weniger noch eines Märchen-Türken, für den sie den Machthaber solchen Kalibers mit Fug und Recht halten müsse. Sie meinte vielmehr, in so bewegten, schrecklichen Zeiten möchte es weit nützlicher für Dolly sein, auf den ›Thunder‹[59] zu abonnieren – das sei ein Blatt, das die Reden des Lords Gordon Wort für Wort zum Abdruckbringe, und das sei für sie tröstlicher und erbaulicher, als hundert und mehr Blaubärte. Zur Unterstützung dieses Vorschlages rief sie die Miggs um Hilfe an, die bloß hierauf wartete und nun kategorisch behauptete, der Seelenfriede, den sie aus der Lektüre dieses Blattes im allgemeinen schöpfe, ganz besonders aber aus einem Aufsatz der letzten Woche mit der Aufschrift ›Großbritannien in Blut getaucht‹, sei wirklich über allen Glauben erhaben. Der Aufsatz, setzte sie hinzu, hätte auf das Gemüt ihrer verheirateten Schwester, damals im Goldnen Löwen, Nummer siebenundzwanzig zweiter Glockenzug am ersten Türpfosten rechts, eine so erquickende Wirkung geübt, daß sie gleich darauf in Krämpfe verfallen sei und seitdem in einem fort von Inquisition fasele zum großen Troste für ihren Ehemann und ihre Bekannten; ihre Gesundheit sei nämlich damals gerade gestört gewesen, weil sie täglich einem Zuwachs ihrer Familie entgegengesehen habe. Die Miggs bemerkte noch, daß sie allen, deren Herzen verhärtet seien, anempfehle, Lord George selbst zu hören, dem sie zuerst für seinen strengen Protestantismus, dann für seine Redegabe, dann für seine Augen, dann für seine Nase, dann für seine Beine und zuletzt für seine Gestalt im großen und ganzen – die zu jeder Bildsäule, ob Fürst ob Engel, passe – in den Himmel hob – ein Lob, in das Mrs. Varden natürlich aus vollem Herzen einstimmte.

Mrs. Varden lenkte, als sie ihrem Herzen hierdurch Luft gemacht, die Blicke auf eine Büchse, die, in Nachahmung eines Ziegelhauses grellrot angestrichen und mit gelbem Dache gekrönt, auf dem Kaminmantel stand. Über dem gelben Dache erhob sich ein richtiger Schornstein, in den freiwillige Spender Silber, Gold und Pfennige fallen ließen, und an der Tür des Wohnstübchens darunter befand sich ein Messingschild, ebenfalls Nachahmung eines andern bekannteren Schildes, mit der aus weiter Ferne leserlichen Aufschrift: ›Protestanten-Bund‹. Als sie die Büchse ansah, sagte sie: der Gedanke, daß Varden nie bei all seinem Reichtum ein Körnchen für diesen Tempel übrig habe, sei eine Quelle unsäglichen Jammers für sie; bloß ein einziges Mal in seinem ganzen Leben habe er, wie sie später entdeckt habe, für ihre Sammelbüchse etwas übriggehabt, aber das seien bloß zwei Scherben einer Pfeife gewesen, und hoffentlich würde ihm diese Sünde nicht beim letzten Gerichte schwer angekreidet werden! Daß Dolly, wie sie zu ihrem Herzeleid sagen mußte, mit ihren Steuern ganz ebenso säumig sei und, wie es scheine, ihr Geld lieber in Bändern und ähnlichem Krimskrams anlege, statt ihr Scherflein zur Stärkung und Förderung der großen Sache beizutragen, die doch jetzt in größter Bedrängnis schwebe, das gab ihr Ursache zu der eindringlichen Bitte, Dolly möchte es doch nicht machen wie ihr Vater, – (bei dem, wie sie fürchte, alles Bitten umsonst sei, da sich jeder Stein eher rühren lasse als er) – sondern das erhabene leuchtende Beispiel der Miggs nachahmen, die mit ihrem sauer verdienten Lohn und ihren paar Sparpfennigen dem Papste allvierteljährlich Beulen über Beulen schlüge!

»O! Frau Meisterin!« sagte die Miggs, »spielen Sie doch nicht darauf an! Ich habe nicht gewollt, Meisterin, daß es jemand erfahren solle. Solche Opfer, wie ich sie bringen kann, sind ja bloß armselige Scherflein. 's ist alles, was ich mein nenne«, rief die Miggs unter einem Strom von Tränen – denn bei ihr kamen die Tränen niemals einzeln – »aber es wird mir in anderer Weise wieder heimgezahlt werden – es wird mir reichlich heimgezahlt werden.«

Das war ganz in Richtigkeit, allerdings nicht in dem Sinne, wie sie es meinte. Sie unterließ nie, Mrs. Varden ihre Selbstverleugnung deutlich vor die Augen zu führen, und gewann aus dieser Sonderbarkeit so mancherlei Geschenke an Hauben und Röcken und andern Bekleidungsgegenständen, daß im großen und ganzen das rote Ziegelhaus wohl die beste Anlage für ihr kleines Kapital war, die sich auftreiben lassen mochte, und ihr einen Zinsfuß von sieben bis acht fürs Hundert an Geld und von fünfzig mindestens an persönlicher Ehre und Wertschätzung eintrug.

»Du brauchst nicht zu weinen, Miggs«, sagte Mrs. Varden, die selbst in Tränen schwamm, »brauchst dich über dein Tun nicht zu schämen, wenn auch deine arme Herrin ebenso dasteht wie du!«

Die Miggs flennte bei dieser Bemerkung ganz abscheulich und sagte, sie wisse recht gut, daß sie ihrem Dienstherrn ein Dorn im Auge sei; daß es schrecklich sei, in Familien zu leben, wo man nur Abneigung und Haß begegne und es niemandem recht mache; daß sie den Gedanken, Ursache zum Unfrieden zu sein, nicht ertragen könne und daß sich ihr Herz dagegen sträube; daß es doch am besten wäre, wenn es der Meister nun einmal nicht anders wolle, sie schieden voneinander, und daß er sich dann doch gewiß wohler und glücklicher fühlen werde, und daß sie ihm alles Gute wünsche, namentlich, daß er jemand finden möge, der zu seinen Neigungen und seinem Geschmack besser passe als sie. Von einer solchen Herrin sich zu trennen würde nun freilich eine sehr schwere Aufgabe sein; aber sie könnte alles Leid ertragen, wenn ihr Gewissen ihr sage, daß sie in ihrem Rechte sei, und darum wolle sie lieber sogar dieses Schreckliche über sich ergehen lassen. Daß sie die Trennung lange überstehen würde, glaube sie ja nicht; da sie aber bloß Haß und böse Blicke fände, so wäre ihr Tod, wenn er nur recht rasch kommen möchte, für alle Teile das beste Ende. Bei diesem ergreifenden Schlusse vergoß die Miggs eine noch größere Portion Tränen als vorher und schluchzte gottsjämmerlich.

»Kannst du das ertragen, Varden?« fragte seine Frau feierlich, indem sie Messer und Gabel hinlegte.

»Na, schwer wird's mir freilich, meine Liebe«, entgegnete der Schlosser, »aber ich möchte mir doch die Laune nicht verderben lassen!«

»Sagt nur nichts zu meinem Besten, Frau Meisterin«, schluchzte die Miggs. »Es wäre am allerbesten, ich ginge. Nein, nein! Ich mag nicht bleiben – o lieber Himmel! Und Unfrieden stiften – und sollte mir gleich ein Goldbergwerk im Jahr und Tee und Zucker die Menge beschert sein!«

Damit der Leser nicht in Unklarheit über die tiefe Erregung der Miggs bleibe, so sei ihm hier insgeheim zugeflüstert, daß sie zufällig wieder gelauscht hatte, wie es ja manchmal ihre Gewohnheit war, als Gabriel und seine Frau miteinander sprachen, und dabei den Scherz des Schlossers über den Schwarzen aus der Fremde mit dem Tambourin gehört hatte, und daß sich infolgedessen die ingrimmigen Gefühle, die Spott in ihrem holden Busen erweckten, in der erzählten Weise Bahn brachen. Da die Dinge hiermit zu einer Krisis gelangten, gab der Schlosser wie gewöhnlich und hauptsächlich der Ruhe und des Friedens wegen nach.

»Was weint Ihr, Mädel?« sagte er. »Was habt Ihr denn? Was redet Ihr da von Haß und bösen Blicken? Ich hasse Euch nicht; ich hasse keinen Menschen. Um Himmelswillen, trocknet Eure Augen und verjagt Eure Grillen; wir wollen alle, solange es noch geht, fröhlich und glücklich zusammensein!«

Die vereinigten Mächte, die es für gute Feldherrnkunst hielten, solche Reden als ausreichende Entschuldigung und als ausreichendes Bekenntnis alles feindlichen Unrechts anzusehen, trockneten sich die Augen und gaben sich zufrieden. Die Miggs sagte, sie könne keinen, gar keinen Groll hegen, nicht einmal gegen ihren ärgsten Feind, den sie in Wirklichkeit umso stärker liebe, je größer die Verfolgung sei, die sie erleiden müsse. Mrs. Varden spendete diesem sanftmütigen, vergebungsvollen Sinne alles Lob und erklärte, ein würdiger Abschluß für das neugeschlossene Friedensbündnis sei, wenn Dolly sie noch diesen Abend in den ›Bund‹ nach Clerkenwell begleite. Das war ein schönes Beispiel ihrer Klugheit und feinen Politik; denn diesen Zweck hatte sie von vornherein im Auge gehabt. Da sie aber im Stillen ahnte, daß der immer schlagfertige Schlosser, sobald es sich um Dolly handelte, Einwendungen machen würde, hatte sie der Miggs bis zu diesem Punkte die Stange gehalten, um über ihn einen Vorteil zu erringen. Das Manöver hatte einen so guten Erfolg, daß Gabriel sich auf ein saures Gesicht beschränkte und, der eben eingeheimsten Verwarnung eingedenk, kein Wort zu sagen wagte.

Der Zwist wurde hiermit beigelegt, die Miggs bekam von Mrs. Varden ein Kleid, von Dolly eine halbe Krone geschenkt, ganz so als hätte sie sich auf dem Pfade der Sittlichkeit und Frömmigkeit ganz besonders hervorgetan. Frau Varden gab, wie es Gewohnheit von ihr war, der Hoffnung Ausdruck, daß Varden sich aus dem Vorgefallenen eine Lehre nehmen und mit der Zeit ein besonderes Benehmen lernen werde. Da nun das Mittagessen kalt geworden und der allgemeine Appetit durch den Vorfall nicht sonderlich gehoben war, schickten sie sich drein, so gut es ging ›wie echte Christen‹, das war Mrs. Vardens Rede.

Da an diesem Nachmittag große Parade der Königs-Freiwilligen Ost-Londons stattfinden sollte, arbeitete der Schlosser nicht, sondern setzte sich behaglich hin und bot, die Pfeife im Munde, den Arm um die Taille seiner hübschen Tochter geschlungen und von Zeit zu Zeit einen liebevollen Blick auf Mrs. Varden werfend, vom Wirbel bis zur Sohle ein fröhliches Bild der gemütlichsten Laune. Und wirklich, als es Zeit wurde, sich in Uniform zu werfen, und Dolly sich an ihn hing und ihre ganze Liebenswürdigkeit aufbot und ihm beim Knöpfen, Schnallen, Bürsten, Schnüren half, – denn sein Waffenrock war wohl mit der engste, den je ein sterblicher Schneider verfertigte, – da war er der stolzeste Vater in ganz England.

»Wie flink das Mädel ist!« sagte der Schlosser zu seiner Frau, die mit gefalteten Händen dabei stand, gleichfalls nicht ohne Stolz auf ihren Mann sah, während die Miggs ihm Mütze und Degen hinhielt, aber mit weit ausgestreckter Hand, wie aus Furcht, der Degen könne einem armen Menschenkinde durch den Leib fahren; »aber, liebe Dolly, heirate nie einen Soldaten!«

Dolly fragte nicht, warum nicht, noch sagte sie etwas, sondern bückte sich tief herab, um ihm die Schärpe zu binden.

»Ich kann den Rock nie anziehen«, sagte der ehrsame Gabriel, »ohne daß mir der arme Joe Willet einfällt. Ich hab' den Jungen gerngehabt; er hatte immer einen Stein bei mir im Brett. Armer Joe! Aber, Liebste, Mädel, binde mir doch das Ding nicht so fest!«

Dolly lachte – aber gar nicht so, wie sie sonst lachte – es war vielmehr ein kurzes, seltsames Lachen, das seltsamste vielleicht, das es geben konnte – und sie bückte sich noch tiefer herab.

»Der arme Joe!« nahm der Schlosser vor sich hinflüsternd wieder das Wort. »Wäre er bloß zu mir gekommen! Ich hätte die Sache schon ordnen können zwischen ihnen, wenn er gekommen wäre. Ja, ja! Der alte John hat einen großen Fehler gemacht, daß er den Jungen so behandelt hat – einen großen Fehler! – Bist du nun mit der Schärpe fertig, Mädel?«

Ach! Wie schlecht sie geknüpft war! Schon wieder saß sie lose und schleifte auf dem Boden. Dolly mußte knien und von neuem anfangen.

»Laß den jungen Willet, wo er ist, Varden«, sagte seine Frau mit finsterer Miene, »wirst schon noch jemand anders finden, über den sich's besser lohnt zu sprechen, mein' ich.«

Jungfer Miggs hustete stark, was denselben Sinn haben sollte wie diese Worte der Frau.

»Nein, Martha«, rief der Schlosser, »denken wir nicht hart über den Jungen! Wenn er wirklich tot ist, wollen wir ihm wenigstens ein freundliches Andenken bewahren.«

»Einem solchen Ausreißer und Vagabunden!« sagte Frau Varden.

Die Miggs gab ihrer Zustimmung wie vorhin Ausdruck.

»Ausreißer, meine Liebe, aber nicht Vagabund«, versetzte der Schlosser mit sanfter Betonung. »Er hat sich immer gut und anständig geführt, der Joe – immer – und ist ein hübscher, männlicher Bursche gewesen. Nenn ihn also keinen Vagabunden, Martha!«

Mrs. Varden hustete – und die Miggs hustete auch.

»Er hat sich's immer redlich angelegen sein lassen, Martha, bei dir im guten Lichte zu stehen, das kann ich wohl sagen«, sagte der Schlosser lächelnd, indem er sich das Kinn strich. »O, gewiß! Es ist mir so wie gestern, als er mich eines Abends zum Maypole hinaus begleitet hat bis vor die Tür und mich gebeten hat, ich möcht' nicht erzählen, daß man ihn dort wie einen Jungen behandle – möcht' es hier zu Hause nicht erzählen – ich hab' ihn aber damals, wie mir jetzt einfällt, auch nicht verstanden. ›Und was macht denn Jungfer Dolly, lieber Mr. Varden?‹ fragte Joe«, fuhr der Schlosser trübselig fort – »ach, armer Joe, armer Joe!«

»Nein, so was! Nein, so was!« rief die Miggs. »Ach, du meine, meine Güte!«

»Was ist denn schon wieder los?« sagte Gabriel, sich schnell umdrehend.

»Na, wenn Jungfer Dolly nicht ganze Fluten von Tränen vergießt!« sagte das Mädchen und beugte sich nieder, um ihr ins Gesicht zu sehen – »ach, Frau Meisterin! O, Herr Meister! Das dreht mich wirklich um und um«, kreischte die empfängliche Puppe, indem sie die Hand auf die Seite preßte, um das Klopfen ihres Herzens zu ersticken – »ganz um und um, so um und um, daß man mich mit einer Feder zu Boden schlagen könnte.«

Nachdem der Schlosser die Miggs angesehen hatte mit einem Blicke, als hätt' er die Feder dazu am liebsten in der Hand gehabt, sah er mit weit aufgerissenen Augen, wie Dolly weglief, vor der mitgefühlsvollen ›jungen‹ Frauensperson her, die ihr nachlief. Dann wendete er sich zu seiner Frau und stotterte:

»Ist denn Dolly krank? Hab' ich denn was angestiftet? Bin ich etwa schuld daran?«

»Ob du schuld bist?« rief Mrs. Varden vorwurfsvoll. »Na – mach dich doch lieber auf die Socken!«

»Was hab' ich denn angestiftet?« sagte der arme Gabriel. »Es war doch abgemacht, daß Edwards Name nie mehr in den Mund genommen werden sollte – und von ihm hab' ich doch keinen Ton geredet – keinen Ton!«

Mrs. Varden antwortete weiter nichts, als daß ihre Geduld nun mit ihm zu Ende sei, und lief hinter den beiden anderen Frauen her. Der unglückliche Schlosser band sich die Schärpe um, gürtete sich das Schwert um, setzte sich die Blechhaube auf und schritt aus dem Hause.

»Ich hab' viel nicht los im Exerzieren«, brummte er in den Bart hinein, »aber ich werde dabei doch zu weniger Schrammen kommen als hier. Es ist jedem sein Beruf bestimmt, wenn er auf die Welt kommt; mein Beruf scheint's, alle Weiber ohne meinen Willen zum Heulen zu bringen.«

Er hatte die Sache aber schon vergessen, ehe er die Straße bis zu Ende gelangt war, und mit leuchtendem Gesicht schritt er weiter, nickte den Nachbarsleuten zu und teilte seine freundlichen Grüße wie milden Frühlingsregen nach allen Seiten hin aus.

42. Kapitel

Die Königs-Freiwilligen vom östlichen London boten an diesem Tage einen herrlichen Anblick: aufgestellt in Reihen, Quarrés, Kreisen, Dreiecken und was sonst noch, beim Klange der Trommeln und beim Flattern der Fahnen, führten sie eine ungeheure Menge verwickelter Exerzierübungen aus, an denen samt und sonders Sergeant Varden hervorragend beteiligt war. Nachdem sie in dieser kriegerischen Schaustellung all ihre militärische Pracht entfaltet hatten, marschierten sie in glänzenden Reihen nach dem Chelsea Bun-House, wo sie sich in den anliegenden Schenken bis zur Dämmerung gütlich taten. Beim Trommelklang traten sie wieder an und kehrten unter den Jubelrufen der Untertanen Seiner Majestät nach dem Platze zurück, woher sie gekommen waren.

Da der Heimmarsch einigermaßen langsam vor sich ging – infolge des unkriegerischen Benehmens einiger Korporale, die, im bürgerlichen Leben Herren seßhaften Gewerbes, im äußeren Leben aber sehr erregbarer Natur, etwelche Fenster mit ihren Bajonetten zerbrachen und den befehlenden Offizier in die Notwendigkeit versetzten, sie unter starke Bewachung zu stellen, mit der sie von Zeit zu Zeit im Weitermarschieren Spektakel anfingen – wurde es neun Uhr, ehe der Schlosser nach Hause kam. Eine Mietskutsche wartete vor seiner Tür, und als er an ihr vorüberschritt, sah Mr. Haredale aus dem Fenster und rief ihn beim Namen.

»Euer Anblick, Sir, ist gut für wunde Augen«, sagte der Schlosser, an ihn herantretend. »Immerhin wünscht' ich, Ihr wäret hinein gegangen, als daß Ihr draußen wartetet.«

»Wie ich bemerkte, ist niemand zu Hause«, antwortete Mr. Haredale, »übrigens möchte ich auch, daß mein Besuch soviel wie möglich unter uns bliebe.«

»Hum!« murmelte der Schlosser und sah sich nach seinem Hause um. »Gewiß wieder mit Simon Tappertit in die Ortsabteilung von jenem kostbaren Bunde gegangen.«

Mr. Haredale lud ihn in die Kutsche ein und bat ihn, falls er nicht müde wäre und es mit dem Heimgange nicht eilig hätte, ein Stückchen mitzufahren, damit sie miteinander reden könnten. Gabriel ging gern darauf ein, der Kutscher stieg auf den Bock, und sie fuhren fort.

»Varden«, sagte Mr. Haredale nach kurzer Pause, »Ihr werdet mit Erstaunen hören, was ich vorhabe. Es wird euch seltsam erscheinen.«

»Jedenfalls bezweifle ich nicht, daß es etwas Vernünftiges ist, Sir, und seinen Zweck hat«, erwiderte der Schlosser, »andernfalls hättet doch Ihr nichts damit zu tun. Seid Ihr eben in die Stadt gekommen, Sir?«

»Erst vor einer halben Stunde.«

»Und bringt keine Nachricht von Barnaby oder seiner Mutter?« fragte der Schlosser zweifelnd. »Ach, Sir, Ihr braucht nicht mit dem Kopfe zu schütteln. Es war eine nutzlose Sache. Das fürchtete ich von vornherein. Ihr habt alle erdenklichen Mittel, sie zu entdecken, erschöpft, seit sie fort sind. Wieder von neuem zu beginnen, nachdem eine so lange Zeit darüber hingegangen, ist eine hoffnungslose Sache, Sir – eine ganz hoffnungslose Sache!«

»Aber wo sind sie?« versetzte er ungeduldig. »Wo können sie sein? Über der Erde?«

»Weiß Gott wo«, entgegnete der Schlosser, »viele, die ich vor fünf Jahren noch kannte, haben nun ihre Ruhestätte in der Erde. Und die Welt ist ein weites Ding. Es ist ein hoffnungsloser Versuch, Sir, glaubt mir. Wir müssen die Lösung dieses Geheimnisses, wie aller andern, der Zeit, dem Zufall und dem Belieben des Himmels anheim stellen.«

»Varden, lieber Freund«, sagte Mr. Haredale, »ich verfolge einen tieferen Zweck, als Ihr denkt, wenn mir's jetzt so angelegen darum zu tun ist, sie zu finden. Es ist keine bloße Laune, nicht das zufällige Wiederaufleben alter Wünsche und alten Verlangens, sondern ein ernster heiliger Zweck. Meine Gedanken und Träume trachten danach und geben dem Zwecke Festigkeit in meinem Innern. Ich habe keine Ruhe bei Tag und Nacht, finde keinen Frieden, keine Ruhe, stets verfolgt es mich.«

Der gewöhnliche Ton seiner Stimme hatte sich so sehr geändert, und aus seinen Gebärden und seinem Benehmen sprach so viel Erregung, daß Gabriel in seinem Erstaunen nur still sitzenbleiben und in der Dunkelheit nach ihm hinsehen konnte, um sich den Ausdruck auszumalen, der auf seinem Gesichte liegen mochte.

»Verlangt nicht«, fuhr Mr. Haredale fort, »daß ich mich erkläre. Wenn ich es täte, so möchte ich Euch vorkommen, als sei ich das Opfer einer törichten Laune. Es ist genug, daß es sich so verhält – und daß ich nicht – ja nicht ruhig im Bette liegen kann, ohne etwas zu tun, – was Euch allerdings nicht recht begreiflich sein wird.«

»Seit wann, Sir«, fragte der Schlosser nach einer Pause, »bedrückt Euch dieses unbehagliche Gefühl?«

Mr. Haredale überlegte einige Augenblicke und antwortete dann: »Seit der Sturmesnacht. Kurz, seit dem letzten neunzehnten März.«

Als fürchte er von Varden eine Überraschung zu sehen oder Vernunftgründe zu hören, fuhr er hastig fort:

»Ich weiß, Ihr werdet denken, ich litte unter einer Täuschung. Vielleicht ist's so. Es ist aber keine krankhafte Täuschung, sondern eine ganz gesunde Gemütstätigkeit, die auf tatsächlichen Ereignissen beruht. Ihr wißt, daß die Möbel in dem Hause der Frau geblieben sind, daß es verschlossen blieb auf mein Geheiß, seit sie es verlassen hat – bloß einmal in der Woche geht ein alter Nachbar hin, die Ratten zu verscheuchen. Ich bin jetzt auf dem Wege nach Hause.«

»In welcher Absicht?« fragte der Schlosser.

»Um die Nacht dort zu verbringen«, versetzte er, »und nicht nur diese eine Nacht, sondern viele Nächte. Ich vertraue Euch hier ein Geheimnis an in der Hoffnung, daß sich plötzlich etwas Unverhofftes ereignen möchte. Ihr werdet, außer wenn ein dringender Fall vorliegt, nicht hinkommen; von der Dämmerung bis zum hellen Morgen werde ich dort sein. Emma, Eure Tochter und die übrigen sind der Meinung, ich sei außerhalb Londons, was ja auch vor einer Stunde noch der Fall war. Laßt ihnen diesen Glauben! Das also ist's, was ich vorhabe. Ich darf es Euch anvertrauen, das weiß ich, und baue darauf, daß Ihr nicht weiter in mich dringen werdet.«

Hierauf erinnerte er den erstaunten Schlosser, wie um das Thema zu ändern, an jene Nacht, in der er von dem Wegelagerer, der im Maypole gerastet hatte, angehalten, in der Edward Chester beraubt worden war, und an jene Nacht, in der der Mann an der Tür von Frau Rudge wiederum erschien, und an all die seltsamen Umstände, die sich nachher ereignet hatten. Er fragte ihn sogar, ohne Interesse, wie es schien, nach Größe, Gesicht, Gestalt des Mannes, ob er jemand ähnlich sähe, den er früher oder sonst einmal gesehen hätte – wie etwa Hugh, oder einem andern, den er sonst einmal gekannt habe – und stellte allerhand solche Fragen an den Schlosser, der sie nur als Mittel betrachtete, seine Aufmerksamkeit festzuhalten und ihn an einer Kundgabe des Erstaunens, das ihn ergriff, zu hindern, und sie deshalb gänzlich aufs Geratewohl beantwortete.

Endlich kamen sie an der Straßenecke an, wo das Haus stand. Dort stieg Mr. Haredale aus und ließ den Wagen weiterfahren. »Wollt Ihr mein Quartier sehen«, sagte er und wandte sich mit düsterem Lächeln zu dem Schlosser, »so steht es Euch frei!«

Gabriel, dem alle früheren Wunderlichkeiten im Vergleich hierzu als Nichts erschienen, folgte ihm schweigend auf dem engen Pflaster nach. Als sie die Tür erreichten, öffnete Mr. Haredale leise mit einem Schlüssel, den er bei sich trug; und als er dieselbe nach Vardens Eintritt wieder schloß, standen sie in vollständiger Finsternis.

Sie tasteten sich nach dem Zimmer im Erdgeschoß. Hier schlug Mr. Haredale Licht und steckte eine Kerze an, die er zu diesem Zweck bei sich trug. Als jetzt die Flamme voll auf ihn fiel, sah der Schlosser zuerst, wie abgemagert, bleich und verändert der Mann aussah, wie abgezehrt und schmal er geworden war, wie genau seine ganze Erscheinung zu all den Dingen paßte, von denen er auf der Fahrt in so seltsamer Weise gesprochen hatte. Es war kein unnatürlicher Impuls, daß Gabriel nach dem Gehörten eifrig den Ausdruck seiner Augen beobachtete. Dieser Ausdruck aber verriet so vollständige Sammlung und Vernunft, daß er sich über seinen augenblicklichen Verdacht beschämt fühlte und seine eigenen Augen niederschlug, als Mr. Haredale ihn ansah, aus Furcht, sie möchten seine Gedanken verraten.

»Wollt Ihr einen Gang durchs Haus machen?« fragte Mr. Haredale mit einem Blick nach dem Fenster, dessen merkwürdige Läden fest geschlossen waren. »Sprecht leise.«

Es lag ein Grausen über der Stätte, daß es wohl schwer gewesen wäre, in anderer Weise zu sprechen. Gabriel flüsterte ein Ja und folgte die Treppen hinauf.

Alles war noch genau so, wie sie es das letzte Mal gesehen hatten. Es lag ein Hauch von Heimlichkeit über der Stube, von der frische Luft so lange Zeit abgeschlossen gewesen war, und eine Düsternis und eine Schwere waren um sie gelagert, als hätte lange Gefangenschaft selbst das Schweigen traurig gestimmt. Die dürftigen Fenster- und Bettvorhänge begannen zu welken, der Staub lag hoch auf ihren schwindenden Falten, die Feuchtigkeit hatte sich durch Decke, Wand und Boden Bahn gebrochen. Die Dielen krachten unter ihren Tritten, als ob sie den ungewohnten Besuch übel aufnähmen, flinke Spinnen, gelähmt durch den Glanz der Kerze, hielten an der Wand inne in der Bewegung ihrer hundert Beine oder fielen wie leblose Gegenstände auf den Boden, die Totenuhr tickte laut, und die hurtigen Füßchen von Ratten und Mäusen raschelten hinter dem Getäfel.

Als sie die Augen über das seinem Verfall nahe Mobiliar streifen ließen, war es merkwürdig wahrzunehmen, wie lebhaft es ihnen die Personen, denen es einst gehört hatte und mit denen es verwachsen gewesen, vor Augen führte. Der Rabe schien wieder auf seinem hochlehnigen Stuhl zu hocken, Barnaby auf seinem alten Lieblingsplatz am Feuer zu kauern, die Mutter ihren gewöhnlichen Platz innezuhaben und ihren Sohn wie ehemals zu beobachten. Selbst als sie die Gegenstände, die sie vor sich hatten, von den Gebilden, die ihnen ihr geistiges Auge zeigte, zu unterscheiden vermochten, glitten die letzteren wohl aus ihrem Gesichte, aber blieben in ihrer Nähe, dann schienen sie in den Wandschränken und hinter den Türen zu lauern, bereit, hervorzuhüpfen und sie mit den noch recht gut in ihrem Gedächtnis haftenden Stimmen anzureden.

Sie gingen wieder hinunter in die Stube, aus der sie eben gekommen waren. Mr. Haredale schnallte den Degen los und legte ihn auf den Tisch neben ein Paar Pistolen; dann sagte er dem Schlosser, er wolle ihm bis zur Tür leuchten.

»Aber ein unheimlicher Ort, Sir, ist es doch«, sagte Gabriel zögernd, »darf keiner Eure Wache teilen?«

Er schüttelte den Kopf und gab seinem Wunsch, allein zu bleiben, so deutlichen Ausdruck, daß Gabriel nichts weiter zu sagen wußte. Im nächsten Augenblick stand der Schlosser auf der Straße. Dort konnte er wahrnehmen, daß das Licht nochmals die Treppen hinaufstieg, bald wieder nach dem Zimmer unten zurückkehrte und dann hell durch die Spalten der Läden blitzte.

Wenn je ein Mensch erstaunt und verblüfft gewesen, so war es der Schlosser in dieser Nacht. Selbst als er behaglich neben seinem eigenen Kamin saß, ihm gegenüber Mrs. Varden in der Nachtmütze und Nachtjacke und neben ihm Dolly (in einem höchst liebreizenden Negligé), wie sie sich gerade die Haare wickelte und lächelte, als hätte sie im ganzen Leben noch nicht geweint und auch nie weinen können – selbst jetzt, als Tobias mit der Pfeife im Munde an seiner andern Seite stand und die Miggs im Hintergrunde nickte, konnte er sein Erstaunen und sein Unbehagen nicht überwinden. In seinen Träumen schwebte ihm noch Mr. Haredale vor, bleich und von Sorge abgezehrt, wie er in dem einsamen Hause auf jeden Laut lauschte, während die Kerze durch die Spalten schien, bis der Tag ihr Licht trübte und seine einsame Wache beendete.

43. Kapitel

Der nächste Morgen brachte dem Sinnen und Grübeln des Schlossers keine befriedigende Lösung, auch der nächste Tag nicht, auch der nächstnächste nicht, auch viele anderen Tage nicht. Oft begab er sich, wenn es Nacht geworden war, in die Straße und richtete die Augen zu dem wohlbekannten Hause hinauf; und mit derselben Sicherheit kam auch immer das einsame Licht zum Vorschein, das nach wie vor durch die Ritzen des Fensterladens schimmerte, während innen alles so still und ruhig, so lautlos und so unheimlich war wie im Grabe. Da er Mr. Haredales Gunst und Freundschaft nicht durch Ungehorsam gegen seine strenge Weisung aufs Spiel setzen mochte, wagte er es niemals, an die Tür zu pochen oder seine Anwesenheit auf irgend eine Weise bekanntzugeben. Jedesmal aber, wenn ihn reges Interesse und kräftige Neugierde zu dem Fleck hinzogen – was nicht selten der Fall war – war auch immer das Licht zugegen.

Hätte er wissen können, was im Innern des Hauses vorging, so hätte ihm diese Kenntnis noch immer keinen Schlüssel zu diesen geheimnisvollen Nachtwachen gegeben. Im Zwielicht schloß sich Mr. Haredale selbst auf, und bei Tagesanbruch kam er aus dem Hause wieder zum Vorschein. Er verpaßte keine einzige Nacht, kam und ging immer allein, und in der Art und Weise seines Benehmens und seines Auftretens vollzog sich nicht die geringste Änderung.

Die Art und Weise, wie er die Nacht über wachte, war die folgende. Wenn es dämmerte, trat er genau so wie damals, als der Schlosser ihm Gesellschaft leistete, in das Haus, zündete ein Licht an, ging durch die Räume und untersuchte sie mit peinlicher Genauigkeit. War dies geschehen, so kehrte er nach dem Zimmer im Flure zurück, legte Säbel und Pistolen auf den Tisch und blieb dort sitzen, bis der Morgen kam.

Er hatte in der Regel ein Buch bei sich und bemühte sich auch oft, darin zu lesen, heftete aber niemals seine Augen oder Gedanken länger als fünf Minuten darauf. Das leiseste Geräusch draußen vor dem Hause traf sein Ohr. Ein Tritt auf dem Pflaster setzte ihn in eine Erregung, daß ihm das Herz zu platzen drohte.

Er blieb die langen, einsamen Stunden nicht ohne Stärkung und Erfrischung; gewöhnlich brachte er sich ein mit Fleisch belegtes Brot und ein Fläschchen Wein mit. Den Wein verdünnte er mit einer großen Menge Wasser und trank ihn in erhitzter, fieberhafter Weise, als wenn ihm die Kehle ausgedörrt sei; von dem Brot aber brach er in der Regel kaum mehr als eine Krume ab.

Hatte dieses freiwillige Opfer an Schlaf und Bequemlichkeit, wie der Schlosser bei reiflicher Überlegung meinen wollte, seinen Ursprung in der abergläubischen Erwartung, daß sich ein Traum oder Gesicht, über dem er seit vielen Jahren gebrütet, erfüllen solle, und wartete er etwa auf ein Gespenst von Besucher hier, der umher irrte, während andere Menschen in ihren Betten lagen und schliefen, so zeigte er zum mindesten keine Spur von Furcht oder Wankelmut. Seine strengen Gesichtszüge drückten die unbeugsamste Entschlossenheit aus; seine Brauen waren finster zusammengezogen, die Lippen aufeinander gepreßt zum Zeichen seiner tiefen, unerschütterlichen Absicht; und wenn er bei einem Geräusch zusammenschreckte und horchte, so geschah es nicht aus Furcht, sondern aus Hoffnung, und wenn er dann an seinen Säbel griff, als sei die Stunde endlich gekommen, dann packte er ihn mit fest zusammengeballter Hand und lauschte mit funkelnden Augen und gierigen Blicken, bis der Eindruck wieder verflogen war.

Solcher Enttäuschungen kamen viele, denn beinahe jeder Ton der laut wurde, rief eine solche wach; aber seine Beständigkeit wurde nicht erschüttert. Nacht für Nacht stand er nach wie vor auf seinem Posten, als dieselbe starre, starke, schlaflose Schildwache – und noch immer verstrich die Nacht und dämmerte der Morgen – und wieder und wieder mußte er warten.

Dies ging wochenlang so fort. Er hatte sich in Vauxhall ein Zimmer gemietet, wo er den Tag zubrachte und sich ausruhte, und von hier aus kam er, wenn die Flut stand, gewöhnlich auf der Themse von Westminster nach London Bridge, weil ihm nichts daran lag, seinen Weg durch lebhafte Straßen zu nehmen.

Eines Abends, kurz vor Einbruch der Dämmerung, kam er den gewohnten Weg am Themse-Kai entlang, um durch Westminster Hall nach dem Palastgarten zu gehen und dort, wie sonst, ein Boot nach London Bridge zu mieten. Es stand ein ziemlich großer Volkshaufen um die Parlamentsgebäude versammelt, der die Mitglieder beider Häuser angaffte, die hier ein- und ausgingen, und der, je nach seinem Parteistandpunkte, seinem Herzen in ziemlich lauten Kundgebungen des Beifalls oder Mißfallens Luft machte. Während er sich den Weg durch das Gedränge bahnte, hörte er ein paarmal den Ruf: »Nieder mit dem Papst!«, der den Ohren der meisten Leute ziemlich vertraut geworden war. Da er aber wenig Gewicht darauf legte und die Beobachtung machte, daß die Müßiggänger den niedrigsten Volksklassen angehörten, dachte er weder darüber nach, noch scherte er sich darum, sondern ging mit völliger Gleichgültigkeit seines Weges weiter.

Es standen in Westminster Hall viele kleine Haufen und Gruppen von Leuten herum, ein paar von ihnen guckten nach der vornehmen Saaldecke hinauf und nach den Strahlen der von der niedergehenden Sonne gefärbten Abenddämmerung, die quer durch die kleinen Fenster hereindrangen und, allmählich trübe werdend, in dem unten sich zusammenballenden Düster aufgesogen wurden. Andere, die lärmend ab- und zugingen, Handwerker, die von der Arbeit nach Hause gingen, und sonstiges Volk, das rasch hindurch lief, mit seinen Stimmen die Echos wachrief und alsbald die kleine Tür in der Ferne verdunkelte, wenn es in die jenseitige Straße trat. Wieder andere, die in eifriger Unterhaltung über politische und private Dinge begriffen waren, langsam auf- und niederschritten, mit den Augen den Boden absuchend, und vom Wirbel bis zur Sohle angelegentlichst Ohr zu sein schienen. Hier spektakelte ein Dutzend lärmender Knirpse ein förmliches Babel in die Luft; dort schritt ein einzelner Mann, halb Pfaffe, halb Bettler, mit verhungerter Unterwürfigkeit im Blicke und Gange, auf und nieder; an seinem Ellbogen drängte sich ein Laufjunge vorbei, der seinen Korb flink im Kreise drehte und mit seiner schrillen Pfeife die Ziegel auf den Dächern aus den Fugen zu sprengen drohte; dort wieder schob ein folgsamer Schuljunge, mitten im Spiele abbrechend, seinen Ball in die Tasche und guckte dem in der Ferne auftauchenden Büttel entgegen, der langsam herangehinkt kam. Es war jene abendliche Stunde, zu welcher, wenn man die Augen zu- und wieder aufmacht, die Dunkelheit einer Stunde in eine Sekunde zusammengedrängt zu sein scheint. Das glatt getretene, von Tritten staubige Pflaster trug noch immer ohne Unterlaß das Scharren und Stampfen der Füße hallend wider die hohen Mauern, und nur dann setzte dies Echo aus, wenn das Schließen einer schweren Tür wie ein Donnerschlag durch das Gebäude dröhnte und in seinem rollenden Schalle jedes andere Geräusch erstickte.

Mr. Haredale achtete bloß auf solche von diesen Gruppen, an denen er unmittelbar vorbeiging, und auch dann nur in einer Weise, die deutlich zeigte, daß seine Gedanken anderswo weilten. Er hatte die Halle beinahe schon durchschritten, als zwei vor ihm stehende Personen seine Aufmerksamkeit fesselten. Die eine dieser beiden Personen war ein vornehmer Herr in elegantem Anzuge; er trug in der Hand einen Stock, mit dem er während seines Ganges lustige Kreise drehte. Die andere Person war eine schmiegsame, kriechende, gleißnerische Gestalt, die auf die Worte lauschte, die der andere sprach, zeitweilig ein eignes bescheidenes Wort in die Rede warf, die Schulter bis zu den Ohren hinauf reckte und sich unterwürfig die Hände rieb oder in Zwischenpausen durch ein beifälliges Nicken antwortete, das ebensogut eine respektvolle Verbeugung sein konnte.

An und für sich war an diesem Paar nichts Merkwürdiges, denn Unterwürfigkeit gegen einen hübschen Anzug und vor einem Stocke – von goldenen und silbernen Stäben oder Rangabzeichen gar nicht zu reden – ist ja häufig genug. Es breitete sich aber um den feingekleideten Mann, ja und nicht minder auch um den andern Mann, eine eigentümliche Atmosphäre aus, die Herrn Haredale mit keiner angenehmen Empfindung erfüllte. Er zauderte, blieb stehen und würde beiseite getreten sein oder einen andern Weg eingeschlagen haben; in dem nämlichen Augenblick aber wendeten sich die beiden andern jäh um und rannten ihn an, noch ehe er ausweichen konnte.

Der feine Herr mit dem Stock nahm den Hut vom Kopfe und fing eine Entschuldigung zu stammeln an, die Herr Haredale ebenso schnell entgegenzunehmen begann, um noch schneller von der Stelle zu verschwinden – als der feine Herr kurz inne hielt und den Ausruf tat: »Haredale! Gott beschütze mich! Das ist wirklich seltsam!«

»Nur ein –«, versetzte Mr. Haredale ungeduldig – »ja! – nur – ein –«

»Lieber Freund«, rief der andere, ihn festhaltend – »warum denn so eilig? Eine Minute, Haredale, eine einzige – auf Rechnung alter Bekanntschaft –«

»Ich bin in Eile«, antwortete Mr. Haredale – »keiner von uns hat diese Begegnung gesucht. Sei sie darum kurz! Gute Nacht!«

»Pfui doch, pfui!« versetzte Sir John (denn er war es), »wie kraus! Wie kraus! Wir sprachen von Euch. Euer Name stand auf meinen Lippen – vielleicht habt Ihr ihn noch gehört? Nein? Das tut mir leid, aufrichtig leid; wirklich! – Ihr erkennt doch unsern Freund hier, Haredale? Nun, wirklich ein merkwürdiges Zusammentreffen!«

Der Freund, dem offenbar übel zu Mute war, hatte sich erkühnt, Sir John den Arm zu drücken und Sir John noch andere verständliche Winke zu geben, daß ihm an dieser Vorstellung nicht sonderlich gelegen sei. Da sich das aber mit Sir Johns Vorhaben nicht vertrug, stellte er sich, als bemerke er diese stillschweigenden Einreden nicht, sondern streckte während seiner wenigen Worte die Hand nach dem dritten Manne aus, um die Aufmerksamkeit ganz besonders auf ihn zu lenken.

Dem Freunde blieb also nichts weiter zu tun, als so gefügig wie möglich zu lächeln und eine versöhnliche Verbeugung zu machen, als Mr. Haredale die Augen nach ihm wandte. Sobald er sah, daß dieser ihn erkannte, streckte er ihm in linkischer, verlegener Weise die Hand entgegen – ein Eindruck, der durch die Verachtung, mit der die Hand zurückgewiesen wurde, nicht gehoben wurde.

»Herr Gashford!« sagte Haredale mit Kälte. »Also verhält es sich, wie ich gehört habe? Ihr habt die Finsternis mit dem Licht vertauscht, Herr, und hasset diejenigen, deren Meinungen Ihr früher vertratet, mit der ganzen Bitterkeit eines Renegaten? Ihr gereicht allen Dingen zur Ehre, Sir. Ich wünsche der Sache, der Ihr jetzt angehört, viel Freude an der Erwerbung, die sie gemacht hat.«

Der Sekretär rieb sich die Hände und verneigte sich, als meine er seinen Gegner dadurch zu entwaffnen, daß er sich vor ihm demütige. Sir John Chester rief wieder mit seiner lustigen Miene: »Nein, wirklich! Ein höchst seltsames Zusammentreffen!« und nahm mit der bei ihm gewohnten Selbstbeherrschung eine Prise Schnupftabak.

»Mr. Haredale«, sagte Gashford, verstohlen die Augen aufschlagend und dann wieder senkend, als sie den gleichen starren Blick Haredales trafen – »ist sicher zu gewissenhaft, zu ehrenhaft, zu männlich, um an einen in ehrlicher Absicht vollzogenen Gesinnungswandel unwürdige Beweggründe zu heften, selbst wenn darin ein Zweifel an den von ihm vertretenen Anschauungen läge. Mr. Haredale ist zu gerecht, zu edelmütig, sein Blick in sittlicher Hinsicht viel zu hell und zu klar –«

»Meint Ihr, Sir?« versetzte er mit sarkastischem Lächeln, als er sah, daß der Sekretär inne hielt – »Ihr meint also –«

Gashford zuckte demütig die Schultern, blickte wieder auf den Boden und verhielt sich schweigend.

»Nein, aber betrachten wir doch«, schaltete Sir John bei dieser Wendung ein – »einen Augenblick lang den mehr als merkwürdigen Charakter dieses Zusammentreffens! Haredale, lieber Freund! Verzeiht mir, wenn ich der Meinung bin, als ob Ihr die ganze Absonderlichkeit des Falles nicht hinreichend erfaßtet! Hier stehen wir, drei alte Schulkameraden, ohne alle vorgängige Aufforderung oder Anordnung, in Westminster Hall: drei alte Alumnen eines hervorragend langweiligen, finstern Seminars zu Saint-Omer, wo Ihr, als Katholik zum Schulbesuch im Auslande gezwungen, erzogen wurdet und wohin ich als ein zu allerhand Hoffnungen berechtigender Protestantenjüngling geschickt worden war, um von einem geborenen Pariser die französische Sprache zu erlernen.«

»Ergänzt die Absonderlichkeit des Falles noch dahin, Sir John«, bemerkte Mr. Haredale, »daß manche von Euren verheißungsvollen Protestanten im gegenwärtigen Augenblick in dem Gebäude drüben zu dem Zweck sich verbünden, uns an der Erlangung jenes überschwenglichen und unerhörten Privilegiums zu hindern, unsern Kindern Lese- und Schreibunterricht geben zu lassen – hier – in diesem Lande, wo Tausende von uns jahraus jahrein in Kriegsdienste treten, für dessen Freiheit wir in Haufen draußen in der Fremde in blutigen Schlachten das Leben lassen! – Ergänzt die Absonderlichkeit des Falles, Sir John, weiter noch dahin, daß andere von Euch, bis zur Zahl einiger Tausend, wie ich höre, von diesem selben Manne Gashford dazu verleitet und angehalten werden, alle Menschen meines Glaubensbekenntnisses für Wölfe und Raubtiere anzusehen. Setzt außerdem noch die nackte Tatsache hinzu, daß dieser Mensch Verkehr und Umgang in der Gesellschaft hat, am hellen lichten Tage über die Straße geht – ich hätte fast gesagt, sein Haupt hoch trägt, aber das tut er ja nicht – und dann will ich Euch die Absonderlichkeit des Falles zugestehen – ja, der Fall ist absonderlich, sehr absonderlich – das gebe ich zu.«

»O! Ihr seid hart gegen unsern Freund«, erwiderte Sir John mit aufmunterndem Lächeln. »Ihr seid wirklich sehr hart gegen unsern Freund!«

»Laßt ihn gewähren, Sir John«, sagte Gashford, indem er die Handschuhe zerknüllte – »laßt ihn gewähren! Ich kann mir ja einigen Abbruch gefallen lassen, Sir John. Ich besitze die Ehre Eurer guten Meinung und kann auf Mr. Haredales Meinung verzichten. Mr. Haredale leidet mit unter dem Druck der Strafgesetze. Seiner Gunst darf ich mich also nicht versehen.«

»Ihr habt an meiner Gunst soviel Anteil«, versetzte Mr. Haredale mit einem bitteren Blicke auf den dritten Teilnehmer an ihrem Gespräch, »daß ich erfreut bin, Euch in so guter Gesellschaft zu sehen. Ihr seid der Ausbund Eures großen Bruders, seid's in Person.«

»Nun, hierin irrt Ihr«, sagte Sir John in seiner gütigsten Weise. »Hier verfallt Ihr in einen Irrtum – was für einen Mann von Eurer Pünktlichkeit und Gewissenhaftigkeit ein sehr merkwürdiger Umstand ist. Ich gehöre der Körperschaft nicht an; ich fühle vor den Mitgliedern derselben eine ungeheure Achtung, gehöre aber nicht zu ihrer Körperschaft, wenngleich ich – wahrlich! – in meinem Gewissen und meiner Meinung Gegner der Freiheiten bin, die für Euch andere beantragt werden. Ich halte es für meine Pflicht so zu denken, trotzdem mich diese höchst unglückselige Notwendigkeit einen bitteren Kampf kostet. – Wollt Ihr einen Griff in die Dose versuchen? Wenn Ihr nicht gegen eine geringfügige Beimischung von reinem Aroma seid, wird Euch der Geruch vorzüglich behagen.«

»Ich bitte um Entschuldigung, Sir John«, sagte Mr. Haredale, das Anerbieten mit einer kurzen Handbewegung ablehnend – »daß ich Euch unter die bescheidenen Werkzeuge gestellt habe, die sich nicht verkriechen, sondern für alle Welt offen zu sehen sind. Ich hätte Eurem Genie größere Gerechtigkeit angedeihen lassen müssen. Menschen von der Euch eigenen Bedeutung und Fähigkeit schmieden im geheimen und an sichern Orten und überlassen gefährdete Posten dümmeren Geistern.«

»Nichts von Entschuldigung! Nicht um die Welt!« versetzte Sir John süßlich, »alte Freunde wie wir müssen sich einige Freiheiten gestatten dürfen, oder der Satan steckt dazwischen!«

Gashford war die ganze Zeit über sehr unruhig gewesen, hatte aber kein einziges Mal die Augen aufgeschlagen. Er wendete sich jetzt an Sir John und riskierte ein paar Worte in dem Sinne, nun gehen zu müssen, da Mylord auf ihn warten könne – »Bringt Euch nicht in Verdruß, wackerer Herr«, sagte Mr. Haredale, »ich will gehen und Euch Eure Ruhe wiedergeben –« er schickte sich an, ohne weitere Umstände sein Vorhaben auszuführen, wurde aber in demselben Augenblick durch ein Summen und Brausen aufgehalten, das sich am obern Ende der Halle erhob; und als er in dieser Richtung blickte, sah er Lord George Gordon, rings von einem Volkshaufen umgeben, herankommen.

Es trat auf die Gesichter seiner beiden Gefährten, wenn auch in sehr verschiedener Weise, ein lauernder Blick des Triumphes, der auf Mr. Haredale einen erklärlichen Drang übte, vor diesem Aufwiegler nicht das Feld zu räumen, sondern stehenzubleiben, bis er vorüber sei. Er reckte sich zu voller Höhe empor, schlug die Hände auf dem Rücken zusammen und sah mit stolzer, verächtlicher Miene zu, wie Lord George langsam (denn die ihn umdrängende Menge war groß) nach der Stelle vordrang, wo sie sich befanden.

Er hatte das Unterhaus im selben Augenblick erst verlassen und sich direkt in die Halle begeben; seiner Gewohnheit nach brachte er Nachricht mit hinaus über alles, was an diesem Abend über die papistische Frage gesprochen, welche Bittschriften zu Gunsten derselben eingebracht worden, wer sie unterstützt hatte, wann die Bill zur Verlesung kommen sollte, wann es geraten sein würde, ihre eigene große Protestanten-Bill einzubringen.

All das erzählte er den ihn umringenden Personen mit lauter Stimme und mit großem Aufwande von unangemessenen Gebärden. Die ihm zunächst Stehenden ergingen sich in Erörterungen, Bemerkungen, Erklärungen, wagten auch drohende Ausrufe oder murrten und schimpften. Die in den äußern Reihen des Hauses stehenden Menschen riefen »Still!« und »Zurücktreten!« oder drängten sich an und zwischen die übrigen in der Absicht, einen bessern Platz zu erzwingen. So stießen und trieben sie einander in wüster, regelloser Weise vorwärts, wie es bei Volkshaufen in der Regel Brauch ist.

Als sie dicht an die Stelle gekommen waren, wo der Sekretär, Sir John und Mr. Haredale standen, drehte Lord George sich herum, richtete an die ihn begleitende Schar ein paar Bemerkungen äußerst gewalttätigen Charakters, wenn ihnen auch aller Zusammenhang fehlte, und schloß mit dem üblichen Spruche, zu dessen Bekräftigung er ein dreimaliges ›Hurra!‹ begehrte. Während dieser Hurraruf mit großer Energie in der gewünschten Anzahl ausgestoßen wurde, machte sich der Lord selbst aus dem Gewühl frei und trat zu Gashford heran. Da dieser sowohl, wie auch Sir John dem Pöbel wohlbekannt waren, drängten die Leute langsam zurück und ließen die vier Männer zusammenstehen.

»Mr. Haredale, Lord George«, sagte Sir John Chester, als er sah, daß der Edelmann ihn mit forschendem Blicke betrachtete. »Ein katholischer Gentleman leider – ein Katholik leider –, aber eine reputierliche Bekanntschaft von mir und vormals auch von Herrn Gashford. Mein teuerer Haredale, Ihr erblickt hier Lord George Gordon.«

»Das hätte ich merken können, auch wenn mir die Person Seiner Lordschaft nicht bekannt gewesen wäre«, sagte Haredale. »Hoffentlich gibt es nur einen einzigen vornehmen Herrn in England, der in seiner Ansprache an einen unwissenden, aufgereizten Haufen von einem großen Bestandteile der Untertanenschaft dieses Reiches in so beleidigender Sprache reden durfte, wie ich es eben noch gehört habe. Schämt Euch, Mylord! Schämt Euch!«

»Ich kann mit Euch nicht sprechen, Sir«, versetzte Lord George mit lauter Stimme, während er in verstörter, erregter Weise seine Hand schwenkte – »wir haben nichts gemein.«

»Wir haben viel gemein – gar viele Dinge – alles was der Allmächtige uns geschenkt hat«, stellte Mr. Haredale fest. »Und die gemeinsame christliche Liebe, Mylord, vom gemeinen Menschenverstande und vom gemeinen Wohlanstande gar nicht zu reden, müßte Euch lehren, von ähnlichen Vorhaben, wie sie Euch leiten, zurückzustehen. Hätte jeder von diesen Leuten hier in diesem Augenblick Waffen in der Hand statt bloß im Kopfe, ich würde doch nicht von diesem Platze weichen, ohne es Euch ins Gesicht zu sagen, daß Ihr keine Zierde seid für Eure Stellung in diesem Lande!«

»Ich höre Euch nicht, Sir«, versetzte der Lord in derselben Weise wie vorhin, »ich kann Euch nicht hören. Was Ihr sprecht, ist ohne Belang für mich. Gebt keine Antwort, Gashford«, wendete er sich an den Sekretär, der so getan hatte, als wünsche er Mr. Haredale zu antworten, »ich kann mit Verehrern von Götzenbildern keine Gemeinschaft halten.«

Als er dies sagte, hielt er den Blick auf Sir John gerichtet, der die Hände erhob und die Augen aufschlug, als führe er Klage über Mr. Haredales unzeitgemäße Aufführung, habe aber für den großen Haufen und seinen Führer ein Lächeln der Bewunderung.

»Er, und mir Antwort geben!« rief Haredale. »Seht hierher, Mylord! Kennt Ihr diesen Menschen?«

Lord George antwortete damit, daß er seinem Sekretär, der sich wie ein Aal krümmte, die Hand auf die Schulter legte und ihn mit vertrauensvollem Lächeln ansah.

»Dieser Mensch«, sagte Mr. Haredale, indem er ihn vom Kopf bis zur Zehe maß, »der in seiner Knabenzeit ein Dieb, ein Spitzbube und bis heute ein kriechender, gleißnerischer, betrügerischer Halunke gewesen – dieser Mensch, der durchs Leben gekrochen und geschlichen ist, die Hand verwundend, die er leckte, und jeden beißend, dem er schmeichelte – dieser Speichellecker, der niemals gewußt hat, was Ehre, Wahrheit oder Mut bedeuten, der die Tochter seines Wohltäters entehrte und sie zur Frau nahm, um ihr das Herz zu brechen, und ihr das Herz brach mit Schlägen und durch Grausamkeit, diese Kreatur, die an Küchenfenstern um das übriggebliebene Essen gewinselt und an unsern Kapellentüren um Pfennige gebettelt hat, dieser Glaubens-Apostel, dessen zartes Gewissen die Altäre nicht ausstehen kann, an denen sein Lasterleben öffentlich gebrandmarkt wurde, – kennt Ihr dieses – Subjekt, Mylord?«

»O, wirklich, wirklich! Ihr verfahrt sehr, sehr hart mit unserem Freunde!« rief Sir John aus.

»Laßt Mr. Haredale fortfahren!« sagte Gashford, auf dessen

krankhaftes Gesicht während dieser Rede Schweiß in dicken Tropfen getreten war – »ich kümmere mich nicht um ihn, Sir John; was er sagt, ist für mich ganz ebenso ohne Belang, wie für Mylord. Wenn er, wie Ihr gehört habt, Sir John, Mylord mit Schmähreden überschüttet, wie kann dann ich zu entrinnen hoffen?«

»Genügt es denn noch nicht, Mylord«, fuhr Haredale fort, »daß ich, ein Gentleman so gut wie Ihr, mich eines Kniffs bedienen muß, über den der Staat auf Grund unserer harten Gesetze ein Auge zudrückt, um mir mein Eigentum, wie es steht und liegt, zu erhalten? Daß wir unsere Jugend in keiner Schule die allgemeinen Grundbegriffe von Recht und Unrecht lehren dürfen, sondern noch von Subjekten wie diesem hier geschmäht und bedrückt werden müssen? Hier steht ein Mann, Mylord, der Eurem Geschrei von ›Nieder mit dem Papste!‹ die Krone aufsetzt. Pfui über diese Schande! Pfui!«

Der verdutzte Lord hatte mehr als einmal Sir John Chester angesehen, wie um zu fragen, ob an diesen Behauptungen über Gashford etwas Wahres sei, und Sir John hatte ebenso oft durch ein Achselzucken oder einen Blick geantwortet: »I du meine Zeit! Nein!« Er sagte nun in der gleichen lauten Tonart und auf die gleiche merkwürdige Weise wie vorhin:

»Ich habe nichts als Erwiderung zu sagen, Sir, und wünsche nichts weiter zu hören. Ich bitte Euch, mich mit Eurer Unterhaltung nicht weiter zu behelligen, wie auch diese persönlichen Angriffe zu unterlassen. Ich werde mich durch keine solchen Versuche, mögen sie von Sendboten des Papstes herrühren oder nicht, davon abschrecken lassen, meine Pflicht gegen mein Vaterland und gegen meine Landsleute zu erfüllen. Diese Versicherung gebe ich Euch. Und nun kommt, Gashford!«

Während dieser Rede des Lords waren sie ein paar Schritte weitergegangen und standen nun an der Tür der Halle, durch die sie zusammen traten. Mr. Haredale schlug, ohne alle Verabschiedung, die Richtung nach dem in nächster Nähe befindlichen Kai ein und rief den einzigen Fährmann, der dort lag, zu sich heran.

Aber die vordersten Leute der Volksmenge hatten jedes Wort gehört, das Lord Gordon sagte, und unter ihnen hatte das Gerücht rasche Verbreitung gefunden, der Fremde wäre ein Papist, der den Lord deshalb, weil er die volkstümliche Sache vertrete, zur Rede gestellt und geschmäht habe – und nun strömte alles im wüsten Durcheinander vorwärts und schob den Lord, seinen Sekretär und Sir John so dicht vor sich her, daß es aussah, als ständen sie an der Spitze; die Menge staute sich oben an der Treppe, wo Mr. Haredale stand und auf sein Boot wartete, und kam dort zum Stillstande, nur einen kleinen Raum zwischen Menschen und Geländer freilassend.

Sie blieben indessen nicht still, wenn sie auch untätig blieben. Zuvörderst erhob sich ein undeutliches Murren unter ihnen, dann wurde ein paarmal gezischt, und dieses Murren und Zischen schwoll allmählich an zum richtigen Sturme. Dann rief eine Stimme: »Nieder mit den Papisten!« Ein Gebrüll erhob sich; aber sonst geschah nichts. Ein paar Augenblicke lagerte über der Szene eine beängstigende Schwüle; dann rief jemand: »Steinigt ihn!«, ein anderer: »Taucht ihn!«, wieder ein anderer mit einer Stentorstimme: »Nieder mit dem Papst!«, und in diesen Lieblingsruf stimmten die übrigen ein als Echo, und der große Haufen, der an zweihundert Köpfe stark sein mochte, fing an zu johlen.

Mr. Haredale hatte, bis die Massen diese Demonstration machten, ruhig am Treppenrande gestanden; jetzt blickte er sich verächtlich um und ging dann langsam die Stufen hinunter. Er war dem Boote ziemlich nahe, als Gashford, wie ohne Absicht, sich umdrehte, und unmittelbar darauf wurde irgendwoher aus dem Gewühl ein Stein geschleudert, der Haredale am Kopf traf und zum Taumeln brachte, als wenn er betrunken sei.

Das Blut spritzte aus der Wunde und rann in Tropfen auf seinen Rock. Er drehte sich jäh um und raste mit einer Kühnheit und Leidenschaftlichkeit, die den ganzen Haufen zurücktrieb, die Treppe wieder hinauf.

»Wer hat das getan? Zeigt mir den Menschen, der den Stein auf mich geworfen hat!«

Keine Seele rührte sich, bis auf ein paar im Hintertreffen, die sich davonschlichen und, nach der andern Wegseite entwischt, wie gleichgültige Zuschauer dastanden und hinübersahen.

»Wer hat das getan?« rief er abermals. »Zeigt mit den Menschen, der es getan hat. Hund, bist du es gewesen? Dein Werk war's, wenn's deine Hand nicht war – ich kenne dich!«

Mit diesen Worten stürzte er sich auf Gashford und schmetterte ihn zu Boden. Da fing plötzlich Bewegung in den Haufen zu kommen an – ein paar Menschen legten Hand an ihn – aber sein

Degen flog aus der Scheide – und im Nu wichen sie wieder zurück.

»Mylord – Sir John!« schrie er – »zieht! Einer von Euch! – Ihr tragt die Verantwortung für diesen Schimpf, und ich heische Buße von Euch. Zieht, wenn Ihr Edelleute seid!« Bei diesen Worten schlug er Sir John mit der flachen Klinge über die Brust und legte sich mit flammendem Gesicht und blitzenden Augen aus – er allein, als einziger, von ihnen allen!

Auf einen Augenblick – die kürzeste Spanne Zeit, die der menschliche Geist zu fassen vermag – trat eine Wandlung auf Sir Johns aalglattes Gesicht – eine Wandlung, wie niemand sie jemals dort gesehen. In der nächsten Sekunde tat er einen Schritt vorwärts und legte Mr. Haredale die Hand auf den Arm, während er mit der andern die Menge zu besänftigen trachtete.

»Mein lieber Freund! Mein guter Haredale! Ihr seid blind vor Leidenschaft – es ist ja natürlich, außerordentlich natürlich – aber Ihr unterscheidet Freunde nicht von Feinden!«

»Ich kenne sie, Sir! Einen wie den andern – ich weiß scharf zu trennen«, erwiderte er, fast sinnlos vor Wut. »Sir John! Mylord! Hört Ihr mich! Seid Ihr – Memmen?«

»Laßt es gut sein, Herr!« sagte jemand, der sich zwischen ihn und den Haufen drängte und ihn mit freundlicher Gewalt nach der Treppe hin schob – »laßt's gut sein jetzt mit solchen Fragen! Um Jesu Christi willen, fort, fort mit Euch! Was könnt Ihr denn ausrichten, Ihr gegen diese Zahl? Und ebensoviel andere stehen in der nächsten Straße und werden im Nu hier sein« – wirklich begannen sie schon auf ihn einzudringen, während der Mann diese Worte sagte – »in der ersten Hitze eines Scharmützels würde Euch Schwindel packen, noch von dem Wurfe her, der Euch getroffen hat. – Geht jetzt, geht, Sir, oder nehmt mein Wort darauf, daß es Euch schlimmer ergehen wird, als wenn jeder hier in dem Haufen ein Weib und jedes solche Weib die blutige Maria wäre. Vorwärts, Sir, tummelt Euch – tummelt Euch, so flink Ihr könnt!«

Mr. Haredale, dem es schwach und matt zu werden anfing, fühlte, wie vernünftig dieser Rat war, und stieg mit dem Beistande seines unbekannten Freundes die Stufen hinunter. John Grueb – denn John war es – half ihm in das Boot, gab dem Boot einen Stoß, der es an dreißig Fuß weit in die Flut hineinschleuderte, und hieß den Fährmann wie ein Britte rudern – dann schritt er wieder so ruhig und gelassen die Stufen hinauf, als sei er eben erst aus dem Boot ans Land gestiegen.

Es machte sich im ersten Augenblick von seiten des Pöbels eine schwache Neigung geltend, diese Einmischung zu ahnden. Da aber John recht auffällig stark und kaltblütig aussah und obendrein Lord Georges Livree trug, besannen sich die Leute eines besseren und begnügten sich damit, einen Hagel von kleinen Geschossen nach dem Boote zu senden, die unschädlich in das Wasser klatschten – denn das Boot hatte inzwischen die Brücke passiert und schoß behend mitten auf dem Strome entlang.

Nach dieser Belustigung machten sie sich daran, auf echt protestantische Weise an Türen von Wohn- und Familienhäusern zu donnern, Lampen zu zertrümmern und Wachtmänner zu überfallen. Als aber mancher seinem Nebenmanne zuflüsterte, eine Abteilung Leibwache sei im Anrücken begriffen, gaben sie mit großer Hast Fersengeld und räumten die Straßen ratzekahl.

44. Kapitel

Als der Haufen zerstob und sich, wie es gerade kam, in einzelne Horden teilte und in verschiedene Richtungen abzog, verblieb auf dem Schauplatz der letzten Unruhen ein einziger Mann: Gashford, der von seinem letzten Falle Quetschwunden erhalten und in noch größerem Maße durch die Schmach, die er erlitten, und die Bloßstellung, deren Opfer er geworden, verletzt war – und nun auf und ab hinkte und Flüche und Drohungen ausstieß.

Es lag nicht in der Natur des Sekretärs, seinen Grimm in Worten zu vergeuden. Während er den Geifer seines Unmuts in diesen Ausrufen verspritzte, hatte er unablässig zwei Männer im Auge, die infolge des Lärms sich mit den übrigen entfernt hatten, inzwischen aber zurückgekehrt waren und nun im Gespräch begriffen im Scheine des Mondes auf- und abgingen und nicht allzu weit von ihm entfernt sichtbar wurden.

Er näherte sich ihnen nicht, sondern wartete geduldig auf der Schattenseite der Straße, bis sie müde waren, hin und wieder zu trollen, und davongingen. Jetzt folgte er ihnen, aber in einiger Entfernung; er behielt sie beständig im Auge, ohne sich den Anschein zu geben, als sei er besonders darauf erpicht, von ihnen gesehen zu werden.

Sie gingen die Parlamentsstraße hinauf, an der Sankt Martinskirche vorbei und über Saint Giles nach Tottenham Court Road, in dessen Rücken, gegen Westen hin, ein Platz liegt, der damals den Namen Green Lane trug. Es war ein abgelegener Fleck, nicht gerade einladender Art, der auf die Felder hinausführte. Große Haufen Asche; faulende Lachen, überwachsen von Schlinggras und Wasserlinsen; zertrümmerte Schlagbäume; stehengebliebene Pfosten von Zäunen, die längst abgerissen waren, um als Brennholz verbraucht zu werden, deren krumme und rostige Nägel jeden unvorsichtigen Spaziergänger in Gefahr brachten; dies waren die hauptsächlichen Züge der Landschaft, während hier und da ein Esel oder ein zottiger Gaul, an einen Pfahl gebunden und ein armseliges Mahl auf dem struppigen, verwahrlosten Rasen kauend, ganz im Einklange mit dem Schauplatze stand und auf die Vermutung hätte führen können (wenn dies die Häuser nicht schon selbst in genügender Weise taten), wie blutarm die Leute sein mochten, die in den armseligen, verkommenen Hütten wohnten, die das Auge hier sah, und wie tollkühn es für einen Menschen, der Geld bei sich hatte und anständige Kleider trug, sein müsse, solchen Weg allein und anders als am hellichten Tage zu gehen.

Wie der Reichtum, so hat auch die Armut ihre Launen und ihren Geschmack. Einige der kleinen Hütten hatten Türme, andere falsche Fenster, die auf verwitterte Mauern gemalt waren; eins hatte eine seltsame Uhr auf einem an vier Fuß hohen lächerlich aussehenden Turme, der den Kamin beschirmte; jedes auf seinem schmalen Fleckchen Erde eine rohe Bank oder eine Laube. Die Bevölkerung trieb Schacher mit Knochen, Lumpen, Glas, alten Rädern, Vögeln und Hunden. All dies Material füllte, in mancherlei Weise aufgestaut und untergebracht, die Gärten, verbreitete einen Geruch in der Luft, nicht von feiner Sorte, und erfüllte sie außerdem mit Gebell, Geschnatter und Geheul.

Zu diesem abgelegenen Ort hin folgte der Sekretär den beiden Männern, die er nicht aus den Augen ließ, und bemerkte, daß sie hier in einer der erbärmlichsten Baulichkeiten, die nur aus einer Stube von äußerst kleinem Umfange bestand, ihr Quartier hatten.

Er wartete draußen, bis ihm der Klang ihrer Stimmen – sie sangen gerade ein Lied von üblem Klange – die Überzeugung gab, daß sie sich's lustig machten; da erst trat er – auf einem schwankenden Brett, das über einen vor dem Hause entlanglaufenden Graben führte – an die Tür und klopfte mit der Hand an.

»Mr. Gashford!« sagte der Mann, der öffnete, indem er die Pfeife aus dem Munde nahm, sichtlich verwundert. »Ei, wer hätte sich von solcher Ehre träumen lassen? Tretet näher, Mr. Gashford – tretet näher, Sir!«

Gashford wartete auf keine weitere Einladung, sondern trat mit gnädiger Miene ein. Auf dem rostigen Herde brannte ein Feuer (denn wenn auch der Frühling schon vorgerückt war, so waren die Nächte doch noch kalt) und auf einem Schemel neben ihm saß Hugh und rauchte. Dennis setzte dem Sekretär einen Stuhl, den einzigen, den er sein eigen nannte, vor den Herd und setzte sich wieder auf den Schemel, von dem er aufgestanden war, um seinem Gaste Einlaß zu geben.

»Wo pfeift der Wind her, Mr Gashford?« fragte er, als er die Pfeife wieder zwischen die Zähne schob und ihn schief ansah. »Order vom Hauptquartier? Soll's losgehen? Was gibt's, Mr. Gashford?«

»Nichts, nichts«, versetzte der Sekretär, Hugh freundlich zunickend. »Das Eis haben wir ja gebrochen. Heut hat's schon einen kleinen Strauß gesetzt – wie, Dennis?«

»Einen sehr kleinen«, brummte der Henker, »nicht halb genug für mich.«

»Für mich auch nicht!« rief Hugh. »Gebt uns was zu tun, wo Leben drin steckt – wo Leben drin steckt, Herr!, Ha, ha!«

»Hm, Ihr hättet wohl nicht gern«, sagte der Sekretär mit dem häßlichsten Ausdruck, dessen sein Gesicht fähig war und im mildesten Tone, dessen seine Stimme fähig war, »etwas zu tun gehabt, wo – wo Tod drin steckt?«

»Das ist mir neu«, entgegnete Hugh. »Ich erwarte nur Befehle. Mich kümmerts nicht, mich nicht!«

»Mich auch nicht!« schrie Dennis.

»Wackre Kerls!« schrie der Sekretär mit einer Stimme, so ähnlich einer Predigerstimme, als ob er sie wegen höchst rühmlicher edelmütiger Handlungen lobte. »Nebenbei –« und hier hielt er inne und wärmte sich die Hände, dann sah er plötzlich auf – »wer warf den Stein heute?«

Mr. Dennis hustete und schüttelte den Kopf, als wollte er sagen: ›Wahrhaftig! Das ist ein Geheimnis!‹ Hugh saß da und schmauchte schweigend.

»Es war brav gehandelt!« sagte der Sekretär und wärmte sich wiederum die Hände. »Ich hätte es gern erfahren.«

»So!? Ja!?« rief Dennis, nachdem er dem Sekretär ins Gesicht geschaut hatte, um sich zu vergewissern, daß es ihm ernst wäre. »Ihr wollt gern wissen, wer es war, Mr. Gashford?«

»Freilich«, entgegnete der Sekretär.

»Nun, so sei Gott Euch hold«, sagte der Henker mit seinem heisersten Kichern, während er mit der Pfeife auf Hugh wies, »dort sitzt er. Das ist der Mann. Potz Stern und Strick, Mr. Gashford«, setzte er flüsternd hinzu, indem er seinen Schemel nahe an ihn heranzog und ihn mit dem Ellbogen stieß, »ein interessanter Kauz! Man muß ihn im Zaume halten wie einen Bullenbeißer. Wenn ich's heute nicht gehindert hätte, dann hätte er den Katholiken niedergemacht, und im nächsten Augenblick wär' der Tumult dagewesen.«

»Und warum nicht?« rief Hugh in verdrießlichem Tone, als er diese letzte Bemerkung gehört hatte. »Was kommt denn Gutes heraus, wenn man Sachen aufschiebt? Schmiede das Eisen, so lange es heiß ist. Das ist meine Ansicht.«

»Ach!« entgegnete Dennis, in halbem Mitleid über seines Freundes jugendliche Torheit den Kopf schüttlend, »aber angenommen, das Eisen ist noch nicht heiß, Bruder? Ihr müßt das Blut des Volkes in Aufregung bringen, bevor Ihr zuschlagt, und müßt die Leut' in Laune halten. Heut war's aber nicht weit genug her mit der Erregung, sag' ich Euch. Wenn's nach Euch gegangen wäre, hättet Ihr uns den Spaß, der nachkommen soll, verdorben und uns ruiniert.«

»Dennis hat ganz recht«, sagte Gashford geschmeidig. »Er hat vollkommen recht. Dennis besitzt eine hervorragende Weltkenntnis.«

»So gehört sich's doch, wenn man bedenkt, wieviel Leuten ich hinübergeholfen habe; he?« grinste der Henker, der die Worte hinter der vorgehaltenen Hand flüsterte.

Der Sekretär lachte über diesen Spaß, mehr als Dennis sich wünschen konnte, und wandte sich hierauf mit den Worten an Hugh:

»Dennis' Politik war auch die meinige, wie Ihr bemerkt haben müßt. So zum Beispiel habt Ihr gesehen, wie ich fiel, als man auf mich eindrang. Ich habe keinen Widerstand geleistet, habe nichts getan, um einen Ausbruch herbeizuführen. Nein, beileibe nicht!«

»Nein, beim Lord Heinz!« rief Dennis mit polterndem Lachen. »Ihr fielt ganz ruhig hin, Mr. Gashford – und nebenbei auch sehr platt auf den Bauch! Ich dachte bei mir, als ich's sah: na, mit Mr. Gashford ist's vorbei! Ich hab' wirklich keinen Menschen so platt und so still liegen sehen wie heute Euch, solange noch Leben in ihm war. Gut Kirschen essen ist mit diesem Päpstler nicht, das steht nun mal fest.«

Das Gesicht des Sekretärs, als Dennis vor Lachen brüllte und mit zusammengekniffenen Augen Hugh ansah, der wieder Dennis anblinzelte, hätte als Studie für das Bildnis des Teufels dienen können. Gashford saß mucksstill, bis ihre Heiterkeit sich gelegt hatte, und sagte dann, sich umsehend:

»Hier haben wir's ja sehr gemütlich – so gemütlich, Dennis, daß ich gern bliebe, bis es kaum noch geraten wäre zu gehen, wenn nicht Mylord mich ausdrücklich gebeten hätte, heute abend bei ihm zu speisen, wozu es nun allmählich Zeit wird. Ihr werdet wohl schon vermutet haben – und so verhält es sich auch –, daß ich eines kleinen Geschäfts wegen herkomme. Es ist sehr schmeichelhaft für Euch und betrifft folgendes: das heißt – wenn wir uns je gezwungen sehen – und Ihr wißt ja, wer kann dergleichen sagen? Es ist just eine unsichere Welt heutzutage –«

»Stimmt, Mr. Gashford«, fiel ihm der Henker ins Wort und nickte mit Würde. »Wenn man bedenkt, was ich allein schon alles für Lebensunsicherheit in der Welt habe mitansehen müssen! Und was ist nicht schon alles eingetroffen, dessen sich keine Seele versah! – Ach, du liebe Zeit!«

Von der Überzeugung erfüllt, daß die Sache viel zu erhaben sei, als daß er sie zum Ausdruck bringen könne, schmauchte er weiter und suchte den Rest seiner Betrachtung den andern beiden Herren durch Blicke verständlich zu machen.

»Wie gesagt«, ergriff der Sekretär langsam und mit Nachdruck wieder das Wort: »wir können nicht wissen was kommt; und da wir – wenn auch gegen unsern Willen – gezwungen sind, unsre Zuflucht zu gewaltsamen Maßregeln zu nehmen, so hat Mylord, der heute erschrecklich gelitten hat, soweit es durch Worte eben geschehen kann, die Absicht, Euch beide zufolge meiner warmen Empfehlung (ich habe Euch nämlich als Männer geschildert, erhaben über allen Verdacht und Argwohn) – mit dem angenehmen Geschäft zu betrauen, diesen Kerl von Haredale zu züchtigen. Ihr sollt nach Gutdünken mit seinem Gut und seiner Person verfahren – schont nichts, gebt keinen Pardon, laßt nicht zwei Balken in seinem Hause; nur dem Erdboden muß es gleich gemacht werden, so daß er und die Seinen obdachlos sind wie Kinder, die von ihren Müttern verstoßen worden. Versteht Ihr?« fragte Gashford und hielt inne, die Hände zusammenballend.

»Ob wir verstehen, Sir?« rief Hugh. »Ich meine, jetzt sprecht Ihr deutlich genug. 's scheint doch endlich mal was Herzhaftes setzen zu wollen.«

»Ich dachte mir gleich, daß es Euch recht wäre«, sagte Gashford, ihm die Hand drückend, »ich dachte mir's gleich. Jetzt gute Nacht! Bleibt ruhig sitzen, Dennis! Ich finde meinen Weg allein. Möglich, daß ich noch öfter herkomme, dann wäre mir's lieb, wenn ich es tun kann, ohne Euch zu stören. Ich will den Weg schon finden. Gute Nacht!«

Er war hinaus und hatte die Tür hinter sich ins Schloß gedrückt. Die beiden Kerle sahen einander mit beifälligem Nicken an. Dennis schürte das Feuer.

»Das sieht doch mal nach etwas aus!« sagte er.

»Allerdings!« rief Hugh. »Das ist gerade so, wie mir's recht ist.«

»Ich hab' mir von Mr. Gashford sagen lassen«, meinte der Henker nachdenklich, »daß er ein merkwürdiges Gedächtnis besitze und von seltener Hartnäckigkeit sei – er soll noch nie etwas vergeben oder vergessen haben. Wir wollen auf seine Gesundheit trinken!«

Hugh zögerte nicht zu willfahren. Und bei diesem Trunk verschüttete er nichts, denn der Sekretär war ein Mann nach seinem Sinne, und so leerte er auf dessen Gesundheit das volle Glas.

45.
Kapitel

Während die schlimmsten Begierden der schlimmsten Menschen in solcher Weise im Dunklen wirkten, und der Mantel der Religion, angenommen zur Verhüllung der greulichsten Mißgestaltungen, das Grabtuch aller derjenigen zu werden drohte, die in gutem und friedlichem Verhältnis zu ihren Mitmenschen standen, ereignete sich ein Umstand, der die Lage zweier Personen, von denen unsere Geschichte seit langem nichts mehr berichtet hat und zu denen sie jetzt zurückkehren muß, nochmals anders gestaltete.

In einem kleinen englischen Flecken, dessen Einwohner sich ihren Lebensunterhalt durch ihrer Hände Arbeit verdienten, indem sie Stroh flochten und für diejenigen anderen Arbeiter zurechtmachten, welche Hüte und andere Kleidungsstücke und Zierrate aus diesem Material verfertigen – lebten Barnaby und seine Mutter, verborgen unter einem angenommenen Namen und in ruhiger Armut, die keinen Wechsel, kein Vergnügen und wenig Sorgen kannte, außer der einen Sorge, sich von Tag zu Tag weiter durchzukämpfen in dem Ringen ums tägliche Brot.

Ihre ärmliche Hütte hatte keines Fremdlings Fuß gekannt, seit sie vor vier Jahren unter ihrem Dache Schutz gesucht hatten; in dieser ganzen Zeit hatten sie keinerlei Verkehr mit der alten Welt gepflogen, aus der sie geflohen waren. Arbeit in Ruhe und Frieden zu verrichten und Arbeit und Leben ihrem armen Sohne zu weihen, war alles, was die Witwe sich wünschte. Wenn die Rede Geltung hat, daß ein glückliches Leben dereinst das Los jedes Menschen wird, an dessen Innerem geheime Sorge nagt, so war die Witwe jetzt glücklich. Ruhe, Entsagung und ihre innige Liebe zu dem, der ihrer Fürsorge so sehr bedurfte, bildeten den kleinen Kreis ihrer ruhigen Freuden, und solange nichts denselben störte, war sie zufrieden.

An Barnaby selbst war die Zeit, die inzwischen verstrichen war, vorbeigegangen wie der Wind. Die jeden Tag des Jahres am Himmel glänzende Sonne hatte in seinen Geist kein helleres Licht der Vernunft gegossen; keine Dämmerung war über seiner langen tiefen Nacht angebrochen. Er saß manchmal – oft Tage hintereinander – auf einem niedrigen Sitz am Feuer oder an der

Haustür, eifrig bei der Arbeit (denn er hatte die Kunst gelernt, die seine Mutter verrichtete) und lauschte, Gott sei ihm gnädig, den Geschichten, die sie dann als Lockspeise gewissermaßen, um ihn unter ihren Augen zu behalten, erzählte. Gedächtnis für solche kleinen Geschichten hatte er nicht; die Erzählung von gestern war am anderen Morgen neu; aber hin und wieder fand er Gefallen an ihnen, und wenn ihn die Lust ankam, so konnte er ruhig und geduldig zu Hause bleiben und ihr wie ein kleines Kind zuhören und munter arbeiten von Sonnenaufgang an, bis es zum Sehen zu dunkel war.

Zu anderen Zeiten, wenn ihr schmaler Erwerb kaum ausreichte, sie zu ernähren, nicht einmal auf die kärglichste Art und Weise, schweifte er umher von der Dämmerung des Tages an, bis das Zwielicht tiefe Nacht geworden war. An jenem Orte durften selbst von den Kindern nur wenige müßig gehen, und so hatte er zu solchen Zeiten keinen menschlichen Gefährten. Es würden sich freilich auch nicht viele gefunden haben, die mit ihm Schritt gehalten hätten auf seinen Wanderungen, und wäre ihrer auch eine Legion gewesen. Aber es war eine Horde umherlungernder Hunde da, die den Nachbarn gehörten und die ihm seinen Zweck ebensogut erfüllten. Mit zwei oder drei Hunden, manchmal gar mit einem halben Dutzend, die ihm um die Beine strichen, begab er sich auf eine lange Wanderung, die den Tag über währte; und mochten auch die Hunde bei der Heimkehr gegen Anbruch der Nacht hinken und vor Anstrengung kaum mehr weiterkönnen, so war Barnaby bei Sonnenaufgang doch wieder auf und davon mit einigen neuen Begleitern derselben Gattung und kam mit ihnen in ähnlichem Zustand zurück. An all diesen Wanderfahrten nahm der Rabe in seinem kleinen Korbe auf dem Rücken seines Herrn als beständiges Mitglied eifrigen Anteil, und wenn sie bei schönem Wetter und in guter Laune und fröhlicher Stimmung aufbrachen, so ließ kein Hund sich lauter hören als dieser.

Ihre Ausrüstung auf solchen Ausflügen war mehr als einfach. Eine Kruste Brot und ein Bissen Fleisch, dazu Wasser aus dem Bach oder der Quelle, das war ihre ganze Mahlzeit. Barnabys einzige Lust war zu gehen, zu laufen und zu springen, bis er müde war, und sich dann in das lange Gras zu strecken oder neben das hochwachsende Korn oder in den Schatten eines großen Baumes zu legen und hinaufzublicken nach den hellen Wolken, wie sie über den blauen Spiegel des Firmaments glitten, und der Lerche zu lauschen, wie sie ihr helles Lied trillerte. Dort konnte er wilde Blumen pflücken – den hellen roten Mohn, die liebliche Glockenblume, die Schlüsselblume und die Rose. Dort konnte er Vögel beobachten, Fische, Ameisen, Würmer, Hasen oder Kaninchen, wie sie über den Pfad im Walde sprangen und an ihm vorbeihuschten: Millionen von Lebewesen, an denen er Interesse fand und auf die er lauern konnte, bei deren Anblick er in die Hände klatschen und über die er, wenn sie fort waren und wenn er an sie dachte, jubilieren konnte. Fand er kein Getier, oder war er desselben überdrüssig geworden, so war das lustige Sonnenlicht da, nach dem er haschen konnte, wenn es in schrägen Strahlen durch die Blätter und Zweige schlüpfte und weit unten sich verbarg, gleich einem Silberteich, wo nickende Zweige zu baden und zu spielen schienen; süße Düfte der Sommerluft waren da, die über den Klee- und Bohnenfeldern schwebten; der Wohlgeruch von feuchten Blättern oder Moos; das Leben rauschender Bäume und die immer wechselnden Schatten. War er müde geworden von diesen Dingen oder fühlte er den Drang, die Augen zu schließen, so überkam ihn ein Schlummer inmitten all dieser lieblichen Genüsse, während der leise Wind wie Musik ihm in den Ohren wisperte und alles um ihn her in einen wonnigen Traum verschmolz.

Ihre Hütte – denn es war wenig mehr als eine Hütte – stand am äußersten Ende des Städtchens, nahe der Landstraße, aber an einem abgeschlossenen Fleckchen, wohin sich nur wenige Spaziergänger zufällig verirrten, gleichviel zu welcher Jahreszeit. Ein Stück Gartenland stieß daran, welches Barnaby, wenn er von Arbeitslust befallen wurde, in Ordnung hielt. Drinnen und draußen arbeitete seine Mutter für ihr gemeinsames Wohl; Hagel, Regen, Schnee und Sonnenschein vermochten hierin keinen Wechsel zu finden.

Obgleich sie nun soweit entfernt war von den Schauplätzen, wo ihr vergangenes Leben sich abgespielt hatte, und nur wenig daran dachte oder die Hoffnung hegte, sie je wieder zu sehen, so schien sie doch ein reges Verlangen zu fühlen, über die Vorgänge in der geschäftigen Außenwelt Kenntnis zu erhalten. Jede alte Zeitung, jeden Fetzen Papier, der nur halbe Kunde von London brachte, riß sie gierig an sich. Die Aufregung hierüber war immer sehr unerfreulicher Art, denn das ganze Wesen der Frau drückte in solchen Fällen stärkste Angst und Bangigkeit aus, die auch nicht nachlassen wollte. In stürmischen Winternächten, wenn der Wind laut und stark blies, trat dann der alte Ausdruck in ihr Gesicht, und ein Anfall von Zittern überkam sie wie bei jemand, den ein Schüttelfrost befällt. Barnaby aber bemerkte wenig hiervon; und durch den starken Zwang, den sie sich auferlegte, erlangte sie regelmäßig ihre Fassung wieder, ehe noch der Wechsel Barnaby hatte auffallen können.

Der Rabe war keineswegs ein träges oder unnützes Glied des ärmlichen Haushalts. Zum Teil, weil Barnaby ihn in der Lehre gehabt hatte, zum Teil, weil er aus sich selbst eine Art Schulung nahm, die seiner Gattung gemein ist, zum Teil endlich, weil er sein Beobachtungsvermögen bis zum höchsten Grade anspannte, war ihm eine geistige Schärfe zu eigen geworden, die ihn meilenweit in der Umgegend berühmt machte. Seine Fähigkeit, sich zu unterhalten, und seine überraschende Darstellungsgabe wurden zum allgemeinen Gesprächsgegenstand. Da viele Leute kamen, um den wunderbaren Vogel zu sehen, und niemand seine Leistungen und Fähigkeiten unbelohnt ließ – wenn der Rabe sich herabließ, sie zu zeigen, was durchaus nicht immer geschah, denn Genie ist launenhaft – so bildete der Erwerb durch ihn einen nicht unerheblichen Posten in dem gemeinschaftlichen Kapital. Und er schien seinen Wert wirklich auch sehr gut zu kennen: denn wenn er sich auch in Gesellschaft von Barnaby und dessen Mutter durchaus frei und ungezwungen benahm, so bewahrte er vor der Öffentlichkeit eine erstaunliche Würde und ließ sich niemals zu irgendwelchen freiwilligen Leistungen herab, außer daß er herumlungernde Jungen in die Knöchel hackte (ein Zeitvertreib, der ihm viel Vergnügen bereitete), oder hier und da ein Stück Geflügel totbiß und dem oder jenem Hunde in der Nachbarschaft das Mittagsmahl wegschnappte; denn selbst die stärksten und bissigsten Hunde hatten vor ihm Furcht und Respekt.

In solcher Weise war die Zeit verstrichen, ohne daß sich etwas ereignet hätte, was ihre Lebensweise störte oder änderte, als sie an einem Sommerabend des Monats Juni in ihrem kleinen Garten saßen und sich von den Mühen des Tages ausruhten. Die Arbeit lag noch auf dem Knie der Witwe und auf dem Boden um sie her gebreitet, und Barnaby lehnte gegen seinen Spaten, schaute nach dem Sonnenuntergang und sang leise vor sich hin.

»Ein prächtiger Abend, Mutter! Wenn wir nur ein paar Stückchen von diesem Gold hätten, das dort oben am Himmel aufgespeichert hängt, dann würden wir reich sein für unser ganzes Leben.«

»Wir leben so besser, wie wir leben!« erwiderte die Witwe mit ruhigem Lächeln. »Laß uns zufrieden sein; wir brauchen nicht zu wünschen und uns nicht darum zu sorgen, Gold zu besitzen, selbst wenn es schimmernd uns vor den Füßen läge.«

»Ach«, sagte Barnaby, der sich mit gekreuzten Armen auf seinen Spaten stützte und gedankenvoll nach Westen sah, »das ist ja alles recht gut und schön, Mutter, aber Gold ist doch etwas Feines, wenn man es hat. Ich möchte gern wissen, wo man es finden kann. Greifer und ich könnten viel mit Gold anfangen, das kannst du mir schon glauben.«

»Was denn?« fragte sie.

»Was? O, eine Welt von Dingen! Wir würden uns fein kleiden – du und ich, meine ich; nicht Greifer –, Pferde halten, Hunde halten, helle Farben und Federn tragen, und fein und nach unserm Gefallen und Wohlbehagen leben. O, wir würden schon wissen, wo wir mit dem Golde hinsollten, Mutter. Ich möchte gern wissen, wo das Gold vergraben liegt. Wie schwer würde ich arbeiten, um es hervorzugraben!«

»Du weißt nicht«, sagte seine Mutter, von ihrem Platze aufstehend und ihm die Hand auf die Schultern legend, »was Menschen schon alles getan haben, um es zu gewinnen, und wie sie, aber immer zu spät, entdeckt haben, daß es wohl hell leuchtet aus der Ferne, aber ganz trübe und blind wird, wenn man es in den Händen hält.«

»Ach, ach! Das sagst du so; das denkst du dir so«, antwortete er und sah noch immer eifrig nach derselben Richtung hin. »Wenn ich das alles bekäme, Mutter, dann wollt ich's doch mal mit dem Golde versuchen.«

»Siehst du nicht, wie rot es ist?« sagte sie. »Nichts hat soviel Blutflecke an sich als Gold. Meide es! Niemand hat soviel Ursache, seinen Namen zu hassen, als wir. Mein lieber Sohn, denke nicht einmal daran! Es hat solches Elend und solche Qualen über dich und mich gebracht, wie nur wenige erfahren haben, und, Gott gebe es, nur wenige zu erdulden haben mögen. Lieber möchte ich, wir wären tot und lägen im Grabe, als daß dir das Gold lieb werden sollte.«

Einen Augenblick lenkte Barnaby seine Augen nach ihr hin und blickte sie erstaunt an. Als er dann von der Röte am Himmel nach dem Mal auf seiner Hand sah, wie um dies zweierlei Rot miteinander zu vergleichen, schien er im Begriffe, sie danach zu fragen, als etwas anderes seine stets umherschweifende Aufmerksamkeit auf sich zog und ihm die frühere Sache aus den Gedanken trieb.

Es war ein Mann mit staubigen Füßen und Kleidern, der barhäuptig hinter der Hecke stand, die ihren kleinen Garten von dem Pfade trennte, und sich demütig vorwärts lehnte, als ob er Gelegenheit suche, sich in ihr Gespräch zu mischen, und die rechte Zeit dazu abzuwarten schien. Sein Gesicht war auch nach der Sonnenglut hin gerichtet; aber das Licht, das auf sein Gesicht fiel, zeigte, daß er blind war und sie nicht sah.

»Gesegnet seien Eure Stimmen!« sagte der Wanderer. »Ich fühle die Schönheit der Nacht stärker, sobald ich sie höre. Sie sind mir wie Augen. Werden sie nochmals sprechen und dem Herzen eines armen Wanderers Freude bereiten?«

»Habt Ihr keinen Führer?« fragte die Witwe, nach einer kurzen Pause.

»Keinen als diesen«, antwortete er, mit seinem Stock nach der Sonne zeigend, »und manchmal zur Nachtzeit einen milderen, aber der ist jetzt müßig.«

»Seid Ihr weit gewandert?«

»Einen mühsamen Weg und einen langen Weg«, entgegnete der Wanderer, den Kopf schüttelnd. »Einen mühsamen, mühsamen Weg. Ich stieß eben mit dem Stocke gegen den Eimer von Eurem Brunnen – seid so gut, und gebt mir einen Trunk Wasser, meine Dame.«

»Warum nennt Ihr mich Dame?« erwiderte sie. »Ich bin doch gerade so arm wie Ihr.«

»Eure Rede ist sanft und milde, und ich urteile nach ihr«, erwiderte der Mann. »Der rauheste Stoff und die feinste Seide sind – abgesehen vom Tastsinn – eins für mich. Ich kann Euch nicht nach Eurer Kleidung beurteilen.«

»Kommt hier herum«, sagte Barnaby, der zur Gartentür herausgegangen war und jetzt dicht neben ihm stand. »Gebt mir Eure Hand! Ihr seid blind und stets im Dunkeln, ja? Fürchtet Ihr Euch, wenn es finster ist? Seht Ihr jetzt nicht eine Menge von Gesichtern? Grinsen und schnattern sie?«

»Ach«, erwiderte der andere, »ich sehe nichts, leider Gottes. Ob ich wache oder schlafe, ich sehe nichts.«

Barnaby spähte neugierig nach seinen Augen, und indem er sie mit den Fingern berührte wie ein wißbegieriges Kind, führte er ihn nach dem Hause.

»Ihr seid von weither gekommen«, sagte die Witwe, die an der Tür zu ihnen stieß. »Wie habt Ihr Euren Weg gefunden?«

»Gewohnheit und Zwang sind gar gute Lehrmeister – wie ich gehört habe, sogar die besten, die es gibt«, sagte der Blinde, setzte sich auf den Stuhl nieder, zu dem ihn Barnaby geführt hatte, und legte Hut und Stock auf den roten Ziegelboden. »Mögt weder Ihr noch Euer Sohn je unter ihrem Drucke lernen! Es ist eine harte Schule.«

»Ihr habt Euch auch vom Wege verirrt«, sagte die Witwe in Mitleid verratendem Ton.

»Möglich, möglich«, erwiderte der Blinde seufzend und doch mit einem Zug im Gesicht, der wie ein Lächeln aussah, »schon möglich. Wegweiser und Meilensteine sind unnütz für mich. Umso mehr danke ich Euch für diese Erholung und diesen erfrischenden Trank!«

Während er sprach, hob er den Krug Wasser zu seinem Mund empor. Es war klares, kaltes, perlendes Wasser, aber nichtsdestoweniger schmeckte es seiner Zunge nicht, oder sein Durst war nicht so sehr groß, denn er befeuchtete nur seine Lippen und setzte den Krug wieder ab.

Er trug an einem langen Riemen um den Hals hängend eine Art Tasche. Darin bewahrte er seinen Proviant auf. Die Witwe setzte ihm etwas Brot und Käse vor. Er dankte ihr, sagte aber, dank der Freundlichkeit mildtätiger Leute hätte er heute morgen schon einmal gefrühstückt und sei nicht hungrig. Nach dieser Antwort öffnete er seine Tasche und holte ein paar Pfennige heraus, die dessen ganzer Inhalt zu sein schienen.

»Dürfte ich die Bitte aussprechen«, sagte er und wandte sich nach der Seite hin, wo Barnaby stand und ihn betrachtete, »daß einer, der die Gabe hat zu sehen, mir hierfür Brot kaufe, das mich auf meinem Marsche auf den Beinen halten soll? Des Himmels Segen über die jungen Füße, die sich bemühen, einem so hilflosen Mann, wie es ein Blinder ist, solchen Dienst zu leisten!«

Barnaby sah seine Mutter an, die zustimmend nickte; im nächsten Augenblick war er schon fort, seinen mildtätigen Dienst zu verrichten. Der Blinde saß da und horchte noch lange, nachdem der Klang der sich entfernenden Tritte für die Witwe bereits unhörbar geworden war. Dann sagte er plötzlich und in ganz verändertem Ton:

»Es gibt verschiedene Grade und Arten von Blindheit, Witwe. Zum Beispiel Blindheit der Ehe, liebe Frau, mit der Ihr vielleicht im Lauf Eures eigenen Lebens Berührung gefunden habt, eine Art wissentlicher, sich selbst die Augen verbindender Blindheit. Dann Blindheit der Parteien, liebe Frau, und der in der Öffentlichkeit stehenden Männer, die der Blindheit des Stieres ähnlich ist, der mitten in ein Regiment rotuniformierter Soldaten gerät und toll wird. Dann das blinde Vertrauen der Jugend, der Blindheit junger Katzen vergleichbar, deren Augen sich für die Welt noch nicht geöffnet haben; dann jene leibliche Blindheit, Witwe, für die ich, entgegen meinem eigenen Wunsche, ein höchst vortreffliches Beispiel bin. Zu diesen Arten von Blindheit, liebe Frau, kommt noch hinzu die Blindheit der Vernunft, von der wir eine Probe in Eurem interessanten Sohne haben, und der man, da in sie bisweilen ein Schimmer oder schwacher Schein von Licht fällt, kaum so vollständig trauen kann wie einer gänzlichen Finsternis. Darum, liebe Frau, habe ich mir die Freiheit genommen, ihn auf eine kurze Zeit aus dem Weg zu schaffen, während Ihr und ich zusammen unterhandeln. Diese Vorsicht, die aus der Feinheit der Gefühle, die mich gegen Euch erfüllen, entsprungen ist, werdet Ihr mir nicht übelnehmen, liebe Frau, das weiß ich.«

Nachdem er sich dieser Rede mit mancherlei Aufgeblasenheit in Wesen und Gebärde entledigt hatte, zog er unter seinem Rock eine flache Steinflasche hervor. Den Korken zwischen den Zähnen haltend, mischte er den Krug Wasser mit einer reichlichen Menge Schnaps, der in dieser Flasche enthalten war, leerte den Humpen in höflicher Weise auf ihr und der Damen Wohl und schnalzte mit unendlichem Wohlbehagen mit den Lippen, als er ihn leer wieder niedersetzte.

»Liebe Frau«, sagte der Blinde und korkte seine Flasche zu, »ich bin ein Weltbürger, und wenn ich mich mit einiger Freiheit zu benehmen scheine, so ist das eben die Art und Weise der Welt. Ihr denkt darüber nach, wer ich wohl sein mag und was mich hergeführt hat. Eine solche Kenntnis der Menschennatur, wie ich sie besitze, leitet mich auf diesen Schluß, ohne daß ich mich meiner Augen zu bedienen brauche, um die Bewegungen, die in Eurer Seele vorgehen, zu lesen, als ständen sie auf Euren weiblichen Gesichtszügen verzeichnet. Ich will Eure Neugierde sogleich befriedigen, liebe Frau, sogleich.« Mit diesen Worten klopfte er auf den breiten Rücken der Flasche, und nachdem er sie wieder unter seinen Rock gesteckt hatte, verschränkte er die Beine, faltete die Hände und setzte sich in seinem Stuhl zurecht, bevor er fortfuhr.

Der Wechsel in seinem Benehmen war völlig unerwartet, und der Eindruck der Pfiffigkeit und Unverblümtheit wurde durch seine Lage in hohem Grade schlimmer gemacht, denn wir sind gewöhnt, bei denjenigen, welche einen menschlichen Sinn verloren haben, etwas anderes an dessen Stelle zu erblicken, das uns beinahe göttlich erscheint. Diese Änderung erweckte in der Frau, an die er das Wort richtete, solche Furcht und solches Entsetzen, daß sie kein Wort hervorbringen konnte. Nachdem der Gast dem Anschein nach auf eine Bemerkung oder Antwort vergeblich gewartet hatte, ergriff er wieder das Wort.

»Liebe Frau, mein Name ist Stagg. Ein Freund von mir, der die Ehre, mit Euch zusammenzutreffen, während der fünf vergangenen Jahre stets begehrt hat, hat mir aufgetragen, bei Euch vorzusprechen. Es würde mich freuen, den Namen dieses Herrn Euch in die Ohren zu flüstern. – Schwere Not, Frau! Seid Ihr denn taub? Hört Ihr nicht? Ich sage Euch, daß es mich freuen würde, Euch den Namen dieses Herrn in die Ohren zu flüstern.«

»Ihr braucht ihn nicht zu nennen«, sagte die Witwe, einen Seufzer unterdrückend, »ich sehe nur zu gut, von wem Ihr kommt.«

»Aber als Mann von Ehre, Frau«, sagte der Blinde und schlug sich auf die Brust, »über dessen Beglaubigung nicht erst geredet zu werden braucht, nehme ich mir die Freiheit und sage Euch, daß ich den Namen jenes Herrn erwähnen will. Ja, ja«, fügte er hinzu, so daß es schien, als hätte er mit seinen flinken Ohren sogar die Bewegung, die sie mit der Hand gemacht, vernommen, »aber nicht laut! Mit Eurer Erlaubnis, werte Frau, bitte ich um die Gunst, Euch etwas zuflüstern zu dürfen.«

Sie näherte sich ihm und bückte sich nieder. Er hauchte ihr ein Wort ins Ohr, und sie ging händeringend im Zimmer auf und ab wie jemand, dessen Geist irre geworden ist. Der Blinde zog, durchaus gefaßt und sicher, seine Flasche wieder heraus, mischte sich noch ein volles Glas, stellte es wieder vor sich hin und folgte ihr, von Zeit zu Zeit einen Schluck nehmend, schweigend mit dem Gesichte.

»Ihr seid langsam in der Unterhaltung, Witwe«, sagte er nach einer Weile, mit Trinken innehaltend. »Wir werden schließlich im Beisein Eures Sohnes zu reden haben.«

»Was begehrt Ihr von mir?« entgegnete sie. »Was soll ich tun?«

»Wir sind arm, Witwe, wir sind arm«, bemerkte er, streckte seine Hand aus und rieb mit dem Daumen auf der Fläche seiner Hand hin und her.

»Arm!« rief sie. »Und bin ich etwa nicht arm?«

»Es ist eine häßliche Sache, Witwe, Vergleiche zu ziehen«, sagte der Blinde. »Ich weiß nicht, wie es mit Euch steht; es kümmert mich auch nicht. Ich sage Euch, daß wir arm sind. Mein Freund lebt in sehr schwierigen Verhältnissen, und mir geht es auch nicht besser! Wir müssen zu unserm Rechte kommen, Witwe, oder müssen uns auf andere Weise schadlos halten. Ihr wißt das aber so gut wie ich; wozu also noch darüber reden?«

Sie ging, noch immer unruhig, hin und her. Endlich blieb sie vor ihm stehen und fragte:

»Ist er hier in der Nähe?«

»Ja. Dicht bei der Hand.«

»Dann bin ich verloren!«

»Verloren? Nicht doch, Witwe«, antwortete der Blinde ruhig, »gefunden vielmehr! Soll ich ihn rufen?«

»Um Gottes willen nicht«, antwortete sie mit einem Schauder.

»Gut, gut«, erwiderte er, die Beine wieder verschränkend, denn er hatte so getan, als wenn er aufstehen und zur Tür hingehen wollte. »Ganz nach Belieben, Witwe! Soviel ich weiß, ist seine Gegenwart auch nicht notwendig. Aber wir beide, er und ich, müssen leben; und um zu leben, müssen wir essen und trinken. Um aber essen und trinken zu können, müssen wir Geld haben, mehr brauche ich wohl nicht zu sagen.

»Wißt Ihr nicht, wie ausgesogen ich bin und wie großen Mangel ich leide?« entgegnete sie. »Ich glaube nicht, daß Ihr's wißt oder wissen könnt. Hättet Ihr Augen und könntet Euch in dieser armseligen Hütte umsehen, dann würdet Ihr Mitleid mit mir haben. Laßt Euer Herz weicher und milder werden bei dem Gedanken an Euer eigenes Mißgeschick, Freund, und habt ein klein wenig Mitgefühl mit dem meinigen!«

Der Blinde schnippte mit den Fingern, ehe er antwortete:

»Liebe Frau, solche Frage haben wir hier nicht zu erörtern. Mein Herz ist das weichste der Welt, aber davon kann ich nicht leben. Mancher vornehme Herr lebt recht gut mit weichem Kopfe und würde doch ein Herz von gleicher Beschaffenheit für einen recht großen Nachteil ansehen. Hört mir zu! Wir haben hier mit einer Geschäftssache zu tun, bei der von Mitleid und Weichheit keine Rede sein kann. Als beiderseitiger Freund wünsche ich, alles so gut es geht, friedlich und gütlich einzurichten; so und nicht anders liegt die Sache. Wenn Ihr jetzt arm seid, so ist das Eure Schuld, weil Ihr's nicht anders haben wollt. Ihr habt Freunde, die im Notfall immer bereit sind, Euch zu helfen. Mein Freund ist in einer weit elenderen, kläglicheren Lage als die meisten Menschen, und da Ihr in einer gemeinschaftlichen Angelegenheit mit ihm verbunden seid, richtet er natürlich seine Blicke nach Hilfe auf Euch! Lange Zeit hat er seine Kost mit mir geteilt und hat zusammen mit mir gewohnt – denn wie ich eben sagte, bin ich sehr weichen Herzens – und daß er an dieser Meinung festhält, dem stimme ich ganz bei! Ihr habt immer ein Dach über Eurem Haupte gehabt, er ist immer ein Ausgestoßener gewesen. Ihr habt Euren Sohn, der Euch trösten und unterstützen kann; er hat keine Menschenseele. Die Vorteile dürfen doch nicht bloß auf einer Seite liegen. Ihr sitzt im gleichen Boot, mithin müssen wir den Ballast auch ein bißchen gleichmäßiger verteilen.«

Sie wollte sprechen, aber er kam ihr zuvor und fuhr fort:

»Die einzige Art und Weise, wie sich das machen läßt, besteht darin, daß Ihr von Zeit zu Zeit für meinen Freund eine kleine Summe zurechtlegt; das wenigstens ist mein Rat! Soviel ich weiß, hegt er keinerlei Groll gegen Euch im Herzen, liebe Frau. Obgleich Ihr ihn mehr als einmal grob behandelt und ihm, wie ich weiß, sogar die Tür gewiesen habt, übt er im Gegenteil so viel Rücksicht gegen Euch, daß er, selbst wenn Ihr ihm jetzt seinen Wunsch nicht erfüllt, sich doch vielleicht noch bereit fände, Euren Sohn in seine Obhut zu nehmen, um einen Mann aus ihm zu machen.«

Er legte auf die letzten Worte großen Nachdruck und hielt inne, wie um zu prüfen, welche Wirkung sie hervorgerufen hätten. Sie antwortete bloß durch Tränen.

»Euer Sohn ist ein Bursche«, sprach der Blinde gedankenvoll, »der für mancherlei Dinge zu brauchen sein dürfte und der dazu veranlagt ist, sein Glück in einem Berufe zu finden, der kleine Abwechslungen gestattet, bei dem es nicht ganz ohne Reiberei abgeht – soweit ich wenigstens aus dem, was ich von seinem

Gespräch mit Euch heute abend gehört habe, schließen darf. Laßt Euch nicht lange zureden! Wie schon gesagt, mein Freund hat dringenden Bedarf nach zwanzig Pfund. Eine Frau wie Ihr, die Verzicht auf eine Jahresrente leisten kann, ist schon imstande, eine solche Summe zu beschaffen, und zu beklagen wäre es, wenn Ihr darum in Ungelegenheiten kommen solltet. Ihr scheint hier sehr behaglich eingerichtet, und soviel könnt Ihr es Euch allemal kosten lassen, hier in Ruhe weiterzuleben. Zwanzig Pfund, Witwe, ist eine bescheidene Forderung. Ihr wißt ja, wohin Ihr Euch deswegen zu wenden habt. Die Post wird es Euch schon bringen. Also: Zwanzig Pfund!!«

Sie wollte ihm antworten, aber er fiel ihr erneut ins Wort.

»Bloß keine übereilte Einrede, die könnte Euch leid tun! Besinnt Euch lieber ein Weilchen! Zwanzig Pfund – nicht aus Eurem, sondern aus anderer Leute Beutel – ist doch keine so schwierige Sache! Überlegt's Euch, wie gesagt! Ich hab's nicht eilig. Die Nacht bricht heran, und wenn ich hier nicht schlafe, so werde ich doch nicht viel weiter gehen. Bloß zwanzig Pfund! Bedenkt es recht, Frau; zwanzig Minuten laß' ich Euch dazu! Rechnet auf jedes Pfund eine Minute; das ist genug, meine ich. Ich will inzwischen die frische Luft genießen, die hier in der Gegend sehr mild und angenehm ist.«

Mit diesen Worten tastete er, seinen Stuhl mitnehmend, nach der Tür, setzte sich unter ein weitverzweigtes Geisblatt und streckte die Beine quer vor die Türschwelle, so daß niemand ein- oder ausgehen konnte, ohne daß er es merken mußte. Dann nahm er Pfeife, Stahl, Feuerstein und Zunderbüchse aus der Tasche und fing an zu rauchen. Es war ein lieblicher und angenehmer Abend, ein Abend jener Jahreszeit, in der die Dämmerung am prächtigsten ist. Indem er hin und wieder mit Rauchen innehielt, damit sich der Qualm langsam verflüchtigen konnte, und in solchen Pausen den wonnigen Wohlgeruch der Blumen einsog, saß er im vollsten Behagen und in vollster Bequemlichkeit auf dem trocknen Fleckchen vor der Schwelle, ganz so als ob die Hütte sein eigenes Wohnhaus wäre, das ihm sein ganzes Leben lang als unbestrittenes Besitztum gehört hätte, und wartete auf die Antwort der Witwe und auf Barnabys Rückkehr.

46. Kapitel

Als Barnaby mit dem Brot zurückkehrte, schien auch ihn der Anblick des frommen alten Pilgrims, der sein Pfeifchen schmauchte und ganz so tat, als sei er zu Hause, in Verwunderung und Erstaunen zu setzen; um so mehr als diese würdige Persönlichkeit das Brot, anstatt es als einen seltenen und kostbaren Artikel in seine Tasche zu stecken, nachlässig auf den Tisch schob und ihn, die Flasche hervorziehend, aufforderte, sich zu setzen und einen Schluck zu trinken.

»Ich trage, wie Ihr seht, ein bißchen Erfrischung bei mir«, sagte er. »Kostet mal! Schmeckt gut?«

Barnaby trat das Wasser in die Augen. Der Trunk war so stark, daß er husten mußte, als er bejahend antwortete.

»Trinkt nur noch mehr«, sagte der Blinde, »fürchtet Euch nicht davor. So etwas findet nicht oft den Weg in Eure Kehle, he?«

»Nicht oft!?« rief Barnaby. »Oh, nie!«

»Zu arm dazu?« sagte der Blinde seufzend. »Ach ja! So was ist schlimm. Eure Mutter, armer Kerl, wäre auch glücklicher, wenn sie reicher wäre, Barnaby.«

»Na, das sag ich ihr auch immer – just das nämliche hab ich ihr heute abend gesagt, ehe Ihr kamt, als all das Gold am Himmel war«, sagte Barnaby, rückte seinen Stuhl näher an den Blinden heran und sah ihm scharf ins Gesicht. »Sagt mir, gibt es wohl einen Weg, reich zu werden, den ich finden könnte?«

»Einen Weg? Hundert Wege!«

»So? So?« antwortete Barnaby. »Sagt Ihr das im Ernst? Was sind das für Wege? Nicht doch, Mutter, ich frage ja bloß um deinetwillen, nicht meinetwegen; wirklich, bloß deinetwillen. Was sind das für Wege?«

Der Blinde wandte sein Gesicht, auf dem ein triumphierendes Lächeln lag, nach der Stelle hin, wo die Witwe in tiefster Bekümmernis stand. Dann antwortete er:

»Na, solche Wege, die von Stubenhockern gefunden werden könnten, sind es nun freilich nicht, mein guter Freund.«

»Von Stubenhockern!« rief Barnaby, ihn am Ärmel zupfend. »Aber ich bin kein Stubenhocker. Da seid Ihr im Irrtum. Ich bin schon oft vor Sonnenaufgang draußen im Freien und gehe erst heim, wenn die Sonne schon längst zur Ruhe gegangen ist. Ich bin draußen in den Wäldern, lange ehe das Tageslicht die schattigen Plätze erreicht hat, und bin oft noch dort, wenn der helle Mond durch die Zweige lugt und niederschaut auf den anderen Mond, der im Wasser lebt. Wenn ich dahingehe, dann versuch' ich immer, unter dem Gras und dem Moos eins von den kleinen Goldstücken zu finden, um die die Mutter so sauer arbeitet und so viele Tränen vergoß. Wenn ich im Schatten schlafe, träum' ich davon – träume, wie ich es haufenweise ausgrabe. Wie ich es erspähe, wo es unter Zweigen versteckt liegt, und wie ich es blitzen sehe wie die Tautropfen inmitten von Blättern. Aber ich finde es nie. Sagt mir, wo es ist. Ich will dahin gehen, und sollte der Weg auch ein ganzes Jahr dauern, weil ich weiß, daß Mutter glücklicher sein würde, wenn ich nach Hause käme und etwas mitbrächte. Sagt mir! Ich will zuhören, und wenn Ihr die ganze Nacht hindurch sprecht.«

Der Blinde strich mit der Hand leicht über das Gesicht des armen Burschen, und als er durch seine Berührung entdeckte, daß Barnaby die Ellbogen auf den Tisch gestemmt hielt, daß er das Kinn in seine beiden Hände stützte, daß er sich begierig und gespannt vorwärts lehnte und sein ganzes Wesen höchstes Interesse und banges Verlangen ausdrückte, hielt er eine Minute inne, wie von dem Wunsche erfüllt, daß die Witwe dies alles auch vollständig wahrnehmen möge und antwortete dann:

»In der Welt liegt's, kühner Barnaby, in der lustigen Welt; nicht an den einsamen Plätzen, wo Ihr Euch die Zeit vertreibt, sondern im Menschengewühl, dort, wo Getöse und Lärmen ist.«

»Gut, gut!« rief Barnaby und rieb sich die Hände. »Ja! Das ist mein Fall! Das ist auch Greifers Fall! Es paßt uns beiden! Das ist fein!«

»So geht's an solchen Orten zu«, sagte der Blinde, »wo es einem jungen Menschen gefällt und wo ein guter Sohn für seine Mutter und sich selbst mehr Nützliches tun kann in einem Monat, als ihm hier sein ganzes Leben lang möglich sein könnte – das heißt, wenn er einen Freund hat, versteht Ihr, einen, der ihm mit Rat und Tat zur Seite steht.«

»Hörst du, Mutter?« rief Barnaby, sich voller Entzücken an sie wendend. »Sage du nicht mehr, daß wir's nicht beachten würden, wenn's uns strahlend und glänzend zu Füßen läge. Weshalb sind wir jetzt so darauf erpicht? Weshalb arbeitest du vom Morgen bis zum Abend?«

»Gewiß«, sagte der Blinde. »Ganz gewiß. Habt Ihr keine Antwort dafür, Witwe? Habt Ihr«, setzte er hinzu, »Euch noch nicht besonnen?«

»Laßt mich mit Euch allein sprechen«, antwortete sie, »unter vier Augen.«

»Faßt mich am Ärmel«, sagte Stagg und erhob sich vom Tische, »und führt mich, wohin Ihr wollt. Mut, Mut, kühner Barnaby! Wir wollen davon noch weiter sprechen. Ihr gefallt mir. Wartet dort, bis ich wiederkomme. Laßt uns gehen, Witwe.«

Sie führte ihn zur Tür hinaus und in den kleinen Garten, wo sie stehen blieben.

»Ihr seid ein gar geschickter Agent«, sagte sie in hastiger Weise halb atemlos, »und vertretet den Mann vortrefflich, der Euch geschickt hat.«

»Ich will ihm erzählen, daß Ihr das gesagt habt«, entgegnete Stagg. »Er gibt viel auf Euch und wird mich um so mehr schätzen (wenn das überhaupt möglich ist), da Ihr mich so lobt. Witwe! Was uns von Rechts wegen zukommt, das müssen wir haben.«

»Was Euch von Rechts wegen zukommt. Wißt Ihr«, sagte sie, »daß ein Wort von mir –«

»Was stockt Ihr?« entgegnete der Blinde ruhig, nach langer Pause. »Ob ich weiß, daß ein Wort von Euch meinen Freund in die letzte Phase des Lebenstanzes stellen würde? Gewiß weiß ich das. Aber was soll's? Es wird nie gesprochen werden, Witwe.«

»Seid Ihr dessen sicher?«

»Vollkommen – so sicher, daß ich nicht herkomme, um diese Frage zu erörtern. Ich sage, was uns von Rechts wegen zukommt, das müssen wir haben, oder man muß uns anders entschädigen. Bleibt bei diesem Punkte stehen, oder laßt mich wieder zu meinem jungen Freund zurückkehren, denn ich interessiere mich für den Burschen und habe den Wunsch, ihm zum Glück zu verhelfen. Pah! Spart Euch das Gerede«, setzte er hastig hinzu, »ich weiß, was Ihr sagen wollt: Ihr habt schon einmal darauf angespielt. Ob ich kein Mitleid für Euch habe, weil ich blind bin? Nein, ich habe keins. Weshalb erwartet Ihr von mir, der in Dunkelheit lebt, daß ich besser sei als Leute, die sehen können? Wie kommt Ihr darauf? Ist die Hand Gottes wirkungsvoller in mir, der keine Augen hat, als in Euch, die beide Augen hat? Ihr sagt das so in Eurem Kauderwelsch, daß Ihr außer Euch geratet, wenn ein Blinder raubt oder lügt oder stiehlt. O ja, freilich, bei ihm, der ja von den paar Hellern, die Ihr ihm in Euren von Menschen wimmelnden Straßen zuwerft, nackt und kahl leben kann, ist das auch viel schlimmer als bei Euch, die ihr sehen könnt und arbeiten könnt und nicht abhängig seid von der Gnade und Barmherzigkeit der Welt. Fluch über Euch! Ihr, die Ihr sieben Sinne habt, könnt gottlos sein, soviel es Euch gefällt; wir, die wir bloß sechs haben und den wertvollsten missen, sollen leben und tugendhaft sein bei unserm Unglück. So steht's, soweit die Welt reicht, mit der Barmherzigkeit und Gerechtigkeit, die der Reiche den Armen erweist.«

Er hielt einen Augenblick inne, nachdem er diese Worte gesagt hatte, denn das Klingeln von Gold, das sie in der Hand hielt, traf sein Ohr.

»Na?« sagte er, schnell sein früheres Wesen wieder annehmend. »Auf diese Weise könnten wir zu einem Schlusse kommen. Der Hauptpunkt, Witwe?«

»Erst beantwortet mir eine Frage«, erwiderte sie. »Ihr sagt, er sei dicht bei der Hand? Hat er London verlassen?«

»Daß er dicht bei der Hand sei, Witwe, danach sieht's doch ganz aus«, erwiderte der Blinde.

»Ich meine, ob für die Dauer? Ihr wißt das.«

»Jawohl, für die Dauer. Um die Wahrheit zu sagen, Witwe, ein längerer Aufenthalt dort könnte für ihn unangenehme Folgen haben, deshalb hat er sich auf die Socken gemacht.«

»Hört«, sagte die Witwe und zählte einiges Geld auf die Bank neben ihm. »Und zählt mit.«

»Sechs«, sagte der Blinde, der gespannt aufhorchte. »Noch was?«

»Es sind die Ersparnisse von fünf Jahren«, antwortete sie. »Sechs Guineen.«

Er streckte seine Hand nach einer der Münzen aus, betastete sie sorgsam, schob sie zwischen die Zähne, warf sie auf die Bank, daß sie klimperte, und nickte ihr zu fortzufahren.

»Ich habe sie gespart und beiseitegelegt für den Fall, daß mich der Tod von meinem Sohn trennen sollte. Hunger, harte Arbeit und Nachtwachen hat es gekostet, sie zu erwerben. Wenn Ihr sie nehmen könnt – dann nehmt sie – aber unter der Bedingung, daß Ihr diesen Platz augenblicklich verlaßt und nie wieder in das Zimmer tretet, wo er jetzt sitzt und auf Eure Rückkehr wartet.«

»Sechs Guineen«, sagte der Blinde, den Kopf schüttelnd; »sie sind zwar vom vollsten Gewicht, das je geprägt wurde, aber es fehlt doch noch recht viel an zwanzig Pfund, Witwe.«

»Um eine solche Summe zu erhalten, muß ich, das wißt Ihr, nach einem fernen Landesteile schreiben. Dazu muß ich Zeit haben, muß auch die Antwort abwarten.«

»Zwei Tage?« sagte Stagg.

»Länger.«

»Vier Tage?«

»Eine Woche. Kommt heute über acht Tage wieder, zur selben Stunde, aber nicht ins Haus. Wartet auf mich an der Straßenecke.«

»Selbstverständlich«, sagte der Blinde mit einem verschlagenen Blicke. »Ich werde Euch dort treffen.«

»Wohin kann ich mich noch flüchten? Ist es nicht genug, daß Ihr mich zur Bettlerin gemacht habt und daß ich mein ganzes, so sauer erworbenes Bargeld geopfert habe, um dieses Haus zu retten?«

»Hm!« sagte der Blinde nach einigem Bedenken. »Bringt mich mit dem Gesicht nach der Stelle hin, von der Ihr sprecht, und führt mich in die Mitte der Straße. Ist dies der Fleck?«

»Er ist's.«

»Heute über eine Woche bei Sonnenuntergang. Und denkt an den dort drinnen! Gute Nacht für heute.«

Sie antwortete ihm nicht, obwohl er stehen blieb, um eine Antwort zu erhalten. Er ging langsam fort, wandte sein Gesicht von Zeit zu Zeit herum und merkte auf, um zu horchen, ganz so als ob er neugierig wäre zu erfahren, ob er von jemand beobachtet würde. Die Schatten der Nacht senkten sich schnell und dicht um ihn herum, und bald war er im Dunkeln verloren. Die Frau aber kehrte erst, als sie die Gasse von einem Ende zum anderen durchschritten und sich Gewißheit verschafft hatte, daß er auch wirklich nicht mehr da war, in die Hütte zurück und verschloß hastig Tür und Fenster.

»Mutter!« rief Barnaby. »Was ist los? Wo ist der Blinde?«

»Fort.«

»Fort!« rief er, aufspringend. »Ich muß doch noch mit ihm reden. Welche Richtung hat er genommen?«

»Ich weiß es nicht«, antwortete sie und schloß ihn in die Arme. »Du darfst heute abend nicht fort! Draußen schwirren Geister und Träume umher.«

»So?« fragte Barnaby in furchtsamem Geflüster.

»Es ist nicht geheuer draußen und nicht gut, sich wegzurühren. Morgen müssen wir fort von hier!«

»Fort von hier? Weg aus dieser Hütte? Fort aus dem kleinen Garten, Mutter?«

»Ja! Morgen mit Sonnenaufgang. Wir müssen nach London gehen, müssen uns in dieser großen Stadt verlieren, denn in jeder anderen Stadt würde unsere Spur ausfindig gemacht werden. Später müssen wir wieder aus London fort und uns ein neues Obdach suchen.«

Barnaby mit etwas auszusöhnen, das Abwechslung versprach, dazu war nicht viel Überredung nötig. In der einen Minute raste er schier vor Freude, in der anderen war er voller Kummer über die Notwendigkeit, sich von seinen Freunden, den Hunden, trennen zu müssen, in der nächsten wieder entzückt, dann wieder voll ernster Besorgnis über das, was sie gesprochen hatte, in der Absicht, ihn an seinen nächtlichen Wanderungen zu hindern. Von Furcht erfüllt, stellte er viele seltsame Fragen. Am Ende aber trug seine Leichtherzigkeit den Sieg davon über alle anderen Gefühle. Angekleidet, um am Morgen sofort fertig zu sein, legte er sich nieder und war neben dem ärmlichen Torffeuer schnell eingeschlafen.

Die Mutter schloß kein Auge, sondern saß neben ihm und wachte. Jeder Windhauch klang ihr in den Ohren wie jener furchtbare Tritt an der Tür oder wie jener Druck auf die Klinke und machte ihr die ruhige Sommernacht zu einer Nacht des Entsetzens. Endlich brach der ersehnte, willkommene Tag an. Sobald sie die wenigen Vorbereitungen getroffen hatte, die für ihre Reise notwendig waren, verrichtete sie auf den Knien unter heißen Tränen ihr Gebet und weckte Barnaby, der auf ihren Ruf hin schnell und munter emporsprang.

Sein Kleidervorrat war mehr als klein, und den Raben zu tragen, war nur ein Liebeswerk. Als die Sonne die ersten Strahlen über die Erde warf, schlossen sie die Tür ihres Heims, das nun vereinsamt und verlassen stehen sollte, und wandten sich zum Gehen. Der Himmel war blau und klar. Die Luft war frisch und von tausend Wohlgerüchen erfüllt. Barnaby sah auf und lachte aus vollem Herzen.

Aber dies war sonst der Tag, an dem er einen seiner langen Streifzüge machte, und so kam einer der Hunde, der häßlichste von allen, herbeigelaufen und sprang ihm in der Fülle seiner Freude um die Beine. Grob mußte er ihn von sich weisen, und das Herz brach ihm schier, als er es tat. Der Hund wich zurück, wandte sich mit halb ungläubigem, halb flehendem Blicke um, kam wieder ein Stück näher und blieb stehen.

Es war das Lebewohl eines alten Kameraden und treuen Freundes, den Barnaby jetzt von sich stieß. Es war ihm schrecklich, er konnte es nicht länger ertragen. Und als er seinem alten Spielgefährten kopfschüttelnd bedeutete heimzugehen, brach er in Tränen aus.

»O, Mutter, Mutter! Wie traurig wird der arme Kerl sein, wenn er an der Tür kratzt und sie immer verschlossen findet.«

Es kam ein so tiefer Heimatsinn in dem Gedanken zum Ausdruck, daß die Mutter, wenn ihr auch die Augen überliefen, die Erinnerung daran nicht um den Reichtum der ganzen weiten Welt weder aus ihrem eigenen noch aus seinem Geiste hätte tilgen mögen.

47. Kapitel

In dem unerschöpflichen Register, worin die Wohltaten, die der Himmel über die Menschheit schüttet, verzeichnet stehen, muß stets die Kraft, die es uns ermöglicht, selbst in den härtesten Prüfungen gewisse Keime von Trost bei uns treiben zu lassen, die oberste Stelle besetzen. Nicht nur, weil sie uns kräftigt und aufrecht erhält in Augenblicken, wo wir der Unterstützung am meisten bedürfen, sondern weil in dieser Quelle des Trostes etwas – wir haben Ursache und Recht, das zu glauben – vom Geiste Gottes liegt, etwas von seiner Güte, die in unserer eigenen Missetat eine versöhnende Eigenschaft aufdeckt. Etwas, das wir selbst in unserer Sündhaftigkeit mit den Engeln im Himmel gemein haben, das mit seinem Wesen in der guten alten Zeit fußt, wo die Engel noch auf Erden wandelten, und das noch jetzt in der ewigen Barmherzigkeit hienieden weilt.

Wie oft dachte die Witwe mit dankerfülltem Herzen daran, daß Barnabys Frohsinn und Liebe gerade aus seiner Geistesstörung entsprangen. Wie oft rief sie sich ins Gedächtnis zurück, daß nur seine Geistesschwäche ihn verhindert hätte, jetzt vielleicht finster, mürrisch, liebeleer, fern von ihr zu weilen – ja vielleicht gar ruchlos und grausam zu sein! Wie oft hatte sie Ursache, in seiner Stärke, seiner Hoffnung und seiner einfältigen Natur Trost zu finden! Jene schwachen Geisteskräfte, die ihn so schnell alles Vergangene vergessen ließen, selbst sie waren ihr jetzt ein Trost. Für ihn war die Welt voller Glück. An jedem Baum, jeder Pflanze, jeder Blume, an allen Vögeln und Tieren und an jedem winzigen Insekt, das ein Luftzug auf die Erde blies, fand er Entzücken und Freude. Was ihn ergötzte, ergötzte auch sie; und wo mancher kluge Sohn ihr Kummer gemacht haben würde, erfüllte jener arme, schwachherzige Idiot ihr Herz mit Dankbarkeit und Liebe.

Der Geldvorrat der Witwe war nicht bedeutend. Von der Summe, die sie dem Blinden in die Hand gezählt, hatte sie eine Guinee behalten. Zu ihr kamen noch einige Pfennige hinzu, die sie in der Tasche gehabt hatte, aber für zwei Personen von solcher Genügsamkeit, wie sie waren, war so viel Geld schon eine stattliche Barschaft. Außerdem hatten sie den Raben zur Gesellschaft, und sobald sie irgendwie in die Lage geraten wären, die Guinee wechseln zu müssen, brauchten sie ihn ja bloß vor einer Schenke oder in einer Dorfgasse oder in den Höfen oder Gärten eines Herrenhauses zur Schau zu stellen, und dutzendweise waren Leute, die aus Barmherzigkeit gewiß keinen Heller gegeben hätten, ohne weiteres bereit, ein bißchen Unterhaltung durch den schwatzenden Vogel mit Kleingeld zu bezahlen.

Eines Tages – denn sie kamen langsam vorwärts und waren, trotzdem sie manchmal in Karren und Leiterwagen mitfahren durften, schon eine Woche unterwegs – bat Barnaby, während ihm der Rabe auf der Schulter saß und die Mutter hinter ihm herging, an einem netten Pförtnerhäuschen um die Erlaubnis, nach dem Herrenhause am anderen Ende der Allee hinaufgehen und den Raben zeigen zu dürfen. Der Mann drinnen wollte sie hereinlassen und war schon dabei, die Tür zu öffnen, als ein stämmiger Herr mit einer langen Peitsche in der Hand und einem hochroten Gesicht, das darauf hinzudeuten schien, daß der Herr eben seinen Morgentrunk zu sich genommen hatte, an das Tor heranritt und mit lauter Stimme und einer weit größeren Masse von Flüchen, als die Gelegenheit zu erfordern schien, sofort zu öffnen befahl.

»Wen hast du da ergattert?« fragte der Herr in bösem Ton, als der Mann das Tor aufriß und den Hut zog. »Wer ist das? He? Eine Bettelliese wohl, Weib?«

Die Witwe machte einen Knicks und antwortete, sie seien arme Reisende.

»Strolche«, rief der Herr, »Strolche und Landstreicher. Hast wohl Lust, mit dem Gefängnis Bekanntschaft zu machen, he? Mit dem Gefängnis, dem Block und dem Schandpfahl? Wo kommst du her?«

Sie erzählte es ihm eingeschüchtert, denn er war sehr laut und rauh, und sein Gesicht glühte gewaltig. Sie bat ihn, nicht böse zu sein, denn sie hätten nichts Böses im Schilde und würden augenblicklich ihres Weges gehen.

»Abwarten und Tee trinken!« erwiderte der Herr. »Bei uns hat kein Landstreicher umherzuziehen. Ich weiß, was du willst: Wäsche mausen, die auf Zäunen zum Trocknen hängt, oder verirrtes Geflügel, he? Was hast du da in dem Korb stecken, fauler Hund?«

»Greifer. Rabe, Rabe! Rabe der Kluge, Rabe der Böse, Rabe der Schlaue – Greifer, Rabe Rabe!« schrie der Rabe, den Barnaby bei der Annäherung des grausamen Mannes wieder eingeschlossen hatte. »Bin ein Teufel, bin ein Teufel, bin ein Teufel, mag vom Tod nichts hören! Bau wau wau! Polly, setz' den Kessel auf, wir woll'n alle Tee haben.«

»Hol das Biest raus, Schurke!« rief der Herr, »und zeig es mir!«

Barnaby zog bei dieser gnädigen Anrede den Vogel aus dem Korb, aber nicht ohne Zittern und Zagen, und setzte ihn auf den Boden. Noch ehe er das getan, hatte der Rabe wenigstens fünfzig Stöpsel aus seiner Kehle geräuspert und fing an zu tanzen. Dabei hielt er den Herrn mit überraschender Frechheit im Auge und drehte den Kopf wie einen Korkenzieher so energisch nach der einen Seite, daß es den Anschein gewann, als wolle er den Kopf auf der Stelle ganz aus dem Halse herausziehen.

Diese Stöpselzüge schienen auf das Gemüt des adeligen Herrn mehr Eindruck auszuüben als des Raben Redetalent, wie es auch seinen Gewohnheiten und seiner Geschicklichkeit besonders angemessen sein mochte. Er wünschte, es noch einmal zu sehen; aber trotzdem er sich sehr entschieden und gebieterisch gebärdete, und trotzdem Barnaby es an Schmeichelei nicht fehlen ließ, blieb Greifer doch taub gegen solches Verlangen und verhielt sich mäuschenstill.

»Bring ihn mit!« sagte der Herr, auf das Haus zeigend. Aber der Vogel, der die Handbewegung beobachtet hatte, kam seinem Herrn zuvor, indem er vor ihnen herhüpfte, fortwährend mit den Flügeln schlug und die ganze Zeit über »Koch! Koch! Koch!« rief, wahrscheinlich um anzuzeigen, daß Besuch käme und eine Erfrischung sehr wohl am Platze wäre.

Barnaby ging mit seiner Mutter neben dem Herrn auf dem Pferde her, der sie mit stolzen und frechen Blicken maß und gelegentlich eine Frage herausdonnerte, deren Ton Barnaby so heftig entsetzte, daß er keine Antwort finden und natürlicherweise auch keine Antwort geben konnte. Als bei einer solchen Gelegenheit der adelige Herr Miene machte, seine Reitpeitsche zu gebrauchen, wagte es die Witwe, ihm mit leiser Stimme und mit Tränen in den Augen zu sagen, daß ihr Sohn geistesschwach sei.

»Blödsinnig, he?« sagte der Herr und sah Barnaby an, während sie sprach. »Wie lange bist du blödsinnig?«

»Sie weiß es«, war Barnabys schüchterne Antwort, indem er auf die Mutter zeigte. »Ich – ich glaube – immer.«

»Von Geburt an«, sagte die Witwe.

»Glaub ich nicht«, rief der Herr, »glaube kein Tüttelchen davon! Ist ja bloß eine Entschuldigung, um der Arbeit aus dem Wege zu gehen. Solche Geistesstörungen kuriert nichts besser als die Peitsche. In zehn Minuten wollt' ich ihn anders machen, ich wette drauf.«

»Der Himmel hat ihn nicht anders gemacht in mehr als zweimal zehn Jahren, Herr«, sagte die Witwe sanft.

»Weshalb laßt Ihr ihn nicht einsperren? Wir zahlen Steuern und Abgaben gerade genug, daß es an Häusern zu solchem Zweck in der Grafschaft nicht fehlen sollte! Hol sie die Pest! Aber Ihr zieht natürlich viel lieber mit ihm herum, um Mitleid zu erwecken. Ha, das kennen wir!«

Der adelige Herr führte mancherlei Kosenamen unter seinen engeren Freunden. Bei manchen hieß er »ein Landjunker aus der echten Schule«, bei manchen »ein famoser alter Landjunker«, bei manchen »ein Sportsjunker«, bei manchen »ein Vollblutsohn Albions«, bei manchen »ein echter und rechter John Bull«. Alle aber stimmten in der einen Hinsicht überein, daß es bitter zu beklagen sei, daß es nicht mehr Leute seines Schlages gebe und daß das Land, eben weil es davon nicht mehr gäbe, mit jedem Tag seinem Verfall und Untergang rascher entgegeneile. Er war Beisitzer im Friedensgericht und konnte seinen Namen fast leserlich schreiben, aber seine größten Vorzüge bestanden darin, daß er mit Wilddieben strenger verfuhr, ein besserer Schütze, ein schneidigerer Reiter war, bessere Pferde hatte, bessere Hunde hielt, mehr kräftige Speise essen, mehr starken Wein trinken, Nacht für Nacht betrunkener zu Bett gehen und an jedem Morgen nüchterner aufstehen konnte als irgendein anderer Mann in der Grafschaft. In der Pferdekenntnis tat er es fast einem Hufschmied gleich. In der Stallpraxis übertraf er seinen eigenen Oberreitknecht, und im Schlemmen nahm es kein Schwein auf seinem ganzen Grund und Boden mit ihm auf. Er hatte selbst keinen Sitz im Parlament, aber er war ein Patriot vom reinsten Wasser und trieb sein Stimmvieh in der Regel höchst eigenhändig zur Wahlurne. Er war der Kirche warm zugetan und erkannte den Genuß einer Pfründe niemals jemandem zu, der nicht wenigstens imstande war, drei Flaschen auf einen Ruck hinter die Binde zu gießen, oder sich als ein Fuchsjäger ersten Ranges ausweisen konnte. Er mißtraute der Ehrlichkeit aller armen Leute, die lesen und schreiben konnten, und war gegen seine eigene Ehefrau – eine junge Dame, die er aus dem Grund, den seine Freunde den »guten alten Engländer-Grund« nannten, weil nämlich sein Grundstück an das Grundstück ihres Vaters anstieß, geheiratet hatte – deshalb eifersüchtig, weil sie diese Kenntnisse in höherem Grad besaß als er selbst. Kurz, wenn Barnaby ein Blödsinniger und Greifer eine Kreatur von bloß tierischem Instinkt war, dann dürfte es sehr schwer sein zu sagen, was dieser Landjunker war.

Er ritt an der Tür eines hübschen Hauses vor, schritt eine hohe, mächtige Treppenflucht hinan, an deren Fuße ein Bedienter wartete, um sein Pferd in Empfang zu nehmen, und führte das Paar in eine breite Halle, die in ihrer ganzen Größe von den Düften einer in der letzten Nacht abgehaltenen Schwelgerei erfüllt war. Überröcke, Reitpeitschen, Zaumzeug, Stulpenstiefel, Sporen und solcherlei Sachen mehr lagen in allen Ecken umher und bildeten, zusammen mit einigen mächtigen Hirschgeweihen und einigen Bildern von Hunden und Pferden, den vorzüglichsten Schmuck der Halle.

Er warf sich in einen großen Stuhl (worin er, nebenbei gesagt, manche Nacht verschnarcht hatte, wenn er, gemäß dem Geschmack und Urteil seiner Bewunderer, »ein famoserer Landjunker gewesen war als sonst«) und schickte den Bedienten zur

Herrin hinauf mit dem Befehl, sie solle herunterkommen. Augenblicklich erschien, dem Anschein nach halb verwirrt durch die ungewohnte Aufforderung, eine Dame, die, um vieles jünger als er, von zarter Gesundheit und nichts weniger als glücklich zu sein schien.

»Hier! Hast ja keine Freude dran, den Hunden zu folgen, wie es bei einer rechten Engländerin der Fall sein sollte«, sagte der Junker. »Guck dir mal das an! Vielleicht gefällt dir das!«

Die Dame lächelte, setzte sich in kurzem Abstand von ihm nieder und betrachtete Barnaby mit mitleidigen Blicken.

»Er ist blödsinnig, sagt das Weib«, bemerkte der Herr kopfschüttelnd. »Ich glaub's nicht.«

»Seid Ihr seine Mutter?« fragte die Dame.

Sie bejahte.

»Was nützt's, daß du sie fragst?« sagte der Herr und schob seine Hände in die Hosentaschen. »Sie wird natürlich nicht nein sagen. Höchst wahrscheinlich ist er gemietet für so und so viel pro Tag. Da! Nun fang endlich an! Laß ihn was machen!«

Der Rabe hatte inzwischen all seine Munterkeit wiedererlangt und geruhte, auf Barnabys Zureden hin, seine verschiedenen Redensarten zu wiederholen und seine Künste mit höchstem Erfolg zu zeigen. Das Stöpselziehen und die Redensart »Nichts vom Tode hören« entzückten den Junker dermaßen, daß er so lange da capo rief, bis Greifer in seinen Korb sprang und sich entschieden weigerte, ein Wort zu sagen, gleichviel ob im guten oder schlechten Sinne. Auch der Dame hatte die Vorstellung viel Vergnügen gemacht, aber der Schlußeffekt seiner Halsstarrigkeit entzückte ihren Mann so sehr, daß er in ein brüllendes Gelächter ausbrach und fragte, was der Rabe kosten solle.

Barnaby sah ihn an, als ob er nicht verstanden hätte, was mit den Worten gemeint sei. Wahrscheinlich verstand er sie auch nicht.

»Wieviel das Biest kosten soll?« rief der Herr und klimperte mit dem Gelde in den Taschen. »Was willst du für ihn haben? Weib?«

»Er soll nicht verkauft werden«, erwiderte Barnaby, schloß eiligst den Korb und warf die Schnur über seine Schulter. »Mutter, komm weg!«

»Da siehst du, wie weit die Blödsinnigkeit des Jungen geht, du Bücherwurm«, sagte der Herr und warf einen verächtlichen Blick auf seine Frau. »Einen Handel zu schließen versteht er ganz gut! Was willst du für ihn haben, Alte?«

»Der Rabe ist meines Sohnes beständiger Gefährte«, sagte die Witwe. »Er kann ihn wirklich nicht verkaufen, Sir.«

»Nicht verkaufen!« rief der Junker und wurde zehnmal so rot, rauh und laut als zuvor. »Nicht verkaufen!«

»Nein, wirklich nicht«, antwortete sie. »Wir haben noch nie daran gedacht, uns von ihm zu trennen, Sir! Das dürft Ihr uns glauben!«

Der Landedelmann stand augenscheinlich im Begriff, eine sehr zornige, leidenschaftliche Antwort zu geben, als einige von seiner Frau geflüsterten Worte sein Ohr trafen. Er drehte sich plötzlich um und rief: »He? Was?«

»Wir können doch schwerlich annehmen, daß die Leute den Vogel verkaufen werden, wenn sie nicht wollen«, stammelte sie. »Wenn sie ihn lieber behalten wollen –«

»Ihn lieber behalten wollen!« wiederholte er. »Lungern hier im Lande herum und mausen und betteln, wo sie nur können, und wollen lieber einen Vogel behalten, wenn ein Gutsbesitzer und Friedensrichter sie nach dem Preise fragt! Die Alte ist in die Schule gegangen; ich weiß es gewiß. Sag du mir bloß nicht nein!« brüllte er die Witwe an. »Ich sage ja!«

Barnabys Mutter bekannte sich der Anschuldigung, in die Schule gegangen zu sein, für schuldig und gab ihrer Hoffnung Ausdruck, damit nichts Schlimmes begangen zu haben.

»Nichts weiter Schlimmes!« rief der Junker. »Nein. Gar nichts Schlimmes! Nichts Schlimmes, Ihr alter Z'widerwurzen! Nicht ein bißchen was Schlimmes. Wär' mein Büttel hier, so ließe ich Euch in den Block spannen, ließ Euch hineinspannen oder ins Gefängnis werfen für Euer Herumlungern und Herumspüren, ob's nicht wo was zu mausen gibt, Ihr Stück von einem Zigeunerweib! Hier, Simon, schmeiß mir die Strolche hinaus, jage sie auf die Straße, hinaus mit ihnen! Ihr wollt den Vogel nicht verkaufen und kommt her, um zu betteln, je? Wenn sie nicht ausreißen, was das Zeug hält, hetz ihnen die Hunde nach!«

Sie warteten eine weitere Verabschiedung nicht ab, sondern flohen in voller Hast und ließen den Landjunker flugs hinter sich, der seinerseits allein weitertobte und -polterte (denn auch die junge Dame hatte sich bereits zurückgezogen). Während Barnaby mit seiner Mutter die Allee hinunterstürzte, versuchte er verschiedentlich vergebens, den Raben zum Schweigen zu bringen, der, durch den Lärm in Aufregung versetzt, soviel Stöpsel zog, daß sie für ein städtisches Festmahl ausgereicht haben würden, und sich selbst zu gratulieren schien, daß er die Ursache solcher Friedensstörung gewesen war. Als sie beim Pförtnerhaus angekommen waren, tauchte ein anderer Diener aus dem Gebüsch hervor, der sich übereifrig anstellte, sie fortzuweisen, der Witwe aber eine Krone in die Hand drückte und ihr zuflüsterte, seine Herrin schicke sie ihr, und sie sanft zum Tore hinausschob.

Ein paar Stunden später kehrten sie in einem Bierhause ein, wo sie über den Charakter des Richters von Leuten, die näher mit ihm bekannt zu sein schienen, allerhand Urteile hörten, die aber der Witwe lediglich verständlich machten, daß vielleicht doch etwas mehr als ein guter Magen und Sinn und Geschmack für Schweinekoben und Pferdeställe dazu gehöre, um einen perfekten Landjunker oder Vollblutsohn Albions oder einen echten und rechten John Bull vorzustellen, und daß dergleichen Bezeichnungen manchmal am falschen Orte angewendet, um nicht zu sagen, geschändet werden möchten. Die Witwe dachte damals wenig daran, daß ein so geringfügiger Umstand jemals ihr künftiges Schicksal beeinflussen würde; Zeit und Erfahrung brachten ihr aber in dieser Hinsicht die nötige Aufklärung.

»Mutter«, sagte Barnaby, als sie am nächsten Tag in einem Wagen saßen, der sie bis auf zehn Meilen der Hauptstadt nahe bringen sollte, »du sagtest doch, wir würden jetzt zuerst nach London gehen. Werden wir dort den blinden Mann sehen?«

Sie war im Begriff, mit »Verhüt's Gott!« zu antworten, bezwang sich aber und sagte: »Nein«, dachte sie doch nicht, weshalb er fragte.

»Der Blinde ist ein gescheiter Mann«, sagte Barnaby nachdenklich. »Ich wünschte, wir träfen ihn noch einmal. Was sagte er gleich vom Menschengewühl? Daß Gold an Plätzen gefunden werden könne, wo es von Menschen wimmele, nicht aber an so ruhigen Orten? Er sprach, wie wenn er das Gewühl liebte; London ist ein Platz, wo es von Menschen wimmelt; ich denke, wir werden ihn dort treffen.«

»Aber, lieber Junge, warum wünschest du ihn denn zu treffen?« fragte sie.

»Weil er mir von Gold erzählt hat«, sagte Barnaby und heftete einen verschmitzten Blick auf seine Mutter. »Von Gold, das ein seltenes Ding ist und das du, sage was du willst, doch zu besitzen begehrst, das weiß ich; und weil er so gekommen ist und so seltsam wieder weggegangen ist – gerade wie manchmal alte grauköpfige Männer an das Fußende meines Bettes kommen und auch etwas sagen, worauf ich mich nicht mehr besinnen kann, wenn es wieder heller Tag wird. Er sagte mir, daß er wiederkommen wollte. Ich bin neugierig, weshalb er sein Wort gebrochen hat!«

»Aber du hast doch früher nie daran gedacht, reich zu sein und ein leichtes Leben zu führen, lieber Barnaby. Du bist doch immer zufrieden gewesen.«

Er lachte und bat sie, das noch einmal zu sagen. Dann rief er: »Ja, ja – o ja!« und lachte noch einmal. Dann strich etwas anderes an ihm vorbei, das seine Einbildungskraft fesselte. Der augenblickliche Gegenstand schwand ihm aus dem Geiste, und ein anderer folgte, der ebenso flüchtig und unbeständig war.

Jedoch aus dem, was er sagte, und aus dem Umstande, daß er mehr als einmal an jenem Tag und an dem nächsten auf diesen Punkt zurückkehrte, wurde klar ersichtlich, daß der Besuch des Blinden, und in der Tat auch seine Worte, von seinem Gemüt in erheblichem Maß Besitz ergriffen hatten. Ob der Gedanke an Reichtum ihm zum erstenmal gekommen war, als er an jenem Abend nach den goldenen Wolken geschaut hatte – denn seine Gedanken zeigten oft äußere Gegenstände, die der Zeit wie dem Ort nach fern lagen, wie allerhand Bilder sonst; – oder ob ihre arme schlichte Lebensweise diese Gedanken im Gegensatz zu ihr in ihm erweckt hatte, oder ob der Zufall (wie er es zu nennen pflegte), daß der Blinde den Lauf seiner eigenen Bemerkungen verfolgte, dies im Augenblick bewirkt hatte; oder ob er durch den bloßen Umstand erregt worden war, daß der Mann blind und daher keinem einzigen Menschen ähnlich war, mit dem er bisher gesprochen hatte, das war unmöglich zu sagen. Die Mutter versuchte auf alle Weise, die Wahrheit zu entdecken, aber vergebens. Und es war unwahrscheinlich, daß Barnaby selbst sich darüber klar war.

Es erfüllte die Mutter mit Unbehagen, daß Barnaby immer wieder auf diese Sache zu sprechen kam; aber alles was sie tun konnte, war, ihn schnell auf irgendeinen anderen Gegenstand zu bringen und, was ihn immer wieder zu beschäftigen anfing, aus seinem Gehirn zu verjagen. Dadurch, daß sie ihn vor dem Blinden warnte und Furcht vor ihm oder Mißtrauen gegen ihn zeigte, fürchtete sie nur, das Interesse Barnabys an ihm, und seinen Wunsch, ihn nochmals zu sehen, zu verstärken. Dadurch, daß sie ihn in das Menschengewühl führte, hoffte sie, sich ihres entsetzlichen Verfolgers zu entledigen. Auch durch ihr Vorhaben, später wieder nach irgendeinem entfernten Platze zu ziehen, wo sie unter Wahrung noch größerer Vorsicht, soweit dies eben möglich war, wieder unbekannt und in Zurückgezogenheit und Frieden leben könnten, den ganzen Vorfall langsam aus seinem Gedächtnis zu tilgen.

Mit der Zeit erreichten sie die noch zehn Meilen von London entfernte Station und übernachteten dort, nachdem sie sich mit dem Kutscher eines leichten Packwagens, der leer nach London zurückfuhr und um fünf Uhr früh weiterfahren sollte, dahin geeinigt hatten, daß er sie für weniges Geld mitfahren ließ. Der Kutscher war pünktlich, der Weg gut bis auf den Staub, denn die Witterung war trocken und heiß – und um sieben Uhr vormittags, am Freitag, dem zweiten Juni des Jahres 1780, stiegen sie am Fuß der Westminsterbrücke aus, verabschiedeten sich von ihrem Fahrer und standen beide allein auf dem glühend heißen Pflaster, denn die Frische, welche die Nacht über solche belebten Verkehrsstraßen breitet, war bereits geschwunden, und die Sonne strahlte in ungewöhnlichem Glanze.

48. Kapitel

Unsicher, wohin sie sich zunächst wenden sollten, und in Verwirrung gesetzt durch die Menge Volkes, die bereits auf den Beinen war, setzten sie sich in einer der Brückennischen nieder, um auszuruhen. Sie hatten bald bemerkt, daß der lebendige Strom sich in seiner Gesamtheit nach einer bestimmten Richtung hin ergoß und daß ein ungeheurer Menschenschwall die Brücke von Middlefex her nach dem Surreyshore überschritt, in ungewöhnlicher Hast und augenscheinlicher Erregung. Meistenteils kamen die Leute zu zweien oder dreien zusammen, manchmal auch ein halbes Dutzend beieinander; sie sprachen wenig. Viele von ihnen waren ganz still und eilten dahin, als ob sie einen Gegenstand in Sicht hätten, der sie alle in Anspruch nehme und an dem sie alle gemeinsam Anteil hätten.

Sie nahmen mit Verwunderung wahr, daß fast jeder Mensch in diesem großen Gedränge, das noch immer an ihnen vorbeiflutete ohne irgendwelche Stockung, an seinem Hut eine blaue Kokarde trug, und daß die Spaziergänger, die zufällig dorthin kamen und nicht auf solche Weise geschmückt waren, ängstlich darauf bedacht zu sein schienen, einer Beobachtung oder einem Angriff aus dem Wege zu gehen, und, als ob sie sich mit ihnen zur gleichen Farbe bekannten, ihnen bereitwillig den Weg freigaben. Dies war indessen nur natürlich, sobald man ihre Minderzahl in Betracht zog; denn diejenigen, welche blaue Kokarden trugen, verhielten sich zu denen, die ihre gewöhnliche Kleidung trugen, wie wenigstens vierzig bis fünfzig zu eins. Es entstand indessen keinerlei Streit; die blauen Kokarden strömten eilig weiter, sofern dies bei solcher Menschenmasse möglich war; nichts weiter als Blicke wurden ausgetauscht – und sehr oft nicht einmal diese – mit den Passanten, die nicht zu ihrer Schar gehörten.

Zuerst war der Menschenstrom auf die beiden Fußwege beschränkt gewesen, und nur einige, die noch schneller hatten laufen wollen, blieben auf dem Fahrwege. Nach ungefähr einer halben Stunde aber war die Durchfahrt von der Menge vollständig versperrt, die, jetzt eng zusammengedrängt und aufgehalten durch die Karren und Kutschen, die mit ihr zusammenstießen, sich nur langsam vorwärts bewegen konnte und manchmal sogar vollständig ins Stocken geriet.

Nach Ablauf von zwei Stunden begannen die Kokarden sich sichtlich zu vermindern und zeitweilig ganz zu verschwinden; nach und nach wurde die Brücke vollkommen frei, außer daß dann und wann ein Mann, erhitzt und staubbedeckt, mit der Kokarde am Hut und den Rock über die Schulter geworfen, in Besorgnis zu spät zu kommen, vorbeikeuchte oder stehenblieb und fragte, welchen Weg seine Freunde genommen hätten, um, nachdem er Auskunft bekommen, gleich einem, der eine Erfrischung genommen, weiter zu eilen. In dieser verhältnismäßigen Einsamkeit, die nach dem jüngsten Gewühl ganz seltsam und neu war, erhielt die Witwe zum erstenmal Gelegenheit, einen alten Mann, der herzukam und sich neben sie setzte, zu fragen, was eigentlich dieser große Zusammenlauf von Menschen zu bedeuten habe.

»Ei! Wo kommt Ihr denn her«, erwiderte er, »daß Ihr noch nichts von dem großen Bunde Lord George Gordons gehört habt? Heute ist ja der Tag, an dem er die Bittschrift gegen die Katholiken einreicht. Geb ihm Gott seinen Segen!«

»Was haben denn aber all die vielen Menschen damit zu tun?« fragte sie.

»Was sie damit zu tun haben?« versetzte der Alte. »Ei, wie Ihr redet! Wißt Ihr denn nicht, daß Seine Lordschaft die Erklärung abgegeben hat, er würde sie im Parlament überhaupt nicht einreichen, wenn sie nicht von mindestens vierzigtausend guten und getreuen Männern bis zur Tür das Geleit erhielte?[60] Euch erscheint das wohl als Gewühl!«

»Gewiß als Gewühl!« sagte Barnaby. »Hörst du, Mutter?«

»Und wie ich gehört habe«, ergriff der alte Mann wieder das Wort, »so stellen sich dort drüben die Menschen in Reih und Glied auf, etwa hunderttausend stark. Ha ha! Lord George wird schon zeigen, was es heißt! Er kennt seine Macht. Da wird's eine stattliche Menge Gesichter dort drüben hinter den drei Fenstern geben«, bei diesen Worten zeigte er nach dem Unterhaus hin, das jenseits des Flusses sichtbar war, »die weiß aussehen werden wie der Kalk an der Wand, wenn der wackere Lord George heute hinaufkommt, und mit Fug und Recht obendrein! Ha, ha, Seine Lordschaft wird ihnen schon zeigen, was es heißt! Laßt ihn nur machen, wie er will. Er weiß schon – er weiß!« Und hierauf erhob er sich unter fleißigem Kinnwackeln und Kichern und indem er seinen Zeigefinger heftig schüttelte, von seinem Sitze, wobei ihm sein Stock wacker behilflich sein mußte, und humpelte weiter.

»Mutter«, sagte Barnaby, »das ist eine ordentliche Menschenmenge, von der er spricht. Komm!«

»Nicht zu ihnen!« rief seine Mutter.

»Doch, doch«, antwortete er und zog sie am Ärmel. »Warum denn nicht? Komm!«

»Du weißt nicht«, bat sie, »welches Unheil sie tun mögen, wohin sie dich führen mögen, was sie zu bedeuten haben. Lieber Barnaby, um meinetwillen –«

»Um deinetwillen!« rief er und streichelte ihre Hand. »Na, es ist doch bloß um deinetwillen, Mutter. Denkst du dran, was der Blinde über das Gold sagte? Hier haben wir doch nun eine richtige Menschenmenge! Komm oder warte, bis ich wiederkomme – ja, ja, warte hier.«

Sie versuchte mit allem Ernst und Eifer, den ihre Furcht in ihr erweckte, ihn von seinem Vorhaben abzubringen, doch vergebens. Er bückte sich nieder, um an seinem Schuh herumzuschnallen, als eine Mietskutsche ziemlich schnell an ihnen vorbeifuhr und eine Stimme von innen dem Kutscher zurief, er solle anhalten.

»Junger Mann«, sagte eine Stimme drinnen.

»Wer ist das?« rief Barnaby und sah auf.

»Tragt Ihr diesen Schmuck?« fragte der Fremde und hielt eine blaue Kokarde heraus.

»In Gottes Namen, nein! Gebt sie ihm nicht, ich bitt' Euch!« rief die Witwe.

»Nehmt doch das Wort nicht für andere, Frau«, sagte der Mann in der Kutsche kalt, »sondern laßt dem jungen Mann seine Wahl; er ist alt genug dazu, sie zu treffen und sich von Eurer Schürze loszumachen. Er weiß, ohne daß Ihr's ihm sagt, ob er die Farbe eines echten und rechten Engländers trägt oder nicht.«

Barnaby rief, vor Ungeduld zitternd: »Ja! Ja, ja, das weiß ich!« wie er bereits ein halb Dutzend Mal gerufen hatte. Der Mann warf ihm eine Kokarde hin, rief ihm zu: »Macht, daß Ihr nach Sankt-Georgs-Feld kommt!«, befahl dem Kutscher schnell zuzufahren und ließ sie allein.

Mit vor Eifer zitternden Fingern suchte Barnaby den Tand, so gut er konnte, an seinem Hut zu befestigen, und antwortete hastig auf die Tränen und Bitten seiner Mutter, als zwei Herren auf dem gegenüberliegenden Fußweg vorüberkamen. Als sie die beiden bemerkten und sahen, womit Barnaby sich beschäftigte, standen sie still, sprachen einen Augenblick leise miteinander, drehten sich um und kamen dann herüber.

»Warum sitzt Ihr hier?« sagte der eine, der gänzlich in Schwarz gekleidet war, langes, strähniges Haar trug und einen großen Stock in der Hand hielt. »Warum seid Ihr nicht mit den anderen gegangen?«

»Ich gehe schon, Sir«, antwortete Barnaby, seine Arbeit beendend und den Hut mit stolzer Miene aufsetzend. »Ich werde gleich dort sein.«

»Sagt doch gefälligst Mylord, junger Mann, wenn Seine Lordschaft Euch die Ehre erweist, mit Euch zu sprechen!« sagte der andere Herr sanft. »Kennt Ihr Lord George Gordon noch nicht von Angesicht, dann wird es hohe Zeit, daß Ihr ihn kennenlernt.«

»Nicht doch, Gashford«, sagte Lord George, während Barnaby den Hut wieder abnahm und eine leichte Verbeugung vor ihm machte, »das hat ja nicht viel auf sich an einem Tage wie heute, den jeder Engländer mit Entzücken und Stolz im Gedächtnis festhalten wird. Setzt nur Euren Hut wieder auf, Freund, und folge uns, denn Ihr habt Euch sehr verspätet und zaudert trotzdem noch. Es ist ja schon zehn durch. Wußtet Ihr denn nicht, daß die Versammlung auf zehn Uhr festgesetzt worden?«

Barnaby schüttelte den Kopf und blickte gedankenlos vom einen der beiden Männer zum andern.

»Ihr hättet es wissen können, Freund«, sagte Gashford, »die Sache war doch vollständig abgemacht! Woher rührt es, daß Ihr so schlecht unterrichtet wart?«

»Er kann's Euch nicht sagen, Sir«, mischte sich die Witwe ins Gespräch. »Es hat keinen Nutzen, daß Ihr ihn fragt. Wir sind erst heut morgen aus einem weit entfernten Flecken hergekommen und wissen nichts von diesen Dingen.«

»Die Sache hat tiefe Wurzeln gefaßt und ihre Zweige weithin verbreitet«, sagte Lord George zu seinem Sekretär. »Das ist mir eine angenehme Nachricht. Ich danke dem Himmel dafür!«

»Amen!« rief Gashford mit feierlichem Gesichte.

»Ihr versteht mich nicht, Mylord«, sagte die Witwe. »Verzeiht, aber Ihr mißversteht mich gänzlich. Wir wissen nichts von diesen Dingen. Wir haben weder Wunsch noch Recht, uns in das zu mischen, was Ihr da vorhabt. Dies ist mein Sohn, mein armer unglücklicher Sohn, der mir teurer ist als mein Leben. Im Namen der Barmherzigkeit, Mylord, geht allein Eures Weges und lockt ihn nicht in Gefahr!«

»Aber, liebe Frau«, sagte Gashford, »wie könnt Ihr so reden? Grundgütiger Schöpfer! Was schwatzt Ihr da von Gefahr und wer lockt hier in Gefahr? Denkt Ihr, Seine Lordschaft sei ein brüllender Löwe, der herumgeht und sucht, wen er wohl verschlingen mag? Gott sei mir gnädig!«

»Nein, nein, Mylord, vergebt mir«, flehte die Witwe, indem sie beide Hände auf die Brust legte und im Eifer ihres Flehens kaum wußte, was sie sagte oder tat, »aber es sind Gründe vorhanden, weshalb Ihr meine ernste innige Bitte, die Bitte einer Mutter, erhören solltet und meinen Sohn mir lassen solltet. O, tut es! Er ist nicht recht bei Vernunft! Er ist wirklich nicht recht bei Sinnen!«

»Es ist ein schlimmes Zeichen für die Verruchtheit dieser Zeiten«, sagte Lord George, der tief errötend ihrer Berührung auswich, »daß diejenigen, welche sich an die Wahrheit klammern und die gerechte Sache unterstützen, als wahnsinnig hingestellt werden. Habt Ihr das Herz, das von Eurem eignen Sohne zu sagen, unnatürliche Mutter?«

»Ihr setzt mich in Erstaunen!« sagte Gashford mit einer Art sanftmütiger Strenge. »Ihr entrollt uns da ein recht trauriges Bild weiblicher Verderbtheit!«

»Er sieht gewiß nicht so aus«, sagte Lord George, der Barnaby ansah und seinem Sekretär ins Ohr flüsterte, »als ob er irrsinnig wäre; und selbst wenn er so aussähe, so dürften wir doch nicht eine nichtsbedeutende Verschrobenheit als Verrücktheit deuten. Wer von uns«, und hier errötete er wieder, »würde sicher sein, wenn dies zum Gesetze würde!«

»Keiner«, erwiderte der Sekretär, »in diesem Falle würde, je größer der Eifer, die Wahrheit, das Talent, je direkter der Ruf von oben kommt, die Verrücktheit um so klarer sein. Was diesen jungen Mann anbelangt, Mylord«, fügte er hinzu, während sich seine Lippe leicht kräuselte bei einem Blick auf Barnaby, der dastand und den Hut in den Händen drehte und ihnen verstohlen zuwinkte, sie sollten doch fortgehen, »so ist er so vernünftig und besonnen, wie ich nur je einen jungen Menschen gesehen habe.«

»Und Ihr begehrt also, ein Glied jenes großen Körpers zu werden?« fragte Lord Georg, sich an Barnaby wendend. »Ihr hattet die Absicht, es zu werden?«

»Ja – ja«, sagte Barnaby mit blitzenden Augen. »Gewiß hatte ich die Absicht. Ich sagte es ihr selbst!«

»Ich sehe«, erwiderte Lord George mit einem vorwurfsvollen Blick auf die unglückliche Mutter, »und dachte es mir. Folgt mir und diesem Herrn, und Euer Wunsch soll erfüllt werden.«

Barnaby küßte sanft seiner Mutter die Wange, hieß sie guten Mutes sein, denn ihrer beider Glück wäre nun gemacht, und tat, wie sie von ihm begehrten. Sie, die arme beklagenswerte Frau, folgte auch – mit welchem Maße von Furcht und Schmerz, ließe sich freilich schwer sagen.

Sie schritten rasch die Brückenstraße entlang, wo alle Läden geschlossen waren, denn der Vorüberzug der großen Menschenmasse und die Erwartung ihrer Rückkehr hatten den Kaufleuten wegen ihrer Waren und Fenster Besorgnis eingeflößt, und wo sich in den oberen Stockwerken alle Einwohner zusammengedrängt hatten und auf die Straße hinuntersahen mit Gesichtern, in denen in mannigfacher Weise Entsetzen, Neugier, Erwartung und Unwille zum Ausdruck kamen. Von diesen Fensterinsassen riefen manche Beifall; manche zischten. Aber ohne auf diese Kundgebungen zu achten – denn das Getöse eines ungeheuren Volkshaufens hallte aus geringer Entfernung an sein Ohr gleich dem Brüllen einer See – beschleunigte Lord Gordon seinen Schritt und war alsbald am Sankt-Georgs-Feld angekommen.

Damals waren dort in der Tat noch Felder, und zwar Felder von beträchtlicher Ausdehnung.

Eine unermeßliche Menge war auf dem Sankt-Georgs-Felde versammelt. Sie trug Fahnen verschiedener Art und mannigfachen Aussehens, aber alle von der gleichen Farbe, nämlich blau wie die Kokarden. Einige Abteilungen marschierten hin und her in militärischer Ordnung, andere standen in Kreisen, Vierecken und langen Fronten aufgestellt. Ein großer Teil sowohl von denjenigen, die exerzierten, wie auch von denjenigen, die still in Reih und Glied standen, widmete sich dem Gesange von Hymnen oder Psalmen. Von wem der Gedanke dazu auch ausgegangen sein mochte, er war gut am Platz, dieser Gedanke; denn das Schwirren so vieler Stimmen hätte jedem Menschen das Herz im Leibe erschüttern müssen und konnte nicht verfehlen, auf eine schwärmerische Natur einen wunderbaren, wenn auch verkehrten Eindruck zu machen.

Dem großen Haufen waren Späher vorausgeschickt worden, um von der Ankunft ihres Führers Nachricht zu geben. Als man sie zurückeilen sah, flog die Meldung rasch durch den ganzen Haufen, und auf eine kurze Weile folgte nun ein tiefes, grabesstilles Schweigen, dieweil die Menschenflut so still und ruhig stand, daß jedes wehende Banner ins Auge fiel und zum bemerkenswerten Objekt wurde. Dann brachen sie alle in ein fürchterliches Geschrei aus, das sich aber- und abermals wiederholte, und die Luft schien zerteilt und erschüttert, als wenn eine Kanone losgegangen wäre.

»Gashford!« rief Lord George, indem er den Arm seines Sekretärs fester mit seinem eignen umschloß und mit ebensoviel Erregung sprach, wie sich in seinem veränderten Gesichte ausdrückte, »sie rufen mich jetzt wirklich und wahrhaftig! Ich bin der Führer einer Armee. Wenn sie mich in diesem Augenblick einstimmig riefen, ich sollte sie in den Tod führen, so täte ich's, ja, ich täte es – und wollte selbst als erster fallen!«

»Es ist ein stolzer Anblick«, sagte der Sekretär. »Es ist ein hehrer Tag für England und für die große Sache, die alle Welt angeht. Die Huldigung, die ich Euch, Mylord, als geringer, aber der Sache mit ganzem Herzen ergebener Mann erweisen kann –«

»Was habt Ihr vor!« rief sein Herr und faßte ihn bei beiden Händen, denn Gashford hatte sich so gestellt, als wolle er vor ihm niederknien, »macht mich nicht untüchtig, teurer Gashford, für die feierliche Pflicht dieses ruhmreichen Tages ...« Die Tränen standen dem armen Herrn in den Augen, als er diese Worte sprach. »Mischen wir uns unter sie; wir müssen einen Platz finden in einer Abteilung für diesen neuen Rekruten. Gebt mir Eure Hand!«

Gashford ließ seine kalte, tückische Hand in die seines Gebieters gleiten, und so, Hand in Hand und noch von Barnaby und seiner Mutter begleitet, mischten sie sich unter die Menge.

Jetzt hatten die Menschen wieder zu singen begonnen, und als nun ihr Führer zwischen ihren Reihen dahinschritt, da erhoben sie ihre Stimmen bis aufs äußerste. Viele von denen, die sich hier zusammengetan hatten, um die Religion ihres Landes aufrecht zu halten, wär' es auch ihr Tod, hatten in ihrem ganzen Leben noch keinen Hymnus oder Psalm gehört. Aber diese Burschen, die meist starke Lungen und von Natur Freude am Singen hatten, sangen irgendwelche Zoten oder sonstigen Unsinn, der ihnen gerade einfiel, weil sie gewiß fühlten, daß es in dem allgemeinen Chore nicht entdeckt werden könnte, und weil sie sich auch keine Sorge darüber machten, wenn es entdeckt werden sollte. Manches von diesen aus freien Stücken gewählten Liedern wurde direkt vor der Nase des Lords gesungen, der in Unkenntnis der Reime mit seiner gewöhnlichen straffen und feierlichen Haltung weiterging, höchlich erbaut und entzückt über die Frömmigkeit seiner Anhänger.

So gingen sie weiter und weiter, die eine Front hinauf, die andere hinab, herum um die Außenlinie dieses Kreises und jede Seite jenes hohlen Vierecks entlang; und noch waren Fronten da und Vierecke und Kreise, unzählbar viel, die zu besichtigen waren. Da der Tag jetzt ungeheuer heiß geworden war und die Sonne ihre glühenden Strahlen auf das Feld warf, begannen diejenigen, die schwere Banner trugen, schwach und müde zu werden, der größte Teil der Versammelten warf mit Freuden die Halstücher ab und knöpfte sich die Jacken und Westen auf, und einige im Zentrum, ganz überwältigt von der außerordentlichen Hitze, die durch die Menge um sie her natürlich noch unerträglicher wurde, legten sich ins Gras und boten alles, was sie bei sich trugen, an für einen Schluck Wasser. Noch verließ keiner das Feld, nicht einmal die, die soviel auszustehen hatten; noch ging Lord George, der aus allen Poren schwitzte, mit Gashford weiter, und noch folgten Barnaby und seine Mutter dicht hinter ihnen.

Sie waren an der Spitze einer achthundert Mann langen und ein Mann tiefen Front angelangt, und Lord George hatte sich umgewandt, um rückwärts zu blicken, als ein lauter Ruf des Erkennens – in jenem sonderbaren, halberstickten Tone, der einer Stimme eigen ist, die im Freien und inmitten einer großen Menschenmasse erhoben wird – vernommen wurde und ein Mann mit lautem Lachen aus der Reihe hervortrat und Barnaby mit wuchtiger Hand auf die Schulter schlug.

»Na, na!« rief er. »Barnaby Rudge! Ei, wo hast du denn die letzten hundert Jahre lang gesteckt!«

Barnaby hatte sich eben in den Gedanken gewiegt, daß ihm der Geruch des zertretenen Grases die alten vergangenen Tage in die Erinnerung riefe, wie er als Junge auf der Wiese von Chigwell Ball spielte. Diese plötzliche stürmische Ansprache verwirrte ihn aber, und infolgedessen starrte er bestürzt und verängstigt den Mann an. Kaum war er imstande, die Worte hervorzubringen: »Was? Hugh?«

»Hugh!« wiederholte der andere; »jawohl, Hugh – der Hugh vom ›Maypole‹! Denkst du noch an meinen Hund? Er lebt noch und kennt dich wieder, dafür steh ich. Was? Du trägst die Farbe? Du trägst sie? Das ist brav! Ha, ha, ha!«

»Ihr kennt den jungen Mann, wie ich sehe?« sagte Lord George.

»Ob ich ihn kenne, Mylord? Ei, genauso gut, wie ich meine rechte Hand kenne. Mein Hauptmann kennt ihn. Wir alle kennen ihn!«

»Wollt Ihr ihn in Eure Abteilung nehmen?«

»Es steht kein besserer in ihr, kein rührigerer, kein eifrigerer als

Barnaby Rudge«, sagte Hugh. »Zeigt mir den, der sagt, es stünde ein besserer in ihr! Rücke ein, Barnaby! Er soll zwischen mir und Dennis marschieren, Mylord, und soll«, fügte er hinzu, eine Fahne aus der Hand eines ermatteten Mannes nehmend, der sie ihm darbot, »das lustigste Seidenbanner dieses kühnen Heeres tragen.«

»In Gottes Namen, nein!« kreischte die Witwe und stürzte vorwärts. »Barnaby – Mylord – seht doch – er will zurück – Barnaby, Barnaby!«

»Weiber im Feld!« rief Hugh und trat zwischen sie und Barnaby und hielt sie weg. »Holla! Hierher, Hauptmann!«

»Was ist hier los?« rief Simon Tappertit, in großer Hast herzu eilend. »Nennt Ihr das Ordnung?«

»Nichts weniger als das!« antwortete Hugh, der die Witwe noch immer mit vorgestreckter Hand zurückhielt. »So was ist gar nicht in Ordnung. Weiber ziehen unsere besten Soldaten von ihrer Pflicht weg. Das Kommandowort, Hauptmann! Die Glieder sollen abschwenken! Hurtig!«

»Schließt Euch!« schrie Simon mit der ganzen Kraft seiner Lungen. »Richtet Euch! Vorwärts marsch!«

Sie wurde zu Boden gerannt; das ganze Feld war in Bewegung; Barnaby wurde in eine dichte Menschenmasse hineingewirbelt, und sie sah ihn nicht mehr.

49. Kapitel

Schon von der ersten Versammlung her war der Volkshaufe in vier Abteilungen geteilt: das Korps von London, das von Westminster, das von Southwark und das der Schotten. Jede dieser Abteilungen zerfiel wieder in verschiedene Glieder. Diese Glieder waren in verschiedenen Formationen und Figuren aufgestellt, und so war die allgemeine Anordnung, außer für die wenigen Hauptleute und Anführer, ebenso unverständlich wie der Plan einer großen Schlacht für den gemeinen Soldaten im Felde. Indessen hatte doch alles seine Methode; denn in einem sehr kurzen Zeitraum hatte sich die Menge, sobald man sich in Bewegung gesetzt hatte, in drei große Teile aufgelöst und stand bereit, den Fluß gemäß der Anordnung auf verschiedenen Brücken zu überschreiten und in getrennten Korps nach dem Unterhause zu rücken.

An der Spitze der Division, die über die Westminster-Brücke sich dem Schauplatz der Handlung nähern sollte, hatte Lord Gordon seinen Platz; zu seiner Rechten befand sich Gashford nebst etlichen Raufbolden von wenig einladendem Äußerem, die eine Art Generalstab bildeten und ihn in ihrer Mitte führten. Das Kommando über ein zweites Korps, das seinen Weg durch Blackfriars nehmen sollte, war einer aus etwa einem Dutzend Männern bestehenden Abteilung anvertraut, während die dritte, die über die Londoner Brücke und durch die Hauptstraßen marschieren sollte, damit die Bürger von ihrer Zahl und dem Ernst ihrer Absichten intensiver in Kenntnis gesetzt würden und um so mehr Rühmens davon machen möchten, angeführt von Simon Tappertit wurde (unterstützt von einigen Unterbefehlshabern, die aus der Brüderschaft der »Verbündeten Bullenbeißer« gewählt waren), Dennis dem Henker, dem Hugh vom »Maibaum« und noch einigen andern.

Als das Kommandowort gegeben worden war, setzte sich jede dieser großen Abteilungen den ihr gegebenen Vorschriften gemäß in Marsch und zog ihre Straße entlang in vollständiger Ordnung und in tiefster Stille. Diejenige Abteilung, die durch die »Stadt« marschierte, übertraf die anderen Abteilungen bei weitem an Zahl und war in so verschwenderischer Weise in die Länge gereckt worden, daß die Front beinah schon vier Stunden voraus war, als sich die Nachhut erst in Bewegung zu setzen anfing, und trotzdem marschierten die Leute ziemlich dicht aneinander, geschlossen zu dreien im Gliede.

An der Spitze dieser stärksten Abteilung, an der Stelle, wohin Hugh ihn in seinem Übermut gestellt hatte, zwischen diesem gefährlichen Genossen und dem Henker marschierte Barnaby, wie sich mancher der vielen Tausende, die sich an jenem Tage unter den Zuschauern befanden, später noch recht wohl erinnerte. In der Wonne des Augenblicks vergaß er alles andere; sein Gesicht war gerötet, und seine Augen blitzten; das Gewicht des großen Banners, das er trug, verspürte er nicht; er achtete nur auf sein Funkeln in der Sonne und auf sein Rauschen im sommerlichen Winde. So schritt er einher, stolz, glücklich, in einer über alle

Beschreibung gehobenen Stimmung: das einzige Wesen in dem ganzen großen Bunde, das schwachen Herzens war und nichts Arges im Schilde führte.

»Wie denkst du nun?« fragte Hugh, als sie durch die von Menschen wimmelnden Straßen schritten und nach den Fenstern hinaufsahen, wo die Zuschauer dicht gedrängt standen. »Überall gucken sie raus, um unsere Flaggen und Fahnen zu sehen. He, Barnaby? Hei! Barnaby ist der größte der ganzen Schar! Seine Fahne ist die größte und feinste im ganzen Korps! Im ganzen Aufzug gleicht keiner unserm Barnaby! Aller Augen sind auf ihn gerichtet. Ha, ha, ha!«

»Macht nicht soviel Lärm«, brummte der Henker, bei diesen Worten Barnaby mit einem Blicke messend, aus dem sich nicht viel Beifall lesen ließ, »hoffentlich glaubt er nicht, daß er nichts weiter zu tun habe, als den Fetzen blaues Zeug zu tragen, wie ein Junge beim Schulausflug. Ihr seid doch hoffentlich bereit zum Handeln, he? Euch meine ich«, setzte er hinzu, Barnaby rauh mit dem Ellbogen stoßend, »was starrt Ihr mich so an? Warum tut Ihr das Maul nicht auf?«

Barnaby hatte nach seiner Fahne geblickt und lenkte den Blick gedankenlos von Dennis auf Hugh.

»Er versteht Eure Rede nicht«, sagte der letztere. »Hier, ich will es ihm auseinandersetzen. Barnaby, alter Junge, hört mal zu!«

»Ich will zuhören«, sagte Barnaby, ängstlich umherblickend, »aber ich wünschte, ich könnte sie irgendwo sehen.«

»Wen denn?« fragte Dennis grob. »Will nicht hoffen, Junge, daß Ihr verliebt seid! Solche Faxen sind nichts für uns, versteht Ihr? Von Liebe können wir hier nichts brauchen!«

»Sie würde wirklich stolz sein, wenn sie mich jetzt sähe, nicht, Hugh?« sagte Barnaby. »Würde sie sich nicht darüber freuen, mich an der Spitze dieses langen Zuges zu sehen? Jauchzen würde sie vor Freude; o, ich weiß es, ich weiß es bestimmt! Wo kann sie bloß sein? Wenn ich mal so recht schmuck aussehe, sieht sie mich gewiß nicht! Und was schert es mich, ob ich hübsch und lustig aussehe, wenn sie nicht dabei ist?«

»Schwerenot! Was ist das für ein Gewäsch?« fragte Mr. Dennis mit höchster Verachtung. »Hoffentlich haben wir hier keine sentimentalen Simpel unter uns!«

»Seid doch nicht so ungemütlich, Bruder«, rief Hugh, »er schwatzt ja bloß von seiner Mutter.«

»Wovon?« fragte Mr. Dennis mit einem argen Fluche.

»Von seiner Mutter.«

»He! Hab' ich mich etwa in diese Sektion gestellt und bin ich etwa an diesem denkwürdigen Tag ausgezogen, um Kerle von ihren Müttern schwatzen zu hören!« brummte Mr. Dennis mit größtem Ärger. »Schlimm genug, wenn so'n Simpel an seine Liebste denkt! Und nun gar noch an seine Mutter!« Des Henkers Verdruß war inzwischen auf eine so hohe Stufe gelangt, daß er auf den Boden spie und kein Wort mehr über die Lippen bringen konnte.

»Barnaby hat recht«, rief Hugh grinsend, »und das sage ich, Hugh vom ›Maibaum‹! Sieh her, mein braver Junge! Wenn sie hier nicht zu sehen ist, so kommt das daher, weil ich für sie gesorgt und ein Dutzend Herren ihr zugeschickt habe, jeder mit einer blauen Flagge, aber keine halb so schön wie deine. Die sollen sie im Aufzug nach einem großen Hause bringen, das ringsumher mit Gold- und Silberfahnen behangen ist und mit allem sonst, was du nur wünschen magst! Dort soll sie warten, bis du kommst, und soll bis dahin an nichts Mangel leiden.«

»Hei!« sagte Barnaby, dessen Gesicht vor Freude glänzte. »Hast du das wirklich getan? Das ist eine gute Kunde. Das ist nett von dir, mein lieber guter Hugh!«

»Du lieber Gott, das ist noch bei weitem nichts gegen das, was kommen soll«, entgegnete Hugh mit einem Seitenblick auf Dennis, der seinen neuen Waffengefährten mit großem Erstaunen betrachtete.

»Nein, wirklich nicht?« rief Barnaby.

»Ha, noch gar nichts!« sagte Hugh. »Geld, Stutzhüte und Federn, rote Röcke und Goldborte; alle feinen Dinge, die es gibt, gegeben hat oder geben wird, werden uns gehören, wenn wir jenem Edelmanne, dem besten Manne der Welt, treu bleiben, unsere Fahnen einige Tage tragen und sicher bewahren. Das ist alles, was wir zu tun haben.«

»Das ist alles?« rief Barnaby mit glänzenden Augen, den Schaft seines Banners fester ergreifend. »Nun, dann stehe ich dafür, daß meine Fahne sicher bewahrt ist. Du hast sie in gute Hände gelegt. Du kennst mich, Hugh. Niemand soll mir diese Fahne entreißen!«

»Recht so!« rief Hugh. »Ha! Ha! Brav gesprochen! Das ist noch der alte kühne Barnaby, mit dem ich herumgeklettert und gesprungen bin so manchen, manchen Tag – ich wußte ja, daß ich mich in meinem Barnaby nicht irren würde. – Na, seht Ihr denn nicht«, fügte er im Flüstertone hinzu, indem er auf die andere Seite zu Dennis hinüberschlüpfte, »daß der Bursche ein Naturkind ist? Daß man ihn zu allem herumkriegen kann, wenn man ihn in der richtigen Art und Weise anfaßt? Wenn er auch nicht ganz richtig im Kopf ist, so ist er doch, verlaßt Euch drauf, ein Dutzend Kerle wert – Na, Ihr könntet es gleich sehn, wenn Ihr mit ihm anbinden würdet. Überlaßt ihn nur mir! Ihr sollt bald seh'n, ob er uns von Nutzen sein wird, oder nicht.«

Dennis nahm diese aufklärenden Worte mit vielem Kopfnicken und Augenblinzeln hin, und sein Benehmen gegen Barnaby wurde sogleich gefügiger.

Zwischen zwei und drei Uhr nachmittags trafen die drei großen Korps bei Westminster zusammen, vereinigten sich zu einer ungeheuren Masse und erhoben ein erschütterndes Geschrei. Sie schrien nicht bloß zum Zeichen ihrer Ankunft, sondern auch zum Zeichen für alle, denen solche Arbeit zugefallen war, damit sie von den Vorhallen beider Häuser, von den verschiedenen Zugängen, die zu ihnen führten, und von den Treppen der Galerien Besitz ergriffen. Zu der festgenannten Örtlichkeit hin stürzten Hugh und Dennis, ihren Schüler noch immer in der Mitte, der seine Fahne einem ihrer Leute übergeben hatte, der sie nun draußen an der Tür bewachte. Da ihre Bundesgenossen hinter ihnen herdrängten, wurden sie wie auf einer großen Woge vorwärtsgetragen bis an die Türen oben an der Galerie, von wo eine Rückkehr unmöglich war, selbst wenn sie dazu geneigt gewesen wären, da sich die Menschenmasse in allen Zugängen staute. Will man eine große Volksmenge beschreiben, so gebraucht man gern den Ausdruck, man hätte auf den Köpfen der Leute gehen können. In diesem Falle verhielt es sich wirklich so, denn die Redensart kam tatsächlich zur Ausführung; ein Junge, der auf irgendeine Weise in das Gedränge geraten war und sich jetzt in der Gefahr befand zu ersticken, kletterte an den Schultern eines neben ihm befindlichen Mannes empor und balancierte sich auf den Hüten und Köpfen der Leute auf die freie Straße hinaus, über die ganze Länge von zwei Treppenfluchten und eine weite Galerie hinweg. So dicht war der Schwarm tatsächlich; denn ein Korb, der in die Menge hineingeworfen wurde, flog von Kopf zu Kopf, von Schulter zu Schulter und sauste und wirbelte über ihnen weiter, bis er aus dem Gesichtskreise verschwunden war, ohne je einmal zwischen ihnen hineinzufallen oder dem Erdboden nahezukommen.

Durch dieses ungeheure Gedränge, in welchem sich ohne Zweifel hier und dort einige ehrbare Schwärmer und Hitzköpfe befanden, das aber sonst größtenteils aus dem wahren Abschaum und Auswurf von London sich zusammensetzte, dessen Wachstum und Gedeihen durch schlechte Kriminalgesetze, schlechte Gefängnisordnungen und die denkbar schlechteste Polizei[61] gefördert wurde, – durch dieses Riesengedränge mußten sich alle jene Glieder des Ober- und Unterhauses, die sich nicht schon vorsichtigerweise auf ihren Posten begeben hatten, ihren Weg erkämpfen und erzwingen. Ihre Kutschen wurden angehalten und beschädigt, die Räder losgerissen, die Fensterscheiben in Stücke geschlagen, die Türen zertrümmert, Kutscher, Lakaien und Herren von ihren Sitzen gerissen und in den Straßenschmutz gestoßen. Lords, Mitglieder des Unterhauses und ehrwürdige Bischöfe, mit geringer Unterscheidung zwischen Person oder Partei, wurden getreten, gequetscht und gestoßen, gingen von Hand zu Hand durch verschiedene Stufen der Mißhandlung und langten endlich bei ihren Mitsenatoren an in zerfetzten Kleidern, ohne Haarbeutel, ohne Atem und außerstande zu sprechen, überschüttet förmlich von Puder, der ihnen aus dem Haar geschlagen oder gerissen worden war. Ein Lord hatte sich so lange schon in den Händen der Menge befunden, daß die Pairs als Körperschaft schon den Beschluß faßten, vorzudringen und ihn herauszureißen, und schon an die Ausführung dieses Beschlusses herantraten, als der unglückliche Lord glücklich bei ihnen anlangte, aber über und über bedeckt mit Schmutz und übersät mit Beulen, daß er kaum zu erkennen war von seinen besten Bekannten. Lärm und Aufruhr stiegen mit jedem Augenblicke. Die Luft war erfüllt von Flüchen, Geschrei und Geheul. Der Haufen raste und brüllte gleich einem tollen Ungetüm, von dem er sich eigentlich nicht unterschied, raste und brüllte ohne Unterlaß und jede neue Freveltat diente dazu, seine Wut zu steigern.

Drinnen standen die Dinge fast noch bedrohlicher. Lord George Gordon, dem ein Mann vorausschritt, der in einer Handlangertrage die Riesenbittschrift durch das Vorzimmer bis zur Tür des Unterhauses schleppte, wo sie von zwei Beamten des

Hauses in Empfang genommen und auf die Tafel hinaufgerollt wurde – Lord George hatte seinen Sitz zu früher Stunde eingenommen, lange bevor der Sprecher die Gebetsformel las. Mittlerweile strömten seine Anhänger herein. Die Vorhalle und alle Zugänge wurden, wie wir gesehen haben, auf der Stelle gefüllt; die Parlamentsmitglieder wurden also nicht allein auf ihrem Weg durch die Straßen angegriffen, sondern man fiel sogar über sie her innerhalb der Mauern des Parlaments. Dabei war der Tumult drinnen und draußen so stark, daß wer zu sprechen versuchte, kaum seine eigene Stimme hörte, geschweige denn, daß sich Mitglieder unter sich hätten beraten können über den Weg, den die Weisheit in dieser höchsten Not einzuschlagen empfahl, oder sich zu kräftigem und beharrlichem Widerstande hätten Mut machen können. So gewiß sich jedes Mitglied, das jetzt noch kam, mit zerzausten Kleidern und verwilderten Haaren durch die Menge hindurch in das Vorzimmer kämpfte, so gewiß erhob auch die Menge ein gellendes Triumphgeschrei; und sobald die Tür des Hauses, um solche Spätlinge noch einzulassen, sich vorsichtig halb öffnete, ängstlich gehütet von denen, die schon drinnen waren, und dem Mob draußen auf einen Moment einen Blick in das Innere verschaffte, dann wurde dieser Mob noch wütender und wilder, und rannte, einem Raubtierhaufen gleich, den der Anblick der Beute in Raserei stürzt, gegen das Portal, daß es mit Schloß und Riegel in den Fugen krachte und Balken und Dielen zitterten.

Die direkt über der Tür des Hauses befindliche Fremdengalerie war einem Befehl zufolge gleich bei dem ersten Gerücht von Aufruhr geschlossen und stand leer. Bloß Lord George nahm hin und wieder darin Platz, um bequemer zu den Treppen zu gelangen, die zu ihr hinaufführten. Von hier aus gab er dem Volk Bericht über die Vorgänge im Parlament. Auf dieser Treppe hatten Barnaby, Hugh und Dennis ihren Stand. Es waren zwei Treppenfluchten, kurz, steil und eng, die parallel nebeneinander herliefen und zu zwei kleinen Türen führten, die mit einem niedrigen, nach der Galerie mündenden Durchgang in Zusammenhang standen; zwischen ihnen befand sich eine Art Öffnung, die man für ein Brunnenloch oder für ein Oberlichtfenster ohne Scheiben halten konnte und die dem Zwecke der Licht- und Luftzufuhr nach dem Vorzimmer diente, das an die achtzehn bis zwanzig Fuß tiefer liegen mochte.

Auf einer dieser Treppenfluchten – nicht auf derjenigen, an deren Ende Lord George von Zeit zu Zeit erschien, sondern auf der anderen – stand Gashford, mit dem Ellbogen auf das Geländer gestützt. Seine Wange ruhte in seiner Hand, sein Gesicht trug wie sonst den verschmitzten, bösen Ausdruck. Wenn er diese Stellung auch nur im geringsten Grade veränderte – auch nur durch die leiseste Bewegung seines Armes – so konnte man darauf rechnen, daß der Aufruhr sich steigerte, und zwar nicht nur dort, sondern auch unten im Vorzimmer, von wo aus zweifellos ein Mann, der den übrigen gewissermaßen als Vorposten diente, beständig hinaufsah und ihn im Auge hielt.

»Achtung!« rief Hugh mit einer Stimme, die selbst das Gebrüll und den Tumult übertönte, als Lord George auf der obersten Treppe erschien. »Neuigkeiten! Neuigkeiten von Mylord!«

Der Lärm dauerte fort, ungeachtet Hughs Erscheinung, bis Gashford sich umdrehte. Da herrschte sofort Schweigen – selbst bei dem Volk an den Zugängen draußen und in der Nähe der anderen Treppenfluchten, das weder sehen noch hören konnte, dem aber das Signal mit wunderbarer Schnelligkeit mitgeteilt worden war.

»Meine Herren«, sagte Lord George, der sehr bleich und aufgeregt war, »bleiben wir unerschütterlich! Man spricht von Aufschub, aber wir können keinen Aufschub brauchen. Man spricht, man wolle Ihre Bittschrift am nächsten Dienstag in Erwägung ziehen, aber die Erwägung muß jetzt stattfinden. Die augenblicklichen Aussichten stehen schlecht für den Erfolg unserer Sache, aber wir müssen Erfolg haben und werden Erfolg haben!«

»Wir müssen Erfolg haben und werden Erfolg haben!« hallte es aus der Menge wieder, und während dieser Freuden-, Beifalls- und anderen Rufe machte der Lord vor dem Volke seine Verbeugung und zog sich zurück, um sich alsbald wieder zu zeigen. Gashford machte nun wieder eine andere Gebärde, und unmittelbar darauf trat Grabesstille ein.

»Ich fürchte«, sagte der Lord diesmal, »daß wir wenig Grund haben, edle Herren, aus den Verhandlungen des Parlaments Hoffnung auf Abhilfe zu schöpfen; wir müssen aber für Abhilfe der Schäden, die uns drücken, selbst sorgen; wir müssen neuerdings zusammenkommen, müssen unser Vertrauen auf die göttliche Vorsehung setzen, die unser Streben segnen wird!«

Diese Ansprache fand, weil sie um einige Grade gemäßigter

war als die vorherige, keine so günstige Aufnahme. Als das Getöse und die Erregung auf ihren Höhepunkt gelangt waren, kam der Lord ein weiteres Mal zurück und sagte dem Volk, das Gerücht von dem Aufruhr hätte sich auf viele Meilen in der Runde verbreitet, und wenn es dem König zu Ohren käme, daß sein Volk hier in so großer Zahl versammelt sei, so würde Seine Majestät ohne Zweifel geheime Befehle herabsenden, die den Wünschen seines Volkes Befriedigung schaffen würden. In dieser Art und Weise zu sprechen, die so kindisch, so unentschlossen und unsicher war wie die von ihm vertretene Sache selbst, fuhr er fort zu sprechen und sprach noch, als plötzlich zwei Herren an der Tür erschienen, wo er stand, und, sich an ihm vorbeidrängend, ein paar Stufen weiter hinunterstiegen und dem Pöbel die Stirn boten.

Die Verwegenheit solcher Tat verblüffte die Menge vollständig, und ihre Verblüffung wurde dadurch nicht verringert, daß einer der Herren sich zu Lord Gordon wendete und mit lauter, weithin vernehmlicher Stimme, aber durchaus kaltblütig und mit völliger Sicherheit, die folgenden Worte sprach:

»Ihr dürft diesen Leuten hier, wenn es Euch beliebt, Mylord, ruhig sagen, daß ich General Conway[62] bin, von dem sie gewiß schon gehört haben werden, und daß ich mich dieser Bittschrift, wie ihrem ganzen Benehmen und Verhalten und dem Eurigen, Mylord, nicht minder entschieden widersetze. Ich bin Soldat, auch das dürft Ihr ihnen sagen, und werde die Freiheit dieses Platzes mit meinem Degen schützen. Ihr seht, Mylord, daß die Mitglieder dieses Hauses heute sämtlich bewaffnet sind; Ihr wißt, daß der Eingang zum Hause eng und schmal ist, und Ihr könnt Euch darüber nicht in Unwissenheit befinden, daß innerhalb dieser Mauern Männer weilen, die entschlossen sind, diesen Zugang bis auf das äußerste zu verteidigen, und vor denen manch ein Leben fallen müßte, wenn Eure Anhänger auf ihrem Vorhaben beharren wollten. Seht Euch also vor und überlegt, was Ihr beginnt!«

»Und, Mylord George«, sagte der andere, ihn in gleicher Weise anredend, »ich wünsche, daß Ihr dieses hört aus meinem Munde – von Colonel Gordon[63] – Eurem nahen Verwandten! Sobald ein einziger aus dieser Menge, deren Aufruhr uns mit Taubheit schlägt, die Schwelle des Unterhauses überschreiten sollte, so schwöre ich, in demselben Augenblicke – nicht ihm – sondern Euch meinen Degen durch den Leib zu rennen!«

Mit diesen Worten traten sie wieder zurück, ihre Gesichter der Menge zugekehrt. Jeder von ihnen ergriff einen Arm des irregeführten Edelmannes, sie zogen ihn den Gang entlang und schlossen die Tür, die sie sofort zuriegelten und innen verbarrikadierten.

Dies wurde so schnell getan, und das Benehmen der beiden Herren – die durchaus nicht mehr jung waren – hatte soviel Tapferkeit und Entschlossenheit gezeigt, daß die Menge schwankte und mit unsicheren, furchtsamen Blicken umherstarrte. Viele versuchten zur Tür hin zu gelangen. Einige der Kleinmütigsten riefen, man täte am besten, den Platz zu räumen, und verlangten von den hinter ihnen stehenden, den Weg frei zu geben. Das Entsetzen und die Verwirrung steigerten sich und wuchsen mit reißender Geschwindigkeit, als Gashford dem in seiner Nähe befindlichen Hugh etwas zuflüsterte.

»Was ist los?« brüllte Hugh laut, indem er sich an die Menge wandte. »Was? Zurück wollt Ihr gehen? Wo seid Ihr besser am Platz als hier, Jungens! Ein guter Stoß gegen diese Tür und zu gleicher Zeit ein Stoß da unten, und die ganze Sache ist erledigt! Rennt also an! Und an der Tür unten, da laßt die zurücktreten, die Bange haben! Und die, die keine Bange haben, sollen versuchen, wer sie zuerst überschreitet. Hier geht's! Schaut hier hinunter!«

Ohne einen Augenblick zu zögern, warf er sich köpflings über das Geländer in das Vorzimmer hinunter. Er berührte kaum den Boden, als Barnaby schon an seiner Seite war. Der Torwart und einige Mitglieder, die die Menge flehentlich baten, sich zurückzuziehen, eilten davon, und nun warfen sich die beiden Teile der Menge mit einem furchtbaren Freudengeschrei in hellen Haufen gegen die Türen und eröffneten auf das Haus eine ernstliche Belagerung.

In diesem Augenblicke, wo ein zweiter Vorsturz sie ins Handgemenge mit denen bringen mußte, die drinnen zur Verteidigung bereit standen, – ein Fall, der einen großen Verlust an Menschenleben und ein endloses Blutvergießen zur unausbleiblichen Folge gehabt hätte, – räumte der hinterste Teil der Menge den Platz, und das Gerücht verbreitete sich von Mund zu Mund, daß ein Bote zu Wasser nach Militär abgeschickt worden sei, das sich in den Straßen schon zu formieren anfange. Aus Furcht, hier in den schmalen Gängen, wo sich die Menge so dicht gestaut hatte einen Angriff aushalten zu müssen, stürmte der Pöbel ebenso stürmisch wieder hinaus, wie er hereingekommen war. Da sich der ganze Strom auf einmal wandte, folgten auch Barnaby und Hugh seinem Laufe; und so fluteten sie mit der großen Masse, kämpfend und ringend und auf die Leiber Gefallener tretend und hin und wieder auch auf ihnen selbst herumtretend, nach und nach in die freie Straße hinaus, wo eine große Abteilung der Garde, zu Pferde und zu Fuß, herbeigeeilt kam und den Boden vor sich mit so reißender Schnelligkeit säuberte, daß das Volk dahinzuschmelzen schien in demselben Verhältnis, wie sie vorrückte.

Als der Befehl »Stillstehen!« kam, stellten sich die Soldaten quer in der Straße auf; die Aufrührer, atemlos und erschöpft durch die letzten Anstrengungen, stellten sich in gleicher, wenn auch sehr unregelmäßiger und unordentlicher Weise auf. Der kommandierende Offizier ritt hastig auf dem freien Platze zwischen den beiden Massen hin und her, begleitet von einer Obrigkeitsperson und einem Beamten vom Unterhaus, denen ein paar Berittene ihre Pferde abgetreten hatten. Das Gesetz über Aufruhr[64] wurde verlesen, aber kein Mann rührte sich.

In der ersten Reihe der Aufrührerischen standen Seite an Seite Barnaby und Hugh. In Barnabys Hände hatte irgendwer, als er auf die Straße hinaus gelangte, eine kostbare Flagge gelegt, die, als sie jetzt wieder aufgerollt und rund um die Stange gebunden war, aussah wie eine riesige Hauptquartiersstandarte, und Barnaby hielt sie fest umklammert und harrte getreu aus auf seinem Posten. Wenn je ein Mann mit ganzem Herzen und ganzer Seele geglaubt hat, daß er bei einer gerechten Sache beteiligt und daß er verpflichtet sei, bei seinem Führer bis zum letzten Augenblick auszuharren, so hatte der arme Barnaby von seinem Verhältnis zwischen ihm und Lord George diesen Glauben.

Nach einem erfolglosen Versuch, sich Gehör zu verschaffen, gab die Obrigkeitsperson Befehl zum Vorrücken, und die Gardereiter sprengten in die Menge hinein. Aber auch dann noch sprengte die Obrigkeitsperson im Galopp hierhin und dorthin und ermahnte die Leute, auseinander zu gehen, obwohl wuchtige Steine auf die Soldaten geschleudert und manche ganz erheblich verletzt wurden, erhielten sie doch keine anderen Befehle als nur solche, diejenigen Aufrührerischen zu Gefangenen zu machen, die sich am wildesten gebärdeten, das andere Volk aber mit der flachen Klinge zurückzutreiben. Als die Pferde in die Menge hineinsprengten, wichen die Leute an manchen Stellen zurück, und die Garden, die diesen Vorteil energisch wahrnahmen, hatten mit Geschwindigkeit den Platz so gut wie gesäubert, als zwei bis drei der Vordersten, die durch das sich eng um sie schließende Volk von ihren Kameraden halb und halb abgeschnitten waren, direkt auf Barnaby und Hugh zusprengten, die man ohne Zweifel als die beiden Männer erkannt hatte, die in die Vorhalle hinuntergesprungen waren und die nun mit Nachdruck um sich schlugen, den ungestümeren von ihren Gegnern ein paar leichte Fleischwunden beibrachten, so daß hier und da ein Mann seinen Kameraden mit vielem Gestöhn und unter heller Verwirrung in die Arme sank.

Bei dem Anblick zerfleischter und blutiger Gesichter, die nun momentan in der Menge sichtbar, dann aber durch die sich um sie schließende Menschenflut verdeckt wurden, wurde Barnaby leichenblaß. Er fühlte, daß ihm übel wurde; aber er stand fest auf seinem Posten, umklammerte seine Flaggenstange mit noch stärkerer Faust und hielt sein Auge auf den ihm nächstbefindlichen Soldaten geheftet, nickte auch dann und wann mit dem Kopfe, wenn Hugh ihm mit verbissenem Gesicht ins Ohr flüsterte.

Der Soldat kam herangesprengt, sein Pferd bäumte sich, wenn das Volk ihn umdrängte, und denen, die ihm in die Zügel fallen und sein Roß zurückdrängen wollten, hieb er mit der flachen Klinge über die Hände. Dann winkte er seinen Kameraden heranzukommen – und Barnaby war noch immer um keinen Zoll zurückgewichen, Barnaby stand noch immer fest auf seinem Posten, erwartete mit unerschütterlicher Ruhe die Herankunft der Reiter. Manche riefen ihm zu, er solle fliehen, manche schickten sich schon an, sich eng um ihn zu schließen, um seine Gefangennahme zu verhindern, als die Flaggenstange mit einem Male über die Köpfe der Leute weg durch die Luft sauste und wie im Nu der Sattel des Reiters leer war. Dann machten Barnaby und Hugh kehrt und flohen. Die Menge öffnete sich, um sie hindurchzulassen, und schloß sich dann ebenso rasch wieder zusammen, so daß für die Richtung, die sie eingeschlagen hatten, keinerlei Anhalt war. Außer Atem, keuchend und prustend, erhitzt, verdreckt und erschöpft vor Anstrengung, erreichten sie wohlbehalten das Flußufer und sprangen eilends in ein Boot, das sie bald aus jeder unmittelbaren Gefahr befreite.

Als sie den Strom hinunterglitten, hörten sie deutlich das

Jubelgeschrei des Volkes, und in der Meinung, daß die Soldaten zum Rückzug gezwungen worden seien, ließen sie ihre Ruder auf ein paar Minuten ruhen und waren unschlüssig, ob sie sich auf den Rückweg begeben sollten oder nicht.

Die Menschenflut aber, die sich über die Westminsterbrücke wälzte, gab ihnen bald die Gewißheit, daß der Pöbel sich zerstreute, und Hugh erriet hieraus ganz richtig, daß man der Obrigkeitsperson zugejubelt hatte für das Angebot, das Militär unter der Bedingung abziehen zu lassen, daß sich das Volk auf der Stelle nach seinen Wohnungen verfüge. Hieraus folgerte er, daß er und Barnaby besser dort aufgehoben seien, wo sie sich in diesem Augenblicke befanden. Er riet infolgedessen, daß sie bis nach Blackfriars rudern und dort an der Brücke aussteigen und auf die bestmögliche Weise von dort aus nach ›The Boot‹ zu gelangen suchen sollten, wo sie nicht bloß ein gutes und sicheres Unterkommen, sondern auch gewiß viele von ihren jüngsten Kameraden finden würden.

Da Barnaby zustimmte, entschlossen sie sich zur Ausführung dieses Vorschlages und ruderten in der Richtung auf Blackfriars weiter.

Sie landeten zu einer gefährlichen Zeit und zum Glück für sie gerade noch im richtigen Augenblick, denn als sie nach Fleet Street kamen, fanden sie auf der Straße eine ungewöhnlich erregte Menge. Als sie nach der Ursache fragten, wurde ihnen erzählt, daß eben eine Schar Reitergarden vorübergesprengt sei und eine Anzahl Aufrührer, die in ihre Gefangenschaft geraten seien, nach Newgate in den Arrest abgeführt hätte.

Nicht übel froh, so knapp der berittenen Schar entgangen zu sein, verloren sie keine Zeit mehr mit Fragen, sondern rannten mit solcher Eile, wie Hugh für geraten erachtete, ohne sich auffällig zu machen oder in unbequemer Weise die öffentliche Aufmerksamkeit auf sich zu lenken, nach ›The Boot‹ weiter.

50.
Kapitel

Sie waren unter den ersten, die die Schenke erreichten, aber sie waren noch nicht lange dort, als mehrere Gruppen Leute, die bei dem Aufruhr beteiligt gewesen waren, eine nach der anderen hereinkamen. Unter ihnen waren auch Simon Tappertit und Mr. Dennis, welche beide, aber in besonderm Maße der letztere, Barnaby äußerst warm begrüßten und ihm viel Komplimente machten über die Tapferkeit, die er heute gezeigt hätte.

»'s ist mir nämlich«, sagte Dennis mit einem Fluche, als er den Hut auf seinen Knüttel setzte und mit dem Knüttel in eine Ecke lehnte, dann sich an denselben Tisch wie sie setzte, »eine wahre Freude, und es tut mir ordentlich wohl, wenn ich dran denke. Da war doch grade 'ne Gelegenheit. Aber es hat zu nichts geführt. Ich für meinen Teil weiß nicht, was noch zu etwas führen soll. Aber es steckt kein Geist mehr im Volk heutzutage. Bring was zu essen und zu trinken her. Mir ist die Menschheit ein Abscheu!«

»Aus welchem Grund?« fragte Mr. Tappertit, der die Glut seines Gesichtes in einer Halbmaßkanne gelöscht hatte. »Seid Ihr nicht der Meinung, daß unsere Sache einen guten Anfang gemacht hat?«

»Verschafft mir Gewißheit, daß es nicht aus mit ihr ist«, entgegnete der Henker. »Als der Soldat da vom Gaul flog, hätten wir ganz London in unsere Gewalt bringen können, aber nein! Wir stehen da und gaffen und gucken zu. Der Friedensrichter (ich wünschte, er hätte 'ne Ladung in jedem Auge, und die hätt' er sicher, wenn wir nach meiner Art und Weise zu Werk gegangen wären) sagt ›Jungens, wenn Ihr mir Euer Wort gebt, daß Ihr Euch zerstreuen wollt, will ich das Militär wegschicken‹. Unsere Kerle brüllen hurra, schmeißen das Spiel mit den Trümpfen in der Hand weg und verziehen sich wie ein Pack zahmer Köter, den Schwanz zwischen den Beinen, und im Grunde sind sie auch nichts anderes! Ach!« sagte der Henker im Tone tiefen Abscheus. »Das treibt mir das Blut ins Gesicht um solch erbärmlicher Kameraden willen. Ich wünschte, ich wäre als Ochse geboren, ja wahrhaftig!«

»Ich glaube, Ihr wäret als geborener Ochse ein ganz ebenso angenehmer Kerl wie jetzt«, entgegnete Simon Tappertit, der hochmütig die Schenke verließ.

»Das wäre die Frage«, entgegnete der Henker, ihm nachrufend, »wenn ich in diesem Augenblick ein Hornvieh wäre, so wollte ich jedem einzelnen in dieser Bande eins versetzen, außer diesen beiden da«, er deutete auf Hugh und Barnaby, »weil sie sich heute so brav geführt haben.«

Nach diesem traurigen Rückblick auf ihr Vorgehen suchte Mr. Dennis in kaltem Rindfleisch und Bier Trost zu finden, ohne daß sich jedoch der grimmige, unbefriedigte Ausdruck in seinem Gesicht milderte, dessen Düsterkeit, statt sich unter ihrem angenehmen Einfluß zu legen, sich höchstens noch vermehrte.

Die so geschmähte Schar hätte ihm die Beleidigungen durch harte Worte, wenn nicht durch Schläge vergelten können, aber alle waren niedergeschlagen und müde. Der größere Teil hatte seit dem Morgen nichts gegessen; alle hatten im höchsten Maße unter der ungewöhnlichen Hitze gelitten, und bei dem Jauchzen, der Anstrengung und der Erregung, die dieser Tag mit sich gebracht, hatten sich manche so heiser geschrien, daß sie kaum sprechen konnten, und waren viele so entkräftet, daß sie kaum zu stehen vermochten. Dann waren sie noch unschlüssig, was sie zunächst tun sollten, da sie sich vor den Folgen dessen, was sie bereits getan, fürchteten und recht wohl fühlten, daß sie alles in allem in ihrem Tun keinen Erfolg gehabt, sondern eher noch den Stand der Dinge schlimmer gestaltet hatten als vorher. Von denjenigen, welche nach ›The Boot‹ gekommen waren, gingen viele innerhalb einer Stunde fort, und zwar diejenigen, welche wirklich ehrenhaft und aufrichtig waren, um nach dem, was sie diesen Morgen erfahren hatten, nie wieder zurückzukehren oder keinen weiteren Verkehr mit ihren jüngsten Kameraden zu pflegen. Andere blieben nur, um sich zu erfrischen, und gingen dann, an ihrer Sache verzweifelnd, nach Hause; andere, die sonst zu den regelmäßigen Besuchern zählten, blieben gänzlich aus. Das halbe Dutzend, das die Garden gefangengenommen hatte, hatte das Gerücht zu wenigstens einem halben Hundert vermehrt, und ihren Freunden, die schwach und ernüchtert waren, gebrach es nun an Tatkraft. Sie ließen unter diesen entmutigenden Einflüssen so sehr die Köpfe hängen, daß um acht Uhr abends Dennis, Hugh und Barnaby allein waren. Selbst diese drei lagen bereits in tiefem Schlaf auf den Bänken, als sie durch Gashfords Eintritt geweckt wurden.

»O! Ihr seid also doch hier?« sagte der Sekretär. »Ach du mein Gott!«

»Ei, wo sollten wir denn anders sein, Mr. Gashford?« entgegnete Dennis, als er sich in sitzende Stellung aufrichtete.

»O hier, freilich hier«, erwiderte er mit außerordentlicher Milde. »Die Straßen wimmeln von blauen Kokarden. Ich glaubte eher, Ihr wäret darunter. Indes freut es mich, daß Ihr nicht dabei seid.«

»Ihr habt also Aufträge für uns, Meister?« fragte Hugh.

»Gott behüte, nein! Ich nicht! Ich habe keine Aufträge, mein guter Junge. Was sollte ich auch für Aufträge haben? Ihr seid ja nicht in meinem Dienste.«

»Aber, Mr. Gashford«, verwahrte sich Dennis, »wir gehören doch der Sache an, sollte ich meinen!«

»Der Sache!« wiederholte der Sekretär und sah ihn wie geistesabwesend an, »von einer Sache ist keine Rede mehr. Die Sache ist verloren.«

»Verloren!«

»O ja. Ihr habt doch wohl davon gehört? Die Bittschrift ist verworfen worden von hundertundzweiundneunzig gegen sechs. Das entscheidet. Wir hätten uns einige Mühe sparen können. Dies und Mylords Trübsal ist alles, was ich beklage. Sonst bin ich in jeder Hinsicht befriedigt.«

Bei diesen Worten langte er ein Federmesser aus der Tasche, nahm seinen Hut ab und machte sich mit Eifer an die Arbeit, die blaue Kokarde, die er den ganzen Tag lang getragen, abzutrennen; zu gleicher Zeit summte er einen Psalm vor sich hin, der am Morgen fast überall zu hören gewesen war, und tat so, als könne er ihn gar nicht aus dem Sinn bekommen.

Seine beiden Anhänger sahen einander und dann ihn an, als ob sie in Verlegenheit wären, wie sie das Gespräch fortsetzen sollten. Nachdem Hugh und Dennis sich mehrere Male verstohlen mit den Ellbogen angestoßen und einander zugeblinzelt hatten, wagte es endlich der erstere, Gashford bei der Hand zu fassen und zu fragen, weshalb er sich mit dem Band am Hute zu schaffen mache.

»Weil«, sagte der Sekretär und sah ihn an mit halb lächelnder, halb mürrischer Miene, »weil stillzusitzen und es zu tragen, oder zu schlafen und es zu tragen, oder wegzulaufen und es zu tragen, Albernheiten sind. Das ist's und weiter nichts, mein Freund.«

»Was wollt Ihr nun aber von uns?«

»Nichts«, entgegnete Gashford achselzuckend. »Als Mylord

getadelt und bedroht wurde, weil er auf Eurer Seite stand, wünschte ich als kluger Mann, Ihr tätet nichts. Als die Soldaten Euch unter den Hufen ihrer Pferde zertrampelten, wünschte ich, Ihr tätet nichts. Als einer von ihnen durch eine kühne Hand aus dem Sattel geworfen wurde und ich Verwirrung und Entsetzen auf allen Gesichtern wahrnahm, wünschte ich Ihr tätet nichts – kurz, just das wünschte ich, was Ihr auch getan habt. Dort steht ja der junge Mann, der so wenig Klugheit und soviel Kühnheit besaß. Es tut mir leid um ihn!«

»Leid, Meister!« rief Hugh.

»Leid, Mr. Gashford?« hallte es aus Dennis' Munde wider.

»So wie die Sache liegt, wird morgen ein Aufruf erlassen werden, der für seine Verhaftung fünfhundert Pfund oder ungefähr soviel verspricht. Wie die Sachen ferner liegen, wird noch ein andrer in Acht und Bann getan werden, der von den Treppen in das Vorzimmer hinuntersprang«, sagte Gashford kalt. »Aber immerhin, tut nichts, tut gar nichts!«

»Tod und Teufel, Meister!« schrie Hugh aufspringend. »Was haben wir getan, daß Ihr in solcher Weise mit uns sprecht?«

»Nichts«, entgegnete Gashford, höhnisch grinsend. »Wenn Ihr auch ins Gefängnis geworfen werdet, wenn auch der junge Mann«, hier sah er scharf in Barnabys aufmerksames Gesicht, »von uns und seinen Freunden, vielleicht auch von Leuten, die er lieb hat und die sein Tod ums Leben bringen würde, weggeschleppt wird, in Ketten geworfen wird, herausgeführt wird und vor ihren Augen aufgeknüpft wird; tut immerhin nichts, tut gar nichts! Ich bezweifle nicht, daß Ihr hierin Eure beste Politik erblicken würdet.«

»Kommt weg!« rief Hugh und schritt nach der Tür. »Dennis – Barnaby – kommt weg!«

»Wohin? In welcher Absicht?« fragte Gashford, schlüpfte an ihm vorbei und stellte sich mit dem Rücken gegen die Tür.

»Gleichviel wohin! Gleichviel weshalb!« rief Hugh. »Tretet beiseite, Meister, oder das Fenster wird unserm Zwecke ebenso dienen. Laßt uns hinaus!«

»Ha, ha, ha! Ihr seid von so – von so ungestümer Natur!« sagte Gashford, der plötzlich sein Wesen in beste Freundschaft und höchste Gemütlichkeit umwandelte. »Ihr seid ein so leicht erregbarer Mensch – aber Ihr wollt doch erst eins mit mir trinken, bevor Ihr geht.«

»O ja – gewiß«, brummte Dennis und wischte sich mit dem Ärmel über die durstigen Lippen. »Groll beiseite, Bruder! Trink mit Mr. Gashford!«

Hugh wischte sich die erhitzte Stirn ab, während sein Gesicht durch ein Lächeln erhellt wurde.

Der listige Sekretär lachte laut auf: »Etwas Schnaps hierher! Macht schnell, oder er wird sich nicht einmal durch Schnaps zum Bleiben bewegen lassen. Er ist ein Mensch von so tollkühnem Eifer!« sagte der glatte Sekretär, dem Mr. Dennis beistimmte, kopfnickend und leise Flüche murmelnd. »Einmal aufgerüttelt, ist er ein Bursche von wildestem Entschluß!«

Hugh hob seinen stämmigen Arm, klopfte Barnaby auf den Rücken und hieß ihn guten Mutes sein. Sie schüttelten sich die Hände – der arme Barnaby augenscheinlich mit dem Gedanken, daß er zu den tugendsamsten und uneigennützigsten Helden der Welt zähle – und Gashford lachte noch einmal.

»Ich höre«, sagte er sanft, während er in ihrer Mitte stand mit einem großen Schnaps und ihre Gläser ebenso schnell und so oft füllte, wie sie sie leerten, »ich höre – doch ich kann nicht sagen, ob es wahr oder falsch ist – daß die Männer, die heute nacht in den Straßen umherstreifen, halb und halb geneigt sind, katholische Kapellen niederzureißen, und nur auf Anführer warten. Ich hörte sogar, auf die Kapellen in Duke Street, Lincolns Inn Fields und in Warwick Street, Golden Square, sei's gemünzt; aber es ist wohl weiter nichts als Gerede, versteht Ihr – Ihr wollt doch nicht mitmachen?«

»Wir und nichts tun, Meister, he?« rief Hugh. »Kein Gefängnis und keinen Galgen für Barnaby und mich! Man muß ihnen Angst machen, daß ihnen derlei Gedanken aus dem Schädel kommen. Anführer will man haben, ja? Also los, Jungens!«

»Ein überaus ungestümer Bursche!« rief der Sekretär. »Ha, ha! Ein mutiger, unbändiger, toller Hitzkopf. Ein Mann, der –«

Es war nicht notwendig, den Satz zu beenden, denn sie waren aus dem Haus hinausgestürzt und schon längst außer Hörweite. Er hielt mitten in einem Lachen inne, lauschte, zog sich die Handschuhe an, legte die Hände auf dem Rücken zusammen und schritt in dem leeren Zimmer eine lange Weile auf und ab, dann richtete er seine Schritte nach der geschäftigen Stadt und wandelte durch die Straßen.

Sie wimmelten von Leuten, denn das Gerücht von den Vorgängen dieses Tages hatte großes Aufsehen erregt. Diejenigen, denen nichts daran gelegen war, aus dem Hause zu gehen, standen an den Türen oder den Fenstern, und jedes Gespräch drehte sich um ein und denselben Gegenstand. Einige berichteten, daß der Aufruhr in wirksamer Weise unterdrückt worden wäre; andere, daß er von neuem losgebrochen wäre; einige sagten, daß Lord George Gordon unter einer starken Wache nach dem Tower geschickt worden sei; andere wollten wissen, daß ein Mordversuch gegen den König geschehen und die Garde nochmals zu den Waffen gerufen worden sei, und daß in einem fernen Teil der Stadt deutlich der Lärm von Musketenschüssen vor einer Stunde gehört worden sei. Mit zunehmender Dunkelheit wurden auch diese Geschichtchen gruseliger und geheimnisvoller, und oftmals, wenn irgendein entsetzter Passant vorbeigelaufen kam mit der Nachricht, daß die Aufrührerischen nicht mehr weit weg wären, sondern herankämen, wurden die Türen verschlossen und verriegelt, tiefer gelegene Fenster gesichert, und es entstand eine so große Bestürzung, als drängte eine fremde Armee in die Stadt.

Gashford ging verstohlen umher, lauschte auf alles, was er hörte, und verbreitete oder bestätigte falsche Gerüchte, die seinen Zwecken dienten. In dieser Weise beschäftigt, schritt er zum zwanzigsten Male in Holborn ein, als ein großer Haufe von Weibern und Kindern die Straße entlang flüchtete – oftmals keuchend und zurückblickend – und das verworrene Gemurmel zahlreicher Stimmen an sein Ohr schlug. Diese Anzeichen und der rote Feuerschein, der zu beiden Seiten der Straße an den Häusern widerschien, gaben ihm die Gewißheit, daß in der Tat einige seiner Freunde herannahten. An einer Tür, die sich öffnete, als er vorbeiging, bat er um Obdach für einen Augenblick, lief mit einigen anderen zu einem Fenster der oberen Stockwerke und sah auf die Menge hernieder.

Sie hatten Fackeln bei sich, und die Gesichter der Anführer waren deutlich zu erkennen. Daß sie mit der Zerstörung irgendeines Gebäudes beschäftigt gewesen waren und daß dieses Haus eine katholische Kirche gewesen war, zeigte sich deutlich aus der Beute, die sie als Trophäen mit sich trugen. Darunter waren unschwer Meßgewänder von Priestern und reiche Bruchstücke von Altargerät zu erkennen.

Barnaby, Hugh und Dennis – bedeckt mit Ruß und Schmutz

und Kalk und Staub, mit zerfetzten Kleidern, mit zerzaustem Haar, zerkratzten Händen und Gesichtern und besudelt von Blut – denn sie hatten sich alle an rostigen Nägeln wundgerissen – Barnaby, Hugh und Dennis jagten vor ihnen her gleich abscheulichen, gräßlichen Verrückten. Hinterdrein wälzte sich der dichte Knäuel; einige sangen, einige gröhlten in wildem Jubel, einige stritten sich untereinander, einige drohten den Zuschauern im Vorüberhuschen, einige hatten große Holzstücke in der Hand, an denen sie ihre Wut ausließen, als wären sie lebende Wesen, zerbrachen sie Stück für Stück und schleuderten die einzelnen Teile in die Luft. Andere waren wie berauscht und spürten nichts von den Verletzungen, die sie durch herabstürzende Ziegelsteine und Quadern und Balken erhalten hatten; einer wurde in der Mitte des Haufens auf einem Fensterladen getragen, bedeckt mit einem schmutzigen Kleid, eine besinnungslose, totenbleiche Masse. So – eine Vision von rohen Antlitzen, hier und da bestrahlt von flackerndem, rauchigem Lichte, ein Traum von Dämonenhäuptern und wilden Augen, von Stöcken und irischen Knütteln, die in der Luft geschwungen umherwirbelten, ein grauenerregendes Schauspiel, das so viele Bilder bot und doch so wenige, das so lang erschien und doch so kurz, das so viele Luftgebilde vorbeiführte, die man sein ganzes Leben hindurch nicht vergessen konnte, und doch so viele Dinge, die in dem sinnverwirrenden Vorbeifluge nicht bemerkt werden konnten – huschte es dahin, und war vorbei.

Während es sich weiterwälzte in seinem Werke der Wut und Zerstörung, ertönte ein durchdringender Schrei. Ein Knäuel Leute lief nach der Stelle; Gashford, der eben die Straße wieder betreten hatte, mit ihnen. Er befand sich an dem äußeren Rand der kleinen Rotte und konnte weder sehen noch hören, was in seiner Mitte geschah; aber einer, der einen besseren Platz hatte, teilte ihm mit, daß eine Witwe ihren Sohn bei den Aufrührerischen erblickt hätte.

»Weiter nichts?« fragte der Sekretär und wandte sich heimwärts. »Hm, ich meine, nun läßt sich doch schon eher sagen, daß etwas geschieht!«

51. Kapitel

So vielversprechend diese Freveltaten für Gashfords Augen waren und so gewiß er daraufhin rechnen durfte, daß etwas geschehe, so nahmen sie doch in dieser Nacht noch ein Ende. Die Soldaten wurden wieder zu den Waffen gerufen, wieder machten sie ein halbes Dutzend Gefangene, und wieder verlief sich die Menge nach einer kurzen, unblutigen Reiberei. So erhitzt und betrunken sie auch waren, sie hatten noch nicht alle Bande gelöst und jedem Gesetz und jeder Verwaltung Hohn geboten. Etwas von der eingewurzelten Ehrerbietung gegenüber der von der menschlichen Gesellschaft zu ihrer eigenen Erhaltung eingerichteten Autorität lebte auch noch unter ihnen fort, und wäre die Majestät derselben zur Zeit verteidigt worden, so hätte der Sekretär wohl eine bittere Enttäuschung erfahren.

Um Mitternacht waren die Straßen frei und ruhig, und abgesehen davon, daß in der Stadt an zwei Stellen, wo bei Sonnenaufgang ein hübsches Gebäude gestanden hatte, jetzt nur noch eine Masse halbzerfallener Mauern und ein Schutthaufen zu finden war, sah alles noch aus wie sonst. Selbst der gebildete Stand der katholischen Bürger und die katholischen Handelsleute, die in verschiedenen Teilen der Stadt und ihren Vorstädten ihre Wohnungen hatten, fürchteten weder für ihr Leben noch für ihr Eigentum und bezeugten nur geringe Entrüstung über das Unrecht, das sie bereits erlitten hatten durch Plünderung und Zerstörung ihrer Gotteshäuser. Ein ehrbares Vertrauen auf die Regierung, unter deren Schutz sie so viele Jahre gelebt hatten, und eine wohlbegründete Zuversicht auf das gute Fühlen und rechte Denken der großen Masse im allgemeinen, mit der sie, ungeachtet ihres Religionsunterschiedes, Tag für Tag in vertraulichem Verhältnisse lebten, in innigem und freundlichem Verkehr standen, brachte ihnen ihre Sicherheit wieder und überzeugte sie von der Tatsache, daß diejenigen, welche in allem, nur nicht dem Namen nach, Protestanten waren, ebensowenig als Anstifter dieser unangenehmen Ereignisse betrachtet werden durften, als man ihnen die Anwendungen des Blockes, der Folter, des Galgens und des Schandpfahls in der Regierungszeit der grausamen Maria zur Last legen durfte.

Es war Schlag eins, als Gabriel Varden in Gesellschaft der Hausfrau und der Jungfer Miggs in dem kleinen Wohnzimmer wartete; diese Tatsache, der herabhängende Docht der trüben niedergebrannten Wachskerzen, das herrschende Stillschweigen und vor allem die Nachtmützen des Mädchens sowohl wie der Hausfrau gaben in ausreichender Weise davon Zeugnis, daß sie schon seit einiger Zeit bereit waren, zu Bett zu gehen, und irgendwelche triftige Ursache hatten, so lange über ihre gewöhnliche Stunde hinaus aufzubleiben.

Wenn hierzu noch irgendein anderes Zeugnis zur Verstärkung erforderlich gewesen wäre, so hätte sich dasselbe überreichlich in den Handlungen der Jungfer Miggs dargeboten, die, nachdem sie in jenen ruhelosen, empfindsamen Zustand des Nervensystems gelangt war, welcher als Folge eines langen wachenden Zustandes aufzutreten pflegt, durch fortwährendes Reiben und Kneifen an ihrer Nase, durch ununterbrochenen Wechsel ihrer Stellung – (entstanden aus dem plötzlichen Herauswachsen von Knoten und Buckeln, die nur in ihrer Einbildung vorhanden waren) – durch eine häufige Reibung ihrer Augenbrauen, durch die unablässige Wiederkehr eines schwachen Ächzens, Gähnens, Seufzens, Schnüffelns, wozu sich noch krampfartiges Aufschrecken und andere Äußerungen ähnlicher Art gesellten, die Geduld des Schlossermeisters derart abfeilte und raspelte – diese Ausdrücke sind hier durchaus entsprechend – daß er endlich, nachdem er eine Zeitlang schweigend nach ihr hingeschaut hatte, in die folgende Anrede ausbrach:

»Miggs, mein gutes Mädchen, geht zu Bett, geht nur zu Bette! Ihr seid wirklich schlimmer als das Getröpfel von hundert Wasserfässern draußen vorm Fenster oder das Gekratze von ebensoviel Mäusen hinterm Getäfel. Ich kann's nicht ausstehn. Geht zu Bett, Miggs! Tut's mir zu Liebe – tut's!«

»Ihr habt nichts aufzubinden und aufzuknüpfen, Herr Meister«, versetzte Jungfer Miggs, »und darum setzt mich Euer Begehren nicht in Verwunderung, aber anders ist das bei der Frau Meisterin. So lange Ihr aufbleibt, junge Frau«, setzte sie hinzu, zu Mrs. Varden gewandt, »könnte ich mit ruhigem Herzen nicht zu Bett gehen, und wenn mir zwanzig Mal so viel kaltes Wasser in diesem Augenblick am Rücken entlang liefe.«

Nachdem sie diese Worte gesprochen hatte, machte Jungfer Miggs verschiedene Anstrengungen, sich an einer unmöglichen

Stelle die Schultern zu kratzen, und erbebte vom Kopf bis zu den Füßen, wodurch sie denen, welche sie betrachteten, zu verstehen gab, daß der in ihrer Phantasie bestehende Wasserfall noch immer im vollen Rinnen war, daß aber ein Pflichtgefühl sie in diesem und in allen anderen Leiden aufrecht erhielte und zum Ausharren stählte. Mrs. Varden war zu verschlafen, um ein Wort zu sagen, und Jungfer Miggs hatte, wie die Redensart lautet, ›ihren Senf‹ zum besten gegeben; mithin blieb dem Schlosser nichts weiter übrig, als sich möglichst ruhig zu verhalten.

Aber ruhig zu bleiben mit solch einem Basilisken vor sich, war ein Ding der Unmöglichkeit. Wenn er in eine andere Richtung sah, war die Empfindung, daß sie sich die Backe rieb oder am Ohr zupfte oder blinzelte oder allerhand ungewöhnliche Gestalten mit ihrer Nase formte, noch schlimmer, als wenn er die Dinge selbst sah. War sie auf einen Augenblick von irgendeiner dieser Beschwerden frei, so war dies nur der Fall, weil ihr der Fuß eingeschlafen war oder weil sie das Prickeln im Arme hatte oder weil ihr der Krampf ins Bein gefahren war oder wegen eines anderen schrecklichen Unbehagens, das ihr ganzes Körpergestell aus den Fugen riß. Erfreute sie sich einen Augenblick der Ruhe, dann sah man sie mit geschlossenen Augen und weit aufgerissenem Munde steif wie ein Ladestock und kerzengerade in ihrem Stuhle sitzen, bald nickte sie ein bißchen nach vorne und hielt mit einem Ruck im Nicken inne, bald nickte sie noch ein bißchen weiter nach vorne und hielt mit einem abermaligen Ruck inne, bald raffte sie sich wieder auf und wurde ein wenig munter, bald nickte sie dann wieder nach vorne – tiefer – und tiefer – und noch tiefer – in langsamen Etappen, bis sie wieder, gerade als es unmöglich schien, daß sie das Gleichgewicht noch einen Augenblick weiter würde halten können, und der Schlosser sich schon anschickte, in Todesangst aufzuschreien, um sie vor einem Sturz auf die Stirn und einem als Folge hiervon unvermeidlichen Schädelbruch zu bewahren, ganz unerwartet und ohne das geringste Zeichen kerzengerade in die Höhe fuhr und steif und starr, mit aufgerissenen Augen und einem Ausdruck bodenloser Verachtung, verschlafen, aber noch immer im höchsten Grade widerspenstig, dasaß und sich mit einer Bewegung zurechtrückte, die deutlich sagte: »Ich hab' kein einziges Mal die Augen zugetan, seitdem ich Euch zum letzten Male angeguckt habe, und ich nehme das sofort auf Eid und Gewissen!«

Nachdem es zwei geschlagen hatte, wurde endlich ein Ton an der Straßentür vernommen, wie wenn jemand durch Zufall gegen den Türklopfer gefallen sei. Jungfer Miggs sprang sofort auf, schlug die Hände zusammen und rief mit einer schläfrigen Mischung von heilig und profan: »Halleluja! Frau Meisterin! Das ist Simons Pochen!«

»Wer ist da?« fragte Gabriel.

»Ich!« rief die wohlbekannte Stimme des Herrn Tappertit. Gabriel öffnete und ließ ihn herein.

Simon gab ein sehr zweifelhaftes Bild ab, denn ein Mann von seiner Statur hat in einer Menge schweren Stand, und da er bei der Arbeit von gestern morgen an tätig gewesen war, war sein Anzug vom Kopf bis zu den Füßen buchstäblich zerknüllt; sein Hut war aus aller Form geschlagen; seine Schuhe waren an den Absätzen heruntergetreten wie Pantoffeln. In Lumpen hing sein Rock wirr um ihn herum, die Schnallen waren von Knien und Füßen gerissen, sein Halstuch war nur noch zur Hälfte vorhanden, und seine Hemdbrust war zu Fetzen zerschlissen. Jedoch ungeachtet dieser für seine Person unvorteilhaft wirkenden Umstände und trotzdem er sehr erschöpft war von Hitze und Anstrengung und so bedeckt mit Schmutz und Staub, daß man hätte meinen können, er stecke in einem Futteral, denn kein Auge wäre imstande gewesen, an seinem Anzuge und seiner Gestalt irgend etwas von dem wirklichen Gewebe zu entdecken, schritt er doch hochmütig in die Wohnstube, warf sich in einen Stuhl, bemühte sich, seine Hände in die Hosentaschen zu schieben, welche gewendet waren und wie Troddeln auf seine Beine herunterhingen, und beäugte den Haushalt mit finsterer Würde.

»Simon«, sagte der Schlosser ernsthaft, »wie kommt es, daß du zu dieser Zeit in der Nacht nach Hause kommst und in solchem Zustand? Verschaff mir die Sicherheit, daß du nicht bei den Aufrührerischen warst, und ich bin zufrieden.«

»Meister«, erwiderte Mr. Tappertit mit einem verächtlichen Blicke, »ich bewundere Eure Sicherheit, daß Ihr solche Fragen stellen könnt.«

»Du hast getrunken«, sagte der Schlosser.

»Aus Grundsatz im allgemeinen und im verletzendsten Sinne der Worte, Herr Meister«, erwiderte sein Geselle mit beispielloser Unverschämtheit, »betrachte ich Euch als einen Lügner. Mit dieser letzten Bemerkung habt Ihr, ohne daß es Eure Absicht war

– ohne daß es Eure Absicht war, Herr Meister, die Wahrheit getroffen.«

»Martha«, sagte der Schlosser, der sich an seine Frau wandte und sorgenvoll den Kopf schüttelte, während ein Lächeln über die absonderliche Gestalt vor ihm noch immer auf seinem Gesicht spielte, »ich hoffe zuversichtlich, es wird sich herausstellen, daß dieser arme Bursche nicht das Opfer der Schurken und Narren ist, über die wir so oft gesprochen, und die heute so viel Unheil angerichtet haben. Wenn er heute nacht bei Warwick Street oder Duke Street dabei war –«

»Er war bei keinem mit, Herr Meister«, rief Mr. Tappertit mit lauter Stimme, die er plötzlich auf ein Flüstern herabschwächte, während er die Augen auf den Schlosser heftete, »er war bei keinem mit.«

»Das freut mich, das freut mich von ganzem Herzen«, sagte der Schlosser in ernstem Tone, »denn wenn er mitgewesen wäre und es hätte ihm bewiesen werden können, Martha, so wäre der mächtige Bund, wie du ihn nennst, der Karren für ihn geworden, der Leute unter den Galgen führt und in der Luft baumeln läßt. Das wäre so gekommen, so sicher, als wir am Leben sind!«

Mrs. Varden war zu sehr erschreckt durch Simons verändertes Benehmen und seine Erscheinung und durch die Berichte über die Aufrührerischen, die in dieser Nacht an ihr Ohr gedrungen waren, daß sie irgendeine Erwiderung hätte geben können oder zu ihrer gewöhnlichen ehelichen Politik Zuflucht genommen hätte. Jungfer Miggs rang die Hände und weinte.

»Er war nicht mit bei Duke Street und auch nicht bei Warwick Street, Gabriel Varden«, sagte Simon finster, »aber er war mit bei Westminster. Vielleicht, Herr Meister, versetzte er einem Gemeinderatsmitglied einen Fußtritt! Vielleicht, Herr Meister, verprügelte er einen Lord – ja, reißt die Augen auf und seid baff, Herr Meister! Ich wiederhole, Blut floß aus Nasen, und vielleicht verprügelte er einen Lord. Wer weiß? Dies«, setzte er hinzu, griff mit der Hand in die Westentasche und langte einen großen Zahn hervor, bei dessen Anblick die Miggs und Frau Varden laut aufkreischten, »dies gehörte einem Bischof. Seht Euch vor, Mr. Varden!«

»Nun, ich hätte lieber«, sagte der Schlosser hastig, »fünfhundert Pfund gezahlt, als daß dies vorgefallen wäre. Du Tropf, weißt du denn, in welcher Gefahr du schwebst?«

»Ich weiß, Herr Meister«, erwiderte sein Geselle, »und es ist mein Ruhm. Ich war dort, jedermann hat mich dort gesehen. Ich war genau zu sehen und stach ins Auge. Ich will die Folgen auf mich nehmen.«

Der Schlosser, der wirklich erregt und besorgt war, schritt schweigend auf und ab – sah hier und da auf seinen früheren Lehrling, stand endlich vor ihm still und sagte: »Mach, daß du zu Bett kommst, und schlaf ein paar Stunden, daß du reuig aufwachen mögest und einigermaßen bei Sinnen bist! Schäme dich dessen, was du getan hast, und wir wollen versuchen, dich zu retten. Wenn ich ihn um fünf Uhr rufe«, sagte er, sich hastig zu seiner Frau wendend, »und wenn er sich rein gewaschen und die Kleider gewechselt hat, so gelingt es ihm vielleicht, die Towerstiegen zu erreichen und auf dem Gravesender Flußboot fortzukommen, ehe eine Suche nach ihm in die Wege geleitet wird. Von dort kann er leicht nach Canterbury kommen, wo dein Vetter ihm Arbeit geben wird, bis dieser Sturm vorüber ist. Ich weiß nicht, ob ich recht tue, ihn vor der Strafe, die er verdient, zu bewahren, aber er hat in diesem Haus als Mann und Junge zwölf volle Jahre gelebt, und es würde mir leid tun, wenn er wegen der Arbeit dieses einen Tages ein klägliches Ende nehmen sollte. Macht die Vordertür zu, Miggs, und haltet das Licht nicht nach der Straße zu, wenn Ihr die Treppe hinaufgeht. Schnell, Simon! Mach, daß du zu Bette kommst!«

»Und meint Ihr, Herr Meister«, versetzte Mr. Tappertit mit einer Schwerfälligkeit und Langsamkeit, die einen gewaltigen Gegensatz zu der Raschheit und dem Ernste seines gutmütigen Meisters bildeten, »und meint Ihr, Herr Meister, ich wäre niedrig und gemein genug, Euren knechtischen Vorschlag anzunehmen? Verruchter!«

»Tu was du willst, Simon, mach nur, daß du zu Bett kommst! Jede Minute kann schwere Folgen nach sich ziehen. Das Licht her, Miggs!«

»Ja, ja, o tut es! Geht sofort zu Bett!« riefen die beiden Frauenzimmer auf einmal.

Mr. Tappertit sprang auf die Beine, und indem er seinen Stuhl beiseite stieß, um zu zeigen, daß er den Beistand keines Menschen nötig habe, antwortete er, während er sich hin und her wiegte und mit seinem Kopf allerhand Bewegungen machte, wie wenn dieser mit dem Körper in keinerlei Verbindung stehe:

»Ihr spracht von der Miggs, Herr Meister. Die Miggs läßt sich schon zur Ruhe bringen!«

»O Simon!« stieß die junge Dame mit schwacher Stimme hervor. »O Frau Meisterin! O Herr Meister! O Du meine liebe Güte! Wie er mit mir umgeht!«

»Diese Familie läßt sich überhaupt ganz zur Ruhe bringen«, erwiderte Mr. Tappertit, nachdem er alle mit einem Lächeln unaussprechlicher Verachtung angeblickt hatte, »mit Ausnahme von Mrs. Varden. Ich bin heute nacht um ihretwillen hergekommen, Herr Meister. Mrs. Varden, nehmt dieses Stück Papier! Es ist 'ne Protektion, Frau Meisterin. Ihr mögt sie nötig haben.«

Mit diesen Worten hielt er in Armeslänge ein schmutziges, zerknittertes Schriftstück. Der Schlosser nahm es ihm aus der Hand, öffnete es und las:

Alle, die gute und rechte Freunde unserer Sache sind, werden, so hoffe ich, ernstlich bemüht sein, keinen wahren Protestanten an seinem Besitztum zu schädigen. Ich bin fest versichert, daß der Eigentümer dieses Hauses ein unerschütterlicher und würdiger Freund unserer Sache ist.

George Gordon.

»Was ist das?« fragte der Schlosser mit verändertem Gesicht.

»Etwas, das Euch guten Dienst leisten wird, mein Meister«, erwiderte sein Geselle, »Ihr werdet es bald sehen. Haltet dies in sicherm Gewahrsam und an einer Stelle, wo Ihr Eure Hand in einem Augenblick darauf legen könnt. Und schreibt ›Nieder mit dem Papsttum!‹ an Eure Tür morgen nacht und die nächste Woche – weiter ist nichts.«

»Dies ist ein echtes Dokument«, sagte der Schlosser, »ich weiß es, denn ich habe die Handschrift bereits einmal gesehen. Welche Drohung enthält es? Welcher Teufel ist los?«

»Ein wütender Teufel«, versetzte Simon, »ein lodernder, grimmiger Teufel. Kommt Ihr ihm nicht in den Weg, oder es ist aus mit Euch, mein Böcklein! Seid bei Zeiten gewarnt, Gabriel Varden. Lebt wohl!«

Aber hier warfen sich ihm die beiden Frauen in den Weg – besonders Jungfer Miggs, die sich mit solcher Leidenschaft auf ihn stürzte, daß sie ihn gegen die Wand preßte – und beschworen ihn mit berückenden Worten, nicht fortzugehen, ehe er nicht nüchtern wäre; auf vernünftige Vorschläge zu hören; sich es zu überlegen; ein wenig auszuruhen und dann einen Entschluß zu fassen.

»Ich sage Euch«, sprach Mr. Tappertit, »daß ich mich schon entschlossen habe. Mein blutendes Vaterland ruft mich, und ich gehe! Miggs, wenn Ihr nicht macht, daß Ihr aus dem Wege kommt, dann zwicke ich Euch.«

Jungfer Miggs, die sich noch an den Aufrührer klammerte, kreischte einmal aus vollem Halse – ob es in ihrer Sinnverwirrtheit geschah, oder weil er seine Drohung ausgeführt hatte, läßt sich nicht sagen.

»Laßt mich los!« rief Simon, indem er sich abmühte, sich aus ihrer keuschen, aber spinnenhaften Umarmung zu befreien. »Laßt mich fort! Ich habe für Euch in einem anders beschaffenen Gesellschaftsstatus vorgesorgt und denke, es Euch im Leben behaglich einzurichten. So! Seid Ihr nun zufrieden?«

»O Simon!« rief Jungfer Miggs. »O mein Goldjunge! O Frau Meisterin, welche Empfindungen beseelen mich, wenn ich an diesen Augenblick des Zwiespalts denke.«

Gefühle von sehr ungestümer Art, dem Anscheine nach! Denn ihre Nachtmütze war in dem Ringen herabgeschlagen worden, und sie lag auf dem Fußboden auf den Knien, wobei eine seltsame Sammlung von blauen und gelben Lockenwickeln, von wirren, durcheinandergeratenen Haarflechten, Stiftenden von Schnürbändern und Bändern von – es ließe sich unmöglich sagen, wovon – ans Tageslicht trat. Sie schnappte nach Luft, schlug in die Hände, hob ihre Augen empor, vergoß eine Flut von Tränen und gab noch verschiedene andere Anzeichen von dem schwersten seelischen Leiden.

»Ich lasse«, sagte Simon, indem er sich an seinen Meister wandte, unter gänzlicher Nichtachtung des jungfräulichen Kummers der Miggs, »eine Kiste mit allerhand Kram oben zurück. Fangt damit an, was Ihr wollt. Ich brauche sie nicht. Ich werde nie wieder hierher zurückkommen, nimmermehr. Seht Euch nach einem Gesellen um, Herr Meister; ich bin Geselle meines Vaterlandes. Von jetzt an ist das mein Berufszweig.«

»Nach zwei Stunden sei meinetwegen, was du willst, aber jetzt geh ins Bett«, erwiderte der Schlosser und pflanzte sich in dem Türwege auf. »Hörst du, was ich sage? Geh zu Bett!«

»Ich hör' Euch und pfeif' auf Eure Worte, Varden!« versetzte

Mr. Tappertit. »Heute nacht, Sir, bin ich auf dem Lande gewesen und habe zu einer Expedition den Plan entworfen, die Eure Handwerkerseele mit Erstaunen und Furcht erfüllen soll. Zu dem Entwurf ist meine äußerste Energie erforderlich. Laßt mich vorbei!«

»Ich schlage dich zu Boden, wenn du der Tür nahe kommst«, erwiderte der Schlosser. »Ich rate dir, geh zu Bett!«

Simon gab keine Antwort, sondern richtete sich so gerade auf, wie er irgend konnte, und stürzte mit vorgeneigtem Kopf auf seinen alten Meister los. Im Ringen gelangten nun beide nach der Werkstätte hinaus, wo sie Hände und Füße so hurtig bewegten, daß sie wie ein halbes Dutzend Hände und Füße aussahen, während die Miggs und Mrs. Varden lauter als ein Dutzend Weiber kreischten.

Es wäre für Varden leicht gewesen, seinen alten Lehrjungen niederzuschlagen und ihm Hände und Füße zu binden, aber da er ihm in seinem jetzigen wehrlosen Zustand nicht wehtun wollte, begnügte er sich damit, seine Hiebe zu parieren, wenn er konnte, und sie gutmütig hinzunehmen, wenn er es nicht konnte, wobei er sich beständig zwischen Simon und der Tür hielt, bis sich eine günstige Gelegenheit darbieten würde, ihn dazu zu zwingen, die Treppe hinauf zu flüchten und sich in seinem Zimmer einzuschließen. Aber in der Gutmütigkeit seines Herzens baute er zu sehr auf die Schwäche seines Gegners und vergaß, daß Betrunkene, die die Kraft nicht mehr besitzen, gerade zu gehen, oft laufen können. Indem er seine Zeit wahrnahm, stellte sich der verschlagene Simon Tappertit, als ob er zurückwiche, stürzte unerwarteterweise vorwärts, huschte an ihm vorbei, öffnete die Tür (er kannte den Kniff dieses Schlosses recht gut) und sauste die Straße hinunter wie ein toller Hund. Der Schlosser hielt im Übermaß seines Erstaunens einen Augenblick inne, dann schickte er sich zu einer Jagd an.

Die Zeit war vorzüglich für ein Rennen geeignet, denn zu jener stillen Stunde waren die Straßen verlassen, die Luft war kühl, und die fliehende Gestalt vor ihm war deutlich sichtbar. In großer Entfernung eilte sie dahin, und ein langer, schmaler Schatten folgte ihr auf den Fersen. Aber der kurzatmige Schlosser konnte gegen einen Mann von Simons Jugend und dünner Gestalt nicht aufkommen, wenn es auch einmal eine Zeit gegeben hatte, wo ihn der Bursche im Leben nicht hätte überholen können. Die Entfernung zwischen ihnen wuchs in rasender Schnelle, und als die Strahlen der aufgehenden Sonne auf Simon fielen, als er gerade um eine ferne Ecke bog, gab Gabriel gern die Hetzjagd auf und setzte sich auf einer Türschwelle nieder, um wieder zu Atem zu kommen. Simon flüchtete sich indessen, ohne ein einziges Mal anzuhalten, mit dem gleichen Grade von Geschwindigkeit bis zum ›Boot‹. Dort, das wußte er wohl, lagen einige seiner Kameraden, und eine Wache war von Freunden aufgestellt, die die ganze Nacht lang ihn erwartete – denn er hatte bereits den Vorzug genossen, sich dem Gesetze gegenüber zu gefährden – und die auch jetzt noch auf seine Ankunft lauerte.

»Geh' Deiner Wege, Simon, geh' Deiner Wege«, sagte der Schlosser, sobald er sprechen konnte. »Ich habe mein Bestes für dich getan, armer Junge, und würde dich gerettet haben, aber ich fürchte, der Strick ist dir schon um den Hals gelegt.«

Mit diesen Worten schüttelte er den Kopf, sorgenvoll und untröstlich, machte sich auf den Rückweg und trat bald wieder in sein Haus, wo Frau Varden und die treue Miggs ängstlich auf seine Rückkehr geharrt hatten.

Jetzt war Mrs. Varden (und folglich Jungfer Miggs in gleicher Weise) von einer geheimen Ahnung bedrückt, daß es wohl unrecht von ihr gewesen, das Gedeihen von Unruhen, deren Ende unmöglich vorauszusehen war, zu begünstigen und zu fördern, wenn auch ihre Mittel nicht weit dazu reichten; sie mußte sich sagen, daß ihr Verhalten nach und nach zu der Szene geführt hätte, die sich eben abgespielt hatte, und daß die Zeit zu triumphieren und zu tadeln für den Schlosser jetzt tatsächlich gekommen wäre. Und so stark fühlte Mrs. Varden dies und war infolgedessen so niedergeschlagen, daß sie, während ihr Mann ihren entlaufenen Gesellen verfolgte, unter ihrem Stuhl das kleine Ziegelhäuschen mit dem gelben Dache versteckte, damit es keine neue Gelegenheit bieten könne, auf das peinliche Thema zurückzukommen; und sie verbarg es noch weiter mit dem Saume ihrer Kleidung.

Es traf sich jedoch zufällig, daß der Schlosser gerade an diese Kleinigkeit gedacht hatte, und daß er, als er in das Zimmer kam und das Häuschen nicht sah, auf einmal fragte, wo es sei.

Mrs. Varden wußte sich nicht anders zu helfen, als es hervorzuziehen, was sie auch unter vielen Tränen tat und mit abgebrochenen Beteuerungen, daß, wenn sie hätte ahnen können –

»Ja, ja«, sagte Varden, »natürlich – das weiß ich ja. Ich bin auch gar nicht willens, dir Vorwürfe zu machen, meine Liebe. Aber denke von jetzt an daran, daß alles Gute, was zu bösen Zwecken verkehrt wird, schlimmer ist als das, was von Natur aus schlecht ist. Ein durch und durch gottloses Weib ist wirklich gottlos. Wenn die Religion falsche Wege geht, so ist es mit ihr aus dem gleichen Grund sehr schlimm bestellt. Jetzt laß uns nicht mehr darüber reden, meine Liebe.«

Mit diesen Worten ließ er das rote Häuschen auf den Boden fallen, setzte seinen Absatz darauf und zertrat es in Stücke. Die Heller, die Fünf-Pence-Stücke und die anderen freiwilligen Beiträge rollten in allen Himmelsrichtungen umher, aber keiner machte Miene, sie anzufassen oder aufzulesen.

»Hierüber«, sagte der Schlosser, »ist leicht verfügt, und gäbe der Himmel, daß alles, was aus derselben Gemeinschaft hervorgeht, ebenso leicht und schnell sein Ende finden möge.«

»Es ist nur ein Glück, Varden«, sagte seine Frau, sich das Taschentuch an die Augen haltend, »falls irgendwelche weiteren Unruhen vorfallen sollten – was ich nicht hoffe, aufrichtig nicht hoffe –«

»Ich auch nicht, meine Liebe.«

»– falls irgend etwas vorfällt, dann haben wir doch wenigstens das Stück Papier, das uns der arme, mißleitete junge Mensch gegeben hat.«

»Ah, richtig!« sagte der Schlosser und wandte sich schnell um. »Wo ist das Stück Papier?«

Mrs. Varden stand voller Entsetzen da, als er es aus ihrer ausgestreckten Hand nahm, es in Stücke riß und unter den Kaminrost warf.

»Wir sollen keinen Gebrauch davon machen?« rief sie.

»Gebrauch davon machen!« rief er. »Nein! Laß sie kommen und uns das Dach auf den Schädel schlagen! Laß sie uns hinausbrennen aus Haus und Hof! Ich will weder unter dem Schutz ihres Anführers stehen, noch ihr Geheul an meine Tür schreiben, wenn sie mich auch, weil ich's nicht tue, auf meiner eigenen Schwelle niederschießen. Gebrauch davon machen? Laß sie kommen und ihr Schlimmstes tun! Der erste, der zu solchem Zweck, wie sie ihn verfolgen, meine Türschwelle übertritt, wäre besser dran, wenn er hundert Meilen von hier weg wäre. Er mag sich vorsehen! Die anderen mögen tun, was sie wollen. Weder durch

Bitten, noch durch Geld will ich sie bewegen fortzugehen, und wenn an Stelle eines jeden Pfundes Eisen hundert Zentner Gold hier hingen. Geh' du zu Bett, Martha. Ich werde die Läden herunterlassen und an die Arbeit gehen.«

»So früh!« sagte seine Frau.

»Ja«, erwiderte der Schlosser heiter, »so früh! Mögen sie kommen, wann sie wollen, uns sollen sie schon am Platze finden. Von Verkriechen und Verstecken ist keine Rede. Das wäre noch schöner, wenn wir uns fürchten wollten, auch unser Teil vom Tageslicht zu beanspruchen, und ihnen alles lassen wollten. Also träume süß, meine Liebe, und schlafe recht wohl!«

Mit diesen Worten gab er seiner Frau einen innigen, herzlichen Kuß und hieß sie nicht länger verweilen, da es sonst Zeit würde aufzustehen, ehe sie sich noch zur Ruhe legte. Mrs. Varden begab sich liebenswürdig und hold die Treppe hinauf, begleitet von der Miggs, die, obwohl recht niedergeschlagen, doch nicht umhin konnte, einiges aufreizende Gehüstel und Geschnaube unterwegs hören zu lassen und in heller Verwunderung über das verwegene Gebaren ihres Dienstherrn die Hände zusammenzuschlagen.

52. Kapitel

Eine Volksmasse ist in der Regel ein Geschöpf von äußerst geheimnisvollem Wesen. Woher sie kommt oder wohin sie geht, wissen nur wenige zu sagen. Sie versammelt und verläuft sich mit gleicher Plötzlichkeit, und es ist bei ihr ebenso schwer, ihre verschiedenen Quellen zu finden, wie bei dem Meere selbst. Die Parallele hört hier noch nicht auf, denn der Ozean ist nicht veränderlicher und unberechenbarer, nicht schrecklicher, wenn er aufgerüttelt ist, nicht sinnloser und nicht grausamer.

Das Volk, das in Westminster am Freitag morgen getobt hatte und sich zur Nachtzeit so eifrig dem Zerstörungswerk in Duke Street und Warwick Street hingegeben hatte, war in der Hauptsache dasselbe. Wenn wir auch einräumen, daß in jeder Stadt, wo es eine Anzahl träger und lasterhafter Menschen gibt, jede Menge wahrscheinlich gewiß sein kann, daß sie hier und da Zufluß erhält, so war doch an beiden Orten ein und dieselbe Masse. Und doch verteilten sie sich in verschiedenen Richtungen, als sie am Nachmittag auseinandergingen, trafen keine Verabredung, sich wieder zu versammeln, hatten keinen bestimmten Zweck oder Plan und waren so in der Tat, soweit ein jeder wußte, ohne jede Hoffnung auf künftige Wiedervereinigung zerstreut.

Im »Boot«, das – wie wir gesehen haben – sozusagen das Hauptquartier der Aufrührer war, waren in der Nacht jenes Freitags nicht einmal zwölf Leute beisammen. Einige schliefen in dem Stall und in den Hofbauten, einige im Wirtszimmer, einige in Betten. Der Rest lag in seinen gewöhnlichen Häusern oder Schlupfwinkeln. Vielleicht lagen im ganzen nicht zwanzig, die es nicht gewohnt waren, unter freiem Himmel ihre Ruhestätte aufzuschlagen, in den angrenzenden Feldern und auf den Feldwegen und unter Heuschobern oder in der Nähe der warmen Stellen von Ziegelöfen. Was die öffentlichen Straßen drinnen in der Stadt betrifft, so waren sie von ihren gewöhnlichen nächtlichen Gästen belagert, aber sonst von keinem Menschen; alle zeigten das übliche Maß von Laster und Verkommenheit, aber nicht mehr.

Die Erfahrung eines Abends indessen hatte die furchtlosen Anführer der Unruhen gelehrt, daß sie sich nur in den Straßen zu zeigen brauchten, um sofort von Mengen umgeben zu sein, die sie, wenn ihre Hilfe nicht benötigt wurde, nur unter großer Gefahr, großem Kraftaufwand und großen Beschwernissen hätten zusammenhalten können. Einmal im Besitze dieses Geheimnisses, waren sie so zuversichtlich, als ob zwanzigtausend Männer, die ihrem Willen ergeben waren, um sie herumlagerten, und zeigten eine Zuversicht, die nicht hätte größer sein können, selbst wenn dies tatsächlich der Fall gewesen wäre. Am Sonnabend blieben sie den ganzen Tag über ruhig. Am Sonntag waren sie eher darauf bedacht, ihre Leute in Rufweite und froher Hoffnung zu halten, als durch irgendeine kühne Maßregel die Vorgänge des ersten Tages weiter zu verfolgen.

»Ich hoffe«, sagte Dennis am Sonntagmorgen, als er seinen Leib mit einem lauten Gähnen von einem Haufen Stroh, auf dem er geschlafen hatte, aufrichtete, den Kopf in die Hand stützte und sich zu Hugh wandte, »daß Mr. Gashford uns einige Ruhe nicht verübelt? Am Ende will er uns schon wieder bei der Arbeit haben, he?«

»Seine Art ist es nicht, Sachen aufzugeben, da kannst du sicher sein«, brummte Hugh zur Antwort. »Immerhin bin ich noch nicht dazu aufgelegt, mich zu rühren. Ich bin so steif wie 'ne Leiche und bin so ekelhaft zerkratzt und so voller Schrammen, als ob ich mich gestern den ganzen Tag lang mit wilden Katzen herumgebalgt hätte.«

»Du hast zuviel Enthusiasmus, das ist's«, sagte Dennis mit einem Blicke der Verwunderung auf den ungekämmten Kopf, den zerzausten Bart, die zerrissenen Hände und das zerkratzte Gesicht der wilden Gestalt vor ihm. »Du bist ein toller Teufelskerl! Du bringst dir hundertmal mehr Wunden bei, als nötig ist, weil du bei allem an der Spitze sein willst und mehr tun willst als die übrigen.«

»Was das anbetrifft«, entgegnete Hugh, schüttelte sein wirres Haar zurück und blickte nach der Tür des Stalles, in welchem sie lagen, »da drüben liegt einer, der grade so gut ist wie ich. Was sagte ich dir von ihm? Sagte ich nicht, daß er ein Dutzend wert sei, als er dir nicht geheuer vorkam?«

Mr. Dennis wälzte sich träge herum, bis er auf der Brust lag, stützte das Kinn in die Hand, indem er die Stellung, in welcher Hugh lag, nachahmte, und sagte, mit einem Blick nach der Tür:

»Ja, ja, du kanntest ihn, Bruder, du kanntest ihn. Aber wer dächte wohl, wenn er den Kerl jetzt ansieht, daß er der Mann sein könnte, der er ist! Ist es nicht jammerschade, Bruder, jammerschade, daß er, anstatt die Ruhe, die jeder Mensch nötig hat, zu genießen und sich für weitere Anstrengungen in dieser ehrbaren Sache hier zu stärken, wie ein Schuljunge Soldat spielt? Und nun noch seine Reinlichkeit!« rief Mr. Dennis, der sicher keinen Grund hatte, für einen Menschen Sympathie zu hegen, der in dieser Hinsicht eigen war: »Welche Schwäche läßt er sich zuschulden kommen in bezug auf Reinlichkeit! Heute morgen um fünf war er unter der Pumpe, trotzdem jeder hätte meinen sollen, daß er sich vorgestern weidlich abgehaspelt hätte und noch jetzt schlafen müsse. Aber nein – wie ich da einige Minuten wachlag, war er unter der Pumpe, und wenn du gesehen hättest, wie er sich die Pfauenfeder am Hute festheftete, als er mit Waschen fertig war – ach! Es tut mir leid, daß er so ein unvollkommener Charakter ist; aber die Besten von uns sind von dem oder jenem Gesichtspunkte aus unvollkommen.«

Der Gegenstand dieses Zwiegesprächs und dieser im Ton philosophischer Betrachtungen ausgesprochenen Schlußbemerkungen war, wie der Leser erraten haben wird, niemand anders als Barnaby, der mit seiner Fahne in der Hand gleich einer Schildwache in dem kleinen Fleck Sonnenschein an der fernen Tür stand oder draußen hin- und herging, wobei er leise vor sich hinsang oder nach dem Klange einiger heller Kirchenglocken marschierte. Ob er stillstand, mit beiden Händen auf den Schaft der Fahne gelehnt, oder ob er, das Banner auf der Schulter, langsam auf- und niederschritt: die sorgfältige Ordnung seiner ärmlichen Kleidung und seine gerade Haltung zeigten, was für eine hohe Meinung er von dem ihm anvertrauten Amt hatte und wie glücklich und stolz es ihn machte. Hugh und seinem Gefährten, die in einem düsteren Winkel in dem finstern Schuppen lagen, erschienen er und das Sonnenlicht und der friedliche Ton der Sabbatglocken, denen er antwortete, wie ein reizendes Gemälde, im Rahmen der Tür gefaßt und hervorgehoben durch die Schwärze des Stalles. Das Ganze bildete zu ihnen selbst, die gleich wilden Tieren in ihrem Unflat und ihrer Verruchtheit auf den beiden Strohhaufen lagen, einen solchen Gegensatz, daß sie eine Weile lang, ohne ein Wort zu sprechen, zusahen und fast Scham vor sich selbst spürten.

»Ja, ja«, sagte endlich Hugh und verscheuchte diesen Gedanken mit einem Lachen, »das ist ein Kerl, wie es nur wenige gibt, der Barnaby! Der kann mehr tun und braucht dabei weniger zu schlafen, zu essen oder zu trinken, als irgendwer von uns. Was sein Soldatenspiel anbetrifft, so habe ich ihn dort auf Wache gestellt.«

»Dann hattest du deinen Zweck dabei im Auge und gewiß auch einen recht guten Zweck, darauf will ich schwören«, versetzte Dennis mit einem breiten Grinsen und einem Fluch von derselben Beschaffenheit. »Was war's, Bruderherz?«

»Na, du weißt ja«, sagte Hugh und kroch näher zu ihm heran, »daß unser edler Hauptmann drüben gestern morgen ziemlich verschnupft hereinkam, und heute nacht auch – wie du und ich.«

Dennis sah nach der Stelle hin, wo Simon Tappertit auf einem Bündel Heu zusammengerollt lag und in tiefem Schlaf schnarchte.

»Und unser edler Hauptmann«, fuhr Hugh mit einem neuen Lachen fort, »unser edler Hauptmann und ich haben für morgen den Plan zu einem Feldzug entworfen, bei dem sich ein hübscher Gewinn machen läßt.«

»Gegen die Papisten?« fragte Dennis und rieb sich die Hände.

»Ja, gegen die Papisten – gegen einen von ihnen zum wenigsten, den einige von uns, und zu denen gehöre auch ich, noch eine gehörige Ohrfeige schuldig sind.«

»Doch nicht Mr. Gashfords Freund, von dem er uns erzählte, wie er bei mir war, he?« fragte Dennis, den eine angenehme Erwartung erfüllte.

»Derselbe«, sagte Hugh.

»Das ist so was für dich!« rief Mr. Dennis und wechselte mit ihm einen vergnügten Händedruck. »Das gibt ein Spielchen! Wir müßten nur immer was zu rächen haben oder Unrecht zu vergelten oder so etwas Ähnliches zu tun haben, da geht's zweimal so schnell. Das läßt sich hören! Das ist nicht übel!«

»Ha, ha, ha! Der Hauptmann«, versetzte Hugh, »hat im Sinne, ein Frauenzimmer im Gedränge wegzuführen, und – ha, ha, ha! – Das habe ich auch im Sinne!«

Mr. Dennis nahm diesen Teil des Entwurfes mit einem schiefen Gesichte auf, indem er bemerkte, daß er schon aus Prinzip mit den Weibern allesamt nichts zu tun haben wolle, da sie unsichere und schlüpfrige Personen seien, auf die man mit keinerlei Gewißheit bei irgend einer Sache rechnen könne und die niemals vierundzwanzig Stunden hintereinander ein und desselben Sinnes sein könnten. Er hätte sich in dieses verfängliche Thema noch weiter einlassen können, wenn es ihm nicht eingefallen wäre zu fragen, wie der Umstand, daß Barnaby als Schildwache an der Stalltür aufgestellt sei, mit der geplanten Expedition zusammenzubringen sei, worauf Hugh in vorsichtiger Weise folgendermaßen antwortete:

»Na, die Leute, die wir zu besuchen gedenken, waren einmal eine Zeitlang Freunde von ihm, und ich kenne ihn gut genug und weiß genau, wenn der vermuten sollte, daß wir ihnen irgenwelches Leid zufügen wollten, dann würde er nicht mehr auf unserer Seite stehen, sondern die anderen bereitwillig unterstützen. So habe ich ihm eingeredet (denn ich kenne ihn von alters her), daß Lord George ihn auserwählt habe, diesen Platz morgen zu bewachen, während wir weg sind, und daß dies eine große Ehre sei – und so steht er jetzt auf Wache und ist so stolz darüber, als ob er ein General wäre. Ha, ha! Was sagst du nun von mir? Bin ich nicht ebenso bedachtsam wie tollkühn?«

Mr. Dennis erschöpfte sich in Komplimenten und setzte dann hinzu:

»Was nun aber die Expedition selber angeht –«

»Davon«, sagte Hugh, »sollst du sofort alle Einzelheiten von mir und dem großen Hauptmann zusammen hören – denn sieh – er wacht auf. Raffe dich auf, Löwenherz! Ha, ha! Sei fidel und saufe von neuem! Noch ein Haar von dem Köter, der dich gebissen hat, Hauptmann! Laß dir was zu trinken bringen! Es sind genug goldene und silberne Tassen und Leuchter unter meiner Lagerstätte begraben«, setzte er hinzu, schob das Stroh weg und zeigte auf eine Stelle, wo der Boden frisch umgegraben war, »daß wir bezahlen könnten, auch wenn wir zwanzig Fässer leerten. Trink, Hauptmann!«

Mr. Tappertit nahm all die jovialen Ratschläge mit einer sehr bösen Freundlichkeit und zwar mit um so böserer Freundlichkeit auf, als er, sowohl geistig als körperlich, infolge der beiden durchschwelgten Nächte in sehr schlimmer Verfassung und knapp imstande war, auf den Beinen zu stehen. Mit Hughs Beistand gelang es ihm indessen, sich nach dem Brunnen zu arbeiten, und nachdem er sich mit einem übermäßigen Trunk kalten Wassers die Kehle und mit einem reichlichen Schauer derselben belebenden Flüssigkeit Kopf und Gesicht erfrischt hatte, ließ er sich etwas Rum und Milch bringen. Dieses Getränk und etwas Zwieback und Käse bildeten für ihn ein recht kräftiges Mahl. Hierauf legte er sich in bequemer Stellung auf den Boden neben seine beiden Gefährten (die nach ihrem Geschmacke zechten) und schickte sich an, Mr. Dennis über den Plan für morgen aufzuklären.

Daß ihr Gespräch interessanter Natur war, das wurde durch seine Länge und die gespannte Aufmerksamkeit aller drei daran teilnehmenden Personen klar. Daß es keine Unterhaltung war von bedrückend ernstem Charakter, sondern durch mancherlei aus dem Gegenstand selbst entspringende Scherze und Späße belebt wurde, ging klar hervor aus den lauten und häufigen Ausbrüchen von Gelächter, die Barnaby auf seinem Posten stutzig machten und ihn in Verwunderung über ihre leichte Auffassung der ganzen Sache setzten. Er wurde aber erst aufgefordert, sich zu ihnen zu gesellen, als sie gegessen und getrunken und geschlafen und ein paar Stunden miteinander geschwatzt hatten; wirklich erst, als es dämmerte, und dann gaben sie ihm auch schon zu verstehen, daß sie im Begriffe ständen, in den Straßen eine kleine Demonstration zu veranstalten – bloß um die Leute, weil es Sonntag nacht wäre und das Publikum sich sonst getäuscht fühlen könnte, in Alarm zu halten – und daß es ihm frei stünde, wenn es ihm beliebe, sie zu begleiten.

Ohne die geringste Vorbereitung, abgesehen davon, daß sie ihre Knüppel nahmen und die blaue Kokarde an den Hut steckten, begaben sie sich hinaus auf die Straße und zogen dort, ohne jeden anderen festen Plan, als soviel Unheil zu stiften wie eben ging, aufs Geratewohl herum. Ihre Zahl wuchs rasch, sie teilten sich bald in einzelne Haufen, und nach der Übereinkunft, daß sie nach und nach auf den Feldern bei der Welbeck Street wieder zueinander stoßen wollten, durchschweiften sie die Stadt in verschiedenen Richtungen. Der bedeutendste Haufen und derjenige, welcher mit der größten Geschwindigkeit wuchs, war der, zu dem Hugh und Barnaby gehörten. Dieser schlug den Weg nach Moorfields ein, wo eine reiche Kapelle stand und wo, wie bekannt war, verschiedene katholische Familien wohnten.

Sie begannen mit den Privathäusern dieser Bürger und zerschmetterten Türen und Fenster; während sie die Möbel zerschlugen und nur die nackten Wände zurück ließen, suchten sie eifrig nach Zerstörungswerkzeugen wie Hämmern, Schüreisen, Äxten, Sägen und ähnlichen Instrumenten. Viele der Aufrührer machten sich Gürtel aus Stricken, Handtüchern oder irgendwelchem Material, das sie unter der Hand fanden, und trugen diese Waffen so offen wie Pioniere im Felde. Sie waren nicht im geringsten darauf bedacht, sie zu verbergen oder zu verhüllen – tatsächlich nicht im geringsten in dieser Nacht – niemand war erregt und niemand beeilte sich. Von den Kapellen rissen sie alles nieder und nahmen alles weg, sogar die Altäre, Bänke, Kanzeln, Kirchstühle und die Dielen aus den Wohnhäusern, alles, sogar die Täfelung und die Treppen. Sie verrichteten das ergötzende, unterhaltende Treiben an diesem Sonntag abend wie bloße Handwerker, die eine bestimmte Arbeit zu verrichten hatten und sie jetzt verrichteten. Fünfzig entschlossene Männer hätten sie in einem Augenblick in die Flucht jagen können. Eine einzige Kompanie Soldaten hätte sie gleich einem Häuflein Staub auseinanderblasen können, aber kein Mensch legte sich ins Mittel, keine Autorität gebot ihnen Einhalt, und mit Ausnahme der entsetzten und erschreckten Leute, die sich bei ihrem Näherkommen flüchteten, wurden sie so wenig beachtet oder gestört, als ob sie dort ihr rechtmäßiges Handwerk verrichteten und zwar mit größter Nüchternheit und anständigem Benehmen.

In der gleichen Weise legten sie den Weg bis zu dem festgesetzten Treffpunkt zurück, zündeten große Feuer auf den Feldern an, und während sie nur die wertvollsten Stücke ihrer Beute zurückbehielten, verbrannten sie das übrige. Priesterliche Gewänder, Heiligenbilder, reiche Stoffe und Verzierungen, Altar- und Hausgerät wurden in die Flammen geworfen und gossen eine rote Glut auf das ganze Feld ringsum. Aber sie tanzten und heulten und brüllten um die Feuer herum, bis sie müde waren, ohne daß sie auch nur für einen Augenblick gestört wurden.

Als der Haupthaufe von diesem Schauplatze seiner Tätigkeit abrückte und die Welbeck Street hinunterzog, stieß er auf Gashford, welcher Zeuge ihres Treibens gewesen war und verstohlen die Straße entlangschritt.

»Gefällt es Euch so besser, Meister?«

»Nein«, sagte Gashford. »Das ist nicht der Fall.«

»Was wollt Ihr denn haben?« fragte Hugh. »Ein Fieber ist nicht mit einem Male auf seinem Höhepunkte. Es geht stufenweise.«

»Mir würde es besser gefallen«, sagte Gashford, indem er den anderen mit solcher Boshaftigkeit in den Arm kniff, daß seine Nägel in dessen Fleisch aufeinander zu stoßen schienen, »mir würde es besser gefallen, wenn Ihr einige Vernunft in Euer Treiben legtet. Narren! Könnt Ihr nur mit Lumpen und Fetzen Freudenfeuer anzünden? Könnt Ihr nichts ganz verbrennen?«

»Ein wenig Geduld, Meister«, sagte Hugh. »Wartet nur ein paar Stunden, und Ihr sollt sehen. Schaut morgen nacht aus nach einem Feuerschein am Himmel.«

Hiermit trat er zurück auf seinen Platz neben Barnaby; und als der Sekretär hinter ihm hersah, waren beide im Gewühl verloren.

53. Kapitel

Der nächste Tag wurde durch frohes Glockengeläut und den Donner der Towerkanonen eingeleitet; Flaggen wurden auf vielen Kirchtürmen gehißt; die üblichen Demonstrationen zu Ehren des Geburtstags des Königs wurden veranstaltet; ein jeder widmete sich seinem Geschäft oder seinen Vergnügen, als ob die Stadt in vollkommener Ordnung wäre und an ihren heimlichen Plätzen keine im Verlöschen begriffene Asche läge, die bei Beginn der Dunkelheit wieder aufglühen und Zerstörung und Entsetzen verbreiten könnte. Die Führer des Aufruhrs, deren Kühnheit durch den Erfolg der letzten Nacht und die Beute, die sie gemacht hatten, noch gesteigert wurde, hielten beständig zueinander und dachten an weiter nichts als daran, die Masse ihrer Anhänger so tief in Freveltaten zu verwickeln, daß keine Hoffnung auf Vergebung oder Belohnung sie dazu bewegen könne, ihre in höherem Maße berüchtigten Bundesgenossen durch Verrat in die Hände der Gerechtigkeit zu bringen.

In der Tat hielt das Gefühl, zu weit gegangen zu sein, als daß man ihnen verzeihen könnte, die Furchtsamen nicht weniger als die Kühnen zusammen. Viele, die bereitwillig die hauptsächlichsten Aufrührer angezeigt und Zeugnis gegen sie abgelegt hätten, fühlten, daß auf ein Entkommen durch diese Mittel und Wege nicht zu hoffen sei. War doch eine jede ihrer Handlungen durch Dutzende von Leuten beobachtet worden, die an den Unruhen keinen Teil genommen hatten, die in ihrem friedlichen Leben gestört, an Person und Eigentum geschädigt worden waren durch die Untaten des Volkshaufens, die äußerst bereitwillige Zeugen sein würden und deren Zeugnis die Regierung ohne Zweifel einem jeden Königszeugnis,[69] das sich bieten möge, vorziehen würde. Viele von dieser Klasse hatten ihre gewöhnlichen Beschäftigungen am Sonntag morgen verlassen; einige waren, beim Tumult mitwirkend, von ihren Brotherren gesehen worden; andere wußten, daß man sie im Verdacht haben werde und daß sie aus ihrem Dienst entlassen werden würden, wenn sie zurückkehrten; andere hatten an der Sache schon von Anfang an verzweifelt und trösteten sich mit dem bekannten Sprichwort, daß, wenn überhaupt einmal gehängt sein müsse, man dann ebensogut gehängt werden könne, weil man ein Schaf, als weil man ein Lamm sei.

Sie glaubten und hofften alle mehr oder weniger, daß die Regierung, die sie scheinbar gelähmt hatten, am Ende in ihrem Entsetzen zu Übereinkünften mit ihnen kommen würde und es ihnen überlassen würde, ihre eigenen Bedingungen zu stellen. Die weniger schlimmen unter den Haufen erwogen bei sich selbst, daß ihrer im schlimmsten Falle zu viele seien, daß alle eine

Strafe treffen könne, und daß sie deshalb so gut Gelegenheit hätten zu entkommen wie jeder andere. Die große Masse aber erwog und bedachte nichts, sondern wurde durch ihre eigenen unhaltbaren Leidenschaften, durch Armut, durch Unwissenheit, durch die Liebe zum Unheil und die Hoffnung auf Plünderung angespornt.

Noch ein anderer Umstand ist der Aufzeichnung wert, daß nämlich seit der ersten Revolte bei Westminster jedes Anzeichen von Ordnung oder vorher verabredeter Einteilung verschwunden war. Wenn sich die verschiedenen Haufen teilten und nach verschiedenen Stadtvierteln liefen, so geschah es infolge einer Eingebung, die ihnen von selbst kam. Jeder Haufe schwoll an beim Weiterstürmen, wie Flüsse während ihres Laufes zur See. Neue Anführer waren zur Stelle, sobald welche gebraucht wurden, verschwanden wieder, sobald man ihrer nicht mehr bedurfte, und tauchten bei der nächsten Krise wieder auf. Nach den Verhältnissen des Augenblickes erhielt jeder Tumult seine Form und Gestalt; man sah, wie nüchterne Handwerker, die von ihrer Tagesarbeit nach Hause kamen, ihre Handwerkskästen beiseite warfen und in einem Augenblick Anführer wurden; bloße Laufburschen taten das gleiche. Mit einem Wort, eine seelische Pest durchlief die Stadt. Der Lärm und die Hast und Erregung zogen Hunderte und Aberhunderte so stark an, daß sie nicht fest genug waren zu widerstehen. Wie ein entsetzliches Fieber griff die Seuche um sich. Ein ansteckender Wahnsinn, obgleich bei weitem noch nicht auf seiner Höhe, riß mit jeder Stunde neue Opfer an sich, und das öffentliche Leben zitterte vor seinen Wutanfällen.

Es war zwischen zwei und drei Uhr nachmittags, als Gashford die im vorherigen Kapitel beschriebene Lagerstätte betrat und, da er nur Barnaby und Dennis fand, nach Hugh fragte.

Er wäre fort, sagte ihm Barnaby, wäre schon vor einer Stunde gegangen und noch nicht wiedergekommen.

»Dennis!« sagte der lächelnde Sekretär im sanftesten, glattesten Tone, als er sich mit übereinandergeschlagenen Beinen auf ein Faß setzte, »Dennis!«

Der Henker reckte sich in eine sitzende Stellung auf und starrte ihn mit aufgerissenen Augen an.

»Wie geht's, Dennis?« fragte Gashford nickend. »Eure jüngste Anstrengung hat Euch hoffentlich keine Beschwerden verursacht?«

»Ich will Euch nur eins sagen, Mr. Gashford«, erwiderte der Henker, ihn anstierend, »daß Eure ruhige Art und Weise beinah eine Leiche aufwecken könnte! Sie ist«, setzte er hinzu und brummte einen Fluch vor sich hin – indem er ihn immer noch nachdenklich anstarrte »so entsetzlich schlau!«

»So sonnenklar, was Dennis?«

»Sonnenklar!« antwortete er und kratzte sich den Kopf, während er die Augen auf das Gesicht des Sekretärs geheftet hielt. »Mich dünkt, Mr. Gashford, das Wort geht mir durch Mark und Bein.«

»Es freut mich sehr, daß Ihr ein so scharfes Gehör habt und daß es mir gelingt, mich Euch so verständlich zu machen«, sagte Gashford in seinem gleichmäßigen Ton. »Wo steckt Euer Freund?«

Mr. Dennis sah sich um, als wenn er dächte, ihn auf seinem Strohlager schlafend zu finden. Dann erinnerte er sich jedoch, daß er ihn hatte hinausgehen sehen, und erwiderte:

»Ich weiß nicht, wo er ist, Mr. Gashford. Ich erwartete ihn schon lange zurück. Hoffentlich ist's noch nicht Zeit, wieder an die Arbeit zu gehen, Mr. Gashford?«

»Nein«, sagte der Sekretär. »Wer sollte das so gut wissen wie Ihr? Wie kann ich Euch das sagen, Dennis? Ihr wißt ja, Ihr seid vollständig Herr Eurer eigenen Handlungen – und habt niemand Rechenschaft darüber abzulegen – außer dem Gesetz hin und wieder, he?«

Dennis geriet über die kalte Selbstverständlichkeit dieser Erwiderung in großes Erstaunen, erlangte aber seine Fassung wieder, als auf seinen Broterwerb angespielt wurde, zeigte auf Barnaby und runzelte die Stirne.

»Still!« rief Barnaby.

»Ja! Seid still hierüber, Mr. Gashford«, sagte der Henker mit leiser Stimme: »Volksansichten – Ihr denkt nie dran – na, Barnaby, mein Junge, was gibt's denn?«

»Ich hör' ihn kommen«, antwortete er, »horch! Hört Ihr das? Das ist sein Tritt! Juchei, ich kenne seinen Tritt und den Tritt seines Hundes. Tramp, tramp, tipp-tapp, sie kommen beide heran und, ha, ha, ha – hier sind sie schon!« rief er erfreut und empfing Hugh mit beiden Händen; dann klopfte er ihm freundlich auf den Rücken, als ob er nicht der rauhe grobe Genosse wäre, als den ihn alle kannten, sondern einer der liebenswürdigsten, herzgewinnendsten Menschen, die es gäbe. »Hier ist er, und heil und gesund! Es freut mich, ihn wieder bei uns zu sehen, den alten Hugh!«

»Ich will ein Heide sein, wenn er mir nicht einen wärmeren Willkommen entgegenbringt als sonst jemand, der seine fünf Sinne beisammen hat«, sagte Hugh und schüttelte ihm in einer Art wilder Freundschaft, die seltsam genug anzuschauen war, die Hand. »Wie geht's, Junge?«

»Recht gut!« rief Barnaby und schwenkte mit dem Hute. »Ha! Ha! Ha! Und wohlgemut und lustig dazu, Hugh! Und bereit, alles für die gute Sache und das Recht zu tun und dem lieben milden Herrn mit dem blassen Gesichte zu helfen, Seiner Lordschaft, mit der sie so übel umgehen! He, Hugh?«

»Jawohl!« erwiderte sein Freund, der seine Hand losließ und einen Augenblick lang mit verändertem Gesichtsausdruck Gashford ansah, bevor er diesen anredete. »Guten Tag, Sir!«

»Und einen guten Tag Euch«, erwiderte der Sekretär und streichelte sein Bein. »Und viele gute Tage – ganze Jahre voller Glück, hoffe ich. Ihr seid erhitzt.«

»Das wärt Ihr auch, Meister«, sagte Hugh und wischte sich das Gesicht ab, »wenn Ihr so schnell gerannt wäret, wie ich.«

»Ihr wißt also die Neuigkeiten? Ja, ich dachte mir, daß Ihr davon gehört hättet.«

»Neuigkeiten! Was für Neuigkeiten!«

»Ihr habt noch nicht davon gehört?« rief Gashford und zog mit einem Ausruf des Erstaunens die Augenbrauen in die Höhe. »Du lieber Gott! Nun, so bin ich also doch der erste, Euch mit der hervorragenden Stellung, die Ihr alles in allem doch einnehmt, bekannt zu machen. Seht Ihr das königliche Wappen oben?« fragte er lächelnd, als er ein großes Schriftstück aus der Tasche langte, es auseinanderfaltete und Hugh hinhielt, damit er es durchlesen solle.

»Na!« sagte Hugh. »Was geht das mich an?«

»Viel, sehr viel«, erwiderte der Sekretär. »Lest es!«

»Ich sagte Euch gleich das erste Mal, wie ich Euch sah, daß ich nicht lesen könne«, sagte Hugh. »Was zum Teufel steht denn drin?«

»Es ist eine Proklamation vom geheimen königlichen Rate«, sagte Gashford, »heutigen Datums, in der eine Belohnung von fünfhundert Pfund – fünfhundert Pfund sind ein gutes Stück

Geld und könnten gar manchen in starke Versuchung führen – für einen jeden geboten wird, der die Person oder die Personen dem Gerichte überliefert, welche am meisten bei der Zerstörung der Kirchen Sonnabendnacht tätig gewesen sind.«

»Ist das alles?« rief Hugh mit gleichgültiger Miene. »Das wußte ich.«

»Wahrlich, ich hätte wissen müssen, daß es Euch bekannt ist«, sagte Gashford, indem er lächelnd das Dokument wieder zusammenfaltete. »Euer Freund hat, wie ich mir denken konnte und in der Tat auch dachte, Euch gewiß davon erzählt.«

»Mein Freund!« stotterte Hugh mit einem erfolglosen Versuche, überrascht zu erscheinen. »Welcher Freund denn?«

»Pah, pah! Meint Ihr, ich wüßte nicht, wo Ihr gewesen seid?« versetze Gashford, indem er sich die Hände rieb und mit dem Rücken der einen Hand gegen die Fläche der anderen schlug und ihn mit verschmitzten Augen ansah. »Für wie blöde haltet Ihr mich? Soll ich seinen Namen nennen?«

»Nein«, rief Hugh mit einem hastigen Blick nach Dennis.

»Ihr habt ohne Zweifel von ihm auch gehört«, ergriff der Sekretär nach einer Pause wieder das Wort, »daß die Anführer, die gefangen genommen sind – die armen Kerle – vor Gericht gestellt werden, und daß einige Zeugen, die sehr rüstig ihre Sache verfolgen, die Unerschrockenheit gehabt haben, gegen sie aufzutreten. Unter anderen«, und hier knirschte er mit den Zähnen, als ob er mit Gewalt einige heftige Worte unterdrücken wollte, die ihm auf der Zunge schwebten, und fuhr langsam fort »unter anderen ein Herr, der dem Werke in der Warkwick Street zugesehen hat. Ein katholischer Herr, ein gewisser Haredale.«

Hugh hätte gern verhindert, daß das Wort gesprochen wurde, aber es war schon heraus. Als Barnaby den Namen hörte, drehte er sich geschwind um.

»Deine Pflicht, kühner Barnaby, deine Pflicht!« rief Hugh, der sein wildestes und schnellstes Wesen annahm, und schob den Schaft der Fahne, die an der Mauer lehnte, ihm in die Hand. »Bezieh' deine Wache, ohne eine Minute zu verlieren, denn wir begeben uns auf unsere Expedition. Auf, Dennis, und mach dich fertig! Sorge dafür, daß niemand das Stroh auf meinem Bett durchwühlt, tapferer Barnaby. Wir wissen ja, was darunter liegt. Nun, Meister, schnell! Was Ihr zu sagen habt, das sagt schnell! Denn der kleine Hauptmann mit einem Haufen von unseren Leuten sind auf den Feldern und warten nur noch auf uns. Scharf ist das Wort und Hauen die Handlung. Schnell!«

Barnaby konnte gegen ein solches Drängen und eine solche Eile nichts ausrichten. Der Blick, gemischt von Erstaunen und Furcht, der auf seinem Gesichte erschienen war, als er sich nach ihnen hinwandte, war aus ihm gewichen, wie die Worte seinem Gedächtnis entflohen, gleich dem Hauch auf einem blanken Spiegel. Er faßte das Feldzeichen, das Hugh ihm aufdrängte, und nahm kühn und stolz seine Stellung an der Tür ein, wo ihre Worte nicht zu hören waren.

»Ihr hättet unseren Plan zunichte machen können, Meister«, sagte Hugh. »Und von allen gerade Ihr!«

»Wer hätte auch glauben mögen, daß er so schnell sein würde?« verteidigte sich Gashford.

»Er ist manchmal ebenso schnell – ich meine nicht mit den Händen, denn das wißt Ihr, sondern mit dem Kopfe – wie Ihr oder sonst wer«, sagte Hugh. »Dennis, 's ist Zeit, daß wir uns auf den Weg machen; sie warten auf uns, ich kam, dir das zu sagen. Reich mir Stock und Gurt. So! Legt auch mit Hand an, Meister! Werft mir dies über die Schulter und schnallt es hinten zu, wollt Ihr?«

»Immer das gleiche Feuer!« sagte der Sekretär und legte ihm den Gurt um, wie er wünschte.

»Heute muß man auch Feuer besitzen. Es geht um ein Werk, bei dem es ohne Feuer nicht abgeht.«

»Ach was? Ach was?« sagte Gashford. Bei diesen Worten gab er seinem Gesicht einen so herausfordernden Ausdruck von Dummheit, daß Hugh über die Schulter hinüber ärgerlich auf ihn niederblickte und erwiderte:

»Ach, was! Ihr wißt ja, daß das der Fall ist! Wer wüßte besser als Ihr, Meister, daß der erste große Schritt, der zu tun ist, dahin gehen muß, ein Exempel an diesen Zeugen zu statuieren und jedermann davon abzuschrecken, gegen uns oder irgendwen unsres Bundes je wieder aufzutreten?«

»Einen kennen wir«, entgegnete Gashford mit ausdrucksvollem Lächeln, »der mindestens ebensogut von diesem Gegenstande unterrichtet ist, als Ihr oder ich.«

»Wenn wir hierbei denselben Herrn im Sinne haben, was ja auch sicher der Fall ist«, versetzte Hugh leise, »so will ich das sagen – der dort ist in allem ebensogut und schnell unterrichtet, wie –«, hier hielt er inne, um sich zu vergewissern, daß die Person, welche dabei in Frage kam, außer Hörweite stand – »wie der Satan in eigener Person. Seid Ihr nun fertig, Meister? Wie langsam Ihr seid!«

»Jetzt sitzt's ganz fest«, sagte Gashford, sich erhebend. »Hört mal – Euch ist doch nicht entgangen, daß Euer Freund den kleinen Zug, den Ihr für heute plant, mißbilligt? Ha, ha, ha! Es ist nur ein Glück, daß Ihr damit gleichzeitig Eure Politik gegen die Zeugen verfolgt; denn erst einmal geplant, muß es auch ans Tageslicht treten und ausgeführt sein! Und jetzt macht Ihr Euch auf den Weg?«

»Jetzt machen wir uns auf den Weg, Meister!« erwiderte Hugh. »Irgendwelche Worte zum Abschied?«

»Behüte Gott, nein«, sagte Gashford mit süßer Stimme, »keine!«

»Ihr seid mit Euch im klaren?« rief Hugh und stieß den grinsenden Dennis an.

»Ganz im klaren! Nicht, Mr. Gashford?« kicherte der Henker.

Gashford hielt einen Augenblick inne, während in seinem Innern Vorsicht und Bosheit miteinander stritten; dann stellte er sich zwischen die beiden Männer, legte eine Hand auf eines jeden Arm und sagte mit zu leisem Flüstern gedämpfter Stimme:

»Vergeßt nicht, meine guten Freunde – ich weiß gewiß, daß Ihr tun werdet, was wir eines Nachts – in Eurem Hause, Dennis – besprochen haben. Kein Erbarmen! Kein Stein, nicht zwei Balken dürfen stehenbleiben, wo der Maurer sie hingesetzt! Feuer, heißt das Sprichwort, ist ein guter Diener, aber ein schlimmer Gebieter. Macht es zu seinem Gebieter! Er verdient nichts Besseres. Aber ich weiß gewiß, daß Ihr fest sein werdet! Ich weiß, daß Ihr daran denken werdet, daß er nach Eurem Leben und nach dem eines jeden von Euren braven Genossen dürstet. Wenn Ihr je als stämmige, wackere Burschen gehandelt habt, so werdet Ihr es heute tun. Hab' ich recht, Dennis? Hab' ich recht, Hugh?«

Die beiden sahen ihn an und sich selbst; dann brachen sie in ein brüllendes Gelächter aus, schwangen ihre Knüttel über ihren Köpfen, schüttelten sich die Hände und stürzten hinaus.

Als sie eine kleine Weile fort waren, folgte Gashford. Sie waren noch zu sehen und eilten nach dem Teil der anliegenden Felder, wo sich ihre Gefährten bereits versammelt hatten. Hugh schaute zurück und schwenkte seinen Hut gegen Barnaby, der, entzückt über die ihm anvertraute Pflicht, in derselben Weise antwortete, um dann wieder vor der Stalltüre, wo er sich schon einen Pfad getreten hatte, auf- und niederzuschreiten. Und als selbst Gashford schon weit weg war und sich zum letzten Mal umsah, da ging er immer noch hin und her mit den gleichen gemessenen Schritten: der aufopferndste, heiterste Kämpe, der je einen Posten innehatte. Von hehrem Pflichtgefühl hob sich sein Herz. Es war erfüllt von dem festen Entschluß, bis zum letzten Blutstropfen diese Pflicht zu tun.

Gashford lächelte über die Einfältigkeit des armen Blöden und begab sich nach der Welbeck Street auf einem anderen Weg, wie ihn seines Wissens die Anführer einschlagen wollten, setzte sich an ein Fenster des oberen Stockwerks im Hause des Lord George Gordon und wartete ungeduldig, daß sie kommen sollten. Obwohl er wußte, daß es fest beschlossen war, diesen Weg einzuschlagen, blieben sie doch so lange aus, daß er fast zu befürchten begann, sie hätten wohl ihren Plan geändert und einen anderen Weg eingeschlagen. Doch endlich ließ sich auf den benachbarten Feldern Gebrüll vernehmen, und bald darauf kamen sie vorbeigedrängt.

Indessen kamen nicht alle, bei weitem nicht alle, in einem Haufen, sondern waren, wie er bald merkte, in vier Teile geschieden, deren jeder vor dem Haus anhielt, um drei Jubelgrüße hinaufzubrüllen, und dann weiterzog, während die Anführer mit lauter Stimme die Richtung, die einzuschlagen war, angaben und die Zuschauer aufforderten, sich ihnen zuzugesellen. Die erste Abteilung, die anstelle von Bannern einige Überbleibsel der Verheerung, die sie in Moorfields vorgenommen hatten, mit sich führte, verkündete, daß sie sich auf dem Weg nach Chelsea befände, von woher sie in derselben Ordnung zurückkehren würde, um von der gemachten Beute nahebei ein großes Freudenfeuer anzuzünden. Die zweite verkündete, daß sie nach Wapping wolle, um eine Kapelle zu zerstören. Der Bestimmungsort der dritten war East Smithfield, und ihr Zweck der gleiche. Alles dies ereignete sich an einem luftigen, lichten Sommertag. Muntere Kaleschen hielten an, um sie vorüberzulassen, oder wandten sich zurück, um ihnen aus dem Weg zu gehen; Spaziergänger traten zur Seite in Türwege, oder klopften vielleicht und baten um die Erlaubnis, an einem Fenster oder im Flur stehen zu dürfen, bis die Aufrührerischen vorüber waren; aber keiner warf sich ihnen in den Weg; und sofort als sie vorbei waren, ging alles wieder seine gewohnte Straße.

Es blieb noch der vierte Teil übrig, und nach diesem sah der Sekretär in äußerst gespannter Erwartung. Endlich kam er herauf. Er war zahlreich und setzte sich aus auserlesenen Männern zusammen; denn als er zu ihnen hinuntersah, erkannte er viele ihm zugewandte Gesichter, die ihm sehr wohl bekannt waren – die von Simon Tappertit, Hugh und Dennis natürlich in der vordersten Reihe. Sie hielten und riefen ihm jubelnd zu, aber als sie sich wieder in Bewegung setzten, verkündeten sie nicht, wie jene getan hatten, was sie vorhätten. Hugh steckte lustig seinen Hut auf den Knüttel, den er trug, blickte noch einmal nach einem Zuschauer auf der anderen Seite der Straße und war vorbei.

Gashford folgte unwillkürlich der Richtung des Blickes und gewahrte Sir John Chester, der auf dem Pflaster stand und die blaue Kokarde trug. Er hielt seinen Hut einige Zoll über seinem Kopfe, um den Pöbel sich geneigt zu machen. Er lehnte sich anmutig auf seinen Spazierstock, lächelte gefällig, zeigte seinen Anzug und seine Persönlichkeit im vorteilhaftesten Lichte und sah mit der denkbar größen Seelenruhe zu. Trotz alledem hatte Gashford, flink und gewandt, wie er ja war, doch wahrgenommen, daß Sir Chester mit der Miene eines Gönners Hugh wiedererkannte. Er hatte nun für die Menge weiter kein Auge, sondern heftete seine scharfen Blicke auf Sir John.

Er blieb an derselben Stelle und in derselben Stellung, bis er letzte Mann des Haufens um die Straßenecke herum war; dann nahm er sehr bedachtsam die blaue Kokarde von seinem Hute, steckte sie sorgfältig in die Tasche, um sie bei dem nächsten Vorfall wieder zu benutzen; erfrischte sich mit einer Prise Schnupftabak, steckte seine Dose wieder ein und ging langsam davon, als eine vorüberfahrende Kutsche anhielt und eine Damenhand das Fenster herabließ. Sir Johns Hut war auf der Stelle wieder vom Kopfe herunter. Nach einer minutenlangen Unterredung am Kutschenfenster, während der er anscheinend ausführlich über den Pöbel sprach, stieg er hinein und fuhr fort.

Der Sekretär lächelte; er hatte aber an anderes zu denken und ließ diesen Gegenstand bald fahren. Das Mittagsmahl wurde ihm gebracht, er aber schickte es hinunter, ohne es angerührt zu haben. Und indem er ruhelos auf und ab schritt und beständig nach der Uhr sah und oftmals vergebens versuchte, sich hinzusetzen und zu lesen, oder schlafenzugehen, oder aus dem Fenster zu sehen, verbrachte er vier träge Stunden. Als das Zifferblatt ihn belehrte, daß soviel Zeit verstrichen war, stahl er sich die Treppen hinauf nach dem obersten Stockwerk des Hauses, kam auf das Dach heraus und setzte sich nieder mit dem Gesicht nach Osten.

Er achtete nicht des frischen Lüftchens, das ihm gegen die erhitzte Stirn wehte, noch der anmutigen Wiesen, von denen er sich abwandte, noch der Masse von Dächern und Schornsteinen, auf die er herabsah, noch des Rauches und des aufsteigenden Nebels, den er vergebens zu durchdringen suchte, noch der schrillen Rufe der Kinder, die sich bei ihren Abendspielen belustigten, noch des fernen Lärms und Trubels der Stadt, noch des erquickenden Landlüftchens, das vorbeirauschte, um London zu sehen und dort zu erschlaffen und zu ersterben. So schaute er hinaus und schaute hinaus, bis es dunkel war – die Flecken Licht ausgenommen, die unten in den Straßen und in weiter Ferne blinkten – und, wie die Finsternis wuchs, da strengte er seinen Blick noch mehr an und suchte weiter in das Dunkel zu dringen.

»Immer noch nichts als Dunkelheit dort drüben!« murmelte er ruhelos. »Hund! Wo ist der Feuerschein am Himmel, den Ihr mir verspracht?«

54. Kapitel

Gerüchte von den herrschenden Unruhen machten jetzt schon allgemein die Runde durch die Städte und Dörfer um London herum, und diese Nachrichten wurden überall mit jener Gier nach Wunderbarem und mit der Liebe für das Schreckliche hingenommen, welche seit der Erschaffung der Welt zu den natürlichen Charaktereigenschaften des Menschengeschlechtes gehört haben. Diese Berichte erschienen indessen damals, wie sie uns heutzutage erscheinen würden, wenn wir nicht wüßten, daß sie geschichtliche Tatsachen wären, den Leuten so ungeheuerlich und unverbürgt, daß viele, die in einiger Entfernung wohnten und sich auch bei anderen Gelegenheiten leichtgläubig zeigten, sich wirklich nicht zu dem Glauben aufzuschwingen wußten, daß solche Dinge überhaupt geschehen könnten; sie verwarfen daher die Nachrichten, die sie jetzt allenthalben hörten, als vollkommen fabelhaft und abgeschmackt.

Mr. Willet – vielleicht weniger, weil er den Gegenstand durchdacht und sich darüber klargeworden war, als vielmehr, weil er eine unabänderliche Halsstarrigkeit besaß – war einer von denjenigen, die sich entschieden weigerten, bei dem laufenden Gesprächsgegenstand auch nur einen Augenblick zu verweilen. An eben dem Abend und vielleicht zu eben der Zeit, wo Gashford seine einsame Wache hielt, hatte sich das Gesicht des alten John infolge eines fortwährenden Kopfschüttelns, vermittelst dessen er die Behauptungen seiner drei alten Stammgäste und Bierkumpane in Abrede stellte, so sehr gerötet, daß es wie ein Phänomen anzuschauen war und die Pforte des ›Maypole‹, in welcher sie miteinander saßen, gleich einem wunderbaren Karfunkel in einem Elfenmärchen erleuchtete.

»Seid Ihr der Meinung, Sir«, sagte Mr. Willet, während er scharf auf Salomo Daisy sah, denn es war seine Gewohnheit in Fällen persönlicher Streitereien sich an den kleinsten Mann in der Gesellschaft zu halten, »seid Ihr der Meinung, Sir, daß ich von Haus aus ein Narr wäre?«

»Nein, nein, Johnny«, versetzte Salomo und sah sich in dem kleinen Kreise um, von dem er selbst ein Teilchen bildete. »Wir wissen alle besser von Euch zu denken. Ihr seid kein Narr, Johnny. Nein, nein!«

Mr. Cobb und Mr. Parkes schüttelten im Einklang mit den Köpfen, während sie brummten: »Nein, nein, Johnny, beileibe nicht!« Aber da solcherlei Komplimente regelmäßig bei Mr. Willet nur bewirkten, daß er noch verdrießlicher wurde als vorher, so bedachte er sie alle mit einem Blicke tiefer Verachtung und erwiderte als Antwort:

»Was wollt Ihr denn damit, daß Ihr hierherkommt und mir sagt, daß Ihr heut abend zusammen einen Spaziergang nach London machen wollt – Ihr drei – Ihr – um Euch selbst durch Hören und Sehen zu überzeugen? Genügt es Euch nicht«, sagte Mr. Willet, indem er mit einer Miene feierlichen Ekels die Pfeife aus dem Munde nahm, »genügt es Euch nicht, daß ich Euch mit dem, was ich gehört und gesehen habe, überzeuge?«

»Das habt Ihr uns noch gar nicht gesagt, Johnny«, verteidigte sich Parkes demütig.

»Das habe ich Euch nicht gesagt, lieber Freund?« wiederholte Mr. Willet, und überblickte ihn vom Scheitel bis zur Sohle. »Das hab ich Euch nicht gesagt, lieber Freund? Das hab ich Euch doch gesagt, lieber Freund! Sage ich Euch nicht, daß Seine gesegnete Majestät, König Georg der Dritte, ebensowenig einen Aufruhr und Lärm in seinen Straßen dulden wird, wie er sich von seinem eigenen Parlament überschreien lassen würde?«

»Ja, Johnny, aber das sagt Euch doch bloß Euer gesunder Verstand – all das habt Ihr doch nicht gehört und gesehen«, sagte der verwegene Mr. Parkes.

»Woher wißt Ihr das?« versetzte John mit großer Würde. »Ihr widersprecht mir hier ja recht niedlich, Sir; das tut Ihr, Sir. Wie wollt Ihr wissen, wie es damit steht? Ich wüßte nicht, daß ich's Euch je gesagt hätte, lieber Freund.«

Mr. Parkes, der sich jetzt in der Lage befand, sich in die Metaphysik verirrt zu haben, ohne recht zu wissen, wie er wieder heraus sollte, stammelte eine Entschuldigung hervor und zog sich vom Disputieren zurück. Hierauf folgte nun ein Schweigen von etwa zehn Minuten oder einem Viertelstündchen, nach dessen Ablauf die Stammgäste wahrnahmen, wie Mr. Willet hin- und herrückte, sich vor Lachen schüttelte und sogleich in bezug auf seinen letzten Gegner die Bemerkung aussprach, »daß er ihn hoffentlich genügend abgekanzelt habe.« Daraufhin lachten die Mr. Cobb und Daisy und nickten, und man sah auf Parkes wie auf einen gänzlich und nachdrücklich Geschlagenen.

»Meint Ihr, daß Mr. Haredale, wenn dies alles wahr wäre, beständig von zu Hause fortbleiben würde, wie er es ja doch tut?« sagte Mr. John nach abermaligem Schweigen. »Denkt Ihr, er würde sich nicht fürchten, sein Haus allein zu lassen mit den zwei jungen Frauen und nur zwei Bedienten?«

»Ja, aber wißt Ihr«, entgegnete Salomo Daisy, »daß sein Haus ein gutes Stückchen von London entfernt ist? Und man sagt, daß die Anführer sich nicht weiter als zwei Meilen oder allerhöchstens drei von der Stadt entfernen? Nebenbei wißt Ihr ja, daß einige von den katholischen Herrschaften tatsächlich Geschmeide und ähnliche Dinge hier heruntergeschickt haben, um sie in Sicherheit zu bringen – wenigstens heißt es so.«

»Es heißt so!« sagte Mr. Willet halsstarrig. »Ja, lieber Freund. Es heißt auch, daß Ihr im letzten März ein Gespenst gesehen habt. Aber niemand glaubt es.«

»Na!« sagte Salomo, indem er aufstand, um die Aufmerksamkeit seiner zwei Freunde abzulenken, die bei dieser Erwiderung kicherten. »Ihr mögt es glauben oder nicht, es ist doch wahr; und mag es wahr sein oder nicht, wenn wir beabsichtigen, nach London zu gehen, dann müssen wir sofort gehen. Also gebt mir die Hand, Johnny, und gute Nacht.«

»Ich werde keinem die Hand geben«, erwiderte der Wirt, der die seinen in die Tasche steckte, »der zu solch unsinnigem Zweck nach London geht.«

Die drei Stammgäste waren daher auf die Notwendigkeit beschränkt, seine Ellbogen anstatt seiner Hände zu schütteln; und nach Vollendung dieser Feierlichkeit und nachdem sie ihre Mützen und Stöcke und Gehröcke aus dem Haus geholt hatten, sagten sie ihm gute Nacht und gingen, nachdem sie ihm noch versprochen hatten, morgen vollen und wahren Bericht von dem wirklichen Zustand der Stadt zu bringen und ihm, wenn die Stadt ruhig wäre, das volle Verdienst seines Sieges zu zollen.

John Willet sah ihnen nach, wie sie den Weg in der reichen Glut eines Sommerabends entlangstampften; und indem er die Asche aus seiner Pfeife klopfte, lachte er innerlich über ihre Narrheit, bis er Seitenstechen hatte. Als er sich gänzlich erschöpft hatte – was einige Zeit in Anspruch nahm, denn er lachte gerade so langsam, wie er dachte und sprach – setzte er sich bequem zurecht, mit dem Rücken gegen das Haus, legte sein Bein auf die Bank, breitete sich darauf die Schürze über das Gesicht und versank in einen tiefen Schlaf.

Wie lange er schlief, ist nicht von Wichtigkeit, aber es war kein kurzer Zeitraum, denn als er erwachte, war das reiche Licht verblichen, die trüben Schatten der Nacht senkten sich schnell auf die Landschaft herab, und einige helle Sterne blitzten schon am Himmel. Die Vögel waren schon alle auf ihren Ruhestätten; die Gänseblumen auf der Wiese hatten ihre Elfenhauben zugetan; das Geisblatt, das sich um die Portale flocht, verströmte einen doppelt so schönen Duft wie sonst, gleich als ob es seine Schüchternheit zu jener stillen Stunde verloren hätte und nun eine Freude daran fände, seinen Wohlgeruch in die Nacht zu gießen; des Efeus tiefgrüne Blätter zitterten kaum. Wie ruhig war es und wie lieblich!

Lag nicht noch ein Ton in der Luft, außer dem leisen Rauschen der Bäume und dem unteren Zirpen des Grashüpfers? Horch! Ein

Etwas, sehr schwach und aus weiter Ferne, nicht unähnlich dem Sausen in einer Seemuschel. Jetzt wurde es lauter, schwächer jetzt, und jetzt starb es gänzlich dahin. Da – plötzlich kam es wieder, legte sich wieder, kam nochmals wieder; es wurde lauter, schwächer, schwoll an zum Gebrüll. Es kam vom Weg her und veränderte sich je nach dessen Windungen. Da auf einmal brach ein deutlich vernehmbarer Ton sich Bahn – die Stimmen und die Tritte vieler Menschen.

Es war fraglich, ob der alte John Willet selbst in diesem Augenblick an die Aufrührer gedacht hätte, wären nicht seine Köchin und seine Hausmagd kreischend die Treppen hinaufgerannt, worauf sie sich in einer der alten Bodenkammern einschlossen – wo sie, nachdem sie das getan hatten, in erschrecklicher Weise schrien, damit ihr Schlupfwinkel auch wirklich recht geheim und verborgen bliebe. Diese beiden Frauenzimmer sagten nachher aus, daß Mr. Willet in seiner Verwirrung nur ein Wort hervorgestoßen und dieses Wort die Treppen hinaufgerufen hätte mit einer Stentorstimme, sechs Mal hintereinander, was sich deutlich hören ließ. Da dies jedoch ein einsilbiges Wort war, das zwar unanstößig ist, wenn man es auf den Vierfüßler anwendet, den es bezeichnet, jedoch höchst tadelhaft ist, wenn man es in Verbindung mit Frauenzimmern von makellosem Charakter gebraucht, so waren viele Leute geneigt zu glauben, daß die jungen Weiber unter einer gewissen Sinnestäuschung gelitten hatten, welche durch die außerordentliche Angst hervorgerufen worden war, und daß ihre Ohren ihnen Falsches berichtet hatten.

Wie auch immer, John Willet, bei dem die allerhöchste Stufe von begriffsstutziger Verblüfftheit die Stelle des Mutes einnahm, pflanzte sich im Türwege auf und wartete auf ihr Herankommen. Einmal kam ihm in unbestimmter Weise der Gedanke, daß sich an dem Hause eine Art von Tür befand, die Riegel und Schloß hatte; und zur selben Zeit glitt eine schattenhafte Vorstellung von Fensterläden, vermittelst deren die unteren Fenster hätten verschlossen werden können, durch sein Gehirn. Aber er stand still und sah den Weg hinunter in der Richtung, in der das Getöse mit so reißender Geschwindigkeit herankam. Er nahm nicht einmal die Hände aus seinen Hosentaschen.

Er hatte nicht lange zu warten. Eine dunkle Masse, die nur undeutlich durch eine Staubwolke hindurch zu erkennen war, wurde bald sichtbar, die Menge beschleunigte ihren Schritt. Sie jauchzte und jodelte wie eine Schar Wilder und kam herbeigestürzt in hellen Haufen; und in wenigen Sekunden wurde er von Hand zu Hand gestoßen, mitten in eine Menge von Menschen hinein.

»Hollah!« rief eine ihm bekannte Stimme, während der Mann, welcher die Worte sprach, sich durch die Menge zwängte. »Wo ist er? Gebt ihn mir! Tut ihm kein Leid! Na, was machst du, alter Junge? Ha, ha, ha!«

Mr. Willet blickte ihn an und sah, daß es Hugh war; aber er sprach nichts und dachte nichts.

»Diese Burschen sind durstig und müssen trinken!« rief Hugh und schob ihn nach dem Hause zurück. »Spute dich, Johnny, spute dich! Zeigt uns den Besten, den Allerbesten – zeigt uns die Hauptsorte, die Ihr aufhebt für Eure eigene Zunge!«

John stieß in schwacher Weise die Worte hervor: »Wer soll bezahlen?«

»Er fragt, wer bezahlen soll!« rief Hugh mit einem brüllenden Gelächter, das ein lautes Echo in der Menge fand. Dann wandte er sich zu John und setzte hinzu: »Bezahlen! Ei, niemand!«

John starrte umher in die Masse Gesichter – einige grinsend, einige wild, einige von Fackeln beleuchtet, einige undeutlich, einige düster und schattenhaft; einige sahen ihn, einige das Haus, einige einander an – und während er, wie er glaubte, noch immer um sich starrte, befand er sich plötzlich, ohne daß er sich bewußt war, die Glieder gerührt zu haben, in der Schenkstube und saß in einem Armstuhle und sah der Zerstörung seines Eigentums zu, als ob es irgendein wunderliches Unterhaltungsspiel wäre, das so recht geeignet war, einen wunder zu nehmen, ja im höchsten Grad zu verblüffen, das jedoch, so weit er sich's denken konnte, in keinerlei Beziehung zu seiner Person stände.

Ja. Der Schenkverschlag – der Schenkverschlag, den selbst die Kühnsten nur auf besondere Einladung hin betraten – das Heiligtum, das Geheimnis, der geweihte Grund und Boden: jetzt war er überfüllt von Männern, Keulen, Knütteln, Fackeln, Pistolen; jetzt hallte er wieder – von betäubendem Lärm, Flüchen, Gejubel, Gekreisch, Geschrei. Jetzt war er mit einem Schlage in eine Tanzbude, ein Tollhaus, einen Höllentempel verwandelt; Männer springen herein und heraus, zu Türen und Fenstern; zerschlagen die Gläser, drehen die Zapfen; trinken Schnaps aus China-Punschnäpfen; sitzen rittlings auf Fässern; rauchen teils ihre eignen Pfeifen, teils die Pfeifen der Stammgäste; hauen die heilige Gruppe Zitronenbäume nieder; hacken und sägen an dem ausgezeichneten Käse herum; erbrechen unverletzliche Schubkästen; stecken sich Dinge in die Taschen, die ihnen nicht gehören; teilen sein eigenes Geld vor seinen Augen; brechen in Stücke, werfen in Stücke, reißen in Stücke, hausen und wüten zügellos; nichts bleibt verschont, nichts verborgen: Männer allerorten – oben, unten, zu Häupten, in den Schlafzimmern, in der Küche, im Hofe, in den Stallungen – klettern zu Fenstern herein, wo die Türen weit offen stehen; springen zu Fenstern heraus, wo die Treppen bei der Hand liegen; springen über Geländer in gähnende Gänge; neue Gesichter und Gestalten zeigen sich in jedem Augenblicke – diese brüllen, jene singen; einige fechten, einige zerbrechen Gläser und Geschirr, einige löschen den Staub mit dem Schnaps, den sie nicht mehr trinken können; andere reißen an den Klingeln, bis sie sie heruntergezerrt haben; andere schlagen mit Feuerhaken gegen die Glocken, bis sie sie in Stücke gehauen haben: und noch immer mehr Männer – mehr – mehr – mehr schwärmen herbei wie Insekten. Lärm, Rauch, Licht, Dunkel, Spott, Angst, Lachen, Stöhnen, Plünderung, Furcht und Zerstörung!

Fast die ganze Zeit über, während John dieser sinnverwirrenden Szene zusah, blieb Hugh in seiner Nähe, und obgleich er der lauteste, wildeste Schurke war und am meisten bei der Zerstörung mithalf, so schützte er doch die Knochen seines Herrn manches Mal vor Mißhandlung. Ja, als sogar Mr. Tappertit, vom Schnaps übermütig, herankam und, gestützt auf sein besonderes Vorrecht, ihm in höflicher Weise einen Tritt gegen das Schienbein versetzte, hieß ihn Hugh das Kompliment erwidern; und wenn der alte John genügende Geistesgegenwart gehabt hätte, um diesen im Flüsterton gesprochenen Auftrag zu verstehen und seinen Nutzen daraus wahrzunehmen, so hätte er ohne Zweifel unter Hughs Schutz, ohne sich selbst zu gefährden, dies tun können.

Endlich begann die Bande sich wieder draußen vor dem Haus zu versammeln und denen drinnen zuzurufen, daß sie sich zu ihnen gesellen sollten, denn sie verlören Zeit. Da dieses Gemurre wuchs und sich bis auf das äußerste steigerte, so hielten Hugh und einige von denen, die noch im Schenkverschlag verweilten und offenbar die Anführer der Bande waren, getrennt von den übrigen Rat, was mit John anzufangen wäre, um ihn ruhig zu halten, bis sie mit ihrem Werk in Chigwell fertig wären. Einige machten den Vorschlag, das Haus in Brand zu stecken und ihn drinnen zu lassen; einige, man sollte ihn durch einen Schlag auf den Kopf auf eine gewisse Zeit bewußtlos machen; andere, man solle ihn schwören lassen, daß er hier sitzen wolle, bis morgen zu derselben Stunde; andere wieder stimmten dafür, daß er gebunden und mitgenommen werde unter genügend starker Bewachung. Alle diese Vorschläge wurden erwogen, und endlich beschloß man, ihn an dem Stuhle festzubinden, und dem Henker Dennis wurde der Auftrag hierzu gegeben.

»Schau mal her, John!« rief Hugh und schritt an ihn heran. »Wir wollen dir jetzt Hände und Füße binden. Aber in anderer Weise wird dir kein Leid geschehen. Hörst du?«

John Willet sah einen anderen an, als ob er nicht wüßte, wer zu ihm spräche, und murmelte etwas von einem Essen, das an jedem Sonntag um zwei Uhr gegeben würde.

»Ich sage Euch, daß Euch kein Leid geschieht, hört Ihr nicht?« brüllte Hugh, indem er seiner Versicherung durch einen wuchtigen Schlag auf den Rücken Willets mehr Nachdruck gab. »Ich glaube gar, er hat sich zu Tode geängstigt und weiß nicht, wo er steckt. Ha, ha! Gebt ihm einen Schluck zu trinken! Reicht mir mal ein Glas her! Irgendeiner von Euch!«

Als ein Glas Schnaps nach vorn gekommen war, goß Hugh den Inhalt dem alten John in die Kehle. Mr. Willet schnalzte schwach mit den Lippen, steckte die Hand in die Tasche und fragte, was er zu bezahlen hätte; dabei starrte er noch immer geistesabwesend umher und fügte hinzu, es wäre seines Wissens noch eine Kleinigkeit für zerbrochene Gläser und so weiter …

»Er ist nicht bei Sinnen, glaube ich«, sagte Hugh, nachdem er ihn geschüttelt hatte, bis seine Schlüssel in den Taschen klapperten, ohne dadurch jedoch einen irgendwie sichtlichen Eindruck auf Willets Nervensystem auszuüben. »Wo steckt denn Dennis?«

Der Auftrag wurde ein zweites Mal erteilt, und sogleich kam Mr. Dennis, der einen langen Strick nach Art eines Mönches um die Hüften gewunden trug, hereingestürzt, begleitet von einer Leibwache von ungefähr einem halben Dutzend Leute.

»Komm! Ein bißchen munter hier!« rief Hugh und stampfte mit dem Fuße auf den Boden. »Mach schnell!«

Dennis blinzelte und nickte, band den Strick von seinen Hüften ab, erhob die Augen nach der Decke und sah mit neugierigen

Blicken im ganzen Zimmer umher und an den Wänden und Gesimsen entlang, dann schüttelte er den Kopf.

»Hurtig, Mensch! Wirst du!« schrie Hugh und stampfte nochmals ungeduldig mit dem Fuße. »Sollen wir hier warten, bis das Geschrei zehn Meilen im Umkreis sich verbreitet hat und unser Werk zuschanden geht?«

»Du hast gut reden, Bruder«, antwortete Dennis und trat an ihn heran, »aber so wird das nichts«, und hier flüsterte er ihm ins Ohr, »wenn wir's nicht über der Tür machen, dann wird's hier im ganzen Zimmer nicht gehen.«

»Was wird nicht gehn?« fragte Hugh.

»Was nicht gehn wird!« versetzte Dennis. »Na, mit dem Alten wird's nicht gehn.«

»Na, du willst ihn doch nicht hängen?« schrie Hugh.

»Nun, Bruder!« entgegnete der Henker erstarrt. »Was denn sonst!«

Hugh gab keine Antwort; er riß den Strick seinem Genossen aus der Hand und machte sich selbst daran, den alten John zu binden. Aber seine erste Bewegung war so tolpatschig und linkisch, daß Mr. Dennis fast mit Tränen in den Augen darum bat, daß man ihm erlauben möchte, das Werk zu tun. Hugh stimmte bei, und so war es im Augenblick geschehen.

»So!« sagte Dennis mit einem traurigen Blicke auf John Willet, der in gefesseltem Zustande nicht mehr Erregung verriet als vorher, als er noch frei war. »Das nenn ich mal fein und handwerksmäßig. Das reine Gemälde ist er jetzt. Aber, Bruder, auf ein Wort jetzt! Wo er fertig geschnürt ist, wäre es da nicht für alle Teile besser, wenn wir ihn henkten? Es würde sich in den Zeitungen ungemein fein ausnehmen, ganz gewiß! Es würde in der Öffentlichkeit gleich viel mehr Gerede von uns geben!«

Hugh erriet eher aus den Gebärden als aus der technischen Ausdrucksweise, was sein Gefährte sagen wollte – (und zu dieser Ausdrucksweise fehlte ihm der Schlüssel, da er nicht bekannt war mit jenem Gewerbe). Er verwarf diesen Vorschlag zum zweiten Male und gab das Wort: »Vorwärts!«, das draußen ein hundertfältiges Echo fand.

»Nach The Warren!« brüllte Dennis, als er, gefolgt von den übrigen, hinausstürzte. »Das Haus eines Zeugen, Jungens!«

Ein lautes Gebrüll folgte, und die ganze Masse stürzte davon, toll auf Plünderung und Raub. Hugh blieb noch ein paar Augenblicke zurück, um sich an einem Trunk zu laben und alle Zapfen aufzudrehen, von denen einige wenige zufälligerweise verschont geblieben waren. Dann sah er sich in dem zerstörten, geplünderten Raume um, durch dessen zerschmetterte Fenster die Aufrührer den Maibaum selbst gestoßen hatten – denn sogar den hatten sie heruntergesägt – und zündete eine Fackel an. Noch einmal klopfte er dem stummen, bewegungslosen John Willet auf den Rücken, schwang das Licht über seinem Kopfe – und mit einem wilden Geschrei stürzte er hinter seinen Gefährten her.

55. Kapitel

John Willet, in seinem verwüsteten Schenkverschlag allein zurückgelassen, fuhr fort, regungslos umherzustarren; seine Augen wachten, das war gewiß; sein Verstand lag jedoch in einem tiefen, traumlosen Schlaf. Er sah sich um in dem Raum, der jahrelang und noch vor einer Stunde der Stolz seines Herzens gewesen war, und nicht ein Muskel seines Gesichtes bewegte sich. Die Nacht draußen sah schwarz und kalt durch die Löcher in den Scheiben; die kostbaren Schnäpse, die sich jetzt fast ganz verlaufen hatten, tropften mit hohlem Ton auf den Boden. Der Maibaum schaute kläglich herein durch das zerbrochene Fenster, gleich dem Bugspriet eines gescheiterten Schiffes; der Boden hätte der Grund der See sein können, so übersät war er von kostbaren Trümmerstücken. Luftzüge rauschten herein, und die alten Türen knarrten und ächzten in ihren Angeln; die Kerzen flackerten und brannten nach innen nieder und machten lange Lichtschnuppen; die lustigen, tiefroten Vorhänge flatterten und hingen müßig auf die Straße hinaus; selbst die stämmigen Holländertönnchen, die umgeworfen und leer in den Ecken lagen, erschienen als bloße Hüllen gemütlicher Gesellen, deren Frohsinn verflogen war und die sich nun nicht mehr zu freundlicher Glut entfachen konnten. John sah dieses Elend und sah es doch nicht. Er war vollkommen damit zufrieden, dazusitzen und es anzustarren, und fühlte nicht mehr Entrüstung oder Unbehaglichkeit in seinen Banden, als wenn es Ehrengewänder gewesen wären. Soweit er selbst dabei beteiligt war, lag die alte Zeit im Schlaf, und die Welt stand still.

Außer dem Tropfen der Fässer, dem Rauschen der leichten Trümmerstücke, die der Wind bewegte, und dem eintönigen Geknarr der offenen Türen war alles mäuschenstill; in der Tat machten diese Töne gleich dem nächtlichen Geticke der Totenuhr das Grabesschweigen, das sie unterbrachen, nur noch tiefer und fühlbarer. Jedoch Schweigen oder Lärm, für John war alles eins. Wenn ein Zug schwerer Artillerie herangerückt wäre und draußen ein Bombardement eröffnet hätte, es wäre ihm egal gewesen. Er war weit entfernt davon, überrascht zu sein. Ein Gespenst hätte ihn nicht verwirren können.

Nach und nach vernahm er einen Tritt, einen hastigen und doch behutsamen Tritt – der sich dem Haus näherte. Er hielt an, kam wieder heran, dann schien er ganz um das Haus herum zu gehen. Dann kam er unter das Fenster, und ein Gesicht schaute herein.

Im Schein der tropfenden Kerzen hob es sich kraß ab gegen das Düster, welches draußen herrschte. Ein bleiches, welkes Antlitz, in das die Zeit seine Male gegraben hatte; die Augen – das rührte jedoch von der Hagerkeit des Gesichtes her – unnatürlich groß und grell; das Haar ein graugesprenkeltes Schwarz. Es ließ einen forschenden Blick durch das ganze Zimmer schweifen, und eine tiefe Stimme sprach: »Seid Ihr allein in diesem Haus?«

John gab kein Zeichen, obgleich die Frage zweimal wiederholt wurde und er sie deutlich hörte. Nach einer Pause von einem Augenblick stieg der Mann zum Fenster hinein. Selbst das setzte John keineswegs in Erstaunen. Es war im Verlauf der letzten verflossenen Stunde soviel zum Fenster herein- und herausgeklettert worden, daß er die Tür ganz vergessen hatte. Es kam ihm so vor, als ob er von Kind auf solche Kletterübungen zu sehen gewöhnt wäre.

Der Mann trug einen großen, dunklen, fadenscheinigen Mantel und einen Schlapphut; er schritt dicht an John heran und sah ihn an. John erwiderte mit Interesse das Kompliment.

»Wie lange habt Ihr hier gesessen?« fragte der Mann.

John überlegte, gelangte aber zu keinem Resultat.

»Welchen Weg ist die Bande gezogen?«

Einige unstete Überlegungen, die sich auf die Mode der Stiefel, welche der Fremde trug, bezogen, schlichen durch diesen oder jenen Zufall in Herrn Willets Kopf, glitten jedoch eilends wieder heraus und ließen ihn in seinem früheren Zustand.

»Ihr würdet gut tun zu sprechen«, sagte der Mann. »Ihr mögt vielleicht mit heiler Haut davonkommen, denn weiter ist an Euch nichts mehr, dem man noch weh tun könnte. Welchen Weg ist die Bande gezogen?«

»Den!« sagte John, der die Stimme mit einmal wieder erlangte und vollkommen zuversichtlich, aber gerade nach der verkehrten Richtung hin, mit dem Kopf nickte – er konnte sich seiner Hände nicht bedienen, er war zu fest gebunden.

»Ihr lügt!« rief der Mann erbost, indem er eine drohende Gebärde machte. »Von daher kam ich. Ihr wolltet mich verraten.«

Daß Johns unerschütterliche Gleichgültigkeit nicht erheuchelt, sondern die Folge der letzten Vorgänge unter seinem Dach war, sprang so sehr in die Augen, daß der Mann seine Hand, die schon im Begriff war, ihn zu schlagen, zurückhielt und sich fortwandte.

John sah hinter ihm her, ohne auch nur mit einem Nerv seines Gesichtes zu zucken. Der Fremde nahm ein Glas, hielt es unter eins der kleinen Fässer, bis sich einige Tropfen gesammelt hatten, und trank sie dann gierig hinunter. Dann warf er das Glas ungeduldig auf den Boden, nahm das Fäßchen in die Hände und goß sich den Inhalt in die Kehle. Einige Bissen Brot und Fleisch lagen umhergestreut, und auf sie stürzte er sich zunächst. Er verzehrte sie mit großer Gier und hielt dann und wann an, um zu horchen, denn er glaubte draußen ein Geräusch zu hören. Als er sich so in fliegender Eile gestärkt und ein zweites Faß an seine Lippen gehoben hatte, drückte er sich den Hut auf die Brauen, als ob er im Begriffe stände, aus dem Haus zu gehen, und wandte sich an John.

»Wo sind Eure Diener?«

Mr. Willet erinnerte sich unklar, daß er die Anführer hatte rufen hören, sie sollten den Schlüssel zu dem Zimmer, wo sie versteckt wären, aus dem Fenster werfen, damit jene ihn behalten könnten. Er erwiderte daher: »Eingeriegelt.«

»Gut für sie, wenn sie ruhig bleiben, und gut für Euch, wenn Ihr das gleiche tut«, sagte der Mann. »Jetzt zeigt mir den Weg, den die Bande gezogen ist.«

Diesmal deutete Mr. Willet richtig. Der Mann stürzte nach der Tür, und im selben Augenblick trug ihnen plötzlich der Wind das laute Gellen einer Alarmglocke entgegen, und dann loderte eine helle, lebhafte Glut auf, die nicht nur das ganze Zimmer, sondern auch das ganze Land in der Runde erleuchtete.

Es war nicht der plötzliche Wechsel von Dunkelheit und diesem gräßlichen Licht, es war nicht der Klang fernen Geschreis und Jubels, es war nicht jener furchtbare Eingriff in den Frieden und in die Ruhe der Nacht, welcher den Mann zurückwarf, als ob ihn ein Blitzstrahl getroffen hätte. Die Glocke war es. Wenn die entsetzlichste Gestalt, die sich je dein Geist in seinen wildesten Träumen ausgemalt, vor dir sich emporgereckt hätte, so würdest du vor seiner Berührung nicht so zurückgeschreckt sein wie dieser Mann vor dem ersten Ton der lauten eisernen Stimme. Mit Augen, die aus dem Kopf hervorquollen, mit Gliedern, die ein krampfhaftes Zittern schüttelte, mit einem Antlitz, das höchst grauenhaft zu schauen war, hob er den einen Arm hoch in die Luft, und indem er ein Traumbild, das vor ihm aufstieg, abhielt und niederdrückte, stieß er mit dem anderen Arm nach ihm, wie wenn er ein Messer in der Hand hätte und es dem Gesicht durch das Herz stieße. Er raufte sich die Haare, verstopfte sich die Ohren und lief wie toll hin und her; dann stieß er einen markerschütternden Schrei aus und stürzte davon; noch immer, noch immer gellte die Glocke und schien ihm zu folgen – gellte lauter und lauter, greller und greller. Die Glut wurde lichter, das Stimmengewirr tiefer; das Krachen schwerer, fallender Körper erschütterte die Luft; leuchtende Ströme von Funken stiegen empor zum Firmament; aber lauter als sie alle, in reißenderem Fluge eilte sie dahin – sandte sie empor zum Himmel, tausend und abertausendmal rasender und ungestümer, schreckliche Geheimnisse nach ihrem langen Schweigen – sprach sie die Zunge der Toten – die Glocke – die Glocke!

Welche Hatz von Gespenstern hätte gräßlicher sein können als diese furchtbare Flucht und Verfolgung! Wäre eine Legion von ihnen seiner Spur gefolgt, er hätte ihnen besser entrinnen können. Sie würde einen Anfang und ein Ende gehabt haben; aber was ihn verfolgte, war überall: die Stimme, die ihn hetzte, war allerorten. Sie erklang drinnen in der Erde, droben in der Luft; sie machte das lange Gras erbeben und heulte zwischen den zitternden Zweigen der Bäume. Das Echo nahm sie auf, die Eule schrie, als der Hauch des Windes die Töne herantrug, die Nachtigall verstummte und verbarg sich unter den dicksten Zweigen: Sie schien das wütende Feuer zu stacheln und anzufachen und zum

Wahnsinn zu peitschen; alles war in ein vorherrschendes Rot getaucht; die Glut war überall; die Natur war in Blut getränkt: und noch immer der unerbittliche, hartherzige Ruf jener schreckensvollen Stimme – noch immer die Glocke – die Glocke!

Sie schwieg; aber in seinen Ohren nicht. In seinem Herzen klang das Läuten fort. Kein Werk von Menschenhänden hat je eine Stimme gehabt und von sich gegeben wie die, die dort erklang und die ihn daran mahnte, daß sie unaufhörlich zum Himmel schrie. Wer konnte diese Glocke hören und wissen, was sie sprach! Mord, rief es aus jedem Ton – grausiger, unbarmherziger, wilder Mord! – Mord, begangen an einem Mann, dessen Vertrauen der Mörder besaß, begangen von einem Mörder, der dieses Vertrauen auf das schnödeste getäuscht hatte. Das Läuten rief Schatten aus den Gräbern. Was war das für ein Gesicht, in dem sich ein freundliches Lächeln in einen Blick halb ungläubigen Entsetzens umwandelte, welches für einen Augenblick zu einem Ausdruck des Schmerzes erstarrte, dann sich wieder umwandelte zu einem flehenden Blick zum Himmel empor, und das dann träge zurücksank mit nach oben gerichteten Augen wie die toten Hirsche, die er so oft angeschaut hatte, als er noch ein kleines Kind war – wie hatte er da geschaudert und gebebt – es war schrecklich, jetzt daran zu denken – und sich an eine Schürze geklammert, als er hinsah! Er sank zu Boden und kroch und duckte sich, als ob er sich ein Versteck graben wollte, und bedeckte sich Gesicht und Ohren: aber nein, nein, nein! Hundert Mauern und erzene Dächer hätten diese Glocke nicht absperren können, denn in ihr sprach die zürnende Stimme Gottes, und vor der hätte das ganze weite Weltall keine Zuflucht bieten können.

Dieweil er auf und nieder stürzte, unwissend, wo er sich hinwenden sollte, und dieweil er dort kauernd am Boden lag, nahm das Werk seinen schnellen Fortgang. Beim Abzug vom ›Maypole‹ hatten sich die Aufrührer zu einem festen Haufen formiert und rückten im Schnellschritt nach ›The Warren‹. Das Gerücht von ihrem Kommen war ihnen vorausgeeilt, und so fanden sie die Gartentüren fest verschlossen, die Fenster gesichert und das Haus in tiefer Finsternis: nicht ein Licht war sichtbar in irgendeinem Teile des Gebäudes. Nach einigem fruchtlosen Schellen der Glocken und einigen erfolglosen Schlägen gegen die Eisentüren zogen sie sich einige Schritte zurück, um über die am besten zu ergreifenden Maßnahmen zu beratschlagen.

Es war wenig Beratschlagung notwendig, da alle, durch Schnaps wild gemacht und in gehobene Stimmung versetzt durch die bisherigen Erfolge, auf ein sofortiges Beginnen erpicht waren. Als der Befehl, das Haus zu umstellen, gegeben war, erklommen einige die Tore oder ließen sich in den flachen Graben hinab und erkletterten die Gartenmauer, während andere den massiven Außenzaun niederrissen, eine Bresche schlugen, durch die sie eindringen konnten, und die Eisenstangen als tödliche Waffen gebrauchten. Als das Haus vollständig umzingelt war, wurde eine kleine Anzahl Leute abgeschickt, um einen kleinen Werkzeugschuppen im Garten zu erbrechen. Während ihrer Abwesenheit begnügten sich die übrigen, heftig an die Türen zu klopfen und die Leute drinnen aufzufordern, sie sollten herunterkommen und sie auf Gefahr ihres Lebens einlassen.

Als auf diese wiederholten Aufforderungen keine Antwort erfolgte und die abgesandte Abteilung mit einem reichlichen Vorrat von Spitzäxten, Spaten und Hacken zurückkehrte, arbeitete sich diese – vereinigt mit denen, die solche Waffen schon besaßen oder, wie das bei vielen der Fall war, Äxte, Pfähle oder Brecheisen bei sich trugen – in die vorderste Reihe, bereit, sich an die Türen und Fenster zu machen. Sie hatten jetzt nicht mehr als ein Dutzend angezündeter Fackeln bei sich; aber nach Vollendung dieser Vorbereitungen wurden Feuerbrände verteilt und gingen mit solcher Schnelligkeit von Hand zu Hand, daß nach Ablauf einer Minute wenigstens zwei Drittel der ganzen brüllenden Massen, Mann für Mann, einen lodernden Brand in der Hand trugen. Diesen schwenkten sie über ihre Köpfe, und mit einem lauten Geschrei begannen sie ihr Werk an Türen und Fenstern.

Während nun wuchtige Schläge krachten, zerbrochene Scheiben klirrten, die Menge brüllte und fluchte und gräßliches Getöse und fürchterliches Durcheinander herrschten, hielten sich Hugh und seine Freunde an der Erkertür, wo Mr. Haredale jüngst ihn und den alten John Willet hereingelassen hatte, und setzten ihr mit vereinten Kräften zu. Es war eine starke, alte Eichentür, mit gutem Pfahlwerk und einem wuchtigen Riegel; aber bald krachte sie nieder auf die enge Treppe hinter ihr, und bildete, wie sie fiel, eine Plattform, die ihr Eindringen in die Räumlichkeiten oben erleichterte. Fast in demselben Augenblick wurden noch ein Dutzend andere Zugänge genommen, und zu jedem einzelnen strömte die Menge herein wie eine Wasserflut.

In der Halle waren nur wenig bewaffnete männliche Bediente postiert, die bei dem gewaltsamen Eindringen der Empörer kaum ein halbes Dutzend Schüsse abgaben. Da diese keinerlei Erfolg hatten und die Menge gleich einem Heer von Teufeln herbeidrängte, so waren sie nur auf ihre eigene Sicherheit bedacht und zogen sich zurück, indem sie in das Geschrei, das sie aus dem Munde ihrer Angreifer vernahmen, einstimmten in der Hoffnung, in der Verwirrung selbst für Aufrührer angesehen zu werden. Diese Kriegslist glückte ihnen auch, nur einer von ihnen, ein alter Mann, fand dabei den Tod. Es hieß, er sei mit einer Eisenstange über den Kopf geschlagen worden – einer seiner Gefährten berichtete, er hätte den alten Mann fallen sehen – und hernach sei er in den Flammen verbrannt.

Jetzt vollkommen im Besitz des Hauses, überfluteten es die Belagerer vom Dach bis zum Keller und walteten in wildem Grimm ihrer dämonischen Arbeit. Während einige kleine Gruppen Freudenfeuer unterhalb der Fenster ansteckten, brachen andere die Möbel in Stücke und warfen die Trümmer herab, um den Flammen unten Nahrung zu geben. Wo die Öffnungen in der Mauer (Fenster waren es nicht mehr) groß genug waren, da schleuderten sie Tische, Kommoden, Betten, Spiegel, Gemälde heraus und stürzten sie ganz in das Feuer; und jede frische Zutat, die in die lodernden Massen fiel, wurde mit einem Jubelgeschrei und Geheule und Gejohle in Empfang genommen, welches die Feuersbrunst nur noch grauenhafter und schrecklicher erscheinen ließ. Wer eine Axt besaß und seine Wut an dem beweglichen Gerät bereits ausgelassen hatte, hieb und riß nun die Tür- und Fensterrahmen nieder, die Dielen wurden aufgebrochen, die Querbalken zersägt und alle, die in den oberen Räumen verweilten, unter Haufen von Trümmerstücken begraben. Einige durchsuchten die Spinde, Kisten, Schachteln, Schreibpulte und Wandschränke nach Juwelen, Silbergeschirr und Gold, während andere, die weniger nach Gewinn trachteten und mehr nach Verwüstung lechzten, ihren ganzen Inhalt ohne weitere Prüfung in den Hof warfen und denen unten zuriefen, sie sollten es auf die Flammen häufen. Männer, die in den Kellern gewesen waren und die Fässer eingeschlagen hatten, stürzten in hellem Wahnsinn hin und her, indem sie alles in Brand steckten, was sie sahen – oft sogar die Kleider ihrer Freunde – und das Gebäude an soviel Ecken und Enden anzündeten, daß sie keine Zeit mehr hatten zu entkommen, und besinnungslos an den Fensterschwellen, zu denen sie gekrochen waren, mit erschlaffenden Händen und geschwärzten Gesichtern hingen, bis sie von den Flammen in den brennenden Schlund gezogen und gezerrt waren. Je mehr das Feuer prasselte und wütete, desto wilder und grausamer wurden die Männer; als ob der Umgang mit diesem Elemente sie zu Teufeln machte und sie ihre irdische Natur gegen die Eigenschaften umtauschten, welche in der Hölle Freude und Entzücken bereiten.

Die brennende Masse, die durch Brüche und Lücken in den zusammensinkenden Mauern hindurch Räume und Gänge in Weißglut erscheinen ließ; die von ihnen auslaufenden Feuerketten, die draußen mit ihren langen, gabelförmig gespaltenen Zungen an den Ziegeln und Steinen leckten und an der Wand emporeilten, um sich zu der Glut zu gesellen; der Feuerschein, der auf die Ruchlosen geworfen wurde, welche zuschauten und die Flammen speisten; das Brausen der wütenden Glut, die so grell war und so hoch loderte, daß sie in ihrer Gier sogar den Rauch verschlungen zu haben schien; die eilig durch die Luft wirbelnden Funken, die der Wind in reißender Flucht an sich riß und mit sich fort trug, gleich einem Regen feuriger Flocken; das lautlose Zusammensinken gewaltiger Holzbalken, die wie Federn auf den Aschenhaufen stürzten und noch während des Sinkens zu Pulver und Funken zerstoben; die unheimliche Färbung, die sich über den Himmel goß, und das Dunkel, das rings herrschte und durch die grelle Glut in hohem Maß abgehoben wurde; die Bloßlegung vor rohen, gemeinen Blicken eines jeden kleinen Eckchens, das häusliche Sitten zu einem geweihten Platz gemacht hatten, und die Zerstörung durch rohe Hände eines jeden kleinen Lieblingsgeräts, das alte Erinnerungen zu einem teuren, kostbaren Gegenstand machten; alle diese Vorgänge, – die sich nicht unter mitleidigen Blicken und gütigem Gemurmel des Erbarmens, sondern unter rohem Geschrei und Jubelgekreisch abspielten, so daß sogar die armen Ratten, die an dem alten Gebäude hingen und nur allzulange dort verweilten, sich Anspruch erwerben konnten auf das Mitleid und die Rücksichtnahme derer, deren Dach ihnen Schutz und Zuflucht geboten hatte – alle diese Vorgänge vereinigten sich zu einem Bilde, das allen denen, die es mit ansahen und nicht tätig waren bei dem Werke, unvertilgbar in der Erinnerung geschrieben blieb ihr ganzes Leben lang.

Und wer waren diese? Die Alarmglocke erscholl – und sie wurde eine Zeitlang von keiner schwachen oder zögernden Hand im Schwung erhalten; aber keine Seele ließ sich blicken. Einige der Rebellen wollten, als sie aufhörte zu läuten, Gekreisch von Weibern gehört und einige Röcke in der Luft flattern gesehen haben, wie wenn ein Trupp Leute Gestalten davontrüge, die sich nicht willig in ihr Schicksal ergaben. Kein einziger konnte in einem solchen Aufruhr sagen, ob dies wahr oder falsch war; aber wo war Hugh? Wer von ihnen hatte ihn wiedergesehen, seit der Erstürmung des Hauses? Der Ruf verbreitete sich durch die Menge. Wo war Hugh?

»Hier!« schrie er heiser, als er aus der Dunkelheit hervortauchte, atemlos und vom Rauch geschwärzt. »Wir haben alles getan, was möglich war; das Feuer brennt jetzt auch ohne uns zu Ende; und selbst die Ecken, wo es noch nicht hingedrungen ist, sind bloße Trümmerhaufen. Zerstreut Euch, Männer, solange die Gegend noch geheuer ist, geht auf verschiedenen Wegen zurück, und trefft Euch an dem gewöhnlichen Platz!« Somit verschwand er wieder – gegen seine Gewohnheit, denn er war immer der erste beim Vorrücken und der letzte beim Abrücken –, und überließ es ihnen, ihm nach ihrem Gefallen auf dem Heimweg zu folgen.

Es war keine leichte Arbeit, solch ein Gedränge zum Abzug zu bringen. Wären die Tore Bedlams weit aufgerissen worden, so würden die Massen, die sich dort hervorgewälzt hätten, in nicht halb so hohem Grad den Eindruck des Wahnsinns erweckt haben wie die, die die Tollheit dieser Nacht durchlebt hatten. Hier waren Männer zu sehen, die auf Blumenbeeten herumtrampelten und tanzten, als ob sie menschliche Feinde niederträten, und Blüten von den Stielen rissen gleich Wilden, die Menschen die Hälse umdrehen. Hier waren Männer zu sehen, die ihre lodernden Fackeln in die Luft schleuderten und sie auf ihre Köpfe und Gesichter niederfallen ließen, während sich die Haut mit tiefen, ekelhaften Brandwunden überzog. Hier waren Männer zu sehen, die nach dem Feuer hinaufsprangen und mit ihren Händen hineinschlugen wie in Wasser; und andere waren zu sehen, die mit Gewalt davon zurückgehalten wurden, in die Glut hineinzutauchen, um ihrem Todesgelüst Befriedigung zu verschaffen. Auf den Schädel eines betrunkenen Burschen – der dem Aussehen nach noch nicht zwanzig Jahre alt war und auf dem Boden lag mit einer Flasche am Munde, rann in einem Schauer flüssigen Feuers das Blei weißglühend vom Dache und schmolz ihm den Kopf, als wenn er aus Wachs wäre. Als die zersprengten Haufen gesammelt waren, wurden Männer, die zwar noch lebten, aber versengt waren wie mit glühendem Eisen, aus den Kellern hervorgeholt und auf den Schultern anderer davongetragen, die sie unterwegs mit gemeinen Scherzen aufzuwecken suchten und sie, wenn sie tot waren, in den Gängen von Hospitälern zurückließen. Aber aus der ganzen heulenden Menge lernte kein einziger aus diesem Anblick, was Erbarmen heißt, oder faßte Ekel vor dem allen, noch war die wilde, sinnlose Wut auch nur eines Mannes gestillt.

Langsam und in kleinen Haufen, unter heiserem Hurra und den Wiederholungen ihres gewöhnlichen Rufes, verzog sich die Menge. Die letzten rotäugigen Vagabunden taumelten hinter denen drein, die vorher gegangen waren; der ferne Lärm von Männern, die einander zuriefen und denen pfiffen, die sie vermißten, wurde schwächer und schwächer; endlich erstarben auch diese Töne vollkommen und Schweigen herrschte allein.

Schweigen in der Tat! Das Leuchten der Flammen war herabgesunken zu einem flimmernden, blitzenden Funkeln, und die milchweißen Sterne, die bis jetzt unsichtbar gewesen waren, sahen hernieder auf die rauchende Masse. Ein trüber, dumpfer Qualm hing über den Trümmern, als ob er sie verbergen sollte vor jenen Augen des Himmels; als ob der Wind sich scheue, ihn davonzuwehen. Nackte Mauern, ein Dach, in das der Himmel blicken konnte – Kammern, wo die geliebten Toten so manchen und manchen lieben Tag zu neuem Leben und neuer Tatkraft erwacht waren; wo so viele Teure traurig und lustig gewesen waren; an welche sich so viele Gedanken und Hoffnungen, so viel Trauer und Wechsel knüpfte – alles dahin! Nichts geblieben als eine trübe, traurige Leere – ein schwelender Haufen von Staub und Asche – das Schweigen und die Verlassenheit völliger Verwirrung!

56. Kapitel

Die ›Maypole‹-Philister, die sich recht wenig von dem Wechsel träumen ließen, der so bald ihr Lieblingsplätzchen heimsuchen mußte, schritten auf dem Waldweg ihre Straße nach London zu: sie vermieden die heiße staubige Hauptstraße und hielten sich auf Nebenwegen. Sobald sie näher an ihr Ziel kamen, zogen sie von den Leuten, die ihnen begegneten, Erkundigungen ein über den Aufruhr oder die Unwahrheit der Geschichten, die ihnen erzählt worden waren. Die Antworten übertrafen an Ungeheuerlichkeit jedwede Nachricht, die bisher nach dem ruhigen Chigwell gelangt war. Ein Mann erzählte ihnen, daß das Militär, das einige nochmals untersuchte Aufrührer nach Newgate überführte, von dem Pöbel angegriffen und zum Rückzug gezwungen worden sei; ein anderer sagte, daß die Häuser zweier Zeugen nahe bei Clare Market[65] eben niedergerissen worden wären, als er vorbeigekommen sei; ein anderer sagte, daß Mr. George Savilles Haus in Leicester Fields in dieser Nacht heruntergebrannt werden sollte, und daß es Mr. George schlimm an den Kragen gehen würde, wenn er den Leuten in die Hände fiele, da er es ja gewesen wäre, der die Katholikenbill eingebracht habe. Alle Berichte trafen darin zusammen, daß der Pöbel in weit größerer Zahl und weit stärkeren Haufen hinausgezogen sei als je zuvor; daß die Straßen nicht sicher seien; daß keines Mannes Haus oder Leben auch nur auf eine Stunde noch gesichert sei; daß die öffentliche Verwirrung mit jedem Augenblicke wüchse; und daß viele Familien bereits aus der Stadt geflohen seien. Ein Bursche verfluchte sie, weil sie keine Kokarden an den Mützen trugen, und hieß sie morgen nacht gut auf die Gefängnistüren achtgeben, denn die Schlösser könnten verdreht sein; noch ein anderer fragte sie, ob sie denn feuerfest wären, daß sie ohne das Merkmal umherliefen, an dem man alle guten und bösen Männer zu erkennen habe; und der dritte, der auf einem Pferde ritt und ganz allein war, hieß einen jeden von ihnen einen Schilling in seinen Hut werfen zur Förderung des Aufruhrs. Obgleich sie sich scheuten, gegen die Erfüllung dieses Geheißes sich aufzulehnen, und durch diese Berichte in hohem Maße beunruhigt waren, so beschlossen sie doch, da sie nun einmal soweit gekommen waren, weiterzugehen, um sich den wahren Stand der Dinge mit eigenen Augen anzuschauen. So schritten sie schneller weiter, wie Männer wohl tun, die durch Böses verheißende Neuigkeiten in Aufregung versetzt sind; und indem sie das Gehörte in ihrem Geiste verarbeiteten, sprachen sie wenig miteinander.

Es war Nacht geworden, und als sie näher an die Stadt herankamen, hatten sie die furchtbare Bestätigung der Nachrichten in Gestalt von drei großen Feuern vor sich, die alle dicht beieinander waren und wild brannten und grell glühten und am Himmel ihren Widerschein fanden. Angelangt in den unmittelbaren Vorstädten, machten sie die Beobachtung, daß fast an jeder Haustür die Worte mit Kreide geschrieben standen: »Nieder mit dem Papst!«, daß die Läden geschlossen waren, und daß Bestürzung und Angst auf jedem Gesicht, an dem sie vorbeikamen, geschrieben standen.

Sie nahmen diese Dinge wahr mit einem Grade des Erstaunens, den keiner der drei in seiner vollen Ausdehnung seinen Gefährten mitzuteilen Sorge trug, und gelangten an einen Schlagbaum, der geschlossen war. Sie wollten eben auf einem Seitenweg vorüber, als ein Reiter von London her in gestrecktem Galopp daher kam und dem Schließer mit einer Stimme, die große Erregung verriet, zurief, er solle im Namen Gottes schnell aufmachen.

Die Beschwörung war so ernst und heftig, daß der Mann mit einer Laterne in der Hand herausgelaufen kam – obgleich er Schlagbaum-Wärter war – und im Begriffe stand, das Tor aufzureißen, als er zufällig nach hinten sah und ausrief: »Gerechter Himmel! Was ist das? Noch ein Brand!«

Bei diesen Worten drehten sich die drei um und sahen in der Ferne – gerade in der Richtung, woher sie gekommen waren – eine breite Fläche Glut. In drohendem Licht erglühten die Wolken und flimmerten und glänzten, als ob die Feuersbrunst hinter ihnen wäre. Es sah aus, als ginge dort hinten die Sonne voller Ingrimm zur Rast.

»Ich müßte mich sehr täuschen«, sagte der Reiter, »wenn ich nicht weiß, von welchem fernen Gebäude dieser Feuerschein ausgeht. Steht nicht entsetzt, mein guter Freund! Macht auf!«

»Sir«, rief der Mann und legte seine Hand an den Zaum des Pferdes, während er es hindurchführte, »ich kenne Euch, Sir! Laßt Euch von mir raten: reitet nicht weiter. Ich sah sie vorbeikommen und weiß, was für eine Sorte Menschen das sind. Man wird Euch ermorden.«

»Das mag man!« sagte der Mann auf dem Pferd, indem er gespannt nach dem Feuer hinsah und nicht auf den, der zu ihm sprach.

»Aber, Sir – Sir«, rief der Mann, der die Zügel noch fester umklammerte, »wenn Ihr weiterreitet, so steckt Euch das blaue Band an. Hier, Sir«, setzte er hinzu, während er eins von seiner eigenen Mütze nahm, »die Notwendigkeit, nicht meine eigene Wahl, bringt mich dazu, dies Ding zu tragen: Es geschieht aus Liebe zum Leben und zu Haus und Herd, Sir. Tragt es nur diese eine Nacht, Sir; nur diese eine Nacht.«

»Tut es!« riefen die drei Freunde und umringten sein Pferd. »Mr. Haredale – guter lieber Herr – lieber edler Herr – o bitte, laßt Euch bereden!«

»Wer ist da?« fragte Mr. Haredale, der sich niederbeugte. »War's Daisy, den ich hörte?«

»Jawohl, Sir«, rief der Kleine. »Laßt Euch überreden, Sir. Der Mann dort hat vollständig recht. Euer Leben möchte davon abhängen.«

»Fürchtet Ihr Euch mitzukommen?« fragte Mr. Haredale plötzlich.

»Ich, Sir? – N – nei – n.«

»Steckt dieses Band an Eure Mütze. Wenn wir den Empörern begegnen, so schwört, daß ich Euch gefangen nahm, wie Ihr es trugt. Ich will ihnen das mit meinen eigenen Lippen sagen; denn so ich auf Erbarmen hoffe, wenn ich sterbe, so will ich keine Schonung haben von ihnen, und sie sollen keine Schonung haben von meiner Seite, wenn wir heute nacht aneinander geraten sollten. Hier hinauf – hinter mich – schnell! Umfaßt mich fest und eng, fürchtet nichts!«

Im nächsten Augenblick ritten sie weg in vollem Galopp, in einer dichten Wolke Staub, und sprengten dahin gleich Jägern in einem Traume.

Es war ein Segen, daß das Pferd den Weg, den es zu reiten hatte, wohl kannte, denn nicht ein einziges Mal – nein, nicht ein einziges Mal während des ganzen Rittes – senkte Mr. Haredale die Augen zu Boden oder wandte sie auch nur einen Augenblick von dem Feuer weg, dem sie so toll entgegensprengten. Einmal sagte er: »Es ist mein Haus«, aber das war das einzige Mal, daß er sprach. Sobald sie an dunkle und zweifelhafte Plätze kamen, vergaß er nie, seine Hand auf den Kleinen zu legen, um ihn auf seinem Sitz festzuhalten, aber das Haupt hielt er hoch aufgerichtet und seine Augen auf das Feuer geheftet.

Der Weg war gefährlich genug, denn sie ritten den nächsten Weg – Hals über Kopf – weit ab von der Chaussee auf einsamen Wegen und Pfaden, wo Wagenräder tiefe Furchen gegraben hatten; wo der kleine Streifen Boden eingesäumt war von Hecke und Graben; wo hohe Bäume, die sich oben zu einer Bogenhalle vereinigten, ein tiefes Dunkel verbreiteten. Aber weiter, weiter, weiter, ohne zu halten oder auch nur zu stolpern, bis sie die Tür des ›Maypole‹ erreichten und deutlich sehen konnten, daß das Feuer zu ersterben begann, als ob es an Brennmaterial mangelte.

»Steigt ab – auf einen Augenblick – nur auf einen einzigen Augenblick«, sagte Mr. Haredale, indem er Daisy auf den Boden half und selbst folgte. »Willet – Willet – wo sind meine Nichte und die Bedienten? – Willet!«

Indem er angstvoll nach ihm rief, stürzte er in das Schankzimmer: Der Wirt gebunden und an den Stuhl gefesselt, der Platz verwüstet, geplündert und verlassen; – niemand konnte hier Zuflucht gefunden haben.

Er war ein kraftvoller Mann, gewohnt sich zu mäßigen und seine starken Erregungen zu unterdrücken; aber diese Vorbereitung auf das, was kommen sollte – obgleich er das Feuer hatte brennen sehen und wohl wußte, daß sein Haus dem Erdboden gleich gemacht war – war mehr, als er ertragen konnte. Er bedeckte einen Augenblick das Gesicht mit den Händen und wandte sich ab.

»Johnny, Johnny«, sagte Salomo, und das treuherzige Männchen weinte geradeheraus und rang die Hände, »o lieber, alter Johnny, hat sich das verändert! Daß es mit dem ›Maypole‹ so kommen muß und daß wir leben müssen, um es mitanzusehen! Und ›The Warren‹ auch, John – Mr. Haredale! O John, was für ein erbärmlicher, kläglicher Anblick ist das!«

Während er auf Herrn Haredale zeigte, lehnte sich der kleine Salomo Daisy mit dem Ellbogen auf Willets Stuhllehne und ließ helle Tränen auf dessen Schultern herabfallen.

Während Salomo sprach, saß der alte John stumm wie ein Stockfisch und starrte ihn mit übersinnlichem Glotzen an, indem er durch jedes nur mögliche Zeichen die vollkommenste Bewußtlosigkeit an den Tag legte. Aber als Salomo wieder schwieg, folgte er mit großen runden Augen der Richtung seiner Blicke, und der verschwommene Begriff, daß jemand gekommen sei, um ihn zu besuchen, schien unklar in seinem Geiste aufzudämmern.

»Ihr kennt uns doch, John – Ihr kennt uns?« sagte der kleine Küster, sich auf die Brust klopfend. »Daisy, Ihr wißt doch – Chigwell – Kirche – Türme – die kleine Kanzel an Sonntagen – he, John?«

Mr. Willet überlegte einen Augenblick, und dann murmelte er wie mechanisch: »Laßt uns singen zum Lob und Ruhme –«

»Ja, ganz gewiß«, rief der Kleine eilig. »Das ist's – das bin ich, John. Ihr wißt jetzt wieder ganz Bescheid, nicht wahr? Sagt, daß Ihr wieder ganz Bescheid wißt, John.«

»Bescheid?« erwog Mr. Willet, als wäre dies eine Sache, in der nur er und sein Gewissen zu entscheiden hätten. »Bescheid? Ja!«

»Sie haben Euch doch nicht mit Stöcken oder Schüreisen oder sonstigen stumpfen Werkzeugen mißhandelt; nicht, John?« fragte Salomo mit einem sehr bangen Blick auf Herrn Willets Kopf. »Sie haben Euch doch nicht geschlagen, oder etwa doch?«

John runzelte die Stirne und sah zu Boden, als ob er geistig beschäftigt wäre in irgendwelcher arithmetischen Berechnung, dann nach oben, als ob das Fazit nicht recht zustande käme; dann auf Salomo Daisy und von dessen Augenbrauen nach der Schuhschnalle; und dann äußerst langsam rings durch den Schenkverschlag. Und dann kam eine große runde, wie Blei aussehende und nicht im geringsten durchsichtige Träne aus jedem Auge hervorgerollt, und er sagte unter Kopfschütteln:

»Wenn sie bloß die Güte gehabt hätten, mich zu ermorden, ich hätte mich höflich bedankt.«

»Nein, nein, nein! Redet nicht so etwas, John«, schluchzte sein kleiner Freund. »'s ist freilich sehr – sehr schlecht, aber noch immer nicht ganz so schlecht, als wenn das geschehen wäre. Nein, nein!«

»Seht nur mal, lieber Herr!« rief John und wandte seine traurigen Blicke Mr. Haredale zu, der sich auf ein Knie herabgelassen hatte und seine Bande zu lösen anfing. »Seht nur mal, Sir! Selbst der Maibaum – der alte stumme Maibaum – starrt zum Fenster herein, als wenn er sagen wollte: John Willet, komm fort, und wir wollen uns im nächsten Pfuhl ersaufen, der tief genug ist, uns aufzunehmen; denn unsere Zeit ist zu Ende.«

»Tut das nicht, John, tut's nicht«, rief sein Freund: über den traurigen Aufschwung, den plötzlich John Willets Phantasie nahm, ebenso gerührt wie über den Grabeston, mit dem er vom Maibaum gesprochen hatte. »Bitte, tut's nicht, John.«

»Euer Verlust ist groß, und Euer Unglück schwer«, sagte Mr. Haredale, ruhelos nach der Tür schauend, »und jetzt ist keine Zeit, Euch zu trösten. Und wenn es auch die Zeit danach wäre, so bin ich doch nicht in der Lage, es zu tun. Bevor ich Euch verlasse, sagt mir eins und versucht, ich ersuche Euch flehentlich darum, mir es wahr und deutlich zu sagen: Habt Ihr etwas gesehen oder gehört von Emma?«

»Nein!« sagte Mr. Willet.

»Und keinen gesehen als diese Bluthunde?«

»Nein!«

»Sie ritten, ich vertraue zu Gott, noch bevor dieses schauerliche Schauspiel begann, von dannen«, sagte Mr. Haredale, der viel zu aufgeregt war und viel zu sehr darauf brannte, wieder aufs Pferd zu steigen, als daß er bis jetzt einen einzigen Knoten hätte lösen können, selbst wenn auch die Seile mit weniger Geschicklichkeit geknüpft gewesen wären. »Ein Messer, Daisy!«

»Hat einer von Euch«, sagte John, der umhersah, als ob er sein Taschentuch verloren hätte oder irgend solche unwichtige Kleinigkeit, »einer von Euch, meine Herren – einen Sarg irgendwo gesehen, wie?«

»Willet!« rief Mr. Haredale. Salomo ließ das Messer fallen, und indem er erstarrte, rief er: »Du gerechter Himmel!«

»– weil«, sagte John, unbekümmert um ihr Entsetzen, »vor kurzer Zeit ein Toter auf seinem Wege ins Jenseits hier eingekehrt ist. Ich hätte Euch sagen können, was für ein Name auf der Platte stand, wenn er seinen Sarg mitgebracht und hier gelassen hätte. Wenn er es aber nicht getan hat, so hat es nichts zu sagen.«

Sein Grundherr, der mit atemloser Spannung auf diese Worte gehört hatte, sprang in diesem Augenblick auf die Füße und zog, ohne ein Wort zu sprechen, Salomo Daisy nach der Tür, stieg auf sein Pferd, hob den Küster wieder hinter sich hinauf und sprengte – nein – flog nach dem Trümmerhaufen, wo die Sonne des heutigen Tages noch ein stattliches Haus beschienen hatte. Willet starrte ihnen nach, horchte, sah an sich selbst herunter, um sich zu vergewissern, daß noch immer seine Fesseln nicht gelöst waren, und verfiel, ohne jedes Zeichen von Unwillen, Verstimmung oder Erstaunen, wieder in den Zustand, den er in so unvollständiger Weise von sich abgeschüttelt hatte.

Mr. Haredale band sein Pferd an einen Baumstamm, faßte seinen Begleiter am Arm und stahl sich leise den Fußpfad entlang, dorthin, wo sich einst der Garten seines Hauses befunden hatte. Er hielt einen Augenblick inne, um auf seine rauchenden Mauern und nach den Sternen hinauf zu blicken, welche durch Dach und Fußboden schienen und auf den Haufen von zusammensinkender Asche herunter strahlten. Salomo sah scheu in sein Gesicht, aber seine Lippen waren fest aufeinander gepreßt, ein Ausdruck der Entschlossenheit und des Ernstes lag auf seiner Stirn, und nicht eine Träne, kein Blick, keine Gebärde, die Betrübnis ausdrückte, spiegelten sich darauf.

Er zog den Degen, fühlte einen Augenblick in seine Brusttasche, wie wenn er noch andere Waffen bei sich trüge; dann umspannte er wieder Salomos Handgelenk und schritt mit behutsamem Tritt um das ganze Haus herum. Er sah in jeden Türweg und jede Mauerspalte, ging bei jedem Luftzug, der in den Blättern der Bäume raschelte, zurück und suchte in jedem in Schatten geworfenen Winkel mit ausgestreckten Händen herum. In der Weise machten sie den Rundgang um das Gebäude; aber sie kehrten dorthin zurück, wo sie aufgebrochen waren, ohne irgendein menschliches Wesen zu entdecken oder die Spur irgendeines verborgenen Vagabunden gefunden zu haben.

Nach einer kurzen Pause rief Mr. Haredale zwei- oder dreimal. Dann rief er ganz laut: »Ist hier irgendwer, der meine Stimme kennt! Es ist nichts mehr zu fürchten! Wenn irgendwer meiner Leute in der Nähe ist, so ersuche ich ihn, zu antworten!« Er rief seine Bedienten alle beim Namen; seine Stimme hallte in traurigen Tönen wieder, und dann war alles wieder so still wie zuvor.

Sie standen nahe beim Fuße des Erkers, wo die Alarmglocke hing. Das Feuer hatte hier gewütet, und noch dazu war der Boden zersägt, zerhackt und kleingeschlagen worden. Frei sah die Nacht hinein; nur ein Teil der Treppe war noch übrig, der sich von einem Damm von Staub und Asche aus aufwärts wandte. Bruchstücke der zertrümmerten und geborstenen Stufen boten stellenweise einen unsicheren schwindligen Halt und verloren sich dann wieder hinter vorspringenden Mauerecken oder in dem tiefen Dunkel, das andere Teile der Trümmer darüber breiteten, denn inzwischen war der Mond aufgegangen und schien hell und klar.

Wie sie hier standen und dem verklingenden Widerhall lauschten und vergeblich irgendeine bekannte Stimme zu hören hofften, da löste sich ein wenig Asche am Erker und fiel herunter. Aufgeschreckt durch das Geräusch an diesem einsamen, traurigen Platze, sah Salomo nach dem Gesichte seines Gefährten hinauf und sah, daß dieser nach dem Flecke hinschaute und gespannt beobachtete und aufmerksam horchte.

Er hielt dem kleinen Küster mit der Hand den Mund zu und sah wieder hin. In demselben Augenblick gebot er ihm mit flammenden Augen, sich still zu verhalten, falls ihm sein Leben lieb sei, und weder zu sprechen noch sich zu rühren. Er hielt den Atem an, bückte sich nieder, schlich in den Erker, den blanken Degen in der Hand, und war verschwunden.

Entsetzt darüber, unter so traurigen Umständen und nach allem, was er gesehen und gehört hatte, hier ganz allein zurückgelassen zu sein, wäre Salomo gerne gefolgt, aber es hatte ein Etwas in dem Blicke und den Gebärden Mr. Haredales gelegen, das ihn, sobald er daran dachte, gebannt hielt. Er blieb wie angewurzelt auf der Stelle stehen, wagte kaum zu atmen und sah hinauf mit einem Blick, in dem Furcht und Neugierde in gleichem Maße zum Ausdruck kamen. Wieder löste sich etwas Asche und rollte herab – sehr, sehr langsam – wieder – und dann wieder, wie wenn sie zerbröckelte unter dem Tritt eines verstohlenen Fußes. Und jetzt wurde eine Gestalt in verschwommener Weise sichtbar; eine Gestalt, die sehr langsam emporklomm und sich oft bückte, um hinunterzusehen; jetzt verfolgte sie ihren mühsamen Weg; und jetzt war sie wieder vor den Blicken verborgen.

Sie tauchte noch einmal auf in dem schattenhaften, ungewissen Lichte – jetzt höher, aber nur um ein geringes, denn der Weg war steil und schwierig, und das Fortkommen war nur mühselig. Welches Gespenst, das ihm sein Hirn vorspiegelte, verfolgte er? Und weshalb sah er so beständig hinunter? Er wußte doch, daß er allein war! Das Unglück und Leid dieser Nacht hatten doch keine Wirkung ausgeübt auf seinen Geist?! Er war doch nicht bereit, sich kopfüber von der schwankenden Mauer zu stürzen!? Salomo wurde es unwohl und schwach zumute, und er faltete die Hände. Seine Beine zitterten und wankten unter ihm, und kalter Schweiß brach auf seinem totenbleichen Gesichte hervor.

Wenn er Mr. Haredales letztes Gebot jetzt erfüllte, so geschah es, weil er nicht die Kraft besaß, zu sprechen oder sich zu rühren. Er strengte sein Gesicht an und heftete seine Augen auf einen Fleck Mondlicht, wo die Gestalt, wenn sie fortfuhr hinaufzuklettern, bald sichtbar werden mußte. Sobald sie dort war, wollte er versuchen, ihr zuzurufen.

Wieder löste sich etwas Asche; einige Steine rollten herab und fielen mit einem dumpfen, wuchtigen Schall zu Boden. Er hielt seine Augen auf das Stückchen Mondlicht geheftet. Die Gestalt kam, denn ihr Schatten malte sich schon an die Mauer. Jetzt erschien sie – und jetzt sah sie sich nach ihm um – und jetzt –

Der vor Entsetzen erstarrte Küster stieß ein Kreischen aus, das die Luft durchbebte und schrie: »Der Geist! Wieder der Geist!«

Lange bevor das Echo dieses Schreis verklungen war, stürzte eine andere Gestalt in das Licht, warf sich auf die erste, kniete auf ihrer Brust und umklammerte ihre Kehle mit beiden Händen.

»Schurke!« donnerte Mr. Haredale – denn er war es – mit furchtbarer Stimme. »Tot und begraben, wie jeder Mann meinte bei deinen Höllenkünsten, aber vom Himmel aufbewahrt hierfür – endlich – endlich – hab ich dich! Du, dessen Hände rauchen vom Blut meines Bruders und dem seines treuen Dieners, das du vergossen, um deine eigene abscheuliche Schuld zu verhüllen – du, Rudge! Doppelmörder und zwiefaches Ungeheuer! Ich verhafte dich im Namen Gottes, der dich meinen Händen überliefert hat! Nein! Hättest du die Kräfte von zwanzig Männern«, setzte er hinzu, während jener mit ihm rang, »du kannst mir in dieser Nacht nicht entgehen! Du sollst meinem Griff dich nicht entwinden!«

57. Kapitel

Barnaby schritt, bewaffnet, wie wir gesehen haben, noch immer vor der Stalltür auf und ab. Er war froh, allein zu sein, und erfreute sich herzlich an der ungewohnten Ruhe und Stille. Nach dem Geschwirr und Getöse des Aufruhrs, unter dem die beiden letzten Tage vergangen waren, wurde der wohltuende Einfluß von Einsamkeit und Frieden in tausendfach höherem Maße empfunden. Er fühlte sich sehr glücklich; und wie er sich auf seinen Schaft lehnte und nachsann, da überstrahlte ein helles Lächeln sein Gesicht, und nichts als heitere Gedanken schwebten durch sein Gehirn.

Dachte er nicht an sie, deren einzige Freude er war, und die er unwissentlich in solch bittere Sorge und Betrübnis gestürzt hatte? O ja! Sie war im Herzen aller seiner frohen Hoffnungen und stolzen Gedanken. Sie war es, die all diese Ehre erfreuen sollte; die Freude und der Gewinn waren für sie. Welch Entzücken bereitete es ihr, von der Tapferkeit ihres armen Knaben zu hören! Ach! Das hätte er gewußt, auch ohne daß es ihm Hugh sagte. Und wie köstlich war das Bewußtsein, daß sie so glücklich lebte und mit viel Stolz vernahm (er malte sich aus, wie sie dreinschauen würde, wenn man es ihr erzählte), daß er in so hoher Achtung stand: kühn unter den Kühnsten und vor allen mit schweren Pflichten betraut. Und wenn diese Schlägereien vorüber waren und der gute Lord seine Feinde bezwungen hatte und sie alle wieder in Frieden lebten und er und sie reich waren, welche Glückseligkeit würden sie dann genießen, wenn sie über die bewegten Zeiten plauderten, wo er ein hervorragender Soldat war, und wenn sie allein saßen in dem ruhigen Zwielicht und sie sich nicht mehr um den folgenden Tag zu sorgen brauchte, welche Wonne würde er empfinden bei dem Gedanken, daß das sein Werk sei – seines – das Werk des armen blöden Barnaby! Welche Wonne, ihr dann die Wange zu streicheln und mit heiterem Lachen sie zu fragen: »Bin ich jetzt noch einfältig – Mutter – bin ich noch einfältig?«

Mit leichterem Herzen und leichterem Tritte, mit Augen, die umso heller glänzten, als eine Träne des Glücks sie für einen Augenblick trübte, begann Barnaby wieder hin- und herzugehen; und indem er lustig vor sich hin sang, hielt er Wache auf seinem ruhigen Posten.

Sein Gefährte Greifer, der seine Wache teilte, fand sonst zwar Vergnügen daran, sich im Sonnenschein zu wärmen; heute aber zog er es vor, im Stall herumzuschreiten. Hierbei beschäftigte er sich angelegentlich damit, das Stroh auseinanderzuwerfen und darunter Kleinigkeiten zu verbergen, die zufällig umherlagen, oder in Hughs Bett umherzustöbern, das ein Gegenstand seines besonderen Interesses zu sein schien. Manchmal sah Barnaby herein und rief ihn, und dann kam er herausgehüpft; aber er tat das bloß aus höflicher Rücksicht gegen Barnabys Schwäche und kehrte bald wieder zu seinen eigenen ernsten Beschäftigungen zurück. Er wühlte im Stroh herum und schaffte das Stroh so schnell beiseite, als ob er der Erde Geheimnisse zuflüsterte und sie vergrübe; aber alles, was er tat, tat er heimlich; und jedesmal, wenn er an Barnaby vorbeikam, stellte er sich, als ob er nur in die Wolken hineinsähe und durchaus nichts im Sinn hätte; kurz, er benahm sich in mancher Hinsicht in einer Weise, die nachdenklicher, tiefer und geheimnisvoller erschien, als dies sonst der Fall war.

Als der Tag sich seinem Ende zuneigte, beschloß Barnaby, der keine Weisungen erhalten hatte, die ihm verboten zu essen oder zu trinken, sondern im Gegenteil mit einer Flasche Bier und einem Korb Mundvorrat versorgt worden war, etwas zu essen, was er seit dem Morgen noch nicht getan hatte. Zu diesem Zweck setzte er sich auf den Boden vor der Tür nieder, legte sich seine Fahne, im Fall daß er überrascht würde und Alarm schlagen müßte, über die Knie und rief Greifer zum Essen herbei.

Diesem Rufe folgte der Vogel mit großer Behendigkeit und rief, indem er an die Seite seines Herrn hüpfte: »Bin ein Teufel, bin ein Teufel, bin ein Polly, bin ein Kessel, bin ein Protestant; nieder mit dem Papst!« Diese letztere Phrase hatte er von der Genossenschaft gelernt, unter der er seit jüngerer Zeit lebte, und sagte sie mit großem Nachdruck her.

»Gut gesagt, Greifer!« rief sein Herr, während er ihn mit ein paar guten Bissen fütterte. »Gut gesprochen, alter Schwede!«

»Immer mutig, bau, wau, wau, immer frisch und munter – Greifer, Rab, Rab! Holla! Tee für uns alle; bin ein Protestantenkessel; nieder mit dem Papst!« schrie der Rabe.

»Gordon für immer, Greifer!« rief Barnaby.

Der Rabe senkte den Kopf und blickte seinen Herrn von der Seite an, als wenn er sagen wollte: »Sag das noch einmal!« Barnaby, der diesen Wunsch sogleich verstand, wiederholte den Satz einige Male hintereinander. Der Vogel hörte ihm mit größter Aufmerksamkeit zu, und wiederholte den volkstümlichen Ausruf mit leiser Stimme, als wenn er Vergleiche anstellen und sich in neuen Künsten üben wollte; dann schlug er mit den Flügeln und bellte und krächzte wie toll.

Barnaby war so eifrig mit seinem Liebling beschäftigt, daß er anfangs gar nicht die zwei Reiter bemerkte, welche im Schritt gerade auf ihn zukamen. Als er ihrer endlich ansichtig wurde, was erst geschah, als sie keine fünfzig Ellen mehr von ihm entfernt waren, sprang er hastig auf, hieß den Raben in das Haus gehen und faßte seine Fahne mit beiden Händen, denn noch wußte er nicht, ob er Freunde oder Feinde vor sich hatte.

Er hatte sich kaum in Positur gestellt, als er erkannte, daß die Herankommenden ein Herr und sein Diener waren; fast in demselben Augenblick erkannte er auch Lord George Gordon, vor dem er mit entblößtem Haupt und niedergeschlagenen Augen dastand.

»Guten Tag!« sagte Lord George, sein Pferd erst dicht neben ihm anhaltend. »Nun?«

»Alles ruhig, Herr, alles sicher!« rief Barnaby. »Die letzten sind fort – sie sind dort entlang – da hinunter! Ein großer Trupp!«

»So?« sagte Lord George und sah ihn ernst an. »Und Ihr?«

»O – sie haben mich als Wache hiergelassen – auf Posten – um alles hier zu bewachen, bis sie zurückkommen. Ich werde es tun, Sir, um Euretwillen. Ihr seid ein guter Herr, ein freundlicher Herr – ja, das seid Ihr! Viele sind gegen Euch, aber wir wollen ihnen schon die Zähne zeigen, keine Angst!«

»Was ist das?« fragte Lord George, auf den Raben zeigend, der aus der Stalltür sah und dem Anschein nach etwas unsicher auf Barnaby blickte.

»Wie? Wißt Ihr das nicht!« versetzte Barnaby, verwundert lachend. »Nicht zu wissen, was er ist! Ein Vogel natürlich. Mein Vogel – mein Freund – Greifer.«

»Ein Teufel, ein Kessel, ein Greifer, ein Protestant – nieder mit den Papisten!« schrie der Vogel.

»Ihr hattet wirklich Ursache, mich zu fragen«, sagte Barnaby leise, seine Hand auf den Hals von Lord Georges Pferd legend, »wer er ist, denn manchmal ist es mir selbst ein Rätsel, und ich bin doch an ihn gewöhnt, ob er wirklich nur ein Vogel ist. Ha! Ha! Ha! Er ist mein Bruder, der Rabe – immer bei mir – immer schwatzhaft – immer lustig – he, Greifer?«

Der Rabe antwortete mit einem freundschaftlichen Krächzen und hüpfte seinem Herrn auf den Arm, den dieser ihm dazu hinhielt, worauf er sich ruhig von ihm streicheln und liebkosen ließ und dabei seine klugen, scharfen Augen bald auf Lord George, bald auf seinen Diener heftete.

Lord George kaute ungeduldig an seinen Nägeln und blickte Barnaby schweigend an, dann sagte er, seinem Diener winkend:

»Komm her, John.«

John Grueby legte die Finger an den Hut und kam.

»Hast du diesen jungen Mann schon einmal gesehen?« fragte sein Herr mit leiser Stimme.

»Zweimal, Sir«, sagte John. »Ich sah ihn letzte Nacht und vorigen Sonnabend in der Menge.«

»Fandest du, daß sein Wesen etwas sonderbar und aufgeregt war?« fragte Lord George stockend.

»Verrückt«, sagte John mit nachdrücklicher Kürze.

»Und warum hältst du ihn für verrückt?« sagte sein Herr in gereiztem Tone. »Gebrauche das Wort nicht zu leichtsinnig. Warum hältst du ihn für verrückt?«

»Sir«, antwortete John Grueby, »seht doch nur seine Kleidung, seine Augen, seine unruhigen Bewegungen! Hört ihn nur rufen: ›Nieder mit dem Papst!‹ Er ist verrückt, gnädiger Herr.«

»Also wenn ein Mensch sich anders kleidet als die übrigen und zufällig in seinem Wesen von anderen verschieden ist«, sagte sein Herr, ihn ärgerlich ansehend, »und weil er die große Sache verteidigt, von der die Bösen und Gottlosen nur sich zurückhalten, muß er verrückt sein, nicht wahr?«

»Gänzlich, vollkommen, unfehlbar verrückt, Sir«, antwortete John ungerührt.

»Das willst du mir ins Gesicht behaupten?« rief sein Herr, ihn scharf ansehend.

»In jedermanns Gesicht, der mich fragt, Sir«, antwortete John.

»Ich finde, Mr. Gashford hatte recht«, sagte Lord George, »ich dachte, er wäre vorurteilsvoll, obwohl ich einen Mann wie ihn hätte besser kennen sollen, um so etwas für möglich zu halten!«

»Ich werde niemals in Mr. Gashfords Gunst stehen, Sir«, versetzte John, ehrfurchtsvoll seinen Hut berührend, »und ich verlange auch nicht danach.«

»Du bist ein ungeratener, undankbarer Bursche«, sagte Lord George; ein Spion vielleicht. Mr. Gashford hat vollkommen recht, ich hätte nur gleich davon überzeugt sein sollen. Ich habe unrecht getan, Dich in meinem Dienste zu behalten. Es war eine richtige Beleidigung für ihn, meinen vertrauten Freund, wenn ich bedenke, welcher Partei du angehörtest an dem Tage, als er so feindselig in Westminster angegriffen wurde. Du wirst mich noch heute abend verlassen, nein, sobald wir nach Hause kommen. Je früher, desto besser.«

»Wenn die Sache so steht, dann meinethalben, Sir, dann mag Mr. Gashford seinen Willen haben. Aber, daß ich ein Spion sein sollte, Sir, da kennt Ihr mich besser, als daß Ihr das selbst glauben solltet. Ich weiß nicht viel von Rechtssachen. Meine Sache ist die eines einzigen gegen zweihundert, und ich hoffe, so wird es immer sein.«

»Du hast mehr als genug gesagt«, versetzte Lord George und winkte ihm, zurückzutreten. »Ich wünsche, nichts mehr zu hören.«

»Wenn Ihr mir erlauben wolltet, noch ein Wort hinzuzufügen, Sir«, bemerkte John Grueby, »so möchte ich diesem törichten Burschen den guten Rat geben, nicht so allein zu bleiben. Die Proklamation ist schon in sehr vielen Händen, und es ist bekannt, daß er in die Angelegenheit verwickelt ist, worauf sie sich bezieht. Er täte besser, an einen sichern Ort zu gehen, wenn es dem armen Burschen möglich ist.«

»Hörst du, was dieser Mann sagt?« wandte sich Lord George an Barnaby, der verwundert diesem Gespräch zugehört hatte. »Er denkt, du könntest dich hier auf deinem Posten fürchten, und würdest vielleicht gegen deinen Willen hier festgehalten. Was sagst du dazu?«

»Ich denke, junger Mann«, sagte John erklärend, »daß die Soldaten einen Ausfall machen und Euch gefangen nehmen könnten und daß sie, wenn das geschieht, Euch jedenfalls aufhängen, bis Ihr tot seid – tot – tot. Drum denke ich, Ihr tätet am besten, Euch so schnell als möglich von hier fortzubegeben. Das ist meine Meinung.«

»Er ist ein Feigling, Greifer ein Feigling!« rief Barnaby, den Raben zu Boden setzend und seinen Stock schulternd. »Laßt sie nur kommen! Gordon für immer! Laßt sie nur kommen!«

»Ja«, sagte Lord George, »laßt sie nur kommen! Wir wollen sehen, wer es wagt, eine Macht wie die unsrige anzugreifen, das feierliche Bündnis eines ganzen Volkes! Dieser ein Verrückter! Du hast gut gesprochen, sehr gut. Ich bin stolz darauf, der Anführer solcher Männer zu sein.«

Barnabys Herz schlug höher, als er diese Worte hörte. Er nahm Lord Georges Hand und führte sie an die Lippen, klopfte den Hals des Pferdes, als ob die Liebe und Bewunderung, welche er für den Mann empfand, sich auch auf das Tier erstreckten, das er ritt; dann entfaltete er seine Flagge, schwenkte sie stolz hin und her und schritt wieder auf und ab.

Lord George nahm mit blitzenden Augen und glühenden Wangen seinen Hut ab und rief ihm, denselben über seinem Haupte schwenkend, »Lebewohl« zu. Dann ritt er in schnellem

Schritte davon; nachdem er sich noch unwillig nach seinem Diener umgesehen, ob er ihm auch folgte. Der brave John gab seinem Pferd die Sporen und folgte seinem Herrn; zuvor warnte er Barnaby noch einmal mit vielen eindringlichen Gebärden, er möchte sich zurückziehen, und wiederholte diese Gebärden fortwährend, trotzdem Barnaby sie stets zurückwies, bis die Biegung des Weges sie gegenseitig ihren Blicken entzog.

So wieder sich selbst überlassen, noch stolzer als zuvor auf seinen wichtigen Posten und angeregt zum Enthusiasmus durch die besondere Beachtung und Ermutigung seines Führers, ging Barnaby mehr in Verzückung als in ruhiger Überlegung auf und ab. Der Sonnenschein, der rings um ihn her lag, war auch in seinem Gemüt. Es blieb ihm nur ein unerfüllter Wunsch. Wenn sie ihn doch jetzt sehen könnte!

Der Tag nahte seinem Ende; die Hitze war der angenehmen Abendkühle gewichen; ein leichter Wind wehte, fächelte sein langes Haar und ließ das Banner über seinem Kopfe anmutig rauschen. Es lagen in dem Ton und in der Zeit eine Freiheit und Frische, welche ganz mit seiner Stimmung harmonierten. Er war glücklicher denn je.

Er lehnte sich an seine Fahne und blickte in die untergehende Sonne, indem er mit frohem Lächeln bedachte, daß er über vergrabenem Gold Schildwache stehe. Da plötzlich tauchten in der Ferne einige Gestalten auf, die sich dem Haus mit schnellen Schritten näherten und heftig mit den Händen winkten, um die Bewohner desselben zum Rückzug vor einer drohenden Gefahr aufzufordern. Als sie näher herankamen, wurden ihre Gebärden immer eindringlicher, und kaum waren sie in Hörweite, so rief der erste von ihnen ihm zu, daß die Soldaten im Anmarsch seien.

Bei diesen Worten zog Barnaby seine Flagge ein und befestigte sie um den Schaft. Sein Herz schlug heftig, als er es tat, aber er empfand keine größere Furcht und dachte nicht mehr an Rückzug als der Schaft selbst. Die Nachzügler eilten an ihm vorüber, nachdem sie ihn freundschaftlich vor der Gefahr gewarnt hatten, und gingen schnell in das Haus, wo sogleich die größte Verwirrung herrschte. Die, welche im Hause waren, schlossen hastig Tür und Fenster und forderten ihn durch Blicke und Zeichen auf, ohne Zeitverlust zu fliehen, und riefen es ihm mehrfach zu; aber er schüttelte als Antwort nur mit dem Kopf und stand fester denn je auf seinem Posten. Als sie sahen, daß er nicht zu überreden sei, sorgten sie für ihre eigene Sicherheit und machten sich schnell auf den Rückzug; nur eine alte Frau blieb in dem Haus zurück.

Bis jetzt fanden sich noch keine Anzeichen dafür, daß die Alarmnachrichten einen anderen Grund gehabt hatten als die Furcht der Überbringer; ›The Boot‹ hatte jedoch noch nicht fünf Minuten verlassen gestanden, als quer über die Felder ein Trupp Menschen gezogen kam. An dem Blitzen ihrer Waffen und dem militärischen Schmuck sowie an ihrem regelmäßigen Schritt – eine jede Reihe sah aus, als marschierte in ihr nur ein Mann – war leicht zu erkennen, daß es Soldaten waren. Barnaby hatte sich sofort überzeugt, daß es eine Abteilung Garde zu Fuß war, welche von zwei Herren in Zivilkleidung und einem kleinen Trupp Reiter begleitet wurde, und vielleicht aus sechs bis acht Leuten bestand.

Sie kamen ruhig näher, ohne ihren Schritt zu beschleunigen oder einen Ruf hören zu lassen oder die geringste Unruhe und Aufregung zu zeigen. Obgleich dies bei regulären Truppen ganz natürlich ist, fühlte sich Barnaby, der an die Unruhe und den Lärm zusammengelaufener Rotten gewöhnt war, dadurch bedrückt und beunruhigt. Trotzdem stand er nicht weniger fest auf seinem Posten und sah unbekümmert um sich.

Nun marschierten sie in den Hof und machten Halt. Der kommandierende Offizier sandte einen Boten zu den Reitern, von denen er zurückgeritten kam. Sie wechselten einige Worte und blickten auf Barnaby, der sich des Mannes, den er bei Westminster vom Pferde geworfen hatte und den er jetzt vor sich sah, sehr gut erinnerte. Der Mann wurde bald nicht mehr gebraucht; er grüßte und ritt zu seinen Kameraden zurück, die in geringer Entfernung hielten.

Der Offizier gab Befehl, Pulver auf die Pfanne zu schütten und zu laden. Als Barnaby die Flintenkolben dumpf auf dem Boden dröhnen und die Ladestöcke in den Läufen rasseln hörte, wurde es ihm leichter ums Herz, obwohl er den todbringenden Zweck dieses Geräusches kannte. Hierauf wurden weitere Befehle gegeben; die Soldaten umzingelten sogleich das Haus und die Ställe, indem sie sie auf eine Entfernung von zwanzig Schritt umstellten; wenigstens schien Barnaby der Raum, der zwischen ihm und seinen Gegnern blieb, so groß zu sein. Die Reiter hielten sich noch von den anderen abgesondert.

Die beiden Herren in Zivilkleidung, welche zurückgeblieben

waren, kamen nun herangeritten, der Offizier in ihrer Mitte. Nachdem die Proklamation von einem der Herren vorgelesen worden war, forderte der Offizier Barnaby auf, sich zu ergeben.

Er antwortete nicht, sondern trat in die Tür, vor welcher er Wache gehalten hatte, und hielt seinen Schaft quer vor. Nach kurzem Stillschweigen wurde er nochmals aufgefordert, sich zu ergeben.

Auch jetzt antwortete er nicht. Er ließ seine Augen über die Männer schweifen, welche ihm direkt gegenüberstanden, und überlegte, welchen von ihnen er zuerst niederschlagen sollte, wenn sie ihn angreifen würden. Er faßte einen, der in der Mitte stand, scharf ins Auge und nahm sich vor, den Burschen niederzustrecken, und sollte es auch sein Leben kosten.

Wieder trat tiefe Stille ein, und wieder forderte dieselbe Stimme ihn auf, sich zu ergeben.

Im nächsten Augenblick war er in den Stall zurückgetreten und schlug wie ein Wahnsinniger um sich. Zwei von den Männern lagen schon zu seinen Füßen; der, welchen er sich gemerkt hatte, fiel zuerst – er vergaß es nicht trotz der Aufregung des heftigen Kampfes. Ein neuer Schlag – ein anderer fiel! Dann war er niedergestreckt, überwunden, betäubt durch einen heftigen Stoß, der ihm mit einem Flintenkolben vor die Brust versetzt wurde (er sah das Gewehr, als er niedersank) – atemlos lag er da – ein Gefangener!

Ein verwunderter Ausruf des Offiziers ließ ihn wieder zu sich kommen. Er sah sich um. Der Rabe, der den ganzen Nachmittag heimlich gearbeitet hatte und sich doppelt eifrig zeigte, solange niemand seine Aufmerksamkeit auf ihn richtete, hatte das Stroh von Hughs Bett weggezerrt und den lockern Grund mit seinem eisenfesten Schnabel aufgegraben. Das Loch war bis zum Rand gefüllt und nur oberflächlich mit Erde bedeckt worden. Goldene Becher, Löffel, Leuchter, Goldmünzen – alle Schätze lagen offen da.

Es wurden Spaten und ein Sack gebracht; alles, was hier verborgen war, ausgegraben und die Schätze, die kaum zwei Männer tragen konnten, fortgeschafft. Sie legten Barnaby Handfesseln an, banden ihm die Arme, durchsuchten seine Taschen und nahmen ihm alles, was sie fanden. Niemand fragte ihn oder machte ihm Vorwürfe oder schien Neugier ihm gegenüber zu empfinden. Die beiden von ihm niedergeschlagenen Männer wurden von ihren Gefährten in derselben geschäftsmäßigen Weise, in der hier alles geschah, fortgetragen. Schließlich wurde er unter Bewachung von vier Soldaten, die mit aufgepflanztem Bajonett auf ihn achtgaben, zurückgelassen, während der Offizier persönlich die Durchsuchung des Hauses und der angrenzenden Gebäude leitete.

Sie waren bald damit fertig. Die Soldaten traten wieder im Hofe an; Barnaby wurde von der Wache umringt und hinausgeführt. Die vier Soldaten erhielten Befehl, in eine leergelassene Lücke zu treten. Die anderen traten rings um sie her ins Glied, und so ging es fort, den Gefangenen in der Mitte.

Als sie auf die Straße kamen, nahm er wahr, daß er ein Schauspiel für die Leute war. Während sie schnell dahinschritten, schaute er auf, und konnte bemerken, wie die Leute an die Fenster eilten und, wenn sie zu spät kamen, die Fensterflügel aufrissen, um ihm nachzusehen. Manchmal starrte ihn ein Gesicht an, über die ihn umgebenen Köpfe hinweg, oder schaute unter dem Arm seiner Führer hervor oder schielte von einem Wagen oder von einem Kutschbock herunter nach ihm hin; da er jedoch von so vielen Soldaten umringt war, konnte er weiter nichts sehen. Sogar der Straßenlärm drang nur gedämpft und abgeschwächt bis zu ihm; und die Luft wehte ihm heiß und verdorben ins Gesicht, wie Dampf aus einem Backofen.

Tramp – tramp! Tramp – tramp!

Kopf hoch, Brust heraus, jeder Mann festen Tritt! – Alles geht so ordentlich und regelmäßig – niemand sieht nach ihm hin – niemand kümmert sich um ihn – er kann es kaum glauben, daß er ein Gefangener ist. Aber wenn er das Wort nur denkt – er braucht es gar nicht zu sprechen – so fühlt er, wie die Handfesseln ihm in die Gelenke schneiden und die Stricke seine Arme fest an die Seiten pressen! Die geladenen Gewehre sind auf seinen Kopf gerichtet, und die kalten, blinkenden, scharfen Spitzen wenden sich nach ihm hin – jetzt, wo er gebunden und hilflos ist, läuft es ihm bei diesem Anblick kalt durch die Adern.

58.
Kapitel

Es währte nicht lange, bald hatten sie die Kaserne erreicht; denn der Offizier, welcher die Abteilung führte, wollte vermeiden, daß das Volk durch Entfaltung von Militärmacht in den Straßen aufgereizt würde, und war aus Menschlichkeit bemüht, so wenig wie möglich Gelegenheit zu einem Befreiungsversuch zu geben; er wußte, daß das zu Blutvergießen und Verlusten an Menschenleben führen konnte und daß, wenn die Zivilbehörden, welche ihn begleiteten, ihn ermächtigten, seine Soldaten feuern zu lassen, mancher Unschuldige fallen würde, der nur aus Neugier oder Zufall zugegen war. Er führte darum seine Leute schnell weiter und vermied mit menschenfreundlicher Klugheit die belebteren Straßen, indem er diejenigen aufsuchte, welche er am wenigsten von Unruhestiftern heimgesucht glaubte. Dieses kluge Verfahren machte es ihm nicht allein möglich, die Kaserne ohne Störung zu erreichen, sondern täuschte auch einen Haufen Aufrührer, die sich in der Meinung, der Hauptmann müsse dort vorbeikommen, in einer der Hauptstraßen zusammengerottet hatten, um den Gefangenen zu befreien, und die hier noch waren, nachdem die Soldaten den Gefangenen schon lange an einen sicheren Platz geführt, die Kasernentore geschlossen und an jedem Eingang doppelte Wachen zu besserm Schutze aufgestellt hatten.

Als sie an diesem Orte angekommen waren, wurde der arme Barnaby in einen mit Steinen gepflasterten Raum geführt, der von einem starken Tabakgeruch erfüllt war. Es herrschte hier scharfe Zugluft, und man sah eine große, hölzerne Bettstelle, in welcher ein Dutzend Männer Platz hatten. Mehrere Soldaten in legerer Kleidung standen müßig umher oder aßen aus Zinngefäßen; Uniformen hingen an einer Reihe von Haken an den geweißten Wänden herab; ein halbes Dutzend Soldaten lagen schlafend da und schnarchten im Chor. Nachdem Barnaby lange genug hier gewesen war, um alle diese Dinge zu bemerken, wurde er wieder hinausgeführt und quer über den Paradeplatz zu einem anderen Teil des Gebäudes gebracht.

Der Mensch erfaßt vielleicht niemals mehr mit einem Blick als in Situationen größter Gefahr. Ich möchte hundert gegen eins wetten, wenn Barnaby nur zufällig sich einmal in der Kaserne umgesehen hätte, würde er eine nur sehr undeutliche Vorstellung von dem Orte erhalten und sich an wenig Einzelheiten später erinnert haben. Aber als er jetzt mit gefesselten Händen über den kiesbestreuten Platz schritt, entging nichts seiner Aufmerksamkeit. Das düstere Aussehen des staubigen Platzes und des kahlen Backsteinbaues; die Kleidungsstücke, die an einigen Fenstern hingen, und die Leute in Hemdsärmeln und Hosenträgern, welche dort aus den Fenstern sahen; die grünen Jalousien an den Wohnungen der Offiziere und die kleinen dürftigen Bäumchen davor; der Trommler, der in einem entfernten Hofe übte; die beiden Soldaten, die, einen Korb zwischen sich tragend, einander zublinzelten, als sie vorübergingen und sich mit bezeichnender Gebärde an den Hals faßten; der schmucke Sergeant, der mit einem Stocke in der Hand schnell vorüberging und unter dem Arm ein in Pergament gebundenes Buch trug; die Burschen, die in den untern Räumen ihre Sachen putzten und bürsteten und bei seinem Anblick dabei innehielten, und deren Stimmen, wenn sie zusammen sprachen, laut durch die leeren Galerien und Gänge schallten; – alles, bis herab auf den Gewehrstand vor dem Wachthaus und die Trommel, die mit einem Degengehenk in einer Ecke befestigt war, prägten sich seinem Gedächtnis ein, als wenn er sie schon hundert Mal an derselben Stelle gesehen hätte oder einen ganzen Tag und nicht nur fünf kurze Minuten unter ihnen gewesen wäre.

Er wurde in einen kleinen gepflasterten Hinterhof geführt, und hier öffnete man ein großes, eisenbeschlagenes Tor, das vielleicht fünf Fuß über dem Boden einige Löcher hatte, um Luft und Licht einzulassen. In diesen Kerker wurde er sogleich hineingeführt, und nachdem er eingeschlossen und eine Schildwache vor die Tür gestellt war, überließ man ihn seinen Betrachtungen.

Die Zelle oder das schwarze Loch, denn diese Worte waren auf die Tür gemalt, war sehr dunkel und, da sie kürzlich einen betrunkenen Deserteur beherbergt hatte, durchaus nicht rein. Barnaby tappte sich zu dem anderen Ende der Zelle hin, wo ein wenig Stroh war, und nach der Türe schauend, suchte er sich an die Dunkelheit zu gewöhnen, was für ihn, der aus dem hellen Sonnenschein draußen kam, nicht leicht war.

Draußen war eine Art Säulenhalle oder Galerie, welche noch das wenige Licht dämpfte, das seinen Weg durch die kleinen Öffnungen in der Tür fand. Die Schritte der Wachen, die auf dem Steinpflaster auf- und abgingen, hallten eintönig wieder. Barnaby wurde dadurch an die Wache erinnert, die er selbst noch vor kurzer Zeit gehalten hatte. Während der Posten an der Tür auf- und abging, wurde die Zelle, wenn seine Gestalt sich zwischen Licht und Zelle schob, im Nu stockfinster, und wenn er wieder vorbei war, schien es, als falle ein neuer Lichtstrahl herein – was für Barnaby ein interessanter Anblick war. Nachdem der Gefangene einige Zeit am Boden gesessen und die Löcher in der Tür beobachtet und auf die kommenden und verhallenden Schritte der Schildwache gelauscht hatte, stand der Mann draußen auf seinem Posten still. Barnaby, der sich gar nicht denken und vorstellen konnte, was mit ihm geschehen würde, war durch die regelmäßigen Schritte in eine Art von Betäubung gelullt worden, aus der er bei dem Stillstehen des Soldaten erwachte. So bemerkte er, daß sich zwei Männer unter der Galerie, ganz in der Nähe seiner Zelle, unterhielten.

Wie lange sie sich dort schon unterhalten hatten, konnte er nicht sagen, denn das Bewußtsein seiner wahren Lage war ihm eine Zeitlang entfallen, und gerade als die Schritte innehielten, antwortete er laut auf eine Frage, die er im Stalle von Hugh zu hören vermeint hatte. Obwohl er nun im Augenblick, als er die Antwort über die Lippen brachte, auch schon wieder zu sich kam, vermochte er sich doch auf den vermeintlichen Inhalt der Frage sowie der Antwort nicht im geringsten zu besinnen. Die ersten Worte, die an sein Ohr schlugen, waren folgende:

»Warum ist er denn hierhergebracht worden, wenn er so bald wieder fortgeführt werden soll?«

»Nun, wo wollt Ihr denn, daß er hinkommt? Verdammt! Ist er etwa anderswo sicherer aufgehoben als hier zwischen des Königs Truppen, he? Was sonst wolltet Ihr mit ihm anfangen? Ihn solchem Gesindel von furchtsamen Rechtsgelehrten übergeben, denen aus lauter Furcht vor den Drohungen der Lumpenkerle, zu denen er gehört, förmlich die Knie schlottern bis in die Fußspitzen hinein, daß die Sohlen davon zum Teufel gehn!«

»Das ist freilich wahr.«

»Freilich wahr! Ich will Euch was sagen: Ich wünschte, Tom Green, ich wäre Offizier anstatt Unteroffizier und hätte das Kommando über zwei Kompanien – nur zwei Kompanien – von meinem Regimente. Gebt mir den Befehl, die Aufrührer zu unterdrücken – gebt mir die nötige Vollmacht und ein halbes Dutzend Fässer voll Munition –«

»Freilich«, sagte die andere Stimme, »das ist alles sehr schön, aber die Vollmacht gibt's nicht. Wenn die Obrigkeit nicht den Befehl gibt, was soll da der Offizier tun?«

Da der andere scheinbar im unklaren war, wie über diese Schwierigkeit hinwegzukommen wäre, begnügte er sich damit, auf die Obrigkeit zu fluchen.

»Von ganzem Herzen«, stimmte sein Freund bei.

»Wozu ist die Obrigkeit nütze?« versetzte die andere Stimme. »Was ist die Obrigkeit in diesem Fall anderes als eine unverschämte, unnötige, verfassungswidrige Art von Einmischung? Hier ist eine Proklamation. Hier ist ein Mann, auf den sich die Proklamation bezieht. Hier ist ein Beweis gegen ihn und ein Zeuge zur Stelle. Verdammt! Holt ihn raus und schießt ihn tot, Sir! Was brauchts da eine Obrigkeit?«

»Wann kommt er vor Mr. John Fielding?«[66] fragte der Mann, der zuerst gesprochen hatte.

»Heute abend um acht Uhr«, versetzte der andere. »Hört, was weiter kommt. Der Richter schickt ihn nach Newgate. Unsere Leute führen ihn nach Newgate. Die Aufrührer greifen unsere Leute an. Unsere Leute ziehen sich vor den Aufrührern zurück. Es werden Steine geworfen, Beleidigungen ausgestoßen, kein Schuß wird abgefeuert. Warum? Wegen der Obrigkeit! Hol' der Teufel die Obrigkeit!«

Nachdem er sein Herz noch durch verschiedene Verwünschungen gegen die Obrigkeit erleichtert hatte, schwieg der Mann. Nur von Zeit zu Zeit entschlüpfte ihm ein dumpfes Knurren, das sich auch noch auf die Obrigkeit bezog.

Barnaby, der Verstand genug hatte, um zu wissen, daß ihn diese Unterhaltung anging und sogar sehr nahe anging, blieb vollkommen ruhig, bis sie aufhörten zu sprechen; dann schlich er bis zur Tür, lugte durch eins der Luftlöcher und versuchte zu erkennen, was das für Männer waren, denen er eben zugehört hatte.

Der eine von ihnen, welcher die bürgerliche Gewalt mit so heftigen Ausdrücken verurteilte, war ein Sergeant – der, wie die flatternden Bänder an seiner Mütze anzeigten, zur Zeit mit dem Anwerben von Rekruten beschäftigt war. Er stand seitwärts an einen Pfeiler gelehnt, der Tür ziemlich gegenüber, und zeichnete mit seinem Stock Figuren auf das Pflaster, während er vor sich hinbrummte. Der andere Mann hatte dem Kerker den Rücken zugekehrt, so daß Barnaby nur seine Gestalt sehen konnte. Nach ihr zu urteilen, war er ein feiner, stattlicher, hübscher Bursche, aber er hatte den linken Arm verloren. Er war ihm zwischen Ellbogen und Schulter abgenommen, und sein leerer Rockärmel hing ihm über die Brust.

Dieser Umstand war es wohl, der Barnaby in einem Maß, dessen sich der andere nicht rühmen konnte, auf ihn aufmerksam machte und sein Interesse erregte. Seine Haltung hatte etwas Militärisches, und er trug eine bunte Mütze und Jacke. Vielleicht war er in früherer Zeit im Militärdienst gewesen. Wenn dem so war, konnte es noch nicht sehr lange her sein, denn er war noch jung.

»Ja, ja«, sagte dieser nachdenklich, »mag der Fehler liegen, wo er will, es macht einen traurig, wenn man nach dem lieben alten England zurückkommt und solche Zustände antrifft.«

»Ich glaube, die Schweine werden sich ihnen bald anschließen«, sagte der Sergeant mit einer Verwünschung gegen die Aufrührer, »da die Vögel ihnen ein so gutes Beispiel gegeben haben.«

»Die Vögel!« wiederholte Tom Green.

»Ja, Vögel«, sagte der Sergeant mürrisch. »Versteht Ihr kein Englisch mehr?«

»Ich weiß nicht, was Ihr meint.«

»Geht auf die Wache und seht es. Ihr werdet da einen Vogel finden, der ihr Losungswort so geschickt wie nur einer von ihnen schreit und wie ein Mensch ›Nieder mit dem Papst!‹ ruft – oder wie ein Teufel, denn er sagt, er wäre einer. Mich sollte es nicht wundern, wenn er ein Teufel wäre. Der Teufel ist los in London. Ich will verdammt sein, wenn ich ihm nicht den Hals umdrehen würde, falls ich nur meinen Willen hätte.« Der junge Mann hatte sich schon ein paar Schritte entfernt, als wenn er gehen und sich das interessante Geschöpf ansehen wollte, als er durch Barnabys Stimme zurückgehalten wurde.

»Er gehört mir«, rief Barnaby, halb lachend, halb weinend, »mein Liebling, mein Freund der Rabe. Ha, ha, ha! Tut ihm nichts, er hat nichts verbrochen. Ich habe es ihn gelehrt; es ist meine Schuld. Bitte, gebt ihn mir wieder. Er ist der einzige Freund, der mir noch geblieben ist. Ich weiß es, vor Euch wird er nicht tanzen oder sprechen oder pfeifen; aber vor mir wird er's tun, denn er kennt mich und liebt mich, – obwohl Ihr es nicht glauben würdet – recht inniglich; Ihr werdet einem Vogel nichts tun. Ich weiß es sicher. Ihr seid ein tapferer Soldat, Herr, Ihr würdet einer Frau oder einem Kind kein Leid zufügen – nein, nein, gewiß auch nicht einem armen Vogel.«

Diese letztere Beschwörung war an den Sergeanten gerichtet, denn diesen hielt Barnaby wegen seines roten Rockes für einen hochgestellten Mann, der Greifers Schicksal mit einem Worte entscheiden könnte. Aber besagter Herr verfluchte ihn statt aller Antwort als einen Dieb und Rebellen und versicherte unter fanatischen Schwüren bei Augen, Leber, Blut und Leib, daß, wenn es auf ihn ankäme, er mit dem Vogel sowohl als seinem Herrn schnell ein Ende machen würde.

»Ihr sprecht sehr kühn mit einem gefangenen Mann«, sagte Barnaby ärgerlich. »Wenn ich auf der anderen Seite der Tür stände und niemand uns trennte, würdet Ihr Euren Ton ändern – ja, werft nur den Kopf zurück – Ihr würdet es doch! Tut es, bringt den Vogel um. Tötet alles, was Ihr töten könnte, und rächt Euch so an denen, die mit bloßen, ungefesselten Händen Euch das gleiche antun könnten.«

Nachdem er diese trotzigen Worte gesprochen hatte, warf er sich in der dunkelsten Ecke des Gefängnisses nieder, und indem er flüsterte: »Lebe wohl, Greifer – lebe wohl, lieber alter Rabe!« vergoß er zum erstenmal Tränen, seitdem er gefangengenommen worden, und verbarg sein Gesicht im Stroh.

Er hatte sich zuerst eingebildet, daß der einarmige Mann ihm helfen oder ein freundliches Wort sagen würde. Er wußte selbst nicht, warum, aber er hoffte und glaubte es. Der junge Mann war bei seinem Ausruf unbeweglich stehengeblieben und hatte auf jedes seiner Worte gelauscht. Vielleicht baute er seine schwache Hoffnung darauf, vielleicht auf sein jugendliches Aussehen, sein freies ehrbares Wesen. Aber wie dem auch sein mochte, er hatte auf Sand gebaut. Sobald er aufgehört hatte zu sprechen, ging der andere fort, ohne ihm eine Antwort zu geben oder sich umzuwenden. Schon recht. Hier waren alle gegen ihn; er hätte das wissen können. Lebe wohl, alter Rabe, lebe wohl!

Nach einiger Zeit kamen Soldaten, öffneten die Tür und forderten ihn auf herauszukommen. Er stand sogleich auf und gehorchte. Er wollte nicht, daß sie ihn für furchtsam oder gedrückt hielten. Er schritt hinaus wie ein Mann und blickte stolz von Gesicht zu Gesicht.

Keiner von ihnen erwiderte seinen Blick oder nahm Notiz von ihm. Sie führten ihn den Weg, den er hergekommen, nach dem Paradeplatz zurück, wo sie zwischen einer Abteilung Soldaten Halt machten, die wenigstens zweimal so groß war wie diejenige, welche ihn am Nachmittag gefangengenommen hatte. Der Offizier, den er schon früher gesehen hatte, sagte ihm in kurzen Worten, daß er keinen Versuch wagen möchte zu entfliehen, wie günstig ihm auch die Gelegenheit dazu erscheinen möge, denn einige Soldaten hätten Befehl, in demselben Augenblick auf ihn zu schießen. Dann nahmen sie ihn wie vorher in die Mitte und marschierten mit ihm ab.

In derselben ungestörten Ordnung kamen sie in der Bowstreet an, während eine dichte, beständig anwachsende Menschenmenge ihnen folgte und sie von allen Seiten bedrängte. Hier wurde er vor einen blinden Herrn geführt und gefragt, ob er etwas zu sagen wünsche. Nein, er nicht. Was hätte er ihnen zu sagen gehabt? Nach einem kurzen, ihm sehr gleichgültigen Gespräche sagten sie ihm, er sollte nach Newgate gebracht werden, und führten ihn weg.

Er kam wieder auf die Straße und wurde von allen Seiten so dicht durch die Soldaten eingeschlossen, daß er nichts sehen konnte; aber an dem Lärm erkannte er, daß eine große Volksmenge versammelt war, und Gezisch und Geschrei verrieten ihm, daß sie den Soldaten nicht freundlich gesinnt waren. Wie aufmerksam lauschte er, ob er Hughs Stimme nicht vernehmen würde. Nein. Er kannte nicht eine von allen Stimmen. War Hugh auch gefangen? Gab es keine Hoffnung mehr?

Als sie dem Gefängnis näher kamen, wurde das Geschrei des Volkes heftiger; es wurde mit Steinen geworfen und hier und da ein Angriff auf die Soldaten gemacht, vor dem sie zurückwichen. Einer von ihnen, dicht vor ihm, durch einen Wurf an die Schläfe verletzt, legte sein Gewehr an, aber der Offizier schlug es ihm mit seinem Degen in die Höhe und befahl ihm, wenn ihm sein Leben lieb sei, sich ruhig zu verhalten. Dies war das letzte, was er deutlich sah; denn gleich darauf wurde er hin- und hergerissen, geschlagen und gestoßen wie auf heftig bewegter See. Aber wohin er auch ging, überall waren dieselben Wachen um ihn. Zwei- oder dreimal wurde er niedergeworfen und sie gleichfalls, aber selbst dann konnte er sich ihrer Wachsamkeit nicht einen Augenblick entziehen. Sie waren wieder aufgesprungen und hatten ihn umringt, ehe er mit seinen gefesselten Händen sich wieder aufgerafft hatte. So eingezwängt, fühlte er sich eine kurze Treppe hinaufgedrängt und konnte einen Augenblick lang die kämpfende Menge überschauen, aus der hier und da ein paar rote Röcke auftauchten, die sich wieder mit ihren Kameraden zu vereinigen suchten. Im nächsten Augenblick war alles dunkel und düster, und er stand im Gang des Gefängnisses inmitten einer Gruppe von Männern.

Ein Schmied wartete hier schon, der eine schwere Last von Ketten an ihm festschmiedete. Unter der ungewohnten Bürde dieser Fesseln stolperte er weiter, so gut es ging. Er wurde in eine feste Steinzelle geführt, deren Tür mit Schlössern, Riegeln und Ketten versehen war; hier ließen sie ihn gut verwahrt zurück, und ohne daß er es sah, hatten sie vorher Greifer hineingestoßen. Der hielt den Kopf gesenkt, und sein Gefieder war arg zerzaust. Man hätte meinen mögen, daß er alles begreife und an dem zerschellten Glück seines Herrn redlichen Anteil nehme.

59. Kapitel

Zu diesem Zeitpunkt ist es nötig, zu Hugh zurückzukehren. Wie wir gesehen haben, hatte dieser die Aufrührer aufgefordert, sich von ›The Warren‹ zurückzuziehen und am vereinbarten Treffpunkt zu versammeln. Dann war er in der Dunkelheit, aus der er aufgetaucht war, wieder verschwunden, um sich an diesem Abend nicht mehr sehen zu lassen. Er wartete im Unterholz, das ihn vor den Augen seiner tollen Gefährten barg, und blieb dort, um sich zu vergewissern, ob sie, seinem Befehle gehorchend, sich zurückziehen oder noch zögern und nach ihm rufen würden. Wie er sah, waren einige nicht willens, ohne ihn fortzugehen, und näherten sich dem Orte, wo er versteckt stand, als wenn sie seinen Fußstapfen folgen und ihn veranlassen wollten zurückzukommen; aber diese Leute wurden ihrerseits von ihren Freunden zurückgerufen und hatten im Grunde genommen keine große

Lust, sich in die dunklen Anlagen zu wagen, wo sie leicht von Nachbarn und Freunden der Familie hinter den Bäumen belauert und gefangengenommen werden konnten. Sie gaben darum bald ihren Plan auf, versammelten sich mit allen Gleichgesinnten, die sie im Augenblick fanden, und zogen ab.

Als er zu seiner Befriedigung sah, daß die meisten Anführer diesem Beispiel folgten und der Ort schnell geräumt wurde, schlich er sich in den dichtesten Teil des kleinen Waldes. Beim Weitergehen die Zweige zertretend, strebte er geradewegs einem entfernten Licht zu, geführt von diesem und der düsteren Feuersglut hinter ihm. Als er dem blitzenden Wachtfeuer, dem er zueilte, näher und näher kam, sah er den roten Schein von einigen Fackeln und hörte Männerstimmen in halblautem Gespräch die Stille unterbrechen, die jetzt mit Ausnahme eines fernen Rufes, der dann und wann ertönte, bereits herrschte. Endlich verließ er den Wald und stand, über einen Graben springend, auf einem dunklen Weg, wo ein kleiner Trupp wild aussehender Vagabunden, die er hier vor zwanzig Minuten verlassen hatte, ihn ungeduldig erwartete.

Sie waren um eine alte Kalesche oder Postkutsche versammelt, die einer von ihnen fuhr, der nach Postillonsart auf dem Handpferd saß. Die Blenden waren hochgezogen, und Mr. Tappertit und Dennis hielten an den beiden Fenstern Wache. Ersterer hatte das Kommando über die Versammelten, denn er rief Hugh beim Namen, als dieser sich ihnen näherte, worauf die, die am Boden umherlagen, sich erhoben und sich um ihn scharten.

»Nun!« sagte Simon mit leiser Stimme, »steht alles gut?«

»Gut genug«, versetzte Hugh in demselben Ton. »Sie zerstreuen sich jetzt – waren schon dabei, als ich fortging.«

»Ist das Revier frei?«

»Frei genug für unsere Leute, das wette ich«, sagte Hugh. »Es sind gewiß nicht viele, die sich diese Nacht mit ihnen anlegen möchten, wenn sie ihre Arbeit dort drüben mit angesehen haben. Hat hier niemand etwas zu trinken?« Jeder hatte noch etwas Beute aus dem Keller, ein halbes Dutzend Flaschen und Kannen wurden ihm sogleich angeboten. Er wählte die größte, setzte sie an den Mund und ließ den Wein mit lautem Glucksen durch die Kehle rinnen. Nachdem er ausgetrunken hatte, streckte er die Hand nach einer anderen aus und leerte sie gleichfalls auf einen Zug. Man reichte ihm noch eine, und auch diese leerte er noch zur Hälfte. Den Rest für später aufhebend, fragte er: »Hat keiner von Euch was zu essen? Ich habe einen Bärenhunger. Wer von Euch war in der Speisekammer? Heraus damit!«

»Ich, Bruder«, sagte Dennis, nahm seinen Hut ab und kramte darin herum. »Ich habe da noch irgendwo ein Stück kalte Wildbretpastete, wenn dir das recht ist.«

»Recht!« rief Hugh, sich am Wege niedersetzend. »Her damit! Schnell! Bringt auch Licht und lagert euch um mich her! Laßt mich ein Festmahl halten, Jungens! Ha, ha, ha!«

In seine gute Laune einstimmend, versammelten sie sich um ihn – denn sie hatten viel getrunken und waren so ungestüm wie er –, während zwei von ihnen, welche Fackeln hatten, sich zu seinen beiden Seiten aufstellten, damit sein Bankett nicht im Dunkeln stattfinden möge. Mr. Dennis war es unterdes glücklich gelungen, aus seinem Hut eine schöne Portion Wildpastete zu ziehen, die so fest hineingepreßt war, daß er sie nicht leicht herausbekam. Er legte sie ihm vor, und Hugh, der von einem der Gefährten ein schartiges Messer geborgt hatte, machte sich eifrig darüber her.

»Ich möchte dir empfehlen, jeden Tag, eine Stunde vor dem Mittagessen, ein wenig Feuer zu schlucken, Bruder«, sagte Dennis nach einer Weile. »Es scheint dir zu bekommen und den Appetit zu fördern.«

Hugh sah erst auf ihn und dann auf die geschwärzten Gesichter, die ihn umgaben, und das Messer über seinem Kopfe schwingend, antwortete er mit einem lauten Gelächter.

»Wollt Ihr wohl dort Ruhe halten – ja?« rief Simon Tappertit.

»Wie, edler Hauptmann, darf ein Mann sich nicht gütlich tun?« versetzte sein Leutnant und schob die Leute, die zwischen ihnen standen, mit dem Messer zur Seite, um ihn sehen zu können, »darf er sich nicht gütlich tun nach solcher Arbeit, wie ich sie getan habe? Was für ein harter Hauptmann! Was für ein strenger Hauptmann! Was für ein tyrannischer Hauptmann! Ha, ha, ha!«

»Ich wünschte, einer von Euch, Jungens, hielte ihm eine Flasche vors Maul, damit er Ruhe gibt«, sagte Simon, »Ihr werdet uns noch die Soldaten auf den Hals hetzen.«

»Und was wäre dabei, wenn wir sie auf dem Halse hätten?« rief Hugh. »Wer fragt danach? Wer fürchtet sich? Laßt sie nur kommen, sage ich, laßt sie nur kommen. Je mehr, desto besser. Gebt mir nur den kühnen Barnaby zur Seite, und wir beide wollen schon, ohne Euch, mit dem Militär fertigwerden. Barnaby ist ein Mann für die Soldaten. Auf Barnabys Gesundheit!«

Aber die meisten der Anwesenden hatten keine Lust zu einem zweiten Unternehmen für diese Nacht, da sie schon müde und erschöpft waren. Sie stellten sich auf Herrn Tappertits Seite und drängten Hugh, mit dem Abendessen ein Ende zu machen, denn sie hätten schon zu lange verweilt. Hugh wußte trotz seines Rausches recht gut, daß sie sich der größten Gefahr aussetzten, wenn sie dem Schauplatz ihrer letzten Gewalttaten so nahe blieben; darum beendete er sein Mahl ohne weitere Widerrede, erhob sich dann, schritt auf Mr. Tappertit zu und klopfte ihm auf die Schulter. »Na«, sagte er, »nun bin ich fertig. Ein paar hübsche Vögel in dem Käfig, he? Delikate Vögelchen, zarte, süße kleine Täubchen! Ich habe sie eingesperrt – ich habe sie eingesperrt – noch einen Blick!«

Während er so sprach, schob er den kleinen Mann beiseite, stieg auf die halb herabgelassenen Tritte, zog die Vorhänge mit Gewalt fort und starrte in den Wagen wie der Marder in das Taubenhaus.

»Ha, ha, ha! Habt Ihr gekratzt und gekniffen und Euch gesträubt, mein hübsches Kind?« rief er und ergriff eine kleine Hand, die sich vergeblich von seinem Griff freizumachen suchte. »Ihr mit den schönen Augen, den Kirschenlippen und der zierlichen Figur. Aber ich liebe Euch darum nur umso mehr, Schätzchen. Ja, gewiß. Ihr dürftet auch nach mir stechen, wenn es Euch Spaß macht, mir wäre es recht; aber Ihr müßtet mich dann auch pflegen. Ich sehe Euch gern stolz und zornig. Es macht euch nur noch schöner, und wer ist wohl so hübsch wie Ihr, zu jeder Zeit, meine Schöne!«

»Kommt!« sagte Mr. Tappertit, der diesem Geschwätz ungeduldig zugehört hatte. »Hört auf damit. Kommt herunter!«

Die kleine Hand unterstützte diese Ermahnung dadurch, daß sie Hughs dicken Kopf mit aller Kraft zurückstieß und die Vorhänge hochzog, während er mit lautem Gelächter und vielen Beteuerungen versicherte, er müsse noch einmal hineingucken, denn der letzte Blick, den er von dem niedlichen Frätzchen erhascht hätte, wäre ihm durch Mark und Bein gegangen. Da jedoch die unterdrückte Ungeduld seiner Gefährten in lautem Murren gipfelte, gab er seine Absicht auf, nahm seinen Sitz auf der Wagendeichsel ein, und nur noch einmal pochte er an das

Vorderfenster und versuchte hineinzuschauen; Mr. Tappertit stieg auf den Wagentritt und gab, indem er sich an der Tür festhielt, mit fester Stimme und stolzer Haltung dem Fuhrmann seine Befehle. Die übrigen sprangen hinten auf oder liefen neben dem Wagen her, so gut sie konnten. Einige machten es Hugh nach und bemühten sich, das von ihm so sehr gepriesene Gesichtchen zu sehen, machten aber für diese Unverschämtheit mit Mr. Tappertits Knotenstock Bekanntschaft, den dieser weidlich handhabte. So setzten sie ihre Fahrt auf vielen Umwegen fort und beachteten eine ziemlich strenge Ordnung und andauerndes Stillschweigen; nur von Zeit zu Zeit machten sie Halt, um Atem zu schöpfen, oder stritten sich, auf welche Weise sie London am besten erreichen könnten.

Inzwischen war Dolly – die schöne, bezaubernde, reizende kleine Dolly – das Haar zerzaust, das Kleid zerfetzt, die dunklen Wimpern von Tränen befeuchtet, die Brust stürmisch bewegt, das Gesicht bald vor Furcht erblaßt, bald vor Unwillen gerötet, die ganze kleine Person in der Aufregung noch hundert Mal schöner als sonst – vergebens bemüht, Emma Haredale zu trösten und ihr die Beruhigung einzuflößen, deren sie selbst so sehr bedurfte. Die Soldaten würden sicher kommen; sie müßten gerettet werden; es wäre unmöglich, sie durch die Straßen von London zu führen, wenn sie den Drohungen ihrer Wächter trotzten und die Vorübergehenden um Hilfe anriefen. Wenn sie das täten, sobald sie auf belebtere Wege kämen, so wäre sie sicher – sie wäre ganz sicher – daß sie gerettet würden. Das sprach die arme Dolly und das versuchte die arme Dolly zu denken; aber der unvermeidliche Schluß ihrer tapferen Versuche war, daß Dolly in Tränen ausbrach und weinte und die Hände rang, wenn sie daran dachte, was sie zu Hause im »goldenen Schlüssel« wohl tun oder denken möchten, wer ihnen wohl Trost bringen könnte; und dann schluchzte sie bitterlich.

Miss Haredale, deren Gefühle gewöhnlich ruhigerer Art waren als Dollys und nicht so offen auf ihrem Gesicht zu lesen standen, war in furchtbarer Angst und in der Tat gerade erst aus einer Ohnmacht erwacht. Sie war sehr blaß, und die Hand, die Dolly in der ihrigen hielt, war ganz kalt; aber trotzdem ermahnte sie die Freundin, der Vorsehung zu vertrauen und zu bedenken, daß viel von ihrer eigenen Besonnenheit abhinge; daß, wenn sie sich ruhig verhielten und die Wachsamkeit der Schurken, in deren Hände sie gefallen waren, einschläferten, die Aussicht, Hilfe herbeizurufen, sobald sie die Stadt erreicht hätten, viel größer sein würde; daß, wenn nicht alle bürgerliche Ordnung zerstört wäre, eifrige Verfolgungen sogleich unternommen würden und daß ihr Onkel sicherlich nicht ruhen würde, bis er sie gefunden und befreit hätte. Aber als sie die letzten Worte sprach, überwältigte sie der Gedanke, daß er vielleicht in einem allgemeinen Blutbad der Katholiken in der Nacht gefallen sei – keine wirre oder unwahrscheinliche Mutmaßung nach all dem, was sie gesehen und erlebt hatten – und, verloren in den Schreckensszenen, die sie mitangesehen und die ihnen vielleicht noch vorbehalten waren, saß sie, unfähig zu denken oder zu sprechen oder ihren Gram zu äußern, so unbeweglich, so weiß und so kalt wie Marmor.

O, wie viele viele Male während dieser langen Fahrt dachte Dolly an ihren alten Liebhaber – den armen, verliebten, aber ihr gleichgültigen Joe. Wie viele viele Male erinnerte sie sich jener Nacht, wo sie, fliehend vor demselben Mann, der nun durch die Dunkelheit in abscheulicher Bewunderung nach ihr hinstarrte, in seine Arme geeilt war. Wenn sie an Joe dachte und sich erinnerte, was für ein tapferer Bursche er gewesen, und wie kühn er herangeritten wäre und die Schurken angegriffen hätte, wären es auch doppelt soviel gewesen – und hier ballte sie ihre kleine Hand und stampfte mit dem Fuß auf den Boden – schwand der Stolz, der sie einen Augenblick erfüllte, bei dem Gedanken, daß sie sein Herz gewonnen habe, in einem Tränenstrome, und sie schluchzte bitterlicher als zuvor.

Als die Nacht vorrückte und sie auf den ihnen gänzlich unbekannten Wegen weiterfuhren – denn sie konnten keinen von den Gegenständen erkennen, die zuweilen flüchtig an ihnen vorüberstrichen – wuchs ihre Angst, und in der Tat mochten wohl zwei junge, schöne Mädchen Ursache haben zu den schlimmsten Befürchtungen, da sie von einer Bande trotziger Gesellen, die sie mit frechen Blicken ansahen, fortgeschleppt wurden, ohne daß sie wußten, wohin man sie brachte. Endlich fuhren sie durch eine ihnen völlig unbekannte Vorstadt nach London hinein. Es war Mitternacht vorüber, und die Straßen waren dunkel und öde. Aber dies war noch nicht das schlimmste, denn als der Wagen an einer einsamen Stelle hielt, öffnete Hugh plötzlich die Tür, sprang hinein und setzte sich zwischen sie.

Es war ganz vergeblich, um Hilfe zu rufen. Er legte seinen Arm um den Hals einer jeden und schwor, sie durch Küsse zu ersticken, wenn sie nicht so still wären wie das Grab.

»Ich soll dafür sorgen, daß Ihr Euch ruhig verhaltet«, sagte er, »und das sind die Mittel, die ich anwenden werde. Also, meine Schönen, tut mir den Gefallen und verhaltet Euch nicht ruhig – macht ein bißchen Lärm – ja – das wird mir weit angenehmer sein.«

So ging es in raschem Schritt vorwärts, augenscheinlich mit einer geringeren Anzahl von Begleitern, doch bei der undurchdringlichen Finsternis (denn die Fackeln hatte man ausgelöscht), konnten sie nicht mit Bestimmtheit erkennen, ob dies in der Tat der Fall oder nur eine Vermutung ihrerseits war. Sie flüchteten beide vor Hugh in die fernsten Ecken des Wagens; aber Dolly mochte zurückweichen, soviel sie wollte, sein Arm umschloß ihre Taille und hielt sie fest. Sie konnte weder schreien noch sprechen, Schrecken und Abscheu schlossen ihr den Mund, doch sie zerrte an seiner Hand, als wenn sie in der Anstrengung, sich zu befreien, ihr Leben geben wollte, und indem sie mit abgewandtem und gesenktem Kopf sich auf dem Boden krümmte, stieß sie ihn mit einer Kraft zurück, über die sie ebenso erstaunt war wie er. Der Wagen hielt wieder.

»Heb diese heraus«, sagte Hugh zu dem Mann, der die Tür öffnete. Als Hugh Emmas Hand ergriff, sank die Frau nieder. »Sie ist ohnmächtig.«

»Um so besser«, brummte Dennis – denn dies war der liebenswürdige Herr. »So ist sie ruhig. Weiber, die nicht vernünftig und ruhig genug sind, sind mir weit lieber, wenn sie ohnmächtig sind.«

»Kannst du sie allein tragen?« fragte Hugh.

»Ich muß es erst versuchen. Es sollte gehen; ich habe schon eine hübsche Anzahl in meinem Leben fortgeschleppt«, sagte der Henker. »Hopsa! Sie hat ein schönes Gewicht, Bruder; das haben hier alle feinen Damen. Nochmal! So, nun geht's schon.«

Dabei hatte er das junge Mädchen in seine Arme genommen und trabte mit seiner Last ab.

»Hört, mein hübsches Vögelchen«, sagte Hugh, Dolly an sich ziehend, »denkt daran, was ich Euch gesagt habe – einen Kuß für jeden Schrei. Wenn Ihr mich liebhabt, Herzblättchen, so schreit. Schreit doch einmal, Geliebte. Nur einmal, Liebchen, wenn Ihr mir gut seid.« Sein Gesicht mit all ihrer Kraft beiseite drückend und ihren Kopf senkend, duldete es Dolly, daß Hugh sie aus dem Wagen hob und hinter Miss Haredale her in eine erbärmliche Hütte trug, wo er sie, nachdem er sie fest an seine Brust gedrückt, sanft auf den Boden niederließ.

Die arme Dolly! Sie mochte tun, was sie wollte, sie sah nur um so hübscher aus und reizte die rohen Gesellen. Wer konnte widerstehen, wenn ihre Augen zornig blitzten und ihre vollen Lippen, halb geöffnet, heftig atmeten? Wenn sie weinte und schluchzte, als ob ihr Herz brechen wollte, und ihr Unglück mit der süßesten Stimme, die man je gehört, beklagte, wer konnte da unempfindlich bleiben gegen ihr reizendes Schmollen, das sich hier und da sogar in den Ernst und die Schwere ihres Kummers mischte? Wenn sie, auf einen Augenblick sich selbst vergessend, neben ihrer Freundin auf die Knie sank und, sich über dieselbe beugend, ihre Wange an Miss Haredales Wange legte und sie mit ihren Armen umschlang, welches sterbliche Auge hätte da nicht mit staunender Bewunderung auf dem zarten Mieder, dem wogenden Haar, der vernachlässigten Kleidung, der vollkommenen Unbewußtheit und Ungezwungenheit der blühenden jungen Schönen gehaftet? Wer konnte ihre Blicke und zärtlichen Liebkosungen sehen und nicht wünschen, an Emma Haredales Stelle zu sein; sie oder Dolly zu sein; entweder die Liebkosende oder die Geliebkoste zu sein? Hugh nicht. Dennis auch nicht.

»Ich will Euch was sagen, Ihr Mädels«, hob Mr. Dennis an, »ich bin nicht gerade selbst ein großer Freund der Frauen und habe in der Sache hier nichts weiter getan, als meinen Freunden eine hilfreiche Hand geliehen: aber das kann ich Euch aufrichtig sagen, wenn ich noch mehr von solchen Dingen zu sehen bekomme, werde ich hier eine Hauptrolle statt einer Nebenrolle spielen. Das kann ich Euch sagen.«

»Warum habt Ihr uns hierhergebracht?« sagte Emma. »Sollen wir ermordet werden?«

»Ermordet!« rief Dennis, indem er sich auf einen Stuhl niederließ und sie wohlgefällig betrachtete. »Ach, was, mein Schätzchen, wer würde wohl solche Rippchen, wie Ihr seid, ermorden? Wenn Ihr mich nun fragt, ob Ihr hierher gebracht wurdet, um verheiratet zu werden, da würdet Ihr es schon eher treffen.«

Hier wechselte er ein verständnisvolles Grinsen mit Hugh, der deswegen seine Augen von Dolly abwendete.

»Nein, nein«, sagte Dennis, »hier ist von Ermorden nicht die Rede, meine Vögelchen. Nichts derartiges. Ganz das Gegenteil.«

»Ihr seid ein älterer Mann als Euer Gefährte, Sir, sagte Emma zitternd. »Habt Ihr kein Mitleid mit uns? Bedenkt Ihr nicht, daß wir Frauen sind?«

»Ei, gewiß tu' ich's, meine Liebe«, versetzte Dennis. »Es würde schwer sein, das nicht zu tun, wenn man zwei solche Prachtexemplare vor Augen hat. Ha, ha! O ja, ich bedenke das. Wir alle bedenken das, Fräulein.«

Er schüttelte schalkhaft den Kopf, schielte wieder nach Hugh und lachte herzlich, als wenn er etwas Schlaues gesagt hätte und sich darüber freue.

»Von Ermorden ist nicht die Rede, meine Liebe. Nicht die Spur davon. Weißt Du, was ich denke, Bruder«, sagte Dennis, schob seinen Hut ins Genick, kratzte sich den Kopf und sah Hugh nachdenklich an, »es ist merkwürdig und ein Zeichen der erstaunlichen Unparteilichkeit unserer Gesetze, daß sie zwischen Männern und Weibern keinen Unterschied machen. Ich habe einmal einen Richter zu einem Straßenräuber und Einbrecher sagen hören, der den Frauen Kopf und Beine zusammengebunden hatte – entschuldigt, meine Lieblinge, daß ich es erwähne – und sie in den Keller gesperrt hatte, daß er keine Rücksicht auf die Frauen nehme. Nein, sage ich, jener Richter da verstand sein Geschäft nicht, Bruder. Und wenn ich der betreffende Straßenräuber und Einbrecher gewesen wäre, würde ich ihm geantwortet haben: ›Was redet Ihr denn da, Herr? Ich zeige den Frauen geradesoviel Rücksicht wie das Gesetz, und was könnt Ihr mehr von mir verlangen?‹ Wenn Ihr mal in den Zeitungen die Weiber alle aufzählen wolltet, die in den letzten zehn Jahren allein in dieser Stadt gerichtet worden sind«, sagte Mr. Dennis nachdenklich, »Ihr würdet erstaunt sein über die Summe, ganz erstaunt würdet Ihr sein. 's ist was Prächtiges, daß so was erlaubt ist, ganz was Prächtiges! Aber wir haben nur keine Sicherheit, daß es so bleibt. Da sie jetzt angefangen haben, die Papisten zu begünstigen, sollte es mich gar nicht wundern, wenn eines schönen Tages auch das noch geändert würde. Meine Seel', mich soll's nicht wundern.«

Dieser Gesprächsstoff, der allzu einseitiger und geschäftlicher Natur war, interessierte Hugh nicht in dem Maße, wie sein Freund erwartet hatte. Aber er hatte auch nicht Zeit, ihn weiter auszuführen, denn in diesem Augenblick trat Mr. Tappertit eilig herein. Bei seinem Anblick stieß Dolly einen Freudenschrei aus und warf sich in seine Arme.

»Ich wußte es, ich war dessen ganz gewiß!« rief Dolly, »mein lieber Vater ist an der Tür. Gott sei Dank, Gott sei Dank! Gott segne Euch, Simon. Der Himmel segne Euch dafür!«

Simon Tappertit, der zuerst wirklich geglaubt hatte, des Schlossers Tochter könne ihre geheime Leidenschaft für ihn nicht länger verbergen und wolle auf der Stelle ein offenes Geständnis ablegen, daß sie sein sei auf ewig, machte ein sehr dummes Gesicht, als sie diese Worte sprach; – um so mehr als Hugh und Dennis darüber in lautes Gelächter ausbrachen und Dolly nun plötzlich entsetzt zurückwich und ihn durchdringend und ernst ansah.

»Miss Haredale«, sagte Simon nach einer Pause der Verlegenheit, »ich hoffe, Ihr befindet Euch so wohl, wie die Umstände es erlauben. Dolly Varden, mein Liebling, – mein ein, mein alles, ich hoffe, Ihr befindet Euch gleichfalls recht wohl.«

Arme kleine Dolly! Jetzt sah sie, woran sie war. Sie verbarg ihr Gesicht in den Händen und schluchzte heftiger als zuvor.

»Ihr seht in mir, Miss V.«, sagte Simon, die Hand auf seine Brust legend, »nicht einen Lehrling, einen Arbeiter, einen Sklaven, nicht das Opfer von Eures Vaters tyrannischer Willkür, sondern den Führer eines großen Volkes, den Hauptmann einer mannhaften Bande, in welcher diese Herren sozusagen Korporale und Sergeanten sind. Sie sehen in mir nicht eine Privatperson, sondern einen volkstümlichen Charakter; nicht einen, der Schlösser flickt, sondern einen, der die Wunden dieses unglücklichen Landes heilt. Dolly Varden, süße Dolly Varden! Wie viele Jahre hindurch habe ich mich nach diesem Augenblicke gesehnt! Wie viele Jahre ist es meine Absicht gewesen, Euch zu läutern und zu veredeln! Ich erfülle mein Versprechen. Seht in mir Euren Euren Gatten. Ja, schöne, bezaubernde, reizende Dolly – Simon Tappertit ist ganz der Ihrige!«

Bei diesen Worten näherte er sich ihr. Dolly zog sich zurück, soweit es möglich war, und sank dann zu Boden. Simon, der das wahrscheinlich für mädchenhafte Schüchternheit hielt, versuchte sie aufzurichten. Dadurch zur Verzweiflung getrieben, raufte ihn Dolly am Haar und schrie unter bitteren Tränen, er sei ein ekelhaftes, mißgestaltetes Ungetüm – das sei er schon immer gewesen – und sie schüttelte und stieß und schlug ihn, bis er am liebsten laut um Hilfe gerufen hätte. Hugh hatte sie noch nie halb so sehr bewundert, als er es in diesem Augenblicke tat.

»Sie ist heute abend sehr erregt«, sagte Simon, sein zerzaustes Gefieder etwas glättend, »und weiß nicht, was ihr dienlich ist. Wir wollen sie bis morgen allein einsperren, das wird sie gefügig machen. Bringt sie in das Nebenhaus.«

Hugh hielt sie sogleich wieder in seinen Armen. Aber mochte nun Mr. Tappertits Herz durch ihren Kummer schon ein wenig erweicht sein, oder mochte er fühlen, wie unpassend es sei, daß seine zukünftige Braut sich in den Armen eines anderen Mannes sträubte, er befahl ihm nach reiflicher Überlegung, sie wieder auf den Boden zu setzen, und sah verdrießlich zu, wie sie sogleich an Miss Haredales Seite flüchtete, sich an ihr Kleid schmiegte und ihr glühendes Gesicht in den Falten ihres Gewandes verbarg.

»Sie sollen bis morgen zusammen hierbleiben«, sagte Simon, der seine Würde wiedererlangt hatte. »Bis morgen. Kommt fort!«

»Ja!« rief Hugh. »Kommt fort, Hauptmann. Ha, ha, ha!«

»Was habt Ihr zu lachen?« fragte Simon streng.

»Nichts, Hauptmann, nichts«, versetzte Hugh, und während er sprach, schlug er den kleinen Mann mit der Hand auf die Schulter und lachte aus einem unbekannten Grund noch zehnmal heftiger.

Mr. Tappertit beäugte ihn vom Kopf bis zu den Füßen mit hochmütigem Zorn (darüber mußte Hugh noch mehr lachen) und sagte, sich zu den Gefangenen wendend:

»Ich möchte die Damen noch darauf aufmerksam machen, daß dieses Haus von allen Seiten scharf bewacht wird, und daß der geringste Lärm sicher die unangenehmsten Folgen nach sich ziehen wird. Ihr werdet – beide – morgen mehr von unseren Absichten hören. Inzwischen laßt Euch nicht an den Fenstern sehen, oder ruft Passanten an; denn wenn das geschieht, so wird es sogleich bekannt werden, daß Ihr aus einem katholischen Haus kommt, und alle Anstrengungen unserer Leute würden Euer Leben nicht retten können.«

Mit dieser letzten, leider nur zu wahren Warnung schritt er zur Tür, und Hugh und Dennis folgten ihm. Im Hinausgehen standen sie einen Augenblick still, um die beiden Mädchen, die sich eng aneinandergeschmiegt hatten, zu betrachten. Dann verließen sie die Hütte; die Tür wurde fest verschlossen und Wachen davor und rings um das Haus gestellt.

»Hört«, brummte Dennis, als sie zusammen fortgingen, »das ist ein lockeres Pärchen. Mr. Gashford seine Puppe ist so hübsch wie die andere, he?«

»Still!« sagte Hugh hastig. »Nennt bloß keine Namen. Das ist eine schlechte Angewohnheit.«

»Ich möchte nicht an seiner Stelle sein (da Ihr doch keine Namen hören wollt), wenn er ihr seine Absichten ausspricht, weiter nichts«, sagte Dennis. »Sie ist eins von den schönen, schwarzäugigen, stolzen Mädchen, denen bei solcher Gelegenheit nicht gut ein Messer anzuvertrauen ist. Ich habe früher einige von der Art gesehen. Ich erinnere mich an eine, die vor vielen Jahren gehenkt wurde – es war ein Mann mit im Spiel – die sagte zu mir, und ihre Lippen zitterten, aber ihre Hand war so ruhig wie nur je eine sein kann, ›Dennis‹, sagte sie, ‹mein Ende ist nahe, aber wenn ich einen Dolch in der Hand hätte und er wäre in meiner Nähe, ich würde ihn totstechen, er sollte tot vor mir niedersinken‹; ja, das sagte sie – und sie hätte es auch getan!«

»Wen tot stechen?« fragte Hugh.

»Wie sollte ich das wissen, Bruder?« antwortete Dennis. »Sie hat es mir nicht gesagt, sie nicht.«

Hugh sah einen Augenblick aus, als wollte er noch einige Fragen an diese unzusammenhängenden Erinnerungen knüpfen, aber Simon Tappertit, welcher ernsthaft nachgedacht hatte, gab seinen Gedanken eine neue Richtung.

»Hugh!« sagte Simon, »Ihr habt Euch heute brav gehalten. Ihr sollt Euren Lohn haben. Ihr ebenfalls, Dennis. Gibt es vielleicht irgendein junges Mädchen, das Ihr gern entführen möchtet, he?«

»N – nein«, versetzte dieser, seinen grauen Bart streichend, der reichlich zwei Zoll lang war. »Ich wüßte gerade keine Besondere.«

»Schon gut«, sagte Simon, »dann werde ich etwas anderes finden, um mich Euch erkenntlich zu erweisen. Was Euch anbetrifft, alter Junge«, wendete er sich zu Hugh, »Ihr sollt die Miggs haben. Ihr wißt, daß ich sie Euch versprochen habe, und zwar innerhalb von drei Tagen. Paßt auf. Ich gebe Euch mein Wort darauf.«

Hugh dankte ihm herzlich, und dabei kam sein Lachanfall mit solcher Heftigkeit zurück, daß er sich mit einer Hand die Seite halten und mit der anderen auf die Schulter seines kleinen Hauptmannes stützen mußte, denn ohne diesen Halt wäre er gewiß zu Boden gefallen.

60. Kapitel

Die drei würdigen Genossen wendeten sich nach ›The Boot‹, in der Absicht, die Nacht an diesem Versammlungsorte zuzubringen und im Schutz ihrer alten Höhle die ihnen so nötige Ruhe zu suchen; denn jetzt, da ihr Zerstörungswerk vollbracht und die Gefangenen für die Nacht sicher verwahrt waren, fühlten sie Erschöpfung nach dem tollen Treiben, das so beklagenswerte Folgen gehabt hatte.

Trotz der Ermüdung, welche ihn nun ebenso wie seine beiden Gefährten, und wohl alle, die an der nächtlichen Arbeit teilgenommen hatten, überfiel, brach Hughs lärmende Heiterkeit immer von neuem aus, wenn er auf Simon Tappertit sah, und machte sich – zu dieses Herrn großem Ärger – in solch schallendem Gelächter Luft, daß er notwendigerweise die Aufmerksamkeit der Wache auf sie ziehen und sie in einen Streit verwickeln mußte, dem sie bei ihrem jetzigen erschöpften Zustand ganz und gar nicht gewachsen waren. Sogar Mr. Dennis, der sonst nicht viel auf Ernst und würdiges Betragen hielt und an der lauten Lustigkeit seines jungen Freundes erste Freude hatte, nahm Gelegenheit, ihm sein unvorsichtiges Benehmen vorzuhalten, das er für eine Art von Selbstmord hielt, ebenso wie wenn ein Mann selbst Hand an sich legte, ohne vom Gericht erwischt worden zu sein, was seiner Ansicht nach das lächerlichste und dümmste war, das ein Mensch tun konnte.

Trotz dieser Vorstellungen dämpfte Hugh nicht im geringsten die lauten Ausbrüche seiner Heiterkeit. Er hatte beide Kameraden am Arm gefaßt und taumelte zwischen ihnen her, bis sie in die Nähe des ›Boot‹ kamen und nur noch durch ein paar Felder von der beliebten Schenke getrennt waren. Ein glücklicher Zufall wollte, daß er sich zu dieser Zeit gerade sattgelacht und -geschrien hatte und endlich zur Ruhe kam. Sie schritten geräuschlos vorwärts, als ein Spion, der die ganze Nacht in den Gräben umhergekrochen war, um Nachzügler zu warnen, sich dem jetzt so gefährlichen Gebiet zu nähern, vorsichtig aus seinem Versteck blickte und ihnen zurief stehenzubleiben.

»Stehenbleiben! Und warum?« sagte Hugh. Weil, so antwortete der Spion, das Haus mit Konstablern und Soldaten gefüllt sei, die es am Nachmittage überfallen und besetzt hätten. Die Bewohner seien entweder geflohen oder gefangengenommen worden, das könne er nicht genau sagen. Er habe schon viele Leute gewarnt, sich näher heranzuwagen, und glaubte, sie hätten sich nach den Märkten oder anderen Orten gewendet, um die Nacht dort zuzubringen. Er habe in der Ferne die Feuerbrände gesehen, aber sie seien jetzt alle erloschen. Die vorübergehenden Leute habe er auch von ihnen sprechen hören, und er könne berichten, daß die herrschende Stimmung Furcht und Mutlosigkeit sei. Von Barnaby hätte er kein Wort gehört – er kenne ihn nicht einmal dem Namen nach – aber er hätte davon sprechen hören, daß ein Mann ergriffen und nach Newgate geführt worden sei. Ob das wahr oder falsch sei, könne er nicht sagen.

Auf diese Kunde hin hielten die drei Rat und überlegten, was nun am besten zu tun sei. Hugh nahm an, Barnaby sei in den Händen der Soldaten und werde augenblicklich im »Boot« gefangengehalten; daher war er dafür, daß man sich vorsichtig heranschleichen und das Haus beschießen solle. Aber seine Gefährten, die nichts von so verwegenen Aktionen wissen wollten, bevor ihnen nicht genügend Kameraden den Rücken deckten, entgegneten, daß, wenn Barnaby schon ergriffen worden sei, man ihn sicher in festen Gewahrsam gebracht hätte. Es würde niemand im Traum einfallen, ihn die ganze Nacht an einem so schwachen, jedem Angriff preisgegebenen Ort zu lassen. Hugh gab diesen Vernunftgründen Gehör und willigte ein, mit ihnen umzukehren und nach dem Fleet-Markt zu gehen, wohin wie es schien, einige ihrer kühnsten Genossen auf dieselben Nachrichten hin sich gewendet hatten.

Sie fühlten ihre Kräfte erwachen und ihren Mut sich heben, da nun die Notwendigkeit zu neuen Taten an sie herantrat. Die Müdigkeit, unter der sie noch vor wenigen Minuten fast zusammengesunken waren, schwand ganz und gar; hurtig eilten sie weiter und bald erreichten sie ihr Ziel.

Fleet-Markt hieß zu jener Zeit eine unregelmäßige Reihe von hölzernen Schuppen und Schutzdächern, welche die Mitte von dem einnahmen, was jetzt Farringdon Street genannt wird. Sie waren in einer äußerst häßlichen Art und Weise in der Mitte des Weges zusammengedrängt, wo sie den Durchgang versperrten und die Fußgänger belästigten, die sich zwischen Karren, Körben, Rollwagen, Fässern, Ballen und Bänken so gut es ging durchwinden und mit Packträgern, Hökern, Fuhrleuten und einer bunten Menge von Käufern und Verkäufern, Taschendieben, Landstreichern und Müßiggängern herumstoßen mußten. Die Luft war erfüllt von dem Gestank verrotteter Blätter und verfaulter Früchte und Abfällen aus den Fleischständen und hunderterlei anderem Unrat. Es war bei den meisten öffentlichen Einrichtungen damaliger Zeit unerläßlich, daß sie auch ein öffentliches Ärgernis waren; und der Fleet-Markt hielt diesen Grundsatz in einer bewundernswerten Art und Weise aufrecht.

Diesen Platz, der mit seinen Schutzdächern und Körben einen leidlichen Ersatz für Betten bot und im Notfall auch die Mittel zu einer schnellen Verbarrikadierung gewährte, hatten viele von den Aufrührern nicht nur in dieser Nacht, sondern schon zwei bis drei Nächte vorher aufgesucht. Es war nun schon heller Tag, aber da es ein kalter Morgen war, stand ein Haufe von ihnen um das Feuer einer Schenke herum, heißes Wermutbier trinkend, rauchend und neue Pläne für den kommenden Tag schmiedend.

Hugh und seine beiden Freunde, die den meisten dieser Männer bekannt waren, wurden mit besonderer Auszeichnung empfangen und erhielten die Ehrenplätze eingeräumt. Die Türen wurden geschlossen und befestigt, um Eindringlinge fernzuhalten, und dann fing man an, Neuigkeiten auszutauschen.

»Wie ich höre, haben die Soldaten ›The Boot‹ besetzt«, sagte Hugh. »Wer weiß etwas darüber?«

Mehrere meldeten sich, aber da die Mehrzahl der Gesellschaft bei dem Angriff auf ›The Warren‹ mitgewirkt, und alle, die zugegen waren, an dem einen oder anderen nächtlichen Unternehmen teilgenommen hatten, stellte es sich heraus, daß sie auch nicht mehr wußten als Hugh selbst, da sie nur einer von dem anderen, oder durch den Spion gewarnt worden waren und nichts aus eigener Erfahrung kannten.

»Wir ließen heute einen Mann dort zur Wache zurück«, sagte Hugh, sich umblickend. »Er ist nicht hier. Ihr wißt, wer es ist – Barnaby, der den Soldaten bei Westminster herunterholte. Hat irgendjemand ihn gesehen oder von ihm gehört?«

Sie schüttelten die Köpfe und murmelten verneinende Antworten, und jeder sah seinen Nachbar fragend an. Da erscholl plötzlich draußen Lärm, und man vernahm die Stimme eines Mannes, der nach Hugh verlangte und sagte, er müsse Hugh sehen.

»Es ist nur einer«, rief Hugh denen zu, die die Tür bewachten, »laßt ihn hereinkommen.«

»Ja, ja!« murmelten die anderen. »Laßt ihn herein. Laßt ihn herein.« Die Tür wurde aufgeschlossen und geöffnet. Ein einarmiger Mann, der Kopf und Gesicht mit blutgetränkten Tüchern verbunden trug, als ob er durch Schläge schwer verletzt wäre, stürzte in zerlumpter Kleidung, in der Hand, die ihm noch blieb, einen dicken Knüppel haltend, herein und fragte atemlos, wer Hugh sei.

»Hier ist er«, antwortete die Person, nach welcher er fragte. »Ich bin Hugh. Was wollt Ihr von mir?«

»Ich habe eine Botschaft an Euch«, sagte der Mann. »Ihr kennt einen gewissen Barnaby?«

»Was ist mit ihm? Schickt er die Botschaft?«

»Ja. Er ist gefangen. Er ist in einer der festen Zellen in Newgate. Er verteidigte sich so gut er konnte, wurde aber durch die Überzahl überwältigt. Das ist seine Botschaft.«

»Wann saht Ihr ihn?« fragte Hugh hastig.

»Auf seinem Weg zum Gefängnis, wohin er von einer Abteilung Soldaten gebracht wurde. Sie schlugen einen Nebenweg ein und nicht den, welchen sie unserer Vermutung nach einschlagen mußten. Ich war einer von den wenigen, die ihn zu retten versuchten, und er rief mich an und trug mir auf, Hugh zu sagen, wo er sei. Wir haben tüchtig gekämpft, obwohl vergeblich. Seht her!«

Er zeigte auf seine Kleidung, seinen verbundenen Kopf, und blickte sich noch immer atemlos in dem Raum um; dann wandte er sich wieder zu Hugh.

»Ich kenne Euch vom Sehen, denn ich war am Freitag und Sonnabend und gestern im Gedränge, aber ich wußte Euren Namen nicht. Ich weiß, Ihr seid ein kühner Bursche. Er ebenfalls. Er kämpfte heute abend wie ein Löwe, aber es war vergebens. Ich tat mein bestes in Anbetracht dessen, daß mir dies Glied fehlt.«

Wieder schaute er sich forschend im Zimmer um – oder schien sich umzusehen, denn sein Gesicht war fast gänzlich von dem Verband verhüllt – dann blickte er wieder Hugh scharf an und faßte seinen Stock fest, als wenn er halb erwarte, angegriffen zu werden und bereit sei, sich zu verteidigen.

Wenn er vielleicht solchen Verdacht hegte, so wurde er bald durch das Benehmen aller Anwesenden beruhigt. Niemand dachte an den Überbringer der Nachricht. Er wurde über der

Nachricht selbst vergessen. Flüche, Drohungen und Verwünschungen wurden von allen Seiten laut. Einige schrien: Wenn sie sich dies ruhig bieten ließen, so würden sie den nächsten Tag alle im Gefängnis sein; einige meinten, wenn sie die anderen Gefangenen befreit hätten, so wäre dies gar nicht passiert. Ein Mann rief mit lauter Stimme: »Wer folgt mir nach Newgate?«, und dann entstand ein wilder Aufruhr, und alle stürzten zur Tür.

Aber Hugh und Dennis standen mit dem Rücken dagegen gelehnt und hielten sie zurück, bis der Lärm sich so weit gelegt hatte, daß man ihre Stimme hören konnte. Dann riefen sie ihnen zu, daß es Wahnsinn wäre, wenn sie jetzt am hellen Tage gehen wollten; daß, wenn sie warten würden, bis es Nacht wäre, und sie sich einen Angriffsplan zurechtlegten, sie vielleicht nicht nur ihre eigenen Gefährten, sondern alle Gefangenen befreien und das Gefängnis niederbrennen könnten.

»Nicht dies Gefängnis allein«, rief Hugh, »sondern alle Gefängnisse in London.« Die Polizei solle keinen Ort behalten, wo sie ihre Gefangenen aufheben könne. »Wir wollen sie alle niederbrennen und Freudenfeuer daraus machen! Hier!« rief er, des Henkers Hand ergreifend. »Laßt alle, die hier sind, sich mit uns vereinigen. Gebt die Hand darauf, Barnaby aus dem Gefängnis zu befreien und kein Gefängnis stehenzulassen! Wer geht mit?«

Alle. Und sie schworen einen heiligen Eid, in der nächsten Nacht ihre Freunde aus Newgate zu befreien, die Tore aufzubrechen und das Gefängnis niederzubrennen, oder selbst in den Flammen umzukommen.

61. Kapitel

In derselben Nacht – Ereignisse folgen in Zeiten der Verwirrung und Bewegtheit oft so dicht aufeinander, daß die Begebenheiten eines ganzen Lebens in die Spanne von vierundzwanzig Stunden zusammengedrängt werden – in derselben Nacht führte Mr. Haredale seinen Gefangenen, den er mit Hilfe des Küsters gefesselt und gezwungen hatte, sein Pferd zu besteigen, nach Chigwell; wobei er damit rechnete, von Chigwell aus ein Fuhrwerk nach London zu bekommen und ihn dort sogleich vor einen Richter zu führen. Er wußte, der unsichere Zustand der Stadt würde ein ausreichender Grund sein, die Verhaftung des Mörders noch vor Tagesanbruch zu verbergen, da niemand für die Sicherheit der Wachstuben oder gewöhnlichen Arrestzellen einstehen konnte; und einen Gefangenen durch die Straßen zu führen, wenn der Pöbel wieder draußen war, würde nicht nur ein gefährliches, gewagtes Unternehmen sein, sondern geradezu eine Aufforderung zu einem Rettungsversuch. Er wies den Küster an, das Pferd am Zügel zu führen, und ging selbst dicht an des Mörders Seite, und auf diese Weise erreichten sie gegen Mitternacht das Dorf.

Die Leute waren alle wach und angekleidet, denn sie fürchteten, in ihren Betten verbrannt zu werden, und suchten Trost und Sicherheit im gemeinsamen Wachen. Die Beherztesten waren bewaffnet und hatten sich auf der Dorfwiese zusammengescharrt. An diese, die ihn gut kannten, wendete sich Mr. Haredale, erzählte ihnen kurz, was vorgefallen, und erbat dringend ihre Hilfe, um den Verbrecher noch vor Tagesanbruch dem Gericht in London zu übergeben.

Aber nicht einer unter den Männern wagte zu seinem Beistand auch nur den Finger zu rühren. Die Aufrührer hatten bei ihrem Zug durch das Dorf jede Person, die beim Löschen des Feuers helfen oder ihm oder irgendeinem Katholiken, wer es auch sei, den geringsten Beistand leisten würde, mit der schwersten Rache bedroht. Sie hatten ihnen bei ihrem Leben und all ihrer Habe gedroht. Sie waren zu ihrem eigenen Schutz versammelt und konnten sich nicht neuer Gefahr aussetzen, indem sie ihm Hilfe leisteten. Dies sagten sie ihm zögernd und mit Bedauern, während sie im Mondschein zur Seite traten und voll Furcht auf den gespenstischen Reiter blickten, der mit dem Hut im Gesicht den Kopf auf die Brust gesenkt hatte und kein Glied rührte und kein Wort sprach.

Da es Mr. Haredale unmöglich war, sie zu überreden, und er es auch kaum wagte nach allem, was er von der Wut der Menge gesehen, bat er sie, wenigstens ihm nicht hinderlich zu sein und zu erlauben, daß er den einzigen Wagen und die Pferde nehme, die im Ort waren. Selbst diese Erlaubnis erhielt er nicht ohne Schwierigkeiten, aber schließlich sagten sie, er möge tun, was er wolle, und weiterziehen.

Er ließ den Küster bei dem Pferd zurück, zog den Wagen mit eigenen Händen heraus und würde auch die Pferde selbst angeschirrt haben, wenn nicht der Postillon des Ortes – ein gutherziger, leichtsinniger Taugenichts – durch seinen Ernst und Eifer gerührt, seine Heugabel, mit der er bewaffnet war, beiseite geworfen und erklärt hätte, die Aufrührer möchten ihn, wenn es ihnen beliebe, zu Teufelsquark hauen, er wolle es doch nicht leiden, daß ein Ehrenmann, der nichts Unrechtes getan hatte, so in Not käme, ohne daß er ihm helfe, so gut er könne. Mr. Haredale drückte ihm warm die Hand und dankte ihm aufrichtig. In fünf Minuten war der Wagen bereit und der gute, junge Taugenichts im Sattel. Der Mörder wurde in den Wagen gesetzt, die Fensterblenden wurden hochgezogen, der Küster setzte sich auf die Deichsel, während Mr. Haredale sein Pferd bestieg und dicht neben der Wagentür einher ritt. So machten sie sich in der dunklen Nacht, in tiefem Schweigen, auf den Weg nach London.

Die Bestürzung war so groß, daß nicht einmal die Pferde, die den Flammen von ›The Warren‹ entgangen waren, Freunde finden konnten, die sie aufnahmen. Sie begegneten ihnen auf dem Weg, wo sie das dürftige Gras abweideten. Der Kutscher erzählte ihnen, daß die armen Tiere zuerst ins Dorf gekommen seien, dort aber habe man sie fortgejagt, damit sie nicht die Rache der Aufrührer über die Einwohner bringen sollten.

Und dieses Gefühl der Furcht beherrschte nicht nur solche kleinen Orte, wo die Leute ängstlich, unwissend und schutzlos sind. Als sie London näherkamen, begegnete ihnen in der grauen Morgendämmerung mehr als eine arme katholische Familie, die, erschreckt durch die Drohungen und Warnungen ihrer Nachbarn, die Stadt zu Fuß verließ und ihnen erzählte, sie hätten weder Pferde noch Wagen bekommen können, um ihr Hab und Gut fortzuschaffen, das sie nun, der Willkür der Menge preisgegeben, hätten zurücklassen müssen. In der Nähe von Mile-End kamen sie an einem Haus vorüber, dessen Eigentümer, ein Mann von beschränkten Mitteln, einen Wagen gemietet hatte, um seine Möbel um Mitternacht fortschaffen zu lassen. Er hatte alles auf die Straße hinuntergetragen, um die Ankunft des Fuhrwerks zu erwarten und keine Zeit erst mit dem Packen zu verlieren. Aber der Mann, mit dem er den Handel abgeschlossen hatte, war durch den Feuerlärm in der Nacht und den Anblick der an seiner Tür vorüberkommenden Aufrührer so in Furcht geraten, daß er sich weigerte, sein Wort zu halten; und der arme Herr, seine Frau, seine Magd und die kleinen Kinder saßen nun zitternd zwischen ihren Sachen auf offener Straße, erwarteten voller Furcht den Anbruch des Tages und wußten nicht, wohin sie sich wenden und was sie beginnen sollten.

Wie sie hörten, war es ebenso mit dem öffentlichen Fuhrwerk. Die Panik war so groß, daß die Postwagen sich aus Furcht weigerten, Passagiere mitzunehmen, die sich zu der verhaßten Religionspartei bekannten. Wenn die Postillone sie kannten, oder wenn sie zugaben, Katholiken zu sein, so nahm man sie nicht mit, mochten sie auch noch so große Geldsummen bieten. Am Tage vorher hatten die Leute sich gescheut, katholische Bekannte auf der Straße zu grüßen, um nicht von Spionen angezeigt und ›ausgebrannt‹ zu werden, wie man es nannte. Ein alter gutherziger Mann, – ein Priester, dessen Kapelle zerstört war, ein schwaches, geduldiges, harmloses Geschöpf – der allein fortwanderte, in der Absicht, sich eine Strecke von der Stadt zu entfernen und dann sein Glück mit den Wagen zu versuchen, sagte Mr. Haredale, daß er fürchte, er werde keinen Richter finden, der die Kühnheit habe, einen Verbrecher in das Gefängnis führen zu lassen, trotz seiner Anklage. Aber ungeachtet dieser entmutigenden Berichte gingen sie weiter und erreichten das Amtshaus bald nach Sonnenaufgang.

Mr. Haredale sprang vom Pferd, aber er hatte nicht nötig, an die Tür zu pochen, denn sie war schon offen, und auf der Schwelle stand ein stattlicher alter Mann mit einem sehr roten, schon mehr purpurfarbenen Gesicht, der mit ängstlichem Gesichtsaudruck mit einer nicht sichtbaren, oben auf der Treppe stehenden Person verhandelte, während der Pförtner nach und nach die Tür zu schließen und ihn hinauszudrängen versuchte. Mit der in seiner Lage ganz natürlichen Ungeduld und Aufregung stürzte Mr. Haredale vorwärts und wollte eben sprechen, als der dicke alte Herr rief:

»Mein lieber Herr, bitte, laßt mich erst eine Antwort bekommen. Dies ist das sechste Mal, daß ich hier gewesen bin. Gestern war ich fünfmal hier. Meinem Haus droht Verderben. Es sollte heute nacht und schon gestern nacht niedergebrannt werden, aber sie hatten gerade noch andere Geschäfte vorher abzumachen. Bitte, laßt mich erst eine Antwort erhalten.«

»Mein guter Herr«, antwortete Mr. Haredale, »mein Haus ist

niedergebrannt worden, aber Gott verhüte, daß es mit dem Eurigen auch geschehe. Laßt Euch sich eine Antwort geben. Aber machen Sie es kurz, aus Barmherzigkeit mit mir.«

»Nun, habt Ihr das gehört, Sir?« rief der alte Herr die Treppe hinauf, wo man den Zipfel eines Schlafrocks auf dem Treppenflur sah. »Hier ist ein Herr, dessen Haus wirklich letzte Nacht niedergebrannt wurde.«

»Lieber Himmel, lieber Himmel«, erwiderte eine ärgerliche Stimme, »das tut mir ja sehr leid, aber was kann ich dabei tun? Ich kann es doch nicht wieder aufbauen. Die obersten Stadtbehörden können doch nicht umhergehen und den Leuten die Häuser wieder aufbauen, Sir. Das ist doch Unsinn!«

»Aber die Stadtbehörden können dafür sorgen, daß kein Haus wieder aufgebaut zu werden braucht, wenn die höchste obrigkeitliche Person ein Mann ist und nicht ein Dummkopf, nicht wahr, Sir?« rief der alte Herr wütend.

»Ihr versagt mir den Respekt, Sir« rief der Oberbürgermeister, »keineswegs, meine ich, seid Ihr respektvoll.«

»Nicht respektvoll, Sir? versetzte der alte Herr. »Ich war gestern fünfmal sehr respektvoll. Ich kann nicht immer respektvoll bleiben. Man kann nicht respektvoll sein, wenn einem die Häuser mit allem, was drin ist, über dem Kopf niedergebrannt werden. Was soll ich tun, Sir? Werde ich irgendwelchen Schutz erhalten?«

»Ich habe es Euch schon gestern gesagt, daß Ihr meinetwegen einen Ratsherrn Euch ins Haus nehmen möget, wenn Ihr einen bewegen könnt hinzukommen.«

»Was, zum Teufel, soll mir ein Ratsherr nützen?« erwiderte der jähzornige alte Herr.

»– Um den Pöbel zu schrecken, Sir«, sagte der Oberbürgermeister.

»O, Herr, erbarme Dich!« jammerte der alte Herr, in größter Verlegenheit sich die Stirn trocknend. »Man denke! Einen Ratsherrn zu schicken, um den Pöbel zu schrecken! Wie, Sir! Sind es denn lauter Säuglinge, die mit Muttermilch genährt werden? Was werden die sich um einen Ratsherrn scheren! Wollt Ihr kommen?«

»Ich!« sagte der Oberbürgermeister höchst nachdrucksvoll. »Gewiß nicht.«

»Nun! Was, was soll ich dann tun?« versetzte der alte Herr.

»Bin ich ein englischer Bürger? Genieße ich den Schutz der Gesetze? Was habe ich davon, daß ich dem König Steuern zahle?«

»Ich kann es nicht sagen, ich gewiß nicht«, antwortete der Lord-Mayor, »wie schade, daß Ihr ein Katholik seid! Warum könnt Ihr nicht ein Protestant sein? Dann würdet Ihr nicht in solche Verlegenheiten kommen. Ich weiß wahrhaftig nicht, was geschehen soll. Große Leute sind's, die diesen Aufruhr hervorgebracht haben. Du meine Güte, wie schlimm ist es doch, einen öffentlichen Posten zu bekleiden! Ihr müßt im Laufe des Tages wiederkommen. Würde nicht ein Polizist genügen? Oder da ist Philips, der Konstabler, der hat dienstfrei, der ist noch ein recht stattlicher Mann für sein Alter, ausgenommen daß er es in den Beinen hat; aber wenn Ihr ihn an das Fenster stellt, wird er bei Kerzenschein noch recht jung aussehen und den Pöbel in Schrecken setzen. Du meine Güte! Ja – wir wollen schon sehen, wie es sich machen läßt.«

»Halt!« rief Mr. Haredale, die Tür, welche der Pförtner zu schließen versuchte, zurückdrückend, und fuhr rasch fort: »Herr Oberbürgermeister, ich bitte Euch, nicht fortzugehen. Ich habe hier einen Mann, der vor achtundzwanzig Jahren einen Mord begangen hat. Ein halbes Dutzend Worte von mir, an Eides statt, werden Euch ermächtigen, ihn zur Untersuchung in das Gefängnis zu senden. Ich trachte für jetzt nur danach, ihn an einen sicheren Ort gebracht zu wissen. Bei dem geringsten Aufschub könnte er durch die Aufrührer befreit werden.«

»Ach du meine Güte!« rief der Lord-Mayor. »Herr, erbarme Dich meiner armen Seele! O Himmel! Ja, mir rennt man nun das Haus ein! Ihr wißt, es sind große Leute, die diese Aufstände initiiert haben. Ihr müßt mir noch mit so etwas kommen.«

»Mylord«, sagte Mr. Haredale, »der Ermordete war mein Bruder, ich war sein Erbe. Es fehlte seinerzeit nicht an verleumderischen Zungen, welche flüsterten, die Schuld an der ruchlosen, verbrecherischen Tat falle auf mich, der ich ihn so herzlich liebte – der Himmel weiß es! Nun nach all diesen Jahren der Finsternis und des Elends ist endlich die Zeit gekommen, ihn zu rächen und Licht in dieses teuflische, heimtückische Verbrechen zu bringen, in dieses Verbrechen, das so teuflisch und heimtückisch ist, daß sich keins mit ihm vergleichen kann. Jedes Zögern Eurerseits lockert die blutigen Hände dieses Mannes wieder und führt zu seiner Flucht. Mylord, ich beschwöre Euch, mich zu erhören und die Sache sogleich zu übernehmen.«

»Du meine Güte!« rief der Lord-Mayor. »Jetzt sind doch keine Geschäftsstunden, das wißt Ihr doch. Ich muß mich über Euch wundern. Wie unpassend ist das von Euch! Ihr dürft jetzt nicht kommen. Ihr dürft jetzt in der Tat nicht kommen. Und ich vermute, Ihr seid auch ein Katholik?«

»Das bin ich«, sagte Mr. Haredale.

»Gott sei meiner armen Seele gnädig! Ich glaube fast, die Leute werden katholisch, um mich zu ärgern und mir Unannehmlichkeiten zu machen!« rief der Lord-Mayor. »Ich wollte, Ihr kämt nicht her! Nächstens werden sie das Amtshaus niederbrennen, und dann können wir uns bei Euch dafür bedanken. Ihr müßt Euren Gefangenen einschließen, Sir! Übergebt ihn einem Wächter! Und – und – kommt zu einer passenderen Zeit einmal wieder! Dann wollen wir sehen, was zu machen ist!«

Ehe Mr. Haredale antworten konnte, gab das Zuschlagen einer Tür und das Vorschieben eines Riegels Kunde davon, daß der Lord-Mayor sich wieder in sein Schlafzimmer zurückgezogen hatte, und überzeugte ihn, daß alle ferneren Auseinandersetzungen nunmehr nutzlos sein würden. Die beiden Klienten zogen sich deshalb zurück, und der Pförtner schloß hinter ihnen die Tür.

»Auf solche Weise erledigte er meine Angelegenheit«, sagte der alte Herr. »Ich kann keinen Beistand und keine Hilfe erlangen. Was gedenkt Ihr zu tun, Sir?«

»Es irgendwo anders zu versuchen«, antwortete Mr. Haredale, der inzwischen sein Pferd bestiegen hatte.

»Ich versichere Euch, ich bemitleide Euch; und ich darf das wohl, sind wir doch in gleicher Lage!« sagte der alte Herr. »Vielleicht habe ich heute abend kein Haus mehr, in das ich Euch einladen kann. Laßt es mich Euch anbieten, solange ich noch dazu imstande bin. Ich habe es mir besser überlegt«, fügte er hinzu, sein Taschenbuch, das er herausgenommen hatte, wieder einsteckend. »Ich will Euch lieber keine Karte geben, wenn sie bei Euch gefunden würde, könnte sie Euch Unannehmlichkeiten bereiten. Langdale ist mein Name – Weinschenk und Destillateur – Holborn Hill – Ihr seid mir herzlich willkommen, wenn Ihr kommen wollt.«

Mr. Haredale nickte mit dem Kopf und ritt fort, wie vorher sich dicht neben dem Wagen haltend. Er hatte den Plan, sich nach dem Hause Sir John Fieldings zu begeben, der in dem Ruf eines kühnen und tüchtigen Ratsherrn stand, und er war fest entschlossen, für den Fall, daß die Aufrührer ihn angreifen sollten, lieber den Mörder mit eigener Hand umzubringen, als zu dulden, daß er befreit werde.

Sie kamen jedoch ohne weitere Belästigung an die Wohnung des Ratsherrn – (da der Pöbel, wie wir gesehen haben, mit anderen Plänen beschäftigt war) – und klopften an die Tür. Da es allgemein hieß, Sir John sei von den Aufrührern für geächtet erklärt worden, hatten eine Anzahl Polizisten die ganze Nacht in dem Haus Wache gehalten. Einem von ihnen trug Mr. Haredale seine Sache vor, und sie schien dem Mann wichtig genug und ein genügender Grund dafür zu sein, den Richter zu wecken und Mr. Haredale eine sofortige Audienz zu sichern.

Keine Zeit wurde verloren, den Mörder sogleich nach Newgate zu schaffen, das damals ein neues Gebäude war und erst vor kurzer Zeit mit großen Kosten vollendet. Es galt für ungeheuer fest und stark. Der Haftbefehl wurde ausgestellt, drei von den Polizisten banden den Verbrecher von neuem, denn er hatte in dem Wagen allem Anschein nach sich bemüht, seine Handfesseln zu lockern, was ihm auch einigermaßen gelungen war, und sie knebelten ihn, damit er nicht um Hilfe rufen konnte, wenn sie dem Pöbel begegnen sollten, dann setzten sie sich zu ihm in den Wagen. Die Männer waren alle gut bewaffnet und bildeten eine sichere Deckung, trotzdem zogen sie die Fensterblenden hoch, als wenn der Wagen leer wäre, und rieten Mr. Haredale, voran zu reiten, damit es nicht scheine, als gehöre er zu dem Wagen, was Aufmerksamkeit erregen könne.

Die Nützlichkeit dieser Vorsichtsmaßregel war einleuchtend, denn während sie durch die Mitte der Stadt eilten, begegneten sie mehreren Gruppen von Männern, welche den Wagen gewiß angehalten hätten, wären sie nicht der Meinung gewesen, er sei ganz leer. Da die drinnen sich jedoch ganz ruhig verhielten und der Kutscher langsam fuhr, um Fragen zu vermeiden, erreichten sie das Gefängnis ohne Aufenthalt und hatten, einmal dort, den Mörder aus dem Wagen und in einem Augenblick sicher innerhalb der finstern Mauern.

Mit blitzenden Augen und gespannter Aufmerksamkeit sah Mr. Haredale zu, wie der Mörder gefesselt und in seiner Zelle eingeschlossen und eingeriegelt wurde. Ja, nachdem er das Gefängnis verlassen hatte und draußen auf offener Straße stand, befühlte er sogar die Eisenplatten an den Türen und fuhr mit den Händen über die Steinmauer, um sich zu überzeugen, daß alles Wirklichkeit war, und er war glücklich, daß sie sich so stark und rauh und kalt anfaßten. Erst als er dem Gefängnis den Rücken wendete und die menschenleeren Straßen hinabblickte, die im hellen Morgenlicht so ruhig und tot dalagen, fühlte er wieder den Druck auf seinem Herzen, und es kam ihm zu Bewußtsein, daß er von Unruhe gequält wurde um die, welche er daheim gelassen, und daß sein Daheim selbst nun auch eine Perle war in dem langen Rosenkranz seiner Sorgen.

62. Kapitel

Der Gefangene, sich selbst überlassen, setzte sich auf sein Bett nieder, stützte die Ellbogen auf die Knie, das Kinn in die Hände, und blieb so stundenlang unbeweglich in derselben Stellung. Es wäre schwer zu sagen, welcher Art seine Betrachtungen waren. Sie hatten nichts Bestimmtes an sich und waren, ausgenommen einige Gedankenblitze anderer Richtung, auch ohne Bezug auf seinen jetzigen Zustand oder die Umstände, durch die derselbe herbeigeführt worden war. Die Spalten in dem Fußboden seiner Zelle, die Ritzen in den Mauern, wo ein Stein auf den anderen gefügt war, die Eisenstangen vor den Fenstern, der eiserne Ring am Boden – solche Dinge um ihn her, die eins dem anderen seltsam Vorschub leisteten, ein unbeschreibliches Gefühl von Interesse und Neugier in ihm erweckten, erfüllten seinen Geist. Obwohl hinter jedem Gedanken das unbehagliche Gefühl der Schuld, die Furcht vor dem Tod lauerte, hatte er doch nichts mehr davon als das undeutliche Gefühl, das ein Schläfer vom Schmerz empfindet. Es verfolgt ihn durch alle seine Träume, nagt an dem Herzen all seiner ihm vorschwebenden Freuden, raubt dem Festmahl seinen Geschmack, der Musik ihren Schmelz, macht das Glück selbst zum Mißgeschick und ist doch keine körperliche Empfindung, sondern ein Phantom ohne Gestalt, ohne Form oder sichtbare Gegenwart, alles durchdringend und doch selbst ohne Existenz, überall erkennbar und doch nirgends zu sehen, nirgends zu fühlen oder von Angesicht zu Angesicht zu schauen, bis der Schlaf vorüber ist und mit dem Erwachen die Todesangst zurückkehrt.

Nach langer Zeit wurde die Tür der Zelle geöffnet. Er blickte auf, sah den Blinden eintreten und sank in seine frühere Stellung zurück.

Geleitet von seinem Atem, kam der Besuch auf die Stelle hin, wo er saß, stand neben ihm still, streckte die Hand aus, um sich zu versichern, daß er an der richtigen Stelle sei, und schwieg dann eine lange Zeit.

»Das ist schlimm, Rudge! Das ist schlimm«, sagte er endlich.

Der Gefangene machte mit den Füßen ein Geräusch am Boden, indem er sich von ihm abwendete, gab aber keine Antwort.

»Wie seid Ihr denn festgenommen worden?« fragte er. »Und wo? Ihr habt mir nie mehr als die Hälfte Eures Geheimnisses gesagt. Was tut's? Ich kenne es nun. Wie kam es, und wo geschah es? He?« fragte er wieder, ihm noch näher kommend.

»In Chigwell«, sagte der andere.

»In Chigwell! Wie kommt Ihr denn dorthin?«

»Weil ich dort hinging, um den Mann zu vermeiden, den ich so unvermutet traf«, antwortete er. »Weil ich dorthin gejagt und getrieben wurde von ihm und dem Schicksal. Weil ich durch etwas, das stärker war als mein eigener Wille, gezwungen wurde, dorthin zu gehen. Als ich sah, wie er das Haus jede Nacht bewachte, in dem sie lebte, wußte ich, daß ich ihm nie entgehen könnte, nie! Und als ich die Glocke hörte …«

Er schauderte, murmelte, daß es sehr kalt sei; ging hastig in der engen Zelle auf und ab und fiel, nachdem er sich wieder niedergesetzt hatte, in seine alte Stellung zurück.

»Ihr sagtet«, versetzte der blinde Mann nach einer Pause, »daß Ihr die Glocke hörtet …«

»Seid still, ja!« versetzte dieser mit zitternder Stimme. »Sie hängt noch immer dort.«

Der Blinde wandte ihm ein nachdenkliches, forschendes Gesicht zu, aber der Gefangene beachtete ihn nicht und fuhr fort zu sprechen: »Ich ging nach Chigwell, um den Pöbel aufzusuchen. Ich bin so von diesem Mann gejagt und verfolgt worden, daß meine einzige Hoffnung auf Sicherheit darin lag, mich zu den Aufrührern zu gesellen. Sie waren schon vorher weitergezogen. Ich folgte ihnen, da schwieg sie plötzlich.«

»Schwieg sie? Wer? Was?«

»Die Glocke. Sie hatten den Ort verlassen. Ich hoffte, einige von ihnen würden sich noch in den Ruinen aufhalten, und suchte nach ihnen. Da hörte ich«, er tat einen tiefen Atemzug und trocknete sich die Stirn mit dem Ärmel, »seine Stimme.«

»Was sagte er?«

»Das ist gleichgültig. Ich weiß es nicht. Ich war gerade am Fuß des Turmes, wo ich die Tat ...«

»Aha!« sagte der Blinde, mit dem Kopf nickend. »Ich verstehe.«

»Ich stieg die Treppe hinauf, oder soviel noch davon da war. Ich wollte mich verstecken, bis er fort sei. Aber er hörte mich und folgte mir fast seit dem Augenblick, wo ich den Fuß auf die Brandstätte gesetzt hatte.«

»Ihr hättet Euch hinter der Mauer verstecken und ihn hinunterstürzen oder erstechen können«, sagte der Blinde.

»Hätte ich? Zwischen dem Mann und mir war einer, der ihn führte. Ich sah es, obwohl er nichts bemerkte. Er erhob über seinem Kopf eine blutige Hand. Dort oben in dem Zimmer war es, wo er und ich in der Nacht des Mordes einander gegenüberstanden und uns anstarrten, und ehe er fiel, hob er seine Hand auf – so – und heftete seine Augen auf mich. Ich wußte, die Jagd würde dort enden.«

»Ihr habt eine lebhafte Phantasie!« sagte der Blinde lächelnd.

»Stärkt die Eurige mit Blut, und Ihr werdet sehen, was daraus wird.«

Er stöhnte, rückte unruhig hin und her und sagte, zum erstenmal aufsehend, mit leiser hohler Stimme:

»Achtundzwanzig Jahre! Achtundzwanzig Jahre! Er hat sich in der ganzen Zeit nicht verändert, ist nicht älter geworden, noch im geringsten Grad anders. Er hat vor mir gestanden in dunkler Nacht und am hellen sonnigen Tage, im Zwielicht, im Mondlicht, im Sonnenlicht, im Licht des Feuers und der Lampe und der Kerze, und in dem tiefsten Dunkel. Immer der gleiche! In Gesellschaft, in der Einsamkeit, zu Lande, auf dem Schiff, manchmal hat er mich monatelang verlassen, und manchmal war er immer bei mir. Ich habe ihn gesehen auf dem Meer, wie er in der Totenstille der Nacht am hellen Widerschein des Mondes, der sich in dem ruhigen Wasser spiegelte, entlanggeglitten kam; und ich habe ihn gesehen in Häfen und auf Marktplätzen, mit emporgereckter Hand, wie er in einer geschäftigen Menge rasend sich erhob, die keine Ahnung hatte, welch schreckliche Gestalt schweigend unter ihnen stand. Einbildung! Seid Ihr etwas Wirklich? Bin ich es? Sind es diese eisernen Fesseln, die der Schmiedehammer mir angeschmiegt, oder sind es Phantasien, die ich mit einem Schlag abschütteln kann?«

Der Blinde hörte ihm schweigend zu.

»Einbildung! Bilde ich mir ein, daß ich ihn getötet habe? Bilde ich mir ein, daß ich, als ich das Zimmer verließ, wo er lag, das Gesicht eines Mannes aus einer dunkeln Türe schauen sah, der mir durch seine erschreckten Blicke zeigte, daß er vermutete, was ich getan? Erinnere ich mich, daß ich freundlich mit ihm sprach und näherschlich – näher – mit dem Messer im Ärmel? Bilde ich mir ein, wie er starb? Taumelte er nicht in die Mauerecke zurück, in welche ich ihn gedrängt hatte, und stand er nicht, innerlich verblutend, nicht fallend, als eine Leiche vor mir? Sah ich ihn nicht, wie ich Euch jetzt sehe, aufrecht auf seinen Füßen stehen? Aber tot!«

Der Blinde, welcher wußte, daß sein Gegenüber aufgestanden war, winkte ihm, sich wieder auf das Bett zu setzen; aber seine Aufforderung fand keine Beachtung.

»Da fiel es mir zum erstenmal ein, daß ich ihm den Mord aufbürden könnte. Da zog ich ihm meine Kleider an und schleppte ihn die Hintertreppe hinab zum Wasser. Erinnere ich mich nicht noch, daß ich auf das Gurgeln lauschte und nach den Blasen sah, die herauf kamen, als ich ihn hineinstieß? Erinnere ich mich nicht, wie ich mir das Wasser vom Gesicht wischte, das mir der Körper im Fallen dahin gespritzt hatte, und wie es mir vorkam, als müßte es Blut sein?

Ging ich nicht nach Hause, nachdem ich es vollbracht hatte? Und, ach mein Gott! Wie lange brauchte ich dazu! Stand ich denn nicht vor meiner Frau und erzählte es ihr? Sah ich sie nicht zu Boden sinken, und als ich mich bückte, um sie aufzurichten, stieß sie mich nicht zurück, mit einer Kraft, als sei ich ein Kind? Ward nicht die Hand blutrot, mit der sie mein Handgelenk berührte? Ist das nur Einbildung?

Fiel sie nicht auf ihre Knie nieder und rief den Himmel zum Zeugen an, daß sie und ihr noch ungeborenes Kind sich von mir von dieser Stunde an lossagten? Und beschwor sie auch nicht – in so feierlichen Worten, daß es mir kalt den Rücken hinunterlief

– mich, mit den Schreckenstaten beladen, die meine Hand eben vollbracht – zu fliehen, solange es noch Zeit sei? Denn obgleich sie schweigen wolle, weil sie mein unglückliches Weib sei, verbergen wolle sie mich nicht? Ging ich in der selben Nacht nicht fort, von Gott und aller Welt verflucht und dem tiefsten Pfuhl der Hölle verfallen, um, so weit mein Strick reicht, der mich unerbittlich an mein Schicksal knüpft, über die Erde hin zu irren, um zuletzt gewißlich niedergerissen zu werden?«

»Warum seid Ihr zurückgekommen?« fragte der Blinde.

»Warum ist Blut rot? Ich konnte es so wenig unterlassen, wie ich leben könnte, ohne zu atmen. Ich kämpfte gegen diesen Impuls an, aber ich wurde trotz aller Hindernisse und Schwierigkeiten zurückgezogen wie durch ein mächtiges Triebwerk. Nichts konnte mich aufhalten. Ich hatte den Tag und die Stunde nicht zu wählen. Schlief ich oder wachte ich, jahrelang hatten mich die alten Schreckbilder gepeinigt – mein eigenes Grab habe ich besichtigt. Warum kam ich zurück? Weil dieses Gefängnis auf mich wartete und er winkend an der Tür stand.«

»Ihr wurdet nicht erkannt?« fragte der Blinde.

»Ich war ein Mann, der zweiundzwanzig Jahre tot war. Nein. Ich wurde nicht erkannt.«

»Ihr hättet Euer Geheimnis besser hüten sollen.«

»Mein Geheimnis? Meins? Es war ein Geheimnis, das jeder Lufthauch nach Gefallen weitertragen konnte. Es lag im Funkeln der Sterne, im Fluten des Wassers, im Rauschen der Blätter, im Wechsel der Jahreszeiten. Es lauerte in den Gesichtern und Stimmen wildfremder Menschen. Alles hatte Lippen, auf denen es beständig zitterte – mein Geheimnis!«

»Es wurde jedenfalls durch Eure eigene Handlungsweise offenbart«, sagte der Blinde.

»Nicht meine Handlungsweise war es. Ich handelte so, aber nicht freiwillig. Ich war zuzeiten gezwungen, um den Fleck umherzuirren, rund und rund und rund ihn zu umkreisen. Ihr hättet mich in Ketten legen können; wenn der Anfall kam, hätte ich sie zerrissen und wäre hingegangen. So sicher wie der Magnet das Eisen anzieht, so konnte er, unten im tiefen Graben ruhend, mich zu sich ziehen, wenn er wollte. War das Einbildung? War es mir angenehm, dort hinzugehen, oder sträubte ich mich und kämpfte gegen die Macht, die mich dazu zwang?«

Der Blinde zuckte die Achseln und lächelte ungläubig. Der

Gefangene nahm seine frühere Haltung wieder an, und lange Zeit blieben beide stumm.

»Ich setze also voraus«, sagte sein Besuch, zuletzt das Schweigen brechend, »daß Ihr reumütig und ergeben seid, daß Ihr Frieden mit jedermann zu schließen wünscht, besonders mit Eurer Frau, die Euch zu all diesem gebracht hat? Und daß Ihr keine größere Gnade erbittet, als sobald als möglich nach Tyburn gebracht zu werden? Da das der Fall ist, will ich mich lieber verabschieden. Ich bin dann nicht gut genug, um Euch Gesellschaft zu leisten.«

»Habe ich Euch nicht gesagt«, versetzte der andere heftig, »daß ich gegen die Macht, die mich herführte, gekämpft und gerungen habe? War doch mein ganzes Leben achtundzwanzig Jahre lang ein beständiger Kampf und Widerstand, und Ihr denkt, ich sehnte mich nun danach, mich hinzulegen und zu sterben? Wenn alle Menschen sich vor dem Tode fürchten – ich am meisten!«

»Das ist gut gesagt. Das heißt besser gesprochen, Rudge – aber ich will Euch nicht wieder so nennen – als alles, was Ihr bisher gesagt habt«, versetzte der Blinde, einen vertraulicheren Ton anschlagend und seine Hand auf seinen Arm legend. »Seht Ihr, ich habe nie selbst einen Menschen umgebracht, weil ich nicht in die Lage gekommen bin, daß es mir der Mühe wert war. Ferner bin ich überhaupt nicht dafür, die Leute umzubringen, und ich glaube nicht, daß ich es jemand empfehlen oder gern sehen würde – denn es ist unter allen Umständen sehr gefährlich. Aber da Ihr nun einmal das Unglück gehabt habt, in diese Verlegenheit zu kommen, ehe ich Eure Bekanntschaft gemacht hatte, und da Ihr mein Gefährte gewesen seid und mir schon oft genützt habt, übergehe ich den Teil der Sache und bin nur besorgt, daß Ihr nicht unnötig sterbt. Ich halte das im Moment für sehr überflüssig.«

»Was bleibt mir sonst übrig?« versetzte der Gefangene. »Soll ich mir mit den Zähnen einen Weg durch diese Mauern beißen?«

»Ich weiß etwas Leichteres als das«, versetzte sein Freund. »Versprecht mir, nicht mehr von Euern Phantasien – diesem unnützen, törichten, eines Mannes unwürdigen Zeug zu schwatzen – so will ich Euch sagen, was ich denke.«

»Sagt es mir«, versetzte der andere.

»Eure würdige Gattin mit dem zarten Gewissen, Euer vorsichtiges, tugendhaftes, gewissenhaftes, aber nicht blind liebendes Weib –«

»Was ist mit ihr?«

»Ist jetzt in London.«

»Die Pest über sie, mag sie sein, wo sie will!«

»Das ist natürlich genug. Wenn sie ihre Jahresrente wie gewöhnlich genommen hätte, würdet Ihr nicht hier sein, und es stände besser um uns. Aber das gehört nicht zum Geschäft. Sie ist in London. Ich glaube bestimmt und zweifle durchaus nicht daran, meine Erzählung, daß Ihr in der Nähe wäret (was ich natürlich nur als Mittel anwendete, um sie gefügig zu machen, da ich weiß, daß sie sich nicht danach sehnt, Euch wiederzusehen) hat ihr Entsetzen eingeflößt, und infolgedessen hat sie ihren bisherigen Wohnort verlassen und ist nach London gegangen.«

»Woher wißt Ihr das?«

»Durch meinen Freund, den edlen Hauptmann – den berühmten General – den Schwätzer, Mr. Tappertit. Als ich ihn das letztemal, nämlich gestern, sah, erfuhr ich von ihm, daß Euer Sohn, der Barnaby heißt – wohl nicht nach seinem Vater, wie ich vermute –«

»Tod und Teufel! Gehört das hierher?«

»Ihr seid ungeduldig«, versetzte der blinde Mann, »das ist ein gutes Zeichen und sieht nach Leben aus – daß Euer Sohn Barnaby durch einen seiner Gefährten, der ihn von früher aus Chigwell her kannte, von ihr fortgelockt worden ist und sich nun zwischen den Aufrührern befindet.«

»Und was soll ich damit? Was für einen Trost soll ich darin finden, wenn Vater und Sohn zusammen gehenkt werden?«

»Halt – halt, mein Freund«, erwiderte der Blinde schlau, »Ihr macht zu schnelle Schlüsse. Vorausgesetzt, ich horche die Dame aus und sage zu ihr: ›Ihr wünscht Euren Sohn zurück, liebe Frau – gut. Ich kenne diejenigen, welche ihn bei sich zurückhalten, und kann ihn Euch wiedergeben, liebe Frau – gut. Aber Ihr müßt einen Preis für ihn zahlen – auch gut. Der Preis ist niedrig und leicht zu zahlen – liebe Frau, das ist das beste von allem.‹«

»Was für Spott treibt Ihr?«

»Sehr wahrscheinlich wird sie mir diese Worte entgegnen. ›Durchaus keinen Spott‹, antworte ich, ›seht, liebe Frau, eine Person, welche Euer Mann sein soll (die Identität ist nach so vielen Jahren schwer zu beweisen), befindet sich im Gefängnis, sein Leben ist in Gefahr – die Anklage gegen ihn lautet auf Mord. Nun ist Euer Mann, liebe Frau, aber schon lange, lange Zeit tot. Der fragliche Herr kann gar nicht mit ihm verwechselt werden, wenn Ihr die Güte haben wollt, ein paar Worte an Eides statt darüber auszusagen, wann und wie er gestorben ist; und daß diese Person (die, wie man sagt, eine entfernte Ähnlichkeit mit ihm hat), ebensowenig Euer Mann ist, als ich es bin. Solche Aussage würde die ganze Frage erledigen. Versprecht mir, sie zu geben, liebe Frau, und ich verpflichte mich, Euren Sohn (einen hübschen Burschen) von allen Gefahren fernzuhalten, bis Ihr diesen kleinen Dienst geleistet habt. Dann soll er Euch gesund und unversehrt ausgeliefert werden. Anderseits, wenn Ihr Euch weigert, so zu handeln, fürchte ich, wird er verraten und dem Gerichte überliefert werden, das ihn sicher zum Tode verurteilen wird. Es ist in der Tat eine Wahl zwischen seinem Leben und seinem Tod. Weigert Ihr Euch, so baumelt er. Wenn Ihr einwilligt, so ist das Holz noch nicht gewachsen und der Hanf noch nicht gesät, der ihm Schaden zufügen könnte.‹«

»Darin liegt ein Hoffnungsstrahl!« rief der Gefangene aufspringend.

»Ein Strahl!« versetzte sein Freund, »Nein, ein Mittagslicht, ein volles, helles Tageslicht. Still! Ich höre entfernte Schritte. Verlaßt Euch auf mich.«

»Wann werde ich mehr hören?«

»Sobald ich handle. Ich hoffe, morgen. Man kommt jetzt, um zu sagen, daß die Sprechzeit vorüber ist. Ich höre die Schlüssel klirren. Jetzt kein Wort mehr, man könnte uns hören.«

Als er diese Worte sagte, wurde das Schloß geöffnet, und einer der Gefängniswärter erschien in der Tür und kündigte an, daß es für Besucher Zeit sei, das Gefängnis zu verlassen.

»So bald!« sagte Stagg wehmütig. »Aber es ist nicht zu ändern. Tröstet Euch, lieber Freund. Dieser Irrtum wird bald aufgeklärt werden, und dann seid Ihr wieder ein freier Mann! Wenn dieser barmherzige Herr einen blinden Mann, der ihm nur mit Gebeten dafür danken kann, an die Gefängnistür führen und mit dem Gesichte nach Westen wenden will, wird er eine edle Tat tun. Ich danke Euch, lieber Herr. Ich danke Euch von ganzem Herzen.«

Indem er so sprach, stand er einen Augenblick an der Tür still, um seinem Freund noch einmal sein grinsendes Gesicht zuzuwenden, dann ging er hinaus.

Der Aufseher brachte ihn bis an das Tor, kehrte dann zurück, schloß die Tür der Zelle noch einmal auf und sagte, indem er sie weit öffnete, daß der Gefangene, sofern es ihm angenehm sei, die Erlaubnis habe, in dem anstoßenden Hof eine Stunde lang spazieren zu gehen.

Der Gefangene antwortete mit einem mürrischen Kopfnicken, und nachdem er wieder allein war, saß er und brütete über das Gehörte nach und erwog die Hoffnungen, welche die letzte Unterhaltung in ihm erweckt hatte; und während er es tat, blickte er wie abwesend auf das Licht draußen und beobachtete die Schatten, welche von einer Mauer auf die andere und auf den mit Steinen gepflasterten Boden geworfen wurden. Es war ein finsterer, viereckiger Hof, kalt und düster durch hohe Mauern, an denen selbst der warme Strahl der Sonne zu gefrieren schien. Die kahlen, rauhen, harten Steine erfüllten sogar ihn mit sehnsüchtigen Gedanken nach Wiesengrund und Bäumen, mit dem brennenden Wunsch nach Freiheit. Wie er so hinausblickte, da erhob er sich und sah, an den Türpfosten gelehnt, zu dem klaren blauen Himmel empor, der selbst auf diese düstere Wohnstätte des Verbrechens herablächelte. Er erinnerte sich einen Augenblick daran, daß er einst, auf dem Rücken liegend, von süßem Duft umgeben, durch grüne Zweige, die der Wind hin und her bewegte, zum Himmel aufgeschaut hatte, vor langer, langer Zeit.

Seine Aufmerksamkeit wurde plötzlich durch ein klirrendes Geräusch geweckt – er wußte, was es war, denn derselbe Ton hatte ihn erschreckt, als er zur Tür ging. Dann begann eine Stimme zu singen, und er sah den Schatten einer Gestalt auf dem Pflaster. Plötzlich verstummte die Stimme. Alles war still umher, als wenn die Person einen Augenblick vergessen habe, wo sie sei, und sich dann plötzlich wieder daran erinnert habe – und mit demselben klirrenden Geräusch verschwand der Schatten wieder.

Er ging in den Hof hinaus und schritt auf und ab, das Echo durch das laute Klirren seiner Ketten weckend. In der Nähe seiner Tür war eine andere, welche gleichfalls halb offen stand. Er war erst ein paarmal in dem Hof auf- und abgegangen und stand still, um die Tür zu beobachten, da hörte er wieder das klirrende Geräusch. Ein Gesicht schaute aus dem vergitterten Fenster – er sah es nur undeutlich, denn die Zelle war dunkel und die Eisenstangen dick – und gleich darauf erschien ein Mann und kam auf ihn zu.

Dem Gefühl der Einsamkeit nach, das ihn beherrschte, hätte er schon ein Jahr im Gefängnisse sein können. Durch die Hoffnung auf Gesellschaft erregt, beeilte er seine Schritte und ging dem Mann auf halbem Wege entgegen. –

Was war das! Sein Sohn?

Sie standen sich von Angesicht zu Angesicht gegenüber und blickten einander fest an. Er wich unwillkürlich, fast furchtsam zurück. Barnaby rang mit seinem unvollständigen Gedächtnis und besann sich staunend, wo er wohl dieses Gesicht schon vorher gesehen. Aber er war nicht lange in Ungewißheit, denn plötzlich packte er ihn mit den Händen und rief, indem er ihn zu Boden zu werfen suchte:

»Ah! Ich weiß! Ihr seid der Räuber!«

Er antwortete anfangs nichts und rang, mit gesenktem Kopfe, schweigend mit ihm. Da er aber fand, daß der junge Mann zu stark für ihn sei, erhob er den Kopf, blickte ihm scharf in die Augen und sagte:

»Ich bin dein Vater.«

Gott mag wissen, welcher Zauber in diesem Namen für Barnaby lag, denn er ließ ihn los, trat zurück und sah ihn erstaunt an. Doch plötzlich sprang er auf ihn zu, schlang seine Arme um seinen Hals und drückte seinen Kopf gegen seine Wange.

Ja, ja, er war es; er war überzeugt, daß er es war. Aber wo war er so lange gewesen? Und warum hatte er seine Mutter alleingelassen? Oder, was noch schlimmer war, zusammen mit ihrem armen, törichten Knaben alleingelassen? Und war sie wirklich so glücklich gewesen, wie die Leute sagten? Und wo war sie? War sie in der Nähe? Sie war jetzt nicht glücklich und er im Gefängnis? Ach, nein!

Er erhielt keine Antwort, aber der Rabe hüpfte laut krächzend um sie herum, als wenn er sie in einen Zauberkreis einschließen und alle bösen Mächte heraufbeschwören wolle.

63. Kapitel

Diesen ganzen Tag über war jedes Regiment in der Hauptstadt oder aus der Nähe derselben in den verschiedenen Teilen der Stadt auf Wache, und die Linientruppen und Landwehr strömten, dem Befehl zufolge, der an alle im Umkreis von vierundzwanzig Stunden gelegenen Kasernen und Posten gegeben war, auf allen Wegen herbei. Aber die Unruhen hatten ein so entsetzliches Ausmaß erreicht, und die Aufrührer waren durch Straflosigkeit so frech und verwegen geworden, daß der Anblick dieser großen Streitmacht, die beständig durch neue Ankömmlinge verstärkt wurde, anstatt als Schreckmittel zu dienen, sie nur zu immer größeren Frechheiten anreizte und mit dazu beitrug, ein Feuer der Leidenschaft in London zu entzünden, das seinesgleichen selbst in seinen alten, aufrührerischen Tagen nicht hatte.

Schon am Tag vorher, und gleichfalls an diesem Tage suchte der Oberbefehlshaber die Stadtbehörden an ihr Pflichtbewußtsein zu erinnern und besonders den Oberbürgermeister, der der schwachherzigste und mutloseste von allen war. Zu diesem Zweck wurden verschiedene Male größere Truppenkörper zum Amtshaus gesendet, um von ihm Befehle zu erhalten; aber da er weder durch Drohungen noch durch Überredung dazu gebracht werden konnte, irgendwelche Befehle zu geben, und die Leute auf der offenen Straße herumstanden, wodurch bei weitem nichts Gutes bewirkt, sondern im Gegenteil etwas sehr Schlimmes gefördert wurde, so verursachten diese lobenswerten Bemühungen mehr Schaden als Nutzen. Denn die Menge bemerkte bald des Oberbürgermeisters Stimmung und versäumte nicht, Nutzen daraus zu ziehen, indem sie sich rühmte, daß sogar die Zivilbehörden den Papisten feindlich wären und sich nicht entschließen könnten, die zu belästigen, welche sich auch keines anderen Vergehens schuldig gemacht hätten. Diese Prahlereien äußerten sie vorsorglich so, daß sie von den Soldaten gehört wurden, und diese, welche es natürlich verabscheuten, gegen das Volk zu kämpfen, nahmen ihre Annäherungen freundlich auf und antworteten, wenn sie gefragt wurden, ob sie gern auf ihre Landsleute schießen würden: Nein, sie wollten verdammt sein, wenn sie das täten, wobei sie viel ehrliche Aufrichtigkeit und

Gutmütigkeit zeigten. Die Überzeugung, daß das Militär es nicht mit den Papisten halte und geneigt sei, den Befehlen zu trotzen und sich mit dem Pöbel zu vereinigen, wurde daher bald allgemein. Gerüchte von der Unzufriedenheit der Soldaten und ihrer Zuneigung zu der Sache des Volkes verbreiteten sich mit erstaunlicher Geschwindigkeit von Mund zu Mund, und wo Leute müßig in den Straßen und Plätzen umherstanden, waren sie sicher, daß die Menge sich mit Beifallsrufen und Händedrücken um sie drängte und sie mit Beweisen von Zutrauen und Zuneigung überhäufte.

Zu dieser Zeit war die Menge überall; alle Verstellung und Heimlichtuerei war abgelegt, und sie durchstreifte die ganze Stadt. Wenn einer von ihnen Geld brauchte, klopfte er an die Tür eines Wohnhauses oder eines Ladens und verlangte es im Namen der Aufrührer, und sein Begehren wurde augenblicklich erfüllt. Da die friedlichen Bürger sich fürchteten, Hand an sie zu legen, selbst wenn sie einzeln und allein auftraten, so kann man leicht voraussetzen, daß sie vollkommen sicher vor Störung waren, wenn sie sich in Gruppen zusammenscharten. Sie versammelten sich darum in den Straßen, durchzogen sie nach ihrem Willen und Gefallen und trafen öffentlich ihre Übereinkünfte. Der Geschäftsverkehr war gänzlich gestört; der größte Teil der Läden war geschlossen; die meisten Häuser zogen eine blaue Flagge auf, als Zeichen, daß sie auf der Seite des Volkes ständen, und sogar die Juden in Houndsditch, Whitechapel und jenen Gegenden schrieben auf ihre Türen und Fensterläden: ›Dieses Haus ist gut protestantisch.‹

Die Menge war das Gesetz, und nie war das Gesetz mehr gefürchtet oder eifriger befolgt worden.

Ungefähr um sechs Uhr abends strömte eine große Volksmenge nach Lincolns Inn Fields durch alle Straßen und teilte sich – augenscheinlich infolge vorher getroffener Absprache – in verschiedene Haufen. Natürlich muß man nicht annehmen, daß diese Verabredungen der ganzen Menge bekannt waren, sondern sie waren das Werk einiger weniger Anführer, welche sich auf bestimmten Plätzen unter die Leute mischten, ihnen zuriefen, sich dieser oder jener Abteilung anzuschließen, und die Teilung so schnell vollzogen, als wäre sie durch die Beratung der ganzen Menge beschlossen gewesen und als hätte jeder Mann seinen Platz vorher genau gekannt.

Es war unter den Versammelten vollkommen offenkundig, daß die größere Abteilung, welche ungefähr zwei Drittel der ganzen Menge umfaßte, dazu bestimmt war, Newgate anzugreifen. In ihr waren alle diejenigen Aufrührer versammelt, welche sich bei irgendeinem früheren Unternehmen verdächtig gemacht hatten; alle diejenigen, welche man als kühne Draufgänger, die sich für die Arbeit besonders eigneten, pries; alle diejenigen, deren Gefährten bei den Aufständen gefangengenommen worden waren, und ein große Anzahl von Leuten, welche Verwandte oder Freunde von im Gefängnis eingeschlossenen Verbrechern waren. Diese letzte Gruppe umfaßte nicht allein die verwegensten und verworfensten Spitzbuben von London, sondern auch einige verhältnismäßig Unschuldige. Da war mehr als eine Frau in Männerkleidung darunter, bedacht auf die Rettung eines Kindes oder eines Bruders. Da waren die beiden Söhne eines Mannes, der zum Tode verurteilt war und mit drei anderen am darauffolgenden Tage hingerichtet werden sollte. Da war eine große Anzahl Knaben, deren Genossen im löblichen Handwerk der Langfinger im Gefängnis saßen; und schließlich noch eine Anzahl elender, von der Welt ausgestoßener Weiber, welche einige andere heruntergekommene Geschöpfe, die ebenso elend waren wie sie selbst, befreien wollten oder vielleicht – Gott weiß – von allgemeinem Mitleid mit allen, die unglücklich und verlassen waren, bewegt wurden. Alte Schwerter, Pistolen ohne Pulver und Blei, Schmiedehämmer, Messer, Äxte, Sägen; Waffen, aus den Fleischerläden geraubt; ein Wald von Eisenstangen und hölzernen Knüppeln; lange Leitern, mit denen sie die Mauern erklettern wollten und die ein Dutzend Männer auf den Schultern forttrugen; angezündete Fackeln, mit Pech, Teer und Schwefel getränktes Werg; Pfähle, die sie eben aus Zäunen und Staketen gerissen hatten; ja sogar Krücken, die man eben einem verkrüppelten Bettler auf der Straße abgenommen hatte, bildeten ihre Waffen. Als alles bereit war, ergriffen Hugh, Dennis und in ihrer Mitte Simon Tappertit das Kommando. Brüllend und tobend wie ein stürmisches Meer drängte sich die Menge ihnen nach.

Anstatt aber direkt über Holborn zum Gefängnis hinabzugehen, wie alle erwartet hatten, schlugen die Führer den Weg nach Clerkenwell ein und hielten, eine stille Straße hinabeilend, vor dem Hause eines Schlossers – dem goldenen Schlüssel.

»Schlagt die Tür ein«, rief Hugh den Männern um ihn her zu.

»Wir brauchen heute nacht einen von seinem Handwerk. Schlagt sie ein, wenn niemand antwortet.«

Der Laden war geschlossen. Die Tür und die Fensterläden waren beide stark und fest gefugt, und vergebens klopften sie. Aber als die ungeduldige Menge den Ruf ausstieß: »Zündet das Haus an!« und Fackeln herbei gebracht wurden, öffnete sich ein Fenster im oberen Stockwerk, und der kräftige alte Schlosser stand vor ihnen.

»Was gibt's nun, ihr Schurken!« rief er. »Wo ist meine Tochter?«

»Stellt keine unnützen Fragen, alter Mann«, versetzte Hugh und winkte seinen Gefährten zu schweigen, »aber kommt herunter und bringt euer Handwerkszeug mit. Wir brauchen Euch.«

»Ihr braucht mich!« rief der Schlosser und blickte auf die Uniform, die er trug. »Ja, und Ihr könntet mich schon lange haben, wenn einige, die ich nennen könnte, nur soviel Mut hätten wie Mäuse. Hört mich, mein Junge – und Ihr um ihn herum ebenfalls. Es sind da ein Dutzend unter Euch, die ich sehe und kenne, die von dieser Stunde an so gut wie tot sind. Geht und plündert ein Sargmagazin, solange Ihr's noch könnt! Ihr werdet bald ein paar Särge brauchen können.«

»Wollt Ihr herunter kommen?« rief Hugh.

»Wollt Ihr mir meine Tochter wiedergeben, Schurke?« rief der Schlosser.

»Ich weiß nichts von ihr«, versetzte Hugh. »Legt Feuer an die Tür!«

»Halt!« rief der Schlosser mit einer Stimme, vor der sie zurückwichen, und legte, während er sprach, ein Gewehr an. »Laßt das einen alten Mann tun. Den könnt Ihr besser entbehren.«

Der junge Bursche, welcher die Fackel hielt und sich vor der Tür niedergebückt hatte, sprang hastig bei diesen Worten auf und wich zurück. Der Schlosser ließ seine Augen über die aufwärts gerichteten Gesichter schweifen und zielte mit der Waffe auf die Schwelle seines Hauses. Diese hatte keinen anderen Stützpunkt als seine Schulter, aber sie lag so ruhig und fest und zitterte so wenig wie das Haus selbst.

»Laßt den Mann, der es tut, erst sein Gebet sprechen«, sagte er entschlossen. »Ich warne ihn.«

Hugh entriß einem ihm nahe stehenden Manne eine Fackel und wollte mit einem Fluch vorwärts schreiten, als er durch einen gellenden, durchdringenden Schrei zurückgehalten wurde. Er blickte auf und sah oben auf dem Haus ein flatterndes Gewand.

Wieder ertönte ein Schrei und noch einer, und dann rief eine gellende Stimme: »Ist Simon unten?« In demselben Augenblick bog sich ein magerer Hals über die Brustwehr des Daches, und die Jungfer Miggs, welche man undeutlich in der zunehmenden Abenddämmerung erkannte, schrie wie wahnsinnig herab: »Ach, meine lieben Herren, laßt mich Simons Antwort von seinen eigenen Lippen hören. Sprich mit mir, Simon. Sprich mit mir, Simon. Sprich mit mir!«

Mr. Tappertit, der über diese Anrede durchaus nicht sehr erfreut war, blickte auf, befahl ihr, still zu schweigen und herunterzukommen und die Tür zu öffnen, da man ihren Herrn nötig habe und keinen Entschuldigungsgrund gelten lassen werde.

»O, meine guten Herren!« rief da Jungfer Miggs. »O mein einziger, teurer, zuckersüßer Simon ...«

»Schweigt still mit eurem Unsinn, ja!« versetzte Mr. Tappertit, »und kommt herunter und öffnet die Tür. Mr. Varden, legt das Gewehr fort, oder es ist Euer Verderben.«

»Kehrt Euch nicht an sein Gewehr«, kreischte die Miggs. »Simon und all Ihr Herren, ich habe ein ganzes Glas Dünnbier in den Lauf gegossen.«

Die Menge stieß einen lauten Jubelruf aus, dem schallendes Gelächter folgte.

»Es würde nicht losgehen, und wenn man es bis an den Rand vollüde,« schrie die Miggs. »Simon und all ihr Herren, ich bin in der vordern Dachstube eingeschlossen, durch die kleine Tür rechter Hand, wenn Ihr denkt, Ihr seid schon am Ende der Treppe. Dann die Eckstufen hinauf, gebt ja recht acht, daß Ihr Euch nicht die Köpfe an den Dachsparren stoßt oder auf die eine Seite tretet; denn dann könntet Ihr in das Schlafzimmer mit den zwei Betten fallen, weil die Latten und der Mörtel nicht halten, sondern brüchig sind und abbröckeln. Simon und all ihr Herren! Ich bin hier der Sicherheit wegen eingeschlossen worden, aber meine Bestrebungen waren immer darauf gerichtet und werden es immer sein, auf der rechten Seite zu stehen – auf der gesegneten Seite – und den Papst von Babylon mit all seinen inneren und äußeren Werken zu verachten, die doch nur heidnisch sind. Meine Gefühle sind von wenig Wichtigkeit, das weiß ich«, rief die Miggs mit noch gellenderen Lauten, »denn meine Stellung ist nur die einer Magd und infolgedessen nur demütigend, dennoch gibt sie meinen Gefühlen Ausdruck und stellt meine Hoffnungen auf die, die ebenso denken wie ich.«

Ohne sich nach der Neuigkeit über das Gewehr viel um diese Aussagen der Jungfer Miggs zu kümmern, stellte der Pöbel eine Leiter an das Fenster, hinter dem sich der Schlosser befand, und sie erzwangen trotz der festen Balken und Riegel und der mannhaften Gegenwehr und Verteidigung des Alten einen Eingang, indem sie das Glas zerschlugen und den Rahmen zerbrachen.

Nachdem er ein paar kraftvolle Schläge ausgeteilt hatte, sah er sich wehrlos in der Mitte einer wütenden Rotte, welche das Zimmer überflutete und zu einem undeutlichen Haufen von Gesichtern an der Tür und an den Fenstern verschwamm.

Sie gingen schlimm mit ihm um, denn er hatte zwei Männer verwundet, und riefen sogar den zunächst Stehenden zu, ihn herauszubringen und an dem Laternenpfahl aufzuhängen. Aber Gabriel war vollkommen gefaßt und blickte von Hugh und Dennis, welche ihn jeder an einem Arm hielten, auf Simon Tappertit, der ihm gegenüber stand.

»Ihr habt mir meine Tochter geraubt«, sagte der Schlosser, »welche mir teurer ist als mein Leben; und Ihr mögt mir nun auch mein Leben nehmen, wenn Ihr wollt. Ich danke Gott, daß es mir gelungen ist, mein Weib von dieser Szene fernzuhalten, und daß Gott mich zu einem Manne gemacht hat, der aus solchen Händen wie den Eurigen keine Gnade annehmen mag.«

»Und ein wackerer alter Herr seid Ihr«, sagte Dennis beifällig, »und sprecht wie ein Mann. Was schert's Euch, Bruder, ob's ein Laternenpfahl heute nacht ist, oder ein Federbett in zehn Jahren, he?«

Der Schlosser sah ihn verachtungsvoll an, gab aber keine Antwort mehr.

»Ich für meine Person«, sagte der Henker, der besonders für den Vorschlag mit dem Laternenpfahl war, »ich ehre Eure Grundsätze. Sie stimmen ganz mit den meinigen überein. In solchen Urteilen und Entschlüssen wie diesem«, er bekräftigte seine Rede mit einem Fluche, »komme ich jedem Manne gern halbwegs entgegen. Habt Ihr irgendwo ein Endchen Strick zur Hand? Bemüht Euch nicht, wenn Ihr keins habt. Ein Schnupftuch tut's auch.«

»Seid kein Narr, Meister«, flüsterte Hugh, Varden rauh bei der

Schulter fassend, »sondern tut, was Euch befohlen wird. Ihr werdet bald hören, wozu wir Euch brauchen. Tut es!«

»Ich werde nichts tun, was Ihr oder einer von den Schurken hier von mir verlangt«, versetzte der Schlosser. »Wenn Ihr einen Dienst von mir verlangt, könnt Ihr Euch die Mühe sparen, mir zu sagen, was es ist. Ich sage Euch im voraus, ich werde nichts für Euch tun.«

Mr. Dennis war durch die Standhaftigkeit des entschlossenen alten Herrn so gerührt, daß er – fast mit Tränen in den Augen – beteuerte, es wäre ein Akt der Grausamkeit und Hartherzigkeit, seinen Wünschen entgegen zu handeln, was er wenigstens seinerseits nie vor seinem Gewissen verantworten könne. Der Herr, sagte er, habe mit deutlichen Worten erklärt, daß er bereit sei, sich umbringen zu lassen; und da dies der Fall sei, so halte er es für ihre Pflicht als die einer gebildeten und aufgeklärten Versammlung, diesem Wunsch auch zu entsprechen. Es komme nicht oft vor, bemerkte er, daß es in ihrer Macht stehe, sich den Wünschen derer zu beugen, mit welchen sie das Unglück hätten, verschiedener Meinung zu sein. Da sie nun ein Individuum gefunden hätten, das einen Wunsch ausspräche, den sie vernünftigerweise befriedigen könnten, und er seinerseits müsse frei bekennen, daß dieser Wunsch seinen Gefühlen Ehre mache, so hoffe er, daß sie in seinen Vorschlag einwilligen würden, ehe sie weitere Schritte täten. Es sei ein Experiment, das, geschickt und umsichtig ausgeführt, in fünf Minuten mit großer Bequemlichkeit und Zufriedenheit aller Parteien ausgeführt sein würde, und obgleich es ihm, Mr. Dennis, nicht zukäme, sich selbst zu rühmen, so glaube er doch versichern zu dürfen, daß er praktische Erfahrungen in der Sache besitze. Da er von Natur einen gefälligen, freundlichen Charakter besitze, so würde es ihm eine gute Portion Vergnügen bereiten, den Herrn aufzuhängen.

Diese Bemerkungen, welche er, umgeben von einem furchtbaren Lärm und Getöse, an seine nächste Umgebung richtete, wurden mit großem Beifall aufgenommen; vielleicht nicht wegen des Henkers Beredsamkeit, als vielmehr wegen der Reaktion auf die Halsstarrigkeit des Schlossers. Gabriel befand sich in Gefahr, und er wußte das; aber er bewahrte ein standhaftes Schweigen und würde ebenso gehandelt haben, wenn sie auch darüber beraten hätten, ob sie ihn bei langsamem Feuer rösten sollten.

Während der Henker sprach, war eine Bewegung und Unruhe auf der Leiter zu merken, und sogleich nachdem er ausgeredet hatte, ehe noch die Menge unten erfahren konnte, was er gesagt hatte, und Beifall zu erkennen zu geben vermochte, rief einer an dem Fenster:

»Er hat einen grauen Kopf. Er ist ein alter Mann: tut ihm nichts!« Der Schlosser wandte sich nach der Stelle um, woher diese Worte gekommen waren, und blickte flüchtig auf die Leute, welche dichtgedrängt auf der Leiter standen.

»Nehmt keine Rücksicht auf meine grauen Haare, junger Mann«, antwortete der Schlosser der Stimme, denn er konnte die Person, die diese Worte gesprochen hatte, nicht in der Menge erkennen. »Ich verlange das nicht. Mein Herz ist noch jung und frisch genug, Euch alle zu hassen und zu verachten – Räuberbande, die Ihr seid!«

Diese unvorsichtige Rede war durchaus nicht dazu angetan, die wilde Menge zu besänftigen. Sie schrien wieder, man solle ihn herausbringen, und es würde dem ehrlichen Schlosser schlimm ergangen sein, hätte ihnen nicht Hugh geantwortet, daß sie seine Dienste dringend brauchten.

»Nun sagt ihm, was wir verlangen«, sagte er zu Simon Tappertit, »und macht schnell. Und Ihr, Meister, sperrt die Ohren auf, wenn Ihr die Absicht habt, sie nach dieser Nacht noch zu gebrauchen.«

Gabriel schlug die Arme übereinander und sah seinen früheren Lehrling schweigend an.

»Seht Ihr, Varden«, sagte Simon, »wir wollen nach Newgate.«

»Ich weiß es«, antwortete der Schlosser. »Du hast nie ein wahreres Wort gesprochen.«

»Um es niederzubrennen, meine ich«, sagte Simon, »und die Tore zu sprengen und die Gefangenen zu befreien. Ihr habt mitgeholfen, das Schloß an dem großen Tore zu machen.«

»So ist's«, sagte der Schlosser. »Ihr werdet mir nicht Dank dafür schulden – das werdet Ihr bald merken!«

»Mag sein«, antwortete sein Gehilfe, »aber Ihr müßt uns zeigen, wie es zu sprengen ist.«

»Muß ich?«

»Na, denn Ihr wißt es und ich weiß es nicht. Ihr müßt mitkommen und es mit eigener Hand öffnen.«

»Wenn ich das tue«, sagte der Schlosser ruhig, »sollen meine Hände von den Gelenken fallen, und du sollst sie als Epauletten auf den Schultern tragen, Simon Tappertit.«

»Das werden wir sehen«, sagte Hugh, ihm in die Rede fallend, da sich der Unwille der Menge wieder Luft machte. »Füllt nur einen Korb mit dem nötigen Handwerkszeug, während ich ihn hinunterbringe. Einige von Euch machen unten die Türe auf. Ihr anderen leuchtet dem Hauptmann! Gibt es denn nichts anderes für Euch zu tun, Männer, als daß Ihr hier steht und brummt?«

Sie sahen einander an und zerstreuten sich dann schnell plündernd und zerstörend durch das ganze Haus, alles was ihnen wertvoll schien und gefiel, mit fortschleppend. Es blieb ihnen nicht viel Zeit dazu, denn der Korb mit den Werkzeugen war schnell bereit und wurde einem Mann über die Schulter gehängt. Da die Vorbereitungen nun vollendet waren und alles zum Angriff bereit war, wurden die, welche sich zerstörend und plündernd in den anderen Zimmern aufhielten, in den Laden hinuntergerufen. Sie waren im Begriff aufzubrechen, als der Mann, welcher zuletzt in dem oberen Stockwerk gewesen war, vortrat und fragte, ob das junge Frauenzimmer in der Dachstube, das, wie er sagte, einen schrecklichen Lärm mache und unaufhörlich schreie, befreit werden solle?

Simon Tappertit seinerseits würde jedenfalls mit »nein« geantwortet haben, aber die meisten seiner Gefährten waren, eingedenk des guten Dienstes, welchen sie ihnen betreff des Gewehres geleistet hatte, anderer Meinung, und so mußte er mit »ja« antworten. Darauf ging der Mann zu ihrer Befreiung fort und kehrte gleich darauf mit Jungfer Miggs zurück, die sehr schwach und niedergeschlagen war und in Tränen schwamm.

Da die junge Dame auf dem ganzen Weg nach unten kein Lebenszeichen von sich gegeben hatte, meinte der, welcher sie trug, sie sei entweder tot oder liege im Sterben, und sah sich nach einer passenden Bank oder einem Haufen Asche um, worauf er ihre leblose Gestalt niederlegen könne; da kam sie plötzlich durch ein geheimnisvolles Mittel wieder auf die Füße, strich ihr Haar zurück und schrie, Mr. Tappertit wild anstarrend: »Meines Simons Leben ist kein Schlachtopfer!« und fiel ihm so gewandt und geschickt in die Arme, daß er unter der lieblichen Bürde wankte und ein paar Schritte zurücktaumelte.

»Unsinn!« sagte Mr. Tappertit. »Komm irgendwer her und halte sie. Schließt sie wieder ein. Ihr hättet sie gar nicht herauslassen sollen.«

»Mein Liebling«, lispelte Jungfer Miggs matt unter Tränen. »Mein ewig, ewig geliebter Simon!«

»Steht fest, ja!« sagte Mr. Tappertit mit unverantwortlicher Kühle, »oder ich lasse Euch hinfallen. Was laßt Ihr Eure Füße so auf dem Boden schleppen?«

»Geliebter, Engel!« murmelte die Miggs. »Er versprach –«

»Versprach! Ja, und ich werde mein Versprechen halten«, antwortete Simon kalt. »ich bin ja schon darauf bedacht, für Euch zu sorgen, steht fest!«

»Wohin soll ich gehen? Was soll aus mir werden nach den Ereignissen dieser Nacht!« rief die Miggs. »Welch anderer Zufluchtsort bleibt für mich als das stille Grab?«

»Ich wünschte, Ihr wäret in dem stillen Grab, wahrhaftig«, rief Mr. Tappertit, »und in einem recht festen, gut verschlossenen Grab. Hört«, rief er einem seiner Gefährten zu, dem er ins Ohr flüsterte, »führt sie fort, ja! Ihr wißt schon, wohin?«

Der Mann nickte, und trotz ihres Widerspruchs und ihres Sträubens – diese letztere Art von Widerspruch war schon weit schwieriger zu brechen, denn sie biß und kratzte dabei – nahm er sie in die Arme und trug sie fort. Die Männer strömten nun aus dem Haus wieder auf die Straße. Der Schlosser wurde an die Spitze der Schar gestellt, und man befahl ihm, zwischen den beiden Anführern zu gehen. Der Haufen war bald in schneller Bewegung, und ohne Lärm und Geschrei gingen sie geradewegs nach Newgate und machten erst vor dem Gefängnistor halt.

64. Kapitel

Während sie so lange tiefes Schweigen bewahrt hatten, stießen sie, sobald sie vor dem Gefängnis versammelt waren, ein lautes Geschrei aus und verlangten den Gefängnisdirektor zu sprechen. Ihr Besuch kam nicht ganz unerwartet, denn sein Haus, welches mit der Front nach der Straße lag, war stark verbarrikadiert, die kleine Tür nach dem Gefängnis war geschlossen, und weder an den Schießscharten noch an den Gittern war ein Mensch zu sehen. Ehe sie ihre Rufe ein paarmal wiederholt hatten, erschien ein Mann auf dem Dach vom Haus des Direktors und fragte, was sie wollten.

Einige sagten dieses, andere jenes, und viele brüllten und pfiffen nur. Da es nun ziemlich dunkel und das Haus ziemlich hoch war, sahen viele Personen in dem Gedränge gar nicht, daß ein Mann gekommen war, um ihnen Antwort zu geben, und fuhren fort zu lärmen, bis die Nachricht sich nach und nach durch die ganze Menge verbreitete. Mehr als zehn Minuten verstrichen, ehe man eine einzelne Stimme deutlich verstehen konnte, währenddessen hob sich die einsame Gestalt dort oben von dem Sommerabendhimmel ab und sah in die bewegte Straße herunter.

»Seid Ihr«, fragte Hugh endlich, »Mr. Akerman,[67] der oberste Gefängniswärter hier?«

»Natürlich ist er das, Bruder«, flüsterte Dennis. Aber Hugh erwartete seine Antwort von dem Manne selbst.

»Ja«, sagte er, »der bin ich.«

»Ihr habt einige von unseren Freunden in Eurer Verwahrung, Sir.«

»Ich habe ziemlich viel Leute in Verwahrung.« Er blickte, während er so sprach, in das Gefängnis hinunter, und das Bewußtsein, daß er in die verschiedenen Höfe schauen und alles übersehen konnte, was ihren Blicken die dicken Mauern entzogen, reizte und ärgerte die Menge so sehr, daß sie wie ein Rudel Wölfe heulte.

»Liefert uns unsre Freunde aus«, rief Hugh, »und die übrigen könnt Ihr behalten.«

»Es ist meine Pflicht, alle zu behalten, und ich werde meine Pflicht tun.«

»Wenn Ihr die Tore nicht öffnet, so werden wir sie aufbrechen«, sagte Hugh, »denn wir wollen die Aufrührer befreien.«

»Alles, was ich tun kann, meine guten Leute«, versetzte Akerman, »ist, Euch zu ermahnen, daß Ihr Euch zerstreut, und Euch daran zu erinnern, daß die Folgen des Aufruhrs an diesem Ort von den meisten von Euch bitter bereut werden dürften, wenn es zu spät ist.«

Er schien sich nach diesen Worten zurückziehen zu wollen, wurde aber durch die Stimme des Schlossers zurückgehalten.

«Mr. Akerman«, rief Gabriel, »Mr. Akerman.«

»Ich will mit keinem von Euch weiter etwas zu tun haben«, antwortete der Direktor, indem er sich nach der Stimme hinwendete und mit der Hand abwinkte.

»Aber ich bin keiner von ihnen«, sagte Gabriel. »Ich bin ein rechtschaffener Mann, Mr. Akerman, ein achtbarer Handwerker – Gabriel Varden, der Schlosser. Kennt Ihr mich?«

»Ihr unter der Menge!« rief der Direktor mit erstaunter Stimme.

»Mit Gewalt hierhergebracht – hierhergebracht, um das Schloß an dem großen Tore für sie zu öffnen«, setzte der Schlosser hinzu. »Seid Ihr mein Zeuge, Mr. Akerman, daß ich mich weigere es zu tun, und daß ich es nicht tun werde, mag aus meiner Weigerung entstehen, was da will. Bitte, erinnert Euch daran, wenn mir Gewalt angetan wird.«

»Kann man Euch nicht helfen?« fragte der Direktor.

»Nein, Mr. Akerman, Ihr werdet Eure Pflicht tun, und ich die meinige. Noch einmal, Ihr Räuber und Halsabschneider«, sagte der Schlosser, sich an seine Umgebung wendend, »ich weigere mich. Heult, bis Ihr heiser seid. Ich weigere mich.«

»Halt – halt!« rief der Direktor hastig. »Mr. Varden, ich kenne Euch als einen redlichen Mann, als einen, der keine ungesetzliche Handlung tun würde außer aus Zwang –«

»Aus Zwang, Sir«, unterbrach ihn der Schlosser, denn er hörte aus dem Ton, in dem dies gesagt wurde, die Überzeugung des Sprechers heraus, daß er die triftigste Entschuldigung habe, wenn er der wütenden Menge nachgab, die ihn von allen Seiten bedrängte und einschloß und in deren Mitte er, ein alter Mann, ganz allein stand, »aus Zwang, Sir, werde ich gar nichts tun.«

»Wo ist der Mann«, fragte der Direktor eifrig, »der vorher mit mir sprach?«

»Hier!« antwortete Hugh.

»Wißt Ihr, was für ein Verbrechen ein Mord ist, und daß Ihr das Leben dieses ehrlichen Handwerkers in Gefahr bringt, wenn Ihr ihn bei Euch behaltet?«

»Wir wissen es sehr gut«, antwortete Hugh, »denn weshalb hätten wir ihn sonst hierhergebracht? Gebt uns unsere Freunde heraus, Sir, und Ihr sollt Euren Freund haben. Ist das gerecht, Jungens?«

Der Pöbel antwortete ihm mit einem lauten »Hurra!«

»Ihr seht, wie es steht, Sir!« rief Varden. »Haltet sie in König Georgs Namen draußen. Vergeßt nicht, was ich Euch gesagt habe. Gute Nacht.«

Die Verhandlungen wurden abgebrochen. Ein Hagel von Steinen und anderen Wurfgeschossen zwang den Direktor, sich zurückzuziehen, und der die Mauern umschwärmende Pöbel drängte Gabriel Varden bis dicht vor das Tor.

Umsonst ward der Korb mit Werkzeugen auf den Boden vor ihn hingestellt, umsonst wurde er abwechselnd durch Versprechungen, Schläge, Belohnungen und Todesdrohungen zu dem Dienst gedrängt, wegen dem sie ihn hierhergebracht hatten. »Nein«, rief der standhafte Schlosser, »ich will nicht!«

Nie war ihm sein Leben teurer gewesen als jetzt; aber nichts konnte ihn erschüttern. Die wilden Gesichter, die ihn von allen Seiten anstarrten; das Geschrei der Menschen, die wie wilde Tiere nach seinem Blute dürsteten; der Anblick der Männer, die sich vorwärts drängten und ihre eigenen Gefährten niedertrampelten, während sie ihn anzugreifen suchten und über die Köpfe anderer Männer fort mit Ästen und Eisenstangen nach ihm schlugen, das alles konnte ihn nicht entmutigen. Er stand ihnen Mann gegen Mann und von Angesicht zu Angesicht gegenüber, und doch rief er atemlos mit ungebrochenem Mut: »Ich will nicht!«

Dennis versetzte ihm einen Schlag in das Gesicht, daß er zu Boden stürzte. Er sprang wie ein Mann in frischer Jugendkraft wieder auf, und obgleich es purpurn über seine Stirn herabrieselte, ergriff er ihn fest bei der Kehle.

»Feiger Hund!« rief er. »Gib mir meine Tochter, gib mir meine Tochter.«

Sie rangen miteinander. Einige schrien: »Tötet ihn.« Und einige hätten ihn am liebsten tot getreten, wären sie nur nahe genug gewesen. Der Henker mochte an den Handgelenken des alten Mannes reißen, soviel er wollte, er konnte ihn nicht dazu zwingen, seine Fäuste loszulassen.

»Ist dies der ganze Dank, den ich von Euch habe, Ihr undankbares Scheusal?« keuchte er mühsam mit vielen Flüchen.

»Gib mir meine Tochter!« rief der Schlosser, der nun ebenso wütend war wie die um ihn her. »Gib mir meine Tochter!«

Er wurde wieder zu Boden geworfen, sprang auf und stürzte noch einmal, gegen ein Dutzend von ihnen kämpfend, die ihn hin und her schleuderten. Da hob ein stämmiger Bursche, der frisch aus dem Schlachthof kam und dessen Anzug und hohe Stiefel noch von Blut rauchten und von Fett glänzten, eine Streitaxt und zielte mit einem furchtbaren Fluch auf das unbedeckte Haupt des alten Mannes. In demselben Augenblick fiel er selbst wie vom

Blitz getroffen, und über seinen Körper weg stürzte ein einarmiger Mann an die Seite des Schlossers. Ein anderer Mann war bei ihm, und beide faßten den Schlosser mit rauher Hand.

»Überlaßt ihn uns!« riefen sie Hugh zu – bei diesen Worten sich rückwärts einen Weg durch die Menge bahnend. »Überlaßt ihn uns! Warum wollt Ihr Eure Kraft an ihn verschwenden, wenn ein paar Männer in einigen Minuten mit ihm fertig sind! Ihr verliert Zeit. Denkt an die Gefangenen! Denkt an Barnaby!«

Der Ruf durchdrang die Menge, Hämmer begannen gegen die Mauern zu schlagen. Jeder strebte danach, das Gefängnis zu erreichen und in der ersten Reihe zu sein. Sie erkämpften sich so verzweifelt einen Weg durch das Gedränge, als wenn sie mitten zwischen Feinden statt zwischen ihren eigenen Freunden wären. Die beiden Männer zogen sich mit dem Schlosser in ihrer Mitte zurück und zerrten ihn mitten durch das dichteste Gedränge.

Und nun fielen die Schläge hageldicht auf das Tor und das feste Gebäude, denn die, welche das Tor nicht erreichen konnten, ließen ihre wilde Wut an etwas anderem aus – sogar an den großen Steinblöcken, an denen ihre Waffen in Stücke zerbrachen, von denen ihre Hände und Arme zurückprallten, als wären die Mauern lebendig in ihrem kräftigen Widerstand und zahlten ihre Streiche zurück. Das Gerassel, wenn Eisen auf Eisen traf, mischte sich mit dem betäubenden Lärm, der es weit übertönte, als die großen Schmiedehämmer an das starke, mit Eisenplatten beschlagene Tor sausten; Garben von Funken sprühten auf; die Männer arbeiteten in Abteilungen und lösten sich in kurzen Zwischenräumen ab, auf daß all ihre Kraft dem Werk gewidmet sei. Aber noch immer stand das Tor, so finster und grimmig und stark wie zuvor und, von einigen Eindrücken auf seiner zerschlagenen Oberfläche abgesehen, noch ganz unverändert.

Während einige ihre ganze Energie auf dieses mühsame Unternehmen richteten und andere an das Gefängnis Leitern lehnten und den Gipfel der Mauern, wohin die Leitern nicht reichten, zu erklettern suchten, wandten sich wieder andere gegen eine wohl hundert Mann starke Abteilung von Polizisten, drängten sie zurück und zertraten sie, die von der Übermacht erdrückt wurden förmlich unter ihren Füßen; wieder andere belagerten das Haus, auf welchem der Gefängnisdirektor erschienen war, sie schlugen die Tür ein, brachten das Hausgerät heraus und häuften es vor dem Gefängnistor auf, um ein Freudenfeuer anzuzünden und das Haus einzuäschern. Sobald diese Absicht bekannt wurde, warfen alle, die bis jetzt gearbeitet hatten, ihre Werkzeuge fort und halfen den Scheiterhaufen vergrößern, der über die halbe Straße reichte und so hoch aufgetürmt war, daß die, welche neues Brennmaterial oben auflegen wollten, schließlich mit Leitern hinaufsteigen mußten. Als die ganze Habe des Gefängniswärters bis auf das letzte Stück zu diesem kostbaren Stoß zusammengehäuft war, bestrichen sie alles mit dem mitgebrachten Pech und Teer und Harz und übergossen es mit Terpentin. Mit allem Holzwerk an den Gefängnistoren verfuhren sie ebenso und ließen keinen Balken und keine Schwelle unberührt. Nachdem diese höllische Taufe vollendet war, zündeten sie den Stoß mit brennender Lunte und flammendem Werg an, umstanden den Haufen und warteten auf das Ergebnis.

Da das Hausgerät sehr trocken war und sie es durch Wachs und Öl noch brennbarer gemacht hatten, loderte es sogleich hell auf. Die Flammen stiegen hoch empor, schwärzten die Gefängnismauern und leckten an der hohen Vorderseite wie glühende Schlangen hinan. Zuerst versammelten sie sich um dieses Feuer und drückten ihren Triumph nur durch Blicke aus, aber als es heißer und heftiger wurde – als es knisterte und hüpfte und prasselte und brauste wie ein großer Schmelzofen – als es auf die gegenüberliegenden Häuser fiel und nicht nur die blassen, verwunderten Gesichter an den Fenstern, sondern auch die entferntesten Winkel jeder Wohnung erhellte – als man durch die tiefrote Hitze und Glut das Feuer mit dem Tor spielen und scherzen sah, wie es jetzt über seine rauhe Oberfläche hinleckte, dann sich davon abwandte und hoch zum Himmel aufstieg, dann wieder zurückkehrte und es in heißer Umarmung ins Verderben zu locken schien – als es so hell und hoch aufflammte, daß die Turmuhr von St. Sepulchre, die so oft die Todesstunde zeigte, wie am hellen Tag zu sehen war, und die Wetterfahne auf seiner Turmspitze in dem ungewohnten Lichte wie ein kostbares Kleinod funkelte – als geschwärzte Steine und düstere Ziegelwände blutrot in dem tiefen Widerschein schimmerten und die Fenster wie poliertes Gold blitzten und in weite Ferne hin mit ihrem Glanz leuchteten – als Mauern und Türme, Dächer und Schornsteine betrunken schienen und in der flackernden Glut zu wanken und schwanken anfingen – als Dutzende von Gegenständen, die man nie vorher bemerkt, scharf vor die Augen traten und die bekanntesten Dinge ein fremdes Aussehen zeigten – da begann der Pöbel sich in den Wirbel zu stürzen und mit so lautem Geschrei und Gejubel und Getöse, wie man es glücklicherweise nur selten hört, das Feuer zu schüren und auf seiner Höhe zu erhalten.

Obgleich die Hitze so heftig war, daß die Farbe an den dem Gefängnis gegenüber liegenden Häusern sprang und aufplatzte und, knisternd und große Blasen ziehend, als litte sie heftigen Schmerz, brach und abbröckelte – obgleich das Glas aus den Fensterrahmen fiel und das Blei und Eisen auf den Dächern die Hand, die sie unvorsichtig berührte, verbrannten, und die Sperlinge aus den Dachrinnen aufflogen und, durch den Rauch betäubt, flatternd in die Glut stürzten, wurde das Feuer doch unaufhörlich durch geschäftige Hände genährt, und fortwährend gingen Männer um dasselbe herum. Sie ermüdeten nie in ihrem Eifer, noch hielten sie sich fern, sondern drängten sich so nahe um die Flammen, daß die vordersten Gefahr liefen, hineingestoßen zu werden. Wenn ein Mann betäubt zu Boden sank, so drängten sich ein Dutzend andere an seinen Platz, obwohl sie wußten, daß die Hitze und der Durst und der Druck fast unerträglich waren. Diejenigen, welche bewußtlos niedersanken und nicht zerdrückt oder verbrannt wurden, trug man in den Hof einer benachbarten Schenke und bespritzte sie mit Wasser; Eimer voll Wasser wurden auch von Hand zu Hand durch die Menge weitergegeben; aber der Wunsch zu trinken war bei allen so groß und der Kampf darum so heftig, daß meistens der ganze Inhalt auf den Boden geschüttet wurde, ohne die Lippen eines einzigen Mannes benetzt zu haben.

Zwischen all diesem Lärm und Geschrei häuften diejenigen, die dem Feuer am nächsten standen, die brennenden Stücke, die zu Boden fielen, wieder auf den Stoß und schürten die Glut vorm Tor. Dies brannte zwar bereits an allen Ecken und Enden, doch bildete es noch immer eine fest verschlossene und verriegelte Schranke, die ihnen den Eingang verwehrte. Große brennende Holzstücke wurden über die Köpfe der Leute hinweg den auf den Leitern stehenden zugereicht, von denen einige bis auf die höchste Sprosse kletterten und, mit einer Hand an die Gefängnismauer geklammert, all ihre Geschicklichkeit und Kraft aufwandten, um diese Feuerbrände auf das Dach oder hinab in die inneren Höfe zu werfen. Oft hatten ihre Anstrengungen Erfolg; und dann kam noch neues Entsetzen zu diesen Schreckensszenen hinzu: denn die Gefangenen drinnen, die durch ihre Eisengitter sahen, daß das Feuer an vielen Stellen zündete und heftig weiterbrannte, gerieten sie in Gefahr, lebendig verbrannt zu werden. Diese entsetzliche Furcht verbreitete sich von Zelle zu Zelle, von Hof zu Hof und machte sich in so gräßlichem Geschrei und Klagegeheul und in so jämmerlichen Hilferufen Luft, daß das ganze Gefängnis davon widerhallte; die Rufe waren so laut, daß sie sogar das Gebrüll des Pöbels und das Prasseln der Flammen übertönten, und so voller Todesangst und Verzweiflung, daß auch die Kühnsten dadurch erschüttert wurden.

Es war merkwürdig, daß dieses Geschrei in dem Teil des Gefängnisses begann, welcher nach Newgate Street gelegen war, wo bekanntlich die Männer eingeschlossen waren, die am Donnerstag hingerichtet werden sollten. Und nicht diese vier allein, die nur noch diese kurze Spanne Zeit zu leben hatten, waren die ersten, die die Furcht vor dem Flammentod befiel, sie waren auch die wildesten von allen, denn man konnte sie trotz der dicken Mauern deutlich schreien hören, daß der Wind in ihre Richtung wehe und die Flammen sie bald erreichen würden, und sie riefen den Gefängniswärtern zu, sie möchten kommen und das Feuer mit dem Wasser aus der vollen Zisterne in ihrem Hof löschen. Nach dem, was die Menge außerhalb der Mauern von Zeit zu Zeit vernehmen konnte, zu urteilen, hörten diese vier elenden, verurteilten Geschöpfe gar nicht auf, um Hilfe zu rufen. Mit solchem Eifer und so wahnsinnigem Verlangen klammerten sie sich an das Leben, als wenn jeder von ihnen ein ehrenvolles, glückliches Dasein vor sich habe, anstatt achtundvierzig Stunden elender Gefangenschaft und einen gewaltsamen, schimpflichen Tod.

Die Angst und Qual der beiden Söhne eines dieser Männer, als sie die Stimme ihres Vaters hörten, oder zu hören glaubten, übersteigt alle Beschreibung. Nachdem sie, die Hände ringend, wie wahnsinnig hin und her gelaufen waren, stieg einer von ihnen auf die Schultern seines Bruders und versuchte zu dem Rand der hohen Mauer hinaufzuklettern, der mit Eisenspitzen und Nägeln versehen war. Und als er zwischen die Menge hinabstürzte, ließ er sich durch die Verletzungen, die er erhielt, nicht abschrecken, sondern stieg wieder hinauf und fiel noch einmal hinab. Als er sah, daß sein Unterfangen unmöglich war, begann er, auf die Steine loszuschlagen und mit den Händen daran zu zerren, als wenn er auf diese Art eine Bresche in das starke Gebäude reißen und einen Eingang erzwingen könnte. Zuletzt bahnten sie sich einen Weg durch die Menge vor der Tür, obgleich viele Männer, die ihnen überlegen waren, das vorher vergeblich versucht hatten; und dann sah man sie im ja, mitten im Feuer, bemüht, dasselbe mit Brechstangen niederzuschlagen.

Sie waren jedoch nicht die einzigen, die durch das Geschrei aus dem Gefängnis leidenschaftlich erregt waren. Die Frauen, die zusahen, schrien laut, schlugen die Hände zusammen und hielten sich die Ohren zu; viele von ihnen wurden ohnmächtig. Die Männer, die den Mauern nicht nahe kommen und an der Belagerung nicht teilnehmen konnten, rissen, um doch nicht untätig zu sein, das Straßenpflaster auf, und der Eifer und die Wut, die sie dabei zeigten, hätten nicht größer sein können, wenn sie das Gefängnis selbst vor sich gehabt hätten und ihrem Ziele schon ganz nahe gewesen wären. Nicht eine lebendige Kreatur in der Menge war nur einen Augenblick still. Die ganze große Masse war wahnsinnig.

Ein Gebrüll! Noch eins! Wieder eins, obgleich wenige wußten, warum man schrie und was das Geschrei besagte. Aber die um das Tor herumstanden, hatten gesehen, wie es langsam nachgab und aus den obersten Angeln fiel. An der Seite wurde es nur noch von einer Angel gehalten, aber es stand doch noch aufrecht, gehalten von dem eisernen Riegel, und weil es kraft seiner eigenen Schwere in den Aschenhaufen unten tief eingesunken war. So war nun oben an dem Torweg eine Lücke, durch welche man einen düsteren Gang sah! Das Feuer, das Feuer geschürt!

Es brannte grimmig. Die Türe wurde glühend rot, die Lücke größer. Vergebens versuchten sie ihre Gesichter mit den Händen zu schützen und standen, den Platz beobachtend, sprungbereit. Man sah dunkle Gestalten sich über das Dach fortbewegen, einige krochen auf Händen und Füßen, einige wurden von anderen in den Armen gehalten. Es war klar, daß sich das Gefängnis nicht länger halten konnte. Der Direktor und seine Beamten und ihre Frauen und Kinder entflohen. Das Feuer geschürt! Das Feuer geschürt!

Wieder sank die Tür, wühlte sich tiefer in die Asche – wankte – barst – lag am Boden!

Mit neuem Geschrei wichen sie einen Augenblick zurück und ließen zwischen sich und dem Eingang zum Gefängnis einen freien Raum. Hugh sprang auf den brennenden Haufen; die Funken sprühten hoch in die Luft; durch den dunkeln Eingang stürzte er in das Gefängnis.

Der Henker folgte. Und dann stürzten so viele ihnen nach, daß das Feuer niedergetreten und über die Straße hin verstreut wurde; aber sie hatten das Feuer nicht mehr nötig, denn innen und außen stand das Gefängnis in Flammen.

65. Kapitel

Während des ganzen Verlaufs der schrecklichen Szene, die nun ihren Höhepunkt erreicht hatte, litt ein Mann in dem Gefängnis Qualen der Furcht und Seelenpein, wie sie selbst die zum Tode verurteilten Verbrecher nicht empfanden.

Als die Aufrührer sich zuerst vor dem Gefängnis versammelten, wurde der Mörder durch die brüllenden Stimmen und den Lärm der Menge aus dem Schlaf aufgeschreckt – wenn ein Schlummer wie der seinige diesen gesegneten Namen verdient. Er fuhr auf, als diese Töne an sein Ohr schlugen, und lauschte, auf seinem Bett sitzend.

Nach einer kurzen Spanne des Stillschweigens brach der Lärm von neuem los. Aufmerksam lauschend, fand er in kurzer Zeit heraus, daß das Gefängnis von einer wütenden Menge belagert wurde. Sein schuldiges Gewissen malte ihm sogleich vor, die Männer seien gegen ihn gerüstet, würden ihn herausholen und in Stücke reißen.

Und als sich dieser Gedanke erst in ihm festgesetzt hatte, diente alles dazu, ihn darin zu bestärken. Sein doppeltes Verbrechen, die Umstände, unter denen er es begangen hatte, die lange Zeit, die seither vergangen war, und die Entdeckung trotz alledem flößten ihm die Gewißheit ein, daß auf ihn der Allmächtige die Schale seines Zornes auszugießen gewillt sei. Zwischen all den Verbrechen und Lastern und der sittlichen Verkommenheit des großen Pesthauses der Hauptstadt stand er allein, vereinzelt und abgesondert durch seine schwere Schuld, ein Luzifer zwischen den Teufeln. Die anderen Gefangenen waren eine sich gegenseitig versteckende und beschützende Schar – eine Menge wie die außerhalb der Mauern. Er war ein einzelner Mann gegen die ganze geschlossene Menge; ein einzelner, verlassener, einsamer Mann, vor welchem jeder Gefangene scheu in dem Kerker zurückwich.

Die Nachricht von seiner Gefangennahme mochte sich verbreitet haben, und sie waren mit der Absicht hergekommen, ihn herauszuholen und auf der Straße zu töten; oder es konnte auch sein, daß es die Aufrührer waren, die ihren alten Plan ausführten und das Gefängnis stürmten. Aber in keinem Fall hatte er die Hoffnung, daß sie ihn verschonen würden. Jeder Schrei, den sie ausstießen, jeder Lärm, den sie verursachten, war ein Dolchstoß für sein Herz. Je weiter der Angriff vorrückte, desto wilder und wahnsinniger wurde seine Angst; er versuchte die Eisenstangen vor dem Kamin abzubrechen, die ihn hinderten, zur Essensluke hinaufzuklettern; er rief laut den Wärtern zu, sie möchten sich um seine Zelle scharen und ihn vor der Wut des Pöbels schützen, oder ihn in einen unterirdischen Kerker bringen, wie tief und dunkel und schauerlich oder heimgesucht von Ratten und Ungeziefer er auch sein möge, wenn er ihn nur verberge und schwer zu finden sei.

Aber niemand kam oder antwortete ihm. Aus Furcht, durch sein Rufen die Aufmerksamkeit auf sich zu ziehen, schwieg er. Dann sah er, als er aus seinem vergitterten Fenster blickte, ein seltsames Flimmern auf den steinernen Mauern und dem Pflaster des Hofes. Zuerst war es nur schwach und kam und ging, als wenn sich Beamte mit Fackeln auf dem Dach des Gefängnisses hin- und herbewegten. Bald wurde es größer, und glühende Brände kamen herabgeflogen, bedeckten den Boden mit Feuer oder brannten düster in den Ecken. Einer rollte unter eine hölzerne Bank und setzte sie in Flammen; ein anderer ergriff die Wasserrinne und kletterte daran an der Mauer hinauf, eine lange, gerade Feuerlinie hinter sich lassend. Nach einiger Zeit kam langsam ein dichter Schauer von brennenden Bruchstücken von einem oberen Teil des Gefängnisses, das nahe dabei brannte, und fiel vor seiner Tür nieder. Es fiel ihm ein, daß die Tür sich nach außen öffnete, und er wußte, daß jeder Funke, der auf den Haufen fiel und dabei sein glänzendes Leben verlor und als ein häßlicher Staub- und Rußfleck starb, dabei half, ihn in ein lebendiges Grab zu legen. Aber obgleich das Gefängnis von Geschrei und Hilferufen widerhallte – obgleich das Feuer emporraste, als habe jede einzelne Flamme das Leben eines Tigers in sich und brüllte, als wenn in jeder eine hungrige Stimme sei – obgleich die Hitze unerträglich und die Luft erstickend wurde, und der Lärm draußen zunahm und die Gefahr seiner Lage durch das unbarmherzige Element mit jedem Augenblick wuchs – fürchtete er sich doch, seine Stimme wieder zu erheben, damit nicht die Menge hereinbreche und entweder durch die eigenen Ohren oder durch die Angabe der anderen Gefangenen zu dem Ort hingeleitet würde, wo er verborgen war. So war er von Furcht erfüllt, gleichzeitig vor denen im Gefängnis und vor denen draußen, vor dem Lärm und vor dem Schweigen, vor dem Licht und der Dunkelheit, vor dem Gedanken, befreit zu werden und vor dem, hier vergessen zu sterben. So wurde er gequält und gepeinigt, daß nichts, was je ein Mensch dem anderen im schrecklichen Übermut von Macht und Grausamkeit angetan hat, seiner selbstauferlegten Qual gleichkam.

Jetzt, jetzt lag das Tor am Boden. Jetzt kamen sie in das Gefängnis gestürzt und riefen einander in den gewölbten Gängen zu; sie stießen die eisernen Türen nieder, welche die einzelnen Höfe voneinander trennten, schlugen an die Türen der Zellen und Wachzimmer, sprengten Schlösser und Riegel und Eisenstangen, rissen Türpfosten ein, um die Menschen herauszuholen, bemühten sich, sie mit Gewalt durch Lücken und Fensteröffnungen zu zerren, welche kaum für ein Kind groß genug gewesen wären; schrien und brüllten ununterbrochen und rannten durch die Hitze und die Flammen, als wenn sie in eisernen Rüstungen steckten. Die Gefangenen zogen sie an den Armen, den Beinen, manchmal an den Haaren heraus. Manche warfen sich auf die Gefangenen, wenn sie sich dem Tor näherten, und versuchten ihre Fesseln abzufeilen; andere tanzten in wahnsinniger Freude um sie herum, zerrissen ihnen die Kleider und schienen sie vor Freuden selbst zerreißen zu wollen. Jetzt kamen vielleicht ein Dutzend Männer in den Hof gestürzt, auf welchen der Mörder aus seinem dunkeln Fenster furchtsame Blicke warf. Sie zerrten einen Gefangenen auf dem Boden hinter sich her, dem sie in ihrem wahnsinnigen Eifer, ihn zu befreien, fast die Kleider vom Leibe gerissen hatten, und der bewußtlos und blutend in ihren Armen hing. Nun rannte eine Schar Gefangener hin und her, die alle sich in dem Gefängnis nicht zurechtfinden konnten und von dem Lärm und Feuerschein so verwirrt waren, daß sie nicht wußten, wohin sie sich wenden und was sie tun sollten, und noch ebenso laut wie vorher um Hilfe schrien. Hier und da humpelte eine verhungerte Gestalt barfuß vorüber, die vielleicht den Diebstahl von einem Brot oder einem Stück Fleisch hier gebüßt hatte und nun langsam davonschlich, weil das Gefängnis, ihr Haus brannte; nicht weil sie ein anderes hatte, oder Freunde auf sie warteten, oder ein alter Aufenthaltsort ihr winkte, denn keine andere Freiheit hatte sie gewonnen, als die Freiheit zu darben und zu sterben. Dann kam ein Haufen Straßenräuber vorüber, von den Freunden begleitet, die sie zwischen der Menge hatten. Die hatten ihnen die Ketten mit Taschentüchern und Heu umwunden und sie in Röcke und Mäntel gehüllt und gaben ihnen zu trinken, indem sie ihnen die Flaschen an die Lippen hielten, denn es war noch keine Zeit gewesen, den Gefangenen die Handfesseln zu lösen. Alles dieses, und der Himmel weiß was noch alles, geschah mit einem Lärm, einer Eile und einer Verwirrung, wovon wir uns selbst im Traum keinen Begriff machen können, und die beständig anzuwachsen und nicht einen Augenblick nachzulassen schienen.

Er sah noch von seinem Fenster auf diesen Trupp hinab, als eine Rotte von Männern mit Fackeln, Leitern, Äxten und vielen anderen Waffen in den Hof stürmte und an seine Tür pochend fragte, ob hier Gefangene seien. Er verließ das Fenster, als er sie kommen sah, und zog sich in den entferntesten Winkel seiner Zelle zurück; aber obgleich er ihnen keine Antwort gab, glaubten sie doch, es sei jemand darin, denn sie setzten sogleich Leitern an und fingen an, die Eisenstangen von dem Fenster zu reißen; und nicht das allein, sondern mit Spitzäxten hieben sie auch die Steine aus der Mauer.

Sobald die Bresche an dem Fenster groß genug war, daß ein Mann seinen Kopf hineinstecken konnte, hielt einer eine Fackel hinein und blickte sich in dem Raum um. Er folgte dem Blick des Mannes, bis er auf ihm haftete, und hörte ihn fragen, warum er nicht geantwortet habe, aber er erwiderte kein Wort.

In der allgemeinen Aufregung und Verwirrung waren sie an so etwas gewöhnt; denn ohne weitere Worte erweiterten sie die Bresche, bis sie groß genug war, den Körper eines Mannes durchzulassen, und dann sprangen sie einer nach dem anderen auf den Boden hinab, bis die Zelle voll war. Sie nahmen ihn auf, hoben ihn zum Fenster hinauf, wo ihn die auf der Leiter stehenden

Männer in Empfang nahmen und auf das Pflaster des Hofes hinabwarfen. Dann kamen die übrigen einer nach dem anderen heraus, und nachdem sie ihm zugeredet hatten, ohne Zeitverlust zu entfliehen, sonst würde vielleicht der Weg versperrt sein, stürzten sie fort, um andere zu befreien.

Das Ganze schien nur das Werk eines Augenblicks gewesen zu sein. Er raffte sich auf und konnte kaum fassen, was mit ihm geschehen war, da füllte sich der Hof von neuem, und eine Menge stürzte herein, mit Barnaby in ihrer Mitte. In der nächsten Minute – wenn es überhaupt so lange währte – wanderten er und sein Sohn von Hand zu Hand durch die dichte Menge auf der Straße und blickten auf einen brennenden Trümmerhaufen, der, wie einige sagten, Newgate war.

Vom ersten Augenblick an, als sie in das Gefängnis gedrungen war, zerstreute sich die Menge und drang in jeden Winkel und jede Spalte, als wenn sie mit der inneren Einrichtung ganz vertraut wäre und den genauen Plan des ganzen Gebäudes im Kopfe hätte. Für diese gute Ortskenntnis waren sie aber ohne Zweifel in hohem Grad dem Henker zum Danke verpflichtet, der im Vorzimmer stand und einige hierhin, andere dort, und andere wieder anderswohin schickte und auf diese Weise viel zu der wunderbaren Schnelligkeit beitrug, mit der die Befreiung der Gefangenen ausgeführt wurde.

Aber dieser Beamte besaß noch ein wichtiges Geheimnis, das er weislich für sich behielt. Nachdem er seine Anweisungen bezüglich der anderen Teile des Gebäudes gegeben hatte und der Pöbel sich von einem Ende desselben bis zum anderen zerstreute und fleißig bei der Arbeit war, nahm er aus einer Art Wandschrank ein Schlüsselbund und ging durch einen geheimen Gang neben der Kapelle – (der Gang stieß an das Haus des Direktors und stand auch in Flammen) – zu den Zellen der zum Tode Verurteilten. Es war eine Reihe kleiner, fester, düsterer Zellen, die auf eine niedrige Galerie hinausführten und auf der einen Seite, von der er eintrat, durch eine starke eiserne Pforte, am anderen Ende durch zwei Türen und ein dickes Eisengitter geschützt waren. Nachdem er die eiserne Pforte doppelt verschlossen und sich überzeugt hatte, daß der andere Eingang gut verwahrt sei, setzte er sich auf eine Bank in der Galerie und kaute mit der Miene des größten Behagens, der Ruhe und Zufriedenheit an dem Knopf seines Stockes.

Es würde schon sonderbar gewesen sein, wenn ein Mann sich

auf solch gemütliche Art unterhalten hätte, während das Gefängnis brannte und derartiger Tumult die Luft erfüllte. Aber hier – sozusagen im Herzen des Gefängnisses –, wo die Gebete und Angstrufe der vier zum Tode Verurteilten ihm in den Ohren gellten, wo sich vor seinen Augen ihre Hände in wahnsinniger Angst durch das Gitter der Zellen hervorzwängten und flehentlich nach ihm hinlangten, hier war es sehr sonderbar. Mr. Dennis schien es selbst für einen ungewöhnlichen Umstand zu halten und seinen Spaß darüber zu haben, denn er schob seinen Hut auf eine Seite, wie manche Leute tun, wenn sie schalkhafter Laune sind, kaute mit noch größerem Vergnügen als vorher an seinem Stock und lächelte, als wenn er sagen wollte: »Dennis, du bist ein schlauer Hund, ein gescheiter Bursche, ein feiner Kopf, Dennis, und hast in der Tat Charakter!«

So saß er ruhig ein paar Minuten. Die vier Männer in ihren Zellen wußten, daß jemand in den Gang getreten war, konnten aber nicht sehen, wer es sei, und stießen nun die jämmerlichsten Bitten und Klagen aus: Sie flehten, man möge sie um des Himmels willen in Freiheit setzen, und beteuerten mit großem Eifer und gewiß aufrichtiger Überzeugung, daß wenn sie entkommen würden, sie ihre Lebensweise bessern wollten, daß sie nie – nie wieder gegen Gott oder die Menschen sündigen, sondern ein reuiges und ernstes Leben führen wollten, und die Verbrechen, die sie begangen, aufrichtig zu büßen willens wären. Der furchtbare Ernst ihrer Worte würde jede andere Person – gleichviel wie gut und gerecht sie auch gewesen wäre – veranlaßt haben – wenn irgendeine gute oder gerechte Person sich in der Nacht überhaupt an solchen traurigen Ort verirren könnte – ihnen die Freiheit zu geben, um sie, wenn auch die anderen Strafen ihren freien Lauf hätten, doch vor dieser letzten, abstoßenden, schrecklichen Strafe zu verwahren, die noch nie einen Sünder gebessert, aber Tausende verhärtet hat, die bereits auf gutem Weg waren.

Mr. Dennis, der in der guten alten Weise erzogen und großgeworden war und die guten alten Gesetze seit langer Zeit schon alle sechs Wochen ein- oder zweimal ausgeübt hatte, hörte diese Bitten und Klagen mit philosophischem Gleichmut an. Endlich aber, als er sich durch ihre beständige Wiederholung in seinen angenehmen Betrachtungen gestört sah, schlug er mit dem Stock an eine der Türen und rief:

»Wollt Ihr wohl den Lärm sein lassen, he!«

Darauf schrien sie alle zusammen, daß sie den übernächsten Tag gehenkt werden sollten, und flehten wieder um seine Hilfe.

»Hilfe! Zu was?« sagte Mr. Dennis und klopfte scherzend auf die Knöchel der Hand, die ihm am nächsten war.

»Uns zu retten!« riefen sie.

»O, gewiß«, sagte Mr. Dennis und blinzelte der Wand zu, da keiner seiner Freunde anwesend war, um den Spaß mit ihm zu genießen. »Also Ihr sollt gerichtet werden? Stimmt's, Brüder?«

»Wenn wir nicht diese Nacht befreit werden«, rief einer von ihnen, »sind wir Kinder des Todes!«

»Wißt Ihr was?« sagte der Henker ernst, »ich fürchte, mein Freund, Ihr seid noch nicht in der richtigen Gemütsverfassung, die für Eure Lage passend ist. Seht Ihr, Ihr werdet wohl nicht befreit werden. Wollt Ihr nun den unanständigen Lärm lassen? Ich wundere mich, daß Ihr Euch nicht vor Euch selber schämt, wahrhaftig.«

Er verlieh seinem Vorwurf dadurch Ausdruck, daß er nacheinander auf alle Knöchel an jeder Tür schlug; dann ließ er sich wieder mit heiterem Gesicht auf seinen Sitz nieder.

»Nach dem Gesetz ist gegen Euch verfahren worden«, sagte er, die Beine übereinanderschlagend und die Augenbrauen emporziehend, »Gesetze sind gemacht worden mit Rücksicht auf Euch, ein hochfeines Gefängnis ist gebaut worden mit Rücksicht auf Euch, ein Pfarrer wird gehalten mit Rücksicht auf Euch, ein konstitutioneller Beamter ist angestellt worden mit Rücksicht auf Euch, Karren werden gehalten mit Rücksicht auf Euch – und doch seid Ihr nicht zufrieden! – Wollt Ihr wohl den Lärm lassen, Ihr da in der letzten Zelle?«

Ein Stöhnen war die einzige Antwort.

»Soviel ich sehe«, sagte Mr. Dennis mit einem Ton, in dem sich Schelmerei und Vorwurf mischten, »ist auch nicht ein Mann zwischen Euch. Ich glaube bald, ich bin auf der gegenüberliegenden Seite vom Gefängnis und zwischen den Frauenzimmern; obgleich ich, was das anbetrifft, manche Dame dem Tode gefaßt entgegenschauen sah in einer Art und Weise, die ihrem Geschlecht alle Ehre machte. Ihr dort, in Numero zwei, knirscht doch nicht so mit den Zähnen. Schlechtere Manieren«, sagte der Henker, mit dem Stock an die Tür schlagend, »habe ich doch nie vorher an diesem Orte gesehen. Man muß sich Eurer ja schämen. Ihr schändet diese Stätte!«

Nachdem er einen Augenblick geschwiegen hatte, um zu hören, ob irgend etwas zur Rechtfertigung vorgebracht werden könnte, fuhr Mr. Dennis in begütigendem Ton fort:

»Nun seht mal, Ihr vier, ich bin extra hergekommen, um für Euch zu sorgen, daß Ihr nicht verbrennt, und so Eurem gerechten Los entgeht. Es ist gar nicht nötig, irgendwelchen Lärm zu vollführen, denn Ihr werdet doch nicht von den Einbrechern gefunden werden – und wenn Ihr ans Reden kommt, so werdet Ihr heiser sein – das wäre jammerschade! Was ich immer über das Reden sage, ist: Laßt sie schwatzen! Das ist mein Grundsatz. Laßt sie schwatzen! Ich hab' schon«, sagte der Henker, nahm den Hut ab, um aus dem Deckel ein Taschentuch zu ziehen, sich das Gesicht abzuwischen, und dann den Hut noch schiefer als vorher wieder aufzusetzen, »ich hab' schon eine Beredsamkeit auf den Brettern gehört – Ihr wißt, welche Bretter ich meine – und manches Maulwerk ging wie 'ne Dreckschleuder dabei und war so laut und klar wie eine Glocke und so schön, wie man's im Theater hört. Da nehmt Euch ein Beispiel dran! Und immer, wenn was derartiges stattfindet, ist's die richtige Gemütsverfassung, worauf ich halte. Die richtige Gemütsverfassung müssen wir haben, dann wird's anständig – angenehm – gemütlich abgemacht. Tut, was Ihr wollt – und ich wende mich besonders an Euch da in der letzten Zelle – bloß winselt nicht! Ich seh's noch lieber, obgleich es mein Schaden ist, wenn ein Mann seine Kleider zerreißt, extra um sie zu ruinieren, ehe ich sie kriege, als daß ich ihn winseln höre. Das ist eine zehnmal bessere Gemütsverfassung, meiner Treu!«

Während der Henker sie in dieser Art, in dem Ton und mit der Miene anredete, die wohl ein Prediger beim vertraulichen Gespräch mit seiner Gemeinde anwendet, hatte der Lärm draußen bis zu einem gewissen Grad nachgelassen, denn die Aufrührer waren damit beschäftigt, die Gefangenen zum Gerichtshaus zu führen, das, obgleich mit dem Gefängnis verbunden, doch außerhalb der festen Mauern lag, und die Menge bemühte sich, sie von dort weiter die Straße hinab zu geleiten.

Aber als er in seiner Rede so weit gekommen war, zeigte der Lärm der Stimmen vom Hof deutlich, daß der Pöbel zurückgekehrt war und nun den Weg hierher einschlug, und gleich darauf zeigte das heftige Krachen des Gitters unten, daß sie nun auch endlich auf die Totenzellen, wie sie genannt wurden, einen Angriff machten.

Umsonst rannte der Henker von einer Tür zur anderen und bedeckte die Gitter abwechseln mit seinem Hute, vergeblich bemüht, das Geschrei der vier Insassen zu unterdrücken; umsonst stieß er ihre ausgestreckten Hände zurück und schlug sie mit seinem Stock oder drohte bei der Ausübung seines Amtes ihre Schmerzen zu vergrößern; der Ort hallte wieder von ihrem Geschrei. Dieses Geschrei, vereint mit dem Gefühl, daß jene nun die letzten Menschen in dem Gefängnis waren, übte eine so anspannende Wirkung aus auf die Belagerer, daß sie in unglaublich kurzer Zeit das starke eiserne Gitter unten, das aus zwei Zoll dicken Eisenstangen bestand, aufbrachen, zwei andere Türen einschlugen, als wenn sie nur hölzerne Verschläge gewesen wären, und am Ende der Galerie standen, wo sie nur noch eine oder zwei Eisenstangen zwischen sich und den Zellen hatten.

»Holla!« rief Hugh, der als erster in den düsteren Durchgang blickte: »Dennis vor uns! Recht so, alter Junge. Mach schnell und öffne hier, denn wir ersticken sonst im Rauch auf dem Rückweg.«

»So geht gleich wieder«, sagte Dennis. »Was wollt Ihr hier?«

»Was wir wollen!« rief Hugh. »Die vier Männer!«

»Vier Teufel!« schrie der Henker. »Wißt Ihr nicht, daß die für nächsten Donnerstag zum Tode bestimmt sind? Respektiert Ihr kein Recht, keine Konstitution, gar nichts? Laßt die vier Männer in Ruhe!«

»Ist jetzt Zeit zum Spaßen?« rief Hugh. »Hört Ihr sie? Zieht die Eisenstangen fort zwischen der Tür und dem Fußboden und laßt uns ein.«

»Bruder«, sagte der Henker mit leiser Stimme, während er sich bückte, scheinbar um Hughs Verlangen zu erfüllen, und ihn von unten herauf ansah, »kannst du mir nicht diese vier Männer überlassen, weil es nun einmal eine Laune von mir ist? Du tust, was du willst, und hast alles, was du willst und als Anteil forderst; gib mir nun auch meinen Anteil. Du sollst dich nicht um diese vier Männer kümmern, sage ich dir!«

»Zieh die Eisen fort, oder geh aus dem Weg«, war Hughs Antwort.

»Du kannst die Menge zurückführen, wenn du willst, du weißt das wohl, Bruder«, sagte der Henker leise. »Was! Willst du wirklich herein, he?«

»Ja!«

»Du willst dich dieser Männer annehmen und sie nicht mir

überlassen? Du hast keinen Respekt vor gar nichts – he?« sagte der Henker, zog sich durch die Tür zurück, durch die er hereingekommen war, und warf seinem Gefährten einen boshaften Blick zu: »Willst du wirklich herein? He, Bruder?«

»Ja, ich sage es dir doch. Was zum Teufel, fällt dir ein? Wohin gehst du?«

»Dir kann es gleich sein, wohin ich gehe«, versetzte der Henker, noch einmal durch die eiserne Tür blickend, die er schon hinter sich geschlossen hatte. »Vergiß nur nicht, wie du hierhergekommen bist!«

Damit schnitt er Hugh ein Gesicht, zeigte ein Grinsen, das, mit seinem gewöhnlichen Lächeln verglichen, liebenswürdig genannt werden mußte, und verschwand hinter der geschlossenen Türe.

Hugh zögerte nicht länger. Aufgespornt durch das Geschrei der Gefangenen und durch die Ungeduld der Menge, rief er dem hinter ihm stehenden Mann zu, zurückzutreten – der Weg war nur für einen breit genug – und schwang dann seinen Schmiedehammer mit solcher Kraft, daß sich das Eisen nach wenigen Schlägen bog und brach und der Eingang frei wurde.

Wenn die beiden Söhne eines dieser Männer, die bereits erwähnt worden sind, vorher von glühendem Eifer beseelt waren, so zeigten sie jetzt den Mut und die Kraft von Löwen. Jedem Manne in den Zellen wurde zugerufen, so weit als möglich zurückzutreten, damit sie nicht durch die Axtschläge verwundet würden, welche die Türen zerschmettern sollten. Alle wurden nun in Angriff genommen, und mit mächtiger Kraft versuchte man, die Schlösser und Riegel zu sprengen. Aber obgleich die beiden Söhne zu den Schwächsten der Bande gehörten und am schlechtesten bewaffnet waren und später anfingen als die anderen, da sie erst durch das Gitter mit ihrem Vater geflüstert hatten, war ihre Tür zuerst geöffnet und der Mann zuerst herausgeholt. Als sie ihn in die Galerie zogen, um seine Ketten abzuschlagen, sank er wie ein bloßer Haufen von Ketten zwischen ihnen nieder und wurde, ohne ein Lebenszeichen von sich zu geben, in diesem Zustand auf den Schultern der Männer hinausgetragen.

Die Befreiung dieser vier unglücklichen Geschöpfe und ihr erschrecktes und verwirrtes Erscheinen auf der volksbelebten Straße – ein Bild, das sie nie wieder zu sehen erwartet hatten, bis sie aus ihrer Einsamkeit und ihrem Schweigen zu jenem letzten

Ausgang herausgeführt werden würden, wo die Luft schwer ist von dem zurückgehaltenen Atem von Tausenden und die Straßen und Häuser nicht aus Steinen und Ziegeln zu bestehen scheinen, sondern aus menschlichen Gesichtern – setzte dem grauenerregenden Schauspiel die Krone auf. Ihr bleiches, hohles Aussehen, die eingesunkenen Augen, ihre wankenden Füße und die ausgestreckten Hände, mit denen sie sich vor dem Fallen zu schützen schienen, ihr rastloser, ungewisser Blick, die Art und Weise, wie sie atmeten und nach Luft rangen, als ob sie im Wasser wären, als sie zuerst in der Menge auftauchten, alles kennzeichnete sie als die zum Tode Verurteilten.

Es war nicht nötig zu sagen, »dieser war zum Tode verurteilt«; diese Worte waren wie ein Brandmal auf seinem Gesicht zu lesen. Die Menge wich vor ihnen zurück, als ob sie schon auf der Bahre gelegen hätten und in ihren Leichentüchern wieder auferstanden wären; und viele schauderten, wenn sie zufällig ihre Kleider streiften, als seien sie wirklich Tote.

Auf Befehl des Pöbels waren in jener Nacht alle Häuser beleuchtet – von oben bis unten erhellt wie zu Zeiten öffentlicher Freudenfeste. Nach vielen Jahren noch erzählten alte Leute, die in ihrer Jugend in diesem Teil der Stadt gewohnt hatten, von dem blendend hellen Licht, das drinnen und draußen gewesen sei, und wie sie, damals erschrockene, furchtsame Kinder, aus dem Fenster geschaut hätten und ein Gesicht hätten vorbeiziehen sehen. Obwohl die ganze große Menge mit all ihren mannigfachen Schrecken in ihrem Gedächtnis sich verwischt hatte, war diese eine Erinnerung allein unvergessen geblieben. Selbst auf diese unbefangenen kindlichen Gemüter hatte der Anblick dieser vorüberstürzenden verurteilten Männer, die sie nur für einen Augenblick gesehen hatten, einen so tiefen Eindruck gemacht, daß die ganze andere Menge dagegen verschwand und nur das eine unverlöschliche Bild zurückblieb.

Als diese letzte Aufgabe gelöst war, wurden Lärm und Geschrei schwächer. Man vernahm nicht mehr das Geklirr der Ketten, das überall ertönte, während die Gefangenen entflohen; das Toben der Menge ließ nach und verwandelte sich in heiseres, dumpfes Gemurmel, das sich in der Ferne verlor; und nachdem die Menschenflut sich verlaufen hatte, zeigte ein düsterer, rauchender Trümmerhaufen den Ort, wo sie vor kurzem gewütet und gesengt hatte.

66. Kapitel

Obgleich er in der vorhergehenden Nacht nicht geruht und auch in den vergangenen Wochen, mit Ausnahme von kurzen Unterbrechungen, immer gewacht und nur hier und da am Tage sich einem kurzen Schlummer überlassen hatte, suchte Mr. Haredale doch vom Morgengrauen bis in die sinkende Nacht seine Nichte an allen Orten, wo sie möglicherweise eine Zuflucht hätte finden können. Den ganzen Tag lang kam außer einem Schluck Wasser nichts über seine Lippen, und trotzdem stellte er seine Nachforschungen an und gönnte sich keinen Augenblick Ruhe.

In allen nur möglichen Wohnungen, in Chigwell und in London, in den Häusern der Geschäftsleute, mit denen er verkehrte, und der Freunde, die er hatte, forschte er nach ihr. Von der größten Angst und Unruhe gepeinigt, eilte er von einem Ratsherrn zum anderen und schließlich zum Staatssekretär. Dieser Beamte war der einzige, von dem er Trost erhielt. Man versicherte ihm, daß die Regierung, einmal zu den äußersten Maßregeln getrieben, diese entschieden anwenden werde. Eine Proklamation werde am nächsten Tage erscheinen, welche das Militär zur freien, unbeschränkten Unterdrückung der Aufrührer ermächtige; die Sympathien des Königs, der Regierung, beider Häuser des Parlaments und aller guten Menschen jedes religiösen Bekenntnisses seien mit den Katholiken, und es solle ihnen auf alle Fälle Gerechtigkeit widerfahren. Er sagte ihm ferner, andere Personen, deren Häuser niedergebrannt seien, hätten ihre Kinder oder ihre Angehörigen auf einige Zeit aus dem Gesicht verloren, hätten aber seines Wissens in jedem Fall Erfolg mit der Suche nach ihnen gehabt; seine Klage solle berücksichtigt und in den Anweisungen, die die kommandierenden Offiziere und die unteren Gerichtsbeamten erhalten würden, genau angegeben werden; soweit es in ihrer Macht liege, ihm beizustehen, solle dies gewiß mit größter Bereitwilligkeit geschehen, darauf könne er sich fest verlassen.

Dankbar für diesen Trost, so schwach er auch im Hinblick auf das Geschehene erscheinen mochte, und wie wenig Hoffnung er ihm auch für den Kummer bot, der ihm am meisten am Herzen lag, aufrichtig dankbar für die Teilnahme, die der Beamte ihm ausgesprochen hatte, entfernte sich Mr. Haredale. Die Nacht brach an, und er befand sich allein auf der Straße und wußte keinen Ort, wo er sein Haupt niederlegen konnte.

Er ging in ein Gasthaus in der Nähe von Charing Cross und bestellte eine Erfrischung und ein Nachtlager. Er sah, daß seine verstaubten, abgenutzten Kleider die Aufmerksamkeit des Wirtes und seiner Leute erregten, und da er dachte, sie hielten ihn vielleicht für einen Bettler, nahm er seine Börse heraus und legte sie auf den Tisch. Das sei es nicht, sagte der Wirt mit stockender Stimme. Wenn er einer von denen sei, die von den Aufrührern verfolgt würden, so dürfe er ihm kein Obdach geben. Er habe Frau und Kinder und sei zweimal gewarnt worden, bei der Aufnahme von Gästen vorsichtig zu sein. Er bitte ihn herzlich um Verzeihung, aber was könne er tun?

Nichts. Niemand fühlte das besser als Mr. Haredale. Er sagte es dem Mann und verließ das Haus.

Nach dem, was er am Morgen in Chigwell erlebt hatte, hätte er voraussehen müssen, daß es so kommen würde. Hatte doch in Chigwell niemand einen Spaten anzurühren gewagt, trotzdem er allen, die kommen und in den Trümmern seines Hauses umhergraben würden, eine große Belohnung verheißen hatte. Nun schritt er den Strand hinab. Er war zu stolz, um sich einer weiteren abschlägigen Antwort auszusetzen, und zu großmütig, als daß er Not und Verderben über einen redlichen Mann hätte bringen mögen, der schwach genug gewesen wäre, ihm ein Obdach zu geben. So wanderte er in einer Straße am Flußufer hinauf und dachte an längst vergangene Ereignisse, als er einen Diener von einem Fenster aus einem Mann auf der anderen Seite der Straße zurufen hörte, daß der Pöbel Newgate in Brand stecke. Newgate! Wo der Mörder war! Seine schwindende Kraft kehrte zurück; er fand seine Energie im Augenblick verzehnfacht wieder. Sollte es möglich sein? Könnten sie den Mörder befreien? Sollte er, nach allem, was er erduldet hatte, unter dem düster auf ihm lastenden Verdacht, seinen eigenen Bruder erschlagen zu haben, sein Leben beschließen? Er war sich nicht bewußt, nach dem Gefängnis gehen zu wollen, doch plötzlich stand er davor. Da war die dicht zusammengedrängte, dunkle, hin und her wogende Menge, und da schlugen die Flammen prasselnd in die Luft. Ihm schwindelte der Kopf, Blitze flammten vor seinen Augen, und er rang heftig mit zwei Männern.

»Nein, nein«, sagte einer. »Kommt zu Euch, mein guter Herr. Wir ziehen hier die Aufmerksamkeit auf uns. Kommt fort. Was könnt Ihr gegen so viele Leute ausrichten?«

»Der Herr ist immer bereit, etwas zu unternehmen«, sagte der andere, ihn mit sich fortziehend. »Ich habe ihn darum gern, ich habe ihn sehr gern.«

Dabei hatten sie ihn in einen Hof in der Nähe des Gefängnisses geführt. Er blickte einen nach dem anderen an, und als er versuchte, sich von ihnen freizumachen, fühlte er, daß seine Füße unter ihm wankten. Der, welcher zuerst gesprochen hatte, war der alte Herr, den er in dem Haus des Oberbürgermeisters gesehen hatte. Der andere war John Grueby, der ihm bei Westminster so treulich Beistand geleistet hatte.

»Was bedeutet das?« fragte er sie matt. »Wie sind wir zusammengekommen?«

»Am Rande der Menge«, versetzte der Destillateur, »aber kommt mit uns. Bitte, kommt mit uns. Ihr scheint meinen Freund hier zu kennen?«

»Gewiß«, sagte Mr. Haredale, in einer Art Betäubung John ansehend.

»Er wird Euch sagen«, versetzte der alte Herr, »daß ich ein Mann bin, dem man trauen kann. Er ist mein Diener. Er war kürzlich, wie Ihr gewiß wißt, in Lord George Gordons Dienst, aber er verließ ihn und brachte aus reinem Wohlwollen für mich und andere, die von den Aufrührern bedroht werden, uns Nachrichten über ihre Absichten, die er erfahren hatte.«

»Bitte, Sir, unter einer Bedingung«, sagte John, die Hand an seinen Hut legend. »Keine Anklage gegen meinen Herrn – einen irregeführten – einen gütigen Mann, Sir. Mein Herr hat nie das, was geschehen ist, beabsichtigt.«

»Die Bedingung wird natürlich gehalten«, versetzte der alte Destillateur.

»Das ist Ehrensache. Aber kommt mit uns, Sir, bitte, kommt mit uns!«

John Grueby fügte kein Wort hinzu, sondern übte eine andere Art von Überredung, die unwiderstehlich war, indem er seinen Arm in den von Mr. Haredale schob. Sein Herr ergriff den anderen Arm, und so führten sie ihn eilig hinweg.

Mr. Haredale ließ sich von ihnen führen, wohin sie wollten. Er fühlte eine seltsame Leere im Kopf und konnte nur mit großer

Mühe seinen Gedanken eine bestimmte Richtung geben oder seiner Gefährten sich erinnern, ohne sie anzusehen, was eine Folge der Aufregungen und Leiden war, die er erduldet hatte und deren Opfer er noch jetzt war. Während sie dahingingen, fühlte er, daß er keine Herrschaft mehr über seine Gedanken und Worte habe, und fürchtete fast, wahnsinnig zu werden.

Der Destillateur wohnte, wie er ihm bei ihrem ersten Zusammentreffen gesagt hatte, auf Holborn Hill, wo er große Vorratshäuser besaß und einen lebhaften Handel betrieb. Sie traten durch einen Eingang von der Rückseite in das Haus ein, um nicht die Aufmerksamkeit der Menge zu erregen, und gingen in ein oberes Zimmer, das nach der Straße hinausging. Die Fenster waren jedoch, wie auch die in allen anderen Zimmern des Hauses, innen mit hölzernen Läden geschlossen, so daß von außen alles dunkel erschien.

Als sie Mr. Haredale auf das Sofa im Zimmer legten, verließ ihn das Bewußtsein gänzlich, aber John holte sogleich einen Wundarzt, der ihn zur Ader ließ, worauf er nach und nach wieder zu sich kam. Da er nun zu schwach war, um zu gehen, überredeten sie ihn ohne große Mühe, die ganze Nacht dazubleiben, und legten ihn, ohne Zeit zu verlieren, in ein Bett. Dann gaben sie ihm einen Stärkungstrunk und ein Stück geröstetes Brot und bald darauf einen ziemlich stark gemischten Trunk, unter dessen Einwirkung er bald in Bewußtlosigkeit versank und für einige Zeit seine Sorgen vergaß.

Der Destillateur, der ein kräftiger, alter Geselle und tüchtiger, würdiger Mann war, dachte selbst nicht daran, zu Bett zu gehen. Er hatte mehrere Drohungen von den Aufrührern erhalten und war am Abend ausgegangen, um aus den Gesprächen des Pöbels zu erfahren, ob nun sein Haus ebenfalls angegriffen werden würde. Er saß die ganze Nacht in demselben Zimmer in einem Lehnstuhl – hin und wieder ein wenig einnickend – und empfing von Zeit zu Zeit die Berichte von John Grueby und zwei oder drei anderen zuverlässigen Leuten, die in seinem Dienst standen und als Späher auf die Straße gingen. Zu ihrer Stärkung waren in einem Nebenzimmer kräftige Speisen aufgetragen, denen der alte Weinschenk, trotz seiner Unruhe, hin und wieder auch zusprach.

Die Berichte waren von Anfang an beunruhigend genug, aber im Laufe der Nacht wurden sie so schlimm und sprachen von so viel Empörung und Zerstörung, daß im Vergleich mit diesen neuen Nachrichten die früheren Unruhen harmlos erschienen.

Zuerst kam der Bericht von der Einnahme von Newgate und der Flucht aller Gefangenen, deren Zug durch Holborn und die angrenzenden Straßen hinunter den Bürgern, die sich in ihren Häusern eingeschlossen hatten, durch das Rasseln ihrer Ketten kenntlich gemacht würde: eine schauerliche Musik, die nach allen Richtungen hin hörbar war, wie wenn viele Schmiedemeister an der Arbeit gewesen wären. Die Flammen schienen so hell durch die Dachfenster im Hause des Weinschenks, daß die Zimmer und Treppen fast taghell erleuchtet waren und von dem fernen Geschrei des Pöbels die Wände und Decken zu zittern schienen.

Schließlich hörte man, wie sie sich dem Haus näherten, und es folgten einige Minuten der schrecklichen Ungewißheit. Sie kamen dicht heran und standen davor still, aber nach drei lauten, gellenden Rufen zogen sie weiter. Und obgleich sie noch mehrere Male in der Nacht zurückkehrten und immer neue Angst erregten, unternahmen sie doch nichts Feindliches, da sie anderweitig beschäftigt waren. Bald nachdem sie das erstemal weitergezogen waren, kam einer der Späher mit der Nachricht gerannt, sie hätten sich vor Lord Mansfields[68] Haus am Bloomsbury-Square zusammengerottet.

Bald darauf kam ein anderer und noch einer, und dann kehrte wieder der erste zurück, und so entstand nach und nach der Bericht: Der Pöbel hatte sich um Lord Mansfields Haus versammelt und den Bewohnern zugerufen, die Tür zu öffnen. Da keine Antwort erfolgt sei, denn Lord und Lady Mansfield entflohen gerade in dem Augenblick durch eine Hintertür, brachen sie das Tor auf und erzwangen sich so den Eingang. Dann fingen sie an, alles in blinder Wut zu zerstören, legten an verschiedenen Stellen Feuer, zertrümmerten den ganzen kostbaren Hausrat, das Silbergeschirr, die Juwelen, eine prachtvolle Gemäldesammlung, die seltenste Autographensammlung, die je eine Privatperson besessen, und – bei weitem der schlimmste Verlust, den nichts ersetzen konnte – die große Sammlung von Gesetzestexten, die fast auf jeder Seite jedes Buches Anmerkungen trug, die von des Richters eigener Hand herrührten und als Ergebnis der Studien und Erfahrungen seines ganzen Lebens von unschätzbarem Wert waren. Als sie dann triumphierend und jauchzend um das Feuer standen, kam ein Trupp Soldaten mit einem Ratsherrn, und da es zu spät war, die Zerstörung zu verhindern, die eben vollbracht war, fingen sie wenigstens an, die Menge zu zerstreuen. Die Aufruhrakte wurde verlesen, und da die Menge Widerstand leistete, erhielten die Soldaten Befehl zu feuern. Sie legten an und töteten durch die erste Salve sechs Männer und eine Frau und verwundeten viele Personen; dann wurde gleich wieder geladen und noch eine Salve abgefeuert, aber wahrscheinlich in die Luft, da man niemand fallen sah. Etwas entmutigt dadurch und durch den Lärm und Tumult, fing die Menge an, sich zu zerstreuen, und die Soldaten zogen ab, die Toten und Verwundeten zurücklassend. Sobald sie aber gegangen waren, kamen die Aufrührer zurück, nahmen die Leichen und die Verwundeten und zogen in Prozession, die Toten an der Spitze tragend, davon. In dieser Ordnung entlangziehend, trieben sie schauerlichen Scherz. Sie gaben den Toten Waffen in die Hände, daß sie wie lebendig aussehen sollten, während vor dem Zug ein junger Bursche schritt, der mit aller Kraft Lord Mansfields Tischglocke läutete.

Die Späher berichteten ferner, diese Abteilung der Aufrührer sei mit einigen anderen zusammengetroffen, die ein ähnliches Werk verrichtet hätten, habe sich mit diesen vereinigt, und nachdem einige mit den Toten und Verwundeten fortgeschickt worden waren, seien sie nach dem Landsitz Lord Mansfields in Caen Wood, zwischen Hampstead und Highgate, gezogen in der Absicht, auch dieses Haus zu zerstören und ein großes Feuer anzuzünden, das von jener Höhe aus in ganz London hatte gesehen werden können. Aber darin sahen sie sich getäuscht, ein Teil Reiterei war vor ihnen eingetroffen, und sie zogen sich schneller, als sie gekommen waren, wieder in die Stadt zurück.

Nun waren viele einzelne Haufen in der Stadt zerstreut, und jeder machte sich nach eigenem Gutdünken an die Arbeit, und bald brannten ein Dutzend Häuser – das von Sir John Fielding und zwei anderen Richtern und vier in Holborn – einer der größten Verkehrsstraßen Londons –, und alle wurden zu gleicher Zeit angezündet und brannten, bis sie von selbst erloschen, denn die Aufrührer zerschnitten die Schläuche der Spritzen und hinderten die Leute am Löschen. In einem Haus in der Nähe von Moorfields fanden sie in einem Zimmer einige Kanarienvögel im Käfig; diese warfen sie lebendig ins Feuer. Es wurde erzählt, die armen kleinen Geschöpfe hätten wie Kinder geschrien, als man sie in die Flammen warf, und ein Mann sei dadurch so gerührt worden, daß er vergeblich versucht habe, sie zu retten, darüber sei der Pöbel in Wut geraten, und sein Beginnen habe ihn beinahe das Leben gekostet.

In demselben Haus fand einer der Burschen, der durch die Zimmer ging und das Hausgerät und die Räume zerstören half, die Puppe eines Kindes – ein armseliges Spielzeug –, die er von einem Fenster aus dem Pöbel unten als ein unheiliges Götzenbild zeigte, welches die früheren Bewohner angebetet hätten. Während er das tat, nahm ein anderer Mann mit gleich zartem Gewissen – (sie waren beide die ersten gewesen, die die Kanarienvögel lebendig verbrannt hatten) – einen Platz auf der Brustwehr des Hauses ein und hielt eine Ansprache an die Menge über die wahren Lehren des Christentums aus einer Flugschrift, die bei den Genossen des Bundes zirkuliert hatte. Inzwischen sah der Oberbürgermeister mit den Händen in den Taschen müßig zu, wie man ein Schauspiel mitansieht, und schien sehr befriedigt darüber, einen guten Platz erhalten zu haben.

So lauteten die Berichte, welche dem alten Weinhändler durch seine Diener gebracht wurden, während er an Mr. Haredales Bett saß. Es war ihm nach dem ersten Teil der Nacht nicht mehr möglich gewesen, ein wenig zu schlummern. Seine eigene Unruhe, das Geschrei des Pöbels, der Feuerschein und das Schießen der Soldaten ließen ihn nicht dazu kommen. Auch alle Gefangenen des ›Neuen Gefängnisses‹ in Clerkenwell wurden befreit, und viele Raubanfälle auf offener Straße ausgeführt. Mr. Haredale, der bewußtlos dalag, ahnte nichts von diesen Szenen, die sich alle schon vor Mitternacht abspielten.

67. Kapitel

Als die Finsternis wich und der Morgen zu dämmern begann, zeigte die Stadt wahrlich einen seltsamen Anblick.

An Schlaf hatte kaum jemand in der ganzen Nacht gedacht. Die allgemeine Unruhe war deutlich auf den Gesichtern der Einwohner zu sehen, und ihr Ausdruck war durch Mangel an Schlaf ein so leidender, – nur wenige von denjenigen, die um ihr Hab und Gut besorgt gewesen waren, hatten seit Montag gewagt, zu Bett zu gehen, – daß ein Fremder, der in die Straßen gekommen wäre, hätte glauben müssen, es sei eine tödliche Pest oder Seuche ausgebrochen. Anstatt des gewöhnlichen heiteren Lebens und Treibens am Morgen war alles tot und still. Die Läden wurden nicht geöffnet, Geschäfts- und Vorratshäuser blieben geschlossen, der Wagen- und Chaisenstand war verödet, keine Karren und Lastwagen rasselten durch die langsam erwachenden Straßen, die Rufe, die sonst früh ertönten, wurden unterdrückt, es herrschte allgemeine Niedergeschlagenheit. Viele Menschen waren bei Tagesanbruch draußen, aber sie huschten leise umher, als wenn sie sich vor dem Klang ihrer eigenen Fußtritte fürchteten. Die öffentlichen Straßen wurden gemieden, und um die rauchenden Ruinen standen schweigend einzelne Personen. Sie wagten nicht, die Aufrührer zu verurteilen, und fürchteten schon, in Verdacht zu kommen, wenn sie miteinander flüsterten.

Vor dem Haus des Präsidenten in Piccadilly, beim Lambeth-Palast, bei dem Lord Oberrichter in Great Ormond Street, an der königlichen Börse, der Bank, dem Rathaus, den Gerichtsgebäuden und allen öffentlichen Gebäuden in der Nähe von Westminster Hall und dem Parlamentsgebäude waren vor Tagesanbruch Soldatenposten aufgestellt worden. Eine Abteilung Garde zu Pferde hielt Palace-Yard besetzt. Im Park war ein Feldlager gebildet worden, wo fünfzehnhundert Mann und fünf Bataillone Landwehr unter Waffen standen; der Tower war befestigt, die Zugbrücken aufgezogen, die Kanonen geladen und gerichtet und zwei Regimenter Artillerie waren beschäftigt, die Festung zu verstärken und zur Verteidigung zu rüsten. Zahlreiche Abteilungen Soldaten hielten bei New River Head Wache, das der Pöbel anzugreifen gedroht hatte, und wo sie die Wasserleitungsrohre zu zerstören gedachten, damit kein Wasser zum Löschen des Feuers vorhanden sei. In Poultry und auf Cornhill und an mehreren anderen Hauptverkehrspunkten waren eiserne Ketten quer über die Straßen gezogen. Truppenabteilungen waren noch während der Nacht in einige von den alten Kirchen im Inneren der Stadt und in verschiedenen Privathäusern verteilt worden; darunter war auch das des Lord Rockingham in Grosvenor Square. Diese waren blockiert, als wenn sie eine Belagerung aushalten sollten; aus ihren Fenstern drohten sogar Kanonen. Als die Sonne aufging, schien sie in hübsche Zimmer, die mit bewaffneten Männern angefüllt waren; die Möbel waren eilig in den Ecken zusammengeschoben, sie waren von wenig oder gar keiner Bedeutung in dieser schreckensvollen Zeit. Sie schien auf blitzende Waffen in Geschäftszimmern der City zwischen Pulten und Stühlen und staubigen Büchern, in kleine, düstere Kirchhöfe zwischen sonderbaren Gäßchen und Seitenwegen, wo Soldaten zwischen den Gräbern lagen oder im Schatten eines einzigen alten Baumes ruhten, während sich das Licht in ihren zusammengestellten Gewehren spiegelte, auf einsame Schildwachen, welche in Höfen auf- und abwanderten, die jetzt schweigend dalagen, während gestern noch der Lärm und das Getöse des Geschäftsverkehrs sie erschüttert hatte, und allerorten auf Wachtstuben, Besatzungen und die allgemeine Mobilmachung.

Als der Tag vorrückte, sah man noch seltsamere Dinge auf den Straßen. Als die Tore von Kings Bench und dem Fleet-Gefängnis zur gewohnten Zeit geöffnet wurden, fand man Zettel an ihnen befestigt mit der Ankündigung, daß die Aufrührer in der Nacht kommen und sie niederbrennen würden. Die Aufseher, die nur zu gut wußten, daß die Drohung auch ausgeführt werden würde, waren bereit, ihre Gefangenen in Freiheit zu setzen, und gaben ihnen die Erlaubnis, ihr Eigentum fortzuschaffen. So kam es, daß wer Möbel besaß, den ganzen Tag mit Transport zu tun hatte; der eine Weg ging hierhin, der andere Weg dorthin, und nicht wenige führte ihr Weg zu Trödlern, bei denen sie froh waren, einen Spottpreis zu erzielen. Es waren heruntergekommene Leute zwischen diesen Schuldnern, die so lange im Gefängnis gewesen waren, daß sie sich unglücklich und aller Freunde beraubt fühlten, und für die Außenwelt so abgestorben, so ganz vergessen und verlassen waren, daß sie gar nicht freigelassen werden mochten, sondern ihre Gefängniswärter baten, sie lieber in ein anderes Gefängnis zu schaffen. Aber die Wärter weigerten sich, ihr Verlangen zu erfüllen, weil sie sich nicht den Zorn des Pöbels auf den Hals ziehen wollten, und wiesen sie auf die Straße, wo sie unsicher auf- und niederwanderten und sich kaum noch der Wege erinnerten, die ihre Füße so lange nicht betreten hatten. Sie weinten, als sie in Lumpen gehüllt, mit niedergetretenen Schuhen davonschlichen. Selbst zwischen den dreihundert Gefangenen, welche aus Newgate entkommen waren, befanden sich einige – wenige, aber es waren doch einige – welche ihre Wärter aufsuchten und sich ihnen wieder auslieferten: Sie zogen Gefangenschaft und Bestrafung den Schrecken einer solchen Nacht, wie die letzte gewesen war, vor. Viele von den Verbrechern wurden auch an den alten Platz ihrer Gefangenschaft durch eine besondere Anziehungskraft hingezogen, oder durch den Wunsch, über den Fall des Gefängnisses zu triumphieren und ihre Rache an dem Anblick stillen, den es jetzt bot, zusammengesunken und eingeäschert. Sie gingen sogar am hellen Tage dahin zurück und schlenderten zwischen den Zellen umher. Fünfzig von ihnen wurden am nächsten Tage zwischen den Gefängnismauern wieder festgenommen, aber ihr Schicksal schreckte die anderen nicht ab, denn sie gingen trotzdem hin und wurden zu zweien und dreien, zwei- oder dreimal am Tage, die ganze Woche über eingefangen. Von den fünfzig eben erwähnten Gefangenen waren einige bemüht, das Feuer wieder anzuzünden, aber im allgemeinen schienen sie keine weitere Beschäftigung zu finden, als müßig an dem alten Ort umherzulungern. Oft fand man sie in den Ruinen schlafend oder gemütlich schwatzend, oder essend und trinkend, wie an einem behaglichen Ruheplatz.

Außer den Drohungen an den Toren von Fleet und Kings Bench wurden viele ähnliche Erklärungen vor ein Uhr mittags in den Häusern von Privatpersonen abgegeben, und der Pöbel gab seine Absicht kund, die Bank, die Münze, das Arsenal von Woolwich und die königlichen Paläste zu stürmen. Die Anzeigen wurden selten durch mehr als einen Mann abgegeben, welcher, wenn es einen Laden betraf, hineinging und dieselbe, vielleicht von einer grimmigen Drohung begleitet, auf den Ladentisch legte; oder, wenn es ein Privathaus war, an die Türe pochte und sie dem Diener in die Hand drückte. Trotz der Anwesenheit des Militärs in jedem Stadtteil und des großen Aufgebotes, das im Park aufgestellt war, verrichteten diese Boten ihre Wege straflos den ganzen Tag hindurch. So zum Beispiel zwei Knaben, welche allein Holborn hinuntergingen. Sie waren mit Eisenstangen bewaffnet, die sie von dem Geländer in Lord Mansfields Haus genommen hatten, und forderten Geld für die Aufrührer; ebenso ein großer Mann zu Pferde, der zu demselben Zweck eine Sammlung in Fleet Street anstellte und sich weigerte, etwas anderes als Gold zu nehmen.

Auch ging ein Gerücht um, das noch größeren Schrecken durch ganz London verbreitete als alle öffentlich angekündigten

Pläne der Aufrührer, obgleich jedermann wußte, daß ihrer wirklichen Ausführung der Staatsbankrott und der allgemeine Ruin folgen mußten. Es wurde behauptet, sie gedächten die Tore von Bedlam zu öffnen und alle Wahnsinnigen freizulassen. Dies erfüllte die Phantasie der Leute mit solchen Schreckensbildern und war in der Tat ein Plan voll so neuer, unvorstellbarer Greuel, daß er mehr Eindruck machte als alle drohenden Verluste und Grausamkeiten, und viele vernünftige Menschen selbst fast wahnsinnig machte.

So verging der Tag: Die Gefangenen retteten ihr Eigentum; die Leute rannten in den Straßen hin und her und suchten ihre Besitztümer zu bergen, Gruppen von Menschen standen schweigend um die Ruinen herum; aller Geschäftsverkehr hatte aufgehört, und die überall verteilten Soldaten blieben untätig. So verging der Tag, und die gefürchtete Nacht zog herauf.

Endlich erließ der geheime Rat um sieben Uhr abends eine feierliche Proklamation, daß es nun nötig sei, Militärmacht zu gebrauchen, und daß jeder Offizier den dringenden Befehl habe, durch sofortige Anwendung der äußersten Strenge die Ruhestörungen zu unterdrücken; alle guten Untertanen des Königs wurden ermahnt, während der Nachtstunden in den Häusern zu bleiben und auch ihre Dienstboten und Lehrlinge nicht herauszulassen. Dann wurden jedem Soldaten auf Wache sechsunddreißig Patronen ausgeliefert und die Trommel gerührt. Die ganze Armee war bei Sonnenuntergang unter Waffen.

Die städtischen Behörden hielten, durch diese energischen Maßregeln angeregt, einen gemeinsamen Rat; sandten der Militärmacht ihren Dank, daß sie den städtischen Behörden ihre Hilfe leihen wollten; nahmen dieselbe an und stellten sie unter die Leitung von zwei Landärzten. In dem Palast der Königin wurde eine doppelte Wache aufgezogen; die diensttuenden Soldaten, die Dienerschaft und alle anderen Beamten waren um sieben Uhr in den Durchgängen und auf den Treppen mit der strengen Anweisung aufgestellt worden, die ganze Nacht wachsam auf ihrem Posten zu sein. Alle Tore waren geschlossen. Die Beamten des Temple und anderer Gerichtsgebäude hielten innerhalb ihrer Tore Wache und befestigten dieselben mit großen Pflastersteinen, die sie zu diesem Zwecke aufrissen. In Lincolns Inn wurden Halle und Gerichtsstube den unter dem Befehl von Lord Algernon Percy stehenden Northumberland-Truppen zur Verfügung gestellt; in einigen städtischen Wachräumen zog die Bürgerwehr auf, die tapfer und couragiert dreinschaute, obgleich sie kein sehr imponierendes Bild abgab. Einige hundert stattliche Männer zogen, bis an die Zähne bewaffnet, in die Amtsräume der verschiedenen Kompagnien, verschlossen und verriegelten alle Tore und forderten, untereinander, die Aufrührer trotzig heraus, auf eigene Gefahr sich heranzuwagen. Alle diese Vorbereitungen wurden gleichzeitig oder doch fast gleichzeitig ausgeführt und mit anbrechender Dunkelheit vollendet; dann waren die Straßen verhältnismäßig hell und an allen bedeutenden Zugängen und Ecken durch Truppen besetzt. Abteilungen von Offizieren ritten nach allen Richtungen hin auf und ab, wiesen zufällig Herumstreifende nach Hause und ermahnten die Bürger, in ihren Wohnungen zu bleiben und, sollte gefeuert werden, den Fenstern nicht nahezukommen. Noch mehr Ketten wurden an den Wegen aufgezogen, welche den Durchzug großer Volksmengen begünstigten, und an all diesen Punkten wurde starke Militärmacht aufgestellt. Nachdem alle diese Vorsichtsmaßregeln ausgeführt worden waren und die Dunkelheit sich herabgesenkt hatte, erwarteten die Befehlshaber mit einiger Unruhe den Erfolg ihrer Maßnahmen und hegten die stille Hoffnung, daß solche Beweise der Wachsamkeit den Pöbel entmutigen und von ferneren Gewalttaten zurückhalten mochten.

Aber in dieser Annahme sollten sie sich bitter getäuscht sehen, denn kaum war eine halbe Stunde verflossen, da erhoben sich, als wäre der Einbruch der Dunkelheit ihr verabredetes Signal gewesen, die Aufrührer, die vorher nur in kleineren Parteien das Anzünden der Straßenlampen verhindert hatten, plötzlich wie ein tobendes Meer, und zwar an so vielen Orten zugleich und mit solch unglaublicher Wut, daß die Anführer der Soldaten im ersten Augenblick nicht wußten, was sie tun und wohin sie sich wenden sollten. Überall, in allen Stadtteilen, flammten Feuerbrände auf, als wenn es die Absicht der Aufständischen wäre, die ganze Stadt in einen Flammenkreis einzuschließen und, denselben nach und nach zusammenziehend, alles in Asche zu legen; die Menge tobte und wütete in allen Straßen, und da nur Aufrührer und Soldaten draußen waren, schien es den letzteren, als wenn sich London gegen sie verschworen hätte und sie allein gegen die ganze Stadt standen.

In zwei Stunden wüteten sechsunddreißig Brände – sechsunddreißig große Feuersbrünste, unter denselben Borough Clink in Fooley Street, die königliche Bank, der Fleet und New Bridewell. Fast in jeder Straße tobte der Kampf, und überall hörte man die Schüsse der Soldaten und das Schreien und Toben des Pöbels. Das Gefecht begann in Poultry, wo die Kette quer über den Weg gezogen war und fast ein Dutzend Menschen durch die erste Salve getötet wurde. Die Leichen wurden von den Soldaten eilig in die St. Michaelskirche geschafft; dann feuerten sie wieder und folgten schnell der Menge, die sich zurückzog, als sie die verheerende Wirkung sah, und griffen sie mit dem Bajonett an.

Die Straßen boten jetzt ein schreckliches Schauspiel dar, während das Geschrei des Pöbels, das Kreischen der Weiber, das Ächzen der Verwundeten und das beständige Knallen der Gewehre eine betäubende und furchtbare Begleitung zu den Schreckensszenen bildete, die sich an allen Straßenecken abspielten. Wo man die Straßen durch Ketten gesperrt hatte, waren der Kampf und der Verlust an Menschenleben am heftigsten; aber heiße Arbeit und Blutvergießen sah man in jedem Durchgang, und überall wiederholten sich die Greuelszenen.

Bei Holborn Bridge und auf Holborn Hill war die Verwirrung größer als an irgendeinem anderen Orte; denn die Menge, die sich aus der Innenstadt in zwei großen Strömen, einer über Ludgate Hill und einer über Newgate Street ergossen, vereinigte sich an dieser Stelle und bildeten eine so dichte Masse, daß bei jeder Salve die Aufrührer haufenweise fielen. An diesem Ort war eine große Abteilung Soldaten aufgestellt, die abwechselnd auf Fleet Market, Holborn und Snow Hill feuerten und die Straßen beständig in jeder Richtung säuberten. Auch brannten an dieser Stelle mehrere große Feuer, so daß alle Schrecken der furchtbaren Nacht hier vereinigt zu sein schienen.

Zwanzigmal machten die Aufrührer, geführt von einem Manne, der eine Axt in der rechten Hand schwang und ein großes, starkes Kutschpferd ritt, das mit Ketten aus Newgate behangen war, die bei jedem Schritt klirrten und rasselten, den Versuch, an diesem Punkt einen Durchbruch zu erzwingen und das Haus des Weinschenken anzuzünden. Zwanzigmal wurden sie mit großem Verlust an Menschenleben zurückgeschlagen und kamen doch immer wieder. Und obgleich der Bursche, der sie anführte, von allen bemerkt und aufs Korn genommen wurde und als einziger Aufrührer zu Pferd ein offensichtliches Ziel bot, konnte ihn doch niemand treffen. Sobald der Rauch sich verzogen hatte, sah man ihn wieder; mit heiserer Stimme ermunterte er seine Gefährten, schwang die Axt über seinem Kopf und stürmte vorwärts, als ob sein Leben gefeit und vor jeder Kugel sicher wäre.

Dieser Mann war Hugh, und man sah ihn überall bei den Aufrührern. Er leitete zwei Angriffe auf die Bank, war tätig beim Sturm auf die Zollhäuser in Blackfriars Bridge und warf das Geld auf die Straße, steckte mit eigener Hand zwei Gefängnisse in Brand, war hier und dort und überall – immer der erste – immer tätig – die Soldaten angreifend, die Menge anfeuernd, mit der eisernen Musik seines Pferdes allen Lärm und Aufruhr übertönend, und niemand konnte ihn verletzen oder aufhalten. Wurde er an der einen Stelle zurückgeschlagen, so drang er an einer anderen wieder vor; mußte er sich an diesem Punkt zurückziehen, so eroberte er sogleich einen anderen. Von Holborn zum zwanzigsten Mal zurückgedrängt, ritt er an der Spitze eines großen Haufens direkt nach St. Pauls, griff die Soldaten an, welche innerhalb der eisernen Geländer eine Anzahl Gefangener bewachten, zwang sie zum Rückzug, befreite die Männer, die sie in Gewahrsam gehalten hatten, und kehrte nun mit einer verstärkten Bande zurück und feuerte sie an wie ein Dämon.

Es wäre auch einem sicheren Reiter nicht leichtgefallen, sich in solchem Gedränge und Tumult zu Pferde zu halten, aber obgleich dieser Tollkopf auf dem Rücken des Pferdes – er hatte keinen Sattel – wie ein Boot auf dem Meer hin und her schwankte, verlor er doch nicht für einen Augenblick den Halt und lenkte das Pferd stets, wohin er wollte. Durch das dichteste Getümmel, über Leichen und brennende Trümmerhaufen hinweg, bald auf dem Bürgersteig, bald mitten in der Straße, jetzt ein paar Treppenstufen hinaufreitend, um sich seiner Bande recht deutlich zu zeigen, dann wieder durch eine Menschenmenge sich Bahn brechend, die so dicht war, daß man gemeint hätte, nicht mit der Schneide eines Messers könnte man sie trennen – fort ging es, als wenn er alle Hindernisse nur durch die Kraft seines Willens überwinden könnte. Und vielleicht hatte er es diesem Umstand zu verdanken, daß er von keinem Schuß getroffen wurde; seine außerordentliche Kühnheit und die Überzeugung, daß er wohl einer von denen sein müßte, auf die sich die Proklamation bezog, weckten in den Soldaten das Verlangen, ihn lebendig zu ergreifen, und lenkten manchen Schuß ab, der wohl sonst besser gezielt gewesen wäre.

Der Weinfabrikant und Mr. Haredale, denen es unmöglich war, den schrecklichen Lärm mitanzuhören, ohne zu sehen, was vorging, waren auf das Dach des Hauses gestiegen und blickten, hinter Schornsteinen versteckt, vorsichtig auf die Straße hinab. Fast hofften sie schon, daß die so oft zurückgeschlagenen Aufrührer besiegt werden würden, da verkündete ihnen lautes Geschrei, daß ein Haufen einen anderen Weg eingeschlagen hatte, und das unheilvolle Rasseln der verwünschten Fesseln sagte ihnen im nächsten Augenblick, daß auch diese Bande von Hugh angeführt wurde. Die Soldaten waren nach Fleet Market vorgerückt und zerstreuten dort den Pöbel, so daß sie fast ohne Hindernis vordrangen und bald vor dem Haus waren.

»Jetzt ist alles aus«, sagte der Weinfabrikant. »Fünfzigtausend Pfund werden in einer Minute zum Teufel sein. Wir müssen uns retten. Weiter können wir nichts tun und müssen noch Gott danken, wenn uns das gelingt.«

Ihr erster Gedanke war, auf den Dächern der Häuser entlangzuklettern, an irgendeinem Dachfenster um Einlaß zu bitten, auf diesem Weg auf die Straße zu gelangen und zu flüchten. Aber ein neuer, wütender Schrei von unten, und auf allen nach oben gewendeten Gesichtern der Menge stand es zu lesen, daß man sie entdeckt und sogar Mr. Haredale erkannt hatte, denn Hugh, welcher ihn deutlich in dem Schein der hier alles taghell beleuchtenden Flammen gesehen hatte, rief ihn beim Namen und schwor sich, ihm das Leben zu nehmen.

»Laßt mich hier«, sagte Mr. Haredale, »und in des Himmels Namen, mein guter Freund, rettet Euch selbst! Kommt her!« rief er dann zu Hugh gewandt. »Dieses Dach ist hoch, und wenn wir ringen, können wir zusammen den Tod finden!«

»Wahnsinn«, sagte der redliche Weinfabrikant, ihn zurückziehend, »nackter Wahnsinn! Nehmt Vernunft an, Sir! Mein guter Mann, nehmt Vernunft an! Es würde allerdings kein Mensch was hören, wenn ich jetzt an ein Fenster klopfte, und selbst wenn es mir gelänge, würde niemand den Mut haben, mir zur Flucht behilflich zu sein. Durch die Keller ist noch eine Art Durchgang in eine Seitenstraße, wo wir die Fässer aus- und einrollen. Wir werden noch Zeit haben, hinunterzugehen, ehe sie sich einen Weg dorthin erzwingen. Laßt uns keinen Augenblick zögern!

Kommt mit mir – um unser beiden willen – um meinetwillen, Sir!«

Während er sprach und Mr. Haredale fortzog, konnten sie beide einen Blick auf die Straße werfen. Es war nur ein flüchtiger Blick, aber er zeigte ihnen die vor dem Hause immer stärker anwachsende Menge. Einige Männer drängten sich vor, um die Türen und Fenster einzuschlagen; einige brachten Feuerbrände von der nächsten Brandstätte; andere folgten mit emporgereckten Gesichtern ihrem Weg auf dem Dach und zeigten sie ihren Gefährten. Alle wüteten und tobten wie die Flammen, die sie entzündeten. Sie sahen einige Männer, die nach den Schätzen an Schnaps lechzten, die sie drinnen im Keller vermuteten; sie sahen andere, die verwundet in den benachbarten Haustüren niedersanken und mitten in der großen Versammlung einsam und elend starben; hier suchte eine erschreckte Frau zu entfliehen, und dort irrte ein verlorenes Kind; und da kämpfte und tobte ein trunkener Mörder, trotz der Todeswunde, die er im Schädel hatte, bis zum letzten Augenblick. Alle diese Dinge und selbst so unbedeutende Nebensachen wie einen Mann, der keinen Hut aufhatte, oder einen, der sich umwendete, oder sich bückte, oder wie sich einige die Hände schüttelten, bemerkten sie deutlich; und doch war es nur ein flüchtiger Blick, so kurz, daß, als sie einen Schritt zurücktraten, alles verschwunden war und sie nur ihre eigenen bleichen Gesichter und den roten Himmel über sich sahen.

Mr. Haredale gab den Bitten seines Gefährten nach – mehr weil er entschlossen war, ihn bis zum letzten Augenblick zu verteidigen, als daß er an sein eigenes Leben gedacht oder Sorge für seine eigene Sicherheit gehegt hätte. Sie kehrten schnell wieder in das Haus zurück und stiegen zusammen die Treppen hinab. Laute Schläge donnerten gegen die Läden, Brecheisen wurden unter die Türen gestemmt, das Glas fiel aus den Rahmen, helles Licht schien durch jede Ritze, und sie hörten die Stimmen der Vordersten in der Menge so dicht an jeder Spalte und jedem Schlüsselloch, daß es war, als ob sie ihnen ihre Drohungen heiser ins Ohr raunten. Kaum hatten sie die ersten Stufen der Kellertreppe erreicht und die Tür hinter sich geschlossen, so brach die Rotte herein. Die Gewölbe waren vollkommen dunkel, und da sie keine Fackel oder ein Licht mitzunehmen gewagt hatten, aus Furcht, ihren Zufluchtsort zu verraten, mußten sie sich mit den

Händen weitertasten. Aber sie blieben nicht lange ohne Licht, denn sie waren noch nicht weit gegangen, als sie hörten, wie die Menge die Tür erbrach. Und als sie sich in den niedrig gewölbten Gängen umblickten, konnten sie die Männer in der Ferne mit lodernden Pechfackeln hin- und herrennen sehen. Fässer wurden angebohrt, Kufen zerschlagen, rechts und links drangen sie in die weiten Kellerräume und legten sich nieder, um von den starken Getränken zu schlürfen, die schon wie Bäche am Boden hinflossen.

Sie eilten nur um so schneller weiter und erreichten das letzte Gewölbe, das zwischen ihnen und dem Ausgang lag, als ihnen plötzlich aus der Richtung, nach welcher sie gingen, ein helles Licht ins Gesicht schien; und ehe sie zur Seite schlüpfen oder sich umwenden und verstecken konnten, kamen zwei Männer, von denen einer eine Fackel trug, auf sie zu und riefen erstaunt mit leiser Stimme: »Hier sind sie!« In demselben Augenblick zogen sie die Hüllen herunter, die sie um den Kopf geschlungen hatten. Mr. Haredale sah Edward Chester vor sich und erkannte dann, als der Weinfabrikant ihm den Namen nannte, Joe Willet.

Ja, derselbe Joe, wenn auch mit einem Arm weniger, der alle Vierteljahre die Reise auf dem Grauschimmel zu machen pflegte, um dem Weinfabrikanten mit dem purpurroten Gesicht die Rechnung zu bezahlen; und derselbe Weinfabrikant mit dem purpurroten Gesicht, früher in Thames Street, sah ihm nun ins Gesicht und rief ihn beim Namen.

»Gebt mir Eure Hand«, sagte Joe sanft und ergriff sie, der erstaunte Weinfabrikant mochte wollen oder nicht. »Ihr dürft sie getrost schütteln, Mann; es ist eine freundschaftliche und herzliche Hand, wenn auch die andere fehlt. Ei! Wie gut Ihr ausseht, und wie ungestüm Ihr seid! Und Ihr – Gott segne Euch, Sir! Nur Mut, nur Mut! Wir werden sie schon finden. Seid nur getrost, wir sind nicht müßig gewesen.«

Es sprach etwas so Ehrliches und Offenes aus Joes Rede, daß Mr. Haredale unwillkürlich die Hand in die seinige legte, obgleich ihre Begegnung unter höchst eigentümlichen Umständen stattfand. Sein Blick auf Edward Chester und der Umstand, daß dieser sich fernhielt, war Joe nicht entgangen, und er sagte geradeheraus, indem er auf Edward blickte:

»Die Zeiten haben sich geändert, Mr. Haredale, und sind jetzt so, daß man seine Freunde von seinen Feinden unterscheiden muß und keinen Namen verwechseln darf. Laßt mich Euch sagen, Ihr dankt es diesem Herrn hier, daß Ihr noch nicht tot oder günstigenfalls schwer verletzt worden seid.«

»Was sagt Ihr?« fragte Mr. Haredale.

»Ich sage«, erwiderte Joe, »erstens war es eine Kühnheit, sich unter die Menge, verkleidet wie einer ihresgleichen, zu mischen; zwar, wenn ich es recht überlege, so will ich darüber den Mund nicht allzu voll nehmen, denn so hab ich's ja auch gemacht! Zweitens war es eine tapfere und rühmliche Tat – so nenne ich es wenigstens – den Burschen vor ihren Augen vom Pferd herunterzureißen.«

»Welchen Burschen! Wessen Augen!«

»Welchen Burschen, Sir?« rief Joe. »Einen Burschen, der Euch nicht wohl wollte und kühner und boshafter als zwanzig Teufel ist. Ich kenne ihn von früher. Wäre er im Hause gewesen, er hätte Euch gefunden, sei es nun hier oder anderswo. Die anderen haben keinen besonderen Haß auf Euch, und wenn sie Euch nicht gerade zu sehen bekommen, werden sie nur daran denken, sich totzusaufen. Aber wir verlieren unsere Zeit. Seid Ihr bereit?«

»Ganz«, sagte Edward. »Löscht die Fackel aus, Joe! Und geht weiter! Und nun schweigt still, mein guter Junge!«

»Still oder nicht still«, murmelte Joe, während er die flackernde Pechfackel zur Erde warf, mit dem Fuß austrat und seine Hand Mr. Haredale gab, »es war eine tapfere und rühmliche Tat; niemand kann das leugnen.«

Mr. Haredale und der würdige Weinfabrikant waren beide viel zu überrascht, und alles ging viel zu überstürzt, als daß sie weitere Fragen hätten stellen können. Schweigend folgten sie ihren Führern. In kurzen Worten hatte er mit dem Weinfabrikanten flüsternd ein paar Worte gewechselt, auf welchem Weg sie am besten entkommen könnten, und hatte ihm berichtet, daß sie durch eine Hintertür hereingekommen seien, mit Hilfe John Gruebys, der draußen mit dem Schlüssel in der Tasche Wache hielt, und den sie in ihr Vertrauen gezogen hatten. Ein Teil der Aufrührer war, gerade als sie eintraten, des Weges dahergekommen; John hatte die Türe doppelt hinter ihnen verschlossen und war dann gelaufen, Soldaten herbeizuholen, so daß ihnen hier der Rückzug abgeschnitten worden war.

Da inzwischen die Haupttür gesprengt worden war, hatte dieser kleinere Teil der Menge, gierig nach dem Branntwein, nicht

Lust gehabt, die Zeit damit zu verlieren, noch eine Tür zu sprengen, sondern war um das Haus herumgegangen und von Holborn aus mit den übrigen eingedrungen. Die schmale Gasse auf der Rückseite war daher jetzt ganz frei vom Pöbel. Als sie durch den engen, ihnen von dem Weinfabrikanten bezeichneten Durchgang gekrochen waren, der nur für das Hereinschaffen der Fässer bestimmt war, und mit einigen Schwierigkeiten die Tür am Ende desselben entriegelt und geöffnet hatten, gelangten sie auf die Straße hinaus, ohne daß jemand sie bemerkte oder ihnen hindernd in den Weg trat. Joe hielt noch immer Mr. Haredale fest, und Edward nahm sich ebenso des Weinfabrikanten an. Mit hastigen Schritten durcheilten sie die Straßen, gelegentlich traten sie zur Seite, um einige Flüchtlinge vorüberzulassen oder den Soldaten auszuweichen, die ihnen folgten, und deren Fragen, wenn sie stillhielten und welche an sie stellten, durch ein von Joe geflüstertes Wort schnell erledigt wurden.

68. Kapitel

Während Newgate in der vorhergehenden Nacht brannte, waren Barnaby und sein Vater durch die Menge von Hand zu Hand gewandert und standen nun in Smithfield, an dem äußeren Rand der Volksmenge, wo sie wie Menschen, die plötzlich aus dem Schlaf geweckt wurden, in die Flammen starrten. Einige Augenblicke vergingen, ehe sie sich deutlich besinnen konnten, wo sie sich befanden, oder wie sie dahin gelangt waren, und ehe sie sich erinnerten, daß sie müßig standen und ins Feuer starrten, während sie doch in den Händen Werkzeuge hielten, die man ihnen schnell hineingedrückt hatte, damit sie sich von ihren Fesseln befreien konnten.

Barnaby würde, wenn er seiner ersten Regung hätte folgen können oder allein gewesen wäre, trotz seiner schweren Ketten an Hughs Seite zurückgekehrt sein, der seinem getrübten Verstand nun in neuem Glanz, als sein Retter und treuester Freund, erschien. Aber das Entsetzen seines Vaters bei dem Gedanken, auf der Straße zu bleiben, ergriff auch ihn, als er den Umfang seiner Furcht erkannte, und beseelte ihn mit demselben Eifer, an einen sicheren Ort zu flüchten.

In einer Ecke des Marktes, zwischen den Viehhürden, kniete Barnaby nieder, um seines Vaters Fesseln zu sprengen; er hielt aber oft dazwischen inne, um sich mit der Hand übers Gesicht zu fahren oder lächelnd zu ihm aufzusehen. Als er ihn dann als einen freien Mann wieder aufspringen sah und Zeuge seines unbeschreiblichen Entzückens war, machte er sich daran, seine eigenen Ketten zu sprengen, welche bald rasselnd zu Boden fielen, so daß er seine Glieder wieder frei bewegen konnte.

Nachdem dieses Werk vollbracht war, eilten sie zusammen weiter und kamen an verschiedenen Menschengruppen vorüber, die sich um kniende Gestalten herum scharten und dieselben vor den Vorübergehenden zu verbergen suchten; aber es gelang ihnen nicht, auch das Geräusch der Hämmer zu unterdrücken, an dem zu erraten war, daß sie mit derselben Arbeit beschäftigt waren. Die beiden Flüchtlinge wendeten sich nach Clerkenwell und gelangten dann durch Islington als dem nächsten Ausgangspunkt bald ins freie Feld. Nachdem sie lange umhergewandert waren, fanden sie auf einer Weide in der Nähe von Dinckley eine für den Kuhhirten errichtete dürftige Hütte mit Lehmwänden und einem Strohdach, die jetzt leerstand. Hier legten sie sich nieder, um den Rest der Nacht zu verbringen.

Als es Tag wurde, wanderten sie hin und her, und einmal ging Barnaby allein zu einer Gruppe kleiner, zwei oder drei Meilen entfernter Hütten, um Brot und Milch zu kaufen. Da sie aber kein besseres Unterkommen fanden, kehrten sie an denselben Ort zurück und legten sich nieder, um die Nacht zu erwarten.

Der Himmel allein weiß, mit welch unbestimmten Gedanken über Pflicht und Zuneigung, mit welch seltsamen Naturtrieben, die dem anderen als einem Mann mit hellem Verstande und von ausgedehntester Befähigung unbegreiflich waren, mit welchen halb erloschenen Erinnerungen aus der Zeit, als er, selbst ein Kind, mit anderen Kindern gespielt und mit ihnen geplaudert hatte über die Liebe zu ihren Vätern, und über deren Liebe zu ihren Kindern, mit wievielen halbvergessenen, traumhaften Vorstellungen von seiner eigenen Mutter Kummer und Tränen und Witwenstand er diesen Mann bewachte und pflegte. Aber es ist wahr, daß eine Menge unbestimmter, schattenhafter Vorstellungen ihn mit Trauer erfüllten, wenn er auf das abgezehrte Gesicht blickte. Sie trieben ihm die Tränen in die Augen, wenn er sich bückte, um seine Wange zu küssen; sie hielten ihn wach in wehmütiger Freude, gaben ihm ein, den Vater vor der Sonne zu schützen, ihm mit Blättern Luft zuzufächeln, ihn zu beruhigen, wenn er im Schlaf auffuhr – ach! was für ein unruhiger Schlaf war es –, und mit Erstaunen fragte er sich, wann sie wohl kommen würde, um mit ihnen vereinigt glücklich zu sein. Er saß den ganzen Tag neben ihm und lauschte bei jedem Lufthauch auf ihren Tritt, schaute auf dem sanftbewegten Gras nach ihrem Schatten aus, wand Wiesenblumen zusammen, um seine Mutter zu erfreuen, wenn sie käme, und um seinen Vater zu erfreuen, wenn er erwachte; dann und wann bückte er sich nieder, um auf sein Geflüster zu lauschen, und wunderte sich, daß er an dem friedlichen Ort so ruhelos war. Die Sonne ging unter, die Nacht zog herauf, und noch immer saß er ruhig da, nur mit seinen Gedanken beschäftigt, als wenn es keine anderen Menschen weiter in der Welt gebe, und als verberge die düstere Rauchwolke, die über der fernen, großen Stadt hing, keine Laster, keine Verbrechen, nicht Leben und Tod, nichts Beunruhigendes, als wäre nur klare, reine Luft vorhanden.

Aber nun war die Zeit gekommen, daß er allein gehen und den Blinden suchen sollte, eine Aufgabe, die ihn mit Entzücken erfüllte, um ihn nach diesem Ort zu bringen; und er sollte besonders vorsichtig sein, daß man ihn nicht beobachte oder auf seinem Rückweg verfolge. Er merkte sich die Vorsichtsmaßregeln, die er beachten sollte, und wiederholte sie mehrmals; und nachdem er noch zwei- oder dreimal umgekehrt war, um seinen Vater mit fröhlichem Lachen zu überraschen, machte er sich endlich auf den Weg, Greifer, den er auf seinen Armen aus dem Gefängnis getragen hatte, seiner Pflege überlassend.

Er war flink zu Fuß, und es drängte ihn, bald zurückzusein; darum eilte er schnell der Stadt zu, konnte sie jedoch nicht erreichen, ehe die Feuer aufflammten und die Nacht mit ihrem unheilvollen Glanz erhellten. Als er in die Stadt kam – mochte es nun sein, daß er sie allein ohne seine früheren Gefährten und nicht zu einem kühnen Unternehmen betrat, oder lag es an der friedlichen Stille, in der er den Tag zugebracht hatte, oder an den Gedanken, die in ihm aufgestiegen waren – schien es ihm, als sei sie von einer Legion Teufel bevölkert. Dieses Fliehen und Verfolgen, dieses grausame Niederbrennen und Zerstören, dieses furchtbare

Geschrei und der betäubende Lärm! Waren sie wirklich des guten Herrn heilige Sache?

Obgleich er von den verwirrenden Szenen ganz bestürzt war, fand er doch das Haus des Blinden. Es war verschlossen und unbewohnt. Er wartete lange Zeit, aber es kam niemand. Endlich zog er sich zurück, und da er erfahren hatte, daß die Soldaten feuerten und viele Leute getötet waren, ging er nach Holborn hinunter, wo die größte Menge versammelt sein sollte. Er wollte versuchen, ob er Hugh fände und ihn dazu bringen könne, die Gefahr zu meiden und mit ihm zurückzukehren.

Wenn er schon vorher bestürzt und erschreckt gewesen war, so wuchs sein Entsetzen noch tausendfach, als er in diesen Wirbel des Aufstandes geriet und das schreckliche Schauspiel, in dem er nicht mitwirkte, vor Augen hatte. Doch da, in der Mitte, über alle hinwegragend, dicht vor dem Haus, das sie jetzt angriffen, war Hugh zu Pferde und feuerte die übrigen durch seine Zurufe an!

Angewidert durch den Anblick, der sich ihm auf allen Seiten darbot, und durch die Hitze, den Lärm und das Getöse, suchte er sich einen Weg durch die Menge zu bahnen, in der viele ihn erkannten und mit Jubelgeschrei sich zur Seite drängten, um ihn durchzulassen, und war endlich ganz nahe bei Hugh, der wilde Drohungen gegen einen Mann ausstieß; aber wer es war, oder was er sagte, konnte er in der großen Verwirrung nicht verstehen. In diesem Augenblick hatte sich die Menge einen Weg in das Haus gebahnt, und Hugh stürzte kopfüber vom Pferd – wodurch dies geschah, war in dem Trubel unmöglich zu erkennen.

Barnaby war an seiner Seite, als er sich taumelnd wieder aufraffte. Es war gut, daß er ihm durch seine Stimme kenntlich war, oder Hugh hätte ihm mit der geschwungenen Axt den Schädel gespalten.

»Barnaby – du! Wessen Hand war es, die mich niederschlug?«

»Meine nicht!«

»Wessen! Ich sage, wessen!« rief er, zurücktaumelnd und wild um sich blickend. »Was geht vor? Wo ist er? Zeigt her!«

»Du bist verwundet«, sagte Barnaby. Und so war es, der Schlag, den er erhalten hatte, und der Huf seines eigenen Pferdes hatten ihm eine Wunde am Kopf beigebracht. »Komm fort mit mir.«

Mit diesen Worten nahm er den Zügel des Pferdes in die Hand, wendete es und zog Hugh ein paar Schritte fort. So kamen sie aus der Menge heraus, die sich von der Straße in die Keller des Weinschenken ergoß.

»Wo ist – wo ist Dennis?« sagte Hugh, still stehend und Barnaby mit starkem Arm festhaltend. »Wo hat er den ganzen Tag gesteckt? Und was sollte sein Benehmen letzte Nacht im Gefängnis bedeuten? Sagts mir, Ihr – hört Ihr!«

Seine gefährliche Waffe schwingend, fiel Hugh wie ein Stück Holz zu Boden. Nach einer Minute jedoch kroch er, obgleich er schon fast wahnsinnig war vom Alkohol und von der Kopfwunde, zu einem Strom feurigen Branntweins, der in dem Rinnstein herabfloß, und begann zu trinken, als wenn es frisches Quellwasser wäre.

Barnaby zog ihn fort und zwang ihn aufzustehen. Obgleich Hugh weder stehen noch gehen konnte, taumelte er unwillkürlich zu seinem Pferd und kletterte auf dessen Rücken, wo er sich festklammerte. Nach vergeblichen Versuchen, das Tier von seinem klappernden Schmuck zu befreien, sprang Barnaby hinter ihm auf, ergriff den Zügel, bog in ein Gäßchen ein und spornte das erschreckte Pferd zu einem schwerfälligen Galopp an.

Er blickte noch einmal zurück, ehe er die Straße verließ, und hatte einen Anblick, der selbst aus seiner Erinnerung nicht leicht auszumerzen war.

Das Haus des Weinhändlers und ein halbes Dutzend benachbarte Häuser bildeten eine große Feuersglut. Die ganze Nacht hindurch hatte niemand versucht, die Flammen zu löschen oder sie auf den Brandherd zu beschränken; aber nun war eine Abteilung Soldaten eifrig an der Arbeit, zwei alte hölzerne Häuser niederzureißen, die jeden Augenblick Feuer zu fangen drohten, und, wenn man sie hätte brennen lassen, die Feuersbrunst entsetzlich vergrößert hätten. Das Zusammenstürzen von berstenden Mauern und schweren Balken, das Geschrei und die Flüche der Menge, das entfernte Feuern der Soldaten, die verzweifelten Blicke und das Wimmern der Menschen, deren Wohnungen in Gefahr waren, das Flüchten der geängstigten Bewohner mit ihren Habseligkeiten; der Widerschein der blutroten, züngelnden Flammen in allen Himmelsgegenden, als wenn der jüngste Tag gekommen wäre und das ganze Weltall in Flammen stünde, der Staub und Rauch, die Funken, die durch die Luft flogen und sengend und zündend niederfielen, der heiße, erstickende Dampf, der alles verhüllte, die Sterne, den Mond und den ganzen Himmel auslöschte – bildeten eine solche Summe der Trostlosigkeit und Verwüstung, daß es schien, als ob das Antlitz des Himmels vernichtet wäre, und die Nacht mit ihrer Ruhe und ihrem Frieden und sanftem Licht niemals wieder auf die Erde herablächeln könnte.

Aber noch gräßlicheres war zu schauen, weit schrecklicheres als Rauch und Feuer und die unersättliche, wahnsinnige Wut des Pöbels. Die Straßenrinnen und alle Vertiefungen und Spalten zwischen den Steinen waren mit feurigem Branntwein angefüllt, der, von gierigen Händen abgedämmt, den Weg und das Pflaster überflutete und einen großen Pfuhl bildete, darin die Menschen zu Dutzenden tot zusammenbrachen. Sie lagen haufenweise rings um die furchtbare Lache, Männer und Weiber, Väter und Söhne, Mütter und Töchter, Frauen mit Kindern in den Armen und Säuglingen an der Brust, und tranken, bis sie starben. Während manche sich zu dem Abgrund niederbeugten, die Lippen hineintauchten, um den Kopf nie wieder zu erheben, sprangen andere nach gierigen Zügen wieder auf und tanzten, halb in wahnsinnigem Triumph und halb in erstickender Todesangst, bis sie niedersanken und ihre Leichen in dem Branntwein badeten, der sie getötet hatte. Und doch war sogar dieses noch nicht die abschreckendste Todesart, die in dieser verhängnisvollen Nacht vorkam. Aus den brennenden Kellern, wo sie aus Hüten, Eimern, Fässern, Kübeln und Schuhen tranken, wurden einige Männer lebendig, aber vom Kopf bis zu den Füßen brennend, hervorgezogen. Rasend vor Schmerz und Todesangst suchten diese lebenden Feuersäulen nun nach etwas, das wie Wasser aussah, und stürzten sich zischend in diese widrige Lache, und flüssiges Feuer loderte empor und ergriff alles, was ihm in den Weg kam, lief über die ganze Oberfläche hin und verschonte weder Lebende noch Tote. In dieser letzten Nacht der großen Aufstände – denn die letzte Nacht war es – wurden die unglücklichen Opfer einer sinnlosen Empörung von den Flammen, die sie entzündet hatten, selbst zu Staub und Asche verbrannt und in den Straßen Londons zerstreut.

Alles, was er mit diesem letzten Blick gesehen, prägte sich unauslöschlich in Barnabys Geist ein. Er floh aus der Stadt, die solche Schreckensszenen barg, und senkte den Kopf, um diesen furchtbaren Feuerschein nicht auf der friedlichen Landschaft zu sehen, und hatte bald die stillen Landwege erreicht.

Ungefähr eine halbe Meile von dem Zufluchtsort seines Vaters entfernt hielt er an und machte Hugh mit vielen Schwierigkeiten begreiflich, daß er absteigen müsse; die Ausrüstung des Pferdes versenkte er in einen dort befindlichen Teich und ließ das Tier frei. Nachdem das geschehen war, stützte er seinen Gefährten, so gut es gehen wollte, und führte ihn langsam vorwärts.

69. Kapitel

Es war mitten in der Nacht und sehr dunkel, als Barnaby sich mit seinem taumelnden Gefährten dem Platz näherte, wo er seinen Vater verlassen hatte; aber jetzt sah er ihn in der Dunkelheit davonschleichen. Selbst seinem Sohn mißtraute er. Nachdem er ihm mehrmals zugerufen, daß nichts zu fürchten sei, ohne daß jedoch der Vater darauf gehört hätte, ließ er Hugh zu Boden sinken und lief hinter seinem Vater her, um ihn zurückzuführen.

Der aber lief trotzdem weiter, bis Barnaby dicht bei ihm war; dann wendete er sich um und sagte mit gedämpfter, aber dennoch gräßlich klingender Stimme:

»Laß mich gehen, lege nicht Hand an mich. Zurück. Du hast ihr alles gesagt, und du und sie, ihr habt mich zusammen verraten.«

Barnaby blickte ihn stumm an. »Du hast deine Mutter gesehen!«

»Nein«, rief Barnaby eifrig. »Seit langem nicht – so lange nicht, ich weiß nicht wie lange. Ich glaube, es ist ein ganzes Jahr. Ist sie hier?« Sein Vater sah ihn ein paar Augenblicke durchdringend an und sagte dann, sich ihm wieder nähernd – denn wenn man Barnaby ins Gesicht sah und ihn sprechen hörte, war es unmöglich zu bezweifeln, daß er die Wahrheit sagte:

»Was für ein Mann ist das?«

»Hugh – Hugh. Nur Hugh. Du kennst ihn. Er wird dir nichts zuleide tun. Wie kannst du dich vor Hugh fürchten! Ha, ha, ha! Sich vor dem rauhen, alten, bärbeißigen Hugh zu fürchten!«

»Was er für ein Mann ist, frage ich dich«, erwiderte er so heftig, daß Barnaby zu lachen aufhörte und ihn, einen Schritt zurückweichend, erschreckt und erstaunt ansah.

»O, wie streng du bist! Ich könnte mich vor dir fürchten, obgleich du mein Vater bist – vor ihr habe ich mich nie gefürchtet. Warum sprichst du so mit mir?«

»Ich verlange eine Antwort«, sagte er und schob die Hand zurück, die sein Sohn in dem schüchternen Versuch, ihn zu besänftigen, ihm auf den Arm gelegt hatte. »Ich verlange eine Antwort, und du gibst mir nur Spott und Fragen zu hören. Wen hast du in diesen Schlupfwinkel gebracht, du Narr? Und wo ist der Blinde?«

»Ich weiß es nicht. Sein Haus war geschlossen. Ich wartete, aber es kam niemand; das war doch nicht meine Schuld. Dies ist Hugh – der tapfere Hugh, der in das häßliche Gefängnis einbrach und uns befreite. Aha! Nun kannst du ihn leiden, nicht wahr? Nun hast du ihn gerne!«

»Warum liegt er am Boden?«

»Er ist gestürzt und hat zu viel getrunken. Die Felder und Bäume drehen, drehen, drehen sich mit ihm, und der Boden wankt ihm unter den Füßen. Du kennst ihn? Du erinnerst dich seiner? Sieh!«

Sie waren inzwischen dahin zurückgekehrt, wo er lag, und bückten sich beide, um ihm ins Gesicht zu sehen.

»Ich erinnere mich an den Mann«, murrte sein Vater. »Warum hast du ihn hierher gebracht?«

»Es hätte ihm das Leben gekostet, wenn ich ihn dort gelassen hätte. Es wurde geschossen, und Blut floß. Macht dich der Anblick von Blut unwohl, Vater? Ich sehe es dir am Gesicht an. Mir geht es ebenso. Wonach siehst du?«

»Nach gar nichts!« sagte der Mörder leise, indem er ein paar Schritte zurücktaumelte und mit verzerrtem Gesicht und starren Augen über seines Sohnes Kopf hinwegstarrte. »Nach gar nichts.«

Er blieb in derselben Stellung und mit demselben Gesichtsausdruck wohl eine Minute lang, dann blickte er langsam ringsumher, als wenn er etwas verloren hätte, und ging fröstelnd wieder zur Hütte.

»Soll ich ihn hereinbringen, Vater?« fragte Barnaby, der ihn erstaunt betrachtet hatte.

Er antwortete nur mit einem unterdrückten Stöhnen, streckte sich am Boden aus, zog sich seinen Mantel über den Kopf und verkroch sich in den dunkelsten Winkel.

Da Barnaby merkte, daß Hugh durch nichts zu wecken oder

für einen Augenblick zu Bewußtsein zu bringen war, zerrte er ihn über das Gras fort und legte ihn auf einen kleinen Haufen schlechtes Heu und Stroh, das bisher ihm zum Lager gedient hatte. Vorher hatte er aus einem dicht vorbeifließenden Bach Wasser geholt, ihm die Wunden gewaschen und Gesicht und Hände gebadet. Dann legte er sich selbst zwischen beiden zur Nachtruhe nieder und war, nach den Sternen blickend, bald fest eingeschlafen.

Früh am Morgen, durch den Sonnenschein, den Gesang der Vögel und das Summen der Insekten geweckt, verließ er die beiden in der Hütte schlafenden Männer und ging in die frische, angenehme Luft hinaus. Aber er fühlte, daß auf seinen abgespannten Sinnen, die von den schrecklichen Szenen der letzten Nacht und vieler Nächte vorher gedrückt und zermartert waren, alle Schönheiten des erwachenden Tages, die er so oft mit Entzücken genossen hatte und an denen er sonst stets große Freude fand, schwer lasteten. Er dachte an die herrlichen Morgenstunden, wenn er mit den Hunden durch die Wälder und Felder gestreift war, und bei der Erinnerung daran füllten sich seine Augen mit Tränen. Er hatte, Gott weiß es, nicht das Bewußtsein, Unrecht getan zu haben, auch hatte er keine neuen Ansichten über die Sache, an der er beteiligt gewesen, oder über die Männer, die sie vertraten, aber er war von Sorgen, Kümmernissen und finsteren Erinnerungen erfüllt, und während er früher sich dessen gar nicht bewußt gewesen war, begann sich jetzt in ihm der Wunsch zu regen, daß dieses oder jenes Ereignis nicht möge stattgefunden haben, und daß nicht über gar so viele Menschen Kummer und Not gebracht worden wäre. Und dann dachte er darüber nach, wie glücklich sie sein würden – sein Vater, seine Mutter, er und Hugh – wenn sie zusammen fortgehen und in einem einsamen Ort leben könnten, wo man nichts von solchen Unruhen wüßte; und daß vielleicht der blinde Mann, der so weise von Gold und von dem großen Geheimnis sprach, das er kannte, sie vielleicht lehren würde, wie man frei von Entbehrungen und Mangel leben könnte. Als ihm dieses einfiel, tat es ihm um so mehr leid, daß er ihn am Abend vorher nicht gesehen hatte, und er brütete noch über diesen Gedanken, als sein Vater auf ihn zukam und ihm auf die Schulter klopfte.

»Ah!« rief Barnaby, aus seinen Betrachtungen aufschreckend. »Bist du es nur?«

»Wer sollte es sonst sein?«

»Ich dachte beinahe, es wäre der Blinde«, antwortete er. »Ich muß mit ihm sprechen, Vater.«

»Auch ich muß mit ihm sprechen, denn ehe ich ihn gesehen habe, weiß ich nicht, wohin ich fliehen und was ich tun soll; und hierbleiben ist der Tod. Du mußt wieder zu ihm gehen und ihn herbringen.«

»Muß ich!« rief Barnaby fröhlich. »Das ist gut, Vater. Das ist's gerade, was ich will.«

»Aber du mußt mir ihn herbringen, und keinen anderen. Und wenn du auch an seiner Türe den ganzen Tag und die ganze Nacht warten solltest, du mußt dort bleiben und darfst nicht ohne ihn zurückkommen.«

»Keine Sorge«, rief Barnaby heiter, »er soll schon kommen, er soll schon kommen.«

»Schluß mit diesen Spielereien«, sagte sein Vater, die Bänder und Federn von seinem Hut reißend, »und hänge meinen Mantel hier über deinen Anzug. Und achte auf den Weg, den du gehst. In den Straßen wird's noch genug zu tun geben, so daß niemand Zeit haben wird, sich um dich zu kümmern. Über den Rückweg brauche ich dir nichts zu sagen; da wird er schon alles vorsichtig einrichten.«

»Gewiß!« sagte Barnaby. »Gewiß, das wird er! Ein kluger Mann, Vater, und einer, der uns lehren kann, wie man reich wird. O! Ich kenne ihn, ich kenne ihn.«

Er war schnell fertig, und, so gut wie möglich verkleidet, schritt er mit leichterem Herzen auf seiner zweiten Wanderung dahin. Hugh lag noch in trunkener Betäubung auf dem Boden der Hütte. Sein Vater schritt vor derselben auf und ab.

Der Mörder blickte Barnaby voll ängstlicher Gedanken nach und ging unruhig hin und her. Jeder Lufthauch, der in den Zweigen flüsterte, und jeder leichte Schatten, den die vorüberziehenden Wolken auf den blumengeschmückten Wiesengrund warfen, jagten ihm einen Schrecken ein. Er war besorgt, ob sein Sohn auch glücklich wiederkehren würde und fühlte sich doch erleichtert, solange er fort war, obgleich sein eigenes Leben und seine Sicherheit von seiner Rückkunft abhingen. Bei der tiefen Selbstsucht, die die beständige Erinnerung an seine schweren Verbrechen und deren Folgen hier und im Jenseits in ihm erzeugten, ging jeder Gedanke an Barnaby als seinen Sohn gänzlich unter. Dennoch war seine Anwesenheit eine Qual für ihn und regte in ihm die Gewissensbisse; in seinen unsteten Augen sah er schreckliche Bilder aus der Blutnacht; bei seinem halbentwickelten Geist und seiner ganzen Erscheinung, die so wenig von einem Menschen an sich hatte, erschien er dem Mörder wie ein Geschöpf, das aus dem Blut seines Opfers entstanden sein mochte. Er konnte seinen Anblick, seine Stimme, seine Berührung nicht ertragen und war doch durch seine verzweifelte Lage, und die einzige Hoffnung, die ihm blieb, dem Galgen zu entgehen, dazu gezwungen, ihn an seiner Seite zu dulden und sich selbst zu sagen, daß ihn von sich jagen auch Verzicht leisten hieß auf seine einzige Aussicht auf Rettung. Er ging den ganzen Tag fast ohne auszuruhen auf und ab und erwog all diese Dinge in seinem Geist. Hugh lag noch immer bewußtlos in der Hütte. Endlich, als die Sonne unterging, kehrte Barnaby zurück. Er führte den Blinden und sprach unterwegs eifrig mit ihm.

Der Mörder ging ihnen entgegen und befahl seinem Sohne, hinzugehen und mit Hugh zu sprechen, der sich eben wankend aufzurichten suchte, und nahm seinen Platz neben dem Blinden ein, ihm langsam nach der Hütte hin folgend.

»Warum habt Ihr ihn geschickt?« sagte Stagg. »Wißt Ihr nicht, daß Ihr ihn auf diese Weise ebenso schnell wieder verlieren könntet, wie Ihr ihn gefunden habt?«

»Hätte ich etwa selbst kommen sollen?« versetzte der andere.

»Hm! Das nicht. Ich war Dienstag nacht vor dem Gefängnis, aber traf Euch nicht in dem Gedränge. Letzte Nacht war ich auch aus. Es war gute Arbeit letzte Nacht – lustige Arbeit – einträgliche Arbeit«, fügte er hinzu und klimperte mit dem Geld in den Taschen.

»Habt Ihr ...«

»Wollt Ihr mir mehr erzählen, oder nicht?«

»Ich will Euch alles erzählen«, versetzte der Blinde lachend. »Entschuldigt – aber es macht mir Spaß, wenn Ihr so aufbraust. Da sieht man doch, daß Ihr noch ein ganzer Kerl seid!«

»Willigt sie ein, das Wort zu sagen, das mich retten kann?«

»Nein«, antwortete der Blinde mit Nachdruck, ihm das Gesicht zuwendend. »Nein. Es steht so. Sie hat mit einem Fuß im Grab gestanden, seit sie ihren Liebling verloren hat. Ist bewußtlos gewesen, und ich weiß nicht, was noch alles. Ich spürte sie in einem Hospital auf und besuchte sie, mit Eurer Erlaubnis, an ihrem Krankenbett. Unser Gespräch dauerte nicht sehr lange, denn sie war schwach, und da Leute in der Nähe waren, fühlte ich mich unsicher. Aber ich sagte ihr alles, was wir vorher abgemacht hatten, und malte ihr die Lage des jungen Herrn in kräftigen Farben. Sie versuchte gütlich mit mir fertigzuwerden, aber ich sagte ihr natürlich, das sei nur verlorene Zeit. Sie weinte und jammerte, wie Ihr Euch denken könnt; das tun ja alle Weiber. Dann fand sie plötzlich ihre Kraft und Beredsamkeit wieder und sagte, der Himmel würde ihr und ihrem unschuldigen Sohn helfen, und sie wolle uns vor dem Himmel anklagen. Das tat sie; und wirklich, ich versichere Euch, sie hat sich dabei ganz hübsch auszudrücken verstanden. Ich riet ihr als Freund, nicht zu sehr auf Hilfe aus so entfernten Gegenden zu rechnen – empfahl ihr, sich die Sache zu überlegen – sagte ihr, wo wir wohnten – meinte, sie würde am nächsten Tage gewiß schon vor Mittag zu mir schicken – und verließ sie in einer Ohnmacht, die vielleicht aber auch nur erheuchelt war.«

In dieser Erzählung hielt der Blinde mehrmals inne, um Nüsse zu knacken und zu essen, von denen er eine ganze Tasche voll zu haben schien. Als er ausgeredet hatte, zog er eine Flasche aus der Tasche, tat einen tüchtigen Zug und bot sie seinem Gefährten an.

»Wie? Ihr wollt nicht?« sagte er, da er fühlte, daß sie von dem anderen zurückgeschoben wurde. »Nun, dann wird der feine Herr, der mit Euch zusammenwohnt, Appetit haben. He! Ihr Eisenfresser!«

»Zum Teufel!« sagte der andere, ihn zurückhaltend. »Wollt Ihr mir sagen, was ich tun soll?«

»Tun! Nichts leichter als das. Macht in zwei Stunden eine Mondschein-Promenade mit dem jungen Herrn – der geht sehr gern mit; ich habe ihm unterwegs gute Ratschläge gegeben – und entfernt Euch von London, so weit Ihr könnt. Gebt mir Nachricht, wo Ihr seid, und überlaßt mir das übrige. Sie muß nachgeben; sie kann nicht lange Widerstand leisten; und wenn Ihr denkt, Ihr könntet inzwischen wieder verhaftet werden, potzblitz, so war's doch nicht nur einer, der aus Newgate entsprungen ist, sondern es waren ihrer dreihundert. Bedenkt das zu Eurem Troste!«

»Aber wir müssen leben. Wovon?«

»Wovon!« wiederholte der Blinde. »Von Essen und Trinken. Und wie kommt man zu Fleisch und einem Trunk? Durch Bezahlung! Geld!« rief er, auf seine Tasche klopfend. »Ist Geld die

Losung? Nun, die Straßen waren mit Geld überschwemmt. Der Teufel gebe, daß der Spaß noch nicht zu Ende ist, denn es waren lustige Zeiten, goldene, seltene Zeiten, wo man ordentlich brüllen und zusammengrapschen konnte. Hollah! Eisenfresser, hollah, hollah, sauf! Sauf Bärbeiß, sauf! Wo steckt Ihr? Hollah!«

Mit solchen Zurufen und in lärmender Art und Weise, die deutlich zeigte, daß er sich ganz der allgemeinen Rohheit und Ungebundenheit hingegeben hatte, tastete er sich nach der Hütte hin, wo Hugh und Barnaby am Boden saßen, und trat ein.

»Laßt's herumgehen!« rief er, Hugh seine Flasche reichend. »Die Gossen laufen über von Wein und Gold. Goldstücke und Rum strömen förmlich aus den Brunnen. Laßt's herumgehen und sauft, was das Zeug hält!«

Erschöpft, ungewaschen, ungekämmt, von Rauch und Schmutz bedeckt, das Haar mit Blut getränkt, die Stimme so verbraucht, daß er nur flüsternd sprechen konnte, die Haut vom Fieber versengt, am ganzen Leib voller Beulen und zerschunden und zerschlagen, so lag Hugh da, aber er griff doch nach der Flasche und setzte sie an die Lippen. Er war eben noch dabei zu trinken, als der Eingang der Hütte sich plötzlich verfinsterte und Dennis vor ihnen stand.

»Nichts für ungut, nichts für ungut«, sagte dieser würdige Mann in begütigendem Ton, als Hugh mit Trinken innehielt und ihn vom Kopf bis zu den Füßen mit feindseligem Blick musterte. »Nichts für ungut, Bruder. Barnaby auch hier, he? Wie geht es Euch, Barnaby? Und die beiden anderen Herren! Ergebener Diener, meine Herren! Auch Euch bitte ich, nichts für ungut. Nun, Brüder?«

Obgleich er so freundlich und zutraulich sprach, schien er doch Bedenken zu tragen, ob er eintreten sollte, und blieb draußen stehen. Er war besser gekleidet als gewöhnlich: Freilich trug er denselben abgeschabten schwarzen Anzug, aber um den Hals hatte er eine häßliche Halsbinde von gelblichweißer Farbe und an den Händen große, lederne Handschuhe, wie sie die Gärtner wohl bei ihrer Arbeit tragen. Seine Schuhe waren frisch geschmiert und mit einem Paar rostiger, eiserner Schnallen geziert, die Bindfaden um seine Knie waren erneuert, und wo Knöpfe nötig waren, trug er Nadeln. Im Ganzen sah er aus wie ein Gerichtsdiener oder der Begleiter eines Landvogts, und obwohl jämmerlich heruntergekommen, schien er doch noch den

Beamten herausstreichen zu wollen und war bemüht, das Schlimmste zum Besten zu kehren.

»Ihr habt's ja recht mollig hier«, sagte Mr. Dennis, zog ein zerfetztes Taschentuch, das wie ein zerfaserter Strick aussah, hervor und wischte sich nervös die Stirn.

»Mir scheint's nicht mehr mollig, seitdem du die Nase hereingesteckt hast«, antwortete Hugh mürrisch.

»Ei, ich will dir was sagen, Bruder«, versetzte Dennis mit freundlichem Lächeln, »wenn du nicht willst, daß ich erfahren soll, wo du hinreitest, dann muß dein Gaul andere Schellen tragen. Ja, die du letzte Nacht trugst, die kenne ich am Klang und habe ein scharfes Ohr dafür, das stimmt nun mal. Aber wie geht's dir sonst, Bruder?«

Er hatte sich inzwischen genähert und wagte es nun, sich neben ihn zu setzen.

»Wie es mir geht?« antwortete Hugh. »Wo hast du gestern gesteckt? Wo warst du hin, als du im Gefängnis weggingst? Warum hast du mich im Stich gelassen? Und was sollte das bedeuten, daß du die Augen rolltest und mir eine Faust machtest, he?«

»Ich, dir eine Faust machen, Bruder!« sagte Dennis und drückte sanft Hughs Hand herab, die dieser drohend erhoben hatte.

»Dann hast du mit dem Stock gedroht; das ist alles eins.«

»Du lieber guter Bruder, das hatte nichts zu bedeuten! Du kennst mein Herz noch lange nicht. Es sollte mich gar nicht wundern«, fügte er im verzagenden Ton eines schwer gekränkten Mannes hinzu, »wenn du geglaubt hättest, weil ich die Kerle im Gefängnis behalten wollte, wäre ich zum Deserteur geworden.«

Hugh sagte ihm mit einem Fluch, daß er das glaubte.

»Oh!« sagte Mr. Dennis traurig. »Du könntest einen weiß Gott dahin bringen, daß man all seinen Mitmenschen mißtraut. Ich, Deserteur werden, he, ich! Ned Dennis, so von meinem eigenen Vater getauft! – Ist die Axt deine, Bruder?«

»Ja, das ist meine Axt«, sagte Hugh in demselben mürrischen Ton wie zuvor, »sie hätte dir leicht eins versetzen können, wenn du ihr letzte Nacht in die Quere gekommen wärest. Leg sie weg!«

»Mir eins versetzen!« fragte Mr. Dennis, sie noch immer in der Hand behaltend und mit zerstreuter Miene die Schneide befühlend. »Mir eins versetzen, wo ich doch, soweit es in meinen Kräften stand, die ganze Zeit über zu Nutz und Frommen der guten Sache mich aufgerieben habe. Das ist mir eine schöne Welt! Und dabei forderst du mich nicht mal auf, einen Schluck aus der Flasche zu nehmen – was?«

Hugh warf sie ihm hin. Als er sie an den Mund setzte, sprang Barnaby auf, winkte ihnen, still zu sein und blickte aufmerksam hinaus.

»Was gibt's denn, Barnaby?« sagte Dennis und sah Hugh an; er hatte die Flasche fallenlassen, hielt aber die Axt noch in der Hand.

»Still!« antwortete er leise. »Was sehe ich dort hinter der Hecke blitzen?«

»Was?« rief der Henker mit gellender Stimme und in den höchsten Tönen, Hand an ihn und an Hugh legend, »doch nicht – doch nicht Soldaten!«

In demselben Augenblick war die Hütte mit Bewaffneten gefüllt. Eine Abteilung Reiterei kam herangesprengt und stellte sich davor auf.

»So!« sagte Dennis, den niemand anrührte, während die anderen zu Gefangenen gemacht wurden, »die beiden jungen Leute sind es, Ihr Herren, auf die ein Preis ausgesetzt wurde. Der andere ist ein entsprungener Verbrecher. Es tut mir leid, Bruderherz«, fügte er im Tonfall des Bedauerns hinzu, indem er sich an Hugh wandte. »Du hast's dir aber selbst zugezogen; hast mich ordentlich dazu gezwungen; weißt doch, du wolltest die besten konstitutionellen Grundlagen nicht respektieren; du rütteltest an den Grundstützen der menschlichen Gesellschaft. Da hätt ich ja lieber was aus Barmherzigkeit weggeschenkt, wahrhaftig! Wenn Ihr sie festhalten wollt, Ihr Herren, ich habe einen Kunstgriff beim Fesseln, besser als Ihr es versteht.«

Aber die Ausübung desselben wurde durch ein neues Ereignis um ein paar Minuten hinausgeschoben. Der Blinde, dessen Ohren zuverlässiger waren als vieler Leute Augen, war schon früher als Barnaby durch das Rauschen in den Büschen, unter deren Schutz die Soldaten herangekommen waren, aufmerksam geworden. Er hatte sich augenblicklich zurückgezogen und irgendwo ein paar Minuten versteckt, dann in der Verwirrung wahrscheinlich die Richtung, die er einschlagen mußte, verfehlt, und nun sah man ihn quer über die Wiese laufen.

Ein Offizier rief sogleich, der Kerl habe letzte Nacht beim

Plündern geholfen. Es wurde ihm laut zugerufen, stehenzubleiben und sich zu ergeben. Er lief nur um so schneller und wäre in wenigen Augenblicken außer Schußweite gewesen. Da wurde der Befehl zum Feuern gegeben, und die Soldaten schossen nach ihm.

Es entstand eine atemlose Pause tiefster Stille, während aller Augen auf ihn geheftet waren. Man sah ihn beim Feuern zusammenfahren, wie wenn der Knall ihn erschreckt hätte. Aber er stand nicht still und mäßigte seine Schritte um nichts, sondern rannte noch vierzig Schritte weiter. Dann fiel er, ohne zu wanken oder zu taumeln, ohne ein Zeichen von Schwäche, ohne mit einem Glied zu zucken, zu Boden.

Einige Soldaten eilten nach dem Ort, wo er lag – der Henker mit.

Es war alles so schnell gegangen, daß sich der Pulverdampf noch nicht verzogen hatte, sondern nun erst in einem leichten Wölkchen aufstieg, das die Seele des Toten hinwegzutragen schien. Man sah ein paar Blutstropfen auf dem Gras – etwas mehr Blut, als sie ihn umwendeten – das war alles. »Seht her! Seht her!« sagte der Henker, sich neben dem Leichnam auf ein Knie niederlassend und mit bedauerndem Gesichtsausdruck zu dem Offizier und den Soldaten aufsehend: »Ein schöner Anblick!«

»Aus dem Weg«, antwortete der Offizier. »Sergeant! Seht, was er bei sich hat.«

Der Mann wendete die Taschen des Toten auf dem Gras um und zählte außer einigen fremden Münzen und zwei Ringen fünfundvierzig Goldstücke. Sie wurden in ein Taschentuch geschlagen und weggetragen; der Leichnam blieb vorläufig liegen; sechs Soldaten und der Sergeant erhielten später den Befehl, denselben ins nächste Gasthaus zu tragen.

»Na, wollt Ihr nicht auch gehen?« sagte der Sergeant, Dennis auf den Rücken klopfend und auf den Offizier zeigend, der auf die Hütte zuschritt.

Mr. Dennis erwiderte: »Ach, sprecht nicht mit mir!« Wiederholte dann aber was er vorher gesagt hatte, nämlich: »Ein schöner Anblick!«

»Ich sollte meinen, kein Anblick, aus dem Ihr Euch viel macht«, bemerkte der Sergeant kühl.

»Warum?« fragte Mr. Dennis. »Wer sonst sollte sich etwas daraus machen?«

»Oh! Ich wußte nicht, daß Ihr ein so weiches Herz habt!« sagte der Sergeant.

»Ein weiches Herz? Ich?« wiederholte Dennis. »Da! Seht Euch den Mann an. Nennt Ihr das konstitutionell? Seht doch, wie er zerschossen ist, statt wie ein Brite gerichtet zu werden! Verdammt! Ich weiß nicht, zu welcher Partei ich mich halten soll. Ihr seid einer so schlimm wie die anderen. Was soll denn aus dem Land werden, wenn die Militärmacht die Bürger auf diese Art ausrottet? Wo bleiben die Bürgerrechte dieses armen Mitmenschen, daß er nicht mich in seinen letzten Augenblicken neben sich hatte? Ich war doch da. Ich war bereit. Schöne Zeiten, Bruder, wenn die Toten solche Klage gegen uns erheben, wie sollen wir dann ruhig in unsern Betten schlafen? Schöne Zeiten!«

Ob er daraus Trost schöpfte, daß er die Gefangenen fesselte, ist ungewiß, aber wahrscheinlich. Wenigstens heiterte es ihn auf, zu dieser Arbeit herangezogen zu werden; sie hielt ihn für kurze Zeit von seinen traurigen Betrachtungen ab und gab seinen Gedanken eine Beschäftigung, die ihnen besser behagte.

Sie wurden nicht alle drei zusammen, sondern in zwei Abteilungen davongeführt; Barnaby und sein Vater gingen, von einer Abteilung Soldaten umgeben, zu Fuß auf einem Wege; Hugh wurde auf ein Pferd gebunden und von einem Reitertrupp auf einem anderen Wege eskortiert.

Da sie streng voneinander getrennt gehalten wurden, hatten sie in der kurzen Zwischenzeit, die ihrem Aufbruch voraufging, keine Gelegenheit zu Mitteilungen. Hugh bemerkte nur, daß Barnaby mit gesenktem Kopf zwischen seinen Wächtern ging und ohne die Augen aufzuschlagen ihm mit seiner gefesselten Hand im Vorbeigehen zu winken versuchte. Er selbst suchte während des Rittes seinen Mut durch den Gedanken zu heben, daß der Pöbel sein Gefängnis, gleichviel wo es sei, erbrechen und ihn befreien werde. Aber als sie nach London hereinkamen und besonders nach Fleet Market, das noch kürzlich die Feste der Aufrührer gewesen war, und wo das Militär gerade die letzten Überbleibsel der Menge vernichtete, sah er, wie vergeblich diese Hoffnung war und fühlte, daß er dem Tode entgegenritt.

70. Kapitel

Nachdem Mr. Dennis dieses Geschäft ohne persönlichen Schaden und ohne persönliche Unbequemlichkeit abgemacht und sich in die Ruhe eines respektablen Privatlebens zurückgezogen, beschloß er, sich ungefähr eine halbe Stunde lang durch weibliche Gesellschaft zu erquicken. Infolge dieses löblichen Vorsatzes lenkte er die Schritte in Richtung des Hauses, wo Dolly und Miss Haredale noch eingesperrt waren, und wohin auf Befehl des Herrn Simon Tappertit auch Jungfer Miggs gebracht worden war.

Die Hände, die in ledernen Handschuhen steckten, auf dem Rücken, auf dem Gesicht den Ausdruck heiterer Gedanken und angenehmer Erwägungen, schritt Mr. Dennis wie ein Landmann durch die Straßen, der sinnend seine Ernte betrachtet und sich im voraus über die reichen Gaben der Vorsehung freut. Wohin er auch blickte, überall winkten ihm Ruinen mit reicher Aussicht auf Hinrichtung; die ganze Stadt schien gepflügt, besät und durch das herrlichste Wetter gediehen zu sein, und nun stand eine gute Ernte bevor.

Als er zu den Waffen griff und zu Gewalttaten schritt zu dem hohen Zweck, Old Bailey in all seiner Reinheit und die Galgen in all ihrer jungfräulichen Nützlichkeit und stolzen Größe zu erhalten, mochte er wohl schwerlich eine solch glückliche Lage der Dinge vorausgesehen haben.

Es kam ihm vor, als sei er persönlich bevorzugt durch diese gesegnete Ernte für den Galgen; und nie hatte er sich in höherem Grade als Lieblingskind und Günstling der Schicksalsgöttin angesehen und diese Königin heißer geliebt, nie hatte er sich ihr mit so ruhigem, tugendhaftem Vertrauen gewidmet!

Den Gedanken, selbst als Aufrührer verhaftet und mit den übrigen bestraft zu werden, diese Möglichkeit verwarf Mr. Dennis als eitles Hirngespinst. Er redete sich ein, die Art, wie er sich bei Newgate betragen, und die Dienste, die er an diesem Tag geleistet, würden mehr als nötig ins Gewicht fallen, wenn er wirklich als Angehöriger der Volksmenge denunziert werden sollte. Eine Anklage von Leuten, die selbst unter Anklage standen, würde nicht hoch einzuschätzen sein, und falls wirklich das Pech eintreten sollte, daß ihm eine kleine Dummheit zur Last gelegt werden würde, so kämen gewiß der hohe Nutzen seiner amtlichen Tätigkeit gerade in der gegenwärtigen Zeit, und die starke Nachfrage nach seinem Beruf, so sehr in Betracht, daß man zweifellos Nachsicht walten lassen und die Sache mit Stillschweigen übergangen werden würde. Mit einem Wort, er hatte alle seine Karten sorgfältig ausgespielt und war zum richtigen Zeitpunkt zur anderen Partei übergegangen, hatte zwei der bekanntesten Aufrührer ausgeliefert und noch einen entsprungenen Verbrecher obendrein, mithin war er beruhigt!

Bis auf einen Umstand! Denn einen Haken hat nun einmal jede Sache; und sogar Mr. Dennis sollte nicht ganz glücklich sein. Dieser Haken war das Haus fast neben dem seinigen, worin Dolly Varden und Miss Haredale gewaltsam eingesperrt worden waren! Wurden die Mädchen entdeckt und in Freiheit gesetzt, so konnten sie ihn durch ihr Zeugnis in eine sehr gefährliche Lage bringen. Ebensowenig konnte er es sich erlauben, sie in Freiheit zu setzen, nachdem er ihnen etwa einen Eid abgefordert, den Mund zu halten. Der Grund dafür, daß der Henker seine Schritte beschleunigte und in die Gesellschaft der Damen zu kommen eilte, war also vielleicht mehr begründet durch die Gefahr, die ihm von dieser Seite drohen konnte, als durch besondere Neigung zu einer Unterhaltung mit dem weiblichen Geschlechte. Bei jedem Schritt aber verwünschte er aus ganzem Herzen Hughs und Tappertits verliebte Naturen.

Als er in das erbärmliche Zimmer trat, wo die Damen eingesperrt saßen, zogen sich Dolly und Miss Haredale still in den fernsten Winkel zurück. Aber Jungfer Miggs, die am meisten um ihren guten Ruf besorgt war, fiel sogleich auf die Knie und begann laut zu rufen: »Was wird aus mir werden! Wo ist mein Simon? Habt Mitleid, guter Herr, mit der Schwachheit meines Geschlechts!« und andere wehleidige Ausrufungen solcher Art, die sie mit viel Aufwand und Würde vorbrachte.

»Jungfer, Jungfer«, flüsterte Dennis, ihr mit dem Zeigefinger winkend, »kommt her – ich tue Euch nichts. Kommt her, mein Lämmchen! Wollt Ihr?«

Bei dieser zärtlichen Rede fing Jungfer Miggs, die zu schreien aufgehört und aufmerksam zugehört hatte, als er den Mund auftat, von neuem an: »O! Ich bin sein Lämmchen! Er sagt, ich sei sein Lämmchen! O Himmel, warum bin ich nicht alt und häßlich geboren? Warum mußte ich die jüngste von sechsen sein, und alle sind tot und liegen in ihrem friedlichen Grab, bis auf eine verheiratete Schwester, die im Goldenden Löwen Nummer siebenundzwanzig zweite Klingel ...!«

»Habt Ihr nicht gehört, daß ich Euch nichts tun will?« sagte Dennis, auf einen Stuhl zeigend. »Was ist denn also los, Miss?«

»Ich weiß nicht, was nicht los sein kann!« rief die Miggs, verzweifelt die Hände ringend. »Es kann doch was los sein!«

»Ich sage Euch aber doch, daß nichts los ist«, versetzte der Henker. »Macht mit dem Lärm ein Ende und setzt Euch her; wollt Ihr, mein Hühnchen?«

Der schmeichelnde Ton seiner letzten Worte hätte vielleicht den Zweck verfehlt, hätte er nicht dabei mit dem Daumen über die Schulter gewinkt, mit der Zunge geschnalzt und andere Zeichen mehr gegeben, aus denen das Mädchen ersah, daß er mit ihr allein über Miss Haredale und über Dolly reden wolle. Ihre Neugier war sehr stark, und da sich ihre Eifersucht heftig regte, erhob sie sich und näherte sich ihm langsam, zitternd und häufig zurückweichend und während sie alle Muskeln ihrer Kehle bis auf die kleinsten Knöchelchen spielen ließ.

»Setzt Euch«, sagte der Henker. Um seinen Worten Nachdruck zu geben, drückte er sie, ehe sie sich darauf gefaßt machen konnte, in den Stuhl, und um sie durch einen kleinen Scherz harmloser Natur wieder zu beruhigen, der ja schließlich geeignet sein kann, das weibliche Geschlecht zu ergötzen und zu fesseln, ließ er den rechten Zeigefinger eine Schraubenlinie durch die Luft beschreiben und tat, als wollte er ihn ihr in die Seite bohren – worauf die Miggs wieder anfing zu schreien und Anwandlungen von Ohnmacht zeigte.

»Herzchen, Liebchen«, flüsterte Dennis, seinen Stuhl dicht neben den ihrigen ziehend. »Wann war denn Euer Schatz zuletzt hier, he?«

»Mein Schatz, lieber Herr?« antwortete die Miggs im Tone tiefster Trauer.

»Ach, Simon! Ihr kennt ihn doch!« sagte Dennis.

»Mein Schatz, na wahrhaftig!« rief die Miggs mit einem Ausbruch von Bitterkeit, und während sie sprach, sah sie auf Dolly hin. »Mein Schatz, lieber Herr?«

Das war es, was Mr. Dennis wünschte und erwartete.

»Ach!« sagte er und sah die Miggs so beruhigend, um nicht zu sagen verliebt an, daß sie, wie sie später bemerkte, wie auf

Nadeln von der spitzesten Whitechapel-Sorte saß, da sie nicht wußte, was sie aus dem Ausdruck seines Gesichts zu schließen habe. »So was hab ich gefürchtet. Soviel hab ich schon selbst gesehen. Sie ist schuld dran. Sie wird sie ködern.«

»Ich tät's nicht«, rief die Miggs, die Hände faltend und die Augen fromm gen Himmel richtend. »Ich täte mir so viel Mühe nicht geben wie sie; ich wäre nicht so keck wie sie; ich sähe nicht aus, als wenn ich jeden Mann aufforderte: komm und küsse mich!« Und hier überlief es sie schaudernd wie ein richtiger Krampf. »Nicht wenn mir Kronen dafür geboten würden! Nicht Welten«, fuhr die Miggs feierlich fort, »sollten mich dazu verführen. Nein. Nicht, wenn ich Venus wäre.«

»Ei, aber Ihr seid doch Venus – das wißt Ihr doch«, sagte Mr. Dennis vertraulich.

»Nein, das ist nicht der Fall, Sir«, antwortete die Miggs, mit einer Miene edler Selbstverleugnung den Kopf schüttelnd, die sagen zu sollen schien, daß es freilich der Fall sein könnte, wenn sie wollte, daß sie ihre Sache hoffentlich aber besser verstünde. »Nein, das ist nicht der Fall, Sir. Hängt mir so etwas nicht an!«

Bis zu dieser Zeit hatte sie sich dann und wann nach der Seite hin gewendet, wohin sich Dolly und Miss Haredale geflüchtet hatten, hatte bald einen Schrei, bald einen Seufzer ausgestoßen oder die Hand mit heftigem Zittern auf das Herz gelegt, sowohl zur Wahrung des Anstandes, wie um ihnen zu verstehen zu geben, daß sie nur widerwillig und gezwungen mit dem Besucher spreche und daß sie damit ihrem gemeinsamen Wohl ein großes persönliches Opfer bringe. Aber als sie soweit gekommen waren, nahm Mr. Dennis eine so vielsagende Stimme an und schnitt ein so eigentümliches Gesicht, um sie zum Näherrücken aufzufordern, daß sie diese kleinen Kunstgriffe aufgab und ihm ihre Aufmerksamkeit ganz schenkte.

»Wann also war Simon hier, frage ich?« fragte Dennis, ihr ins Ohr flüsternd.

»Gestern morgen, aber nur ein paar Minuten. Und vorgestern den ganzen Tag nicht.«

»Ist Euch bekannt, daß er schon lange mit dem Plan umgeht, die dort zu entführen«, fragte Dennis, indem er Dolly durch ein leichtes Nicken bezeichnete »und Euch einem anderen zu überlassen?«

Jungfer Miggs, die bei dem ersten Teile des Satzes von schrecklichem Kummer befallen wurde, faßte sich allmählich beim Schlusse desselben und schien durch den plötzlichen Halt, den sie ihren Tränen gebot, zu verstehen zu geben, daß sie solchem Vorschlag nicht abgeneigt sei und daß sich darüber vielleicht noch reden lasse.

»Aber zum Unglück«, fuhr Dennis fort, dem die Sache nicht entging, »war der andere auch in sie verliebt, versteht Ihr; und wenn das auch nicht gewesen wäre, so ist der andere doch als Aufrührer gefangengenommen worden, und nun ist's aus mit ihm.«

Jungfer Miggs bekam einen Rückfall.

»Nun möchte ich«, sagte Dennis, »das Haus hier säubern und Euch zu Eurem Recht verhelfen. Wie wär's, wenn ich sie hier weg und aus dem Wege schaffte, he?«

Jungfer Miggs wurde wieder lebhaft und erklärte mit vielen Unterbrechungen und Gefühlsausbrüchen, daß Verführung Simchens Verderben gewesen sei, und daß es nicht seine, sondern ihre, nämlich Dollys Schuld sei. Daß Männer solche furchtbaren Ränke nicht so durchschauen könnten wie Frauen, und daß sie darum überlistet und gefangen würden, wie Simon. Daß sie nicht aus persönlichen Beweggründen handle, im Gegenteil, ihre Absichten seien die besten für alle Parteien. Aber da sie wisse, daß Simon durch die Verbindung mit einem hinterlistigen, falschen Zieraffen – sie wolle keinen Namen nennen, denn das sei nicht ihre Art – mit einem hinterlistigen und falschen Zieraffen also – fürs ganze Leben elend und unglücklich werden würde, so sehe sie sich gezwungen, diese Verbindung zu verhindern. Das, fügte sie hinzu, sei ihr offenes Bekenntnis. Aber da dies ihre persönlichen Ansichten seien, die man vielleicht als Rachsucht auslegen könne, bitte sie, dem Herrn nichts weiter zu sagen. Sie würde nicht mehr auf die Worte hören, die er sage, da sie ihre Pflichten gegen alle Menschen, auch gegen die, welche immer ihre bittersten Feinde gewesen wären, erfüllen wolle. Damit hielt sie sich die Ohren zu und schüttelte heftig den Kopf, um Mr. Dennis begreiflich zu machen, daß er reden könne, bis ihm der Atem verginge, sie würde doch taub sein wie eine Natter.

»Na, seht doch, meine Zuckerstange«, sagte Mr. Dennis, »wenn Ihr die gleichen Ansichten habt wie ich, und Euch ruhig verhalten und zur rechten Zeit aus dem Weg sein wollt, so kann ich das Haus morgen rein haben und bin aus dieser Patsche heraus. Doch halt! Da ist ja noch die andere.«

»Welche denn, Sir?« fragte die Miggs, die sich noch immer die Ohren zuhielt und beharrlich den Kopf schüttelte.

»Ei, die Lange dort«, sagte Dennis, indem er sich das Kinn rieb und vor sich hinmurmelte, daß er dem Mr. Gashford nicht raten möchte, ihm in den Weg zu kommen.

Jungfer Miggs – die nach wie vor stocktaub war – erwiderte, wenn Miss Haredale im Wege sei, so möge er sich nur beruhigen; denn soviel sie aus einem Gespräch zwischen Hugh und Herrn Tappertit bei ihrer letzten Anwesenheit erlauscht habe, so wisse sie, daß dieselbe nicht von ihnen selbst, sondern durch jemand anderes morgen abend fortgebracht werden solle.

Mr. Dennis machte große Augen, als er diese Nachricht erfuhr. Er pfiff leise vor sich hin, dachte ein bißchen nach, schlug sich dann vor den Kopf und nickte, als wenn er nun den Schlüssel zu dem geheimnisvollen Unternehmen gefunden habe und im reinen damit sei. Dann teilte er Jungfer Miggs seinen Plan mit, soweit er Dolly betraf; aber die Miggs war tauber als zuvor, als er zu sprechen anfing, und blieb es die ganze Zeit über.

Dieser wichtige Plan war folgender: Mr. Dennis wollte zwischen den Aufrührern einen kühnen jungen Mann auswählen – und hatte, wie er sagte, schon einen im Auge – der, durch die Drohungen erschreckt, die er gegen ihn vorbringen würde, und beunruhigt durch die Gefangennahme vieler, die nicht besser und nicht schlechter waren als er, gern bereit sein würde, eine Gelegenheit zu benutzen, um mit seiner Beute in die Fremde und in Sicherheit zu kommen, selbst wenn seine Reise durch eine unfreiwillige Gefährtin erschwert werden sollte; in der Tat aber würde die unfreiwillige Gefährtin, da sie ein schönes Mädchen sei, nur ein verlockender Grund mehr für ihn sein. Wenn er die passende Person gefunden habe, so wolle er sie in der folgenden Nacht herbringen, wenn die Lange schon fort sei und Jungfer Miggs sich absichtlich zurückgezogen habe. Dann sollte Dolly geknebelt, in einen großen Mantel gehüllt und in einem passenden Fuhrwerk zum Flusse transportiert werden, wo es Gelegenheit genug gebe, sie heimlich in eine kleine Barke zweifelhaften Kalibers zu schmuggeln, ohne daß nach ihr gefragt würde. Was die Kosten dieser Unternehmung angehe, so würden seiner Meinung nach, oberflächlich gerechnet, zwei bis drei silberne Tee- oder Kaffeekannen, und als Trinkgeld vielleicht ein Kuchenkorb oder eine Röstgabel, als reichliche Bezahlung zu gelten haben. Silbersachen aller Art wären seines Wissens nach von den Aufrührern an verschiedenen einsamen Orten Londons vergraben worden, besonders in St. James Square, der leicht zu erreichen, nach eingetretener Dunkelheit wenig besucht sei und auch einen passenden Wasserarm besitze. Die nötigen Wertsachen seien also zur Hand und könnten in kürzester Frist herbeigeschafft werden. Was Dolly selbst anbetreffe, so würde der Herr nach eigenem Belieben mit ihr verfahren. Er sollte nur dazu verpflichtet sein, sie zu entführen und fernzuhalten; alle anderen Einrichtungen und Anordnungen sollten seinem eigenen Ermessen überlassen bleiben.

Hätte Jungfer Miggs hören können, so wäre sie über eine solche Anstandswidrigkeit, daß ein junges Mädchen bei Nacht mit einem Fremden davongehen solle, gewiß entsetzt gewesen, denn ihr moralisches Empfinden war, wie schon gesagt, von zartfühlender Art; sobald aber Mr. Dennis zu sprechen aufhörte, erinnerte sie ihn daran, seinen Atem nur unnütz verschwendet zu haben. Sie sagte ihm ferner, immer noch mit den Fingern in den Ohren, nur eine strenge, praktische Lehre könne die Tochter des Schlossers vom äußersten Verderben retten, und es sei eine moralische Verbindlichkeit und heilige Pflicht gegen die Familie, zu ihrer Besserung etwas zu unternehmen. Jungfer Miggs bemerkte sehr richtig, der Schlosser und seine Frau würden ja freilich jammern und sich grämen, wenn sie ihr Kind durch gewaltsame Entführung oder auf andere Weise verlören, aber wir wüßten in dieser Welt nun einmal selten, was zu unserem besten diene, da unsere sündige und unvollkommene Natur so beschaffen sei, daß nur wenige zu einer klaren Einsicht darüber kämen.

Nachdem sie ihre Unterhaltung zu diesem befriedigenden Ende gebracht hatten, trennten sich die beiden: Dennis, um sein Unternehmen auszuführen und um noch einen Gang durch seine Besitzungen zu machen; Jungfer Miggs, um sich einem Ausbruch der schmerzlichsten Gefühle hinzugeben, die, wie sie zu verstehen gab, durch gewisse zarte Dinge verursacht waren, die er frech und unverschämt genug gewesen wäre, ihr zu sagen, worüber das Herz der kleinen Dolly tief gerührt wurde. Sie tat und redete was sie konnte, um die empörten Gefühle der Jungfer Miggs zu besänftigen, und sah dabei so schön aus, daß diese junge Dame ihr am liebsten auf der Stelle das Gesicht zerkratzt hätte, wenn sie nicht in dem Bewußtsein des heraufziehenden Unheils eine genügende Ablenkung für ihren Ärger gehabt hätte.

71. Kapitel

Den ganzen folgenden Tag blieben Emma Haredale, Dolly und die Miggs zusammen in dem Raum eingesperrt, der schon seit so vielen Tagen ihr Gefängnis bildete, ohne eine andere Person zu sehen als die Männer, die sie in einer vorderen Stube bewachten, oder einen anderen Laut zu hören als die im Flüsterton geführte Unterhaltung derselben. Es schienen mehr Leute da zu sein als früher, auch hörten sie keine Frauenstimmen mehr, die sie vorher deutlich unterschieden hatten. Auch schien eine neue Aufregung unter ihnen zu herrschen; denn es wurde geheimnisvoll ein- und ausgegangen und eine fortwährende Kontrolle der neu hinzugekommenen Leute geübt. Vorher waren sie sehr rücksichtslos in ihrem Benehmen gewesen, hatten oft großen Lärm vollführt und sich gezankt und gerauft, getanzt und gesungen. Jetzt waren sie still und gedrückt, sprachen fast nur leise und schlichen mit leisen, vorsichtigen Schritten aus und ein, ganz anders als das laute Gestampfe, das sonst den zitternden Gefangenen ihr Kommen und Gehen angekündigt hatte.

Sie konnten nicht unterscheiden, ob diese Veränderung durch die Gegenwart einer unter ihnen doch angesehenen Person oder durch etwas anderes verursacht wurde. Manchmal glaubten sie, die Veränderung der Anwesenheit eines Kranken in der Stube zuschreiben zu sollen, denn in der letzten Nacht hatten sie das Geräusch schleppender, schwerer Fußtritte gehört, als wenn eine Last hereingebracht würde, und später auch Stöhnen vernommen. Aber die Wahrheit festzustellen, war ihnen nicht möglich, denn jede Frage oder Bitte ihrerseits rief einen Sturm der rohesten Worte, wenn nicht Schlimmeres hervor, sie waren mehr als glücklich, wenn sie alleingelassen wurden und unbelästigt blieben von Drohungen oder zudringlicher Bewunderung, um diesen Trost dadurch auf das Spiel zu setzen, daß sie mit dem Gesindel, das sie hier gefangenhielt, selbst Verkehr suchten.

Es war für Emma wie für des Schlossers armes Töchterlein klar begreiflich, daß Hugh mit Mr. Tappertit, wenn sie erst Zeit finden würden, sich mit sanfteren Leidenschaften zu befassen, um Dollys wegen, um die sich beide rissen, sich in die Haare kriegen würden. In diesem Falle war es nicht schwer, vorauszusehen, wem sie zur Beute fallen würde. Die ganze frühere Abneigung gegen diesen Menschen war neu in ihr erwacht und hatte sich zu einem unaussprechlichen Abscheu und Widerwillen gesteigert; tausenderlei alte Erinnerungen, Bedauern, Furcht und Angst bestürmten sie von allen Seiten, und die arme Dolly, die süße, blühende, tapfere Dolly Varden, fing an, das Köpfchen hängenzulassen, zu schmachten und zu welken wie eine schöne Blume. Die frische Farbe ihrer Wangen verblaßte, sie wurde mutlos. Ihre schwache Kraft unterlag. Sie vergaß ihre munteren Einfälle, all ihre früheren Eroberungen und ihre Unbeständigkeit. Ihre bezaubernde heitere Laune war verschwunden; den ganzen Tag über schmiegte sie sich an Emma Haredales Busen, und manchmal nach ihrem alten, grauhaarigen Vater, manchmal nach ihrer Mutter, oft sogar nach ihrem alten Haus jammernd, schwand sie langsam dahin wie ein armes Vögelchen im Käfig.

Leichte Herzen, leichte Herzen, die in ruhigem Wasser so munter dahingleiten, die im Sonnenschein so lustig blitzen und gaukeln – zart wie der Flaum auf einer Frucht, duftig wie der Schmelz an einer Blume, flüchtig wie ein Sommerhauch und empfindlich wie das Leben des beflügelten Tierchens, dessen ganzes Dasein einen Tag ausmacht – wie schnell sinkt ihr in wildbewegtem Wasser! Der armen Dolly Herz – ein zierliches, süßes, eitles, unbeständiges Ding, das immer leichtsinnig, ruhelos und flatterhaft war und nur für frohe Mienen, Lächeln und Gelächter Beständigkeit kannte – Dollys Herz brach.

Emma hatte schon Kummer kennengelernt und verstand ihn besser zu ertragen. Sie konnte ihr nur wenig Trost geben, aber sie konnte sie beruhigen und pflegen, und das tat sie, und Dolly hing an ihr wie ein Kind an seiner Amme. Indem sie sich bemühte, ihr Mut einzuflößen, hob sie ihren eigenen; und trotzdem die Nächte schier endlos und die Tage traurig und trostlos waren, und obgleich sie bereits fühlte, wie sehr die durchwachten Nächte und all die Mühe und Plage ihre Kräfte aufrieben, und vielleicht einen klareren Blick für ihre verzweifelte Lage und ihre Gefahren erlaubten, äußerte sie doch keine Klage. Vor den Schurken, in deren Macht sie sich befanden, bewahrte sie eine so ruhige und hoheitsvolle Haltung, daß keiner ihr ein Haar zu krümmen wagte, daß jeder einzelne von ihnen eine gewisse Furcht vor ihr hegte, und daß mancher von ihnen glaubte, sie hielte in ihrem Kleide eine Waffe verborgen, die sie ohne Zaudern benutzen würde.

In dieser Lage befanden sie sich, als Jungfer Miggs zu ihnen gebracht wurde und ihnen zu verstehen gab, daß auch sie ihrer Reize wegen ergriffen worden sei; auch wußte sie so viel von ihrem heldenmütigen Widerstand zu erzählen (denn ihre Tugend hätte ihr übernatürliche Kraft verliehen), daß sie sich ganz glücklich schätzten, sie zur Gefährtin zu erhalten. Doch dies war anfangs nicht der einzige Trost, den sie aus Jungfer Miggs' Gegenwart schöpften. Denn diese junge Dame zeigte solche Schicksalsergebenheit und solchen Langmut und bei allen Prüfungen so demütigen Duldersinn, und all ihre züchtigen Worte atmeten so heilige Zuversicht und Ergebenheit und so blindes Vertrauen auf ein gutes Ende aller Not, daß Emmas Mut an diesem leuchtenden Beispiel sich fühlbar stärkte. Zweifelte sie doch nicht im geringsten daran, daß alles, was sie sagte, wahr sei, und daß sie gleich ihnen von ihren Lieben gerissen und von Furcht und Zweifel gepeinigt sei. Die Lebensgeister der armen Dolly erwachten von neuem beim Anblick einer Person, die aus ihrem Vaterhaus kam; aber als sie hörte, unter welchen Umständen sie es verlassen hatte und in wessen Hände ihr Vater gefallen sei, weinte sie bitterlicher als zuvor und wies allen Trost von sich.

Jungfer Miggs ließ es sich Mühe kosten, ihr das Tadelhafte dieses Gemütszustandes klar zu machen, fleißig ermahnte sie sie, sich an ihr selbst ein Beispiel zu nehmen, denn sie, so sagte sie, erhielt nun mit Zinseszinsen zehnfach den Betrag, den sie zu dem roten Backsteinhaus gegeben, in Gestalt von Seelenfrieden und einem ruhigen Gewissen zurück. Und als sie einmal ein ernstes Gespräch führten, hielt es Jungfer Miggs auch für ihre Pflicht zu versuchen, ob sie Miss Haredale umstimmen könne; und zu ihrer Belehrung und Bekehrung erging sie sich in einer etwas langatmigen Ansprache polemischen Inhaltes, in deren Verlauf sie sich selbst mit einem auserwählten Missionar und die junge Dame mit einem in Finsternis wandelnden Kannibalen verglich. Und sie kehrte so oft zu diesen Gegenständen zurück und ermahnte sie so häufig, Lehre von ihr anzunehmen, wobei sie fast mit Wollust stets ihre unglaublich enorme Unwürdigkeit hervorhob und förmlich im Bekennen ihrer übervollen Sündenlast schwelgte, daß sie schon nach kurzer Zeit in dem kleinen Kämmerchen zur Last fiel, anstatt Trost zu spenden, und die Bewohnerinnen desselben womöglich sich noch unglücklicher als je zuvor fühlten.

Nun war die Nacht gekommen, und zum erstenmal hatten

ihre Wächter, die sonst ihnen regelmäßig Nahrung und Licht brachten, sie im Dunkeln gelassen. Jede Veränderung ihrer Lage an einem solchen Ort erfüllte sie mit neuer Furcht, und als einige Stunden vorübergegangen waren und es finster um sie blieb, konnte Emma ihre Unruhe nicht länger unterdrücken.

Sie lauschten aufmerksam. Dasselbe Gemurmel war aus dem vorderen Zimmer zu vernehmen, hin und wieder ließ sich ein Stöhnen hören, das ein Mensch, von furchtbaren Schmerzen geplagt, vergeblich zu unterdrücken versuchte. Aber auch diese Männer schienen sich im Dunkeln aufzuhalten, denn durch die Türritzen fiel kein Lichtschein. Auch bewegten sie sich nicht wie gewöhnlich, sondern verhielten sich ganz ruhig; die Stille wurde nicht einmal durch das Knarren einer Diele unterbrochen.

Zuerst wunderte sich Jungfer Miggs im stillen, wer wohl die verwundete Person sein könnte; dann kam sie aber nach reiflicher Überlegung zu dem Schluß, daß der Mann wohl eine Rolle bei dem im Gange befindlichen Unternehmen auszuführen habe, und daß dahinter sicherlich eine List stecke, die bald mit großem Erfolg ausgeführt werden solle. Um jedoch Miss Haredale zu trösten, erklärte sie, es werde wohl ein irregeleiteter Papist sein, der verwundet worden sei. Diese kühne Annahme ermutigte sie, ein paarmal halblaut: »Ally looyer«[69] zu rufen.

»Ist es möglich«, sagte Emma unwillig, »daß Ihr, die Ihr uns doch erzählt habt, Zeuge der Ausschreitungen gewesen zu sein, die diese Männer begangen haben, und gesehen zu haben, wie wir in ihre Hände gefallen sind, über ihre Grausamkeiten frohlocken könnt!«

»Persönliche Rücksichten, Gnädige«, versetzte die Miggs, »versinken einer erhabenen Sache gegenüber in nichts. Hälliluhjer, Hälliluhjer, Hälliluhjer, liebe Herren!«

Nach der schrillen Ausdauer, mit der Jungfer Miggs diese Art von Beifallsruf wiederholte, schien es fast, als schrie sie zum Schlüsselloch hindurch, doch konnte man sie in der tiefen Dunkelheit nicht sehen.

»Wenn die Zeit gekommen ist – und der Himmel weiß, sie kann jeden Augenblick kommen –, daß sie die Pläne ausführen, um derentwillen sie uns hierhergebracht haben, könnt Ihr sie noch aufmuntern und auf ihrer Seite stehen?« fragte Emma.

»Ich danke meinen allbarmherzigen, gnädigen, segensreichen

Sternen, daß ich das kann, Miss«, versetzte die Miggs mit großem Nachdruck. »Hälliluhjer, liebe Herren!«

Sogar die niedergeschlagene, traurige Dolly wurde dadurch erregt und befahl der Miggs' auf der Stelle zu schweigen.

»Was beliebtet Ihr bemerken zu wollen, Miss Varden?« sagte die Miggs, das beziehungslose Fürwort stark betonend.

Dolly wiederholte ihren Befehl.

»Hi du mein lieber Himmel!« kreischte die Miggs mit krampfhaftem Hohngelächter. »Ach du liebe Zeit! Selbstverständlich! Auf der Stelle! Ja doch! Ich bin ja eine verworfene Sklavin, die sich abquälen und sich plagen muß, die immer schuften muß, die stets ausgeschimpft wird, die nichts recht macht, die nicht mal Zeit hat, sich zu waschen, ein Packesel, eine Arbeitsmaschine – stimmts nicht, Miss? Gewiß doch! Mein Stand ist niedrig, meine Fähigkeiten sind beschränkt und meine Pflicht ist, mich zu erniedrigen vor den nichtswürdigen entarteten Töchtern ihrer beneideten Mütter, die das Zeug hätten, mit heiligen Schutzpatronen Gemeinschaft zu halten, aber leider Gottes nur dazu geboren sind, von bösen Verwandten gepeinigt zu werden, und vor denselben in Demut zu sterben, wo sie doch nicht besser sind, als ungläubige Heiden, stimmts nicht? Gewiß doch! Die einzige mir zukommende Beschäftigung ist, jungen, hochnäsigen Heidinnen zur Hand zu sein, wenn sie sich bürsten und kämmen und aufputzen und weiß schminken wie ein Grabmal, damit nur ja alle jungen Herren denken, da gibts nichts, was ausgestopft oder eingeschnürt oder künstlich hergestellt ist oder gar mit Haarsalbe oder Kunstmittelchen gemacht ist, oder irdischer Eitelkeit entsprungen ist, nicht wahr, Miß? Ja, freilich, natürlich, o doch, ja!«

Nachdem sie diesen ironischen Erguß mit unglaublicher Zungenfertigkeit und betäubend gellender Stimme von sich gegeben hatte, brach Jungfer Miggs aus purer Gewohnheit, und nicht etwa, weil das Weinen bei dieser Gelegenheit, die doch eine Art Triumph für sie war, irgendwie angebracht war, in einen heftigen Tränenstrom aus und rief in leidenschaftlicher Erregung Simons Namen.

Es läßt sich unmöglich sagen, was Emma Haredale und Dolly getan haben würden, oder wie lange Jungfer Miggs, da sie nun einmal ihre wahren Farben vor ihnen gezeigt hatte, dieselben auch ferner vor ihren erstaunten Augen entfaltet hätte. Es ist auch nicht nötig, weiter darüber nachzudenken, denn ein unerwarteter Zwischenfall nahm in diesem Augenblick ihre ganze Aufmerksamkeit in Anspruch.

Ein heftiges Pochen ertönte an der Haustür, die dann plötzlich aufgestoßen wurde. Gleich darauf hörte man ein Handgemenge in dem angrenzenden Zimmer und das Geklirr von Waffen. Von der freudigen Hoffnung ergriffen, daß endlich Rettung nahe, riefen Emma und Dolly laut um Hilfe; auch blieben ihre Rufe nicht unbeachtet, denn nach kurzer Zeit stürzte ein Mann, der in der einen Hand einen blanken Degen, in der anderen ein Licht trug, in das Zimmer hinein, wo sie gefangen gehalten wurden.

Ihre Begeisterung wurde etwas gedämpft, als sie sich einem vollständig Fremden gegenübersahen, aber trotzdem wandten sie sich an ihn und beschworen ihn in bewegten Worten, sie wieder zu ihren Freunden zu bringen.

»Zu welchem anderen Zweck bin ich sonst hier?« antwortete er, indem er die Tür schloß und sich mit dem Rücken dagegenstellte. »Habe ich nicht meinen Weg durch Schwierigkeiten und Gefahren hierher gebahnt, nur um Euch zu retten?«

Mit unaussprechlicher Freude umarmten sie einander und dankten dem Himmel für diese rechtzeitige Hilfe. Ihr Befreier trat einen Augenblick vor, um das Licht auf den Tisch zu stellen, und kehrte darauf sogleich an seinen früheren Platz an der Tür zurück, entblößte seinen Kopf und sah ihnen lächelnd zu.

»Ihr habt Nachrichten von meinem Onkel, Sir?« sagte Emma, sich hastig zu ihm wendend.

»Und von meinem Vater und meiner Mutter?« fügte Dolly hinzu.

»Ja«, sagte er, »gute Nachrichten.«

»Sie sind am Leben und unversehrt?« riefen beide zugleich.

»Ja, und unversehrt«, versetzte er.

»Und hier in der Nähe?«

»Wenn ich auch nicht sagen kann, hier in der Nähe«, antwortete er freundlich, »so sind sie doch auch nicht sehr weit entfernt. Eure Freunde, meine Schöne«, fügte er, zu Dolly gewendet, hinzu, »sind in ein paar Stunden zu erreichen. Ihr werdet, hoffe ich, noch heute nacht wieder bei ihnen sein.«

»Mein Onkel, Herr«, stammelte Emma.

»Euer Onkel, liebe Miss Haredale, ist glücklich – ich sage glücklich, denn ihm ist gelungen, was vielen unseres Bekenntnisses mißglückt ist, und sie befinden sich in Sicherheit – übers Meer geflohen und aus England entwichen.«

»Ich danke Gott dafür«, sagte Emma leise.

»Das ist wohl gesprochen! Ihr habt Ursache, dankbar zu sein: größere Ursache, als Ihr Euch vorstellen könnt, da Ihr nur eine Nacht dieser grausamen Ausschreitungen gesehen habt.«

»Wünscht er, daß ich ihm folgen soll?« sagte Emma.

»Fragt Ihr, ob er es wünscht?« rief der Fremde erstaunt. »Ob er es wünscht? Aber Ihr wißt nicht, wie groß die Gefahr ist, in England zu bleiben; wie schwierig es ist, zu entkommen; Ihr kennt den Preis nicht, welchen Hunderte bezahlen würden, um die Mittel hierzu zu erlangen, und Ihr fragt so? Aber verzeiht mir! Ich hatte vergessen, daß Ihr hier Gefangene gewesen seid.«

»Ich entnehme aus dem, was Ihr andeutet, Sir«, sagte Emma nach einer kurzen Pause, »und mir zu sagen fürchtet, daß ich bisher nur den Anfang und das Wenigste von den Gewalttätigkeiten, denen wir ausgesetzt sind, kennengelernt habe und daß uns noch immer bitterstes Leid bevorsteht.«

Er zuckte die Achseln, schüttelte den Kopf und erhob die Hände, und mit demselben glatten Lächeln, das nicht angenehm zu sehen war, schlug er die Augen zu Boden und schwieg.

»Ihr könnt es wagen, Sir, offen mit mir zu sprechen«, sagte Emma, »und mir das Schlimmste mitteilen. Wir sind schon darauf vorbereitet.«

Aber hier mischte sich Dolly ein und bat sie, nicht das Schlimmste, sondern das Beste hören zu lassen, und flehte den Herrn an, ihnen das Beste zu sagen und die übrigen Nachrichten aufzuheben, bis sie erst wieder sicher unter ihren Freunden wären.

»Es ist in drei Worten gesagt«, versetzte er, einen etwas verdrießlichen Blick auf des Schlossers Tochter werfend. »Das Volk ist wie ein Mann gegen uns aufgestanden; die Straßen sind von Soldaten angefüllt, die sie unterstützen und nach ihrem Befehl handeln. Wir haben keinen anderen Schutz als den von oben, und keine Rettung als die Flucht; und das ist auch nur eine schwache Zuflucht, denn wir werden überall bewacht und hier mit Gewalt und List zurückgehalten. Miss Haredale, es ist mir zuwider, glaubt mir, es ist mir zuwider, von meiner Person zu sprechen oder von dem, was ich bereits getan habe und noch zu tun beabsichtige und dadurch den Anschein zu erwecken, als wollte ich mich meiner Dienstleistungen vor Euch rühmen. Aber da ich mächtige protestantische Bekanntschaften besitze und mein ganzes Vermögen mit ihnen gemeinsam in Schiffahrt und Handel angelegt habe, besaß ich glücklicherweise die Mittel, Euren Onkel zu retten. Ich habe die Mittel, auch Euch zu retten, und ich bin hier, um das heilige Versprechen, das ich ihm gegeben habe, einzulösen. Ich habe mich verpflichtet, Euch nicht zu verlassen, bis ich Euch sicher in seine Arme gelegt habe. Einer von Euren Wächtern hat aus Lust am Verrat oder aus Reue mir den Ort Eurer Gefangenschaft genannt, und Ihr seht, daß ich meinen Weg hierher mit dem Schwert in der Hand erzwungen habe.«

»Bringt Ihr«, sagte Emma stockend, »irgendeinen Brief oder ein Zeichen von meinem Onkel?«

»Nein, er bringt keins«, rief Dolly, ernst auf ihn deutend, »nun bin ich sicher, er bringt keins. Um des Himmels willen! Folgt ihm nicht!«

»Still, hübsches Närrchen, seid ruhig«, versetzte er mit verdrießlichem Blick. »Nein, Miss Haredale, ich habe weder einen Brief, noch irgendein Zeichen, denn wenn ich auch mit Euch und Euresgleichen sympathisiere, da das Unglück so schwer und unverdient auf Euch lastet, so ist mir doch mein Leben lieb. Ich trage darum nichts Schriftliches bei mir, weil es mich das Leben kosten würde, wenn man es fände. Es ist mir nicht eingefallen, ein anderes Zeichen zu bringen; auch Mr. Haredale fiel es nicht ein, mir ein solches anzuvertrauen, wahrscheinlich, weil er meine Treue und Redlichkeit kannte und mir sein Leben verdankt.«

Es lag ein Vorwurf in diesen Worten, der bei einem Temperament wie Emma Haredales nicht ohne Wirkung war. Aber Dolly, ganz anders veranlagt, ließ sich hierdurch keineswegs beeindrucken, sondern beschwor sie mit allen erdenklichen Ausdrücken von Liebe und Zuneigung, sich nicht hinweglocken zu lassen.

»Die Zeit drängt«, sagte der Mann, der zwar die tiefste Teilnahme auszudrücken suchte, aber eine eigentümliche Kälte und Gleichgültigkeit in seiner Sprache nicht verhehlen konnte, die das Ohr unangenehm berührte, »und wir sind rings von Gefahren umgeben. Wenn ich mich ihnen vergeblich ausgesetzt habe, kann ich es nicht ändern; aber wenn Ihr Euch mit ihm je wieder trefft, so laßt Ihr mir Gerechtigkeit widerfahren. Wenn Ihr Euch, wie es mir scheinen will, entschließt zu bleiben, bedenkt, Miss

Haredale, daß ich Euch mit den ernstesten Warnungen verlasse und die Verantwortung für alle Gefahren, denen Ihr Euch aussetzt, von mir weise.«

»Halt, Sir!« rief Emma. »Ich bitte Euch nur um einen Augenblick. Können wir nicht«, und sie zog Dolly fester an sich, »können wir nicht zusammen gehen?«

»Die Aufgabe, ein weibliches Wesen sicher durch solche Szenen zu geleiten, wie wir ihnen entgegengehen müssen, ist schwierig genug; von der Aufmerksamkeit, die bei der Menge auf den Straßen erregt werden würde, ganz abgesehen,« antwortete er. »Ich habe gesagt, daß das Fräulein noch heute nacht ihren Freunden zurückgegeben werden wird. Wenn Ihr den Dienst, den ich Ihnen anbiete, annehmt, Miss Haredale, so soll sie augenblicklich unter sicheres Geleit gestellt und dieses Versprechen erfüllt werden. Entscheidet Ihr Euch zu bleiben? Leute jeden Standes und aller Bekenntnisse flüchten aus der Stadt, die vom einen Ende zum anderen geplündert wird. Ich kann dann anderswo von Nutzen sein. Wollt Ihr bleiben oder gehen?«

»Dolly«, sagte Emma aufgeregt, »liebes Mädchen, es ist unsere letzte Hoffnung. Wenn wir uns jetzt trennen, geschieht es nur, um uns in Glück und Ehren wiederzusehen. Ich will diesem Herrn vertrauen.«

»Nein – nein – nein!« rief Dolly, sie umschlingend. »Bitte, bitte, tu es nicht!«

»Du hörst«, sagte Emma, »daß du diese Nacht, schon diese Nacht, in wenigen Stunden – o, denke doch nur – wieder bei denen sein wirst, die vor Kummer sterben würden, wenn sie dich verlieren sollten, und die jetzt deinetwegen den tiefsten Schmerz leiden. Bete für mich, liebes Mädchen, wie ich es für dich tun werde, und vergiß nie die vielen stillen Stunden, die wir zusammen verlebt haben. Sprich noch ein ›Gott segne Dich!‹ Sprich es zum Abschied, Schwester!«

Aber Dolly konnte nichts sagen, nein! Und wenn Emma ihre Wange auch hundertmal küßte und mit Tränen bedeckte, sie konnte nur an ihrem Hals hängen und schluchzen und sie fest umklammert halten.

»Wir haben keine Zeit mehr zu solchen Dingen«, rief der Mann, ihre Hände lösend und sie rauh zurückstoßend, während er Emma Haredale zur Tür riß. »Nun schnell, Ihr da draußen! Seid Ihr bereit?«

»Ja!« rief eine laute Stimme, bei der er zurückfuhr. »Völlig bereit! Zurück da, wenn Euch Euer Leben lieb ist!«

Und in demselben Augenblick wurde er wie ein Ochse auf der Schlachtbank zu Boden geschlagen und stürzte nieder, als wenn ein Marmorblock vom Dach gefallen wäre und ihn zerschmettert hätte. Helles Licht und strahlende Gesichter drangen herein, Emma fühlte sich von ihrem Onkel umarmt, und Dolly sank mit einem lauten Freudenschrei in die Arme ihres Vaters und ihrer Mutter.

War das ein Lachen und Weinen! Ein Schluchzen und Lächeln! Alles fragte, niemand antwortete, alle sprachen zugleich, alle waren außer sich vor Freude; es wurde geküßt und beglückwünscht, umarmt und die Hände geschüttelt, immer und immer wieder, und alle von einem Entzücken erfüllt, das keine Sprache beschreiben kann.

Endlich, nach langer Zeit, ging der alte Schlosser zur Seite und umarmte herzlich zwei Fremde, die dort gestanden hatten, ohne sich um die Mädchen zu kümmern; und wen sah man dort? Edward Chester und Joseph Willet.

»Seht her!« rief der Schlosser. »Seht her! Was würde aus uns allen geworden sein ohne diese beiden? Ach, Mr. Edward, Mr. Edward – ach Joe, Joe! Wie leicht, und doch wie schwer, habt Ihr mir Altem das Herz heute nacht gemacht!«

»Mr. Edward hat ihn niedergeschlagen, Sir«, sagte Joe, »ich hätte es gern getan, aber ich habe es ihm überlassen. Kommt, Ihr tapferer, braver Herr! Nehmt Eure fünf Sinne zusammen, Ihr sollt nicht lange hier liegen.«

Er hatte in Ermangelung eines freien Armes dem Manne, der sie hatte befreien wollen, den Fuß auf die Brust gesetzt und ihm bei diesen Worten einen gelinden Stoß versetzt. Gashford, denn kein anderer war es, erhob kriechend, doch boshaft, sein finsteres Gesicht gleich der besiegten Sünde und bettelte um nachsichtige Behandlung.

»Ich kann an alte Papiere meines Herrn gelangen, Mr. Haredale«, sagte er unterwürfig. Mr. Haredale drehte ihm den Rücken zu und sah sich nicht einmal nach ihm um. »Es sind sehr wichtige Dokumente dabei! Viele liegen in geheimen Schubladen und sind an verschiedene Orte verteilt, die nur mein Herr und ich kennen. Ich kann sehr wertvolle Aufschlüsse geben und bei Nachforschungen wichtige Auskunft erteilen. Ihr werdet es zu verantworten haben, wenn mir üble Behandlung zuteil wird.«

»Pfui!« rief Joe, von starkem Ekel erfüllt. »Steht auf, Mann. Man wartet draußen auf Euch. Steht auf, hört Ihr?«

Gashford erhob sich langsam, nahm seinen Hut, und mit vereitelter Bosheit und zugleich verächtlicher Unterwürfigkeit sich noch einmal im Zimmer umsehend, schlich er hinaus.

»Und nun, meine Herren«, sagte Joe, der der Sprecher der Gesellschaft zu sein schien, denn alle übrigen schwiegen, »je früher wir zum ›Black Lion‹ zurückkommen, um so besser wird es sein.«

Mr. Haredale winkte ihm Beifall zu und ging, den Arm seiner Nichte in den seinigen legend und eine ihrer Hände in den seinen haltend, sogleich hinaus. Der Schlosser, Mr. Varden, und Dolly, die kaum allen Umarmungen und Liebkosungen gerecht werden konnte, mit denen sie überhäuft wurde, Edward Chester und Joe folgten.

Und sah sich Dolly kein einziges Mal um? Wirklich kein einziges Mal? Kam kein flüchtiger Blick unter den dunklen Augenwimpern hervor, die sich auf ihre glühenden Wangen senkten, aus den blitzenden, niedergeschlagenen Augen, die sie beschatteten? Joe glaubte einen solchen Blick bemerkt zu haben – und wahrscheinlich hatte er sich nicht geirrt; denn wahrhaftig, es gab nicht oft solche Augen, wie Dolly welche hatte!

Das äußere Zimmer, durch das sie gehen mußten, war von Männern angefüllt; darunter befand sich Mr. Dennis in sicherer Obhut. Dort hatte auch seit gestern, hinter einem hölzernen Wandschirm, der nun umgestoßen war, Simon Tappertit, der ruchlose Lehrling, gelegen, verbrannt und gequetscht und mit einer Schußwunde im Körper, und seine Beine – seine herrlichen Beine, der Stolz und Ruhm seines Lebens, der Trost seines ganzen Daseins – waren zu einer häßlichen, formlosen Masse zermalmt. Nun wunderten sie sich nicht länger über das Stöhnen, das sie gehört hatten. Dolly schauderte bei seinem Anblick und schmiegte sich fester an ihren Vater. Weder die Quetschungen und Brandwunden noch die Schußwunden noch alle Qualen seiner zerschmetterten Glieder verursachten Simon solchen Schmerz wie der Anblick Dollys, die mit Joe, ihrem Retter, das Zimmer verließ.

Ein Wagen stand vor der Tür bereit, und Dolly saß sicher darin zwischen Vater und Mutter, und Emma Haredale mit ihrem Onkel ihnen leibhaftig gegenüber. Aber weder Joe noch Edward waren da; und sie hatten nichts gesagt. Sie hatten sich nur verbeugt und ferngehalten. Lieber Gott! Was für ein weiter Weg war es doch bis zum ›Black Lion‹!

72. Kapitel

Der ‹Black Lion› lag so weit entfernt, und es dauerte so lange, um hinzugelangen, daß Dolly, trotzdem sie die augenscheinlichsten Beweise dafür hatte, daß die letzten Ereignisse Tatsachen waren und sich wirklich zugetragen hatten, sich nicht von dem Gedanken freimachen konnte, daß alles ein Traum gewesen sei, der die ganze Nacht dauerte. Sie war noch immer nicht sicher, daß sie mit ihren wirklichen Sinnen hörte und sah, auch als der Wagen endlich am Schwarzen Löwen hielt und der Wirt des Gasthofes im hellen Lichtschein herantrat, um ihnen beim Aussteigen zu helfen und ein herzliches Willkommen zu bieten.

Da standen auch schon an der Wagentür, der eine hüben, der andere drüben, Edward Chester und Joe Willet, die in einem anderen Wagen gefolgt sein mußten; und das war ein so seltsames, so unbegreifliches Ereignis, daß Dolly nur noch größere Neigung fühlte, an ihrem Gedanken, es sei alles ein Traum, festzuhalten. Als aber Mr. Willet erschien – der alte John selbst – dickköpfig und halsstarrig, und mit solchem Doppelkinn, wie es die lebhafteste Einbildungskraft auch im kühnsten Flug in solchem Umfang nicht hätte ausdenken können – da wurde sie eines Besseren belehrt und mußte sich selbst eingestehen, daß sie vollkommen wach sei.

Und Joe hatte einen Arm verloren, er, der hübsch gewachsene, nette, feine Bursche! Als Dolly ihn ansah und an die Schmerzen dachte, die er gelitten haben mußte, und an die fernen Gegenden, die er durchwandert hatte, und da sie gern gewußt hätte, wer wohl seine Pflegerin gewesen sei, die doch, gleichviel, wer es gewesen sein mochte, gut zu ihm und freundlich und vorsichtig gewesen war, wie sie es gewesen sein würde, da drangen die Tränen in ihre strahlenden Augen, langsam, bis sie sie nicht mehr zurückhalten konnte und vor allen Anwesenden bitterlich zu weinen anfing.

»Wir sind ja nun alle gerettet, Dolly«, sagte ihr Vater freundlich, »und werden nun nicht wieder getrennt werden. Sei nur ruhig, mein Liebling, sei getrost!«

Des Schlossers Frau wußte vielleicht besser als er, was ihre Tochter so ergriff. Aber Mrs. Varden war eine ganz andere Frau geworden. Das Gute hatten die Aufstände an ihr bewirkt. Sie vereinigte ihre Bemühungen mit den seinigen und tröstete sie mit ähnlichen Worten.

»Vielleicht«, sagte Mr. Willet senior, sich rings umsehend, »ist sie hungrig. So wird es sein; verlaßt Euch drauf. Mir geht's ebenso.«

Der Wirt des ›Black Lion‹, der, wie der alte John, auf das Abendbrot über alle vernünftige und erdenkliche Zeit hinaus gewartet hatte, begrüßte diesen Ausspruch als eine philosophische Entdeckung von größter Wichtigkeit, und da der Tisch schon gedeckt war, setzte man sich sogleich zum Abendessen nieder.

Die Unterhaltung war nicht sehr lebhafter Natur; auch hatten die meisten unter ihnen keinen großen Appetit. Aber in beiderlei Hinsicht kam der alte John reichlich für den Mangel der übrigen auf und zeichnete sich würdig aus.

Es war nicht gerade Gesprächigkeit, durch welche Mr. Willet sich so glänzend hervortat, denn er hatte keinen von seinen alten Bekannten, den er ›aufziehen‹ konnte, und war etwas besorgt wegen Joes Kühnheit, da er den Verdacht hegte, derselbe sei bei der geringsten Beleidigung imstande, den ›Black Lion‹ auf dem Fußboden seines eigenen Gastzimmers niederzustrecken und sich sogleich nach China oder irgendeiner anderen entfernten und unbekannten Gegend zurückzuziehen, um dort für alle Zeit zu bleiben; oder doch wenigstens so lange, bis er auch den anderen Arm und beide Beine und vielleicht noch ein Auge oder dergleichen obendrein verloren habe. Es war eine besondere Art von Gebärdensprache, durch die Mr. Willet jede Pause ausfüllte; und hierin wurde er von ›Black Lion‹, der seit Jahren sein vertrauter Bekannter war, für bewunderungswürdig gehalten; heute schien er sich aber selbst zu überbieten und die Erwartungen seiner staunenden Freunde weit zu übertreffen.

Der Gegenstand, der Mr. Willets Geist beschäftigte und ihn zu diesen Demonstrationen veranlaßte, war nichts anders als die körperliche Verunstaltung seines Sohnes, die er bis jetzt immer noch nicht verstehen, an die er nicht wirklich glauben konnte. Gleich nach ihrer ersten Begegnung hatte man ihn in höchster Bestürzung in die Küche rennen sehen, wo er seinen Blick auf das Feuer heftete, als suche er hier seinen gewöhnlichen Ratgeber in allen schwierigen und zweifelhaften Fällen. Aber da kein kupferner Kessel im ›Black Lion‹ war und die Aufrührer den seinigen so zerschlagen und zerbeult hatten, daß er zu weiterem Gebrauch untauglich war, wanderte er in einer traurigen Mischung von Ungewißheit und geistiger Verwirrung wieder hinaus und griff in diesem Zustand zu den seltsamsten Mitteln, um seine Zweifel zu beseitigen: So befühlte er den Ärmel von seines Sohnes Überrock, als wenn es möglich wäre, daß sein Arm sich dort befände, betrachtete seine eigenen Arme und diejenigen von allen andern, um sich zu vergewissern, daß zwei und nicht einer die gewöhnlich vorhandene Zahl sei; oder er saß stundenlang in tiefen Gedanken, als wenn er bemüht wäre, sich Joes Bild aus früheren Tagen vorzustellen und sich zu erinnern, ob er in jenen Zeiten nur einen Arm oder zwei Arme gehabt habe, und plagte sich mit vielen anderen Betrachtungen dieser Art.

Da er sich bei dieser Abendmahlzeit von so vielen Gesichtern umgeben sah, mit denen er in alten Zeiten so wohlbekannt gewesen war, kam Mr. Willet mit ungewöhnlicher Lebhaftigkeit auf diesen Gegenstand zurück, augenscheinlich entschlossen, ihn jetzt oder nie zu begreifen. Manchmal legte er, wenn er zwei bis drei Bissen gegessen hatte, sein Messer und seine Gabel nieder und starrte mit aller Macht auf seinen Sohn – besonders auf seine verstümmelte Seite; dann blickte er langsam am ganzen Tisch umher, bis er jemand anderem ins Auge sah, dann schüttelte er feierlich mit dem Kopf, klopfte dem Sohn auf die Schulter, blinzelte, oder man kann lieber sagen – denn blinzeln war ein sehr langsamer Vorgang bei ihm – schlief mit einem Auge ein paar Minuten ein und nahm dann mit neuem feierlichen Kopfschütteln sein Messer und seine Gabel wieder zur Hand und aß weiter. Manchmal steckte er die Speisen gedankenlos in den Mund, während seine ganze geistige Tätigkeit sich auf Joe konzentrierte. Er starrte ihn in einer Art von Betäubung an, wenn er das Fleisch mit einer Hand schnitt, bis er durch einen Erstickungsanfall wieder zu sich selbst gebracht wurde und auf diese Art wieder zu Bewußtsein kam. Bei anderen Gelegenheiten griff er zu den kleinen Hilfsmitteln, ihn um Salz, Pfeffer, Essig, Senf – irgend etwas, das auf seiner verstümmelten Seite stand, zu bitten und dann zu beobachten, wie er es ihm reichte. Mit Hilfe dieser Beobachtungen hatte er sich endlich so vollständig überzeugt, daß er nach längerm Stillschweigen sein Messer und seine Gabel zu beiden Seiten des Tellers niederlegte, einen tiefen Zug aus dem Krug, der neben ihm stand, nahm und, die Augen noch immer auf Joe geheftet, sich in seinen Stuhl zurücklehnte, nach einem tiefen Atemzug am ganzen Tisch umherblickte und sagte: »Er ist abgenommen worden!«

»Bei Gott!« sagte der ›Black Lion‹, mit der Hand auf den Tisch schlagend. »Er hat's kapiert.«

»Ja, Sir«, sagte Mr. Willet mit dem Blick eines Mannes, dem man ein Kompliment gemacht hat, und der weiß, daß er es verdient. »So steht's! Er ist abgenommen worden.«

»Sagt ihm, wo es geschehen ist«, sagte der ›Black Lion‹ zu Joe.

»Bei der Verteidigung der Savannah[70], Vater.«

»Bei der Verteidigung der Salvanner«, wiederholte Mr. Willet leise, sich wieder am ganzen Tisch umsehend.

»In Amerika, wo jetzt Krieg geführt wird«, sagte Joe.

»In Amerika, wo jetzt Krieg geführt wird«, wiederholte Mr. Willet. »Er wurde ihm abgenommen bei der Verteidigung der Salvanner in Amerika, wo jetzt Krieg geführt wird.« Während er diese Worte mit leiser Stimme wiederholte – er hatte dieselbe Auskunft in denselben Ausdrücken schon wenigstens fünfzigmal erhalten – erhob sich Mr. Willet vom Tisch, ging zu Joe, fühlte an seinem leeren Ärmel hinauf, unten vom Aufschlag bis oben hin, wo der Stumpf seines Armes saß, schüttelte ihm die Hand, steckte sich die Pfeife am Feuer an, tat einen langen Zug und ging zur Tür. Als er sie erreicht hatte, wendete er sich noch einmal um, trocknete sich das linke Auge mit der Rückseite seines Zeigefingers und sagte mit stockender Stimme: »Meines Sohnes Arm – ist abgenommen worden – bei der Verteidigung der – Salvanners – in Amerika – wo jetzt Krieg geführt wird.« Mit diesen Worten zog er sich zurück und ließ sich am ganzen Abend nicht mehr sehen.

Bald zogen sich alle, einer nach dem andern, unter verschiedenen Vorwänden zurück, bis auf Dolly, die allein sitzenblieb. Es war eine große Erleichterung, allein zu sein, und sie weinte so recht nach Herzenslust, als sie Joes Stimme am Ende des Ganges zu jemand gute Nacht sagen hörte.

Gute Nacht! Er ging also anderswo hin – vielleicht weit weg. Wo konnte er wohl hingehen, jetzt, zu so später Stunde!

Sie hörte ihn den Gang hinuntergehen und an der Tür vorbeikommen. Aber seine Fußtritte waren zögernd. Er wandte sich um – Dollys Herz schlug heftig – er schaute herein.

»Gute Nacht!« Er sagte nicht Dolly, aber es war schon ein Trost, daß er nicht ›Miss Varden‹ sagte.

»Gute Nacht!« schluchzte Dolly.

»Es tut mir leid, daß Ihr Euch so sehr über Dinge grämt, die vorüber und überstanden sind«, sagte Joe freundlich. »Macht doch das nicht! Ich kann Euch nicht so traurig sehen. Denkt nicht mehr daran. Ihr seid ja nun gerettet und in Sicherheit.«

Dolly weinte noch heftiger.

»Ihr müßt in diesen wenigen Tagen schwer gelitten haben, und doch habt Ihr Euch nicht verändert, es sei denn zu Eurem Vorteil. Es hieß, Ihr seid verändert, aber ich sehe nichts davon. Ihr wart – wart immer sehr schön!« sagte Joe. »Aber jetzt seid Ihr schöner als je. Wahrhaftig, so ist es! Es kann nichts schaden, daß ich Euch das sage, denn Ihr werdet es ja selbst wissen. Man hat es Euch sicher schon oft genug gesagt.«

Natürlich wußte es Dolly, denn man hatte es ihr oft genug gesagt. Aber der Kutschenbauer hatte sich vor Jahren als ein großer Esel gezeigt; und ob sie nun bange gewesen war, bei anderen ähnliche Entdeckungen zu machen, oder durch lange Gewohnheit gleichgültig gegen Schmeicheleien geworden war: soviel steht fest, daß sie es trotz ihres heftigen Weinens nie im Leben lieber gehört hatte als jetzt.

»Ich werde Euren Namen segnen«, schluchzte des Schlossers Töchterchen, »solange ich lebe. Ich werde ihn nie aussprechen hören, ohne zu denken, das Herz müßte mir brechen. Ich werde ihn jeden Morgen und jeden Abend in meinem Gebet nennen, bis ich sterbe!«

»Wollt Ihr das?« sagte Joe eifrig. »Wollt Ihr das wirklich tun? Es macht mich – ja, es macht mich froh und stolz, das von Euch zu hören.«

Dolly schluchzte noch immer und drückte ihr Taschentuch an die Augen. Joe stand noch immer da und sah sie an.

»Eure Stimme«, sagte Joe, »ruft mir alte frohe Zeiten zurück, daß es mir im Augenblick scheint, als wäre jene Nacht zurückgekommen – es kann doch nicht schaden, wenn ich jetzt von jener Nacht spreche – mir ist's, als wäre inzwischen nichts geschehen, als hätte ich keine Mühseligkeiten erduldet und als wäre es erst gestern gewesen, daß ich den armen Tom Cobb niederschlug und mit meinem Bündel auf der Schulter zu Euch kam, ehe ich von dannen ging. Erinnert Ihr Euch noch?«

Erinnerte sie sich noch!? Aber sie sagte nichts. Sie schlug nur die Augen einen Augenblick auf. Es war ein kurzer, tränenvoller, schüchterner Blick. Dennoch bewirkte er, daß Joe lange Zeit schwieg.

»Nun!« sagte er endlich fest. »Es sollte wohl anders kommen, und so kam es. Ich bin in der Fremde gewesen, habe den ganzen Sommer gekämpft und den ganzen Winter gefroren. Ich bin so arm an Geld, wie ich wegging, wiedergekommen, aber fürs ganze Leben verkrüppelt. Und doch, Dolly, möchte ich lieber auch noch diesen anderen Arm verloren haben – ja, lieber den Kopf hätte ich verloren – als zurückzukommen und Euch tot zu finden, oder anders, als ich es mir immer ausgemalt habe und Euch zu finden hoffte und wünschte. Dafür danke ich Gott!«

O, wie heftig, wie tief fühlte die kleine Kokette, was vor fünf Jahren war und was jetzt war! Sie hatte endlich ihr Herz gefunden. Da sie bis jetzt den Wert desselben nicht gekannt hatte, hatte sie auch das seinige nicht zu schätzen gewußt. Wie unschätzbar erschien es jetzt!

»Ich hatte ehedem gehofft«, sagte Joe in seiner einfachen Weise, »daß ich als reicher Mann zurückkommen und Euch heiraten würde. Aber ich war damals ein dummer Junge und bin nun längst eines Bessern belehrt. Ich bin ein armer, verstümmelter, verabschiedeter Soldat und muß zufrieden sein, wenn ich mich durchs Leben schlage, so gut ich kann. Ich kann auch jetzt noch nicht sagen, daß es mich freuen würde, Euch verheiratet zu sehen, Dolly; aber ich bin froh – ja, ich bin froh, und es freut mich, es aussprechen zu können – ich freue mich, daß man Euch feiert und bewundert und daß Ihr Eure Wahl für ein glückliches Leben treffen könnt. Es ist mir ein Trost zu wissen, daß Ihr mit Eurem Gatten von mir sprechen werdet, und es wird hoffentlich noch einmal eine Zeit kommen, wo ich es über mich bringen werde, ihn gern zu haben, ihm die Hand zu schütteln und Euch hin und wieder zu besuchen als armer Freund, der Euch in Eurer Mädchenzeit gekannt hat. Gott segne Euch!«

Seine Hand zitterte, aber trotzdem zog er sie zurück und verließ sie.

73. Kapitel

In dieser Freitagnacht – denn es war am Freitag in der Aufruhrwoche gewesen, als Emma und Dolly durch Joes und Edward Chesters rechtzeitige Hilfe befreit wurden – waren die Unruhen vollständig gedämpft und Friede und Ordnung in der aufgewühlten Stadt wiederhergestellt. Freilich war es nach dem Vorgefallenen für einen Menschen unmöglich zu sagen, wie lange der Zustand der Dinge dauern würde, oder ob plötzlich neue Gewalttätigkeiten, noch schlimmer als die eben erlebten, ausbrechen, wie rasch auf den Straßen wieder Zerstörung und Blutvergießen herrschen könnten. Aus diesem Grund hielten sich diejenigen, welche bei den letzten Aufständen geflohen waren, noch fern, und viele Familien, die bis dahin die Mittel zur Flucht nicht hatten beschaffen können, nutzten nun die eingetretene Ruhe und zogen sich auf das Land zurück. Auch die Läden von Tyburn bis Whitechapel waren noch geschlossen, und sehr wenige Geschäfte wurden auf den großen Märkten abgeschlossen. Aber trotzdem blieb ungeachtet der melancholischen Voraussetzungen jener zahlreichen Gesellschaftsklassen, die mit der größten Klarheit die schwärzeste Zukunft voraussehen, die Stadt vollkommen ruhig. Die starke Militärmacht, die in allen Stadtteilen an den wichtigsten Punkten aufgestellt war, hielt die zerstreuten Überreste des Pöbels in Schach; die Verfolgung der Aufrührer wurde mit unermüdlichem Eifer fortgesetzt, und wenn einige darunter, trotz der Schreckensszenen, die sie mit angesehen hatten, frech und tollkühn genug waren, sich hervorzuwagen, so wurden sie durch diese energischen Maßregeln dermaßen eingeschüchtert, daß sie sich schnell wieder in ihre Schlupfwinkel zurückzogen und nur noch auf ihre persönliche Sicherheit bedacht waren.

Mit einem Wort, die meuterische Menge war vollständig ausgerottet. Mehr als zweihundert waren in den Straßen erschossen worden. Zweihundertundfünfzig lagen schwer verwundet in den Krankenhäusern, von denen siebzig bis achtzig in kurzer Zeit starben. Hundert waren schon im Gefängnis, und stündlich wurden noch mehr ergriffen. Wieviel in den Flammen oder durch ihre eigene Unmäßigkeit umkamen, ist unbekannt; aber daß eine große Zahl ein schreckliches Grab in der glühenden Asche der Flammen, die sie selbst entzündet hatten, fanden, oder in Gewölbe und Keller krochen, um heimlich zu trinken oder ihre Wunden zu pflegen, ist gewiß. Nachdem die Überreste der Feuersbrünste schon wochenlang kalt und schwarz dagelegen hatten, bewiesen das die Schaufeln der Arbeiter.

Zweiundsiebzig Privathäuser und vier starke Gefängnisse wurden in den vier schlimmen Tagen dieser Aufstände zerstört. Der Gesamtverlust an Eigentum wurde von den Geschädigten mit einhundertundfünfundfünfzigtausend Pfund angegeben; nach der niedrigsten und unparteiischsten Schätzung unbeteiligter Personen überstieg er einhundertundfünfundzwanzigtausend Pfund. Für diesen ungeheuren Verlust wurde bald darauf Ersatz aus dem Staatsschatz gewährt, laut einer Bestimmung des Unterhauses; die Summe wurde aus den verschiedenen Stadtvierteln, der Grafschaft und dem Marktflecken Southwark erhoben. Lord Mansfield und Lord Saville jedoch, die beide große Verluste gehabt hatten, verweigerten die Annahme irgendwelcher Entschädigung.

Das Unterhaus, das am Dienstag hinter verschlossenen, wohlbewachten Türen tagte, hatte den Beschluß gefaßt, sobald die Unruhen nachlassen würden, sogleich die Petitionen, die von vielen protestantischen Untertanen Seiner Majestät eingereicht waren, ernstlich in Betracht zu ziehen. Während diese Frage noch debattiert wurde, machte Mr. Herbert, eines der anwesenden Mitglieder, unwillig das Haus darauf aufmerksam, daß Lord George Gordon mit der blauen Kokarde, dem Zeichen der Rebellion, am Hut unter der Galerie sitze. Er wurde durch die ihm Zunächstsitzenden nicht nur gezwungen, die Kokarde zu entfernen, sondern, als er sich erbot, auf die Straße zu gehen und den Pöbel mit der etwas unbestimmten Versicherung, das Haus sei bereit, ihnen »die verlangte Genugtuung zu geben«, zu besänftigen, wurde er durch die vereinigte Kraft mehrerer Mitglieder gewaltsam auf seinem Sitz festgehalten. Kurz, die Unordnung und Gewalttätigkeit, die draußen siegreich herrschte, drang auch in den Senat, und hier wie anderswo herrschten Schrecken und Aufruhr, und die gewöhnlichen Umgangsformen waren zur Zeit vergessen.

Am Donnerstag hatten sich beide Häuser bis zum folgenden Montag in acht Tagen vertagt, mit der Erklärung, es sei unmöglich, ihre Beratungen mit dem nötigen Ernst und der gebührenden Freiheit zu halten, während sie von bewaffneten Truppen umgeben seien. Als nun die Aufrührer zerstreut waren, ergriff die Bürger erneut Furcht, denn da sie alle öffentlichen Durchgänge und ihre gewöhnlichen Versammlungsorte mit Soldaten angefüllt sahen, denen der Gebrauch von Gewehr und Schwert freigegeben war, liehen sie den umlaufenden Gerüchten, das Kriegsrecht sei erklärt, ein williges Ohr und glaubten den Berichten, daß man Gefangene in Cheapside und Fleet Street an Laternenpfählen habe hängen sehen. Die Besorgnis wurde bald durch die Proklamation beseitigt, daß alle gefangenen Aufrührer durch eine besondere Kommission gesetzmäßig prozessiert werden würden; aber neue Unruhe entstand, als sich das Gerücht verbreitete, französisches Geld sei bei einigen Aufrührern gefunden, und die Ruhestörungen seien durch fremde Mächte erregt worden, die Englands Untergang und Zerstörung ersehnten. Diese Nachricht, die noch durch die Verteilung anonymer Zettel verstärkt wurde, die aber, wenn sie überhaupt Grund hatte, ihren Ursprung wahrscheinlich dem Umstande verdankte, daß einige fremdländische Münzen mit anderer, unrechtmäßiger Beute in die Taschen der Aufrührer gelangt und später bei den Gefangenen entdeckt worden waren – verursachte großes Aufsehen und gab, da der menschliche Geist im aufgeregten Zustand am meisten geneigt ist, sich vor Schatten zu fürchten, zu vielen Erörterungen Anlaß.

Da jedoch während des ganzen Freitags und auch in der Freitagnacht alles ruhig blieb und keine neuen Entdeckungen gemacht wurden, fing das Vertrauen wieder an zu wachsen, und auch die Furchtsamsten und Mutlosesten atmeten wieder auf. In Southwark taten sich nicht weniger als dreitausend Einwohner zu einer Wache zusammen und durchwanderten stündlich die Straßen. Die Bürger zögerten nicht lange, diesem guten Beispiel zu folgen und, da es in der Natur friedliebender Menschen liegt, kühn zu sein, wenn die Gefahr vorbei ist, zeigten sie sich außerordentlich wild und angriffslustig, verhörten ohne Bedenken gewöhnliche Reisende mit großer Strenge und ließen eine schwere Hand auf allen Laufburschen, Dienstmädchen und Lehrlingen lasten.

Als der Tag sich dem Abend zuneigte und die Dunkelheit in die Winkel und Ecken der Stadt schlich, als wenn sie sich heimlich sammle, um Kraft zu gewinnen, sich auf den offenen Straßen zu zeigen, saß Barnaby in seinem Gefängnis; er wunderte sich über die Stille draußen und lauschte vergeblich auf den Lärm und das Geschrei, das vor wenigen Tagen den Anbruch der Nacht zu verkünden pflegte. Neben ihm, mit seiner Hand in der ihrigen, saß eine Frau, in deren Gesellschaft er Ruhe und Frieden fühlte. Sie war sorgenvoll und schweren Herzens, aber für ihn unverändert.

»Mutter«, sagte er nach einer langen Pause, »wie lange – wieviel Tage und Nächte – werde ich wohl hier zubringen müssen?«

»Nicht lange, mein Liebling. Ich hoffe, nicht lange.«

»Du hoffst! Ja, aber deine Hoffnung wird diese Ketten nicht lösen. Ich hoffe es, aber sie kehren sich nicht daran. Greifer hofft es, aber wer fragt nach ihm?«

Der Rabe ließ ein kurzes, dumpfes, melancholisches Krächzen hören; aus ihm klang so deutlich »Niemand!« heraus, wie es aus einem Krächzen möglich sein kann.

»Wer fragt nach Greifer außer dir und mir?« sagte Barnaby, das zerzauste Gefieder des Vogels mit der Hand glättend. »Er spricht nie an diesem Ort; er sagt nie ein Wort im Gefängnis; er sitzt den ganzen Tag träumend in seiner dunklen Ecke; manchmal schlummert er und manchmal sieht er nach dem Licht, das durch die Eisenstangen schlüpft und in seinen hellen Augen blitzt, als sei ein Funke von den großen Feuersbrünsten in das Zimmer gefallen und brenne darin weiter. Aber wer fragt nach ihm?« Der Rabe krächzte wieder: »Niemand.« »Und da fällt mir ein«, sagte Barnaby, den Vogel loslassend und seine Hand auf den Arm seiner Mutter legend, während er aufmerksam in ihr Gesicht schaute, »wenn sie mich töten – sie können es, hörte ich, auch daß es geschehen würde, hörte ich – was wird aus dem Raben werden, wenn ich tot bin?«

Der Klang der Worte oder der Zug seiner eigenen Gedanken gab Greifer sein altes Wort: »Nur immer Mut!« ein. Aber er brach mittendrin ab und ließ nur ein Krächzen hören, als wenn er nicht das Herz besäße, auch nur den kürzesten Satz zu sprechen.

»Werden sie ihm auch das Leben nehmen wie mir?« sagte Barnaby. »Ich wünschte, sie täten es. Wenn du und ich und er zusammen sterben könnten, so würde niemand weiter sich darum betrüben und sich um uns grämen. Aber mögen sie tun was sie wollen, ich fürchte sie nicht, Mutter.«

»Sie werden dir kein Leid tun«, sagte sie, während ihre Tränen sie fast zu ersticken drohten. »Sie werden dir kein Leid tun, wenn sie alles wissen. Ich bin sicher, daß sie dir kein Leid tun werden!«

»Sei nicht zu sicher«, sagte Barnaby, der ein neues Vergnügen in dem Glauben an ihre Selbsttäuschung und seine eigene Klugheit fand. »Sie haben es von Anfang an auf mich abgesehen, Mutter. Ich hörte sie gestern zusammen sprechen, als sie mich hierherbrachten, und ich glaube es. Weine nicht um mich! Es hieß bei ihnen, ich sei kühn gewesen, und kühn bin ich noch, und kühn will ich bleiben. Du magst denken, ich sei dumm, aber ich kann so gut sterben wie jeder andere. Ich habe doch nichts Unrechtes getan, nicht wahr?« fügte er schnell hinzu.

»Nichts vor Gott Unrechtes«, antwortete sie.

»Nun dann«, sagte Barnaby, »mögen sie ihr Schlimmstes an mir tun! Du sagtest mir einmal, als ich dich fragte, was der Tod bedeute, der Tod sei etwas, das wir nicht zu fürchten brauchten, wenn wir nichts Böses täten. Du dachtest, ich hätte das vergessen!«

Sein fröhliches Lachen und seine muntere Laune schnitten ihr das Herz. Sie zog ihn fester an sich und bat ihn, nur flüsternd mit ihr zu sprechen und sehr ruhig zu sein, denn es würde dunkel, und sie hätten nur noch kurze Zeit, und sie würde ihn bald, während der Nacht, verlassen müssen.

»Du wirst doch morgen wiederkommen?« sagte Barnaby.

Ja! Und jeden Tag! Nie, nie würden sie sich wieder trennen!

Er antwortete fröhlich, so sei es gut, und so habe er es gewünscht und ganz sicher gewußt, daß sie so sprechen würde. Dann fragte er, wo sie solange gewesen sei, und warum sie ihn nicht besucht habe, solange er ein großer Krieger gewesen sei, und schwärmte von den herrlichen Plänen, die er gehabt habe, wie sie reich und glücklich leben könnten. Und mit einer unbestimmten Ahnung, daß sie traurig sei nur durch seine Schuld, versuchte er sie zu trösten und aufzuheitern und sprach von seinem früheren Leben und seinen ehemaligen Vergnügungen und Freiheiten und ließ sich nicht träumen, daß jedes Wort, das er sprach, ihren Schmerz nur vergrößere und daß ihre Tränen bei der erneuerten Erinnerung an ihre verlorene Ruhe nur um so reichlicher flössen.

»Mutter«, sagte Barnaby, als sie den Wächter kommen hörten, um die Zelle für die Nacht zu schließen, »als ich eben von meinem Vater sprach, riefst du, still! Und wandtest den Kopf weg. Warum tatest du es? Sag mir, warum. Du dachtest, er sei tot? Es tut dir doch nicht leid, daß er am Leben ist und zurückgekommen ist zu uns. Wo ist er? Hier?«

»Frage niemanden, wo er ist, und sprich nicht von ihm«, antwortete sie.

»Warum nicht?« fragte Barnaby. »Weil er ein finsterer Mann ist und eine rauhe Sprache führt?«

»Nein! Ich liebe ihn nicht und mag nicht allein mit ihm sein.«

»Aber warum soll ich nicht von ihm sprechen?«

»Weil es mir leid tut, daß er am Leben ist; weil es mir leid tut, daß er zurückgekommen ist; weil es mir Kummer macht, daß ihr beide einander begegnet seid. Denn, lieber Barnaby! Es war das Bemühen meines ganzen Lebens, euch voneinander fernzuhalten.«

»Vater und Sohn voneinander fern! Warum?«

»Er hat«, flüsterte sie ihm ins Ohr, »er hat Blut vergossen. Die Zeit ist gekommen, daß du es wissen mußt. Er hat das Blut eines Mannes vergossen, der ihm wohlwollte, der ihm vertraute, der ihm nie mit Worten oder Taten Unrecht zugefügt hat.«

Barnaby wich, von Entsetzen erfüllt, zurück, und nachdem er auf seine befleckte Hand geblickt hatte, hüllte er sie schaudernd in sein Gewand.

»Aber«, setzte sie hastig hinzu, da der Schlüssel im Schloß gedreht wurde, »obgleich wir ihn meiden, er ist dein Vater, mein Liebling, und ich bin sein unglückliches Weib. Sie trachten ihm nach dem Leben, und er wird es verlieren. Aber es soll nicht durch uns geschehen; ja, wenn wir ihn zur Reue bekehren könnten, so würde es unsere Pflicht sein, ihn noch immer zu lieben. Du mußt tun, als kenntest du ihn nicht anders als einen Mann, der mit dir aus dem Gefängnis geflohen ist; und wenn sie dich über ihn fragen, so antworte ihnen nicht. Gott sei mit dir die Nacht hindurch, mein lieber Junge! Gott sei mit dir!«

Sie riß sich von ihm los, und in wenigen Sekunden war Barnaby allein. Lange Zeit stand er wie angewurzelt an derselben Stelle, das Gesicht in den Händen verborgen, dann warf er sich schluchzend auf sein elendes Lager.

Aber der Mond kam langsam herauf in all seiner milden Pracht, und die Sterne schauten aus dem Dunkel hervor; und durch das kleine Viereck des vergitterten Fensters wie durch die enge Spalte einer einzigen guten Tat in einem düsteren, schuldbefleckten Leben schien das Antlitz des Himmels klar und barmherzig. Er erhob sein Haupt, sah hinauf nach dem ruhigen Himmelszelt, das voller Trauer auf die Erde niederzulächeln schien, wie wenn die Nacht, gedankenvoller als der Tag, voll Sorge auf die Leiden und bösen Werke der Menschheit herabsähe, und er fühlte, wie ihr Friede sich tief in sein Herz prägte. Er, ein armer Geisteskranker, eingekerkert in seiner kleinen Zelle, fühlte sich ebenso zu Gott emporgehoben, während er nach jenem sanften Licht aufsah, wie der freieste glücklichste Mann in der ganzen großen Stadt; in seinem verworrenen Gebet und in den Bruchstücken jenes kindlichen Hymnus, mit dem er sich in den Schlaf sang, lagen eine solche Erhabenheit, wie sie nur je in einer durchstudierten Predigt zum Ausdruck kam.

Als seine Mutter beim Hinausgehen über einen Hof schritt, erblickte sie durch eine vergitterte Tür, die ihn von einem anderen Hofe schied, ihren Mann, der hin- und herschritt, die Hände über der Brust gefaltet und mit gesenktem Haupt. Sie fragte den Mann, der sie führte, ob sie vielleicht ein Wort mit dem Gefangenen reden könne. Ja, aber sie müsse schnell machen, denn er schließe zur Nacht und sei es nur noch eine Minute Zeit. Mit diesen Worten riegelte er die Tür auf und hieß sie hineingehen.

Das Tor knarrte laut in seinen Angeln, doch der Gefangene beachtete das Geräusch nicht und ging noch immer hin und her in dem kleinen Hof, ohne den Kopf zu heben oder seine Haltung im geringsten zu ändern. Sie redete ihn an, aber ihre Stimme war schwach und versagte. Endlich stellte sie sich ihm in den Weg, und als er näher kam, streckte sie die Hand aus und berührte ihn.

Er schreckte zurück, am ganzen Leibe zitternd; als er aber sah, wer es war, fragte er, weshalb sie käme. Ehe sie antworten konnte, sprach er nochmals:

»Soll ich leben oder sterben? Mordest du, oder schonst du?«

»Mein Sohn – unser Sohn«, antwortete sie, »ist in diesem Gefängnis.«

»Was geht das mich an?« rief er, ungeduldig auf das steinerne Pflaster tretend. »Ich weiß es. Er kann mir nicht mehr helfen als ich ihm. Wenn du gekommen bist, von ihm zu reden, so geh!«

Bei den Worten nahm er seinen Rundgang wieder auf und umkreiste den Hof wie zuvor. Als er wieder an dem Fleck ankam, wo sie stand, blieb er stehen und sagte:

»Soll ich leben oder sterben? Bereust du?«

»O!« erwiderte sie. »Tust du es? Willst du es tun, solange noch Zeit ist? Glaub nicht, daß ich dich retten könnte, wenn ich's auch wagen würde.«

»Sag, wenn du es wolltest«, entgegnete er mit einem Fluch, als er versuchte, sich loszumachen und weiterzugehen. »Sag, wenn du es wolltest.«

»Hör mir einen Augenblick zu«, entgegnete sie, »nur einen Augenblick. Ich bin erst neulich von einem Krankenlager wieder aufgestanden, von dem ich nie wieder aufzustehen hoffte. Die besten unter uns denken zu solcher Zeit an die guten Absichten, die sie ausführen wollten und nur halb ausführen konnten, und an ihre unerfüllten Pflichten. Wenn ich es je seit jener verhängnisvollen Nacht unterließ zu flehen, daß du vor dem Tode noch bereuen mögest, wenn ich selbst damals irgend etwas unterließ, das Reue in dein Herz hätte bringen können, als noch der erste Eindruck deiner entsetzlichen Tat auf meinem Gemüt lag – wenn ich in unserer kürzlichen Begegnung, widerstandslos gegen den Schrecken, der mich gepackt hatte, vergaß auf die Knie zu fallen und dich feierlich zu beschwören, im Namen dessen, den du so schnell vor Gottes Richtstuhl sandtest, daß du dich auf die Vergeltung bereiten solltest, die da kommen muß und die sich jetzt an dich heranstiehlt – so demütige ich mich vor dir und flehe dich an, gib meinem dringenden Bitten nach und laß dich zur Sühne bewegen!«

»Was soll das Kauderwelsch?« antwortete er grob. »Sprich so, daß ich es verstehen kann.«

»Ich will es tun«, antwortete sie, »es verlangt mich danach. Gedulde dich noch einen Augenblick! Die Hand dessen, der seinen Fluch über Mord verhängte, lastet jetzt schwer auf uns. Du kannst es nicht bezweifeln. Unser Sohn, unser unschuldiger Knabe, den Sein Zorn schon vor seiner Geburt heimsuchte, ist an diesem Ort durch deine Schuld, sein Leben ist in Gefahr durch deine Schuld; ja durch dich allein, der Himmel sieht es und weiß es, denn er wurde auf Irrwege geleitet in der Dunkelheit seines Verstandes, und das ist die entsetzliche Folge deines Verbrechens.«

»Wenn du kommst, mich nach Weiberart mit Vorwürfen zu belasten ...«, murmelte er, indem er sich wiederum bemühte davonzukommen.

»Das tue ich nicht. Ich habe ein anderes Ziel im Auge. Du mußt es hören. Wenn nicht heute nacht, dann morgen; wenn nicht morgen, ein andermal. Hören mußt du es! Mann, es ist keine Hoffnung zu entkommen! Es ist unmöglich!«

»Sagst du mir das? Sagst du es!« rief er, indem er seine gefesselte Hand erhob und sie schüttelte. »Du!«

»Ja«, sagte sie mit unbeschreiblichem Ernst. »Doch warum?«

»Um mir's in meinem Gefängnis behaglich zu machen? Um mir die Zeit von jetzt an bis zum Tod angenehm zu würzen? Ha! Ha! Zu meinem Wohl – ja doch, zu meinem Wohl! Natürlich!« sagte er, mit den Zähnen knirschend und sie mit fahlem Gesicht anlächelnd.

»Nicht, um dich mit Vorwürfen zu belasten«, entgegnete sie. »Nicht, um die Martern und das Elend deiner Lage zu steigern; nicht, um dir ein hartes Wort zu sagen, sondern um dir Frieden und Hoffnung wiederzubringen. Mann, teurer Mann! Wenn du nur dieses schreckliche Verbrechen bekennen wolltest, wenn du nur Vergebung erflehen wolltest vom Himmel und von denen, denen du unrecht getan hast auf Erden; wenn du diese eitlen, unbehaglichen Gedanken fallen ließest, die nie verwirklicht werden können und nie auf Reue und Wahrheit beruhen können, so verspreche ich dir, im hehren Namen des Schöpfers, dessen Ebenbild du vernichtet hast, daß Er dich trösten und stärken wird. Und was mich betrifft«, rief sie, ihre Hände zusammenschlagend und aufwärts blickend, »ich schwöre vor Ihm, daß ich, so wahr Er mein Herz kennt und jetzt in ihm liest, dich wie damals lieben und hegen und Nacht und Tag dich bewachen will in der kurzen Zwischenzeit, die uns noch bleibt. Daß ich dich pflegen will mit treuester Liebe und Sorgfalt, und bitten will, mit dir vereint, daß wenigstens ein drohendes Unheil abgewandt werde und daß unser armer Knabe verschont bleibe, um in seiner bejammernswerten Weise Gott zu loben in der freien Luft und im Licht der Sonne.«

Er taumelte zurück und starrte sie an, als sie diese Worte in schmelzendem Ton hervorhauchte, als ob er einen Augenblick durch ihr Benehmen von Ehrfurcht erfüllt werde. Aber Wut und Furcht errangen bald die Herrschaft über ihn, und er stieß sie von sich.

»Fort mit dir!« rief er. »Verlaß mich! Du schmiedest ein Komplott gegen mich! Ja, so ist's! Du trachtest danach, mit mir zu sprechen, damit sie erfahren, daß ich der Mann bin, auf daß sie sagen, daß ich es bin. Ein Fluch über dich und deinen Jungen!«

»Auf ihn ist der Fluch schon gefallen«, erwiderte sie, die Hände ringend.

»So fall' er schwerer noch auf ihn! Fall' er auf dich und auf alle! Ich hasse euch beide. Das Schlimmste hat mich ereilt. Der einzige Trost, den ich suche oder finden könnte, wird die Sicherheit sein, daß es auch dich, auch ihn mit trifft. Hinweg!«

Auch jetzt noch wollte sie sanft in ihn dringen, aber er drohte ihr mit der Kette.

»Ich sage, hinweg! Ich sag' es zum letzten Mal; und reize mich nicht! Um meinen Nacken ist der Strick schon geworfen, und ein schwarzes Gespenst möchte mich zu weiterem Unheil treiben, bevor es mir den Tod bringt. Hinweg! Ich verfluche die Stunde meiner Geburt, den Erschlagenen und alles, was lebt!«

In einem Anfall von Wut, Schrecken und Todesangst riß er sich von ihr und stürzte hinein in das Dunkel seiner Zelle, wo er sich klirrend auf den steinernen Boden warf und um sich schlug mit seinen eisenbeschwerten Händen.

Der Mann kam zurück, um die Kerkertür zu verschließen, und führte sie hinweg.

In dieser warmen, balsamischen Juninacht sah man frohe Gesichter und leichte Herzen in allen Teilen der Stadt; und Schlaf, durch die jüngsten Schrecknisse hinweggebannt, wurde doppelt willkommen geheißen. In dieser Nacht machten sich die Familien lustig und wünschten einander Glück, der allgemeinen Gefahr entronnen zu sein, und die, welche denunziert waren, wagten sich auf die Straßen, und die, welche beraubt waren, fanden gutes Obdach. Selbst der furchtsame Lord-Mayor, der in dieser Nacht vor den Staatsrat berufen wurde, sich für sein Benehmen zu verantworten, kam zufrieden zurück, denn er konnte allen guten Freunden mitteilen, daß er mit einem bloßen Verweis davongekommen sei, und wiederholte mit ungeheurer Befriedigung seine denkwürdige Verteidigung: seine Verwegenheit sei derartig gewesen, daß er gedacht habe, der Tod müsse ihm zuteil werden.

In dieser Nacht wurden noch mehr von den zerstreuten Überresten des Pöbels in ihren Schlupfwinkeln aufgestöbert und ergriffen. In den Hospitälern und tief unter den Ruinen, die sie selbst geschaffen, und in den Gräben und auf den Feldern, lagen viele Leichen von Elenden ohne Grabtuch und doch beneidet von denen, die bei den Unruhen tätig gewesen waren und ihr bereits verurteiltes Haupt auf die Gefängnispritsche betteten.

Und im Tower, in einem traurigen Gemach, dessen dicke Steinwände den Trubel des Stadtlebens ausschlossen und eine Stille hervorbrachten, die die Erinnerungszeichen, die von früheren Gefangenen hinterblieben waren, durch ihr stummes Zeugnis nur noch drückender und tiefer machten, saß, voll bitterer Reue über jede Gewalttat, die von jedem einzelnen unter der entsetzlichen Menge verübt worden war, und gequält von dem Gefühl, daß ihre Schuld auch die seine sei und daß durch ihn so vieler Leben gefährdet worden waren, während ihm, inmitten solcher Betrachtungen, sein Fanatismus oder der Wahn, er sei berufen von Gott, wenig Trost gewähren konnte – saß der unglückliche Urheber des Ganzen – Lord George Gordon.

Er war am Abend verhaftet worden. »Wenn Ihr sicher seid, daß ich es bin, den Ihr sucht«, hatte er zu dem Offizier gesagt, der draußen wartete mit seinem Haftbefehl wegen Hochverrats, »so bin ich bereit, Euch zu begleiten«, was er auch ohne Widerstreben tat. Er wurde zuerst vor den Staatsrat geführt und nachher in die Kaserne der Gardekavallerie, von wo aus er über die Westminsterbridge und zurück über die London-Bridge, um die Hauptstraße zu vermeiden, zum Tower gebracht wurde, unter der stärksten Wache, die man je diese Hallen mit einem einzelnen Gefangenen betreten sah.

Von allen seinen vierzigtausend Mann blieb nicht einer, um ihm Gesellschaft zu leisten. Freunde, Diener, Anhänger – keiner war da. Sein kriechender Sekretär hatte den Verräter gespielt; und er, dessen Schwachheit von vielen zu ihren eigenen Zwecken angespornt und angestachelt worden war, blieb allein und verlassen zurück.

74. Kapitel

Mr. Dennis, der spät am Abend verhaftet worden war, war nach einem in der Nähe gelegenen Wachthause gebracht und am nächsten Tag, sonnabends, von einem Richter verhört worden. Da die Klagen gegen ihn zahlreich und gewichtig und es namentlich durch Gabriel Vardens Zeugnis erwiesen war, daß er ein besonderes Verlangen gezeigt hatte, ihn des Lebens zu berauben, wurde er in Gewahrsam genommen. Obendrein wurde er mit der Auszeichnung beehrt, als Anführer der Aufständischen angesehen zu werden, und erhielt von den Lippen der obrigkeitlichen Person die schmeichelhafte Versicherung, daß er sich in unmittelbarster Gefahr befinde und gut tun würde, sich auf das Schlimmste gefaßt zu machen.

Wer nun sagen wollte, die Bescheidenheit des Mr. Dennis sei durch diese Ehrenbezeigungen irgendwie gestört worden oder er sei auf einen so schmeichelhaften Empfang vorbereitet gewesen, der müßte einen größeren Posten stoischer Philosophie für ihn in Anspruch nehmen, als er je besessen. Der Stoizismus dieses Gentleman war in der Tat von jener nicht ungewohnten Art, die einen Mann wohl befähigt, den Kummer seiner Freunde mit musterhafter Tapferkeit zu tragen, ihn aber zum Ausgleich bei allem, was ihn selbst betrifft, selbstsüchtig und empfindlich macht. Es ist darum nicht als Kränkung des in Rede stehenden hohen Staatsbeamten anzusehen oder aufzufassen, wenn hier ohne Hehl oder Vertuschung festgestellt wird, daß Dennis zunächst sehr beunruhigt war und allerlei Regungen von Furcht an den Tag legte, bis ihm sein Verstand zu Hilfe kam und ihm eine hoffnungsvollere Aussicht erschloß.

In dem Verhältnis, wie Mr. Dennis diese geistigen Eigenschaften, mit denen er ausgestattet war, anwendete, so daß er seine besten Chancen, sich leidlich und mit geringem persönlichen Ungemach aus der bösen Geschichte zu befreien, im Geiste erwog und überblickte, in demselben Verhältnis hob sich sein Lebensmut und wuchs seine Zuversicht. Als er sich auf die große Achtung besann, in der sein Amt gehalten wurde, und sich die unaufhörliche Nachfrage vor Augen führte, die nach seinen Dienstleistungen stattfand; als er erwog, wie er im Staatshandbuch für eine Art

Universalmedizin angesehen wurde, die auf Männer, Weiber und Kinder jeden Alters und jeder nur möglichen Verbrecherkonstitution paßte, wie er in seiner amtlichen Fähigkeit in der Gunst der Krone und beider Parlamentshäuser, der Münze, der Bank von England und der Richter des Landes gestanden hatte; als er sich darauf besann, daß er doch, ohne Rücksicht darauf, welches Ministerium am Ruder war, immer der besondere Liebling blieb, und daß einzig und allein er die Ursache war, weshalb England groß unter allen Völkern der Erde dastand – als er sich alle diese Dinge in die Erinnerung rief und überdachte, da fühlte er mit Gewißheit, daß die nationale Dankbarkeit ihn vor den Folgen seines jüngsten Verhaltens schützen müsse und ihn zweifellos auf seinen alten Platz in dem glücklichen Gesellschaftssystem zurücksetzen werde. Mit derlei Krumen, oder, wie man auch sagen darf, mit derlei ganzen Laiben von Stärkung und Tröstung nahm Mr. Dennis seinen Platz unter der Gesellschaft ein, die seiner wartete, und ließ sich mit männlicher Gleichgültigkeit und Unbeirrtheit in den Kerker abführen. Bei der Ankunft in Newgate, wo verschiedene der zerstörten Zellen in aller Eile für die Unterbringung von Aufständischen hergerichtet worden waren, wurde er von Schließern mit Wärme willkommen geheißen als ein Gast, den man nicht alle Tage aufnimmt und der durch das besondere Interesse, das ihm anhängt, in die einförmigen Dienstobliegenheiten eine sehr angenehme Abwechslung bringt. Unter dieser Auffassung der Dinge wurde er mit großer Behutsamkeit gefesselt und in das Gefängnis gesperrt.

»Bruder«, rief der Henker, als er hinter einem Schließer her unter diesen neuen Verhältnissen die Trümmer der Gänge durchschritt, mit denen er so wohlbekannt war, »werde ich mit wem zusammengesteckt?«

»Hättet Ihr mehr Mauern stehenlassen, würdet Ihr eine Einzelzelle erhalten«, war die Erwiderung. »So wie es aber jetzt steht, sind wir im Raum sehr beschränkt, und Ihr werdet wohl Gesellschaft bekommen.«

»Gut«, versetzte Dennis, »ich habe gegen Gesellschaft nichts einzuwenden, Bruder. Mir ist Gesellschaft lieber als keine. Ich bin für das gesellige Leben geschaffen, ja, so ist es!«

»'s ist doch recht schade, nicht?« sagte der Mann.

»Nein«, antwortete Dennis, »hab' nichts davon gemerkt! Warum sollte es schade sein, Bruder?«

»O! Das weiß ich nicht«, sagte der Mann gleichgültig und sorglos. »Ich dachte, Ihr hättet das sagen wollen! Für geselliges Leben geschaffen sein und in Euren schönsten Jahren abgesäbelt werden, wißt Ihr –«

»Nanu«, fiel ihm der andere geschwind in die Rede, »wovon sprecht Ihr? Macht doch keine Witze! Wer soll denn in seinen schönsten Jahren abgesäbelt werden?«

»O! Niemand im besonderen. Ich dachte, Ihr vielleicht!« sagte der Mann.

Mr. Dennis wischte sich das Gesicht ab, das plötzlich sehr heiß geworden war, und nachdem er seinem Führer mit zitternder Stimme gesagt hatte, daß er schon immer etwas für seine Scherze übrig gehabt hatte, ging er stillschweigend hinter dem Schließer her, bis dieser an einer Tür stehenblieb.

»Das hier also ist mein Quartier, he?« fragte er in scherzendem Ton.

»Das hier, Freund, ist Euer Kasten«, versetzte sein Freund.

Er ging hinein, freilich nicht mit der besten Laune, blieb dann plötzlich stehen und tat einen Schritt rückwärts.

»Holla!« sagte der Wärter. »Ihr seid ja nervös!«

»Nervös«, flüsterte Dennis mit großer Bestürzung. »Mag sein! Schließt die Tür!«

»Ja, wenn Ihr drin seid«, antwortete der Mann.

»Aber dahinein kann ich nicht gehen«, flüsterte Dennis. »Mit diesem Menschen kann doch ich nicht eingesperrt werden! Wollt Ihr mich ermorden lassen, Bruder?«

Der Wärter schien nach dieser Richtung hin keine besonderen Wünsche zu hegen, sondern schob ihn mit der kurzen Bemerkung, er habe seine Befehle und sei nicht gewillt, ihm zuliebe den Gehorsam zu verletzen, in den Kerker hinein, drehte den Schlüssel herum und ging fort.

Dennis stand zitternd mit dem Rücken gegen die Tür gelehnt und stierte, unwillkürlich den Arm erhebend, um sich zu verteidigen, auf einen Mann, den einzigen anderen Insassen der Zelle, der in voller Länge auf einer steinernen Bank ausgestreckt lag und in seinen tiefen Atemzügen innehielt, wie wenn er gerade erwachen wollte. Aber er wälzte sich auf die andere Seite, ließ den Arm nachlässig fallen, stieß einen langen Seufzer aus und versank mit einem undeutlichen Geflüster wieder in festen Schlaf.

Hierdurch einigermaßen beruhigt, lenkte der Henker auf eine kurze Weile die Augen von der schlummernden Gestalt weg und blickte sich um in der Zelle, um eine vorteilhafte Stelle für einen Kampf oder eine Waffe zur Verteidigung ausfindig zu machen. Es war kein beweglicher Gegenstand in dem ganzen Raum, abgesehen von einem plumpen Tisch, der ohne Lärm nicht von seinem Platze zu schaffen war, und einem schweren Stuhl. Auf den Zehen nach diesem letzten Gerät schleichend, zog er sich mit ihm bis in den entferntesten Winkel zurück, verschanzte sich hinter ihm und beobachtete den Feind mit äußerster Wachsamkeit und Vorsicht.

Der schlafende Mann war Hugh, und vielleicht war es für Dennis nicht unnatürlich, daß er sich in einem Zustand höchst unbehaglichen Hangens und Bangens fühlte und aus voller Seele wünschte, Hugh möge nie wieder aufwachen. Müde vom Stehen, kauerte er sich nach kurzer Zeit in einen Winkel nieder und ruhte auf dem kalten Pflaster aus; wenn aber auch Hughs Atemzüge noch immer bekundeten, daß er im tiefen Schlaf lag, so konnte sich Dennis doch nicht entschließen, ihn nur einen Augenblick aus den Augen zu lassen. Er fürchtete sich so sehr vor ihm und vor irgendeinem unverhofften Überfall, daß es ihm nicht reichte, Hughs geschlossene Augen durch die Stuhllehne in Obacht zu halten, sondern daß er von Zeit zu Zeit lautlos aufstand und mit ausgestrecktem Hals zu ihm hinüberlugte, um sich zu vergewissern, daß er wirklich noch schlafe und nicht etwa willens sei, auf ihn loszuspringen, wenn er ihn unbeobachtet lasse.

Er schlief so lange und so tief, daß Mr. Dennis schon glaubte, er werde bis zur Rückkehr des Schließers schlafen. Er wünschte sich schon ob dieser vielversprechenden Aussichten Glück und pries schon seinen Glücksstern mit großer Wärme, als einige unbehagliche Anzeichen bemerkbar wurden: so zum Beispiel eine neue Bewegung mit dem Arm, ein neues Stöhnen, ein unruhiges Hin- und Herwerfen des Kopfes. Dann, gerade in dem Augenblick, als er schwer von seinem schmalen Bett auf den Boden hinunterfallen zu wollen schien, öffnete er die Augen.

Der Zufall wollte es, daß sein Gesicht gerade dem unerwarteten Besucher zugekehrt war. Er sah ihn ein halbes Dutzend Sekunden lang verschlafen an, ohne durch ein Zeichen zu verraten, daß er sich wundere oder ihn erkenne. Dann sprang er plötzlich auf, und mit einem schweren Fluch stieß er den Namen des anderen hervor.

»Bleib mir vom Halse, Bruder! Bleib mir vom Halse!« rief Dennis, sich hinter den Stuhl duckend. »Tu mir kein Leid an! Ich bin ein Gefangener wie du. Ich habe den freien Gebrauch meiner Glieder nicht mehr. Ich bin ein alter Mann. Tu mir nicht weh!«

Er heulte diese letzten vier Worte mit so kläglicher Stimme, daß Hugh, der den Stuhl fortgezogen hatte und zu einem Schlag ausholte, innehielt und ihn aufstehen hieß.

»Ich will gewiß aufstehen, Bruder!« rief Dennis, ängstlich darauf bedacht, den Zorn des anderen auf alle Weise zu besänftigen. »Ich will jedem Verlangen von dir Genüge tun; ganz gewiß will ich es. Da – nun bin ich aufgestanden. Was kann ich für dich tun? Sprich nur das Wort, und ich will es tun.«

»Was du für mich tun kannst!« schrie Hugh, indem er den Henker mit beiden Händen am Kragen packte und hin und her schüttelte, als ob er ihm auf diese Weise allen Atem nehmen wolle. »Was hast du denn für mich getan?«

»Das Beste, das Allerbeste, was sich tun ließ«, versetzte der Henker.

Hugh gab ihm keine Antwort. Mit seinen starken Fäusten schüttelte er ihn, bis ihm die Zähne im Munde klapperten, dann schleuderte er ihn zu Boden und warf sich wieder auf die Bank.

»Ging mir es nicht um den Trost, dich hier zu sehen«, murmelte er, »so wollte ich dir, weiß Gott, den Kopf an den Steinen zertrümmern.«

Es dauerte lange, bis Dennis wieder Atem genug zum Sprechen gefunden hatte; aber er fing seine versöhnlichen Reden sobald wie möglich wieder an.

»Ich tat das Beste, was sich tun ließ, Bruder«, winselte er. »Wahrhaftig! Ich wurde durch zwei Bajonette und wer weiß wieviel Kugeln rechts und links von mir dazu gezwungen, dich zu denunzieren. Wärst du nicht gefangengenommen worden, so hätten sie dich erschossen; und was für ein schrecklicher Anblick wäre das gewesen! So ein feiner junger Kerl wie du!«

»Wird's jetzt ein besserer Anblick werden?« fragte Hugh, den Kopf hebend mit so wildem Ausdruck, daß der andere nicht wagte, ihm sofort zu antworten.

»Um einiges doch besser«, antwortete Dennis nach einer Pause in mattem Tonfall. »Da sind erstmal all die Glücksfälle beim Prozeß, und das sind fünfhundert, niedrig geschätzt! Da können wir schon ganz gut mit blauem Auge davonkommen.

Sind doch schon ganz andere Dinge vorgekommen! Selbst wenn es aber nicht so kommen und das Glück uns einen dummen Streich spielen sollte, na, dann kann man uns eben bloß einmal richten; und wenn der Kerl sein Handwerk versteht, dann geht's so fein, so geschickt, so bezaubernd, wenn das nicht zuviel gesagt ist, daß Ihr kaum glauben möchtet, zu was für einer Vollendung in diesem Handwerk man es überhaupt bringen kann. Seine Mitmenschen mit Musketen erschießen, pah!« Seine Natur bäumte sich bei dem bloßen Gedanken so empor, daß er auf den Gefängnisboden spuckte.

Sein bei diesem Gesprächsthema immer höher steigender Eifer, der einem mit seiner Lebensweise und seinem Geschmack Unbekannten wie Mut erschien, vereint mit der listigen Unterdrückung seiner geheimen Hoffnungen und mit dem Umstand, sich selbst als einen Mann zu erwähnen, der sich mit Hugh in gleicher Lage befände, wirkte mehr zur Besänftigung dieses Raufboldes als alle auf die feinste Weise ausgearbeiteten Beweisgründe oder selbst die kriechendste Unterwürfigkeit es je vermocht haben würden. Hugh stützte die Arme auf die Knie, neigte sich vor, sah durch sein zottiges Haar auf Dennis mit einem Ausdruck im Gesicht, der wie ein Lächeln aussah.

»Die Sache liegt so, Bruder«, sagte der Henker in einem Ton größeren Vertrauens: »Du bist in schlechte Gesellschaft gekommen. Nach dem Mann, der bei dir war, sah man schärfer aus als nach dir, und er war's, den ich haben wollte. Was mich anbetrifft, was hab ich davon? Wir stecken nun in derselben Patsche.«

»Sieh her, Schurke«, sagte Hugh, die Stirn runzelnd, »ich bin durchaus kein so hohler Schädel, daß ich nicht wüßte, du hättest etwas damit zu erreichen gehofft, sonst hättest du es nicht getan. Nun ist die Sache aber mal geschehen, und du bist hier, und bald wird es aus sein mit dir und mir, und ich sterbe ebenso gern wie ich lebe und lebe ebenso gern wie ich sterbe. Weshalb sollte ich mich also anstrengen, mich an dir zu rächen? Um Essen und Trinken und Schlafen, solange ich hier bleibe, geht's mir allein, sonst um nichts. Wäre nur ein bißchen mehr Sonne da, als in dieses verfluchte Loch den Weg hineinfinden kann, damit ich mich drin sonnen könnte, dann wollte ich den ganzen Tag drin liegen und mir nicht die Mühe machen, auch nur einmal mich aufzurichten oder aufzustehen. Sonst, wie gesagt, schere ich mich um nichts. Warum sollt ich mir also um dich noch graue Haare wachsen lassen?«

Indem er diese Rede mit einem Brummen beendete, das viel Ähnlichkeit hatte mit dem Gähnen eines wilden Tieres, streckte er sich wieder auf die Bank und schloß von neuem die Augen.

Dennis sah ihn stillschweigend ein paar Augenblicke an. Es fiel ihm ein Stein vom Herzen, daß er ihn in solcher Laune fand. Er zog seinen Stuhl näher an das rauhe Lager des anderen und setzte sich in seiner Nähe nieder – wobei er aber nie die Vorsicht außer acht ließ, sich fern vom Bereich seines muskulösen Armes zu halten.

»Gut gesagt, Bruder; ließe sich gar nicht besser sagen«, wagte er zu bemerken. »Wir wollen essen und trinken, so gut es geht, und schlafen, so gut es geht, und es uns so behaglich einrichten, wie es geht. Für Geld kann man alles haben. Verjubeln wir's!«

»Ganz recht«, sagte Hugh und wälzte sich herum. »Wo ist Geld?«

»Na, meines haben sie mir auf der Wache genommen«, sagte Mr. Dennis, »aber bei mir liegt das anders.«

»So? Wieso? Mein Geld haben sie auch genommen.«

»Na, dann will ich dir was sagen, Bruder«, begann Dennis. »Du mußt dich nach deinen Freunden umsehen …«

»Nach Freunden!« rief Hugh, sprang auf und stützte sich auf die Hände. »Wo sind meine Freunde?«

»Na, dann deine Verwandten«, sagte Dennis.

»Ha, ha, ha!« lachte Hugh und schwenkte seinen Arm über dem Kopf. »Redet der Kerl von Freunden! Redet von Verwandtschaften zu einem Kerl, dessen Mutter denselben Tod starb, der auch ihrem Sohn bestimmt worden, den die Mutter zurückließ zusammen mit einem verhungerten Hund, ohne Bekannte, ohne Verwandte! Freund! Redet mir dieser Kerl von so was!«

»Bruder«, rief der Henker, in dessen Züge plötzlich eine Veränderung trat, »du willst doch nicht sagen –«

»Daß sie die Mutter in Tyburn aufhingen«, warf Hugh dazwischen, »das will ich sagen – sonst nichts! Was für sie gut genug war, ist auch für mich gut genug. Sollen sie mir dasselbe antun, wenn es ihnen gefällt; je eher, desto besser. Rede nicht mehr davon. Ich will schlafen.«

»Aber ich muß mit dir reden, ich muß mehr davon hören«, sagte Dennis erbleichend.

»Wenn du ein gescheiter Kerl bist«, brummte Hugh und hob

den Kopf, um ihn mit wütenden Blicken anzusehen, »so wirst du dein Maul halten. Ich sage dir, daß ich schlafen will.«

Da Dennis trotz dieser Warnung noch immer zu reden wagte, schlug der tolle Kerl mit aller Kraft nach ihm. Der Schlag verfehlte sein Ziel, und Hugh legte sich wieder unter Flüchen und Verwünschungen, die er vor sich hinbrummte, nieder und drehte sein Gesicht der Wand zu. Nachdem ihn Dennis noch zwei- bis dreimal erfolglos am Rock gezupft hatte, wozu er trotz der gefährlichen Laune des anderen die nötige Kühnheit fand, blieb ihm nichts weiter übrig, als seine Neugierde zu zähmen, so geduldig wie möglich sitzenzubleiben und auf Hughs bessere Laune zu warten.

75.
Kapitel

Ein Monat ist verflossen. Wir befinden uns in Mr. John Chesters Schlafzimmer. Durch das halbgeöffnete Fenster blickt Temple Garden in seinem frischen Grün lustig herein. Der leise gleitende Fluß, munter besät mit Barken und Booten, von manchem Ruder zu plätschernden Wellen getrieben, blitzt in der Ferne. Der Himmel ist blau und klar, und die Sommerluft stiehlt sich sanft herein, das Zimmer mit Wohlgeruch erfüllend. Selbst die Stadt, die rauchige Stadt, strahlt. Hohe Dächer und Turmspitzen, die sonst schwarz und trüb dreinschauten, lächeln in heiterem Grau; jeder alte vergoldete Wetterhahn, jede Kugel oder jedes Kreuz glitzert mit neuem Glanz in der hellen Morgensonne, und hoch über ihnen allen türmt sich St. Pauls empor, die erhabene Spitze in glänzendem Golde erstrahlend.

Sir John lag im Bett und frühstückte. Seine Schokolade mit den gerösteten Brotschnittchen stand auf einem kleinen Tisch neben seinem Ellbogen; Bücher und Zeitungen lagen ihm handgerecht auf dem Deckbett, und manchmal hörte er mit Lesen auf, um mit einer Miene stiller Befriedigung sich in dem wohlgeordneten Gemach umzusehen, manchmal auch, um gleichgültig nach dem Sommerhimmel hinaufzublicken. Dann aß er und trank er wieder mit Behagen und las die Zeitungen.

Der wohltätige Einfluß des Morgens schien selbst auf sein gleichmütiges Temperament mancherlei Wirkung zu üben. Sein Wesen war ungewöhnlich heiter, sein Lächeln milder und anmutiger als sonst, seine Stimme klarer und freundlicher. Er legte die Zeitung hin, in der er gelesen hatte, lehnte sich auf sein Kissen mit der Miene eines Menschen, der sich einem Strom wohltätiger Erinnerungen hingibt, und hielt dann folgendes Selbstgespräch:

»Und mein Freund, der Centaur, geht den Weg, den seine liebe Mama gegangen ist. ... Mich überrascht das nicht! ... Und sein geheimnisvoller Freund, Mr. Dennis, macht's nicht anders ... Das überrascht mich auch nicht! ... Und mein alter Kurier, der mehr als ungenierte junge Narr aus Chigwell, ist auch mit dabei ... Das freut mich ganz besonders! Es ist das Allerbeste, was ihm vielleicht geschehen konnte.«

Nachdem er sich eine Zeitlang mit diesen Bemerkungen beschäftigt hatte, versenkte er sich wieder in seine Gedanken. Endlich riß er sich aus denselben heraus, um seine Schokolade auszutrinken, die schon kalt zu werden anfing, und um nach einer weiteren Tasse die Glocke zu läuten.

Als der neue Vorrat angekommen war, nahm er dem Diener die Tasse aus der Hand, sagte mit entzückender Leutseligkeit: »Ich danke dir bestens, Peak«, und entließ ihn.

»Ein merkwürdiger Umstand«, sprach er dann wieder bei sich, gelassen mit dem Teelöffel spielend, »daß mein Freund, der Narr, um ein Haar bei seinem Prozeß freigekommen wäre – und ein guter Griff war es (oder, wie die Welt es nennen würde, eine Fügung der Vorsehung), daß der Bruder des Herrn Lord-Mayor mit anderen Friedensrichtern der Provinz, in deren dicke Köpfe sich die Neugierde einen Weg gebahnt hat, im Gerichtssaal zugegen war. Denn wenn auch der Bruder des Lord-Mayor entschieden im Unrecht war und seine nahe Geistesverwandtschaft mit jener spaßigen Person außer Zweifel war, da er feststellte, mein Freund sei gesund und habe, soviel ihm bekannt sei, das Land mit einer vagabundierenden Mutter durchwandert, mit der in Gemeinschaft er aufrührerische, staatsgefährdende Anschauungen geltend gemacht habe, so bin ich ihm nichtsdestoweniger für diese freiwillige Aussage zu Dank verpflichtet. Diese unvernünftigen Geschöpfe machen so viel verkehrte und ungelegene Bemerkungen, daß sie wirklich zum Wohl der Gesellschaft aufgehängt werden sollten.«

Der Friedensrichter hatte in der Tat die wankende Waagschale wider den armen Barnaby gedreht und den Zweifel, der zu seinen Gunsten zitterte, gelöst. Greifer bedachte kaum, wieviel Verantwortung er dabei trug.

»Eine lustige Gesellschaft werden die drei Kerle abgeben«, sagte Sir John, den Kopf in die Hand stützend und seine Schokolade nippend, »eine sehr schnurrige Gesellschaft! Der Henker, der Centaur und der Narr. Der Centaur gäbe ein sehr hübsches Präparat für die Anatomie ab und würde der Wissenschaft von außerordentlichem Segen sein. Hoffentlich hat man Sorge getragen, sich seiner zu versichern. Peak! Ich bin natürlich für niemand zu Hause, nur für den Friseur.«

Diese Weisung wurde durch ein Klopfen an der Tür hervorgelockt, wohin sich der Diener eilends begeben hatte, um zu öffnen. Nach einem längeren, leise geführten Geflüster von Fragen und Antworten drehte sich der Diener um, und als er vorsichtig die Zimmertür hinter sich schloß, hörte man einen Mann im Gang husten.

»Nein! Es nützt alles nichts, Peak«, sagte Sir John, zur Abwehr einer gemeldeten Botschaft die Hand aufhebend, »ich bin nicht zu Hause. Ich kann unmöglich auf dich hören. Ich habe dir doch gesagt, daß ich nicht zu Hause sei, und mein Wort ist mir heilig. Lernst du denn niemals ein Benehmen, wie man es von dir wünscht!«

Der Diener hatte auf einen solchen Tadel nichts zu erwidern und schickte sich eben an hinauszugehen, als der Besucher, der zu dem Tadel Anlaß gegeben hatte und wahrscheinlich ungeduldig wurde, mit den Knöcheln an die Stubentür klopfte und von draußen herein rief, er habe in einer sehr dringlichen Sache, die keinen Aufschub dulde, mit Sir John Chester zu sprechen.

»So laß ihn herein«, sagte Sir John, und als die Tür geöffnet war, setzte er hinzu: »Mein lieber Kamerad! Wie seid Ihr denn dazu gekommen, Euch auf so außergewöhnlichem Weg Zutritt zur Privatwohnung eines vornehmen Gentleman zu verschaffen? Wie kann Euch aller Respekt so ganz abhanden gekommen sein, daß Ihr Euch einer so auffälligen Ungezogenheit schuldig macht?«

»Meine Angelegenheit, Sir John, ist nicht alltäglicher Art, glaubt mir«, versetzte die angeredete Person. »Habe ich wirklich einen ungewohnten Weg eingeschlagen, um Zutritt zu Euch zu erlangen, so wird mir hierfür hoffentlich Verzeihung zuteil werden.«

»Nun! Wir werden sehen! Werden sehen!« antwortete Sir John, dessen Gesicht sich aufhellte, als er sah, wer der Besucher war, und dessen einnehmendes Lächeln wiederkehrte. »Ich weiß, wir sind uns schon einmal begegnet«, setzte er in gewinnendem Ton hinzu, »aber wirklich und wahrhaftig! Euren Namen habe ich vergessen.«

»Mein Name, Sir, ist Gabriel Varden.«

»Varden! Na ja doch, Varden«, versetzte Sir John, indem er sich vor die Stirn schlug. »Ja, du meine Güte! Wie hinfällig doch mein Gedächtnis wird! Freilich, Varden – Varden, der Schlossermeister. Ihr habt ein reizendes Frauchen, Mr. Varden, und eine wunderhübsche Tochter. Es geht doch beiden gut?«

Gabriel bedankte sich und sagte, es gehe ihnen gut.

»Freut mich sehr zu hören«, sagte Sir John. »Sagt ihnen, bitte, meine besten Empfehlungen, wenn Ihr wieder nach Hause kommt; sagt ihnen auch, ich wünschte so glücklich zu sein, daß ich ihnen den Gruß, den ich durch Euch vermelden lasse, selbst überbringen könnte.« Dann fragte er nach einer kurzen Pause äußerst sanft: »Was kann ich für Euch tun? Sprecht frei und offen!«

»Ich danke Euch, Sir«, sagte Gabriel mit gewissem Stolz, »aber ich bin nicht gekommen, um eine Gunst zu erbitten, wenn ich auch mit einem Anliegen komme. Ein privates Anliegen«, setzte er hinzu mit einem Blick auf den Diener, der dastand und zuhörte, »und zwar sehr dringlicher Natur.«

»Ich kann nicht sagen, daß Ihr mir willkommen seid, weil Ihr Euch den Rücken gedeckt haltet und von mir persönlich nichts zu erbitten habt«, versetzte Sir John huldvoll. »Denn ich hätte mich glücklich geschätzt, Euch einen Dienst zu erweisen; dennoch seid Ihr auch unter anderen Bedingungen willkommen. Peak, schenk mir noch etwas Schokolade ein – und verweile dann hier nicht länger!«

Der Diener zog sich zurück und ließ sie allein.

»Sir John«, sagte Gabriel, »ich bin ein Handwerker und mein Leben lang nichts anderes gewesen. Wenn ich Euch nicht hinreichend darauf vorbereite, was ich zu sagen habe; wenn ich zu jäh auf das Ziel zusteuere; wenn ich Euch ein Ärgernis bereite, das Euch ein vornehmer Herr hätte ersparen oder jedenfalls stark abschwächen können, so hoffe ich, daß Ihr es meiner guten Absicht zugute haltet. Ich wünsche, vorsichtig und bedacht zu sein, und verlasse mich darauf, daß Ihr bei einer so schlichten Persönlichkeit wie der meinigen den Willen für die Tat hinnehmt.«

»Mr. Varden«, versetzte der andere, der während dieser Einleitung seine Fassung behielt, »ich bitte, nehmt Euch einen Stuhl! Schokolade ist vielleicht nicht Euer Leibtrunk! Nun! Es ist auch ein Geschmack, an den man sich erst gewöhnen muß.«

»Sir John«, sagte Gabriel, der sich mit einer Verbeugung für die Aufforderung zum Sitzen bedankte, sich ihrer aber nicht bediente, »Sir John.« Er senkte die Stimme und trat näher an das Bett heran: »Ich komme geradewegs von Newgate.«

»Du mein Gott!« rief Sir John, indem er sich flink im Bett aufsetzte. »Von Newgate, Mr. Varden? Wie konntet Ihr so unvorsichtig sein, von Newgate hierher zu kommen? Von Newgate, wo das Kerkerfieber grassiert, wo verlumptes Gesindel und barfüßige Männer und Weiber und tausenderlei Greuel hausen! Peak, geschwind! Den Kampfer! Himmel und Erde, Mr. Varden, mein guter, wackerer Gesell! Wie konntet Ihr bloß von Newgate hierher kommen?«

Gabriel gab keine Antwort, sondern sah schweigend zu, wie Peak – der gerade im richtigen Augenblick mit der heißen Schokolade eingetreten war – zu einer Schublade hinlief, eine Flasche herausnahm und Schlafrock und Bett seines Gebieters mit ihrem Inhalt besprengte. Indem er dann den Schlossermeister selbst reichlich besprengte, beschrieb er einen Kreis um ihn auf dem Teppich. Hierauf zog er sich wieder zurück, und Sir John, der in nachlässiger Haltung in sein Kopfkissen zurücksank, drehte nun seinem Gast von neuem ein lächelndes Antlitz zu.

»Ihr wollt es mir nicht übelnehmen, Mr. Varden, ich weiß, ich weiß, daß ich im ersten Augenblick sowohl Euret- wie meinetwegen ein bißchen ängstlich war! Ich gestehe, daß Ihr mich erschreckt habt, trotz Eurer behutsamen Einleitung. Ich darf mir wohl noch die Bitte gegen Euch erlauben, mir nicht näher zu kommen? Ihr seid also wirklich von Newgate hierher gekommen?«

Der Schlosser nickte.

»Wirklich also! Nun, Mr. Varden, alle Übertreibung und Verschönerung beiseite gelassen«, sagte Sir John Chester vertraulich, während er von seiner Schokolade nippte, »was für ein Ort ist eigentlich dieses Newgate?«

»Ein seltsamer Ort, Sir John«, versetzte der Schlosser, »von trüber, trauriger Art. Ein seltsamer Ort, wo mancherlei seltsame Dinge gehört und gesehen werden, aber nur wenige, die seltsamer sind, als ich zu berichten habe. Der Fall ist dringlich. Ich bin hergeschickt worden.«

»Nicht doch – nein, nein! Doch nicht aus dem Kerker?«

»Jawohl, Sir John, aus dem Kerker!«

»Und mein guter, leichtgläubiger, offenherziger Freund«, sagte Sir John, seine Tasse hinsetzend und lachend, »von wem?«

»Von einem Mann namens Dennis, der viele Jahre lang Henker war und morgen früh ein Gehenkter sein wird«, erwiderte der Schlosser.

Sir John hatte erwartet – war zuerst völlig sicher gewesen – der Schlosser würde sagen, er sei von Hugh geschickt worden, und hatte sich vorbereitet, ihm in diesem Punkte Rede zu stehen. Die Antwort aber, die er hörte, verursachte ihm einen Grad von Erstaunen, dessen Eindruck er für den Augenblick trotz aller Verstellungskunst nicht zu verbergen vermochte. Er unterdrückte ihn aber rasch und sagte in geringschätzigem Ton:

»Und was will der feine Herr von mir? Mein Gedächtnis mag mich wohl wieder im Stich lassen, aber ich besinne mich nicht, daß ich jemals das Vergnügen gehabt habe, ihm vorgestellt worden zu sein, oder ihn jemals zu meinen persönlichen Freunden gerechnet hätte. Diese Versicherung, Mr. Varden, gebe ich Euch.«

»Sir John«, versetzte der Schlosser mit ernster Stimme, »ich will Euch, so deutlich ich es kann, in den Worten, die er gegen mich gebraucht hat, sagen, was er Euch sagen lassen wollte, und was Ihr ohne Zeitverlust auch wissen müßt.«

Sir John Chester machte es sich bequem und sah seinen Gast mit einem Ausdruck an, der zu sagen schien: »Ein spaßiger Bruder! Ich muß doch hören, was er sagt.«

»Ihr werdet in den Zeitungen gelesen haben, Sir«, sagte Gabriel, indem er auf das Blatt wies, das neben ihm lag, »daß ich vor einigen Tagen in dem Prozeß wider diesen Mann als Zeuge aufgetreten bin und daß es seine Schuld nicht ist, wenn ich am Leben bin und aussagen konnte, was ich wußte.«

»Mag sein, kann's gelesen haben«, sagte Sir John. »Lieber Mr. Varden! Ihr seid ein Mann, der der Öffentlichkeit angehört, seid bei jedermann gut angesehen. Über das Interesse, mit dem ich Eure Aussage gelesen habe, geht nichts, um so mehr, als ich mich mit Vergnügen dabei erinnerte, daß ich mit Euch eine flüchtige Bekanntschaft geschlossen hatte. Wir sehen doch hoffentlich Euer Bildnis veröffentlicht?«

»Heute morgen, Sir«, sagte der Schlosser, der von diesen Höflichkeiten keinerlei Notiz nahm, »heute früh ist mir auf Verlangen dieses Mannes, der mich hat sehen und mit mir sprechen wollen, weil er mir was Besonderes zu sagen habe, eine Botschaft aus Newgate gesandt worden. Ich brauche nicht zu sagen, daß er nie mein Freund gewesen ist und daß ich ihn, ehe die Aufständischen mein Haus belagerten, in meinem ganzen Leben nicht gesehen hatte.«

Sir John fächelte sich behutsam mit der Zeitung und nickte.

»Ich habe aber aus dem allgemeinen Gerede in Erfahrung gebracht«, nahm Gabriel wieder das Wort, »daß der Befehl zu seiner morgigen Hinrichtung gestern abend in das Gefängnis gelangt ist, und weil ich ihn als einen toten Mann ansehe, habe ich mich seinem Wunsche gefügt.«

»Ihr seid ein rechter Christ, Mr. Varden«, sagte Sir John, »und in dieser menschenfreundlichen Eigenschaft legt Ihr mir den Wunsch, Euch einen Stuhl zu nehmen, noch mehr ans Herz.«

»Er sagte«, fuhr Gabriel fort, indem er den Ritter nicht aus dem Auge ließ, »er habe deshalb zu mir geschickt, weil er in der ganzen Welt weder einen Freund noch einen Kameraden habe, denn er sei doch nun einmal der Henker, und weil er aus der Art und Weise meiner Zeugenaussage die Meinung gewonnen habe, daß ich ein rechtschaffener Mann sei und ehrlich mit ihm umgehen würde. Er sagte, weil er von jedem, der sein Handwerk kennte, sogar von Leuten des niedrigsten und elendsten Standes, verabscheut würde und, als er sich den Aufständischen anschloß, gemerkt habe, daß die Leute, mit denen er zu tun bekam, keine Ahnung von seinem Handwerk gehabt hätten – was wohl nur allzu wahr sein durfte, denn ein armer Tropf von ehemaligem Lehrling von mir ist auch einer der ihrigen gewesen – deshalb, sagte er, habe er seinen Beruf verschwiegen bis zu dem Augenblick, wo er selbst festgenommen und in den Kerker geworfen worden sei.«

»Sehr vorsichtig von Mr. Dennis«, bemerkte Sir John mit leichtem Gähnen, wenn auch noch immer mit äußerster Leutseligkeit,

»aber – bis auf Eure bewundernswürdige und klare Art zu erzählen, die wirklich vollkommen ist und einzig dasteht – ermangelt die Sache für mich noch immer jeglichen Interesses.«

»Als er«, fuhr der Schlosser unbeirrt fort, »als er nach dem Gefängnis geschafft wurde, da sah er, daß sein Mitgefangener in demselben Kerkerloch ein junger Mann war namens Hugh, der mit als Anführer bei den Aufständen gewirkt hatte und von ihm, Dennis, selbst verraten und ausgeliefert worden war. Aus dem und jenem, was diesem unglücklichen Wesen im Lauf der bösen Worte, die sie bei ihrem Wiederzusammentreffen wechselten, über die Lippen kam, fand er heraus, daß seine Mutter den Tod erlitten hatte, zu dem sie nun beide verurteilt waren. Die Zeit ist sehr, sehr kurz, Sir John!«

Der Ritter legte seinen papierenen Fächer aus der Hand, stellte seine Tasse neben sich auf den Tisch und sah, bis auf das Lächeln, das sich um seinen Mund stahl, den Schlosser mit derselben Festigkeit an wie der Schlosser ihn.

»Sie haben nun vier volle Wochen im Gefängnis gesessen. Diese eine Unterhaltung hat zu manch anderen Unterhaltungen geführt, und der Henker hat bald durch Vergleiche von Zeit und Ort und Datum herausgefunden, daß er selbst den Urteilsspruch an diesem Weib vollstreckt hat. Sie ist, wie es bei so vielen Leuten geht, durch Not zu dem bequemen Verbrechen, falsche Banknoten in den Handel zu bringen, verleitet worden. Sie war jung und hübsch, und die Handelsleute, die zu solchem Geschäft Männer, Weiber und Kinder anstellen, haben sie als eine Person angesehen, die sich zu solchem Geschäfte vorzüglich eignete und aller Wahrscheinlichkeit nach dabei eine lange Zeit ohne Verdacht zu erwecken verwendet werden konnte. Aber sie befanden sich hierin im Irrtum, denn sie wurde schon bei Ausführung des ersten Wechselgeschäfts angehalten und hat's mit dem Leben gebüßt. Sie war von Zigeunerblut, Sir John ...«

Vielleicht war es die Wirkung einer vorübereilenden Wolke, welche die Sonne verdunkelte und dadurch einen Schatten auf sein Gesicht warf, der Ritter aber wurde leichenblaß. Trotzdem hielt er den Blick des Schlossers aus wie zuvor.

»Zigeunerblut, Sir John«, wiederholte Gabriel, »und ein stolzer, freier Geist! Dies und ihr hübsches Aussehen, im Verein mit ihrem vornehmen Wesen, riefen bei manchem vornehmen Gentleman Interesse wach. Von dunklen Augen wird man ja leicht gerührt, und an Bemühungen, sie zu retten, hat's darum auch nicht gefehlt. Vielleicht hätten die Herren auch Erfolg damit gehabt, wenn sie sich hätte entschließen können, ihnen reinen Wein über ihren Lebenslauf und ihr Schicksal einzuschenken. Aber sie hat das niemals gemocht oder getan. Es lag vielmehr Grund zu dem Verdacht vor, daß sie selbst Hand an sich legen wollte. Es wurde ihr deshalb bei Tag und Nacht eine Wache gestellt, und von dieser Zeit an hat sie nie wieder ein Wort gesprochen ...«

Sir John streckte die Hand nach der Tasse aus. Als der Schlosser indes fortfuhr, hielt er auf halbem Wege inne.

» ... nie wieder, bis auf die letzte Minute ihres Lebens. Da erst löste sie ihre Zunge und sagte mit leiser, fester Stimme, die kein anderer als dieser Henker gehört hat, denn jedes andere lebende Wesen hatte sich von ihr zurückgezogen und sie ihrem Geschick überlassen: ›Hätt' ich einen Dolch in diesen Fingern‹, sagte sie, ›und stünd' er im Bereich meiner Hände, ich würde ihn tot vor mir niederstrecken, selbst in diesem Augenblick!‹ Der Henker fragte: ›Wen?‹, sie antwortete: ›Den Vater meines Kindes.‹«

Sir John zog die Hand, die er ausgestreckt hatte, zurück, und als er sah, daß der Schlosser innehielt, bedeutete er ihm mit ungezwungener Höflichkeit und ohne jeden neuen Anschein von Erregung, fortzufahren.

»Es war das erste Wort, das sie je sprach, das darauf schließen ließ, daß sie Verwandtschaft auf Erden hatte. Ob das Kind am Leben sei, fragte der Henker. ›Ja‹, gab sie zur Antwort. Er fragte sie weiter, wo es sei, wie es hieße und ob sie einen Wunsch hinsichtlich des Kindes zu äußern habe. Nur einen Wunsch hätte sie, lautete ihre Antwort: daß der Junge leben und großwerden solle, ohne von seinem Vater Kenntnis zu erhalten, und daß keine Kunst, kein Mittel ihn lehren solle, mild und versöhnlich zu sein. Wenn er ein Mann würde, so baute sie auf den Gott ihres Stammes, daß er den Vater und den Sohn zusammenführe und durch das Kind die Mutter räche. Der Henker richtete noch weitere Fragen an sie, aber sie sagte kein Wort weiter. Und sogar diese wenigen Worte habe sie, wie er sagte, kaum direkt an ihn gerichtet, sondern sei dagestanden, das Antlitz zum Himmel gekehrt und ohne einen einzigen Blick auf ihn zu richten.«

Sir John nahm eine Prise Tabak, sah beifällig nach einem freien Wandbild hinüber, worunter das Wort ›Natur‹ stand, und als er sodann die Augen wieder auf das Gesicht des Schlossers lenkte, sagte er mit einer Miene, in der sich Höflichkeit und Gönnerschaft vereinigten: »Ihr ließet eben die Bemerkung fallen, Mr. Varden ...«

»Daß sie niemals«, versetzte der Schlosser, der sich durch keinerlei Kunstgriff irritieren ließ und nach wie vor den Ritter fest im Auge hielt, »daß sie niemals auch nur einen einzigen Blick auf den Henker gerichtet habe, Sir John. Und so ist sie gestorben und ihm aus dem Gedächtnis gekommen. Ein paar Jahre später aber wurde über einen Mann, der auch Zigeuner war, das gleiche Urteil wie über sie gesprochen; es war ein sonnenverbrannter, schwarzer Geselle, beinahe ein Wilder – und als er im Gefängnis lag, hat er dem Henker, den er als freier Mensch oftmals gesehen hatte, sein Bild auf den Stock geschnitzt, dem Tode zum Trotz und um denen draußen, die auf ihn warteten, zu zeigen, wie wenig er sich ums Leben scherte oder ans Leben dächte. In Tyburn, vorm Galgen, hat er dem Henker den Stock in die Hand gegeben und zu ihm gesagt, daß das Weib, von dem ich erzählte, ihr eigenes Volk verlassen hätte, um sich mit einem feinen Edelmann zusammenzutun, daß sie aber von ihm sitzengelassen und von ihren alten Freunden verstoßen worden sei, deshalb in ihrem stolzen Herzen den Schwur getan hätte, keinerlei Hilfe von menschlichen Wesen anzunehmen, und wenn sie noch so großes Elend, noch so großer Jammer treffen sollte. Er sagte, sie habe ihr Wort bis zum letzten Augenblick gehalten und sich mit List von ihm fortgeschlichen, als sie ihm auf der Gasse zufällig einmal über den Weg lief. Wie es den Anschein hat, ist der Zigeuner wohl einmal in sie verliebt gewesen! Von diesem Augenblick an habe er sie nie wieder gesehen, bis er einmal mit mehreren seiner rauhen Kameraden bei einem der häufigen Volksaufläufe in Tyburn mit dabei gewesen und fast vom Wahnsinn gepackt worden sei, als er in der unter falschem Namen verurteilten Verbrecherin, deren Tod er mit anzusehen gekommen war, sie – dieses Weib – erkannt habe. Auf demselben Platz stehend, wo sie gestanden, erzählte er dies dem Henker und sagte ihm auch ihren wirklichen Namen, der bloß ihrem Volk und dem feinen Herrn, um dessentwillen sie ihr Volk verlassen hatte, bekannt gewesen sei. Diesen Namen, Sir John, will er keinem anderen Menschen als Euch sagen.«

»Keinem anderen als mir!« rief der Ritter aus, indem er die Tasse, die er mit fester Hand zu den Lippen führen wollte, in der

Luft hielt und den kleinen Finger drehte, um einen dort befindlichen Brillantring schöner blitzen zu lassen. »Nur mir? Lieber Mr. Varden, eine wunderliche, sehr wunderliche Idee, mich zur Vertrauensperson zu wählen! Während doch Ihr, ein so vertrauenswürdiger Mann, in seiner unmittelbarsten Nähe standet!«

»Sir John! Sir John!« versetzte der Schlosser, »morgen mittag um zwölf Uhr gehen die Menschen in den Tod. Hören Sie noch diese wenigen Worte, die ich hinzuzufügen habe, und hoffen Sie nicht, mich zu täuschen! Denn wenn ich auch ein schlichter Mann von niedrigem Stande bin und Ihr ein Edelmann von Rang und Bildung, so stellt mich doch die Wahrheit mit Euch gleich, und durch ihre Macht weiß ich – weiß ich, Sir John, daß Ihr die Enthüllung, mit der ich meine Mitteilung abschließen will, im voraus wissen und daß Ihr diesen zum Tode verurteilten Menschen, diesen Hugh, für Euren Sohn zu halten habt.«

»Ei, ei!« meinte Sir John, Gabriel mit schelmischer Miene neckend, »der wilde Monsieur, der ein so plötzliches Ende nahm, ist doch wohl kaum so weit gegangen?«

»Nein, das nicht«, versetzte der Schlosser, »denn sie hatte ihm durch einen bloß bei diesem Volk üblichen Eid, den auch seine schlimmsten Angehörigen achten, verpflichtet, Ihren Namen nicht zu nennen; in eine wunderliche Verzierung auf dem Stock aber hatte er ein paar Buchstaben eingeschnitzt, und als der Henker ihn um ihre Bedeutung fragte, hat er ihn gebeten, sich der Stelle zu erinnern, besonders dann, wenn er etwa nach seinem Tod dem Sohne jenes Weibes begegnen sollte.«

»Welcher Stelle?«

»Der Stelle, wo zwischen dem Zierrat die Buchstaben standen –«

»Und die Buchstaben lauten?«

»Chester.«

Der Ritter trank mit scheinbar großem Genusse seine Tasse Schokolade aus und wischte sich die Lippen sorgfältig mit dem Taschentuch ab.

»Sir John«, sagte der Schlosser wiederum, »das ist alles, was mir berichtet wurde. Seit aber diese beiden Männer von ihrem Todesurteil Kenntnis erhielten, haben sie sich heimlich beraten. Sucht die beiden Männer auf und hört, was sie etwa noch zu sagen haben mögen. Sucht diesen Dennis auf und laßt Euch von ihm sagen, was er mir nicht anvertraut hat. Ihr besitzt ja doch den

Schlüssel zu all diesen Dingen, und sollte Euch, was aber nicht der Fall ist, ein besserer Beweis noch fehlen, so stehen Euch Mittel und Wege ja offen.«

»Aber wozu«, sagte Sir John Chester, indem er den Ellbogen erhob und das Kissen, um ihn darauf zu stützen, glattstrich, »wozu, mein lieber, gutherziger, schätzenswerter Mr. Varden. Wozu soll dies alles führen?«

»Ich meine, Sir John, Ihr seid ein Mensch und nehme an, daß in Eurer Brust eine natürliche Zuneigung wohnen dürfte«, versetzte der Schlosser unwillig. »Ich nehme ferner an, daß Ihr mit jedem Nerv dahinstrebt, die ganze Macht, die Ihr besitzt oder ausüben könnt, zugunsten Eures Sohnes und desjenigen Mannes, der Euch zu seiner Auffindung verholfen hat, geltend zu machen. Schlimmstenfalls meine ich aber, daß Ihr Euren Sohn aufsuchen und ihm die Erkenntnis seines Verbrechens und der Gefahr, die über seinem Haupt schwebt, beibringen werdet. Bis jetzt fehlt ihm diese Erkenntnis noch vollständig. Bedenkt, wie der Verlauf seines Lebens gewesen sein muß, wenn er in meiner Gegenwart die Äußerung tut, daß ich Euch zu nichts anderem würde bewegen können, wenn Ihr zu etwas zu bewegen seiet, als dazu, seinen Tod zu beschleunigen und ihn mundtot zu machen auf ewig – daran würdet Ihr es, wenn Ihr die Mittel hierzu besäßet, allerdings nicht fehlen lassen!«

»Und seid Ihr, lieber Mr. Varden«, sagte Sir John in einem Tone milden Vorwurfs, »seid Ihr wirklich so alt geworden und so schrecklich einfältig und leichtgläubig geblieben, daß Ihr einem Ehrenmann in einer angesehenen gesellschaftlichen Stellung mit solchen Geschichten wie den eben gehörten nahetretet, mit solchem Geschwätz verzweifelter Menschen, die in ihrer äußersten Not nach jedem Strohhalm greifen? Du meine Güte! O, Pfui doch! Pfui!«

Der Schlosser setzte zu einer Bemerkung an, aber der Ritter wehrte ihn ab und fuhr fort:

»Über jede andere Sache, Mr. Varden, wird es mich freuen, entzücken, eine Unterhaltung mit Euch zu führen; aber ich bin es meinem Charakter, meinem Ansehen schuldig, über das gegenwärtige Thema mich keinen Augenblick länger zu unterhalten.«

»Kommet Ihr auf bessere Gedanken in dieser Angelegenheit, Sir, sobald ich gegangen bin. Wenn Ihr auch dreimal in ebensoviel Wochen Euren gesetzmäßigen Sohn, Mr. Edward, von Eurer

Tür gewiesen habt, so verbleibt Euch doch hoffentlich Zeit, verbleiben Euch vielleicht Jahre, mit ihm, Sir John, Euren Frieden zu machen – aber jene zwölfte Stunde wird bald da sein – wird bald vorbei sein für ewig.«

»Ich danke Euch außerordentlich«, versetzte der Ritter, indem er dem Schlosser eine zarte Kußhand zuwarf, »für Euren arg- und tadellosen Rat und wünsche lediglich, daß Euer wackeres Herz bei soviel Weltklugheit frei von Einfalt wäre. Ich habe niemals so tief wie gerade jetzt beklagt, daß mein Friseur vor der Tür steht und wartet. Schütz' Euch Gott! Guten Morgen! Guten Morgen! Ihr werdet doch nicht vergessen, Mr. Varden, den Damen meine Empfehlungen auszurichten? Peak, führe Mr. Varden zur Tür!«

Gabriel sagte kein Wort weiter, warf dem Ritter einen Abschiedsblick zu und ließ ihn allein. Als er das Zimmer verließ, ging mit dem Antlitz Sir Johns eine Veränderung vor. Das Lächeln machte einem unsicheren, ängstlichen Ausdruck Platz, der Ähnlichkeit mit der Miene eines müden, von der Durchführung einer schwierigen Rolle erschöpften Schauspielers hatte. Er richtete sich mit einem schweren und tiefen Seufzer aus seinem Bett empor und fuhr in seinen Schlafrock.

»So! Sie hat Wort gehalten«, sagte er, »und ihre Drohung wahrgemacht! Ich wollte, ich hätte dies dunkle Angesicht niemals gesehen! Die Folgen hätt' ich freilich darauf lesen können vom ersten Augenblick an. Die Sache würde mehr Aufsehen erregen, wenn bessere Zeugen für sie da wären. Aber so, wie sie jetzt liegt? Wenn ich die zerstreuten Glieder der Kette nicht zusammenfüge, kann ich es mir erlauben, sie als Bagatelle anzusehen. Außerordentlich betrüblich, der Vater solch eines ungeratenen Geschöpfes zu sein! Und doch hab' ich ihm immer guten Rat gegeben: hab' ihm immer gesagt, daß er ganz sicher einmal gehängt werden würde; mehr hätte ich nicht tun können, auch wenn ich von unserer Verwandtschaft Kenntnis gehabt hätte; und eine große Menge von Vätern gibt's, die für ihre natürlichen Kinder im ganzen Leben nicht soviel getan haben. Der Friseur soll hereinkommen, Peak!«

Selbiger kam und fand in Sir John Chester, dessen weites Gewissen bald von den zahlreichen Vorgängen beruhigt wurde, die ihm als Beleg und Stütze für seine letzte Bemerkung einfielen, denselben undurchdringlichen, berückenden, eleganten Herrn, den er gestern, vorgestern und viele Tage vorher schon vor Augen gehabt hatte.

76. Kapitel

Als der Schlosser sich langsam aus Sir Chesters Räumen entfernte, verweilte er unter den Bäumen, die die Straße beschatteten, fast in der Hoffnung, zur Rückkehr aufgefordert zu werden. Er war dreimal zurückgekehrt und stand noch immer an der Ecke, als die Uhr zwölf schlug.

Es war ein feierlicher Klang, nicht nur in bezug auf die Bedeutung, die er morgen haben sollte; denn Varden wußte, daß mit diesem Klang des Mörders Stunde schlug. Er hatte ihn auf der von Menschen wimmelnden Straße mitten in der erregten Menge taumeln sehen; hatte das Beben seiner Lippen, das Zittern seiner Glieder bemerkt; sein aschfarbenes Gesicht, die von Angstschweiß triefende Stirn, die wilde Verwirrung, die in seinen Augen sich malte – die Furcht vor dem Tode, die alle anderen Gedanken vernichtete und ihm unaufhörlich an Herz und Hirn fraß. Er hatte den irr umherschweifenden Blick bemerkt, der nach Hoffnung Ausschau hielt und, wohin er auch traf, Verzweiflung fand. Er hatte die von Gewissensbissen gequälte, von Reue gepeinigte, von Verzweiflung gegeißelte Kreatur gesehen, wie sie, ihren Sarg neben sich, zum Galgen fuhr. Er wußte, daß er bis zum letzten Augenblick ein unbeugsamer, verhärteter Mann gewesen war, daß in der wilden Furcht der Groll, den er gegen Frau und Sohn hegte, statt nachzulassen, nur noch grimmiger wurde, und daß die letzten Worte, die über seine bleichen Lippen kamen, Flüche waren, mit denen er sie wie Feinde überschüttete.

Mr. Haredale hatte den Entschluß gefaßt, anwesend zu sein und der Hinrichtung zuzusehen. Nichts als das Zeugnis seiner eigenen Sinne konnte jenen wilden Durst nach Vergeltung befriedigen, der so lange Jahre auf ihm gelastet hatte. Der Schlosser wußte das, und als die Töne der Armensünderglocke durch die Luft zu zittern begannen, eilte er davon, ihn zu treffen.

»Für diese beiden«, sagte er beim Weitergehen, »kann ich nichts mehr tun. Der Himmel erbarme sich ihrer! O Himmel! Ich sage, ich kann nichts mehr für sie tun; aber wem kann ich denn helfen? Mary Rudge wird eine Heimat finden und einen treuen sicheren Freund, wenn sie seiner am meisten bedarf, aber Barnaby – der arme Barnaby – was für Hilfe kann ich ihm bringen!

Viele, viele Männer, die ihre fünf Sinne beisammen haben, verzeih mir's Gott«, rief der ehrsame Schlosser, als er in einem engen Hof stehen blieb, um sich mit der Hand über die Augen zu fahren, »könnt' ich besser missen als Barnaby. Wir sind immer gute Freunde gewesen, aber ich wußte bis jetzt noch nicht, wie lieb ich den Burschen habe.«

Es gab nicht viele Leute in der großen Stadt, die heute Barnabys in einer anderen Weise gedachten als einer Figur in einem Schauspiel. Aber wenn am folgenden Tag die ganze Bevölkerung an ihn gedacht und Schonung für sein Leben begehrt hätte, so hätte es keiner mit reinerem Eifer und größerer Aufrichtigkeit tun können als der wackere Schlosser.

Barnaby sollte sterben. Es blieb keine Hoffnung. Nicht die geringste Folge häufiger Ausübung dieser letzten, gräßlichen Strafe, der Todesstrafe, ist es, daß sie das Herz derer, die sie aussprechen, verhärtet und sie, mögen sie auch in anderer Hinsicht noch so liebenswürdige Leute sein, der großen Verantwortung gegenüber abstumpft und gleichgültig macht. Barnabys Todesurteil war gefällt. Es wurde häufig sogar für leichtere Vergehen gefällt. Es war eine so alltägliche Sache, daß nur wenige stutzten bei dem schrecklichen Spruch, oder seine Gerechtigkeit in Frage stellten. Auch mußte gerade jetzt, wo das Gesetz so dreist übertreten worden war, seine Würde gewahrt werden. Das Symbol seiner Würde – jeder Seite des Kriminalkodex aufgestempelt – war der Galgen; und Barnaby mußte sterben.

Man hatte es an Versuchen zu seiner Rettung nicht fehlen lassen. Der Schlosser hatte Bittschriften eigenhändig beim Oberrichter eingereicht. Aber es gab keine Quelle des Erbarmens – Barnaby mußte sterben.

Von Anfang an hatte sie ihn nie verlassen, außer bei Nacht, und wenn sie bei ihm war, war er zufrieden wie gewöhnlich. An diesem letzten Tag hob sich sein Herz höher und stolzer als je; und als sie das Buch fallen ließ, aus dem sie ihm vorgelesen, und ihm um den Hals fiel, hielt er inne in seiner Beschäftigung, die ihn ganz in Anspruch nahm und darin bestand, ein Stück Krepp um seinen Hut zu knüpfen. Er wunderte sich über ihre Angst. Der Rabe ließ ein schwaches Krächzen hören, halb mutlos, wie es schien, halb vorwurfsvoll; aber er fand nicht den Mut, es fortzusetzen, und verfiel plötzlich in Schweigen.

Mit denen, die jetzt am Rande des mächtigen Schlundes standen, den keiner zu überschauen vermag, rollte die Zeit, die sich so rasch in die weite, weite Ewigkeit verlieren sollte, gleich einem mächtigen Strome dahin, reißender und höher, je näher er dem Meere kommt. Eben erst war es noch Morgen gewesen; sie hatten, wie in einem Traum befangen, beieinander gesessen und geschwatzt; und jetzt war es Abend. Die schreckliche Trennungsstunde, gestern noch so fern, war nahe.

Sie gingen in den Hof hinaus, aneinandergeschmiegt, aber sie sprachen kein Wort. Barnaby wußte, daß das Gefängnis ein öder, trüber, kläglicher Ort ist, und er harrte auf den morgigen Tag, der ihn in eine Welt des Lichts und der Pracht bringen sollte. Er hatte auch eine unbestimmte Vorstellung, daß man von ihm ein wackeres Benehmen erwartete – daß er ein Mann von Bedeutung sei, und daß die Leute im Gefängnis Freude darüber empfinden würden, wenn sie ihn zum Weinen bringen könnten: Er schritt mit festem Tritt einher und bat sie, sich ein Herz zu fassen, nicht mehr zu weinen und zu fühlen, wie fest seine Hand sei. »Die Leute sagen, ich sei blöde, Mutter; sie sollen es morgen sehen.«

Dennis und Hugh standen im Hof. Hugh kam aus seiner Zelle hervor wie sie; er reckte sich, wie wenn er geschlafen hätte. Dennis saß auf einer Bank in einem Winkel, das Kinn auf die Knie gestützt, und rückte hin und her, wie jemand, der heftige Qualen leidet.

Mutter und Sohn blieben auf einer Seite des Hofes, die beiden Männer auf der anderen. Hugh stampfte auf und nieder, bald wild nach dem heiteren Sommerhimmel emporblickend, bald wieder die Mauer anstarrend.

»Keine Begnadigung! Kein Aufschub! Niemand nähert sich uns. Nur eine Nacht noch bleibt uns übrig!« stöhnte Dennis matt und rang die Hände. »Denkst du, daß sie mich über Nacht noch begnadigen werden, Bruder? Ich weiß, es sind schon welche vor uns über Nacht begnadigt worden. Ich weiß, es sind manche Begnadigungen erst um fünf Uhr, sechs Uhr, ja um sieben Uhr früh gekommen. Glaubst du nicht, daß es noch immer möglich ist – glaubst du nicht? Sag', du glaubst es! Sage, du glaubst es, junger Mann«, heulte die erbärmliche Kreatur, mit flehender Gebärde Barnaby bittend, »oder ich werde toll!«

»Besser toll als bei Sinnen hier!« sagte Hugh. »Werde nur toll!«

»Aber sage mir doch, was du denkst. Sage mir doch jemand anderes, was er denkt!« klagte der Elende – ein Mensch so niedrig, so erbärmlich, so verachtenswert, daß selbst Mitleid sich abgewandt hätte beim Anblick eines Wesens, das wie er die Gestalt eines Mannes hatte. »Gibt's keine Hoffnung mehr für mich – gar keine Hoffnung mehr für mich? Kann es nicht sein, daß sie mir bloß Angst machen wollen? Denkst du nicht, daß es so ist, so sein kann?« Er kreischte förmlich, während er die Hände verzweifelt rang: »Will niemand mir Trost bringen?«

»Du solltest der Beste sein und nicht der Erbärmlichste«, sagte Hugh, vor ihm stehenbleibend. »Ha, ha, ha! Seht doch den Henker, wo die Reihe nun an ihn kommt!«

»Du weißt nicht, was es heißt«, schrie Dennis, sich tatsächlich windend und krümmend, während er die Worte heulte, »aber ich weiß es. Daß gerade ich gehenkt werden soll! Ich! Daß gerade ich drankommen muß!«

»Und warum denn nicht?« sagte Hugh, während er sein verfilztes Haar zurückwarf, um seinen früheren Genossen besser beobachten zu können. »Wie oft habe ich dich, ehe ich dein Gewerbe kannte, davon reden hören, als wenn es ein Hochgenuß sei?«

»Ich bin nicht ohne Mark!« kreischte die erbärmliche Kreatur. »Das würde ich noch immer sagen, wenn ich Henker wäre. Jetzt hat aber jemand anderes meinen Posten. Das eben macht mich ja so unglücklich. Es sehnt sich jemand danach, mich zu richten. Ich weiß es, mein Herz sagt's mir, daß sich jemand danach sehnt!«

»Er wird sein Gelüst bald befriedigt haben«, sagte Hugh und stampfte weiter. »Bedenke das und sei ruhig.«

Obgleich einer von diesen Männern in Sprache und Gebärden unerschütterlichste Kühnheit zeigte, der andere in jedem Wort und jeder Handlung einen so hohen Grad von verworfener Feigheit bezeugte, daß es eine Erniedrigung war, ihm zuzusehen, so wäre es doch schwer gewesen zu sagen, wer von ihnen beiden mehr Ekel und Entsetzen eingejagt hätte. Hughs Verzweiflung war die finstere Verzweiflung eines Wilden, der am Marterpfahl steht; und der Henker befand sich in einem Zustand, der, wenn überhaupt besser, um weniges besser war als der Zustand eines Hundes, dem der Strick um den Hals geworfen wird. Und doch waren es, wie Mr. Dennis wußte und hätte bezeugen können, die beiden Zustände, in denen sich das Gemüt von Leuten in ihrer Lage gewöhnlich befand. So üppig gedieh der Samen, den das Gesetz ausstreute, daß diese Art Ernte in der Regel als eine Sache betrachtet wurde, die sich von selbst verstand.

In einer Hinsicht stimmten sie alle überein. Die unstete, in manchen Stücken wirre Gedankenkette, die plötzlich Erinnerungen an Dinge, längst vergessen und jedem fern, ihnen vorführte, das irre, ruhelose, nie zu befriedigende Verlangen nach etwas Unbestimmtem, der schnelle Flug der Minuten, die zu Stunden zusammenrannen wie auf ein Zauberwort, das schnelle Herannahen der feierlichen Nacht und der Schatten des Todes, der stets auf ihnen ruhte und doch so trübe und schwach war, daß Gegenstände von der gewöhnlichsten und trockensten Art aus dem Dunkel hervortauchten und sich in ihren Gesichtskreis drängten, die Unmöglichkeit, das Gemüt, selbst wenn es dazu geneigt gewesen wäre, zur Reue und Vorbereitung auf das Ende zu stimmen, oder es auf einem Punkt verweilen zu lassen, von wo dieser gräßliche Bann es immer wieder auf andere Dinge leitete – diese Dinge waren ihnen allen gemeinsam; nur in den äußeren Merkmalen wichen sie voneinander ab.

»Hole mir das Buch, das ich drin ließ, auf deinem Bett«, sagte sie zu Barnaby, als die Uhr schlug. »Gib mir erst einen Kuß!«

Er sah ihr ins Gesicht und sah dort, daß die Zeit gekommen war. Nach einer langen Umarmung riß er sich los und lief, ihr das Buch zu holen, nachdem er sie gebeten hatte, sich nicht zu rühren, bis er zurück sei. Er kehrte bald wieder, denn ein Geschrei rief ihn zurück – aber sie war fort.

Er flog zum Hoftor und sah hindurch. Sie trugen sie fort. Sie hatte gesagt, daß ihr das Herz bräche. Es war auch besser so.

»Meint Ihr nicht«, wimmerte Dennis, der an ihn herankroch, wie er am Boden angewurzelt stand und die leeren Mauern anstarrte, »meint Ihr nicht, daß es noch immer Hoffnung gibt? Es ist ein schauerliches Ende; es ist ein entsetzliches Ende für einen Mann wie mich. Meint Ihr nicht, daß es noch Hoffnung gibt? Ich meine, nicht für Euch – ich meine für mich. Er braucht uns nicht zu hören« – (er meinte Hugh); »er ist ein gar so verzweifelter Kerl.«

»Na«, machte der Wärter, der gemächlich ein- und ausging, mit den Händen in den Hosentaschen, und gähnte, als mache er die letzte verzweifelte Anstrengung, sich eine interessante Unterhaltung zu verschaffen, »es wird Zeit, daß wir wieder hineinspazieren, Jungens.«

»Noch nicht«, rief Dennis, »noch nicht. Es ist noch eine Stunde Zeit.«

»Na, hört mal – da geht Eure Uhr ja auf einmal gewaltig anders«, entgegnete der Mann. »Es hat mal 'ne Zeit gegeben, da ging sie immer zu schnell. Jetzt hat sie den anderen Fehler.«

»Mein Freund«, schrie die elende Kreatur und fiel auf die Knie, »mein teurer Freund – Ihr wart immer mein guter, lieber Freund – es liegt ein Irrtum vor. Irgendein Brief ist verlegt worden, oder ein Bote ist auf dem Weg angehalten worden. Er kann ja auch tot umgefallen sein. Ich habe selbst einmal mit eigenen Augen einen Mann auf der Straße tot niederfallen sehen, der Briefe in seinen Taschen hatte. Laßt Nachfrage halten! Laßt jemand hingehen und fragen. Man wird mich nicht hängen. Man kann mich nicht hängen. Ja, doch! Man will mich hängen!« schrie er, mit einem furchtbaren Gekreisch auf die Füße springend. »An einem Strick will man mich aufhängen. Sie halten die Begnadigung zurück! Es ist ein Komplott gegen mich. Ich soll mein Leben verlieren!« Und er stieß erneut ein gellendes Geschrei aus und fiel, von Krämpfen geschüttelt, zu Boden.

»Seht doch den Henker, wo er an die Reihe kommt!« rief Hugh wieder, als Dennis fortgeschafft wurde. – »Ha, ha, ha! Mut, kühner Barnaby, was kümmert's uns? Deine Hand! Man tut bloß gut daran, uns aus der Welt zu schaffen, denn wenn wir ein zweites Mal losgelassen würden, sollte es ihnen schlechter gehen, he? Laß mich deine Hand noch einmal schütteln! Der Mensch kann nur einmal sterben. Wenn du in der Nacht aufwachst, singe das froh und frank und schlafe weiter. Ha, ha, ha!«

Barnaby sah nochmals durch das Tor in den leeren Hof; dann folgte er Hugh mit den Blicken, wie er die Treppen hinaufschritt, die zu seiner Zelle führten. Er hörte ihn jauchzen und in ein brüllendes Gelächter ausbrechen und sah, wie er seine Mütze schwenkte. Dann wandte er sich um und ging wie ein Schlafwandler, und ohne jedes Gefühl von Furcht oder Kummer legte er sich auf sein Lager und horchte, wann der nächste Glockenschlag ertönen würde.

77. Kapitel

Die Zeit schlich weiter: Der Lärm in den Straßen verstummte nach und nach, bis die Stille nur noch durch das Läuten der Kirchenglocken unterbrochen wurde, die – sanfter und verstohlener, dieweil die Stadt in Schlummer lag – die immer gleichmäßigen Schritte jenes mächtigen Wächters bezeichneten, der nie schläft oder ruht. In der kurzen Pause zwischen Dunkel und Ruhe, die für von Fieber gepeitschte Städte eine Spanne der Freude bildet, war aller geschäftiger Trubel zu Stille geworden; und die, welche aus Träumen aufwachten, lagen lauschend in ihren Betten und sehnten sich nach der Dämmerung und wünschten, das träge Schweigen der Nacht möge enden.

In der Straße draußen an der Hauptmauer des Gefängnisses eilten zu dieser feierlichen Stunde Arbeiter umher, trafen sich in der Mitte, warfen ihr Werkzeug zu Boden und sprachen flüsternd miteinander. Andere kamen aus dem Gefängnis selbst, auf den Schultern Planken und Balken tragend. Als alles nötige Bauholz herbeigebracht war, machte sich der übrige Teil an die Arbeit, und der dumpfe Schall von Hammerschlägen begann durch die Stille zu hallen.

Hier und dort in der Menge der Handwerker stand einer mit einer Laterne oder einer rauchenden Fackel und leuchtete seinen Kameraden, und bei dem unsicheren Licht konnte man schemenhaft erkennen, wie einige das Straßenpflaster aufrissen, während andere große, gerade Pfosten hielten oder sie in den Löchern festmachten, die zu diesem Zwecke in den Boden gegraben waren. Manche schleppten langsam einen leeren Karren herbei, den sie mit Gepolter aus dem Gefängnishof herausschafften, während andere starke Querbalken über die Straßen zogen. Alle waren emsig beschäftigt. Die düsteren Gestalten, die sich zu dieser ungewohnten Stunde so rege und schweigsam hin und her bewegten, hätten für Gestalten von schattenhaftem Wesen gelten können, die zur mitternächtlichen Stunde über einem gespenstischen, körperlosen Werk brüteten, das gleich ihnen selbst bei Tagesanbruch verschwinden und nur Morgendunst und Frühnebel hinter sich lassen würde.

Während es noch dunkel war, versammelten sich einige

Zuschauer, die offenbar zu diesem Zweck hierhergekommen waren und hier zu bleiben beabsichtigten. Selbst solche, die auf ihrem Weg nach einem anderen Platze den Fleck nur zu überschreiten hatten, blieben stehen und stehen, als ob die Anziehungskraft hier unwiderstehlich wäre. Inzwischen dauerte das Geräusch von Säge und Hammer munter fort, und dazwischen mischte sich das Geprassel von Brettern, die auf das Steinpflaster der Straße niederschlugen, und zuweilen auch das Geschrei der Arbeiter, die einer den anderen anriefen. So oft aber von der benachbarten Kirche die Glockenschläge hörbar wurden – und das war zu jeder Viertelstunde der Fall – schien eine seltsame Empfindung, die sich im Nu einfand und durchaus nicht beschreiben läßt, aber vollkommen klar und deutlich spürbar war, jeden der hier Anwesenden zu durchdringen.

Nach und nach zeigte sich eine matte Helligkeit am östlichen Himmel, und die Luft, die in der ganzen Nacht sehr warm gewesen war, senkte sich kalt und frostig nieder. Es war zwar von Tageslicht noch keine Rede, aber die Dunkelheit war doch abgeschwächt, und das Licht der Sterne fing an zu verblassen. Das Gefängnis, das eine bloße schwarze Masse mit wenig Umriß oder Gestalt gewesen war, nahm sein gewöhnliches Aussehen an, und hin und wieder wurde oben auf dem Dach ein einsamer Wächter sichtbar, der stehenblieb, um dem Treiben auf der Straße unten zuzusehen. Dieser Mann wurde, weil er sozusagen einen Teil vom Kerker bildete und alles, was drinnen im Kerker vorging, wußte oder doch in dem Ansehen, dies alles zu wissen, stand, ein Gegenstand von großem Interesse, nach welchem mit Spannung Ausschau gehalten und mit Grauen hingezeigt wurde, als wäre er ein leibhaftiges Gespenst.

Allmählich wurde das matte Licht kräftiger, und die Häuser mit ihren Türschildern und Aufschriften traten deutlich hervor in dem düsteren Morgengrauen. Schwere Postkutschen rumpelten aus dem Gasthof drüben; Reisende lugten durch die Kutschfenster, und während die Wagen unbeholfen weiterrasselten, warf mancher von den Insassen noch einen Blick zurück auf das Gefängnis. Und nun blinkten die ersten Sonnenstrahlen hinunter in die Straße, und das nächtliche Werk, das in seinen mannigfachen Entwicklungsstufen und unter dem Eindruck der Phantasien der Zuschauer an die Hunderte von Gestalten angenommen hatte, zeigte nun seine eigentliche richtige Gestalt – ein Schafott und einen Galgen.

Als die wohltuende Tageswärme sich der spärlichen Menge mitzuteilen begann, ward das Gemurmel von Stimmen hörbar; Läden wurden aufgezogen und Jalousien geöffnet, und Leute, die gegenüber vom Gefängnis geschlafen hatten, wo zu hohen Preisen anläßlich der Hinrichtung Fenster vermietet wurden, stiegen hastig aus den Betten. In manchen von den Häusern waren Leute emsig dabei, die Fenster zur besseren Bequemlichkeit der Zuschauer herauszuheben; in anderen hatten die Zuschauer sich beinahe schon aller Plätze versichert und vertrieben sich die Zeit mit Kartenspiel oder mit Trinken, oder mit Späßen und Scherzen. Manche hatten sich Sitze auf den Hausgiebeln gekauft und krochen schon von Brüstungen und Dachfenstern zu ihren Standorten hinauf. Wieder andere feilschten noch um gute Plätze und standen unschlüssig herum, blickten auf die langsam anwachsende Menge und auf die Werkleute, die ohne Teilnahme gegen das Schafott gelehnt standen und so taten, als horchten sie mit Gleichgültigkeit auf das Lob, mit welchem der Besitzer des gegenüberliegenden Hauses die herrliche Aussicht aus seinen Stuben und die konkurrenzlose Billigkeit seiner Mieten anpries.

Ein schönerer Morgen war niemals angebrochen. Von den Dächern und höheren Stockwerken dieser Gebäude aus wurden die Türme der städtischen Kirche und die hohe Kuppel der Kathedrale sichtbar, die sich jenseits des Gefängnises zum blauen Himmel erhob, gekleidet in die Färbung leichten Sommergewölks und in der reinen Luft jedes Blatt ihres Zierrats und jede Nische und Luke markierend. Alles war Helligkeit und Verheißung, mit Ausnahme der Straße unten, in welche – denn sie lag noch im Schatten – das Auge wie in einen finsteren Graben hinunterschaute, wo inmitten von soviel Leben und Hoffnung und Daseins-Erneuerung das furchtbare Todeswerkzeug stand. Es schien, als ob die Sonne selbst sich überlegte, ob sie auf dieses Gerüst niederschauen solle oder nicht.

Besser jedoch nahm es sich grimmig und düster beschattet aus als bestrahlt, nachdem der Tag weiter vorgerückt war, von dem vollen Glanz und der vollen Glorie der Sonne, die herabsah auf den schwarzen Anstrich und die Schlingen, welche wie Girlanden hin und her schaukelten. Besser nahm es sich aus in dem Dunkel und der Einsamkeit der Nacht, von wenigen Gestalten umhuscht, als in der Frische und dem Leben des Morgens: als der Mittelpunkt einer begierigen Menge. Besser nahm es sich aus wie ein Spukbild in der bangen Straße stehend, während alles noch im Schlaf lag, als jetzt, wo es prangend in das helle Licht des Tages ragte und den Gemütern der Bürger, die jetzt vom Schlummer aufwachten, seine widrige Gegenwart aufzwang.

Fünf Uhr vorbei – sechs Uhr – sieben Uhr – acht Uhr. In den beiden Hauptstraßen, rechts und links vom Kreuzweg, wogte jetzt ein Strom von Menschen, der sich den Hauptplätzen des Verkehrs und Gewinnes zuwälzte. Karren, Kutschen, Wagen und Rollwagen bahnten sich einen Weg durch die letzten Reihen des Gedränges und rasselten in derselben Richtung weiter. Einige davon, öffentliche Gefährte, die aus der Umgegend kamen, hielten an, und der Kutscher deutete mit der Peitsche nach dem Galgen, obgleich er sich die Mühe hätte sparen können, denn jeder Passant wandte sein Gesicht auch ohne seine Weisung der Stelle zu, und aus jedem Kutschfenster schauten starre Augen. Auf einigen der Karren und Lastwagen hätte man Weiber sehen können, die voll Entsetzen nach dem grausigen Gegenstand hinblickten; und selbst Kinder wurden über die Köpfe emporgehalten, damit sie sehen könnten, was für eine Art Spielzeug ein Galgen war, und lernen möchten, wie man Menschen aufhängt.

Zwei Aufrührer sollten vor dem Gefängnis sterben, die bei dem Angriff auf dasselbe beteiligt gewesen waren; und einer gleich darauf in Bloomsbury Square. Um neun Uhr marschierte ein starker Trupp Militär in die Stadt, stellte sich auf und ließ nach Holborn hin, das die ganze Nacht über von Konstablern in leidlicher Ordnung gehalten worden war, nur einen einzigen Durchgang frei. Hier hindurch kam ein anderer Karren, der, wie bereits erwähnt, bei der Errichtung des Gerüstes gebraucht worden war, und fuhr vor das Gefängnistor. Nachdem diese Vorbereitungen getroffen waren, rührte sich das Militär, die Offiziere schlenderten in der Gasse, die sie gebildet hatten, hin und her oder schwatzten miteinander am Fuß des Gerüstes; und die Menge, die innerhalb weniger Stunden in rasender Geschwindigkeit sich vermehrt hatte und noch mit jeder Minute anwuchs, wartete mit einer Ungeduld, die mit jedem Klang der Glocke des ›heiligen Grabes‹ wuchs, auf die zwölfte Stunde.

Bis jetzt waren sie sehr still gewesen, so still eine Volksmenge nur eben sein kann, außer wenn die Ankunft einer neuen Gesellschaft an einem bis jetzt noch unbesetzten Fenster ihnen neuen Stoff zum Schwatzen und Gaffen gab. Als jedoch die Stunde nahte, erhob sich ein Brummen und Summen, das, mit jedem Augenblick wachsend, bald zum Gebrüll anschwoll und die Luft zu erfüllen schien. Kein Wort, nein, keine Stimme war in diesem Lärm zu unterscheiden, noch sprachen die Leute viel miteinander, obgleich wohl die, die in der Sache besser Bescheid wußten, ihren Nachbarn erzählten, sie würden den Henker wohl erkennen, wenn er herauskäme, da er der kleinere wäre, und der, der mit ihm zugleich erhängt würde, heiße Hugh, und der, der in Bloomsbury Square hingerichtet werden solle, sei Barnaby Rudge. Ganz wie es der menschlichen Natur entspricht, in großer Hitze ohne Zutun zu schwitzen, schien auch dieses wilde, auf- und niederflutende Gemurmel aus ihrer Ungeduld entstanden zu sein, und eine Beherrschung oder Eindämmung schien nicht im entferntesten möglich.

Dieses Gemurmel wurde, je näher die Zeit kam, so laut, daß die Leute an den Fenstern die Glocke nicht mehr schlagen hörten, obgleich sie ganz in der Nähe hing. Doch sie brauchten sie nicht zu hören, denn sie sahen sie in den Gesichtern der Menge. Wenn eine neue Viertelstunde vorbei war, ging eine Bewegung durch die Menge – als wenn etwas darüber hingestrichen wäre – als ob das auf sie fallende Licht sich verändert hätte – so konnte man die Zeit hier ebenso deutlich lesen, wie an einer ehernen Sonnenuhr, wo der Finger einer Riesenhand die Stunde zeigt.

Dreiviertel zwölf! Der Lärm war jetzt betäubend, und doch schien jedermann zu schweigen. Man mochte hinschauen, wo man wollte, überall sah man weit aufgerissene Augen und zusammengepreßte Lippen. Auch dem wachsamsten Beobachter wäre es schwergefallen, hier- oder dorthin zu zeigen und zu sagen, daß hier ein Mann gerufen habe; ebenso schwer wäre es gewesen, in einer Seemuschel murmelnde Lippen zu entdecken.

Dreiviertel zwölf! Viele Zuschauer, die sich von den Fenstern zurückgezogen hatten, kehrten mit frischen Kräften zurück, als ob sie eben erst angefangen hätten zu warten. Die, die eingeschlafen waren, rafften sich wieder auf; und jeder in der Menge machte eine letzte Anstrengung, seine Stellung zu verbessern, was ein Drängen und Drücken gegen die Pfosten verursachte, daß diese nachgaben und sich bogen wie Gerten. Die Offiziere, die bis jetzt zusammengestanden hatten, traten an verschiedene

Posten und gaben ihre Befehle. Degen wurden blankgezogen, Gewehre wurden geschultert, und der blinkende Stahl, der sich durch die Menge hindurchwand, glänzte und glitzerte in der Sonne wie ein Bach. Diesen blitzenden Pfad entlang eilten zwei Männer, die ein Pferd führten, welches eiligst an den Karren vor dem Gefängnistore geschirrt wurde. Dann machte der Tumult, der so lange geherrscht hatte, einem tiefen Schweigen Platz, und eine Ruhepause folgte, in der kein Atemzug vernommen wurde. Jedes Fenster war jetzt mit Köpfen vollgepfropft; die Dächer wimmelten von Menschen, die sich an Schornsteine klammerten, über Giebelspitzen lugten oder sich an Stellen festhielten, wo ein lockerer Ziegelstein ihren Sturz in die Straße hinunter hätte zur Folge haben können. Der Kirchturm – das Dach der Kirche, die Bleidächer des Gefängnisses, ja selbst die Dachrinnen und Laternenpfähle – jeder Zoll Raum wimmelte von Menschen.

Beim ersten Schlag der zwölften Stunde begann die Armesünderglocke zu läuten. Dann brach das Gebrüll, vermischt hier und da mit Rufen wie »Hüte 'runter!« oder »Die armen Kerls!« oder mit Angstschreien und Seufzern von anderen Punkten der Menge her, von neuem los. Es war schauderhaft, jetzt diese Masse gieriger Augen zu sehen, wenn in einer solchen Verwirrung und Erregung von Sehen überhaupt gesprochen werden kann, die alle nach dem Gerüst und dem Balken hinstarrten.

Das hohle Gemurmel war auch innerhalb des Gefängnisses zu hören, ebenso deutlich wie außerhalb desselben. Die drei wurden zusammen in den Hof gebracht, während der Lärm durch die Luft hallte, und sie wußten wohl, was er bedeutete.

»Hört Ihr?« rief Hugh, unbeeindruckt durch den Lärm. »Man erwartet uns! Ich habe gehört, wie sich das Volk zusammenscharte, als ich in der Nacht aufwachte und mich auf die andere Seite warf und weiterschlief. Wir werden ja sehen, wie sie den Henker empfangen werden, wenn die Reihe nun an ihn kommt. Ha, ha, ha!«

Der Geistliche des Gefängnisses kam in diesem Augenblick hinzu, tadelte Hughs ungebührliche Heiterkeit und gab ihm den Rat, sein Benehmen zu ändern.

»Und warum, Sir?« fragte Hugh. »Kann ich etwas Besseres tun, als es unbekümmert tragen? Euch ist es auch egal! Oh, spart Eure Worte«, rief er, als der andere antworten wollte, »schneidet meinetwegen ein Gesicht, so traurig wie Ihr wollt und setzt eine

Miene auf, so säuerlich wie Ihr wollt, Ihr macht Euch doch weiter keine Gedanken. Man sagt, Ihr machtet den besten Hummersalat in ganz London. Ha, ha, ha! Ich habe das schon früher gehört, seht Ihr. Wir haben einen feinen – heut morgen – habt Ihr mitgeholfen? Ich hoffe, er wird reichen, und es wird noch genug übrigbleiben, um die ganze hungrige Bande zu füttern, die sich zum Fressen hinsetzen wird, sobald das Spektakel vorüber ist.«

»Ich fürchte«, bemerkte der Geistliche kopfschüttelnd, »Ihr seid unverbesserlich.«

»Da habt Ihr recht. Unverbesserlich, das ist das richtige Wort«, entgegnete Hugh trotzig. »Seid nur kein Heuchler, Sir, Ihr habt alle Monate bei solchen Gelegenheiten einen Heidenspaß. Laßt mich auch lustig sein! Wenn Ihr einen haben wollt, dem der Schreck in die Glieder gefahren ist, dann wird Euch der da wohl gerade recht sein. Versucht doch mal bei ihm Euer Glück.«

Bei diesen Worten zeigte er auf Dennis, der von zwei Männern gehalten wurde, während die Beine auf den Boden herabbaumelten. Dennis zitterte so heftig, daß all seine Gelenke und Glieder von Krämpfen geschüttelt zu sein schienen. Er wandte sich von diesem elenden Schauspiel ab und zu Barnaby, der abseits stand.

»Na, wie ist's uns zu Mute, Barnaby? Sei nicht niedergeschlagen, Junge. Überlaß das dem!«

»Nein!« entgegnete ihm Barnaby lautstark, »mir ist nicht bange, Hugh. Ich bin ganz glücklich und möchte gar nicht weiterleben, selbst wenn sie mich ließen. Sieh mich an! Fürchte ich mich etwa vorm Tode? Wird man etwa mich zittern sehn?«

Hugh sah ihm einen Augenblick lang ins Gesicht – dort spielte ein seltsames, überirdisches Lächeln – und in sein hellblitzendes Auge; dann trat er zwischen ihn und den Geistlichen und flüsterte dem letzteren mürrisch ins Ohr:

»Mit ihm machte ich nicht viel Worte, wenn ich Ihr wäre, Herr Nachbar! Denn er könnte Euch den Appetit verderben, obgleich Ihr ja an so etwas gewöhnt seid.«

Barnaby war der einzige von den dreien, der sich an diesem Morgen gewaschen und gekämmt hatte, die anderen beiden hatten es nicht getan, seit ihr Urteil gesprochen worden war. Barnaby trug noch die zerknickten Pfauenfedern am Hut, und auch aller sonstige Zierat war sorgfältig angebracht. Sein leuchtendes Auge, sein fester Tritt, seine stolze, entschlossene Haltung hätten für eine erhabene Heldentat, für eine freiwillige Aufopferung, entsprungen aus einer edlen Sache und reiner Begeisterung, gepaßt, nicht aber für den Tod eines Schelmen.

Darum vermehrten alle diese Dinge seine Schuld. Es war nur Heuchelei. Die Obrigkeit hatte es so erklärt, und so mußte es sich verhalten. Den biederen Geistlichen hatte sein Abschied von Greifer einen weidlichen Schrecken eingejagt. Einer in seiner Lage – und einen Raben liebkosen!

Der Hof war angefüllt mit Leuten; wohlbeleibte Magistratspersonen, Gerichtsbeamte, Soldaten, die bei solchen Gelegenheiten umso neugieriger waren, und Gäste, die man eingeladen hatte wie zu einer Hochzeit. Hugh sah sich um und nickte finster einer Person im Ornat zu, die mit der Hand wies, in welche Richtung er weitergehen solle; er klopfte Barnaby auf die Schulter und schritt hinaus mit den Schritten eines Löwen.

Sie traten in ein großes Zimmer, das dem Schafott so nahe lag, daß die Stimmen der versammelten Leute deutlich gehört werden konnten: Sie hörten, wie einige die Hellebardiere baten, sie aus dem Gedränge zu nehmen; andere riefen denen hinter ihnen zu, zurückzutreten, da sie zu Tode gedrückt würden und dem Ersticken nahe seien.

In der Mitte dieses Zimmers standen zwei Schmiedemeister mit Hämmern neben einem Amboß. Hugh schritt stracks auf sie zu und setzte seinen Fuß auf den Amboß, der laut erklang, als wäre mit einem wuchtigen Hammer ein Schlag auf ihn geführt worden. Dann stand er mit gekreuzten Armen, um sich die Eisenketten abschlagen zu lassen, mit hochmütigen Blicken die Anwesenden musternd, die ihn scharf beobachteten und untereinander tuschelten.

Es nahm so viel Zeit in Anspruch, Dennis hereinzuziehen, daß Hugh schon fertig war und Barnaby schon fast fertig war, ehe Dennis erschien. Als er aber an diesen Ort kam, den er so gut kannte, und Gesichter um sich erblickte, mit denen er gut bekannt war, erlangte er sofort Stärke und Besinnung genug, um die Hände zusammenzuschlagen und eine letzte Bitte zu sprechen.

»Meine Herren, meine lieben Herren!« jammerte das verworfene Geschöpf, kroch auf die Knie und warf sich tatsächlich auf den steinernen Boden. »Herr Oberschließer, lieber Herr Oberschließer – habt Erbarmen mit einem elenden Mann, der Seiner Majestät und dem Gesetz und dem Parlament so lange Jahre gedient hat. Laßt mich nicht sterben – laßt mich nicht sterben wegen eines Mißverständnisses.«

»Dennis«, sagte der Oberschließer, »Ihr wißt, welchen Lauf es nehmen muß; Ihr wißt, daß der Befehl zugleich mit den übrigen kam. Ihr wißt, daß wir nichts tun könnten, selbst wenn wir wollten.«

»Alles, was ich erbitte, Sir – alles, was ich will, was ich erbitte, ist Zeit, um die Sache ins Reine zu bringen«, rief zitternd der Elende, wild nach Mitleid heischend. »Der König und die Regierung können nicht wissen, daß ich es bin; sonst würden sie mich nie in dieses gräßliche Schlachthaus bringen. Sie kennen meinen Namen, wissen aber nicht, daß es derselbe Dennis ist. Verschiebt meine Hinrichtung – aus Barmherzigkeit, verschiebt meine Hinrichtung, Gentleman – bis man dem König und der Regierung gesagt hat, daß ich hier an dreißig Jahre Henker gewesen bin. Will keiner geh'n und es sagen?« flehte er, die Hände ringend, und starrte um sich und wieder um sich; »will kein Barmherziger gehen und es sagen?«

»Herr Akerman«, sagte ein anwesender Herr nach kurzer Stille, »da es vielleicht bei diesem unglücklichen Menschen einen besseren Gemütszustand hervorbringt, laßt mich ihm in dieser letzten Minute sagen, daß man wohl gewußt hat, daß er hier Henker war, als das Urteil gefällt wurde.«

»Aber eben deshalb«, heulte der Verurteilte, indem er zu diesem Manne auf den Knien hinrutschte und die gefalteten Hände emporhielt, »denkt man vielleicht, daß es keine so große Strafe für mich sei, während es doch für mich schlimmer, hundertmal schlimmer ist als für jeden andern. Sagt ihnen das doch, Sir! Sagt ihnen das! Man hat das Urteil schrecklicher für mich gemacht, weil man es mich so oft hat vollstrecken lassen. Verschiebt meine Hinrichtung, bis es die Richter erfahren haben!«

Der Kerkermeister winkte mit der Hand, und die beiden, die ihn bis jetzt getragen hatten, näherten sich ihm. Er stieß einen durchdringenden Schrei aus:

»Wartet! Wartet! Nur einen Augenblick – nur noch einen Augenblick! Gebt mir eine letzte Hoffnung auf Begnadigung. Einer von uns dreien soll nach Bloomsbury Square kommen. Laßt mich das sein! Es kann ja in dieser Zeit kommen; es kommt gewiß. Um Himmels willen, laßt mich nach Bloomsbury Square bringen! Hängt mich nicht hier. Das ist ja Mord!«

Sie schleppten ihn zum Amboß. Aber auch dann hörte man noch, wie er mit seinem Geschrei das Krachen der Hämmer und das heisere Summen der Menge übertönte; man hörte ihn rufen, er wisse etwas über Hughs Herkunft – sein Vater sei am Leben und sei ein Herr von hoher Geburt – er besitze Familiengeheimnisse – er könne nichts sagen, wenn sie ihm nicht Zeit dazu gäben – er müsse dann eben sterben mit der Last dieser Geheimnisse auf dem Herzen; auf diese Weise fuhr er fort zu brüllen, bis ihm die Stimme versagte und er, ein bloßer Haufen Lumpen, zwischen den beiden Männern zu Boden sank.

In diesem Augenblick erklang von der Glocke der erste Schlag der zwölften Stunde, und die Armesünderglocke begann zu läuten. Die verschiedenen Beamten, die Sheriffs an der Spitze, schritten zur Tür. Alles war bereit, als der letzte Schlag verklungen war.

Man sagte es Hugh und fragte, ob er etwas zu sagen habe.

»Zu sagen!« rief er. »Ich nicht. Ich bin bereit. – Ja«, fügte er hinzu, indem sein Auge auf Barnaby fiel, »ein Wort habe ich doch zu sagen. Komm hierher, Junge.«

Einen Augenblick lang kämpfte sich durch seine rauhe Hülle etwas wie ein Hauch von Sanftheit und Milde, als er seinem Kameraden die Hand schüttelte.

»Ich will sagen«, rief er, »hätte ich zehn Leben zu verlieren und würde mir auch der Verlust eines jeden zehnmal die Qual des ärgsten Todes bereiten, so würde ich sie alle niederlegen, ja – wollt ich sie alle geben – wenn Ihr Herren es auch nicht glauben mögt – um diesen einen zu retten. Diesen einen«, setzte er hinzu, ihm abermals die Hand schüttelnd, »der durch mich zugrundegehen wird.«

»Nicht durch dich«, sagte der Blöde sanft. »Sprich nicht so! Du verdienst keinen Tadel. Du bist immer gut gegen mich gewesen – herzensgut. – Hugh, jetzt werden wir erfahren, was den Sternen ihren Glanz verleiht!«

»Ich nahm ihn ihr in übermütiger Laune und dachte nicht, welches Leid daraus entstehen würde!« sagte Hugh, indem er ihm die Hand auf das Haupt legte und mit leiser Stimme sprach: »Sie und er mögen mir verzeihen! Seht her«, fügte er rauh in seinem gewöhnlichen Ton hinzu, »Ihr seht hier den Burschen?«

Sie murmelten ein »Ja« und schienen sich zu wundern, warum er frage.

»Jener Herr dort«, er zeigte auf den Geistlichen, »hat oft in den letzten Tagen vom Glauben und von der starken Zuversicht zu mir geredet. Ihr seht, was ich bin – mehr Tier als Mensch – man hat mir's oft gesagt – aber ich glaubte so fest und hatte eine so starke Zuversicht, wie nur einer von Euch hätte glauben können, daß dies eine Leben verschont bleiben würde. Seht, was er ist! Seht ihn an!«

Barnaby war zur Tür gegangen und winkte ihm zu folgen.

»Wenn das nicht Glauben war und feste Zuversicht!« rief Hugh, den rechten Arm emporreckend und aufwärts blickend, gleich einem wilden Propheten, den die Nähe des Todes mit Begeisterung erfüllt. »Wo sind sie! Was sollte sonst mich lehren – mich, geboren in Elend und Laster, erzogen in Elend und Laster – auf Erbarmen zu hoffen an diesem schrecklichen, grausigen, unerbittlichen Ort! Auf diese Schlachtbänke für Menschenleiber rufe ich, der noch nie bis jetzt diese Hand zu einem Gebet erhoben, den Zorn Gottes herab! Auf seinen schwarzen Baum, dessen gereifte Frucht ich bin, flehe ich den Fluch aller seiner Opfer, die ihm gefallen, die ihm jetzt fallen, die ihm einst fallen werden. Auf das Haupt desjenigen Mannes, der in seinem Innern mich als Sohn anerkannt, lege ich den Wunsch, daß er nie langsam sterben möge in seinem Daunenbett, sondern einen gewaltsamen Tod sterben möge, wie ich jetzt, und daß nur der Nachtwind ihm sein Klagelied heule. Amen sage ich hierzu, Amen!«

Der Arm sank nieder; er wandte sich um und schritt mit festem Tritt auf sie zu: wieder der Alte!

»Sonst nichts weiter?« fragte der Oberschließer.

Hugh winkte Barnaby, ihm nicht nahe zu kommen, und antwortete:

»Sonst weiter nichts!«

»Also vorwärts!«

»Oder sollte etwa jemand«, sagte Hugh, hastig sich umsehend, »oder sollte etwa einer einen Hund zu sich nehmen wollen! Das heißt, er muß ihn gut behandeln. Ich habe einen in dem Haus, wo ich herkomme; und es würde sich schwerlich ein besseres Vieh finden lassen. Er wird zuerst heulen, wird's aber bald verwunden haben. Ihr wundert Euch, daß ich gerade jetzt an einen Hund denke«, und von seinen Lippen erklang etwas wie ein Lachen. »wenn's einem Mensch um mich nur halb so viel scherte, wie diesen Hund, so wollt ich wohl auch an ihn denken.«

Er sprach nichts weiter, sondern schritt mit unbekümmerter

Miene weiter, obgleich er gleichzeitig mit einer Empfindung, die zwischen trotziger Aufmerksamkeit und beschleunigter Neugier die Mitte hielt, dem Toten-Gottesdienste zuhörte. Sobald er aus der Tür getreten war, wurde sein elender Gefährte hinausgeschleppt, und die dichte Menschenmenge war Zeugin des weiteren Geschehens.

Barnaby würde zur nämlichen Zeit die Stufen erstiegen haben – ja er würde vor ihnen hergelaufen sein; aber bei beiden Versuchen wurde er zurückgehalten, da an ihm der Urteilsspruch anderswo vollzogen werden sollte. Innerhalb weniger Minuten kamen die Sheriffs wieder zum Vorschein; die Prozession wurde wieder formiert, und durch verschiedene Zimmer und Gänge schritten sie zu einer anderen Tür – derjenigen, vor welcher der Karren hielt. Er hielt den Kopf gesenkt, um dem Anblick dessen, was seine Augen sonst hätten sehen müssen, aus dem Wege zu gehen, und nahm voll Kummer – und doch auch mit einer Art von kindischem Stolz und Vergnügen – seinen Sitz in dem Gefährt ein. Seine Bewacher nahmen ihre Plätze zu beiden Seiten, vor und hinter ihm, ein. Die Wagen der Sheriffs rollten davon; eine Wache Soldaten umringte das Ganze, und langsam bewegten sie sich vorwärts durch die Menge und durch das Gedränge zum zerstörten Haus von Lord Mansfield.

Es war ein trübseliger Anblick – dieses ganze Schauspiel, diese ganze Entfaltung von Kraft und Prunk rings um ein einziges hilfloses Geschöpf. Und noch trübseliger war es zu bemerken, als dies eine Wesen entlangfuhr, wie sich seine umherschweifenden Gedanken seltsam stärkten und aufrichteten an dem Gedränge oben in den Fenstern und in der Menschenmenge unten in den Straßen, und wie er, selbst jetzt noch, dem Einfluß des hellen klaren Himmels untertan blieb und lächelnd hinauf in sein tiefes, unergründliches Blau blickte. Aber ein solcher Anblick war durchaus keine Seltenheit, seitdem die Aufstände vorüber waren – manche Szene war so ergreifend in ihrer Art und auch so abstoßend, daß sie weit mehr dazu angetan war, Mitleid für die Dulder, als Achtung vor dem Gesetz wachzurufen, dessen starker Arm ruhig und sicher war, in mehr als einem Fall ebenso unnötigerweise ausgestreckt zu werden schien, wie er zur Zeit der Gefahr schimpflicherweise steif und lahm geblieben war.

Zwei Krüppel – beide noch reine Jungen – der eine mit einem Stelzfuß, der andere lahm, so daß er sich nur mittels Krücken fortzuschleppen vermochte – wurden in dem nämlichen Bloomsbury Square gehängt. Als der Karren unter ihnen hinweggezogen werden sollte, bemerkte man, daß die beiden armen Teufel mit den Gesichtern dem Hause ab-, nicht zugekehrt standen, bei dessen Plünderung sie Beistand geleistet hatten. Damit nun diese Unterlassung gutgemacht werde, wurde das schreckliche Los der Unglücklichen in die Länge gezogen.

Ein anderer Junge wurde in Bow Street gehängt; andere junge Taugenichtse in verschiedenen Vierteln der Stadt. Vier elende Weiber wurden ebenfalls zu Tode gebracht. Kurz und gut, die als Aufständische den Tod erlitten, waren zum größten Teil die schwächsten, niedrigsten und elendesten aus dem Haufen. Eine vortreffliche Satire auf das falsche Religionsgeschrei, das zu so großem Jammer und Elend geführt hatte, war der Umstand, daß manche von diesen Leuten selbst bekannten, Katholiken zu sein, und darum nachsuchten, von Priestern ihrer Religion auf ihrem letzten Gang begleitet zu werden.

Ein junger Mensch wurde in Bishopsgate Street gehängt; am Galgen wartete sein alter grauköpfiger Vater auf ihn, gab ihm am Fuß des Galgens, als er anlangte, einen Kuß und blieb dort auf dem Erdboden sitzen, bis er heruntergenommen wurde. Man hätte ihm den Leichnam seines Kindes überantwortet; aber er besaß keine Bahre, keinen Sarg, nichts, um den Leichnam fortzuschaffen, denn er war bettelarm – und so ging er gebrochen neben dem Karren her, der den Leichnam nach dem Gefängnisse zurückbrachte, und versuchte unterwegs, die leblose Hand zu halten.

Aber die große Menge hatte solche Dinge vergessen oder kein Interesse daran, sie im Gedächtnis festzuhalten; während eine große Menschenmenge den Galgen von Newgate umdrängte und sich darum schlug, einen letzten Blick von ihm zu erhaschen, folgte eine andere Menge dem Zug des armen, verlorenen Barnaby, um das Gedränge, das seiner harrte, noch zu verstärken.

78.
Kapitel

Am selben Tag zu dieser Stunde saß Mr. Willet senior in einer Stube des ›Black Lion‹ und schmauchte seine Pfeife. Obgleich es ein heißer Sommertag war, hockte Mr. Willet dicht neben dem Feuer. Er befand sich, wie er bei sich dachte, in einem Zustand tiefer Versunkenheit, und in solchen Momenten war es seine Gewohnheit, sich langsam zu schmoren, unter dem Eindruck, daß dieser Kochprozeß der Ausschmelzung seiner Gedanken diene, die manchmal, wenn er zu wallen anfing, in so reichem Maß heraussprudelten, daß er sich selbst darüber wunderte.

Mr. Willet war von seinen Freunden und Bekannten oft mit der Versicherung getröstet worden, daß der Verlust, den er bei der Zerstörung des »Maypole« erlitten habe, »der Grafschaft zur Last fallen dürfte«. Da diese Redensart aber zufällig eine unglückselige Ähnlichkeit mit dem im Volk üblichen Ausdruck »der Gemeinde zur Last fallen« hatte, bedeutete sie für Mr. Willets Verstand keine tröstlicheren Aussichten als Verarmung in ausgedehntem Maß und Ruin in seinem schlimmsten Gewand. Infolgedessen nahm er diese Aufklärung nie anders als mit kläglichem Kopfschütteln oder trübseligem Blick hin und hatte sich, wie man beobachten konnte, nach einem solchen Kondolenzbesuch immer weit trübsinniger gezeigt als zu anderer Zeit innerhalb der ganzen vierundzwanzig Tagesstunden.

Es traf sich aber, daß Mr. Willet, als er bei dieser besonderen Gelegenheit am Ofen saß – vielleicht, weil er sozusagen halbgar geschmort war, vielleicht auch, weil er sich in einem ungewöhnlich klaren Geisteszustand befand, vielleicht auch, weil er den Gegenstand so lange überdacht hatte, oder vielleicht auch infolge all dieser günstig wirkenden Umstände zusammengenommen – es traf sich also, daß Mr. Willet, als er bei dieser besonderen Gelegenheit am Ofen saß, in weiter Ferne und in den entlegensten Tiefen seines Verstandes eine Art verstohlener Wink oder schwacher Andeutung aufdämmerte, daß aus den öffentlichen Kassen schließlich doch noch Beträge bewilligt werden möchten, um den Maypole in seine frühere hohe Stelle unter den Gastwirtschaften der Erde wiedereinzusetzen. Dieser schwache Lichtstrahl verbreitete sich in seinem Innern und leuchtete schließlich so hell, daß er ihn so deutlich und sichtbar vor sich hatte wie die Glut, neben der er saß; und in der festen Überzeugung, daß er der erste wäre, der die Entdeckung machte, und daß er eine durchaus originelle Idee ganz allein aufgestöbert und festgenagelt hätte – in dieser festen Überzeugung legte er die Pfeife weg, rieb sich die Hände und kicherte laut.

»Ei, ei, Vater!« rief Joe, der gerade das Zimmer betrat, »Ihr seid ja heute recht guter Laune!«

»Nichts Besonderes, nichts Besonderes«, sagte Mr. Willet und kicherte wieder. »Durchaus nichts Besonderes, Joseph. Erzähl mir was von den Salwanners!« Nachdem er dieser Bitte Ausdruck gegeben hatte, kicherte Mr. Willet zum drittenmale, und nach diesen ungewöhnlichen Bekundungen einer heiteren Stimmung schob er die Pfeife wieder zwischen die Zähne.

»Was soll ich dir erzählen, Vater?« fragte Joe, indem er seinem Vater die Hand auf die Schulter legte und auf sein Gesicht herabsah. »Daß ich zurückgekommen bin, ärmer als eine Kirchenmaus? Ihr wißt es. Daß ich zurückgekommen bin, verstümmelt und ein Krüppel? Das wißt Ihr.«

»Sie haben ihn dir abgenommen«, murmelte Mr. Willet, die Augen auf das Feuer richtend, »bei der Verteidigung der Salwanners in Amerika, wo Krieg ist.«

»Ganz recht«, entgegnete Joe lächelnd, indem er sich mit dem Ellbogen, der ihm noch blieb, auf die Lehne des Stuhles stützte, in dem sein Vater saß. »Gerade darüber will ich mit dir sprechen. Ein Mann mit einem Arme, Vater, kann der rührigen Welt nicht groß von Nutzen sein.«

Das war nun wieder eine jener ungeheuerlichen Behauptungen, über die Mr. Willet noch nicht nachgedacht hatte. Er brauchte deshalb Zeit und gab keine Antwort.

»Auf alle Fälle«, fuhr Joe fort, »kann er sich nicht wie andere Leute die Mittel erwerben, die notwendig sind, sich durchs Leben zu schlagen. Er kann nicht sagen: »Hier will ich Hand anlegen, sondern muß hinnehmen, was er tun kann, und sich freuen, daß es nichts Schlimmeres ist. Was sagst du?«

Mr. Willet hatte leise in nachdenklichem Ton die Worte: »Verteidigung der Salwanners« vor sich hin gesprochen, schien jedoch verlegen, daß man ihn gehört hatte, und antwortete: »Nichts.«

»Nun, sieh mal her, Vater – Mr. Edward ist aus Westindien

nach England zurückgekommen. Als er England verließ, an demselben Tag, an dem auch ich weglief, hat er eine Reise zu einer von den Inseln gemacht, wo sich ein Schulfreund von ihm angesiedelt hatte; als er ihn fand, war er nicht zu stolz, auf seinem Gut Arbeit anzunehmen; kurzum, es geht ihm gut, er führt ein glückliches Leben. Er ist in eigenen Geschäften herübergekommen und geht eiligst wieder zurück. Unsere fast gleichzeitige Rückkehr, unser Zusammentreffen im Laufe der jüngsten Unruhen, ist jedenfalls ein glücklicher Zufall gewesen; denn es hat uns nicht nur die Möglichkeit verschafft, alten Freunden einen Dienst zu erweisen, sondern hat mir auch einen Lebenspfad eröffnet, den ich gehen kann, ohne dir zur Last zu fallen. Genauer gesagt, er hat Beschäftigung für mich; ich habe mich überzeugt, daß ich ihm von Nutzen sein kann; also will ich meinen einen Arm hinter ihm hertragen und mich ihm damit, soviel in meinen Kräften steht, nützlich machen.«

Im geistigen Auge des Mr. Willet war Westindien, ja jedes fremde Land, von wilden Völkern bewohnt, die beständig Friedenspfeifen vergruben, Tomahawks schwangen und sich seltsame Zeichen in die Haut schnitten. Kaum hatte er daher diesen Entschluß gehört, als er sich in den Stuhl zurücklehnte, die Pfeife aus dem Mund nahm und seinen Sohn so entsetzt anstarrte, als wenn er ihn bereits an einen Marterpfahl gebunden sähe, wo er zum Vergnügen einer heiteren Bevölkerung gequält würde. Es läßt sich unmöglich sagen, durch welche Ausdrücke seine Gefühle sich Luft machten. Das ist auch nicht nötig, denn ehe er eine Silbe herausbringen konnte, kam Dolly Varden weinend herbeigelaufen, warf sich ohne jedes Wort der Erklärung Joe an die Brust und schlang ihre weißen Arme um seinen Nacken.

»Dolly!« rief Joe. »Dolly!«

»Ja, nennt mich so! Nennt mich immer so!« rief die kleine Tochter Vardens. »Sprecht nie wieder so kühl mit mir! Seid mir nie wieder fern! Und tadelt mich nicht wieder um der kleinen Torheiten willen, die ich so lange bitter bereut, oder es ist mein Tod!«

»Ich und Euch tadeln!« rief Joe.

»Ja – jedes Wort der Liebe, jedes biedere Wort, das Ihr spracht, ging mir ins Herz. Trotzdem Ihr soviel von mir zu ertragen hattet – trotzdem Ihr Eure Pein und Eure Leiden meinen Launen verdankt – trotzdem Ihr so lieb, so edel gegen mich wart – Joe –«

Er war nicht imstande, etwas zu ihr zu sagen. Nicht eine Silbe! Der Arm, der sich sanft um ihren Leib legte, sprach eine beredte Sprache; aber seine Lippen schwiegen.

»Wenn Ihr mich mit einem Wort daran gemahnt hättet, nur mit einem einzigen Wort«, sagte Dolly, sich noch enger an ihn schmiegend, »wie wenig ich verdiene, daß Ihr mich mit solcher Nachsicht behandelt; wenn Ihr nur einmal gejubelt hättet in Eurem Sieg, dann hätte ich es eher ertragen ...«

»In meinem Sieg?« wiederholte Joe mit einem Lächeln, das zu sagen schien: »Ich bin gerade der Kerl dazu.«

»Ja, in Eurem Sieg!« rief sie, und Herz und Seele legten sich ganz in den Ton ihrer ernsten Stimme, während sie heftig weinte. »Es ist ein Sieg! Ich freue mich, daß ich das denke und klar erkenne! Ich würde mich nicht weniger erniedrigt und gedemütigt fühlen, ich würde die Erinnerung nicht loswerden an jenes letzte Mal, wo wir hier miteinander sprachen, nicht, wenn ich die Vergangenheit zurückrufen und bewirken könnte, daß wir erst gestern voneinander Abschied genommen hätten!«

Sahen Liebhaber so aus, wie Joe jetzt aussah!

»Liebster Joe!« rief Dolly, »Ich habe Euch stets geliebt – im Herzen habe ich Euch geliebt, obgleich ich so eitel und einfältig war. Ich dachte, Ihr würdet an jenem Abend wiederkommen; ich redete mir ein, Ihr kämet gewiß wieder. Ich betete zum Himmel auf meinen Knien, daß Ihr wiederkommen möget! All diese langen, langen Jahre hindurch vergaß ich Euch nicht ein einziges Mal oder entsagte der Hoffnung, daß einmal diese Zeit des Glücks kommen würde.«

Die Sprache von Joes Arm übertraf die Sprache der heftigsten Leidenschaft, desgleichen die seiner Lippen. Und doch sprach er kein Wort.

»Und endlich nun«, rief Dolly, vor der Glut ihrer Sprache erzitternd, »wenn du elend wärest, wenn dir jedes Glied zertrümmert wäre, wenn du krank wärest, schwach und siech; wenn du, statt das zu sein, was du bist, in jedermanns Augen das Wrack, der Trümmerhaufen eines Mannes wärest, so wollt' ich doch deine Gattin werden, teuerstes Lieb, mit größerem Stolz und größerer Freude, als wenn du der stattlichste Herr in England wärest.«

»Was hab' ich getan«, rief Joe, »daß mir solcher Lohn zuteil wird!«

»Du hast mich gelehrt«, sagte Dolly, ihr hübsches Gesicht zu seinem erhebend, »mich zu kennen und deinen Wert; besser zu sein als ich war; besser deines treuen und männlichen Charakters würdig zu sein. In Jahren, die da kommen werden, Joe, wirst du finden, daß du dies vollbracht hast, denn nicht nur jetzt, wo wir jung sind und voller Hoffnung, sondern auch dann, wenn wir alt und müde geworden sind, will ich dir eine geduldige, liebe, nimmermüde Gattin sein. Nur dein Wohl und unsers Heimes Blüte soll mein einziger Wunsch sein, und ich will mich immer bemühen, wie ich dich erfreue mit der innigsten Zuneigung und der aufopferndsten Liebe. Das will ich, ja, das will ich!«

Joe konnte kein Wort hervorbringen, doch seine Haltung verlieh seinen Gedanken Ausdruck.

»Zu Hause wissen sie davon«, sagte Dolly. »Um deinetwillen wollte ich selbst sie verlassen; aber sie wissen es und sind stolz auf dich, wie ich, und voller Dankbarkeit. Aber willst du zu mir kommen als lieber Freund, der mich noch von früher kennt, als ich noch Mädchen war?«

Ja, ja! Es ist nicht von Belang, was Joe antwortete, aber er sagte viel, sehr viel; und Dolly sagte auch viel, sehr viel: und Joe hielt Dolly mit dem einen Arm recht innig und fest umschlungen, in Anbetracht dessen, daß es nur ein Arm war; und Dolly widerstrebte nicht: und wenn je in dieser Welt zwei Menschen glücklich waren – in dieser Welt, die trotz all ihrer Fehler doch nicht so ganz ein »Jammertal« zu nennen ist – so mögen wir mit einigem Anschein der Gewißheit annehmen, daß sie beide es waren.

Wollten wir behaupten, Mr. Willet der Ältere habe während dieser Vorgänge die höchsten Stufen des Erstaunens, dessen die menschliche Natur überhaupt fähig ist, durchwandert; wollten wir sagen, daß ihm vor Überraschung der Gebrauch seiner Gliedmaßen abhanden gekommen sei, daß er sich in die fabelhaftesten und bisher noch unerreichbar gewesenen Höhen starrsten Erstaunens verstiegen habe, so würden wir seinen Gemütszustand noch immer nur in den allerschwächsten Konturen wiedergeben. Nein! Wäre ein Vogel Rock, ein Adler, ein Kondor, ein fliegender Elefant, ein geflügelter Drache plötzlich erschienen, hätte ihn auf den Rücken genommen und mitten hinein in die »Salwanners« getragen, so wäre ihm das als ein alltägliches Ereignis erschienen im Vergleich zu dem, was er jetzt sah. Hier ruhig dazusitzen und all diese Dinge zu sehen und zu hören; persönlich nicht beachtet, mit keinem Blick gewürdigt, mit keinem Wort beehrt zu werden, während sein Sohn und eine junge Dame in leidenschaftlicher Art und Weise miteinander sprachen, sich küßten und in jeder Hinsicht so benahmen, als wären sie ganz allein, das war eine Situation, die ihm so schrecklich, so unverständlich war und so weit über sein Fassungsvermögen hinausging, daß er in eine Lethargie des Erstaunens verfiel, aus der er sich ebensowenig aufzurütteln vermochte, wie ein verzauberter Schläfer im ersten Jahr seines ein Jahrhundert lang währenden Feenbannes.

»Vater«, sagte Joe, Dolly vorstellend, »du weißt, wer das ist?«

Mr. Willet sah zuerst sie, dann seinen Sohn, dann wieder Dolly an, und dann machte er eine vergebliche Anstrengung, aus seiner längst erloschenen Pfeife einen Zug zu tun.

»Sprich doch ein einziges Wort, Vater, und wäre es nur ›wie gehts?‹« drängte Joe.

»Gewiß, Joseph«, war Mr. Willets Antwort. »Warum auch nicht?«

»Gewiß«, sagte Joe. »Warum nicht?«

»Ja!« erwiderte sein Vater. »Warum auch nicht?« und mit dieser in leisem Ton hervorgebrachten Bemerkung, die sich anhörte, als ob er eine wichtige Frage mit sich selbst erörtere, gebrauchte er den kleinen Finger der rechten Hand – wenn diese Bezeichnung auf einen seiner Finger paßte – als Pfeifenstopfer und verfiel wiederum in Schweigen.

In diesem Zustand verharrte er wenigstens eine halbe Stunde, obgleich Dolly in der liebkosendsten Weise wohl ein dutzendmal der Hoffnung Ausdruck gab, er möge ihr nicht böse sein. So saß er eine halbe Stunde lang regungslos da und wies die ganze Zeit frappante Ähnlichkeit mit einem mächtigen Kegelkönig auf. Nach Ablauf dieses Zeitabschnittes brach er plötzlich und ohne vorher irgendein Zeichen von sich zu geben, in lautes, aber kurzes Lachen aus und wiederholte die Worte: »Gewiß, Joseph, gewiß! Oh ja! Warum auch nicht?« Dann verließ er das Zimmer, um einen Spaziergang zu machen.

79. Kapitel

Der alte John ging zwar nicht in die Nähe des »Golden Key«, denn zwischen dem »Golden Key« und dem ›Black Lion‹ lag ein sinnverwirrendes Netz von Straßen, wie jedermann weiß, der mit der Beschaffenheit von Whitechapel und Clerkenwell bekannt ist, aber der »Golden Key« liegt auf unserem Weg, wenn auch nicht auf seinem; und so wandert denn dieses Kapitel zum »Golden Key«.

Der »Golden Key« selbst, das schöne Handwerkszeichen des Schlossers, war von den Aufrührern heruntergerissen und in grober Weise zertreten worden. Jetzt aber hing es wieder da, und zwar in all der Pracht eines neuen goldenen Anstriches und wußte sich ein stattlicheres Ansehen zu geben als zuvor. Ja, die ganze Vorderseite des Hauses war so glatt und nett wieder aufgebessert, daß, wenn noch irgendeiner der bei dem Angriff beteiligten Aufrührer am Leben war, der Anblick des alten, gemütlichen, heiteren Hauses, das sich jetzt wieder so neu belebt hatte, Galle und Wermut für ihn sein mußte.

Die Läden der Werkstatt waren aber geschlossen, und die Jalousien oben waren alle heruntergelassen und anstelle seines gewöhnlichen munteren Aussehens lag ein Hauch von Schwermut, ein Ausdruck der Trauer über dem Gebäude, für den die Nachbarn, die in früherer Zeit oft den armen Barnaby hatten ein- und ausgehen sehen, ohne Schwierigkeit eine Deutung wußten. Die Tür stand zum Teil offen, aber der Hammer des Schlossers schwieg; die Katze saß träumend auf dem rußigen Schmelzofen; alles war still, düster und stumm. Auf der Schwelle dieser Tür begegneten sich Mr. Haredale und Edward Chester. Der Jüngere trat zurück und ließ den Älteren vorangehen, und als beide in das Haus traten, mit einem Gesicht, das ihre Vertrautheit mit dem Orte ausdrückte und zu bezeugen schien, daß sie hier verweilen wollten und bekannt genug im Haus seien, um ungestört auf- und abzugehen, schlossen sie die Tür hinter sich zu.

Sie schritten durch die alte Hinterstube, stiegen die enge, steile Treppenflucht hinauf, die nach alter Mode gebaut war, und traten in die »gute Stube« – Mr. Vardens Stolz und früher für Jungfer Miggs der Schauplatz häuslicher Tätigkeit.

»Varden hat die Mutter gestern abend hergebracht, so sagte er mir«, begann Mr. Haredale. »Sie ist jetzt eine Treppe über uns«, versetzte Edward. »Ihr Kummer soll über alle Maßen sein. Ich brauche nicht hinzuzufügen – denn das wißt Ihr von vornherein – daß die Sorgsamkeit, Menschenfreundlichkeit und Barmherzigkeit dieser lieben Leute keine Grenzen kennt.«

»Das weiß ich wohl. Der Himmel vergelte es ihnen und noch mehr! Varden ist fort?«

»Er kam fast gleichzeitig mit Ihrem Boten wieder. Er war die ganze Nacht fort – aber das ist Ihnen natürlich bekannt. Er war doch größtenteils zusammen mit Euch fort?«

»Allerdings. Wenn er fehlte, so war mir, als ob ich meine Rechte verloren hätte. Er ist älter als ich; aber nichts kann ihn aus seiner Ruhe herausbringen.«

»Der heiterste Mensch mit dem wackersten Herzen, den es auf Erden geben kann.«

»Er hat ein Recht dazu. Er hat ein Recht dazu! Ein besseres Geschöpf hat die Welt nie getragen. Er erntet, was er säte – weiter nichts.«

»Nicht alle Menschen«, sagte Edward nach einer kurzen Pause, »sind so glücklich!«

»Doch mehr als Ihr denkt«, versetzte Mr. Haredale. »Wir achten nur auf die Ernte mehr als auf die Aussaat. Wie zum Beispiel ich.«

Wahrlich, sein bleiches, abgemagertes Gesicht und seine finstere Haltung unterstrichen diese Bemerkung, so daß Edward für den Augenblick um eine Antwort verlegen war.

»Still, still«, sagte Mr. Haredale, »es war nicht schwer, einen so selbstverständlichen Gedanken aus Euren Mienen zu lesen. Aber nichtsdestoweniger seid Ihr im Irrtum. Ich habe mein Teil Sorgen gehabt – mehr als das allgemeine Los jemandem zuteilt – aber ich habe mich schlecht darein geschickt. Ich bin zusammengebrochen, wo ich mich heute beugen soll; und habe geträumt und gebrütet, wo mein Geist sich in Gottes gewaltige Schöpfung hätte verlieren sollen. Solche Männer lernen dulden und ausharren, die alle Welt Brüder nennen. Ich habe mich von der Welt abgewandt und büße es.«

Edward hätte Einwände gemacht, aber Mr. Haredale fuhr, ohne ihm Zeit zu lassen, fort.

»Es ist zu spät, das jetzt zu ändern. Manchmal meine ich wohl, der Fehler ließe sich, hätte ich mein Leben noch einmal zu leben, verbessern. Aber wenn ich auch diese Entschlüsse fasse, so schrecke ich unwillkürlich vor dem Gedanken zurück, alles noch einmal zu leiden, was ich bereits erlitten habe; und in diesem Umstand erblicke ich die unwillkommene Bestätigung dafür, daß ich immer wieder der gleiche sein würde, selbst wenn ich die Vergangenheit rückgängig machen könnte, wenn ich von neuem beginnen würde und mich die Erfahrungen des alten Lebens leiteten.«

»Nein, Ihr sollt diese Überzeugung doch nicht für so fest halten«, sagte Edward.

»Das denkt Ihr«, antwortete Mr. Haredale, »und es freut mich, daß Ihr so denkt. Ich kenne mich besser und mißtraue mir deshalb in stärkerem Maß. Gehen wir zu einem anderen Gesprächsgegenstand über, der minder fern von diesem liegt, als es Euch auf den ersten Blick scheinen möchte. Sir, Ihr liebt meine Nichte noch, und meine Nichte hängt noch an Euch.«

»Diese Versicherung hörte ich von ihren eigenen Lippen«, sagte Edward, »und Ihr wißt – ich bin gewiß, daß Ihr es wißt – ich würde sie nicht hingeben, und wenn mir das Leben noch soviel Glück böte!«

»Ihr seid offen, ehrbar und uneigennützig«, sagte Mr. Haredale. »Ihr habt diese Überzeugung, selbst meinem einst so mißtrauischen Charakter aufgedrängt; und ich glaube es. Wartet hier, bis ich wiederkomme.«

Mit diesen Worten verließ er das Zimmer; aber bald kam er wieder zurück in Begleitung seiner Nichte.

»Zu jenem ersten und einzigen Mal«, sagte er, bald ihn, bald sie ansehend, »als wir drei zusammen unter ihres Vaters Dach standen, verwies ich Euch des Hauses und gebot Euch, nie wieder zu kommen.«

»Die einzige Begebenheit aus der Zeit unserer Liebe«, bemerkte Edward, »die ich vergessen habe.«

»Ihr tragt einen Namen«, sagte Mr. Haredale, »dessen Andenken schwer auf mir lastet. Ich ließ mich durch Erinnerungen an alte Beleidigungen und altes Unrecht bewegen und treiben, das weiß ich, aber selbst jetzt kann ich mich nicht mit dem Vorwurf beladen, daß ich je den herzinnigsten Wunsch, wahres Glück über sie zu bringen, aus den Augen verloren, oder daß ich irgend einmal – trotzdem ich im Irrtum war – anders gehandelt hätte, als von dem reinen, aufrichtigen, ernsten Wunsch geleitet, ihr den verlorenen Vater zu ersetzen, soweit ich es bei meiner schwächeren Natur vermochte.«

»Teurer Onkel«, rief Emma, »ich habe keinen Vater gekannt außer dir. Die Erinnerung an andere war mir lieb und wert, dich aber liebte ich aus vollem Herzen. Nie war ein Vater herzlicher zu seinem Kinde als du zu mir, und nie, soweit ich denken kann, ist mir auch nur eine Stunde schwer ums Herz geworden.«

»Du sprichst allzu zärtlich«, antwortete er, »und doch möchte ich dich nicht anders haben, denn es bereitet mir hohe Wonne, diese Worte zu hören, eine Wonne, die mir nichts anderes gewähren konnte und die ich immer fühlen werde, wenn ich mir diese Worte ins Gedächtnis zurückrufe, sobald wir voneinander geschieden sein werden. Übt noch einmal Nachsicht gegen mich, Sir, denn wir haben viele Jahre miteinander gelebt, sie und ich; und wenn ich auch der Meinung bin, daß ich das Siegel auf ihr Glück drücke, wenn ich sie Euch anvertraue, so fühle ich doch, daß ich alle Kräfte hierzu zusammenraffen muß, die ich noch besitze.«

Er drückte sie sanft an die Brust und sagte nach einer kurzen Pause:

»Ich habe Euch Unrecht getan, Sir, und bitte Euch um Vergebung – nicht in gewöhnlicher Redensart oder erheucheltem Kummer, sondern in allem Ernst und aufrichtig. In derselben Weise mach ich euch beiden bekannt, daß es eine Zeit gegeben hat, wo ich der Verräterei und Falschheit zugänglich gewesen bin – zugänglich war, wenn ich sie auch nicht selbst verübte – um euch beide auseinander zu halten.«

»Ihr urteilt zu hart über Euch«, sagte Edward. »Laßt diese Dinge ruhen.«

»Sie erheben sich und klagen wider mich, wenn ich rückwärts blicke, und es geschieht hier nicht zum erstenmal«, antwortete er. »Ich kann nicht scheiden, bevor mir vollständig verziehen wurde, denn mit dem Treiben der Welt habe ich nur wenig zu tun, und habe Reue genug mit mir in die Einsamkeit zu tragen, ohne daß noch etwas hinzuzukommen braucht.«

»Du nimmst unser beider Segen mit«, sagte Emma. »Mögest du nie an mich denken – an mich, die dir soviel Liebe und Hingebung schuldig ist – ohne an meine tiefe Dankbarkeit und Zuneigung der Vergangenheit wegen und meine heißen Wünsche für deine Zukunft erinnert zu werden.«

»Die Zukunft«, entgegnete der Onkel mit traurigem Lächeln, »ist für euch ein wonniges Wort, und ihr Abbild sollte mit heiteren Hoffnungen umrahmt sein. Die meine ist anders gestaltet; doch sie ist eine Zukunft voll Frieden und, darauf baue ich, frei von Sorge oder Leidenschaft. Wenn ihr England verlaßt, so scheide auch ich vom heimatlichen Boden. Es gibt Klöster genug, und nachdem die beiden großen Ziele meines Lebens erreicht sind, kenne ich kein besseres Heim. Das bekümmert dich, aber du vergißt, daß ich alt werde, daß mein Leben seinem Ende entgegengeht. Nun, wir wollen später darüber reden, nicht bloß einbis zweimal, sondern viele Male und du, Emma, sollst mir wacker mit deinem Rat zur Seite stehen.«

»Und wirst du ihn auch befolgen?« fragte seine Nichte.

»Ich will ihn anhören«, antwortete er und küßte ihre schöne Stirn, »er wird schwer in die Waage fallen, glaube mir! Was bleibt mir noch zu sagen? Ihr seid in letzter Zeit viel zusammen gewesen. Es ist besser und passender für mich, die der Vergangenheit angehörigen Umstände, die Eure Trennung herbeiführten und Verdacht und Mißtrauen zwischen Euch aussäten, nicht zu berühren.«

»Weit, weit besser«, flüsterte Emma. »Erinnere uns nicht daran!«

»Ich bekenne, auch ich trage Teil an dieser Schuld«, sagte Mr. Haredale, »obgleich sie mir zuwider war. Möge kein Mensch, und wenn auch noch so wenig, vom Pfad der Ehre abweichen, unter dem scheinbaren Vorwand, sein Verhalten durch ein gutes Ende zu rechtfertigen. Jedes gute Ende läßt sich durch gute Mittel und auf rechtem Weg erzielen. Bei wem das nicht der Fall ist, der ist ein schlechter Mensch. Er sah erst sie, dann Edward an und fuhr in milderem Tone fort:

»Was Vermögen und sonstiges Besitztum anbetrifft, so steht ihr jetzt fast gleich; ich war ihr treuer Verwalter, und zu dem reichen Vermögen, das mein Bruder ihr hinterließ, wünsche ich, zum Zeichen meiner Liebe eine bescheidene Summe, kaum der Rede wert, hinzuzufügen, die ich selbst künftig nicht mehr brauche. Es freut mich, daß ihr aus England fortzieht. Möge unser vom Schicksal hart betroffenes Haus der Trümmerhaufen bleiben, der aus ihm geworden ist! Wenn ihr nach Jahren des Erfolges zurückkehrt, so werdet ihr über ein besseres, glücklicheres Haus zu verfügen haben. Sind wir nun Freunde?«

Edward ergriff die ausgestreckte Hand des Greises und drückte sie herzlich.

»Ihr seid in Ihrer Antwort weder langsam noch kalt«, sagte Mr. Haredale, Edwards Händedruck erwidernd, »und wenn ich Euch jetzt ansehe, nachdem ich Euch kenne, dann sagt mir mein Herz, daß ich Sie Euch zum Manne geben würde. Emmas Vater hatte einen edlen Charakter, und auch sein Wohlwollen würdet Ihr besessen haben. Ich gebe sie Euch in seinem Namen und gebe sie Euch mit seinem Segen. Scheide ich von der Welt und die Welt von mir mit dieser Handlung, dann scheiden wir unter glücklicheren Bedingungen voneinander, als die Bedingungen waren, unter denen wir manchen, manchen Tag miteinander verlebt haben.«

Er führte sie ihm in die Arme und würde aus der Stube gegangen sein, wäre er nicht auf seinem Wege zur Tür durch ein Geräusch festgehalten worden, das alle stutzig machte und jedem die Sprache verschlug.

Es war ein lauter Jubel, der die Luft zerriß. Es kam mit jedem Augenblick näher und näher und rückte mit solcher Schnelligkeit heran, daß es zu einem ohrenzerreißenden Gesumm und Getöse angewachsen war, das von der Straße heraufschallte.

»Das muß ein Ende nehmen, muß besänftigt werden«, sagte Mr. Haredale mit Hast. »Wir hätten es voraussehen und Vorkehrungen dagegen treffen sollen. Ich will auf der Stelle hinaus zu ihnen.«

Noch ehe er aber bis zur Tür gekommen war, und noch ehe Edward nach seinem Hut greifen und ihm folgen konnte, wurden sie abermals durch ein lautes Kreischen aufgehalten, das von oben her erklang. Die Ehefrau des Schlossermeisters stürzte herein, rannte Mr. Haredale geradewegs in die Arme und schrie:

»Sie weiß es, Sir! Sie weiß es, von A bis Z! Wir haben es ihr langsam beigebracht, und sie ist vollständig vorbereitet.«

Nachdem sie diese Mitteilung gemacht und dann mit großer Inbrunst dem Himmel ihren Dank abgestattet hatte, sank die gute Dame, dem Matronenbrauch entsprechend, auf der Stelle in Ohnmacht.

Alles rannte zum Fenster hin, der Vorhang wurde beiseite gerissen; alles sah auf die gedrängt volle Straße hinunter. Zwischen einem Kopf an Kopf stehenden Menschenhaufen, wo sich kein einziger für einen Augenblick ruhig verhielt, ließen sich das rötliche

Angesicht und die gedrungene Gestalt des Schlossermeisters erkennen, der um sich schlug und hantierte, als sei er auf hoher See und kämpfte gegen wild empörte Wogen. In dem einen Augenblick ward er mehrere Schritte zurückgerissen, im anderen bis dicht heran zur Tür gedrängt; im nächsten abermals zurück, dann gegen die Häuser auf der anderen Seite, dann wieder gegen die an das seine grenzenden Häuser, dann eine Treppenflucht hinauf geschoben oder gehoben oder gezogen, um von einem halben Hundert Menschen mit entgegengestreckten Händen begrüßt zu werden, dieweil die ganze tobende Menschenmasse die Hälse reckte und die Kehlen streckte und aus Leibeskräften ein Hurra nach dem anderen brüllte. Obgleich er tatsächlich auf dem besten Weg war, inmitten des allgemeinen Begeisterungstaumels in Stücke gerissen zu werden, nahm der Schlosser, den nichts aus der Fassung brachte, an ihrem Jubelgeschrei so lange teil, bis er selbst so heiser war wie die Menge, und schwenkte im Übermaß seiner Freude und echter Leutseligkeit den Hut so lange, bis das Tageslicht zwischen Deckel und Krempe hindurch schimmerte.

Während der ganzen Zeit, die er von Hand zu Hand geschwenkt und hin und her gerissen und auf und ab geschleudert wurde, gab er aber kein einziges Mal einen Arm frei, den der seinige kräftig umschlungen hielt und der eng und prall in dessen Höhlung saß; denn all das Schwenken und Reißen und Schleudern störte, abgesehen davon, daß sein Gesicht nach jedem Ringen ein fröhlicheres Aussehen zeigte und um so heller strahlte, seine Seelenruhe nicht stärker als einen Strohhalm auf einer Wasserfläche. Manchmal drehte er sich um, um diesem Freund auf den Rücken zu klopfen oder um ihm ein aufmunterndes Wort ins Ohr zu flüstern oder ihn durch ein Lächeln aufzuheitern. Seine Hauptsorge aber war, ihm ein fester Schirm vor dem Gedränge der Menschenflut zu sein und einen Weg für ihn zum »Golden Key« zu erzwingen. Duldsam und furchtsam, erschreckt, bleich und verdutzt, und auf das Menschengedränge hinstarrend, als wäre er jüngst vom Tode auferstanden und käme sich vor wie ein Geist unter Lebenden – so hing Barnaby – nicht Barnaby im Geiste, sondern Barnaby in Fleisch und Blut, der leibhaftige Barnaby, mit Pulsen, Sehnen, Nerven, mit klopfendem Herzen und kräftigen Empfindungen und Neigungen – so hing Barnaby, fest an seinen stämmigen alten Freund geklammert, und folgte willig, wohin ihn jener führte …

Und so erreichten sie denn im Verlauf der Zeit beide zusammen die Tür, die von allzu willigen Händen für ihren Eintritt offengehalten wurde, und schlüpften hinein in das Haus. Und nachdem er noch mit kräftigem Händedruck die Tür vor der Menge abgesperrt hatte, stand Gabriel zwischen Mr. Haredale und Edward Chester – und Barnaby. Barnaby rannte die Treppe hinauf und stürzte neben dem Bett seiner Mutter nieder auf die Knie.

»Das, o wackerer Herr, ist das gesegnete Ende der besten Arbeit, die wir jemals verrichtet haben«, rief der Schlosser, nach Atem ringend, Mr. Haredale zu. »Die Spitzbuben! Einen harten Kampf hat's gesetzt, um sie los zu werden. Ich hab' mich ein paarmal kaum des Gedankens wehren können, als seien ihrer doch zuviel für uns mit all ihrer Freundschaft und Wohlgeneigtheit!«

Den ganzen vorigen Tag hatten sie es sich Zeit und Geld und Mühe kosten lassen, Barnaby von dem ihn bedrohenden Schicksal zu erretten. Als alle Versuche bei der ersten Stelle, an die sie sich gewandt hatten, fehlgeschlagen waren, hatten sie es woanders von neuem versucht. Als sie auch dort keinen Erfolg errangen, waren sie um Mitternacht frisch ans Werk gegangen und hatten sich auf den Weg gemacht, um nicht bloß den Richter und die Geschworenen, die über Barnaby verhandelt hatten, sondern auch die bei Hof einflußreichen Personen und den jugendlichen Prinzen von Wales für Barnabys Sache zu erwärmen; ja sogar im Vorzimmer des Königs hatten sie es versucht, Schritte für Barnaby zu unternehmen. Endlich war ihre Mühe von Erfolg gekrönt worden; es war ihnen gelungen, Interesse für Barnaby wachzurufen und die maßgebenden Personen dafür zu gewinnen, daß Barnabys Prozeß von neuem und ohne Leidenschaft und Voreingenommenheit verhandelt werden würde. Daraufhin hatte ihnen der Minister eine Unterredung gewährt zu so früher Stunde, um acht Uhr am heutigen Morgen, daß der hohe Herr noch im Bett ihren Besuch empfangen und ihr Anliegen angehört hatte. Das Ergebnis einer eingehenden Untersuchung, bei der sie sich weiter hatten nützlich erweisen können, da sie den armen Kerl ja von Kindesbeinen kannten, – das Ergebnis einer eingehenden Untersuchung war, daß zwischen elf und zwölf Uhr eine unbeschränkte Begnadigung für Barnaby Rudge ausgefertigt und unterzeichnet und einem Eilboten zur sofortigen Beförderung nach dem Richtplatz übergeben worden war. Dieser Eilbote war in demselben Augenblick auf den Platz geritten, als der Karren in Sicht gekommen war; und als Barnaby infolgedessen in den Kerker zurück gebracht wurde, war Mr. Haredale im Vollgefühl der Sicherheit, daß nun alles gut stände, von Bloomsbury Square geradewegs zum »Golden Key« gegangen und hatte Gabriel die Aufgabe überlassen, den armen Barnaby im Triumph nach Hause zu geleiten.

»Ich brauche nicht zu sagen«, bemerkte der Schlosser, als er sämtlichen männlichen Anwesenden die Hände geschüttelt und alle weiblichen Anwesenden mindestens hundert Mal umarmt hatte, »ich brauche nicht zu sagen, daß es mir, ausgenommen unter uns selbst, gewiß nicht darum zu tun gewesen ist, irgendwelchen Triumph aus der Sache zu ernten. Wir hatten aber kaum den Fuß auf die Straßen gesetzt, wo wir bekannt waren, als es auch schon mit diesem Rummel losging. Wenn ich unter zwei Sachen wählen darf«, setzte er hinzu, während er sich sein puterrotes Gesicht abwischte, »möchte ich doch meinen, nachdem ich die eine so gut kennen gelernt habe wie die andere, daß ich mich lieber von einem Feindeshaufen aus meinem Hause hinaus-, als von einem Freundesgewühl in mein Haus hineinschaffen lassen will.«

Es war indes deutlich zu sehen, daß dies bloßes Gerede war und daß ihm der ganze Vorgang die größte Freude bereitete, denn als das Volk fortfuhr, draußen einen Heidenlärm zu machen und ein Hurra über das andere zu schreien, als ob ihre Stimmen sich noch in der frischesten Verfassung befänden und reichlich an die vierzehn Tage noch aushalten würden, da schickte er nach oben und ließ Greifer herunterholen, der auf seines Herrn und Meisters Rücken nach Hause gekommen war und den Gunstbezeigungen der Menge dadurch Anerkennung gezollt hatte, daß er jeden Finger, der ihm in die Nähe kam, blutig hackte. Dann zeigte er sich mit dem Vogel auf dem Arm am Fenster des ersten Stockwerks, wo er seinen Hut so lange schwenkte, bis er schließlich bloß noch an einem Faden zwischen seinen Fingern und dem Daumen baumelte. Diese Demonstration wurde mit außerordentlichen Beifallsrufen entgegengenommen, und als hierauf wieder einigermaßen Stillschweigen eingetreten war, dankte der Schlosser allen für die ihm bewiesene Anteilnahme, nahm sich aber die Freiheit, darüber aufzuklären, daß sich im Haus eine kranke Person befände, und machte den Vorschlag, zum würdigen Abschluß der Feierlichkeit ein dreimaliges Hurra auf König Georg, ein dito dreimaliges auf England und letztes dito dreimaliges auf nichts im besonderen auszubringen. Der Volksmenge war dies recht, und das letzte dito dreimalige Hurra wurde Gabriel Varden gewidmet, ja er bekam noch ein weiteres als Zugabe, das überreichlich ausfiel. Dann zerstreute und verlief sich alles in Gemütlichkeit.

Die Glückwünsche, die sie unter sich tauschten, als sie allein waren; das Übermaß an Freude und Glückseligkeit, das im Schoß ihrer kleinen Gemeinschaft herrschte; der Umstand, daß es Barnaby jeder Fähigkeit beraubte, sich auszudrücken, die Verstörtheit und Ruhelosigkeit, in der der Ärmste vom einen zum anderen lief, bis man ihn endlich so weit beruhigte, daß er sich neben dem Lager seiner Mutter auf den Boden streckte und in tiefen Schlaf versank: Das sind Dinge, die nicht erzählt zu werden brauchen.

Ehe wir uns von diesem heiteren Bild abwenden, dürfte es angemessen sein, auf ein düsteres Gegenstück durchaus anderer Natur, das sich in der nämlichen Nacht einigen wenigen Augen zeigte, einen Blick zu werfen.

Der Schauplatz dieses anderen Bildes war ein Friedhof; die Zeit war Mitternacht, die handelnden Personen waren Edward Chester, ein Geistlicher, ein Totengräber und die vier Träger eines Armensarges. Diese Personen umstanden ein Grab, das frisch aufgeworfen worden war. Einer von den vier Trägern hielt eine trübe brennende Laterne – das einzige Licht an dieser Stätte – und die Laterne warf ihren matten Lichtstrahl auf das Gebetbuch. Der Träger stellte die Laterne für ein Weilchen auf den Armensarg, als er mit seinen Gefährten denselben in die Grube senkte. Auf seinem Deckel stand keinerlei Inschrift.

Feierlich fiel die Erde nieder auf die letzte Behausung dieses namenlosen Menschen, und der polternde Staub weckte ein unheimliches Echo selbst in den hieran gewöhnten Ohren der Männer auf, die ihn zu seiner Ruhestätte getragen hatten. Das Grab wurde bis zum Rand mit Erde gefüllt und die Erde dann niedergetreten. Gemeinschaftlich verließen die hier Anwesenden wieder den Ort.

»Ihr habt ihn niemals im Leben gesehen?« fragte der Geistliche Edward Chester.

»Häufig vor Jahren; ohne ihn als meinen Bruder zu kennen.«

»Seitdem nie mehr?«

»Nie. Gestern weigerte er sich hartnäckig, sich mir zu zeigen. Es wurde auf meinen Wunsch hin mehrmals in ihn gedrungen.«

»Und doch weigerte er sich? Das war verstockt und wider die Natur.«

»Ist das Eure Ansicht?«

»Ich muß aus dieser Frage schließen, daß Ihr anderer Meinung seid.«

»Allerdings. Wir hören täglich, wie sich die Welt über Undankbarkeit wundert. Ist es Euch noch niemals widerfahren, daß die Welt übergroße Zuneigung als etwas ganz Natürliches ansieht!«

Inzwischen hatten sie das Tor des Friedhofs erreicht und gingen, nachdem sie sich gute Nacht gewünscht hatten, ihrer Wege.

80. Kapitel

An demselben Nachmittag, nachdem sich der Schlosser von seiner Ermüdung durch einen kräftigen Schlaf befreit, sich rasiert, gewaschen, umgekleidet und vom Scheitel bis zur Sohle erfrischt hatte, nachdem er zu Mittag gegessen, an einer Pfeife Labung und an etwelchen Extra-Schlucken aus seinem ›Tobias‹ Stärkung gefunden, ein Weilchen in dem großen Armstuhl genickt und mit seiner Frau über alles, was im Bereich ihrer häuslichen Angelegenheiten vorgegangen war, im Vorgehen begriffen war oder vorgehen konnte, in Muße und mit Ruhe geplaudert hatte – an demselben Nachmittag und nach Erledigung aller hier aufgezählten bequemen und angenehmen Verrichtungen setzte sich Schlosser Varden an den Teetisch in seinem kleinen Hinterstübchen und war nun der fröhlichste, seligste, lustigste, schneidigste, gemütlichste alte Knabe, den es inner- und außerhalb von ganz Großbritannien geben konnte.

Da saß er und hielt die leuchtenden Augen auf Mrs. Varden gerichtet, und sein schimmerndes Angesicht war von Fröhlichkeit übergossen, und seine weite Weste lachte aus jeder Falte und jedem Kniffe, und seine feuchtfröhliche Laune lugte sogar unter dem Tisch hervor aus seinen runden Schenkeln und dicken Beinen – der Anblick, den er darbot, war wirklich dazu beschaffen, den Essig der Menschenscheu in die reinste Milch der Menschenfreundlichkeit zu wandeln. Da saß er nun und sah seiner Ehefrau zu, wie sie das Zimmer mit Blumen schmückte zur größeren Ehre Dollys und Joseph Willets, die zusammen ausgegangen waren, und um derentwillen der Teekessel volle zwanzig Minuten lustig auf seinem Ständer gesungen hatte, mit einem Gezirp, wie niemals vorher ein Kessel gezirpt und gesungen hat. Um derentwillen war jetzt das beste Geschirr von echtem, ganz zweifellos echtem Porzellan, das mit allerhand feisten Männergesichtern und mit Mandaringestalten, die große aufgespannte Schirme trugen, bemalt war, ausgepackt und in all seinem Glanz und seiner Pracht auf den Tisch gestellt worden, auf dessen im Schatten stehenden, mit schneeweißem Tuch gedeckten Zwillingsbruder schon, um die Eßlust der beiden jungen Leute in Versuchung zu setzen, ein hellfarbiger, durchsichtiger, saftiger Schinken, mit kühlen grünen Lattichblättern und würzigen Gurkenexemplaren aufgeputzt, stand. Zu ihrem Ergötzen waren schon Eingemachtes, Konserven und knusprige Kuchen und anderes Gebäck, frisch aus der Faust zu knabbern, zusammen mit mancherlei verräterischen Likörchen und Schnäpschen und kleinen Laiben von Land- und Hausbrot und Semmeln und Milchbrötchen vom feinsten Weizen- und kräftigsten Roggenmehl, in üppiger Fülle aufeinander geschichtet worden. In deren Jugend und Jugendfrische war Mrs. Varden selbst wieder jung und jugendlich geworden und stand da in einem Kleid von rot und weißer Farbe, ebenmäßig im Bau, prall und üppig im Mieder, rot und frisch auf Wangen und Lippen, mit den tadellos gestalteten Füßchen und dem lustig lachenden Antlitz und der rosig gefärbten Laune, kurz, ein Bild, in aller Hinsicht lieblich zu schauen. Da saß nun der Schlosser, der Bürger und Meister Varden, Gabriel Varden, zwischen all diesen und anderen Dingen der Freude und Wonne als die Sonne, die ihren Glanz über dies alles leuchten ließ, als der Mittelpunkt, um den dies ganze Freuden- und Wonnensystem sich drehte, als die Quelle des Lichts und der Wärme und des Lebens, als der Ursprung all dieser offenen, fröhlichen Munterkeit in dem hellschimmernden Weltall dieses Handwerkerhaushalts.

Und wann war Dolly jemals die Dolly dieses Nachmittags gewesen? Wer das so mit ansah, wie sie hereinkam, Arm in Arm mit ihrem Joe, und wie sie sich Gewalt antat, nicht über und über rot zu werden oder gar verwirrt und verlegen zu scheinen, und wie sie glauben zu machen suchte, es sei ihr ganz gleichgültig, ob sie am Tisch neben ihm säße oder nicht, und wie sie dem Schlosser flüsternd zusetzte, keinen schalen Witz zu machen; wie sie bald rot und bald blaß wurde in einem leichten, unruhigen Aufflackern von Glückseligkeit, unter dessen Einfluß sie alles verkehrt und doch auf so entzückende Weise verkehrt machte, daß es viel besser war, als wenn sie es recht gemacht hätte! Nun, Schlosser Varden hätte sich das, wie er nachher zu seiner Frau sagte, als sie sich zur Ruhe begaben, an die vierundzwanzig Stunden in einem Zug mitansehen können, ohne auch nur einmal den Wunsch nach einem Ende dieser Fröhlichkeit zu verspüren.

Und nun auch die Erinnerungen, mit denen sie sich diesen in stattliche Länge gezogenen Teeabend heiter und vergnügt gestalteten! Die lustige Laune, mit der der Schlosser an Joe die Frage richtete, ob er sich noch auf jene stürmische Nacht im »Maypole« besinne, als er zum erstenmal nach Dolly gefragt habe. Das herzige Lachen, mit dem sie alle jener Nacht gedachten, in der sich Dolly in der Chaise hatte zur Abendunterhaltung tragen lassen. Die jeder Barmherzigkeit und Rücksicht entkleidete Art und Weise, wie sie Mrs. Varden damit neckten und hänselten, daß sie die Blumen, die damals Joe gebracht, zu diesem selben Fenster hinaus geworfen hatte. Die schwierige Sache für Mrs. Varden, zum erstenmal in das Gelächter miteinzustimmen, dessen Ziel und Ursache sie selbst war, und der außerordentliche Spaß, den sie an dem Lachen hatte, nachdem sie über jene erste Schwierigkeit hinweggekommen war. Die vertraulichen Auskünfte, die Joe über den genauen Tag und die genaue Zeit und Stunde gab, wann er sich zum erstenmal klar und bewußt geworden war, daß er Dolly gut sei, und Dollys unter Erröten abgelegtes Geständnis halb freiwilliger, halb erzwungener Natur über jene andere Zeit und Stunde, von der sich ihre Entdeckung herschrieb, daß sie gegen Joe »nichts einzuwenden hatte« – dies alles, alles bot einen unerschöpflichen Quell von Fröhlichkeit und Plauderstoff!

Dann gab es auch noch allerhand zu reden und zu erörtern über die Zweifel, die Mrs. Varden beschlichen, und über die mütterlichen Besorgnisse und geschraubten Befürchtungen und Ängste und Bedenken, und es entstand der Anschein, daß vor Mrs. Vardens durchdringendem Blick und außerordentlichem

Scharfsinn nichts, auch das geringste nicht, verborgen geblieben war. Sie hatte alles längst gewußt. Sie hatte es vom ersten Augenblick an gesehen. Sie hatte es immer vorhergesagt. Sie hatte es früher als die Beteiligten selbst gemerkt. Sie hatte es bei sich selbst gedacht und gesagt, denn sie entsann sich noch genau der Worte, die sie dabei gebraucht hatte: »Dieser junge Willet hat ganz gewiß auf unsere Dolly ein Auge, und deshalb muß ich auf ihn eins haben.« Demgemäß hatte sie auf ihn ein Auge gehabt und hatte mancherlei kleine Umstände, die sie samt und sonders benannte, beobachtet, Umstände von so außerordentlicher Kleinheit und Kleinlichkeit, daß kein anderer Mensch irgend etwas daraus selbst in diesem Augenblick zu lesen vermochte; und dabei hatte sie, so schien es, vom ersten Augenblick bis zum letzten unbegrenzten Takt und vollendetes Feldherrngeschick entfaltet.

Natürlich wurde auch die Nacht nicht vergessen, in der Joe neben der Kutsche hatte mit heimreiten wollen, während Mrs. Varden auf seiner Umkehr bestanden hatte; ebenso auch die Nacht nicht, in der Dolly in Ohnmacht sank, als sein Name genannt wurde; auch die Zeiten nicht, wo die allezeit wachsame und vorsichtige Mrs. Varden sie weinend und klagend in ihrem Stübchen angetroffen hatte. Kurz und gut: Es wurde nichts vergessen, und alles und jedes führte sie so oder so, auf diesem oder einem anderen Weg, zu dem Schlusse, daß gerade diese Stunde die glücklichste Stunde gewesen sei in ihrem ganzen Leben, daß demzufolge alles und jedes sich zum besten gewendet haben müsse, und daß sich nichts auch nur andeutungsweise anführen lasse, was es hätte besser machen können.

Dieweil sie im vollen Feuer dieser Unterhaltung begriffen waren, ertönte plötzlich ein Pochen an der Tür, die von der Straße her zur Werkstatt führte und den ganzen Tag über verschlossen gehalten worden war, damit das Haus ruhig bleiben sollte. Joe wollte im Diensteifer nicht zulassen, daß jemand anderes als er die Tür öffnete, und verließ die Stube.

Es würde ganz gewiß doch mehr als wunderlich gewesen sein, wenn Joe den Weg zu dieser Tür vergessen hätte. Selbst wenn ihm dies aber passiert wäre, so war die Tür doch groß und breit genug und stand so unmittelbar vor ihm, daß er sie so leicht nicht hätte verfehlen können. Aber Dolly lief doch hinter ihm her, vielleicht weil sie in einen der oben vermerkten Zustände plötzlicher

Aufflackerns ihrer Gemütsregungen geraten war, vielleicht auch, weil sie dachte, er sei am Ende doch nicht imstande, die Tür mit seinem einen Arm aufzumachen – einen anderen Grund konnte sie wohl nicht haben – und da nun Joe ohne Zweifel sich mit der dringlichen Bitte an Dolly wandte, sich doch ja nicht der warmen Juli-Zugluft auszusetzen, was doch unbedingt der Fall sein mußte, wenn diese Tür jetzt geöffnet würde, so standen sie so lange Zeit in dem Gang, daß das Pochen noch dringlicher als vordem erschallte.

»Macht denn nun einer die Tür auf?« rief der Schlosser »oder soll ich selbst kommen?«

Daraufhin eilte nun Dolly stracks wieder nach der Wohnstube hinter, über und über rot und mit Grübchen am Kinn und Grübchen an der Wange, und Joe machte die Tür auf mit gewaltigem Gepolter und allerhand überflüssigen Kundgebungen großer Eile.

»Na, na«, meinte der Schlosser, als dieser wieder zum Vorschein kam, »was gibt's denn, Joe? He? Worüber lachst du denn?«

»Oh, über nichts, über gar nichts, Mr. Varden – er kommt ja, er kommt ja herein.«

»Wer kommt herein? Was kommt herein?« Mrs. Varden, die nicht minder in Verlegenheit war als ihr Ehegemahl, konnte nichts weiter tun, als auf dessen fragenden Blick den Kopf schütteln. So drehte sich der Schlosser auf seinem Stuhl herum, um einen besseren Blick auf die Stubentür zu gewinnen, und stierte auf dieselbe mit weit aufgerissenen Augen und einer Mischung von Neugierde und Bewunderung, dessen Schimmer sich auf seinem vergnügten Gesichte breitmachte.

Statt daß aber das Erscheinen irgendwelcher Personen erfolgt wäre, wurden verschiedenerlei merkwürdige Töne hörbar, zuerst in der Werkstatt und nachher in dem kleinen dunklen Gang zwischen ihr und der Wohnstube, gerade als ob irgendein ungestalter Kasten oder ein schweres Möbelstück mit einem Aufwand von Menschenkraft, der zur Aufgabe selbst in keinem Verhältnis stand, hereingeschafft würde. Endlich wurde nach vielem Rucken und Schieben und Poltern und mancherlei Zerkratzen und Abstoßen der Wände hüben und drüben die Tür aufgerissen wie wenn ein Rammbock in sie hineinführe, und der Schlosser, der unverwandt hinsah, was drüben zum Vorschein kommen würde, schlug sich auf die Schenkel, zog die Brauen hoch, riß den

Mund auf und rief mit lauter Stimme, aus der das höchste Maß an Verblüffung herausklang:

»Hol mich der Satan, wenn das nicht die Miggs ist, die sich wieder einfindet!«

Das ›junge Rehlein‹, das er beim Namen genannt, hatte diese Worte kaum vernommen, als es einen sehr kleinen Jungen und sehr großen Kasten, die sich beide in ihrer Begleitung befanden, im Stich ließ und mit solcher Geschwindigkeit vorwärts gerannt kam, daß ihr die Haube vom Kopfe flog. Dann kam sie hereingesaust in die Stube, klatschte in die Hände, in denen sie ein paar Filzschuhe hielt, erhob die Augen fromm zur Decke hinauf und vergoß eine Tränenflut. »Die alte Geschichte!« rief der Schlosser aus, der mit unaussprechlicher Verzweiflung zu ihr hinsah. »Sie ist der geborene Dämpfer, dies Weibsbild! Dagegen ist nun einmal nichts zu machen!«

»Ach du Gott, Herr Meister! Ach du Gott, Frau Meisterin!« schrie die Miggs aus voller Kehle. »Kann ich meinen Gefühlen Zwang antun in einem solchen Augenblick, wo wir uns hier wieder zusammenfinden? Ach du Gott, Mr. Varden! Ist das hier ein Glück und ein Segen unter verwandten Leuten, Mr. Varden! Ist das hier ein Bronnen der Vergebung und Verzeihung von Kränkung und Unliebsamkeit! Ist das hier eine Leutseligkeit und Liebenswürdigkeit und Freundschaft! Ach! Hier ist des Guten und Lieben ja gar kein Ende!«

Der Schlosser guckte erst seine Ehefrau, dann Dolly an, und guckte von Dolly zu Joe, und guckte von Joe auf die Miggs; seine Brauen waren noch immer hochgezogen und sein Mund stand noch immer weit offen. Und als seine Augen wieder auf der Miggs ruhten, da blieben sie wie gebannt auf ihr haften.

»Ach du Gott! Wenn man denkt«, kreischte die Miggs mit hysterischer Freudigkeit, »wenn man denkt, daß Mr. Joe und das liebe Fräulein Dolly nun wirklich noch zusammengekommen sind nach all dem vielen, was dagegen geredet und getan worden ist! Wenn man sie zusammen da sitzen sieht, ihn bei ihr und sie bei ihm – so nett und lieb und in allen Hinsichten so zugänglich und gesprächig, und so mild und so weich und so herzig. Und ich! Ich weiß davon nichts, gar nichts! Und bin nicht dabei, ihnen den Tee herzurichten! Ach du Gott! Was für ein schneidender Schmerz ist das doch für ein Herz wie das meine! Was für süße und liebliche Empfindungen erweckt das in meinem Busen!«

Ob sie nun die Hände wieder zusammenschlug, oder ob sie es aus innerer überschwenglicher Aufwallung frommer Freude tat – kurz, sie klappte bei diesem Abschluß ihrer Rede das Paar Filzschuhe, in denen ihre Hände steckten, so zusammen, wie man Zimbeln schlägt, und nahm ihre Rede dann wieder in den weichsten Tönen folgendermaßen auf:

»Und hat denn meine liebe gute Frau Meisterin gedacht – ach du Gott! Ach du mein lieber Gott! Hat sie denn wirklich gedacht, daß ihre Miggs, ihre treue Miggs, die sie bei so manchen Prüfungen und in so mancher schweren Stunde gestützt und aufrecht erhalten und die für ihre Natur und ihr Wesen immer das rechte Verständnis gezeigt hat, wenn die anderen, die's zwar auch gut meinten, aber sich rauher Mittel bedienten, sie in ihren Gefühlen und Empfindungen so tief gekränkt hatten? Hat sie denn wirklich gedacht, daß ihre Miggs, ihre treue Seele, sie jemals verlassen würde? Hat sie denn jemals gedacht, daß die Miggs, wenn sie auch nur eine Magd gewesen ist und recht gut gewußt hat, daß diese Verhältnisse keine Erbverhältnisse sind, es vergessen würde, daß sie das niedrige Werkzeug gewesen, das zwischen ihnen, wenn sie in Zwist gerieten, immer zum Guten geredet, immer geschlichtet hat und dem Meister immer die Milde und Güte und die Versöhnlichkeit der gepriesenen Gemütsanlagen unserer guten Frau Meisterin vor Augen geführt hat? Hat sie denn wirklich gedacht, daß die Miggs keinen Zug von Anhänglichkeit besitze? Hat sie wirklich gedacht, daß der Lohn, die Bezahlung der einzige Zweck ihres Daseins sei?«

Auf keine einzige dieser Fragen, von denen eine mit größerem Pathos als die anderen ausgestoßen wurde, gab Mrs. Varden eine Antwort; die Miggs jedoch, durch diesen Umstand durchaus nicht eingeschüchtert, wandte sich zu dem kleinen Burschen, der in ihrer Begleitung gekommen und ihr ältester Neffe war, der Sohn jener verheirateten Schwester, der im ›Golden Lion Court‹, Zimmer Nummer siebenundzwanzig, geboren und im Bereich des Schattens vom zweiten Klingelzuge der ersten Tür rechter Hand erzogen worden war, und richtete mit ausdrücklichen Worten und unter ausgiebigem Gebrauch ihres Taschentuches die Aufforderung an ihn, bei seiner Rückkehr nach Hause seine Eltern über den Verlust ihrer Person, seiner Tante, mit der Nachricht zu trösten, daß er sie im Schoße jener Familie zurückgelassen habe, mit der, wie seine vorbenannten Eltern wüßten, ihre besten Regungen und Empfindungen verwachsen seien. Daß er ihnen vor Augen halten möchte, nichts Geringeres als ihr gebieterisches Pflichtgefühl und ihre hingebungsvolle Anhänglichkeit an ihren alten Herrn und ihre alte Herrin, desgleichen an Jungfer Dolly und den jungen Mr. Joe, hätte sie je bestimmen können, jene dringliche Aufforderung abzulehnen, die, wie er bezeugen könne, seine Eltern an sie gerichtet hatten, sie auf Lebenszeit ohne Bezahlung oder sonstige Verpflichtung in Kost und Wohnung zu nehmen. Daß er ihr den Koffer die Treppe hinauf schaffen helfen und dann stracks nach Hause zurückeilen und ihren Segen und ihre strengen Ermahnungen mit dorthin nehmen solle, in seine täglichen Gebete die Bitte zum lieben Gott einzuflechten, daß er im Verlauf der Zeit zu einem Schlossermeister Varden und einem Mr. Joe heranwachse und lauter Mrs. Vardens und Jungfer Dollys zu seinen Verwandten und Freunden zähle.

Nachdem nun Jungfer Miggs diese mahnenden Reden zu Ende gesprochen, auf die, wenn ich die Wahrheit sagen soll, der junge Herr, dessen Nutz und Frommen sie galten, wenig oder gar keine Obacht gab, denn seine gesamten geistigen Fähigkeiten gingen allem Anschein nach in der Betrachtung der Leckerbissen auf, die auf der Tafel standen – nachdem also Jungfer Miggs mit ihrer ermahnenden Rede zu Ende war, bedeutete sie der versammelten Gesellschaft im allgemeinen, daß sich niemand um sie Sorge machen oder um ihretwillen in seinem Glück und seiner Behaglichkeit stören lassen möge, denn sie würde alsbald wieder zur Stelle sein, und schickte sich mit Unterstützung ihres Neffen an, ihren Kleidervorrat nach oben zu schaffen.

»Liebe Frau!« wendete sich der Schlosser zur Frau Schlosserin »ist das dein Wunsch?«

»Mein Wunsch?« gab sie zur Antwort. »Ich bin erstaunt – bin außer mir – über ihre Kühnheit. Sie soll sich auf der Stelle aus dem Hause scheren!«

Als die Miggs solche Worte hörte, ließ sie die Lade an dem Ende, das sie trug, schwer auf die Dielen niederschlagen, ließ ein sehr lautes Geschnüffel hören, schlug die Arme übereinander, zog ein Maul so lang wie der Tag vor Johanni und kreischte in aufsteigender Tonleiter:

»Ach du Gott! Ach du mein lieber Gott!«

»Ihr hört, meine herzliebe Jungfer, was die Frau Meisterin, Ihre Herrin, sagt«, bemerkte der Schlosser. »Ihr tut also besser, zu gehen. Aber wartet! Nehmt das hier noch mit! Als Extralohn für alte Dienstleistungen.«

Jungfer Miggs packte die Banknote, die er aus seinem Notizbuch nahm, wie mit eisernen Klauen und hielt sie sich dicht vor die Nase, schob sie dann in ein kleines, rotledernes Beutelchen, steckte das Beutelchen in die Tasche, wobei sie ein weit größeres Stück von einem aus Flanell gemachten Unterrock und weit mehr von einem Paar schwarzen baumwollenen Strümpfen sehen ließ, als in der Regel von solchen Dingen sichtbar wird, warf den Kopf nach hinten, richtete den Blick auf Mrs. Varden und wiederholte ihren Ausruf:

»Ach du Gott! Ach du mein lieber Gott!«

»Ich glaube, meine Liebe, das habt Ihr vorhin schon einmal gesagt!« bemerkte der Schlosser.

»Die Zeiten haben sich geändert, nicht wahr, Frau Meisterin?« schrie die Miggs schäumend. »Jetzt könnt Ihr mich missen? Nicht? Jetzt könnt Ihr die Sippe ohne mich kirre machen? Jetzt brauchen Sie niemand mehr zum Auszanken oder als Sündenbock, nicht wahr, Frau Meisterin? Ich freue mich, freue mich außerordentlich, daß Ihr es verstanden habt, sich in solchem Maß unabhängig zu machen. Ich wünsche EuchGlück dazu und alles Gute! Ganz gewiß! Ganz gewiß!«

Sie begleitete diese freundlichen Reden mit einem tiefen Knicks, reckte dann den Kopf in die Höhe, das Ohr nach Mrs. Varden, die Augen auf die übrigen Anwesenden gerichtet, je nachdem, auf welche Person sie in ihren Bemerkungen anspielte, und fuhr dann fort:

»Seid Ihr versichert, ich bin entzückt über solche Selbständigkeit, wenn ich auch gleichzeitig bekümmert bin, Frau Meisterin, darüber, daß Ihr Euch gezwungen gesehen haben, Euch zu ducken und klein beizugeben, nachdem Ihr Euch keinen anderen Rat gewußt haben. Es muß ein recht großer Verdruß und Ärger gewesen sein, im Hinblick besonders auf die schlimmen Reden, die Ihr immer über Mr. Joe geführt habt, daß Ihr ihn zu guter Letzt doch noch zum Schwiegersohn genommen habt! Und recht, recht sehr wundert's mich, daß Jungfer Dolly sich mit ihm abfinden kann, nachdem sie doch so viele Jahre mit einem Kutschenbauer gegangen ist. Aber ich habe ja sagen hören, daß sich der Kutschenbauer die Sache zweimal überlegt hat und daß er zu einem jungen Mann, seinem Freund gesagt hat, er verstünde seine Sache hoffentlich besser, als sich in so etwas hineinziehen zu lassen, wenn auch die liebe Jungfer und die ganze Familie außergewöhnlich gut am Strang ziehen könnten!«

Hier machte sie eine Pause, um eine Erwiderung abzuwarten, und da nichts dergleichen laut wurde, fuhr sie zu keifen fort:

»Ich habe auch gehört, Frau Meisterin, daß bei manchen Damen Übelkeit nur Verstellung sei, und daß sie mausetot in Ohnmacht sinken könnten, sobald sie die Lust nach solcher Komödie ankäme! Natürlich hab ich solche Fälle mit meinen Augen niemals mitangesehen. Hi, hi, hi! Der Meister natürlich auch nicht. Hi, hi, hi! Ich hab auch, ja gewiß, aus dem Mund von Nachbarsleuten Bemerkungen gehört, wie ein gewisser Jemand, der mit ihnen recht gut bekannt sei und eine gutmütige, schwachköpfige Kreatur sei, eines Tags ausgezogen sei, ein Weib zu angeln, und einen Drachen geangelt hätte. Natürlicherweise habe ich, soviel ich weiß, solch eine arme Person selbst nie gesehen. Ihr natürlich auch nicht, Frau Meisterin! Aber wissen möcht ich, wer das sein könnte. Ihr wißt's wohl nicht, Frau Meisterin? Ohne Zweifel wißt Ihr's, Frau Meisterin. Hi, hi, hi!«

Wieder hielt sie inne, um auf Antwort zu warten, und da sie keine Antwort erhielt, fingen Gift und Galle so wild in ihr zu gären an, daß sie zu platzen schien.

»Ich freue mich, daß Jungfer Dolly lachen kann«, kreischte die Miggs mit schwachem Gekicher. »Ich sehe es gar zu gern, wenn Leute lachen. Ihr doch auch, Frau Meisterin, nicht? Und dabei habt Ihr doch immer Euer bestes getan, Leute bei guter Laune zu halten, nicht so, Frau Meisterin? Wenn's auch jetzt nicht mehr so viel zu Lachen gibt, he, Meisterin? So weit her mit dem Fang, den sie macht, ist's doch nicht, nachdem Ihr so scharfen Ausguck gehalten habt, von der Zeit an, seit sie noch ein ganz kleines Kätzchen war, und nachdem sie so viel Geld für Kleidung und Aufputz gekostet hat – so weit her ist's nun doch nicht, daß sie einen armen gemeinen Soldaten nimmt, der bloß noch einen Arm hat – nicht so, Frau Meisterin? Hi, hi! Ich hätte keinen Mann haben mögen, der bloß einen Arm hat, in meinem ganzen Leben nicht! Ich hätte bloß einen genommen mit zwei Armen! Bloß einen mit zwei Armen, keinen anderen, wenn ich mir einen hätte nehmen sollen, und wenn er statt der Hände bloß Haken gehabt hätte, wie unser Kehrichtmann.«

Jungfer Miggs wollte gerade noch hinzufügen und hatte tatsächlich schon damit angefangen, daß ein Kehrichtmann schließlich eine weit annehmbarere Partie sei als ein Soldat, wenn auch natürlich Leute, die über die Zeit, wo sie wählerisch sein konnten, hinaus seien, das beste nehmen müßten, das sie noch bekommen könnten, und dann aber zusehen müßten, wie sie damit zurecht kämen. Da aber ihr Grimm und Kummer von jener herzensbittern Art war, die in Worten keine Linderung findet und durch den Mangel an Gegenrede bis zum Wahnsinn getrieben wird, war sie nicht imstande, es länger auszuhalten, sondern brach in einen Sturm von Schluchzern und Tränen aus.

In diesem Übermaß von Not fiel sie über den unglücklichen Neffen her, biß und kratzte ihn und raufte ihm eine Handvoll Haare aus und begehrte zu wissen, wie lange sie noch dastehen und sich Schimpf antun lassen solle, und ob er ihr behilflich sein wolle oder nicht, ihre Lade wieder hinauszuschaffen, oder ob er eine Freude daran hätte mit anzuhören, wie seine Familie verunglimpft würde – giftige Redensarten, zu denen sich noch allerhand andere von ähnlicher Beschaffenheit gesellten. Worauf nach ihm kundgetaner Ungnade und an ihn gerichteter Herausforderung, der kleine Bursche, der die ganze Zeit über durch den Anblick eines für ihn unerreichbaren Pasteten-Gebäcks nach und nach zur Widersetzlichkeit gestachelt worden war, entrüstet von dannen schritt und es seiner Tante und ihrer Lade überließ, ob sie mitgehen wollte oder nicht. Ob nun so oder anders, zu guter Letzt erreichten Tante und Lade, nach allerhand Schieben und Stoßen und Zerren, die Straße. Dort setzte sich die Tante, puterrot von der Anstrengung und unter Schluchzen und Flennen auf ihr Eigentum, um zu warten, bis es ihr gelingen würde, einen anderen Jüngling zum Transport ihrer Habe zu ködern.

»Lachen wir darüber, Martha, sonst hat das nichts zu bedeuten«, flüsterte der Schlosser, indem er seiner Frau zum Fenster folgte und ihr gutmütig und frohgelaunt die Augen abwischte. »Was soll das heißen? Deinen Fehler hast du ja schon vorher eingesehen. Komm! Gib mir noch einmal den Tobias her, meine Liebe! Dolly soll uns ein Lied singen! Laßt uns um so heiterer sein, gerade dieser Störung wegen!«

81.
Kapitel

Ein weiterer Monat war verstrichen, und der August neigte sich schon seinem Ende zu, als Mr. Haredale allein im Fahrpostamt zu Bristol stand. Obgleich erst ein paar Wochen seit seiner Unterredung mit Edward Chester und seiner Nichte im Haus des Schlossers verstrichen waren und innerhalb dieser Zeit keinerlei Veränderung in seiner gewohnten Tracht vor sich gegangen war, hatte sich seine äußere Erscheinung doch wesentlich verändert. Er sah viel älter und abgehärmter aus. Heftige Gemütserregungen und Sorgen und Ängste streuen Runzeln und graue Haare mit freigebiger Hand aus; aber tiefere Furchen noch sind die Nachwehen der schweigsamen Ausrottung alter Gewohnheiten und der Lösung teurer Familienbande. Liebe wird nicht so leicht verletzt wie Leidenschaft, aber Wunden, die ihr geschlagen werden, sind tiefer und dauern länger. Er war jetzt ein einsamer, alleinstehender Mann, und das Herz in seiner Brust war traurig und verödet.

Seine Einsamkeit und Freudlosigkeit wurden dadurch nicht gemindert oder verringert, daß er so viele Jahre schon in Abgeschlossenheit und Zurückgezogenheit gelebt hatte. Es war dies keine bessere oder schlechtere Vorbereitung als ein heiterer geselliger Kreis; vielleicht steigerte sich sogar hierdurch die Schärfe seiner Empfindsamkeit. Er war, was Umgang und verwandtschaftliche Liebe betraf, so unbedingt auf sie angewiesen gewesen; sie hatte in solchem Maße einen Bestandteil, ein Zubehör seines Daseins gebildet; sie hatten so viele Sorgen gemeinsam getragen und soviel Gedanken gemeinsam gehegt, an denen kein anderer Anteil gehabt hatte, daß ihr Verlust dasselbe für ihn bedeutete wie der Anfang eines neuen Lebens, als wenn er vor die Notwendigkeit gestellt würde, die Hoffnung und Elastizität der Jugend unter den Zweifeln, den Regungen des Mißtrauens und erlahmten Kräften des Alters neu zu suchen.

Die Anstrengung, die er sich auferlegt hatte, mit scheinbar fröhlicher Laune und voll guter Hoffnungen von ihr zu scheiden – und sie waren ja erst gestern voneinander geschieden – drückte seine Stimmung nur um so stärker nieder. Mit solchen Empfindungen schickte er sich an, London zum letzten Mal aufzusuchen, noch einen letzten Blick auf die Trümmer der alten Heimstätte zu werfen, bevor er ihr für alle Zeit den Rücken kehrte.

Die Reise war in jenen Tagen eine wesentlich andere Sache als das, was das heutige Geschlecht darunter versteht. Aber auch die längste Fahrt nimmt ein Ende, und er stand wieder in den Straßen der Metropole. Er stieg in der Gastwirtschaft ab, wo die Kutsche ausspannte, und war, ehe er sich zu Bett legte, zu dem festen Entschluß gelangt, seine Anwesenheit niemanden wissen zu lassen, um bis zur nächsten Nacht noch in London zu bleiben, und sich sogar den Schmerz einer Verabschiedung von dem ehrbaren Schlosser zu ersparen.

Solche Gemütsstimmungen wie diejenige, deren Beute er war, als er sich zur Ruhe legte, sind dem Wachstum wirrer Einbildungen und unbehaglicher Visionen günstig. Er wußte das, wußte es sogar in dem Entsetzen, womit er aus seinem ersten Schlaf auffuhr und das Fenster aufriß, um sich durch die Gegenwart irgendeines Gegenstandes, der sich außerhalb des Zimmers befand und nicht Zeuge seines Traumes gewesen war, zu zerstreuen. Aber es war nicht ein neuer Schrecken der Nacht; es war derselbe Schrecken, der ihm vorher in mancherlei Gestalt gegenwärtig gewesen war; derselbe, der ihn in vergangenen Zeiten gehetzt und verfolgt und sein Schlummerkissen wieder und wieder heimgesucht hatte. Wenn es auch nur ein häßlicher Gegenstand, ein kindisches Schreckgespenst gewesen wäre, das ihm den Schlaf von den Lidern jagte, so dürfte seine Wiederkehr in seiner alten Gestalt ein augenblickliches Gefühl von Furcht wachgerufen haben, das fast über dem Erwachen verschwunden sein würde. Diese Ruhelosigkeit indessen wich nicht von ihm und ließ sich durch nichts verjagen. Schloß er die Augen wieder, dann fühlte er, wie sie in seiner Nähe spukte; sobald er langsam in Schlummer sank, überkam ihn der Eindruck, daß sie ihre Kraft zusammennehme und ihrem Ziele hartnäckig zusteuerte und allmählich ihre frühere Gestalt und Größe wieder erhalte; sprang er aus seinem Bett, dann verblaßte das Schreckgebilde in seinem erhitzten Gehirn und ließ ihn allein, das Herz mit einer Furcht erfüllt, gegen die Verstand und klares Denken machtlos waren.

Die Sonne ging auf, ehe er diese Furcht von sich abzuschütteln vermochte. Er stand auf, aber ohne erfrischt und gestärkt zu sein, und verweilte den ganzen Tag in seinem Zimmer. Es überkam ihn die Eingebung, des Abends – denn er war gewöhnt gewesen, um diese Zeit dorthin spazieren zu gehen – der alten Stätte einen letzten Besuch zu machen, und diesem Einfall folgte der Wunsch, die alte Stätte in der Gestalt und Verfassung zu sehen, die ihm am vertrautesten geworden waren. Zu einer Stunde, wo es ihm möglich war, ein wenig vor Sonnenuntergang dorthin zu gelangen, verließ er die Herberge und setzte den Fuß in die geschäftige Straße.

Er war noch nicht weit gegangen und nahm seinen Weg gedankenvoll durch die lärmende Menge – als er eine Hand auf seiner Schulter fühlte. Als er sich umdrehte, erkannte er einen der Diener aus der Herberge, der um Entschuldigung bat, ihm aber den Degen brachte, den er dort habe liegen lassen.

»Weshalb bringt Ihr ihn?« fragte er, indem er die Hand ausstreckte und ihn doch dem Mann nicht abnahm, sondern ihn verstört und aufgeregt ansah.

Dem Diener tat es leid, den Herrn unnütz verstimmt zu haben; er wollte den Degen wieder mitnehmen; der Herr habe geäußert, daß er einen kleinen Weg aufs Land hinaus zu unternehmen und erst spät wieder zurückzukommen gedenke. Die Wege seien nach Einbruch der Dunkelheit nicht sehr sicher für einzelne Fußgänger, und seit den Aufständen hätten vornehme Herren weit mehr als sonst die Sitte, sich nur bewaffnet an einsame abgelegene Orte zu begeben. »Wir meinten, Ihr seit ein Fremder, mein Sir«, setzte er noch hinzu, »der unsere Straßen vielleicht für besser hielte, als sie es verdienen; vielleicht kennt Ihr sie aber auch recht gut und tragt Feuerwaffen bei Euch.«

Mr. Haredale nahm den Degen, gürtete ihn sich um, dankte dem Diener und setzte seinen Weg fort.

Es ist lange noch Gegenstand der Erinnerung gewesen, daß er dies in so seltsamer Weise und mit so zitternder Hand tat, daß der Bote aus dem Gasthaus seiner verschwindenden Gestalt nachsah, mit sich im Zweifel, ob er ihr folgen und sie im Auge behalten solle oder nicht. Es ist lange noch Gegenstand der Erinnerung geblieben, daß man ihn mitten in finsterer Nacht in seiner Schlafstube hatte auf- und niedergehen hören; daß das Dienstpersonal sich am Morgen einander erzählt und darauf aufmerksam gemacht habe, wie fieberhaft aufgeregt und blaß er aussehe, und daß der Diener, als er nach dem Gasthaus zurückgekommen sei, einem Kollegen gesagt habe, soweit er aus diesem kurzen Gespräch gemerkt hätte, müsse dem Herrn etwas Schweres auf dem Gemüte lasten, er habe wenigstens die Befürchtung nicht loswerden können, daß der Herr sich mit Selbstmordgedanken trüge, und wohl niemals wieder lebendig zurückkehren würde.

Halb und halb der Meinung, seine Art und Weise habe die Aufmerksamkeit des Mannes auf sich gelenkt – zumal wenn er sich an den Ausdruck erinnerte, den das Gesicht des Mannes gezeigt hatte, als sie voneinander schieden – beschleunigte Mr. Haredale seine Schritte; mietete sich, als er bei einer Droschken-Haltestelle ankam, die erste beste Kutsche und ließ den Kutscher der Straße bis zu der Stelle folgen, wo der Fußweg quer über die Felder lief. Dort sollte er vor einem Gast- und Einkehrhaus, das einen Steinwurf von der Stelle entfernt lag, auf seine Rückkehr warten. An dem bezeichneten Ort angekommen, stieg er aus und setzte seinen Weg zu Fuß fort.

Er ging so dicht am »Maypole« vorüber, daß er den Rauch seiner Schornsteine aus dem Wäldchen bei der Schenke aufsteigen sah, während ein Schwarm Tauben – zweifellos alte Bewohner desselben – munteren Fluges zwischen ihm und dem wolkenlosen Himmel durch das heitere Luftmeer zum heimischen Schlag segelten. »Das alte Haus wird sich jetzt in neue Pracht kleiden«, sagte er, nach der Herberge blickend, »einen lustigen Herd wird das efeuumwundene Dach schirmen. Es ist wirklich ein Trost, daß nicht alles hier in der Gegend dem Verderben geweiht ist. Es wird mir in der künftigen Einsamkeit eine Freude sein, wenigstens an einem Bild von Leben und Munterkeit mich erquicken zu können!«

Er verfolgte seinen Weg weiter und lenkte die Schritte auf »The Warren«. Es war ein sanfter, stiller, klarer Abend; kaum ein Hauch von einem Lüftchen rauschte durch die Blätter, kaum ein anderer Ton brach das augenblickliche Schweigen, als die in der Ferne in schläfrigem Ton klingelnden Glöckchen einer Schafherde oder dann und wann das Blöken von Herden auf entfernten Weiden oder das Bellen von Dorfhunden. Der Himmel erstrahlte in der milden Pracht eines Sonnenunterganges, und unten auf der Erde und oben in der Luft herrschten tiefe Ruhe. Zu einer solchen Stunde langte er bei der verlassenen Stätte an, die so lange Zeit sein Heim gewesen war, und sah zum letzten Mal auf ihre geschwärzten Mauern.

Die Asche des alltäglichsten Feuers ist schon ein trauriges Ding, denn sie gibt uns ein Bild von Tod und Ruin – mahnt uns an einen Gegenstand, der, einst prächtig, jetzt nur öder, kalter, trüber Staub ist – den zu bedauern uns unsere Natur zwingt. Um wieviel trauriger aber die bröcklige Asche einer Heimstätte!

Er schüttelte eine lange Gedankenreihe von sich und schritt langsam um das Haus. Es war inzwischen fast finster geworden.

Er hatte seinen Rundgang um das Gebäude beinahe vollendet, als er einen unterdrückten Ausruf hervorstieß, zusammenfuhr und stillstand. In nachlässiger Haltung, mit dem Rücken gegen einen Baum gelehnt, woll höchster Wonne in der Betrachtung des Trümmerhaufens verloren – einer Wonne, so groß, daß sie sogar seine gewöhnliche Gleichgültigkeit überwand und ihm die Gewalt über seine Züge nahm, stand vor ihm auf seinem eigenen Grund und Boden, jetzt über ihn frohlockend, wie schon bei jedem anderen Unglück oder Mißgeschick, das ihn getroffen hatte, stand der Mann, dessen Gegenwart Haredale von allen Menschen nirgends, sei es wo es wolle, am wenigsten aber an diesem Platz, ertragen konnte.

Obgleich sein Blut gegen diesen Mann in Wallung geriet, obgleich es vor Zorn in ihm kochte und gärte, legte er sich soviel Beherrschung auf, daß er, ohne ihn eines Wortes oder eines Blickes zu würdigen, an ihm vorbeiging. Ja, und er wäre noch weiter gegangen und hätte sich nicht umgedreht, wenn auch eine fast übermenschliche Kraft dazu erforderlich war, dem Teufel zu widerstehen, der ihm so heiße Versuchung ins Hirn träufelte, wenn dieser Mann nicht selbst ihn aufgefordert hätte, still zu stehen. Hierbei klang in seiner Stimme ein erheucheltes Mitleid, das Haredale fast zum Wahnsinn trieb und ihn in einem Augenblick all seiner Selbstbeherrschung beraubte, die aufrechtzuerhalten ihm so bittere, stechende Qualen bereitet hatte.

Alle Überlegung, Bedachtsamkeit, Mitleid, Nachsicht, alles was einen vom Unglück verfolgten Mann befähigen kann, seine Wut und Leidenschaft einzudämmen, wich von ihm, als er sich umwandte. Und doch sagte er langsam und ruhig, weit ruhiger, als er je zuvor das Wort an ihn gerichtet hatte:

»Weshalb ruft Ihr mich?«

»Um mir die Bemerkung zu gestatten«, sagte Mr. Chester in seiner gewohnten Fassung, »welch seltsamer Zufall ist es, daß wir uns hier treffen.«

»Ein sonderbarer Zufall, allerdings!«

»Sonderbar! Was kann es merkwürdigeres geben! Es ist fast

einzig in seiner Art! Ich reite sonst nie abends, seit langen Jahren schon nicht. Die Laune dazu hat mich in ganz überraschender Weise mitten in der vergangenen Nacht gepackt! Welch ein malerischer Anblick!« Er deutete mit diesen Worten auf das zertrümmerte Haus und führte sein Glas an die Augen.

»Ihr seid recht ungezwungen im Lob Eures Werkes.«

Sir John nahm sein Glas aus dem Auge, neigte sein Gesicht mit einem Ausdruck der höflichsten Neugier zu Haredale und schüttelte beiläufig den Kopf, wie wenn er sagen wollte:

»Ich fürchte, diese Bestie macht Anstalten, toll zu werden.«

»Ihr seid sehr ungezwungen, sage ich, im Lob Eures eigenen Werkes«, wiederholte Mr. Haredale.

»Mein Werk!« äffte Mr. Chester nach. »Mein Werk! Ich bitte um Vergebung! Tatsächlich, ich muß Euch um Vergebung bitten ...«

»Ei, seht Ihr nicht diese Mauern?« sagte Mr. Haredale. »Ihr seht ja diese wankenden Giebel! Ihr seht an jeder Seite, wo Rauch und Feuer gewütet haben! Ihr seht die Zerstörung, die hier üppig geschwelgt hat. Seht Ihr das nicht?«

»Mein lieber Freund«, entgegnete der Ritter, den Ungeduldigen mit der Hand von sich schiebend, »selbstverständlich sehe ich es. Ich sehe alles, wovon Ihr sprecht, wenn Ihr zur Seite tretet und Euch nicht zwischen mich und die Aussicht stellt. Ihr tut mir herzlich leid! Hätte ich nicht das Vergnügen gehabt, Euch hier zu treffen, ich hätte Euch meinen Eindruck schriftlich mitgeteilt. Aber Ihr schickt Euch nicht so recht drein, wie ich erwartete – verzeiht Ihr – Ihr schickt Euch wahrlich nicht recht drein.«

Er zog seine Schnupftabakdose hervor, und indem er sich mit der Miene eines Mannes an ihn wandte, der kraft seiner überlegenen Natur ein Recht hat, einem anderen eine moralische Lektion zu erteilen, fuhr er fort:

»Denn seht Ihr, Ihr seid ein Philosoph – einer von jener starren, strengen Schule, die erhaben ist über die Schwächen der Menschheit im allgemeinen. Ihr habt Euch die Fehler der Masse um eine tüchtige Strecke hinter Euch zurückgelassen. Ihr verachtet sie von oben herab und spottet über sie mit verletzender Bitterkeit. Ich hörte es.«

»Und sollen es wieder hören«, sagte Mr. Haredale.

»Ich danke«, entgegnete der andere. »Wollen wir nicht gehen während des Plauderns? Der Nebel fällt recht schwer. Nun, wie Ihr wollt. Aber ich bedauere unendlich, Euch sagen zu müssen, daß ich nur eine sehr kurze Spanne Zeit für Euch übrig habe.«

»Ich wünschte«, sagte Mr. Haredale, »Ihr hättet keine Zeit für mich übrig gehabt. Von ganzer Seele wünschte ich, Ihr wäret lieber im Paradies gewesen als heute abend hier.«

»Freund«, entgegnete der andere, »Ihr tut Euch wahrhaftig selber Unrecht. Ihr seid mir zwar ein recht rauher Kumpan, aber doch würde ich eine Elle weit gehen, um Euch aus dem Wege zu sein.«

»Hört Ihr!« sagte Mr. Haredale, »Hört Ihr!«

»Ihr spottet?« fragte Sir John.

»Ich will Eure Schändlichkeit darlegen. Ihr bestimmtet einen Agenten, Euer Werk zu verrichten. Einen, der jedoch seiner Natur nach, seinem ganzen Wesen nach ein Verräter ist, und der Euch gegenüber sich ebenso schändlich zeigte wie allen anderen gegenüber, trotz der Sympathie, die Ihr beide hättet füreinander empfinden sollen. Mit Winken und Blicken und listigen Worten, deren Wiederholung hier nicht von Belang ist, triebet Ihr Gashford zu diesem Werk, das jetzt vor uns liegt. Mit denselben Winken und Blicken und listigen Worten, deren Wiederholung hier nicht von Belang ist, drängtet Ihr ihn dazu, hier den tödlichen Haß, den er gegen mich hegt, und den ich, ich dank es dem Himmel, verdient habe, durch die Entführung und Schändung meiner Nichte zu befriedigen. Ja, das war Euer Werk! Ich sehe Widerspruch in Euren Blicken«, rief er, »Widerspruch ist Lüge!«

Er führte die Hand zu seinem Degen; aber der Ritter gab mit verächtlichem Lächeln zurück:

»Ihr werdet bemerken, Sir – sofern Ihr hinreichend zu fassen und unterscheiden imstande seid – daß es mir wichtig war, nichts in Abrede zu stellen. Euer Unterscheidungsvermögen ist kaum scharf genug, um in Gesichtern lesen zu können, die nicht von so grober Art sind wie Eure Rede; es ist auch, so weit ich mich erinnern kann, niemals vorher der Fall gewesen, sonst würden sie doch wohl auf einem Gesicht, das ich Euch namhaft machen könnte, Gleichgültigkeit, um nicht zu sagen Abscheu, gelesen haben. Ich rede von einer Zeit, die längst vorüber ist – aber Ihr versteht mich!«

»Bemäntelt es, wie Ihr wollt, Eure Absicht ist zu leugnen. Jeder Widerspruch, ob er nun offen bekannt wird oder ob damit hinter dem Berg gehalten wird, ob er rundheraus gesagt wird oder zwischen den Zeilen zu lesen ist, jeder Widerspruch ist immer eine Lüge. Ihr sagt, Ihr stellt nichts in Abrede. Gebt Ihr das zu?«

»Ihr selbst«, versetzte Sir John, indem er den Strom seiner Rede so glatt und ruhig dahin fließen ließ, als hätte ihn kein einziges Wort der Unterbrechung gehemmt, »Ihr selbst habt den Charakter des fraglichen Herrn – ich glaube, es war in Westminster – auf eine Art und Weise öffentlich bekannt gemacht, die mich der Notwendigkeit enthebt, irgendeine weitere Anspielung auf ihn zu machen. Ihr mögt damals im Recht gewesen sein oder nicht, ich kann es nicht sagen. Angenommen aber, der Herr sei so, wie Ihr ihn beschrieben habt, und habe Euch oder irgendwem sonst Mitteilungen gemacht, zu denen er sich veranlaßt gesehen haben mag, vielleicht aus Rücksicht auf seine eigene Sicherheit, oder des Geldes wegen, oder um sich einen Jux zu machen, oder aus sonst einem Grund, so habe ich über ihn nichts weiter zu sagen, als daß ich meine, sein außerordentlich sittenloser Charakter überträgt sich auch auf diejenigen, die sich seiner bedienten. Ihr seid selbst so offen und deutlich, daß Ihr ganz sicher eine kleine Freiheit auch bei mir entschuldigen werdet.«

»Leiht Ihr mir nochmals Euer Ohr, Sir John, nur einmal noch«, rief Mr. Haredale; »In jedem Eurer Blicke und Worte, in allen Euren Gebärden sagen sie mir, dies wäre Euer Werk nicht. Ich sage Euch, es war Euer Werk; ich sage Euch, daß Ihr mit dem Mann, von dem ich rede, und mit Eurem elenden Sohn, dem Gottes Vergebung zuteil werden möge, gemeinsame Sache gemacht habt, um diese Tat zu vollbringen. Ihr sprecht von Sittenlosigkeit, von sittenlosem Charakter. Ihr habt mir einmal gesagt, daß Ihr den armen Blödsinnigen und seine Mutter durch Geld zum Auszug aus ihrer Behausung bewogen oder, wie Ihr Euch ausdrücktet, daß Ihr dies arme Menschenpaar ›ausgekauft‹ hättet, während Ihr doch nur – wie ich seitdem herausbekommen und schon damals geargwöhnt habe – doch nur zu ihnen hingegangen seid, sie in Versuchung zu setzen, und sie schon ausgeflogen fandet. Auf Euch habe ich die üble Nachrede zurückverfolgt, daß einzig und allein ich aus dem Tod meines Bruders einigen Gewinn und Nutzen eingeheimst hätte, und alle die anderen gemeinen Angriffe und schnöden Verleumdungen, die sich an diese Verdächtigung angefügt haben und in der ganzen Gegend von Mund zu Mund geflüstert worden sind. Bei jeder anderen Situation meines Lebens, von jener ersten Hoffnung angefangen, die

Ihr in Seelenqual und Vereinsamung verwandeltet, standet Ihr wie ein widriges Verhängnis zwischen mir und dem Frieden. In allem und jedem Fall zeigtet Ihr Euch als fischblütiger, hohlherziger, falscher, unwürdiger Schurke. Zum zweiten und letzten Mal werfe ich Euch diese Anschuldigung in Euer Angesicht und jage Euch von mir, wie ich es mit einem treulosen Hund machen würde.«

Mit diesen Worten hob er den Arm und stieß Chester vor die Brust, daß er zurücktaumelte. Sir John riß, sobald er sich erholt hatte, seinen Degen aus der Scheide, warf diese und seinen Hut von sich, stürzte sich auf seinen Gegner und führte nach dessen Herzen einen verzweifelten Stoß, der, wenn nicht dessen Parade rasch und richtig gewesen wäre, ihn tot ins Gras gestreckt hätte.

Mit dem Schlag, den Haredale gegen Chester führte, war der Grimm, der ihn gegen seinen Widersacher erfüllte, auf seinen Höhepunkt gelangt. Er wehrte die raschen Stöße seines Feindes ab, ohne sie zu erwidern, und während eine Art wahnsinnigen Entsetzens sich auf seinem Gesicht malte, rief er ihm zu, innezuhalten.

»Nicht heute abend! Nicht heute abend!« rief er. »Im Namen Gottes! Nicht heute abend!«

Als Sir John sah, daß sein Widersacher die Waffe senkte und keinen seiner Stöße erwiderte, senkte er die seinige ebenfalls.

»Ich warne Euch! Nicht heute abend!« schrie ihm sein Gegner zu. »Laßt euch beizeiten warnen!«

»Ihr habt mir gesagt, es muß in einer Art von höherer Eingebung geschehen sein«, sagte Sir John mit vollem Bedacht, obgleich er jetzt die Maske fallen ließ und auf seinem Gesicht den bittersten Haß zeigte, »Ihr habt mir gesagt, daß dieses Mal das letzte Mal sein solle. Seid Ihr dessen versichert! Oder glaubtet Ihr, daß unsere letzte Zusammenkunft vergessen sei? Glaubtet Ihr, es sei nicht jedes Eurer Worte, jeder Eurer Blicke genau verzeichnet worden und stünde nicht fest und sicher in meiner Erinnerung? Glaubt Ihr, daß ich gewartet habe, bis Euch, oder daß Ihr gewartet habt, bis mir die Zeit recht sei? Was für eine Sorte von Mensch ist wohl derjenige, der mit allem seinem ungesunden Geschwätz von Ehrlichkeit und Wahrheit ein Bündnis mit mir schließt, um eine Heirat zu verhindern, die er angeblich verabscheut, sich aber von seiner Verpflichtung, nachdem ich der meinigen, mich dem Geist und dem Buchstaben nach entledigt, bereitwillig freimacht und die Partie, da es ihm nun paßt, auf eigene Faust zustande bringt, um sich einer Bürde zu entledigen, deren er nun überdrüssig geworden ist, und um sein Haus mit falschem Glanz zu umkleiden?«

»Ich habe gehandelt«, rief Mr. Haredale, »wie es Ehre und Gewissen mir vorgeschrieben haben. Ich handle auch jetzt so. Zwingt Ihr mich nicht, diesen Zweikampf heute abend von neuem zu beginnen!«

»Ihr nanntet, meine ich, meinen Sohn elend?« sagte Sir John lächelnd. »Armer Tropf! Als Dummrian solch eines hohlen Ritters – ins Ehejoch geködert von einem solchen Onkel und einer solchen Nichte – verdient er gewiß mit Recht Euer Mitleid! Aber mein Sohn ist er nicht länger mehr; Ihr seid der rechte Mann jetzt für die Beute, Sir, die List und Durchtriebenheit Euch in die Hände gespielt haben.«

»Noch einmal«, rief sein Widersacher, indem er heftig auf den Boden stampfte, »noch einmal bitte ich Euch flehentlich, obgleich Ihr meinen guten Vorsatz offenbar vereiteln wollt, heute abend nicht in den Bereich meines Degens zu kommen! Oh, warum wart Ihr überhaupt hier! Warum sind wir uns begegnet! Morgen würden wir für alle Zeit weit auseinander gewesen sein!«

»Da dies der Fall ist«, versetzte Sir John ohne die geringste Erregung, »scheint es eine außerordentlich glückliche Fügung, daß wir uns heute abend getroffen haben. Haredale, wie Ihr wißt, ich habe Euch immer verabscheut; aber eine Art rüden Mutes habe ich Ihnen immer zugetraut. Ich habe immer gemeint, daß ich ein richtiges Urteil über Menschen und Dinge habe; um der Ehre meines Urteils willen tut es mir leid, in Euch einem feigen Wicht zu begegnen!«

Kein Wort mehr wurde gesprochen.

Die beiden Männer kreuzten, obgleich es ganz finster geworden war, die Degen und griffen einander grimmig an. Sie schenkten einander nichts, die Kräfte waren gleichmäßig verteilt; jeder war in der Führung seiner Waffe geschickt. Mr. Haredale hatte den Vorteil der Stärke und Größe für sich; sein Gegner dagegen konnte sich einer überlegenen Gewandtheit und eines größeren Grades von Kaltblütigkeit und Sicherheit rühmen.

Nach Verlauf von einigen Sekunden gerieten sie in Hitze und ergrimmten stärker; sie rückten einander eng auf den Leib und erhielten und erteilten mehr als eine leichte Schramme. Im selben

Augenblick, als Mr. Haredale eine neue Wunde am Arm erhielt und das warme Blut hervorsickern fühlte, machte er einen kühnen Ausfall und jagte seinem Feinde den Degen bis zum Heft durch den Leib.

Ihre Augen trafen sich und ruhten aufeinander, als er die Waffe herauszog. Er legte seinen Arm auf den sterbenden Mann; der aber, matt und schwach, stieß ihn von sich und sank auf den Rasen nieder. Dort stützte er sich auf die Hände, richtete sich in die Höhe und starrte ihn einen Augenblick an, mit Zorn und Haß in seinem Blick – aber selbst in diesem Augenblick schien er sich noch zu besinnen, daß dieser Ausdruck seine Züge im Tod verunzieren möchte, und so versuchte er zu lächeln. Matt bewegte er noch die rechte Hand – und dann sank er tot zurück, das Phantom seiner letzten Nacht!

Letztes Kapitel

Ein Abschiedsblick auf diejenigen Personen der Handlung in dieser kleinen Geschichte, mit denen wir im Lauf der Ereignisse nicht fertig geworden sind, möge den Schluß bilden.

Mr. Haredale floh noch in derselben Nacht. Ehe eine Verfolgung in die Wege geleitet wurde, ja ehe Sir John aufgespürt oder vermißt wurde, hatte er das Königreich verlassen. Er begab sich geradewegs in ein Kloster, das in ganz Europa bekannt war wegen seiner strengen Zucht und seiner Barmherzigkeit gegen Reuige, die sich unter sein Dach aus der Welt flüchteten, und legte dort die Gelübde ab, die ihn von nun an abschlossen von Natur und Menschen. Nach einigen Jahren der Reue wurde er dort in der düsteren Gruft begraben.

Zwei Jahre verstrichen, ehe Sir Johns Leiche aufgefunden wurde. Sobald sie erkannt und nach Hause gebracht worden war verschwand der gewissenhafte Diener, dem Glaubensbekenntnis seines Herrn getreu, mit allem Geld und aller beweglichen Habe die er in die Hände bekommen konnte, und lebte als vollendeter Gentleman auf eigene Rechnung. Hierbei hatte er auch guten Erfolg und würde sicherlich zum Schutz noch eine reiche Erbin geheiratet haben, wäre ihm nicht unglücklicherweise plötzlich Einhalt geboten worden, was zu seinem vorzeitigen Ende führte. Er starb an einer ansteckenden Seuche, die zu jener Zeit grassierte und beim Volk den Namen »Kerkerfieber« trug.

Lord George Gordon, der im Tower bis zum fünften Februar des nächsten Jahres gefangen blieb, wurde an eben diesem Tag feierlich wegen Hochverrats prozessiert. Nach einem langwierigen Verhör wurde er als »nicht schuldig« erklärt, da kein Beweis vorhanden war, daß er die Menge in verräterischer oder ungesetzlicher Absicht zusammengerufen habe. Dennoch gab es viele Leute, denen der Verlauf jenes Aufruhrs nicht zur Lehre gereichte, die sich nicht von ihm abwenden oder eine gemäßigtere Richtung einschlagen mochten, so daß in Schottland öffentliche Subskriptionslisten ausgelegt wurden, um die Kosten für die Verteidigung des Lords zu bestreiten.

Dank dem Umstand, daß seine Freunde sich kräftig ins Zeug legten, verhielt er sich sieben Jahre lang ruhig; einzelne Gelegenheiten ausgenommen, zu denen er es nicht unterließ, seinen Eifer für den Protestantismus zur Belustigung seiner Feinde an den Tag zu legen; ausgenommen nebenbei noch den Umstand, daß er vom Erzbischof von Canterbury förmlich exkommuniziert wurde, weil er sich geweigert hatte, in einer kirchlichen Versammlung, in die man ihn zitiert hatte, als Zeuge zu erscheinen. Im Jahre 1788 packte ihn irgendein neuer Wahnsinn, der ihn veranlaßte, eine beleidigende, in den heftigsten Ausdrücken abgefaßte Schmähschrift gegen die Königin von Frankreich zu schreiben und zu veröffentlichen. Wegen dieses Büchleins wurde er gerichtlich belangt und nach einigen seltsamen Demonstrationen vor dem Gerichte als schuldig befunden. Anstatt nun vor dem Richter zu erscheinen, um sein Urteil zu vernehmen, flüchtete er nach Holland, von wo aus man ihn, da der friedliche Bürgermeister von Amsterdam wenig Gefallen an seiner Gesellschaft fand, eiligst wieder nach Hause schickte. Im Juli in Harwich angelangt, begab er sich nach Birmingham, wo er sich öffentlich zum jüdischen Glauben bekannte. Dort lebte er als Jude, bis er verhaftet und nach London zurückgebracht wurde, um das Urteil zu erleiden, dem er sich entzogen hatte. Kraft dieses Urteils kam er auf fünf Jahre und zehn Monate nach Newgate und mußte nebenbei noch eine nicht geringe Geldstrafe zahlen und bedeutende Sicherheiten für ein in Zukunft angemessenes Betragen leisten.

Nach einer Appellation, die er am Johannistage des folgenden Jahres an das Mitleid der französischen Nationalversammlung richtete, deren Anerkennung der englische Minister jedoch verweigerte, fügte er sich und unterzog sich seiner Haft. Er ließ sich den Bart fast bis zum Gürtel wachsen, richtete sich in jeder Hinsicht nach den Zeremonien seiner neuen Religion und widmete sich dem Studium der Geschichte und gelegentlich auch der Kunst der Malerei, in welcher er in seiner Jugendzeit einige Geschicklichkeit gezeigt hatte. Verlassen von seinen früheren Freunden und in jeder Hinsicht als der niedrigste Verbrecher im Gefängnis behandelt, lebte er heiter und entsagungsvoll bis zum ersten November des Jahres 1793, wo er in seiner Zelle verschied, erst 43 Jahre alt.

Viele Männer, die weniger Mitleid hegten mit den Bedürftigen und Elenden, die weniger Fähigkeiten und härtere Herzen besaßen, haben hochbedeutende Rollen gespielt und sich einen glänzenden Ruhm bei der Nachwelt gesichert. Aber auch sein Tod wurde beklagt. Die Gefangenen beweinten seinen Verlust und hätten ihn gern noch unter sich behalten. Denn obgleich seine Mittel gering waren, war seine Mildtätigkeit groß, und wenn er Almosen unter sie verteilte, war ihre Bedürftigkeit für ihn bei jedem die gleiche, und keinen Unterschied von Sekten oder Glaubensbekenntnissen kannte er. Wohl mancher weise Mann, der sich in der Welt herumtreibt, könnte selbst von diesem armen, irrsinnigen Lord, der in Newgate starb, noch lernen.

Bis zum letzten Augenblick blieb ihm der gerade, biedere John Grueby treu. Er kam zu ihm, ehe er noch vierundzwanzig Stunden im Tower gewesen war, und ging nie von ihm bis zu seinem Tode. Noch ein anderes Wesen blieb beständig bei ihm, ein hübsches jüdisches Mädchen, das sich an ihn anschloß, halb in religiöser, halb in romantischer Schwärmerei, und deren tugendhafter, uneigennütziger Charakter selbst in den Augen der tadelsüchtigsten Leute rein und makellos blieb.

Gashford verließ ihn natürlich. Er lebte eine Zeitlang vom Handel mit den Geheimnissen seines Herrn; als jedoch dieser Handel ins Stocken kam und der Vorrat zu Ende ging, sah er sich nach einer Stelle um in dem ehrenwerten Korps der Spione und Lauscher, das von der Regierung beschäftigt wurde. Als eins dieser erbärmlichen Werkzeuge hatte er bald auswärts, bald daheim schwere Mühen zu bestehen und kämpfte sich lange durch das große Elend, das eine derartige Stellung mit sich bringt. Vor kaum zehn, zwölf Jahren fand man ihn – einen hageren, bleichen Greis – blutarm und verkommen – tot auf seinem Bett in einer obskuren Herberge in Borough, wo ihn keine Seele kannte. Er hatte Gift genommen. Sein Name konnte nicht ermittelt werden; aber aus Eintragungen in dem bei ihm gefundenen Notizbuch konnte man ersehen, daß er zur Zeit des berüchtigten Aufruhrs Lord George Gordons Sekretär gewesen war.

Viele Monate nach der Wiederherstellung von Ordnung und Frieden, als es schon aufgehört hatte, Stadtgespräch zu sein, daß jeder Offizier – die Kosten der Einquartierung wurden während der letzten Unruhen von der Stadt bestritten – für den Tag an Kost und Wohnung vier Pfund vier Shillinge, und jeder Gemeine zwei Shillinge zwei Pence und einen halben Penny zu erhalten hatte, viele Monate, nachdem selbst dieses fesselnde Thema vergessen war, und der »Verbündeten Bullenbeißer« bis auf einen einzigen getötet, gefangen oder deportiert worden war, wurde Simon Tappertit, der vom Krankenhaus zum Gefängnis und von dort vor den Untersuchungsrichter geführt worden war, auf dem Weg der Begnadigung auf zwei Holzbeinen wieder entlassen. Seiner anmutigen Gliedmaßen beraubt, und von seinem hohen Range herab in kläglichste Armut und tiefsten Jammer gestürzt, wußte er sich nicht anders zu helfen, als zu seinem alten Meister zu stolpern und ihn um Unterstützung anzusprechen. Auf den Rat und die Hilfe des Schlossers hin etablierte er sich als Stiefelputzer und schlug seine Bude unter einem Tunnel in der Nähe der Gardekaserne auf. Da hier ein äußerst reger Verkehr herrschte, hatte er bald eine ausgedehnte Kundschaft; und an Gesellschaftsabenden sah man oft nicht weniger als zwanzig Offiziere in seiner Bude sitzen, die alle darauf warteten, daß ihnen die Stiefel geputzt würden. Sein Geschäft stieg sogar zu solcher Blüte, daß er sich im Lauf der Zeit nicht weniger als zwei Lehrjungen hielt und außerdem noch die Witwe eines bedeutenden Lumpensammlers, der zu Milbank wohnhaft gewesen war, zur Frau nahm. Mit dieser Dame zusammen, die ihm im Geschäft rüstig zur Hand ging, lebte er friedlich und glücklich, und das Glück wurde nur durch jene kleinen Stürme getrübt, die dazu dienen, die Atmosphäre des Ehestandes aufzuhellen und seinen Horizont glänzender erscheinen zu lassen. In manchem dieser rasch vorübergehenden Unwetter vergaß sich wohl auch Mr. Tappertit in der Behauptung seiner Vorrechte soweit, daß er die Zurechtweisung der Dame seines Herzens mittels einer Bürste, eines Stiefels oder eines Schuhes vornahm, während sie, jedoch nur in besonderen Fällen, sich dadurch rächte, daß sie seine Beine versteckte und ihn so dem Hohn der losen Buben aussetzte, die am Unglück anderer Anlaß zu ihrer Freude finden.

Jungfer Miggs, deren Pläne, eheliche sowohl als anderweitige, in die Brüche gegangen waren und die sich einer undankbaren, falschen Welt ausgesetzt sah, wurde gewaltig schroff und verdrießlich und hatte endlich eine so große Portion Altjungfernsäure in sich und kniff und zwickte die Nasen und raufte das Haar der Jugend im »Golden Lion« derartig, daß sie einstimmig aus diesem Heiligtum verwiesen und ersucht wurde, lieber einen anderen Fleck der schönen Erde durch ihre Anwesenheit zu beglücken. Es traf sich zu dieser Zeit, daß die Friedensrichter von Middlefex in öffentlichen Plakaten ankündigten, es werde für den Kreis Bridewell eine Gefängniswärterin gesucht, und dabei Tag und Stunde festsetzten, zu der die Bewerberinnen in Augenschein genommen würden. Als Jungfer Miggs am festgesetzten Tag sich einfand, fiel die Wahl inmitten von vierhundert Frauenzimmern augenblicklich auf sie. Sie wurde sofort in ihr Amt eingesetzt; und während der ganzen Zeit, da sie dieses Amt versah, bis zu ihrem Tode, der dreißig Jahre später eintrat, blieb sie ledig. Man bemerkte, daß, während sie zwar grimmig und unbeugsam war gegen die ganze Herde von Weibern, die unter ihrer Aufsicht stand, sie doch ganz besonders ungnädig gegen diejenigen war, die einigen Anspruch auf Schönheit machen konnten, und man sah es oft als einen Beweis ihrer unerschütterlichen Züchtigkeit und strengen Keuschheit, daß sie gegen die, welche sich zu einem Fehltritt hatten verführen lassen, keinerlei Erbarmen zeigte, da sie bei dem kleinsten Anlaß, ja selbst wenn sich kein Anlaß bot, mit der ganzen Wucht ihres Zornes gegen sie losbrach. Unter anderen nützlichen Erfindungen, die sie bei dieser Klasse von Missetätern in Anwendung brachte und ihrer Nachwelt schenkte, ist auch die Fertigkeit zu nennen, einen ganz infam boshaften Hieb oder Knuff mit dem Schlüsselbart in das Kreuz nahe der Wirbelsäule zu führen. Sie brachte auch die Mode an, denen, die kleine Füße hatten, so ganz zufällig mit Holzschuhen auf die Füße zu treten: eine Mode, die ihres Scharfsinns wegen ebenfalls sehr bemerkenswert war und auf die vorher noch niemand gekommen war.

Ihr mögt versichert sein, daß es nicht mehr lange währte, bis Joe Willet und Dolly Varden Mann und Frau waren und den »Maypole« wieder eröffneten mit einer netten Summe in bar (denn der Schlosser hatte die Mittel, seiner Tochter eine gute Aussteuer zu geben). Ihr mögt ferner versichert sein, daß es nicht mehr lange währte, bis man einen rotbäckigen Jungen vor der »Maypole«-Chaussee umherspazieren oder sich auf dem Rasen vor dem Wirtshaus tummeln sah. Es währte auch nicht mehr lange, wenn man nach Jahren zählt, so war dort ein rotbäckiges Mädchen, und noch ein rotbäckiger Junge, ja eine ganze Schar Mädchen und Buben, so daß Ihr, wenn Ihr heute oder morgen nach Chigwell geht, sicherlich, sei es nun in der Straße oder auf dem Rasen, oder auf dem Gutshof (denn der ›Maypole‹ war jetzt nicht nur Schenke, sondern auch Meierei) mehr kleine Joes und kleine Dollys beim Spielen antreffen würdet, als ihr mit Leichtigkeit an den Fingern herzählen könntet. Nicht lange Zeit währte es, bis diese ganze kleine Sippe da war; aber es währte eine lange, lange Zeit, bis Joe oder auch Dolly, oder der Schlosser, oder seine Frau um fünf Jahre älter aussahen. Denn Heiterkeit und Zufriedenheit sind gute Mittel, die Schönheit recht blühend zu erhalten, sind herrliche Mittel, jugendliches Aussehen vor dem Altern zu schützen, darauf verlaßt euch!

Lange Zeit währte es auch, ehe es ein zweites Wirtshaus in ganz England gab, das sich dem ›Maypole‹ an die Seite stellen konnte; in der Tat, es ist sehr die Frage, ob es bis heute eins gibt oder ob es je eins geben wird. Lange Zeit währte es auch – denn der Nimmermehrstag, so sagt das Sprichwort, ist ein langer Tag – ehe man im ›Maypole‹ vergaß, für das Wohl verwundeter Soldaten zu sorgen; oder ehe Joe es unterließ, sie, um seines alten Feldzugs willen, wann er Gelegenheit hatte, zu erfrischen; oder ehe der Sergeant nicht mehr hie und da vorsprach, oder bevor sie es müde wurden, bei diesen Gelegenheiten von Belagerungen und Schlachten und grimmigem Wetter und schwerem Dienst zu schwatzen und von tausend anderen Dingen mehr, die in das Leben eines Soldaten gehören. Was die große silberne Schnupftabaksdose anbetrifft, die der König höchst eigenhändig Joe für sein Verhalten während des Aufruhrs überreichte, so kam kein Gast in den ›Maypole‹, ohne daß er, selbst wenn er vorher nie geschnupft hatte, Finger und Daumen in die Dose drückte und eine große Prise nahm und vor Niesen fast Krämpfe bekam. Was den Weinhändler mit dem Purpurgesicht anbetrifft, so lebte, so weit die Welt reicht, in jener Zeit kein Mensch, der bei einem Besuch im ›Maypole‹ ihn nicht gesehen hätte: ihn, der allem Anschein nach im besten Zimmer sich so eingerichtet hatte, als wenn er zu Hause wäre; und dann noch Festlichkeiten, Taufen, Weihnachtsabende, Geburtstage, Hochzeitstage, und sonstige Feiertage, im ›Maypole‹ und im ›Golden Key‹.

Mr. Willet senior, der durch Gott weiß welche außerordentlichen Mittel auf die Idee gekommen war, daß Joe sich verheiraten wolle und daß es sich dann für ihn, seinen Vater, besser schicke, aus dem öffentlichen Leben zu scheiden und sich nach einer Möglichkeit zu einem recht gemütlichen Dasein umzusehen, Mr. Willet sen. schlug sein Obdach in einer kleinen Hütte in Chigwell auf, wo man den Herd für ihn besonders erweiterte, den Kessel aufhängte und außerdem noch in dem kleinen Garten vor der Front des Hauses direkt vor der Tür eine Kopie des echten Maibaumes aufpflanzte, so daß er sich dort gleich ganz zu Hause fühlte. In dieser neuen Behausung fanden sich regelmäßig Abend für Abend Tom Cobb, Phil Parkes und Salomon Daisy ein, und in der Ofenecke saßen sie alle vier und pafften und schmauchten und schwatzten und träumten wie ehedem. Gelegentlich entdeckte man, daß sich Mr. Willet noch immer als Wirt betrachtete, daher versah ihn Joe mit einer Schiefertafel, auf der der alte Mann regelmäßig ungeheure Rechnungen für Essen, Trinken und Tabak auflistete. Je älter er wurde, desto mehr nahm diese Leidenschaft zu, und es bereitete ihm ein außerordentliches Vergnügen, unter die Namen jedes seiner Stammgäste eine Summe von unendlicher Größe zu schreiben, die sie im Leben nie hätten zahlen können. Diese Ziffern bereiteten ihm eine solche Freude, daß er fortwährend hinter die Tür ging, sie ansah und mit einem Gesicht, das vor lebhafter Befriedigung leuchtete, wieder hervorkam.

Von dem Schrecken, den ihm die Aufständischen eingejagt hatten, erholte er sich niemals wieder und blieb in derselben Geistesverfassung bis zum letzten Augenblick seines Lebens. Dasselbe hätte fast ein schnelles Ende genommen in dem Augenblick, wo er seinen ersten Enkel erblickte, denn er schien da von dem Glauben erfüllt zu werden, es sei ein Wunder geschehen und etwas Entsetzliches vorgefallen. Ein geschickter Wundarzt ließ ihn jedoch gleich zur Ader, so daß er sich wieder erholte.

Trotzdem alle Ärzte, als sich sechs Monate später Anzeichen von Schlagfluß bemerkbar machten, dahin übereinstimmten, daß er sich auf den Tod gefaßt machen müsse, und obgleich sie es sehr übel aufnahmen, daß er dies nicht tat, so blieb er doch am Leben – vielleicht infolge der Langsamkeit, die ihm nun einmal zueigen war –, ja er verträumte sogar noch sieben Jahre und mehr, bis er plötzlich eines Morgens im Bett gefunden wurde, außerstande zu sprechen. In diesem Zustand lag er, ohne daß Anzeichen einer Krankheit auftraten, eine ganze Woche lang, und dann kam er plötzlich wieder zu Bewußtsein in dem Augenblick, als die Pflegerin seinem Sohn ins Ohr flüsterte, daß es mit ihm zu Ende ginge. »Ja, Joseph«, sagte Mr. Willet, »ich geh zu den Salwanners ...«, und gleich darauf verschied er.

Er hinterließ ein großes Vermögen, weit mehr noch, als man vermutet hatte, obwohl die Nachbarn, nach dem alltäglichen Brauch, das Geld, das andere Leute beiseitegelegt haben sollen, zu schätzen, sein Eigentum in guten, runden Ziffern angeschlagen hatten. Joe erbte alles, so daß er in jener Gegend ein Mann von Bedeutung wurde und vollständig unabhängig war.

Einige Zeit verstrich, ehe sich Barnaby von dem Schlag, der ihn getroffen, wieder erholt hatte, seine frühere Gesundheit und Munterkeit wieder erlangt hatte. Nach und nach wurde er wieder der Alte, und obwohl er sich nie von dem Gedanken trennen konnte, daß seine Verurteilung und seine Errettung bloß ein schrecklicher Traum gewesen wäre, so wurde er doch in anderer Hinsicht vernünftiger. Von der Zeit an, wo er sich wieder erholte, bekam er ein besseres Gedächtnis und mehr Ausdauer und Beharrlichkeit bei der Arbeit; aber über seinem ganzen früheren Leben hing eine dichte Wolke, die sich nie zerteilte.

Trotz alledem war er aber nicht weniger glücklich, denn seine Liebe zur Freiheit, sein Interesse an allem, was sich regte oder wuchs oder in den Elementen lebte, blieb unvermindert. Er wohnte mit seiner Mutter auf dem ›Maypole‹-Gut, hütete das Geflügel und das Vieh, pflegte und bebaute ein Gärtchen, das man ihm geschenkt hatte, und half allerorten. Jeder Vogel, jedes Tier, das sich im Hof umhertrieb, kannte ihn, und er hatte jedem seinen Namen gegeben. Nie hat es einen Hausverwalter von heiterer Gemütsart, nie ein Wesen, das bekannter war bei jung und alt, nie eine fröhlichere und glücklichere Seele gegeben als Barnaby, und wenn es ihm auch freistand umherzuschweifen, wo er wollte, so verließ er seine Mutter doch niemals, sondern war und blieb ihre Stütze und ihr Trost. So ungewiß und düster auch die ganze Vergangenheit vor seinen Augen lag, so suchte er doch Hughs Hund und nahm ihn in seine Hut; aber merkwürdigerweise war er nie zu einem Gang nach London zu bewegen. Als schon viele Jahre seit dem Aufruhr vergangen waren, und Edward mit seiner Gattin und einer Familie, die fast ebenso zahlreich war wie die Joes und Dollys, zurückkamen und eines Tages vor der Tür des ›Maypole‹ erschienen, erkannte er sie sofort wieder und weinte und hüpfte vor Freude. Aber niemand konnte ihn dazu überreden, die Straßen Londons zu betreten, sei es um Chester zu besuchen, sei es unter sonst einem Vorwand, wenngleich er es in der Fülle seiner Freude versprach. Diesen Widerwillen überwand er nie, und er sah die Stadt nie wieder.

Greifer war bald wieder der alte, und sein Gefieder wurde glatt und glänzte wie je. Er bewahrte aber stets tiefes Schweigen. Ob er die Kunst höflicher Rede in Newgate vergessen oder in jenen bewegten Zeiten ein Gelübde abgelegt hatte, eine Zeitlang von seinen Fähigkeiten keinen Gebrauch zu machen, ist ungewiß; sicher aber ist, daß er ein ganzes Jahr lang keinen anderen Ton hören ließ als ein gewichtiges, selbstgefälliges Krächzen.

An einem heiteren, sonnigen Morgen, als die Zeit seines Schweigens zu Ende war, wandte er sich an die Säule im Stall mit dem in dieser Geschichte oft erwähnten Geschwätz vom Kessel; und ehe der Zeuge, der es mitangehört hatte, mit der frohen Botschaft und dem durch feierliche Versicherungen bekräftigten Zusatz, er habe das Tier lachen hören, ins Haus hatte eilen können, kam der Vogel selbst mit großen Schritten in das Gastzimmer bis vor die Tür des Verschlages stolziert, und dort rief er mit unbändigem Entzücken »Bin ein Teufel, bin ein Teufel, bin ein Teufel!«

Obgleich die Vermutung bestanden hat, daß ihm der Tod von Mr. Willet senior sehr zu Herzen gegangen sei, übte er sich seitdem ständig in der Rede des niederen Volkes und brachte es hierin zu großer Fertigkeit; und da er, wenn man bedenkt, wie alt ein Rabe werden kann, eigentlich noch in den Kinderjahren stand, als Barnaby schon alt und grau war, so wird er wahrscheinlich bis auf den heutigen Tag noch munter weitergeschwatzt haben.

ENDE

Nachwort

1

Ein historischer Roman sagt, mag er auch auf die entfernteste Vergangenheit zurückgreifen, oft mehr über die Zeit aus, in der er geschrieben wurde, als über die Zeit, in der er spielt. Unter diesem Gesichtspunkt ergibt sich ein interessanter Zugang zum Genre, der auch eine Erklärung dafür liefern könnte, warum das Interesse an historischen Romanen zu bestimmten Zeiten so groß ist. Einen Höhepunkt erlebte die Gattung bereits vor rund zweihundert Jahren, zu Beginn des 19. Jahrhunderts. Auch Charles Dickens, einer der großen Romanciers dieser Zeit, trug zur Entwicklung des Genres bei. Zwei seiner zahlreichen Werke sind historische Romane, BARNABY RUDGE, der hier vorliegende, ist sein erster.*

Im Vorwort verkündet Dickens dem Leser seine Absicht, er wolle einen Roman über die ›Gordon riots‹, jenen blutigen Aufstand von 1780, verfassen, denn »meines Wissens«, so heißt es, »wurde dieses geschichtliche Ereignis noch in keinem Roman verarbeitet.«** 1778 wurde in England eine Toleranzbill vorgebracht, die Einschränkungen lockern sollte, unter denen die Katholiken des Landes zu leiden hatten. Lord George Gordon warf sich in der Folge zum Führer fanatischer, antikatholischer Presbyterianer auf. Durch ihn kam es im Jahre 1780, vom 2. bis zum 9. Juni, zu einem blutigen Aufstand in London.*** Im Grunde genommen war dieser Aufstand ein Versuch, die Regierung daran zu hindern, gesetzliche Einschränkungen gegen die Römisch-katholische Kirche aufzuheben – also eine Revolution, die nicht Veränderung anstrebte, sondern – im Gegenteil – eine solche zu verhindern trachtete.

Mehr braucht hier nicht über die ›Gordon riots‹ gesagt zu wer-

* Der zweite historische Roman ist DIE GESCHICHTE ZWEIER STÄDTE aus dem Jahre 1859.

** Sicher war Dickens der Roman THE MYSTERY von Thomas Gaspey aus dem Jahre 1820 (veröffentlicht in drei Bänden) ebenso unbekannt wie dem heutigen Leser. Auch dieser Roman handelt von den ‹Gordon riots›.

*** Lord Gordon wurde später wegen einer von ihm verfaßten Schrift gegen die englische Justiz verurteilt und starb 1793 im Gefängnis von Newgate.

den, denn im BARNABY RUDGE erweckt Charles Dickens den Schrecken jener acht Tage in allen Details wieder zum Leben – der Roman wird somit zu einem spannenden Geschichtsbuch. In seinem Vorwort betont der Autor sein Streben nach historischer Genauigkeit*, fast jede geschilderte Tat des aufgebrachten Mobs ist Fakt, bis hin zu den Anekdoten, die erzählt werden – jene Geschichte vom Verbrennen der Kanarienvögel zum Beispiel, oder vom Erhängen des jungen Mannes in Bishopsgate. Dickens verknüpft gekonnt fiktive Ereignisse und Charaktere mit historisch überlieferten Fakten und Personen, fügt hinzu, verfälscht allerdings niemals etwas.

Die Quellen, derer der Autor sich dabei bedient, sind vielfältig. Die Ereignisse, die Dickens wiedergibt, liegen zu dem Zeitpunkt, da sie niedergeschrieben werden, sechzig Jahre zurück. Schon Sir Walter Scott verweist im 1. und 72. Kapitel seines berühmten WAVERLEY auf die Vorteile, die eine solche Zeitspanne dem Verfasser historischer Romane bietet.** Innerhalb dieser sechzig Jahre sind Zeitungsberichte und Aufzeichnungen noch leicht erhältlich, selbst Augenzeugen sind noch aufzufinden. Eine Passage des BARNABY RUDGE (das Ende vom 65. Kapitel) legt nahe, daß auch Dickens solche Augenzeugen befragt hat. Zudem wird er auf veröffentlichte Memoiren zurückgegriffen haben, zum Beispiel die von Frederick Reynolds (1827) und Henry Angelo (1828). Auch die Briefe von Dr. Johnson, Horace Walpole und Crabbe dürften ihm bekannt gewesen sein. Thomas Keightleys HISTORY OF ENGLAND und Charles Knights PICTORIAL HISTORY OF ENGLAND befanden sich, mit zahlreichen Anmerkungen versehen, in seiner Bibliothek. Seine Hauptquelle waren jedoch mit Sicherheit die brillante NARRATIVE von ›William Vincent‹ (hinter dem sich Thomas Holcroft verbirgt) sowie einschlägige Zeitungsberichte aus jener Zeit.***

* Vgl. die Geschichte der Mary Jones.

** Diese beiden Kapitel des WAVERLEY sind auch deshalb von großem Interesse, weil hier Scotts durchaus zwiespältiges Verhältnis zur Vergangenheit deutlich wird, das der Einstellung Dickens' in den LONDONER SKIZZEN weitaus mehr entspricht als in seinen historischen Romanen.

*** Dickens recherchiert sehr sorgfältig, nicht nur, was die geschichtlichen Ereignisse betrifft. Seine Ausgabe von Charles Watertons ESSAYS ON NATURAL HISTORY enthält im Kapitel über Raben zahlreiche Anmer-

In diesen zeitgenössischen Berichten spielt vor allem das Niederbrennen des Gefängnisses von Newgate eine große Rolle: Es scheint erschreckender als jede Attacke auf eine katholische Kirche gewesen zu sein und geradezu ein Sinnbild für die Gesetzlosigkeit des Mobs. Und die nachfolgende Generation verband diese Erstürmung natürlich mit einem anderen großen historischen Ereignis: dem Sturm auf die Bastille. Dickens selbst zeigte sich von jeher fasziniert, was Gefängnisse, Kriminalität, Bestrafungen und Hinrichtungen betraf.* Er suchte mehrmals Newgate, Bedlam und ›die schäbigsten Straßen Londons auf‹, um sich inspirieren zu lassen. Es ist also gut möglich, daß gerade die Erstürmung des Gefängnisses von Newgate während der ›Gordon riots‹ das Interesse des Autors an diesem Aufstand geweckt hat. Dickens selbst sagt: »Meine Absicht war es, eine Vorstellung vom Verhalten eines Mobs, von Gewalt und Raserei zu vermitteln ...«

BARNABY RUDGE darf also, obwohl der Titel des Romans auf eine bestimmte Person verweist, nicht als Charakterstudie eines einzelnen betrachtet werden, sondern eher als Studie des Verhaltens einer Menge. Alles kreist dabei um ein Thema: den Widerstand gegen Veränderung. Und Dickens will vor allem eines deutlich machen: Obwohl die Menge alles daransetzt, die alten Zustände zu bewahren, ändert sich die Gesellschaft.

Der beste Beweis hierfür sind die Änderungen, die sich in den sechzig Jahren nach den ›Gordon riots‹ in der englischen Gesellschaft ergeben haben und die einen erheblichen Einfluß auf die Entstehung des vorliegenden Romans nahmen. Hier wird nun ganz deutlich, wie sehr Dickens' eigenes historisches Umfeld sich im BARNABY RUDGE spiegelt. Ein näherer Blick auf die komplizierte Veröffentlichungsgeschichte des Werkes lohnt sich.

kungen, die er für die Szenen mit Grip, dem Raben, verwandte. Von literaturhistorischem Interesse ist an dieser Stelle vielleicht, daß Edgar Allan Poe (der viel an BARNABY RUDGE auszusetzen hatte), sich Grip zum Vorbild für den Raben aus seinem berühmten Gedicht nahm.

* Dickens' diesbezügliche Besessenheit hatte Tackeray bereits früh dazu veranlaßt, ihn zu den sogenannten ‹Newgate novelists› zu zählen.

2

Mit der Idee zu einem historischen Roman über die ›Gordon riots‹ trug Dickens sich bereits im Jahre 1836, und es war ein ehrgeiziges Projekt, das er da im Sinn hatte. Es sollte ihm endlich Ansehen als ernsthafter Schriftsteller einbringen.* Dennoch dauerte es fünf Jahre, bis BARNABY RUDGE endlich veröffentlicht werden konnte, und damit ist dies der Roman Charles Dickens', der mit der größten Verspätung erschien.**

Der Ehrgeiz, den Dickens in dieses Werk legte, zeigt sich auch darin, daß er ihn ursprünglich nicht als Fortsetzung in einer Zeitschrift, sondern in Buchform (in den damals üblichen drei Bänden) veröffentlichen wollte. So sah es jedenfalls der Vertrag mit John Macrone aus dem Mai 1836 vor, dem Verleger der LONDONER SKIZZEN. Dort heißt es auch, daß Dickens das Manuskript ›vor oder spätestens zum 30. November desselben Jahres‹ abliefern sollte. Der ursprüngliche Titel lautete: GABRIEL VARDEN, THE LOCKSMITH OF LONDON. Der unerwartete Erfolg der LONDONER SKIZZEN brachte jedoch Verzögerungen mit sich; Dickens mußte weitere ›Skizzen‹ schreiben – und tat es gerne. Seine Energie war ungebrochen. Er unterschrieb im gleichen Jahr Verträge für zwei weitere Romane, für ein Kinderbuch, Beiträge für Zeitschriften, und er schrieb gleichzeitig an seinen PICKWICKIERN weiter. Es gibt sicher mehrere Gründe für diese viel-

* Ganz eindeutig wollte Dickens mit diesem Roman in die Fußstapfen des berühmten Sir Walter Scott treten – und nicht etwa in die seines Freundes Harrison Ainsworth, wie oftmals behauptet wird. Dessen historischer Roman JACK SHEPPARD beeindruckte Dickens zwar sehr und erlangte große Popularität, erschien allerdings erst 1839 bis 1840, also lange nach der ursprünglichen Idee Dickens'.

** Manch ein Literaturwissenschaftler sieht darin den Beweis, wie unwillig Dickens an die Arbeit zu diesem Werk ging. Doch von Unwilligkeit läßt sich in seinen Briefen zum BARNABY RUDGE nichts feststellen. Es lag vielmehr an verschiedenen widrigen Umständen, die das Schreiben immer wieder hinauszögerten. Ebensogut kann man es als Beweis für die Faszination sehen, die das Thema auf Dickens ausübte. Seine Phantasie muß wohl nachhaltig angeregt worden sein, wenn er fünf Jahre lang hartnäckig an einer Idee festhielt.

fältigen Aktivitäten. Einerseits brauchte er das Geld, andererseits war Dickens sehr leicht für neue Ideen zu begeistern und vergaß darüber alte Verpflichtungen.* Der geplante Roman über die ›Gordon riots‹ wurde an Bentley weiterverkauft. Im September 1837 wurde sein Erscheinen für den Oktober des darauffolgenden Jahres angekündigt, doch auch dieser Zeitplan ließ sich nicht einhalten. Wieder wurde die Veröffentlichung hinausgeschoben, diesmal in den Januar 1840. Es war noch immer geplant, ihn zusammenhängend in drei Bänden und nicht als Fortsetzungsroman zu verlegen. Als der MORNING HERALD schließlich eine von Bentley geschaltete Voranzeige abdruckte, daß der Roman zur Veröffentlichung bereits vorbereitet werde, protestierte Dickens verärgert und schaltete sogar seinen Rechtsanwalt ein. Das Erscheinungsdatum wurde auf den Juli desselben Jahres verschoben. Diesmal sollte der Roman von Chapman und Hall herausgebracht werden, und zwar ›umfangreich genug für zehn Monatsausgaben‹. Schließlich erschien er dann doch noch in wöchentlicher Folge in MASTER HUMPHREY'S CLOCK (Nr. 46–87) von Februar bis November 1841, einer Zeitschrift, die ganz alleine von Dickens bestritten wurde.

Diese komplizierte Veröffentlichungsgeschichte ist nicht ganz bedeutungslos für den Roman: Sowohl die lange Zeit, die Dickens für die Vollendung des Werkes benötigte, als auch die Abkehr von der ursprünglichen Fassung als Roman in drei Bänden zeigen interessante Auswirkungen.** Wäre BARNABY

* Vor BARNABY RUDGE schrieb Dickens noch den Roman NICHOLAS NICKLEBY; während der Arbeiten am NICHOLAS begeisterte er sich für die Idee eines Periodikums, MASTER HUMPHREY'S CLOCK, dann für den Roman DER RARITÄTENLADEN. Hinzu kamen eine komplizierte Schwangerschaft von Dickens' Frau Catherine sowie eine Krankheit Dickens' und ein langwieriger Umzug im Dezember '39 von der 48 Doughty Street nach No. 1 Devonshire Terrace, Regent's Park. In einem Briefwechsel schreibt Dickens: »BARNABY hat so sehr unter der Suche nach einem neuen Haus gelitten, daß ich heute unbedingt die verlorene Zeit aufholen muß.« Und in einem anderen: »Die Arbeit am BARNABY geht inzwischen voran, nicht mit dem Tempo, das bei einem Pferderennen vorgelegt wird, aber dennoch so schnell, wie es unter diesen widrigen Umständen möglich ist.«

** Die Form des Fortsetzungsroman hemmte den Autor. Er schreibt selbst:

RUDGE wie geplant einige Jahre zuvor geschrieben worden, hätte er möglicherweise ganz anders ausgesehen, denn die Jahre 1836–1840 waren in England ausgesprochen unruhig. Die Wirtschaft des Landes hatte 1837 unter einer starken Depression gelitten, von der sie sich bis Ende des Jahrzehnts nicht mehr erholte. Das wirtschaftliche Klima und die allgemeine Desillusionierung, was das Durchsetzen der politischen Reform von 1832 betraf, bereitete den Weg für den Chartismus, die erste englische Arbeiterbewegung auf nationaler Basis, benannt nach der 1838 von Lovett verfaßten ›People's Charter‹. Die Chartisten forderten vor allem ein neues Wahlrecht, eine Parlamentsreform und das Abhalten von jährlichen Parlamentswahlen. Die englische Regierung hatte sich zur selben Zeit mit dem Erlaß des ›New Poor Law‹ keine Freunde gemacht. Der Ruf der Arbeiterklasse nach einer Reform in den Fabriken wurde immer lauter. Die ›harten‹ Chartisten und die extrem radikalen Tories verbündeten sich in ihrem ›Kreuzzug‹ gegen die Whig-Regierung, und es waren eben jene Tories, die den Ruf der Menge während der Gordon-Aufstände: ›NO POPERY!‹ aufgriffen, um ihren Angriffen auf die Regierung Nachdruck zu verleihen. 1839 wurde sogar – nach direktem Vorbild der Vereinigung, die Lord Gordon ins Leben gerufen hatte – eine neue PROTESTANT ASSOCIATION gegründet, die unter anderem Petitionen einreichte, in denen sie sich über die Bevorzugung der Katholiken (vor allem im Bildungswesen) beschwerte. Obwohl diese Vereinigung nur verbal gegen die Katholiken ausfallend wurde, gab es Anlaß zu Befürchtungen, neue Aufstände könnten angezettelt werden. Die Geschichte drohte sich zu wiederholen. Und tatsächlich kam es zu mehreren Massenzusammenkünften und kleineren Unruhen, von denen der Newport-Aufstand, mit dem Versuch, gefangene Chartisten zu befreien, von Dickens' Zeitgenossen wohl als am bedrohlichsten

»Ich wollte dem Leser eigentlich von Anfang an mehr Informationen mitgeben, als ich in einer wöchentlichen Ausgabe konnte. Es war von äußerster Wichtigkeit für mein Anliegen.« (To the Readers, Oktober 1841; seitdem nie wieder veröffentlicht). Nach anfänglichen Schwierigkeiten erwärmte er sich jedoch schnell für sein Thema. In einem Brief an Forster schreibt er: »Ich war mir stets sicher, daß BARNABY etwas Besonderes werden würde … Ich bin mit ganzem Herzen bei der Arbeit.«

empfunden wurde. Erneut taten sich historische Parallelen zu den ›Gordon riots‹ auf.

Als Dickens im Jahre 1839 wieder mit den Arbeiten an dem Roman begann, befand er sich in einer Phase, da seine antirevolutionären, aber dennoch ›radikalen‹ Instinkte stärker als je zuvor waren. Ohne Zweifel verspürte er Mitleid mit der Arbeiterklasse und hatte Verständnis für deren Forderungen, doch sein Porträt des Mobs im BARNABY RUDGE ist alles andere als positiv, und das aus folgendem Grund: Obwohl Dickens stets das Leid aller jener verstand, die ihr Leben am unteren Ende der industriellen Gesellschaft fristeten, sympathisierte er niemals mit jenen, die in England eine revolutionäre Bewegung in Gang bringen wollten. Er verachtete zutiefst die physische Gewalt, die einige Chartisten propagierten, und er verachtete jene, die das Leid anderer für ihre Zwecke auszunutzen suchten. Dickens verstand die Motive jener, die sich gegen die Obrigkeit auflehnten, wohl, doch er fürchtete die Gesetzlosigkeit. Diese zwiespältige Einstellung des Autors fließt unmittelbar in den BARNABY RUDGE ein.

Auch andere Fragen, die in diesem historischen Roman thematisiert werden, wie zum Beispiel die Frage nach der Verantwortung für kriminelle Handlungen und die Frage nach den verschiedenen Graden von Wahnsinn, einhergehend mit der Frage nach der Schuldfähigkeit eines Menschen, hatten 1840 neue Nahrung erhalten: Deutlich wurde dies im Verfahren gegen Edward Oxford, der auf die Königin geschossen hatte und für schuldig, aber wahnsinnig befunden wurde. Dickens erkannte, daß die Begriffe Wahnsinn, Verbrechen und revolutionäre Agitation sich in der Vorstellung des durchschnittlichen Zeitgenossen vermischten. Dickens erkannte aber auch, daß man unterscheiden mußte, und seine Gegenüberstellung von Lord Gordons ›Wahn‹ und dem angeborenen Wahnsinn des Barnaby versucht dies deutlich zu machen. Überlegungen dieser Art ließen in der englischen Gesellschaft die Zweifel an Sinn und Zweck der Todesstrafe, vor allem der öffentlichen Hinrichtung, immer stärker werden. Courvoisiers Hinrichtung und Thackerays bildhafte Beschreibung derselben in GOING TO SEE A MAN HANGED gehören also ebenfalls zum Kontext der Entstehungsgeschichte des BARNABY RUDGE.

Indem Dickens sich mit den ›Gordon riots‹ aus dem Jahre 1780 beschäftigte, war es ihm möglich, zeitgenössische Themen in einem historischen Roman aufzugreifen. Es ging ihm primär wohl gar nicht um eine brillante historische Analyse, sondern er reagierte (und zwar geschickt wie immer und wie kein zweiter Schriftsteller jener Zeit) auf die Ängste seiner Zeitgenossen vor Gewalt, Aufständen, Übergriffen, Raub und Plünderung. Und somit beweist sich selbst in den historischen Werken Dickens' die vielgerühmte Fähigkeit des Autors, Strömungen seiner Zeit aufzufangen und zu spannenden Romanen zu verarbeiten – also unterhaltsam und lehrreich zugleich zu sein.

Dillingen und New York, im September 1996
Stefan Bauer

LITERATUR

Ackroyd, Peter: *Charles Dickens,* London 1990
Forster, John: *Life of Charles Dickens,* London 1874
Horsman, Alan: *The Victorian Novel,* Oxford 1988
Chancellor, E.B.: *Dickens And His Times,* London 1932
Hardwick, Michael & Mollie: *Dickens' England,* London 1970
Patten, R.L.: *Charles Dickens And His Publishers,* Oxford, 1978
Giddings, R. (Hrsg.): *The Changing World of Charles Dickens,* London 1983
Scott, Sir Walter: *Waverley* (1814), ungekürzte Neuausgabe, London 1994
The Dickens House Museum Guide (Ausgabe 1990)

Anmerkungen

1 An der Schnittstelle von Gracechurch Street, Bishopsgate und Leadenhall Street stand früher dieser Wasserstandsanzeiger; nach 1603 floß dort kein Wasser mehr, und ›the Standard in Cornhill‹ wurde benutzt, um von hier die Entfernungen zur Stadt zu messen.

2 The Warren = das Gehege

3 Georg III, König (1760–1820) von England, zugleich Kurfürst von Hannover, wurde am 4. 6. 1739 in London geboren und starb am 29.1.1820 in Windsor. Er gilt als der erste König aus dem Hause Hannover, der sich ganz als Engländer fühlte. 1761 verdrängte er William Pitt den Älteren aus der Regierung, zwei Jahre später beendete er den Siebenjährigen Krieg. Versuchte innenpolitisch den Einfluß des Parlaments zurückzudrängen und löste mit seiner starr konservativen Haltung den Abfall der nordamerikanischen Kolonie aus. Im Alter wurde er von einer Geisteskrankheit befallen.

4 Georg II, König (1727–1760) von England, zugleich Kurfürst von Hannover, geboren am 10. 11. 1683 in Herrenhausen, gestorben am 25.10.1760 in London. Im Erbfolgekrieg brachte er mit seinem Sieg über die Franzosen bei Dettingen 1743 eine entscheidende Wende, im Siebenjährigen Krieg kämpfte er an der Seite Preußens.

5 ›Putzen‹ bedeutete ursprünglich, den Butzen am Kerzendocht zu entfernen. Im Originaltext von Dickens heißt es an dieser Stelle : ›I sat down beside it to trim the candle‹.

6 Solche flackernden Lichter auf Kirch- oder Friedhöfen galten im Volksglauben als schlechtes Omen.

7 Im Original: ›Ride the whirlwind and direct the storm.‹ Charles Dickens zitiert hier den in seiner Epoche dem literarisch gebildeten Leser noch bekannten Politiker und Schriftsteller Joseph Addison (1672–1719), der zusammen mit Steele Herausgeber der moralischen Wochenschriften ›Tatler‹ und ›Spectator‹ war und der in dem Gedicht ›The Campaign‹ geschrieben hatte:
›So when an angel by divine command
With rising tempest shakes a guilty land,
Such as of late o'er pale Britannia past,

Calm and serene he drives the furious blast;
And, pleased the Almighty's orders to perform,
Rides in the whirlwind, and directs the storm.‹

8 Leichte vierrädrige Kutsche

9 Englische Goldmünze, die von 1663 bis 1816 in Gebrauch war und heute etwa 20 Schilling entsprechen würde.

10 Der Roman »Barnaby Rudge« wurde im November 1841 veröffentlicht. Die Formulierung »though only six-and-sixty years ago« – von Dickens in der Auflage von 1868 in »at that time« umgewandelt – erinnerte seine Leserschaft damals unweigerlich an Walter Scott, den Ahnherrn des historischen Romans, der 1814 den Roman »Waverly, or this Sixty Years Since« veröffentlicht hatte. Ein solcher Zeitabstand galt in der damaligen Theorie des historischen Romans als ideal, er ist groß genug, um dem Autor Distanz zu seinem Stoff zu gewähren, er ist aber nicht so groß, daß der Leser die im Roman dargestellte Epoche als ihm völlig fremd betrachtet.

11 Dieser künstlich errichtete Flußlauf wurde 1613 geöffnet und trug Wasser von Hertfordshire nach London.

12 »Eyeing her over«, heißt es im Original.

13 In der griechischen Mythologie gehört Prometheus den Titanen an, er ist der Vorausdenkende, der den Kampf gegen die neuen Götter nicht mit Gewalt, sondern mit List führt. Aus Lehm und Wasser schafft er die ersten Menschen nach dem Bild der Götter und haucht ihnen Leben ein. Er beschenkt sie mit dem Feuer, das er den Göttern vom Olymp entwendet hat. Er lehrt sie alle Künste und Fertigkeiten. Seine Eigenmächtigkeit muß er bitter büßen: Zeus läßt ihn im Kaukasusgebirge an einen Felsen schmieden. Jede Nacht frißt ein Adler an seiner Leber, dem Sitz der Seele, der Kraft und der Stärke, und jeden Tag wächst sie neu nach.

14 George Barnwell ist die Hauptfigur aus dem Schauspiel »George Barnwell or The London Merchant« von George Lillo, das im Jahr 1731 uraufgeführt wurde und auf einer alten Ballade beruht. Barnwell ist ein Lehrling, der sich in seiner unglücklichen Liebe zu Sara Millwood genötigt fühlt, seinen Lehrherrn zu entführen und auszurauben. Sarah betrügt ihn, und George Barnwell endet am Galgen.
Der Dichter dieses Schauspiels, George Lillo (1693–1739) war

übrigens Juwelier und vertrat ein ausgeprägtes puritanisches Lebensideal.

15 Oberbürgermeister von London, die vollständige Amtsbezeichnung lautete: The Right Honourable the Lord Mayor of ...)

16 In dem Carlisle House, das auf der Ostseite des Soho Square lag, organisierte die legendäre Mrs. Conleys von 1760 an auf Subskriptionsbasis beliebte Maskenbälle, bevor sie 1772 Bankrott machte.

17 Ein Maskenmantel mit Kapuze und weiten Ärmeln.

18 The Protestant Manual of Christian Devotions in two volumes, London 1750.

19 Stadtteil auf dem rechten Themseufer, früher das Viertel der Theater und Brauhäuser, berüchtigt für seine Bordelle und Wirtshäuser.

20 Im zweiten Akt seines Drams läßt Shakespeare Macbeth sagen: »Who can be wise, amazed, temperate and furious, / Loyal and neutral, in a moment? No man.«

21 Im Original: »a triple bob major« – ein harmonisches Wechselgeläut auf acht Glocken.

22 Um beim Gehen auf schmutzigen Wegen die Hauptschuhe sauber zu halten. Im Originaltext: »pattens«.

23 Dickens verwendet hier »shrewish« von Shrew: Xanthippe, zänkisches Weib. »The Taming of the Shrew« (Der Widerspenstigen Zähmung) heißt Shakespeares berühmtes Schauspiel.

24 Barbican heißt eigentlich »Brückenkopf, Wachturm, Vorwerk«. Und der Name dieses im Nordosten Londons gelegenen Viertels rührt von einem Wachturm her, der seit dem 13. Jahrhundert Teil der Stadtbefestigungsanlage war.

25 Schon unter römischer Herrschaft, im 4. Jahrhundert, als London Londinium hieß, eines der großen sechs Stadttore, im Osten der Stadt.

26 Heiraten mit kirchlichem Segen, aber ohne gültige Verträge, wurden früher am Fleet-Gefängnis getätigt, in der Fleet Street. Durch eine gesetzliche Verfügung aus dem Jahre 1753, die solche Heiraten für null und nichtig erklärte, kam diese Sitte außer Gebrauch.

27 Im Original: the Court of Alderman. Neben diesen Stadt- und Ratsherrn waren die Common Hall und der Court of Common Council die Regierenden der City of London. Aufruhr

gegen diese Institutionen seitens der Lehrlingsorganisationen sind zu der von Dickens hier beschriebenen Zeit reichlich belegt (vgl. M. Dorothy George, London Life in the 18th Century, London 1966, Kapitel 5).

28 Der Torbogen am Übergang des Strand in die Fleet Street, bezeichnete bis 1878 die Grenze zwischen City of London und City of Westminster, und ist heute in Walham Cross zu besichtigen.

29 Getränk aus Bier, Branntwein, Zucker und Muskatnuß.

30 Die zur Erinnerung an den großen Londoner Brand von 1666 bei der London Bridge errichtete Säule von fünfundsechzig Metern Höhe.

31 Beim Kontertanz, auch Contretanz, führten vier Paare bestimmte Figuren miteinander aus. Im Originaltext heißt es hier »country-danses«, was natürlich auch Bauern- und Volkstänze heißen kann, die aber nicht zu Dollys Aufzug passen würden.

32 Tanzfigur, bei der zwei Paare sich kreuzweise die Hände reichen und sich im Kreise drehen.

33 Temple ist das zwischen Fleet Street und Themse gelegene traditionelle Viertel der Gerichtshöfe und heute gleichzeitig der Campus einer der College-Universität ähnlichen Gemeinschaft. Das Viertel zeichnet sich durch winklige Gassen, ruhige Innenhöfe und romantische Grünanlagen aus. Hier haben sich schon im 13. Jahrhundert die Inns of Courts als Zentren der Rechtssprechung herausgebildet. Der Name Temple geht auf die Tempelritter zurück, die hier im 12. Jahrhundert das Hauptquartier ihres Ordens errichtet hatten. Berühmte Literaten wie Oliver Goldsmith, Henry Fielding oder Charles Lamb haben hier gelebt.

34 Vom Mittelalter bis zur Stuart-Zeit die Straße, an der der höhere Klerus und der Adel seine Paläste hatte.

35 In einer französisch-mittelalterlichen Romanze, die in vielen Büchern nacherzählt wurde, sind Valentine und Orson Zwillingsbrüder, die sich in Kindesjahren im Wald verirren. Orson wächst als Wilder in einer Bärenhütte auf, während Valentine Ritter am Hofe Pepins wird. Als sie sich wiedertreffen, zähmt Valentine seinen Bruder und macht ihn zu seinem Diener.

36 Ein 1672 von Sir Christopher Wren entworfener steinerner Torbogen, der die Fleet Street überspannte, bis er 1878 zum

Theobald's Park in Hertfordshire geschafft wurde. Temple Bar, heute wieder in der Fleet Street zu besichtigen, markiert auch heute noch die Trennlinie zwischen Westminster und der City. Das traditionelle Zeremoniell zwischen dem Monarchen, der die City besuchen will, und dem Bürgermeister, der die Erlaubnis dazu erteilt, findet heute wie vor zwei Jahrhunderten am Temple Bar statt.

37 Von je vier Personen im Karree getanzter Kontertanz im Dreiviertel oder Zweiviertel-Takt.

38 Gretna Green ist ein Dorf in Dumfriesshire, nahe der englischen Grenze. Nach dem neuen Heiratsgesetz von 1753 pflegten sich davongelaufene, ausgerissene Pärchen hier von einem Schmied trauen zu lassen.

39 Chester liest: ›Letters written by the Earl of Chesterfield to his Son, 2 vols, 1774.‹
Diese postum veröffentlichten Briefe Lord Chesterfields an seinen unehelichen Sohn begründeten den literarischen Ruhm des Aristokraten (1694–1773). Die Briefe dienten ganz dem Zweck, aus dem Sohn einen vollendeten Höfling und Aristokraten zu schmieden. Der sarkastische Ton, der hemmungslose Pragmatismus des Autors schockierten das bürgerliche Lesepublikum.

40 E. C. Entweder ein Fehler des Autors, denn Mr. Chesters Vorname lautet John, oder eine Anspielung, daß Chester die Schlafmütze seines Sohns Edward trägt.

41 Zwischen Strand und Soho gelegenes Viertel in London. Bekannt für seinen Gemüse-, Obst- und Blumenmarkt, dem größten des Inselreichs, und als Künstler- und Theaterviertel. Hier lebten die Maler Godfrey Keller und James Thornhill und der Schauspieler David Garrick. Im Theatre Royal, Covent Garden wurden auch die »Beggar's Opera« von John Gay und zahlreiche Händel-Opern erfolgreich aufgeführt.

42 Eine Flämische Elle mißt etwa 60 Zentimeter.

43 Ein Zitat aus Stephen Gosson, The School of Abuse (1759), wo es heißt: ›As one said at shearing the hogs, great cry and little wool‹.

44 Stadtteil nördlich der City of London.

45 Richard ›Dick‹ Whittington ist einer der berühmtesten Oberbürgermeister Londons gewesen. Der Legende nach soll er als armer Bursche mit einem Säckel und einer Katze nach Lon-

don gekommen sein, und starb als steinreicher, wohltätiger Mann. Im Laufe des 15. Jahrhunderts wurde er fünfmal zum Lord Mayor gewählt, seine Gestalt wurde in einem Glasfenster des nördlichen Seitenschiffs von Westminster Abbey verewigt.

46 Fortunatus ist der Held eines deutschen Prosaromans aus dem Jahre 1509. Fortunatus gelangt durch einen nie versiegenden Geldsäckel und ein Wunschhütlein zu Reichtum und Ansehen, während seine Söhne an den Geldspendern zugrundegehen. Der Stoff wurde 1553 von Hans Sachs dramatisiert, in England wurde die Figur des Fortunatus durch Thomas Dekker: The plesant Comedie of old Fortunatus (1600) heimisch. Anschließend war Fortunatus in von Romanzen und von Hausierern vertriebenen billigen Volksbüchlein – chapbooks – eine stehende Figur.

47 Lord George Gordon (1751–93) war der dritte Sohn von Cosmo George, dritter Herzog von Gordon. Im November 1779 wurde er Vorsitzender der Vereinigung Londoner Protestanten, die sich besonders für die Rücknahme des Catholic Relief Act aus dem Jahr 1778 einsetzte. Dieses Gesetz hatte den Katholiken das Leben erleichtern und von einigen Strafen und Erschwernissen, die den »Popisten in den Gesetzen der Jahre 1699–1700 aufgebürdet worden waren, befreien sollen (etwa Einschränkungen beim Erwerb des Landbesitzes, Verbote für bestimmte Berufszweige etc.)

48 1779, als die Aufhebung der Verbote für Katholiken auch auf Schottland ausgedehnt werden sollte, kam es in Glasgow und Edinburgh zu Aufständen und Unruhen gegen katholische Grundbesitzer. Daher wurde die Reform zurückgezogen. Gordon war Vorsitzender der Vereinigung schottischer Protestanten.

49 In Wahrheit waren die Strafgesetze gegen die Popisten schon abgeschafft; die entsprechende sogenannte Catholic Relief Bill war am 14. Mai 1778 im House of Commons verabschiedet worden und trat am 3. Juni 1778 in Kraft. Dennoch unterstellte Dickens – auch in Kapitel 37 und 43 – die Strafgesetze wären noch nicht abgeschafft.

50 1,000 Pfund betrug dieses Angebot – ob es wirklich an Lord George ging oder nur an den Duke of George – ist nicht sicher.

51 Schon im 16. Jahrhundert waren mehrere protestantische

Märtyrer auf dem Smithfield-Market verbrannt worden, so etwa 1555 John Rogers.

Seit dem 12. Jahrhundert wurden hier, vor den Toren der Stadt, in der Nähe der Kloster und Spitalanlage St. Bartholomew-The Great, Glaubensabtrünnige, Häretiker und Hexen verbrannt. Unter der katholischen Maria Tudor mußten hier im 16. Jahrhundert 270 Protestanten ihr Leben lassen, unter ihnen die legendären Bischöfe Ridley und Latimer.

52 In der Tat war ein gewisser Edward Dennis in den Jahren 1771–86 Henker in London. Während der Gordon-Aufstände wurde er selbst gefangen genommen und erst in letzter Sekunde von der Todesstrafe begnadigt. Er wurde rehabilitiert und nahm seine Tätigkeit als Henker wieder auf. Laut Horace Bleackley; The Hangman of England, S. 124ff. hat dieser historisch verbürgte Dennis aber über die Funktion hinaus keine Ähnlichkeit mit der Romanfigur von Dickens.

53 Von der Dickens Forschung inzwischen als kleine Schlampigkeit überführt: Sieben-Schilling-Münzen wurden erst ab 1797 geprägt.

54 Alle diese Zeitschriften gab es wirklich. Die erste Ausgabe des ›Morning Herald‹ erschien allerdings erst am 1. November 1780. Mit ›Chronicle‹ kann der ›London Chronicle‹ oder ›Morning Chronicle‹ gemeint sein, beide existierten zum Zeitpunkt der Erzählung bereits.

55 Das Pamphlet wurde am Dienstag, den 6. Juni 1780, in London verteilt und war Lord George Gordon und ›the glorius Protestant Association‹ gewidmet. Die Stoßrichtung des Flugblatts umreißt folgender Satz: ›In this paper will be given a full account of the bloody tyrannies, plots and inhumane butcheries exercised on the Professors of the protestant Religion in England by the See of Rome …‹

56 Die alte St. Dunstan Church in the West hatte eine Uhr, bei der die Stunden und Viertelstunden von zwei Riesenfiguren geschlagen wurden. Die Kirche wurde 1829 zerstört.

57 Alte Londonerer Rechtsschule in der Fleet Street, die in mehrere Abteilungen zerfällt: Inner Temple, Middle Temple etc. (vgl. Fußnote 33).

58 M. P. = Member of Parliament (Mitglied des Parlaments).

59 Vgl. Fußnote 55.

60 Bei einem Treffen der Protestant Association in der Coachma-

ker's Hall am 29. Mai hatte Gordon erklärt, die Petition nur einzureichen, wenn ihn über 20 000 Bürger unterstützten.

61 Jedes Parish von London war für den Ordnungsschutz selbst verantwortlich, und 12 Gemeinden hatten überhaupt keine Polizei. In Westminster verrichteten 80 Constables ihren Dienst, die meisten von ihnen waren Kaufleute, die nur für ein Jahr Constable waren.

62 Henry Seymour Conway lebte von 1721–95 und war Gouverneur von Jersey.

63 Colonel Lord Adman Gordon (1721–1801) war vierter Sohn von Alexander Duke of Gordon.

64 Das Gesetz – ›The Riot Act‹ – stammte aus dem Jahr 1714 und machte jeden zum Kapitalverbrecher, der nicht spätestens eine Stunde nach der ersten Aufforderung eine ungenehmigte Versammlung verließ.

64 Im Original: King's evidence – die Aussage eines Mitschuldigen, der um seiner Aussage willen begnadigt wird.

65 Clare Market. Früher als New Market bezeichnet. Dieser Markt lag zwischen Lincoln's Inn Fields und The Strand.

66 Sir John Fielding (1721–1780) Halbbruder des Schriftstellers Henry Fielding (›Tom Jones‹), war seit 1754 Magistrat und der »blinde Gentleman«, zu dem Barnaby gebracht wurde. Während der Gordon riots war Sir John Fielding allerdings in Wahrheit nicht in Dienst, weil er schwer erkrankt war.

67 Richard Akerman der Jüngere (1722–1792) war von 1754 bis zu seinem Tod Wärter des Newgate-Gefängnisses. Seine Redlichkeit im Umgang mit Gefangenen wurde von Dr. Johnson und Boswell gerühmt.

68 Lord Mansfield: William Murray (1705–1793), Earl of Mansfield, war von 1756-1793 Lord Chief of Justice.

69 Wortverdrehung von ›Halleluja‹.

70 Savannah, Georgia, war von französischen und amerikanischen Truppen im Oktober 1779 belagert worden. Die Engländer konnten den entscheidenden Angriff am 9. Oktober abwehren, und die Belagerung wurde aufgegeben.